BOUQUINS

Collection fondée par Guy Schoeller

MAURICE LEVER

ANTHOLOGIE ÉROTIQUE

LE XVIIIe SIÈCLE

ÉDITION ÉTABLIE, PRÉSENTÉE ET ANNOTÉE
PAR MAURICE LEVER

ROBERT LAFFONT

DU MÊME AUTEUR

La Fiction narrative en prose au XVII*e siècle. Répertoire bibliographique du genre romanesque en France (1600-1700)*, Paris, éd. du CNRS, 1976.

Le Monde à l'envers (en collaboration avec Frédérick Tristan), Paris, Hachette-Massin, 1980.

Élise, roman inédit du XVIIe siècle, édition critique, Paris, éd. du CNRS, 1981.

Le Sceptre et la marotte. Histoire des fous de Cour, Paris, Fayard, 1983, rééd. coll. « Pluriel », 1985 (ouvrage couronné par l'Académie française).

Pierre de Marbeuf, *Le Miracle d'amour*, introduction et édition du texte, Paris, Obsidiane, 1983.

Les Bûchers de Sodome. Histoire des « infâmes », Paris, Fayard, 1985, rééd. « Bibliothèque 10/18 », 1996.

« La Conquête du silence. Histoire du mime », dans *Le Théâtre du geste* (ouvrage collectif), Paris, Bordas, 1987.

Donatien Alphonse François, marquis de Sade, Paris, Fayard, 1991 (Grand Prix de la ville de Paris).

Bibliothèque Sade. Papiers de famille, t. I : *Le Règne du père (1721-1760)*, Paris, Fayard, 1993, t. II : *Le Marquis de Sade et les siens (1761-1815)*, Paris, Fayard, 1995.

Canards sanglants. Naissance du fait-divers, Paris, Fayard, 1993.

Sade, *Le Voyage d'Italie*, édition établie et présentée par Maurice Lever, Paris, Fayard, 1995, 2 vol.

Romanciers du Grand Siècle, Paris, Fayard, 1996.

Sade et la Révolution, Paris, Bartillat, 1998.

Pierre Augustin Caron de Beaumarchais, t. I : *L'Irrésistible Ascension 1732-1774*, Paris, Fayard, 1999, t. II : *Le Citoyen d'Amérique (1775-1784)*, Paris, Fayard, 2003.

Isadora Duncan. Roman d'une vie, Paris, Perrin, 2000.

Louis XV, libertin malgré lui, Paris, Payot, 2001.

Théâtre et Lumières. Les Spectacles de Paris au XVIII*e siècle*, Paris, Fayard, 2001.

ISBN : 2-221-09772-6

Dépôt légal : février 2004 — N° d'éditeur 43297 (E01)

Ce volume contient :

LE PLAISIR COMME ART DE VIVRE
par Maurice Lever

LES « GRIVOISES » OU L'ÉROTISME AU FÉMININ

L'érotisme au féminin
par Maurice Lever

Gaillard (Pierre Alexandre), dit Gaillard de La Bataille
HISTOIRE DE LA VIE ET DES MŒURS
DE MADEMOISELLE CRONEL DITE FRÉTILLON
1739-1740

[Antoine Bret] et/ou [François Villaret]
LES GALANTERIES DE THÉRÈSE
[1745]

LA GRIVOISE DU TEMPS OU LA CHAROLAISE
Histoire secrète, nouvelle et véritable
1747

MADEMOISELLE JAVOTTE
Ouvrage moral, écrit par elle-même
et publié par une de ses amies
1757

PARIS, CAPITALE DE CYTHÈRE

La vie parisienne
par Maurice Lever

[La Morlière]
LES LAURIERS ECCLÉSIASTIQUES
ou Campagnes de l'abbé T***
1747

Rochon de Chabannes & Moufle d'Angerville
LES CANNEVAS DE LA PÂRIS
ou Mémoires pour servir à l'histoire de l'hôtel du Roule
[1750]

CORRESPONDANCE DE MADAME GOURDAN
dite La Petite Comtesse
1783

CORRESPONDANCE D'EULALIE
ou Tableau du libertinage de Paris
Avec la vie de plusieurs filles célèbres de ce siècle
1785

LE COURRIER EXTRAORDINAIRE DES
FOUTEURS ECCLÉSIASTIQUES
ou Correspondance intime, secrète et libertine
de quelques prélats de qualité, de plusieurs prêtres paillards
et d'un certain nombre de prestolets luxurieux
1790

LES SÉRAILS DE PARIS
ou Vies et portraits des dames Pâris, Gourdan, Montigny
et autres appareilleuses.
Ouvrage contenant la description de leurs sérails, leurs intrigues
et les aventures des plus fameuses courtisanes. Le tout entremêlé
de réflexions et de conseils pour prémunir la jeunesse
et les étrangers contre les dangers du libertinage
[1802]

SEXE ET POLITIQUE : UNE REINE DE PAPIER

Marie-Antoinette : icône d'une pornographie politique
par Maurice Lever

[Beaumarchais]
LES AMOURS DE CHARLOT ET TOINETTE
Pièce dérobée à V...
1779

PORTEFEUILLE D'UN TALON ROUGE
contenant des anecdotes galantes et secrètes
de la cour de France
[*ca* 1788]

LE GODEMICHÉ ROYAL
1789

L'AUTRICHIENNE EN GOGUETTES
ou l'Orgie royale
Opéra proverbe composé par un garde du corps,
et publié depuis la liberté de la presse,
et mis en musique par la reine
1789

LA CONFESSION DE MARIE-ANTOINETTE CI-DEVANT REINE DE FRANCE, AU PEUPLE FRANC, SUR SES AMOURS ET SES INTRIGUES AVEC M. DE LA FAYETTE, LES PRINCIPAUX MEMBRES DE L'ASSEMBLÉE NATIONALE,
ET SES PROJETS DE CONTRE-RÉVOLUTION
[1790]

BORDEL ROYAL
Suivi d'un entretien secret entre la reine et le cardinal de Rohan,
après son entrée aux états généraux
[1790]

BORDEL PATRIOTIQUE INSTITUÉ PAR LA REINE
DES FRANÇAIS, POUR LES PLAISIRS
DES DÉPUTÉS DE LA NOUVELLE LÉGISLATURE
Précédé d'une épître dédicatoire de Sa Majesté
à ces nouveaux Lycurgue
1791

GRANDE FÊTE DONNÉE PAR LES MAQUERELLES DE PARIS
À TOUTES LEURS PUTAINS LE JOUR DE L'ARRIVÉE DU ROI,
DE LA REINE ET DE LEUR FAMILLE,
EN RÉJOUISSANCE DU RETOUR DE LEURS PÈRE ET MÈRE
Suivie d'une souscription des maquereaux pour subvenir aux frais
de cette fête patriotique. Le soir, illumination générale
et bal gratuit dans tous les bordels
1791

FUREURS UTÉRINES DE MARIE-ANTOINETTE,
FEMME DE LOUIS XVI
1791

LES ADIEUX DE LA FAYETTE OU CADET CAPET
À ANTOINETTE
ET SA DERNIÈRE CORRESPONDANCE EN FUYANT
LES TERRES DE LA LIBERTÉ
[1792]

LES ADIEUX DE LA REINE À SES MIGNONS ET MIGNONNES
[1792]

LES NOUVELLES DU MÉNAGE ROYAL
SENS DESSUS DESSOUS
ou la Fluxion de Marie-Toinon et Louis son mari,
garçon serrurier au Temple, avec un détail de leur grande dispute
et les nouvelles de leur ménage envoyées à Coblence,
par M. Sans-culotte
[1792]

LA JOURNÉE AMOUREUSE
ou les Derniers Plaisirs de M...-A...
Comédie en trois actes, en prose,
représentée pour la première fois au Temple, le 20 août 1792

GLOSSARIUM EROTICUM
par Maurice Lever

AVERTISSEMENT

C'est ici le premier volume d'une collection de textes qui, depuis l'Antiquité, ont traduit et modelé notre imaginaire érotique. Tous les types de production seront sollicités, sans aucune discrimination hiérarchique : Mémoires et romans, correspondances et pamphlets, fables et journaux, archives judiciaires, poèmes et chansons... Tous ces écrits disent, au croisement des réalités sociales et des rêveries d'Éros, la puissance du désir et de la jouissance, la pression de la censure, le plaisir et l'angoisse de la transgression.

Si l'entreprise commence par le XVIIIe *siècle, c'est que le plaisir y apparaît pour la première fois comme l'une des clés majeures de nos façons d'être et de sentir. Avec l'abolition des dogmes et des préjugés, l'érotisme se théorise et se rationalise. On ne s'improvise pas libertin. Pour exceller dans cet emploi, toute une initiation, cruelle et enjouée à la fois, est nécessaire.*

Commencer par le XVIIIe *siècle offre aussi l'avantage, à travers le choix des œuvres proposées, de mettre en lumière un art d'aimer au féminin. Même si les auteurs sont le plus souvent des hommes, leurs héroïnes assument pleinement la liberté de leur corps. Loin du stéréotype de l'épouse et de la mère, elles revendiquent leur nomadisme sexuel dans une totale indépendance.*

Au travers de la vie parisienne évoquée dans ces pages, avec ses bordels, ses filles galantes et ses matrones, le présent volume entend aussi témoigner de ce moment de l'Histoire où l'érotisme devient le lieu privilégié de la contestation politique. Le délire pamphlétaire, mêlant curieusement moralisme et pornographie, constitue Marie-Antoinette en véritable mythe de la « fureur utérine ». À ce stade, l'outrage se nourrit de sa propre surenchère.

Ces textes, pour la plupart inédits depuis longtemps, dessinent ainsi entre la simple licence et la luxure, entre la légèreté libertine et l'impré-

cation libertaire, comme une fresque où le trait scintillant de l'écriture contamine et subvertit sans cesse les conventions du langage social. Elle nous initie à un certain art de vivre, en grande partie conditionné par l'esthétique du désir.

L'Éditeur

LE PLAISIR COMME ART DE VIVRE

par Maurice Lever

« Va, crois-moi, le plaisir est toujours légitime »
Parny, *Poésies érotiques*

Si le siècle des Lumières passe pour le siècle du plaisir, ce n'est pas seulement parce qu'il le recherche avec avidité, mais parce qu'il ne se lasse pas de le commenter, de le décrire, de l'analyser, de le justifier, de le mettre en système, de le décliner sur tous les modes, de le célébrer en vers et en prose, de le peindre, de le dessiner, de le graver. La Mettrie ne s'avise-t-il pas même de l'enseigner dans son *Art de jouir* ? Le plaisir est la découverte du siècle ; il n'est personne qui n'en souligne ou n'en exalte l'importance. La courtisane Éléonore en fait son *credo* définitif : « Je vous l'ai déjà dit et vous ne m'entendrez jamais dire autre chose : du plaisir, mes enfants, du plaisir : je ne vois que cela dans le monde[1]. » Et Mme de Puisieux, de son côté, prend en pitié ceux qui passent à côté du plaisir : « Ont-ils vécu comme des hommes ? C'est ce que je n'ose croire[2]. » Tout le monde s'accorde sur ce point : le plaisir est un moteur universel. Non seulement il existe en chacun de nous, mais il apparaît comme l'élément le plus actif de l'âme humaine, un principe nécessaire, un rempart contre le néant. La remarquable fortune de la littérature libertine qui se prolongera jusqu'à la Révolution, et au-delà, ne traduit pas seulement la libération des âmes et des corps qui accompagne la Régence : elle marque une aspiration plus générale de l'imaginaire à se dépasser par le plaisir. Loin de le traiter comme une vaine dissipation, l'homme des Lumières s'y plonge avec délices, et s'abandonne jusqu'au vertige à l'enchantement des sens. L'âme n'a le sentiment d'exister (de

1. Jonval, *Les Erreurs instructives, ou Mémoires du comte* ***, Paris, 1765, t. II, p. 101.
2. Madeleine d'Arsant, Mme de Puisieux, *Le Plaisir et la volupté, conte allégorique*, s.l. [Paphos], 1752, p. 120.

« sentir son existence », comme on disait alors), que dans l'exacte mesure où elle jouit. D'où cet appétit, cette frénésie de vivre. D'où aussi le triomphe de l'érotisme, qui compte parmi les valeurs les plus précieuses de la civilisation, avec la recherche du luxe, la rêverie sur la nature, le goût de la fête, toutes ces choses enfin par quoi l'on exorcise les poisons de l'ennui.

À une époque où la volupté passe pour un art, où le bien-être s'identifie au bonheur, où la sensualité s'étend des joies du corps à celles de l'esprit, le plaisir se resserre autour de la personne ; il touche l'être intime, sans pourtant s'y enfermer. Savourer un mets délicat, admirer une toile de Chardin, lire une page de Rousseau, méditer une pensée de Montesquieu, s'amuser d'un mot de Voltaire, s'émouvoir d'une aria de Gluck, sont autant de manières de manifester notre présence au monde. L'esprit ne voit plus que de petits côtés, se replie autour de petites choses : plaire ou déplaire, ennuyer ou amuser deviennent les maîtres mots de la langue. Tout paraît plus petit, comme si jadis tout se montrait trop grand. Petites choses et petites âmes, petites intrigues et petites émotions, passionnettes et bagatelles, fanfioles et brimborions : l'histoire s'émiette en anecdotes, l'épopée s'éparpille en sonnets, la fresque se découpe en tableautins. Comme le spectacle domine la société, l'amour-propre se fait plus vif et plus irritable : il s'étouffe, il renaît, il laisse échapper son secret à demi et le retient. Dans cette lutte, il tâche de vaincre sans avoir l'air de combattre ; il déguise ses efforts pour ne pas faire soupçonner ses droits. De tout cela prend naissance, dans les deux sexes, une frivolité inquiète, une vanité sérieuse et préoccupée. Mais ce qui surtout caractérise les mœurs, c'est la fureur de paraître, l'art de tout mettre en surface, l'importance accordée aux petits devoirs, le prix attaché aux petits succès. On s'ingénie à dire de jolies choses sur des riens, à donner un tour brillant à la moindre bagatelle, un air de nouveauté aux choses les plus communes. L'âme et l'esprit se déploient dans une activité froide qui se répand sur mille objets sans s'intéresser à aucun, et donne du mouvement sans donner de ressort. L'homme du siècle confond volupté et frivolité. Ce faux voluptueux est un affamé de sensations agréables ; il ne considère que la profusion des plaisirs et s'y exténue. Dans son *Apologie de la frivolité*, Boudier de Villemert défend l'insignifiance aimable des Français, qu'il préfère aux sombres spéculations des Anglais : « Il est, ce me semble, plus sage de se contenter de connaître les surfaces des objets, qui sont seules perceptibles, que d'essayer vainement d'en sonder les profondeurs [1]. »

Délivré de tout sentiment coupable, l'homme des Lumières pense le plaisir comme le lieu de l'ouverture à autrui et de la communion universelle. Mieux encore, il le regarde comme un sûr garant de sa liberté intellectuelle. Le libertinage, écrit Jean Starobinski, « représente l'une

1. Boudier de Villemert, *Apologie de la frivolité, lettre à un Anglois*, Paris, 1750, p. 2.

des expériences possibles de la liberté ; il procède d'une insoumission de principe sans laquelle, d'autre part, le travail sérieux de la réflexion n'aurait pu se développer. Ce siècle (du moins chez ses représentants les plus qualifiés) se voulait libre pour la chasse au bonheur comme pour la conquête de la vérité. Libre-jouissance, mais aussi libre-examen. Libertins et libertaires[1]. » Le libertinage repose en effet, pour l'essentiel, sur une révolte sociale et religieuse contre les formes traditionnelles de l'amour. Affranchi des règles imposées au héros de convention (noblesse de cœur, respect de la femme aimée, constance des sentiments, orthodoxie sexuelle...), le libertin leur substitue sa propre règle, à savoir la jouissance immédiate des sens et de l'esprit. Cette aspiration à la liberté du corps étant indissociable de l'indépendance intellectuelle, philosophes et libertins marcheront d'un même pas, tout au long du siècle, en dépit de divergences sur de nombreux points. Le baron d'Holbach notamment, dont les préoccupations sociales sont en parfaite contradiction avec l'individualisme jouisseur de La Mettrie, développe les principes d'un rigorisme austère pour tout ce qui touche au plaisir sexuel. Selon lui, la continence est le fait d'un comportement raisonnable ; elle relève directement de la raison, de même que la tempérance, la chasteté et la pudeur, parce que ces vertus représentent la meilleure sauvegarde contre le désordre dans la société. Quant à l'amour, « enfant nourri dans la mollesse et l'oisiveté », d'Holbach l'assimile résolument à la « débauche crapuleuse ». Posant en principe que la félicité publique est la loi suprême et qu'elle est « toujours invinciblement liée à la bonté des mœurs », l'auteur de *La Morale universelle* (1776) ne cessera de fulminer contre les auteurs libertins. L'opinion générale, cependant, ne retient pas cette vision de l'athée vertueux, défenseur des bonnes mœurs, et continue d'associer de manière indissoluble irréligion et philosophie, philosophie et libertinage[2]. La confusion s'introduit jusque dans le vocabulaire, où la figure du philosophe s'identifie à celle du romancier libertin au point de ne plus s'en distinguer. Ainsi, Mademoiselle Javotte, apprentie en galanterie, et soucieuse de parfaire son éducation par la lecture de certains ouvrages, déclare-t-elle ingénument : « Je lus en très peu de temps toute la bibliothèque des libertins : les romans de MM. La Mettrie, Diderot et Crébillon m'aidèrent à faire un cours complet et rapide de volupté ; je leur dus l'art de raffiner et de créer les plaisirs, de faire remplacer les sens par l'esprit ou la réalité par l'imagination[3]. »

Au demeurant, l'époque ne conçoit pas le libertinage ailleurs que dans les classes privilégiées de la société ; le libertin obéit à un idéal aristocratique de l'existence, incompatible avec la morale bourgeoise : « L'amour,

1. Jean Starobinski, *L'Invention de la liberté (1700-1789)*, Genève, A. Skira, 1987, p. 10.
2. Voir Peter Nagy, *Libertinage et Révolution*, Paris, Gallimard, coll. « Idées », Introduction : « Libertins et philosophes », p. 27-43.
3. *Mademoiselle Javotte*, *infra*, p. 473.

écrit Duclos, est l'affaire de ceux qui n'en ont point ; le désœuvrement est donc la source des égarements où l'amour jette les femmes. Cette passion se fait peu remarquer chez les femmes du peuple aussi occupées que les hommes par des travaux pénibles[1]. » Sans doute la noblesse compense-t-elle ainsi la perte de son pouvoir réel par la domination sur le sentiment et sur le sexe. Par opposition, la bourgeoisie passe pour vertueuse : « C'est la seule classe de la société, note encore Duclos, où la décence des mœurs subsiste ou subsistait encore[2]. » Pornographe et féodal, Sade va même jusqu'à contester au roturier nécessiteux le droit de se mêler de libertinage ; écrire des romans libertins est une prérogative de grand seigneur fortuné : « La luxure, fille de l'opulence et de la supériorité, ne peut être traitée que par des gens d'une certaine trempe [...] que par des individus, enfin, qui, caressés d'abord par la nature, le soient assez bien ensuite par la fortune pour avoir eux-mêmes essayé ce que nous trace leur pinceau luxurieux[3]. »

On oppose communément le libertin du XVIIe siècle, libéré de tout assujettissement aux croyances et pratiques religieuses, au libertin des Lumières, réputé homme (ou femme) de débauche, comme s'il s'était produit un glissement sémantique de la philosophie à la volupté et du libre-penseur à l'homme de désir. L'*Encyclopédie* paraît elle-même accréditer cette opinion selon laquelle le libertinage s'inscrirait exclusivement dans le champ de la volupté ; elle le définit en effet comme « l'habitude de céder à l'instinct qui nous porte aux plaisirs des sens ; il ne respecte pas les mœurs, mais il n'affecte pas de les braver ; il est sans délicatesse, et n'est justifié de ses choix que par son inconstance ; il tient le milieu entre la volupté et la débauche ; quand il est l'effet de l'âge ou du tempérament, il n'exclut ni les talents, ni un beau caractère ; César et le maréchal de Saxe ont été libertins. Quand le *libertinage* tient à l'esprit, quand on cherche plus des besoins que des plaisirs, l'âme est nécessairement sans goût pour le beau, le grand et l'honnête. » Quant à l'adjectif *libertin*, les collaborateurs de ladite *Encyclopédie* l'ignorent dans ce sens-là ; les deux définitions placées sous cette rubrique renvoient, l'une à l'hérésie répandue en Hollande au XVIe siècle, l'autre aux esclaves affranchis.

Étrange escamotage, en vérité : l'*Encyclopédie* refuse au libertinage toute implication philosophique et morale, cependant que l'homme des Lumières efface toute frontière entre le libertinage du corps et celui de l'esprit, que *Le Portier des chartreux* voisine sur les rayons de sa

1. Charles Pinot Duclos, *Mémoires pour servir à l'histoire des mœurs du XVIIIe siècle*, Paris, 1751, p. 68-69.

2. Charles Pinot Duclos, *Mémoires secrets sur le règne de Louis XIV, la Régence et le règne de Louis XV*, Paris, Didot, 1865, p. 112.

3. Sade, *Histoire de Juliette*, dans *Œuvres*, éd. Michel Delon, Paris, Gallimard, « Bibliothèque de la Pléiade », t. III, p. 291.

bibliothèque avec les œuvres de La Mettrie, que le *Système de la nature* y côtoie *Thérèse philosophe* et *Margot la ravaudeuse*, et que Diderot lui-même travaille à sa *Lettre sur les aveugles* (1749) aussitôt après avoir publié *Les Bijoux indiscrets* (1748). Libertinage, matérialisme et contestation politique sont d'ailleurs l'objet d'une égale répression et les dossiers de police ne font guère la différence entre livres licencieux et traités philosophiques.

La littérature narrative atteste abondamment — sinon toujours avec génie — de cette collusion érotico-philosophique : le libertin y prend le ton du philosophe et le philosophe celui de la galanterie ; alcôves et bordels y remplacent le cabinet du sage, et l'exercice de la pensée exige en compensation la volupté des sens. « Je ne vaux rien quand je n'ai pas fait la besogne qui affecte le plus vivement mon imagination, confie l'abbé T*** à sa maîtresse, dans *Thérèse philosophe*. Les autres idées ne sont pas nettes et se trouvent toujours absorbées, confondues par celle-ci[1]. » L'originalité d'un roman tel que celui-là tient précisément dans cette mise à l'épreuve du naturalisme déterministe et de la critique de l'imposture religieuse, en vue de dégager les conditions d'une morale neuve et d'un nouvel art de vivre. Nul autre ouvrage ne ratifie avec plus de vigueur l'imbrication des deux libertinages de la chair et de la raison. Non seulement la philosophie s'y réconcilie avec le corps, mais c'est le corps lui-même qui devient philosophe. D'entrée de jeu, le lecteur est averti : le frontispice qui l'accueille au seuil du récit porte en effet cette devise : « La volupté et la philosophie font le bonheur de l'homme sensé. Il embrasse la volupté par goût, il aime la philosophie par raison. » Suit la confession de la jeune Thérèse : alternance de scènes luxurieuses et de dissertations philosophiques, savant mélange d'« impie » et d'« impur », d'ébats physiques et de débats intellectuels, que le marquis de Sade, orfèvre en la matière, reconnaîtra dans l'*Histoire de Juliette* comme le modèle du roman libertin[2].

* * *

C'est avec une sorte de lyrisme incantatoire que Diderot évoque l'acte sexuel dans l'*Encyclopédie* : « Entre les objets que la nature offre de toutes parts à nos désirs, vous qui avez une âme, dites-moi : y en a-t-il un plus digne de notre poursuite, dont la possession et la jouissance puissent nous rendre aussi heureux, que celles de l'être qui pense et sent comme vous, qui a les mêmes idées, qui éprouve la même chaleur, les mêmes transports, qui porte ses bras tendres et délicats vers les vôtres, qui vous

1. *Thérèse philosophe*, dans *L'Enfer de la Bibliothèque nationale*, Paris, Fayard, 1986, t. V, p. 93.

2. Voir Alain Mothu, art. « Thérèse philosophe », dans l'*Encyclopédie philosophique universelle*, t. III : *Les Œuvres* (sous la dir. de J.-F. Mattei).

enlace, et dont les caresses seront suivies de l'existence d'un nouvel être qui sera semblable à l'un de vous, qui dans ses premiers mouvements vous cherchera pour vous serrer, que vous élèverez à vos côtés, que vous aimerez ensemble, qui vous protégera dans votre vieillesse, qui vous respectera en tout temps, et dont la naissance heureuse a déjà fortifié le lien qui vous unissait[1] ? » Sans doute le philosophe n'entend-il autre chose ici que l'union d'un homme et d'une femme qu'entraîne l'un vers l'autre la pulsion procréatrice, sous les auspices de la mère Nature. Mais n'est-ce pas à cette même nature qu'au même moment ces deux êtres unis pour la propagation de l'espèce doivent le tremblement de la conscience, précédé de cette inquiétude vague et mélancolique où se confondent l'angoisse et le désir ? N'est-ce pas elle qui les avertit du moment où, n'écoutant que leurs sens, ils portent une attention réfléchie sur eux-mêmes, où le sentiment de tout autre besoin est suspendu, où le cœur palpite, où les membres tressaillent, où des images voluptueuses errent dans le cerveau, où des torrents se déversent dans les nerfs, les irritent, et vont se rendre au siège d'un nouveau sens qui se déclare et qui tourmente ? La vue se trouble, le délire naît, la raison esclave de l'instinct se borne à le servir. « Et la nature est satisfaite » conclut Diderot, qui nous donne en quelques lignes le principe fondateur de l'érotisme, à savoir le refus instinctif du néant.

Un univers sans désir ressemblerait à un monde mort : toute vie éteinte, toute âme dissoute, tout mouvement aboli. Désirer, c'est exister. Le plaisir est le mobile de nos pensées, le terme de nos actions. « S'il était possible de concevoir un monde où son empire serait inconnu, l'ennui en aurait bientôt flétri les habitants, les ressorts qui mettent l'âme en activité se rouilleraient ; l'engourdissement et la langueur s'empareraient des esprits ; la société nécessairement dissoute n'offrirait que la masse énorme d'un corps sans mouvement[2]. » Pour Voltaire, le plaisir prend une dimension métaphysique : il y voit la preuve la plus sûre de l'existence de Dieu : « Je m'étonne que parmi tant de démonstrations alambiquées de l'existence de Dieu, on ne se soit pas avisé d'apporter le plaisir en preuve ; car physiquement, le plaisir est divin, et je tiens que tout homme qui boit du vin de Tokay, qui embrasse une jolie femme, qui, en un mot, a des sensations agréables, doit reconnaître un Être suprême et bienfaisant. Voilà pourquoi les anciens ont fait des dieux de toutes leurs passions ; mais comme toutes nos passions nous sont données pour notre bien-être, je tiens qu'elles prouvent l'unité d'un dieu, car elles prouvent l'unité du dessein[3]. » Quant à La Mettrie, c'est un véritable

1. *Encyclopédie*, art. « Jouissance ».
2. Abbé Jean-Baptiste François Hennebert, *Du plaisir ou du moyen de se rendre heureux*, Lille, 1764, p. 1-3.
3. Voltaire, *Œuvres complètes*, éd. Louis Moland, Paris, Garnier frères, 1877-1885, 52 vol., t. XXXIV, p. 512.

culte qu'il voue au plaisir, et il ne conçoit pas d'autre bonheur que d'assouvir tous les caprices de l'imagination : « Plaisir, maître souverain des hommes et des dieux, devant qui tout disparaît, jusqu'à la raison même, tu sais combien mon cœur t'adore et tous les sacrifices qu'il t'a faits[1]. »

***

Le libertin a hérité de son origine antidogmatique un fond d'idéologie rationaliste qu'il conservera tout au long du XVIIIe siècle, au point d'être considéré comme un théoricien (et un militant) du plaisir, alors que le jouisseur n'en serait que le praticien. « La philosophie s'allume au flambeau des passions », proclame le marquis de Sade. À le lire pourtant, on a l'impression que ce sont plutôt les passions qui s'éclairent au flambeau de la philosophie. Que font ses personnages, sinon attiser leur fureur sexuelle par des discours rationalistes ? Tel est en effet leur paradoxe majeur : c'est au moment où le désir surgit en eux avec tout son pouvoir tyrannique qu'ils s'abandonnent à d'interminables discussions dont la conclusion est toujours la même : tout est permis parce que tout est naturel, sauf les lois des hommes ; le plaisir et le désir doivent être satisfaits, quels qu'ils soient ; ce qui apparaît comme crime n'est que le désir infiniment assouvi ; il n'y a de blasphème et d'immoralité que dans la mesure où l'on contrarie les penchants naturels. Et tout cela n'a qu'une source : la fureur sexuelle, l'activation de la libido, qui sont l'esprit foncier de la nature, l'énergie vitale proprement dite, débordante et sans frein, dans l'espèce autant que dans l'individu. Le héros sadien ne se contente pas de vivre ses passions ou ses plaisirs ; il prend aussi le temps de les penser. Non comme un moraliste, mais comme un philosophe, animé d'un redoutable esprit de système. Chacune de ses aventures sexuelles — et il n'en manque pas — lui fournit l'occasion d'exposer ses idées ; il exploite pour ce faire toutes les ressources de la dialectique : répétition, digression, érudition, argumentation, et s'appuie sur ses crimes eux-mêmes comme sur une preuve supplémentaire du bien-fondé de sa thèse. Pour nous résumer, pour simplifier aussi, nous dirons que le libertinage est d'abord un discours et que l'érotisme est d'abord une action.

À peine achevées les sombres années du puritanisme louis-quatorzien, le refoulé sexuel opérait un violent retour, au moins dans les mœurs sinon dans la littérature, car celle-ci n'enregistrera le séisme qu'avec vingt ans de retard. Doit-on penser du roman libertin ce que disait Hegel de la philosophie, qu'« elle arrive toujours trop tard » ? Quoi qu'il en soit, c'est à son crépuscule, notamment avec Laclos, Sade et Restif, que le libertinage connaîtra sa plus glorieuse illustration. Jusque-là, le règne de Louis XV

1. La Mettrie, *Anti-Sénèque ou Discours sur le bonheur*, éd. 1753, p. 314.

fut plutôt celui du descriptif que du narratif. Ce qui triomphe alors, c'est l'espionnage, le rapport de police, le voyeurisme, le croquis sur le vif, l'indiscrétion, le cafardage, le reportage, ou encore le catalogue des bordels parisiens pour étrangers libidineux ; autrement dit une littérature subreptice et éclatée, dont l'ensemble forme une vaste fresque de la société du vice.

Ce temps vivait du désir et de la plus extrême licence, il est vrai, mais il n'était encore qu'à l'aube de leur représentation. C'est ce moment précis que nous avons tenté de saisir dans les deux premières parties du présent recueil. On y sent toutes les résistances abolies, tous les liens relâchés, toutes les fibres morales distendues. La liberté n'est plus, comme on l'a superbement définie, « le pouvoir de faire ce que l'on doit », mais le pouvoir de faire ce qui vous plaît, le *quod placet omne licet* du Tasse, le dérèglement, le déportement, la licence, le droit de ne servir d'autre maître que son caprice ou son appétit. Une chose, pourtant, frappe les contemporains : c'est le contraste entre l'extrême audace de l'imaginaire érotique et la pusillanimité de son discours. « La galanterie et la débauche n'ont jamais été poussées si loin, observe l'auteur de *Frétillon*. Elles sont le pivot unique sur lequel roulent toutes les choses humaines, de sorte qu'il est comme impossible de passer aujourd'hui pour honnête homme sans être un peu débauché. Entreprendre les procès de la débauche serait entreprendre celui du genre humain. On a donc de l'indulgence pour les débauchés ; on estime les uns, on aime les autres, on tolère ceux-ci, on recherche ceux-là et insensiblement nous verrons faire l'apothéose du vice même. Mais en attendant que le règne de la volupté soit consommé, on conserve un certain reste des premières impressions, un levain des préjugés anciens, qui fait qu'en approuvant les choses, on blâme la manière de les dire. N'est-ce pas là penser juste quant au droit, et se tromper dans le fait ? Très différents en cela de nos pères, qui se servaient sans scrupule, et je crois sans crime, de certains termes que notre délicatesse réprouve, mais chez qui l'innocence et la vertu étaient beaucoup moins rares. Après tout, rien n'est plus arbitraire que les termes, et par conséquent rien de moins positif que les idées qu'on y attache. C'est ce qui fait que les phrases doucereuses de Mme de Villedieu et le langage tendre et insinuant des *Journées amusantes* sont plus propres à séduire un cœur et le plonger dans le désordre que les obscénités qui révolteraient sa pudeur. Le cœur des femmes est dans toutes le même ; je m'imagine que les romans de Scudéry, qui ont aidé à mon tempérament, peuvent aider à celui de toutes les autres et les engager comme moi à réaliser la fiction. » Paradoxalement, ce même auteur (Gaillard de La Bataille) semble s'excuser auprès de son lecteur de n'avoir pas usé d'un langage plus « gazé » pour décrire certaines scènes. Il se justifie en invoquant la légitimité d'un vocabulaire « technique » uniquement destiné aux choses de l'amour, un « jargon amoureux » en quelque sorte, comme il existe un vocabulaire spécialisé selon les différents corps de métiers[1].

La troisième partie de notre *Anthologie*, intitulée « Sexe et politique » témoigne d'un autre temps, répond à d'autres nécessités, révèle d'autres enjeux. Nous nous en expliquerons le moment venu.

M. L.

1. Voir *Histoire de la vie et des mœurs de Mademoiselle Cronel dite Frétillon*, *infra*, p. 54-55.

LES « GRIVOISES »
OU
L'ÉROTISME AU FÉMININ

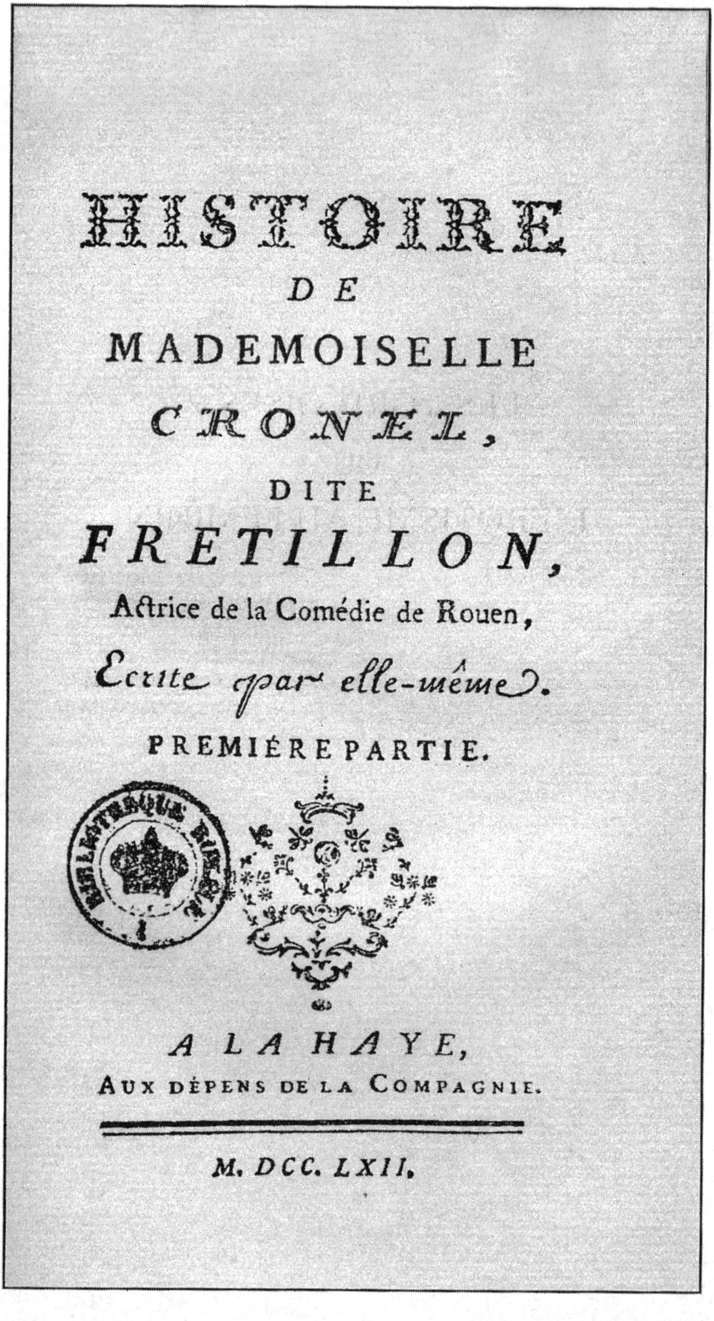

HISTOIRE

DE

MADEMOISELLE

CRONEL,

DITE

FRETILLON,

Actrice de la Comédie de Rouen,

Ecrite par elle-même.

PREMIÉRE PARTIE.

A LA HAYE,

AUX DÉPENS DE LA COMPAGNIE.

M. DCC. LXII.

L'ÉROTISME AU FÉMININ

par Maurice Lever

> *Une grivoise, Mademoiselle, est une fille qui ne se soucie de rien, qui satisfait ses plaisirs et ses passions quand elle en trouve l'occasion, qui ne prend aucun chagrin et qui ne songe qu'à se réjouir. — Voilà, Madame, l'état selon moi le plus heureux de la vie.*
>
> *La Grivoise du temps, ou la Charolaise*

Les quatre récits que nous publions sous le titre de « Les Grivoises », emprunté à l'un d'eux, ont tous en commun de se présenter comme des Mémoires de femmes engagées dans le libertinage, qui éprouvent un beau jour le besoin, ou la nécessité, ou le désir de raconter leurs débuts dans la vie galante. Pourtant, à l'exception de *La Charolaise* (dont l'attribution reste indéterminée), ce sont des hommes qui tiennent la plume. Faut-il s'en étonner ? Ce serait méconnaître l'esprit du temps que d'imaginer une femme suffisamment affranchie des préjugés de l'opinion pour oser la défier sur le terrain de la littérature licencieuse. Une telle femme, si elle existait, aurait peu de chances d'échapper à l'opprobre général. Il n'est pas jusqu'aux auteurs libertins eux-mêmes qui ne joindraient leur voix à celle des bien-pensants pour la condamner au nom de la décence et de l'honneur. Il faut attendre l'extrême fin du siècle pour que Mme de Morency se risque à l'écriture érotique, dans son beau roman d'*Illyrine*.

Autre point de similitude entre ces récits : tous quatre sont des romans d'apprentissage, dans lesquels chaque héroïne relate à la première personne son initiation à la carrière de courtisane, ses progrès, ses succès, ses infortunes, les mille incidents frivoles, dramatiques ou émouvants, qui émaillent sa vie aventureuse. Comme il n'existe pas d'école de galanterie, l'éducation de ces futures hétaïres revient le plus souvent à leur mère, femme d'expérience, tout à la fois guide, conseillère, et maquerelle de leur fille, dont elles vendent les charmes au plus offrant, sans toujours se soucier de ses préférences. De là des conflits plus ou moins graves, mais qui ne durent guère, les intérêts de l'une et de l'autre étant trop intimement liés pour faire craindre une brouille définitive. Singuliers rapports d'ailleurs que ceux-là ; il s'y mêle de l'amour, de la reconnaissance, une évidente complicité, en même temps qu'une méfiance réciproque, et souvent une âpre rivalité.

Toutes les héroïnes de ces pseudo-mémoires partagent la même « fureur libertine » dont elles sont à la fois les prêtresses, les esclaves et les zélatrices. Le même idéal leur est commun, la même renommée scandaleuse préside à leurs aventures. Infidèles à leurs amants, elles n'adorent qu'une seule et même divinité qui a nom Éros, et à l'autel duquel elles sacrifient avec une égale ferveur. Elles savent que d'autres dieux existent que la morale ne réprouve pas, parce qu'ils ont leur siège dans le cœur, mais elles se refusent à prononcer leur nom de peur de le profaner ; elles savent que les sentiments vrais ne sont pas leur fait, que l'amour ne les élèvera jamais au-dessus du désir, qu'aimer et désirer ne sont pour elles qu'une seule et même chose : « Nous autres, filles du monde, nous ne devons penser qu'à plaire et non à aimer. Figure-toi qu'il est de deux sortes d'amants. Pour la plupart, ils sont trompeurs et ne cherchent qu'à se satisfaire. Il en est d'une espèce assez rare, que j'appelle amants romanesques. Ceux-ci se prennent, disent-ils, de sentiment et vous font acheter ce grand mot par des soupirs, des larmes, des reproches, des excuses, et mille autres extravagances. Défie-toi également des uns et des autres. Vis libre, ma fille, et ne pense qu'à toi[1]. » Ces filles ne sont pourtant pas poussées au vice par la misère ; elles ne sortent pas du ruisseau pour s'élever, d'aventure en aventure, dans la hiérarchie de la prostitution. Elles ont librement choisi leur destin, et vivent leur sexualité dans une totale indépendance par rapport aux lois de la religion et de la morale. Elles revendiquent la liberté de leur corps comme une victoire conquise de haute lutte sur les préjugés de la société, et tirent un légitime orgueil de leur défi aux conformismes. De quel droit le libertinage serait-il l'apanage exclusif des hommes ? Les femmes seraient-elles incapables d'éprouver du désir ? Seraient-elles décrétées coupables parce qu'elles cherchent à les satisfaire, alors que les hommes tirent considération et vanité du nombre de leurs conquêtes ? « Les sens sont de même pour nous que pour les hommes, déclare Javotte. Et s'il est quelques femmes qui soient sans amants, c'est qu'elles n'ont pas assez de mérite pour en captiver ou qu'elles sacrifient leur penchant au préjugé. Va, va, ma mie, nous naissons avec le goût du plaisir et nous nous y livrons presque toutes par vanité, par tempérament ou par intérêt. La femme de condition a un amant par air, la bourgeoise par amusement et l'indigente par

1. *Mademoiselle Javotte*, *infra*, p. 463.

besoin. La coquette le recherche, l'hypocrite le désire, la femme raisonnable le choisit[1]. »

De naissance incertaine (on la prétend fille d'un gros chanoine qui se disait gentilhomme), Frétillon se sait promise dès ses premières années au métier de fille galante. Loin d'en ressentir de la honte ou du dépit, elle n'y voit que des avantages : « Mon imagination se remplit des douceurs qui y sont attachées. Mon penchant se trouva d'accord avec les devoirs essentiels de cet état. Pour me rendre plus digne de plaire, j'ornai mon esprit par des lectures instructives et amusantes. » Thérèse, la *Belle Alsacienne*, ne rougit pas davantage d'être née dans le sérail. Petite-fille d'un perruquier de Colmar, ignorant tout de son géniteur, elle pourrait s'inventer une ascendance flatteuse, mais elle n'en a cure : « Une jolie femme n'a besoin ni d'aïeux, ni de descendants ; elle compose elle seule toute sa famille ; ses charmes font sa noblesse ; des intrigues bien ménagées, des infidélités conduites avec art, vingt amants ruinés par elle : voilà ses titres. » Fille d'un portefaix et d'une revendeuse, qui la consultent sur son futur état (preuve d'une relative aisance), Mlle Javotte choisit celui de coiffeuse comme l'un des plus sûrs moyens d'accéder à celui de courtisane. « On applaudit mon choix, on l'admira, on me mit en apprentissage. » Pour Mlle de Charolais, princesse du sang et petite-fille de Louis XIV par la main gauche, il va de soi que la question économique ne se pose même pas, ni celle d'une profession. Son unique mais impérieux mobile tient dans la recherche du plaisir, en dehors de toute autre considération.

Mlle de Charolais sera la première à lutter résolument contre le sort réservé aux personnes de son sexe, notamment contre la fatalité du mariage. Toute sa vie, elle militera en faveur de la liberté de la femme. Aux objurgations de sa mère, qu'effraient la solitude et l'opprobre à laquelle elle se condamne, elle répond fièrement : « Madame, vous pouvez dire tout ce que vous voudrez, rien ne peut augmenter ni diminuer dans mon esprit le dégoût que j'ai pour le mariage que je regarde comme le plus dur esclavage auquel une fille puisse être assujettie ; et dussé-je encourir votre colère et tout ce qui s'ensuit, jamais je ne prendrai ce parti[2]. » Sa profession de foi tient en quelques lignes : « Je menais la vie du monde la plus heureuse. J'avais arrangé mes visites de façon que celui-ci ayant eu la nuit n'avait point la journée qui se trouvait partagée entre deux, savoir un le matin et l'autre l'après-midi. Chacun avait son jour et son heure fixée. Quand il arrivait quelques changements, je les avertissais. Je ne manquais point d'amants ; j'en avais dans tous les états, excepté la robe et les moines qui ne m'ont jamais tentée. J'en avais des princes, des ducs, des marquis, comtes et barons, dans l'Église,

1. *Mademoiselle Javotte*, *infra*, p. 462.
2. *La Grivoise du temps ou la Charolaise*, *infra*, p. 340.

l'ordre de Malte, dans les Suisses, les Saxons et les Dragons. On ne m'a jamais vue dire non aux gens de bonne façon, mais cela se passait avec précaution. Je n'avais de mauvais temps que celui de mes couches ; j'aurais trouvé vingt pères pour un à mes enfants. J'en fis six en moins de cinq ans, qui sont tous venus à bien. Les unes servent Dieu et les autres le roi avec distinction. La liberté qui s'est trouvée chez moi, jointe à l'apologie que le prince de l'Église a fait de moi sans compter sa mésaventure, m'ont fait surnommer *La Grivoise*. Je tiens à honneur d'en mériter le nom. »

***

Aimer le plaisir, chérir sa liberté, affronter d'un cœur serein la réprobation générale, jouir d'un joli minois, d'une taille faite au tour, d'une jambe de nymphe, d'un pied mignon, et relever le tout d'une parure exquise : autant d'atouts précieux, voire nécessaires pour réussir dans le métier qu'elles ont choisi. Sont-ils pour autant suffisants ? À l'instar du libertinage masculin, qui impose sa propre discipline, le libertinage féminin ne saurait se passer de règles. Il s'agit d'un art difficile qui exige, outre des dons naturels, un apprentissage plus ou moins long, l'acquisition de certains principes, d'un certain savoir-faire, et surtout une faculté d'adaptation qui suppose elle-même une grande finesse psychologique. On ne s'improvise pas « fille du monde », et la volonté de le devenir ne garantit nullement qu'on y fera carrière. Une débutante peut exceller dans l'exercice amoureux, mais négliger de le varier suivant les individus. Le financier se traite avec plus d'égards, le courtisan avec plus de circonspection, le vieillard avec plus de patience, le prélat avec plus de discrétion. Tout se complique avec l'homme à sentiments, car c'est le plus difficile à manœuvrer, du moins avant l'« affaire » ; après, les choses suivent leur cours ordinaire. Comme le dit fort bien Victorine, le métier de fille galante s'apparente à bien des égards à celui de comédienne : « Aujourd'hui à l'un, demain à un autre, notre vie est un changement perpétuel de connaissances et de conduite. Avec l'un folâtre, avec l'autre sensible et avec un troisième flegmatique ; il faut être un peu comédienne et changer de rôle à tout moment[1]. »

Tous ces talents peuvent s'acquérir « sur le tas », par la seule pratique. Mais que de temps gagné, lorsqu'on a la chance d'avoir à ses côtés une mère comme celle de Frétillon, véritable docteur ès libertinage, doublée d'une merveilleuse pédagogue ! Sa leçon est à mettre en parallèle avec celle que le libertin Versac administre à son jeune disciple Meilcour dans *Les Égarements du cœur et de l'esprit*. « La galanterie, dit-elle, est un art méthodique, où l'on n'excelle jamais quand on s'écarte des règles,

1. *Correspondance d'Eulalie*, *infra*, p. 761.

et ces règles sont différentes selon les divers caractères des amants. Ce qui plaît à l'un souvent répugne à l'autre. Il faut quelquefois affecter de la modestie, de la circonspection, et sans ôter l'espérance, laisser entrevoir des difficultés. Ce sont souvent des ennemis que les hommes aiment à combattre ; il faut dans des circonstances paraître plus facile à vaincre, céder à propos, et toujours attribuer le sacrifice à l'excès d'un amour supposé. Ce sera moi, ma chère fille, à qui une longue expérience tient lieu d'esprit et de bon sens, qui te guiderai dans la brillante carrière que tu vas ouvrir. Je t'enseignerai ces moyens sûrs d'attirer, d'enflammer, de conserver un amant prêt à s'échapper ; mais il faut que tu sois docile à mes conseils. Ta jeunesse ne te permet point de savoir encore ce manège, qui sert à tromper les hommes les plus rusés ; manège avec lequel on persuade à dix adorateurs, également bien traités, que chacun est le seul favorisé ; manège enfin qui nous fait employer à propos la perfidie, le mensonge, le parjure, le désintéressement affecté, les froideurs simulées, les inconstances apparentes, pour piquer de jalousie un amant indolent, qui s'endort dans la tranquillité d'une passion heureuse et satisfaite. C'est par lui que de l'amant, même le moins libéral, on arrache sans peine, tantôt une robe, un bijou, de la porcelaine, quelques pièces d'argenterie, un trumeau, des meubles, et souvent de l'argent comptant[1]. »

Et l'amour, dans tout cela ? (j'entends l'amour-passion). Si elles osent à peine proférer son nom, ou conjuguer son verbe, nos héroïnes ne sont pas corrompues au point de le confondre avec l'appétit des sens. Et si, le plus souvent, elles en font la métaphore du désir, elles ne sont pourtant pas dupes de cet abus de langage. « Deux puissances agissent dans le cœur d'un amant : le tempérament, qui suscite les désirs, et les charmes de l'objet vers lequel ils se déterminent. Ces deux facultés concourent ensemble à former ce sentiment que l'on appelle amour. Cet amour, je dis l'amour heureux, conduit l'amant dans le sein du plaisir. Il s'y plaît, il y nage, et les délices qu'il y trouve le retiennent à l'objet qui les lui fait goûter. L'amour, dans ce plaisir, trouve souvent son tombeau. Le désir, excité par le tempérament, subsiste seul dans le cœur de deux amants. Ils demeurent cependant unis l'un à l'autre, parce qu'ils se deviennent nécessaires pour le remplir. Leurs nœuds sont alors moins serrés par une véritable tendresse que par l'habitude de courir ensemble dans la route du plaisir. Lorsque l'infidélité survient, l'amant trahi murmure, mais c'est moins par une tendre délicatesse que parce qu'il en voit un autre partager avec lui les amusements voluptueux qu'il croyait goûter seul[2]. » On ne saurait plus subtilement analyser la redoutable ambiguïté dont se couvrent

1. *Histoire de la vie et des mœurs de Mademoiselle Cronel dite Frétillon*, *infra*, p. 26-27.
2. *Ibid.*, p. 100-101.

ces deux mots d'*amour* et de *désir*, dès lors qu'on les utilise indifféremment l'un pour l'autre. Aucune distinction, aucune définition n'est jamais assurée dans cette circulation continuelle de sentiments et de mouvements qui s'entretiennent et se reproduisent.

M. L.

GAILLARD (PIERRE ALEXANDRE),
dit GAILLARD DE LA BATAILLE

Histoire de la vie et des mœurs de Mademoiselle Cronel dite Frétillon[1]

1739-1740

INTRODUCTION

Pamphlet ? Roman ? Dans quel genre convient-il de classer l'*Histoire de la vie et mœurs de Mademoiselle Cronel dite Frétillon* ? Le nom de l'héroïne étant l'anagramme de Mlle Clairon[2], dont l'auteur prétend révéler la vie secrète et scandaleuse, nul doute qu'il s'agit bien d'un pamphlet dirigé contre l'une des plus illustres comédiennes de son temps. Pourtant, à considérer l'ampleur de l'ouvrage (pas moins de quatre parties, plus une cinquième apocryphe), la nature de l'intrigue, ses développements, ses rebondissements, ou encore l'inventivité du narrateur et le caractère des personnages, il va de soi que nous avons affaire à l'un de ces romans dits « à la première personne », ou encore « pseudo-Mémoires », dont raffolaient les lectrices du XVIIIe siècle. Le pamphlet tire sa force de sa brièveté : il exige un tour vif, piquant, où la pensée se condense en traits cinglants. Il s'accommode mal de tout ce qui se met en travers de sa trajectoire et retarde son effet : le récit, la description, la digression, l'analyse, bref tout ce qui fait le charme du roman, et que l'on trouve dans notre histoire. Le pamphlétaire ne songe qu'à blesser l'adversaire : tout moyen lui est bon ; il ne connaît ni ménagements, ni scrupules de conscience. Tuer ou être tué : tout est là. C'est un duel à mort, et telle phrase de sa brochure ne s'effacera qu'à la pointe de l'épée. Or, contrairement aux allégations de Mlle Clairon elle-même et de ses admirateurs, son double romanesque, *alias* Mlle Cronel dite Frétillon, n'est point vraiment traitée en adversaire. Loin s'en faut ! Même si l'auteur en rajoute ici ou là sur son goût des plaisirs, et multiplie le nombre de ses amants. On ne prête qu'aux riches…

Disons-le tout net : Claire-Josèphe-Hippolyte Léris de La Tude, plus

1. La Haye, Aux dépens de la Compagnie.
2. L'anagramme paraît approximative, mais au XVIIIe siècle *Clairon* s'orthographiait le plus souvent *Cléron*.

connue sous le sonore pseudonyme de Clairon, n'est jamais passée aux yeux de ses contemporains pour un modèle de vertu. Venue au monde le 25 janvier 1723 à Condé-sur-Escaut, elle était fille illégitime de François-Joseph-Désiré Léris, sergent au régiment de Mailly, et de Marie-Claire Scanapiecq (probable francisation de l'italien *Scannapieco*), couturière-lingère, âgée d'à peine dix-huit ans à la naissance de sa fille. « La Providence m'a déposée dans le sein d'une bourgeoisie pauvre, libre, faible et bornée. Mon malheur a précédé mon existence », écrira-t-elle dans ses *Mémoires*[1]. Ayant manifesté très tôt le goût de la comédie, on la présente à Dehesse, de la Comédie-Italienne, qui la fait débuter dès l'âge de douze ans dans une comédie de Marivaux. On la juge trop jeune, trop petite, trop novice et elle doit renoncer à la clôture de la saison. Mais elle trouve bientôt un nouvel engagement à Rouen, dans la troupe de Mlle Gautier (future Mme Drouin) et de Lanoue. C'est dans cette ville, nous dit l'auteur du roman-pamphlet, qu'elle méritera le surnom de *Frétillon*, par la précocité et l'ardeur de son tempérament amoureux. De Rouen, elle passe à Lille, puis à Gand et à Dunkerque. Rentrée à Paris, elle débute à l'Opéra, où elle double Mlle Le Maure, l'une des plus célèbres cantatrices de son temps. Au dire des *Mémoires de Frétillon*, sa conduite aurait tellement scandalisé ses « chastes commpagnes [!] » que les directeurs de l'Opéra résolurent de la congédier. Prévoyant cette mesure disciplinaire, elle aurait alors tourné ses vues du côté de la Comédie-Française, et réussi à s'y faire engager. On ne travestit pas la réalité plus effrontément. Reçue pour doubler Mlle Dangeville qui jouait les soubrettes, elle débute le 19 septembre 1743 dans le rôle de Phèdre ! Elle a vingt ans.

Arrêtons ici la biographie de Mlle Clairon, c'est-à-dire au début de sa brillante carrière, car les quatre premières parties de l'*Histoire de la vie et mœurs de Mademoiselle Cronel dite Frétillon* ne vont guère au-delà (elles s'arrêtent en 1740), et la cinquième, publiée en 1750, ne poursuit pas le récit. Que sait-on de sa vie privée au cours de cette période ? Et d'abord, auprès de qui se renseigner ? Négligeons les raclures de coulisses, méprisons les fouille-merde et les pornographes, et louchons plutôt du côté de la police des mœurs, particulièrement zélée sous le règne de Louis XV, et dont les rapports égayaient, dit-on, les petits levers de Sa Majesté. En dépit de menues erreurs de dates ou de lieux, ceux-ci offrent du moins un avantage : ils échappent à la calomnie née de la vengeance, de la jalousie ou de la haine. Si l'on veut une relation objective des amours de Mlle Clairon entre sa quinzième et sa vingtième année, mieux vaut donc se tourner vers les indicateurs, espions et « mouches »

1. *Mémoires d'Hippolyte Clairon, et réflexions sur la déclamation théâtrale. Publiés par elle-même*, seconde édition, revue, corrigée et augmentée, Paris, Buisson, an VII de la République [1799], p. 29.

de l'administration. L'exempt La Janière en fait partie. Le 10 décembre 1750, il adresse à son supérieur hiérarchique, l'inspecteur d'Hémery, un compte rendu fort détaillé sur le passé de la comédienne. On pourra comparer ce « roman-vrai » avec les aventures imaginées par l'auteur du roman-pamphlet, et constater, une fois de plus, que souvent la réalité dépasse la fiction !

« À l'âge de quinze à seize ans, raconte le policier, un nommé M. Dubuisson, négociant à Rouen, la trouvant à son gré, la prit en amitié. Il lui donna de quoi se tirer de la misère. Ses petits secours la mirent en état de faire connaître ce qu'elle valait et d'entrer à la Comédie de Rouen, où elle sut mériter, quoique novice, les applaudissements du public.

« Au bout de quelques années, ayant pris des engagements avec le directeur de la Comédie de Lille, elle fut représenter dans cette ville et n'y resta pas longtemps sans faire de conquêtes. Le comte de Bergheick, colonel du régiment Royal-Wallon ; le chevalier de By, lieutenant-colonel du même régiment, et M. Desplaces, major du commissaire général de cavalerie, furent ses trois principaux tenants.

« On est d'abord alarmé de voir trois rivaux guerriers se disputer le cœur de cette fille, mais qu'on se rassure : tout se passera dans la tranquillité. La Clairon était fille d'arrangement et d'ailleurs assez habile pour en amuser une demi-douzaine. Ainsi, tout se passa dans l'ordre et tout le monde fut content.

« Ses talents étaient trop sublimes pour la province. Notre illustre sentit bien qu'elle était destinée à briller un jour dans un plus grand monde. Elle quitta donc Lille, après y avoir demeuré deux ans, et débarqua dans cette capitale. À son arrivée, les commencements furent un peu durs. M. Dubreuil, frère du marquis de Ceindré, lui fut de quelque secours et aida à la lettre pendant quelque temps. Mais c'était trop peu de chose pour s'y arrêter, et on ne le garda que le temps qu'il fallut pour trouver mieux. »

À Paris, Mlle Clairon poursuit sans sourciller sa carrière de courtisane, inaugurée à l'âge précoce et sous les plus favorables auspices. M. de La Poupelinière, fermier général et homme fastueux, lui fait des propositions qu'elle reçoit de bonne grâce. Protecteur des talents (plus par air que par goût), il s'imagine avoir trouvé la voix du siècle, et intrigue tant et si bien qu'il la fait entrer à l'Opéra où le public, hélas ! ne partage pas son enthousiasme. Mais elle n'en a cure ! À peine vient-elle de débuter que les galants se la disputent. Lequel choisir ? Elle commence par sacrifier La Poupelinière à trois gentilshommes riches et de haute lignée : le prince de Soubise, le duc de Luxembourg et le marquis de Bissy ; ils soupent chez elle à tour de rôle, et paient chacun (fort cher) leur abonnement à la table et à l'alcôve. Le duc de Boutteville fait aussi partie des habitués, mais règle ses consommations à chaque visite. Étant moins fortuné que les autres, on lui fait souvent crédit, tout en gardant un œil sur son ardoise. Ces quatre seigneurs assurent à la Clairon des revenus largement supérieurs à ses gages ; ils lui acquièrent surtout une réputation de fille d'esprit. Les trois premiers l'ayant abandonnée pour de nouvelles amours, il ne lui reste plus que Boutteville, dont elle ne sait que faire. Elle ne tardera pas à s'en débarrasser.

Dieu merci, le président de Rieux, l'un des plus fieffés libertins de l'époque bien qu'il eût une femme délicieuse, a remarqué la jeune fille, et s'engage à la dédommager de son manque à gagner. Mais il en sera d'elle comme de ses autres maîtresses : il ne la gardera qu'autant qu'il faudra pour l'enrichir. Après sa retraite, les soupirants qu'il avait écartés reviennent en foule. MM. Neuville, La Bœxières, Cazes, tous trois fermiers généraux, passent les premiers. Le comte de Lannoy, capitaine-lieutenant de gendarmerie, le marquis de Saint-Chaumont, colonel d'un régiment d'infanterie qui porte son nom, le chevalier de Polignac, le comte de Mars, aide-major des gardes-françaises, le baron de Kervert, anglais, le comte d'Egmont, de Bauche, conseiller au parlement, le président Dupuy, Lansac, conseiller au parlement ; le prince de Turenne et le prince Camille auront leur tour. Enfin, elle écume si bien le faubourg Saint-Germain, se donnant à l'un puis à l'autre, sans discrétion ni discernement, qu'elle finit par se galvauder et par devenir « si commune, note M. de La Janière, qu'on n'en voulait plus, et toutes ses bonnes fortunes se terminèrent au baron de Besenval, capitaine aux gardes suisses, dont elle devint folle[1]. Elle fut à la fin si peu contente de sa vigueur qu'elle lui donna le nom du baron de *Baise-cul.* »

Vers cette époque, elle entre à la Comédie-Française, et tombe aussitôt sur le comédien Grandval. Pauvre garçon ! Son histoire fait penser à celle de l'arroseur arrosé. Lui qui avait grugé presque toutes ses camarades de la troupe, et plus généralement toutes les filles qui lui étaient passées entre les mains, la Clairon n'en fit qu'une bouchée. Elle l'accommoda si bien qu'au bout de sept à huit mois, on fut obligé de lui accorder une représentation à son bénéfice pour rétablir ses finances[2].

Grandval sort par une porte ; le président de Rieux, et le marquis de Bissy réapparaissent par une autre. Pour quelques semaines seulement. Car voici qu'un M. Sénan, gentilhomme breton, pointe son nez, les évince tous deux, et prend leur place au boudoir de la belle. Le temps de se ruiner pour elle, de se rompre une veine en pleine action et de mourir au champ de Cythère. Elle verse quelques larmes, car la vache était bonne,

1. Dans sa biographie de Mlle Clairon, Edmond de Goncourt cite une lettre de l'amoureuse à Besenval, qui contient ces mots : « Je ne sais pas comment cela se fait, j'ai plus de plaisir maintenant à t'être fidèle, sans même que tu le désires, que je n'en avais autrefois à te faire une infidélité. »

2. François-Charles Racot de Grandval (1710-1784) était à l'époque le grand jeune premier de la Comédie-Française. De tournure élégante et charmant de visage, il faisait tourner bien des têtes. « C'est l'une de ses passions qui lui fait le plus d'honneur », observe Coste d'Arnobat, à propos de celle que Mlle Clairon éprouvait pour lui.

mais trouve à se consoler avec le marquis de Cortes, jeune seigneur espagnol. Au bout de six mois, elle le renvoie dans ses pénates ibériques pour accueillir un noble polonais, le comte de Bratocki qu'elle ruine en moins de quatre mois : carrosse, diamants, tabatière, tout disparaît, et le malheureux se retrouve en prison pour dettes, en attendant ses lettres de change de Pologne.

Pendant sa liaison avec son successeur, le prince de Monaco, auquel elle paraît pourtant aussi fidèle que le permet son tempérament, elle tombe dans les bras de M. d'Hugues de Giversac, puis d'un mystérieux étranger qui rompt ses dernières résistances en lui offrant « une pièce de taffetas des Indes, beaucoup de bougies, de chocolat, de vin de Champagne, avec un service de porcelaine incrusté d'or », et qui surtout lui promet « une somme considérable pour l'entretenir ». M. de Ceindré, frère de son ancien amant, se met alors sur les rangs. Comme il ne sait rien lui refuser, il la couvre de bijoux et lui offre une maison de campagne magnifiquement meublée. Mais l'imprudente se fait surprendre une nuit avec le jeune chevalier de Jaucourt, officier de dragons, dans une posture sans équivoque. « Cette fille passe pour un tempérament des plus forts et passionnés, commente l'indicateur. Elle crie dans l'action qu'il faut fermer les fenêtres. » Un mois plus tard, il n'est plus question ni de Ceindré ni de Jaucourt, mais du marquis de Thibouville et de l'auteur Marmontel, âgé de vingt-quatre ans, qui en fait sa principale interprète. À défaut d'une grande fortune, il possède, nous dit-on, « une carrure de Limousin qui ne boude pas à l'amour » et surtout « un sceptre qu'aucun compétiteur n'a jamais pu lui contester, celui du dieu des jardins, si digne de la reine de Carthage ». La vogue de Frétillon connaît alors une espèce d'apogée. Thibouville congédié, Marmontel épuisé (« il n'est plus reconnaissable depuis qu'il s'est dévoué aux amusements de cette fille », précise une note de Mouhy au lieutenant général Berryer[1]), la place est libre pour le jeune marquis de Ximénès, à peine âgé de vingt-six ans, guidon dans les chevau-légers de la garde du roi, qui espère bien obtenir ce qu'un journaliste peu galant appelle les « restes du public. » Il commence par des vers. Peine perdue. Le lendemain, il lui envoie un pâté de Périgueux farci, dans lequel les truffes sont remplacées par six rouleaux de 50 louis chacun. La Clairon garde les truffes et fait servir le pâté à ses convives. À deux heures du matin, Ximénès vient cueillir les fruits de ce qu'il a semé. Mais ce n'est pas encore assez. Sans doute ignore-t-il

Que jamais la Clairon, ni ses consœurs galantes
Ne traitèrent d'amour qu'en espèces sonnantes ;
Qu'auprès d'elles ce dieu ne fait qu'un vain effort,
Si Plutus à leurs yeux n'ouvre son coffre-fort.

1. François Ravaisson-Mollien, *Archives de la Bastille, d'après des documents inédits*, Paris, 1866-1904, t. XII, p. 295.

Toujours est-il que Frétillon exige une somme de 20 000 livres, qu'il finit par se procurer. Pour ce prix, il aura droit à quelques semaines d'amour. C'est ce que nous apprend prosaïquement un rapport de l'inspecteur Meunier du 2 novembre 1751 : « La demoiselle Clairon, actrice de la Comédie-Française, rue des Marais, près de la rue de Seine, faubourg Saint-Germain, veut bien aider le marquis de Ximénès à dépenser une partie de son bien, si par l'événement le tout n'y va pas. Depuis six semaines, il ne bouge de chez elle. Son équipage, qui est des plus brillants, deux grands laquais, un coureur, vêtus superbement, annoncent que les finances vont grand train. Dès qu'il arrive, on frappe en maître, la porte s'ouvre et le carrosse entre dans la cour[1] ».

La brouille suivra bientôt. Pourquoi ? Comment ? Sans doute pour les raisons habituelles : pas d'argent, pas de suisse… et plus de Clairon. Comme celle-ci lui redemande son portrait, le marquis le lui renvoie, accompagné de cette épigramme vengeresse :

Tout s'use, tout périt, tu le prouves, Clairon ;
Ce pastel, dont tu m'as fait don,
Du temps a ressenti l'outrage :
Il t'en ressemble davantage[2].

D'autres textes abondent, à travers lesquels on peut suivre les prouesses érotiques de Mlle Clairon jusqu'à sa retraite. Ils échappent rarement aux répétitions et colportent souvent des ragots douteux, que l'on se fera scrupule de mettre sous les yeux du lecteur. Au reste, les informations réunies dans les pages qui précèdent, toutes de source sûre, suffisent pour rendre quelque peu vraisemblables les révélations de l'*Histoire de la vie et mœurs de Mademoiselle Cronel dite Frétillon*. Celle-ci, en tout cas, ne semble pas trop en désaccord avec l'aveu légèrement voilé que l'actrice fera plus tard des désordres de sa mère et des habitudes relâchées de leur intérieur : « Une de mes camarades vint loger dans la même maison que nous. Elle sut gagner ma mère et l'engager à la prendre en pension. Elle obtint que de temps à autre *on* vînt souper avec nous, et la compagnie devint de jour en jour plus nombreuse. Ma mère substitua des plaisirs à sa rigidité. On en parlait ; elle s'en moqua. Je grandissais ; on dut croire que j'avais ma part au gâteau. […] Notre pensionnaire ayant trouvé, je crois, des moyens de se mieux établir, nous quitta. Une autre, mille fois plus désordonnée, prit sa place. Soit qu'on respectât mon âge, soit qu'on craignît, en m'éclairant, de se donner une rivale, je ne voyais rien, et ma tournure d'esprit ne me donnait pas les moyens de suspecter. Ce n'est que longtemps après que j'ai pu savoir tout ce que je me rappelle en ce

1. *Archives de la Bastille, d'après des documents inédits*, op. cit., p. 367.
2. Grimm, Diderot, *Correspondance littéraire*, 15 août 1755, éd. Maurice Tourneux, Paris, Garnier, 1877-1882, 16 vol., t. III, p. 80.

moment[1]. » Que de précautions oratoires ! En clair, comprenons que sa mère tenait un bordel.

Que Mlle Clairon ait mené depuis sa tendre jeunesse une existence dissolue, multipliant les aventures à une cadence effrénée, peu commune même dans les milieux de la galanterie, voilà qui ne saurait être mis en doute, et qu'attestent amplement les rapports de police. C'est sur cette toile de fond que l'auteur du roman-pamphlet compose les pseudo-Mémoires de son héroïne. Et si les amants qu'il lui attribue sont inspirés de personnages réels, comme on peut le supposer, bien malin qui saura les identifier. Qui se cache derrière le jeune sujet de la troupe, les académistes de Rouen, milord Lope, Ridhilles, son frère Bagerria ? Comme tout bon romancier, celui de l'*Histoire de Mademoiselle Cronel* s'est servi de faits et de modèles empruntés à la réalité pour donner forme à son imaginaire. Certaines scènes pourtant semblent relever de l'observation, du ressouvenir de choses vues plutôt que de l'invention pure et simple. Ainsi de la « profonde bergère, théâtre de ses plaisirs et des miens », où sa mère venait apaiser la « révolte des sens ». Ainsi de la fuite de la fille, chassée de chez elle par les mauvais traitements, et qui va chercher refuge dans la loge de la danseuse Tonton. Ainsi de la bagarre homérique qui s'ensuit.

Clairon, dans ses *Mémoires*, conte elle-même, à propos de la publication du libelle : « Une dame respectable qui m'aimait tant [sans doute la présidente de Bimorel] m'ouvrit les yeux sur la cause de mon malheur. Je vis que je le devais tout entier à l'inconduite de ma mère, et cette lumière me la fit prendre dans une si grande aversion, il m'en a tant coûté pour rester avec elle jusqu'à son dernier soupir, j'ai si bien surmonté l'impétuosité de mon caractère que je puis peut-être tirer quelque vanité de mes efforts, du silence que j'ai gardé, et du bonheur dont elle a constamment joui[2]. »

*
* *

Depuis sa première édition publiée entre 1739 et 1742, l'*Histoire de la vie et mœurs de Mademoiselle Cronel dite Frétillon* fut attribuée successivement à Pierre Alexandre Gaillard, dit Gaillard de La Bataille, au comte de Caylus et au dénommé Baraguier. Il convient, croyons-nous, d'éliminer d'emblée ce dernier, qui n'intervient ici que par suite d'une grossière erreur. Voici les faits.

Dans son numéro du 25 mai 1875, l'*Intermédiaire des chercheurs et des curieux* (p. 293) publiait une note signée H. de L'Isle, et rédigée en ces termes : « L'*Histoire de Mademoiselle Cronel, dite Frétillon*. Elle est attribuée soit à Gaillard de La Bataille, trésorier de France, d'autres

1. *Mémoires d'Hippolyte Clairon*, op. cit., p. 41-42.
2. *Ibid.*, p. 46-47.

disent comédien, soit au comte de Caylus. Voici une autre attribution. On lit ce qui suit (p. 242), du *Catalogue de la vente Potier*, 4 mars 1872 : "L'auteur de ce roman est le sieur Baraguier qui, après avoir été le héros et le témoin des exploits de l'enfance de ladite demoiselle Clairon, en voulut être l'historien. Il avait été aussi l'amant de la mère. C'était un homme de finances." Note ancienne écrite sur le premier feuillet de garde. — Ce Baraguier est inconnu. Était-il de Rouen ? » De qui est cette note ? On ne sait. De quelle autorité peut-elle se prévaloir ? D'aucune, apparemment. Le catalogue qualifie seulement l'écriture d'« ancienne », ce qui est bien vague. Pourtant, un érudit aussi avisé que Jean Hervez (pseudonyme de Raoul Vèze), la cite en référence, tout en contestant l'attribution[1]. Mais deux mois plus tard, la même revue fait passer la réponse d'un lecteur bibliophile, qui possède un exemplaire de l'édition originale ayant appartenu à l'auteur dramatique Thomas Simon Gueullette et portant son ex-libris gravé. Au bas de la page 73 de la première partie, au-dessous du mot *Bagerria* (« Ridhilles avait un frère aîné arrivé depuis peu d'Espagne. On le nommait Bagerria. Il vint me voir », etc.), Gueullette a noté : « Baragué [*sic*], fils d'un gros négociant de Rouen[2]. » Mais nulle part il ne dit que ce Baragué ou Baraguier soit l'auteur du roman[3] ! Fausse piste, donc, et qui conduit à une impasse.

Pour être moins fantaisiste, l'attribution au comte de Caylus n'en paraît pas plus vraisemblable. On ignore son origine (peut-être la *Biographie universelle* de Michaud), mais certains érudits l'ont reprise à leur compte, au moins partiellement, comme Fleuret et Perceau, qui l'adoptent uniquement pour la première partie, selon eux « d'un style bien meilleur que les suivantes[4] » : jugement sévère, que nous sommes loin de partager. Pas plus d'ailleurs que nous ne croyons à la participation de Caylus — fût-ce dans la proportion d'un cinquième ! Au reste, le roman ne figure pas dans la grande édition de ses *Œuvres badines complètes* en 12 volumes (1787). Il est vrai que cette entreprise de librairie fut dirigée par un certain Garnier, lequel n'a jamais rencontré Caylus, manquait totalement de sens critique, et se contentait le plus souvent de publier des compilations telles que *Le Cabinet des fées* ou les *Voyages imaginaires*. C'est dire qu'il ne contribue nullement à tirer au clair les paternités illégitimes de son grand homme. Il ajouterait plutôt à la confusion, en faisant

1. Voir son Introduction à l'*Histoire de Mademoiselle Clairon, dite Frétillon*, Paris, Bibliothèque des curieux, 1911, p. 29.

2. L'*Intermédiaire des chercheurs et des curieux*, 10 juillet 1875, p. 402-403.

3. Sans doute Hervez a-t-il confondu les deux articles de l'*Intermédiaire* publiés à deux mois d'intervalle, et pensé que la note citée dans le catalogue de la vente Potier était, elle aussi, de la main de Gueullette, ce qui lui conférait une indéniable autorité. Mais nous savons ce qu'il en est.

4. *Œuvres badines et galantes du comte de Caylus*. […] Choisies et précédées d'une notice et d'une bibliographie par Radeville et Deschamps [Fleuret et Perceau], Paris, Bibliothèque des curieux, coll. « Les Maîtres de l'amour », 1920, p. 29.

figurer dans les tomes XI et XII six ouvrages d'auteurs variés, qu'il ne prétend même pas sortis de la plume de Caylus.

Reste celui que Mlle Clairon a désigné elle-même dans ses *Mémoires* comme l'auteur du pamphlet, à savoir Pierre Alexandre Gaillard, dit Gaillard de La Bataille, comédien dans la même troupe qu'elle à Rouen, « pauvre diable assez plaisant, faisant des vers et cherchant partout à souper » dont elle avait, dit-elle, repoussé les avances, et qui usa de ce moyen pour se venger de ses rebuffades. À l'en croire, il aurait pénétré un jour dans sa chambre à neuf heures du matin, alors qu'elle était encore au lit et que sa mère était sortie pour affaires. « Il faisait chaud, se souvient-elle. Nul bruit ne m'avertit de réparer mon désordre. Je n'avais pas encore quinze ans et ma chemise et mes cheveux étaient ma seule couverture. Cette vue ne lui permit pas de rester longtemps maître de lui-même : il accourut, voulut me prendre dans ses bras ; j'eus le bonheur de m'échapper. Mes cris firent entrer la servante, et une voisine qui logeait sur le même carré[1] que moi. Nous prîmes alors les balais, les pelles, et nous chassâmes ce malheureux. Ma mère rentrée, il fut décidé que nous rendrions plainte. Il fut réprimandé par le magistrat, chansonné par la ville et chassé pour jamais de chez nous. Mais la rage succédant à son amour et à ses désirs, il fit sur moi ce dégoûtant libelle qu'on a lu dans toute l'Europe. J'étais au Havre-de-Grâce avec la troupe lorsqu'il parut. Ma douleur fut au-delà de toute expression. Loin de mes protecteurs, ignorant ce que je devais faire, n'osant, ne devant pas me confier à l'ignorance, la bêtise et l'insouciance, je ne fis aucune démarche pour tirer raison de cet outrage ; ma candeur me permit de croire que je devais compter sur la justice des hommes. Mais avec plus de lumières, qu'aurais-je fait ? Quelques mois de prison où j'aurais fait condamner ce malheureux n'auraient pas empêché la publicité du livre ; ma honte prétendue n'en aurait pas moins couru le monde, et la réparation serait restée dans l'oubli. Cependant, je sais aujourd'hui que j'ai mal fait de ne pas la demander. Mais sans égard pour l'âge, l'ignorance et l'impuissance de l'opprimé, faut-il donc, pour rendre justice, que les tribunaux attendent qu'un particulier leur rende plainte ? Un livre calomnieux dont la pudeur n'ose avouer la lecture, dont l'auteur a l'audace de se nommer[2], que l'impression fait passer dans les mains de tout le monde, le cri de l'indignation publique qui força ce malheureux à se cacher, les plaintes que j'avais portées précédemment contre sa criminelle entreprise, mon âge, mon absence étaient, ce me semble, des réclamations suffisantes. Une vaine formalité que mon ignorance et mon impuissance m'empêchaient également de remplir, devait-elle arrêter la justice de ceux qui se disent les interprètes des lois, les défenseurs de l'humanité, les vengeurs

1. *Carré* : palier.
2. Sous le nom de « marquis de La Bataille », *infra*, p. 65.

de l'innocence ? Je n'étais rien, ne pouvais rien, ne tenais à rien : ce fut mon crime et mon malheur.

« Hélas ! Qu'importe à la plus grande partie des hommes qu'il soit un malheureux de plus ! Je puis me répondre aujourd'hui qu'ils aiment à voir souffrir leurs semblables : leur légèreté n'approfondit rien ; leur malignité, leur égoïsme, leur fait un besoin des larmes du désespoir de notre sexe. Quelque invraisemblable que soit l'histoire scandaleuse qui court sur nous, leur propre perversité leur permet de la croire, et l'impunité dont ils sont sûrs leur donne l'audace et la cruauté de l'affirmer. Ils n'ont rien vu, ne savent rien ; *on le dit* : c'en est assez. Que gagnent-ils à tout cela ? D'enhardir le calomniateur, et d'en être eux-mêmes les victimes, si leur sort les appelle à fixer les regards publics par une place, une administration quelconque. Le libelle qu'on a fait contre moi se perd aujourd'hui dans l'immensité de ceux qu'on a faits contre tout le monde. Innocence, grandeur, divinité même, rien n'est plus à l'abri de la méchanceté. Et tout ce que je lis sur les autres doit assurément me consoler de tout ce qu'on a lu sur moi[1]. »

La plaidoirie est habile, touchante, pathétique même, avec par moments des accents de révolte féministe fort bien venus. Certes, l'innocence outragée, la pureté piétinée, la vierge blessée, ne répondent pas vraiment à l'idée que l'on se fait de la petite Clairon dans sa seizième année. Mais quoi ! Il n'appartient qu'aux grands génies de connaître l'extrême des passions. La sienne l'entraînait vers le plaisir des sens. Qui douterait qu'ils lui fussent nécessaires pour rendre sur scène les déchaînements de Phèdre ou de Zaïre ? C'est ce qu'en termes poissards lui fait dire (fort bien, ma foi) un joyeux et anonyme plaisant, en réponse à la Gaussin, sa rivale détestée, qui s'était répandue en propos malveillants sur sa conduite :

D'ailleurs, le sentiment vient de la fouterie ;
Le reste n'est qu'idée pure et que rêverie.
Il fait bander les v…, il fait bâiller les c…,
Et ce sont ces tuyaux qui nous soufflent nos tons.
Il faut, pour que l'on ait du plaisir à l'entendre,
Que l'amante à l'amant décharge un discours tendre,
Qu'une femme fidèle, en pleurant ses malheurs,
Dise : *L'ingrat me quitte et s'en va foutre ailleurs,*
Afin de dire mieux, par ces mots animée :
L'ingrat en aime une autre et j'en étais aimée[2].

Ce qui se résume par cet autre vers du même rimeur : « L'actrice la meilleure est la plus libertine. »

1. *Mémoires d'Hippolyte Clairon*, op. cit., p. 43-46.
2. *Recueil de Maurepas pièces libres, chansons, épigrammes et autres vers satiriques sur divers personnages des siècles de Louis XIV et Louis XV*, Leyde, 1865, 6 vol., t. VI, p. 52.

***

De Pierre Alexandre Gaillard de La Bataille, il n'y a pas grand-chose à dire. Né le 18 mars 1708 à Rouen, mort au village tout proche de Roumare le 2 octobre 1779, il occupait, dit-on, les fonctions de trésorier de France, autrement dit d'officier chargé de l'administration du domaine. Selon certains biographes, tels que Geoffroy, Le Mazurier, Rabbe, etc., ce Gaillard n'était qu'un comédien raté qui tenait de petits rôles au théâtre de Rouen[1]. Outre l'*Histoire de Mademoiselle Cronel*, il publia deux autres romans : l'un sous forme de faux Mémoires intitulé *Mémoires ou Aventures de M. le comte de Kermalec par M. D. L. B.* [De La Bataille] (La Haye, aux dépens de la Compagnie, 1749, 2 vol.), le second imité de *La Paysanne parvenue* du chevalier de Mouhy (Paris, 1735-1736), intitulé : *Jeannette seconde, ou la Nouvelle Paysanne parvenue, par M. G**** (Amsterdam, par la Compagnie des libraires, 1744), réédité à Francfort en 1789.

L'attribution de notre roman-pamphlet à Gaillard nous paraît donc la plus plausible dans l'état actuel de nos connaissances, car en l'absence de tout manuscrit comme de toute autre preuve irréfutable, rien dans ce domaine ne saurait être tenu pour définitif, et la plus extrême prudence s'impose. Pour autant, cette attribution, que nous qualifierons de provisoire, ou encore *par défaut*, ne résout pas tous les problèmes que pose le texte qu'on va lire, et notamment celui de la deuxième et de la troisième partie. En fait, cette troisième partie doit être regardée comme la deuxième ; elle poursuit d'ailleurs le récit là où on l'avait laissé à la fin de la première partie, c'est-à-dire à la réconciliation de Ridhilles et Frétillon. Quant à celle qui se présente comme la « seconde partie », elle ne serait, selon l'auteur, qu'une suite composée à son insu par un continuateur indélicat. « Ouvrage assez bien écrit, reconnaît l'auteur par la voix de son héroïne, mais qui, par une justice du public, en a été fort mal reçu. Il s'est révolté de ce que, par une imitation manquée de mon caractère et de mon style, on lui présentait pour la véritable une Frétillon imaginaire. Il me serait inutile d'annoncer que je la désavoue et que tous les faits me sont étrangers. Les moins attentifs ont reconnu d'abord que cette Frétillon était un ouvrage de fantaisie. Quatre motifs déterminent ordinairement la plume d'un écrivain : sa gloire, l'amusement et l'instruction des lecteurs ou son intérêt propre. Je ne puis trop pénétrer celui qui a engagé mon continuateur à la suite de mon histoire. Je ne suis point un sujet assez connu pour qu'il ait été touché par la gloire. Il aurait pu trouver dans son esprit d'autres moyens d'amusements pour le public ; je

1. Voir Julien Louis Geoffroy, *Cours de littérature dramatique*, Paris, 1825, t. VI, p. 167 ; Le Mazurier, *Galerie historique des acteurs du Théâtre-Français*, Paris, 1810, t. II, p. 79 ; Alphonse Rabbe, *Biographie universelle et portative des contemporains*, Paris, 1836, t. I, art. « Clairon ».

laisse au lecteur à décider si ma vie et mes mœurs sont une louable matière d'instruction. Le motif d'intérêt paraît celui sur lequel je dois m'arrêter plus volontiers. Ma première partie avait fait du bruit dans le monde ; l'aigreur même des critiques lui avait donné de la réputation : plus d'un libraire en désirait la suite et paraissait disposé à en traiter assez noblement. Ces raisons étaient assez déterminantes pour un auteur dont la misère ou l'avidité taille la plume. Je ne lui sais pas mauvais gré de m'avoir historiée par cette raison ; un bon cœur doit être charmé de se trouver l'occasion des avantages d'autrui, mais j'ai été choquée des traits qu'il a lancés sur deux personnes dont les mœurs sont peut-être contraires à l'idée qu'il en veut donner au public. Je suis très fâchée qu'il ait emprunté mon nom pour verser son fiel sur l'avocat et la femme nommée dans son ouvrage. L'épisode de Fanchon renferme encore une odieuse satire qui m'a révoltée. Quoique galante et comédienne, je révère tout état et tout caractère respectables. J'use amplement des privilèges de mon état, j'en conviens ; la vivacité de mes sens m'a presque toujours soumise à mes désirs, c'est une vérité. Mais en suivant mes penchants, le plus rigoureux casuiste ne me trouvera coupable que de faiblesse. Je laisse aux femmes à décider s'il est aisé d'en être exempte et si je n'ai que le sexe de commun avec elles. Le mystère, un dehors imposant, la discrétion des adorateurs favorisés sont pour plusieurs un épais rideau sous lequel est caché ce qui pourrait former entre elles et moi un assez juste parallèle. J'aime mieux entrer en matière que de m'étendre sur cette comparaison ; j'ennuierais mon lecteur qui, par sa propre expérience, en connaît toute la justesse[1]. »

Cette mise au point nous paraît nécessaire, car le lecteur, qui aura assisté à la mort de Ridhilles dans la deuxième partie, pourrait légitimement s'interroger sur sa mystérieuse résurrection au début de la troisième. D'après Gaillard, cette fausse « seconde » serait due à un confrère cherchant à exploiter le succès de librairie de la première partie. Nous voici donc, si nous le suivons, en quête d'un second auteur ! À moins qu'il ne s'agisse du subterfuge d'un seul et unique auteur, à savoir Gaillard lui-même, lui permettant de proposer deux suites différentes à son histoire. Plusieurs indices nous feraient pencher en faveur de cette hypothèse :

1. la référence plutôt élogieuse à l'égard de son « concurrent » (« ouvrage assez bien écrit ») et le ton relativement mesuré dont il use à son égard. Gageons que sa dénonciation eût pris un tour autrement plus vif, s'il se fût agi d'un véritable faussaire ;

2. la publication des trois premières parties s'étale sur trois ans chez le même éditeur : La Haye, Aux dépens de la compagnie, 1739 (1re partie), 1740 (2e partie), 1742 (3e partie). Or, la deuxième (ou pseudo-deuxième)

1. Voir *infra*, p. 89-90.

partie est imprimée en caractères beaucoup plus gros que les deux autres, ce qui ne s'explique pas autrement que par le souci dc la distinguer de la première, et surtout de la troisième (véritable deuxième) qui ne verra le jour que deux ans plus tard. Voilà qui ne ressemble guère à une contrefaçon réalisée à l'insu de l'auteur. Ajoutons que les trois parties se trouvent presque toujours reliées en un seul volume. C'est le cas, par exemple, de l'exemplaire de Gueullette que nous citions plus haut. Or celui-ci porte en tête de la troisième partie cet avertissement manuscrit de son propriétaire : « Cette troisième partie de l'Histoire de Mlle Frétillon ne doit être regardée que comme la seconde ; elle est de l'auteur de la première partie, qui l'a intitulée "3e partie" pour qu'on ne la confondît pas avec une seconde partie *qui n'est pas du même auteur*[1]. » Sans doute l'opinion de Gueullette repose-t-elle sur la déclaration liminaire de Gaillard, et n'a-t-il pas jugé opportun de la mettre en doute, ni de pousser l'examen plus avant ;

3. enfin, une critique interne un peu poussée (qui n'est pas ici notre objet) viendrait confirmer ce qui se révèle avec force dès la première lecture, à savoir que les quatre premières parties du roman sortent bien de la même plume : le vocabulaire, la syntaxe, la tournure et le rythme des phrases, le choix des images, bref le style de l'ouvrage, mais aussi son esprit, tout enfin concourt à cette impression d'homogénéité que ne procure jamais une œuvre collective.

***

Rien, en revanche, ne relie la « cinquième partie » aux quatre premières. Les pages qui paraissent en 1750 sous le titre de *Mémoires pour servir de suite à l'histoire de Mademoiselle Cronel dite Frétillon, ci-devant actrice de la Comédie de Rouen, et présentement de la Comédie de Paris* (À La Haye, Aux dépens de la Compagnie) ne constituent pas le moins du monde une continuation des aventures commencées dans la quatrième partie. La rupture est totale, à la fois dans le temps, l'action et l'intention. Dans les quatre premières parties, le roman l'emportait largement sur le pamphlet. Ici, au contraire, c'est le pamphlet qui triomphe. Le procédé même des pseudo-Mémoires est abandonné au profit d'une succession d'écrits divers (factums, réflexions, lettres, épigrammes, requêtes, etc.), qui n'ont en commun que l'acharnement à peindre leur victime sous les traits les plus noirs. La volonté de nuire, fût-ce par la diffamation la plus impudente et la plus basse calomnie, vise en fait à déposséder Mlle Clairon de ses attributs de comédienne adulée du public, pour la réduire au rang de prostituée.

Ne va-t-on pas jusqu'à lui imputer un procès en dissolution de mariage

1. *L'Intermédiaire des chercheurs et des curieux*, 10 juillet 1875, p. 403.

pour cause d'impuissance, contre un certain sieur Chanterel ? Qui ne sait pourtant qu'elle n'a jamais contracté d'union, ni avec ce Chanterel (dont nul n'entendit jamais parler), ni avec aucun autre. Au reste, Mlle Clairon ne joue dans cette affaire qu'un rôle de prête-nom, ou plutôt de faire-valoir. Il s'agit en fait d'un exercice d'école par un juriste en herbe, s'évertuant à faire prévaloir sa thèse contre celle du droit canon, qui fait autorité en la matière. L'ordonnance du discours, l'argumentation, les références, le style : tout enfin relève de l'éloquence chicanière.

Signalons pour finir qu'un grand nombre de passages de cette cinquième partie sont empruntés à des libelles contemporains, tels que le *Règlement pour l'Opéra de Paris* de Meusnier de Querlon (1743), ou le *Chansonnier Maurepas*, d'où sont tirées les « Requêtes de la Pâris ».

M. L.

PRINCIPALES ÉDITIONS : *Histoire de la vie et mœurs de Mlle Cronel dite Frétillon, écrite par elle-même, actrice de la Comédie de Rouen*, La Haye, Aux dépens de la Compagnie, 1739-1740, 2 parties en 1 vol. in-12, portr.
BNF. 8° Ln[27] 4359 (A). Y[2] 54056. Rés. Z- 3222 (1).

Histoire de Mademoiselle Cronel, dite Frétillon, actrice de la Comédie de Rouen, écrite par elle-même. La Haye, Aux dépens de la Compagnie, 1740, in-12, 138 p., 2e partie.
BNF. 8° Ln[27] 4359 (A 2).

Histoire de la vie et mœurs de Mlle Cronel dite Frétillon, écrite par elle-même, actrice de la comédie de Rouen, La Haye, Aux dépens de la Compagnie, 1740-1742, 3 parties en 1 vol. in-12, portr.
BNF. 8° Ln[27] 4359.

Histoire de Mademoiselle Cronel, dite Frétillon, actrice de la Comédie de Rouen, écrite par elle-même, La Haye, Aux dépens de la Compagnie, 1740-1742, 3 parties en 1 vol. in-12.
BNF. Ln[27] 4359.

Histoire de la vie et mœurs de Mlle Cronel dite Frétillon, écrite par elle-même, actrice de la Comédie de Rouen, La Haye, Aux dépens de la Compagnie, 1762, 4 parties en 1 vol. in-12.
BNF. 8° Ln[27] 4359 (B). Rés. Z 3222 (3).

Histoire de Mademoiselle Cronel, dite Frétillon, actrice de la Comédie de Rouen, écrite par elle même, La Haye, Aux dépens de la Compagnie, 1762, 4 parties en 1 vol. in-12., fig.
BNF. Ln[27] 4359 (B). Rés. Z 3237 (3).

Histoire de la vie et mœurs de Mlle Cronel dite Frétillon, écrite par elle-même, actrice de la Comédie de Rouen, La Haye, Aux dépens de la Compagnie, 1772, 4 parties en 1 vol. in-12.
BNF. 8° Ln[27] 4359 (C).

Mémoires pour servir de suite à l'histoire de Mademoiselle Cronel dite Frétillon, ci-devant actrice de la Comédie de Rouen, et présentement de la Comédie de Paris, À La Haye, Aux dépens de la Compagnie, 1750, in-8°, 174 p.
BNF. Rés p Y^2 3254.
Première édition de la cinquième et dernière partie de l'*Histoire de la vie et mœurs de Mademoiselle Cronel, dite Frétillon.* Fausse adresse ; peut-être imprimée en Belgique d'après le matériel typographique.

Vie et mœurs de Mademoiselle Cronel, dite Frétillon, Bruxelles, J.-J. Gay, 1883, 2 vol. in-12, XXIV-205 et 233 p.
Bien complet des cinq parties, mais avec quelques coupures : dernières phrases de la 1re partie, préface de la 2e, Avant-Propos de la 3e.

Histoire de Mademoiselle Clairon, dite Frétillon. Réimpression intégrale du pamphlet attribué au comédien Gaillard de La Bataille. Introduction, appendice et notes, par Jean Hervez [pseud. de Raoul Vèze]. Ouvrage orné de huit illustrations hors texte. Paris, Bibliothèque des curieux, 1911, in-8°, 319 p.
Bien complet des quatre premières parties, mais seulement quelques fragments de la cinquième.

Œuvres badines et galantes du comte de Caylus. Le Défi amoureux inédit. Histoire de M. Guillaume, cocher. Les Écosseuses. Histoire de Mlle Cronel. Les Étrennes de la Saint-Jean. Les Bals de bois. Les Manteaux. Nocrion. Le Portefeuille du comte de Caylus. Choisies et précédées d'une notice et d'une bibliographie, par Radeville et Deschamps [Fernand Fleuret et Louis Perceau]. Paris, Bibliothèque des curieux, coll. « Les Maîtres de l'amour », 1920, in-8°, 272 p.
Les éditeurs Fleuret et Perceau ne reproduisent que la première partie, que certains bibliographes attribuent au comte de Caylus, et qu'il estiment « d'un style bien meilleur » que les suivantes (p. 135-174).

PREMIÈRE PARTIE

L'extravagante fantaisie d'écrire m'a séduite et déterminée à donner mon histoire au public. Je sens que rien n'est plus déraisonnable que de dévoiler à tout un monde, sous des couleurs peu avantageuses (lorsqu'on se propose de ne rien déguiser) son caractère, sa conduite et des mœurs assez corrompues.

C'est un travers, j'en conviens. Mais dans le cas où je suis, un travers de plus ne tire point à conséquence, et je conserve mon caractère en agissant contre la raison, que j'ai toujours moins consultée que le désir de me satisfaire. La démangeaison de rendre mes petites aventures publiques l'emporte au-dessus des plus sensées réflexions. Que dirai-je enfin ? Cela me suffit, il faut que je me contente.

Ma naissance est si incertaine que ma mère, ennemie du mensonge, m'a avoué qu'elle ne pouvait m'assurer une positive paternité. Mais si l'inclination avait contribué à me donner le jour, je le devais à un gros chanoine qui se disait gentilhomme et qui, du temps qu'elle me conçut, possédait son affection, au préjudice d'un nombre de rivaux également favorisés. Elle avait encore le nom de fille lorsque je vins au monde, et je suis sans doute le fruit de ses complaisances générales[1].

Ma raison se développant avec l'âge, je compris bientôt à quel état j'étais destinée. Mon imagination se remplit des douceurs qui y sont attachées. Mon penchant se trouva d'accord avec les devoirs essentiels de cet état. Pour me rendre plus digne de plaire, j'ornai mon esprit par des lectures instructives et amusantes. Brantôme et Aloïzia[2] l'embellirent

1. En réalité, Mlle Clairon, née le 25 janvier 1723 à Condé-sur-Escaut, était la fille illégitime d'une couturière-lingère de dix-huit ans, Marie-Claire Scanapiecq et d'un sergent du régiment de Mailly, François Joseph Léris, dont elle prendra le nom, en y ajoutant plus tard celui de Latude, et qui mourut peu après sa naissance, au cours d'une rixe d'après-boisson.

2. *Aloisiae Sigeae Toletanae Satyra sotadica de arcanis Amoris et Veneris* par Nicolas Chorier, vers 1659.

de mille jolies choses ; les estampes fines qu'on y trouve faisaient les délices de mes yeux, et j'attendais avec impatience le moment d'en réaliser les figures. Ma bonne maman, enivrée de joie de me voir de si heureuses dispositions, forma des projets d'opulence, fondés sur le trafic de mes charmes naissants[1]. Enfin, je parvins à cet âge qui devait ramener l'abondance éloignée de la maison, depuis que ma mère se trouvait dans un âge un peu avancé. Déjà nous commencions à sentir les désagréments de la nécessité, lorsqu'elle me tint ce discours, d'une manière toute pathétique :

« Te voilà, ma chère fille, dans l'état où je te souhaite depuis longtemps. La nature et mes soins t'ont rendue propre à donner l'amour. Sans être précisément jolie, ta petite figure chiffonnée, soutenue de la jeunesse, d'un certain enjouement, d'un petit badinage que je vois régner dans tes discours et dans tes actions, va faire naître des désirs qu'il faut ménager avec art : ce sont ces désirs que tu vas inspirer qui doivent être le riche domaine qui produira les revenus nécessaires à notre entretien.

« La faiblesse de l'homme et son penchant à la volupté sont des sources de richesses pour une fille capable de plaire ; sans peine elle vit dans l'opulence, en partageant les plaisirs qu'elle procure ; mais il faut une certaine conduite. La galanterie est un art méthodique, où l'on n'excelle jamais quand on s'écarte des règles, et ces règles sont différentes selon les divers caractères des amants. Ce qui plaît à l'un souvent répugne à l'autre. Il faut quelquefois affecter de la modestie, de la circonspection, et sans ôter l'espérance, laisser entrevoir des difficultés. Ce sont souvent des ennemis que les hommes aiment à combattre ; il faut dans des circonstances paraître plus facile à vaincre, céder à propos, et toujours attribuer le sacrifice à l'excès d'un amour supposé.

« Ce sera moi, ma chère fille, à qui une longue expérience tient lieu d'esprit et de bon sens, qui te guiderai dans la brillante carrière que tu vas ouvrir. Je t'enseignerai ces moyens sûrs d'attirer, d'enflammer, de conserver un amant prêt à s'échapper ; mais il faut que tu sois docile à mes conseils.

« Ta jeunesse ne te permet point de savoir encore ce manège, qui sert à tromper les hommes les plus rusés ; manège avec lequel on persuade à dix adorateurs, également bien traités, que chacun est le seul favorisé ; manège enfin qui nous fait employer à propos la perfidie, le mensonge, le parjure, le désintéressement affecté, les froideurs simulées, les inconstances apparentes, pour piquer de jalousie un amant indolent, qui s'endort

1. Voici en quels termes Mlle Clairon évoque la mémoire de cette « bonne maman » : « Une femme violente, ignorante et superstitieuse ne savait que me tenir inactive dans un coin ou m'appeler auprès d'elle pour me faire trembler sous ses menaces et ses coups » (*Mémoires d'Hippolyte Clairon, et réflexions sur la déclamation théâtrale. Publiés par elle-même*, seconde édition, revue, corrigée et augmentée, Paris, Buisson, an VII de la République [1799], p. 30).

dans la tranquillité d'une passion heureuse et satisfaite. C'est par lui que de l'amant, même le moins libéral, on arrache sans peine, tantôt une robe, un bijou, de la porcelaine, quelques pièces d'argenterie, un trumeau, des meubles, et souvent de l'argent comptant. »

J'assurai ma mère qu'elle pouvait compter sur ma docilité, que je me conduirais uniquement par ses avis et que je ne me sentais naturellement les heureuses qualités nécessaires pour acquérir ce manège convenable à la perfection de mon état. Dès le lendemain, pour me faire connaître, elle me produisit aux Tuileries.

J'y fis mon entrée au mois de mai, vers les huit heures du soir. C'est le moment où tout ce qu'il y a d'aimable dans Paris se promène autour du grand bassin. Les ris, les jeux, les grâces badinent sur ses bords, l'amour y voltige et voit avec plaisir les tendres effets de sa puissance où, sur un trône de fleurs, il distribue des chaînes que tout le monde s'empresse de recevoir. On n'y voit que des amants heureux ou prêts à le devenir. Les noirs chagrins, la triste jalousie plus loin sont relégués dans les sombres allées du jardin et ne viennent point troubler les enfants de Cythère qui folâtrent dans ce bel endroit.

Ma mère crut que mes charmes m'attireraient, dès mon arrivée, un cours d'adorateurs ; elle s'enivrait d'avance de la vapeur de l'encens qu'elle pensait qui m'allait être offert ; mais il en fut tout au contraire. À peine fus-je regardée. Ce fâcheux début la déconcerta, j'en fus troublée, et nous nous retirâmes par dépit.

J'avoue que j'avais fait fort peu d'attention aux femmes que j'y avais rencontrées, mais pas un seul homme n'avait échappé à mes regards. Je n'avais point senti d'impression particulière, mais je connus que j'en aimais le sexe en général. Cette passion se trouva fortifiée en moi par un tempérament assez vif, dont m'avait fait présent la nature.

Ma mère cherchait à réparer le malheur de ma première sortie ; aucun moyen jusqu'alors n'avait réussi pour me procurer quelque connaissance utile. Je m'étais fait voir aux spectacles, au Palais-Royal, et il me parut que l'on y avait assez tranquillement soutenu l'éclat de mes jeunes attraits. J'en fus surprise : ma petite taille assez bien arrondie me paraissait devoir attirer l'attention des jeunes gens les plus délicats, quoique je ne fisse pas voir de gorge, parce que je n'en avais point. Je me croyais un air qui devait inspirer le désir de s'en éclaircir. Brune à l'excès, j'en devais paraître plus piquante. Malgré tant de charmes, on ne me fit aucune de ces tendres propositions que j'aurais écoutées si volontiers et auxquelles je me serais rendue avec tant de plaisir. Cette indifférence de la part de ces hommes auxquels je m'étais flattée d'inspirer si facilement de l'amour me plongea dans un chagrin épouvantable.

La misère augmentait dans la maison ; la dépense que l'on avait faite pour me mettre en état de paraître, et dont nous avions supposé que nous serions bientôt dédommagées, nous avait mises dans le cas de manquer presque du nécessaire. D'ailleurs, la pétulance de mes désirs s'irritait de plus en plus. J'avais déjà treize ans, j'étais formée d'un sang qui n'était pas tranquille à cet âge, et les adoucissements que j'apportais à leur violence, par un badinage secret, n'étaient pas suffisants pour apaiser les émotions intérieures qui m'agitaient. Ma situation était triste; ma mère conta nos peines à un fort honnête homme, avec lequel elle avait entretenu une certaine liaison d'amitié.

Cet honnête homme n'était pas riche; il ne pouvait nous servir que par ses conseils et ses talents : il vivait modestement d'un emploi d'intendant des plaisirs de la jeunesse voluptueuse de Paris. Cet emploi le faufilait extrêmement dans le monde et lui donnait un libre accès chez les gens riches et de qualité. Il formait leurs parties d'amusement, il désignait les lieux propres à leurs innocentes récréations et y faisait trouver les sujets les plus capables de faire naître les délices et la joie.

M. l'intendant s'intéressa particulièrement à notre sort malheureux; il nous promit de le faire changer en peu de temps. Nous fûmes d'autant plus tranquilles sur les assurances de ce bon ami que son emploi le mettait à portée de nous dispenser les secours dont nous avions besoin. Il fut dès ce moment une tierce partie qui travaillait de concert avec nous à l'établissement de ma fortune. Il venait au logis avec beaucoup d'assiduité, ma mère le recevait avec attention, je le voyais avec plaisir; je m'aperçus qu'il cherchait à me plaire. Cette découverte me flatta et devinant ses intentions, je lui facilitai les moyens de me voir tête à tête. Il eut avec moi des façons libres et aisées qui m'enchantèrent. Le cérémonial me déplaisait, sa familiarité me charma. Il s'attendrit, j'étais émue : mes désirs, d'accord avec les siens, ne me laissèrent pas réfléchir sur la conséquence de la perte que j'allais faire et que je croyais irréparable. Enfin, M. l'intendant cueillit une fleur que ma mère destinait à un duc et pair, ou tout au moins à un riche financier.

En vain aurais-je voulu m'en défendre; j'avais des passions mutines et trop difficiles à gouverner, surtout dans une occasion de les satisfaire. Je n'étais cependant pas sans inquiétude; j'avais perdu ce trésor que ma mère m'avait dit de conserver avec soin jusqu'à ce qu'un amant libéral me contraignît à m'en défaire en faveur des grands avantages qu'il me ferait du côté de la fortune. Ma bonne maman, qui n'avait aucune connaissance de mon aventure avec l'intendant, assurait tout Paris que je jouissais encore de ces prémices que les hommes souvent recherchent sans succès avec beaucoup d'empressement; elle mettait en conséquence ma petite personne à un prix considérable. Quelqu'un pouvait être tenté d'une chose si rare; je croyais que l'on n'en pouvait imposer aux hommes sur cet article, et je craignais les suites de l'éclaircissement.

Je communiquai ma peine à celui qui en était l'auteur; il rit de ma simplicité et me désabusa de l'erreur où j'étais de penser que ce fût un mal sans remède. Il m'apprit un secret dont l'usage me rendait en apparence les grâces de mon premier état. Je fus bien charmée d'être instruite de cette partie essentielle de ma profession. Quoique j'eusse toujours eu le noble désir d'étendre mes connaissances et que je n'eusse pas négligé des recherches dans le sein de la nature et de mon imagination, ceci m'était échappé. Ma mère avait eu ses raisons pour me le cacher jusqu'alors. Dans la suite, je me livrai sans inquiétude aux transports de mon intendant ; mais j'avais grand soin de faire les réparations convenables aux nouveaux dérangements qu'il faisait au temple caché de mes charmes secrets.

Ma mère ne soupçonnait point notre intelligence ; elle se persuadait que ses visites fréquentes étaient une suite de la confiance qu'elle avait en lui. Il s'empressait toujours de nous donner des preuves de cette bonté généreuse qui le faisait entrer si volontiers dans nos intérêts. Mais cette bonté généreuse n'avait point ses effets, soit que l'occasion lui manquât, soit qu'il fût bien aise de me conserver encore à lui pour quelque temps sans partage. Il nous faisait les promesses les plus obligeantes sans exécution. Ma mère enfin se lassa de ce retardement ; je parus moi-même mécontente, je le reçus avec froideur, et malgré les murmures du tempérament, je supprimai mes bontés. Il sentit la nécessité de nous apaiser par une prompte négociation. Dès le lendemain, il vint nous dire qu'il avait inspiré le désir de me voir à un riche Allemand fort neuf et qui faisait à Paris une figure considérable. Ma bonne maman pensa devenir folle à ce discours.

— Un étranger riche et sans expérience ! Quelle fortune, me dit-elle, ma chère fille, si tu peux lui plaire ! Allons, vite, mademoiselle, sous les armes !

Je courus à ma toilette, l'art répara les défauts de la nature, et je me rendis tout ensemble un petit laideron assez piquant. M. l'intendant fut député pour annoncer à l'étranger qu'on le verrait avec plaisir, et fut chargé du soin de l'amener dans un instant, de peur que quelque scène bachique n'éloignât cette entrevue.

Je demandai à ma mère quel maintien je devais avoir avec l'Allemand, quel ressort il fallait monter pour le déterminer vers un amour généreux.

— Je connais la nation, me répondit-elle ; j'ai voyagé dans ma jeunesse et demeuré quelques années dans une ville dont la garnison était allemande. J'ai toujours aimé la bonne compagnie ; je n'en connais pas de meilleure que le militaire. Je fis connaissance avec tout un régiment, dont les officiers venaient souvent faire chez moi de petits soupers tranquilles. Un commerce aussi étroit me fit connaître leur façon de penser : ils ont le cœur tendre, mais la résistance les rebute. Ainsi, ma fille, quand il vous aura vue, s'il s'explique et que nous convenions, vous pourrez sans façon passer à la ratification du traité. S'il reste à souper, buvez avec aisance : l'amour animé d'un verre de vin lui paraîtra plus charmant.

Cette leçon fut fort de mon goût, et je n'avais pour la suivre exactement qu'à ne pas gêner mon naturel. J'entendis arrêter sous ma fenêtre un carrosse ; je regardai, je vis un équipage superbe, d'où sortait un jeune homme bien mis, suivi de M. l'intendant. Le carrosse et les laquais furent renvoyés ; enfin je le vis entrer dans mon appartement. C'était un grand garçon bien fait, qui paraissait avoir vingt-deux ans ; il nous salua, ma mère et moi, d'un air fort honnête, et me fit un compliment que je ne compris point. J'y répondis au hasard ; il feignit de m'entendre, je le fis asseoir auprès de moi. Et dans la suite je démêlai de son mauvais français des discours fort obligeants. Ses regards, plus intelligibles que ses paroles, m'assuraient que ma petite figure avait fait sur son cœur une impression des plus vives, ce qui m'inspira une gaieté qui le rendit le plus amoureux des hommes.

M. le baron de Mélisse (c'est ainsi qu'il se nommait) ne se connaissait plus ; il s'émancipa déjà jusqu'à prendre de petites libertés qui ne me déplaisaient point. Mais ma mère, qui nous examinait avec attention, crut devoir arrêter, en s'approchant de nous, des transports auxquels mon nouvel amant n'était point encore autorisé par une explication précise. L'Allemand soupçonna la raison de cette incommode surveillance ; il lui demanda si pour vingt louis elle n'aurait pas la légère complaisance de lui permettre de m'expliquer ses sentiments tête-à-tête. Ma mère, qui se pique de politesse, répondit en femme qui sait son monde à l'honnêteté de ce procédé. Elle prit les vingt louis, et lui faisant beaucoup d'excuses de ce que ses affaires l'obligeaient de sortir avec M. l'intendant, elle se retira, m'ordonnant de tenir bonne compagnie à M. le baron. Tout cela se traita dans les règles d'une bienséance réciproque.

Dès que nous fûmes seuls, ses transports éclatèrent sans contrainte. Les Allemands n'aiment pas la résistance ; je dus plaire à celui-ci, puisque sans affecter une défense hors de saison, je lui fis connaître par une ardeur égale à la sienne que je répondais avec plaisir à ses tendres emportements. Mais par un malheur imprévu, nos plaisirs furent imparfaits. J'avais été annoncée comme une fleur que l'on n'a pas encore moissonnée ; j'avais dans cette importante occasion amplement usé du secret que je tenais de l'intendant, de peur que l'on ne s'aperçût du contraire, et la dose fut sans doute un peu trop forte. L'inégalité des proportions devint un obstacle à la consommation de ce grand ouvrage ; j'en parus cependant mille fois plus aimable au baron : la nature eut tout l'honneur de l'artifice.

Ma mère et son conducteur arrivèrent dans ces entrefaites, nous fûmes surpris dans ce désordre charmant : signe peu équivoque des galantes orgies que nous venions de célébrer, ou du moins de nos tendres essais. Ma mère nous en plaisanta joliment. M. l'intendant, avec un fin sourire, me fit un compliment malin. Le baron se proposait bien avec le temps de remporter une pleine victoire, nous fûmes tous de la plus belle humeur du monde. On servit un souper délicat que l'amour avait ordonné. Le baron but largement, je lui tins tête, nous fûmes plus d'accord dans cet exercice bachique que dans celui qui l'avait précédé : le vin l'anima, je lui trouvai beaucoup d'esprit ; nous chantâmes ensuite ; j'ai la voix passable, j'accompagnai mes chansons polissonnes de gestes et de regards qui firent perdre à mon Allemand le peu de raison que le vin lui laissait ; il faisait mille extravagances, il tombait à mes genoux, baisait mes mains, me protestait un amour éternel :

— Oui, charmante petite, me disait-il dans son baragouin, je vous aimerai toujours ; je n'ai rien qui ne soit à vous : ma vie, mes biens et tout ce que je possède est en votre pouvoir, si vous répondez à l'excès de ma tendresse.

Ma mère pensa s'évanouir de joie à ces tendres expressions.

— Mon adorable seigneur, lui disait-elle, pourrait-on ne vous pas aimer ? Vous répandez dans vos discours une grâce qui m'enchante ; j'en suis attendrie, et ma fille sans doute est dans les mêmes sentiments.

J'assurai le baron que je me sentais pour lui l'amour plus tendre, dont il me verrait tous les jours lui donner de plus en plus des preuves convaincantes. Mon intention était de lui en donner dans l'instant même. La table m'avait mise dans des dispositions à désirer un second tête-à-tête ; je me flattai qu'il y réussît mieux qu'au premier, ou du moins qu'il y ferait quelques progrès qui auraient quelque chose d'amusant. Je pris une bougie et sous prétexte de lui faire voir la maison, je le priai de passer dans un autre appartement. Mais le pauvre garçon se trouvait mal ; il rendit avec effort le vin de champagne qu'il avait avalé de bonne grâce ; je fus outrée d'un contretemps qui blessait ma volupté.

L'intendant, qui devinait ce qui se passait en moi, m'en fit une plaisanterie, que je pris mal dans la mauvaise humeur où j'étais ; il m'offrit pour m'apaiser de prendre la place du baron dans la visite des appartements ; cela m'adoucit, mais j'y voyais de l'impossibilité. J'imaginai cependant d'aller chercher dans ma chambre quelques essences que je supposais devoir soulager le sobre Allemand ; je me fis éclairer par M. l'intendant. Ma mère, qui ne soupçonnait rien, nous laissa partir ; elle était occupée à tenir la tête du malade. Dès que nous fûmes dans ma chambre, nous usâmes de l'instant de liberté que nous avions. Pendant ces doux moments, mon cher baron se trouvait plus mal. Ma mère alarmée, ne me voyant pas revenir, crut que je ne savais où j'avais mis mes essences et me vint dire où elles étaient. Mais elle nous trouva dans une occupation qui n'avait rien d'intéressant pour la santé du malade. Loin de chercher ces essences salutaires, nous en faisions d'un autre genre un ample sacrifice à l'amour. Mon petit lit sans rideaux était le riche autel sur lequel il était offert. Mes yeux fermés par recueillement pendant la cérémonie ne voyaient point ma mère interdite. Mais enfin, le sacrifice achevé, revenus à nous-mêmes, nous l'aperçûmes immobile et déconcertée.

Un froid silence régna quelques moments entre nous, et je démêlai que l'irrégularité du coup d'œil l'avait choquée. Malgré cela, je ne pus arrêter un grand éclat de rire qui partit comme un éclair. M. l'intendant en fit de même. Je courus embrasser ma bonne maman ; elle m'aimait ; le service que nous avait rendu mon complice par la connaissance qu'il nous avait procurée du baron était encore récent. Enfin l'aventure lui parut si comique qu'elle pensa mourir de rire à son tour, et dans nos ris immodérés nous avions oublié qu'il avait besoin de notre secours.

Nous le rejoignîmes. Il parut qu'il s'était assez bien soulagé sans vomitif ; nous le trouvâmes endormi. Son équipage se fit entendre dans le moment ; je voulais qu'on le renvoyât, craignant qu'il ne fût incommodé par le mouvement, dans l'état où il était, ce qui me fit proposer à ma mère de le faire mettre au lit. Je m'offris même de le veiller, bien persuadée que les vapeurs bachiques étant dissipées, il m'aurait marqué sa reconnaissance de mon attention. Mais ma mère, qui est une femme d'ordre, ne voulut pas permettre qu'il couchât dans la maison. On le porta dans son carrosse ; M. l'intendant l'accompagna, et j'allai dans les bras du sommeil me reposer des voluptueuses fatigues de cette journée.

Ma mère voulut cependant, le lendemain, traiter dans un goût de reproche l'histoire des essences. La conquête du baron me rendait fière ; je ne me sentais plus pour ses volontés la même docilité, je voulais vivre dans l'indépendance. Je lui fermai la bouche et lui dis d'un ton ferme que je ne prétendais plus être gênée dans mes actions, que la vie douce et commode que j'allais lui procurer méritait bien qu'elle me laissât jouir sans tracasserie d'une ample liberté, qu'à cette condition nous serions amies, mais qu'autrement je saurais prendre mon parti. La résolution avec laquelle je lui tins ce discours l'alarma ; elle ne pouvait plus se soutenir par elle-même, je lui devenais nécessaire. Elle sentit qu'elle avait à me ménager ; nous fîmes la paix, parce qu'elle promit de ne me plus contraindre et de supprimer toute remontrance.

M. l'intendant entra dans le moment ; elle nous laissa seuls pour me prouver qu'elle voulait exécuter de bonne foi ce dont nous venions de convenir. Je n'aimais pas l'intendant, j'ignorais encore ce qu'on appelle amour, mais j'adorais le plaisir, et l'intérêt des sens me tenait lieu de sentiments. Ce charmant garçon avait le plus joli talent du monde pour traiter des mystères de la volupté, il en connaissait les plus doux raffinements : tendre, emporté, badin, ces titres avaient formé les nœuds qui m'attachaient à lui.

Un valet de chambre de M. le baron m'apporta ce qu'il fallait d'une riche étoffe pour me faire une robe, et m'annonça que son maître amènerait à souper deux amis de sa nation, mais qu'il les précéderait de quelques moments. Je reçus le présent avec reconnaissance et lui fis dire de venir le plus tôt qu'il serait possible. Je devinai les desseins du baron dans l'avis qu'il me donnait qu'il devancerait ses amis. Je l'attendis seule dans mon appartement ; il parut bientôt très rétabli de l'incommodité de la veille. Je lui marquai les alarmes qu'elle m'avait causées ; il me dit que ces petits accidents n'étaient rien, quoiqu'il y fût sujet, mais qu'un peu de repos le rétablissait parfaitement. J'eus dans l'instant la preuve de sa bonne santé. Le tête-à-tête que je venais d'avoir avec l'intendant avait été une escarmouche préparative, qui facilita au baron la victoire complète qu'il avait inutilement tentée le jour précédent, d'autant plus que je n'avais point fait usage du secret, afin de me trouver plus en état de conformité. Il la remporta tout entière, et les mouvements que je donnai contribuèrent infiniment à son triomphe.

Je le trouvai fort différent de l'intendant, mais cette différence le distingua dans mon esprit. L'intendant, à la vérité, répétait avec aisance ses tendres exercices, il y semait un badinage libidineux qui touchait infiniment, mais qui n'émoussait pas le plaisir. Le baron, enrichi des dons les plus extraordinaires de la nature, moins actif, mais plus solide, lent à se communiquer, ne se produisait qu'autant que mes soins et mon agilité répondaient à ses efforts. Dans un plus petit nombre de leçons, il remplissait tous mes désirs, il me plongeait dans une mer de délices, où nageant longtemps et sans connaissance dans des torrents de volupté, je ne revenais à moi-même que pour m'apercevoir que je perdais pour quelque temps la faculté de désirer un plaisir auquel cependant j'attachais mon vrai bonheur.

Le baron me parut digne de tous mes ménagements, quoique M. l'intendant ne fût point à dédaigner, et je me proposai de ne rien négliger pour me les conserver l'un et l'autre. Les Allemands et l'intendant arrivèrent, nous soupâmes magnifiquement, et Bacchus ne dut point être jaloux de la solennité de la fête que nous venions de célébrer en l'honneur de l'amour.

Pendant trois ou quatre mois, je passai des moments filés par les plaisirs et par la volupté, tantôt dans les bras du baron, tantôt dans ceux de l'intendant, dont il ne s'avisa point d'être jaloux. La mutinerie de mes passions trouvait l'occasion de s'exercer fréquemment. La libéralité de l'Allemand faisait régner l'opulence dans la maison ; nous faisions la plus grande chère du monde, la mode présidait à ma parure, j'étais souvent aux spectacles, je vivais enfin dans l'abondance de tout ce qui peut flatter, lorsqu'un malheur que je me suscitai moi-même me fit tomber de cette brillante situation dans le premier état d'où m'avait tirée le baron.

Étant au bal de l'Opéra dans le carnaval, le chevalier de Foliade s'attacha à moi, me tint les discours les plus galants et me pressa si fort de lui accorder un rendez-vous pour le lendemain qu'étant née bonne et peu grimacière, je pensai qu'il y aurait de l'incivilité de refuser à un jeune homme qui me demandait avec des grâces infinies une chose de si peu de conséquence. Je convins avec lui que, ne pouvant le recevoir chez moi, à cause d'un amant qui pouvait l'y surprendre et pour lequel je devais avoir des égards, j'irais volontiers chez lui au moment qu'il m'indiquerait. L'heure fut prise, et je me rendis dans un hôtel garni dont il occupait le premier appartement.

Quand j'aurais ordonné les dispositions de l'entrevue, elles n'auraient point été mieux préparées. Je trouvai le chevalier à son aise dans une robe de chambre légère et de bon goût ; le cabinet était échauffé d'un très grand feu ; il y avait un petit buffet chargé de liqueurs fines, de confitures, de biscuits et de truffes ; plusieurs peintures tirées de certains originaux de Clinchetelle[1], décoraient ce charmant petit réduit. Nous commençâmes une scène fort galante, dans laquelle je trouvai dans le chevalier presque les mêmes talents que dans le baron qui, par le plus grand des malheurs, survint et nous surprit dans le moment que nous essayions une petite attitude de fantaisie que je venais d'imaginer.

Les Allemands ne sont pas jaloux. Celui-ci, cependant, prit mal la chose ; il m'honora, dans son emportement, de quelques épithètes françaises qui, dans sa bouche étrangère, ne perdirent rien de leur énergie. Le chevalier lui demanda qui l'autorisait à me traiter ainsi, et qu'il était étonné qu'il ignorât qu'un Français ne souffrait pas impunément qu'on insultât des femmes en sa présence et dans sa maison.

— Je vous supplie, dit-il au baron, de cesser vos apostrophes, ou la qualité d'ami ne m'arrêtera plus.

— Ah ! chevalier, répliqua le colère Allemand, si vous trouviez votre maîtresse dans une infidélité aussi prouvée, seriez-vous plus tranquille ? Je n'ai point été maître du premier mouvement ; mais à présent je la méprise assez pour ne m'en plaindre pas.

Le chevalier vit bien que le baron était l'amant dont je lui avais parlé ; son procédé lui parut plus excusable. Je jouais un fort vilain rôle pendant cette explication ; j'alléguai de mauvaises excuses que l'Allemand écoutait d'un air froid et dédaigneux, qui me parut plus piquant que toutes les gentillesses qu'il venait de me distribuer si libéralement. Ce mépris m'outra, je m'emportai à mon tour. Je lui dis que tant de délicatesse lui convenait mal et qu'il devait se guérir de l'erreur de croire que pour lui plaire on renoncerait à toute société, que je l'aimais à la vérité, mais que je m'étais conservé intérieurement le droit d'aimer encore tout ce qui me paraîtrait aimable. Il se retira sans daigner me répondre.

Il paraîtra sans doute extraordinaire que nous ayons été surpris par le baron ; l'événement est tout simple : le hasard seul conduisit l'aventure. Les laquais du chevalier avaient par négligence laissé ouvertes les portes des appartements qui précédaient le cabinet où nous étions. Le chevalier, par une inattention d'étourdi, n'avait pas pris les précautions nécessaires ;

1. Karl Gustav Klingtedt ou Klingstel, encore appelé *Clinchetet* (1657-1734), mit fin en 1690 à sa carrière militaire pour s'adonner à la peinture. Spécialisé dans la miniature libertine et surnommé le « Raphaël des tabatières », il travailla surtout en France, notamment pour le régent. Bernard Picard grava plusieurs de ses ouvrages. (Voir *Le Mercure de France* d'août 1741, p. 1872.)

l'Allemand était son ami (je l'ignorais), il venait le voir sans façon ; rien n'étant fermé, il parvint jusqu'à nous sans obstacle, dans le moment même que je consommais l'infidélité.

Après son départ, le chevalier me parut très mortifié de ce que la négligence de ses gens et son imprudence particulière m'avaient attiré cette mortification et me faisaient perdre, selon toute apparence, un amant libéral. Je croyais qu'il s'offrirait de le remplacer ; mais soit qu'il fût effrayé par la dépense qu'exige le titre d'amant déclaré, soit que la folle complaisance que j'avais eue de venir chez lui si volontiers lui fît augurer qu'au premier jour il pourrait fort bien me trouver dans le cabinet de quelque ami, comme le baron m'avait trouvée dans le sien, il ne me parut pas dans le goût de former un attachement suivi. Je m'en consolai dans l'espérance que l'amour que j'avais si bien servi jusqu'alors veillerait à mes intérêts. Nos désirs assoupis par ce contretemps se réveillèrent, et nous nous livrâmes de nouveau à tous les emportements qu'ils nous inspirèrent, après avoir pris des mesures contre une seconde interruption. Le chevalier, en nous séparant, me marqua sa reconnaissance par un présent assez honnête pour un cadet de maison.

Je retrouvai ma mère au logis, inquiète de mon absence. Je lui en cachai les raisons et quelles en avaient été les suites. Elle s'étonna de ce que nous n'avions plus de nouvelles du baron (j'en étais moins surprise). L'intendant n'ignorait pas mon aventure ; je le priai de ne lui en rien dire, de sorte qu'elle attribua sa perte à son inconstance. Elle voulut m'engager à faire quelques démarches pour le ramener ; je n'en voulus point hasarder, supposant avec raison qu'elles seraient mal reçues. Mais sans me faire part de son dessein, elle alla chez lui pour s'éclaircir des raisons qui le faisaient rompre si brusquement.

On l'annonça ; le baron, sans paraître, la fit congédier assez grossièrement par ses domestiques. La connaissance qu'il avait de la noblesse des sentiments de ma mère lui fit croire sans doute, quoique injustement, que ma visite chez le chevalier pourrait être l'effet de ses secrètes négociations.

M. l'intendant, qui n'avait point eu la délicatesse ridicule de s'offenser du partage, vivait avec moi dans la plus étroite intelligence. J'étais toujours l'objet de ses empressements. Ardent à me plaire, il adoucissait un peu la peine secrète que je ressentais de la perte du baron. Le zèle de ce cher et constant ami lui faisait se donner mille peines pour me procurer quelque amant utile à mon intérêt. Mais il m'avoua que l'Allemand avait publié mon histoire, et que l'indiscret chevalier peignait les circonstances de mon rendez-vous avec un pinceau qui, trempé dans des couleurs de vérité, barbouillait un peu ma réputation et m'ôtait toute l'espérance de devenir l'objet d'un attachement particulier.

« Vous avez encore une ressource, me dit-il. Devenez une de ces idoles publiques, qui de tout temps et à toute heure reçoivent de l'encens et des offrandes. Cet état a ses périls, j'en conviens ; les divinités de cette espèce sont souvent exposées aux persécutions de la police, leur ennemie, qui regardant le culte qu'on leur rend comme une hérésie en amour, ravage leurs temples, en confisque les ornements, enchaîne l'idole et souvent la relègue dans un séminaire de déités[1] du même ordre où, vêtue grossièrement, on joint au dégoût qu'inspirent les vils ouvrages auxquels on l'emploie, l'ennui d'un célibat forcé et les horreurs d'une dure captivité. Il est cependant des moyens, poursuivit-il, pour échapper à sa vigilance : on peut entretenir une certaine intelligence avec ses sectateurs. L'idole peut encore, changeant de temples, transportant ses autels sous des noms différents, quoique toujours la même, recevoir en sûreté des sacrifices et se soustraire à la recherche de ses ennemis. »

Je jugeai à propos de conférer avec ma mère sur le parti délicat que M. l'intendant m'avait proposé : les malheurs nous rendent circonspects. Je commençais à moraliser. La perte que j'avais faite du baron, pour m'être uniquement livrée aux conseils de mes penchants, fut une expérience qui me persuada de la nécessité d'une conduite plus réservée : je sentis que j'avais besoin d'un guide expert. Ma mère, dans les différentes aventures de sa jeunesse, avait puisé une prudence d'état qui commençait de me frapper. Je résolus de suivre quelquefois ses conseils. Elle rejeta la proposition de l'intendant. La police la faisait trembler ; elle avait peut-être été une victime malheureuse de sa persécution, ayant eu le malheur d'entretenir autrefois les égarements de cette hérésie. Je jugeai comme elle que ce parti ne me convenait point, malgré ses apparences séduisantes. La multiplicité des adorateurs chatouillait mon goût et ma vanité, le nombre des offrandes flattait mon intérêt, mais je voyais un précipice caché sous des fleurs si brillantes. Il était rare de s'en garantir, et cette chute me paraissait cruelle. J'étais fort incertaine sur l'état que je devais choisir. Il fallait cependant me déterminer ; nous avions bientôt consommé ce qui nous restait des libéralités du baron. L'argent manquait, nous vendions les meubles, il ne nous restait presque plus que ce dont nous ne pouvions nous passer.

Ma mère crut que, par mon assurance naturelle soutenue d'un grand fonds de mémoire, je serais un sujet très propre à paraître à la cour de Thalie. Le théâtre est un point d'optique avantageux pour une fille que la fortune a négligée dans la capricieuse distribution de ses biens. Plus d'une médiocre beauté voit dans ses chaînes les puissances de la terre et vit dans les bras de l'opulence qui, sans le titre d'actrice, essuierait toutes les amertumes de la misère et pour toujours eût été plongée dans les ombres de l'obscurité.

Le goût bizarre de ces hommes pour les chimériques princesses du théâtre est un fonds inépuisable de trésors, qui sert au luxe des Armides

1. La Salpêtrière, où l'on internait généralement les filles galantes.

et des Andromaques. Ils leur font souvent, par un effet des caprices du cœur, le sacrifice d'une beauté plus parfaite, ou d'un objet respectable par un rang illustre et par une délicatesse de sentiments rare chez Melpomène et chez Thalie. On voit le plus grand héros mêler aux myrtes[1] grossiers d'un amour de coulisses les lauriers qui le couronnent, et briguer un cœur souvent préoccupé d'une passion violente pour le comique Valère, ou que le plus indigne des favoris de Plutus peut espérer comme lui. Je me flattai que si je pouvais me faire recevoir à la Comédie, ma jeunesse et mes talents pourraient me procurer quelque amant libéral et distingué, qui me rendrait l'éclat où j'avais vécu pendant mon intrigue avec le baron. Ma mère employa tout ce qu'elle avait de connaissances pour m'obtenir la permission de débuter au Théâtre-Italien[2] ; ce que je fis sans doute assez mal, puisqu'après la Comédie, on me conseilla de me former quelque temps dans une troupe de province, où je puiserais cet art nécessaire pour plaire à Paris. Ce compliment exclusif auquel l'exiguïté de ma taille avait un peu contribué, fut un coup de foudre d'autant plus terrible que mon amour-propre m'avait persuadée que j'entraînerais les applaudissements les plus éclatants[3].

Me voyant sans ressources à Paris, je me proposai pour entrer dans une troupe qui devait s'établir à Rouen. On m'y reçut et je fus enfin enrôlée sous les étendards de Thalie, moyennant cent pistoles d'engagement par année. On honora ma mère d'un emploi considérable dans la même compagnie : elle eut la direction d'un bureau établi pour la distribution des billets du théâtre, amphithéâtre, premières et secondes loges, dont elle s'acquitta avec beaucoup de distinction et peut-être de fidélité. Ce ne fut pas sans peine que je quittai M. l'intendant, et nos derniers embrassements furent les plus tendres. Leur vivacité réciproque augmenta les regrets de la séparation.

***

Nous arrivâmes en cette capitale de la Normandie dans une voiture des plus modestes : choix de la nécessité. La ville me parut considérable : la Seine, qui coule avec majesté sous ses murs, est couverte d'un

1. Dans l'Antiquité grecque, le myrte était consacré à Vénus et figurait dans les fêtes de la déesse. Devenu l'emblème des amants heureux, il couronnait le front de la muse Érato qui présidait aux chants amoureux.

2. C'est par l'intermédiaire d'une certaine demoiselle Hamon, cliente de sa mère, qui vivait en ménage avec l'acteur Deshays du Théâtre-Italien, que Mlle Clairon fit ses premiers pas sur la scène de l'hôtel de Bourgogne, dans le rôle de Cléanthis de *L'Île des esclaves* de Marivaux. Elle n'avait alors que treize ans, ce qui relègue au rayon de la médisance toutes les aventures que lui prête notre auteur avant ses débuts de comédienne.

3. Mlle Clairon attribue son départ des Italiens à des causes nettement moins désobligeantes pour elle : « Ma trop grande jeunesse, ma petite stature, la crainte qu'eut le fameux Thomassin que mon talent ne nuisît à ses filles, dont le sort n'était pas fait, et le manque de protection, me forcèrent, au bout d'un an, à chercher fortune ailleurs » (*Mémoires d'Hippolyte Clairon*, op. cit., p. 38).

nombre infini de navires de toutes nations qui viennent y trafiquer. Le commerce, source ordinaire de l'opulence, paraît être l'objet de l'attention particulière de ses habitants. Le luxe et le faste y règnent presque aussi souverainement qu'à Paris. Les magistrats et les négociants, pour le noble usage de leurs grands biens, jettent dans cette grande ville un air de magnificence qui la rend aimable à ceux même qui sont accoutumés aux grandeurs et aux délices de la cour.

La troupe réunie et assemblée, nous fîmes l'ouverture du théâtre. Le mérite et les talents de la directrice et du directeur attirèrent tous les suffrages et firent tolérer les défauts des sujets inférieurs dont je faisais partie. On a des bontés dans ce pays pour les gens de talent, et celui que j'avais de chanter passablement me fit désirer dans des maisons respectables. On ignorait mes aventures de Paris. Faute d'occasion, je n'avais point encore blessé les bienséances ordinaires ; on pouvait par conséquent me recevoir sans répugnance. Dans les soupers où je me trouvais avec des dames distinguées, je me trouvais cependant un peu déconcertée. J'avouerai que jusqu'alors je n'avais jamais vu bonne compagnie en femmes, mais mon petit art de théâtre me tirait d'affaire et me tenait lieu d'usage du monde. Cette façon de vivre avait quelques agréments, mais je la trouvais trop simple et trop unie ; cela ne me conduisait à rien, mes passions s'irritaient par mon usage de ce qui leur était propre ; et malgré celui que je faisais d'un petit meuble de fille, image grossière et inanimée de la réalité, je n'en pouvais apaiser la révolte. Je regrettais mon cher intendant. Mon imagination l'appelait au secours de mes désirs et son fantôme renouvelait encore, mais imparfaitement, quelquefois, mes anciens plaisirs.

Ma mère était peu satisfaite de notre situation. La dépense roulait sur les appointements ; l'amour n'avait point encore jugé à propos d'augmenter ceux que je recevais de Thalie : il ne m'avait procuré d'autre hommage que celui de quelques fleurettes passagères que j'avais reçues dans les coulisses.

La connaissance que je pris du caractère et de la façon de penser des Normands ne me donna pas l'espérance d'une brillante fortune. À Rouen, on aime le plaisir quand on connaît l'amour ; mais les plaisirs qu'on y goûte sont des plaisirs raisonnés, et l'on ne sacrifie guère qu'à l'amour délicat et de sentiment. Sans prodiguer ses richesses, on les fait servir aux aisances et aux commodités de la vie. Chacun se pique de tenir bonne maison, de faire bonne chère et de contribuer aux douceurs et aux amusements de la société : voilà le plaisir de ce que l'on appelle les honnêtes gens de la bonne compagnie. L'intérêt assez occupé du soin d'allumer le flambeau de l'hymen n'entre pour rien dans les libres engagements de l'amour ; ce n'est que la politesse, la complaisance et les soins qui le font naître ; on ne donne son cœur qu'à l'objet véritablement digne de plaire, l'on ne s'aime enfin que parce que l'on se trouve aimable. Un peuple affermi depuis longtemps dans des principes si raisonnables est éloigné de sacrifier ses revenus aux entretiens d'une actrice toujours intéressée et souvent infidèle ; cette connaissance, dis-je, me fit perdre l'espoir de trouver quelqu'un qui voulût pour moi faire une certaine dépense.

Ma mère, dans ses réflexions spéculatives, ne trouva d'autre moyen pour vivre plus à son aise que d'ouvrir sa maison à tous les jeunes gens de famille qui, pour se dédommager de la contrainte ou de la bienséance qui les retenait dans les sociétés du grand monde, ne demandaient pas mieux que de pouvoir en liberté faire avec moi quelquefois de petits soupers amusants. Dès que nous nous fûmes déclarées sur ce ton, la jeunesse abonda dans le logis, qui presque tous les soirs nous faisait la plus grande chère du monde, dont les friands débris suffisaient encore à l'honnête subsistance du lendemain, quand il ne se formait pas de nouvelle partie. Je parus aux yeux de ces jeunes gens mille fois plus aimable à table qu'au théâtre ; leurs cœurs faciles à s'enflammer ne purent résister à mes agacements : ils se rendirent d'autant plus volontiers que je laissais entrevoir beaucoup de facilité. Leur amour s'expliqua par des présents, par leurs discours et leur assiduité. Mais ces timides adolescents, malgré les occasions les plus favorables, n'osaient former une entreprise décisive, ce qui m'ennuyait fort.

Un d'entre eux, un peu plus éveillé que les autres, parut cependant un soir assez animé. La présence de ma mère arrêtait à peine les petits gestes qui m'annonçaient ses désirs. Ma bonne maman s'en aperçut, et connaissant quelle était ma mortification de l'austère viduité dans laquelle je vivais depuis mon départ de Paris, pour me faire plaisir elle nous laissa dans une entière liberté. Lorsque nous fûmes seuls, mon petit bonhomme ne se contraignit plus ; il avait dîné en ville, le vin de Champagne lui inspirait une certaine audace qui lui fit hasarder de me donner des baisers assaisonnés qui l'enflammaient de plus en plus. Ses mains libertines agissaient sans obstacles, leur activité portait dans mes sens un trouble qui me dérobait à moi-même ; il allait pousser l'aventure à sa conclusion lorsque, ému par un badinage trop prolongé, il en perdit tout d'un coup le pouvoir, par la subite effusion des plus sensibles effets de l'amour. J'affectai de rire de cet accident, mais j'en eus un dépit sincère. J'étais tout en feu, mon jeune amant n'avait pas la faculté de l'éteindre, et comme je me trouvais dans un état à ne pouvoir attendre que son ardeur se renouvelât, sous prétexte de changer de robe, je me retirai dans ma chambre, où par un petit secours que je me procurai moi-même, je rendis à mes sens plus de tranquillité. Quand je fus seule avec lui dans la suite, nous passions diligemment à l'essentiel pour éviter un pareil malheur, si nous nous fussions arrêtés au prélude.

Ses timides rivaux soupçonnèrent que je l'avais rendu heureux ; ils me marquèrent leurs sentiments jaloux ; je les dissuadai facilement (ils étaient jeunes et sans expérience). Plusieurs renouvelèrent leurs soins, leurs présents. Devenus enfin plus hardis par mes avances et mes familiarités, les petits téméraires exigèrent par des emportements la récompense de leur amour ; je les traitai tous fort humainement.

L'âge n'avait cependant point encore éteint les passions de ma mère. Les petites caresses que je recevais quelquefois de mes amants en sa présence les ranimèrent ; elle trouva l'occasion de les satisfaire. Malgré le ravage que près de dix lustres causaient à ses charmes, l'on ne méprisa point à Rouen de vieux agréments que Paris négligeait depuis vingt années. Je suis bien persuadée que l'amour n'eut aucune part aux bontés que plusieurs étrangers et Normands eurent pour elle. Mais elle y trouvait toujours son compte, quoiqu'elle ne dût cette bonne fortune qu'aux saillies pressantes de leur tempérament. Par la bouillante vivacité du sang, les jeunes gens ont des mouvements fougueux qui demandent un prompt remède. Ma mère, par une complaisance infinie, se prêtait à leur donner tous les secours dont ils avaient besoin. Je l'ai vue souvent quitter la comédie au signal de quelques spectateurs enflammés d'une subite ardeur par les objets séduisants qui s'y rencontrent, se retirer avec eux au logis, qui n'en est pas éloigné, et là, dans une profonde bergère, théâtre de ses plaisirs et des miens, apaiser en eux la révolte des sens.

On me pardonnera cette petite digression sur le compte de ma chère maman. Je l'aime trop pour la priver de l'honneur que ces circonstances particulières, qui la regardent, lui doivent faire aux yeux du public. N'est-il pas glorieux à une femme de son âge d'avoir en peu de temps essuyé le feu des transports de dix ou douze jeunes gens, dont je n'avais pas moi-même méprisé l'attachement ?

J'étendais cependant tous les jours mes conquêtes. Un de nos comédiens, jeune et d'une figure passable, me marqua l'envie d'augmenter le nombre de mes adorateurs ; il fut heureux dès qu'il parla. Quoique ce fût un amant qui n'était d'aucune ressource pour l'intérêt, il m'était nécessaire puisqu'il servait pendant les entractes à me désennuyer quelquefois dans ma loge.

Je suis arrivée insensiblement à la partie la plus intéressante de mon histoire. On m'a vue jusqu'à présent toujours dans les bras de la volupté, sans connaître le véritable amour ; j'avais conservé jusqu'alors cette liberté de cœur avec laquelle on n'en peut goûter presque tous les plaisirs sans en ressentir les peines. Mais, hélas ! un seul instant me rendit l'esclave de la plus violente passion.

Un jeune homme de seize ans, grand, bien fait, extrêmement formé pour son âge, me fut présenté par un de ses amis et des miens. Il joignait aux grâces de la plus riante jeunesse un teint vif et animé ; de beaux cheveux noirs, bouclés avec une négligence affectée, décoraient sa charmante figure, et ses yeux brillant d'un séduisant éclat lancèrent en un instant dans mon cœur tous les traits de l'amour. Cher amant, si tu lis ces Mémoires, tu verras que je peins avec plaisir les charmes qui m'ont touchée. Je sentis à sa vue un trouble aimable se glisser dans mon âme.

Un genre de plaisir qui m'avait été inconnu jusqu'alors s'empara de moi-même, mes discours furent sans ordre et sans liaison pendant sa visite, qui me parut courte. Après son départ, je tombai dans une sombre mélancolie. Uniquement occupée de lui, je le cherchais avec des yeux distraits dans mon appartement, quoique sûre de ne l'y pas trouver. Un de mes premiers amants entra dans le moment que j'étais dans cette langueur que cause un amour naissant. Il débuta par des caresses, j'y répondis par le mouvement de la passion excessive que je sentais déjà pour l'aimable enfant qui venait de me quitter et que dans la suite je nommerai Ridhilles. Mon imagination frappée cherchait à se persuader que c'était de lui dont je recevais des preuves de tendresse ; cette idée me faisait goûter des délices inexprimables. « Que sera-ce, me disais-je en secret, quand je le posséderai véritablement ! »

Je l'aperçus à la Comédie le lendemain ; je tâchai de lui faire lire mes sentiments dans mes regards, et je crus voir dans ses yeux quelque chose d'obligeant. Je me trouvai sur son passage en sortant du spectacle ; il m'aborda poliment en s'informant de ma santé :

— Elle est fort mauvaise, monsieur, lui répondis-je à l'oreille. Vous m'avez empêchée de dormir cette nuit ; vous êtes un homme bien dangereux. Que je suis malheureuse de vous avoir vu !

Je m'évadai après ce discours et j'en attendis l'effet avec beaucoup d'impatience. Il fut quelques jours sans venir me voir pour se faire désirer davantage sans doute : raffinement qui lui était inutile, mais enfin je le vis entrer dans mon appartement avec l'air qui m'avait enchantée ; je n'avais pour lors d'autre compagnie que mon amour.

— Ah ! vous voilà, dis-je aussitôt que je le vis paraître. Que vous êtes cruel ! Le discours sincère qui m'échappa l'autre jour méritait-il que vous en laissassiez écouler plusieurs sans venir ici ! Vous vous faites aimer, vous ne l'ignorez pas, et vous avez la barbarie de ne pas apporter aux maux que vous causez les remèdes convenables.

Il reçut mes reproches fort galamment, je ne fus pas difficile à apaiser. Il m'avoua que j'avais fait sur lui les mêmes impressions qu'il avait faites sur moi. Nous étions seuls, mes regards, mes discours lui faisaient connaître assez qu'il pouvait tout hasarder. Il vola dans mes bras, l'amour nous couvrit de ses ailes, je perdis connaissance et mon âme faillit m'abandonner dans l'ivresse des plaisirs.

Je sentis toute la différence qu'il y avait entre la satisfaction d'un désir qui prend son origine dans le tempérament et celle d'une passion qui réside dans le cœur et déterminée vers un objet particulier ; la première ne me parut qu'une faible image de la seconde. Il fut convaincu que seul il possédait mon cœur, mais il soupçonna que ses rivaux étaient d'ailleurs également bien traités et sa délicatesse parut s'en offenser. L'excès de mon amour m'eût portée volontiers à lui en faire le sacrifice, si j'eusse pu me passer du secours que je recevais de chacun d'eux en petits bijoux, en meubles, en cadeaux, en argent comptant. Il me laissait même un hommage d'une partie de la pension qu'il recevait de ses parents pour ses menus plaisirs. Ridhilles n'eût pas été en état de me dédommager de la perte que mes intérêts auraient soufferte en les expulsant, et ce cher amant allumait trop de feu dans mon âme pour que lui seul eût pu suffire à les éteindre.

J'ai le don des larmes, j'en répandis abondamment, en lui reprochant l'injustice de ses soupçons. Je le traitai de visionnaire. Enfin, je le trompai si bien qu'il me crut fidèle, et nous vécûmes dans la plus tendre intelligence.

Mon bonheur était trop parfait pour être durable. Tel est le sort de l'humanité : elle ne peut jouir constamment d'une félicité suivie ; mille événements imprévus en arrêtent le cours. Mon cher Ridhilles fut obligé de faire un assez long voyage en Angleterre ; mes pleurs ni mon amour ne purent l'arrêter : un ordre supérieur, auquel il ne pouvait se refuser, le força de partir. Je regrettai l'ancienne tranquillité de mon cœur dans le temps de cette fatale absence, et je payai bien cher à l'amour les faveurs dont il m'avait comblée, par les tourments que je ressentis de ce cruel éloignement. Je ne trouvais d'autre plaisir que celui de donner tous les jours des preuves de ma fidélité à ce cher amant, dans les bras de ceux qui me restaient, par l'application de mon esprit à se persuader qu'il était l'objet de mes transports. Il était toujours présent à mon esprit, et la nuit même souvent, dans un songe, l'offrait à mes désirs. Ces illusions flatteuses faisaient sur mes sens de si vives impressions qu'elles opéraient en moi les effets de la réalité.

Toute la Comédie se disposait à partir pour Caen ; les spectacles à Rouen étaient négligés : c'était en vain que l'on employa mille soins pour qu'ils fussent fréquentés davantage. Quoique la jalousie règne extrêmement dans l'état comique, je ne peux me dispenser de rendre justice au chef de la troupe. La jeune directrice a déjà tous les grands talents du théâtre, et joint au mérite de son état la conduite et les mœurs d'une fille qui a de la naissance et de l'éducation. Tel est l'avantage de la vertu que le vice même lui rend hommage et la respecte. Le directeur unit aux qualités de l'honnête homme celles d'un excellent auteur, et le poème dramatique qu'il vient de donner au public a prouvé l'étendue de son génie[1]. Des sujets si dignes d'estime et d'admiration devaient attirer l'affluence ; mais au contraire, par une injuste préférence pour le jeu, ils

1. La troupe du théâtre de Rouen avait été fondée par Mlle Gautier et J.-B. Lanoue. La première devait débuter à la Comédie-Française le 30 mai 1742, pour y jouer trente-huit ans avec succès. Elle épousa Drouin, frère de Mme Préville, lui-même sociétaire de la Comédie-Française. Ses relations avec Mlle Clairon restèrent toujours très amicales. — J.-B. Sauvé de Lanoue, acteur et auteur dramatique, fit jouer avec succès au Théâtre-Français la tragédie de *Mahomet II*. (Voir Lemazurier, *Galerie historique des acteurs du Théâtre-Français*, t. I, p. 257, 302 ; t. II, p. 167.)

furent abandonnés, et j'ai vu souvent les gratis composer le plus grand nombre de leurs spectateurs. Ces raisons déterminèrent la troupe à s'établir à Caen pour quelque temps. Je fus charmée que l'on prît ce parti ; je me flattai que la dissipation du voyage, qu'un séjour différent et de nouvelles connaissances, diminueraient un peu la douleur intérieure que me causait l'absence de Ridhilles.

Nous arrivâmes à Caen, qui me parut une ville fort jolie, et beaucoup mieux bâtie que Rouen, mais moins considérable et moins peuplée. L'Académie et l'Université, avec toute la jeunesse de la province, y attirent beaucoup d'étrangers. Les académistes me trouvèrent un petit air mutin, qui leur fit naître l'envie de me proposer un assaut. J'acceptai le défi, j'étonnai mes braves adversaires, et je soutins, avec une intrépidité surprenante, plusieurs bottes des plus vigoureuses.

Nous restâmes peu de temps à Caen, et lorsque nous retournâmes à Rouen, je trouvai que la renommée avait déjà publié mon combat contre les académistes.

La vérité qu'exige cette histoire ne me permet pas de passer sous silence une petite aventure qui arriva à ma mère, peu de temps après notre retour. Nul prétexte ne doit engager l'historien à taire des faits importants.

Un jeune homme assez connu par ses richesses et par son état, lui proposa de faire un petit voyage à Cythère, et se chargea de l'y conduire. Ma bonne maman accepta la proposition ; le temps lui parut favorable : elle leva les voiles dans le moment même, en se flattant d'une heureuse navigation. Déjà son jeune pilote faisait avancer la proue vers le port de cette île enchanteresse ; il semblait qu'il allait traverser rapidement le détroit qui conduit à ces rives délicieuses, lorsque tout à coup il changea sa manœuvre ; il désapareilla et revirant subitement, fit perdre à ma mère toute espérance d'achever le voyage. Il se retira, en riant de toute sa force, et la laissa dans la fureur d'une femme que l'on abandonne dans de pareilles circonstances. On rit beaucoup de ce petit événement, dont on fut informé le jour même.

Je vivais cependant toujours dans cette avidité que nous cause l'absence de l'objet aimé, lorsque j'appris enfin que mon cher Ridhilles était arrivé. Son amour n'avait pu tenir contre une absence de quatre mois. Le petit ingrat, par une inconstance assez ordinaire aux gens de son âge, semblait ne plus penser à moi. Six semaines s'étaient déjà écoulées depuis son arrivée d'Angleterre, sans qu'il me fût venu voir. Au désespoir de son indifférence, je pris le parti de lui écrire. Ma lettre était touchante ; j'avais des raisons pour ne pas la signer ; je mis simplement à la fin : *S'il vous reste des sentiments, vous devinerez qui je suis.* Elle fit tout l'effet que je pouvais désirer ; il m'en apporta lui-même la réponse, ma présence réveilla son amour, il m'en donna des marques qui me firent oublier toutes les peines que je souffrais depuis son absence.

Ma mère ne voyait point sans douleur l'excès de mon attachement pour lui, parce qu'il nuisait à notre intérêt. Je ne pouvais contraindre ma flamme devant ses rivaux, qu'une préférence marquée que je lui donnais sur eux refroidissait extrêmement, quoique je ne leur refusasse rien de ce qu'il m'était libre d'accorder. Mais mon cœur, qu'ils auraient souhaité, n'était plus en ma puissance et plusieurs désertèrent, désespérant de me toucher par la préoccupation où ils me voyaient sur le compte de Ridhilles. Cette désertion tirait à conséquence : les cadeaux et les présents devenaient plus rares, la misère s'avançait à grands pas, nous avions même été obligées de vendre deux billets de loterie dont une dame respectable m'avait fait présent. Cela me fit faire des réflexions, et je me proposai de concilier par un peu de contrainte mon amour et mon intérêt. Je marquai moins d'empressement pour Ridhilles, j'attirais de nouveau ceux qui s'étaient éloignés par tout ce que la coquetterie a de plus agaçant. Je forçai mon indifférence pour eux à se parer des dehors de la tendresse ; ils en furent la dupe, ils se crurent aimés ; les fêtes, les bijoux me marquèrent leur reconnaissance, et quand j'étais seule avec mon cher amant, je me dédommageais de la violence que je m'étais faite pour les tromper.

Ridhilles voulut me faire aussi quelques petites galanteries ; il me donna un étui garni en or, je l'acceptai, mais en lui protestant que désormais je ne recevrais rien de sa part. Je l'aimais de façon à ne vouloir pas lui devenir à charge. J'imaginai cependant une manière de nous faire réciproquement des présents qui nous flatteraient beaucoup et qui nous coûteraient peu : je lui envoyai de la mousse que l'on trouve sur le bord des fontaines, dans les bosquets, ou sur les montagnes de Cythère et d'Idalie, en le priant de me donner en échange de celle qui croît dans les jardins de Priape. Tout cela se faisait sans dépense.

On a prétendu qu'il n'était pas possible d'aimer véritablement deux objets dans le même temps. Je ne me jetterai pas dans de longs raisonnements pour prouver le contraire, mais je dirai que j'ai trouvé dans le fond de mon cœur l'expérience de cette possibilité. Ridhilles avait un frère aîné, arrivé depuis peu d'Espagne. On le nommait Bagerria. Il me vint voir, je lui trouvai du mérite et sans cesser d'aimer le cadet avec fureur, je sentis pour lui le même emportement. Il dut démêler dans ma façon d'agir que je ne le voyais point avec indifférence, mais soit qu'il fût arrêté par le soupçon des liaisons particulières que j'avais avec son frère, ou qu'il eût pris ailleurs des engagements qui ne lui permettaient pas de répondre à ma passion, il resta toujours avec moi dans les bornes d'un simple badinage qui ne servait qu'à m'irriter.

J'avais des mesures à garder, je n'osais expliquer précisément à Bagerria les sentiments qu'il m'avait inspirés, je craignais que les deux frères ne se confiassent la conduite que je tiendrais avec eux ; je voulais, en conservant l'un, acquérir l'autre, persuader à chacun en particulier que de lui seul je faisais un amant favorisé et que je ne regardais son frère que comme un homme que j'estimais. Ce ménagement était difficile, mais il était nécessaire ; leurs scrupules n'auraient pu leur tolérer le partage des mêmes faveurs. Je cherchais des expédients pour conduire heureusement cette intrigue délicate, lorsqu'une petite vérole, dont fut attaqué Bagerria, m'en épargna les embarras. Le pauvre garçon resta plusieurs mois au lit et depuis sa convalescence je ne l'ai point reçu chez moi, pour des raisons que je dirai dans leur temps.

Les approches du carnaval animaient les plaisirs ; il se passait peu de jours où il n'y eût chez moi un grand souper avec nombreuse compagnie. J'avais un nouvel amant, et libéral, qui fixa l'abondance dans la maison tout le temps que j'ai pu le conserver ; il n'épargnait rien pour me plaire, il dépensait son argent avec une aisance et un air de satisfaction inimitable. Cet amant, par ses procédés nobles et généreux, eût touché la femme de France qui eût pensé le plus délicatement ; mais malgré tout l'excès de son mérite et de son amour, par un caprice étonnant de mon cœur, je ne sentis rien pour lui, et ce n'est qu'au tempérament qu'il doit la complaisance que j'eus pour ses désirs. Je dissimulais cependant avec adresse le peu de goût qu'il m'inspirait. C'était un homme qu'il fallait ménager ; les agréments que sa magnificence me procurait méritaient des égards. Aussi me suis-je si parfaitement attachée à le tromper qu'il était persuadé que je l'aimais.

Ma mère ne négligeait rien de son côté de tout ce qui pouvait flatter l'intérêt. Elle fut informée que deux amants, qui ne pouvaient se voir facilement, cherchaient en ville un appartement secret. Nous avions une troisième petite chambre qui nous était inutile : elle l'offrit de la meilleure grâce du monde, sûre qu'un service de cette importance serait bien récompensé. Les amants l'acceptèrent. Ma chère maman avait soin d'y faire trouver tout ce qui convenait pour les affaires qui les attiraient. Quand le couple amoureux était arrivé, nous faisions un petit moment les honneurs de la maison et les laissions jouir ensuite de la pleine liberté après laquelle ils aspiraient.

Nous fîmes encore une heureuse découverte : ce fut celle du jeune mylord Lope qui logeait dans mon voisinage depuis quelque temps. Nous sûmes que cet Anglais avait des lettres de crédit qui le mettaient en état de faire une belle dépense, ce qui nous fit former le projet de l'attirer au logis, en quoi je réussis par un petit stratagème fort simple. Mylord passait sous mes fenêtres (sans intention cependant) ; il était suivi d'un chien qu'il aimait fort, dont je savais le nom ; je l'appelais, il montait, et par le moyen de quelques cuisses de poulet, nous fîmes bientôt connaissance. Après un traitement qui était fort de son goût, il venait me voir fort régulièrement, je lui disais mille choses qu'il n'entendait cependant point, parce qu'il ne savait pas le français. Ennuyée enfin de ce que toutes les politesses que je faisais au chien ne m'attiraient aucune civilité du maître, j'enfermai le doguin, me persuadant que Mylord, alarmé de ne le plus voir, en ferait quelques recherches et supposerait qu'il serait chez moi, parce qu'il ne pouvait ignorer qu'il y venait très souvent. En effet, il le crut et vint m'en demander des nouvelles. Je le reçus d'un air fort enjoué, il me demanda si par hasard je n'aurais pas vu son chien, je lui dis qu'il y en avait un qui s'était attaché à ma cuisine, que s'il lui appartenait, je consentais à le lui rendre. Je le fis paraître, Mylord fut charmé de le retrouver, il n'en fut plus question.

Je soupçonnai que mes petites façons éveillées avaient troublé le cœur du jeune Anglais ; son assiduité me le prouva dans la suite, et ce fut bientôt un amant déclaré. Il en usait si généreusement que je ne crus pas devoir retarder son bonheur dans une fête qu'il me donna à Saint-Paul : nous en foulâmes plusieurs fois les gazons. Mylord s'amusait presque tous les soirs au logis, où l'on jouait assez gros jeu. Un grand souper succédait au passe-dix[1]. Ma mère y perdait rarement : on essuie peu les caprices d'une fortune contraire quand on a l'attention de les corriger.

Je conservais toujours pour mon cher Ridhilles le même excès d'amour, mais sa famille osa trouver mauvais qu'il eût des liaisons avec moi. La vanité de ma mère en fut choquée ; elle pensait qu'on aurait dû nous savoir obligation du soin que nous prenions de former le cœur et l'esprit de la jeunesse, elle lui tint en mon absence les discours les plus durs, et peu à peu le dégoûta de notre société. Je voulais absolument qu'il vînt au logis malgré elle, mais il ne voulut plus s'exposer à ses mauvais discours, qui (je suis forcée d'en convenir) allaient véritablement quelquefois jusqu'à l'insolence.

À peu près dans ce temps, on amena souper au logis une personne qui me parut singulière. C'était un jeune homme qui me parut froid et silencieux. Je m'aperçus qu'il m'examinait avec attention et qu'il ne répondait qu'avec peine aux petites prévenances que je lui faisais. Il me semblait même qu'il jetait sur les autres jeunes gens qui étaient avec nous des regards de compassion, comme s'il les eût blâmés de se livrer trop au plaisir que leur causaient mes caresses et mon badinage. Cette façon d'agir extraordinaire m'inquiéta ; je n'avais pas encore vu d'homme de ce caractère. Je l'engageai dans une conversation pour tâcher de démêler si son silence et sa froideur n'étaient point un effet du défaut de son esprit. Mes alarmes augmentèrent, lorsque par ses discours je jugeai qu'il n'en manquait pas et que c'était un homme affermi dans les principes d'une philosophie raisonnable, qui lui donnait beaucoup d'éloignement pour tout ce qui ressentait l'égarement du cœur et le libertinage de l'esprit[2], un homme enfin qui, quoique jeune, était revenu de l'erreur de se livrer aux passions. Je fus bien fâchée que l'on eût introduit chez

1. *Passe-dix* : jeu qui se joue avec trois dés, dans lequel il s'agit de faire plus de dix points en un seul coup.

2. Allusion au roman de Crébillon fils, *Les Égarements du cœur et de l'esprit*, publié en 1735 et 1738 ; rééd. dans *Romans libertins du XVIIIe siècle*, éd. par Raymond Trousson, Paris, Robert Laffont, coll. « Bouquins », 1993.

moi ce philosophe. Mais comme je le vis revenir plusieurs fois à la maison, je me flattai que ma petite figure avait dérangé sa sagesse, et je savais bon gré à mes charmes de m'avoir acquis un amant de cette espèce. Il fallut cependant me désabuser, puisqu'après lui avoir présenté mille occasions d'abjurer dans mes bras l'austérité de la philosophie, il resta toujours dans les termes d'une indifférente politesse, qui mortifiait extrêmement ma vanité.

J'en fus si piquée que je me proposai sérieusement de tout employer pour m'en faire aimer. Je voulus, un soir, parier avec lui que je le rendrais amoureux avant qu'il fût un mois. Il ne me répondit que par un soupir moqueur, qu'il prit même la liberté d'assaisonner de quelque dédain. Malgré tous mes efforts, je ne le pus séduire, et je fis en sorte de me venger par des mépris affectés de ceux qu'il avait eus réellement pour les soins que je m'étais donnés pour lui plaire. La mauvaise humeur que je lui marquai dans la suite, lorsqu'il venait au logis, ne le fit point changer de conduite. Il paraissait autant insensible à mes brusqueries qu'il avait été peu touché de mes agacements. J'étais cependant fort intriguée sur les motifs de son assiduité. J'ignorais quelles raisons l'engageaient à me venir voir, lui qui ne devait trouver chez moi nul agrément, par la froide réception que je lui faisais, et qui ne paraissait point avoir l'intention de former une liaison particulière. Je donnais la torture à mon esprit pour démêler quel était le but de ses visites fréquentes, lorsqu'enfin j'en fus éclaircie.

Mon philosophe cessa tout d'un coup de venir au logis, et répandit dans le monde qu'il n'avait prétendu autre chose dans le petit commerce qu'il avait paru lier avec moi que m'étudier, me connaître et me développer ensuite à la jeunesse séduite et trompée par mes caresses, aveuglée par les apparences d'un amour simulé dont par mes artifices chacun de mes amants se supposait être l'unique objet : il me démasqua tout au mieux. Ses discours, qui brillaient de l'éclat de la vérité, firent contre moi le plus fâcheux effet. Mes amants s'expliquèrent ensemble ; ils n'eurent pas de peine à reconnaître qu'ils avaient été mes dupes : je me vis presque abandonnée.

Ma mère était furieuse contre le philosophe. Elle s'en vengea par tout ce que lui put fournir son imagination féconde en invectives grossières, qui lui furent rapportées. Le sage, toujours inébranlable, charmé d'avoir arraché la jeunesse à ce qu'il appelait son dérèglement, dédaigna d'y répondre autrement que par le mépris. Je fus toujours ferme pendant cet orage, je commençais à m'accoutumer aux événements et mon esprit qui, de plus en plus, devenait moral, sentait que la vie n'est qu'un tissu bizarre d'accidents singuliers. Je ne cessai point de paraître en public, quoique je m'aperçusse bien que j'étais l'objet de ses plaisanteries. J'allais régulièrement aux bals de la Comédie, où je me flattais de trouver mon cher Ridhilles, que j'aimais encore et que je n'avais vu depuis longtemps. Je l'y rencontrai, comme je l'avais espéré, nous eûmes une longue conversation par laquelle je compris que je lui étais toujours chère, malgré l'impression que les discours du philosophe avaient faite sur son esprit. Quand on est encore aveuglé par l'amour, on a de la peine à croire coupable ce que l'on aime. Il reçut ma justification, quoiqu'elle dût lui paraître faible contre des preuves assez convaincantes qu'on lui avait données de mon infidélité.

Un bal brillant et bien composé, tel que celui de Rouen l'est ordinairement dans les derniers jours du carnaval, est très capable de faire naître les désirs dans les tempéraments même les plus tranquilles. Mille objets, dont plusieurs sont aimables, qui joignent aux grâces naturelles l'éclat de la plus brillante parure, la douce agitation dans laquelle on se met par la danse, l'enjouement qui règne dans les discours, la charmante liberté dont on y jouit, cet air de satisfaction générale répandue sur tous les visages, l'harmonie des instruments, le badinage des masques, tout y soulève les passions. Quelle ne devait point être la vivacité des miennes qui, avec tant de causes à les animer, se trouvaient encore aiguillonnées par la présence de l'aimable idole de mon cœur ! Je me trouvai dans un état à souhaiter d'être seule avec mon cher Ridhilles ; je lui proposai de nous échapper chez moi et de nous dérober à ma mère, ce qui n'était pas difficile. La bonne femme était pour lors occupée à examiner les joueurs, pour emprunter de ceux que la fortune favorisait quelques petits écus qu'elle avait bien l'intention de ne jamais rendre. Nous nous retirâmes au plus tôt. Mais je fus bien surprise de ne pas trouver la clef de mon appartement, que je croyais avoir.

Notre escalier n'est point du tout propre à l'exécution d'un projet amoureux ; je fus obligée de me contenter de mille baisers et autres petits riens, le reste nous étant à peu près impossible par la situation des lieux. En quoi mon amant eût pu cependant réussir s'il eût voulu sacrifier son aisance à mes désirs, mais c'était un garçon qui, quoique jeune, recherchait déjà ses petites commodités en amour. J'eus pour lui plus de complaisance ; je lui rendis un de ces services obligeants qui, quoique dénué de plusieurs circonstances de la réalité, se termine par les mêmes effets. Cet aimable enfant, touché de mes bontés, versa par reconnaissance de ces larmes qui se répandent avec plaisir.

Je fus à Paris, à la fin du carême, passer le temps de l'interruption des spectacles. Mon lecteur se ressouviendra d'un intendant qui a joué dans le commencement de mon histoire un rôle assez distingué. Je le fis avertir de mon arrivée, il me vint voir aussitôt et nous réitérâmes les exercices dont il m'avait donné les premiers principes. Il me trouva beaucoup d'acquis et fut bien convaincu qu'en province je n'étais pas demeurée dans l'oisiveté. Un jeune homme fort aimable que j'avais connu à Rouen m'y procura encore beaucoup d'amusements de plus d'une espèce. Aux plaisirs de la plus fine chère nous faisions succéder des délices plus flatteurs, qui ne purent cependant me faire oublier mon cher Ridhilles.

Après un séjour de trois semaines, je revins à Rouen. J'y croyais retrouver ce cher amant toujours tendre, mais je n'aperçus en lui qu'indifférence et que mépris. Son frère, bien rétabli de sa petite vérole, avait été informé par le philosophe de tout ce qu'il avait cru découvrir dans ma conduite. Bagerria, qui n'était préoccupé d'aucune passion sur mon compte, jugeant sainement que Ridhilles se livrait à un attachement peu honorable, lui fit faire des réflexions sur toute ma façon d'agir depuis que j'étais à Rouen. Tout cela se passait dans mon absence, mes yeux ne pouvaient plus combattre l'effet que les remontrances faisaient sur son esprit. Il promit de m'oublier et qu'il surmonterait le reste du penchant qu'il avait encore pour moi.

Pour prouver à ses amis qu'il ne voulait plus garder aucun ménagement, il publia toutes les circonstances de nos entretiens secrets. L'aventure de l'escalier ne fut point oubliée. Il distribua même cette mousse que je lui avais envoyée ou que souvent je lui avais laissé cueillir, mousse dont je m'étais dépouillée pour lui plaire et qui ne renaissait qu'avec peine.

Les choses étaient dans cet état lorsque j'arrivai de Paris. Mon amour ne put tenir contre de si cruelles injures. Dans les premiers mouvements de ma colère, Ridhilles me paraissait un monstre. Je croyais le haïr autant que je l'avais aimé. Je brûlai toutes les lettres que j'avais de lui et je ne voulus plus en entendre parler ; ses indiscrétions m'avaient rendue la fable de tous ceux dont j'étais connue. On crut se faire tort en me fréquentant davantage, je ne vis plus personne.

Ma mère, après avoir inutilement tenté de ramener quelques-uns de ceux qui s'étaient écartés, écumait de fureur et de rage ; elle vomit contre eux cent horreurs, quoique nous leur eussions les plus grandes obligations. Je la blâmai de ses emportements, je prévoyais que cela pourrait nous faire des ennemis, ce qui n'a pas manqué d'arriver. Je tremble encore tous les jours que des personnes respectables, sans égard pour leur dignité, qu'elle a maltraitées dans ses discours, ne lui fassent infliger quelques peines disgracieuses. Il se passait peu de jours que nous ne reçussions quelques petites mortifications de nos ennemis. Ils employaient tous les moyens qu'ils pouvaient pour nous humilier. En dernier lieu, ils nous jouèrent un tour qui me fut plus sensible que tous les autres.

On allait voir avec plaisir un petit spectacle de marionnettes établi près du Cours. Un jeune homme s'avisa d'informer celui qui faisait parler Polichinelle d'une partie de mes aventures et le pria d'en divertir le public. De sorte qu'un soir, l'assemblée étant nombreuse, Polichinelle, qui se supposait un de mes amants, adressa à une marionnette femelle, à qui on avait la bonté de prêter mon nom, tous les reproches que méritaient mes infidélités. L'histoire de l'escalier et la nuit du bal furent traitées fort au long. On pense aisément le favorable effet que cela fit pour moi, et combien cette scène amusa les spectateurs à mes dépens. J'en fus informée dès le lendemain ; j'en pensai mourir de dépit et de douleur.

Ridhilles, fâché du tort qu'il m'avait fait dans le monde par ses indiscrétions, m'écrivit une lettre touchante. Il me demandait pardon de ses torts. Il s'excusait sur ce que l'on avait profité de mon absence pour l'obséder et lui persuader tout ce que l'on avait contre moi. « Je suis coupable, me disait-il, mais votre haine me punit trop cruellement de mon crime. Ne m'aimez plus, j'y consens, mais du moins ne me haïssez pas. » Expressions mitigées dans lesquelles je crus voir encore un peu d'amour. Malgré tous ses procédés, je me sentis émue à la lecture de sa lettre. Je m'aperçus que l'ingrat n'était encore que trop puissant dans mon cœur. La vanité cependant me fit étouffer les tendres mouvements qui s'élevaient dans mon âme. Je ne voulus pas céder sitôt aux premières marques de son repentir. Je jetai la lettre dans le feu en présence du porteur, lui disant que c'était là ma réponse.

Quoique mylord Lope ne vînt plus au logis, je ne désespérais pas de ne le point voir rentrer dans mes chaînes. Le hasard nous faisait souvent trouver ensemble au café de la Comédie ; je l'agaçais toujours et il me faisait mille petites politesses, qui ne me laissaient presque plus lieu de douter qu'incessamment il ne reprît ses fers, malgré toutes les impressions qu'il avait reçues contre moi. Je l'avais amené au point de renouer comme auparavant, presque disposé à me faire présent d'une robe et de sa montre lorsque, par malheur, son père, informé de notre intrigue, lui écrivit une lettre foudroyante et le menaçait d'une punition sévère s'il apprenait qu'il continuât de me voir. Mylord fut obligé par raison de vaincre le penchant où son cœur se livrait de nouveau. Depuis ce temps, je l'ai perdu sans espérance. Il vient même de donner des preuves du dégagement de son cœur, en mettant en pièces et jetant par la fenêtre, à mes yeux, une garniture de nœuds pour une veste dont je lui avais fait présent et que j'avais travaillée moi-même.

Il faut que je découvre ici toute la faiblesse de mon cœur pour Ridhilles. Le temps avait diminué mon ressentiment sans détruire mon amour ; il ne me paraissait plus si coupable. Il est vrai qu'il était indiscret, mais j'étais infidèle, et mes infidélités étaient répétées et multipliées. Si j'avais des raisons pour lui faire des reproches, il était en droit de m'en accabler. Enfin, je fis taire la gloire qui me défendait de revoir un amant qui m'avait outragée, et je n'écoutais plus que ma tendresse. Je ne doutais pas que, puisqu'il m'avait écrit, ma vue au théâtre n'eût réveillé l'amour assoupi dans son cœur, et que sa flamme renaissante avait au moins autant dicté sa lettre que le repentir du tort qu'il avait fait dans le public.

Je ne pensais plus qu'aux moyens de nous réconcilier. Il fallait une entrevue pour cela. La chose me paraissait d'autant plus difficile qu'il semblait avoir pris son parti depuis qu'il avait su que j'avais jeté sa lettre au feu. Je le fis prier cependant de se trouver au café, lors du troisième acte de la pièce que l'on représentait ce jour-là, afin qu'il voulût bien me dire les raisons qui l'avaient déterminé à tenir tous les discours désobligeants qu'il avait répandus sur mon compte. Il promit de s'y rendre. Le philosophe et Bagerria, instruits je ne sais comment du rendez-vous, entrèrent où nous étions, lorsque sans beaucoup nous expliquer sur tout ce qui s'était passé, nos soupirs et nos regards nous prouvaient assez à l'un et à l'autre que nous étions moins irrités qu'attendris. Je vis bien que ces deux fâcheux n'étaient point survenus par hasard ; les discours équivoques et goguenards qu'ils tenaient entre eux me firent assez connaître qu'ils n'avaient paru que pour s'opposer par leur présence à la réconciliation qu'ils se doutaient bien que je cherchais à ménager. Je restai, quoique assez décontenancée. Je croyais qu'ils pourraient se retirer, mais les faquins tinrent bon et firent entendre qu'ils demeureraient jusqu'au soir. Enfin, je perdis la patience, je sortis, non pas sans marquer ma fureur par quelques épithètes, dont j'avais puisé l'élégance dans le style familier de ma mère, qui dans le moment me revinrent dans l'esprit. Ils n'y répondirent que par des rires éclatants qui me causèrent un désespoir que j'eus beaucoup de peine à ne pas faire éclater.

Ridhilles se déroba cependant à la surveillance de son frère et de ses amis, et vint me voir au bout de quelque temps, après le spectacle des sauteurs anglais. Ma mère était restée pour rendre le compte de sa recette. Il ne doutait pas que je ne le reçusse avec une joie entière. Le peu que j'avais eu de temps de lui parler au café, mon maintien, mes soupirs, mes yeux lui avaient fait assez connaître qu'il était toujours aimé. Enfin, après nous être défaits d'un jeune homme qui pour lors était par hasard dans ma chambre, nous nous livrâmes à l'ardeur de nos transports. Ses embrassements me parurent d'autant plus doux que j'en avais été privée depuis longtemps.

Je finirai cette première partie de mon histoire par cet événement, dont le souvenir remplit encore mon cœur d'un plaisir que je ne saurais peindre.

Si le public daigne faire un accueil favorable à ces Mémoires, je lui en donnerai la suite, dans laquelle je me flatte qu'il trouvera des incidents qui pourront l'amuser.

PRÉFACE

Le nom de préface se donne ordinairement à ces discours apologétiques qu'un auteur met à la tête de ses ouvrages et qu'il ferait fort bien de placer à la fin. Il ne m'appartient pas de rechercher les causes du discrédit où sont tombées les préfaces, dont le seul nom inspire aujourd'hui du dégoût pour un ouvrage et par contrecoup pour son imprudent auteur. Si c'en est une que je fais ici, le lecteur qui voudra bien me lire aura la bonté de me l'apprendre, car je lui proteste de bonne foi que je n'ai nul dessein d'en faire une. Ce n'est pas cependant que je refusasse de me justifier si j'avais commis quelque faute ou manqué d'égards pour le public, qui est mon premier juge, et par ma condition et par la liberté que je me suis donnée d'écrire. Quelque mutine que je sois, je sais ce que je dois à ce juge inexorable, et comme comédienne et comme auteur. Quoique coupable, je n'ai qu'à ouvrir la bouche, j'obtiendrai mon absolution. Aurait-il moins d'indulgence pour les sottises écrites que pour celles du théâtre, dont les conséquences sont plus grandes et dont la moindre soumission obtient chaque jour le pardon ?

Auteur, dira peut-être quelqu'un, la licence est forte ; ce nom ne se donne ni à toutes sortes d'écrivains, ni à toutes sortes de personnes. C'est ce que je n'entreprendrai point encore de décider. Mais pourquoi ne pourrais-je pas m'arroger un nom qu'on prend assez communément en mauvaise part et dont tout l'éclat prétendu ne pourrait effacer la moindre de mes taches ? Serait-ce la nature de l'ouvrage qui porte mon nom ou la licence de mes mœurs qui m'ôterait ce glorieux avantage ? Serait-ce la bassesse de mon style ou le néant de mon état qui me priverait du droit de suffrage dans le cercle des beaux esprits ? Je ne crois pas que ces deux derniers chefs puissent opérer ma proscription.

Que la classe respectable des auteurs se rende un peu plus de justice. À quel petit nombre se verrait-elle réduite, si l'on en excluait tous ceux dont le style ou la condition sont rampants et méprisables ! Que d'ouvrages proscrits dès leur naissance et ensevelis dans la poussière soutiendraient hardiment le grand jour si leurs auteurs, mieux conseillés, se fussent avisés d'emprunter les noms de Gaussin ou de Dangeville[1] !

J'en atteste ici ce chevalier que certaines raisons ont engagé dans la pénible carrière d'écrivain. Il ne néglige rien pour plaire au public par une agréable variété ; on le voit passer avec une noble aisance du profane au sacré, revenir du sacré au profane ; aujourd'hui galant, demain dévot et mystique ; tantôt badin et enjoué, tantôt sérieux et politique. Enfin, jamais un même homme ne mania avec tant de facilité tant de matières différentes et opposées, mais toujours sans succès pour sa réputation et sa fortune[2]. Cette petite digression m'a paru nécessaire pour justifier mon raisonnement par un exemple de quelque considération.

La licence de mes mœurs pourrait peut-être colorer le refus qu'on me fait du nom d'auteur si la continence et la chasteté eussent jamais été un préalable, ou qu'on eût été obligé d'en faire preuve pour aspirer au glorieux caractère qu'on me dispute. Je ne me pique pas d'une vaste érudition, mais je n'ai jamais lu, ni entendu dire à aucun savant qu'une conduite irrégulière ait servi de motif à un pareil refus depuis la naissance de la République des Lettres, ou pour parler plus juste, depuis que la frénésie d'écrire s'est emparée de l'esprit humain. Sapho, l'immortelle Sapho, à qui la savante antiquité a donné le nom de dixième Muse, mérita-t-elle d'être mise au rang des plus célèbres écrivains par la pureté de ses mœurs ? Elle dont les galanteries firent autant de bruit dans la Grèce que ses écrits en font encore chez les savants ? Sans aller chercher dans une antiquité si reculée, la célèbre Mlle de Scudéry ne doit assurément pas les éloges dont elle a été honorée à la vertu dont elle faisait profession. Sa plume a tiré sa sagesse de l'obscurité où elle aurait été confondue avec celle de beaucoup d'autres. Concluons donc de ces exemples et de tous ceux dont je pourrais allonger ce discours que mon libertinage (car je ne chicane pas sur les termes) serait un motif insuffisant pour mon exclusion.

Mais si le public favorable pardonne à ma jeunesse ou daigne imputer à mon tempérament les écarts du libertinage, en sera-t-il de même de ces expressions licencieuses dont j'ai fait usage dans le récit de mes emportements et de mes débauches, et que l'envie poussée dans ses derniers

1. Jeanne Catherine Gaussem, dite Gaussin (1711-1767) et Marie-Anne Botot, dite Mlle Dangeville (1714-1796), deux des plus célèbres actrices de la Comédie-Française.

2. Il s'agit selon toute vraisemblance de Charles de Fieux, chevalier de Mouhy (1701-1784), polygraphe besogneux, nouvelliste, gazetier, auteur de quelques romans à clef d'une prose insipide et d'un intérêt languissant. Embastillé en 1741 à cause d'une satire un peu vive sur les maîtresses royales, intitulée *Les Mille et Une Faveurs*, libéré au bout d'un mois, il entre au service de la police, à laquelle il fournit des renseignements pris dans les correspondances privées, les conversations de cafés, les échos de salons, les confidences de boudoirs et les ragots de coulisses. Dans la somme énorme de ses ouvrages oubliés, on distingue un bon, joyeux et vivace roman picaresque : *La Mouche, ou les Avantures de M. Bigand* (Paris, 1736, 4 vol.), ainsi qu'un fort utile *Abrégé de l'histoire du Théâtre-Français, depuis son origine jusqu'au 1er juin 1780* en 3 volumes.

retranchements me reproche ? Que mes envieux ne retranchent-ils du nombre des auteurs tant de grands personnages dont j'ai appris que les écrits licencieux peignaient les dissolutions au naturel ! Ovide, Horace, Catulle, Tibulle, Properce, Martial, Pétrone, Ausone ont-ils été dégradés par les expressions hardies et les images libres dont leurs ouvrages sont remplis ? Ceux de Régnier, de Marot et de Brantôme, ceux même du cynique Rousseau[1] n'auront-ils pas toujours leur prix chez les savants, malgré l'acharnement avec lequel on critique le tour naturel et peu mesuré qu'ils ont donné aux choses ?

On aurait tort de se figurer que je prétende ici justifier l'irrégularité de mes penchants, puisque dans le détail de mes aventures on me voit ou rire de mes faiblesses, ou blâmer mes emportements. Je me borne à ce raisonnement unique et fondé sur ma propre expérience, ainsi que sur celle de bien d'autres. Le tableau du vice représenté dans toute sa laideur et accompagné des fougues de la lubricité est plus efficace pour porter à la vertu que la peinture même de la vertu, parce que dans ces peintures sèches et négligées, celle-ci est presque toujours dénuée des grâces qui lui sont naturelles.

Il serait à souhaiter que notre siècle voulût sentir le contraste ridicule où il tombe à chaque pas. La galanterie et la débauche n'ont jamais été poussées si loin. Elles sont le pivot unique sur lequel roulent toutes les choses humaines, de sorte qu'il est comme impossible de passer aujourd'hui pour honnête homme sans être un peu débauché. Entreprendre le procès de la débauche serait entreprendre celui du genre humain. On a donc de l'indulgence pour les débauchés ; on estime les uns, on aime les autres, on tolère ceux-ci, on recherche ceux-là et insensiblement nous verrons faire l'apothéose du vice même.

Mais en attendant que le règne de la volupté soit consommé, on conserve un certain reste des premières impressions, un levain des préjugés anciens, qui fait qu'en approuvant les choses, on blâme la manière de les dire. N'est-ce pas là penser juste quant au droit, et se tromper dans le fait ? Très différents en cela de nos pères, qui se servaient sans scrupule, et je crois sans crime, de certains termes que notre délicatesse réprouve, mais chez qui l'innocence et la vertu étaient beaucoup moins rares. Après tout, rien n'est plus arbitraire que les termes, et par conséquent rien de moins positif que les idées qu'on y attache. C'est ce qui fait que les phrases doucereuses de Mme de Villedieu[2] et le langage tendre et insinuant des *Journées amusantes*[3] sont plus propres à séduire un cœur et le plonger

1. Il s'agit, on l'aura compris, du poète Jean-Baptiste Rousseau (1669-1741), surnommé le « Pindare de la Régence ».

2. Marie-Catherine Desjardins, dite Mme de Villedieu (1640-1683), auteur d'une vingtaine de romans et recueils de nouvelles, dont le succès se prolongera tout au long du XVIIIe siècle.

3. Recueil de récits par Madeleine-Angélique de Gomez (1722-1731, 8 vol.) composés à la manière des *Nouvelles* de la reine de Navarre.

dans le désordre que les obscénités qui révolteraient sa pudeur. Le cœur des femmes est dans toutes le même ; je m'imagine que les romans de Scudéry, qui ont aidé à mon tempérament, peuvent aider à celui de toutes les autres et les engager comme moi à réaliser la fiction.

J'ai été bien aise de faire voir le ridicule de certains antiques dont les penchants grossiers démentent la délicatesse. Mais j'ai encore assez d'esprit et de complaisance pour sacrifier aux autres ce qui les aurait blessés dans ma première partie.

On achèvera de me rendre justice si l'on veut se persuader que ces expressions, quand j'en ai fait usage, me paraissaient aussi indifférentes que le paraissent à un artisan les termes dont il se sert dans l'exploitation de son art. Chaque profession a ses usages et sa langue qui la distingue et la caractérise. Au reste, on conviendra que, si je n'ai pas assez voilé les objets, la nudité au moins n'était pas entière. Je connais cependant plus d'un auteur à qui le public a fait grâce de ces ménagements. Tout est relatif chez les hommes, et les circonstances ne m'étaient cependant pas favorables.

Le lecteur me ferait peut-être un crime si, après m'être servie de deux termes aussi étrangers à une fille de ma profession que ceux de *fait* et de *droit*, je ne lui avouais pas qu'ils ne sont pas de mon cru, car d'ailleurs on voit que je m'énonce d'une manière assez triviale. Je les dois donc au zèle d'un ecclésiastique, qui se chargea un jour de ma commission. Son motif était louable, mais l'exécution ne répondit nullement au principe dont je crois qu'il était animé. Concentrée dans le plaisir et la lubricité, on croira aisément que j'avais toujours pris très peu de part aux disputes qui partagent nos théologiens. Sur le bruit que faisait à Rouen ma réputation peu équivoque, celui-ci entreprit de me ravir au démon, dont au milieu de mes plaisirs j'étais peut-être moins l'écolière que beaucoup de ses confrères, car je crois avoir lu dans l'Évangile que les financiers ou publicains (cela revient au même) et les femmes de mauvaise vie sont plus proches du royaume de Dieu que les pharisiens. Celui-ci donc, après quelques discours préliminaires, s'aperçut aisément de ma profonde ignorance dans les choses du salut, et comme il n'y a rien de plus persuasif que les faits, il m'envoya dès le jour même un livre qu'il m'avait assuré devoir opérer en moi un changement entier et subit ; cela se trouva vrai, mais dans un sens différent du sien. Ce livre, que le public a honoré de ses mépris, fit peu de fortune chez moi ; quoique peu instruite, je ne pus y découvrir la moindre trace de ma religion. Étant obligée de paraître au théâtre, la curiosité me le fit emporter à ma loge d'où il passa dans les coulisses et donna presque sujet par sa nouveauté et sa singularité à une petite pièce. J'en aurais été très mortifiée, car outre la reconnaissance que je devais à celui de qui je le tenais, cet ouvrage était respectable par le nom d'une grande princesse à qui il était dédié et par celui de l'auteur qui est un des premiers auteurs de France[1]. Est-ce par l'éminence de son siège, ou par la solitude de ses ouvrages ? Je ne me mêle pas de décider. Tout arrive cependant avec un certain ordre, car j'ai appris que ce prélat s'était proposé de donner la comédie à toute l'Europe par cet ouvrage ; l'événement de Rouen, que j'empêchai, aurait ouvert la scène.

Quoi qu'il en soit, je doutai que mon zélé missionnaire eût jamais lu ce livre, qu'il ne m'aurait assurément pas donné s'il l'eût connu, car bien loin de me persuader un changement de vie, les saintes extravagances et la pieuse impureté dont il est rempli eurent bientôt dissipé les premières impressions de la vérité naissante dans mon cœur et ouvert la porte à la licence dans laquelle j'ai vécu depuis. Mon ecclésiastique s'étant aperçu du peu d'effet qu'avait fait sur moi sa comique légende, entreprit de saper ma résistance par le raisonnement. Il débuta par une obéissance qui seule suffisait pour effacer tous mes désordres, me parla d'une soumission sans bornes, me cita quelques décisions de l'Église, et son dévot galimatias se termina à des injures contre certaines gens dont, selon lui, la désobéissance à ces décisions autorisait l'indépendance et le libertinage des autres. Que ce langage était nouveau pour moi, qui n'avais jamais entendu que celui des coulisses ! Ce fut la première fois que j'entendis ces grands mots que j'ai employés et dont j'aime mieux apprendre ici la filiation au lecteur que dans le corps de mon histoire, où elle pourrait troubler l'ordre des faits. Il est très aisé de juger que je ne devins pas la prosélyte du nouvel apôtre ; ses lumières étouffèrent les miennes, je le remerciai de ses soins, il me promit ses prières et je continuai mon train. La lecture de ce roman m'apprit à rire du vice sans en estimer davantage la vertu. Je ne fais aucun doute qu'en s'y prenant de la sorte les conversions ne soient très rares et même impossibles. Au reste, est-il plus avantageux de connaître ainsi la religion que de l'ignorer ? Décide qui osera ! Je retourne à mon sujet.

Il y aurait bien de la mauvaise humeur à me refuser à présent l'illustre qualité d'auteur ; il me reste cependant encore un pas à faire pour fermer la bouche à mes ennemis et remporter une victoire complète : plus elle coûte et plus elle procure de satisfaction. Soyez auteur, disent-ils, prenez place parmi les beaux esprits, à la bonne heure, nous n'y formons aucun obstacle. Mais vous obtenez à bien vil prix un avantage qui coûte tant de peine à beaucoup d'autres. Une méchante brochure, un rien, enfin la vie

1. Sans doute l'héroïne vise-t-elle ici Jean-Joseph Languet de Gergy (1677-1753), archevêque de Sens, membre de l'Académie française, auteur d'une *Vie de la vénérable Marguerite-Marie, religieuse de la Visitation, morte en odeur de sainteté en 1690* (Paris, 1729, in-4°), désignée ordinairement sous le titre de *Vie de Marie Alacoque*, demeurée célèbre par son ineptie. Le prélat y faisait tenir à la religieuse et à Jésus-Christ des discours si tendres et ornés d'expressions si vives que son ouvrage ressemblait plutôt à un mauvais roman sentimental qu'à un livre de piété. Composée sur l'ordre de Marie Leszczynska et dédiée à la souveraine, l'hagiographie de Marie Alacoque n'en fut pas moins accueillie par des risées.

d'une actrice est-elle un ouvrage proportionné à la gloire que vous acquérez ? À entendre parler ces messieurs, la vie d'une comédienne est un rien, un pur néant. J'en appelle aux personnes sensées. Nous sommes tous comédiens ; la différence ne se trouve que dans l'étendue du théâtre et dans la durée de l'action. De cette vérité que personne ne contestera, il me semble que je peux conclure assez juste que l'histoire d'une comédienne est en raccourci l'histoire du genre humain. La conséquence prouve d'elle-même : la nie qui osera. Quel aveuglement d'ailleurs dans ces âmes jalouses ! La vie d'une comédienne ne fait-elle pas aujourd'hui un morceau respectable[1] et ignore-t-on ce qui s'est passé depuis peu d'années à la vue de toute l'Europe ? Le plus fameux corps littéraire de toute la terre n'a-t-il pas reçu des remerciements publics de l'association qu'il venait de contracter avec les Comédiens de Paris, et par conséquent avec tous les comédiens présents et à venir ? J'ai quelque espérance, au moins indirecte, de voir rejaillir sur moi une partie de cet honneur, quand mes talents perfectionnés m'auront frayé une route au théâtre de la capitale. Je suis dès lors académicienne née et en état de juger ceux mêmes qui décident aujourd'hui, si injustement, de mon mérite.

Quand je donnai au public la première de mes aventures, ma jeunesse pouvait me laisser espérer d'augmenter la grosseur du volume. Si l'on eût fait des *Aventures de Marianne* et du *Paysan parvenu* dont les parties, quoique liées les unes aux autres, n'ont paru que successivement[2], des raisonnements aussi amers qu'on en fait de ma méchante brochure, le public aurait souffert de la mauvaise disposition des critiques, les travaux de l'illustre auteur n'auraient pas servi au délassement de tous les gens de bon goût, et le libraire aurait pesté avec raison contre les caprices du siècle. Au milieu de tant de contradictions, j'aurai pourtant cet avantage sur M. de M[arivaux] que j'espère finir bientôt le récit de mes extravagances, au lieu qu'on attend avec impatience la fin des *Aventures de Marianne* et la récompense due aux beaux sentiments de cette aimable aventurière[3]. Après tout, l'art de faire désirer les choses y met un prix.

Me voilà donc auteur, en dépit des jaloux, mais auteur humble et sincère. Si la fantaisie d'écrire m'a séduite dans ma première partie, j'avouerai que l'amour-propre a enfanté la seconde. S'il en paraît d'autres, on en sera peut-être redevable à mes autres défauts. Lecteur favorable qui les avez tolérés, armez-vous d'une nouvelle patience. Aux vices de mon

1. *Lettre de Mlle Deseine, comédienne ordinaire du roi, à MM. de l'Académie française, au sujet de la lettre de cachet décernée contre elle sur la réquisition de MM. les premiers gentilshommes de la chambre* (9 mars 1735).

2. La publication de ces romans de Marivaux s'étale respectivement sur dix années pour les onze parties de *La Vie de Marianne* (de 1731 à 1741), mais sur deux seulement pour les cinq parties du *Paysan parvenu* (1734-1735).

3. On sait que Marivaux avait laissé son roman inachevé. À la suite d'un pari, Mme Riccoboni composa une douzième partie de *La Vie de Marianne*. Elle réussit à imiter assez bien le style de l'original pour tromper la plupart des lecteurs.

premier état, je joindrai à l'avenir une partie de ceux dont les nouveaux auteurs sont susceptibles, mais quelques imperfections de plus n'épuiseront pas votre bienveillance.

Je suis auteur, comédienne et femme. L'ennui que donnera l'auteur sera peut-être compensé par les agréments des deux autres.

Ridhilles était un garçon de bonne foi. Notre réconciliation fut sincère ; je me proposai, pour la rendre durable, d'y apporter quelque chose du mien et de lui sacrifier tout ce qu'une bienséance apparente pouvait contrarier. La solitude où m'avaient réduite les mauvais discours ne donnait pas un grand mérite à cette résolution ; c'était toujours beaucoup pour moi que d'avoir voulu, et j'espérais d'ailleurs, avec quelque raison, que cet orage étant trop violent pour être de longue durée, ma cour pourrait se renouveler et que dans le nombre de mes courtisans, il s'en trouverait quelqu'un dont je ferais valoir le sacrifice à mon amant. Il m'était nécessaire pour rétablir ma réputation délabrée, et je l'avais destiné *in petto*, à servir ma vengeance contre le philosophe, à qui je m'étais fort promis de faire sentir combien il est dangereux d'offenser une femme. Bagerria aurait dû partager avec lui le poids de mes vengeances, mais mon ressentiment céda à la tendresse que j'avais pour son frère, et peut-être à un reste de celle que j'avais eue pour lui. J'eus bientôt l'occasion de lui en donner les meilleures preuves et d'apprendre à cet aîné que la grandeur d'âme n'est pas incompatible avec les faiblesses auxquelles nous expose la vivacité des passions.

Ce jeune homme réunissait un sang-froid extrême et un courage qui allait jusqu'à l'intrépidité. Il eut un jour dispute au café de la Comédie avec des Anglais qui insultaient la nation. La partie n'était pas égale ; cinq hommes dont la férocité naturelle était animée par les liqueurs qu'ils venaient de boire ne rougirent point d'une pareille inégalité, ils fondirent sur lui. Ridhilles, qui l'accompagnait ce jour-là, le seconda avec autant de bonheur que de prudence. Bagerria en mit deux hors de combat, mais en ôtant la vie au troisième, il en reçut une blessure qui mit ensuite la sienne dans le plus grand danger. Son frère en blessa un autre et désarma le cinquième, sans autre accident que des égratignures. La nécessité d'éviter les poursuites et la vue de Bagerria qui nageait dans son sang déterminèrent Ridhilles à le faire transporter chez moi, sans plus de réflexion. L'affaire s'était passée à quatre pas du logis, et il n'était ni sûr ni commode de faire traverser au blessé la meilleure partie de la ville. Le spectacle venait de finir ; à peine étais-je rentrée.

— Ma petite, me dit Ridhilles en m'embrassant tendrement, Bagerria va périr, sauvez-lui la vie ; mon amour vous tiendra compte de vos bontés pour lui. Mon amant tout couvert de sang, son frère expirant à mes yeux et chez moi, quel spectacle ! Partagée entre la tendresse et l'humanité, je fus quelque temps interdite et tremblante. L'amour eut mes premières attentions et je n'envoyai quérir un pharmacien qu'après m'être convaincue par mes propres yeux que Ridhilles n'était point blessé.

La petite chambre dont j'ai dit ci-devant que ma mère avait fait un réduit amoureux était vacante depuis quelque temps par le mariage de deux amants qui en avaient fait le théâtre de leurs plaisirs secrets ; je la destinai à Bagerria, comme la plus propre à son repos et à sa sûreté. Ma mère, à qui l'intérêt présentait tout sous des faces différentes, ne s'opposa à rien, dans l'espoir de la récompense ; elle se chargea même de donner au blessé les soins que mes devoirs ne me permettaient pas de lui rendre.

La blessure était dangereuse sans être mortelle. Le chirurgien mit le premier appareil, en nous assurant que la perte du sang était le seul obstacle au prompt rétablissement du malade ; il promit un religieux silence et l'on paya davantage sa discrétion. Le voisinage pouvait jaser et attirer chez moi certaines visites qu'on est aussi soigneux d'éviter que les magistrats ont d'attention à les faire. Pour conjurer l'orage et le détourner du logis, j'envoyai quérir une chaise à porteurs dans laquelle, par mon conseil et à la vue des sots qui assiégeaient encore ma porte, Ridhilles fit entrer son laquais revêtu des habits de Bagerria et affectant tout l'extérieur d'un homme grièvement blessé.

Les deux frères avaient un parent religieux dans un couvent situé à l'extrémité de la ville. Ridhilles prit les devants pour le prévenir et les porteurs eurent ordre de s'y rendre en diligence. Ce que j'avais prévu arriva : la populace curieuse suivit le prétendu blessé jusqu'au couvent, et il passa pour constant dans mon quartier qu'il y avait trouvé un asile.

Cette affaire eut des suites. Quoique dans le vrai elle fût tout à l'avantage des deux frères, les Anglais eurent assez de crédit pour armer contre eux le ministère public. On informa, on décréta, et Ridhilles ne put se soustraire que par la plus prompte retraite aux perquisitions de la sévère Thémis. Les supérieurs ordonnèrent la visite du couvent suspect. J'appréhendais que, sur la voix publique, on ne me fît le même honneur. Mais soit qu'on me crût incapable d'un coup si hardi, soit que les officiers préposés craignissent de commettre leur dignité en se transportant chez moi, j'en fus quitte pour un simple interrogatoire, dont je me tirai en fille consommée dans la direction d'intention.

Cependant Bagerria, ignoré de tous les mortels, recouvrait peu à peu, par mes soins et ceux de ma mère, les forces que lui avait ôtées la perte de son sang. Il avait passé plusieurs jours dans les ardeurs d'une fièvre violente qui fit craindre pour sa vie, et qui dans les intervalles le laissait sans connaissance ou sans raison. La jeunesse et la vigueur du tempérament surmontèrent ces fâcheux accidents. Rendu à son bon sens et jetant sur moi des regards étonnés :

— Par quel enchantement, me dit-il, me vois-je chez vous, et entre vos bras ? Ridhilles est-il vivant ? Et pourquoi suis-je réduit aux services d'une personne qui a tant lieu de me haïr ?

— Soyez tranquille, lui répliquai-je, le lieu où vous êtes n'a rien qui doive vous alarmer ; on l'a choisi pour hâter votre rétablissement. Votre frère jouit d'une parfaite santé et ne désire que la vôtre ; ce n'est qu'en recevant mes soins sans répugnance que vous en pouvez attendre le retour.

Sa faiblesse ne lui permettait pas de longs entretiens ; ce ne fut que quelque temps après, et quand je le vis en état de supporter de fâcheuses nouvelles, que je lui appris ce qui s'était passé.

— Que ne vous dois-je pas ! s'écria-t-il alors, et quels remords me cause votre généreux procédé ! Non, je ne m'y oppose plus : que Ridhilles vous aime, qu'il vous adore ; vous méritez son cœur par la délicatesse du vôtre et la noblesse de vos sentiments. Couronnez votre victoire sur moi par un oubli sincère de mes injures : mon amitié sera le prix de la vôtre. Mais je serai toujours en reste du côté de la reconnaissance.

C'est ainsi que ce pauvre garçon tâchait d'exprimer celle dont il était pénétré, à la vue des attentions que j'avais pour lui. Elles ne pouvaient à la vérité être plus grandes ; l'imagination toute remplie de mon cher Ridhilles, dont l'absence irritait mon amour, je lui adressais tous les services que je rendais à son frère, la ressemblance de leurs traits aidait aux illusions de ma tendresse, et si quelquefois le bandeau me tombait des yeux, je trouvais ma récompense dans l'estime et la reconnaissance de mon amant.

Que les prières de ceux qu'on aime sont des ordres bien supérieurs, et qu'on trouve de satisfaction à les exécuter ! Avant son malheur, Bagerria m'était presque odieux ; je n'accordais qu'à ma passion pour son aimable frère l'indifférence dont je prétendais l'honorer ; je croyais faire à l'amour un sacrifice bien grand de ne le pas envelopper dans la vengeance que je m'étais promis de tirer de mes ennemis. Un incident imprévu survint. Ridhilles, le trop aimé Ridhilles, me présente ce frère mourant, me charge de sa conservation. Dès lors l'odieux Bagerria me devient cher, et les services les plus vils sont les moindres preuves de l'intérêt que je prends à ses jours. Beautés superbes, qui poussez jusqu'à l'insolence les chimériques prétentions du sexe, venez ici confondre votre ridicule orgueil, apprenez que ces égards que vous exigez ne sont fondés que sur la favorable prévention des hommes. Cessez de donner les noms respectables de pudeur et de bienséance aux écarts de votre vanité, dépouillez ces préjugés honteux qui, qualifiant d'avance les plus légers services, font de presque toutes les femmes des êtres inutiles à la société, ou renoncez pour jamais aux douceurs d'un amour qui en rend les liens indissolubles.

Je n'étais pas assez la dupe de mon amour-propre pour me figurer que je méritasse les éloges que la reconnaissance dictait à mon malade. Cependant, la vérité avec laquelle je me suis représentée jusqu'ici aux yeux de mon lecteur veut que je lui apprenne aussi le changement que je remarquais en moi depuis quelque temps. Je sentais toujours avec la même violence l'empire de mes passions, mon penchant me guidait vers le plaisir avec la même impétuosité : toujours pareils attraits vers la volupté, même goût pour la débauche. Mais mon esprit mûri par une alternative de misère et d'abondance, était devenu capable de réflexion, un peu plus d'expérience et d'usage y avait répandu quelques semences du vrai, déjà mon cœur commençait à sentir le vide de mon éducation et les tristes engagements de ma naissance. Mais la voix des passions étouffait celle de la raison. L'habitude m'avait ôté le pouvoir de devenir vertueuse ; elle ne me laissait que celui de choisir mes défauts.

C'est à ces premières impressions que je dois en partie la conduite sur laquelle Bagerria fondait ses éloges et sa reconnaissance. Il me voyait de plus près, et séparée de tout autre objet, il jugeait que l'amour dont je brûlais pour son frère n'aurait pu s'expliquer par des effets si constants, si mon cœur eût été incapable de générosité et d'élévation. Je fis plus : je sacrifiai à mes sentiments naissants ou, si le lecteur prévenu le pense ainsi, à ma vanité, qui en empruntait l'apparence, la monstrueuse tendresse que je m'étais sentie pour le frère de mon amant. Je résolus de ne le plus voir qu'avec les yeux d'une amie, et je triomphai à cette fois tout ensemble et de la haine qu'il avait méritée, et des restes d'une passion que sa présence et son état pouvaient réveiller.

Ridhilles cependant était absent. Je trouvais bien dans mes intentions pour son frère les avant-goûts d'une vraie satisfaction, en me figurant que mon amour m'en saurait bon gré. Mais depuis un mois qu'il ne m'était plus permis de le voir, sa présence était devenue encore plus nécessaire à mon repos qu'au rétablissement de Bagerria. J'imaginai un expédient, et en réunissant les deux frères, je me rendis un amant qui joignait aux transports de la tendresse ceux de la plus vive reconnaissance.

On a vu dans la première partie de mon histoire que j'avais eu un amant dans la magistrature, que cet amant n'avait rien oublié pour me plaire, mais que l'ascendant de mes passions m'ayant fermé les yeux sur le mérite de la sienne, je ne m'étais appliquée qu'à mettre à profit ses libéralités, sans le moindre retour de cœur pour un homme si digne d'être aimé. Quoiqu'il n'eût pas lieu d'être content de mes procédés et qu'il eût appris de mauvaise part une partie de ma conduite, je me présentai à son audience avec intrépidité. À un fonds inépuisable de générosité, il joignait un faible extrême pour le sexe. Ma présence parut le troubler ; il se remit, et m'ayant introduite dans son cabinet, il laissa par son silence un champ libre à mes prières. L'amour en dicta toutes les périodes. Le magistrat attendri me promit son intervention avec d'autant plus de facilité que j'eus soin de lui cacher l'intérêt prochain que j'avais dans cette affaire. Le sien ne fut pas oublié : il fallut payer ses pièces. Mais à quel prix n'aurais-je pas acheté la liberté et la présence de mon cher Ridhilles ! D'ailleurs, mon sénateur était sans engagement, et il y aurait eu de l'imprudence à ne pas saisir un moment si favorable pour renouer un commerce de liberté trop conforme à mon intérêt, dans la situation étroite où je me voyais depuis quelque temps. La circonstance était propre à le désabuser des bruits scandaleux qui m'avaient déshonorée. Je ne la négligeai pas : mes caresses et mes larmes me rendirent une demi-vestale à ses yeux ; il se contenta de blâmer mon imprudence et plaignit mon malheur.

Depuis ce jour, rien n'a troublé notre intelligence. Mes faveurs, justement appréciées, contribuaient au délassement du laborieux magistrat, modéraient l'ardeur de mon tempérament, et jetaient dans la maison certaines commodités qui ne me coûtaient qu'un peu d'égards et de ménagements bien concertés. Un mariage avantageux vient de m'enlever un si galant homme. Mais sa générosité a marqué dans mon souvenir le jour de notre séparation en caractère ineffaçable.

Je ne me trompai donc point dans la démarche résolue que je fis en allant le trouver ; ses promesses eurent leur effet. En moins de huit jours, les informations changèrent de face ; Ridhilles purgea son décret en se constituant prisonnier sur la parole du président, qui lui procura son élargissement sous caution au bout de vingt-quatre heures. L'ambassadeur d'Angleterre allait informer sa cour, il eut ordre de faire repasser la mer aux Anglais ; leur départ fut précipité, mais les frais de procédure et les pansements de Bagerria en enflèrent la dépense.

Amour, prête-moi ton pinceau : lui seul peut représenter les tendres empressements de mon cher Ridhilles. À peine avait-il joui d'un instant de liberté, que je le vis entre mes bras.

— Mignonne, me dit-il en présence de son frère à qui je faisais compagnie quand il entra, ce n'était donc pas assez de te devoir un frère que j'aime comme moi-même, il fallait que je te dusse encore notre liberté, notre honneur et peut-être notre vie ? Ah ! mon frère, continua-t-il en se tournant vers lui et se jetant à mon cou, ne lui envie pas mes premières caresses ; tu ignores sans doute ce qu'elle a fait pour nous. Quand on est assez généreux pour tout entreprendre, on est assez modeste pour n'en tirer aucune gloire.

En effet, j'avais jugé à propos de cacher à ces messieurs la visite que j'avais rendue au président… C'était de lui-même que Ridhilles avait appris qu'il devait à mes instances sa liberté et celle de son frère, car il avait poussé la politesse jusqu'à se transporter à la prison pour l'en tirer avec plus d'éclat.

J'eus à essuyer les transports reconnaissants de Bagerria. Il n'y eut sorte de caresses que sa sensibilité ne mît en usage ; nous lui aperçûmes quelque émotion, qui nous obligea de le laisser seul. Ce fut alors que, se livrant sans obstacle à l'empressement de son amour, irrité par une absence involontaire, Ridhilles vint savourer avec moi les douceurs de la liberté. Rien n'égalait l'ardeur de ses tendres embrassements ; ils se succédaient avec une rapidité qui me le fit regarder comme un héros digne de tous les myrtes de l'univers. Un torrent impétueux traverse avec plus de lenteur les terres exposées à ses ravages que ce jeune conquérant ne parcourut les campagnes de Cythère.

Moments précieux, que vous êtes chers à mon souvenir ! Vous êtes écoulés pour moi sans retour ! Aux délices dans lesquels vous noyâtes mon âme confuse et étonnée, que ne joignez-vous une durée moins rapide ! Qu'il me soit au moins permis de vous retracer à mon esprit affligé, dans les instants où mes larmes arrosaient les cendres de ce cher amant ! Il fallait que la reconnaissance eût ajouté quelque chose à l'amour, car Ridhilles ne m'avait jamais paru si formidable.

J'eus besoin de toute la vigueur que me donnaient l'usage et la consommation pour soutenir ses attaques redoublées, et il n'y eut que la sage prévoyance du lendemain qui sépara les combattants. Il passa huit jours à la maison jusqu'à l'entier rétablissement de Bagerria ; il ne les employa qu'à multiplier les preuves du plus sincère attachement et à me jurer une confiance éternelle.

Enfin, il fallut se séparer d'habitation. Ce ne fut pas sans répandre des larmes ; elles étaient sincères : nous avions contracté la douce habitude de ne composer qu'une famille où l'amour entretenait une parfaite harmonie. Bagerria, revenu sur mon compte, ne voyait plus en moi qu'une bienfaitrice estimable. Rien n'avait pu déplaire à ses yeux pendant son séjour au logis. Outre que je ne voyais personne, je m'étais observée devant lui jusqu'au point de contraindre en sa présence ma passion pour son frère. Il devint donc mon panégyriste.

C'était un garçon estimé pour son flegme ; on savait qu'il ne prodiguait pas l'encens : il n'en fallut pas davantage pour me blanchir dans le monde. Ma cour se repeupla, mais je fis un choix, et je ne réservai du nombre de mes nouveaux adorateurs que ceux dont la conduite moins bruyante me laissait le soleil de la coquetterie, avec tous les dehors d'une vertu équivoque. Il ne me fallait pas moins de prudence pour retenir à ma solde le président *** et ne point effaroucher Ridhilles, pour qui mon cœur se sentait chaque jour un nouveau penchant. D'ailleurs, la misère m'avait rendue sage, cette folâtre jeunesse qui me courtisait avant mes malheurs ne m'aidait que trop à consommer d'avance le revenu de mes folies. Je pensai donc à faire un fonds pour les années de calamité. J'étais rebutée du vide que chaque accident m'avait laissé voir dans ma fortune. Je crus parvenir à mon but en choisissant, comme j'ai dit, quelques amants privilégiés, que l'ignorance mutuelle de leur bonheur et ma réserve devaient m'attacher par les liens les plus forts. Je ne me trompais pas.

À peine avais-je formé un dessein si digne de ma sagesse que la fortune se déclara pour moi. Tout commença à prendre une face riante, les plaisirs fugitifs se rassemblèrent autour de moi et l'abondance reparut au logis, où depuis la désertion de mes amants la frugalité avait établi son empire. Il est vrai que pendant le séjour de Bagerria, l'ordinaire moins succinct nous avait dédommagés de l'abstinence involontaire qui l'avait précédé ; mais nous courions risque de la voir renaître, si ma prévoyance et la reconnaissance de ce généreux garçon ne l'eussent bannie pour toujours de mes limites. Il n'avait de ses parents qu'une pension égale à celle de Ridhilles : honnête à la vérité, mais trop faible pour la partager sans faire tort à ses plaisirs. Il prit le parti de s'en sevrer, et de concert avec son frère, qu'il savait que j'aimais sans intérêt, il m'a fait régulièrement tous les ans la galanterie d'une bourse de cent pistoles, qui m'était présentée par une personne inconnue. Accepter un présent ne tire point à conséquence pour une fille qui pense mûrement ; je ne balançai point et je n'ai renoncé à ce tribut que quand j'ai su de quelle part il m'était présenté.

Un des premiers avantages que je recueillis du changement de Bagerria à mon égard fut de voir dissiper les préventions de sa famille contre moi. On doit se souvenir qu'elle avait improuvé les liaisons de son frère avec moi. Leurs parents étaient puissants dans le commerce et très considérés ; c'était beaucoup de ne les pas avoir pour ennemis ; j'en reçus des compliments dont le souvenir me couvre encore de confusion. Un présent aussi considérable que galant donnait à ces politesses une réalité dont il ne m'était pas permis de douter ; il me fut présenté par Bagerria même, accompagné de son oncle. La manière de me l'offrir en rehaussa le prix. Ma mère ne fut pas oubliée : elle s'était pour cette fois prêtée de bonne grâce. Il y eût eu de l'injustice à me laisser le soin de la récompenser.

Mon cœur nageait dans les plaisirs, aucune amertume n'en altérait les douceurs ; je possédais sans obstacle un amant qui m'avait coûté tant de peines. Mon intrigue avec le président ne causait aucun ombrage, elle était ignorée de toute la terre ; ma prudence écartait tout soupçon de l'esprit de ceux qui venaient au logis ; les jours, les heures du rendez-vous étaient différents pour chacun : si le hasard les rassemblait, le prétexte du jeu couvrait ce que le hasard aurait pu dévoiler. Un badinage honnête et sans préférence les conservait dans l'idée d'égalité, que je savais leur inculquer dans le particulier. Tout enfin contribuait à ma satisfaction ; je voguais à pleines voiles sur un océan de douceurs. Un nouvel événement acheva de mettre le comble à ma félicité.

J'avais conservé un désir immortel de vengeance contre le philosophe. Mon dessein avait été d'y employer Ridhilles, sur qui j'avais depuis notre réunion un pouvoir absolu. Mais je me vis dispensée de ce soin si flatteur, et la fortune a voulu m'en épargner l'exécution. Sortir des bras de l'amour pour savourer le plaisir d'une vengeance réfléchie : quelle situation intéressante pour une femme ! Je juge ici hardiment de tout mon sexe par ma propre expérience. Pétries du même limon, toutes les femmes sont également voluptueuses et vindicatives : les différences, s'il y en a, sont purement accidentelles ; quant au fond, la nature est uniforme.

Le marquis de La Bataille (c'est ainsi que je nommerai mon philosophe), occupait mon âme tout entière. Le nom seul de cet odieux jeune homme excitait ma fureur. Livrée jour et nuit à mon juste ressentiment, je touchais, ainsi que je viens de le dire, au moment de ma vengeance, quand le malheureux objet de ma haine en vint au point de mériter ma compassion.

Je suis née bonne et humaine ; je ne vis plus en lui qu'un homme au malheur de qui l'honneur et l'humanité m'intéressaient. La vengeance perdit pour moi tous ses charmes, peut-être parce qu'elle n'était pas mon ouvrage, et qu'un contrecoup de la fortune m'en ravissait le stérile honneur.

Il est bien difficile de garder ce juste milieu qui est le caractère d'une prudence consommée. On n'évite un défaut que pour se livrer à celui qui y est opposé. La Bataille n'était pas né ennemi des femmes, il était même trop jeune pour avoir juré au sexe une haine de principes. L'étude à laquelle il s'était livré sans réserve lui avait inspiré du dégoût pour tout ce qui n'y a point de rapport. Le commerce des femmes est sans contredit un obstacle aux sciences ; il les fuyait par cette seule raison et engageait les autres à les fuir. L'imprudence, qui fait le partage de la jeunesse, lui fermait sur les défauts des hommes ces mêmes yeux qui éclairaient de si près les faiblesses des femmes ; il ignorait la scélératesse des premiers. Cette ignorance le liait au premier venu, sans connaissance de cause. De là sont venus les malheurs qui l'ont déshonoré pour jamais dès l'entrée de sa carrière. Il cultivait par préférence la partie des sciences qu'il a plu aux savants de nommer physique ; aucune expérience ne lui échappait. Cette assiduité, qui devait le conduire à quelque chose de mieux, lui procura la connaissance d'un moine, qui réunissait à la qualité de savant celle d'un scélérat achevé. La Bataille se livra aux apparences. Le commerce du moine lui donna entrée dans quelques maisons où ce religieux s'était fait, par ses découvertes, un accès libre et familier.

Cette liaison durait depuis quelques mois, lorsque notre jeune marquis se vit arrêter un matin dans son lit, à la diligence des magistrats qui, sous le nom du roi, veillent au bon ordre et à la police de l'État, sous le prétexte de recherches et d'expériences physiques. Le moine hypocrite altérait les monnaies, La Bataille encore novice lui prêtait son ministère. Il se vit enveloppé dans sa condamnation, sans pouvoir rien opposer aux preuves qui résultaient des aveux du premier coupable. Le crédit de sa famille, qui est assurément une des bonnes de la province, ne put le soustraire à l'infamie d'une sentence flétrissante, et il fallut avoir recours à la bonté du prince pour commuer la peine prononcée en un exil perpétuel dans les colonies de l'Amérique. Ses malheurs ne se bornèrent point à ces tristes préliminaires : les juges trop pénétrants découvrirent dans la conduite du moine des traces d'un commerce directement opposé à celui des femmes. Les soupçons s'étendirent sur toute la jeunesse qui avait eu avec lui la moindre correspondance ; la meilleure partie s'absenta par prudence ou par honte, mais l'infortuné La Bataille se vit ravir par ces odieuses présomptions le peu d'honneur que la considération de son âge lui avait conservé et il partit généralement méprisé.

Je ne sais trop quel était mon motif, mais je ne pus m'empêcher d'être sensible à sa disgrâce. On s'en étonna. Suis-je donc la première femme contraire à elle-même ? Une affaire aussi sérieuse rappela toutes mes réflexions ; je me confirmai de plus en plus dans la résolution de choisir mes correspondants et de bannir de chez moi la jeunesse pétulante et trop répandue. Ce fut dans ce temps-là que le bon ecclésiastique dont j'ai parlé se sentit touché du désir de mon salut. On a vu que le succès avait répondu à l'adresse de l'ouvrier. Ainsi, je ne m'étendrai pas davantage sur cette matière, tout intéressante qu'elle puisse être : certaines vérités seraient déplacées dans ma bouche.

Nous sortions du carême de l'année 17.. ; les spectacles interrompus commençaient à être fréquentés. La belle saison réveillait les plaisirs, comme engourdis par la rigueur de l'hiver. L'amour appelait sous ses étendards tout ce qui respire dans la nature, quand je me vis obligée de faire un voyage à Paris pour les intérêts de la troupe de Rouen. Je risquais, par mon absence, le cœur des paisibles amants dont j'allais me séparer. Je perdais même les arrérages de leur aveugle tendresse. Je pris mes précautions, les faveurs du départ produisirent un fonds qui balança mes craintes : j'eus le plaisir de voir ces crédules rivaux se disputer l'honneur d'une libéralité ruineuse et donner à mon voyage un air de grandeur et de magnificence sur lequel je n'avais pas dû compter. Notre troupe avait assurément des sujets plus capables que moi de bien manier une affaire ; je n'en connaissais d'autres que celles de cœur ou de plaisir. Mais malgré ma jeunesse et mon ignorance, on me fit l'honneur de compter sur quelques agréments soutenus de beaucoup d'assurance et d'une grande facilité à m'énoncer. On me donna un adjoint dont l'expérience suppléait de reste au défaut de mes lumières, et à qui l'affaire doit tout le succès favorable qu'elle eut.

Soit jalousie, soit tendresse, Ridhilles voulut m'accompagner. Sa présence, en mettant l'amour de tiers avec nous, fit de notre voyage une partie de plaisir dont l'aisance et la bonne chère furent les moindres agréments. Le dieu de Cythère fit le reste des honneurs, et nous servit de conducteur jusqu'à Paris. Il y régna en souverain, nous y vécûmes sous sa protection et dans une obéissance parfaite à ses lois. Nous restâmes quinze jours dans cette capitale. La belle saison, en ranimant les désirs, avait déjà ramené les plaisirs propres à les satisfaire, et l'amour ouvrait aux amants la carrière de la tendresse et du libertinage. Je crus de mon honneur d'y suivre tant d'autres qui m'avaient précédée ; j'observai avec Ridhilles les dehors les plus exacts, mais je ne négligeai aucune occasion de venger mes passions rebelles de la contrainte où les tenait la présence d'un amant que j'idolâtrais, et par ce manège, je trouvai le moyen d'accorder mon cœur et mon tempérament.

Je fus obligée d'aller trois fois à Versailles. Un magistrat attaché au conseil rapportait notre affaire. Il fallait le solliciter. Quelque sévère qu'un juge paraisse aux yeux du public, il est bien rare de le voir dans son cabinet garder les bienséances de la magistrature. La femme, telle qu'elle soit, est un animal insidieux, qui met en défaut la plus haute sagesse et qui désarme la plus austère philosophie. J'eus lieu de m'apercevoir que M. N… n'était pas encore, malgré son grand âge, à l'abri des passions ; il perdit de vue la distance de nos états et ne vit plus en moi qu'une femme capable de lui plaire. L'aventure était belle, si la partie eût été égale. Je me tins sur la défensive ; je craignais de perdre à beau jeu, et rien ne m'obligeait à faire pour ma troupe de pareilles avarices. Il en prit pour moi quelque estime et ma modestie de commande accéléra notre jugement. L'espérance du triomphe enflamma le rapporteur, mais j'en fus quitte pour de petits frais que le peu de valeur a fait sans doute retrancher des tarifs du conseil.

Le lecteur est peut-être curieux de savoir quel était le fond de notre affaire ; il y aurait de l'injustice à lui refuser cette satisfaction. Nous avions joué le *Tartuffe* : un juge de Rouen, qui grossissait le nombre des spectateurs, crut se reconnaître dans l'acteur qui était chargé de ce rôle. Les plaintes suivirent de près une présomption si incertaine. La Robe offensée se ligua et notre théâtre essuya les désagréments d'un interdit dont la durée nous ruinait. À force de sollicitations, on eut la permission de représenter jusqu'à ce que le fond de l'affaire fût décidé. La faveur ou notre mauvais droit rendait notre partie supérieure, quand le directeur, homme d'esprit et de ressources, imagina qu'il pourrait partager avec l'Église le privilège salutaire d'une évocation au conseil. Son crédit en vint à bout et le juge, offensé de la liberté du théâtre, eut ordre de veiller plus soigneusement à l'honneur de sa charge.

Les plus petites causes produisent assez souvent les plus grands effets. On vit, pendant mon séjour à Paris, renfermer à la Bastille un homme de grand nom, mais personne n'eut garde de penser à moi dans cette conjoncture et de me regarder comme le mobile d'un événement si remarquable.

Je me promenais dans le Luxembourg et je partageais avec les coquettes du canton les regards de la jeunesse oisive et voluptueuse, quand je me vis accostée d'un homme dont l'abord avait de quoi me surprendre.

C'était le baron de Mélisse, cet amant maltraité que mon rendez-vous avec le chevalier de Foliande avait détaché de moi si brusquement.

— Si vous êtes aussi fidèle, me dit-il, que vous êtes aimable, on peut hasarder la réconciliation.

J'avoue que je n'eus pas la force de lui répondre ; sa présence m'avait déconcertée, son compliment ne put me rassurer, je me remis cependant.

— Baron, lui dis-je, le lieu n'est pas propre à la raillerie ; on doit pour jamais renoncer à ce qui est devenu l'objet de nos mépris.

Je crois qu'il se serait jeté à mes genoux s'il eût été en pays de liberté. Il me quitta en me serrant la main et je n'eus rien de plus pressé que de me retirer. Cette rencontre m'avait troublée : je fus suivie.

Heureusement, Ridhilles était à Versailles et n'en devait revenir que dans deux jours. Sans cette circonstance, la jalousie eût joué son rôle, le baron me serait échappé, et j'aurais risqué le cœur d'un amant dont la possession assurait ma félicité. Dès le même soir, l'amoureux baron se fit annoncer chez moi. Il était seul. Il usa de ses anciens droits avec la franchise de sa nation. J'essuyai ses tendres reproches avec un silence qui mérita ses caresses. Il donna tête baissée dans les dangers qu'une absence de cinq ans lui devait faire appréhender. Un amour trop vif s'épuise aisément ; le baron s'en aperçut ; il crut devoir chercher dans un bon souper la réparation de ses forces. Chaillot fut pour cette nuit le théâtre sur lequel la débauche consomma notre réunion, et l'officieux Allemand n'oublia rien de ce qui pouvait la rendre complète.

Le baron avait fait partie carrée. Nous poussâmes le plaisir, mais son ami s'oublia, quoiqu'il eût des raisons de se ménager que le baron ignorait. Ces messieurs se livrèrent au vin, pendant que les femmes savouraient la douceur des plus exquis rafraîchissements. Leur raison ne tint pas longtemps contre les vapeurs de la liqueur enchanteresse, et nous nous vîmes bientôt chargées du soin de veiller à la conservation de nos tendres ivrognes.

Les Allemands s'enivrent par habitude, les Français par plaisir ; les premiers trouvent dans l'ivresse les douceurs que nous cherchons dans le choix des vins et dans la délicatesse des viandes. Aussi boivent-ils sans goût, comme sans mesure, et le vin de Brie a pour eux, dans la débauche, les agréments du nectar.

Dans son ivresse, l'ami du baron laissa tomber une lettre que je ramassai sans être aperçue. La lecture m'en frappa sans m'instruire, car la matière surpassait ma pénétration. Je la serrai par l'effet d'une curiosité toujours dominante. Nous nous retirâmes avec le jour, mais dès que j'eus pris quelques heures de sommeil, je consultai ma lettre : elle informait l'imprudent étranger d'une révolution prochaine dans un pays où la France ménageait des intérêts considérables. Je crus devoir à ma patrie un pareil sacrifice et je partis sur l'heure même pour Versailles. Le ministre m'accorda une audience particulière dont le résultat fut l'emprisonnement de l'Allemand, la disgrâce d'un homme en place, et la perte de la liberté pour un autre aussi connu par la haine du peuple que par la rapidité de sa fortune. Le baron fut préservé ; un avis secret lui fit prendre des mesures, son ami ne le chargea en aucune manière et on le vit bientôt reparaître ; je continuai de le voir chez lui pendant huit jours. Ridhilles était de retour et m'obsédait.

Je lui insinuai que j'étais mariée à Rouen ; il en parut touché, mais il traita cette fois l'amour en passant et ne se sentait aucune disposition à un engagement durable. Je n'eus cependant aucun lieu de me plaindre de lui : un diamant d'un prix considérable me marqua le retour de son cœur. Je crois même que j'aurais pu le rappeler à une liaison parfaite si, peu de temps après, les ordres de son prince ne l'eussent obligé de quitter la France pour aller servir en Hongrie, où il a été tué depuis dans une action contre les Turcs.

Le ministre avait récompensé mon zèle par une ordonnance de comptant que je négociai et qui rendit mon retour triomphant. Avant mon départ, je dois dire quelque chose d'un homme dont l'espèce me parut singulière et originale. Il perdrait trop à n'être pas connu, et le public, de son côté, ignorerait les services qu'il en reçoit.

J'avais prévenu mon cher intendant de mon arrivée à Paris, du séjour que je comptais y faire et des ménagements que je devais avoir pour le surveillant Ridhilles, qui s'était logé à quatre pas de chez moi. Je le destinais aux entractes des pièces que je jouerais à Paris. Il fallut décompter et me borner avec lui aux plus simples dehors de la bonne volonté. Un accident terrible l'avait mis au rang des invalides de Cythère. Il eut assez de probité pour m'en avertir ; j'évitai de prendre part à son malheur autrement que par mes regrets. Je n'étais pas insensible à la perte que j'allais faire d'un si galant homme. La puissance de l'amour qu'il avait si bien servi ne put le défendre des effets meurtriers du mercure : il périt en héros peu après mon retour à Rouen. Quoiqu'il m'eût aimée, comme on l'a vu, d'une manière assez désintéressée, il ne put m'oublier dans ce moment critique : il me légua son portrait que je conserve encore dans une tabatière assez riche, seul et unique débris d'une fortune considérable absorbée par le plaisir et la débauche.

Prévoyant sans doute sa fin prochaine ou la nécessité d'une retraite involontaire, il m'amena un jour chez moi l'original de qui j'ai parlé, en me l'annonçant pour un homme de talents dont la connaissance ne pouvait être qu'utile à une fille qui vivait du revenu de ses charmes, et auquel il avait donné la survivance de ses emplois. Versin (c'est ainsi que se nommait alors notre candidat) qui pour certaines raisons, a depuis changé de nom, Versin, dis-je, avait une de ces physionomies qu'un mélange de bien et de mal empêche de définir. Il était beau parleur et avait compté faire quelque fortune au barreau, mais une conscience trop triviale l'ayant fait rayer du tableau, il était devenu homme à ressources et ne vivait plus depuis quelque temps que du revenu de son industrie. Il me fit des offres avec une effusion de cœur et de paroles dont la multiplicité m'effraya. Je n'opposai à ce torrent que des politesses, sans prendre avec lui des liaisons particulières avant de le mieux connaître. Je me sais bon gré de ma réserve. L'illustre Versin s'est trop produit, il a marché à grands pas dans la carrière du maquerellage ; sa complaisance poussée au dernier excès l'a brouillé plus d'une fois avec la police, et son nom est tombé dans un décri si universel que même aucun jeune homme n'ose en approcher sans risquer son honneur et sa réputation. Je ne sais s'il est encore ici-bas quelque Jupiter, mais la médisance a publié que Versin se mêlait de faire des Ganymèdes. Je joue, comme on voit, un rôle désintéressé dans le récit de ces particularités : c'est au public à retrancher ce qui pécherait contre le vrai ; je serais au désespoir de surprendre sa crédulité.

Mon retour à Rouen me fit connaître combien avaient été justes, d'une part les craintes de l'inconstance de mes amants, et de l'autre les précautions que j'avais prises contre leur infidélité. Une absence de quinze jours m'en avait déjà fait perdre deux ; les autres commençaient à s'ébranler, il ne fallait pas moins que ma présence pour me les conserver. Mon adresse resserra leurs chaînes, et je ne désespérai pas de rappeler les autres par une indifférence affectée. Dans le nombre de ces heureux mortels, dont mes faveurs me faisaient partager la fortune, était un riche négociant à qui il arriva au logis une aventure des plus singulières, environ un mois après mon retour de Paris. Sa femme, jeune et aimable, sans être précisément belle, crut apercevoir quelque infidélité dans son mari, soit à la diminution du tribut conjugal, soit à quelque autre indice. Elle avait du bon sens : sans s'amuser à des recherches inutiles, sans se répandre en plaintes superflues, elle prit son parti et donna à son volage époux un substitut très capable d'en remplir toutes les fonctions. En fait d'infidélité, il n'y a que la première qui coûte ; quelque sage que soit une femme, dès qu'elle a franchi le premier pas, la carrière de la coquetterie se trouve bientôt trop courte pour elle, elle entre insensiblement dans le libertinage. Celle-ci prenait à cœur la vengeance ; le substitut fut au bout de quinze jours hors de service, il fallut le rétablir. Le mari s'aperçut de certaines attentions de sa femme pour ce pauvre garçon, elles lui parurent déplacées ; c'était un des garçons de son magasin, il s'en défit sous un prétexte honnête et sans rien dire à sa chère moitié : quelque grand que soit le bénéfice, un pareil coadjuteur incommode toujours le desservant. Ce coup imprévu étonna cette femme, mais il ne l'ébranla pas. Elle en fit la confidence à un de ses voisins, homme veuf dont elle connaissait la discrétion, et qui d'ailleurs était son compère. Sans doute elle avait prévu le dénouement de l'aventure ; la partie fut bientôt liée, le voisin entra dans les droits du substitut invalide. La séparation de demeure et les bienséances étaient un obstacle à la vivacité de leurs désirs ; on convint de se voir en maison tierce, sans préjudice des coups fourrés qu'on risquait au logis. L'officieux compère se chargea du soin de tout, et par un caprice du hasard il s'adressa à ma mère qui était connue sur le pied de femme charitable pour les amants embarrassés ou malheureux. La petite chambre où Bagerria avait logé fut destinée à ce couple amoureux. Ma mère observait avec eux les mêmes bienséances qu'avec les premiers dont j'ai parlé. Nous ignorions pleinement qui étaient ces aventuriers, trop heureux quand nous en fûmes éclaircis, au moment et de la manière la moins prévue.

La matinée était le temps prescrit à leurs tendres amusements ; ils l'employaient avec une religieuse exactitude. Le mari vaquait dans le dehors aux affaires d'un commerce très étendu, et laissait par son absence une libre carrière à la prétendue dévotion de sa femme. Nous exercions notre appétit sur un monstrueux jambon dont le compère avait enrichi la dépense. Le vin disposait nos amants à la plus complète lubricité, lorsqu'il entra un personnage aussi incommode que peu attendu : c'était le mari, que ses affaires terminées de meilleure heure avaient mis en goût de me rendre une visite. Il entra en étourdi et me sauta au cou sans prendre garde à la compagnie, sur laquelle il n'avait pas compté.

— Je ne troublerai pas la fête, dit-il ; j'aurai ma part du plaisir. Je suis las comme un chien. Ah ! madame, ajouta-t-il, en jetant sur sa femme un regard étonné, et changeant de couleur, que diable faites-vous ici ? Eh quoi, mon compère et mon voisin !

Un profond silence régnait alors. Je ne peux mieux comparer cette situation qu'à celle où je me trouvai moi-même quand le baron me surprit entre les bras du chevalier de Foliande ; aussi à peu de chose près, la circonstance est la même.

Qu'une femme dévouée à la galanterie a l'esprit présent ! Qu'elle renferme de ruses et de duplicité ! La surprise même devient pour elle une ressource. Non, l'innocence ne connaît point ces détours, ces subterfuges que le vice artificieux suggère à ses sectateurs. Qui n'aurait cru cette femme terrassée par un pareil revers ? Point du tout : elle sort victorieuse, et sans l'intérêt qu'elle avait à me ménager, elle m'enlevait son mari pour jamais, en le persuadant de sa vertu. Elle se remit en un instant, et courant l'embrasser avec un visage où la fureur et la tendresse régnaient tour à tour.

— Ingrat, lui dit-elle, c'est donc ici le théâtre de vos infidélités ! Il m'a fallu un témoin pour vous convaincre. Monsieur, qui est votre ami et le mien, a bien voulu servir ma tendresse outragée. Ne craignez rien pour l'objet de la vôtre ; elle est jolie, elle est aimable ; si je vous enlève à ses charmes, je veux payer votre rançon. Tenez, continua-t-elle, mon cher cœur, en jetant sur la table une bourse pleine d'or : voilà le prix d'un amant que je vous enlève ; il vous aurait bientôt convaincue de son inconstance.

L'étonnement et la crainte m'avaient fermé la bouche, ma mère gardait un silence presque stupide, le mari était dans l'abattement et la consternation, le compère admirait sans proférer un seul mot. Notre héroïne profita de ce moment pour enlever son mari dans le même carrosse qui l'avait amenée ; ses caresses et ses larmes méritèrent celles de l'époux trop crédule : la paix se fit et le ménage s'en trouva mieux. Le compère vint deux heures après nous imposer silence sur le passé : les choses allèrent toujours leur train. La discrétion n'a jamais reçu le moindre échec de ma part, et je supprimerais cette anecdote si je pouvais croire qu'on connût les masques. Au reste, le mari et la femme avaient mutuellement contracté l'habitude des plaisirs défendus. Le premier garda quelque réserve et continua de me voir ; l'autre conserva son compère et conserva son premier amant. Les dehors ne furent pas assez gardés, un éclaircissement suivit l'éclat, mais tout se termina à une indulgence respective.

Nous menions à Rouen une vie des plus oisives. La belle saison qui nous avait rendu des spectateurs, nous les enleva dès que la campagne fut praticable. Ce temps de l'année est la ruine des théâtres. Nous restâmes cependant, quoiqu'on nous eût demandés au Havre, parce qu'on ne put s'accorder sur les points capitaux. D'ailleurs cette ville est petite, les officiers de marine en petit nombre et quelques négociants auraient été nos uniques spectateurs, et trois ou quatre représentations auraient borné notre fortune.

Dans les villes du Plat-Pays, on est exposé à ces sortes d'accidents. Rarement se rembourse-t-on des frais du voyage. Les plus habiles comédiens s'y trouvent de niveau avec un misérable opérateur ; le goût villageois qui y règne bannit du théâtre tout ce qui ne ressent pas la farce. Mme la Baillive et Mme l'Élue distribuent les suffrages[1], tout le monde applaudit à *Pourceaugnac*, aux *Fourberies de Scapin*, chacun bâille au *Tartuffe* ou au *Misanthrope*. D'ailleurs, point de compagnie pour les acteurs dans ces petites villes. Le spectacle fini, vous êtes isolé ; le préjugé y domine à un point qu'on ne peut exprimer, et la femme du dernier huissier de campagne se croirait pour jamais déshonorée si elle eût parlé seulement à une comédienne. Il est facile par là de juger du ridicule des autres, à proportion du rang de leurs maris, car en province on est plus ou moins sot, relativement aux titres et aux honneurs dont on est en possession.

Nous fîmes donc une nouvelle clôture de théâtre, pendant laquelle, me trouvant inutile à la troupe, je satisfis la curiosité que j'avais depuis longtemps de voir le Havre-de-Grâce et la mer. J'avais de la dernière une idée bien imparfaite, n'ayant jamais vu que la marée dans la rivière de

1. Réminiscence de *Tartufe* : « D'abord chez le beau monde on vous fera venir ; / Vous irez visiter, pour votre bienvenue, / Madame la Baillive et madame l'Élue, / Qui d'un siège pliant vous feront honorer » (acte II, scène III).

Caen. J'étais charmée de pouvoir jeter sur ce vaste amas d'eau un coup d'œil satisfait et de sortir des préventions de l'ignorance parisienne.

La distance de Rouen au Havre n'est que de dix-huit lieues. Je pouvais être de retour en huit ou dix jours, mais je crus devoir prendre cette fois-ci avec mes amants des mesures si justes qu'il ne m'en échappât aucun pendant cette courte absence.

Le président vivait toujours avec moi dans une liaison secrète. Sans porter le nom d'amant déclaré, ni en faire les dépenses, il jouissait de mes faveurs avec plus d'aisance et de tranquillité que lorsque son amour et sa magnificence concouraient à me plaire. Tel est le caprice des femmes, que ce qui leur est offert ne les flatte que médiocrement ; un cœur qui s'échappe irrite leurs désirs. La possession trop aisée du président n'avait eu pour moi rien de bien intéressant. Dans l'agitation d'une volupté tumultueuse, les hommages réitérés de son cœur, ses profusions avaient à peine effleuré ma tendresse ; je les avais même quelquefois reçus avec une indifférence offensante. Cet amant réfléchit, brise ses indignes chaînes et m'échappe ; sa liberté m'offense, la vanité semble réveiller l'amour ; je poursuis l'amant fugitif, il conserve ses avantages et me traite en aventurière. Sonde qui le pourra les replis tortueux d'un cœur féminin ! L'amour cavalier du président me touchait davantage que cette tendresse respectueuse, cette libéralité dont il avait si inutilement fait usage auprès de moi. Le salaire régulier de mes faveurs excitait en moi la reconnaissance que les plus riches présents n'avaient pu obtenir. Je les regardais alors comme un encens qui m'était dû, comme le tribut que mes charmes exigeaient de tous les cœurs.

Devenue plus réflective, la nécessité m'avait appris à connaître ce que vaut le cœur d'un amant et combien il importe à une fille isolée du côté de la fortune de bien serrer les nœuds dont il est attaché. Ce n'est pas cependant que le président en agît mal avec moi : jamais homme n'eut de plus belles manières avec une fille de mon espèce. Notre tête-à-tête durait une heure, un rafraîchissement honnête variait nos plaisirs, servait même à les renouveler. Rarement quittais-je la partie sans qu'il ajoutât aux arrérages de ma pension quelque petite galanterie. C'est ainsi que nous vivions.

Mais quelle différence encore à un amant qui paie des faveurs offertes ou qui achète l'espérance d'en jouir ! Il voyait bien à mes façons que j'étais beaucoup plus à lui ; il convenait que je donnais aux plaisirs quelque chose de plus piquant, j'aurais même renoncé pour lui à tous les autres, excepté à Ridhilles, s'il avait été disposé à me rendre l'ancienne préférence. Mais je l'ai déjà dit, il conservait ses avantages, il voulait jouir du plaisir sans engagement. Je n'étais plus qu'une fille de journée, traitée avec quelques égards, mais tant tenue, tant payée[1]. Profitez de cette leçon,

1. « *Tant tenu, tant payé*, pour dire qu'on ne doit de salaire à un ouvrier qu'à proportion du temps qu'on l'a fait travailler » (*Dictionnaire de l'Académie*, 1694).

jeunes beautés dont les appas sont toute la fortune ; ménagez avec art un amant utile : une caresse, un souris bien placé lui forgeront des chaînes éternelles. Sa présence doit toujours gêner vos passions et prescrire des bornes à l'amour-propre. Je reviens à mon voyage.

Le président eut la bonté de nous prêter une maison de campagne qui lui appartient, à deux lieues de Caudebec ; je dis nous, parce que le directeur et son aimable épouse se trouvèrent pris de la même curiosité que moi. Ma mère voulut rester à Rouen pour avoir l'œil sur mes amants et les maintenir dans la dépendance. Je lui sus très bon gré d'une attention si marquée ; elle possédait éminemment le manège nécessaire à un emploi si délicat. Complaisante jusqu'à l'excès, je crois qu'elle n'aurait fait aucune difficulté de chercher les remèdes convenables, si l'abstinence en eût maléficié quelqu'un, afin de me l'attacher de nouveau par la reconnaissance.

Ridhilles ne pouvait cette fois m'accompagner ; à peine était-il de retour de Paris, où les ordres de son père l'avaient retenu après moi, et il venait de perdre son oncle tout nouvellement. Un voyage aussi gratuit n'aurait pu s'ajuster avec les bienséances du deuil. Il me fallait cependant un compagnon ; mon adresse m'en procura un, dont j'eus tout lieu de me louer. C'était un jeune homme fraîchement échappé à l'autorité paternelle par une émancipation prématurée, qui l'avait mis à la tête d'un revenu considérable. Si c'est se faire honneur de son bien que de le dépenser en étourdi, celui-ci ne courait aucunement les risques du déshonneur. Un valet de chambre décoré du titre respectif de gouverneur servait de Mentor à ce nouveau Télémaque, à qui le noble désir de perfectionner ses connaissances par les voyages avait fait prendre l'essor. Mais ce gouverneur était un honnête fripon, qui connivait aux débauches de son maître, parce qu'il y trouvait un voile à ses infidélités. Ce fut avec ce galant homme que je liai la partie. Son jeune maître commençait ses voyages par l'Angleterre et devait s'embarquer au Havre. Nous nous trouvâmes au bureau de la poste, à dessein tous deux d'y retenir une chaise ; il n'y en avait plus qu'une, il me la céda poliment, et pour ne pas demeurer en reste de politesse, j'offris de la partager avec lui. Un coup d'œil m'avait annoncé que l'aventure ne se bornerait pas là. Après quelques contestations, l'officieux gouverneur engagea son maître, en jetant sur moi un regard qui acheva de m'instruire. La chaise fut retenue sous mon nom et payée des deniers du jeune voyageur. Tout était prêt, nous devions partir le lendemain.

Ridhilles et Bagerria soupèrent au logis. La chère fut entière et la joie qui assaisonnait nos plaisirs me préparait agréablement aux incidents du voyage. Ridhilles se précautionna contre les rigueurs du célibat ; j'épuisai mon savoir-faire pour lui marquer combien sa santé m'était chère et pour le mettre à l'abri des pernicieux effets d'une trop longue continence. Je dissipai quelques nuages de jalousie sur ma conduite de voyage ; son âme, plongée dans l'ivresse de l'amour, retrouva sa tranquillité sur mes lèvres et entre mes bras.

Nous partîmes de grand matin et ne fûmes cependant coucher qu'à Lillebonne[1] ; nous avions dîné à la maison du président et n'en étions partis que très tard. Cette maison nous parut jolie ; le maître avait donné quelques ordres, dont le concierge s'acquitta avec une politesse qui n'est pas commune parmi cette sorte de gens ; il eut lieu d'être content de nous et de souhaiter notre retour. Nous arrivâmes au Havre d'assez bonne heure pour voir la citadelle et le bassin.

Cette ville est petite et n'a pour habitants que des négociants ou des marins. Les abords m'en parurent très riants du côté de la terre, mais la vue seule des canons et des fortifications qui en défendent les approches du côté de la mer me fit trembler. Je n'étais pas encore familiarisée avec ces objets guerriers. Le lecteur me dispensera du détail de la citadelle ; assez d'autres en ont parlé, et les termes de l'art me sont trop étrangers pour entreprendre cette description. J'ai ouï dire à des gens qui avaient vu quelque chose que cette place était une des meilleures de l'Europe. L'ingénieur le plus chagrin en demanderait-il davantage à une fille ?

J'avais vu à Rouen quelques petits bâtiments, qui m'avaient donné une idée assez grossière de ceux que je vis au Havre. Outre les vaisseaux marchands, nous y trouvâmes trois vaisseaux du roi. La vue de ces colosses flottants, le nombre des manœuvres qui les font mouvoir, les hommes qui les montent, tout mérite l'admiration et inspire du respect pour l'industrie et la hardiesse humaines. Cette vaste étendue d'eau, où l'œil se perd et sur laquelle les plus gros vaisseaux, dans un médiocre éloignement, paraissent à peine, vous pénètre d'une certaine frayeur, et cette frayeur est plus éloquente et plus persuasive que tous les livres.

Nous fîmes quelques petites parties de plaisir sur la côte, sans autre mal que celui de bien vomir ; et après un séjour très modeste, nous nous retrouvâmes à Rouen au bout de huit jours d'absence. Mon retour fut plus tranquille que n'avait été le départ. Mon voyageur était parti pour Londres dans un vaisseau de Hambourg qui devait y toucher. Je n'ai jamais depuis entendu parler de lui, soit qu'il eût pris un nom de voyage (il se faisait appeler Perceval), soit qu'il ait péri dans ses courses, soit enfin, comme il est vraisemblable, qu'il m'ait oubliée. Il pouvait au plus commencer sa dix-huitième année. Sans avoir un grand usage du monde, il avait déjà dépouillé cette timidité ordinaire à tous les jeunes gens, et cette hardiesse naissante était l'effet d'un penchant des plus marqués pour la débauche. Une si heureuse disposition avait été secondée par une éducation convenable à un seigneur. Il sortait de bonne main et avait reçu dans une maison fameuse à Paris les premières teintures du goût romain. La lubricité des Anglais et les beautés complaisantes dont ce pays

1. Petite commune à 60 km de Rouen.

abonde, lui auront inspiré du mépris pour moi. J'avais commencé à le remettre dans le bon chemin. S'il eût passé un mois sous ma férule, j'aurais achevé de le rendre à la nature, mais je fus obligée d'abandonner mon prosélyte aux soins de l'amour et de la raison. Cette dernière ne va pas loin quand les passions brutales sont de la partie ; il aura sans doute pris en Italie les dernières touches du socratisme. Il prit feu aisément ; c'est le propre d'un caractère livré à la volupté : je pressentis qu'il demandait du particulier avec moi. Baron, son valet de chambre, s'en était aperçu le premier, et par une complaisance digne de lui, il s'écarta de la chaise pour laisser à son maître la liberté de s'expliquer. La déclaration ne sentait point l'écolier ; il avait de l'esprit, il s'en tira au mieux.

La proie était bonne, il y aurait eu de l'imprudence à la laisser échapper. Je n'affectai de réserve et de modestie que ce qu'il en fallait pour enflammer un homme ; j'y réussis. La pétulance de ses désirs ne tarda pas de s'expliquer par la vivacité libertine de ses mains ; les regards inquiets du postillon arrêtaient à peine les mouvements convulsifs de son impatiente tendresse. Sa précipitation ne servit cependant qu'à rendre le marché plus avantageux pour moi. Il fallut attendre jusqu'à Lillebonne : la présence du directeur et de sa vertueuse épouse, le respect dû à la maison du président, mettaient un frein à ses empressements et à ma propre incontinence, car je n'étais pas fâchée d'essayer les forces de ce nouvel athlète. L'intervalle me donna le temps nécessaire aux réflexions. Mon homme en fut la dupe. Quelque suspect que dût lui être mon état, il estima ma personne, elle fut mise au plus haut prix ; je le touchai avant l'exécution du marché dont les conditions ne furent accomplies qu'après le souper.

L'agitation de la chaise, la vue des campagnes riantes, la circonstance allumaient mon tempérament trop susceptible. L'heureux Perceval se perdait dans mes embrassements. Je fus satisfaite de son savoir-faire : il approchait des talents et de la délicatesse voluptueuse de mon défunt intendant. Ce souvenir m'anima, un feu nouveau coula dans toutes mes veines. Perceval était un garçon instruit, avec qui je m'aperçus qu'il n'y avait point de faux bond à craindre. Les liqueurs aident la nature et nous passâmes une nuit des plus libertines. À peine sorti des bras du sommeil, l'incontinent jeune homme voulut, ainsi que dit Rousseau, trancher du cardinal[1]. Je n'ai jamais laissé prendre ce chemin ; je le remis dans la route avec un peu d'indignation. Il s'excusa sur ses principes. Nous nous raccommodâmes et nos orgies duraient encore, quand l'heure du départ nous fut annoncée par le complaisant Baron.

Une escarmouche si vigoureuse m'avait extrêmement animée contre mon adversaire ; j'achevai de le désarmer au Havre, mais ma victoire me coûta cher. Perceval avait une vertu prolifique, dont aucun de mes

1. *Trancher du cardinal* : sodomiser.

amants ne m'avait encore donné des marques. J'étais cependant de bonne foi et je n'ai jamais fait aucun usage de ces précautions criminelles que les femmes coquettes emploient au grand détriment de l'espèce.

On aurait pu faire de ce vigoureux garçon une espèce d'honnête homme. C'était un vrai gibier de femme ; il joignait beaucoup de douceurs et de complaisance à une grande aptitude pour les plaisirs les mieux poussés : il ne fit cependant qu'une impression très passagère sur mon cœur. La place était prise. Ridhilles n'en laissait de libres que les dehors et je vis partir d'un œil sec son redoutable rival.

Rien n'égala ma surprise quand je m'aperçus, même avant mon retour à Rouen, que je n'étais pas condamnée à la stérilité. Un temps aussi considérable, passé sans aucun accident dans les exercices redoublés de la galanterie la plus consommée, m'avait donné une intrépidité remarquable au milieu des périls ; je m'en croyais pour jamais à couvert ; mais enfin le terme fatal était arrivé. Que de réflexions ! La petitesse de ma taille m'ôtait le pouvoir de cacher mon aventure : il fallait gratifier de la paternité quelqu'un de mes amants, sans être précisément sûre de la crédulité d'aucun. Le dépérissement de mes charmes était un malheur à craindre. Ma mère fut tout mon conseil. Elle me suggéra bien des expédients : aucun ne fut de mon goût. Mon embarras augmentait à vue d'œil : une frayeur causée par la chute d'une planche qui tomba à mes pieds sans me blesser me tira d'affaire, et je fus quitte cette fois pour la peur et pour huit jours de résidence involontaire.

À un événement si intéressant pour moi, mon malheur en joignit un autre dont les suites ont bien coûté des regrets à mon cœur et souvent noyé mes yeux de larmes. Ridhilles et Bagerria furent rappelés en Espagne par les ordres de leur père, qu'une maladie de langueur retenait à Cadix depuis plusieurs mois. Ces ordres étaient supérieurs. La nature et l'intérêt en prescrivaient l'exécution ; il fallait y obéir malgré les retardements que l'amour faisait naître. Mon cœur, hélas ! pressentait le malheur dont j'étais menacée ! Nous avions célébré mon retour avec la même profusion de tendresse que mon départ.

Les assauts de Perceval n'avaient rien diminué de ma vigueur à repousser ceux de Ridhilles. L'inclination ajoutait à ma bravoure avec celui-ci, mais que je me trouvai différente de moi-même, lorsqu'il vint prendre congé de moi ! Un sombre nuage couvrit mes yeux, mes membres essuyèrent tour à tour un frémissement mortel, mon cœur livré aux plus vives atteintes se disait à lui-même (et il n'était que trop vrai) que je voyais pour la dernière fois celui qui faisait mon bonheur. Quoiqu'il tâchât d'égayer nos adieux par les plus tendres embrassements, je demeurai livrée à ma tristesse, dans le même temps que l'amour semblait le fixer entre mes bras. Je le voyais expirer couvert de sang et blessures au milieu d'une troupe de barbares, dont l'acharnement ne respectait ni mes larmes ni ma tendresse.

Téméraires philosophes qui, par des raisonnements captieux, voulez nous persuader que l'avenir est absolument impénétrable à l'esprit humain, une femme méprisable à vos yeux ose vous donner un démenti formel. Oui ! nos âmes ont assez de relations avec les intelligences qui président au concours de causes secondes, pour percer au moins une partie de ces profondes ténèbres. Mon expérience confond tous vos syllogismes ; et si, comme il est hors de doute, ce n'est pas par le seul effort de l'imagination que j'ai prévu la mort de mon amant, il faut convenir que c'est par effet de la communication nécessaire des esprits.

En effet, Ridhilles et son frère s'embarquèrent sur un vaisseau anglais, qui était destiné pour Gibraltar et que le mauvais temps avait obligé de relâcher au Havre. À la hauteur du cap Finistère, ils se virent attaqués par un corsaire de Salé qui les aborda ; le bâtiment anglais avait beaucoup moins de monde et n'était point armé en guerre. Cependant, sa défense fut belle, parce qu'il avait à bord nombre d'officiers de la garnison de Gibraltar qui se battirent comme des lions. Malgré la supériorité du corsaire, les deux frères, avec plusieurs autres, passèrent dans son bord ; ils y firent un carnage effroyable, mais ils y auraient enfin succombé sans le secours d'un vaisseau hollandais, dont la vue ralentit l'ardeur des Saletins. Le corsaire avait le vent ; il s'en servit pour éviter d'être poursuivi. Nos Anglais ne jugèrent pas à propos de le suivre ; ils avaient été trop maltraités ; presque tout leur monde était blessé. Bagerria était de ce nombre ; mais pour Ridhilles, il avait perdu la vie sur la fin du combat.

Son frère m'écrivit cette fâcheuse nouvelle aussitôt qu'il fut arrivé à Gibraltar. Il n'oubliait rien pour me consoler, quoiqu'il parût lui-même inconsolable. Toutes ses expressions ne respiraient que la douleur et marquaient la tristesse la plus profonde. Une nouvelle si frappante, combinée avec ma grossesse, dont les suites m'effrayaient, me jeta dans un état que l'amour seul peut définir. Ma mère craignit pour ma vie ; elle ne me quitta pas et je dois ma conservation à ses soins. Les extravagances que la fièvre me faisait faire pouvaient se terminer à quelque chose de funeste.

Ma douleur s'émoussa, je repris ma tranquillité et mes forces, mais j'ai conservé un chagrin que rien n'a pu dissiper. La variété des objets auxquels je me suis livrée tour à tour n'a pas effacé de mon cœur un amant trop digne de moi. J'adore encore sa mémoire, et les larmes dont j'arrose ces caractères ne seront pas le dernier sacrifice de ma tendresse.

Peu après ce cruel accident, je me vis, ainsi que je l'ai dit, déchargée du fardeau embarrassant que m'avait imposé l'inconstant Perceval. Je ne peux absolument pas décider si cet incident me donna quelque satisfaction. Quoique j'eusse beaucoup à appréhender, je suis femme ; je n'étais pas autrement fâchée d'être mère : il n'y avait que les circonstances qui empoisonnaient le plaisir de la maternité.

La saison favorable aux spectacles approchant, nous rouvrîmes le théâtre. Il y avait eu dans la troupe quelque changement ; je me trouvai chargée des grands rôles, je m'acquittai de quelques-uns à la satisfaction du public. Soit indulgence de sa part, soit effectivement que j'eusse acquis quelques talents, on s'aperçut que le nombre des spectateurs grossissait tous les jours. L'attention du directeur à représenter tout ce que Paris pouvait donner de nouveau concourait avec la nôtre à faire briller le théâtre de Rouen.

Quelque méprisable ou quelque méprisée que soit la catégorie dans laquelle l'homme se trouve placé, le plus petit degré d'élévation, la moindre marque de distinction au-dessus de ses égaux lui paraît remplir le vide de son néant et le venge en quelque sorte des caprices du sort. L'indépendance et la supériorité lui sont naturelles. Tout ce qui l'éloigne de cet état primitif lui fait violence. Le premier pas qu'il peut faire vers la liberté le dédommage des amertumes de la dépendance et diminue le poids des afflictions. Tel était mon état quand je me vis un peu considérée dans ma troupe, et que le public m'eut honorée de quelques applaudissements. Les mépris humiliants dont ce même public m'avait accablée s'éclipsèrent de mon souvenir. La mort encore assez récente de mon cher Ridhilles ne me parut plus qu'un événement naturel que je devais subordonner à la raison, et sans cesser de chérir sa mémoire, je m'abstins d'honorer ses cendres par un désespoir inutile et toujours équivoque.

Dans l'automne de cette année 173., la mort fit un vide dans notre troupe et nous enleva une actrice qui promettait d'exceller un jour dans le tragique. Cet accident ne nous dérangea que très peu, parce que chacun s'empressa de suppléer la défunte. Nous avions débauché à l'Opéra-Comique de Paris un sujet qui se trouva bientôt en état de réparer notre perte. C'était une fille de vingt ans, dont la figure plaisait infiniment, sans avoir cependant ces charmes séducteurs qui triomphent invinciblement des cœurs disposés à l'amour. Une taille bien prise et dégagée, une gorge dont la blancheur et l'agitation fixaient les regards les plus vagabonds, une démarche noble, sans être composée, relevaient encore les agréments du visage, sur lequel éclatait la douceur du caractère.

Il est rare de voir une femme rendre justice à la beauté d'une autre femme. Soit faiblesse, soit malignité dans notre sexe, nous cherchons toujours à déprimer[1] celles à qui la nature a distribué des avantages qu'elle nous a refusés. Si l'universalité des suffrages met à couvert de notre critique des dons corporels, nous avons notre revanche sur les faiblesses du cœur ou les défauts de l'esprit, et il est indispensablement nécessaire qu'une beauté qui se met sur les rangs se voie exposée aux traits de la médisance ou aux opprobres du mépris. Les hommes ont de ce côté un avantage bien réel sur nous. Non seulement ils adorent la beauté dans les

1. *Déprimer* : rabaisser, déprécier.

femmes, ils la respectent même dans les autres hommes, à moins qu'elle ne se trouve jointe à des vices honteux ou à des faiblesses ridicules. Quant à moi, malgré le nombre de mes autres défauts, je me trouve, grâce à la nature, exempte de cette basse jalousie qui fait la honte de notre sexe. La justice que je rends à l'aimable fille dont je viens de parler est légitimement due à son mérite, mais elle coule de source chez moi et j'aurais plus de peine à en dire du mal que je ne ressens de plaisir en faisant son éloge.

Le lecteur me saura-t-il bon gré de lui cacher le nom de cette charmante actrice ? La bienséance et la prudence sont les motifs de ma discrétion ; j'aurais mauvaise grâce à relever ce qu'elle-même a longtemps ignoré. Elle ne sera connue dans ce que j'ai à en dire que sous le nom de Fanchon. À peine eut-elle débuté sur notre théâtre qu'elle fut goûtée universellement. Ses charmes enlevèrent tous les cœurs ; elle avait de l'expérience et savait à quoi s'en tenir à cet égard. Mais plus je lui connaissais de discernement et de consommation, plus l'avenir me causait d'inquiétude et d'alarmes. J'avais primé jusqu'alors dans cette vaste carrière qui fournit un amour peu scrupuleux. Il était à craindre qu'une rivale si dangereuse ne m'enlevât mes avantages. Je voyais chaque jour multiplier ses adorateurs, mes amants même n'étaient pas insensibles aux grâces de la nouveauté. La chose enfin me parut mériter mon attention. Je redoublais de soins et de complaisance pour retenir mes sujets ébranlés. Ils attribuèrent à ma tendresse ce qu'ils ne devaient qu'à mes craintes ; elles étaient trop justement fondées. Si Fanchon eût eu la même vivacité que moi, je me serais vue réduite en moins de rien à travailler sur nouveaux frais.

Ce n'est pas qu'à ses charmes elle ne joignît un vrai penchant à l'amour, et qu'elle n'en sût bien savourer les douceurs. Il suffit d'être animal pour désirer les plaisirs et les rechercher avec ardeur ; mais le fond de son tempérament était l'indolence et la langueur. Les contraires aboutissent presque toujours au même terme, et ma vivacité ne me guidait pas plus sûrement à la volupté que l'indolence de mon amie la conduisait au plaisir. La différence, s'il y en avait, consistait dans les reprises plus ou moins répétées.

J'appelle ici l'aimable Fanchon mon amie, quoique je vienne de la représenter comme une rivale que j'appréhendais. C'était peu pour moi d'avoir rappelé la constance de mes amants prêts à déserter ; il fallait me concilier l'amitié de cette fille redoutable et passer avec elle une transaction d'intérêts amoureux. Je lui offris un souper, elle l'accepta. Ma mère se trouvait indisposée, nous restâmes tête à tête. Je sortais de chez le président ; il avait ce soir-là un peu poussé les plaisirs : inclination de ma part, disposition de la sienne. Nous avions fait une petite débauche, tout me mettait de bonne humeur. Dès que je me vis libre avec ma compagne :

— Les moments sont précieux, lui dis-je, ma chère Fanchon. J'ai mille chose à vous dire, mais je me borne à une seule : je veux être votre amie. Quel est le chemin de votre cœur ?

Je lui sautai au cou et l'embrassai tendrement. En proférant ces paroles, ma vivacité la déconcerta. Je profitai de sa surprise et rompant le silence :

— Nos intérêts, continuai-je, doivent être communs. La fortune, sans doute, nous a maltraitées ; c'est une injustice que l'amour et la nature vous ont mise en état de réparer. Mais, ma chère amie, les hommes doivent être nos dupes, le ciel ne les a formés que pour cet usage ; gardons-nous de les tirer de leur destination. Vous avez des grâces qui vous soumettront tous les cœurs : triomphez, mais joignez toujours aux honneurs du triomphe, les dehors de la prudence et les avantages de l'utile. C'est dans l'union et la paix que vous et moi trouverons ces moyens infaillibles de victoire qui éterniseront l'esclavage de nos imbéciles adorateurs. Épargnez mes conquêtes, je respecterai les vôtres ; partageons enfin le domaine de la coquetterie et mettons les cœurs à contribution, sans nous livrer aux extravagances d'une rivalité qui nous détruirait.

Fanchon prêtait à mon discours une attention parfaite, elle ne l'interrompit que pour me rendre mes caresses. Nous étions de bonne foi, l'accord fut bientôt passé : elle me promit une sauvegarde pour mes amants, je lui jurai de ne rien entreprendre à son préjudice. Nous devînmes confidentes dès ce moment ; je lui fis la chronique scandaleuse de Rouen, et ma sincérité la mit en goût de m'apprendre ses aventures.

— J'ignore encore, me dit-elle, le lieu de ma naissance et les personnes de qui je tiens une vie malheureuse. Si j'en crois les dispositions de mon cœur et les murmures secrets qui lui échappent assez souvent, je dois être quelque chose. Je ne connais encore de la vertu que le nom, mon éducation ne m'a pas permis d'aller plus loin. Mais cette même vertu a pour moi des traits qui me font gémir sur les honteux engagements de mon état. Par quelle triste fatalité le libertinage et la prostitution sont-ils si essentiellement attachés au théâtre, qu'une fille qui y monte cesse pour jamais d'être sage ? Car je ne vous le déguise pas : avec tous ces retours vers la sagesse, j'ai poussé aussi loin que personne le raffinement de la débauche et de la volupté. J'aime le plaisir pour lui-même, je m'y livre sans étude et sans différence : quel qu'il soit, mon indolence m'empêche d'y mettre des bornes, parce qu'elle m'a jusqu'ici empêchée d'en connaître. Un caractère si différent me laisse à tous mes vices : de là l'inutilité de mes réflexions.

« Exposée dès ma naissance ou enlevée à mes parents par quelque accident, j'ai passé mes premières années à Orléans, dans la maison destinée aux enfants dont la filiation incertaine s'attribue ordinairement à l'amour. À l'âge de douze ans, la veuve d'un riche marchand me tira de ce lieu et paya charitablement une partie de mon apprentissage chez une couturière, se réservant de payer le reste si cette profession me plaisait. Une mort subite m'ôta cette protectrice avant l'expiration de mon brevet et dans un temps où j'ignorais la grandeur de ma perte. Ses héritiers se soucièrent peu d'exécuter ses pieuses volontés, ils me frustrèrent d'un legs très honnête qu'elle m'avait fait. Sans expérience et sans amis, je ne pus les contraindre à m'en faire la délivrance. Ce coup fut décisif : ma maîtresse, perdant l'espérance de toucher l'argent convenu, me mit à la porte sans aucun égard pour ma jeunesse. Orléans pouvait être ma patrie, mais je l'ignorais. D'ailleurs à quoi m'aurait servi cette connaissance, destituée comme je l'étais de tout secours humain ? Mon embarras me fit faire mille réflexions qui se sentaient de l'incapacité de mon âge. Je pris mon parti cependant, avec assez de résolution pour une fille de treize ans. Ma défunte bienfaitrice avait un confesseur qui m'avait quelquefois vue près d'elle ; je crus devoir m'adresser à lui. L'exécution suivit de près le projet ; je lui exposai mes disgrâces, il parut entrer dans ma situation et jetant sur ma petite personne un regard dans lequel, malgré ma simplicité, je démêlai plus que de la compassion : “Votre état est bien touchant, me dit-il, ma chère enfant, mais ne désespérez de rien, la mémoire de Madame N… mérite que je m'intéresse pour vous : elle vous aimait ; il vous faut un asile, je vais vous en donner un auprès d'une dame respectable par sa vertu ; je n'exige de vous qu'une parfaite docilité et une entière soumission à tout ce qu'elle vous prescrira : à cette condition, rien ne vous manquera, j'aurai soin de vos petites affaires.”

« Il me donna un billet pour cette vertueuse personne, chez laquelle je me rendis toute remplie des idées enfantines d'un bonheur prochain. C'était une femme d'un âge moyen, dont l'extérieur composé annonçait une piété consommée, et chez qui tout respirait un air de dévotion qui en aurait trompé bien d'autres. Je fus reçue à bras ouverts ; j'étais assez propre, je me vis agrégée sur-le-champ à quatre autres filles de mon âge, qu'on occupait dans cette sainte maison à des ouvrages convenables au sexe : elles étaient toutes fort jolies. J'appris dès le soir même que la main charitable qui me procurait cette retraite les y avait conduites avec moi. Deux autres grandes filles d'environ vingt ou vingt-deux ans partageaient avec notre directrice la surveillance de la jeunesse. Les ouvrages se vendaient, le produit en était mis en masse et servait à l'entretien de tout le monde.

« La Providence pourvoyait à la nourriture d'une autre façon : la première, soutenue d'une lecture édifiante, se faisait régulièrement à certaines heures ; aucune visite séculière ne troublait les exercices de la petite communauté. Le saint homme dont je viens de parler en avait exclusivement banni tous les mortels, à l'exception de deux coopérateurs discrets qui travaillaient avec lui à la sanctification de tant d'âmes.

« Peu de jours après mon arrivée, il se tint une assemblée dont l'objet important était de remplacer une fille qui depuis peu de jours avait épousé un fort honnête homme. Ces trois messieurs, dont la vie édifiante prévenait tout le monde, avaient des ressources infinies dans les charités dont ils étaient dépositaires et dans les quêtes qu'ils avaient la liberté de faire. Ces fonds servaient à la nourriture de tout notre monde et à l'établissement de celles que l'incertitude de l'avenir pressait de prendre un parti. Nos pieux directeurs les aidaient encore de leur crédit et répandaient presque toujours des grâces sur les crédules époux qu'elles avaient su séduire. C'est ce qui venait d'arriver au mari de celle qu'il s'agissait de remplacer. La maîtresse d'un fermier général, avec laquelle nous avions des correspondances, lui avait fait donner un emploi considérable.

« Je n'avais garde de prévoir l'honorable choix qu'on allait faire de moi. Tous les usages du pays m'étaient inconnus ; une profonde discrétion voilait les mystères, et ce voile ne tombait qu'au sortir de la classe où l'on m'avait placée dès mon entrée. Je jouais avec mes quatre compagnes pendant les délibérations du conseil. Une seule chose m'inquiétait. Je m'étais aperçue que depuis quelques jours la supérieure me considérait avec une attention marquée ; mon linge était curieusement examiné, on avait pour moi certaines prévenances que je remarquai qu'on n'avait pas pour les autres : on m'avait habillée plus proprement. Ces distinctions me donnaient à penser, mais mes réflexions n'allaient pas bien loin. J'attribuais tout cela à la bonté de notre mère : c'est ainsi que nous la nommions. Je fus appelée ; on m'introduisit dans la salle d'assemblée. Le confesseur de ma bienfaitrice m'interrogea sur mes dispositions à l'égard de la maison, sonda ma reconnaissance et ma discrétion. Satisfait de mes réponses, il m'enjoignit de choisir un directeur dans les trois vertueux personnages dont il faisait nombre : mon choix tomba sur lui, il en parut mécontent. Ces messieurs n'avaient pas encore dépouillé tous les scrupules. Leur pieux quiétisme épargnait les âmes qui leur étaient personnellement soumises. Mon choix fait, je prêtai le serment de ne jamais révéler les choses dont je serais témoin dans la suite ; c'était un préalable pour être admise, je le fus sans empêchement et mon initiation commença par les embrassades de toute l'assemblée.

« Je remarquai que les femmes se contentaient d'un baiser simple et ordinaire. Celui des hommes, plus animé et pris sur mes lèvres, m'agita davantage et me fit sentir les premières impressions de la nature. On servit une collation friande et dévote.

« Le vin bannit insensiblement la pudeur, la conversation s'anima et devint libertine. Les mains prirent part au plaisir, les faibles obstacles qui s'opposaient à leur badinage furent bientôt écartés et les baisers prodigués, voltigeant sur la gorge et sur les autres charmes exposés à la vue, formaient un spectacle bien nouveau pour moi. C'était le signal.

« Notre supérieure, en femme modeste et complaisante, s'éclipsa ; elle avait sa partie faite ailleurs. Un vieux bourgeois dont le jardin communiquait au nôtre par un cabinet secret était le Titan de cette nouvelle

Aurore. Mes réflexions sur ce qui se passait à mes yeux duraient encore, quand je me vis entre les bras de celui qui était resté veuf par le mariage dont je parle.

« — Aimable Fanchon, me dit-il, vous m'êtes dévolue, il faut subir la loi commune et vous conformer aux usages de cette sainte maison.

« Ces paroles, assaisonnées d'un baiser des plus lubriques, achevèrent de me déconcerter. Mon silence passa pour un aveu et mon pieux séducteur, enflammé par l'exemple de ses confrères, commençant par un prélude qu'il n'avait pas puisé dans le rituel, anima mon indolence. Je restai en proie à ses désirs et ma virginité se trouva pour ce coup la victime de mon ignorante crédulité.

« Qu'on fait rapidement son chemin quand on a de semblables guides ! En moins de huit jours j'acquis dans cette savante école plus de lumières que six mois n'auraient pu m'en donner au milieu du grand monde. J'avançai à grands pas dans la route du libertinage, et la nature, éveillée par des plaisirs dont nul remords n'altérait la douceur, me mit bientôt en état de donner à mes maîtres des leçons de volupté.

« La sotte prévention avec laquelle on s'accoutume dès l'enfance à considérer les gens d'Église dominait absolument chez moi. D'ailleurs, la régularité extérieure de notre conduite m'en imposait, et ne pouvant me figurer du crime dans une vie que la religion me paraissait autoriser, je m'étourdis sur les principes de ma première éducation, et j'eus bientôt perdu de vue la faible lueur de ce flambeau. Que de scélératesse et d'hypocrisie dans ceux que la religion voit à la tête de son culte ! Comment ne serions-nous pas tentées de la croire une fable à la vue du peu de cas qu'ils en font eux-mêmes !

« — Que les hommes sont simples, ma chère Fanchon, me disait quelquefois mon papelard, de se figurer qu'un Dieu qu'ils croient punira les faiblesses d'un amour subordonné à la nature ! Non, mon cher cœur, ses foudres sont réservées pour les crimes. En est-ce un d'aimer la créature dont la beauté nous rappelle à lui ? Devenus par état les interprètes de ses lois, nous en perçons la sainte obscurité, nous leur rendons le sens qu'une politique adroite a su détourner à ses fins. Laissons donc, continuait-il, les simples errer dans les voies d'une simplicité stupide ; livrons-nous sans remords aux tendres égarements d'une passion innocente et sachons nous borner aux devoirs capitaux de la société.

« Que ces discours séduisants plaisaient à mon indolence, et fortifiaient en moi l'habitude d'ignorer tout ce qui aurait répandu quelque amertume sur des plaisirs dont l'usage avait chez moi précédé la raison !

« Je passai trois ans dans cette lubricité, pendant lesquels mon amant me rendit deux fois mère. C'était un homme d'environ quarante ans, dont le corsage annonçait la vigueur. Son tempérament, échauffé par l'usage des nourritures choisies, le mettait à portée de tenir contre les désirs les plus mutins et la nature en avait fait un héros redoutable aux femmes chez qui la proportion n'était pas observée. J'en parle avec une certitude de laquelle ses premières approches m'en laissèrent des motifs, mais ces messieurs savent plus d'un métier, et dès le lendemain les ruines douloureuses de ma virginité ne présentèrent plus qu'une route dont les petites difficultés rendaient les plaisirs plus piquants.

« Le terme marqué pour la destruction de notre petit sérail arriva ; certains pressentiments fâcheux m'annoncèrent ce grand événement : je ne pus trop alors démêler ce qui les occasionnait. Je me persuade aujourd'hui qu'il est de certains moments où nos esprits, dégagés de la matière, parviennent à quelque prévoyance de l'avenir par une sage combinaison du présent et du passé. C'est aux philosophes à décider sur un point si obscur. »

Dans cet endroit intéressant de l'histoire de Fanchon, le souvenir de mon cher Ridhilles couvrit mes yeux de larmes. Je me rappelai les tristes pressentiments que j'avais eus de sa perte prochaine et j'interrompis cette charmante fille par mes sanglots. Elle en fut alarmée, et sans connaître le juste sujet de ma douleur, elle entreprit de me consoler.

— Pardonnez, lui dis-je, chère Fanchette, un mouvement dont la cause vous est encore inconnue. J'approuve fort votre manière de penser sur la possibilité de notre pénétration dans l'avenir. Nous ne différons que dans les moyens d'y parvenir. Je soumets comme vous mon opinion à celle des savants. J'ai depuis peu éprouvé la réalité de ces lumières imparfaites que notre inquiétude empêche de se perfectionner ; elles m'annonçaient la mort d'un amant aimable et trop aimé, ma tendresse exigeait le tribut que je viens de payer à sa mémoire.

La nuit déjà fort avancée obligea mon amie de suspendre son récit ; elle se retira et m'en promit la continuation. La singularité de ses premières aventures avait piqué ma curiosité, je fis mon possible pour l'engager le lendemain, au sortir d'une répétition que nous venions d'exécuter : elle était importante. La Ville nous avait demandé *Britannicus* de M. Racine. Il était de notre intérêt de réussir et nous fûmes applaudis. Nous affichâmes double, à l'instar des comédiens de Paris ; la tentative eut un heureux succès. Le Rouennais s'oublia et trancha généreusement du Parisien. La circonstance de cette grande pièce, qu'on nous redemanda plusieurs jours de suite, fut un obstacle à ma satisfaction. Il s'en passa plus de huit avant que Fanchon pût trouver le loisir nécessaire pour contenter mon empressement. Pendant cet intervalle, le logis changea de face pour quelque temps par un incident assez particulier.

Ma mère veillait avec exactitude sur tout ce qui pouvait perpétuer dans la maison l'abondance que mon économie et mon renoncement aux plaisirs tumultueux y entretenaient. Le hasard lui présenta l'occasion d'augmenter notre bien-être, elle en profita. Elle avait jadis lié connaissance à Paris avec un commis qui, de l'antichambre d'un ministre s'était glissé dans un bureau. Ce jeune homme possédait quelques talents, mais qui cadraient peu à son état. Chanter avec grâce, danser passablement, chérir sa figure : c'étaient là les seuls titres qui justifiaient la perception de ses appointements. Quelque superficiels que fussent ces avantages, il résolut de les faire servir à sa fortune et il y serait parvenu si la prudence eût réglé ses démarches. Le peu de musique qu'il avait lui donna accès chez un riche orfèvre, dont la femme aimait tout ce qui savait chanter. Elle prit du goût pour ce musicien de courte fabrique et résolut de le donner pour maître à une fille unique assez jolie qu'elle avait. Soit qu'elle y eût déjà du penchant, soit par obéissance, la petite Louison se prêta de bonne grâce aux volontés de sa mère, qui de son côté se félicitait d'un choix si rempli de discernement. Il n'y avait point de déboursés à faire, il n'en coûtait que quelques soupers ; la fille faisait des progrès sensibles : que de motifs pour arracher le consentement du père, moins indulgent ou plus prévoyant que son imprudente femme ! On le détermina cependant, et M. de Beaulieu devint commensal de ce logis, où bientôt on le vit nécessaire. Les parties de plaisir vinrent égayer la musique, que la présence du papa contristait. Beaulieu paraissait en faire les frais, mais l'argent du bonhomme que sa fille détournait était l'âme de ces pèlerinages amoureux. Louison en était l'objet ; son maître insinuant et flatteur avait trouvé son cœur sans prévention, il lui avait été facile de s'en emparer.

En fait d'amour, les premières impressions vont loin. Bientôt Louison sut chanter sur une note qu'elle n'avait pas trouvée dans ses livres. La mère ignorait peut-être les progrès de sa fille. Cependant, la médisance a publié qu'elle avait choisi Beaulieu pour son gendre, et qu'en attendant qu'elle pût y déterminer son mari, elle tolérait certaines privautés dont elle devait prévoir les conséquences. D'ailleurs, était-il impossible que la consommation prématurée du mariage en accélérât les formalités. Le consentement, quelque forcé qu'il soit, est toujours un consentement, et le temps porte remède à tout.

Nos amants, ennuyés de la longueur du délai, prirent l'essor et crurent trouver dans le pays étranger la liberté que les lois de la patrie refusaient à leurs amours. Ils se trompèrent. Louison, en fille prévoyante, avait fait maison nette.

Ils voyageaient avec aisance. L'Angleterre fut leur premier asile. Un Irlandais les maria, sur le certificat duquel ils se donnèrent en public pour mari et femme. Le père, plus irrité que consterné, fit des perquisitions. L'affaire avait éclaté ; on suivit les fugitifs à la piste et l'on découvrit leur retraite. Ils en eurent le vent et pour cette fois ils surent se soustraire à l'orage. Un vaisseau hollandais qui faisait voile pour Rotterdam les prit à son bord et les mit à terre à Ostende, où il avait ordre de toucher. De cette dernière ville, ces amants persécutés se rendirent à Bruxelles et virent en passant Bruges et Gand : c'est ce qui les perdit. Leur départ fut annoncé : on les attendait à Bruxelles.

La tendre Louison eut beau réclamer la foi du mariage, elle se vit arrachée à son imprudent époux pour rentrer sous la domination d'un père impitoyable, qui lui fait encore actuellement expier dans un refuge les saillies d'un amour mal conçu et plus mal exécuté.

Les malheurs de Beaulieu ne se bornèrent point à la perte de sa femme et de la meilleure partie des effets qu'elle s'était appropriés en avancement d'hoirie ; son prétendu beau-père le poursuivit extraordinairement. Il s'était rapproché de Paris pour donner plus de chaleur aux sollicitations de ses protecteurs et de ses amis, mais le crédit des uns et les soins des autres échouèrent contre les ardentes poursuites de l'orfèvre. Et Beaulieu ayant été contumacé eut le chagrin d'apprendre qu'un arrêt infamant l'avait condamné au gibet, en qualité de séducteur, de ravisseur et de voleur.

Il était rentré en France par la Normandie ; la langue anglaise qu'il parle assez facilement le faisait passer pour étranger. Il y avait déjà quelques jours qu'il était à Rouen, quand ma mère en fit la rencontre. Ils renouèrent connaissance et il lui confia ses peines. Elle le vit en état de faire de la dépense, elle lui offrit au logis une retraite qu'il accepta. Ignoré de tous les mortels, Beaulieu y passa près de six mois et ne nous quitta que quand ce fulminant arrêt l'eut mis dans la dure nécessité de renoncer pour jamais à sa patrie. Je l'ai perdu de vue depuis cette époque si mémorable pour lui : il repassa en Angleterre. J'ignore actuellement s'il existe encore. On a prétendu que certains religieux, très connus par leur avidité pour les successions, avaient allumé le feu de la vengeance dans l'âme du père de Louison, qui était leur voisin, que les jeunes gens avaient été arrêtés par le moyen des correspondances de ces bons pères, dont les confrères tiennent le haut bout en Flandre, et que la plus grande gloire de Dieu les avait portés à donner au bonhomme des conseils d'exhérédation. Ils devaient profiter, en conséquence, des services qu'ils lui avaient rendus dans la poursuite de ce procès.

C'est au public à juger si ces présomptions sont bien ou mal fondées, mon caractère n'est point décisif. Le lecteur trouvera bon que je reprenne haleine et qu'en terminant à cet événement la seconde partie de mes aventures j'attende son jugement pour donner la troisième.

TROISIÈME PARTIE

AVANT-PROPOS

C'est moi, mon cher lecteur, qui parais de nouveau sur la scène du monde. C'est Frétillon, ce petit être comique, qui vous divertit l'année dernière par le récit de ses frétillantes aventures. Je me flatte que toutes les jolies choses que je vais raconter ne vous amuseront pas moins que celles que je vous débitai dans ma première partie[1].

Vous verrez dans celle-ci ce même goût des plaisirs, cette galante vivacité dans les fêtes de Cythère, ce penchant déterminé pour l'amour et raffiné par une délicate volupté. On a blâmé quelques expressions peu gazées[2] dans ma première partie. Cher lecteur, je suis d'un caractère pacifique et je ne veux point m'attirer d'affaires avec vous, mais aussi soyez équitable : ne me condamnez pas sans m'entendre. Pourrez-vous m'en faire un crime, lorsque je vous jurerai, par la divine Thalie et la galante Laïs, que je parlais mon langage naturel ? Oui, cher lecteur, je rendais mes pensées par mes expressions ordinaires. Ma bonne maman m'avait élevée dans cette façon de parler. Les entretiens de M. l'intendant et les conversations de mes autres adorateurs m'y avaient fortifiée et perfectionnée. Cette manière d'écrire que vous prétendez licencieuse, ne doit plus vous surprendre ; elle partait d'une plume guidée par un esprit formé dans ce genre. Je croyais tout lecteur dans l'habitude de penser et d'écrire comme moi : effet du préjugé reçu par mon éducation et le commerce de ceux avec qui j'avais vécu jusqu'alors. L'expérience me

1. En dépit de son titre, il s'agirait ici de la véritable *seconde* partie. À en croire notre auteur, qui s'en explique quelques lignes plus bas, celle qu'on vient de lire ne serait en effet qu'une suite composée à son insu par un continuateur indélicat. Tout en la désavouant, il poursuit donc son récit là où il l'avait laissé à la fin de la « première partie ». On ne s'étonnera donc pas de retrouver Ridhilles en vie et réconcilié avec sa maîtresse, après avoir assisté à sa mort, lors d'un combat contre des corsaires (voir *supra*, p. 78). D'autres incohérences s'expliquent de même par le fait que cette « troisième » partie n'est en réalité que la vraie *seconde* partie de l'ouvrage. Voir notre Introduction, *supra*, p. 19-21.

2. *Gazer* : couvrir d'une gaze ; voiler, adoucir des propos trop libres.

désabuse ; je sens que je m'étais trompée en partie. L'esprit aime à saisir certaines choses, l'imagination s'en occupe agréablement, mais on veut un ménagement dans la manière de les rendre. Je consens à l'observer, on y perdra peut-être. Mon naturel forcé, pour me prêter à la délicatesse du siècle, jettera des ombres sur les plus jolis traits de ma vie, qui seraient plus intéressants si je les laissais dans tout leur jour. On ne s'en prendra donc point à moi si je me rends moins intelligible : au contraire, on devra me savoir gré de la complaisance que j'aurai de me gêner pour plaire. Si par hasard je m'échappe encore, mon excuse est dans la force de ce même naturel.

Pour me justifier à ceux qui ont été blessés de quelques expressions de ma première partie, ne pourrais-je pas m'appuyer par des exemples ? Non, me dira-t-on, les mauvais modèles ne rendent point excusables ; ceci est plausible. Mais je puis alléguer que les auteurs qui pourraient me servir d'autorité ne tiennent leur réputation que des licences semées dans leurs ouvrages. Le goût, sans doute, était différent pour lors, et leurs écrits ne conservent encore aujourd'hui leur crédit dans la République des lettres que parce que l'on est dans l'usage de respecter ce qui fut applaudi par l'antiquité.

Si quelque lecteur cependant trouve ces exemples admissibles, il voudra bien que je le renvoie, pour ma justification, à la préface d'une petite brochure qui a pour titre : *Seconde Partie des Mémoires de Mlle Frétillon*, ouvrage assez bien écrit mais qui, par une justice du public, en a été fort mal reçu. Il s'est révolté de ce que, par une imitation manquée de mon caractère et de mon style, on lui présentait pour la véritable une Frétillon imaginaire. Il me serait inutile d'annoncer que je la désavoue et que tous les faits me sont étrangers. Les moins attentifs ont reconnu d'abord que cette Frétillon était un ouvrage de fantaisie.

Quatre motifs déterminent ordinairement la plume d'un écrivain : sa gloire, l'amusement et l'instruction des lecteurs ou son intérêt propre. Je ne puis trop pénétrer celui qui a engagé mon continuateur à la suite de mon histoire. Je ne suis point un sujet assez connu pour qu'il ait été touché par la gloire. Il aurait pu trouver dans son esprit d'autres moyens d'amusements pour le public ; je laisse au lecteur à décider si ma vie et mes mœurs sont une louable matière d'instruction. Le motif d'intérêt paraît celui sur lequel je dois m'arrêter plus volontiers. Ma première partie avait fait du bruit dans le monde ; l'aigreur même des critiques lui avait donné de la réputation : plus d'un libraire en désirait la suite et paraissait disposé à en traiter assez noblement. Ces raisons étaient assez déterminantes pour un auteur dont la misère ou l'avidité taille la plume.

Je ne lui sais pas mauvais gré de m'avoir historiée par cette raison ; un bon cœur doit être charmé de se trouver l'occasion des avantages d'autrui, mais j'ai été choquée des traits qu'il a lancés sur deux personnes dont les mœurs sont peut-être contraires à l'idée qu'il en veut donner au public. Je suis très fâchée qu'il ait emprunté mon nom pour verser son fiel sur l'avocat et la femme nommée dans son ouvrage.

L'épisode de Fanchon renferme encore une odieuse satire qui m'a révoltée. Quoique galante et comédienne, je révère tout état et tout caractère respectables. J'use amplement des privilèges de mon état, j'en conviens ; la vivacité de mes sens m'a presque toujours soumise à mes désirs, c'est une vérité. Mais en suivant mes penchants, le plus rigoureux casuiste ne me trouvera coupable que de faiblesse. Je laisse aux femmes à décider s'il est aisé d'en être exempte et si je n'ai que le sexe de commun avec elles. Le mystère, un dehors imposant, la discrétion des adorateurs favorisés sont pour plusieurs un épais rideau sous lequel est caché ce qui pourrait former entre elles et moi un assez juste parallèle. J'aime mieux entrer en matière que de m'étendre sur cette comparaison ; j'ennuierais mon lecteur qui, par sa propre expérience, en connaît toute la justesse.

Exprimerai-je, comme je l'ai senti, tout ce qu'il y a de charmant dans les douceurs d'une réconciliation sincère avec un objet aimé ? Non, ce serait un inutile essai. Je laisse à l'imagination du lecteur le soin de se représenter tous les transports qui m'agitèrent en revoyant mon cher Ridhilles, aussi tendre qu'il était avant notre refroidissement. J'oubliai tous les outrages qu'il m'avait faits, je perdis tout mon ressentiment dans les bras de ce cher coupable, nous nous jurâmes une constance perpétuelle. Nos caresses interrompaient nos serments, et nous les renouvelions ensuite avec la plus ardente vivacité. Nos regards embrasés portaient à chaque instant de nouveaux feux dans nos âmes. Tous nos moindres mouvements ressentaient l'amour. Nos mains entrelacées se pressaient. Nos yeux, fixés l'un sur l'autre, disaient mille choses tendres. Oubliés, perdus dans nous-mêmes, nous ne fîmes point attention que ma mère reviendrait incessamment. Elle arriva, en effet, suivie de deux jeunes gens qui lui avaient demandé permission de faire apporter à souper au logis. La frugalité forcée dans laquelle nous vivions depuis quelque temps ne lui avait pas permis de les refuser. La vue de Ridhilles, dont nous avions souffert tant d'offenses et contre qui elle me croyait justement irritée, la surprit. Ma bonne maman, peu modérée, passa dans l'instant de l'étonnement à la colère, qui dura peu, la fureur lui succédant :

— Monstre, lui dit-elle, en s'armant d'une cafetière qu'elle trouva sous sa main, que viens-tu faire ici ? Misérable, continua-t-elle, en lui faisant voltiger la cafetière à la tête, dont cependant il ne fut point atteint, voilà pour avoir voulu déshonorer une honnête maison, où l'on vit tranquillement de ses petits talents.

Une longue suite d'épithètes, dont elle usait fréquemment, suivirent cette douce apostrophe. Pendant que les deux jeunes gens, témoins de la scène, la retenaient pour empêcher de nouvelles violences, je lui reprochais son emportement assez haut, d'une façon où le respect dû à la qualité de mère n'était pas très rigidement observé. Ridhilles, ayant évité la cafetière, sentit bien qu'il y a des femmes avec lesquelles il ne faut pas tenir rigueur sur certains procédés. Il n'y répondit que par une raillerie.

— Elle est charmante en tout, lui dit-il en s'avançant vers elle. Qu'elle est aimable ! Un petit air ému lui sied à merveille.

Ma très chère mère ne trouva pas cette ironie de son goût. Elle chercha des yeux la pelle à feu. Il prévint son dessein en saisissant ses mains, et lui tint ce discours, qui ramena la paix :

— Pétulante maman, dit-il, je ne veux point entrer en explication dans ce moment sur les raisons qui vous ont obligée de me faire cet accueil caressant. Votre bile mutinée vous ôte à présent la liberté de raisonner sans prévention sur nos démêlés. Permettez que je soupe ici avec ces messieurs : voilà dix louis que je vous donne pour augmenter la bonne chère. Je vais envoyer chercher douze bouteilles de vin de Champagne. À table, le verre à la main, paisiblement et sans chaleur, nous réglerons nos petites contestations.

Il ne fut jamais de plus subite métamorphose. La furie disparut et fit voir en sa place la douceur et les grâces. Les yeux de ma chère maman s'adoucirent ; je vis renaître sur son visage ce vieux reste d'attraits qui ne la laissait point sans adorateurs.

— Fripon, répliqua-t-elle d'un air affable en recevant les dix louis, vous abusez de la bonté de mon cœur, parce que vous savez que je ne saurais prendre sur moi de me fâcher contre vous. Vous cherchez à me donner un ridicule dans le monde et à répandre dans le public de fort vilaines histoires sur mon compte. Ma chère fille, cette enfant formée par mes principes et mes leçons, s'est vue même le plastron des traits de votre malignité. Cette jeune innocente, que mon exemple a fortifiée contre la corruption du théâtre, a souffert dans sa réputation par les saillies de votre mauvaise langue. Ridhilles, poursuivit-elle avec un gracieux gémissement, si j'ai sorti de mon caractère par la petite vivacité qui m'est échappée, vous n'en devez point être surpris : l'honneur est un trésor que l'on ne laisse point arracher patiemment, quand on n'a rien à se reprocher.

Je me fis de rudes violences pour ne pas éclater de rire à ces discours. Ce panégyrique de mon innocence, dans la bouche de ma mère, me parut tout à fait comique. La hardiesse de mes essais sur la volupté avec M. l'intendant, dont elle avait été témoin, était le fondement sans doute de l'apologie de mes mœurs. Mon amant feignit politiquement d'être bien convaincu de l'honnêteté de sa conduite et de la mienne. Voyant ma bonne maman apaisée, il voulait se justifier et entrer en explication, mais elle l'arrêta presque aussitôt.

— Oublions le passé, reprit-elle, mon cher ami, en ballottant avec une feinte distraction les dix louis qu'elle avait dans sa main, vous venez de vous exprimer avec une éloquence si persuasive que je doute à présent que vous soyez l'auteur de tous les vilains contes que l'on a faits sur ma fille et sur moi, ou je pense que si vous y avez eu quelque part, les mauvais conseils vous ont séduit. Ah ! continua-t-elle en haussant la voix et d'un ton plus qu'ému, c'est ce gredin de philosophe qui vous a poussé à noircir ma réputation, qui ne pouvait être attaquée que par les suggestions de cet esprit infernal et diabolique.

Le souvenir de ce personnage réveilla son humeur colérique, que le pouvoir de l'or seul avait été capable d'assoupir. En style choisi des halles, elle commença un morceau d'éloquence à la gloire du philosophe, où la richesse d'expressions eût trouvé plus d'un admirateur chez les grenadiers de l'armée. Ridhilles arrêta le flux de sa volubilité, en lui faisant apercevoir par une fine plaisanterie qu'elle sortait de nouveau de son caractère.

— Il est vrai, lui dit-elle, que je m'écarte de ma douceur naturelle et que je me suis servie de termes contraires à la décence de mon sexe. Mais, continua-t-elle, la nature des outrages que j'ai reçus de ce…

Un gros mot lui échappa : c'était une épithète dont fut décoré le nom du philosophe qu'elle cita. Elle allait poursuivre rapidement dans le même goût, mais dans l'instant on servit le souper commandé par les jeunes gens qui étaient entrés avec elle. La vue de deux ragoûts de bonne mine lui fit perdre le fil de la péroraison où elle allait entrer. Sa fureur céda à une gloutonne sensualité qu'elle s'empressa de satisfaire. Nous nous mîmes à table, tous disposés à nous amuser.

Carlerio et Bertides (c'est ainsi que je nommerai les deux convives) étaient vifs, enjoués, et tous deux de la connaissance de Ridhilles. Une comédienne, qui avait un appartement dans le même logis, attirée par le fumet d'un excellent rôt que l'on servit après les ragoûts, vint, sous le prétexte d'une visite familière, partager nos plaisirs. Nous la reçûmes avec d'autant plus de joie qu'il nous manquait une femme pour occuper nos trois cavaliers sans partage. Elle eut tous les soins de Carlerio ; Bertides s'accommoda de ma chère maman, et je fus l'objet de toutes les attentions de Ridhilles.

Son vin de Champagne étant arrivé fort à propos, j'en fis les honneurs. Chansons badines, rasades fréquentes, transports galants, jolis propos varièrent nos petits amusements. Cette partie fut d'autant plus charmante que l'on y remplit exactement les devoirs civils de la société. Quand le monceau obligeait les dames à quelque sortie nécessaire, son chevalier la conduisait galamment dans un cabinet voisin sans la quitter. Ceux qui restaient à table, occupés d'eux-mêmes, n'avaient point d'inquiétude sur la longueur de la disparition.

Vers les trois heures après minuit, nous tombâmes dans ce désordre charmant, dans cette aimable confusion qui règnent ordinairement après le repas. Nous aurions pu nous borner à ce degré, mais ma mère proposant encore deux heures de table, qui furent acceptées, se fit verser du vin ; nous l'imitâmes. Le jugement se perdit bientôt dans les vapeurs du champagne ; lui seul dicta nos discours, nous parlâmes tous très haut et sans nous entendre.

Ce tumulte cessait par intervalles ; dans un doux silence, nous nous livrions aux tendres mouvements de nos cœurs. L'amour lui-même vint présider à la fête et d'un coup d'aile ayant éteint les bougies, il nous inspira de célébrer dans l'ombre de nouveaux mystères. Le jour nous surprit dans l'ardeur de nos transports.

Quel spectacle s'offrit à nos yeux ! Le cabinet de Paphos ne présente rien de plus frappant. Nous formions un tableau d'autant plus admirable qu'il était varié par les plus élégantes attitudes. Ma mère, dans les bras de Bertides, en faisait une partie distinguée. Nos regards se plurent quelques moments dans ce coup d'œil. Enfin, les draperies tombèrent par la lassitude des personnages qui ne pouvaient plus se soutenir. Les beautés principales étant ainsi voilées, le tableau prit une face trop ordinaire pour nous y arrêter davantage ; nous nous séparâmes.

Après le départ de Ridhilles, je fus me livrer aux douceurs du sommeil. Ma mère prit le même parti. À mon réveil, je la trouvai dans ma chambre, plus parée même qu'à son ordinaire ; elle attendait Bertides, qui lui avait promis de revenir. Ayant pris du goût pour lui, elle cherchait à lui plaire. Le seul motif de s'amuser, sans viser à l'intérêt, l'engageait à s'attirer ses complaisances. Bertides était au service du roi, et ma mère n'ignorait pas que rarement un officier se constitue en dépense pour des femmes de sa classe. D'ailleurs, elle commençait à se rendre justice : son miroir, en lui reprochant la décadence de ses charmes, lui disait qu'il était trop heureux pour elle de trouver des amants au pair. Bertides lui tint parole et ne tarda point à se rendre au logis avec Carlerio.

J'étais encore au lit. Ce dernier entra familièrement dans ma ruelle[1], tandis que son ami, pour préluder, régalait ma mère d'une chanson convenable à la dignité des personnes et du lieu. Je m'étais aperçue le soir précédent que Carlerio m'avait lorgnée souvent à table et qu'il avait envié le sort de Ridhilles ; par son début, en s'approchant de moi, il me confirma dans cette idée.

Je ne puis expliquer ce début sans m'échapper à quelque licence que j'ai promis d'éviter. Pour cette raison, je dirai simplement que, sans s'écarter jusqu'à l'essentiel, il profita des facilités que lui permettait la situation où j'étais. Je n'eus pas la force de me fâcher ; les grâces avec lesquelles il agissait m'ôtèrent toute envie de me mettre en colère. Assez satisfait du petit badinage que j'avais toléré, il fut moins mutin. Ayant

1. *Ruelle* : alcôve attenante au lit, où certaines dames de qualité tenaient salon.

alors une conversation tranquille, il m'apprit qu'il voyageait depuis sa première jeunesse et qu'il était arrivé depuis peu de la côte de Guinée. Étant née curieuse, je lui fis beaucoup de questions, auxquelles il répondait en voyageur. Il me parut que son imagination brodait joliment sur la vérité. De la narration des pays qu'il avait parcourus, il passa, sans interruption, à l'histoire particulière de ces hommes fortunés chez les beautés d'Afrique.

Le commerce des nègres, qu'il avait fait en Guinée, lui avait donné un libre accès à la cour du roi de Maroc. Ce grand monarque, souverain de plus de quinze cents lieues de pays (comme me l'assura Bertides) avait une fille d'une beauté achevée, qui faisait l'objet des désirs de tous les jeunes princes voisins de ses États.

Dans l'enthousiasme où le jeta le détail des grâces de la noire Altesse, je vis le moment où il allait les comparer à mes charmes, autant pour flatter ma vanité que pour m'en donner une haute idée. Ou peut-être établissait-il secrètement sa comparaison sur ma peau un peu rembrunie qui pouvait, dans son esprit, souffrir un rapport aux attraits de la princesse. Il me fit cependant grâce du parallèle.

Après avoir tâché de me la peindre, il me confia le secret d'une intrigue galante qu'il avait eue avec elle, et les précautions dont il s'était servi pour ne pas compromettre la réputation de la tendre Altesse. Après cette confidence, il parut de nouveau s'applaudir de sa conquête par un regard de complaisance sur lui-même. Le souvenir de cette auguste beauté l'ayant ému, il essaya de m'attendrir, et cela avec une audace qui n'est familière qu'à ceux que d'anciennes bonnes fortunes du premier ordre font agir avec assurance. Ce que je devais à Ridhilles ne put arrêter les effets du tempérament. L'image de ce cher amant se trouva chiffonnée dans mon cœur par l'agitation des sens. Je combattis encore, mais pressée de plus en plus par le séducteur de la princesse de Maroc, sa victoire me parut peu équivoque. Voulant cacher ma défaite, j'avançai ma main tremblante d'émotion, je tirai le rideau de mon lit afin d'examiner si ma mère était assez occupée de Bertides pour ne pas s'apercevoir de ce que méditait l'enflammé Carlerio.

Le point de vue dont je fus frappée précipita le moment de son triomphe. Ma chère maman, avec Bertides, répétait un acte du triolet amoureux que nous avions représenté la veille. L'empire des modèles me soumit et me causa un transport de goût qui me fit jouer mon rôle avec une vivacité qui surprit Carlerio. Mais, ô destin ! implacable destin ! tu avais prononcé qu'au milieu des plaisirs je serais frappée de tes plus rudes coups. Dans le morceau le plus intéressant de la scène, lorsqu'avec rapidité nous avions exhalé tout le feu du premier mouvement, et que nous exprimions sur un ton d'élégie notre attendrissement par des mots interrompus et par des soupirs, un acteur parut qui forma un coup de théâtre dont je frémis encore.

Ce fut Ridhilles, qui étant entré dans ma chambre, où il ne me vit pas, avait pensé que je dormais encore et s'était approché de mon lit. En ouvrant le rideau, il me surprit dans une situation qui m'ôtait tout moyen de me justifier. La fureur s'empara de son âme et lui fit vomir un torrent de jolies choses, dans lequel la vérité se plut à tracer mon portrait au naturel. L'amant de la princesse de Maroc, sans songer à réparer le désordre de son ajustement, tira son épée pour réprimer les brusques saillies du jaloux Ridhilles.

— Arrête, insensé ! m'écriai-je en adressant la parole à Carlerio ; tremble, crains l'honneur des Français, si par une nouveauté révoltante tu viens ensanglanter le théâtre ! Apprends que leur respect pour le fameux Corneille ne peut pas étouffer leur mépris pour le brutal Horace.

Modéré par cette sage remontrance et cette docte allusion, il allait rengainer si Ridhilles, qui n'avait pu se voir attaqué impunément, n'eût fait briller son fer à ses yeux. Mes fiers adorateurs, placés des deux côtés du lit, se portèrent des bottes redoutables. Mes draps, en un instant, furent couverts de mes rideaux qui volaient en pièces. Ma mère, accourant à ce bruit, ne vit point leur destruction sans frissonner.

Bertides se jeta sur Carlerio et je me saisis, avec ma chère maman, de son jaloux rival. Nous n'y parvînmes point sans être molestées. L'incarnat des joues de ma très chère mère fut relevé d'un nouvel éclat par les mains de Ridhilles, et ma gorge, agitée des mouvements que je me donnai pour l'arrêter, reçut quelque flétrissure. À ce doux traitement, ma mère devint un foudre bruyant ; sa fureur augmenta en voyant échapper, par la suite, Ridhilles à sa vengeance : il avait fait signe à Carlerio de le suivre. Bertides nous quitta pour empêcher un nouveau combat.

Je mis la tête à la fenêtre, afin d'examiner le train que prendrait cette affaire ; les trois jeunes gens me parurent contester dans la rue avec chaleur. Bertides semblait essayer une conciliation entre les deux rivaux. À l'air de Ridhilles, je vis qu'il était le plus mutin, le moins facile à se disposer à un accommodement. Je n'étais sensible pour lors qu'à la douleur de penser que, selon les apparences, je perdais pour toujours ce cher amant. Mais la vue du philosophe, que j'aperçus de loin, m'accabla, dans cette circonstance, d'une confusion inexprimable.

À son aspect, mon premier mouvement fut de fermer la fenêtre et de me retirer dans ma chambre. Arrêtée cependant par le plaisir de voir Ridhilles, par l'espoir de lui faire lire dans mes yeux mon amour et mon repentir, j'aimai mieux m'exposer à ce que la présence de mon ennemi capital avait d'humiliant pour moi dans cette occasion, que de me priver de voir l'aimable objet de mon rare attachement. Le philosophe l'ayant abordé, démêla le trouble de son esprit par l'altération de son visage.

— Qui cause donc l'état où je vous trouve ? lui dit-il. Vous êtes peu tranquille.

Bertides, qui connaissait le sage, prit alors la parole et lui raconta l'aventure que je viens de rapporter. Après ce récitatif, où Bertides plus d'une fois m'apostropha d'une façon distinguée, le philosophe m'aperçut en levant les yeux au ciel de compassion sur les nouveaux écarts de Ridhilles. J'avoue que je me sentis écrasée par un regard d'indignation qu'il me lança. Puis, baissant la vue et fixant mon ami, il lui fit connaître le tort qu'il avait de s'engager par un combat dans une affaire qui pouvait avoir des suites ou funestes ou sérieuses. Les représentations du philosophe agirent sur son esprit. Bertides n'eut pas de peine à déterminer le voyageur à la paix. Les deux rivaux s'embrassèrent, ils allèrent tous souper chez un traiteur voisin. Cette réconciliation consommée, j'entendis une expression du philosophe, qui régala peu mon amour-propre.

— Vous, qui m'aviez juré que vous ne verriez plus cette petite créature, dit-il à Ridhilles, je vous trouve déjà prêt à répandre du sang à son occasion. Quel égarement ! Ô Ridhilles, si vous ne craignez la vengeance céleste, que vous irritez par une intrigue de cette nature, considérez au moins le tort que vous faites à votre réputation. Jeune, aimable, riche, vous pouvez vous flatter d'un mariage aussi brillant qu'avantageux. Mais quelle mère pourrait être empressée de vous donner sa fille, vous sachant livré à ce commerce déshonorant ? Pensez même que ces voluptés infâmes suffisent pour vous fermer la porte des dignités où vous pouvez prétendre par le droit du mérite et de la fortune. Je suis charmé, poursuivit-il, de cet événement, puisqu'il vous prouve combien cette petite fille est méprisable.

Le pas grave avec lequel marchait le philosophe me donna tout le temps d'entendre sa morale et mes louanges. S'étant éloigné peu à peu, je fus privée de la suite de ce beau discours, qui redoubla ma haine pour ce Caton moderne. M'étant retirée de la fenêtre, je m'abandonnai dans un fauteuil aux plus tristes réflexions. Je tombai dans le plus sombre abattement ; je pleurai de dépit et d'amour. Mon imagination ne pouvant soutenir la perte et le mépris d'un amant que j'idolâtrais, je murmurai contre mes sens ; je fis des imprécations contre la nature, qui m'avait donné un tempérament séditieux et dont la révolte attirait sur moi l'horreur de mon cher Ridhilles.

Mon aversion pour le philosophe le chargea dans mon esprit de tout ce qu'il y avait de funeste pour moi dans cette aventure. « Sans lui, sans ses impertinentes leçons, me disais-je, le goût du plaisir l'eût peut-être ramené dans mes bras, après quelques reproches. Combien d'amants, et d'époux même, ont avec le temps pardonné des infidélités qui n'étaient pas moins certaines ! Mais, hélas ! poursuivis-je, la sévérité du sage lui peindra ma perfidie avec des couleurs qui l'éloigneront de moi pour jamais. »

Cette idée, qui résida longtemps dans mon esprit, me causa un redoublement de fureur contre cet odieux personnage. Je fus saisie d'un transport, qui me fit contre lui faire à l'instant une évocation de toutes les divinités infernales. Je crus être entendue du Tartare. Un bruit, qui frappa mes oreilles, me fit trembler; une figure, que je pris pour un démon, se présenta devant moi. Le plaisir que produit une vengeance assurée se glissa dans mon cœur, malgré mon frémissement. Me croyant protégée des enfers, j'allais demander le sang du philosophe, lorsque dans le prétendu démon, je reconnus ma mère. Occupée de ma douleur et de ma rage, je ne l'avais point aperçue couchée sur mon lit, où elle s'était jetée pour digérer l'affront qu'elle avait reçu de Ridhilles. Une fureur convulsive lui avait ôté jusqu'alors l'usage de la voix. Le désordre de ses esprits un peu calmé par le temps, elle s'était levée sans m'apercevoir. Se croyant seule, ou plutôt sa fureur la rendant assez distraite pour ne pas m'apercevoir, elle commença un monologue, où les beautés les plus frappantes de la langue française furent magnifiquement exposées. (Je donnerai quelque jour au public le recueil des termes nouveaux dont elle se servit, ce qui pourra former un dictionnaire à l'usage des dragons.)

J'étais trop enchantée de l'élégance de ses expressions pour l'interrompre. Ce beau discours roula d'abord sur les moyens de se venger de l'outrage que lui avait fait l'imposition des mains de Ridhilles. Je découvris toute l'activité de son imagination dans les divers projets qu'elle forma contre lui. Connaissant son impuissance pour leur exécution, je n'en fus point alarmée. J'arrêtai cependant sa volubilité, lorsque dans la suite je vis que sa langue s'échappait à des écarts sur moi-même. Ne me croyant pas si près d'elle, elle ne m'épargnait point dans son fougueux soliloque, et elle se proposait de me faire payer chèrement le nouveau coloris que Ridhilles avait appliqué, sans pinceau, sur son visage. Cette injustice me déplut, et je me trouvai tout à fait choquée, lorsque sans aucun ménagement, elle m'apostropha plus d'une fois d'une manière fort indécente. Ma chienne, qui avait nom Tigresse, l'écoutait. Ce petit animal, trompé par le rapport des terminaisons, jappa, branla la queue, et s'élança vers elle.

Révoltée par un titre que je ne méritai jamais, je lui dis fièrement de corriger son langage. Ma très chère mère, qui ne cherchait qu'un objet sur qui elle pût verser sa bile enflammée, reçut un doux soulagement en me voyant si près d'elle. Un soufflet succéda rapidement à son premier coup d'œil sur moi. Je ne ripostai point; je suis trop bien née, mais je me retranchai derrière un fauteuil d'où, comme d'un poste avantageux, je bravai les mouvements qu'elle se donna pour fondre sur moi. Dans ce retranchement, je lui tins quelques discours dont l'aigre ironie l'offensa. Ma très chère mère, blessée de l'irrévérence de mes propos, pour me punir forma régulièrement son attaque. À l'abri du fauteuil, que je lui présentais toujours en face, je parai plusieurs coups d'un bâton qu'elle avait saisi. Voyant enfin que je ne pouvais tenir longtemps sans tomber à sa discrétion, je résolus de terminer le combat par un moyen qui me réussit: je fis crouler mon rempart sur ma chère maman. La chute du fauteuil l'ayant renversée, ses cris m'annoncèrent que prudemment je devais battre en retraite.

Ayant descendu légèrement l'escalier, je fis plus de mille pas dans la ville, sans prendre aucun parti. J'y trottais en diligence, au hasard. La crainte d'être poursuivie de ma très chère mère était l'éperon qui me piquait. Lorsque je me crus en sûreté, je raisonnai avec moi-même sur ce qu'il me convenait de faire dans ces circonstances. La nuit qui s'approchait me pressait de me déterminer au choix d'un asile. Vénus m'inspira d'en chercher dans les temples publics. Mon zèle connu pour ses autels, l'amitié d'une illustre prêtresse m'était un sûr garant que l'on m'y recevrait avec plaisir. Cependant je rejetai l'inspiration par un motif politique : je craignis que mes ennemis, attentifs à tout ce qui pouvait me concerner, ne fissent passer cette démarche pour un crime. La déesse, comme ailleurs, est à Rouen très religieusement adorée, mais de même qu'à Paris, l'hérésie y divise ses adorateurs. Les uns regardent Vénus comme une divinité domestique et la mettent au rang des dieux pénates. Ceux de ce sentiment l'encensent en secret. Dans leur appartement l'occasion dresse l'autel, et sans témoins ils sacrifient. Leur parti est le plus puissant et le plus respecté. Les autres s'assemblent, les cérémonies sont publiques entre eux ; sans mystère on chante les louanges de la déesse ; souvent sur le même autel et dans le même instant, on offre plus d'un sacrifice. Cette dernière secte est peu considérée ; le mépris même dont on l'accable l'affaiblit de plus en plus. Elle n'est aujourd'hui composée que d'une jeunesse oisive et de quelques vieux opiniâtres, retenus par l'habitude. La peur d'être découverte, en rendant un culte public, m'arrêta. Jalouse de conserver les faibles restes de ma réputation, je n'osai me déclarer authentiquement pour un parti diffamé, et je cherchai dans mon esprit une retraite qui ne pût donner lieu à mes ennemis de me noircir dans le monde. Après avoir examiné sans prévention les mœurs des personnes de ma connaissance, chez qui je pouvais demander librement un asile, je crus me mettre à couvert de toute médisance en me retirant chez Tonton, première danseuse de la Comédie.

Cette fille, après un long cours de galanterie éclatante, s'était jetée dans une espèce de réforme. Elle avait abjuré sincèrement le culte public pour brûler un perpétuel encens sur un autel domestique qu'elle avait érigé dans une petite maison écartée. Deux seuls amants qui vivaient par ses soins dans une douce intelligence, y offraient sans éclat avec elle de fréquents sacrifices. L'un se chargeait de la dépense et de l'entretien, et l'autre était ce que nous appelons parmi nous, le *greluchon*[1]. Sûre que la critique ne pourrait rien contre moi auprès d'une fille dont la conduite était aussi régulière, je me rendis chez elle. La vertueuse Tonton me reçut

1. *Greluchon* ou *guerluchon* : amant de cœur d'une courtisane, généralement entretenu par elle.

en me donnant des marques obligeantes d'une tendre amitié. Lorsque je l'eus informée de la petite discussion que j'avais eue avec ma chère maman, elle m'assura que je pouvais demeurer aussi longtemps qu'il me plairait dans sa maison et me laissa la liberté de recevoir, dans la chambre qu'elle me destinait, tous ceux qui me feraient plaisir. Ce procédé poli attira de ma part des protestations d'une vive reconnaissance.

Cette danseuse joignait beaucoup d'expérience à un très gros bon sens orné d'esprit. Elle blâma l'emportement de ma chère maman et me conseilla fort sagement de secouer le joug de sa dépendance. Elle avait été, comme moi, soumise au pouvoir d'une mère, dont la dure société l'avait révoltée ; mais enfin, par des mesures sages, elle l'avait mise sur le ton de n'entrer d'aucune manière dans le détail de ses amusements, et surtout d'entretenir la paix par une déférence docile. Ce rapport de mon état présent à la situation passée me fit écouter ses avis avec une extrême attention. La raisonnable Tonton fut mon guide pour parvenir à l'indépendance où j'aspirais. Dès le lendemain, suivant ses conseils, je fis dire à ma mère qu'elle se disposât au partage des meubles dont je consentais à lui laisser une moitié et que je voulais, dans l'instant, mes robes et mon linge.

Sa réponse fut au moins aussi sèche que ma proposition. Dans le compte fidèle que m'en rendit celui que j'avais employé à ce message, je démêlai un caractère d'aigreur qui semblait dériver de la chute du fauteuil. Outre le refus, mon commissionnaire essuya des menaces qui auraient été suivies d'effets s'il ne se fût retiré précipitamment. Tonton avait prévu, comme moi, que ma très chère mère ne satisferait pas à ma demande, et sur cela elle établissait le succès de ma séparation.

Devant représenter le même jour dans une pièce nouvellement mise au théâtre, j'écrivis au directeur de la troupe que je ne pourrais me rendre à la Comédie, parce que je manquais de tout ce qui m'était nécessaire pour paraître en public. Je l'informai sommairement qu'ayant été maltraitée par ma mère, j'avais pris un appartement chez la première danseuse. Le chef comique vint m'y voir au plus tôt. Craignant de déplaire aux spectateurs en ne donnant pas la pièce annoncée, il sentit qu'il était intéressé lui-même à me faire rendre mes habits. Seule en possession de mon rôle, je ne pouvais être remplacée. Sans beaucoup s'arrêter à examiner l'exagération que je lui fis des mauvaises façons de ma chère maman, il fut la trouver pour la contraindre à me remettre tout ce qui était à mon usage. Elle voulait s'en défendre, mais les menaces d'employer l'autorité des magistrats protecteurs des spectacles et de lui retirer son emploi l'obligèrent à céder. Le directeur revint chez Tonton, suivi de son valet chargé de mes hardes et autres bagatelles nécessaires à la parure d'une actrice. Je promis alors de me trouver au théâtre comme à l'ordinaire.

M'étant en effet rendue à l'hôtel de la Comédie, le premier objet qui me frappa lorsque j'entrai dans le chauffoir[1] fut Ridhilles. Il se contenta de payer d'un regard dédaigneux une très profonde révérence que je lui fis. Malgré ce mépris, j'osai l'aborder et même lui parler, mais il m'interrompit d'abord par un seul mot, qui aurait fait japper une chienne tigresse si elle eût été présente à cette affable réception. Je lui tournai le dos et fus me faire habiller dans ma loge. Lorsque je l'eus quitté, il ne me vint point de réflexions fâcheuses sur son accueil. Un air d'indifférence m'aurait plus alarmée que le mépris et le dédain.

J'avançais dans la connaissance du cœur et surtout d'un cœur tendre. Les lumières que j'avais acquises m'assuraient qu'une tranquillité sereine dans un amant trahi, et témoin de la perfidie, est une preuve qu'il est détaché de son infidèle, et qu'au contraire, l'emportement et l'injure sont presque toujours les marques d'une flamme outragée, mais qui n'est pas éteinte. Hélas ! une douce réconciliation succéderait-elle à sa fureur, disais-je, enflammée par l'espoir de jouir encore des délicieux moments que j'avais coulés dans ses bras ? Quelles idées charmantes, quels voluptueux écarts n'occasionna point cette espérance ! Je ne me flattai cependant point avec excès. Je sentis que Ridhilles ne reviendrait point à moi par le mouvement d'un cœur tendre où règne la délicatesse avec l'amour, et que je ne devrais son retour qu'à l'attrait du plaisir.

Convaincu par ses yeux de mon infidélité, je ne doutais pas qu'il ne m'eût ôté son estime, qu'un préjugé favorable m'avait conservée, malgré les rayons perçants que le philosophe portait sans cesse dans son esprit sur ma conduite, où je ne me cachais pas que sa prévention dissipée ne laisserait plus subsister dans son cœur qu'un sentiment nourri par le penchant à la volupté.

Nécessairement obligé de renoncer à l'estime, je me bornai sans peine à réveiller en lui ce dernier sentiment. Trop heureuse encore si je pouvais rentrer en possession de ce partage, que je trouvais, il est vrai, le moins délicat, mais le plus flatteur pour la nature de mes désirs.

Tonton, qui entra dans ma loge, me trouva livrée à ces réflexions, que je lui communiquai. Elle les appuya par tout ce que lui fournissaient sa propre expérience et le fruit d'une étude assidue sur la métaphysique de Cythère. Ses raisonnements, soutenus d'une solidité de principes, fortifièrent mon espoir.

— Deux puissances, me dit-elle, agissent dans le cœur d'un amant : le tempérament, qui suscite les désirs, et les charmes de l'objet vers lequel ils se déterminent. Ces deux facultés concourent ensemble à former ce sentiment que l'on appelle amour. Cet amour, je dis l'amour heureux, poursuivit ce galant docteur, conduit l'amant dans le sein du plaisir. Il s'y plaît, il y nage, et les délices qu'il y trouve le retiennent à l'objet qui les

1. *Chauffoir* : pièce commune de certains théâtres où l'on pouvait se chauffer. C'est ce que l'on appelle aujourd'hui encore le foyer.

lui fait goûter. L'amour, dans ce plaisir, trouve souvent son tombeau. Le désir, excité par le tempérament, subsiste seul dans le cœur de deux amants. Ils demeurent cependant unis l'un à l'autre, parce qu'ils se deviennent nécessaires pour le remplir. Leurs nœuds sont alors moins serrés par une véritable tendresse que par l'habitude de courir ensemble dans la route du plaisir. Lorsque l'infidélité survient, continua la savante Tonton, l'amant trahi murmure, mais c'est moins par une tendre délicatesse que parce qu'il en voit un autre partager avec lui les amusements voluptueux qu'il croyait goûter seul. Malgré son dépit, la vivacité du désir le pousse cependant toujours secrètement à l'objet avec lequel il peut se satisfaire aisément. Effrayé par les soins que demande une autre conquête et les obstacles qu'il y peut rencontrer, invité par l'image du plaisir qu'il se retrace, la volupté l'entraîne dans les bras de son infidèle. La nécessité le contraint à dissimuler le souvenir d'un rival favorisé, et bientôt il se perd, si l'on daigne en faire le sacrifice à la jalousie, ou sa raison, soumise à l'intérêt du plaisir, lui fait tolérer un partage qu'il ne peut empêcher.

Tonton finit ce discours en concluant que le jeune Ridhilles reviendrait incessamment dans mes bras chercher les délices de la volupté.

Les savants, ne concevant pas très souvent leurs propres idées, les enveloppent dans une confusion de mots pour se rendre inintelligibles. Par là, ils persuadent ou croient persuader au vulgaire qu'ils ont une sublimité de connaissances. Le lecteur simple, qui les comprend aussi peu qu'ils se sont compris eux-mêmes, rapporte de bonne foi au défaut de ses lumières les obscurités qu'il trouve dans les raisonnements de ces prétendus docteurs. Tonton, bel esprit et savante dans son genre, les imitait en expliquant ses opinions. Je trouvais des ombres dans l'analyse qu'elle venait de faire. Quelque abstrait cependant que fût son raisonnement, je lisais quelque chose de sa justesse dans le fond de mon cœur. Je sentais qu'en faveur de mes désirs je cacherais volontiers le dépit d'une perfidie et que je ne serais point assez dupe pour laisser gémir le tempérament dans les fers d'une délicatesse chimérique.

Dans une situation d'esprit assez tranquille, je me fis habiller pour monter au théâtre et j'employai dans ma parure tout ce que je crus capable de réveiller le goût de mon amant. Tonton, demeurée dans ma loge, m'enseignait, pendant ma toilette, le dernier moyen que je devais employer pour me rendre maîtresse de mon sort et me soustraire à l'injuste autorité que ma mère exerçait sur moi. Elle entra précisément lorsque je prêtais une oreille attentive aux conseils de cette bonne amie. Le visage de ma chère maman ne m'annonça point des intentions pacifiques. Mais fière d'être dans un lieu que je croyais devoir me mettre à couvert de ses entreprises, je lui demandai, avec beaucoup de fermeté, ce qu'elle venait faire dans ma loge.

— T'ordonner de me suivre après la comédie, me répondit-elle, en s'avançant pour me frapper.

La danseuse se mit entre nous, en levant un bras défensif prêt à s'appesantir sur elle. Ma très chère mère, ne pouvant souffrir cette démonstration, lui porta sur l'oreille un coup par doublet, que ma protectrice lui remboursa dans l'instant par cinq autres. Ma bonne maman fléchit sous leur poids ; mais rappelant ses forces, elle s'élança sur son ennemie, qui la reçut avec l'intrépidité d'un héros. La crainte d'essuyer quelque mouvement disgracieux m'ôta l'envie de me jeter dans la mêlée pour les séparer. Une femme qui m'habillait fut arrêtée par la même cause. Épuisées cependant l'une et l'autre par des attaques vivement repoussées, elles sentirent qu'elles avaient réciproquement besoin d'une trêve. Leur ardeur, quoique ralentie, ne fut pas oisive. Elles coulèrent cet intervalle dans une distribution mutuelle des Mémoires historiques, où leur conduite était fidèlement narrée. Ce curieux détail de leurs aventures renfermait, outre le mérite de la vérité, celui d'une décence d'expression conforme à la dignité des faits rapportés. Elles firent si volubilement leurs citations qu'elles finirent bientôt leurs apologies. Les mains, sans différer, rentrèrent en action et travaillèrent avec une activité qui m'effraya. Mes cris attirèrent un danseur qui passait près de ma loge. Il était un des adorateurs de l'aimable Tonton : son premier regard vit sa divinité maltraitée. L'amour lui faisant prendre parti contre ma mère, il la saisit et l'ayant renversée facilement, il fit trois gargouillades[1] sur son individu. Cette manière de combattre me paraissant brutale, j'allais la secourir lorsqu'il lui survint un défenseur. C'était un machiniste, qui se rangea de son côté, par les raisons qui avaient obligé l'élève de Terpsichore à se déclarer pour Tonton. Bertrand (c'est le nom du machiniste) ne put voir l'agile danseur voltiger avec impunité sur le corps de ma douloureuse mère. Il prit M. de l'Entrechat de ses bras nerveux et, l'élevant jusqu'au plafond, il lui fit voir horizontalement une chute qui ne laissa plus ses gargouillades à craindre à ma chère maman.

La défaite de son ennemi et la protection de Bertrand ranimèrent ses forces et son courage. S'étant relevée, elle courut venger sur Tonton l'outrage qu'elle avait reçu du danseur. Un nouveau combat recommença, la médiation de Bertrand ne put les engager à la paix. Le bruit affreux qui se faisait dans ma loge fut enfin entendu des autres ; toute la gent comique et tragique arriva. Les uns rirent de tout leur cœur ; plusieurs imprudemment prirent parti, selon leur caprice ou leur inclination. Un bruit confus s'éleva : Pyrrhus, Valère, Mme Orgon, Mercure, Crispin, Sémiramis, Oreste, Pylade, Angélique formèrent, avec une troupe de bergers et de bergères, un concert tumultueux de voix sépulcrales et argentines. Crispin, qui parlait plus haut que les autres, par malheur, en gesticulant,

1. *Gargouillade* : pas de danse ; saut de chat précédé de petits ronds de jambe.

heurta Sémiramis. Cette superbe reine le repoussa avec une majestueuse fierté et si vivement qu'il tomba sur Mercure. Le dieu perdit l'équilibre et se renversa sur Mme Orgon ; la vieille blessée fit retentir ma loge de ses cris ; Mercure, irrité, voulait tuer l'innocent Crispin.

Ce différend nouveau servit de tocsin pour un combat général. Angélique, que des raisons de cœur intéressaient à Mercure, accusa la peu souffrante Sémiramis de cette nouvelle discussion. L'impérieuse reine, dédaignant de répondre à l'accusation, jeta sur la délatrice un regard dédaigneux. Crispin, qui pour Angélique était une façon de mari, fut offensé de cet air de mépris et, sans respect pour le rang de Sémiramis, lui dit une impertinence à laquelle la princesse répondit par un soufflet. L'amoureuse Angélique vengea son cher Crispin. Pylade, complaisant secret de la reine, donna de ses sentiments une marque publique par le torrent d'injures qu'il vomit contre Angélique. Crispin l'en fit repentir en le prenant au collet. Sémiramis et Angélique, pendant ce temps-là, se jetaient à la tête tout ce qu'elles trouvaient sur ma toilette. Ma mère et Tonton charpentaient toujours dans un coin, l'une sur l'autre. Enfin les bergers et les bergères s'avancèrent pour séparer les combattants. Plusieurs furent maltraités. Voyant leurs intentions paisibles mal reconnues, ils rendirent avec usure les coups qu'ils recevaient. Pyrrhus, Valère, Oreste, honteux d'être oisifs dans une affaire où tant d'illustres personnes s'exposaient, sans considérer le péril, se jetèrent aussi dans la mêlée. Tous se battirent alors avec un courage étonnant. Dieux, princesses, amants, suivantes : tous, jusqu'au souffleur qui survint, firent des actions inimitables.

Cependant le directeur, que des affaires avaient jusqu'à ce moment retenu dans la ville, vint à la comédie. Dès la porte, le vacarme qui se faisait dans ma loge frappa ses oreilles ; il y monta dans l'instant. Sa présence fit d'abord peu d'effet. À peine fut-il aperçu. Les combattants acharnés n'étaient attentifs qu'aux moyens d'abattre leurs ennemis. En vain, il voulut faire entendre la voix de la sage raison : la discorde en étouffait les accents. Je courus à lui, et de peur qu'il ne taxât de ce désordre ceux qui n'étaient pas coupables, je lui dis pour prévenir l'injustice que ma mère en était l'unique cause. Ma déposition ne lui fut point suspecte. Mais avant que d'exercer le châtiment, il pensa à faire cesser le trouble. Peu à peu ses menaces intimidèrent les mutins, et la garde qui vint à ses ordres, acheva d'apaiser la sédition ; les yeux seuls exprimèrent l'animosité des esprits. Le directeur, en se proposant secrètement d'exercer une rigoureuse punition sur ma très chère mère pour servir d'exemple, publia un pardon général. Les conditions de cet acte de clémence furent que personne ne réveillerait le feu de la guerre civile et que la troupe vivrait à l'avenir dans une intelligence fraternelle. Sa prudence ayant fait renaître la paix, le peuple théâtral se retira. Tonton me dit à l'oreille, en sortant, de ne pas manquer d'exécuter, après la comédie, ce qu'elle m'avait conseillé.

Occupée du désir de paraître aimable aux yeux de mon cher Ridhilles, j'arrivai sur la scène. Je l'eus bientôt démêlé parmi les spectateurs. L'intention de lui plaire me fit répandre dans mon jeu, plus que de coutume, cet enjouement simple et naturel que demande un rôle de suivante que je représentais ; j'y joignis dans les occasions une vivacité, un feu d'action qui m'attirèrent l'applaudissement public. Lorsque mes yeux rencontraient par hasard ceux de ce cher amant, j'affectais une petite confusion. Par là, je cherchais à lui faire entendre que mon assurance ne partait que de l'obligation de mon état et qu'au crime de mon infidélité je n'ajoutais point celui d'une insolente audace. Mais hélas, mes espérances furent vaines et mes soins inutiles ! Ridhilles, pour toujours, avait brisé ses fers. Je surpris ses regards attachés sur moi où, sans la moindre étincelle d'amour, je ne trouvai que de l'indignation. Occupée d'un fond de tristesse, je me retirai dans ma loge après la comédie. Mon abattement m'y faisait oublier le conseil que Tonton m'avait donné de déterminer ce même jour l'affaire de ma séparation. Cette bonne amie vint me pousser à l'exécution du projet qu'elle avait formé. Depuis son combat avec ma mère, elle était animée d'un nouveau zèle pour mon service. Suivant son avis, je fis prier le directeur de m'accorder un moment d'entretien particulier. Par politesse, il se rendit aussitôt dans ma loge :

— J'en suis fâché, me dit-il en entrant, mais l'arrêt est prononcé ; vos sollicitations ne me feront point rétracter, je devais cet exemple à la troupe.

— De quel arrêt parlez-vous, monsieur ? lui répondis-je, étonnée de ce discours auquel je ne comprenais rien.

— J'ai révoqué votre mère, me répliqua-t-il ; je ne veux ici que des personnes tranquilles : elle n'a plus d'emploi.

Je compris d'abord que le directeur avait cru qu'instruite de la réforme de ma chère maman, je l'avais fait appeler pour obtenir sa grâce. Tonton nageait dans la joie en apprenant l'humiliation de son ennemie. La crainte que, par la bonté d'âme, j'intercédasse en sa faveur, l'engagea dans un discours conséquent. Elle lui remontra que la division et l'aigreur dans les esprits comiques ôtaient le sang-froid et cette liberté nécessaire pour représenter d'une façon qui plût au public, duquel dépendait son intérêt particulier. Après cette réflexion, elle l'informa du motif de sa querelle avec ma mère, et rappelant le trouble dont il avait été témoin, elle lui dit que ma mère en étant la cause, par le dessein qu'elle avait eu de me frapper, il agissait avec prudence en la bannissant de la troupe. Le directeur à qui, sans explication, j'avais assuré que ma chère maman était l'occasion du désordre, fut encore plus irrité lorsqu'il sut qu'elle avait quitté son bureau pour venir me battre dans ma loge. Sa colère me laissant voir que le temps n'était point favorable pour l'apaiser, je me réservai de tenter son rappel dans un autre temps. Intérieurement, je n'étais pas fâchée qu'elle sentît cette mortification.

En qualité de fille, je n'applaudis point le directeur de sa sévérité. Comme actrice, qui doit s'intéresser au bien et à la tranquillité de la troupe, j'affectai de ne pas le blâmer. J'observai, sur le malheur de ma bonne maman, un silence politique. Je dis simplement que, révoltée moi-même contre les procédés de ma mère, je n'avais demandé à lui parler que pour le prier de me laisser toucher mes appointements qu'elle recevait, parce que je voulais vivre désormais dans mon particulier. J'ajoutai que, connaissant son humeur et son caractère, je ne serais point à couvert de ses violences s'il ne lui déclarait qu'à titre de fille dont les talents étaient nécessaires à l'amusement du public, il emploierait contre elle l'autorité des puissances, si jamais elle osait me causer quelque peine.

J'avoue, sans donner le bal à mon amour-propre, que dans une troupe de province, je n'étais pas un mauvais sujet. Le directeur, qui me ménageait par cette raison, m'accorda, sans balancer, ce que je lui demandais et me paya même dans le moment, pour aider à ma subsistance, un quartier de mes gages qui n'était point encore échu. Il me promit, outre cela, que le lendemain il ferait dire à ma mère de se contenir avec moi ; qu'étant comédienne, je n'appartenais qu'au théâtre et que, si elle osait m'insulter, il lui ferait sentir que j'étais sous la protection des lois[1]. J'allais me retirer, lorsqu'elle parut dans ma loge. Elle cherchait en tout lieu le directeur pour le fléchir et mériter, par d'humbles excuses, le pardon de son égarement. Sans daigner l'entendre, il lui déclara ce que je viens de rapporter. Terrassée par ce nouveau coup de foudre, elle se laissa tomber à ses genoux. Tonton promenait sur elle, dans cet état d'abaissement, des yeux animés du plaisir d'une vengeance satisfaite. Ma très chère mère, qui se voyait sans ressource, devint aussi rampante qu'elle était altière dans la prospérité. Elle pria, pleura, supplia. Je fus apparemment touchée de ses larmes. Mon cœur pitoyable ne put soutenir ce spectacle attendrissant. J'arrachai Tonton à la douceur de voir l'orgueil de son ennemie confondue. « Viens, ma chère, lui dis-je en la prenant sous les bras ; je n'y puis plus tenir, allons nous mettre à table. » Nous laissâmes ma très chère mère avec le directeur qu'elle arrêtait malgré lui. En partant, j'égayai la tristesse que me causait son affliction par un couplet badin que je chantai.

Tonton reconnut Carlerio, lorsque nous fûmes dans la rue, à la lueur d'un flambeau. Cette fille, attentive à me procurer des amusements, l'ayant

1. « À l'égard des filles de spectacles, elles ont un état qui les met à couvert de toute recherche de la police, quelque libertinage qu'il y ait » (Barbier, *Chronique de la Régence et du règne de Louis XV*, mars 1750, Paris, Charpentier, 8 vol., 1858).

appelé, lui proposa de passer le soir avec nous, ce qu'il accepta. Le souper de la danseuse était composé d'une simple poularde ; Carlerio le renforça de deux petits plats de gibier et de trois assiettes d'entremets, à la suite desquelles parurent quelques bouteilles de vin de Champagne. La partie était carrée ; un des adorateurs de Tonton faisait le quatrième. Je n'entrerai point dans le détail de nos plaisirs ; on n'a pour les deviner qu'à consulter le caractère des convives. L'amant de la princesse de Maroc n'omit rien pour me faire oublier Ridhilles. Ma douleur de sa perte, distraite par le délice actuel, ne se fit pas sentir à mon cœur. Sur les trois heures après minuit, Carlerio voulait partir, mais Tonton s'y opposant, lui dit que la malignité du siècle censurait souvent les plus innocentes actions et que, s'il était aperçu sortant de chez elle à cette heure, on pourrait tirer des conséquences désavantageuses à sa réputation ou à la mienne, que par ménagement pour elle et pour moi, il fallait qu'il demeurât jusqu'au grand jour. Le voyageur approuva sa délicatesse. La crainte d'être incommodé par une plus longue veille nous fit prendre le parti du repos. Nous laissâmes la danseuse dans sa chambre qu'elle habitait en commun avec son amant, et j'allai faire les honneurs de la mienne à Carlerio. Tonton vint nous éveiller vers les dix heures du matin, pour m'annoncer que ma mère demandait à me voir. Je ne pus m'empêcher de lui marquer qu'elle aurait dû m'épargner cette visite.

Dans l'instant même, ma chère maman entra d'un air humble, en s'avançant au bord du lit. La vue de Carlerio auprès de moi ne parut ni la fâcher ni la surprendre. Je la reçus sans marquer ni plaisir ni mauvaise humeur et, d'un air indifférent et tranquille, j'attendis qu'elle parlât. Ma triste mère, avec des yeux humides, commença par faire à la danseuse des excuses soumises de ses vivacités du jour précédent et la pria de lui être favorable. S'adressant ensuite à Carlerio et l'appelant son fils, elle le conjura d'appuyer les représentations qu'elle m'allait faire, par ces mêmes nœuds dont elle voyait avec plaisir que nous étions unis. Ayant tâché d'intéresser son auditoire, elle porta sur moi ses timides regards, comme sur un juge duquel dépendait sa destinée. Trois soupirs précédèrent une narration pathétique des soins qu'elle avait pris de mon enfance et de cultiver en moi les heureux dons que la nature m'avait départis. Elle me représenta que mes talents étant un effet de ces mêmes soins, il était juste qu'elle en partageât le fruit, et que sans une ingratitude criante, je ne pouvais l'abandonner à la misère où son âge était près de la plonger. Joint au motif du devoir filial, elle employa celui des sentiments et de la charité. Et pour m'attaquer par tout ce qu'elle croyait capable de me toucher, elle me dit, en fixant ses yeux modestement sur moi, que l'honnêteté demandait qu'une jeune fille vécût avec une femme dont l'âge et la prudence parussent être caution de sa conduite et que, puisqu'elle était ma mère, je ne pouvais être plus convenablement qu'avec elle.

Pendant ce discours, assaisonné de pleurs, la ferme Tonton m'exhortait des yeux à ne pas céder. Soit compassion ou bonté naturelle, je m'attendris. Sollicitée par Carlerio, qui fit valoir avec bon sens les raisons de ma chère maman, je l'assurai enfin que j'oubliais ses fautes, pourvu qu'à l'avenir elle se mît avec moi dans le goût de tout voir, de tout entendre et de se taire. Ces conditions acceptées, nous nous embrassâmes. Tonton, qui m'accusait intérieurement de faiblesse, feignit d'approuver cette réconciliation, puisqu'elle n'avait pu l'empêcher. L'amant de la princesse de Maroc voulut célébrer ce jour de la paix par une petite fête qu'il nous proposa, dans une de ces îles charmantes, semées sur cette partie de la Seine qui lave les murs de la ville. La danseuse, avec son amant, y fut invitée. Combattue par le goût du plaisir et le ressentiment que lui causait la vue de quelques meurtrissures que ma mère lui avait faites la veille, elle balançait. Cependant, pressée par les sollicitations de Carlerio, elle consentit d'être de la partie. De peur que les plaisirs que nous nous promettions ne fussent troublés, il la pria de perdre le souvenir de ce qui s'était passé. Ma mère qui, avec ses emplois et son empire sur moi, avait perdu toute sa fierté, fit d'assez bonne grâce des avances nouvelles. Tonton y répondit d'autant mieux que ma chère maman lui fit voir des cicatrices qui prouvaient qu'elle n'avait rien à lui reprocher sur le combat du jour précédent. Enfin, en ennemis généreux qui portent mutuellement des marques de leur valeur, elles s'embrassèrent sans fiel, lorsque Carlerio et moi, en qualité de puissances, nous eûmes décidé la paix.

Je sortis du lit assez gaiement, par l'espoir de m'amuser dans l'île. Carlerio eut l'attention pour ma bonne maman de faire inviter Bertides à la fête qu'il nous destinait. Ce jeune homme, amateur de tout ce qui tend au plaisir, ne se fit point attendre et vint accompagné d'une fille, dont la présence déplut fort à ma mère. Cette fille, que je nommerai Henriette, était jolie et mise fort proprement. Quoique nous lui fussions inconnues, elle fit une entrée où régnaient l'esprit, l'enjouement et l'habitude du monde galant. Son air de vivacité m'annonça qu'elle animerait nos plaisirs. Dans le début de sa conversation je démêlai que son esprit et ses sentiments la rendaient propre à notre société. Pour nous faire connaître qu'elle n'était point un personnage gênant, elle débuta par un badinage assez libre avec Bertides. Ma très chère mère, qui s'était flattée de l'avoir pour son chevalier, jetait sur sa rivale des regards sombres qui nous divertissaient. Le conciliant Carlerio, craignant que sa mauvaise humeur n'eût des suites, pria son ami de ne pas la négliger entièrement. Bertides l'assura qu'il aurait des bontés pour elle, dont Henriette ne serait point offensée, et qu'il était en état de leur faire la chouette[1]. Il fut dans le moment badiner avec ma mère, que sa jalousie retenait tristement à l'écart dans un fauteuil. Quelques saillies qu'il lui débita dissipèrent les

1. *Faire la chouette* : jouer seul contre deux ou plusieurs personnes.

nuages de son esprit. Elle reprit aussitôt l'enjouement qui lui était ordinaire lorsqu'elle apercevait un plaisir prochain.

Tous disposés à nous amuser, nous fûmes nous embarquer dans un petit bateau qui nous conduisit à l'île. Sous des ormeaux agités par le zéphir, sur un tapis que Flore avait orné, nous trouvâmes un dîner délicat, qui nous occupa pendant la chaleur du jour. La jeune Henriette y brilla par les agréments de sa voix et la vivacité de son esprit. Elle recevait avec plaisir les soins que Bertides lui rendait par inclination, sans être blessée des attentions que par complaisance il avait pour ma mère. Cependant, la liberté que l'éloignement du soleil donna de la promenade forma un petit embarras. Tonton ayant déjà pris le bras de son amant, je me disposais à choisir avec Carlerio une route opposée, lorsque ma mère, qui entraînait Bertides malgré lui d'un autre côté, fut arrêtée par Henriette. Cette aimable fille lui dit malignement que curieuse, comme elle, de voir les beautés de l'île, il était juste de décider qui des deux la parcourrait avec Bertides, ou du moins qu'elle la souffrît en tiers avec elle. Je lus dans les yeux de ma très chère mère que cette proposition, quoique raisonnable, lui déplaisait ; Carlerio, ayant examiné gravement les prétentions des concurrentes, conclut, malgré sa bonne volonté, contre ma chère maman, en faveur d'Henriette. Il allégua, pour démontrer la justice de sa décision qu'ayant été présentée par Bertides, il ne devait pas la laisser seule, et qu'étant pour nous une connaissance nouvelle, nous lui devions les honneurs de la fête, qui lui seraient mal faits en s'opposant à ce qu'elle paraissait désirer. Henriette, qui n'avait fait naître cette petite contestation que pour se divertir, ne voulut cependant point user à la rigueur de ses droits. Soit complaisance, soit pressentiment de sa bonne fortune, elle abandonna Bertides sans partage à ma mère et dit, en s'en allant vers le rivage qu'elle s'amusait beaucoup de quelques moments de solitude.

Ma chère maman, qui n'avait point vu patiemment sa promenade retardée, conduisit à l'instant Bertides dans une prairie qu'elle avait marquée des yeux pour le lieu de sa promenade, et je fus sous un saule avec Carlerio, où nous n'eûmes pour compagnie que nos désirs et la volupté. Que ces plaisirs sont piquants, lorsque dans un beau jour on se livre à ses tendres inspirations sur un lit de verdure !

Le tendre Amour se plaît
À l'ombrage des bois,

a dit un poète moderne. J'appuie cette pensée de l'autorité de mon expérience. Après diverses épreuves, j'ai trouvé que ce dieu ne pouvait choisir ailleurs d'asile plus charmant et où le cœur des tendres mortels dût prendre plus de goût pour ses mystères. Quelque vive que fût mon ardeur, elle se ralentit cependant dans l'exercice. Je retournai sous les ormeaux, où nous étions tous convenus de nous rassembler. J'aperçus de loin Henriette, autour des débris du dîner. Une figure, qui ne me parut point décidée, était avec elle. Tous deux, autant par attitude familière que par un geste animé, avaient l'air d'être assez joliment ensemble. J'avançai pour reconnaître cette figure, dont la parure me semblait originale dans l'éloignement. Plus j'approchais, plus j'étais intriguée. En nous séparant d'Henriette, nous l'avions laissée revêtue d'une robe de taffetas bleu, telle enfin qu'elle était en arrivant chez Tonton avec Bertides. Alors un corset blanc, un simple jupon de la même couleur faisaient tout son habillement ; sa robe couvrait la figure dont je ne pouvais encore distinguer les traits. Henriette, en m'apercevant, vint à ma rencontre avec son amphibie. Quel fut mon étonnement, lorsque dans le personnage hétéroclite qui avait excité ma curiosité, je reconnus Ridhilles ! L'état où je le trouvai me parut si comique que je ne pus arrêter un grand éclat de rire, malgré le trouble que me causait sa présence, dans des conjonctures qui lui prouvaient la suite de mon infidélité, puisque j'étais accompagnée de Carlerio.

Ridhilles avait la tête enveloppée d'une serviette en forme de bonnet ; ses jambes et ses bras étaient nus, la robe d'Henriette couvrait seule le reste de son corps. Le vent et le peu de soin qu'il prenait de la contenir laissaient voir les plus jolies choses du monde, sur lesquelles mes yeux s'échappaient avec plaisir. Informé précédemment par Henriette que j'étais dans l'île, il me parla comme s'il avait également perdu le souvenir de ma perfidie et de l'amour qu'il avait eu pour moi, et plaisantant avec légèreté, il se réjouit de sa situation, comme un homme qui n'a rien dans le cœur qui puisse supprimer son enjouement. Je jugeai, par son indifférence, qu'il avait pris son parti sur mon compte et que sa chaîne était brisée puisque, me surprenant dans une partie galante avec Carlerio, il marquait aussi peu d'altération que de jalousie. J'éloignai, pour ne rien perdre des amusements de ce jour, les idées fâcheuses que son air détaché faisait naître dans mon esprit. Ne voulant pas m'affliger alors, j'écartai mes réflexions pour les reprendre dans un autre temps. M'étant informée d'Henriette, du hasard qui lui avait amené Ridhilles dans ce modeste déshabillé, elle me dit que se promenant sur le rivage, elle s'était amusée à considérer des jeunes gens qui d'un bateau éloigné, s'étaient plongés dans la rivière pour s'y baigner, que ces baigneurs l'ayant aperçue, un d'entre eux s'était approché de l'île en nageant, et que dans ce baigneur ayant reconnu Ridhilles, qui depuis longtemps était de ses amis, elle lui avait fait signe de s'approcher de terre. Elle ajouta que, croyant mériter comme nous d'avoir un complaisant, elle l'avait engagé de demeurer avec elle pour lui en servir, puisque ma mère s'était emparée de Bertides. La pudique Henriette s'était dépouillée de sa robe pour le couvrir, afin de ne pas blesser notre modestie en nous le présentant. Après avoir dit bien des folies sur cette aventure, nous nous remîmes à table, en attendant ma mère, Bertides, Tonton et son amant, qui n'étaient point encore de retour. L'air de reconnaissance familière que je vis entre Ridhilles et Henriette mortifia beaucoup mon amour-propre. Depuis près de deux ans je m'étais crue uniquement aimée de lui, mais par plusieurs discours que lui tint cette fille, il me fut impossible de douter que pendant cet espace de temps il ne lui eût prodigué les mêmes transports dont il m'avait accablée. En ouvrant les yeux sur mon erreur, je vis affaiblir dans mon esprit le crime de mon infidélité et je me trouvai beaucoup moins coupable, puisque j'étais trompée moi-même par celui que j'avais trahi. Cette découverte augmenta mon assurance. Je raillai Ridhilles sur le soin qu'il avait toujours pris de me cacher qu'il eût en ville de petits amusements galants. J'affectai de lui laisser croire que je n'en avais jamais été la dupe et qu'il y avait longtemps que j'étais informée qu'il connaissait Henriette. Après ce reproche, je m'étendis en discours généraux sur l'infidélité des amants, j'accusai les hommes de nous donner l'exemple de la perfidie, et j'avançai que si nous les trahissions quelquefois, c'était pour nous venger de leur inconstance. Ridhilles pénétra la politique de mon paradoxe, mais il éloigna l'explication où ce raisonnement devait nous conduire.

— Ne parlons, dit-il, sans s'adresser à moi particulièrement, ni d'infidélité, ni d'inconstance. Ne profanons point des termes consacrés au véritable amour, que la délicatesse soutient et que l'estime fortifie ; nous n'avons point les sentiments qui méritent ces applications. L'amour du plaisir est le seul qui nous soit connu ; soyons de bonne foi les zélateurs de son culte, sans en affecter un autre que nous ne rendons pas dans le cœur.

— Viens donc l'adorer dans mes bras, cet amour du plaisir que j'idolâtre, lui dis-je aussitôt, ne pouvant plus résister à des désirs que sa présence fit renaître. Viens !

— Et moi, dit à l'instant Carlerio, avec le même transport, je vais l'encenser aux pieds de l'aimable Henriette.

— J'y consens, reprit Ridhilles ; bannissons la délicatesse et la jalousie : dans le changement des objets, cherchons la fine volupté.

Quoiqu'il ne fût plus animé par le penchant du cœur, je trouvai mille délices dans l'orgie que nous célébrâmes. Elle finissait à peine, lorsque ma mère, Bertides, Tonton et son amant arrivèrent au quartier d'assemblée. Ils furent charmés de voir Ridhilles, qui leur raconta par quel hasard il se trouvait avec nous. J'en excepte cependant ma mère, qui avait toujours dans le cœur un fond de ressentiment contre lui. À cette indisposition de son esprit se joignait une mauvaise humeur causée par un accident qui lui venait d'arriver tout récemment dans l'île. Je lui jetai un coup d'œil imposant, afin que Ridhilles n'en sentît pas les effets. Le souvenir du traité que nous avions fait le matin la contint : elle reçut même assez bien quelques plaisanteries obligeantes qu'il lui fit.

Quoique cet accident n'ait rien de singulier, ma mère est un personnage trop intéressant dans mon histoire pour n'en pas informer le lecteur. C'est lui déplaire que le priver des moindres faits, lorsque le caractère d'un sujet historié a fixé son attention. Un sage, éloigné du monde par des réflexions sensées, tenait à louage la partie de l'île la mieux située pour l'amusement des yeux. Dans la belle saison, il y faisait monter trois pavillons en pièces de menuiserie rapportées, qui procuraient des appartements commodes. Sa naissance, son génie brillant, joint à un savoir profond, lui attiraient la meilleure compagnie dans les deux sexes. Chaque jour, on voyait dans le canton qu'il habitait des femmes et des hommes respectables par le nom, le mérite et la dignité qui venaient jouir du plaisir de son entretien et de la beauté du lieu. Dans des lieux inhabités de cette même île, il se formait souvent des parties galantes ; on y faisait des fêtes semblables à celle dont nous régalait Carlerio. Les filles de Vénus qui les célébraient s'échappaient souvent dans leur promenade sur le terrain du sage, fermé d'un simple fossé qu'il était aisé de franchir. Cela lui déplut. Ayant inutilement tenté divers moyens pour leur interdire l'entrée de son habitation, il s'avisa de dresser un jeune chien anglais à la chasse du gibier de Cythère. Jupiter est le nom de ce chien, dont l'instinct fut assez délié et le nez assez fin pour connaître en peu de temps tout ce qui en avait le plumage et le fumet. Ma mère, ignorant que le sage eût un garde qui sût faire d'aussi subtiles distinctions, avait porté ses pas sur son domaine. Le nez de Jupiter, quoique couché dans une distance très éloignée, à son abord fut si vivement frappé qu'il se réveilla. Ma mère avait une certaine façon de se parer qui la caractérisait parfaitement. Jupiter ne l'eut pas plus tôt aperçue qu'il la reconnut pour être un des objets de sa consigne. Il courut sur elle avec tant de vitesse qu'il la joignit, quoiqu'elle retournât sur ses pas en diligence. Elle en fut cependant quitte pour la peur et pour quelques morceaux de sa robe qui demeurèrent sur la place. Bertides trouva le moyen de la garantir d'un plus mauvais traitement. Si la narration de ce fait paraît de peu d'importance, elle sera du moins une preuve de mon exactitude.

Ne pouvant trop concilier la facilité de Ridhilles à se prêter à mes désirs avec la manière dont il m'avait traitée au chauffoir de la Comédie le jour précédent, je l'engageai presque malgré lui dans un entretien particulier, pour démêler quels étaient ses sentiments pour moi.

— Je vous parais la plus coupable fille du monde, lui dis-je, lorsque je l'eus forcé de m'écouter à l'écart. Il semble que rien ne peut pallier mon crime et que je mérite plus que des reproches. Vous avez vu que j'ai traité Carlerio avec trop de complaisance, vous me surprenez même encore aujourd'hui dans une partie qui doit vous être suspecte. Tout cela, continuai-je, forme les apparences d'une perfidie outrée, mais mon cher Ridhilles, mon cœur n'est point coupable : uniquement touché du plaisir que je goûte avec vous, il répugne à celui que je parais prendre avec lui.

La nécessité m'y a forcée. Vous connaissez ma mère et son avarice, poursuivis-je. Ce jeune homme l'ayant accablée de présents considérables a exigé d'elle que je fusse la récompense de ses profusions. Voulant me conserver à vous seul, j'ai résisté, je me suis défendue contre le sacrifice de la fidélité que je vous avais juré. Afin de m'y contraindre, ma mère m'a traitée avec une dureté qui m'a soumise à ses volontés. J'ai cédé pour jouir de la paix domestique, en gémissant de l'acquérir par une trahison si contraire à mes serments.

Enfin, pour lui rendre mes infidélités plus tolérables, je chargeai ma mère d'en être la cause et de me les avoir fait commettre par des violences auxquelles je n'avais pu résister.

— Tu ne m'en imposeras plus, me répliqua-t-il, d'un air de mépris mêlé d'un badinage offensant. Je t'aimais, j'en conviens, et même assez aveuglément pour avoir été longtemps la dupe de tes artifices. Mais enfin, petit Frétillon, mes yeux sont dessillés ; je te connais à présent tout au mieux. Je te mets au nombre des Henriettes et de ses pareilles. C'est sur ce ton que je te regarde aujourd'hui, c'est en cette qualité que je pourrai quelquefois t'intéresser dans mes plaisirs, lorsque cela m'amusera. Mais ne compte sur aucun attachement distingué : tu es incapable d'en être l'objet, tu ne vaux pas même que je sois offensé de ta perfidie, et je ris de moi lorsque je pense que j'ai eu la faiblesse de t'en marquer de l'indignation. J'ai senti, continua-t-il, tout mon ridicule en réfléchissant, et sans effort j'ai brisé les liens honteux qui m'attachaient à toi.

— Est-ce vous-même qui me traitez ainsi ? lui dis-je en versant des larmes de dépit que faisait couler un si grand mépris.

— De quoi te plains-tu ? me repartit-il, quand je te rends justice. Sèche tes pleurs, ajouta-t-il, prends ton parti. Si tu sors de la classe des femmes qui peuvent prétendre au cœur, tu entreras dans la félicité de celles qui ont pour amants tous les amateurs de la volupté.

À ces mots, il me quitta, et le barbare eut, en s'éloignant, la cruauté de rire de mes larmes. Une multitude de réflexions m'obsédèrent lorsque je fus seule. Accablée par ce discours mortifiant, je ne rejoignis point la compagnie, pour ne pas montrer la tristesse où j'étais livrée. Je m'en éloignai, au contraire, et fus me promener seule pour démêler en liberté mes véritables pensées. La peur de rencontrer le trop surveillant Jupiter me fit observer de ne pas approcher du territoire du sage. Humiliée de la réponse de Ridhilles, mon imagination s'étendit sur tout le mépris qu'elle renfermait, et rappelant toutes les circonstances de ma vie depuis ma première entrevue avec M. l'intendant, je ne me cachai point que je me l'étais attirée. J'avais apparemment un fonds de sentiments que la nature de mon éducation et l'ardeur de mon tempérament avaient étouffé, puisque je déplorai le malheur de ma naissance qui m'avait presque nécessairement exposée au libertinage, car mes réflexions firent que je ne me déguisai plus ce terme sous le titre d'amusement. Avec l'exercice du jour, elles avaient mis mes sens dans une tranquillité qui fit tomber l'illusion, et je me regardai moi-même avec des yeux dépouillés du bandeau qui m'avait aveuglée. Je sentis qu'une comédienne était aussi ridicule en se piquant d'une sagesse inaccessible, que méprisable par l'excès du contraire. Mais je connus aussi que j'étais sortie de ce milieu où dans cet état on peut se conserver l'estime publique. Ce fut à ce milieu que je prétendis me réduire désormais. Le projet de cette conversion morale me fit fermer, avec indulgence, les yeux sur le passé, d'autant que j'attribuai mon dérèglement plus à ma mère qu'à moi-même.

Ma réputation étant cependant trop confisquée pour me flatter de la rétablir à Rouen, je me proposai de passer dans une autre troupe, si la nôtre ne quittait pas cette ville, en conséquence d'un opéra qui devait s'y former. Le mépris de Ridhilles et celui où je voyais que j'étais tombée dans tous les esprits me firent désirer avec empressement d'aller dans une autre province. N'y étant point connue, je me flattais d'y jouir des avantages que procure une conduite plus régulière et de me concilier l'estime que l'on ne refuse point aux filles de mon état, quand elles ont la modération de se renfermer dans une ou deux galanteries bien ménagées. Lorsqu'enfin je fus convenue avec moi-même de renoncer sérieusement à la multiplicité d'amants (s'il est permis de nommer ainsi cette foule de jeunes gens rendus heureux souvent dans un premier jour de connaissance), je m'applaudis d'avoir rencontré, dans ma façon de penser, une délicatesse de sentiment qui me conduisait à une réforme par laquelle je m'épargnerais les mortifications que m'avaient attirées mes petits dérèglements. L'espoir de jouir quelque jour des privilèges de ma vertu naissante apaisa le chagrin que je ressentais de Ridhilles. Dans une situation d'esprit assez tranquille, je retournai sous les ormeaux. La compagnie y était assez nombreuse ; les jeunes gens avec lesquels il s'était baigné, ayant aperçu des femmes dans l'île et ne voyant point revenir leur ami, n'avaient pas douté qu'il n'y eût trouvé des amusements capables de l'arrêter : ils étaient venus les partager avec lui et rapporter ses habillements. Dès qu'ils me virent, j'en fus environnée. Quoiqu'ils me fussent tous étrangers, ils m'abordèrent avec une liberté de parole et d'action qui me prouva la nature de leur opinion sur mon compte. Humiliée par cette nouvelle preuve du triste état de ma réputation, je n'arrêtai point sans peine quelques larmes qui voulurent s'échapper, en la voyant altérée au point que des inconnus me traitaient avec une familiarité toute libertine. Je ne me déconcertai cependant pas entièrement, et les regardant tous avec fierté, je marquai une surprise extrême de leurs manières d'agir. Hélas ! j'étais trop mal traduite dans les esprits pour en imposer. Loin de se contenir, ils répétèrent encore plus cavalièrement les façons qui m'avaient offensée. Le croira-t-on ? Ce Ridhilles que j'avais tant aimé fut celui qui m'outragea le plus.

— Quel caprice te fait refuser une si bonne fortune ? me dit-il d'un ton de plaisanterie. Ne fais point la prude, petit Frétillon ; ils ne sont que six : voilà une occasion digne de toi !

Un torrent de pleurs fut toute ma réponse à ce discours. Ma mère l'allait dévisager[1], si quelqu'un ne l'eût arrêtée. Bertides, Carlerio, l'amant de Tonton, lui marquèrent qu'ils étaient fort mécontents de son langage. Henriette le blâma, et la danseuse, en fulminant, battit la générale pour courir aux armes et venger mon innocence opprimée. Ridhilles fut entraîné par ses amis qui, vu l'indisposition des esprits, prévoyaient une affaire dans laquelle ils ne voulaient point s'engager. Ils rentrèrent dans un bateau pour retourner à la ville, et nous demeurâmes encore quelques moments dans l'île, d'où la nuit nous chassa bientôt après.

Comme je l'avais promis à ma mère, je rentrai au logis avec elle. Le lendemain, je la présentai au directeur, auquel j'appris que nous étions réconciliées, et je sollicitai sa grâce auprès de lui, avec un empressement qui m'attira des louanges. Ce directeur, homme de mérite et de probité, fut charmé de trouver en moi des sentiments qui prouvaient que je n'avais pas un mauvais cœur. Par égard pour ma recommandation, il lui rendit son emploi et nous exhorta l'une et l'autre à vivre paisiblement ensemble. La facilité avec laquelle il m'avait accordé la perception de mes appointements, jointe à cette dernière grâce, obtenue par mon crédit, fit sentir à ma chère maman combien il était important de me plaire. Son naturel fléchit sous la loi de la nécessité. Depuis ce jour, je n'ai trouvé en elle qu'une complaisance empressée de se rendre agréable.

Quelque temps après notre réconciliation, une affaire dont le récit serait peu amusant au lecteur l'obligea de faire un voyage à Paris. Son absence fut plus longue que nous ne l'avions pensé d'abord. Elle y demeura trois mois. Pour rétablir un peu ma réputation, je profitai de son éloignement, et dès les premiers jours de son départ je me formai un système de vie qui non seulement me rendit beaucoup moins odieuse au public, mais me fit regarder comme une jeune personne née avec d'heureuses inclinations et qui, malgré ses propres dérèglements, ne devait point être jugée coupable. Aussitôt que je fus seule et livrée à moi-même, je fis refuser ma porte à tous les jeunes gens qui s'y présentèrent. Je marquais une répugnance extrême pour tous les soupers que l'on me proposait, lorsque des intentions de galanterie m'y faisaient inviter. Sans feinte et sans mystère, je souffrais cependant toujours auprès de moi Carlerio, dont j'avais eu l'art de me faire un amant solide. Ayant seul les entrées libres chez moi, je n'étais pas moins, malgré cela, proposée comme un exemple à mes compagnes : une actrice est une demi-vestale quand elle n'a qu'un adorateur. Ce changement subit, dans l'absence de ma mère, me fit un honneur extrême ; elle fut chargée de toutes mes anciennes

---

1. *Dévisager* : « Défigurer, déchirer le visage. Ce chat-là vous *dévisagera*. Quand cette femme-là est en furie, elle dévisagerait un homme » (*Dict. Acad.*, 1798).

dissipations. On me plaignit, et l'on pensa que guidée par une autre main, j'aurais prouvé que la vertu se trouve quelquefois dans les coulisses. Les femmes de distinction qui venaient à la comédie daignaient même s'entretenir avec moi, ce qu'elles avaient cessé de faire depuis longtemps. Enfin, je vis un air de bonté sur tous les visages et je fus même rappelée dans des maisons respectables où, pour s'amuser par ma voix, on me pria souvent de manger.

Étant un soir chez la comtesse de Folainville, je vis Ridhilles parmi la compagnie qui devait y souper. Persuadé, comme le public, par ma conduite présente, que ma mère, plus que mon propre goût, avait été la cause de mon libertinage, il m'aborda avec assez de politesse et me marqua qu'il se repentait de la façon dont il m'avait traitée dans l'île. Quel était son empire sur moi ! Mon cœur fut ému, malgré le juste ressentiment que je devais conserver de ses mépris.

— Vous voyez par mes mœurs, lui dis-je attendrie, que j'étais sincère et que si j'eusse été la maîtresse de moi-même, vous aviez une amante fidèle. Cher Ridhilles ! poursuivis-je, pressée par un mouvement passionné, ce cœur que vous avez reconnu si tendre vous est encore offert. Le dédaignerez-vous ? Je suis prête à vous sacrifier Carlerio.

— Et moi je ne suis plus le maître de retourner à vous, reprit-il ; je me marie dans huit jours.

À ces mots, il me quitta, se persuadant apparemment qu'un plus long entretien avec moi pouvait tirer à conséquence. Quelle fut mon affliction à cette nouvelle ! On se serait aperçu de ma tristesse si par bonheur un jeune abbé ne fût venu la dissiper, en me contant à l'oreille quelques douceurs à la mousquetaire. Pendant qu'il me débitait des folies, il se fit un mouvement dans l'assemblée, causé par l'arrivée de quelques dames : c'étaient, entre autres, la marquise de Brucolis et sa fille. Je démêlai, par plusieurs discours, que Mlle de Brucolis était la future Mme Ridhilles. Quoique je la regardasse avec des yeux très disposés à lui trouver bien des défauts, je fus forcée de convenir avec moi-même qu'elle était charmante. Une taille fine, un visage où brillaient des grâces naturelles, un air enjoué sans dissipation : voilà son portrait avec tous les agréments qui se rencontrent dans une fille de dix-huit ans, jolie, bien élevée. Elle reçut avec une modeste assurance les compliments que plusieurs personnes firent sur son mariage. Ridhilles avait pour elle les empressements d'un homme qui veut plaire. Mon cœur, qui s'intéressait à tous les mouvements de la jeune Brucolis, me fit sentir, par un dépit jaloux, qu'il y réussirait. On se mit à table. Les deux amants furent placés l'un près de l'autre, et par hasard je me trouvais vis-à-vis. Mlle de Brucolis me regarda beaucoup, soit que ma petite figure lui parût digne d'attention, ou qu'elle n'ignorât pas que j'avais reçu de Ridhilles ce qu'elle s'en promettait par le droit de l'hymen. Ses yeux ne déconcertèrent point ma langue. Je parlai beaucoup pour répondre à M. l'abbé qui m'agaçait vivement. Nos discours renfermaient un sens fort éveillé, mais nos expressions étaient limées[1] ; et malgré le ménagement des termes, la compagnie ne perdait rien du fond de la matière, ce qui la réjouissait beaucoup. L'impatience que devait avoir Ridhilles de se voir l'époux de la jeune Brucolis occasionna nos plaisanteries, qui furent assez bien reçues. Ridhilles les soutint avec beaucoup d'esprit ; et comme elles n'avaient rien qui dût blesser la modestie de la future, elle parut aussi s'en amuser.

Cependant ma vivacité me coûtait ; je forçais mon enjouement, et dans le temps que je laissais voir une gaieté qui n'était pas sincère, mon cœur gémissait de l'engagement sérieux de Ridhilles. J'enviais le sort de Mlle de Brucolis, à laquelle il exprimait sa tendresse, autant par le respect que par l'amour qui brillait dans ses yeux. Mes sentiments, qui s'épuraient chaque jour, me faisaient déplorer ma condition, qui ne me permettait pas d'aspirer à devenir l'objet de ces attachements que le monde respecte et qui font quelquefois le bonheur et la gloire de ceux qui les forment.

Que je suis malheureuse, disais-je en secret, d'avoir été mise sur un théâtre et plongée dans le dérèglement par un défaut de fortune ! Pourquoi ceux qui m'ont donné le jour étaient-ils privés de richesse et de vertu ? Héritière de leurs biens et de leurs principes, je me serais vue l'objet d'un hommage respectueux où mes désirs et ma vanité auraient également été flattés. J'aurais poussé mes réflexions plus loin si l'on ne m'eût priée de chanter. Je ne m'en fis pas presser, n'ignorant point que dans mon état on ne se rend aimable que par une extrême complaisance, et qu'à nos seuls talents nous devons l'honneur d'être souffertes dans un certain monde. Cette nécessité de plaire allait encore occuper tristement mes idées, si M. l'abbé ne m'eût distraite, en commençant un air dont il m'obligea de chanter une partie. Ma voix reçut des applaudissements qui ne finirent que lorsque chacun se retira. Ridhilles monta dans le carrosse de Mme de Brucolis, M. l'abbé partit seul. Je le croyais bien loin, lorsqu'en retournant chez moi je le vis dans la rue, où il m'attendait, pour m'offrir poliment son bras, que j'acceptai. Aussitôt que je fus à ma porte, je lui fis une grande révérence, que tout autre eût prise pour une marque qu'il était temps de nous séparer. Mais M. l'abbé, feignant d'ignorer ce qu'elle signifiait, me présenta la main pour me conduire à mon appartement, en me priant de lui donner quelques tasses de thé. Je ris comme une folle de sa proposition et le congédiai, malgré ses instances pour lui permettre de monter dans ma chambre. Je l'ai vu souvent dans la suite, chez la comtesse de Folainville, où il m'a fait assez joliment sa cour. Il était amusant. Ses petits empressements, dont j'apercevais le but, m'ont plus d'une fois divertie. Par considération pour son état, je garderai le silence sur la part que je lui pourrais donner dans ces Mémoires.

1. *Limer* : corriger avec soin, polir, perfectionner.

Ridhilles épousa, dans le temps marqué, Mlle de Brucolis, qu'il rend heureuse par un attachement sincère et une conduite opposée à celle des premières années de sa jeunesse. Revêtu d'une charge considérable dans la province, il remplit ses devoirs avec autant d'intégrité que de lumières.

L'établissement d'un opéra réussit comme on l'avait prévu. Thalie fut chassée par Melpomène, qui se présenta, soutenue d'une autorité supérieure et revêtue de privilèges. À son aspect, notre troupe prit le parti de la retraite. Le directeur nous conduisit à Lille en Flandres.

Si j'ai lieu de croire que le public s'intéresse à la suite de mes aventures, je la ferai paraître incessamment.

La galanterie a quatre origines : les sens, le cœur, l'intérêt, la vanité. Jusqu'à présent on ne m'a presque vue livrée qu'à celle qui a les sens pour principe. Le lecteur trouvera, dans la partie suivante, ce genre de galanterie qui tend à se procurer une fortune solide et à s'épargner les tristes soucis d'un avenir malheureux par la privation des commodités nécessaires à la vie. Dans les premières années de ma jeunesse, uniquement guidée par mes penchants, je cherchais à les satisfaire sans réfléchir sur les conséquences. Un âge plus mûr m'a éclairée sur moi-même, et sans changer mon goût ni la composition de mon cœur, il m'a fait sentir la nécessité de me déguiser, afin de mettre à profit, pour ma fortune, la faiblesse que les hommes ont pour mon sexe. J'ai réussi au-delà de mes espérances. Une conduite fine et politique, une adresse artificieuse, une tendresse feinte, un manège subtil, des larmes à propos répandues, des tristesses apparentes, tout cela mêlé d'occasions de m'arracher des faveurs qu'une fausse vertu me faisait refuser : tout cela, dis-je, m'a placée dans un degré de fortune et d'élévation où je ne devais pas me flatter de parvenir. Une chaîne d'événements singuliers m'y a conduite par une route aimable. Dans le récit que j'en promets, je crois que le lecteur y trouvera de l'amusant.

QUATRIÈME PARTIE

Nous fîmes l'ouverture du théâtre à Lille, où la troupe était désirée par la réputation du chef[1]. La tragédie de *Mahomet II* l'avait fait connaître, même dans cette partie de la Flandre. Quoique la qualité d'auteur soit un mérite faiblement estimé du Flamand, on fut charmé de voir un homme que la France venait d'adopter pour un poète sinon excellent, du moins tolérable. Quelques personnes distinguées par le goût de la grossièreté naturelle à ce peuple avaient connu toutes les imperfections et les beautés de cette tragédie. Dans le pompeux confus et le faux cothurne dont elle est remplie, ces mêmes personnes avaient trouvé du beau, de l'art et du feu ; et par une critique judicieuse de l'ouvrage, sans indulgence pour les défauts, elles avaient fait sentir que son auteur méritait des éloges. La multitude, guidée par le sentiment de ceux qui avaient pris le ton décisif en matière de littérature, ne les lui avait point refusés : on vit arriver ce poète comédien, dont on avait beaucoup parlé dans Lille, avec d'autant plus de plaisir qu'il paraissait à la tête d'une troupe dont le public se promettait de l'amusement[2]. Un compliment délicat et flatteur qu'il fit lui-même à l'ouverture du théâtre entraîna tous les applaudissements. Le public se rendit dans la suite à nos jeux avec affluence.

La garnison, qui forme un corps nombreux d'officiers, aidait encore à

1. À Lille, nous conte Clairon dans ses *Mémoires*, sa mère voulut la forcer à épouser un comédien de la troupe, sot, grossier, plat, triste personnage. Pour se défendre, Clairon confesse que « sans idée d'aucun vil intérêt, sans amour, sans désirs, elle fut s'offrir et se livrer elle-même, sous la seule condition qu'on la sauverait du mariage ». C'est, ajoute-t-elle, « le moment le plus noble, le plus intéressant, le plus frappant de ma vie ». Hélas ! d'indiscrets rapports de police nous apprennent qu'elle était alors simultanément la maîtresse de trois officiers !

2. Il s'agit de Jean-Baptiste Simon Sauvé de La Noue, auteur dramatique et chef de troupe, dont le *Mahomet second*, tragédie en cinq actes en vers, fut représenté avec succès sur la scène du Théâtre-Français le 23 février 1739. Il dirigea le théâtre de Rouen pendant cinq ans, avant ceux du Havre, de Douai, puis de Lille, où il se trouvait encore en octobre 1740 (Max Fuchs, *Lexique des troupes de comédiens au XVIIIe siècle*, Paris, Librairie Droz, 1944, p. 129).

multiplier la foule des spectateurs. De même que toutes mes compagnes, je fus lorgnée de toute la jeunesse aux premières représentations. Mon assurance, ma voix, mes talents, parlèrent au public, mes yeux même firent des blessures. Quelques indiscrets de la troupe ayant sourdement répandu plusieurs de mes aventures en Normandie et publié que je n'étais pas cruelle, on vint sans façon m'en demander le remède. Sans m'offenser de la proposition, je la refusai de manière même à ôter toute espérance que je puisse l'accorder un jour. Je n'affectai cependant ni sévérité, ni froideur avec les jeunes gens qui s'attachaient à ma suite. Je les voyais avec plaisir m'environner dans les coulisses, m'entretenir dans les chauffoirs, m'accompagner aux promenades. J'écoutais toutes les gentillesses éveillées dont ils ornaient la conversation. J'y répondais même, lorsqu'avec ce badinage qui rend amusante une matière un peu libre on se conservait dans le style prescrit pour les actrices qui veulent être estimées.

Si quelque téméraire, plus licencieux que les autres, tirait le voile de la décence qui couvrait le fond du discours, alors je savais me taire et marquer par une contenance grave et mécontente que la délicatesse de mes sentiments et de mon esprit était choquée et que je n'étais pas faite pour entendre des propos si peu ménagés. Avec ce raffinement de conduite, autant éloigné de la prudence que du libertinage, je me fis la réputation d'une fille sensée, qui ne se déterminerait à l'amour que par le penchant de son cœur ou par les motifs d'un intérêt considérable. Les impressions que les jeunes gens avaient reçues des rapports de ma vie passée se détruisirent. On les regarda comme des discours calomniateurs, enfantés par la malignité de mes compagnes. On pensa que mes talents, ma sagesse, ma retenue me plaçant dans un ordre supérieur à celui des autres comédiennes de la troupe, elles essayaient de me noircir pour arrêter la distinction et les égards du public, que je m'attirais par la régularité de mes mœurs. En effet, sans affectation, j'observais moi-même toutes mes démarches, je réfléchissais mes paroles et j'étais dans une étude suivie pour contenir le naturel dont j'avais lieu de craindre quelques écarts. Il aurait pu me trahir et laisser pénétrer que mon éloignement pour la volupté n'était qu'apparent, et ma prétendue sagesse une conduite artificieuse qui se promettait un but. En montrant un air de coquetterie enjouée, du goût pour un entretien amusant, un esprit porté vers la joie et tous les plaisirs innocents de la vie, en laissant voir enfin tout ce qui pouvait me rendre aimable, je marquais une opposition de sentiments à la vie commune des filles de mon état, et cela par une façon d'agir qui appuyait essentiellement les discours que je tenais. En conséquence, pour faire connaître mon petit mérite, dont quelque chose de sémillant dans l'esprit, d'agaçant dans les manières, de vif, d'aisé dans les mouvements du corps, fait toute la composition, je m'étais rendue de facile accès au théâtre, aux coulisses, aux chauffoirs, aux promenades.

Cette facilité que je procurais à tous de m'aborder, de m'entretenir, de me parler, avait persuadé que l'on pourrait entrer aisément dans des familiarités plus fortes. Mais lorsque quelques jeunes gens voulurent s'introduire chez moi, ils furent extrêmement surpris quand je leur déclarai avec fermeté que jusqu'à l'arrivée de ma mère, qui était encore à Paris, je ne recevrais personne dans mon appartement et qu'à son retour même je n'y verrais pas ceux que je croirais par leur caractère pouvoir exposer et commettre ma réputation. Quelques-uns prirent ce refus en badinant, et malgré ma défense hasardèrent une visite. Ma femme de chambre connaissant mes intentions, leur dit que je n'étais pas visible ; ils n'entrèrent pas moins et même d'un air assez libre. Je parus, et sans me plaindre de ce défaut de considération pour moi, je les reçus d'un air grave et imposant. Ils formèrent une conversation badine et enjouée où je me serais mêlée très volontiers dans toute autre circonstance. Alors je crus devoir conserver mon air de froideur et leur marquer par là mon mécontentement de ce qu'ils venaient chez moi contre ma volonté. Un plus hardi, ou peut-être plus consommé que les autres dans le commerce des filles de théâtre, s'approcha de moi, joignant un air familier à ses paroles insinuantes et polies ; il essaya de changer mon esprit de situation et de me disposer à souffrir cette visite avec plus de plaisir que je n'en laissais paraître. Il prit mes mains et voulut faire un peu le passionné. Sans aigreur, j'arrêtai ces petites libertés dans leur naissance et je les forçais de se contenir avec un sérieux qui aurait été tout à fait comique pour ceux qui m'auraient connue à Rouen, ou qui auraient eu des mémoires exacts de ma conduite et de ma vie. Ce jeune homme, ainsi que les autres, voyant par la gravité de mon maintien, que j'étais réellement choquée de la liberté qu'ils avaient prise de me forcer à les recevoir, changèrent leur air libre et familier en façons plus réservées. Depuis que j'étais à Lille, n'ayant rien montré d'irrégulier ni de trop dissipé dans mes mœurs, ils se persuadèrent qu'en effet j'étais éloignée, non seulement de l'esprit de libertinage qui règne au théâtre, mais encore de tout ce qui pouvait compromettre ma réputation par des apparences. Dans ce préjugé que toutes mes actions jusqu'alors avaient formé dans leur esprit, ils me montrèrent quelque repentir de m'avoir déplu par la visite qu'ils avaient hasardée. Ils s'en excusèrent sur l'envie que je leur avais inspirée de lier avec moi un commerce d'esprit et d'amusement. Ils m'assurèrent que si je voulais bien leur permettre de me voir quelquefois, l'estime et la considération en seraient la base et qu'ils sauraient toujours me distinguer, par des idées différentes de celles que l'on prend ordinairement pour les actrices. Peu de temps après ils se retirèrent. Leur visite se termina par des politesses et des égards dont je crois qu'ils se seraient dispensés, si je n'eusse pris le maintien d'une fille qui veut être respectée.

Je leur en imposai par ce ton grave plus que je n'aurais fait en les brusquant incivilement sur la liberté qu'ils prenaient de venir chez moi malgré moi-même. Les brusqueries d'une fille qui n'a point un caractère pour imprimer le respect conduisent les hommes à la licence, qui presque toujours entraîne le mépris, l'insulte et la raillerie. Mais dans la condition la moins imposante, il est un art qui nous attire personnellement la considération que nous ne pouvons exiger par le préjugé du public contre certains états. Mon esprit qui se formait de plus en plus par l'expérience, me faisait sentir cette vérité. J'en fis pour lors une épreuve qui me réussit.

Ces mêmes jeunes gens qui avaient prétendu s'introduire familièrement chez moi publièrent la décence avec laquelle je les avais reçus. Ils ne cachèrent pas même que je leur avais dit en partant que j'étais fort sensible à l'honneur qu'ils me faisaient, mais que la bienséance m'obligeait de les prier de ne pas répéter leur visite, et que j'étais extrêmement fâchée de ce que cette même bienséance me privait du plaisir que je trouverais à les voir. Cette exclusion qui, loin d'être choquante, renfermait beaucoup de politesse, fit autant d'honneur à ma vertu qu'à la douceur de mon caractère. On y trouva de le sagesse, de la prudence et ce que l'on appelle vulgairement l'usage du monde. Quelques jeunes officiers tentèrent encore de se procurer un accès près de moi. Leurs efforts ayant été vains, on me laissa tranquille, lorsque l'on me vit inexorable sur le parti que j'avais pris de ne recevoir personne.

Telle est la capricieuse singularité des hommes : plus une femme recherche leurs assiduités, moins ils ont d'empressement pour elle ; plus, au contraire, elle paraît éloignée d'entrer dans un commerce familier avec eux, et plus ils s'attachent à vaincre sa répugnance apparente ou réelle. Lorsque, par la constance de mes refus, on vit toutes les difficultés qu'il y aurait à me faire accepter un projet de galanterie, la multitude de ceux qui cherchaient à me plaire se grossit. On ne regardait plus ma conquête dans le coup d'œil général que l'on a pour celle d'une actrice, c'est-à-dire comme un traité dont quelques louis en un instant terminent toute la négociation. On décida, par ma conduite et la délicatesse des sentiments que je laissais paraître, que mon cœur devait être attaqué dans toutes les formes méthodiques qui peuvent allumer une passion et déterminer aux faveurs. On oublia mon état de comédienne ; je fus traitée en fille de condition dont on veut être aimé. Les soins, les regards passionnés, les complaisances, les flatteries, les aveux tendrement exprimés furent habilement mis en usage. Quelques-uns employèrent des froideurs affectées, des indifférences apparentes, comme moyens capables d'échauffer mon cœur, en piquant mon amour-propre et ma vanité : on se servit enfin de tout ce que la galanterie a de tendre et d'artificieux.

Je jouis ainsi pour la première fois du plaisir d'être aimée délicatement, de même que celles qui sont appelées vulgairement dans le monde femmes respectables ; je fus une idole encensée des parfums les plus séduisants et les plus flatteurs. Le dieu de Lampsaque[1] ne présidait plus à

1. Priape.

mes amusements, l'enfant de Cythère avait pris sa place, et par des agréments qui m'étaient nouveaux, il me dédommageait de ceux que ce tempérament m'avait fait trouver autrefois dans la grossière volupté. En effet, une femme goûte un plaisir extrêmement piquant lorsque, par un raffinement de conduite, elle se voit estimée de ceux qui n'auraient que du mépris pour elle s'ils connaissaient le fond de son caractère et de ses mœurs ; elle se divertit de l'erreur dans laquelle elle sait les entretenir et se trouve flattée de la considération et des égards que lui attire le manège imposant qu'elle observe dans toute sa façon d'agir : plus d'une Frétillon de ce siècle a fait l'épreuve de cette vérité. Tel fut l'état de ma réputation à Lille pendant l'absence de ma mère, tel fut aussi le plan de conduite que je suivis exactement jusqu'à son arrivée.

Si j'étais extrêmement satisfaite de l'impression favorable que ma fausse sagesse avait formée dans les esprits flamands, je l'étais beaucoup moins du côté des aisances de la vie. Le fantôme de vertu dont je me parais augmentait chaque jour le nombre de mes adorateurs ; mais prodigues de soupirs et de jolies choses, ils étaient autant avares de leurs richesses que je paraissais l'être de mes faveurs. J'en vis plusieurs disposés à les payer libéralement, mais je n'en trouvai aucun dans le goût de récompenser noblement ma vertu. D'ailleurs, conséquemment au système de la vie sage et régulière que je m'étais proposé de mener, pour m'établir une réputation estimable, je me serais vue forcée de refuser les offres que l'on m'aurait pu faire. J'ignore cependant si la nécessité ne m'eût pas fait succomber d'abord à la tentation ; si elles eussent été considérables, elle aurait été dangereuse dans l'indigence où j'étais. Mais heureusement, la prudente économie des Flamands ne m'exposa point au combat que se seraient livré le désir d'une vie plus commode et la crainte que l'acceptation de ces offres ne nuisît aux idées favorables que je voulais insinuer pour moi dans le public. Je n'eus point d'amant assez généreux pour m'ouvrir sa bourse sans prétentions outrageantes à ma vertu, ni d'assez étourdi pour payer d'avance des faveurs incertaines.

Dans l'habitude de la bonne chère que je faisais aux dépens de la jeunesse voluptueuse de Normandie, je supportais moins patiemment la frugalité dans laquelle je vivais à Lille, par le personnage de *virtuosa* que j'y voulais représenter. Bornée au seul produit de mes talents pour le théâtre, j'étais peu en état d'exercer ceux de ma cuisinière, qui me marquait souvent beaucoup de mauvaise humeur de la triste oisiveté dans laquelle je la faisais vivre. Avec la mortification d'une tempérance outrée, je sentais encore celle de voir mes robes et toutes les différentes bagatelles qui servent à la parure d'une femme, se salir et s'user sans pouvoir les faire succéder par de nouveaux ajustements. Une douleur amère pressait mon cœur, lorsque chaque jour je voyais disparaître l'éclat et la propreté de ces fruits brillants de l'incontinence des Normands.

Malgré le chagrin secret dont j'étais occupée, je portais en tous lieux une contenance sévère. J'affectais d'écouter sans envie le récit que me faisaient mes compagnes de leurs plaisirs avec la jeunesse de la ville ou de la garnison ; je feignais aussi de regarder avec indifférence plusieurs d'entre elles vêtues magnifiquement tandis que, semblables aux ruines de Troie, mes habits laissaient voir à peine quelques marques de leur ancienne splendeur. Rien cependant n'était plus trompeur que ces dehors tranquilles et satisfaits. Ma vanité et mon goût pour les plaisirs et la bonne chère, mes sens étaient irrités par la privation des choses propres à les satisfaire. Victime de l'austérité de ma politique sagesse, je souffrais tous les maux que ressent une vertu indigente et dont les passions combattent l'éloignement du vice.

Je coulai plusieurs mois dans cette situation, en gémissant de la corruption du siècle et de ce que la vertu était assez peu respectée pour être, sans pitié, abandonnée dans la misère. Voyant que ma conduite me réussissait si mal, que loin de me procurer quelque amant généreux, qui voulût essayer la réduction d'une place si bien fortifiée par la sagesse, elle ne m'attirait, au contraire, que d'avares admirateurs, je me repentis de la folie que j'avais eue d'être sage. Sans me rappeler la honte et les mépris que j'avais essuyés dans mon libertinage à Rouen, je me représentai la délicieuse abondance où j'y vivais ; je fis le parallèle de la frugalité, de la réserve et de la continence avec la bonne chère, la volupté, la parure et tous les amusements d'une société galante. Cette différence ranima toutes mes passions.

Les agréments de la réputation et de l'estime publique ne me parurent qu'une vapeur, un fantôme qui ne pouvait me dédommager de l'avidité des plaisirs, des dégoûts de l'indigence, et de ne pas mériter l'affectation d'un instant de sagesse.

Dans cette révolution de tempérament et de passions, je fus prête à renoncer à la vertu, ou plutôt à la dissimulation de mes penchants. Je me proposai d'arracher dès le même jour le masque qui me déguisait. Je voulais m'afficher moi-même pour ce que j'étais véritablement, en faisant publiquement quelques avances indécentes au premier jeune homme qui m'aborderait, ou en tenant quelques discours assez libres pour me caractériser en un instant. J'aurais suivi ces mouvements déréglés, si je n'eusse reçu une lettre que ma mère m'écrivait de Paris ; elle fut un frein à mes passions révoltées. Ma bonne maman avait enfin terminé toutes les affaires qui la retenaient loin de moi. Elle me marquait qu'elle me rejoindrait au plus tôt à Lille. Elle approuvait ma conduite, et formait de grandes espérances sur la réputation que je m'y étais acquise ; elle m'exhortait à persévérer dans la vertu. Sa lettre était embellie de plusieurs traits de morale ; elle m'assurait d'une récompense proportionnée aux violences que j'opposais à mon tempérament. L'ayant informée de cette disette où je serais bientôt de toutes choses, elle m'envoya, pour m'affermir contre les périls de l'indigence, une lettre de change de trois cents livres. Cet argent était le fruit d'un petit commerce honnête qu'elle avait fait à Paris pendant son séjour. L'embarras de ses propres affaires ne l'avait point empêchée de se mêler de celles d'autrui. Ayant appuyé les poursuites d'un jeune Anglais auprès d'une jolie brune de la troupe de Melpomène, ses soins avaient été libéralement payés par les parties contractantes : ces trois cents livres étaient une partie des avantages qu'elle avait recueillis dans cette heureuse négociation.

Sa lettre renfermait encore une circonstance qui me parut presque aussi importante que la lettre de change. M. l'intendant, héros assez intéressant dans la première partie, était devenu l'objet de la vigilance de la police de Paris. Un ordre émané de son tribunal exposait ce galant homme au triste séjour de Bicêtre. L'intendant, piqué du travers qu'elle prenait avec lui, voulait s'éloigner d'une ville où l'on avait si peu d'égards pour ceux qui s'appliquaient à maintenir l'harmonie dans la société, et à faire vivre les deux sexes dans une intelligence intime. Plusieurs de ses disciples faisaient mille efforts pour le retenir en le flattant qu'il pourrait se soustraire aux recherches de la police, ou dissiper sa mauvaise humeur. Mais il avait confié à ma mère que, malgré leurs sollicitations, il allait porter ailleurs l'exercice de ses talents. Craignant de voir la noblesse de son industrie dégradée par une détention flétrissante, indéterminé sur les lieux où il trouverait des sujets mieux disposés aux pratiques de son art, ma chère maman lui avait conseillé de venir à Lille. Ayant pris ce parti sans peine, ils devaient y arriver ensemble par la même voiture. Pour n'y pas paraître en aventurier et avoir un titre qui l'annonçât d'abord, ils avaient concerté l'un et l'autre qu'il passerait pour mon oncle, en qualité de frère de ma chère maman, et qu'il établirait son domicile chez moi, en me payant une pension, ou en me dédommageant par son industrie.

Ma mère me proposait ces divers arrangements dans sa lettre ; leur exécution ne dépendait plus que de mon consentement. Elle me faisait entrevoir tous les avantages que nous pouvions retirer de l'association de l'intendant, et me citait mille exemples, parmi mes pareilles, de l'utilité de ces sortes d'adoptions. Dans la disposition de tempérament où je me trouvais, l'image de mon cher intendant se retraça vivement sur mon imagination. Je me rappelai ses talents pour l'amour, son raffinement dans les plaisirs de la volupté, je vis tous les secours que je pourrais retirer de son industrie, dans mes projets d'inspirer des passions avantageuses à ma fortune. Rien ne me paraissait plus joli que d'avoir un homme chez moi autant utile à mes desseins qu'à mes plaisirs, et que mes adorateurs verraient sans jalousie par la qualité d'oncle que j'allais lui conférer. Conséquemment à la vanité de mes passions, je trouvais en lui un moyen charmant de me soutenir plus constamment dans les principes de sagesse et de retenue avec lesquels j'avais débuté. J'écrivis à ma chère maman que j'acceptais le concordat avec l'intendant, et que je les attendais l'un et l'autre avec empressement.

Lorsque j'eus reçu l'argent de ma lettre de change, je fis emplette d'une robe de goût, que l'on crut être d'abord une galanterie de quelque amant secret, dont enfin j'avais accepté l'hommage. Sans paraître offensée d'une telle injustice, je sus glisser dans la conversation qu'un banquier très connu dans Lille m'avait payé le montant d'une lettre à vue tirée sur lui par un de ses correspondants à Paris, et que cet argent m'avait été envoyé par ma mère. On approfondit ce que j'avançais, le banquier convint de la vérité, la malignité des soupçons fut confondue, ma vertu reprit tout son éclat, et ma robe ne fut plus regardée comme un tribut d'amour. J'annonçai l'arrivée de ma mère et de mon oncle (c'est ainsi que je nommerai quelquefois M. l'intendant) ; plusieurs de mes amants apprirent cette nouvelle avec plaisir, croyant les trouver plus traitables que moi, et que moins rigides sur les bienséances, ils auraient plus de facilités pour se procurer quelque accès dans ma maison ; les autres craignirent d'y rencontrer plus d'obstacle : aucun ne pénétra la ruse de ma conduite.

Voulant me surprendre agréablement, je les vis descendre chez moi deux jours avant celui qu'ils m'avaient marqué. Ma femme de chambre, qui se trouva présente à l'entrevue, m'obligea de retenir les transports que je sentis à l'aspect de mon cher intendant. Je leur donnai le caractère de ceux qui conviennent à une nièce pour un oncle respectable.

L'intendant ayant démêlé l'impression qu'il faisait sur moi et la cause de ma modération, se borna lui-même aux caresses et aux marques d'amitié qu'il devait à la fille de sa sœur. Agnès, c'est ainsi que je nommais ma femme de chambre, à cause de sa sagesse et de sa simplicité (je l'avais choisie dans ce genre, de peur qu'un esprit plus transcendant n'eût pénétré nos mystères), Agnès, dis-je, s'étant retirée par mes ordres, je m'abandonnai sans contrainte, quoique en la présence de ma mère, au plaisir de voir celui qui m'avait fait connaître les premières douceurs de la volupté. Ma chère maman jugea par ce début que si j'étais une disciple reconnaissante, je n'étais pas moins zélée pour la perfection. Elle supposa que je n'étais pas fâchée de prendre sans retardement quelques leçons de cet ancien maître, pour voir si je n'avais rien perdu de l'excellence de ses principes. Et démêlant, par la nature de nos préliminaires, que nous n'attendions que son absence pour entrer dans nos opérations, elle nous laissa dans une pleine liberté.

Quels plaisirs ne goûtai-je pas dans les enseignements nouveaux que je reçus de mon cher intendant ! Quoique assez consommée dans sa doctrine, j'y découvris des nouveautés. Tous mes sens réunis vers l'instruction de cet aimable docteur perdirent la faculté de voir et de connaître tout autre objet. Concentré dans une application silencieuse, mon corps n'était soumis qu'aux agitations de mon âme entraînée dans toutes les parties de la volupté. Mais quittons l'obscurité de l'allégorie et prenons le style simple que demande une narration historique. La vivacité naturelle de l'intendant ne me parut point appesantie par les fatigues du voyage. Je trouvai d'autant plus de charmes dans les transports d'une réunion si tendre que je m'y livrai sans crainte d'exposer ma réputation. Mes plaisirs secrets avec un homme que sa qualité d'oncle autorisait à résider chez moi sympathisaient avec l'apparence de ma vertu. Rien ne m'était plus flatteur que de me montrer au public parée de tout ce que la sagesse a d'imposant, tandis que je ne perdais rien des douceurs du contraire. Outre l'essentiel de mes plaisirs, je m'en proposais encore de singuliers et de piquants en soutenant comme il faut ce double caractère.

L'intendant et moi, rentrés dans un état plus tranquille, nous dîmes mille jolies choses sur le personnage que nous allions représenter l'un et l'autre. Ma mère revint pour lors, jugeant qu'elle nous avait laissés suffisamment en liberté pour ne plus craindre de nous gêner par sa présence. Elle nous marqua par un signe qu'Agnès la suivait pour vider ses malles qui venaient d'arriver et mettre en ordre ce qu'elles renfermaient. Mon oncle et moi nous causâmes, tandis qu'Agnès s'occupait de l'arrangement des habits et linges de ma mère et de mon oncle. Celui-ci affectait de m'interroger sur la conduite que j'avais tenue pendant l'absence de ma chère maman.

Agnès s'étant mêlée dans la conversation, l'assura que j'avais vécu comme une religieuse. Mon oncle m'approuva et fit gravement un fort beau discours sur l'excellence de la vertu. La simple Agnès interrompait fréquemment son ouvrage pour l'écouter avec attention. Plus elle prêtait l'oreille à ses discours, et plus il parlait éloquemment sur le mérite de la sagesse. Agnès, édifiée de sa morale, le regardait comme un personnage vénérable, dont la présence et les instructions étaient capables de nous soutenir contre les tentations les plus séduisantes. Il s'observa toujours depuis ce moment, de manière qu'il ne lui échappât rien qui fût capable de détruire les idées qu'elle avait prises sur son compte. Il était également réservé devant un petit laquais que je fus obligée de prendre à mon service.

L'heure du souper arriva. Trotinet (c'est ainsi que se nommait ce laquais) ayant servi le dessert et s'étant retiré, ma mère, l'intendant et moi nous formâmes le plan de conduite que nous allions tenir pendant notre résidence à Lille. N'ayant d'autre but que d'attirer quelque amant riche et libéral, nous nous appliquâmes uniquement à concerter tous les moyens propres à déterminer un homme de cette espèce à s'attacher à moi. La haute expérience de M. l'intendant en cette matière nous étant connue, nous le priâmes d'ouvrir la conférence. Il s'en défendit par modestie, alléguant que ma mère, autant par une ample connaissance du manège le plus subtil de la galanterie que par les droits du sang, devait parler avant lui. Ma mère humblement répondit à sa politesse et convint de la supériorité qu'il avait sur elle. Ce combat de civilité ayant duré quelques moments, je réglai le cérémonial en décidant que mon oncle proposerait son sentiment, et que ma chère maman aurait la liberté de dire après lui ce qu'elle imaginerait de plus avantageux à l'objet de nos délibérations. L'intendant obéit. Son avis renfermait plusieurs articles que je suis obligée de rapporter pour l'intelligence de mon histoire :

ARTICLE PREMIER. — Je devais traiter avec indifférence tout amant mineur et sous la dépendance de ses parents.

ART. 2. — Ainsi que je l'avais fait sagement jusqu'alors, ma porte serait refusée à toute la jeunesse mutine et turbulente.

ART. 3. — Je n'accepterais des soupers en ville que lorsque j'y serais invitée par des femmes et dans des maisons respectables.

ART. 4. — J'y serais toujours accompagnée de ma mère ou de mon oncle.

ART. 5. — Lorsque le hasard me procurerait quelque amant maître de sa fortune, M. l'intendant en étudierait l'opulence, le caractère et la générosité.

ART. 6. — Alors, sur son rapport, selon les circonstances, je paraîtrais plus ou moins sensible.

ART. 7. — Ma mère et mon oncle affecteraient d'ignorer son amour et ses desseins.

ART. 8. — On ne le recevrait d'abord que rarement dans la maison, et dans les premiers jours ma mère ou l'intendant seraient témoins des visites. Il y serait regardé sans affectation, comme un ami dont la société plairait à mon oncle ou selon sa condition, comme un homme respectable, dont la qualité ne permettait pas que l'on refusât les politesses.

ART. 9. — J'affecterais une âme désintéressée, plus capable d'être touchée par le sentiment que par les présents.

ART. 10. — On laisserait entrevoir habilement quelque inquiétude des persécutions d'un créancier supposé.

ART. 11. — On glisserait avec art dans la conversation une légère envie de quelques meubles de prix.

ART. 12. — Sans mépris, on refuserait cependant les présents de peu de conséquence, et l'argent ne serait accepté qu'à titre d'emprunt, duquel on ne donnerait pas de billet.

ART. 13. — Selon les libéralités de l'amant, on lui fournirait l'occasion de me voir seule quelquefois ; elle paraîtrait un effet du hasard et j'opposerais toujours beaucoup de résistance aux entreprises qu'il pourrait former sur moi.

ART. 14. — Je ne le rendrais parfaitement heureux que lorsqu'il aurait mérité mes faveurs par une suite de générosités, et dans un espoir apparent qu'elles en attireraient de plus fortes.

ART. 15. — J'illustrerais ma défaite par des larmes et des regrets, et je feindrais que ma faiblesse serait un effet de l'amour.

ART. 16. — Pour ne pas compromettre le caractère d'honneur et de probité dont ma mère et mon oncle feraient profession, ils paraîtraient ignorer l'écart de ma sagesse, et je mettrais mon amant sur le ton de ne hasarder en leur présence aucune liberté qui puisse révolter leur vertu.

ART. 17. — Peu de temps après sa victoire, ils ne me laisseraient plus seule avec lui, pour irriter son amour, et je feindrais que leur vigilance serait un effet de leurs soupçons de son attachement pour moi.

ART. 18. — Je lui donnerais des rendez-vous, dont souvent ils déconcerteraient les mesures.

ART. 19. — Si l'on apercevait du relâchement dans sa libéralité, ou s'il se présentait quelque amant plus riche et plus de mon goût, on paraîtrait craindre que ma réputation ne fût exposée par son assiduité. Il serait prié de ne me plus voir et je l'engagerais moi-même à se retirer pour ne plus troubler la paix domestique.

ART. 20. — Enfin, ma mère devait se forcer à vivre dans la continence, pour ne pas détruire par elle-même, par l'imprudence ou l'indiscrétion de ceux qu'elle choisirait, le vernis de sagesse et de vertu que nous voulions jeter sur nos mœurs.

Ma chère maman eut peine à souscrire à ce dernier article. Mais cependant, pressée par les représentations de mon oncle, elle nous donna sa parole d'honneur que, quelque dure que lui parût cette condition, elle l'observerait inviolablement. Tel fut le sentiment de M. l'intendant sur la conduite que nous devions tenir. N'y ayant trouvé aucune matière de contradiction, nous l'approuvâmes. Nous convînmes encore d'employer plus ou moins de raffinement et d'artifice, selon les circonstances, sans cependant nous écarter jamais de ce plan général. Il fut pour cela décidé que nous nous comporterions toujours en présence des domestiques de façon qu'ils ne pourraient rien pénétrer dans nos mystères.

Ma mère et l'intendant parurent dès le lendemain à la comédie. La troupe comique, ainsi que le public crurent aisément que ce dernier était mon oncle, lorsque je l'annonçai pour tel. Une supposition de parents est facile aux personnes d'une naissance obscure et inconnue, lorsqu'elles sont éloignées du lieu de leur origine, et surtout à une actrice. Le public, uniquement attentif à ses talents et à ses charmes, ne s'intrigue point pour pénétrer quel sang lui donna le jour. Il reçoit volontiers pour ses proches tous ceux qu'elle veut lui traduire dans cette qualité, et il ne cherche en elle que ce qui peut divertir son esprit ou ses sens. Mon extraction étant ignorée des comédiens des deux sexes qui composaient la troupe, ils ne formèrent aucun soupçon en me trouvant un oncle dans la personne de l'intendant, qui leur était inconnu. De sorte que la politique adoption que j'en faisais fut reçue comme une proximité toute simple et toute naturelle.

L'intendant, avec la qualité de mon oncle, fut accablé de caresses en arrivant au théâtre. Mes jeunes adorateurs, croyant par leurs politesses se procurer une entrée libre chez moi, lui marquèrent quelque empressement de commerce avec lui. Tous lui dirent quelque chose d'obligeant, plusieurs lui proposaient de souper ce même soir avec eux. Ma mère, qui avait repris les fonctions de son emploi, vit aussi son petit bureau rempli d'une jeunesse brillante et distinguée.

Mon oncle prit d'abord le caractère d'un homme sensé, qui a de la politesse et de la probité. Il répondit à l'accueil obligeant qu'on lui faisait, mais en marquant par une circonspection respectueuse qu'il se connaissait et qu'il ne méritait point par lui-même l'honneur qu'il recevait. Il insinuait de cette manière qu'on ne l'achèterait point par des complaisances qui eussent rapport à moi. Sans affecter une gravité rebutante, il ne s'émancipait point avec les jeunes gens qui, par leur air caressant et poli, semblaient lui dire qu'ils oubliaient en sa faveur la différence de leurs conditions et qu'ils lui permettaient de se familiariser. Mais M. Dubois (c'est sous ce nom que je l'avais annoncé, parce que tel était celui de ma mère originairement), M. Dubois, dis-je, affectait de ne pas entendre ce langage, et de montrer que sa retenue partait de la connaissance de lui-même et de la distance qu'il y avait entre eux et lui. Il leur laissait entrevoir par cette conduite qu'il démêlait parfaitement leurs secrètes vues et qu'il ne devait qu'à moi les bontés dont ils l'honoraient, mais que, n'étant pas dans l'intention de les faufiler avec moi, il ne lui convenait pas de se lier avec eux.

L'intendant connut par lui-même l'impression que sa manière d'agir faisait sur les esprits. Un jeune homme qui, selon les apparences, l'avait observé, vint trouver un de ses amis placé dans les coulisses et lui dit d'un air badin, en lui frappant sur l'épaule : « M. Dubois ne me paraît pas traitable. » L'intendant, qui n'était pas fort éloigné, entendit clairement ce discours.

Ma mère avait à peu près joué le même rôle dans son bureau avec ceux qui l'avaient prévenue par des politesses. Quelques-uns même la sollicitèrent pour leur permettre de lui rendre leurs devoirs chez elle. Ma chère maman, qui copiait au mieux la femme de bien lorsqu'elle n'était pas connue et que les occasions le demandaient, les pria de trouver bon qu'elle les refusât. Elle leur dit que, par un effet de sa prudence et de mes heureuses dispositions pour la vertu, elle avait jusqu'à présent sauvé ma réputation de la malignité du siècle, et qu'elle ne l'exposerait jamais en souffrant des visites qui, quoique innocentes, pourraient cependant exercer la calomnie contre moi. Malgré un discours si imposant, un plus effronté que les autres la pria de souffrir qu'il fît apporter à souper chez moi. Ma très chère mère ne daigna pas répliquer, et le regardant avec mépris, elle fit connaître qu'une femme comme elle ne devait pas répondre à une proposition aussi impertinente.

Le spectacle étant fini et M. Dubois s'étant poliment dispensé d'accepter les soupers qu'on lui avait proposés, nous retournâmes au logis avec ma mère. Nous y trouvâmes un billet d'une femme de distinction de la ville qui m'invitait à me rendre chez elle après la comédie. J'y fus avec ma mère ; M. Dubois consentit à souper seul au logis. La baronne d'Olbeck (c'est ainsi que se nommait cette dame) nous reçut fort bien par l'amitié que mes talents lui avaient inspirée. Elle me faisait même quelquefois de petits présents qu'elle m'obligeait d'accepter. J'étais chez elle avec autant de liberté que si j'eusse eu l'honneur d'être d'une condition égale à la sienne ; on m'y regardait moins comme une actrice que comme une compagnie autant estimable qu'amusante. Ma mère recueillit une partie de la bienveillance que l'on avait pour moi. Elle vit dans ce moment quelle réputation je m'étais faite à Lille, puisqu'une femme de cette qualité me traitait avec tant d'attention. La baronne eut la bonté de lui demander depuis quel temps elle était en Flandres, à quoi elle répondit qu'elle était arrivée du jour précédent avec son frère.

Mme d'Olbeck n'ignorait pas qu'une comédienne peut être fort aimable et d'un bon commerce pour les honnêtes gens qui aiment l'amusement, et cependant avoir des parents, surtout en genre masculin, peu admissibles en bonne compagnie. Pour ne pas se repentir d'une politesse qu'elle me voulait faire dans la personne de M. Dubois, elle me fit signe de venir lui parler en secret. Alors, elle me demanda naïvement si mon oncle était un homme présentable. Je l'en assurai ; il l'était en effet, et en séparant de sa personne ses mœurs et l'exercice de son intendance à Paris, il avait un esprit, des manières, des talents propres à plaire à une société délicate. J'en fis l'éloge à la baronne ; je lui appris qu'il avait de la musique, de la voix et qu'il jouait joliment de plusieurs instruments. Sur ma parole, elle lui envoya un laquais, pour le prier de sa part de venir souper avec nous. Je n'avais point mis d'exagération dans le portrait que j'avais fait à la baronne de M. Dubois. Ce garçon était né d'une honnête famille bourgeoise de Paris et avait été fort bien élevé. Mais ayant perdu son père avant sa majorité, il s'était plongé dès sa jeunesse dans le libertinage et y avait consommé une fortune passable, qu'un tuteur honnête homme lui avait conservée. Sans bien à la fleur de son âge, il s'était vu forcé de se saisir d'un emploi vacant par la mort d'un Mercure moderne : la volupté gémissait de la perte du défunt. M. Dubois, touché de ses regrets, essuya ses larmes, en continuant avec succès les exercices que la mort de son prédécesseur avait interrompus pendant quelques jours. Il avait pris ce parti d'autant plus volontiers que cet emploi produisait un revenu qui suppléait au dérangement de ses affaires.

Mon cher oncle, sur l'invitation de la baronne, ne tarda pas à paraître. Je démêlai qu'elle était contente de sa figure et de la manière dont il se présentait. Habillé sans faste, il était mis fort proprement. Un habit brun, avec des boutons d'or, une perruque blonde, d'un goût financier, composait sa parure, ennoblie par une épée qu'il portait de bonne grâce ; une canne à pomme d'or lui donnait encore un air étoffé ; cela tout ensemble montrait l'apparence d'un honnête homme. Son maintien à table appuya cette idée dans les esprits. Respectueux sans embarras, poli sans contrainte, il prouva qu'il avait l'usage du monde et que la bonne compagnie lui était familière. Il parla peu d'abord, mais ce qu'il glissa dans la conversation fit voir de l'esprit, du sentiment et de la saillie. Les hommes parurent l'estimer, les femmes l'écoutèrent avec plaisir. Plus M. Dubois s'apercevait de ses impressions favorables, plus il répandait une gaieté décente dans les discours que l'occasion lui procurait de tenir. Le caractère des conviés était à peu près celui de la maîtresse de la maison. Délivrée depuis quatre ans de la dépendance d'un époux de mauvaise humeur, elle se dédommageait des chagrins qu'elle avait essuyés pendant son mariage. N'étant entrée dans l'engagement de l'hymen que dans l'espoir de jouir des plaisirs et de la liberté, elle avait été cruellement déçue en se trouvant liée à un homme qui joignait à une forte jalousie un dégoût philosophique des amusements du monde.

Lors de son hymen, la triste baronne avait enduré tous les maux que peut souffrir une femme obligée de soumettre ses penchants à des inclinations contraires. Libre enfin par la mort de son époux, en possession d'un revenu considérable, elle perdait le souvenir de ses peines passées dans l'étourdissement et le tumulte du grand monde. Plus son goût des plaisirs avait autrefois été retenu dans une vie solitaire et cachée, plus elle aimait alors à briller par l'éclat de sa dépense et à jouir successivement des amusements qui conviennent à une femme riche et de condition. Sans distinction d'état et de qualité, sa maison était ouverte à tous ceux qui avaient de l'esprit, de l'enjouement et des talents, lorsqu'ils avaient une réputation d'honnêtes gens et qu'elle leur connaissait des mœurs. La vieillesse incommode et chagrine en était bannie ; on y raillait la gravité : le jugement même y paraissait ennuyeux ; la folle et riante jeunesse, le badinage seuls y étaient caressés. Pour être aimé de Mme d'Olbeck, pour être admis dans sa société familière, il fallait avoir le même goût, la même humeur, ou du moins l'adopter pour le temps que l'on passait chez elle. M. Dubois pénétra d'abord son caractère, auquel celui de toute la compagnie paraissait conforme. Agissant conséquemment à ses observations, il s'établit au mieux dans l'esprit de la baronne et de tous les convives.

On parla d'amour. M. Dubois traita cette matière avec une élégance achevée ; il y sema de l'enjouement, du badinage et des applications flatteuses aux dames qui l'écoutaient. On but sans excès, mais on y prit cependant une petite pointe qui donne du vif aux plaisirs de la table et qui rétablit la liberté contrainte auparavant par le cérémonial. M. l'intendant, qui s'était le premier mis dans cette situation éveillée, voulut faire connaître qu'il savait aussi bien chanter que discourir. Arrivant de Paris, il avait tous les couplets nouveaux et les chansons les plus à la mode, et il en régala la compagnie, qui prit un plaisir singulier à l'entendre. S'apercevant que le sang-froid était éclipsé chez les dames et que la joie, le vin et la table les avaient mises dans la disposition de se réjouir, même de ce qui pourrait les offenser dans d'autres circonstances, il hasarda des chansons dont la licence était couverte d'une gaze des plus déliées. Il les ornait de mouvements et de regards qui en développaient assez clairement le véritable sens. Tout fut bien reçu, tout fut écouté. Les dames en firent un très joli commentaire. L'effronté Dubois poussa plus loin son audace : il chanta des airs tendres, qu'il adressait à la baronne, et lui faisait lire dans ses yeux qu'il sentait tout ce que l'auteur avait exprimé dans sa chanson. Cela pouvait passer pour une galanterie obligeante dans un homme de condition pareille à celle de Mme d'Olbeck ; mais dans la personne de mon oncle, j'y trouvais une impertinence outrée. J'avoue ma simplicité : je craignis que la baronne ne s'en choquât et que l'air et l'action passionnés de M. Dubois ne lui attirassent quelque œillade de correction qui le fît rentrer dans le respect. J'étais dans une erreur extrême. Plus M. l'intendant s'attendrissait, plus Mme d'Olbeck avait un petit air content d'elle-même. Elle feignait par intervalles d'être distraite et de s'occuper d'ailleurs ; mais ses yeux, tantôt languissants, tantôt animés, se reportaient à l'instant sur M. Dubois ; elle les fixait sur lui et toute sa contenance était un applaudissement secret de la liberté qu'il avait prise. Je fis seule cette remarque avec ma chère maman. Les autres cavaliers attiraient l'attention de chaque dame dans le même goût.

Nous nous séparâmes après une séance aussi longue qu'amusante. La baronne, en m'embrassant au moment que nous nous retirâmes, me dit que mon oncle était charmant et que l'on aurait beaucoup perdu s'il n'était pas venu souper avec nous.

À peine fûmes-nous de retour au logis et dans une pleine liberté, que nous félicitâmes M. Dubois sur le succès heureux de ses galanteries pour Mme d'Olbeck. Il voulut dissimuler un moment pour se réjouir et feignit de ne rien comprendre à nos compliments.

— Quelles idées sont les vôtres ? nous dit-il gravement. Pouvez-vous penser que je me sois assez oublié pour faire l'agréable auprès de la baronne, et qu'elle ait été capable de m'écouter avec complaisance ?

— Trêve de déguisement, mon frère, repartit ma chère maman. Vertuchou, monsieur Dubois, continua-t-elle, quelle course rapide dans l'empire amoureux ! Vous êtes à peine débotté que vous faites la conquête d'une femme riche et de condition.

— Paix ! répliqua-t-il en riant avec éclat. Silence et discrétion ! Affectez de ne vous point apercevoir des sentiments de la baronne et laissez-moi conduire cette intrigue. Ou je ne connais plus les cœurs, ou cette femme est dans mes fers. Elle est libérale ? continua mon oncle en s'adressant particulièrement à moi.

— Oui, répondis-je, je lui connais plusieurs traits de générosité.

— Bon, reprit-il, c'est tomber au mieux : l'amour rend prodigue une âme généreuse dans l'indifférence.

Il ne m'était pas difficile de pénétrer les desseins de M. Dubois et de voir qu'en profitant de la faiblesse de la baronne, il se proposait de la duper. Ce projet me répugna. J'aimais Mme d'Olbeck, je lui avais des obligations, ces motifs me paraissaient assez forts pour m'empêcher d'être de concert dans les tromperies qu'il lui préparait. Malgré tous mes vices, j'ai une délicatesse naturelle qui me rend odieux tout ce qui porte un caractère de bassesse. Il me semblait qu'il était permis à une fille de mon état, née sans bien, sans ressource, d'accepter les bienfaits des hommes en compensation de mes faveurs. Cela me paraissait un trafic volontaire qui, loin de blesser la probité, dispense même de la reconnaissance. J'admettais encore que l'adresse et l'artifice pouvaient être employés. Semblable à l'habile commerçant qui jette un lustre sur la marchandise pour y faire des profits plus considérables, une comédienne a le droit de s'embellir de tout ce qui peut attirer les plus riches offrandes. Grâces, enjouement, fidélité apparente, conduite honnête : ce sont toujours les qualités les plus séduisantes et où tous les hommes portent leurs plus riches propositions. Mais je pensais différemment des vues de M. Dubois sur la baronne. S'il n'eût prétendu qu'à son cœur, je l'aurais laissé agir sans obstacle. Elle était encore capable de lui en imposer ou de se défendre de son faux mérite, si elle n'eût pas chéri sa défaite. Mais l'intendant avait d'autres intentions contre lesquelles ma délicatesse se révoltait. La bourse de Mme d'Olbeck était l'objet important qui réunissait toutes ses idées. Incapable d'employer grossièrement le larcin, il n'en était pas moins dangereux. Établi dans sa confiance, la subtilité de son génie se serait adroitement exercée, et la baronne, volontairement et sans s'apercevoir, eût été la dupe d'un homme dont peut-être elle n'aurait pénétré que trop tard les secrets et les véritables motifs.

Ma crainte était d'autant mieux fondée que je savais plusieurs exemples de femme de qualité qui, par leur faiblesse, avaient été cruellement trompées par des aventuriers tels que M. Dubois. Mon attachement, ma reconnaissance me sollicitèrent de lui épargner cette mortification. Quoique selon les apparences je dusse partager le fruit des fourberies de l'intendant, je ne me sentis point arrêtée par cette raison d'intérêt. Je me flattai que l'amour et le hasard me procureraient bientôt quelque riche conquête qui m'en dédommagerait. Bien sûre que ma délicatesse serait condamnée par ma mère et mon oncle, si je leur communiquais ma répugnance pour l'attentat qu'ils tramaient contre la baronne, je leur cachais soigneusement ce que je pensais. Le but principal de notre société étant d'attraper de l'argent, ils m'auraient regardée comme une partie discordante, qui opposait une contradiction extravagante à un projet bien sensé. En vain, pour m'appuyer, j'aurais appelé à mon secours les sentiments, la délicatesse, la reconnaissance que nous devions à Mme d'Olbeck de nous avoir reçus chez elle avec bonté ; ces citations n'auraient été d'aucun crédit dans leur esprit.

Je les laissai raisonner sans interruption sur les moyens que M. Dubois devait prendre pour gagner entièrement le cœur et l'esprit de la baronne. Quoique ma mère n'eût jamais été employée dans des intrigues de femmes d'un certain rang, ce fond de jugement et de réflexion dont elle était douée pour tout ce qui ressentait la galanterie lui fit imaginer des mesures d'une sagesse et d'une prudence extrêmes. Elles renfermaient tout le ménagement que demande une femme de condition qui a dans le monde une réputation à conserver. Pour ne pas leur rendre mon silence suspect sur une matière qui devait m'intéresser par rapport à moi-même, je feignis que l'abattement du sommeil m'ôtait la faculté de me mêler à leur entretien, et je différai peu à me mettre au lit.

Dès le lendemain, je fus chez la baronne, dans l'intention de déranger les projets du galant Dubois ; elle me fournit une preuve assez claire que le cœur d'une femme de condition et celui d'une fille de théâtre sont de la même composition. Ils reçoivent avec une égale facilité les mêmes impressions ; il n'y a point de différence dans les passions qui l'agitent. Souvent ces mêmes impressions sont satisfaites avec une licence aussi peu cachée.

— Hé, bonjour, chère enfant ! me dit-elle aussitôt qu'elle m'aperçut, comment vous portez-vous ? La maman n'a-t-elle point été incommodée d'avoir veillé aussi longtemps ? Et M. Dubois est-il aussi gai ce matin qu'hier au soir ? Il est extrêmement aimable votre oncle, continua-t-elle. Conviens sincèrement de la vérité, poursuivit rapidement la baronne, d'un air caressant et en m'attirant dans un fauteuil auprès d'elle, conviens que tu serais charmée qu'il ne fût pas ton oncle, pour avoir le plaisir de t'en faire un amant.

À ces mots, j'affectai une mine négative, qui montrait une sorte de dédain pour M. Dubois. Mme d'Olbeck s'en étant aperçue :

— Que cela signifie-t-il ? répliqua-t-elle étonnée. Un amant fait comme lui n'aurait point l'art de te plaire ? Ah ! ma chère, je ne traiterai point cela de délicatesse ; c'est bizarrerie. Il y a des femmes qui sont en état de se piquer de bon goût et de discernement et qui ne dédaigneraient point la conquête de M. Dubois.

Je vis bien que la blessure était profonde dans le cœur de la baronne et que le fripon d'intendant, sans effort, avait trouvé le secret de la rendre sensible. Si j'avais eu le temps de moraliser avec moi-même sur mon sexe, ceci m'aurait fourni d'amples réflexions. Mais j'avais à répondre à Mme d'Olbeck et à dissiper l'enchantement où les charmes de mon oncle l'avaient transportée.

— Je ne suis point aveugle sur le mérite de M. Dubois, repris-je ; il est aimable sans doute, mais je le connais mieux qu'un autre, et je sais que ses belles qualités sont balancées par de grands défauts... Cet homme, poursuivis-je, madame, avec un air de confidence, est d'une indiscrétion étonnante : il a eu quelques bonnes fortunes à Paris, qu'il a publiées sans mystère, ce qui lui a attiré des désagréments ; malgré cela, il n'est pas corrigé, et il n'est jaloux d'être aimé que pour avoir le plaisir de le dire. Peu de femmes, continuai-je, s'accommodent d'un pareil caractère ; on doit avoir quelque soin de sa réputation, et si, par une indulgence du siècle, l'amour ne perd pas une femme d'un certain rang, du moins une intrigue avec un homme de la condition de mon oncle ne lui fait pas beaucoup d'honneur.

La baronne était rêveuse pendant ce discours. Je crus détruire ses favorables préventions pour M. Dubois en achevant de le peindre par un dernier trait.

— Outre son indiscrétion, ajoutai-je, il est taché d'un vice encore plus révoltant. Dénué de fortune et de biens, il a mis à profit, pour son intérêt, la faiblesse de plusieurs femmes qui l'ont aimé. Avide de présents, ses soupirs sollicitaient plutôt leur générosité que leurs faveurs, et la plus libérale est celle qui l'a vu le plus amoureux.

— Ah ! fi ! repartit vivement la baronne ; vous avez raison, voilà de grands défauts.

Alors elle garda le silence quelque temps ; et moi, sans parler, je laissais agir sur son esprit et sur son cœur ce correctif à sa passion naissante. Elle reprit enfin la parole.

— Je suis fâchée, me dit-elle, qu'un homme aussi aimable que M. Dubois ne pense pas plus noblement. Je veux lui inspirer des sentiments plus dignes de son mérite. Je me charge de le corriger, ajouta-t-elle avec sérénité. Envoyez-le-moi d'abord après dîner ; dites-lui que je veux lui parler.

Ces derniers mots m'étourdirent ; j'en connus toutes les conséquences. Je vis que la baronne avait perdu la tête et toute réflexion, qu'elle voulait être aimée de mon oncle et l'aimer avec tous ses défauts. Je la plaignis de livrer son cœur à un homme aussi peu digne d'elle. J'admirai l'étoile de ce faquin de Dubois qui, sans soins, dans une condition vile et obscure, faisait en un instant la conquête d'une femme riche et de qualité, d'une femme qui avait même refusé de former un second engagement avec des hommes dont la naissance était égale à la sienne, d'une femme encore jeune et aimable, qui jusqu'alors avait tenu une conduite irréprochable.

En effet, Mme d'Olbeck, en exceptant un goût extrême, un amour décidé pour tous les amusements, était un exemple respecté de toutes les vertus de son sexe. Elle avait eu des adorateurs d'un âge et d'une figure à exposer la vertu d'une veuve à de grands périls ; et dans ces tentations séduisantes, elle s'était toujours défendue contre l'attrait de l'amour et du plaisir. Sans nuire à sa réputation, les tendres poursuites de ses amants avaient uniquement prouvé qu'elle était capable d'inspirer de grandes passions.

Un si grand oubli de soi-même dans une femme qui avait de la naissance, à qui je connaissais des sentiments, de la délicatesse, des principes, me parut aussi étonnant que bizarre. Je n'ignorais pas que la noblesse et l'éducation sont insuffisantes pour arrêter certains mouvements du cœur et des sens, lorsqu'un digne objet, par des rapports d'égalité, semble en justifier la faiblesse. Mais je n'aurais pu me persuader jusqu'alors qu'une femme placée dans une condition respectable, qui marque des sentiments dignes de sa naissance, qui montre des dehors imposants, pût descendre en un instant à la bassesse d'un attachement aussi méprisable.

Quelle matière de moralités pour mon lecteur ! Un homme fait pour plaire, estimable par lui-même, sollicite le cœur d'une femme de se donner à lui. Ce cœur se refuse, le goût ne parle point, quoiqu'il dût naître pour un tel amant. Cette femme, elle-même trompée par sa propre indifférence, croit que sa vertu, sa sévérité naturelle sont les principes de ses refus. Un faquin, un visage inconnu, un minois singulier, un vil sujet revêtu de quelques apparences d'un mérite emprunté, un homme de cette espèce, dis-je, survient par hasard. Cette femme est émue, le faquin pénètre son agitation, il devient audacieux, il réussit. Ce cœur, cette vertu qui se sont défendus contre les empressements d'un homme véritablement aimable, sont en un instant la victime docile d'un aventurier. Le fréquent de ces exemples autorise cette réflexion.

Un jeune homme peu consommé dans l'usage des femmes la trouvera sans doute humiliante lorsqu'il en connaîtra la justesse. Sa vanité l'applaudit quand il est aimé. Son amour-propre l'élève au-dessus de ses pareils : il se croit un mérite rare, parce qu'une femme lui jure qu'il est aimable et lui prouve qu'elle pense ainsi par ses complaisances et ses faveurs. Le petit sot devient ridicule par la fatuité dont cet encens l'enivre. Qu'il se désabuse : il n'en vaut pas mieux. Le discernement ne guide pas cette femme ; elle suit le caprice voluptueux de ses sens et de son cœur, et peut-être un jour elle traitera quelque M. Dubois avec un emportement aussi tendre. Combien d'hommes rougiraient de cet attachement, s'ils connaissaient ceux qui doivent leur succéder, ou qui les ont précédés dans le cœur qui fut leur idole !

La faiblesse de la baronne pour mon oncle me disposa l'esprit à des réflexions sur mon sexe, où malgré moi je me laisse encore entraîner actuellement. Je sens que je m'égare dans une morale et des applications contraires au style historique. Je devais abandonner l'un et l'autre aux lumières et à l'imagination de mon lecteur. On voudra bien me pardonner ces écarts. Comme auteur, je dois m'exprimer dans l'ordre prescrit pour chaque ouvrage ; comme femme, je mérite quelque indulgence.

Si Mme d'Olbeck avait conservé quelque étincelle de raison et de jugement dans sa préoccupation pour M. Dubois, ce que je lui en avais dit était plus que suffisant pour la guérir de sa folle prévention. Par le peu d'impression que mes discours avaient fait sur son esprit, je jugeai de la nature de son aveuglement et que rien n'était capable d'arrêter le honteux penchant où son cœur se livrait. En déplorant secrètement sa faiblesse et les repentirs amers qu'elle se préparait, je ne fus cependant pas assez simple pour m'en chagriner. Au contraire, je trouvai l'événement assez comique pour m'en divertir avec moi-même. Par le soin que j'avais pris de la détourner d'une galanterie si peu digne d'elle, j'avais satisfait à ce que l'amitié et la reconnaissance exigeaient de moi : ma délicatesse n'était plus en droit de me rien reprocher sur mon compte. Lui ayant fourni une ample matière de réflexions sur le mouvement qui l'entraînait, je l'abandonnai tout entière au caprice de son cœur, puisque d'aussi fortes raisons n'étaient point capables de le réformer. J'affectai cependant de ne me point apercevoir de sa faiblesse, et je feignis de ne faire aucune attention sur le vrai motif qui l'engageait à me parler de M. Dubois. Je vis aussi par sa sécurité qu'elle ne se persuadait pas que je pénétrais tout ce qui se passait dans son âme. Elle ne pensa pas que je lui eusse fait le portrait de M. l'intendant par des raisons particulières, et elle attribua ce que je lui en avais dit à une simple confidence indiscrète. Toutes deux dans cette disposition d'esprit, nous nous séparâmes. Je la quittai en prenant la commission de dire à M. Dubois, de sa part, qu'il se rendît chez elle l'après-midi.

Étant de retour chez moi, je ne cachai point que j'avais vu la baronne, mais je tus soigneusement l'essai que j'avais fait d'éloigner l'intendant de son cœur et de son esprit. Ayant cependant pris le parti de laisser à cette intrigue tout le cours qu'elle devait prendre, puisque ma tentative n'avait pu réussir, je ne déguisai point que Mme d'Olbeck m'avait paru une femme très disposée à se jeter dans une affaire de cœur avec M. Dubois. Je lui communiquai l'ordre dont je m'étais chargée, c'est-à-dire de se rendre auprès d'elle d'abord après dîner. Il partit en effet dans le temps marqué, après avoir répandu dans son ajustement toute l'élégance qu'il put imaginer. J'eus peu d'inquiétude sur l'effet et les suites de cette entrevue. J'avais peint mon faux oncle dans l'esprit de la baronne avec des couleurs peu favorables. Quoiqu'elles n'eussent point dérangé ses tendres dispositions pour lui, Mme d'Olbeck pouvait glisser dans la conversation quelque chose propre à faire soupçonner à l'intendant que je l'avais mal servi ; les soupçons entraînent souvent des éclaircissements et la baronne était très capable de lui rapporter ingénument ce que je lui avais dit sur son compte. Ma réponse alors était préparée ; je n'avais nulle intention de déguiser le vrai motif qui m'avait fait agir, je m'embarrassais peu des conséquences qu'il en pouvait tirer. Si, selon son système et celui de ma mère, ma délicatesse lui paraissait contraire aux vues d'intérêt qui étaient le fondement de notre association, je prétendais de mon côté ne pas consentir à toutes les manœuvres qui répugneraient à mes sentiments. Outre cela, cette entrevue semblait devoir former le nœud de l'intrigue entre la baronne et l'intendant, et par conséquent exciter ma jalousie. Par les dispositions de l'une, auxquelles se rapportaient les intentions de l'autre, je devais prévoir un partage prochain de l'intendant avec la baronne. Mais je n'aimais point M. Dubois par un sentiment qui dût m'en rendre jalouse. Liée simplement à lui par l'intérêt du plaisir, je me consolais de ce partage par l'espoir d'un amant qui suppléerait à la diminution du tribut que j'en recevais auparavant.

À son retour de chez Mme d'Olbeck, je démêlai par son air satisfait que, selon les apparences, cette baronne ne lui avait rien dit de la fausse confidence que je lui avais faite, puisqu'il n'échappa rien à mon oncle qui tendît à m'en faire des reproches. Je le reçus d'un air badin.

— Doit-on vous préparer des myrtes ? lui dis-je en raillant obligeamment, et vos charmes vous ont-ils donné sur la baronne une ample victoire ?

— Non, me répliqua-t-il sur le même ton, je les ai envoyés en détachement pour surprendre les premiers postes ; ils sont déjà logés dans le cœur et bientôt ils le forceront à une prompte capitulation.

Je doutai de la sincérité de M. Dubois. J'avais vu dans la baronne des dispositions assez ardentes pour penser qu'elle ne s'amuserait pas à de froids préliminaires, si mon oncle savait profiter des moments. Peut-être avais-je puisé cette opinion dans le fond de mon caractère ! Quoiqu'il en fût, je croyais que M. l'intendant m'en imposait et que l'aventure était décidée. Je prétendis m'en éclaircir dans le moment. Ma mère était alors entière avec nous, je lui fis un signal qui lui marqua de se retirer. Depuis longtemps, je l'avais mise avec moi sur un ton de soumission et de docilité : elle obéit. Aussitôt que je fus seule avec Dubois, je l'agaçai, j'attendais la preuve que je cherchais de sa nonchalance ou de son ardeur ; mais je fus convaincue, par ses transports répétés, que Mme d'Olbeck ne m'avait encore fait aucun tort. Après avoir satisfait ma curiosité en cette partie, j'exigeai qu'il me dît à quel degré de sentiment il se croyait dans le cœur de la baronne, quelle avait été sa réception et leur entretien. Il ne se jugea pas coupable d'indiscrétion en me le révélant ; cela ne devait point être un mystère pour moi. C'est M. Dubois qui va parler.

« J'ai trouvé Mme d'Olbeck seule dans son appartement, me dit-il : "Hé ! bonjour monsieur Dubois !", s'est-elle écriée, avec un air aisé, qui semblait ne me marquer que de la bonté et une simple envie de me faire connaître qu'elle me permettait de la voir librement et sans contrainte. Sans une affectation trop composée, j'ai montré du respect et ne me suis assis que par ses ordres. J'ai pris même une chaise placée à quelque distance du fauteuil qu'elle occupait.

« — Non, non, m'a-t-elle dit, mettez-vous ici, en me montrant un autre fauteuil placé tout près du sien.

« J'ai paru m'en défendre par un geste respectueux.

« — Je hais les façons, monsieur Dubois, a-t-elle continué d'un air obligeant. Venez, mettez-vous là. Approchez-vous donc !

« Enfin j'ai obéi. Malgré la familiarité à laquelle elle m'invitait par ce début, tout mon maintien a cependant marqué une profonde vénération pour elle. J'ai paru ne me souvenir des distinctions particulières qu'elle avait eues hier au soir pour moi que pour la respecter davantage ; par là je lui prouvais que je n'avais rien démêlé de ses sentiments et que je n'attribuais la manière obligeante dont elle me traitait qu'à une bonté qui lui était naturelle.

« — Je vais m'amuser comme une princesse cet après-midi, a poursuivi la baronne, car je prétends que vous la passiez avec moi tout entière. Vous arrivez de Paris, vous avez assez d'esprit et par conséquent vous me direz mille jolies choses qui me divertiront infiniment.

« Dans l'instant, elle a sonné une petite cloche, un laquais a paru et elle lui a ordonné de dire à tous ceux qui se présenteraient à sa porte qu'elle était sortie.

« — J'ai dans la tête d'apprendre cette chanson, a-t-elle ajouté en la présence du laquais, en me regardant avec un sourire ; je ne veux point être interrompue, le reste du jour à peine suffira pour que je puisse la chanter passablement.

« Le laquais s'est retiré.

« — Il faut un prétexte avec ces canailles-là, m'a dit la baronne. Mes gens trouveraient extraordinaire que je ne reçusse personne aujourd'hui pour demeurer seule avec vous. Mais la raison leur paraîtra valable ; ils savent que j'aime extrêmement le chant, ils me croiront avide de savoir quelque air nouveau que vous savez et que je veux apprendre : cela est tout simple.

« Cette conduite, poursuivit M. Dubois, me prouvait évidemment que j'avais blessé son cœur et qu'elle avait des desseins pour moi. Pour ne point paraître neuf en bonne fortune, je me suis proposé de hasarder quelque galanterie dans la suite de ce tête-à-tête et de ne pas risquer une entreprise totalement décisive, dont la précipitation pouvait déplaire. Cela dépendait du caractère de la baronne que je ne connais encore qu'imparfaitement et qui m'était moins connu pour lors. Les femmes, même les plus empressées pour la satisfaction de leurs désirs, sont souvent fâchées d'être trop tôt réduites au point de ne rien refuser, et celles qui ont le plus d'envie de faire connaître leurs sentiments et leurs penchants craignent quelquefois d'être pénétrées. Sur ce principe, je pris le parti d'agir avec art et ménagement. Voyant la baronne dans le goût de me faire des avances, j'en attendis de plus fortes pour jouer ensuite plus sûrement le rôle qu'elle semblait exiger de moi. J'ai senti que, rapport à la différence de nos conditions, je ne devais lui faire entendre que j'aspirais à sa conquête que lorsqu'elle m'aurait montré clairement qu'elle essayait de faire la mienne. À cet effet, j'ai fait voir, en conservant toujours des manières respectueuses, une contenance assurée, satisfaite, qui désignait un homme pénétré du bonheur dont il jouissait et qui semblait se flatter même de quelque chose de plus heureux. Sans fatuité, j'ai fait l'aimable, j'ai semé des grâces dans mes expressions, dans le son de ma voix et jusque dans les mouvements de mon corps. Mme d'Olbeck m'étudiait, m'applaudissait et paraissait ravie. Notre conversation d'abord a été indifférente, je l'ai fait rouler sur la construction de l'appartement où nous étions, sur les meubles dont il était orné, sur plusieurs peintures qui le décoraient. Cela m'a donné lieu de parler de plusieurs édifices de Paris, de leur magnificence intérieure. Je me suis ensuite jeté dans la narration de quelques aventures particulières, conformément à ce qu'elle m'avait dit que j'aurais mille jolies choses à lui raconter puisque j'arrivais de cette capitale. Après m'avoir écouté quelque temps avec attention, elle m'a prié de lui raconter quelque chose où j'eusse eu part.

«— Cela m'intéressera davantage, me dit-elle.

«J'ai fait attention à ce peu de mots, poursuivit Dubois : *cela m'intéressera davantage*, prononcé d'un air presque tendre, ajouta-t-il, signifiait bien des choses dans cette occasion. Joignant ce discours à tout ce qui l'avait précédé, je conclus avec moi-même que j'étais au moment où je pouvais m'émanciper.

«— Je suis donc assez heureux, madame, répliquai-je, en la regardant fixement et affectant une situation de cœur agitée de quelque trouble, pour que vous preniez quelque intérêt aux événements qui me sont arrivés ?

«— Oui, monsieur Dubois, repartit la baronne, avec une tranquillité composée et feignant de ne pas s'apercevoir de l'attendrissement que j'avais mêlé dans ma réplique. J'estime le mérite, poursuivit-elle ; vous en avez infiniment. Je ne suis donc point indifférente à ce qui vous touche.

«Alors, continua l'intendant, je lui ai raconté plusieurs aventures que je supposais m'être arrivées. L'amour et la galanterie en ont fait les principales circonstances ; je m'y suis toujours traduit comme un amant malheureux et maltraité.

«— Le pauvre garçon ! s'écriait Mme d'Olbeck, lorsque je lui peignais les rigueurs et les maux que je feignais d'avoir essuyés. Quelle injustice ! ajoutait-elle. Quel caprice ! Vous ne méritez point un pareil sort.

«— Vous me plaignez, madame ? reprenais-je. Que je suis heureux ! Que cette pitié charmante me dédommage amplement de tout ce que j'ai souffert !

«J'ai hasardé de lui prendre la main ; elle ne s'est point offensée de cette liberté et j'ai baisé en soupirant cette belle main qu'elle m'abandonnait.

«— Monsieur Dubois, m'a-t-elle dit alors en riant amicalement, le souvenir de ces ingrates devrait-il vous causer des transports ? Au contraire, un juste dépit aurait dû les bannir de votre mémoire.

«— Ah ! madame, ai-je reparti, que vous faites une fausse application du mouvement qui m'est échappé !

« Ces derniers mots étaient clairs ; Mme d'Olbeck les a compris, elle a baissé les yeux, rougi, soupiré, ensuite elle m'a regardé fixement d'un air languissant, elle a tiré sa tabatière, m'a offert du tabac, en a pris d'une façon distraite. Tout cela s'est fait en silence. J'ai affecté de rêver pour donner le temps à mes dernières paroles d'opérer sur son esprit et sur son cœur tout l'effet que j'en attendais. Il me semblait qu'elles renfermaient un aveu tendre, rempli de ménagement. Puis, feignant de revenir de ma rêverie :

« — Écoutez, madame, ai-je poursuivi, voici la dernière aventure qui m'est arrivée ; elle est aussi triste que singulière. Le hasard m'ayant procuré un libre accès chez une femme de condition qui n'avait plus d'époux, j'en devins amoureux. Les efforts de ma raison pour vaincre un penchant qui ne me promettait rien d'heureux par la différence que le sort avait mise entre nous, furent inutiles. L'ayant combattu vainement, je m'y livrai. Je n'osais déclarer ma flamme à cette aimable veuve, craignant qu'elle me défendît de la voir. L'élévation de son rang, la connaissance de ma médiocrité m'arrêtaient. Je renfermais mon amour dans mon cœur.

« — Quelle simplicité ! dit alors Mme d'Olbeck en haussant les épaules sans regarder.

« Je poursuivis en affectant de ne pas m'apercevoir de sa réflexion.

« — Je l'évitais, je la fuyais, continuai-je ; elle fit attention au changement de ma conduite à son égard, elle m'en fit des reproches avec bonté et me demanda pourquoi je paraissais chez elle plus rarement depuis quelque temps. Cette curiosité obligeante pensa me déterminer à lui faire l'aveu de mes sentiments. Mais retenu par le respect et la crainte d'un traitement digne de mon audace, j'alléguais de faux prétextes et dans ces moments je lui laissais voir un trouble, une langueur, un abattement tendre qui lui fit enfin soupçonner que je l'aimais. Je connus qu'elle avait deviné mon amour ; ma joie fut inexprimable en voyant que, loin de me marquer du mépris et de la froideur, elle me traitait avec des attentions recherchées. Alors, je me rendis chez elle fréquemment et lui fis régulièrement ma cour. Son visage à mon abord montrait, sans variation, une sérénité charmante. Elle oubliait volontiers avec moi de courir après les amusements qu'elle s'était proposés. Sans ennui, elle me souffrait auprès d'elle des journées presque entières. Me jugeant assez bien insinué dans son esprit et dans son cœur pour lui déclarer ma tendresse, j'en fis l'aveu.

« "Pourquoi t'avises-tu de m'aimer, mon pauvre Dubois ? me répondit-elle tendrement. Quel est ton but ? Me crois-tu faible et insensée ?"

« Elle était émue en s'expliquant ainsi.

« "Renonce à ton projet, mon cher Dubois, continua-t-elle en portant doucement sa main sur la mienne et me regardant avec des yeux vifs et perçants. Ne m'aime point pour ne pas m'obliger à t'aimer : mes devoirs, la vertu, la raison, tout s'oppose..."

« Je ne lui donnai pas le temps d'en dire davantage. Cette manière de se défendre contre mon amour, cette façon de s'exprimer : *ne m'aime point, mon pauvre Dubois, pour ne point m'obliger à t'aimer*, me parut si agaçante que j'eus la témérité de lui couper la parole par d'amoureux transports. Ils ne furent point rebutés. J'allais être le plus heureux de tous les amants, lorsque la porte de son cabinet s'ouvrit. Quelle apparition fatale ! dans quel saisissement de douleur et de désespoir ne tombâmes-nous pas l'un et l'autre ! Un amant de cette tendre veuve ayant soupçonné ma flamme, avait mis une femme de chambre dans ses intérêts ; elle l'avait informé que je voyais souvent sa maîtresse sans témoins. Mon jaloux rival l'avait, par des présents, engagée de se cacher dans le cabinet pour apprendre par lui-même quel était le sort de mon cœur. C'était enfin ce rival lui-même qui venait interrompre nos plaisirs. Ma belle veuve, sans résistance, ne mettait plus de bornes à nos désirs. Il me surprit lié dans ses bras, elle dans un désordre voluptueux, moi dans une attitude convaincante. Sa vue suspendit l'action qui commençait à s'engager. Nous demeurâmes immobiles et déconcertés. Soit que mon rival fût guéri de sa passion par le point de vue qui frappait ses regards, soit qu'il jugeât que la raillerie convenait mieux que la fureur dans ces circonstances, il prit le ton ironique. S'adressant à la veuve, il lui dit ce peu de mots en se retirant : "Ne m'en rendez pas le témoin, madame, donnez-moi le temps de me retirer."

« Il partit. Mon aimable veuve fondait en larmes. J'allais le suivre pour le punir de son indiscrète curiosité, lorsqu'elle m'arrêta, en me priant de ne pas l'abandonner à elle-même, dans l'état où cette aventure la réduisait. J'obéis, trouvant cet événement sans remède. Elle eut assez de force d'esprit pour prendre son parti ; elle chercha sa consolation dans mon amour. Nous donnâmes aux idées du témoin qui nous avait surpris toute la réalité qu'elles avaient dû prendre dans son imagination, et ma charmante veuve fut du sentiment de ne rien perdre du fruit de ses soupçons et d'en compenser l'amertume par la douceur.

« Un frère de cette veuve fut instruit de notre intelligence par un billet anonyme dont mon rival sans doute était l'auteur ; il essaya d'en tirer une sanglante vengeance. Sous des prétextes, je fus attiré dans une maison inconnue, située à l'extrémité d'un des faubourgs de Paris. J'y fus reçu par une vieille dame dont la physionomie me déplut d'abord, cette femme m'introduisit dans une petite chambre, m'y laissa seul, en me priant d'attendre un moment. Alors, mille idées sinistres affligèrent mon esprit. Présage du malheur où j'allais être exposé, je me repentis de m'être rendu si facilement et sans prévoyance dans cette maison, j'ouvris la porte pour me retirer, mais je fus arrêté par cinq hommes, entre lesquels je reconnus le frère de ma maîtresse. Je mis l'épée à la main inutilement, on me désarma dans le moment même, je fus déshabillé avec une vitesse surprenante. J'ignorais le sort qui m'était préparé. Par mes prières et par mes larmes, je tâchai de fléchir les barbares que je voyais disposés à ma perte ; leurs cœurs inflexibles furent sourds à mes cris. On m'étendit sur une table, et je vis un appareil mille fois plus cruel que celui de la mort. Enfin, je m'aperçus que l'on voulait me dégrader de la qualité d'homme et ne m'en laisser que la ressemblance.

« À cette partie de ma narration, Mme d'Olbeck fit un cri qui m'interrompit.

« — Je tremble pour vous ! me dit-elle. Achevez…

« Elle me regardait alors avec des yeux pleins d'inquiétude, elle cherchait à deviner la suite de mon histoire, elle avait un air intéressé pour elle-même à ce dénouement : son visage marquait de la crainte, de la pitié, de l'incertitude et du dépit. Devenu plus hardi par la découverte que me procuraient ces mouvements, je poursuivis en ces termes :

« — Le projet barbare de mes ennemis fut sans succès, madame, continuai-je ; la clameur de mes cris, contre toute espérance, m'attira du secours. Je suis encore tel que la nature m'a formé.

« J'ai fait alors avec effronterie une démonstration évidente, poursuivit M. Dubois.

« — Vous abusez de ma bonté, a répliqué la baronne, en détournant les yeux. Finissez votre histoire, cessez une liberté qui m'offense.

« En s'exprimant ainsi, il n'y avait rien d'imposant dans le son de la voix. Au contraire, elle était émue, et j'y lisais clairement le trouble de ses sens. Dans cette situation, je l'ai pressée dans mes bras.

« — Cessez, me dit-elle avec fermeté, je le veux, je l'ordonne, craignez que quelqu'un ne soit caché dans ce cabinet. Si j'y voulais consentir, poursuivit-elle en s'adoucissant, il nous faudrait d'autres mesures. En m'obéissant, méritez que je vous pardonne.

« Ses yeux m'ont fait connaître que l'occasion ne lui paraissait point favorable et que sa défense dans ce moment n'était point affectée. Trouvant que ma bonne fortune était suffisamment avancée par cette manière de se refuser, j'ai pressenti qu'elle voulait elle-même préparer et déterminer l'instant. Obligé de retenir les transports décisifs, je me suis borné à un effort préliminaire et j'ai cueilli avec assez de liberté quelques faveurs, dont elle semblait avec moi partager l'amusement. Sa complaisance irritait mes désirs : j'ai fait une nouvelle tentative, elle s'est dérobée à mes emportements par la fuite ; j'ai demeuré seul dans sa chambre. Ayant en vain attendu son retour, je me suis retiré moi-même avec l'espérance que ma victoire n'était point éloignée, que la première entrevue en consommerait le triomphe. »

— Cela est fort bien, monsieur Dubois, repris-je lorsqu'il eut fini ce détail. Je prévois que vous m'allez faire beaucoup d'infidélités. Mais ne vous occupez pas si fort de votre intrigue, que vous ne me fournissiez bientôt l'occasion de me venger. Je vous abandonne volontiers à Mme d'Olbeck, pourvu que vous ne me laissiez pas longtemps dans l'oisiveté. Intriguez-vous, poursuivis-je, pour me trouver quelque occupation de goût qui me dédommage de votre perte.

Il m'assura que, la passion n'entrant point dans le commerce qu'il allait lier avec la baronne, il serait toujours en état d'agir en ma faveur et d'exécuter, selon les occasions qui s'offriraient, tous les projets de manège et de galanterie que nous avions tramés.

Le lendemain, jour de répétition d'une comédie nouvelle, l'intendant fit deux observations dont il tira des conséquences favorables. Il remarqua que je fus lorgnée de deux hommes qui se trouvèrent à cette répétition. L'un et l'autre recherchèrent son entretien, lui parlèrent avantageusement de ma conduite, firent l'éloge de ma figure et vantèrent mes talents. M. Dubois, en qualité d'oncle, répondit modestement. L'une de ces deux personnes était un vieil officier de cavalerie, retiré du service, qui mangeait à Lille un assez gros revenu dont il jouissait dans l'oisiveté de la paix ; il avait partagé tout son temps entre l'amour et la table. Persuadé que la vertu des femmes qui se piquent de sagesse n'est qu'un composé de grimaces et d'affectation, il n'avait jamais voulu se donner les soins qu'il faut prendre pour les ranger à certaines complaisances ; il trouvait de la folie à solliciter longtemps par des soupirs et des assiduités un plaisir qu'il était aisé de trouver avec des beautés plus traitables. Il raillait la constante application des amants pour réduire un cœur rebelle en apparence, qui brûlait secrètement de se rendre, et il méprisait d'être esclave d'une beauté capricieuse qui fait acheter par des tourments des faveurs qu'elle voudrait avoir accordées. Dans ce principe, il avait toute sa vie préféré le commerce de ces femmes de bonne foi sur leurs propres désirs, qui conviennent avec franchise que le solide plaisir n'est que dans les amusements de la volupté. Regardant ce que l'on appelle sentiment et délicatesse en amour comme une erreur d'un esprit peu formé, il cherchait les réalités faciles avec celles qui se déterminent familièrement dans une première entrevue.

Ma conduite régulière depuis que j'étais à Lille ne devait cependant pas le flatter d'un prompt succès auprès de moi. Mon éloignement pour la galanterie avait dû paraître si évident, qu'il pouvait craindre de ne pas trouver les facilités qu'il espérait. Mais soit que le caractère de comédienne fût dans son esprit un titre de galanterie déclarée, soit qu'il se fût déjà proposé de me faire des offres trop avantageuses pour lui résister, je vis clairement dès lors qu'il avait des vues sur mon compte.

L'autre personnage dont je fus également lorgnée et qui cherchait à s'insinuer dans l'esprit de M. Dubois était un jeune homme de Paris, riche et revêtu depuis peu d'une charge de finance, qui venait recueillir à Lille la riche succession d'un vieil oncle usurier, que l'avarice autant que les infirmités avaient lentement conduit au tombeau.

L'intendant, en conservant toujours l'air d'honnête homme qu'il avait emprunté, se rendit sociable à ces deux amants. Il leur dit des choses honnêtes, parut complaisant, montra de l'esprit, parla politique au guerrier, flatta le financier par des politesses distinguées. J'examinais cette manœuvre et je connus d'abord que M. Dubois formait des desseins sur ces deux personnages. Je m'approchai de lui sans affectation. Le militaire et le financier montrèrent à mon abord un air de satisfaction. Je nommerai le premier M. d'Oubrigny et l'autre M. Poupard. Tous deux, sans soupçonner leurs secrètes intentions, me marquèrent de l'empressement. Poupard me sembla fort neuf, mais d'Oubrigny, quoique vieux, avait dans le geste et la conversation tout le brillant et toute l'activité d'un jeune professeur de coulisses[1].

L'intendant me laissa seule avec eux et s'éloigna de quelques pas en prenant le prétexte de parler à un acteur de la troupe. Le vieux militaire, plus hardi que le jeune Poupard, saisit ce moment pour me dire beaucoup de petites choses badines et familières. Comme elles n'avaient rien d'indécent, je les souffris. D'ailleurs, son âge m'autorisait à feindre de le regarder sans conséquence, ou du moins de lui tolérer plus de liberté qu'à tout autre. Le timide financier avait, au contraire, une contenance fort embarrassée. La présence de d'Oubrigny lui en imposait et il se bornait à me parler des yeux un langage que je trouvais très fade.

Le vieux guerrier, profitant toujours de l'absence de mon oncle, s'émancipait de plus en plus. Il égayait l'entretien en y semant les plaisanteries les plus vives. Ma gorge qui, par un artifice secret, paraissait assez bien placée, arrêtait fréquemment ses regards ; il affectait cependant de douter qu'elle eût cette qualité essentielle que l'on ne peut connaître que par le toucher : il voulut me forcer doucement à s'en convaincre lui-même. Je l'éloignai avec une gravité corrigée par un demi-sourire. Malgré ma défense, le téméraire s'en éclaircit en un instant. Mon corps de baleine était lacé de fort près, cela me servit ; j'eus la malice de m'enfler un peu dans ce moment, il me trouva tous les agréments d'une gorge vestale. Je le quittai brusquement en feignant de me fâcher. « Elle est charmante, elle est sans prix, je vous offre cinquante louis ; je paierai plus libéralement encore vos autres charmes, si vous voulez me les abandonner. » Feignant de ne rien entendre de sa proposition, je m'approchai de M. Dubois qui, ayant vu toute cette manœuvre, affecta de n'avoir rien remarqué. Pour ôter tout soupçon à M. d'Oubrigny, lorsqu'il se fut aperçu de ses empressements trop marqués pour moi, il lui parla avec la même franchise et la même politesse.

Le militaire, qui n'était pas moins rusé que l'intendant, crut que Dubois était commode ou qu'il avait trop de confiance en moi pour s'arrêter à faire des observations sur ma conduite. Dans cette façon de

1. « *Professeur* : se dit quelquefois de celui qui exerce un art et en fait profession, par opposition au simple amateur qui le cultive. Cet homme n'est pas un simple amateur en musique ; c'est un professeur » (*Dict. Acad.*, 1835).

penser, il continua toujours de me dire en sa présence de ces choses obligeantes et badines que les hommes débitent aux jeunes actrices, lorsqu'ils ont dessein de leur plaire. Après la répétition, il pria mon faux oncle de le venir voir quelquefois. « On m'a dit que vous aimiez la musique, lui dit-il : j'en suis fou, j'ai des amis qui ont le même goût ; ils seront charmés de vous connaître. Venez, nous nous amuserons et nous varierons nos plaisirs par quelques bouteilles de vin de Champagne. » L'intendant auquel il indiqua sa demeure lui promit de lui rendre au plus tôt ses devoirs. Nous nous séparâmes. Il nous fut aisé de deviner que d'Oubrigny cherchait à l'attirer dans sa maison pour se procurer un accès dans la mienne.

Cherchant des yeux M. Poupard, qui avait disparu, je le vis qui s'entretenait avec ma mère dans une loge éloignée. Je marquai par un signe de tête à ma chère maman, que j'allais sortir avec mon oncle et qu'elle nous rejoignît pour nous rendre ensemble au logis ; mais par un mouvement de tête que je compris au mieux, elle me fit entendre qu'elle avait des raisons pour demeurer encore quelque temps et que je pouvais partir sans l'attendre. Sûre qu'elle n'agissait ainsi que pour cause légitime, je sortis seule avec l'intendant. Un quart d'heure après notre arrivée chez moi, ma chère maman parut, accompagnée de M. Poupard.

— Voilà, nous dit-elle, un cavalier fort sage et fort aimable que je vous présente. Nous passions des jours trop sérieux, continua-t-elle, il m'ennuie de vivre sans société. On nous croira des ours si nous nous opiniâtrons à ne voir personne : cela est ridicule. Le commerce d'un jeune étourdi serait contraire à la vie simple et unie que nous voulons mener. Mais un homme sage, comme M. Poupard, d'un caractère tranquille, ne peut jamais nous faire repentir de l'avoir reçu quelquefois ici. Par préférence à tous ceux auxquels j'ai refusé l'entrée de ma maison, je vous l'amène, poursuivit ma mère ; il veut bien souper frugalement avec nous.

Le novice Poupard remercia respectueusement ma mère d'une préférence si flatteuse. M. Dubois, sans un air d'empressement ni de chaleur, le reçut avec beaucoup de civilité, et je le traitai avec un air de satisfaction mêlé de façons vives et modestes. L'intendant soutint toujours dans la conversation le caractère d'un homme de probité. Ma mère, dans ses discours, affectait assez naturellement des sentiments inviolablement attachés à la vertu. Je feignais de l'écouter avec attention et d'adopter sa manière de penser. Poupard, craignant de passer pour un blasphémateur, n'osait contredire la pureté de sa morale ni m'engager au relâchement. Surpris de trouver à la table d'une actrice des entretiens aussi régulièrement sages, il nous regardait avec des yeux inquiets et déconcertés qui me réjouissaient extrêmement. La peur de l'ennuyer et de le dégoûter de notre commerce par des propos si peu conformes à ses désirs et à ses intentions sur moi nous fit quitter la morale. Mon oncle m'ordonna de chanter, ce que je fis (sans m'éloigner de la décence) avec tout l'art dont je suis capable. L'amoureux Poupard tomba dans le ravissement. J'achevai de l'accabler en lui adressant, par mes chansons, les paroles les plus tendres et les plus passionnées. En contenant cet air mutin que j'ai naturellement à table, lorsque je veux pousser le plaisir jusqu'à la licence, je laissai échapper habilement, par mes yeux et par mon geste, quelques saillies d'humeur et de goût portées vers la volupté. Poupard, quoique neuf, s'en aperçut. Il me crut vertueuse par les principes d'habitude que je recevais de ma mère et de mon oncle, mais il se persuada que, n'étant plus retenue par la présence et la sévérité de ces surveillants, le naturel serait en moi disposé vivement au plaisir de l'amour. Il déguisa cependant cette observation.

M. l'intendant, informé que ce financier retournerait incessamment à Paris, crut devoir en tirer parti brusquement et me laisser le soin, ce même jour, d'entrevoir ce que l'on pouvait espérer. Pour lui ménager le moment de m'entretenir avec plus de liberté, il feignit, quand nous eûmes quitté la table, d'avoir veillé extrêmement tard le soir précédent et que le repos lui était nécessaire. Poupard crut que mon oncle lui signifiait poliment qu'il devait se retirer. Il allait prendre ce parti lorsque l'intendant le désabusa en lui disant qu'il ne voulait pas nous priver si tôt du plaisir de le voir, que l'heure était encore extrêmement bourgeoise et qu'il pouvait veiller encore quelques moments avec ma mère et moi. À ces mots, il s'excusa de ne lui faire longtemps compagnie et se retira dans sa chambre. Le financier, jusqu'alors gêné par sa présence, ne parut pas fâché de son départ. Sa retraite ne lui suffisait cependant point encore : la présence de ma mère ne lui était pas moins incommode. Un instant après, Muscadet vint annoncer à cette chère maman que M. Dubois la priait de passer un instant dans son appartement. Je pénétrai la vérité, et que mon oncle lui voulait dire qu'elle donnât au financier le temps et l'occasion d'expliquer ses sentiments et ses desseins.

Poupard était un garçon peu entreprenant. Mais l'ardeur du tempérament, ému par mes chansons et mes airs agaçants, vainquit alors sa timidité. Il se vit à peine seul avec moi qu'il m'embrassa en gesticulant assez indécemment. Si j'avais suivi mon naturel, j'eusse à ce transport répondu par un transport égal. Mais je me souvins que je m'étais fait une réputation de vertu qu'il fallait soutenir, au moins dans cette première attaque. Contre mon penchant, je repoussai le financier avec un air sérieux et irrité, qui le força de se contenir. Je feignis même de vouloir me retirer. Il m'arrêta par ma robe, avec instance, en m'assurant d'être plus sage et me priant de l'écouter. Sur ces protestations, je consentis à demeurer.

Ma mère, craignant qu'une plus longue disparition, suivie de celle de M. Dubois, ne fît naître dans l'esprit de M. Poupard des idées peu honnêtes sur notre maison, rentra dans le même temps. Elle nous vit, le financier et moi, nous entretenir avec tranquillité, à voix basse, dans un coin de l'appartement. Ma chère maman, sans nous interrompre, allait çà et là dans la chambre, cherchait dans les tiroirs, s'occupait de bagatelles. Poupard me faisait pour lors, avec ingénuité, les plus belles protestations. Il m'adorait, il voulait être aimé et payer mon cœur de tout ce qu'un homme riche et libéral peut offrir à une beauté indigente. Quoique ses offres dussent révolter en apparence une vertu telle que la mienne, je sentis cependant que je devais agir différemment avec lui. Poupard n'ayant que très peu de temps à demeurer à Lille, il fallait brusquer l'aventure et ne pas laisser échapper cette bonne fortune. Je parus me familiariser avec ses propositions, mais par ménagement pour moi-même, je feignais de traiter cette matière en badinant. Mon badinage le déconcertait. Plus je plaisantais, et moins il me croyait disposée à composer avec lui sérieusement. Ma mère sortit par hasard dans ces entrefaites, pour donner quelques ordres de ménage dans la cuisine. Le jeune financier, plus libre par son absence et par le tour badin que j'avais donné à la conversation, me sollicita plus vivement de le rendre heureux. Il mit sur une table, près de moi, une bourse de louis qui me parut de bonne grâce, et me coula au doigt un diamant fort joli. J'affectai de rire comme une folle de sa magnificence, comme si j'eusse eu dessein de le forcer à reprendre ses dons généreux. Se dépouillant peu à peu de sa timidité et se croyant en droit, par son or et par son diamant qu'il m'avait abandonnés, de former sur moi quelque entreprise, il me… (je crains de tomber dans le licencieux). Mais comment exprimer cette circonstance et ménager la délicatesse de mon lecteur ? Il me…

Il dérangea d'abord une palatine fort galante dont ma gorge était couverte[1]. Je voulus faire encore le petit dragon de vertu, mais j'étais trop susceptible. Depuis un moment, j'avais regardé la figure de Poupard avec plus d'attention. Je lui trouvais quelque chose de doux et d'enfantin qui commençait à me plaire. Son inclination libérale, dont il me donnait des preuves, aidait à me séduire. Je crus remarquer en lui quelques traits de ressemblance avec Ridhilles. À peine eus-je fait cette observation que je ne me connus plus ; je perdis de vue le système de conduite adroite et ménagée que ma mère, M. Dubois et moi nous nous étions proposé. J'oubliai tous les articles de notre concordat, j'éloignai toutes réflexions sur les suites d'une complaisance si précieuse, je hasardai enfin de perdre par mon indiscrétion, s'il publiait ma faiblesse, la réputation que je m'étais faite d'une vertu presque invincible. Sans penser même que je pouvais être surprise par le retour de ma mère ou l'arrivée d'un domestique, je me livrai sans résistance au mouvement de mes sens qui me dominaient.

Poupard, malgré sa faible expérience dans ces sortes d'aventures,

1. *Palatine* : fourrure que les femmes portaient autour du cou. Du nom de la princesse Palatine Anne de Gonzague (1616-1684) qui mit cet accessoire à la mode.

connut mon trouble et ma situation. Le dérangement de ma palatine auquel je m'étais faiblement opposée, lui présenta des objets qui occupèrent quelques instants ses mains et ses regards, avec une amoureuse vivacité. Voyant que, sans obstacle, je me bornais à le prier, en bégayant, d'arrêter ses transports, il chercha des plaisirs plus essentiels. Je ne vis plus rien. Selon mon usage ordinaire, je fermai les yeux, et dans un voluptueux silence l'heureux Poupard me trouva docile à ses désirs.

Ma très chère mère qui, par le ménage politique que nous étions convenus d'observer, ne pouvait penser que je fusse occupée d'autre soin que d'allumer habilement les désirs du jeune financier, entra pour lors dans ma chambre. On jugera de son étonnement, lorsqu'elle vit au contraire que je m'employais habilement pour les éteindre. L'événement n'avait rien de mortifiant pour elle, mais conséquemment au ton de vertu que nous avions pris à Lille, elle devait dans cette occasion saisir le rôle d'une mère sage et prudente qui n'avait pas même lieu de soupçonner la vertu de sa fille. Poupard, à son arrivée, presque aussi confus que j'affectais de l'être, se mit entre elle et moi, pour me garantir de la colère qu'il lui supposait. Je crois l'avoir dit ailleurs : ma mère a comme moi le don des larmes. Au lieu d'affecter une indignation sérieuse, elle prit le parti d'un saisissement, qui semblait même lui avoir ôté l'usage de la voix ; cela était plus sensé et avait meilleure grâce. Elle tomba ou feignit de tomber presque sans sentiments dans un fauteuil ; des larmes fausses coulèrent de ses yeux, un mouchoir cachait son imposture et laissait croire qu'elle en répandait abondamment. Des sanglots auxquels elle donnait une cadence naturelle appuyaient encore l'erreur du simple Poupard. L'état de ma chère maman lui fit plus d'impression que si elle eût éclaté par la colère ou de mauvais traitements. Il en fut touché de façon que je crus qu'il se repentait d'être la cause de sa douleur et d'avoir séduit la fille d'une mère si respectable.

Cette scène avait quelque chose d'extrêmement réjouissant pour moi. En affectant toute la confusion d'une fille surprise en pareil cas, je riais secrètement de la simplicité du financier et de la feinte consternation de ma chère maman. Craignant d'éclater par des ris, je me retirai sous prétexte de cacher ma honte et de ne pouvoir plus soutenir la présence d'une mère que j'avais si cruellement offensée. Poupard, qui n'avait pas de désir plus pressant que celui de s'échapper, me suivit. Il remit noblement entre mes mains la bourse qu'il avait laissée sur la table. Lorsque nous ne fûmes plus sous les yeux de ma chère maman, il m'exhorta instamment à le suivre et à m'épargner toutes les amertumes que devait m'attirer la connaissance de ma faiblesse. Il me promettait de me mettre à couvert de tout ce que je devais craindre de mon oncle, auquel il supposait que ma faute ne serait pas longtemps cachée. Il m'assura qu'il me ferait à Paris un sort aimable et solide et qu'il m'y mettrait honnêtement dans mes meubles, que je serais enfin sa sultane favorite et le premier objet de ses menus plaisirs.

— Non, lui répondis-je, avec la tendre douleur que je devais montrer dans ces circonstances, et prenant le ton d'une vestale nouvellement dégradée : non, je ne veux pas me rendre encore plus criminelle ; oubliez-moi. Quel instant fatal ! poursuivis-je avec exclamation. Il m'a rendue pour toujours malheureuse ! Ne pensez pas, ajoutai-je, que vous ne devez ma faiblesse qu'à ce seul moment. Vous seriez dans l'erreur, je vous aimais en secret. Depuis que je vous vois au spectacle, j'ai senti pour vous tout ce dont vous devez être convaincu par les preuves que vous venez de recevoir. Hélas ! continuai-je, outre les justes reproches et le mépris qu'il me faudra supporter de ma mère et de mon oncle, souffrirai-je encore les railleries du public par votre indiscrétion ?

Par ce discours assez suivi et prononcé volubilement avec des yeux mouillés de larmes, je lui parus mille fois plus aimable. Il y trouva de la vertu, du trouble, une crainte bien fondée, un juste soin de ma réputation, et tous les mouvements enfin qui devaient m'agiter naturellement pour lors. Il me protesta par mille serments qu'il était le plus discret de tous les hommes et qu'il n'aurait jamais la vanité de publier mes bontés.

Pour m'obliger à prendre la bourse que je feignais de refuser, il prit le prétexte que ma mère irritée me refuserait peut-être bien des petites choses qui me seraient nécessaires pour ma parure ou ma commodité. Une raison aussi judicieuse m'obligea de la prendre, lorsqu'au nom de son tendre amour il m'eut encore suppliée plus d'une fois de l'accepter. Ceci se passait sur l'escalier, ma mère était seule dans la chambre dont nous étions sortis. Quoiqu'elle soupçonnât que Poupard s'entretenait encore avec moi, elle crut devoir paraître. Je feignis un tremblement notable lorsqu'elle me surprit avec lui ; elle affecta d'être offensée de nous trouver ensemble.

— Ne continuez pas à m'outrager par une longue résidence ici, lui dit-elle d'un ton assez imposant. Et vous, ajouta-t-elle en me regardant avec des yeux où l'on voyait un mélange de pleurs, de douleur et de sévérité, suivez-moi dans ma chambre.

Poupard fit une profonde révérence et se retira. Lorsque nous fûmes certains de son départ, ma mère rit avec peu de modération de l'état où elle nous avait surpris, le financier et moi. Elle se rappela ma première aventure avec l'intendant, lorsqu'elle me croyait occupée à la recherche de quelques essences qui devaient soulager le baron de Mélisse. Y trouvant quelque similitude avec cet événement, par le peu de soupçon qu'elle avait formé d'une intelligence aussi anticipée, ma très chère mère dit mille choses plaisantes sur cette brillante partie de mon histoire. Ignorant encore quel fruit j'avais tiré de mes faveurs, elle me blâma cependant de m'être rendue réfractaire aux lois que nous nous étions imposées et au règlement de conduite que nous avions formé. Elle supposait que ma complaisance précipitée pour les désirs de Poupard était contraire aux avantages que nous pouvions tirer de son amour pour moi. Mais elle changea de langage lorsque je lui eus fait voir le diamant qu'il m'avait galamment forcée de prendre et la bourse qui renfermait environ cent louis. Ceci parut trop intéressant à ma mère pour différer d'en informer M. l'intendant.

Nous passâmes dans son appartement. Déjà dans les bras du sommeil, nous interrompîmes son repos pour le régaler de l'heureux effet de la visite de Poupard et de tout ce qu'il y avait eu de comique dans la scène imprévue que nous venions de représenter. Les esprits de M. Dubois, appesantis par le sommeil, se développaient trop lentement pour bien comprendre le détail que nous lui faisions avec des saillies d'enjouement qui rendaient notre narration plus confuse.

L'or du financier, que je fis briller à ses yeux, eut seul le crédit de dissiper la léthargie de ses sens, et le diamant, que je lui montrai dans le même temps, acheva de lui rendre toute sa vivacité ordinaire. S'étant mis au fait de l'aventure et de ses circonstances, il fit les plus jolies plaisanteries sur le bonheur de l'amoureux Poupard, qui à si peu de frais avait fait rapidement la conquête de la vertueuse Frétillon. Nous nous y joignîmes par des propos du même genre. On devine aisément ce qu'en pouvaient dire dans ces conjonctures trois personnes de notre caractère. On m'abandonna, sans me prescrire aucune règle, le soin de conduire et de ménager cette intrigue, puisque je l'avais entamée avec un succès si avantageux. Le lendemain, jour de comédie, je me rendis au théâtre ; l'intendant m'accompagnait. Poupard fut un des premiers objets que j'aperçus. Il me salua avec une politesse qui avait quelque chose de tendre et de respectueux. Je lui fis une révérence qui marquait de l'embarras et de la timidité. Mon oncle l'aborda d'un air de connaissance, comme un homme avec lequel il avait soupé le soir précédent, dont il ignorait l'outrage dans ma personne, en me séduisant, et qui par discrétion lui avait été caché par ma mère.

Le financier, dans ces préjugés, m'avait paru troublé à l'aspect de mon oncle, mais il se rassura par l'air de confiance avec lequel il en usait avec lui. Il pensa que les faveurs que je lui avais accordées étaient encore un mystère pour lui, par la prudence de ma chère maman. Ayant répondu aux politesses de M. Dubois, il vint à moi. Nous étions trop environnés pour nous dire du particulier ; il m'entretint de choses générales, et pour lors je lisais dans ses yeux que mes bontés, loin d'éteindre sa flamme, n'avaient servi qu'à l'irriter. Née vive et tendre, il n'en fallut pas davantage pour me toucher : il dut voir le même sentiment dans mes regards. La multitude qui nous obsédait s'étant dissipée, nous pûmes nous parler sans être entendus. Sa première question fut de me demander de quelle façon ma mère en usait avec moi.

— Sévèrement, lui répondis-je, et comme avec une fille chargée d'un crime dont elle ne m'aurait crue coupable, si notre imprudence ne l'en eût convaincue. Hélas ! repris-je, ne devais-je pas penser qu'elle pouvait nous surprendre ?

Il m'exhorta, avec les instances les plus passionnées, de fuir une mère assez peu raisonnable pour ne me vouloir pas souffrir un amant. Je parus ferme à ne pas prendre un parti si violent. Contraint de se borner à me voir quelquefois secrètement jusqu'à son départ, je consentis à me prêter aux occasions qui pouvaient naître, autant que le permettrait la vigilance de ma mère sur ma conduite. Poupard voulut raisonner sur les mesures que nous devions prendre à cet effet, mais je lui dis de se reposer sur moi du soin de ménager nos entrevues. J'ajoutai que je craignais quelque imprudence de sa part qui commettrait ma réputation, dont j'étais extrêmement jalouse.

Pour le disposer à renforcer ses générosités, je lui fis entendre que la bourse qu'il m'avait obligée de recevoir me mettait en état de faire les frais et la dépense nécessaires pour engager quelque personne discrète et complaisante à favoriser nos secrets entretiens, pour louer, sous des noms empruntés, quelque petite maison dans laquelle, sans trouble et sans crainte, nous nous livrerions à notre amour. Le généreux financier, comme je l'avais prévu, ne voulut pas que la bourse qu'il m'avait donnée servît à cet usage ; il me dit qu'elle était destinée pour mes besoins particuliers et qu'il saurait me dédommager des frais où j'allais être engagée pour l'arrangement de nos entrevues. S'il eût eu pour lors une bourse proportionnée à ses nobles intentions, il l'aurait dès ce moment remise entre mes mains.

La toile, qui dans cet instant fut levée pour la représentation, nous força de nous séparer. Je l'assurai, en le quittant, que dans peu de jours je lui fournirais l'occasion de me voir, et je le priai, pour ne pas donner de soupçon de notre intelligence, de ne me marquer en public aucun empressement. Le soin de ma réputation, l'idée de ma sagesse que je voulais conserver dans les esprits, la crainte d'irriter ma mère de plus en plus contre moi, lui parurent de fortes raisons pour ce ménagement ; il l'observa avec une régularité charmante. Ce simple garçon ne me parla presque plus que des yeux en public. D'Oubrigny parut dans les coulisses à la fin de la comédie ; il pria l'intendant de souper avec lui. Mon oncle fut contraint de le refuser, ayant promis pour ce même soir à Mme d'Olbeck, qui lui avait fait dire par un de ses gens de se rendre chez elle à neuf heures du soir. N'y ayant point été invitée, je soupçonnai les motifs de la baronne.

Ma cinquième partie, quand elle paraîtra, en informera mon lecteur.

MÉMOIRES POUR SERVIR DE SUITE À L'HISTOIRE DE MADEMOISELLE CRONEL DITE FRÉTILLON,

ci-devant actrice de la Comédie de Rouen, et présentement de la Comédie de Paris[1]

*Mémoire pour M. le Marquis de *** contre la demoiselle Cronel-Frétillon-Clairon*

Si la présomption toujours fausse dans ses raisonnements ne séduisait pas notre esprit par les vains prestiges de l'imagination, combien de desseins hasardés, de démarches folles et téméraires ne nous épargnerions-nous pas ? Opinion trop avantageuse de soi-même, dangereuse manie, qui pervertit l'ordre, confond les États et détruit l'harmonie de la société. On se livre en aveugle aux mouvements déréglés qu'inspire une vanité malentendue. En vain la raison indignée se soulève et veut s'opposer aux saillies de l'amour-propre : on est sourd à sa voix. Plus de frein, dès qu'il s'agit de s'élever. La plus légère apparence de succès redouble encore le délire. Il n'est plus possible de se renfermer dans les bornes que l'équité prescrit. L'ambition frivole n'a d'autre guide que le caprice qui bronche à chaque pas, et se précipite avec elle. *Il est beau de tenter* : maxime erronée, dont l'application est pernicieuse.

Nous avons sous nos yeux un triste exemple de la vérité de ce qu'on vient d'avancer dans la conduite de la demoiselle Clairon ; ses débuts aux deux premiers théâtres de Paris peuvent être mis au rang de ces témérités condamnables qu'on ne saurait réprimer trop sûrement, et que le public n'aurait jamais dû permettre.

La demoiselle Clairon, connue depuis longtemps sous le nom de Frétillon, après avoir erré plusieurs années dans les provinces, rebutée des fatigues que lui causaient les caravanes continuelles auxquelles l'assujettissait son état de comédienne de campagne, voulut enfin terminer ses courses à Paris, en prenant la résolution d'y venir fixer son séjour. Le désir d'exposer ses attraits dans un point de vue favorable la conduisit d'abord à l'Opéra. Les fastes de ce spectacle rempli de traits mémo-

1. À La Haye, Aux dépens de la Compagnie, 1750.

rables d'une sagesse souvent trop scrupuleuse ne l'intimidèrent point. L'austère vertu dont on y fait profession ne l'empêcha point d'y présenter une personne dont la scandaleuse histoire se débite publiquement.

Qui aurait pu s'imaginer que l'indécente élève de l'intendant des plaisirs de la jeunesse de Paris, eût jamais pu former le projet inouï de se faire inscrire au nombre des vestales privilégiées que l'Opéra renferme dans sa respectable enceinte ? Était-il naturel à la demoiselle Clairon d'oser risquer une entreprise si inconsidérée ? devait-elle ignorer que la conduite des récipiendaires y est examinée avec le soin le plus religieux, qu'on n'y passe rien, que la faute la plus légère n'y est point ménagée[1] ? Quel éclat n'occasionnèrent pas les jeux, quoique innocents, de trois prêtresses de ce Temple consacré à la pureté ! Tout Paris se ressouvient encore de ce jour fameux dans les chroniques de l'Opéra, où trois déesses de coulisses[2]

1. Ces propos doivent s'entendre ironiquement. Qui ne sait, au contraire, que l'Opéra de Paris était au XVIIIe siècle un des hauts lieux de la débauche ; on le désignait couramment comme l'« école de la galanterie et de la luxure » (voir Maurice Lever, *Théâtre et Lumières : les spectacles de Paris au XVIIIe siècle*, Paris, Fayard, 2001, chap. IV).

2. Ces trois déesses sont la Pélissier[a], la Camargo[b] et la Duval, autrement « la Bulle », fille de la *Constitution*, ainsi appelée parce qu'on la croit fille naturelle du cardinal Bentivoglio lorsqu'il était nonce en France[c]. Ces trois déesses étant à dîner chez le sieur Gruer[d], un des directeurs de l'Opéra, voulurent à l'exemple de Junon, Minerve et Vénus disputer entre elles du prix de la beauté. Les convives furent pris pour juges de ce différend, mais ceux-ci dirent qu'on ne pouvait juger la contestation présente qu'en voyant leurs appas dévoilés au grand jour. En conséquence, on se transporta à l'issue du dîner au magasin de l'Opéra et là, sur un théâtre destiné aux répétitions des opéras[e], parurent *in puris naturalibus* les trois contendantes aux yeux des spectateurs qui devaient donner la pomme d'or à la plus belle. [NdA]

a. La cantatrice Marie Pélissier (1702-1749) débuta en 1722 à l'Académie royale de musique avec un éclatant succès et charma le public par sa beauté, plus encore que par son talent. Elle eut de nombreuses galanteries qui défrayèrent la chronique. C'est à la suite d'une de ces aventures qu'elle dut quitter l'Opéra (1734) ; elle y rentra l'année suivante et continua de se livrer aux amours vénales. Vers la fin de sa vie pourtant, désireuse de s'amender, elle épousa l'entrepreneur du théâtre de Rouen, qui lui fit payer cher ses débordements passés. Elle prit sa retraite en 1747 et mourut deux ans plus tard. [NdÉ]

b. Marie-Anne Cuppi, dite la « Camargo » (1710-1770), assurément l'une des plus illustres danseuses de son temps, tant par la virtuosité de ses *gargouillades* que par les désordres de sa vie privée. Elle fut pendant quelques années la maîtresse du comte de Clermont. Le logis qui abritait leurs amours échut, après la rupture, au jeune marquis de Sade, alors âgé de quatorze ans, qui y recevait ses bonnes amies. Voir Maurice Lever, *Donatien Alphonse François, marquis de Sade*, Paris, Fayard, 1991, p. 80. [NdÉ]

c. Nommé nonce du pape à Paris en octobre 1711, le cardinal Cornelio Bentivoglio (1668-1732) était, d'après Saint-Simon, « le plus dangereux fou, le plus séditieux, le plus débauché prêtre et le plus chien enragé qui soit venu d'Italie. [...] Cet infâme nonce, poursuit le mémorialiste, n'était point honteux d'entretenir une fille de l'Opéra dont il eut deux filles qui y entrèrent depuis, si publiquement connues pour telles qu'on ne les nomma jamais que la *Constitution* et la *Légende*. »

d. Le financier Claude Gruer administra l'Opéra pendant un an seulement, de 1730 à 1731. Il fut destitué à la suite de cette aventure. [NdÉ]

e. Les magasins de l'Opéra, construits en 1712 rue Saint-Nicaise, sur l'emplacement de l'actuelle place du Carrousel, servaient à la fois de remise pour les décors, et d'école de danse pour les jeunes artistes. Ce n'est qu'en 1763 qu'ils seront transférés à l'hôtel des Menus-Plaisirs de la rue Bergère. [NdÉ]

renouvelèrent entre elles la fameuse dispute de la Pomme dorée, en étalant leurs charmes aux yeux d'un berger[1] moins jeune à la vérité et moins beau que Pâris, mais peut-être plus dangereux pour la sûreté des appas soumis à son jugement. Ne fut-on pas scandalisé d'apprendre que dans ce conflit de beauté, l'envie de triompher avait fait pousser la licence jusqu'à mettre au jour des attraits qui ne doivent jamais être exposés qu'aux yeux d'un pharmacopole[2] ou de l'Amour vainqueur ? Ces trois charmantes rivales s'efforcèrent, en produisant leurs plus précieuses richesses, de capter la bienveillance de leurs juges indécis, et de séduire leur intégrité par la vue de leurs immenses trésors. Le soleil même qui avait été invité à ce singulier spectacle en fut indigné et s'en plaignit amèrement à l'Amour qui lui avait joué ce tour perfide. Voici comme on raconte la chose :

Depuis le jour où captive en ses rets,
Vénus parut en attitude honnête,
Le dieu du jour, qui l'observa de près,
Se repentit d'avoir troublé la fête.
Depuis ce temps tout mystère d'amour,
Gentils débats, jolies liturgies,
Lui sont plaisirs interdits pour toujours.
Pour célébrer les nocturnes orgies,
Amour attend qu'il ait fini son cours,
Et ses bons tours ne se font qu'aux bougies.
Un jour Phébus tout plein de ses regrets
Lui dit : « Faut-il qu'un éternel mystère
À mes regards dérobe tes secrets,
Et que la nuit en soit dépositaire ?
Oublie, Amour, que mes yeux indiscrets
Ont dévoilé les plaisirs de ta mère,
J'ai beau tout voir, il est certains attraits…
Ah cher Amour, fais que je les éclaire.
— Je le veux bien, dit le dieu de Cythère.
Dans mon domaine, il est certain palais,
Sérail commode, où tu peux t'introduire,
J'y vais, suis-moi ; j'ouvrirai les volets. »
L'Enfant malin, qui cherche à le séduire,
Le mène droit, non dans ces lieux sacrés,
Des vrais Amours, asile inviolable,
Où tout respire une mollesse aimable,
Mais dans ces lieux des grâces ignorés,
Réduit impur de la luxure impie,
Vieux temple où gît la Mollesse accroupie,

1. Le vieux Campra auteur de la musique de quelques opéras, qui avait mis ses lunettes pour mieux observer les objets exposés à sa vue. [NdA]

2. *Pharmacopole* : « apothicaire. Il ne s'emploie guère que par plaisanterie. Un pauvre *pharmacopole* » (*Dict. Acad.*, 1835).

Asile enfin où se sont retirés
Amours bâtards à Lampsaque adorés[1].
Phébus y voit des prêtresses lascives,
Qui provoquaient des satyres en feu.
«Arme ton char des flammes les plus vives,
Lui dit l'Amour, et nous verrons beau jeu.»
Phébus agit, pénètre, s'insinue.
Bras découverts, et gorges à demi nues
S'offrent d'abord : ornements superflus,
Voiles fâcheux ne tiennent déjà plus.
Lieu plus secret, nudité moins connue
S'ensuit bientôt, et le jeu continue,
Tant et si bien qu'à la fin aux regards,
Spectacle entier s'offre de toutes parts.
Lubricité, qui préside à la fête,
S'en applaudit, et soudain elle apprête
D'antiques jeux inconnus de nos jours.
Au temps des Grecs,
Vénus aux belles fesses
Avait un temple où d'impures prêtresses
Sacrifiaient au plus vil des Amours.
Tel sacrifice, en pareil sanctuaire,
Convenait fort. Phébus avec horreur
Voit célébrer ce profane mystère.
«J'ai cru trouver les Grâces et ta mère,
Perfide Amour! quelle était mon erreur!
Je crois ici reconnaître au contraire,
Les noires Sœurs compagnes de Cerbère.
D'un vain éclat, vous, qui fûtes frappés,
De vils objets adorateurs fantasques,
Pendant qu'ici je fais tomber les masques,
Venez, mortels, et soyez détrompés!»
Le Dieu finit. Et ses mains irritées
Ont à nos yeux arraché le bandeau.
Ribauds punis, Laïs décréditées,
Une autre fois tirez mieux le rideau.

On voit que cet événement, quoique amené par une cause très simple et très pardonnable, fit cependant du tort à celles qui y avaient concouru. Quoique plus de mille fois en une heure on montre dans Paris de pareils

1. «Lampsaque : ville de l'Asie Mineure où naquit Priape et où on érigea un temple à ce dieu, la terreur des maris et le plus infâme des dieux du paganisme. Priape était aussi le dieu des jardins et en cette qualité il est souvent représenté en forme de terme. Ovide *Fast.* L. 2. fait parler ainsi le possesseur d'un champ à un de ces dieux Termes : Terme, qui que tu sois, ou de bois ou de pierre, / Tu n'es pas moins un dieu que le dieu du tonnerre ; / Garde que mon voisin ne me dérobe rien ; / Mais dans ton poste inébranlable, / Si son avide soc empiétait sur mon bien, / Crie aussitôt comme un beau diable : / Halte-là, mon voisin, voisin insatiable, / C'est ici, ton champ, et c'est ici le mien.» [NdA]

objets avec aussi peu de mystère, on ne laissa pas de se formaliser de cette prétendue indécence. On interpréta malignement les innocentes intentions des trois Callipyges[1] modernes. On crut qu'elles avaient blessé la dignité de leur état et ce qui n'eût été pour une femme ordinaire qu'amusement permis et badinage innocent, fut censuré dans des filles d'Opéra[2]. Pourquoi cette prodigieuse différence de jugements sur les mêmes faits, s'il n'était de la dernière évidence qu'il ne suffit pas seulement à une actrice de n'avoir intérieurement rien à se reprocher, mais qu'elle doit même être exempte de soupçon, et que ce qui peut donner la moindre atteinte à la pudeur, devient une faute grave au magasin de l'Opéra ?

J'aurais bien une infinité d'autres exemples à rapporter, si je ne craignais de me trop écarter de mon sujet principal, qu'il est temps de commencer.

Sans examiner s'il est triste pour un homme de condition d'avoir un procès de la nature de celui-ci, il paraît indispensable d'en exposer les causes. On verra d'un côté toutes les faiblesses d'un galant homme, d'un homme de bonne foi ; de l'autre tout le manège et toutes les subtilités d'une fille de théâtre.

La demoiselle Clairon demande à M. le marquis de *** le paiement d'une rente de six mille livres qu'il s'est obligé de lui faire tant qu'elle vivra. Elle représente son billet ; et par ce billet il paraît que cette rente à

---

1. Callipyges vient du grec Καλλίπυγοσ (de κάλλη : belle et πυγῆ : fesse). *Vénus Callipyges* signifie donc : Vénus aux belles fesses.

2. Barbier donne de l'affaire une version truffée de savoureux détails : « Il est arrivé une aventure fort gaie au magasin de l'Opéra, rapporte-t-il. Gruer, le premier directeur de l'Opéra, avait chez lui à dîner Campra, directeur de la musique, qui à présent est fort vieux, Mlle Pélissier, Mlle Camargo, fameuse danseuse, Mlle Duval. L'aînée n'a point d'autre nom au spectacle que la *Constitution*. Tel la connaît sous ce nom-là quand elle chante, qui ne sait pas qu'elle se nomme Duval, et cela parce que l'histoire dit qu'elle est fille d'un nonce du pape pendant sa résidence à Paris. À cause de cela, sa sœur cadette est appelée le *Bref*. Après le dîner, ces folles qui avaient un peu bu et s'étaient échauffées à danser et à sauter, avaient besoin de changer de chemise. Il n'y en avait point de femme ; elles prirent des chemises de Gruer, et ne jugèrent pas à propos, pour prendre le frais, de remettre de jupons ; elles rentrèrent ainsi dans la chambre de gaie humeur. Cela commença par un patinage général[a]. Il fut ensuite question de montrer ses c… (parce que tout le reste est assez vilain à ces créatures ; il n'y avait que des tétons mols et pendants). Le bonhomme Campra mit ses lunettes ; on visita chaque c… avec grande attention et même cérémonie de tous ; de façon que cette petite débauche a été surnommée dans Paris : *l'adoration des c…* Les fenêtres de la chambre où cette scène se passait étaient ouvertes, et tous les gens qui sont dans ce magasin en ont été témoins. Cela est parvenu aux oreilles de M. Hérault, lieutenant de police, qui n'a pas trouvé cela bon. Mais la nécessité du plaisir public rend tous ces gens des personnages importants dans l'État, et leur procure une espèce d'impunité. Du moins cela a-t-il occupé les chansonniers de notre bonne ville. En voici une petite sur l'air : *De tous les capucins du monde* : "Au magasin de Saint-Nicaise, / Les filles y montrent à leur aise / C… mou, c… noir et c… vilain. / Hérault[b], dit-on s'en formalise. / Elles sont dans leur magasin : / C'est pour montrer leur marchandise !" » Barbier, *Chronique de la Régence et du règne de Louis XV*, juin 1731, op. cit., t. II, p. 164-166.

a. *Patinage* : « On dit qu'on *patine* une femme quand on lui manie indiscrètement les bras, le sein, etc. Il n'y a que les paysannes et les servantes qui se laissent *patiner*. Ce n'est point la mode de *patiner* parmi le beau monde » (*Dict. Furetière*, 1690).

b. Lieutenant général de police.

vie sera le paiement d'une somme considérable que la demoiselle Clairon a prêtée à M. le marquis.

Il suffit de conter un peu historiquement quel a été le commencement et la suite de la liaison qui s'est formée entre M. le marquis de *** et cette fille, et les causes de leur rupture. L'on verra ensuite si la demoiselle Clairon est bien fondée à lui demander cette somme.

La demoiselle Clairon qu'aucune des considérations dont nous venons de parler n'avait pu détourner du projet qu'elle avait formé de monter sur le théâtre de l'Opéra, obtint enfin après bien des prières la permission d'y paraître. Elle débuta par le rôle de Vénus dans l'opéra d'*Hésione*[1]. Elle fut fort applaudie, et parmi plusieurs compliments que lui mérita le succès de son début, elle reçut celui-ci, de la part d'un poète :

Hier à leur gré, tes sons mélodieux,
Chère Clairon, moissonnaient le suffrage,
Et tes attraits toujours victorieux,
Montraient Vénus, et frappaient davantage.
Tous les Amours venaient te rendre hommage,
T'applaudissaient ; c'était à qui mieux mieux.
L'aîné de tous, quoique d'humeur volage,
S'est pour jamais établi dans tes yeux.
Qui l'a fixé ? C'est ton air gracieux.
Oui, je l'ai vu ; j'étais au parterre,
Lorsqu'à sa mère il a fait ses adieux,
« Tant que Clairon restera sur la terre,
Je veux, dit-il, abandonner les cieux[2]. »

M. le marquis était du nombre des spectateurs et entendit chanter la petite Frétillon. Il admira ces faciles et surprenants éclats qui paraissaient surpasser la portée des organes humains, ces délicates gradations, ces inflexions justes et variées, enfin ce sentiment et cet esprit qui étant dans le chant, frappent en même temps l'oreille et le cœur[3]. Il n'en faut pas davantage pour échauffer la tête d'un jeune homme à qui l'argent coûte moins que les soins. Frétillon jeune encore et peu riche de ses prostitutions provinciales, aimait déjà les hommes qui pensaient ainsi. M. le marquis la vit, elle lui plut. Mais elle était chez sa mère, et le ménage de cette famille indisposa d'abord le nouvel amant. Il les trouva dans une chambre haute et obscure, n'ayant d'autre ameublement qu'une

1. *Hésione* : tragédie en un prologue et cinq actes, livret d'Antoine Danchet, musique d'André Campra, dont la création à l'Opéra remonte au 21 décembre 1700, mais qui connut de nombreuses reprises en 1709, 1729, 1730, 1743. C'est dans cette dernière que Mlle Clairon chanta le rôle de Vénus, en remplacement de Mlle Le Maure.

2. Cet hommage en vers parut pour la première fois dans le *Mercure de France* de mai 1743.

3. Ces éloges démentent l'opinion générale des contemporains selon laquelle, malgré une voix d'une prodigieuse étendue, Mlle Clairon était peu douée pour le chant ; elle-même s'avoue « très médiocre musicienne ».

bergame[1] et quatre chaises de tapisserie ; le tout cependant propre et neuf, provenant des veilles[2] de quelqu'un qui vivait en ce temps-là.

L'objet des vœux de M. le marquis, qui ne s'était point attendu à cette visite, fut surpris dans son état ordinaire. Ce ne fut point là une Naïade de la cour de Neptune, chargée des richesses des mers, une Flore amante de Zéphyr ornée des plus belles fleurs du printemps : c'était Frétillon vêtue de calmande rayée[3], coiffée en bonnet de nuit sale, un ruban couleur de rose autour, plus sale encore : son visage était démasqué ; son col, sa poitrine maigre étaient découverts et chargés d'une couleur jaunâtre : on y distinguait librement le travail des muscles.

Frétillon en cet état était au coin d'une petite cheminée, occupée à ranimer les cendres de son feu, et à suspendre l'extinction d'un bout de chandelle.

M. le marquis fut surpris et interdit. Ce spectacle lui serra le cœur. La première visite fut bientôt faite. Après quelques mauvais propos de la part de la mère et de la fille, il se sauva confus de sa démarche, et se promit bien de ne s'exposer jamais à de pareilles aventures. Il ne connaissait pas encore le pouvoir des talents et l'enchantement du théâtre. Il retourna quelques jours après à l'Opéra ; il y trouva Frétillon métamorphosée en bergère amoureuse chantant un duo. C'étaient des grâces timides, des sons tendres et passionnés, des regards pleins de lascivité, des positions, des attitudes toujours nouvelles et plus intéressantes. Sensuelle Clairon, comment vous dépeindre ? Seule comparable à vous-même, vous vous êtes ouvert une nouvelle carrière dans laquelle vous avez effacé tout l'éclat des Laïs et des Phrynés anciennes et modernes. Déjà l'histoire a consacré les rapides faits de votre jeunesse : couronnée de myrtes nombreux, vous jouissez de toute votre réputation, et sans attendre la postérité vous recueillez une partie des fleurs destinées pour votre tombeau. Trémoussante, active, intrépide, infatigable Frétillon, vous avez soutenu la gloire d'un nom si célèbre ! D'abord vous avez mis à contribution les provinces et déjà vous vous préparez à y mettre la ville et les faubourgs. Pourquoi faut-il que votre fortune ait d'autres bornes que celles de vos désirs[4] !

L'applaudissement qu'on lui donna émut encore le cœur de M. le marquis. Il fut exact à plusieurs représentations de suite ; le plaisir qu'il prit l'y attacha si bien qu'il n'eut plus d'autres affaires. Frétillon sut lui

1. *Bergame* : « sorte de tapisserie fort commune et de peu de prix, nommée ainsi à cause de la ville de Bergame, d'où sont venues les premières tapisseries de cette sorte. *Il n'y a dans sa chambre qu'une simple tapisserie de bergame. Il n'y a que de la bergame, qu'une bergame* » (*Dict. Acad.*, 1694).

2. *Veilles* : produit du travail nocturne ; sous-entendu, un travail long, laborieux et perfectionné, qui a nécessité des jours et des nuits.

3. *Calmande* : « étoffe de laine lustrée d'un côté, comme le satin » (*Dict. Acad.*, 1798).

4. Tout ce passage, à partir de « Sensuelle Clairon… » est emprunté, à de menues variantes près, à l'ouvrage satirique de Meusnier de Querlon intitulé *Règlement pour l'Opéra de Paris*, À Utopie, chez Thomas Morus, 1743, p. 27.

donner tant d'illusions, et les imprimer si profondément dans sa tête qu'il s'accoutuma à ne voir en elle que ce qu'elle représentait. Il l'aimait Vénus, et l'adorait bergère ; il épuisait sur elle tout son goût pour le changement.

Il se sut bientôt mauvais gré d'une première fausse démarche. Il se reprocha ensuite le dégoût que lui avait donné sa première visite, et demanda enfin à voir Frétillon, et cette grâce lui fut refusée. L'amant qu'elle avait alors n'avait pas trouvé bon que M. le marquis eût été s'asseoir sur ses chaises ; il en craignait les suites ; il avait achevé dans l'intervalle de meubler la chambre, il s'en rendit le maître et se fit obéir.

Cette porte fermée fut un coup cruel pour M. le marquis. Il en fut agité, il chercha des expédients. Son amour naquit au milieu de cette situation. Il fit si bien qu'il obtint enfin un rendez-vous dans le jardin du Palais-Royal.

Les transports de M. le marquis sont incroyables ; le récit n'en serait pas vraisemblable. La conclusion fut (et M. le marquis s'y soumit) qu'il aimerait en second, qu'il serait averti des moments commodes, qu'il pourrait même prendre des heures indues où le premier ne se trouverait pas. Quant aux frais, qu'il se chargerait seulement du détail de la vie, des mémoires du rôtisseur et du cabaretier.

L'arrangement pris, les amants se virent le soir. Frétillon s'enivra aussi bien que madame sa mère en buvant les vins du marché ; elles se mirent en gaieté. L'homme épris lui trouva les yeux tendres, les dents belles, la peau douce. Ils passèrent le reste de la nuit dans les délices d'une bonne fortune, et cette nuit fut suivie de plusieurs autres où l'ardeur était toujours égale.

Frétillon alors souhaitait impatiemment chaque jour d'Opéra. Elle sentait bien le besoin qu'elle avait d'entretenir les illusions qui charmaient son nouvel amant, et le danger que court une fille de théâtre lorsqu'elles s'évanouissent, qu'on est réduit à la voir comme une femme du monde[1]. Plus d'une dans ce cas s'est vue délaissée pour avoir cessé de jouer pendant quelques mois. Il en est d'autres même, pour lesquelles on craindrait une vacance de quinze jours[2].

Frétillon chantait incessamment. M. le marquis l'aimait tous les jours davantage. Il s'écoula un assez long temps pendant lequel il manquait à leur commerce amoureux une certaine liberté qu'ils désiraient continuellement. Le sort enfin mit le comble à leurs vœux en disposant du rival, et M. le marquis prit alors possession libre et entière de son amante.

Vers ce temps, la fortune de M. le marquis grossit prodigieusement ; il

1. *Femme du monde*, au XVIIIe siècle, doit être pris dans le sens de femme publique.

2. Outre les effets de l'illusion théâtrale, le protecteur tirait gloire d'entretenir une fille de l'Académie royale de musique qui, à ce titre, appartenait au roi. Il regardait donc toute interruption de sa carrière, si courte fût-elle, comme une atteinte à son prestige ; non seulement il cessait d'exciter l'envie parmi ses pairs, mais sa liaison avec une ancienne divinité ravalée au rang de concubine ordinaire lui attirait souvent leur blâme et leur mépris. La galanterie n'échappait décidément pas à la hiérarchisation qui caractérisait toute la société d'Ancien Régime.

parvint à un grade éminent dans le militaire. Frétillon, sa concubine, en eut le cœur élevé : ce fut alors qu'elle changea de nom et qu'elle voulut qu'on l'appelât Mademoiselle Clairon. Elle le signifia même en termes fort expressifs à ses compagnes dans une conversation qu'elle eut avec elles à la fin d'un opéra : « Je chercherai, leur dit-elle, tous les moyens possibles pour entretenir la bonne intelligence entre nous, mais quiconque m'appellera encore Frétillon peut compter, ajouta-t-elle, que je lui f… le meilleur soufflet qu'elle ait peut-être reçu de sa vie[1]. »

Il lui fallut alors cave et cuisine et appartement complet, des meubles de toutes couleurs, des habits de toutes saisons et bonne chère surtout. À peine eut-elle l'embarras de désirer toutes ces choses. Son buffet fut garni de vaisselles, ses armoires de linge, sa garde-robe d'habits. M. le marquis glissait tous les jours dans ses tiroirs des bijoux de toutes sortes, et prenait même plaisir à l'embarrasser, d'autant qu'elle n'en savait pas encore l'usage. Cette maison devint bientôt honorable ; ces deux amants se plaisaient à y rassembler leurs amis particuliers, et à recevoir d'eux tout l'applaudissement qu'ils croyaient dû à un si tendre enchaînement. Les uns et les autres y étaient également bien reçus, et se confondaient dans la maison. Gens titrés, de robe et d'épée y venaient voir M. le marquis. On voyait à côté des couturières, des coiffeuses anciennes amies ou parentes de la demoiselle Clairon, qui lui parlaient avec le respect dû à son rang. Filles de chœur de l'Opéra, qui n'avaient pas fait le même chemin s'y rendaient et faisaient leur cour. On la nommait la Reine, on lui surprenait un baiser sur la main, on cherchait ses regards, on multipliait ses petits soins auprès d'elle, on ne s'entretenait que de ses grâces et de ses talents.

C'était au milieu de cette cour composée de tous les états que M. le marquis recevait ses amis ; c'était ainsi qu'il jouissait de ses bienfaits, et passait sa vie avec son amante dans un loisir tranquille et délicieux. Il bénissait son destin, il adorait une fidèle maîtresse qui ne lui parlait que de reconnaissance et d'amour.

Les devoirs de l'état qu'avait embrassé M. le marquis l'obligèrent d'aller en Flandre pour y cueillir des lauriers dans le champ de Mars. Elle s'y opposa alarmée de son absence ; il n'obtint son congé qu'en lui promettant de lui écrire au moins une fois le jour, et surtout de lui apprendre le moment de son retour. Mais malgré de si puissants motifs de consolation, son inquiétude parut extrême pendant une absence où la vie de son amant courait tant de risques. On ne peut mieux peindre la triste situation qu'elle affectait qu'en rapportant la belle épître qu'elle lui écrivit quelque temps avant l'action de Lawfeld. La voici :

1. La réplique de Frétillon se trouve déjà mot pour mot dans la satire de Meusnier de Querlon (*Règlement pour l'Opéra de Paris*, op. cit., p. 60), qui ajoute ceci : « La demoiselle Clairon est un peu bretteuse, et par conséquent fille à tenir parole. »

Épître de Mlle Clairon à M. le marquis de ***

Voudras-tu, cher amant, parmi le bruit des armes
Entendre le récit de mes vives alarmes ?
Et quand Mars dans ton sein allume ses fureurs
Tes yeux daigneront-ils voir une amante en pleurs ?
Quel trouble ! quel effroi de tout mon cœur s'empare !

Il court un bruit confus qu'un combat se prépare,
Que l'Anglais vainement tâche à se retrancher,
Qu'à travers ses remparts Saxe va le chercher.
Bruit cruel ! chaque mot m'épouvante et me glace,
Le ciel me ferait-il pressentir ma disgrâce ?
Ah ! je sais que la gloire a pour toi trop d'appas,
Que l'honneur au péril précipite tes pas.
Pour un guerrier, tes yeux ont reçu trop de charmes,
Pour un amant, ton cœur aime trop les alarmes.
Le ciel devait du moins te rendre en te formant
Ou moins vaillant guerrier, ou moins aimable amant.
De mon sexe timide ignorant la faiblesse
Je suis propre au péril ainsi qu'à la tendresse.
Que ne m'est-il permis de voler après toi !
Je te suivrais partout, je n'aurais point d'effroi.
J'irais braver la mort, et serais toute prête
De m'exposer aux coups qui menacent ta tête.
La jeunesse, ces traits, ce teint vif, ces appas,
Ces cheveux qu'Apollon ne désavouerait pas ;
Dans l'empire amoureux inévitables charmes,
Pour toi, dans un combat sont d'inutiles armes.
Un homicide plomb avec impunité
Frappe sans respecter l'âge ni la beauté.
Adonis comme toi fut autrefois aimable.
Pour toi je crains, hélas, son destin déplorable.
Vénus entre ses bras lui vit perdre le jour.
Je n'ai point ses attraits, je n'en ai que l'amour.
Mère des doux plaisirs, favorable déesse,
Toi, que suivent toujours les ris et la jeunesse,
Je t'implore aujourd'hui ! Si d'une tendre voix,
J'ai quelquefois chanté la douceur de tes lois,
Si j'ai vanté ton fils, ses traits, et son empire,
Et porté dans les cœurs les flammes qu'il inspire,
Vole, descends des cieux. Sers-toi de ces regards
Qui savent, quand tu veux, désarmer le dieu Mars,
Obtiens qu'à mon amant il ne soit point funeste !
Mais que dis-je, insensée ? Et quel espoir me reste ?
En voyant cet objet de mes vœux les plus doux,

Tu seras ma rivale, et Mars sera jaloux.
Parmi tant de frayeurs, c'est toi seul que j'implore,
Cher amant ! souviens-toi que mon âme t'adore,
Que tu dois de mes pleurs faire cesser le cours,
Qu'en exposant ta vie, il y va de mes jours.

Réponse de M. le marquis à la Dlle Clairon

Est-ce Amour qu'en courrier vous m'avez dépêché ?
Je le sens, c'est lui-même, et mon cœur est touché.
Eh ! qui ne le serait du galant verbiage
Dont vos vers reforgés empruntent l'étalage ?
J'y vois tout ce qu'Armide autrefois chez Quinault
Dans son emportement débitait à Renaud[1].
Et jamais à mon gré l'amoureuse sorcière
Ne fit, belle Clairon, de meilleure écolière.
Qu'il m'est doux de trouver ces tendres sentiments
Qu'on croyait relégués au pays des romans !
J'admire vos transports et j'en suis idolâtre,
Vos mains sur le papier versent tout le théâtre.
Mon cœur en vous lisant ne peut se contenir.
Si je ne suis héros, je vais le devenir,
Et peindre à l'Univers avec quel avantage
Un amour bien placé forme un jeune courage.
Que la galanterie avec difficulté
En France est parvenue à sa maturité !
Nos pères prévenus par de fausses idées
Livraient aux gens grossiers leurs âmes hébétées,
Et leur tempérament, qu'on ne peut trop blâmer,
Aux plus légers talents se laissait enflammer.
L'un de sa qualité se faisait une idole,
Un autre était épris d'une vertu frivole,
L'un se laissait charmer par la simplicité,
L'autre par le courage et la fidélité,
Et jamais cet amour, qui séduisait leur âme
Ne trouvait tous les dons dans l'objet de sa flamme.
L'Espagnol plus perçant dans la réflexion,
Poussa l'art de Cythère à sa perfection,
Et dans les derniers temps par un sage caprice,
Mit le sublime goût dans l'amour d'une actrice.
Nous, qui n'inventons pas, nous pouvons nous flatter
D'enchérir sur les traits qu'il nous plaît d'imiter ;
Et bientôt des Français la jeunesse enhardie

1. Allusion à la tragédie lyrique en cinq actes, *Armide et Renaud*, paroles de Quinault, musique de Lulli, représentée pour la première fois sur la scène de l'Opéra le 15 février 1686.

Éleva ses désirs jusqu'à la comédie,
Où dans un même objet on trouve tour à tour
Tout ce qui fait éclore et subsister l'amour.
Ainsi, tantôt en vous j'adore la déesse,
Je brûle pour la reine et pour l'enchanteresse.
Mon cœur à la bergère offre de tendres vœux,
Déguisements nouveaux renouvellent mes feux.
Je vous trouve attendrie et puis inexorable,
Inconstante, fidèle, et partout adorable,
Et de votre beauté le charme renaissant
Redonne de la force à l'amour languissant.
Par la force d'attraits dont vous êtes pourvue,
Dont vous charmez l'esprit, dont vous charmez la vue,
Sous l'héroïque habit, dans le déshabillé,
À mon cœur plein de vous, jamais rien n'a brillé
Comme ce trait hardi, cette offre peu commune
De me suivre à la guerre, et courir ma fortune.
Même quand votre poing si tendrement brutal
Me cassa sur la bouche un verre de cristal,
Et mêlant à mon sang sa liqueur écumante,
M'apprit par là, jalouse, à redouter l'amante.
Non je n'ignore pas jusqu'où votre fierté
Dans un corps délicat pousse la fermeté.
Vous en avez donné d'éclatants témoignages
À Francine[1] surtout, lent à payer vos gages,
Lorsqu'entre deux châssis ce guerrier renommé,
Saisi par la cravate, interdit, désarmé…
Par votre bras vainqueur, sur sa coupable tête
D'une grêle de coups vit tomber la tempête !
Ainsi Penthésilée aux coteaux Phrygiens
Poursuivait sans quartier l'ennemi des Troyens[2].
Ainsi de Thalestris ne pouvaient se défendre
Les rivaux consternés de son cher Alexandre[3].

---

1. « Caissier de l'Opéra. » [NdA]

2. *Penthésilée* : célèbre Amazone, fille d'Arès, qui vint au secours de Priam à la tête d'un bataillon de jeunes Vierges armées de légers boucliers. Cette belliqueuse fille, dit Virgile, ceinte d'une écharpe d'or et le sein découvert, paraissait dans la mêlée, osant attaquer tous les guerriers. On dit qu'elle succomba sous les coups d'Achille qui la blessa au sein droit : « *Penthesilea furens mediisque in milibus ardet, / Aurea subnectens exserta cingula mammae / Bellatrix, audet viris concurrere virgo* » (*Énéide*, I, 491-493).

3. Minithye ou Thalestris, autre reine des Amazones, dont Quinte-Curce, à la suite de Pseudo-Callisthène, raconte qu'elle vint trouver Alexandre le Grand, persuadée que d'elle et de ce conquérant il ne pouvait sortir qu'un héros. Pendant treize jours, elle partagea sa couche, dans l'espoir d'en avoir un enfant, puis elle rentra dans son royaume, où elle mourut peu de temps après. Le nom des Amazones s'éteignit avec elle. On dit que Lysimaque qui avait suivi Alexandre dans toutes ses conquêtes, dit un jour en lisant ce trait : *Et ego ubi tunc eram* ? (Et moi, où étais-je donc ?). Cette anecdote est reprise par Montaigne (*Essais*, livre III, chap. v). Certains l'ont regardée comme une fable destinée à assimiler Alexandre, comme il aimait l'être, aux plus célèbres des héros grecs dont le prestige était rehaussé par leurs divers affrontements avec les célèbres et redoutables femmes guerrières.

Mais quoi ! ces fiers Anglais, contre qui nous servons,
Distinguent du passé le siècle où nous vivons.
Kelik et Kestiwok[1], ces cffrayantes mines,
Sont, charmante Clairon, de terribles Francines ;
Et le glaive orgueilleux dont ils arment leurs bras
Ne fait point respecter les plus charmants appas.
D'ailleurs l'affreuse mort chaque jour se raffine,
Du salpêtre enflammé la force est assassine,
Et l'homicide plomb, par vous si bien cité,
Fait des meurtres sans nombre avec impunité.
La guerrière Clorinde expira par Tancrède[2],
Vénus même, Vénus, que blessa Diomède[3],
Nous montre que vos coups doivent être frappés
Moins dans les champs de Mars que sur les canapés.
Ô vous, muse ambiguë et gravement comique,
Qui mêlez le sublime à la tendre musique,
Qui savez consacrer les plus tristes clameurs
Et nous faire en chantant dire jusqu'à *je meurs* !
Reine du *mi*, *ré*, *sol*, conservez votre élève !
À sa bouillante ardeur inspirez quelque trêve,
Faites qu'elle abandonne aux voix qu'il vous plaira,
Les rôles décriés des nouveaux opéras,
Afin que je la trouve au retour de la guerre,
Faisant battre des mains aux badauds du parterre,
Par des tons plus aigus, par des cris plus hautains,
Que ceux de la Rochois, ou de la Desmatins[4].

M. le marquis ne crut point devoir informer la demoiselle Clairon du jour de son arrivée ainsi qu'il le lui avait promis. Il est si doux de donner de ces plaisirs de surprise aux gens que l'on aime, et qui souhaitent nous voir ! L'incertitude fait plus souffrir que l'attente, mais elle prépare aussi une sensibilité plus vive au moment où l'on se revoit.

1. « Deux officiers ennemis. »

2. Cette héroïne de la *Jérusalem délivrée* du Tasse, amazone des Sarrasins, est aimée du jeune et vaillant Tancrède, qui la tue sans la connaître, au cours d'un combat singulier.

3. Roi d'Argos, héros de l'*Iliade* et du siège de Troie, Diomède s'y distingua comme le plus valeureux guerrier après Achille et Ajax. Homère le représente comme le favori de Minerve qui l'accompagnait partout. C'est par son secours qu'il tua plusieurs rois de sa main, qu'il sortit glorieusement de combats singuliers contre Hector, Énée, et d'autres princes troyens, et qu'il s'empara des chevaux de Rhésus. Ayant blessé Vénus à la main, alors qu'elle venait au secours de son fils Énée, qu'elle ne sauva qu'en le couvrant d'un nuage, la déesse en fut tellement irritée qu'elle inspira à Égialé, femme de Diomède, une violente passion pour un autre homme.

4. Marthe Le Rochois, célèbre cantatrice du XVIIe siècle qui créa notamment les rôles d'Armide dans *Armide et Renaud* de Lulli (1686) et de Médée dans la tragédie lyrique éponyme de Marc-Antoine Charpentier sur le livret de Thomas Corneille (création le 4 décembre 1693).

Marie-Louise Desmatins, cantatrice à l'Opéra, créa le rôle d'Herminie dans le *Tancrède* de Campra sur un livret de Danchet (1702) et *Les Fêtes vénitiennes* des mêmes auteurs, le 17 juin 1710.

Ce fut dans cette pensée que M. le marquis revint à Paris en pleine nuit, et qu'il entra sans se faire annoncer dans la chambre de son amante. Il la surprit dans son lit ; mais ce qu'il y eut de singulier, c'est qu'il y surprit aussi un homme. Voilà trois personnes interdites. M. le marquis fut longtemps sans croire ce qu'il voyait ; ses sens lui revinrent enfin, il s'alarma, et devint furieux.

— Monsieur, dit-elle, d'un ton modeste et pourtant assuré, je n'ai que deux mots à vous dire, et qui suffisent pour me justifier. Je suis accablée de vos bienfaits, ma reconnaissance est inexprimable, mais plus j'en reçois de vous, plus j'ai de repentir de ma faute. On m'a ouvert les yeux sur la vie que nous menons : elle est coupable envers le Ciel, elle scandalise les gens de bien. J'ai résolu de changer de conduite et d'embrasser l'état du mariage pour parvenir à une fin : c'est un mari que vous voyez couché dans mon lit. Jamais autre n'y entrera que lui. Je sacrifie, parce que j'y suis contrainte, tout ce que je vous dois, sentiments d'amour, d'amitié, de respect, au repos de ma conscience. Je vous demande en grâce de ne la jamais troubler.

— Qu'entends-je, ingrate ? vous me quittez ! vous vous êtes mariée ! vous avez pris ce parti sans me consulter ! Que n'aurais-je point fait pour vous en détourner ! Est-ce là cette réception que je devais attendre, et que je venais chercher ? Méritai-je de vous trouver à mon retour maîtresse infidèle, ou femme sous la loi d'un mari ? Puis-je vivre sans vous, cruelle ! puis-je m'en séparer ?

Les plaintes et les reproches de M. le marquis durèrent longtemps et donnèrent à son rival tout le temps de s'évader par la ruelle du lit, et la liberté d'aller ailleurs réfléchir à son aise sur les vertus de sa chaste épouse. M. le marquis n'eut rien de plus pressé cette fois que de se retirer chez lui par le plus court chemin ; il y passa le reste de la nuit à rire de cette aventure et à considérer avec quelle adresse et quelle effronterie s'était tirée de ce pas la demoiselle Clairon. Ce ne fut pas tout. À force de larmes, de soupirs, de caresses et de promesses, M. le marquis détermina son amante à rompre ce mariage qui était réellement fait. Il n'y entra qu'une petite condition, savoir que M. le marquis rembourserait le mari des frais qu'il avait faits par avance pour cet établissement. C'était en effet un présent de sa part qu'une tenture de serge bleue, quelques chaises garnies de même, et un lit assorti où la demoiselle Clairon avait couché longtemps. Elle estima le tout au plus cher ; les espèces furent comptées et serrées, d'où il arriva que le mari en fut pour les frais du mariage et des meubles, le marquis pour le prix, et la demoiselle Clairon s'accommoda parfaitement du tout. Après quoi, elle intenta à ce pauvre mari un procès en dissolution de mariage pour cause d'impuissance. On verra dans le mémoire que nous rapporterons de quel genre étaient les preuves qu'elle prétendait donner de l'impuissance de son mari.

Les jours suivants ne se passèrent pas sans quelques reproches, et c'était M. le marquis qui les recevait.

— Vous abusez, dit-elle, de ma faiblesse ; je voudrais ne me séparer jamais de vous, mais j'ai passé ma vie à en former le dessein et à m'en repentir. Mille songes cruels viennent m'agiter tour à tour ; j'ai grande foi aux songes. Mon père qui était espagnol et qui avait beaucoup d'esprit, m'a appris que les songes nous étaient souvent envoyés pour nous servir d'avertissement, et nous apprendre les choses futures ; j'y suis fort attentive : j'ai cru voir mon père lui-même cette nuit, les yeux enflammés de colère me reprocher tout l'amour que j'ai pour vous. *Fille indigne*, m'a-t-il dit, *sont-ce là les leçons que je vous ai données ? Pouvez-vous être amoureuse d'un homme d'ailleurs répandu dans le monde et sur lequel vous ne pouvez compter ? S'il vous abandonne, que deviendrez-vous ? Avez-vous des biens, de la fortune pour subsister dans l'état où vous êtes, avec la résolution que vous prenez de n'aimer jamais que lui ?*

— C'en est trop, reprit M. le marquis, vos inquiétudes me poignardent, ma chère âme. Soyez à moi sans remords, reposez-vous de votre amour sur le mien ; je le sens augmenter tous les jours, mon cœur y suffit à peine. Si j'avais les trésors des rois, je vous les offrirais et ne croirais vous rien offrir : tout ce que je possède est bien moins à moi qu'à vous. Un temps viendra, je l'espère, que j'assurerai votre état. Je m'en vais commencer par une rente annuelle de six mille livres que je vous paierai mois par mois exactement. C'est seulement pour prendre un air d'ordre avec vous, et sans que cela tienne lieu de bienfait. Je veux encore me réserver le plaisir d'en faire, et de vous en combler, si je puis. Mais, ma chère maîtresse, rassurez-moi ; bannissez ces vains scrupules qui ne conviennent point à une fille de votre état et de votre âge. Promettez-moi de m'être toujours fidèle, je vous le demande à genoux, les larmes aux yeux ; je meurs de douleur si vous me refusez.

La demoiselle Clairon ne put s'en défendre ; elle accorda tout et il ne fut plus question du passé.

Cependant, le bruit de ce prétendu mariage se répandait confusément. On savait que le mari qu'avait épousé la demoiselle Clairon pendant l'absence de M. le marquis, indigné du procès que sa chère épouse lui avait fait, et craignant peut-être de perdre à très beau jeu, s'était pendu de désespoir avant que d'en avoir vu la fin ; en sorte qu'on croyait la chose faite avec M. le marquis ; d'autres la disaient prête à se faire. Ceux-ci trouvaient M. le marquis fort à plaindre, ceux-là l'en estimaient plus heureux, mais cette nouvelle s'évanouit. L'amant victorieux parut au balcon de l'Opéra, il y conta son succès, il en reçut des compliments, et plusieurs furent se faire inscrire à sa porte.

Nos deux amants bien réunis firent succéder les beaux jours à ces orages. La maison de la demoiselle Clairon se remonta, les amis y retournèrent, M. le marquis y reprit le goût de ses premières douceurs, il s'y familiarisa et s'y accoutuma si bien que par un effet très naturel, on le vit peu à peu se gêner moins. On s'aperçut que des affaires sérieuses l'appelaient ailleurs. Souvent la jouissance de sa maîtresse ne fut plus son affaire unique, elle entra seulement dans l'arrangement de chaque jour, et ses visites perdirent enfin l'air d'importunité qu'elles avaient toujours eu jusqu'à ce jour.

Ce fut alors que la demoiselle Clairon fit un libre usage de tous ses talents, qu'elle acquit des connaissances nouvelles et de nouveaux amis, qui d'abord changeaient de nom. Il ne se passa plus un seul jour qu'elle ne parût à la promenade du jardin du Palais-Royal. C'est dans ce lieu charmant qu'elle allait tendre ses filets et faire ses recrues ; elle n'en sortait jamais qu'elle ne fût suivie par un essaim de soupirants. C'est ce qui lui attira la mauvaise humeur d'une prêtresse de ces temples consacrés à la débauche. Possédée d'une jalousie de métier, elle osa paraître deux fois devant le magistrat de la police pour se plaindre du tort que lui causait la lubricité immodérée de la demoiselle Clairon. Ce fut dans ces termes énergiques qu'elle exprima ses alarmes.

Requête de la Pâris à M. de Marville, lieutenant de police[1]

Ô toi, qui dans Paris fais régner l'équité,
Des crocs[2] et des p… magistrat redouté,
Marville, sur Pâris jette un œil favorable !
Si dans tes jeunes ans je te fus secourable,
Et toujours à l'affût des plus jeunes tendrons,
Je te fis de Vénus éviter les affronts,
Prête à ma triste voix une oreille attentive.
Ce n'est plus ton amie, ingrat, c'est ta captive,
Qui vient en ce moment réclamer ton secours
Prends pitié de mon sort, et protège mes jours.
Pour la dernière fois je t'en parle peut-être.
Dans un mois voisine de Bicêtre,
Mon honneur étranger dans ces murs criminels
N'aura plus de recours qu'à des cris éternels.
Je n'ai dans mon malheur que toi seul pour ressource,

1. Justine Pâris : l'une les plus fameuses maquerelles de Paris sous Louis XV. Voir *Les Sérails de Paris*, chap. XVIII, *infra*, p. 930-936. — Claude Henri Feydeau de Marville (1705-1787), lieutenant général de police de Paris de 1740 à 1747. C'était un exécutant fidèle, voire habile et énergique, mais dépourvu d'initiative personnelle.
2. *Crocs* : voleurs au jeu, tricheurs.

Toi seul dans son principe en peut tarir la source.
Un régiment fameux[1], et mon plus ferme appui,
Vient de m'abandonner, puis-je vivre sans lui ?
L'altière Frétillon en ce jour le débauche.
Enseigne, lieutenant, major : tout la chevauche.
C'est peu d'avoir en Flandre épuisé les guerriers,
La Gar... les poursuit jusque dans mes foyers.
J'espérais en secret, et j'avais lieu de croire
Que leur retour enfin affermerait ma gloire,
Que rentrés dans ces murs, affamés de plaisirs,
Ils reviendraient chez moi contenter leurs désirs.
J'avais, pour rassembler l'agréable et l'utile,
Fait meubler deux maisons, l'une aux champs l'autre en ville,
À grands frais recruter ce qu'ont de plus exquis
La France, l'Allemagne et les Pays conquis.
Projet déconcerté ! Espérance trompée !
La troupe de p... que j'avais équipée,
Malgré tous mes efforts, ne peut les rappeler.
Clairon sans doute a l'art de les ensorceler.
À ces maux j'entrevois un remède.
Tu peux faire enfermer ce lutin qui m'obsède ;
De ses traits dangereux ce coup m'affranchira.
Ah ! lâche, tu pâlis, elle est à l'Opéra[2].
Ainsi donc en ce lieu sans craindre la censure,
Le coït désormais n'aura plus de mesure,
Et donnant libre cours à son tempérament.
Toute fille à son gré peut f... impunément.
Telle nous avons vu l'incontinente actrice[3]
Prise en flagrant délit derrière une coulisse,
N'en porter que plus haut son front audacieux,
Et narguer ton pouvoir, le public et les dieux.
Souffriras-tu longtemps que ce peuple impudique,
Au mépris de tes lois forme une République,
Et que distribuant le virus à grands flots,
Il ôte à la jeunesse argent, santé, repos ?
Les fermiers généraux ne sont pas plus avides,
Et des bigots de cour, les cœurs sont moins perfides.
À l'abri d'un talent que les trois quarts n'ont pas,

1. Les gardes-françaises, chargés d'assurer la sécurité dans les quartiers les plus dangereux de Paris.

2. Les filles d'Opéra n'étaient point soumises aux recherches de la police. Destinées au seul service du souverain, elles échappaient définitivement à toute forme d'autorité, paternelle, conjugale, ou administrative. Ce privilège ne découlait pas d'un règlement formel, mais d'une tradition solidement établie depuis les origines de l'Académie royale de musique. Si celle-ci passait avec raison pour un des hauts lieux du libertinage, c'était principalement en raison de ce droit d'asile qu'elle partageait d'ailleurs avec la Comédie-Française et le Théâtre-Italien.

3. Il s'agit de Marie-Antoinette Petit, danseuse à l'Opéra, dont on trouvera le *Mémoire* ci-après, p. 186-189.

Toutes vers la fortune avancent à grands pas,
Tandis que les amants qui furent leurs victimes
Vont souffrir chez Petit[1] des tourments légitimes.
Heureux à qui l'objet, dont son cœur est blessé,
Laisse de quoi payer la main qui l'a graissé !
D'un frivole respect cesse d'être l'esclave,
Soumets à ton empire un bordel qui te brave.
Qu'en proie à tes exempts, il tremble sous leurs lois,
Et que du commissaire il achète la voix.
Que Thierry Saint-Huret n'y trouvent plus d'asiles
Que Minot du métier contre tous les périls,
Qu'à ne plus chanter faux Gondré soit condamnée,
Et reste dans les chœurs pour jamais confinée[2] ;
Que moins insatiable dans ses prétentions,
Saint-Germain soit taxée à douze greluchons[3],
Que Cartou règle mieux sa langue téméraire,
Et lise quelquefois son extrait baptistaire[4].
Fais surtout à Clairon éprouver ta rigueur,
Que tous l'abandonnent, qu'elle soit sans fouteur
Et de cette héroïne à mes dépens trop fière,
Termine le roman[5] à la Salpêtrière[6].
Puisse son châtiment à jamais effrayer
Quiconque en monopole érige le métier.
Frétillon gobe tout, et jamais ne recule,
Pour le bon ordre, il faut que le f… circule ;
Qu'avec l'or qui toujours le précède et le suit,
De p… en p… il coure jour et nuit.
Au reste ne crains pas que pour cette harpie
Le public enchanté te presse et te supplie.
Il se plaint hautement de son aigre fausset,

1. Jean-Louis Petit (1674-1750), l'un des plus célèbres chirurgiens du XVIIIe siècle, spécialisé dans le traitement des maladies vénériennes.

2. Mlles Thierry et Saint-Huret : compagnes de Mlle Clairon à l'Opéra. Nanette Minot, danseuse, d'abord attachée à l'Opéra-Comique, fit ses débuts à l'Académie royale de musique vers 1741. Louise Gondré, chanteuse, fit l'objet de plaintes pour mauvaise conduite, scandale, injures et coups. (Voir E. Campardon, *L'Académie royale de musique au XVIIIe siècle*, Paris, 1884, t. I, p. 351-359.)

3. Cette artiste avait pourtant une réputation de discrétion et de raffinement dans sa vie amoureuse : « Avec plus d'économie et plus d'art, adroite Saint-Germain, vous savez bien mieux ménager tous les instants faits pour les plaisirs. Moins frivole et plus appliquée au solide de la galanterie, vous fuyez largement l'éclat, et votre discrète modestie bornée à cinq ou six amants ignorés même de vos confidentes, en trompant les yeux du public, goûte l'assaisonnement du mystère » (Meusnier de Querlon, *Règlement pour l'Opéra de Paris*, op. cit., p. 26-27).

4. Marie-Claude Nicole Cartou s'est rendue plus célèbre par ses bons mots que par ses talents de cantatrice. Rameau lui disait un jour, après la chute d'un de ses opéras, dont selon lui le public n'avait pas senti le mérite : « Voyez-vous, Mademoiselle, la poire n'était pas mûre. — Je veux le croire, répondit-elle, mais cela ne l'a pas empêchée de tomber. »

5. L'*Histoire de la vie et des mœurs de Mademoiselle Cronel dite Frétillon*. On notera que son continuateur anonyme le qualifie bien de « roman ».

6. À la fois hospice et maison de force, on y internait également les filles publiques.

Et de ses faibles tons terminés en sifflet.
Son maintien effronté le défie et le blesse.
Ah ! si quelque paillard pour elle s'intéresse,
Son suffrage suspect ne doit point t'arrêter,
Il la voit pour f… mais non pour l'écouter.
Enfin pour l'Opéra sa perte n'est pas grande ;
Témoins ces guerriers qu'elle vient d'empester,
Qu'on verra, mais trop tard, la fuir, la détester,
Et traîner, languissants dans les plaines Belgiques
Le cuisant souvenir de ses transports lubriques.
Ce n'est pas tout. Si tu n'y pourvois promptement,
Elle peut infecter Conseil et Parlement.
Empêche d'un seul mot que la robe trompée
Ne suive ce printemps le destin de l'épée,
Et que les Magistrats désertant à leur tour
. . . .
Détourne loin de moi ce présage funeste,
Immole au bien public cette fatale peste.
C'est ce qu'à tes genoux j'espère d'obtenir.
Ainsi, puisse toujours Priape te bénir.
Qu'il te fasse éprouver jusque dans la vieillesse
Les faveurs qu'il accorde à peine à la jeunesse.
Mais que surtout jamais, au mépris de ton rang,
Vénus n'ose glisser son poison dans ton sang.

Seconde requête

Pour la seconde fois, Marville, ta captive
Aux pieds de ta Grandeur porte sa voix plaintive,
Quitte pour un moment le fatiguant emploi
De choisir dans Paris des hommes pour ton roi.
Pour un affront reçu j'implore ta justice.
Tout parle en ma faveur. De ta bonté propice
J'attends moins en ce jour que de ton équité.
Je vais conter le fait avec sincérité.
Dans ce jardin charmant, vrai jardin de Cythère[1],
Lieu qu'habitaient jadis les plaisirs, le mystère,
Quand un bois plus épais favorisant l'amour,
Ne laissait distinguer ni la nuit ni le jour.
Là j'offrais un essaim de p… jeunes filles
Dont les regards lascifs attiraient tous les drilles :
Gens d'affaires, robins, et quelques officiers,
Qui préféraient encor les myrtes aux lauriers[2].

1. Le Palais-Royal.
2. Dans l'Antiquité grecque, le myrte était consacré à Vénus.

C'est ainsi que l'on voit deux jours de la semaine,
Dans un marché fameux aux rives de la Seine,
Aux yeux des connaissance, les marchands présenter
Des chevaux manégés et tout prêts à monter[1].
C'était l'heure à peu près où sortant de l'église,
Chacun vient en public montrer sa paillardise,
Où l'on voit arriver d'un pas vif et léger,
Et les gens du bel air et le peuple étranger.
J'attendais le chaland avec impatience,
Souvent pour mon dîner trop fragile espérance !
Déjà l'instant fatal approchait, et déjà
P… du magasin[2], p… de l'Opéra,
Plus heureuses que moi, leur partie étant faite,
Riaient ouvertement de ma peine secrète.
Non contentes encor de se voir triompher,
Les garces qu'elles sont viennent m'apostropher,
Leurs discours outrageants, et leurs haines fatales
Tombèrent sans pitié sur moi, sur leurs rivales.
Ô régiment chéri ! Que je t'ai regretté !
Ô comble de disgrâce et de calamité !
Je me vis insulter, et par qui ? par des filles
Qui porteraient encore leurs antiques guenilles,
Qui peut-être sans moi seraient mortes de faim,
Si je n'eusse eu pitié de leur triste destin.
Semblable à ce serpent dont nous parle la fable,
Toute p… quittant son état misérable,
Loin d'avoir dans le monde un cœur reconnaissant,
Contre son bienfaiteur toujours garde une dent.
Je n'en ai que trop fait la triste expérience ;
Baudot avec sa sœur[3] qui dans leur indigence
Vinrent cent fois chez moi gagner leur quart d'écu,
Et livrer aux fout…, et leurs c… et leurs c…
Cartou, jeune autrefois, maintenant douairière,
Et qui de f… alors faisait sa seule affaire,
Thierry, dont l'embonpoint, les grâces, les appas
Font que de l'Opéra l'on ne la chasse pas,
Duval que ses talents ne rendaient pas si fière,
Et qui tâtait déjà du métier de sa mère[4] :
Ces ingrates devaient ne m'oublier jamais,
Toujours se souvenir que jadis mes bienfaits

1. Le marché aux chevaux occupait depuis 1687 un vaste espace au lieu-dit *La Folie-Échalard*, dans le faubourg Saint-Victor, aujourd'hui 15 rue Duméril, dans le XIIIe arrondissement, non loin de la Salpêtrière.

2. Il s'agit du magasin de l'Opéra, à l'hôtel des Menus-Plaisirs, où les jeunes élèves suivaient des cours de chant et de danse (voir *supra*, p. 154, n. e).

3. Toutes deux filles du portier des Quinze-Vingts. La cadette a été dans les chœurs de l'Opéra.

4. Cette Duval, surnommée la « Bulle », était fille de la *Constitution* (voir *supra*, p. 154, n. c).

Dans des temps malheureux les tirèrent de peine,
Et pour s'en acquitter je n'en ai que la haine.
Bel exemple pour vous, et Florence[1] et Lacroix[2],
Placez mieux vos bienfaits, faites un meilleur choix.
Encore si dans mes maux, la fortune ennemie
Ne m'eût pas réservée à plus grande infamie !
Rien n'y devait manquer ! L'impudente Clairon
Me fit pour le dernier le plus sensible affront,
Sûre qu'un magistrat qui pouvait me défendre,
Par caprice ou raison refusait de m'entendre.
Je respirais, hélas, je prenais le dessus,
Même plusieurs paillards m'offraient quelques écus,
Quand la garce arriva, l'œil enflammé de rage
De se voir dérober le prix d'un culetage.
Minot l'accompagnait, Minot cette souillon,
Rivale de Petit, digne de Frétillon,
Que l'on a vue jadis à l'Opéra-Comique
Servir à tout venant de paillasse publique[3].
« Arrête, dit Clairon, et respecte mon droit,
Ne prétends plus ici faire le moindre emploi !
Connais-tu Frétillon p… et maquerelle ?
Je veux que désormais à moi seule fidèle,
La jeunesse chez moi prenne tous les plaisirs,
Que sans cesse irritant et comblant ses désirs,
Le peuple de Paris à chaque instant relève
Et remplace le corps que la guerre m'enlève.
Je veux que ma maison soit bureau de Cypris[4],
Je veux que l'on y f… à toute heure, à tout prix,
Je veux ainsi que toi meubler plusieurs ménages,
Je veux pour te ruiner conserver à mes gages,
Petit, Rabon, Herny leur mère, Saint-Huret[5] ;
Pour hommes Dalainville, Dampierre, Hénaut, Thuret[6]. »
À ces mots foudroyants ma force m'abandonne,
Je ne vois, n'entends plus, je pâlis, je frissonne.
C'en était fait de moi, si le Dieu que je sers
D'un plus doux sifflement n'eût agité les airs.
Je pris avec mes sens une force nouvelle,

1. Sur cette ancienne fille publique promue tenancière de bordel, voir *infra*, *Les Sérails de Paris*, chap. VII, p. 887-888.

2. L'une des courtisanes le plus souvent citées dans les rapports des inspecteurs de police. À moins qu'elles ne soient plusieurs à porter le même nom.

3. Nanette Minot avait été prise en flagrant délit de copulation avec le comte d'Espinoy, sur la scène de l'Opéra. Mlle Petit connaîtra la même mésaventure un peu plus tard (voir *infra*, p. 186, n. 1).

4. *Cypris* ou *Cyprine* : un des surnoms de Vénus, qui prit naissance de l'écume des mers à proximité de l'île de Cypris, ou dans cette île même, qui lui était consacrée, et où elle avait un culte particulier.

5. Toutes les trois de l'Académie royale de musique. Mlle Herny était surnommée la « Mère » à cause de son âge.

6. Tous également artistes de l'Opéra.

Je sentis pour mon art plus d'ardeur, plus de zèle.
Que fussé-je devenue ? ah Dieu, si tout le corps
M'eût comme elle assaillie. Que faisais-tu pour lors,
Impudique Petit, mère dénaturée,
Criminelle marâtre autant que fut Médée ?
Toi, qui n'as pas frémi, fille et monstre infernal,
D'envoyer nouveau-né ton fils à l'hôpital !
Que feras-tu, dis-moi, du second qui va naître ?
Il n'en faut pas douter : l'hôpital ou Bicêtre
Renfermeront bientôt la mère et les enfants.
Là, pour te consoler dans tes gémissements,
Tu verrais à loisir cet homme à tous usages,
Ce laquais revêtu, ce Mercure à tes gages[1],
L'exécrable qu'il est, l'infâme, il te dicta
Le conseil d'éloigner le fruit que tu portas.
Eusses-tu fait sans lui cette action si noire ?
Non, d'un pareil forfait il n'est pas de mémoire.
La plus grande p… que j'aie dans mon bord…
N'ayant ainsi que toi de revenu réel
Que son c…, que son c…, ne t'eût point imitée.
Je vous prends à témoin, vous, paillarde Couppé[2] !
Si votre amant volage eût méprisé vos feux,
Si pour autre raison il eût rompu ses nœuds,
Eût-il été proscrit, ce fruit de la tendresse ?
Vous n'avez pas sans doute une âme assez traîtresse ?
Féconde Saint-Germain, vous qu'Amour autrefois
Pour un jeune étranger sut ranger sous ses lois,
Vous qui sacrifiiez à l'intérêt sordide,
Et qui preniez alors le sentiment pour guide,
Abandonneriez-vous à son mauvais destin
Un fils qui vous naîtrait et d'un père incertain[3] ?
La nature fit-elle un cœur aussi barbare ?
Ah ! si l'on en trouve un, le couple en est bien rare.
Mais pourquoi m'arrêter à de si noirs forfaits ?
Ne songeons bien plutôt qu'à venger ma querelle :
Faisons punir Clairon et toute sa séquelle.
Puisse-t-elle manquer de greluchons, d'amants,
Et des dons de Vénus sentir les plus cuisants !
Et toi, Marville, et toi, mon unique ressource,
Prends pitié de mes maux, daigne en tarir la source.
Quand on est comme moi nécessaire à l'État,
On doit être étayé des lois du magistrat.
Fais donc pour mon repos, à ces filles lubriques,

1. Dalainville, qui avait été laquais chez la princesse de Rohan.

2. Marie-Angélique Couppé, née en 1723, entrée à l'Académie royale de musique à l'âge de seize ans, dont l'amant, mylord St…, avait reconnu les enfants.

3. « Cette fille a vécu plusieurs années avec un jeune seigneur portugais dont elle a eu des enfants. On dit qu'elle a déclaré qu'elle ne voulait plus d'amant en titre, attendu les agréments du détail. » [NdA]

Interdire à jamais jardins, maisons publiques.
Qu'elles n'osent paraître aux lieux où je serai,
Soumets-les à tes lois de force ou bien de gré.
Qu'elles tremblent enfin sous toi, sous ton empire,
Fais-les me respecter, fais que l'on puisse dire :
« Marville est de Pâris le soutien et l'appui ;
Ceux qui l'insulteront, auront affaire à lui. »
Ainsi, puisse le Ciel à mes désirs propice
Pour un poste plus beau t'ôter de la Police !
Puis-je te voir bientôt intendant de Paris,
Ne songer qu'aux amours, qu'aux plaisirs, et qu'aux ris,
Comme un autre Cely vivre dans la mollesse,
Et courir jour et nuit de maîtresse en maîtresse[1] !
Si pour t'en procurer mon art est suffisant,
Tu dois tout espérer d'un cœur reconnaissant[2].

Ces plaintes et ces cris de la dame Pâris ne troublèrent pas un instant les plaisirs de la demoiselle Clairon. Sûre que son état d'actrice la mettait à l'abri des insultes de la police, elle faisait tous les jours de plus amples moissons sur les terres de la vieille sibylle ; sa cour était devenue très nombreuse et sa maison était le rendez-vous de tous les aimables. Là se faisait une hombre, un quadrille[3] qui finissait en six tours, ou ne finissait point, suivant la conjoncture ou les gens qui se succédaient. Mais ce qu'il y avait de singulier, c'était la présence d'esprit de cette demoiselle attentive à la fois à tenir son jeu, et à occuper trois amants, ayant ses deux pieds sous la table posés sur ceux de ses deux voisins, ses regards tournés languissamment sur le troisième, en sorte que tous jouissaient d'une préférence qu'ils regardaient comme unique, que chacun des trois riait des deux autres, et les prenait pour des dupes, ce qui ne l'empêchait pas de prendre du tabac de quelqu'un près d'elle qui la conseillait, et d'appuyer ses doigts dans la tabatière pesamment et longtemps ; de demander à un autre de voir la manchette de point, prétexte pour lui serrer la main : tous petits riens que la contrainte fait imaginer, que le sang-froid ne conçoit pas, et dont les vrais amants connaissent seuls tout le prix.

Elle avait de ces amants-là, de ces hommes de goût, amateurs des talents, mais avides d'illusions et dont l'imagination tendre faisait trop de

1. « M. Cély[a], intendant de Paris, si connu par la protection singulière qu'il a accordée à toutes les filles dévouées aux plaisirs du public, et par le grand nombre de celles qu'il avait à sa solde, notamment la Rabon et la Richalet, fille d'un maître à danser, etc., etc., etc. » [NdA]

a. Sous ce nom, il faut reconnaître Louis de Harlay, intendant de la généralité de Paris. [NdÉ]

2. Ces deux *Requêtes* figurent dans le *Recueil Maurepas*, *op. cit.* : BNF. Ms. F. fr. 12646, f° 237-241.

3. *Hombre* : « sorte de jeu de cartes qui nous est venu d'Espagne. Jouer à l'*hombre*. Faire une partie d'*hombre*. Une reprise d'*hombre*. » *Quadrille* : « espèce de jeu d'hombre qui se joue à quatre. Faire un *quadrille*. Jouer une partie de *quadrille* » (*Dict. Acad.*, 1798).

progrès. Tout était théâtre pour eux ; et jouant au quadrille ils se la représentaient chantante, naïade timide, amoureuse, flottante sur le cristal des eaux, y cherchant le dieu des mers qu'elle aime, ou dryade insensible et légère, environnée de faunes voltigeant sur la pointe des herbes au son de la flûte de Pan, et chacun se disait : *Cette nymphe est mon amante, elle charme tous les cœurs, et ne veut que le mien*[1]. M. le marquis qui ne cherchait qu'à penser de même, trouva le cercle un peu nombreux et suspect. Il s'en plaignit à sa maîtresse qui, pour se justifier, ne cessa point : c'est un moyen qui réussit quelquefois. Cependant, il remarqua des présents anonymes, des tabatières, des diamants qui ne venaient point de lui, il parla d'un ton de courroux, et donna l'exclusion de la maison aux amants les plus généreux.

Un de ceux-là entreprit de s'en venger, ce qu'il fit. Il enleva la demoiselle de son gré, et l'emmena hors de Paris, en sorte que M. le marquis un matin ne trouva qu'une servante qui lui conta ce fait.

On peut juger de l'état d'un amant passionné qui voit qu'on l'outrage. Nouveau Roland dans la maison de sa maîtresse, tout y ressentit sa fureur. Les tapisseries, les glaces, les tableaux, son portrait même, tout y fut renversé. Peu de jours se passèrent que le silence des bois ennuya bientôt Médor et Angélique ; il fallut revenir en ville où les Nymphes font usage de l'argent ; le malheur était qu'ils n'en avaient ni l'un ni l'autre. Angélique alors pénétrée de repentir d'avoir abandonné Roland, bienfaiteur, qui pouvait l'être encore, eut bientôt pris son parti. Ce fut d'imposer à Médor les mêmes conditions qu'avait acceptées auparavant M. le marquis de Frétillon : ils convinrent de ne se plus voir qu'en très grand secret[2].

1. On peut rapprocher ce passage sur l'illusion théâtrale de ce qu'écrit Meusnier de Querlon à ce même propos. Chez lui, la métamorphose est vécue de l'intérieur, par l'actrice elle-même, avant de se transmettre à ses admirateurs : « Le goût du plaisir, la dissipation, l'artifice, la légèreté, le caprice sont comme le fond du tempérament et le génie national, par rapport aux filles de l'Opéra. On prend insensiblement le goût et le langage des personnages que l'on représente. Le commerce des divinités, les rôles brillants que l'on fait jouer parmi les dieux à de simples mortelles, et leurs fréquentes apothéoses, sans détruire l'humanité des actrices, agissent sur leur imagination, et les tournent aux belles aventures. De là, ce merveilleux et ce romanesque qui règnent si souvent dans leurs intrigues. Dès qu'une fille a chaussé le cothurne, elle croit être une nymphe ou déesse, et ne voit plus par conséquent que les dieux et les demi-dieux de la terre qui soient dignes de ses regards. En faut-il davantage pour tourner la tête à une pauvre mortelle que l'envie de plaire, les applaudissements qu'elle reçoit en public, l'espèce de culte que ses partisans lui rendent en particulier, la nature même de ses talents, et la fragilité de son sexe disposent à tous les incidents attachés à sa condition ? » (*Règlement pour l'Opéra de Paris*, op. cit., p. 34-35).

2. Paraphrase d'*Orlando furioso* de l'Arioste, où le marquis joue le rôle de Roland, Mlle Clairon celui de sa maîtresse infidèle Angélique, et Médor celui de l'amant d'Angélique-Clairon. Rappelons que dans le poème, Roland découvrant un jour, au milieu d'une forêt, les noms des deux amoureux, gravés et entrelacés de mille façons sur les arbres et dans la pierre, apprend la trahison de sa belle, et en devient littéralement fou de jalousie. Il ne recouvre la raison qu'après avoir respiré le contenu d'une ampoule magique dans laquelle saint Jean avait recueilli l'intégrité de son esprit.

La demoiselle Clairon n'eut pas de peine à faire le reste, savoir son raccommodement. Elle reçut d'abord les reproches les plus vifs, mais ils firent bientôt place à d'autres sentiments. Tout fut apaisé sous la promesse authentique de ne plus jamais voir Médor.

Deux mois s'écoulèrent, non sans y prendre garde, depuis le temps de l'absence jusqu'à celui du parfait raccommodement, et la demoiselle eut tout le temps de faire la paix et de ramener à elle un amant qui ne demandait qu'à l'aimer.

Elle lui donna des preuves d'un retour sincère : soins, soupirs, caresses, tout y fut employé ; elle fut jusqu'au point de courir les risques d'une grossesse pour lui donner le gage d'un amour qui ne devait jamais finir. En effet, la demoiselle Clairon accoucha au bout de sept mois d'une fille qui fut présentée à M. le marquis, et qu'il reçut entre ses bras avec des transports de joie qui ne s'expriment point. Aussi bon père que tendre amant, il entra dans tout le détail du berceau de l'enfant. Il vit croître sa fille et se développer à ses yeux ; il la regardait, il la considérait, il y voyait sa mère. Elle au contraire, de son côté, soutenait que l'enfant ne ressemblait qu'à lui. C'était de part et d'autre des agréments continuels de sentiments sur cela, de petites contradictions qui se terminaient par des baisers. Jamais ces amants ne furent plus unis. Il se trouva une maison de campagne à vendre proche de Paris ; elle fut achetée, et destinée à la petite Auguste, qui déjà commençait à parler et à distinguer avec finesse M. le marquis des autres hommes.

Cependant, l'équipée que la demoiselle Clairon avait faite avec son Médor, qui avait occasionné son absence de l'Opéra sans en avoir obtenu aucune permission, sa conduite déplorable qui scandalisait de plus en plus ses chastes compagnes, les hurlements de la Pâris qui redoublaient et qui se faisaient entendre dans tous les quartiers de Paris, indisposèrent tellement contre elle les directeurs de l'Opéra qu'ils prirent la résolution de la congédier ; c'est ce qui fut exécuté et on lui fit signifier son exclusion. Mais soit qu'elle eût prévu ce qui devait lui arriver, soit que par une force d'esprit elle se fût mise au-dessus de tous les événements, cette nouvelle ne la déconcerta point ; et sans perdre courage elle tourna ses vues du côté de la Comédie-Française dans le dessein de réparer sa perte en montant sur ce théâtre[1] ; elle y débuta et ne fut pas moins applaudie qu'elle l'avait

1. En réalité, elle reçut un ordre qui la dispensait de passer à l'Opéra les six mois d'usage (elle n'y était que depuis quatre mois seulement), à condition d'entrer à la Comédie-Française. Cet ordre étant verbal, Mlle Clairon fut obligée d'aller chez le duc de Gesvres, gouverneur de Paris et gentilhomme de la Chambre en exercice, pour se le faire confirmer par écrit. On trouve de piquants détails sur cette visite dans ses *Mémoires* (op. cit., p. 88-90), et dans ceux de sa rivale, Mlle Dumesnil (*Mémoires de Marie-Françoise Dumesnil en réponse aux Mémoires d'Hippolyte Clairon* [...], rédigés par Coste d'Arnobat, Paris, Dentu et Carteret, an VII [1799], p. 320-323). On peut également lire l'ordre de début au Théâtre-Français, « dans les rôles qu'elle aura choisis », celui de sa réception « à demi-part », et celui de doubler Mlle Dangeville « dans tous les rôles de son emploi », avec

été en débutant sur le théâtre de l'Opéra. On fit même encore pour elle ces vers :

Quelle grâce ! quel feu ! quelle vive peinture !
Clairon, tu réunis dans ton jeu séducteur
Ce que l'art, joint à la nature,
Peut former de plus enchanteur.
Cent fois te voyant sur la scène
Ravir les suffrages divers,
J'ai cru que c'était Melpomène,
Qui récitait ses propres vers.

Mais malgré les applaudissements tumultueux dont on honora la déclamation de la demoiselle Clairon, les respectables actrices de la Comédie-Française ne virent qu'avec une peine extrême qu'on allait associer à leur vénérable corps un sujet tel que Frétillon. Qu'il me soit permis d'interrompre un moment l'histoire de M. le marquis, pour faire quelques réflexions sur ce trait de la conduite de la demoiselle Clairon, et pour rappeler le plus succinctement qu'il me sera possible, le trouble, l'agitation, l'inquiétude et les alarmes que causa parmi les comédiennes la nouvelle étrange de cette réception. Comment la demoiselle Clairon avait-elle pu penser qu'à la Comédie-Française on fût moins jaloux qu'à l'Opéra, de ce qu'on appelle dans le monde décence et régularité de mœurs ? Le Théâtre-Français ne lui était-il pas interdit par les mêmes raisons qui l'avaient exilée de l'Opéra ?

On ne prétend pas lui contester l'excellence des talents. Un jeu noble, une déclamation aisée, un geste naturel, une voix sonore, de la dignité, de l'âme ; ajoutez à cela une poitrine infatigable : voilà les avantages avec lesquels la demoiselle Clairon débuta sur la scène. Les applaudissements qu'elle reçut du public parlèrent en sa faveur. Il serait absurde de vouloir la proscrire. Si les talents suffisaient seuls pour oser aspirer à la profession d'héroïne de théâtre, personne assurément n'y pourrait prétendre avec plus de justice. Mais c'est une vérité constante et qu'on ne peut trop répéter, que les talents sont la partie la moins essentielle d'une actrice. En un mot, il faut à la Comédie-Française, ainsi qu'à l'Académie de musique, des mœurs irréprochables et une réputation entière. Oui, et j'en suis très persuadé : si la demoiselle Clairon eût voulu réfléchir mûrement sur la tentative qu'elle allait risquer, elle se serait bien gardée de l'entreprendre, elle n'eût jamais eu le front de se présenter pour succéder à la tendre et vertueuse La Batte, à la chaste Duclos[1]. Mais qu'est-il besoin d'aller

gratification d'un quart de part supplémentaire, tous trois signés du duc de Gesvres et datés respectivement du 10 septembre, 22 octobre et 26 décembre 1743, dans : Émile Campardon, *Les Comédiens du roi de la troupe française pendant les deux derniers siècles*, Paris, 1879, p. 44-46.

1. Jeanne-Élisabeth Labatte (1702-1767). D'abord danseuse à l'Opéra, elle fit ses débuts à la Comédie-Française le 2 août 1721 dans le rôle d'Iphigénie (*Iphigénie en Aulide*). Bien

chercher dans des temps si reculés des modèles de vertu dont notre âge fourmille ? Est-ce en faveur de ses heureux talents que la blonde Connel a été reçue ? Une sagesse consommée et qui ne s'est point démentie fit plus pour elle que le mérite le plus décidé pour la déclamation[1]. La demoiselle Lavoix, malgré ses dispositions surnaturelles pour le théâtre, n'eût-elle pas échoué si elle n'avait été puissamment recommandée par le suffrage de personnes en état de répondre de sa conduite ? L'eût-on admise sans une attestation de mœurs en bonne forme[2] ? Parlera-t-on de la vénérable demoiselle Lamotte, qui revenue des vanités du siècle depuis plus de quinze années, après avoir fourni une carrière glorieuse, consacre le reste des jours que lui ont laissés ses chastes travaux, au service de sa Compagnie, dans l'honorable fonction d'entremetteuse des plaisirs publics, qui donne chez elle, en dépit de la critique, des petits soupers les plus jolis du monde, à juste prix[3].

Que dira-t-on de cette jeune et vive actrice, recommandable par la manière de vie édifiante qui la caractérise jusqu'à ce jour ? Qu'on se rappelle avec quelle honnêteté l'on afficha ses tendres prémices, quel ordre, quelles sages précautions pour les enchères, que de décence dans les criées ! Jamais le mousquetaire fortuné qui se rendit adjudicataire de

---

accueillie, elle fut reçue officiellement le 5 décembre 1722, créa plusieurs comédies et tragédies, et prit une retraite prématurée en 1733. — Marie-Anne de Chasteauneuf, dite Mlle Duclos ([1668]-1748), parut pour la première fois sur la scène de la Comédie-Française le 27 octobre 1693, dans le rôle de Justine de *Géta*. Reçue sociétaire le 27 novembre suivant, elle obtint le 3 mai 1696 l'ordre de doubler Mlle de Champmeslé dans les premiers rôles tragiques. Dans sa vie privée, Mlle Duclos fut loin d'être aussi vertueuse qu'on le dit ici. Dotée d'un tempérament fougueux, et sachant « accorder Vénus et Bacchus », elle ne manqua pas d'adorateurs pendant sa longue carrière, mais commit la folie, à quarante-cinq ans, d'épouser le fils de son camarade Duchemin, un assez mauvais sujet de dix-sept ans, qui venait de débuter au Théâtre-Français. Durant cinq années, la Duclos endura les pires injures, se laissant dépouiller de ses biens, battre, tromper, « avarier » par ce misérable, ainsi qu'en témoignent ses plaintes à la police conservées aux Archives nationales.

1. D'origine irlandaise, Marguerite Marie Louise Daton, dite Mlle Connel (1715-1750) remplissait au Théâtre-Français les rôles de confidente et de seconde amoureuse. C'était une actrice assez médiocre, dont on ne savait ce qui était le plus froid de son jeu ou de sa physionomie. Bonne fille, au demeurant, elle souffrait avec patience les huées du parterre, qui avait fini par la prendre en grippe après l'avoir accueillie favorablement. Selon la rumeur, son insuccès persistant serait cause de sa fin prématurée. La réalité est moins romanesque. Obligée d'aller jouer à Versailles, peu de jours avant sa mort, elle partit par grand froid, souffrant d'une forte grippe et tremblant de fièvre. Elle rentra dans la nuit, et s'alita pour ne plus se relever.

2. Marie Anne Pauline Du Mont, dite Mlle de Lavoy, née à Paris vers 1710, parut dans des rôles d'enfant en 1717 et fut engagée en 1739 à la Comédie-Française, pour jouer les grandes confidentes de tragédie et les ridicules dans la comédie. Mauvaise actrice d'ailleurs, déclamant sans cesse, elle était mariée à un certain Joseph Poinsot, et vécut sans histoire jusqu'à sa mort en 1792 ou 1793.

3. Marianne Hélène de Mottes, dite Mlle La Motte, surnommée « Les belles Jambes », naquit à Colmar en 1704, et fit ses débuts à la Comédie-Française en 1722. Amie d'Adrienne Lecouvreur, elle dut à celle-ci la connaissance du maréchal de Saxe, qui correspondit avec elle pendant ses campagnes de 1744 et les années suivantes. Elle se retira de la scène en 1759, et mourut dix ans plus tard d'une attaque d'apoplexie.

ce rare marché eût-il fait accepter ses offres, s'il n'avait troqué son uniforme contre les saints ornements d'un lévite du premier ordre. Par cet ingénieux stratagème, le loup revêtu de la peau de la brebis, fut introduit dans le bercail, et y passa des moments destinés, sans doute, à des usages plus pieux. Quelle nuit ! quel réveil ! Le soleil sortait à peine du sein de l'onde que le prélat travesti se démasqua aux yeux de la catéchumène consternée, et pour comble de perfidie et d'ingratitude pendant le souvenir des ouvertures de cœur délicieuses dont on l'avait comblé, reprit les cent louis de pot-de-vin qu'il avait consignés la veille, en entrant en jouissance de son bail frauduleux.

Ne vit-on pas il y a quelques années au bal de l'Opéra, avec quelle générosité, quelle grandeur d'âme un acteur réprima l'indiscrétion d'un téméraire, qui eut l'audace de tenir à sa femme de mauvais propos ? Ce jeune homme prétendait que la modeste épouse du comédien avait vis-à-vis de lui des torts fâcheux à réparer, et dont le triste souvenir l'importunait. Il s'imaginait follement être en droit de se plaindre, comme si les gens étaient responsables de leurs bontés. Que les hommes sont injustes ! Il fit là-dessus des représentations qui furent rejetées avec la fierté convenable. Les malheureux ont rarement raison ; celui-ci cependant s'obstinait à soutenir la validité de ses reproches, il offrit des preuves. L'époux indigné qu'on osât avoir avec sa fidèle moitié des éclaircissements capables de mettre ses charmes en discrédit, le prit avec hauteur, la conversation s'anima, le plaignant moins adroit que son adversaire et n'ayant pas l'usage du théâtre, mit trop de chaleur dans la manière de rendre les choses, et dans le plus bel endroit de la scène, se servit malheureusement d'un geste inconsidéré qui précipita la catastrophe. Les témoins interposèrent leur médiation, et tout fut pacifié. L'accusée pleinement justifiée sortit en triomphe aux acclamations publiques.

On ne finirait point si l'on voulait retracer aux yeux du public tous les exemples de pudeur et de retenue, dignes fruits de la morale incorruptible, qui règle jusqu'aux moindres actions dans cette école de sagesse. Les femmes constamment attachées aux devoirs de leur état, s'interdisent les libertés les plus innocentes. Les filles, encore plus réservées, paraissent inaccessibles à tous les traits empoisonnés que la séduction met en usage.

Voilà cependant à quelle espèce de femmes la demoiselle Clairon a osé s'associer ! Et devait-on être surpris si son début révolta si fort les parties intéressées ? On cria à l'indécence, l'alarme se répandit, l'émeute fut presque générale, La Noue[1] sonna le tocsin.

Si la justice d'une cause peut être appuyée par la qualité et le mérite des parties, quelle cause fut jamais renforcée d'inductions plus favorables ? Le nom seul de l'incomparable La Noue est ici d'un poids merveilleux.

La Noue, le Roscius, le Sophocle du siècle. Le tragique La Noue, dont

1. Voir *supra*, p. 118, n. 2.

les talents inimitables pour le théâtre sont aussi peu équivoques que la paternité des pièces qu'on lui attribue. La Noue connu, chéri, admiré de tout Paris, dont il fait les délices, La Noue qui pendant quelque temps a été soupçonné d'avoir fait lui-même le *Retour de Mars*, et *Mahomet second*, qui se l'était presque persuadé, et qui sur ce fondement a joui de la réputation d'auteur de la meilleure foi du monde[1]. La Noue qui déclame si bien, qui met tant de vérité dans ses rôles, dont la voix est si touchante, la figure si noble et si intéressante, le geste si flatteur et si naturel, qui dans les tragédies gothiques où l'on représentait des passions et des martyrs, aurait eu tant de grâces à rendre le personnage du patient, c'est lui-même. C'est ce grand homme qui nous apprit qu'on ne devait point recevoir à la Comédie-Française une fille soupçonnée de n'avoir point de mœurs.

Il rassembla le troupeau dispersé par la frayeur qu'avait excitée la profane entrée de la demoiselle Clairon, il étala avec cet art et ce ton pathétique qu'on lui connaît les malheurs de la Compagnie qui se voyait sur le point d'être déshonorée si la prétendante était intruse. Les voix furent recueillies, toutes allèrent à l'exclusion, il se chargea du soin de faire valoir les raisons communes.

Qu'on ne s'imagine pas au reste que le zèle du judicieux la Noue fût intéressé, et que la crainte de voir le mérite de la demoiselle Clairon balancer les applaudissements prodigués à la demoiselle Gaultier son élève, l'engageât à s'opposer à sa réception. Une pareille idée serait absurde ; la demoiselle Gaultier est trop supérieure en effet. Que lui manque-t-il pour être une excellente actrice ? une taille, un visage, des bras, de la vérité, du sentiment : voilà de plaisantes bagatelles[2].

La Noue, acteur goûté, sait trop bien qu'on peut plaire sans ces frivoles avantages. Ce n'était donc point un esprit de parti qui le détermina : c'était amour pour la justice, c'était l'intérêt de sa Compagnie, dont la plus saine partie avait formé une ligue offensive et défensive contre l'invasion dont on était menacé.

La demoiselle Gaussin, tranquille au milieu du tumulte des armes,

---

1. *Le Retour de Mars*, divertissement en vers, créé avec succès au Théâtre-Italien le 20 décembre 1735 et publié à Paris, chez Prault, en 1736.

2. Françoise Marie Jeanne Élisabeth Gaultier, future épouse Martel, puis Drouin, née à Rouen le 25 septembre 1720, devint en 1737 la maîtresse et l'associée de La Noue, avec lequel elle dirigea le théâtre de Rouen. C'est là qu'elle fit la connaissance de Mlle Clairon, alors âgée de seize ans. De cette rencontre allait naître une amitié qui ne se démentira jamais, ainsi qu'en témoigne cette pièce en vers de la Clairon elle-même, publiée en novembre 1787, et dont nous ne citerons que ce seul couplet : « L'amitié depuis cinquante ans / Fait de nos cœurs un doux usage ; / Elle a réglé nos sentiments, / Ils s'accroissent avec notre âge. / De notre lien / Sentons tout le bien. / Et serrons-nous encore davantage » (*Correspondance littéraire*, éd. Maurice Tourneux, op. cit., t. XV, p. 160).

Voltaire, qui l'avait vue jouer dans *Mahomet* en 1741, et qui la tenait en haute estime, écrivait à son propos : « Elle est faite pour être le charme du théâtre comme celui de la société. » Elle mourut à Verrières le 2 août 1803, à quatre-vingt trois ans.

voyait, sans s'étonner, les mouvements de ses compagnes. Certaine de son innocence et de la pureté de ses intentions, sa douceur naturelle paraissait répugner aux moyens violents. Mais le prudent la Noue, qui voit loin dans l'avenir, lui fit sentir les conséquences de cette imprudente sécurité, il lui ouvrit les yeux sur son état ; il possède au suprême degré l'art de manier les cœurs. La susceptible Gaussin s'émut, sa délicatesse s'effaroucha, elle ne put envisager sans effroi l'affront auquel elle était exposée ; elle prit feu, et devenue hardie par le danger, elle accepta sans balancer la commission d'interprète de l'assemblée[1]. Ses larmes touchantes se firent entendre, elle gémit, et quelle douleur fut jamais plus attendrissante ? Quoi, mademoiselle Frétillon devenue l'émule de la demoiselle Gaussin !

C'est ici plus que jamais, que la raison des mœurs est puissante et victorieuse. Quel parallèle dissonant ! Mademoiselle Clairon affichée dans tout le royaume par des aventures d'éclat, mademoiselle Clairon fameuse par les excès de son impudicité et de ses débauches, aimant le plaisir pour le plaisir même, courant toujours après sans pouvoir s'en rassasier, voulant le goûter à quelque prix que ce soit, sans s'embarrasser si les moyens qu'elle emploie pour cela sont honteux et déshonorants. Quelle humiliante rivalité pour la demoiselle Gaussin ! L'innocence de ses mœurs n'aurait-elle pas dû la soustraire à de pareils accidents ? la vertu devait-elle jamais être en droit de se plaindre ?

Qu'on suive mademoiselle Gaussin depuis sa naissance jusqu'à son début, et depuis cette époque jusqu'à ce jour, on verra dans toute sa conduite régner un caractère de sagesse et d'innocence, qui doit lui mériter, à juste titre, la vénération publique. Jamais sa profession lui a-t-elle fait oublier ce qu'elle devait aux bienséances du sexe ? N'a-t-elle pas toujours allié l'actrice aimable à la fille vertueuse et remplie de sentiments ? Les Grâces ne sont occupées qu'à rendre ses charmes plus touchants ; l'amour, le tendre amour parle par sa bouche, et lui prête ce son de voix enchanteur qui pénètre l'âme et la remplit d'une émotion délicieuse. Elle n'a point les sons éclatants ni la voix perçante de Philomèle, elle a celle de Vénus même, cette voix tendre que ces colombes (témoins discrets de ses plaisirs) entendirent dans les bosquets d'Idalie, et qu'elles tentèrent d'imiter par leur doux murmure. Tout en elle ne respire que volupté, mais une volupté sage et toujours subordonnée aux lois de la pudeur et de la décence, et si quelquefois l'adorable Zaïre a paru compatir aux désirs empressés des

1. Jeanne Catherine Gaussem, dite Mlle Gaussin (1711-1767), fit ses débuts à la Comédie-Française en 1731, dans le rôle de Junie de *Britannicus*, inaugurant une série d'interprétations qui feront d'elle une des plus grandes tragédiennes de son temps. Voltaire n'hésitera pas à lui confier le rôle de Zaïre (1732), dans lequel elle triompha. Tout en poursuivant sa brillante carrière, Mlle Gaussin menait une vie de plaisirs et de galanterie ; elle collectionna les amants illustres, mais n'en devint pas plus riche pour autant. Elle se retira de la scène en 1763.

cœurs soumis à ses attraits, a-t-on jamais osé l'accuser de partager le sentiment du plaisir dont elle les enivrait ? Supérieure aux faiblesses de la nature, c'était pure générosité de sa part, ces tendres instants étaient uniquement dus à sa bonté. Son extrême indulgence ne comprenait pas qu'on pût avoir la dureté d'être inexorable. Et comment en effet est-il possible de refuser un galant homme qui se présente de bonne grâce, et nous presse avec instance ?

En vérité je ne puis concevoir comment la demoiselle Clairon a jamais osé souffrir qu'on la compromît avec une personne aussi réglée. Je sens d'un autre côté combien il doit être mortifiant pour la demoiselle Gaussin et ses vertueuses sœurs de la voir confondue parmi elles. Elles auront toujours à rougir du passé et à trembler pour l'avenir et ce ne peut être qu'en frémissant qu'on se rappelle à la Comédie-Française toutes les gaillardes orgies d'une Frétillon. Mais revenons à M. le marquis.

Sa famille augmentée demandait une plus grande maison. La demoiselle Clairon en prit une à son gré dans le voisinage de sa Comédie-Française. Ce fut alors qu'on étala les meubles de toutes saisons, les tableaux, les bronzes, les urnes du Japon. Tous les jours il y paraissait de nouveaux ameublements, jamais il ne s'en trouvait assez. Les anciens amis, qui commençaient à reparaître, ne laissèrent pas de soulager M. le marquis sans qu'il le sût, soit par une tenture de tapisserie ou de toile de Perse pour l'établissement de la bacchante, soit par les pots à fleurs de la Chine, les pendules, les clavecins et autres choses semblables : tout y trouvait place, jusqu'aux médailles et aux colifichets, et même les pots de cerises à l'eau-de-vie n'y étaient pas mal reçus.

Il est vrai que la demoiselle savait sur cela distinguer les récompenses méritées. Il y avait à cet effet dans la maison qu'elle habitait une petite porte de derrière qui communiquait à une rue, et dont on faisait l'usage convenable pendant l'absence du maître. Cette petite porte n'appartenait qu'aux privilégiés, et ne leur était pas permise à toute heure. Le zèle y entretenait quelquefois plus d'un qui avaient tout le temps de s'y morfondre et d'y essuyer la pluie, le froid ou le chaud. Mais à quoi ne s'expose-t-on pas pour parvenir à ce que l'on aime ? La peine qu'on souffre en ce cas occupe bien moins que le prix que l'on en attend. Quand une fois le terme est venu, que l'on arrive au tête-à-tête, qu'on voit une maîtresse affligée et qu'il faut consoler de tout ce qu'on a souffert, qu'on la voit tendre, vive, ardente à demander cent fois si on l'aime bien, en vouloir des preuves et en donner, quel est l'amant qui ne s'enflamme pas ? La fureur d'amour le prend, il triomphe d'un rival dont la maîtresse n'est infidèle que pour lui, toute la conversation n'est qu'un transport, qu'un embrassement continu.

C'est ainsi que se comportaient les amants de la demoiselle Clairon, et que chacun d'eux possédait son cœur en entier.

Un de ceux-là, le plus généreux et peut-être le plus digne, languissait depuis plusieurs années dans une contrainte cruelle. Les jours lui étaient interdits, les nuits à la longue lui devenaient incommodes, fatigantes, insoutenables. Il représenta son état, les bons procédés parlèrent pour lui, il obtint la permission d'entrer de jour et de courir le risque d'une rencontre de M. le marquis, en prenant pourtant sur cela toutes les précautions qu'inspirait la prudence. La demoiselle s'en chargea, et ce fut avec succès pendant un temps.

On conviendra qu'alors M. le marquis, tout puissant qu'il était, se ressentait de la conjoncture des temps. Les dettes qu'il avait contractées, en partie pour élever sa maîtresse au point où elle était, ce tas de meubles, de bijoux, de vaisselles emmagasinées dans sa maison, avaient consommé d'abord son plus clair revenu. Il lui fallait nécessairement prendre haleine. La pension de six mille livres ne rendait pas les cinq cents livres par mois aussi régulièrement que la demoiselle Clairon le demandait. Quinze jours, trois semaines, un mois de retard l'inquiétait.

M. le marquis s'en aperçut; l'excès de sa bonté lui fit faire de nouveaux efforts; elle eut lieu d'être satisfaite. Il fit plus : ce fut un billet portant promesse de lui payer cette pension tant qu'elle vivrait. Le motif apparent fut un argent prêté, parce qu'il en fallait nécessairement un, et que dès ce moment il n'y en pouvait avoir d'autre.

La demoiselle, nantie de cette sûreté que lui avait acquise le nouveau serment d'un attachement inviolable et d'une éternelle fidélité, se persuada bientôt que son premier amant n'était plus en droit de la contraindre à l'égard de celui qu'elle avait déjà introduit de jour chez elle. En effet, il y revint et plus souvent et plus indiscrètement. À force de courir le danger, il en perdit l'apparence, et n'y pensa plus.

Un jour qu'ils se croyaient dans la plus grande sécurité et qu'ils en goûtaient les douceurs, M. le marquis entra brusquement (c'était son allure), et reconnut là le Médor dont il a été parlé, ce Médor qu'elle avait juré de ne revoir jamais.

— Comment! s'écria-t-il, c'est vous qui me trahissez encore! Vous pour qui j'ai tout sacrifié, et que j'ai comblée de biens! Vous que j'aime depuis tant d'années, malgré ma famille révoltée et mes amis indignés! Vous à qui cent fois par jour je consacrais le reste de ma vie! Vous, enfin, qui m'avez tant juré de m'être fidèle à jamais, maîtresse indigne, vous m'avez donc toujours trompé!

— Monsieur, dit-elle, je consens à vous désabuser. J'ai cru vous servir mieux en vous cachant de tristes vérités. Mais puisque vous devinez tout, sachez encore que l'amant que vous voyez là n'a pas cessé de m'aimer depuis huit ans. J'étais convenue avec lui de vous épargner la peine de le voir; j'y ai fait mon possible. Le malheur vous guide ici quand je ne vous y attends pas, vous m'y surprenez : ce n'est pas ma faute. Au surplus, que votre emportement n'aille pas plus loin; il serait inutile. Demeurez ici et revenez-y si cela vous plaît, j'y consens, vous y serez le bienvenu, vous y verrez cet amant de plus. Il faut vous y résoudre ou prendre un autre parti, puisqu'enfin ceci est ma maison ; j'y suis la maîtresse, tout y est à moi. Fille de théâtre, je ne dépends de personne.

— Mademoiselle, répondit M. le marquis, je reprends mes sens ; je vois vos infidélités et vos outrages d'un œil sec, je jure tranquillement que je ne vous verrai de ma vie. Mais puisque je prends ce parti, rendez-moi ma fille, je la demande, je la veux, c'est tout l'objet de mon amour. Mon honneur et ma conscience veulent que j'en prenne soin, et que pour sauver sa perte je la retire de vos mains.

— C'est sur quoi, répondit la demoiselle, je ne puis vous satisfaire.

— Vous me rendrez mon enfant, dit-il.

— Votre enfant ? monsieur, reprit-elle. Il n'est point à vous. S'il vous souvient que j'accouchai à sept mois pour vous, apprenez que j'ai accouché à neuf pour un autre. Cet autre est l'amant que voilà ; il en est le père, et ma fille est à lui.

— Mademoiselle, tout est dit. Tant d'horreurs me confondent. Adieu.

M. le marquis se retira.

Voilà quelle a été la fin de cette intrigue d'amour, intrigue tissue de perfidies et de souplesses. On n'a pas jugé à propos de les conter toutes ici ; on en laisse le soin à la demoiselle Clairon lorsqu'il lui plaira de continuer la suite de son histoire que le public attend avec impatience. Et d'ailleurs, il suffit, quant à présent, de donner une idée de la conduite de cette demoiselle par deux ou trois faits que contient ce mémoire, qu'elle a elle-même avoués. On conviendra que les talents de la demoiselle Clairon qui la font briller au théâtre ne sont pas ceux qui la distinguent le plus de ses camarades, et qu'elle est parmi elles plus respectable et plus illustre encore par le grand art qu'elle a de commercer en amour. Aussi est-elle leur modèle et leur point de vue. Toutes sont attentives à ses démarches et s'en font informer. C'est d'elle qu'elles ont appris la nécessité d'une maison à deux portes, l'économie d'un tête-à-tête, l'évaluation de chaque faveur. C'est d'après elle qu'elles savent ce que peut produire un premier de mai, une fête ou deux de patrons, le grand jour de l'an, de quelle ruse il faut user pour tenir toujours les amants à demi satisfaits, de quel moyen il faut se servir pour faire payer à trois ou quatre un présent qu'on a reçu d'un cinquième, et qui ne coûte rien ; et enfin la grande maxime des obligations, des contrats, preuves d'amour que des amants bien épris refusent rarement dans leur ivresse, quoiqu'ils puissent envisager le désespoir d'une famille, la certitude d'un dérangement et les cruels effets qui s'ensuivent.

Bien d'honnêtes gens, bien des personnes respectables d'ailleurs sont dans le cas d'y penser. Ils devraient y faire des réflexions sur l'exemple de M. le marquis qui n'en a pas fait. La demoiselle Clairon l'a dérangé, et toujours trompé : que le successeur se tâte, et qu'il ouvre les yeux ; il se verra plus trompé encore.

La société est en vérité blessée de voir les plus dignes hommes placer si mal leurs affections, consacrer leurs plus beaux jour à des filles de théâtre, nées dans la boue, élevées dans les halles, dont le libertinage, la pompe, et l'insolence semblent insulter à toute vertu, qui en recevraient des châtiments si elles n'étaient à l'abri sous le privilège honteux de leur état.

On a suivi la demoiselle Clairon depuis son arrivée à Paris jusqu'à ce jour, on a vu exactement en quel état M. le marquis l'a prise, on peut voir en quel état elle l'a quitté ; on jugera jusqu'où se sont portées pour elle ses bontés, quels biens elle en a reçus, tout enfin ce qu'il a pu faire en vue de se l'attacher, et dans le malheureux dessein qu'elle avait pris de ne s'en séparer jamais.

Cette fille lui est infidèle, le trahit, le chasse : ces procédés n'anéantissent-ils pas le billet qu'elle représente ? Ne manque-t-elle pas la première aux conditions qui le lui avaient obtenu ? Ne serait-il pas très juste au contraire d'enlever les meubles, la vaisselle et les bijoux de la maison qu'elle occupe, de la dépouiller de ses habits d'étoffe d'or, de ses boucles de diamant en girandoles, de la renvoyer à la chambre de bergame d'où M. le marquis l'a retirée, et de la faire rentrer dans l'état de Frétillon d'où elle n'aurait jamais dû sortir ?

Mémoire pour la demoiselle Petit, danseuse de l'Opéra, révoquée complaignante au public

C'est avec autant de douleur que de honte que je me vois réduite à emprunter la plume d'un ami, pour me défendre contre mes persécuteurs et mon accusatrice. J'espère encore assez des uns, et je méprise trop l'autre pour les nommer : le public les connaît, il sera notre juge. Je suis cette danseuse qu'on a, dit-on, surprise sous le théâtre de l'Opéra telle que Vénus et Mars furent exposés dans les rets de Vulcain aux yeux de l'Olympe assemblé[1]. Le témoin prétendu de mon infamie ressemble

1. En décembre 1740, Mlle Petit fut chassée de l'Opéra, sur la dénonciation d'une chanteuse, Mlle Louise Jacquet, qui l'avait surprise dans un tête-à-tête trop intime avec le marquis de Bonnac. Mlle Petit répandit alors dans Paris un essai de justification dû à la plume de l'abbé de La Marre, auteur de *Zaïde, reine de Grenade*, ballet héroïque (1739), intitulé : *Factum pour Mlle Petit, danseuse de l'Opéra révoquée, complaignante au public*. Nous reprenons ici le titre de l'édition originale.

assez par la noirceur de son teint et la difformité de sa taille à ce chef des Cyclopes. Son âme est bien digne du corps qu'elle occupe ; elle a tous les vices de son état, et n'en a pas les vertus[1].

Il est d'usage parmi nous de s'accorder une indulgence réciproque en matière de galanterie. Cette discrétion politique est absolument nécessaire à l'intérêt commun ; sans cela, nous serions tour à tour les dupes de nos vengeances, et les hommes cesseraient d'être les nôtres.

J'avouerai que je ne voulais entrer à l'Opéra que dans la vue d'imiter mes compagnes, et d'arriver comme elles au bonheur par la route du plaisir. Je suis jeune, bien faite, et d'une assez jolie figure. J'ai les yeux petits, mais vifs, et ma mère, qui s'y connaît, dit qu'ils en valent bien de plus grands.

Tous mes amis sollicitèrent donc pour moi une place dans les chœurs, et je l'obtins à force de crédit. Je comptai dès lors ma fortune assurée. Nous sommes sur le théâtre ce que les fermiers généraux sont dans les finances : la plupart commencent avec rien, nous commençons de même. Ils s'intéressent dans plus d'une affaire, nous n'avons jamais pour une intrigue[2]. Ils doivent l'alliance des grands à leurs richesses, nous la devons à nos appas. Ils sacrifient leurs amis à l'intérêt, nous lui sacrifions nos amants. Un trait de plume leur vaut cent mille livres, une faveur accordée nous en vaut quelquefois davantage. Ils font des traités captieux, les nôtres sont équivoques. Le goût du plaisir nous mène à la prodigalité, le faste les rend dissipateurs. Deux choses nous différencient. Ils s'endurcissent pour thésauriser, nous nous attendrissons pour nous enrichir. Ceux qu'ils ruinent les maudissent, ceux que nous ruinons nous adorent. Vous voyez, messieurs, que je connaissais toutes les prérogatives de ma place, et j'aurais eu bientôt acquis le peu qui me manquait pour la remplir dignement. J'ai peu d'esprit, mais en faut-il beaucoup quand on a le reste ? Et d'ailleurs, le théâtre n'en donne-t-il pas ? Hélas, j'en aurais eu comme les autres sans la malheureuse aventure que la calomnie m'impute, pour m'en enlever de brillantes. Je vais, messieurs, vous exposer le fait qui a servi de base aux impostures de mon accusatrice.

J'arrivai sur les trois heures à l'Opéra avec ma coiffeuse. Le tailleur était dans ma loge, et M. d'Alainville, protecteur-né de toutes les filles qui commencent, y était venu assister à ma petite toilette, et me débitait mille jolies choses sur l'éclat de mon teint, la blancheur de ma peau, et la finesse de ma taille[3]. J'écoutais avec plaisir ce qu'il me disait avec

---

1. Il s'agit de la cantatrice Louise Jacquet, qui avait débuté à l'Opéra en 1739. Le quatrain suivant dément l'affreux portrait que l'on vient de lire : « Jacquet par son air de gaieté / Animerait le plus farouche ; / Le plaisir et la volupté / Brillent en ses yeux et sur sa bouche. »

2. *Sic* pour « peur d'une intrigue » ?

3. Il pourrait s'agir de Louis François Molé, dit d'Alainville ou Dalainville (1732-1801), frère aîné du grand comédien Molé. Mais Mlle Petit parle plus loin de ses « honneurs militaires », et Molé d'Alainville n'a jamais servi dans l'armée.

confiance : un visage de vingt ans donne bien de la facilité pour le débit. M. de Bonac, qui passa vis-à-vis de ma loge, m'aperçut, et me souhaita le bonjour; je lui répondis en fille bien née[1]. Un homme de qualité ne veut pas être en reste de politesse; il entra dans la loge, et me dit des folies auxquelles je répliquai avec sagesse. Enfin il m'enfila de conversation, et nous nous donnâmes en badinant quelques coups. J'avais eu le dernier; je courus après lui dans le dessein de me venger. Il me demanda grâce, et me baisa la main; je m'apaisai. La demoiselle Clairon, qui entra dans cet instant, feignit de prendre les préliminaires pour la chose même. Elle alla sur le théâtre annoncer elle-même ses lubriques visions à mademoiselle Cartou, qui refusa de la croire, et qui lui conseilla chrétiennement, la chose supposée vraie, d'en supprimer le scandale qui ne pouvait manquer de rejaillir sur tout le corps.

Les méchants n'écoutent point de conseils. Elle raconta le fait à des esprits moins bons et plus crédules sur le compte du prochain. Quand je parus dans les coulisses, on vint me regarder, on se parla bas, on rit sous cape. Je m'aperçus que j'étais l'objet de tout ce manège. J'en demandai la raison et je l'appris avec toute l'indignation que donne le témoignage de la conscience contre la calomnie. M. Thuret, galant homme, mais subordonné, fut informé de l'histoire par une femme qu'il est obligé de croire lors même qu'elle ment[2]. Et je fus sacrifiée à la haine que j'ai encourue sans l'avoir méritée.

Voilà le fait tel qu'il s'est passé. Examinons maintenant quel ordre on a observé dans l'arrêt de ma proscription. *Unus testis, testis nullus*[3]. Un seul témoin ne fait point de témoignage. Je n'ai contre moi qu'un témoin. Encore est-ce une fille ! Et quelle fille, messieurs ! Il me faudrait toute son impudence pour détailler l'histoire de sa vie. Ce que je vous dois, messieurs, aussi bien qu'à mon sexe ne me permet pas de l'entreprendre. Il me suffit de vous dire que son amant (Duval chirurgien) lui-même l'avait quittée il y a environ un an. M. Pibrac[4] sait bien pourquoi, mais ces messieurs se taisent par devoir et moi par bienséance. Si ma partie avait pensé comme moi, je ne me verrais pas aujourd'hui forcée à la noircir pour me justifier. Tel est, messieurs, ce témoin qui dépose contre moi. Voyons si tous ceux qui m'innocentent ne méritent pas au moins de

1. François Armand d'Usson, marquis de Bonnac (1716-1778), fils du diplomate Jean-Louis d'Usson (1673-1738), sera nommé lieutenant général du gouvernement de Foix en 1750, et ambassadeur à La Haye en 1751. C'est peu après son mariage en 1740 avec Marie-Louise Bidé de la Grandville, qu'il fut surpris dans une posture non équivoque avec Mlle Petit. On lui attribue un petit roman à clef intitulé *Le Mandarin Kinchifuu, histoire chinoise. Par M. de ***, gentilhomme de la chambre du Prestre-Jean*, Dieppe, veuve de Lormois, s.d., XVI-16 p.

2. Eugène de Thuret, ancien capitaine au régiment de Picardie, alors directeur de l'Opéra.

3. «Témoignage unique, témoignage nul.»

4. Premier chirurgien de la reine, spécialisé dans les maladies vénériennes.

balancer sa déposition. Le tailleur de la loge ne m'a pas quittée, et il nie le fait. Mais, me dira-t-on :

1° Vous avez acheté son silence. Qu'on prouve la subornation. On a menacé le pauvre homme de le chasser ; il a persisté dans la négative, et je ne suis pas assurément en état de le dédommager de son emploi s'il venait à le perdre.

2° Sept autres témoins déposent contre vous. Qu'on les produise ces témoins, qu'ils se présentent devant moi pour me confondre par une déposition unanime et circonstanciée. Suffit-il donc d'annoncer des témoins pour condamner un accusé ? La loi n'exige-t-elle pas qu'ils soient confrontés avec lui, afin qu'il puisse infirmer leur témoignage s'il se trouve faux, ou qu'il soit forcé à l'aveu du crime, s'il est coupable ?

3° La coiffeuse est d'une profession suspecte, et elle est à vos gages[1]. Elle n'est point à mes gages ; et quand cela serait, en matière criminelle le témoignage des domestiques est reçu dans les tribunaux. Sa profession, à la vérité, est suspecte, mais sa personne ne l'est pas, et sa déposition est d'un autre poids que celle de ma partie, dont heureusement pour moi les histoires sont avérées, et confirmées par l'impression.

M. d'Alainville décoré des honneurs militaires, et connu par sa probité, est-il aussi un témoin suspect de vénalité ? N'avait-il pas même des raisons, non seulement pour m'abandonner, mais pour être le plus cruel de mes ennemis, si j'avais été coupable ? Il est cependant le premier et le plus ardent de mes défenseurs. Il a vu arriver M. de Bonac, il a entendu ses propos et mes réponses, il a été témoin de mes actions ; rien de tout ce qui s'est passé ne lui est échappé. Un témoignage de cette espèce est, je crois, victorieux, et doit rejeter sur mon accusatrice toute l'infamie dont elle a voulu me couvrir. Je ne demande point à rentrer à l'Opéra, il ne faut pas même que la femme de César soit soupçonnée ; j'aurais trop à rougir du seul souvenir de cette affreuse intrigue. Mais, messieurs, j'exige un acte de justice de votre part, que vous ne sauriez me refuser. Si la calomnie est avérée, sifflez mon ennemie. Que vos avanies la forcent à chercher les ténèbres, asile du crime. Elle est en chanteuse ce que je suis en danseuse ; vous perdrez peu à ses talents, et vous aurez la satisfaction d'être les vengeurs de l'innocence opprimée.

Signé : PETIT.

---

1. La coiffeuse avait depuis toujours une réputation d'entremetteuse ; on se souvient du monologue d'Arnolphe, dans *L'École des femmes* (acte IV, scène v) : « Je veux, pour espion qui soit d'exacte vue, / Prendre le savetier du coin de notre rue. / Dans la maison toujours je prétends la tenir, / Y faire bonne garde, et surtout en bannir / Vendeuses de ruban, perruquières, coiffeuses, / Faiseuses de mouchoirs, gantières, revendeuses, / Tous ces gens qui sous main travaillent chaque jour / À faire réussir les mystères d'amour. »

Réponse au Mémoire de la demoiselle Petit, ci-devant actrice de l'Opéra, pour servir de justification à la demoiselle Clairon, accusée d'imposture et de calomnie[1]

Messieurs,

J'avais voué un généreux silence aux imputations injurieuses et aux éloquentes invectives de la demoiselle Petit. J'avais résolu de ne leur opposer que le mépris dû à sa personne. Mais le nom de calomniatrice, si nouveau pour moi, m'a paru encore intéresser tellement l'honneur de la profession que mon innocence se trouve forcée d'élever aujourd'hui sa voix pour vous demander justice à mon tour. Le procès, qu'on m'intente injustement, est, messieurs, actuellement par-devant vous. Vous êtes saisis de la contestation par le fait de ma partie même, et les pièces sont sur le bureau. Il est question d'examiner les prétendus griefs de mon adversaire ; la discussion n'en sera pas longue, et j'y répondrai sommairement.

Les différends d'éclat entre particuliers tournent toujours au profit du public qu'ils amusent et qu'ils divertissent. Le public a les revenants-bons[2] de toutes ces scènes réjouissantes que ces sortes de démêlés font naître, mais ils répandent aussi fort souvent un certain lustre sur des personnages obscurs qu'on aurait toujours ignorés, s'ils n'avaient pris soin de se faire connaître. Tel est précisément le cas où nous nous trouvons la Petit et moi, humbles actrices de chœurs, condamnées par la médiocrité de nos talents à figurer entre des coulisses, et tout au plus à faire nombre. Sans la contestation dont il s'agit ici, qui jamais eût soupçonné notre existence ? Grâce aux soins de mon adversaire, vous avez de jolis portraits de nous, et ces deux curieux morceaux deviendront une pièce de cabinet. Je pardonne à la charmante Petit de m'avoir affublée en cyclope femelle. On sait que pour entrer à l'Opéra, il ne faut point faire preuve de beauté. Il est rare d'y trouver des attraits naturels. Dans ce pays merveilleux, tout n'est qu'artifice, illusion, et prestige : nous ressemblons à nos perspectives, et nous sommes proprement nous-mêmes une sorte de décoration. L'art épuise toutes ses ressources pour nous aider à tromper les yeux. Le

1. Ce mémoire dû à Louise Jacquet s'intitule exactement : *Réponse au factum publié sous le nom de la Dlle Petit, ci-devant actrice de l'Opéra, pour Mlle Jacquet, accusée d'imposture et de calomnie*, Paris, s.l., 1741, in-8° 7 p. ; il existe un autre tirage à la même date, s.l., in-4° de 4 p. Nous reprenons ici le titre de l'édition originale.

2. *Revenants-bons* : profits, bénéfices.

mérite personnel d'une actrice consiste à faire valoir de faibles attraits, à changer ses défauts mêmes en agréments, et enfin à faire adorer quelquefois jusqu'à la laideur. Ainsi l'esprit ou l'adresse est chez nous d'un plus grand usage que la figure, et la supériorité que j'ai sur mon adversaire à cet égard peut bien compenser, ce me semble, les petits avantages qu'elle exagère tant. Je lui passe sa taille et ses petits yeux qui en valent bien de plus grands, à ce que dit sa mère. On voit que ces petits yeux vifs débutaient assez joliment, et les connaisseurs, qui apparemment ne les avaient pas encore remarqués, doivent bien les regretter aujourd'hui.

J'adopte volontiers les maximes établies par mon adversaire au sujet des devoirs de notre état. La comparaison des actrices avec les fermiers généraux est un morceau brillant, digne d'une plume plus exercée que la mienne, mais je la trouve un peu hardie, et je ne l'aurais pas poussée si loin. Nous devons des ménagements à ces Messieurs dont le goût constant pour l'ordre des actrices nous fait sentir de plus en plus la conformité de nos conditions.

J'aurais donc respecté les quarante colonnes de l'État[1], et me serais tournée vers ceux qui en sont les quarante Lumières. J'aurais cru avoir trouvé un parallèle plus juste en nous comparant à Messieurs les Académiciens français, et je me serais expliquée à peu près en ces termes : Nous sommes sur le théâtre ce que les académiciens sont sur le Parnasse. La plupart commencent avec rien, nous commençons de même. C'est le mépris de l'honneur qui nous avance ; c'est par les basses souplesses qu'ils parviennent. Ils doivent l'alliance qu'ils ont avec les grands à leur bel esprit ; nous la devons à nos appas. Si nos minauderies plaisent, le style affecté a ses partisans. Nous ruinons nos amants ; ils ruinent leurs libraires. La jalousie et la médisance règnent parmi nous ; elles ne règnent pas moins chez ces Messieurs. Nous donnons tous les jours du vieux pour du neuf ; ils sont de même. On leur fait la cour pour entrer dans leur temple ; on nous courtise pour entrer dans… Nous ouvrons quelquefois le leur, et ils contribuent à faire ouvrir le nôtre. Ils sacrifient assez souvent la gloire à l'intérêt ; nous leur faisons un pareil sacrifice. Une chose nous différencie : nous amusons le public ; on dit qu'ils l'ennuient.

Je viens à l'exposé du fait. Il y a deux choses à examiner dans le récit de mon adversaire. 1° Le fait en lui-même, tel qu'il est détaillé dans le mémoire. 2° Le personnage que j'ai fait dans cet événement. Il s'agit de trouver d'une part dans les circonstances du fait l'innocence dont se prévaut la partie, et d'un autre côté de voir dans la conduite que j'ai tenue ce qui fonde le nom odieux de calomniatrice dont on me décore.

La demoiselle Petit est dans sa loge ; un homme assiste à sa toilette et

1. C'est-à-dire les fermiers généraux, dont le nombre était fixé à quarante, comme les membres de l'Académie française.

lui débite de jolies choses sur son teint, sa peau et sa taille. Voilà mademoiselle Petit enivrée d'encens, et son imagination toute préparée à recevoir des impressions encore plus flatteuses. Un homme de condition vient à passer, il dit des folies à la belle; des folies sont plus piquantes que des fadeurs, mais la sagesse dicte ses réponses.

Cependant on s'enfile… de conversation, et puis les mains sont de la partie; on s'agace par de petits coups; adieu la sagesse et la gravité. Ma chère compagne, en fille bien née, n'est point accoutumée à demeurer en reste, et ne veut point surtout avoir le dernier. Elle court après son homme, le rejoint, et bientôt lui fait demander quartier[1]. Je passe dans l'instant du combat: il était en effet assez difficile de distinguer d'un premier coup d'œil s'ils en étaient aux préliminaires ou à la chose même. Mais je suis naturellement poltronne, et j'imitai ces espions peu aguerris qui quittent la place aussitôt qu'ils voient deux corps de troupes s'ébranler, sans être curieux du conflit. Je gagnai aussitôt le théâtre; je rencontrai mademoiselle Cartou, et je lui contai tout simplement ce que j'avais vu, sans aucune charge. Voilà dans quelles circonstances je vous laisse à démêler, messieurs, l'innocence de mademoiselle Petit. Pour moi, sans entrer dans le mérite du fond, je vois du moins bien de l'imprudence de sa part. La galanterie, conduite avec les égards qu'on se doit à soi-même, n'est plus regardée chez nous comme un crime, et devient presque une vertu de notre état, parce que nous lui devons à coup sûr la meilleure partie des agréments qui nous font réussir en public. Mais il ne faut point apporter l'air de libertinage sur le théâtre. Allumons-y toutes les passions que nous sommes capables de faire naître, lançons des traits inévitables aux cœurs qui viennent s'offrir à nos coups, mais soyons-y comme dans un fort imprenable à ceux de l'Amour. C'étaient à peu près les réflexions que je confiais à mademoiselle Cartou, croyant ne parler que pour elle. Mais des oreilles attentives surent nous dérober notre entretien. Ainsi l'histoire se répandit, plus ou moins chargée, selon le degré de malignité qu'elle acquérait en passant de bouche en bouche. De là les ris et les regards fréquents dont se plaint avec raison la demoiselle Petit. Suis-je donc une calomniatrice pour m'être alarmée sur des apparences qui ont causé tant de scandale, et dont les conséquences m'intéressaient avec tout le corps des actrices? Mais à qui pourra-t-on prouver que j'aie dénoncé la demoiselle Petit pour mériter le nom de délatrice? M. de Thuret qui sur cet article entend raillerie mieux qu'homme du monde, aurait-il sur mon seul témoignage fait un exemple aussi sévère? Je ne suis rien dans toute cette affaire, Messieurs; je ne suis ni témoin, ni dénonciatrice, et je ne sais par quel endroit mademoiselle Petit m'a démêlée pour décharger son dépit sur moi.

Les moyens de récusation articulés contre ma personne sous cette

1. *Demander quartier* : demander grâce.

qualité prétendue de dénonciatrice ou de témoin ne sont pas mieux fondés que le reste. L'histoire de ma vie qu'on ose détailler est le premier de ces moyens. Or vous jugez aisément, Messieurs, que mon histoire est à peu près la sienne : intrigues, galanteries, manèges, et quelques infidélités peut-être (car pourquoi ne l'avouerais-je pas ?) : voilà le tissu de notre vie. Nous sommes toutes faites de même ; il n'y a que les mœurs qui nous distinguent, et je ne crois pas qu'elle gagnât beaucoup au parallèle de nos mœurs. Le second moyen est que mon amant m'a quittée depuis un an par une raison sue de M. Pibrac. Aurais-je bonne grâce de donner ici la liste des amants qui ont quitté et repris tour à tour mademoiselle Petit ? Comment donc peut-elle me faire un crime de ces vicissitudes attachées nécessairement à notre profession ? Quand il serait vrai qu'un accident, comme celui qu'elle fait soupçonner, m'aurait fait perdre mon amant, n'est-elle pas elle-même exposée tous les jours au même inconvénient ? et sans interpeller son chirurgien, je vous laisse imaginer, messieurs, s'il y a toute la sûreté possible avec de petits yeux tournés comme les siens.

La demoiselle Petit, effrayée du seul soupçon formé contre elle, ne demande point, dit-elle, à rentrer à l'Opéra. Sa délicate pudeur aurait trop à souffrir, et sans doute elle soutiendrait mal les regards curieux du public ; mais elle conclut à me faire quitter le théâtre à force de sifflets. Pour moi, messieurs, l'acte de justice que j'ose à mon tour exiger de vous est qu'en vertu du présent désaveu par lequel je me déporte, en tant que besoin, de la qualité de dénonciatrice qu'on me prête gratuitement, la demoiselle Petit soit réintégrée à l'Opéra, et réhabilitée en conséquence dans la meilleure forme qu'il sera possible. C'est toute la vengeance que je veux tirer d'elle.

Regrets de la demoiselle Petit sur son bannissement de l'Opéra

Par quel destin capricieux
De l'Opéra suis-je bannie ?
Pour quel fait si licencieux,
Pauvre Petit, suis-je punie ?
Dans un endroit où les Amours
Font sans cesse leurs meilleurs tours,
Sans doute j'ai paru coupable
Pour avoir, par trop de pudeur,
Voulu cacher la danse aimable
Qui fait aujourd'hui mon malheur,
Quand au théâtre la pratique
L'autorise, et la rend publique.

Trop vétilleux entrepreneur,
Vous ferez amende honorable.
Par un factum très équitable
On a réparé mon honneur.
Pour expier votre injustice,
Il vous faudra me replacer,
Afin qu'incontinent je puisse
Plus librement recommencer.

Réflexions de la demoiselle Cartou sur les deux écrits précédents, qu'elle communiqua un jour d'Assemblée à ses compagnes les actrices

Personne n'a été plus touché que moi de la disgrâce de mademoiselle Petit. Quoique je ne me fusse pas déterminée aisément à demander pour elle la pension que quelques plaisants prétendent qu'elle a méritée par l'endroit même qui a causé son exclusion, j'aurais voulu la voir encore quelque temps dans le noviciat, en attendant qu'elle eût marqué sa vraie vocation. Je ne la jugeais ni en bien ni en mal sur le rapport que l'on a fait d'elle. Le fait que l'on lui oppose est-il vrai ou ne l'est-il pas ? Il est de nature à ne pouvoir guère être vérifié.

Que dirons-nous aussi de sa prétendue dénonciatrice, mademoiselle Clairon ? A-t-elle manqué à mademoiselle Petit par mauvais cœur ? A-t-elle péché seulement par indiscrétion ? Si on voulait s'entendre, on serait toujours d'accord. Soit indulgence, soit équité, je suis assez portée à croire que les apparences ont trompé les yeux. Mademoiselle Petit se sera échappée à quelques familiarités qui peut-être encore lui auront été arrachées ? sur-le-champ, la voilà jugée coupable. Mademoiselle Clairon aura ri ? sur-le-champ, la voilà dénonciatrice.

Sommes-nous ici à une scène d'Opéra ? La discorde veut-elle secouer ses flambeaux ? Aurions-nous oublié ce qu'on nous a dit dans notre enfance sur les vertus morales et chrétiennes ? Non, je ne croirai point le mal qu'il ne soit prouvé. D'un autre côté, je ne puis croire que ceux qui nous dirigent aient eu tort d'expulser mademoiselle Petit. Le bruit s'est répandu, la renommée a enflé sa trompette. Il fallait donner un exemple, tant pis pour celle sur qui la peine est tombée.

Puisqu'on nous passe une vie aisée et affranchie des préjugés établis par le monde dévot, on nous asservit du moins à une autre sorte de préjugés établis parmi le monde poli. Le crime de Vénus surprise avec

Mars ne fut pas tant d'avoir écouté son amant que d'avoir blessé les yeux des divinités qui ne prenant pas de part à ses plaisirs, n'avaient pas d'autre parti à prendre que de les condamner.

Je sais le métier, je l'ai appris ; j'avais de bonnes dispositions, j'ai écouté les grands maîtres. Nous avons des décences à observer qui valent bien la sagesse forcée des personnes retirées du monde à qui le défaut de vocation pour le monde tient lieu de vocation pour la retraite. On nous pardonne d'inspirer le plaisir.

Hé ! pourquoi sommes-nous faites ? Réussirions-nous sans cela ? Mais gardons-nous de tenir tout ce que nos yeux promettent. Permettons tout le feu de la vivacité, et retenons encore la pudeur dans le reste de notre maintien. Gardons-la pour faire des capitulations honnêtes : par elle nous tenons encore à la vertu, ou nous rendons le plaisir plus cher.

Dans le fait, mademoiselle Petit a pu allumer le bûcher, mais elle n'a pas dû consommer le sacrifice ; et puisqu'elle ne l'a point dû, elle ne l'a point fait. Mais elle a été répudiée comme la femme de César, pour avoir été soupçonnée. Son défenseur, savant dans l'histoire, l'a comparée à l'impératrice, et dans ce point seul j'approuve le plaidoyer.

Mademoiselle Clairon a eu grand tort de rire aussi haut et aussi ouvertement qu'elle a fait. Son imprudence pourrait lui attirer le sort de celui des enfants de Noé, qui insulta son père dans son ivresse. Car enfin, le fait est vrai ou il ne l'est pas. S'il est faux, pourquoi donner mal à propos une scène en public, qui assemblé ne peut pas souffrir les détachements particuliers, et à qui nous sommes comptables de tous les plaisirs que nous pouvons donner ? Et si le fait est vrai, ne convenait-il pas de jeter un voile sur les acteurs, qui n'aurait laissé aux yeux des assistants que des soupçons toujours agréables ?

Je pourrais m'en prendre au public lui-même qui, dans les choses qui nous intéressent, aime mieux rire que d'approfondir la vérité. S'il voulait n'être pas si sûr de son jugement, peut-être aurait-il le plaisir de revoir danser mademoiselle Petit, après avoir entendu chanter mademoiselle Clairon. C'est pour l'amour de lui qu'on nous agrée. Que ne nous tient-il compte de toutes nos agaceries, de tous nos mouvements ! Toutes nos actrices n'ont pas autant de goût pour le plaisir que j'en puis avoir ; mais celles à qui la nature n'a donné qu'un caractère triste, doivent se monter sur un ton de gaieté. Cela mérite, à ce que je crois, que l'on leur passe les préludes. Quelquefois on s'échauffe dans les coulisses, pour paraître plus animée sur la scène.

Nous ne sommes pas si indifférentes au public qu'on l'a dit froidement dans le *Mémoire* de mademoiselle Clairon. Lorsque nous savons faire valoir le talent, nous ne donnons pas un coup d'œil, pas un coup d'éventail qui porte à faux. Un tour de panier découvre la jambe, une politesse à un de nos amants anime notre physionomie. Tous nos mouvements doivent avoir leurs grâces et provoquer les regards. De plus, voyez le tableau des chœurs : des yeux vifs, des yeux mourants, de l'embonpoint, des tailles déliées, des mots jetés, des airs de s'entendre, de se rappeler, ou de se promettre des plaisirs.

Voilà ce qui occupe le public encore plus qu'un récitatif souvent insipide, ou que des paroles maussades et mal arrangées.

Mémoire de la demoiselle Cronel, dite Frétillon, aujourd'hui Clairon, ci-devant comédienne de campagne, ensuite chanteuse à l'Opéra de Paris, et présentement actrice à la Comédie-Française de la même ville, mariée avec le S. Chanterel, demanderesse en dissolution de mariage pour cause d'impuissance

Si cette cause paraît grande, ce n'est qu'à ceux qui se laissent éblouir par l'importance de la question. Car à l'égard de ceux qui voudront en juger par son propre fond, ils y trouveront si peu d'étendue et tout ensemble si peu de difficulté qu'ils croiront comme moi que devant des juges éclairés elle ne mérite pas le ministère d'un avocat.

Toute la question se réduit à savoir si dans une accusation d'impuissance, il est des règles d'en venir à la visite de la femme qui se prétend vierge, lorsque les experts qui ont visité le mari n'ont pu, par l'inspection de sa personne, s'éclaircir de ce qu'il était, lorsque pour lever leurs doutes, ils ont ou insinué, ou déclaré, que la visite de la femme était nécessaire, lors enfin que le mari prétend qu'il a consommé son mariage une infinité de fois, tandis que la femme soutient que ces prétendues consommations se sont réduites à d'inutiles tentatives ; ce qui fait que la femme doit porter en elle-même les preuves de la vérité, et que ces preuves doivent être décisives pour ou contre elle. Voilà l'état de la question : en voici le fait.

J'ai été mariée l'espace de six mois avec M. Chanterel. Notre mariage a été suivi de cohabitation. Durant tout cet intervalle, je prétends que M. Chanterel ne s'est pas montré mari une seule fois. Non qu'il ait manqué de volonté, mais par le défaut de puissance. La preuve que la volonté ne lui a pas manqué est qu'il a imité du mari tout ce qu'il a pu : gestes, contenances, situation : rien n'y a manqué, que la réalité. Ainsi pendant ces six mois, il n'y a pas eu seulement cohabitation, mais encore efforts et tentatives de consommation, tous frustrés de leur effet.

Me trouvant pressée par les lois inexorables de ma conscience et par les cruelles extrémités où j'étais réduite, je me suis vue obligée à la triste nécessité de faire éclat, et d'en venir à une demande en dissolution de mariage pour cause d'impuissance.

Le premier pas dans une affaire de cette qualité est l'interrogatoire du mari. Ainsi j'ai fait signifier un écrit à M. Chanterel, et dans cet écrit j'ai caractérisé le genre d'impuissance dont je prétendais le convaincre. Je ne l'ai point accusé d'une privation d'organes nécessaires à la génération ; je me suis réduite à soutenir que ces organes étaient destitués de tout mouvement. On entend sans doute ce que je veux dire, et il est aisé de comprendre que l'impuissance que j'impute au sieur Chanterel est de la nature de celle que l'on appelle communément *frigidité*.

Mes plaintes ayant été signifiées, M. Chanterel s'est présenté à l'interrogatoire. Lorsqu'on lui a demandé son nom, son âge, sa qualité, sa demeure, il a répondu fort juste. Lorsqu'on lui a demandé s'il n'avait pas été marié avec la demoiselle Clairon, il a répondu que oui. Lors enfin qu'on lui a demandé si lors de son mariage il n'était pas instruit de la fin pour laquelle le mariage avait été institué, il n'a point hésité à dire qu'il en était très instruit. Mais lorsqu'on est venu au quatrième article, où il était question de savoir s'il avait consommé son mariage, il a demandé trois jours pour répondre, c'est-à-dire apparemment pour concerter sa réponse avec quelque bon conseil.

Par bonheur, on a trouvé dans les Mémoires de M. Chanterel qu'il disait avoir consommé, non une fois, mais autant de fois que l'occasion s'en était présentée ; et comme cette occasion revenait tous les jours, il se trouverait à ce compte qu'il aurait consommé deux ou trois cents fois. Sur quoi, je prie qu'on me permette en cet endroit une réflexion. Il n'y a point d'exemple qu'une fille de mon âge, éclairée des lumières de la raison, et guidée par les conseils d'une mère très sage, ait été assez insensée, ou pour mieux dire assez furieuse, pour accuser calomnieusement d'impuissance un mari de si bonne trempe, qui doit porter en lui-même des preuves de ce qu'il est, qui doit même avoir laissé dans ma personne des monuments de sa valeur, et qui par conséquent doit être en état de repousser, et ensuite de punir cruellement la calomnie. L'entreprise serait d'autant plus folle qu'elle serait plus aisée à détruire.

Quoi qu'il en soit, M. Chanterel prétend donc qu'il a consommé son mariage deux ou trois cents fois, tandis que je le prétends incapable de le consommer : et voilà ce qui fait toute la question.

Il faut qu'il y ait des preuves pour vérifier l'impuissance, lorsque la femme l'atteste, et que le mari la nie. Or ces preuves ne peuvent se trouver que dans la personne du mari ou dans celle de la femme : dans la personne du mari lorsqu'elle pèche contre la conformation naturelle ; dans la personne de la femme, lorsqu'elle est encore vierge.

Je savais bien que la preuve ne se trouverait pas complète en la personne de M. Chanterel. Un certificat d'un chirurgien, qui avait couru le monde, apprenait qu'il portait en lui un portrait de l'homme si ressemblant qu'il n'y manquait que la parole. Ainsi toute ma ressource pour la preuve était en moi-même. Voilà pourquoi j'ai demandé qu'étant vierge, il me fût permis de vérifier ma virginité par une visite et par un rapport de sages-femmes, en la manière accoutumée.

On m'a répondu qu'avant de faire droit à ma demande, il fallait procéder à la visite de M. Chanterel, d'autant que la visite du mari doit toujours précéder celle de la femme, parce que les experts peuvent remarquer dans la personne du mari des défauts, dont la découverte peut emporter la décision de la cause, et dispenser la femme d'un examen qui coûte toujours beaucoup à sa pudeur.

Les choses étant conduites à ce point, M. Chanterel a nommé deux experts de son côté et moi deux autres du mien. Ces experts, après avoir examiné si les pièces originales étaient conformes à la peinture que j'en avais tracée dans mes écrits, ont trouvé que l'espèce d'impuissance dont je me plaignais consistait dans une frigidité actuelle, qui ôtait à M. Chanterel toute sorte de mouvement. Ces quatre experts ont donné deux différents rapports qu'il est nécessaire de rapporter, dès que les rapports sont en ces matières les pièces essentielles et fondamentales. Voici comme parlent les premiers experts, c'est-à-dire ceux qui ont été choisis par M. Chanterel.

> *Nous avons vu et examiné exactement M. Chanterel et lui avons trouvé les parties extérieures servant à la génération dans leur figure, grandeur et grosseur convenables. Mais comme ces conditions ne suffisent pas pour juger de la consommation du mariage, ayant besoin d'érection et d'éjaculation, ce qui ne nous est point apparu, nous ne pouvons absolument décider s'il est en état de satisfaire aux devoirs du mariage.*

Qu'on me permette ici quelques réflexions sur le raisonnement de ces experts.

Ils trouvent véritablement dans la personne de M. Chanterel la figure extérieure de l'homme. Mais ils décident en même temps — et c'est tout ce qu'ils décident — que cette figure, quoique complète, ne suffit pas pour juger de la consommation du mariage. Pourquoi ne suffit-elle pas ? Les experts en rendent la raison : c'est parce que deux autres capacités sont nécessaires. La première pouvait être apparente aux yeux des experts. Mais pour la seconde, il n'était pas possible de leur en donner un témoignage qui tombât sous les sens. Et pourquoi, je vous prie, font-ils cette remarque, si ce n'est pour nous préparer à l'indécision dans laquelle ils vont nous laisser ?

> *Nous voyons, ont-ils dit, des organes, mais que pouvons-nous juger de ces organes, lorsque nous les trouvons inanimés ? Et quand même*

nous y remarquerions le feu et le mouvement qui doit les tenir en haleine, cela nous suffirait-il pour nous convaincre de la capacité du sujet que nous examinons ? Non sans doute, puisque dans ce cas même il resterait à savoir si ce sujet est pourvu d'une autre faculté qui ne peut être connue que par ses effets, tandis que ces effets ne peuvent régulièrement nous être rendus sensibles. C'est pourquoi, tout ce que nous pouvons dire est que nous sommes dans une impossibilité absolue de décider si le sujet est capable de remplir les devoirs de son état.

Or il me semble que des experts qui parlent ainsi vous disent fort nettement, si on veut l'entendre, que la seule inspection du mari conformé ne peut donner aux personnes de leur art des lumières assez certaines pour juger de son état, parce qu'il leur est impossible de s'assurer par les sens s'il est muni de toutes les puissances dont il a besoin ; et que quand on pourrait les rendre témoins oculaires de l'une des puissances, il en resterait une seconde qui dépend de l'intérieur, et qui dans les règles ne doit jamais se produire au-dehors.

Que si cela est, comme l'on n'en peut douter, quelle est la conséquence que ce discours laisse à tirer, si ce n'est que ce grand secret que l'on cherche à pénétrer, ne pouvant se découvrir par l'examen de la personne du mari, il est nécessaire d'en chercher l'éclaircissement dans la personne de la femme ? Je ne crois pas qu'il y ait dialectique sur la terre qui puisse inférer du raisonnement que je viens de rapporter une autre proposition que celle-là ; et si l'on pouvait en douter, il ne faudrait pour s'en convaincre, qu'entendre parler les autres experts. Car on verra par leur rapport, qu'après avoir posé pour fondement les mêmes principes que posent les premiers, ils ne laissent pas comme eux la conséquence enveloppée dans ses principes. Au contraire, ils la développent et épargnent la peine de la tirer. Voici en quels termes ils se sont expliqués.

Nous avons remarqué que toutes les parties dudit sieur Chanterel sont dans leur consistance, figure, nombre et grandeur convenables pour remplir les devoirs du mariage. Mais parce que toutes ces conditions ne suffisent pas pour établir la virilité, et sa puissance pour satisfaire ses devoirs sans les marques d'érection, dont il ne nous a paru aucune dans ledit sieur Chanterel, nous sommes d'avis pour décider, s'il est capable de remplir les devoirs du mariage, qu'il paraisse en lui des marques d'érection ; et parce que ces marques d'érection ne seraient pas encore certaines par rapport à la consommation du mariage, nous estimons qu'il serait à propos de visiter la personne de la demoiselle Clairon épouse dudit sieur Chanterel.

On voit par ce dernier rapport que les seconds experts sont d'accord avec les premiers sur tous les principes. Le premier principe commun est que la simple conformation, quoique parfaite, ne conclut rien, lorsqu'elle se trouve languissante. Le second, que la raison pour laquelle on n'en peut rien conclure est que toute conformation languissante devient suspecte par sa langueur. Le troisième, que quand même la conformation sortirait de sa langueur, on ne pourrait pas encore s'assurer de la capacité du mari, par l'impossibilité où l'on serait de juger du reste, qui ne se doit pas montrer.

Après ces principes également posés de part et d'autre, également admis et reconnus pour indubitables, qu'on me dise s'il se peut remarquer d'autres différences entre les deux rapports, si ce n'est que l'un tire la conséquence qui sort naturellement de ces principes communs, tandis que l'autre se repose sur les lumières des gens éclairés, du soin de la tirer.

Veut-on que je fasse encore mieux entendre ceci par une comparaison ? Vous prenez quatre guides pour vous conduire dans un chemin ténébreux. Ces quatre guides vous mènent dans un certain espace. Au bout de cet espace, ils vous abandonnent, mais en vous abandonnant, deux vous disent : *Suivez toujours la ligne que nous vous avons tracée*, tandis que les autres vous disent : *Allez dans ce hameau qui se présente devant vous, vous y trouverez la lumière que vous cherchez*. N'est-il pas vrai que si la ligne tracée par les deux premiers guides conduit au même hameau, qui est indiqué par les deux autres, ces quatre guides sont parfaitement d'accord, et que toute la différence qu'il y a entre eux, consiste en ce que les uns vous nomment le hameau où vous devez aller, lorsque les autres se contentent de vous l'indiquer par la suite de leur alignement ? Que si cela est, pouvez-vous craindre d'errer en suivant l'indication uniforme de nos quatre guides ? On voit la justesse de ma comparaison : elle se fait sentir d'elle-même, et l'on entend facilement que le hameau où gît la lumière, est la visite que je demande.

Tout mari convaincu de sa capacité se serait récrié contre ces rapports ; il aurait pris les doutes des experts pour des injures, il se serait offert lui-même à une nouvelle visite, il se serait prêté et il aurait exigé que je me prêtasse à tous les examens que l'ordre judiciaire autorise en ces occasions. Mais M. Chanterel, trop sage pour se piquer de bravoure à contretemps, s'est ménagé avec bien plus de prudence. Il s'est saisi de la première partie des rapports, qui rendait un témoignage avantageux de sa conformation, et après avoir posé pour principe que pour être mari, il suffisait de porter la figure de mari, il en a conclu qu'il ne fallait pas s'arrêter aux doutes que les experts s'étaient faits, que ces doutes étaient de vains scrupules, et qu'on devait encore moins écouter ceux des mêmes experts, qui proposaient la visite de ma personne. Mais que de plein vol, sans autre examen, sans autre recherche, il fallait le déclarer capable d'être mari, et me remettre en sa possession.

Voilà donc l'état de cette cause. Un mari accusé de frigidité, qui prétend avoir consommé le mariage une infinité de fois, des experts qui le trouvent conformé, mais qui décident nettement que cette conformation ne conclut rien, et qui indiquent par leurs raisonnements, ou déclarent en propres termes que la visite de la femme est nécessaire, une femme qui se prétend vierge, qui s'offre à cette visite, qui la demande et qui fait dépendre de là toute la décision de la cause, un mari enfin qui prétend contre la décision formelle des experts que la simple conformation doit décider de tout. De là, comme on voit, naissent deux questions. La première, si en général la conformation du mari suffit pour juger de sa capacité, et si dans le particulier elle peut suffire après que les experts l'ont déclarée insuffisante. La seconde, si la conformation du mari n'étant point décisive, il faut suivre la route que les experts en ont facilement ou expressément marquée, et chercher dans la personne de la femme la preuve de la frigidité qu'elle impute au mari, et qui est le seul et unique fondement de son action. En un mot, toute notre cause roule sur ces deux points. La figure de l'homme fait-elle l'homme ? Si elle ne fait pas l'homme, faut-il chercher la preuve de l'homme dans la personne de la femme ?

Il faut examiner la difficulté dans ses deux branches.

Je me donnerai bien de garde de traiter la proposition de M. Chanterel comme une proposition sérieuse : ce serait lui faire trop d'honneur. Je lui dirai seulement que si elle avait lieu, il n'y aurait presque plus d'impuissant car à peine en trouve-t-on à qui la conformation manque.

La conformation n'est qu'une condition *sine qua non*, qui prouve bien que tout ne manque pas. Mais dans les questions d'impuissance, il ne s'agit pas de savoir si tout manque ; il s'agit de savoir s'il n'y a pas quelque chose qui manque. Et sur cela, il y a un principe certain en physique, qui est que toutes les opérations de la nature ne s'accomplissent que par le concours de la figure et du mouvement. Or il n'est pas moins certain par l'expérience que ces deux principes généraux, figure et mouvement, ne se rencontrent pas toujours dans le même sujet. On peut avoir la figure sans le mouvement, comme le mouvement sans la figure ; donc c'est fort mal argumenter, que de dire : *J'ai la figure, par conséquent j'ai le mouvement.*

Si on avait toujours ainsi raisonné, aurions-nous cette quantité de lois contre les impuissants ? Car il est certain que ceux qui sont impuissants par frigidité naturelle sont conformés comme le reste des hommes, et cela est encore plus indubitable à l'égard de ces autres qui le sont par maléfice, puisque leurs opérations ne sont suspendues que par une cause étrangère. Pourquoi prescrire tant de règles pour découvrir l'impuissance de ces sortes de personnes, puisqu'ils ont toute leur conformation, et que suivant le nouveau principe de M. Chanterel, la conformation fait tout ? Pourquoi la loi met-elle à une épreuve de plusieurs mois un impuissant par frigidité ? Sans doute qu'elle lui suppose toute sa conformation, car on n'aurait pas besoin d'un si long essai pour sonder l'impuissance d'un mari défiguré, et on n'exposerait pas pendant si longtemps la pudeur d'une femme aux brutales tentatives d'un monstre qui n'aurait rien de l'homme, non pas même la figure. Il est donc vrai de dire que l'impuissance et la conformation se rencontrent souvent dans le même sujet, et qu'ainsi la conformation ne peut être une preuve exclusive de l'impuissance.

Pourquoi une loi ordonne-t-elle que la femme qui se prétend vierge soit visitée pour juger de l'impuissance de son mari ? Elle suppose sans doute un mari conformé, car s'il ne l'était pas, la seule inspection de ses parties suffirait pour le convaincre ; et en ce cas, il ne serait pas nécessaire de chercher dans la personne de la femme un éclaircissement qui s'accorde si mal avec la pudeur. Et pour qui était faite cette épreuve infâme qui a été de nos jours renvoyée au-delà des monts [1] ? Pour qui étaitelle inventée, si ce n'est pour des impuissants parfaitement conformés ? Aurait-on mis aux prises avec une femme un homme imparfaitement organisé ? Il est donc vrai de dire que l'on peut porter une organisation très accomplie, et néanmoins être impuissant. Non seulement cela peut être, mais les exemples en sont fréquents. Qu'on examine les procès de tous les hommes convaincus d'impuissance, on n'en trouvera qu'un seul où l'incapacité provînt du manquement de conformation ! Suivant le nouveau principe, il aurait donc fallu confirmer les mariages de tous les autres, et considérer la frigidité, comme une cause imaginaire d'impuissance. C'est grand dommage qu'une si rare doctrine n'ait paru plus tôt ; elle aurait véritablement fomenté quantité de concubinages monstrueux et contre nature, mais il ne serait plus resté d'impuissants que devant Dieu, et les hommes n'en auraient jamais entendu parler.

On pourrait peut-être m'objecter que depuis l'abolition de l'épreuve dont j'ai parlé, il ne reste plus de moyen pour pénétrer l'impuissance, mais ce serait une erreur ; l'usage en a conservé un que nos experts nous ont indiqué et dont je parlerai dans un autre endroit. Quant à présent, je dirai seulement que si l'on interroge tous les experts du monde, ils répondront tous que jamais aucun d'eux n'a pris confiance sur la simple conformation. En effet, il n'y en a pas un qui ne demande du moins que le mari anime cette figure extérieure qui paraît en lui, que si ce mari refuse ou tente inutilement de l'animer, il n'y en a pas un qui ne suspende son jugement jusqu'à la visite de la femme, lorsque la femme se prétend vierge.

1. Allusion à la procédure dite du « congrès », utilisée dans les demandes en nullité de mariage pour cause d'impuissance. Le mari accusé par sa femme d'incapacité à accomplir son devoir conjugal, pouvait demander au tribunal de prouver sa virilité devant un aréopage (le « congrès ») composé de chirurgiens nommés d'office. Le 18 février 1677, à la suite du scandale causé par l'affaire du marquis de Langey, le parlement de Paris ordonna l'abolition du congrès. Celui-ci continuera de sévir à Rome, en vertu du droit canon qui l'autorisait, mais en France, on se contenta désormais de faire expertiser les hommes par des chirurgiens, et les femmes par des matrones. Quant aux procès en impuissance euxmêmes, ils ne disparaîtront de notre législation qu'à partir de la Révolution.

Une de mes amies a épousé successivement trois maris qui se sont tous trouvés impuissants ; une femme ne peut guère jouer d'un plus grand malheur. Le premier, non seulement portait une conformation avantageuse et qui édifia par son embonpoint les yeux des experts, mais il donna encore des signes de vie que M. Chanterel n'a pu donner. Cependant, parce que ces signes de vie ne furent pas jugés signes de santé, les experts ne crurent pas devoir se laisser éblouir par cette riche apparence, ni décider de son état sur l'inspection de sa personne. Ainsi, la femme fut visitée ; et comme elle parut vierge, elle fut démariée.

Le second n'était pas tout à fait aussi richement meublé que le premier. Cependant, les experts parlèrent avec avantage de sa conformation, et assurèrent qu'ils n'y avaient trouvé à redire que l'assoupissement. Mais parce que cet assoupissement résista pendant deux visites successives à toute sorte d'aiguillons, il fut jugé impuissant.

Quant au troisième, il ne manquait encore rien à sa conformation, si ce n'est peut-être que l'une des glandules qui servent à la génération était un peu hors de place ; mais ce n'était pas un vice essentiel, car chacun sait que l'on peut avec une de ces glandules ce que l'on peut avec deux. Aussi le premier rapport lui avait été favorable. Mais parce que lors du second il fut impossible de l'animer, les experts se déterminèrent contre lui, et il fut jugé impuissant. En vain voulut-il trouver de l'abus dans le procédé des experts qui, pour sonder sa virilité, avaient, disait-il, exigé des provocations honteuses et contraires à la pudeur : il fut condamné.

Il ne faut pas douter que nos experts n'aient cherché à mettre M. Chanterel à la même épreuve, et s'ils n'en ont rien dit dans leur rapport, c'est parce qu'à Paris on ménage la pudeur sur le papier. Mais ce n'est que sur le papier qu'on la ménage, car à Paris comme ailleurs les experts ne se fient jamais à une conformation endormie.

Ces experts ne sont pas réduits comme de simples témoins à ne pouvoir rendre compte que de ce qu'ils connaissent par la perception de leurs sens : ce sont des experts, c'est-à-dire des gens de capacité et d'expérience, qui doivent non seulement donner leur décision, mais encore l'appuyer d'un raisonnement solide, fondé sur les règles et les principes de leur art. Ainsi, lorsque M. Chanterel veut qu'ils soient simplement *juges du fait*, et non *juges des réflexions*, il se trompe beaucoup, si par ces termes presque inintelligibles, il veut donner à entendre que nos experts pouvaient seulement compter, et mesurer ses organes, sans pouvoir juger de leur valeur : c'est réduire l'office des experts à la fonction de simples témoins ; c'est leur ôter la qualité d'experts.

Ils ont donc eu raison, ils ont même été obligés de sonder la valeur, comme d'examiner le nombre, la figure et les dimensions des organes, et c'est à ces deux devoirs qu'ils ont satisfait.

Pour le nombre, la figure et les dimensions, rien à redire en la personne de M. Chanterel. Mais c'est aussi tout l'avantage qu'ils lui ont accordé :

une configuration convenable, et rien au-delà. Car à l'égard de la bonne et louable conformation, c'est un présent qu'il se fait de sa pleine libéralité et sans l'aveu des experts. La bonne conformation emporte solidité et saine température de substance, ce que n'emporte pas la configuration.

Il en est de même de la parfaite habitude du corps[1] que M. Chanterel nous donne encore pour garant de la solvabilité de sa configuration. Mauvais garant, dès qu'il n'est pas lui-même garanti par les experts, qui s'en taisent. Mais les avantages, dit-il, que j'ai reçus de la nature sont visibles : corpulence, beau teint, belle couleur : par là, il faut juger de ce qui ne se voit pas. *O formose puer nimium ne crede colori*[2]. On ne se fie pas aux couleurs : on sait les prestiges qui s'y pratiquent ; et pour la corpulence, il est encore moins difficile de se la donner à faux titre ; ainsi cherchez d'autres certificateurs.

Cela supposé, tout ce que M. Chanterel peut prétendre, est de passer pour homme *convenablement* figuré ; et cela étant, il reste à voir quelle conséquence il peut tirer de sa configuration. Mais avant que de l'entendre parler sur cette configuration, il est nécessaire de savoir le jugement que les experts en ont porté.

Ils ont déclaré d'une commune voix que la configuration *ne suffit pas pour juger*, disent les uns, *de la consommation du mariage* ; *pour établir*, disent les autres, *la virilité et puissance de M. Chanterel*. Ainsi voilà une décision unanime de quatre maîtres de l'art : point de confiance à prendre sur la configuration ; c'est un signe trompeur, et qui ne conclut rien.

J'entends néanmoins M. Chanterel qui s'élève contre cette décision, et qui dit aux experts : *Ignorants que vous êtes ! Comment ne comprenez-vous pas que la configuration fait tout ? Comment osez-vous blasphémer contre la nature, et l'accuser d'avoir fait une si belle structure en vain ? Sachez que la nature ne fait rien d'inutile ; et puisqu'elle m'a donné l'appareil extérieur de l'homme, il ne vous appartient pas de craindre qu'elle m'en ait refusé l'efficace et la puissance.*

Voilà donc la première question qui s'élève entre les experts et moi d'un côté, et M. Chanterel de l'autre. Car ce qu'il faut remarquer ici, est que ma cause n'est jamais séparée des experts. Si je soutiens que la configuration ne prouve rien, je ne le soutiens qu'après les experts. Si je demande la visite de ma personne, je ne demande que ce que les experts ont demandé comme nécessaire. Au contraire, M. Chanterel trouve perpétuellement les experts en son chemin : de là vient qu'après les avoir remerciés de ce qu'ils lui ont accordé la configuration, il les traite de téméraires, de superstitieux et de curieux impertinents, qui veulent forcer la nature jusque dans ses derniers retranchements.

1. « On dit en termes de physique et de médecine *l'habitude du corps*, pour dire la complexion, la disposition, la substance du corps » (*Dict. Acad.*, 1694).
2. « Ô, mon enfant, méfie-toi des trop belles apparences. »

Mais indépendamment de l'autorité des experts, examinons en premier lieu si en général la configuration suffit pour purger tout soupçon d'impuissance ; en second lieu, quelle conséquence M. Chanterel peut tirer de sa configuration contre moi.

Il blâme les experts de n'avoir pas déféré à la figure extérieure qu'ils trouvaient en lui ; et moi je dis que s'ils y avaient déféré, ils seraient tombés dans la plus signalée extravagance dont l'esprit humain soit capable et voici comme je prouve ma proposition.

Ce n'était pas d'impuissance en général que j'accusais M. Chanterel, c'était en particulier une impuissance de frigidité que je lui imputais. Car c'était ainsi que son imperfection avait été caractérisée dans les écrits que je lui avais signifiés pour lui faire subir son interrogatoire. Ces écrits étaient comme le titre déterminatif de l'impuissance, qui devait faire l'objet des recherches des experts, et ils n'y avaient trouvé depuis le commencement jusqu'à la fin qu'une frigidité complète, c'est-à-dire une privation absolue de la faculté motrice. Car c'est là le vrai caractère de la frigidité ; témoin la définition latine : *Frigidus is censetur qui licet habeat membrum, habet tamen inutile ad copulam, quia inerigibile*[1].

Je ne veux que cette définition pour montrer que nos experts n'auraient pu sans perdre la raison, se déterminer en faveur de la configuration de M. Chanterel, accusé de frigidité. En effet, l'homme froid est figuré *habet membrum*, mais c'est inutilement qu'il est figuré, *habet membrum sed inutile ad copulam*. Et pourquoi cette figure ne lui sert-elle à rien ? *quia inerigibilis* ; elle ne sert à rien, parce qu'elle ne peut se tenir droite, parce qu'elle est comme morte, parce qu'elle dort la tête en bas, elle dort d'un sommeil de fer, *olli dura quies nervos afferrens urget somnus* ; c'est-à-dire, qu'elle manque de ce principe moteur, qui en fait la vie.

Or n'est-ce pas sur ce fondement que nos experts ont réprouvé la configuration de M. Chanterel ? Les premiers, c'est-à-dire ceux qu'il avait lui-même nommés, n'ont-ils pas dit que la raison pour laquelle ils s'en défiaient, était qu'ils la trouvaient endormie ? Mais parce que, disent-ils, *ces conditions ne suffisent pas pour juger de la consommation du mariage sans le mouvement et le reste*, dont il ne nous a rien paru dans la personne de M. Chanterel, etc. Voilà leur principe. Et quant aux deux autres que j'avais nommés, ne raisonnent-ils pas de même, après avoir dit comme les premiers que *ces conditions ne suffisent pas, c'est-à-dire que la configuration est insuffisante pour établir la virilité et puissance de M. Chanterel* ? N'ajoutent-ils pas, que *pour connaître s'il est capable de remplir les devoirs de son état, il faut qu'il paraisse en lui des marques de mouvement* ? Cette proposition fondamentale n'est-elle pas appuyée sur

1. « Sera décrété frigide tout homme, même dûment membré, si ce membre est impropre à la copulation, parce que non érectible. »

la définition de la frigidité, telle que je viens de la rapporter ? Et cela étant, peut-elle être combattue ?

Disons plus : il paraît par cette définition que la frigidité n'est autre chose qu'une configuration naturellement et habituellement froide. Or ce principe supposé, y aurait-il extravagance comparable à celle des experts, s'ils avaient raisonné ainsi ? Nous savons que la frigidité est une configuration condamnée à une perpétuelle froideur. Or nous trouvons ici une configuration, donc nous ne pouvons y trouver de la froideur. Ce raisonnement ne serait-il pas semblable à celui-ci : Nous savons que la paralysie est un engourdissement des membres. Or nous trouvons ici des membres : donc il est impossible que nous y trouvions aucune paralysie. Ce principe, après cela, que la configuration suffit, est un principe inventé pour la cause de M. Chanterel ; car voilà ce qu'il y a de beau dans sa défense : rien n'est emprunté d'autrui ; tout y est trouvé à la pointe de l'esprit.

En effet, tous ceux qui ont traité de l'impuissance, médecins et autres, sont convenus de ce principe : que l'on ne pouvait asseoir un jugement favorable au mari sur une configuration trouvée dans un état de léthargie, et qu'au contraire, cette léthargie était le signe caractéristique de l'impuissance ; que la plus excellente conformation pouvait être ensevelie dans un sommeil de mort, et que l'on n'en pouvait rien conclure si elle ne paraissait animée. On trouve que dans tous les temps les experts ne se sont point fiés au simulacre de l'homme, mais qu'ils ont piqué ce simulacre pour connaître s'il était capable de sentiment.

Mais M. Chanterel croit triompher en faisant voir par six exemples, par six différents rapports d'experts qu'il a mendiés je ne sais où, que plusieurs maris ont été jugés capables des devoirs de leur état, sur la seule foi de leur configuration.

Je pourrais lui répondre d'abord que puisque les experts sondent la virilité par une épreuve qu'ils n'écrivent pas, ce que ces six rapports peuvent prouver n'est pas que ces six maris aient passé maîtres sans épreuve. Toute la conséquence qu'on en peut tirer est qu'ils sont sortis avec honneur des épreuves où ils ont été mis.

Examinons un peu ces rapports, et voyons s'il ne serait pas possible de lui faire perdre le fruit de cette belle découverte.

Le premier de ces six rapports qu'il allègue est dans le cas d'une frigidité très imparfaite. Tout le monde sait qu'on distingue trois degrés dans l'opération de l'homme. Comme les termes dont on se sert pour exprimer ces trois degrés, se sont salis par le long usage qui en a été fait, je substituerai en leur place ceux de *mouvement*, *pénétration* et *expulsion*. La femme donc, dans cette espèce particulière, accordait au mari les deux premiers degrés : elle ne lui contestait que le troisième. Or cela étant, je demande à quels propos les experts auraient pu exiger de ce mari des actes de la faculté motrice, tandis que la femme confessait de les avoir éprouvés, et que tout ce qu'elle prétendait qui manquât à ce mari se réduisait à une faculté secrète, que l'on ne peut sans crime, rendre sensible par ses effets.

J'ajoute que dans cette cause, la femme reconnaissait que les marques de sa virginité ne subsistaient plus, soit parce que l'opération du mari en avait emporté une partie, soit parce que ce mari lui avait enlevé le reste par une voie indirecte. Enfin, les deux interrogatoires prouvaient plutôt une impuissance de maléfice qu'une véritable impuissance ; et par ces mots, impuissance de maléfice, j'entends celle que cause une certaine aversion capricieuse qui se met quelquefois entre deux époux, et qui les rend insupportables l'un à l'autre. Car il est rare qu'il y ait d'autre maléfice[1]. Dans ces circonstances, on ordonna une cohabitation de deux ans, et avec quelque apparence de raison, outre que la cohabitation de deux ans n'est bonne que dans le cas du maléfice, il importait peu de remettre entre les mains du mari une femme qui ne se piquait plus de virginité. Quand les titres de la virginité sont entiers, ce serait les faire passer dans les mains de l'ennemi que de confier la femme au mari. Mais quand ils sont effacés, il n'y a plus rien à ménager, et toute la malice du mari ne peut ôter à la femme ce qu'elle a une fois perdu.

Le deuxième rapport est dans le cas d'une veuve remariée, qui accusait son second mari d'impuissance, mais sans pouvoir déterminer le genre d'impuissance qu'elle lui imputait. Tout ce qu'on put arracher d'elle lors de l'interrogatoire fut que les opérations du second mari n'étaient pas semblables à celles du premier. Dans ces circonstances, les experts qui virent le mari bien organisé à quelques légers défauts près, jugèrent qu'il n'était impuissant que par comparaison, et que tout son crime consistait à n'être pas aussi vigoureux que son prédécesseur. Ainsi ils se déterminèrent pour lui et leur avis fut suivi.

Le troisième exemple est dans le cas d'un mari accusé d'impuissance après un mois de mariage ; les experts trouvèrent en lui une excellente conformation, et de tout le corps en général, et en particulier des parties internes destinées à la consommation du mariage. Comment auraient-ils pu juger de la bonne disposition des parties internes, si l'excellence de l'intérieur ne s'était produite au-dehors par des marques sensibles ? Et quelles pouvaient être ces marques, si ce n'est celles qui n'ont point paru en M. Chanterel lorsqu'il a été visité ?

Le quatrième exemple est dans le cas d'un mari qui ne manquait point de mouvement, mais dont le vice consistait dans une précipitation trop prompte, qui faisait que le germe de fécondité s'envolait avant le temps. Les experts qui le visitent, le trouvant bien conditionné en toutes choses, jugent que ce vice dont ils semblent même douter, ne forme point une

---

1. L'auteur paraît récuser ainsi le maléfice des *aiguillettes* auquel on continuait de croire dans le peuple, malgré les réticences de l'Église. Voir Louis de Héricourt, *Les Lois ecclésiastiques de la France,* Paris, Libraires associés, 1771, seconde partie, p. 87-88.

impuissance radicale et incurable. Ils prétendent qu'une telle imperfection n'est point insurmontable aux secours de la médecine. Sur ce fondement, ils le déclarent mari. Y a-t-il quelque rapport entre cette espèce et la nôtre ?

Le cinquième exemple est dans le cas d'une accusation collusoire d'impuissance précédée de sept ans de mariage. La femme soutenait en général que le mari était impuissant, sans déterminer aucun genre d'impuissance, et le mari sur tous les articles de l'interrogatoire répondait : *cela est vrai, cela est vrai*. Cependant, lorsque les experts l'examinèrent, ils lui trouvèrent une constitution si robuste et une conformation si excellente, qu'ils déclarèrent en termes très affirmatifs que le soupçon d'impuissance ne pouvait même tomber en lui. Si ce jugement avait été uniquement fondé sur la conformation du mari, M. Chanterel ne pourrait cependant en tirer aucun avantage, parce qu'il y a conformation et conformation, et qu'on pourrait dire que, si la sienne n'a point entraîné les experts en sa faveur, c'est parce qu'elle ne s'est pas trouvée comme celle de ce particulier, supérieure à tout soupçon.

Enfin le sixième et dernier exemple est dans un cas encore plus singulier que tous les autres. Un mari devenu père, perd sa femme, et passe à un second mariage. Après plusieurs mois de cohabitation avec cette seconde femme, il se met à voyager sur mer. Pendant son absence, cette seconde femme se marie avec un autre ; et à son retour, il est accueilli d'une accusation d'impuissance, qu'il repousse en disant : *J'ai eu un enfant de mon premier mariage*. Mais la femme insiste et soutient que la naissance de cet enfant n'était due qu'à la débauche de sa mère. Voilà l'état de cette contestation dans laquelle il est visible que les experts ne pouvaient raisonnablement douter des facultés de celui qui avait été père.

Qui n'admirerait après cela la confiance avec laquelle M. Chanterel veut faire passer ces six rapports d'experts pour autant de preuves de son faux principe, que la seule configuration est un titre pour être mari ? Mais pour combattre de toutes manières son paradoxe, je veux bien supposer pour un moment avec lui, et que la configuration est une preuve de virilité, et qu'il n'est pas même permis de faire du bruit autour d'elle pour connaître de quel sommeil elle dort. Je dis qu'en adoptant ces principes, on ne pourrait déférer à la figure que lorsque toute autre preuve manquerait, comme elle manquait en effet dans le cas de ces six rapports ; car en aucun la femme ne se prétendait vierge, en aucun elle ne s'offrait à la visite, et dans la plupart le mari confessait de n'avoir point consommé : ce qui rendait la visite de la femme indifférente et inutile.

Mais, de ce que dans ces circonstances il aurait fallu par nécessité, et faute d'autres preuves, s'en rapporter à la configuration du mari, s'ensuit-il qu'il en doive être de même dans une cause pareille à la nôtre, où la femme prétend trouver en sa personne de quoi convaincre le mari de frigidité ? Certes, je trouve bon que dans une grande stérilité de preuves, on se contente de celles que l'occasion fournit. Mais que dans un cas où la disposition de l'affaire en fournit plusieurs, on rejette celle qui est la plus certaine pour se tenir à la plus douteuse, c'est ce que je ne peux comprendre. On ne peut nier que la preuve résultante de la configuration du mari ne soit la plus trompeuse de toutes les preuves ; et on ne peut nier d'un autre côté que si la femme peut prouver sa virginité, cette preuve ne doive l'emporter sur la configuration de l'homme. Si donc on s'était réduit à la configuration dans des cas où la configuration seule pouvait être consultée, il ne s'ensuivrait pas que l'on fût obligé de s'y réduire lorsque la virginité de la femme peut fournir des lumières plus parfaites : et par cette seule considération, tomberait la conséquence que M. Chanterel tire de ses six rapports[1].

Cette réflexion me donne lieu d'en faire une autre, par laquelle j'entre dans l'examen, non plus de ce que la configuration peut en général donner d'avantages à un mari accusé d'impuissance, mais des arguments que M. Chanterel peut en particulier tirer de la sienne, pour les appliquer à sa cause.

Pour en juger, il faut considérer qu'entre lui et moi, il ne s'agit pas, quant à présent, de savoir s'il est puissant, mais de savoir s'il m'empêchera de prouver qu'il est impuissant. Car voilà où se réduit toute la question. J'ai une preuve en moi-même de son impuissance, j'offre de la rapporter, et il l'empêche.

Or, il me semble que pour s'opposer à une preuve, il faut avoir pour soi, ou une démonstration physique, ou une de ces présomptions dont l'efficace est telle qu'il n'est pas permis l'entreprendre la preuve opposée.

Or, que M. Chanterel nous dise si sa configuration est une démonstration physique de sa puissance ; je suis assurée qu'il n'osera pas outrer la confiance jusque-là. Que s'il se réduit à en faire une présomption, je lui demanderai en quel endroit il est écrit que celui-là est homme qui porte devant lui une configuration telle que : *vir is est quem figura demonstrat*[2].

1. Toute cette démonstration sur la preuve d'impuissance par l'organisation du mari ou la virginité de la femme est en totale contradiction avec le droit canon et les préceptes de l'Église qu'il faut citer ici : « Lorsqu'un homme a toutes les parties qui servent à la génération disposées dans l'ordre ordinaire, cette conformation extérieure fait présumer que la nature ne lui a point refusé la vigueur intérieure. C'est pourquoi, si un homme, qui est ainsi conformé à l'extérieur, affirme qu'il a consommé le mariage, il faut débouter la femme de sa demande en dissolution de mariage, parce que dans les règles générales, il faut déférer au serment du défendeur, quand le demandeur n'a point de preuve positive pour établir ses conclusions. Or, dans cette espèce, la femme est la demanderesse : c'est donc à elle à rapporter des preuves positives de ce qu'elle avance ; sinon, elle doit être condamnée » (Louis de Héricourt, *Les Lois ecclésiastiques de la France*, *op. cit.*, seconde partie, p. 107). Cette loi repose en fait sur la suprématie que le droit canon accorde en dernier recours à la parole de l'époux sur celle de sa femme : « *Si quis accepit uxorem, et habuit eam aliquo tempore, et ipsa faemina dicit quod nunquam coisset cum ea, et ille vir dicit quod sic fecit; in veritate viri consistat, quia vir caput est mulieris* [parce que l'homme est le maître de la femme] » (concile de Compiègne, 757).

2. « Est homme, celui que sa configuration détermine comme tel. »

Cela montre que la seule conséquence que lui peut fournir sa configuration est une présomption vague et générale, de sorte qu'il doit ainsi concevoir son raisonnement. Communément, les hommes figurés sont hommes parfaits. Or, je suis figuré : donc je dois être présumé homme parfait. Mais comme cette présomption n'est fondée que sur ce qui arrive communément, aussi n'a-t-elle de force qu'autant qu'elle n'est point combattue par une preuve contraire et particulière au sujet, c'est-à-dire qu'elle ne milite que dans le doute.

Puisque donc la configuration ne peut fournir au mari accusé d'impuissance qu'une présomption vague et générale, pareille à celle qui fait présumer de la raison dans chaque homme, jusqu'à ce qu'on prouve le contraire, je dis que la configuration de M. Chanterel, quelle qu'elle soit, ne me peut ôter la liberté de prouver qu'il est impuissant. Je dis qu'aussitôt que j'offre cette preuve, sa configuration s'en va, et ne peut pas plus servir à sa cause qu'elle n'a servi à la consommation de notre mariage. La raison est que la question consiste à savoir s'il m'empêchera de prouver l'impuissance. Et bien loin qu'il puisse m'interdire cette preuve, je n'ai pas plus tôt offert de la rapporter qu'il n'a plus ni configuration, ni présomption pour lui.

Je sais bien qu'il me dira que la preuve que j'offre est infâme, injurieuse au mari, inutile, incertaine, etc., mais ce n'est pas maintenant de quoi il s'agit. Quand il en sera temps je ferai voir que ce genre de preuve est également favorable à la pudeur, favorable à l'éclaircissement de la vérité ; et en attendant que ces propositions soient démontrées, je peux par avance raisonner conditionnellement comme si elles l'étaient déjà.

Or dans cette supposition, comment M. Chanterel peut-il avec sa présomption, qui n'est qu'un lieu commun fort vague, étouffer ma preuve particulière ?

Je vais plus loin et je lui dis que sa présomption même n'est plus présomption depuis les rapports de nos experts. Avant ces rapports, on pouvait regarder sa configuration comme des apparences de virilité ; mais à peine ces apparences ont été condamnées et réprouvées par les experts sur l'examen particulier qu'ils ont fait de sa personne qu'elles n'ont plus même conservé la force ou le privilège d'apparence. Elles pouvaient autrefois passer pour un masque, mais à présent le masque est tombé : elles ne sont plus rien ; et cependant avec ce rien, M. Chanterel croit pouvoir s'opposer à une preuve.

Ce qu'il y a de plus étonnant est que lui, qui distingue trois classes d'impuissants, les convaincus, les présumés, les soupçonnés, et qui se donne la gloire d'avoir inventé cette dernière pour s'y placer, convient par conséquent qu'il est du moins, impuissant soupçonné. Et cependant il ne veut pas souffrir que ce soupçon soit éclairci, comme si dans une question de cette importance, il était permis de laisser subsister le moindre doute.

Mais pourquoi parler de doutes ? M. Chanterel ne trahit-il pas par ses allurcs ce secret qu'il veut tant nous cacher ? Et pour le montrer, j'interroge ici tous les maris, j'interroge tous ceux en qui la nature ne s'est point démentie, c'est-à-dire le monde entier, hors les impuissants. Je dis à chacun de ces maris, à chacun de ces hommes parfaits : voilà deux rapports d'experts qui s'accordent à ne vous donner qu'une simple configuration, mais très suspecte, et si suspecte qu'ils nous font douter si vous êtes homme, et s'il ne faut point vous démarier. Ces experts marquent en même temps la cause de leur suspicion : ils la fondent sur l'extinction de tout mouvement qu'ils ont remarqué en vous. Quel sera sur cela le parti que vous prendrez ? Voilà la question que je leur fais. Qu'on se mette maintenant en leur place pour répondre, qu'on se consulte soi-même, et qu'on voie si on ne s'écrierait pas : Quoi ! ces experts veulent faire péricliter mon honneur, mon état et ma fortune ? Ils veulent, dis-je, mettre tout cela en danger, sur ce qu'ils me soupçonnent privé d'une faculté dont je ne suis que trop pourvu, dont je voudrais quelquefois être plus mal partagé que je suis, et dont les accès me sont bien souvent à charge ? Bon Dieu ! s'ils doutent que cette puissance soit en moi, je les aurai bientôt détrompés. Qu'ils se rendent auprès de moi une matinée ou deux, je n'aurai pas de peine à leur faire voir ce que je suis !

Je crois que tous ces maris, que tous ces hommes parfaits ne désavoueront pas la réponse que je leur mets dans la bouche. Je crois qu'on conviendra même que c'est le langage qu'ils doivent parler. D'où vient donc que M. Chanterel tient un langage si contraire ? D'où vient qu'au lieu de justifier sa configuration par des preuves sensibles et oculaires de sa valeur intérieure, il nous donne pour toute justification de mauvais raisonnements ? Certes, il ne faut pas être bien fin pour voir que ce qui l'oblige à prendre ce parti est que les mauvais raisonnements ne coûtent rien, tandis que le reste est hors de la portée d'un impuissant. C'est donc là où l'impuissance se démasque, c'est à ce caractère que je la connais ; c'est à de telles allures qu'elle se découvre elle-même.

Mais ne se trahit-elle pas encore davantage, lorsqu'elle refuse aux experts l'éclaircissement qu'ils demandent et qu'ils espèrent de trouver dans ma personne ? Reprenons ici l'image que nous venons de laisser : interrogeons pour la seconde fois ces maris et ces hommes parfaits, demandons-leur si dans ces circonstances où est M. Chanterel, ils se piqueraient de délicatesse, et s'ils croiraient comme lui qu'une femme fût tellement profanée par un examen de matrones qu'elle en devînt indigne de leurs embrassements. Il me semble que je les entends s'écrier : *Qu'elle soit livrée, cette femme, à tous les experts du monde, que toute la médecine, que toute la chirurgie épuise ses spéculations sur elle ; je ne crains pas qu'elle soit trouvée en un autre état que celui où doit être une femme mariée après six mois de cohabitation conjugale.* Voilà, ce me semble, comme ils parleraient. Puisque donc M. Chanterel ne parle pas comme les autres, je tiens pour sûr qu'il est tombé en paralysie. Et pourquoi ne le croirai-je pas paralytique, après ce que j'ai lu dans un certain auteur appelé Zacchias[1] ? Cet auteur discourant sur les causes de l'impuissance nous apprend que l'organisation de l'homme tombe quelquefois en paralysie, que pour lors il n'y a plus de ressource, ni d'espérance, que tout est perdu, qu'autant vaudrait que le simulacre fût enterré ; et cela non seulement lorsque ce mal saisit les gens qui sont sur le déclin de l'âge, mais encore lorsqu'il s'attaque aux jeunes gens. *Alors*, dit mon auteur, *la nature perd l'habitude de faire couler les esprits vers ces parties affligées ; et de là arrive que ces esprits en quittent si bien la route qu'ils ne la reprennent jamais*. C'est aussi sans doute la raison pour laquelle cet auteur grave, le grand Pétrone met ces mots dans la bouche d'une dame mécontente de son favori : *Paralysin cave* : va malheureux, tu vas tomber en paralysie !

Il faut bien, en effet, que le mal de M. Chanterel soit une paralysie, car le moyen sans cela de concevoir que dans la pointe de l'âge, il se trouve en un état où la parfaite décrépitude ne conduit qu'à peine ? Il est vrai qu'il se plaint que ses feux se trouvèrent étouffés le jour de la visite des experts par une tourte d'anguilles dont il avait mangé la veille. Mais qui a jamais ouï dire qu'une tourte d'anguilles fût un charme qui arrêtât l'effervescence de la nature ? Et qui a jamais ouï parler d'un mari qui demande trois jours pour étudier la grande et difficile question, s'il a consommé son mariage ? et qui au bout de ce temps vous tient un langage de perroquet en vous disant : *oui, oui, j'ai consommé, j'ai consommé* ! Après cela, il n'y a personne qui ne voie très clairement qu'il n'y a jamais eu d'autre tourte d'anguilles que la parfaite paralysie.

M. Chanterel me reproche l'art qui règne, à ce qu'il prétend, dans la composition de mes faits, et que la peinture que j'ai tracée de sa frigidité n'est artificieuse que parce qu'elle est naturelle. Et moi je lui dis qu'elle n'est naturelle que parce qu'elle est véritable, et qu'elle n'est véritable que parce qu'elle a été prise sur un excellent original, et que le portrait que j'ai fait de son impuissance est si naïf qu'il aurait fallu être démon pour le faire d'imagination.

Voilà maintenant ce grand argument tiré de la configuration, détruit et

1. Paul Zacchia ou Zacchias (1584-1659), médecin italien qui jouit de son vivant de la plus haute considération. Médecin du pape Innocent X, protomédecin des États pontificaux, il publia plusieurs ouvrages, parmi lesquels : *Dei mali ipochondriaci libri tre* (Venise, 1665), *Il vitto quaresimale ove insegnasi come senza offendere la sanità si possa viver nella quaresima* (Rome, 1637), *Quaestiones medico-legales* (Amsterdam, 1651). Dans ce dernier traité, Zacchia s'est occupé de médecine légale. C'est un corps d'ouvrage où sont traitées amplement toutes les questions qui concernent la grossesse, l'avortement, l'impuissance, les morts non naturelles, l'empoisonnement, le suicide, les assassinats. Il y ajouta la folie, la démonomanie, les sortilèges, les prestiges, les maléfices, et autres pratiques superstitieuses qui étaient encore du domaine de la crédulité publique.

confondu de toutes manières, détruit dans la thèse générale, détruit dans l'hypothèse particulière de la cause. La prétention de M. Chanterel est donc également contraire aux principes de la physique et de la raison : elle est contraire à l'expérience, elle est nouvelle et inouïe : c'est la première fois qu'elle paraît ; j'espère aussi que ce sera la dernière, car les conséquences en seraient trop étranges : ce serait juger qu'il n'y a plus d'impuissants par frigidité, ou du moins que la frigidité échappe à toutes les recherches des hommes, ce qui serait renverser l'ordre de la société.

Il faut présentement faire voir que la simple conformation ne décidant rien, suivant la propre décision de nos experts, il ne reste pour éclaircir la vérité qu'une seule voie, qui est de vérifier par une visite et un rapport de sages-femmes si je suis encore vierge, comme je le prétends ; et sur cela je n'ai que deux mots à dire. Lorsque l'impuissance peut se découvrir par la personne du mari, on en demeure là. Lorsque la personne du mari ne laisse que des doutes, et lorsque les experts ne décident rien, comme dans notre espèce, on en vient à la visite de la femme, parce que la visite de la femme décide toujours, et qu'il n'y a point de plus fort argument que celui que propose la femme lorsqu'elle dit au mari : *Vous ne m'avez épousée que pour me faire passer de l'état de vierge à l'état de femme. Cependant, après une longue cohabitation, après bien des efforts et des tentatives, vous m'avez laissée dans le même état où vous m'avez trouvée. Vous êtes donc impuissant*[1].

On a pu remarquer que le raisonnement uniforme des quatre experts conduit directement à la visite que je souhaite. Partout même principe

1. Le droit canon, plus riche et plus disert que le droit romain en ces matières, où il fait d'ailleurs autorité, répugne à prouver l'impuissance par la virginité de la femme, jugeant cet examen contraire à la morale et ses conclusions pour le moins incertaines : « On a vu des femmes qui ont prétendu que quoique leur mari qu'elles accusaient d'impuissance, jurassent qu'ils avaient consommé le mariage, elles devaient être reçues à prouver le contraire par la visite de leur propre personne afin, disaient-elles, qu'on jugeât le mari impuissant s'il paraissait qu'elles n'eussent point perdu leur virginité. Mais une pareille demande est en elle-même peu séante dans la bouche d'une femme d'honneur, et elle est absolument inutile, car le rapport des personnes qui procèdent à ces visites ne fournit point des moyens décisifs, et il ne peut faire naître que de légères présomptions, parce que cette membrane délicate qu'on appelle hymen (s'il y en a quelques-unes) ne se trouve presque dans aucune femme, même dans celles qui ont été les plus sages, à ce que disent d'habiles anatomistes. Celles qui ont cet hymen (s'il y en a quelques-unes) peuvent le perdre d'une infinité d'autres manières que par le commerce avec un homme. Il se peut faire que la matrone, sentant quelque résistance causée par un autre sujet, croie avoir trouvé cette membrane tant vantée. L'autre preuve, tirée de l'élargissement ou de la compression du col de la matrice, n'est pas plus certaine, parce que cet élargissement ou cette compression dépend beaucoup de la disposition du corps et de mille accidents étrangers. La trace d'un homme dans cette retraite obscure n'est pas toujours sensible. D'ailleurs, les matrones savent plusieurs remèdes astringents dont elle peuvent se servir pour séduire les yeux par les marques apparentes de la virginité. Saint Ambroise et saint Cyprien parlent de l'inutilité de ces visites, et au chapitre *Proposuisti, extra de propationibus*, que quelques canonistes ont cité pour les autoriser, il est dit expressément : *quia saepe manus fallitur et oculus obstetricum* [car souvent la main et l'œil des sages-femmes y sont trompés] » (Louis de Héricourt, *Les Lois ecclésiastiques de la France*, op. cit., seconde partie, p. 107).

fondamental, qui est l'impossibilité de juger avec certitude de la personne du mari par sa personne même. Et par une suite infaillible, partout même conséquence, qui est la nécessité de chercher dans la personne de la femme l'éclaircissement des doutes que laisse l'examen du mari. Deux de nos experts ont tiré ouvertement cette conséquence ; deux autres l'ont laissée à tirer : c'est toute la différence qui se remarque entre eux, mais qui n'est que dans les termes, car dans le fond il est impossible que les mêmes principes produisent des conséquences contraires. Ainsi, lorsque les seconds experts ont développé la conséquence, ils n'ont été que les interprètes des premiers, qui ont jugé à propos de la laisser enveloppée. Ils ont tous formellement déclaré que la personne de M. Chanterel était une énigme dans laquelle ils ne pouvaient rien comprendre, et qu'ainsi il fallait chercher ailleurs l'explication de l'énigme. Or il est certain que dans ces matières, le mari ne peut être un chiffre que la femme ne porte en elle-même la clef du chiffre. Donc, ceux qui ont présenté cette clef, et ceux qui ont dit *la clef n'est point dans le mari*, ont dit la même chose. Par conséquent, rebuter la clef que les uns ont présentée et que les autres ont tacitement indiquée, ce serait dire : *nous ne voulons ni ouvrir ni entrer*. Par là, je justifie ces mêmes experts de la calomnie dont on pourrait les flétrir en leur imputant d'avoir exigé de M. Chanterel une épreuve digne des foudres du Ciel : une épreuve qui n'est autre que le détestable péché d'Onan. Non, nos experts ne sont point coupables de cet excès. Ils n'ont point dit à M. Chanterel : *Voyons si la nature qui vous a refusé le mouvement vous a aussi envié le reste*. Ils n'avaient garde même de lui parler ainsi, dès qu'ils le trouvaient inanimé. Car cette seconde faculté dont le seul nom fait horreur lui aurait été fort inutile sans la première. Mais pourquoi en ont-ils parlé ? Ils en ont parlé par forme d'enseignement. Ils en ont parlé pour faire entendre que quand même M. Chanterel ne serait point privé de la faculté motrice, cela ne serait en lui que présomption et non certitude de virilité. Enfin, ils en ont parlé pour dire que si l'on cherchait la certitude, c'était ailleurs qu'il fallait s'adresser ; et pour cela, dans la vue de mener à leur but, qui était de faire ordonner cette visite que M. Chanterel abhorre comme l'écueil le plus certain de sa perte.

Puisque donc le sentiment uniforme des quatre experts se réduit à faire dépendre la capacité et les talents de M. Chanterel de l'état où il m'a mise, ou de celui dans lequel il m'a laissée, je ne crois pas qu'on puisse faillir en suivant leur avis. Je crois même que ce serait trop risquer que de ne le pas suivre. Et s'il m'était permis de dire ce que je pense, voici ce me semble comme je raisonnerais, si j'étais juge de cette affaire. Ce n'est point ici, dirais-je, une affaire de droit : c'est une question de fait et de fait absolument impénétrable à mes lumières. Il faut donc que je m'en rapporte à celles des experts. Si ces experts avaient mal raisonné, s'ils étaient tombés dans quelque contradiction, s'ils avaient posé des principes dont la fausseté fût évidente au sens commun, ou si après avoir établi de bons principes, ils en avaient tiré des conséquences qui ne seraient pas renfermées dans les principes mêmes, mon devoir serait d'ordonner une nouvelle visite. Mais je ne trouve rien ici que de juste dans le raisonnement des experts. Leurs principes sont incontestables, les conséquences qu'ils tirent ou qu'ils laissent à tirer sont visiblement liées avec ces mêmes principes. Pourquoi m'éloignerais-je de leur sentiment ? Si je m'attache à eux, me voilà hors de scrupule en cas que j'erre ; l'erreur ne sera pas la mienne, ce sera l'erreur d'autrui. L'erreur n'est jamais dans celui qui ne fait que suivre ; elle est toujours dans celui qui conduit. Ainsi, qu'ai-je à craindre en suivant ? Et que n'ai-je point à craindre en ne suivant pas ? Si je veux me rendre mon propre conducteur, je marche sans guides et sans lumières au milieu de deux précipices affreux. Je séparerai peut-être ce que Dieu a uni, ou je laisserai unis ceux dont il abhorre la conjonction. Non, je ne veux point me rendre responsable des fruits d'un égarement si funeste. Ainsi, je m'en tiens aux experts. Voilà le principe que j'embrasserais.

Puisque donc nos experts conduisent également à la visite que je propose, où peut être la difficulté ? Est-ce parce que M. Chanterel dit que ses exploits amoureux sont innombrables ? Mais pourquoi vouloir empêcher que tous ces glorieux trophées ne soient mis au jour ? Et n'a-t-il pas une espèce de vertige à s'y opposer avec tant de chaleur ? Mais, dira-t-on cette visite offense la pudeur, et on n'en peut tirer que des conséquences également inutiles et incertaines. C'est à quoi il faut que je réponde.

Et d'abord pour ce qui regarde la pudeur, je me contente de dire qu'elle a perpétuellement servi de voile à l'impuissance. Il y a si longtemps que les impuissants s'en servent que c'est un voile tout usé ; on voit le jour au travers. J'ajoute une seconde considération, qui est que la pudeur de la femme d'un impuissant est une princesse captive qui gémit sous la tyrannie, et qui est encore trop heureuse de se racheter par une rançon. Pour troisième considération, je me sers de ce raisonnement : si l'on fait céder avec tant de facilité la pudeur aux besoins de la santé, pourquoi se fera-t-on un scrupule de la sacrifier à la dignité d'un grand sacrement, toujours profané par un impuissant ? Ignore-t-on à quelles épreuves est exposée la pudeur d'une femme liée à un faux mari ? Ne sait-on pas les cruels assauts qu'elle a à soutenir, et combien il est difficile que l'image du mari destitué de toute réalité, n'allume en elle ce feu noir, qui ne brûle que pour souiller ? Que dirai-je du péril que court sa pudicité, et des alarmes continuelles où elle est pour sa vie ? Personne n'ignore à quels excès la fureur de l'impuissant est capable de le porter, lorsqu'il sent que la nature se soustrait à ses efforts ; on sait aussi par l'exemple d'un roi de Castille, que ces hommes imparfaits cherchent à laver leur honte dans le crime d'autrui ; qu'ils achètent l'honneur de passer pour père aux dépens de l'honneur de la couche nuptiale, et qu'ils se rendent les séducteurs de celles dont ils ne peuvent se rendre maris[1]. Ce roi de Castille n'est pas le seul qui se soit rendu coupable de cette infâme politique ; beaucoup de ses semblables l'ont imité. Comment, au milieu de ces vérités, pourrait-on regarder les plaintes d'impuissance comme des effets de la corruption des mœurs ? Enfin, pour quatrième et dernière raison, je dis que s'il s'agissait entre nous d'une question de mœurs, si nous cherchions ce qui est le plus convenable à la bienséance, à l'honnêteté, à la modestie, tous ces grands lieux communs de morale que M. Chanterel étale pourraient être de saison. Mais notre objet n'est pas de trouver ce qui s'accorde le mieux avec la bienséance ; c'est de trouver ce qui mène le mieux à la vérité. Quand il faudra faire une controverse dans le goût de celles de Senèque, une déclamation semblable à celles de Quintilien, à la bonne heure, on pourra prêcher la pudeur tant qu'on voudra. Mais dans une question où la pudeur cède toujours à la vérité, tout ce grand étalage de sentences dorées ne sera bon qu'à étourdir le peuple, et il n'y aura jamais qu'un mot qui serve. Or, vouloir avec de la morale empêcher qu'on ne se transporte sur les lieux, c'est précisément dire : l'état des lieux n'est pas pour moi.

Tout ce fatras retranché, il ne reste qu'à voir si la preuve que je demande est admise par l'usage.

On m'oppose donc d'abord le sentiment de quelques médecins, qui se sont imaginés que la virginité échappait à la curiosité des hommes et que c'est un état qui ne se rend connaissable par aucune marque certaine, ce que l'on prétend confirmer par un passage de Salomon. Mais pour Salomon nous pouvons le mettre à l'écart, puisque la lecture du passage qu'on cite de lui est contestée. La Vulgate ne compare point la femme à un chemin pierreux sur lequel on peut marcher sans impression de vestiges. Il dit seulement que comme il est impossible de marquer la route qu'a suivie un vaisseau battu de la tempête, de même il est impossible de suivre pas à pas les égarements d'une jeunesse insensée qui s'est laissé emporter à ses passions.

Quant aux médecins, j'ignore s'il y en a eu qui aient prétendu que les

1. Il s'agit de Henri IV, roi de Castille, dit *l'Impuissant* (1425-1474), qui succéda à son père Jean II en 1454, après avoir pris part à plusieurs révoltes contre lui. Certains historiens rapportent que pour se justifier du reproche d'impuissance, il aurait livré sa seconde épouse, Jeanne de Portugal, à l'un de ses favoris, Bertrand de la Cueva. De cet adultère forcé serait née Jeanne de Castille. Suivant d'autres récits, il se serait fait délivrer un certificat de virilité par une commission de médecins. Dans l'espoir de faire mentir sa réputation, Henri IV n'a cessé, tout au long de son règne, d'entretenir publiquement des filles galantes. Contrairement à ce que prétend Jean Hervez dans son édition de *L'Histoire de Mademoiselle Cronel dite Frétillon* (Paris, 1911, p. 311, n. 1), ce n'est pas l'histoire du roi de Castille qui fut portée à la scène par Nivelle de La Chaussée, puis par Charles Collé (*Alphonse l'Impuissant*, « tragédie badine » en un acte en vers, 1737), mais celle d'Alphonse VI, roi du Portugal, époux de la princesse de Savoie-Nemours dont il divorça pour cause d'impuissance.

traces d'un homme se perdent comme celles d'un oiseau qui s'élève dans les airs. Je sais au contraire qu'il y en a qui soutiennent que la virginité se fait connaître à des marques indubitables ; mais j'ai honte d'avoir recours à ces doctrines étrangères. Nous ne sommes point ici dans une école de médecine, nous n'avons point à soutenir des thèses de chirurgie. Ainsi je me réduis à interroger M. Chanterel, et à lui demander s'il prétend être le premier impuissant qui ait soutenu que la virginité ne se peut connaître. S'il veut me répondre vrai, il m'avouera que mille autres, et pour parler encore plus juste, que tous ceux qui ont passé devant lui, se sont servis de la même proposition. Cependant en ont-ils été plus heureux ? Nullement : aucun d'eux n'a réussi à persuader ce faux principe. On a eu beau appeler la rhétorique à son secours ; on a eu beau le parer, le renforcer, il n'a jamais été regardé que comme une opinion fantastique née de la contradiction de l'École, et incapable de changer un usage aussi ancien que le mariage. Je peux donc dire à M. Chanterel : vous vous servez d'une raison mille fois prescrite, d'un argument condamné et rejeté autant de fois qu'il a paru, et d'une doctrine également réprouvée par l'usage de tous les siècles et par l'autorité des choses jugées dans ces derniers temps.

Enfin, je m'en rapporte à tous les médecins, à tous les chirurgiens versés dans la pratique, à toutes les matrones et sages-femmes, à tous ceux qui ont l'expérience pour maître, s'il n'est pas vrai que l'état de vierge se distingue par des marques qui lui sont propres. Les faiseurs de livres peuvent penser le contraire, parce qu'ils ne voient jamais que du papier, mais ceux qui voient autre chose se moquent des faiseurs de livres.

Après cela, M. Chanterel a beau presser son objection, il a beau dire que quand même la nature aurait mis quelque distinction sensible entre les vierges et les autres femmes, cela n'empêcherait pas que l'art ne pût faire de fausses vierges. Il y a, dit-il, des prestiges qui se pratiquent, il y a des virginités comme des couleurs de visages, qui se vendent chez les marchands ; et il ajoute que j'en fais un continuel usage.

Mais s'il connaissait tant soit peu les principes de l'anatomie, il saurait que la virginité ne se découvre qu'à de certains ligaments qu'aucun art ne peut rétablir lorsqu'une fois ils sont détruits : il saurait encore que la virginité vénale ne change que la surface, et que pour peu que l'on pénètre au-delà, on voit tout d'un coup si elle a été achetée à prix d'argent. J'ajoute qu'il y a des compositions qui font tomber le masque. En quoi je ne dis rien que je n'aie appris de plusieurs maîtres de l'art, et il y a grande apparence qu'ils ne m'ont point trompée, car sans cela il faudrait que le monde eût été pendant des siècles entiers la dupe d'une expérience trompeuse, ce que j'estime impossible.

Mais, dit encore M. Chanterel (et voici une seconde objection), quelle apparence de soumettre une femme aux curieuses recherches des experts, lorsque le mari n'y consent pas ? c'est aussi ce qui ne s'est jamais fait que quand le mari y a donné les mains. À cela je réponds que cette loi qui fait dépendre l'éclaircissement du fait de virginité de la volonté du mari accusé d'impuissance, est une loi faite par quelque impuissant, et il y a grande apparence, que c'est à M. Chanterel qu'on en est redevable, car je ne la trouve nulle part.

Je dis plus : cette loi, si elle se lisait dans quelque code, mériterait la dérision publique. Outre qu'il serait impertinent de soumettre l'admissibilité d'une preuve au bon plaisir de celui contre lequel elle est proposée. Il est clair que le mari ne permettrait l'approfondissement du secret que lorsqu'il serait sûr du succès, et lorsque par des voies indirectes, il aurait effacé dans la personne de la femme les marques de la virginité. Ainsi l'examen des experts ne servirait plus à prouver que la femme est vierge, mais seulement qu'elle n'est pas vierge. Cependant, celui qui prouve que sa femme n'est pas vierge ne prouve pas qu'il soit capable d'être mari, car d'autres que lui ont pu ravir la fleur de la virginité, et par ce moyen la visite ne serait d'usage que lorsqu'on n'en pourrait rien conclure, tandis qu'il ne serait pas permis de s'en servir dans le seul cas où elle pourrait être une preuve.

En effet, il faut prendre garde ici à la différence qu'il y a entre la femme qui dit, *je suis vierge* et le mari qui dit *ma femme n'est pas vierge*. Si la femme dit vrai, il y a à parier le centuple contre le simple, que le mari est impuissant, parce qu'il n'y a qu'un impuissant qui puisse laisser subsister la virginité d'une femme. Mais si c'est le mari qui dit vrai, la conséquence qui se tire de l'état de la femme n'a presque point de force, et il n'y a plus qu'à parier but à but[1] pour la puissance du mari. Je sais bien que dans le doute, il faut supposer que c'est le mari plutôt qu'un autre qui a fait éclipser la virginité. Mais enfin, si la balance penche pour le mari, il en est plutôt redevable à ce qu'on appelle *favorable interprétation*, qu'à la saine et droite raison. Et dans le vrai, une virginité perdue ne prouve que très imparfaitement la perfection du mari, tandis qu'une virginité non perdue emporte une certitude morale de son imperfection, ou si l'on veut de son impuissance.

Comme donc suivant le nouveau principe de M. Chanterel, la virginité ne serait cherchée que lorsqu'il n'y aurait plus de virginité, tandis qu'on ne pourrait la chercher lorsqu'elle subsisterait, il s'ensuivrait qu'on n'aurait recours à cette preuve que lorsqu'elle serait inutile et sans conséquence, tandis qu'il ne serait pas permis de s'en servir lorsqu'elle produirait une conséquence certaine.

Il faut avouer que M. Chanterel est si malheureux en maximes que pour trouver la saine doctrine, il faut prendre le contre-pied des propositions qu'il avance. Tant s'en faut que la preuve de la virginité dépende du

1. *Parier but à but* : « sans avantage de part ni d'autre » (*Dict. Acad.*, 1694).

consentement du mari, qu'elle dépend uniquement du consentement de la femme. Jamais la visite ne s'ordonne que lorsque la femme assure qu'elle est vierge, et se soumet à le vérifier. La raison est que les titres de la virginité sont sujets à plus d'un accident, et comme il n'y a que la femme qui puisse savoir si la sienne s'est sauvée de ces aventures, la règle veut que le juge, avant toutes choses, s'assure par sa bouche de ce qui en est. Il faut qu'il lui demande d'abord en quel état sont les titres, et ensuite si elle veut bien les représenter. Sans cette précaution, la preuve n'aurait pas de force, parce que la femme trouvée non vierge imputerait la perte de sa virginité à quelque malheur, ce qu'elle ne peut faire lorsqu'avant la visite, elle a précisément affirmé l'intégrité de son état.

Voilà donc enfin la frigidité de M. Chanterel qui va paraître au grand jour et se manifester au public par la visite que je demande. Car après ce que j'ai dit, quel asile peut-il lui rester ? Je lui ai fait voir que la frigidité en général n'est autre chose qu'une configuration naturellement et habituellement froide, et qu'ainsi il était impossible de juger sa configuration en particulier exempte de frigidité, par cette seule raison qu'elle était configuration.

Je lui ai fait voir que tous les médecins avaient admis pour principe indubitable que sa configuration ne conclut rien, jusque-là qu'aucun d'eux n'avait présumé que le paradoxe contraire pût être avancé, ni que personne pût jamais donner pour garants de sa virilité des organes immobiles.

Je lui ai fait voir que dans tous les temps, et suivant le témoignage même de ceux qui ont écrit sur cette matière, la figure sans le mouvement, n'avait jamais passé que pour un corps sans âme.

Je lui ai fait voir que c'était par ce fondement que sa configuration avait été réprouvée par nos experts.

Je lui ai fait voir qu'après cette réprobation, elle ne pouvait produire en sa faveur le moindre degré de preuve, pas même de présomption, sans doute parce que la réprobation des experts était un jugement prononcé sur sa personne particulière et que la preuve particulière surmonte toujours les preuves générales qui ne sont que des présomptions, et à proprement parler des lieux communs.

Je lui ai fait voir qu'en supposant même qu'il pût faire passer sa configuration pour une présomption générale, cette présomption ne pourrait empêcher que je ne fusse reçue à prouver le contraire par la visite que je demande ; et cela, par le même principe que je viens de toucher, qui est que les présomptions générales tombent toujours devant les preuves contraires.

Je lui ai fait voir que si cette preuve coûtait à la pudeur, il lui en coûterait infiniment davantage s'il fallait qu'elle demeurât perpétuellement exposée aux saillies d'un impuissant, qui sont autant de péchés contre nature.

Je lui ai fait voir que les marques de la virginité ne sont point idéales et chimériques, qu'elles sont fondées sur les démonstrations les plus certaines de l'anatomie enseignées par plusieurs médecins, et que si l'esprit de dispute et de contradiction (qui est précisément le choc d'où se forme la poussière de l'École) avait obligé quelques spéculatifs d'imaginer dans l'ombre de leurs cabinets des opinions nouvelles sur ce sujet, il serait ridicule de condamner toute l'antiquité sur la foi de leurs idées.

Je lui ai encore fait voir qu'il s'était fait un faux principe lorsqu'il avait avancé que le secret de la virginité ne pouvait être sondé sans le consentement du mari accusé d'impuissance, que ce principe (comme tous les autres qu'il avait débités) n'était sorti que d'une imagination devenue ingénieuse à force de nécessité, que pour admettre une telle doctrine, il faudrait avoir perdu la raison.

J'ai de même fait voir que le vice d'organisation dans la personne de la femme n'est pas le seul cas où il soit d'usage de la soumettre à l'examen des experts, et qu'elle n'y est pas moins soumise, lorsqu'il s'agit uniquement de connaître si elle est vierge, pour juger par-là de la frigidité du mari.

Enfin, j'ai fait voir que la conséquence est directe et concluante : la femme est vierge donc le mari est impuissant.

Après cela, il serait de l'ordre de donner quelque chose à ma justification, car bien que ma demande soit fondée sur les règles et la justice, cela n'arrête pas les faux jugements, et les téméraires censures des gens du monde. Il y a des femmes assez vaines pour se figurer que dans une conjoncture semblable à celle où je me suis trouvée, elles auraient préféré un honorable silence à un éclat toujours sujet à interprétation. Mais sans examiner ce qu'elles auraient fait, je dis qu'il n'y a que l'irréligion qui puisse dans ces occasions s'engager au silence. Je demeure bien d'accord que lorsqu'un mari confesse son infirmité, lorsqu'il renonce à la vie conjugale pour se réduire à une amitié fraternelle, la patience de la femme peut mériter le nom de vertu, quoique la pratique de cette vertu ne laisse pas d'avoir ses dangers. Mais ai-je eu à choisir entre la vie fraternelle et la démarche que j'ai faite ? On en jugerait bien autrement si on savait que la plus grande ambition de M. Chanterel est de paraître ce qu'il n'est pas. Que les personnes du monde, que les gens sans religion, me blâment après cela : c'est leur métier, il ne faut pas le trouver étrange. Mais si cette religion qu'ils ne connaissent pas leur avait montré un précipice toujours ouvert, eux-mêmes sur le bord de ce précipice et toujours prêts à y tomber, à moins que de s'élancer continuellement en dehors, ils verraient qu'il n'y a point de constance qui ne se lasse, et que de vouloir éviter le précipice à force d'élancements, c'est entreprendre de voyager à la nage sur un océan.

Je n'explique pas les autres raisons indépendantes de la religion, qui ne m'ont pas laissée à délibérer sur le parti que j'avais à prendre. Il suffit que le public en soit instruit, et que le triste état où j'ai été réduite pendant que j'ai demeuré avec M. Chanterel fasse l'amusement des assemblées de Paris. Contente de la justice qu'on me doit sur ce sujet, je veux bien tirer le rideau sur un si fâcheux détail, pour faire connaître par là à M. Chanterel que je respecte le mariage jusque dans sa figure, et que j'honore les cendres du feu dont j'ai brûlé pour lui ; je dis plus : dont je brûlerais encore si l'ignorance et la simplicité du premier âge avaient pu toujours durer. Mais par malheur, les temps sont changés et les leçons de la nature se font entendre aujourd'hui dès le berceau.

Après tout, M. Chanterel ne peut s'en prendre qu'à son malheur ; son sort est véritablement à plaindre, je le plains peut-être plus que lui-même. Qu'il fasse taire les cris de la nature, et dès aujourd'hui je suis prête de me réunir avec lui.

Exercice galant dicté par la demoiselle Clairon

Galant, prenez garde à vous ;
Portez bien le corps,
Portez la main droite au chapeau,
Campez-vous bien,
Faites la révérence à la dame,
Tirez-la vers vous,
Joignez la main droite à la sienne,
Approchez votre bouche de la sienne.
Baisez tout d'un coup.
HALTE-LÀ !

Soupirez, œilladez, serrez la main,
Contez vos peines, demandez du secours,
Promettez fidélité, jurez comme un diable,
Baisez la bouche sans mouvement,
Pâmez-vous,
Caressez la dame,
Glissez la main gauche sur ses tétons.
Haut la main !
Levez le mouchoir tout d'un coup.
HALTE-LÀ !

Embrassez la dame,
Remettez la main gauche sur ses tétons,
Glissez le pied droit derrière celui de la dame,
Gagnez le milieu avec le genou gauche,
Baisez encore les tétons.

Haut la jupe !
Galant apprêtez-vous,
Gagnez le terrain,
Prenez bien vos mesures,
Tirez la baguette tout d'un coup.
Haut la baguette !
Étendez-vous sur le corps de la dame,
Baisez ferme.
Mettez la baguette dans le canon.
Bourrez !
Goûtez les plaisirs avec transport.
Tirez !

HALTE-LÀ.

Tirez la baguette hors du canon,
Mettez-le dans son lieu,
Haut le corps.
Prenez la main droite de la dame,
Raccommodez son mouchoir,
Reprenez votre chapeau,
Baisez la dame,
Faites-lui compliment,
Retirez-vous,
Chargez !
Bourrez !
Recommencez si vous pouvez.

Lettres de la dame Clairon la mère, pour servir d'éclaircissement à ce qui est dit d'elle à la page 36 de l'« Histoire de Mademoiselle Frétillon », sa fille

La dame Clairon étant parvenue sur le retour s'avisa, pour pouvoir subsister, de prendre le parti de donner à jouer chez elle : ressource ordinaire de la plupart des femmes de Paris. Une maison où l'on joue est une maison ouverte à tout le monde et plutôt le réceptacle de la mauvaise compagnie que le rendez-vous de la bonne. C'est ce qui procura à la dame Clairon la connaissance d'un abbé, mais d'un de ces abbés qui savent s'adoucir les yeux, montrer leurs dents, rendre leur bouche petite, leurs mains douces, potelées, marcher légèrement, rire des épaules, et faire un petit conte agréablement. C'était un de ces galants de profession, qui brodent, qui font des nœuds, qui inventent des modes, qui passent à leur toilette autant de temps qu'une coquette, qui ont tous les assortiments de la parure inutile, et à quoi il ne manque, pour être mis au chapitre des femmes, que des coiffures et des boucles d'oreilles. Cet abbé né pour le malheur de la dame Clairon, se piqua d'amour pour elle ; il prit même un appartement chez elle pour être plus à portée de la servir. Après quelque temps d'un commerce assez tranquille, notre abbé voulant retirer ce que sa paillardise lui avait coûté, s'avisa pour cela de porter plainte contre sa nymphe au magistrat de la police dont il obtint un ordre pour faire enlever ladite dame, qui fut conduite dans les prisons du Châtelet, d'où on la tira pour la renvoyer à la Salpêtrière. C'est ce qui donna occasion aux lettres suivantes.

LETTRE I

À M. Cély, intendant de Paris[1]

Monseigneur,

Comment une malheureuse qui est dans les prisons du Châtelet, et qui sera conduite aujourd'hui ou demain à la Salpêtrière, ose-t-elle hasarder de vous écrire ? Il semble que cet opprobre devrait lui en interdire et le courage et la confiance. Mais, Monseigneur, à quelle plus grande extrémité faudrait-il être réduite pour justifier ma témérité ? Ne sont-ce pas les misères du genre le plus honteux qui excitent le plus de compassion dans une âme comme la vôtre, en faveur de ma jeunesse et de mon sexe ? Je suis la victime d'un homme difficile à vous peindre, car il masque toute l'année. Il est tantôt court et tantôt long vêtu. Il apprend deux métiers à la fois, et n'en professe qu'un troisième qui est celui d'un libertin. Bref c'est M. l'abbé P… apprenti jurisconsulte[2] et clerc. Et parce que personne en France ne sait mieux que lui assaisonner et faire manger un salmis jusqu'aux os[3], il a prétendu avoir sur tout autre le droit de disposer de mon goût en sa faveur exclusivement du reste des mortels. J'ai prétendu le contraire, et s'étant imaginé avoir des preuves d'une préférence dont il n'était pas l'objet, et qui tout au plus serait mon crime à son égard, il a engagé M. Hérault[4] à m'en punir, comme si le roi et l'État étaient intéressés à venger le clergé de l'indifférence ou des infidélités de mon sexe. Ce M. l'abbé aura sans doute chargé son exposé de tous les désordres qui caractérisent une vie publiquement licencieuse. Mais observez ceci, Monseigneur : ce petit homme qui s'érige en mon directeur, et qui sans la moindre preuve m'accuse d'une vie scandaleuse, ne m'en accuserait pas si je la voulais mener avec lui. Mes mœurs ne sont devenues l'objet de sa

1. Louis de Harlay, intendant de la généralité de Paris. Voir *supra*, p. 175, n. a.
2. « Il exerçait une charge de justice. » [NdA]
3. « Son père faisait les ragoûts des menus plaisirs d'un grand prince. » [NdA]
4. Lieutenant général de police.

censure que parce qu'il ne croit pas avoir tout seul le privilège de les corrompre. Il m'a en conséquence sacrifiée à sa jalousie, et son habit court ou long (car je ne sais pas lequel il a endossé pour en imposer à M. Hérault) m'a éloignée, par un châtiment aussi prompt que peu mérité, des éclaircissements dont je pourrais me prévaloir dans ma justification. On ne m'a pas donné le temps de balancer[1] un crédit qui m'a opprimée sans résistance, mais j'ai actuellement tout l'ennuyeux et triste loisir de regretter ma liberté, et tout me paraît légitime pour la recouvrer. Peut-être, Monseigneur, ne me jugerez-vous pas digne de votre protection. Aussi n'est-il point question du tout ici de mon mérite ; il s'agit de votre charité, de votre bonté ; je réclame l'une et l'autre. Cet homme mi-partie de collet et de rabat doit être satisfait de son triomphe. Le temps qu'il me ferait rester à la Salpêtrière n'abrégerait pas celui de mon aversion, et M. Hérault n'ayant de motifs de m'y retenir que sa déférence aux exhortations de mon apôtre, je suis persuadée, Monseigneur, qu'un mot de votre bouche à ce magistrat, me fera rendre une liberté que je n'ai perdue qu'en voulant éviter un esclavage plus honteux encore que celui dont je vous supplie de me délivrer. Je ne me flatte point qu'à la vue de mon nom, vous vouliez prendre la peine de vous ressouvenir, Monseigneur, que j'ai l'honneur d'être connue de vous. Le cas où je suis ne favorise pas la mémoire ; il est plus propre à vous la faire perdre qu'à vous rappeler une idée qui cesse par ma disgrâce de vous être agréable. Mais je n'ai point oublié, moi, que vous êtes assez généreux pour excuser la prière d'une infortunée qui n'a d'autres ressources dans son désastre que son espérance et votre pitié. Je suis avec un très profond respect,

Monseigneur,

Votre, etc.

LETTRE II

Au même

Je sais qu'on vous a remis la lettre que j'ai pris la liberté de vous écrire des prisons du Châtelet. On m'a depuis transférée à la Salpêtrière. J'ai réclamé votre protection pour empêcher que je n'y entrasse, ou pour m'en faire sortir quand j'y serais, et cependant vous avez non seulement souffert que j'y fusse mise, mais — ô chose incroyable ! — j'y suis encore. Voulez-vous, Monseigneur, que je doute de votre pouvoir, ou de votre générosité ? Choisissez. De quelque côté que retombe ce doute, il me réduirait à vous offenser en vous demandant une grâce. Pardonnez mon impatience à mon sexe. De quoi n'est-il pas capable pour obtenir sa liberté ? Elle a pour moi tant de charmes ! Elle est pour moi d'un si grand prix que je ne la croirai pas trop payée de tous les excès de ma reconnaissance, pourvu que l'idée du lieu d'où vous m'aurez fait sortir, n'affaiblisse

1. *Balancer* : examiner, contester, discuter.

pas dans votre imagination le mérite de ma sensibilité pour ce bienfait ! En tout cas, il n'y aurait plus de ma faute, mais bien de la vôtre, Monseigneur. Car au fond, ce n'est qu'un préjugé dont je me réserve de vous désabuser, lorsque pénétrée de mes obligations j'irai vous en remercier.

En finissant ma lettre, je viens d'apprendre que vous avez eu la bonté de parler à M. Hérault et qu'il vous a dit que je n'étais pas à la Salpêtrière pour cause de galanterie, mais pour une accusation de vol. Voici le fait.

Il y a un an que cet animal amphibie d'abbé P... s'est introduit chez moi. Il y a voulu exercer un empire qui m'a déplu : cela a fait le sujet de quantité de querelles dont sa jalousie était la source inépuisable. J'ai voulu me soustraire à sa tyrannie : voilà mon crime et son grief. Pour m'en punir et s'en venger, il a laissé à mon insu un trousseau de grosses et petites clefs chez moi, afin de prétexter un vol dont il a été se plaindre à M. Hérault. On m'a d'abord incarcérée au Châtelet, et tout de suite fait interroger par un commissaire. Tout l'exposé du sieur abbé s'est réduit en fumée, attendu qu'on n'a rien trouvé chez moi de son prétendu vol, et qu'il aurait fallu que j'eusse deviné et prévu la noirceur qu'il a eue d'y cacher des clefs, pour être en droit de supposer que j'en eusse pu faire quelque préjudiciable usage. Cet indéfinissable chrysologue[1] m'est venu proposer de chasser mes amis, de vivre avec lui, et qu'à ces conditions il me ferait sortir de prison sur-le-champ, mais que si je persistais à ne les pas accepter, il m'allait faire mettre à la Salpêtrière, où son crédit auprès de M. Hérault me ferait rester tant qu'il voudrait. J'ai mieux aimé courir ce risque et m'exposer à toute l'iniquité de ce méchant homme que de le recevoir de ma vie chez moi. Voilà, Monseigneur, le fond de mon aventure. Je vous respecte trop, et je suis trop naturelle pour vous en imposer. En un mot, je vous assure, Monseigneur, que ce prétendu vol est une calomnie. Cet abbé P.... est un monstre ; je suis une innocente opprimée, je vous demande votre protection, et j'y mets toute ma confiance. Je suis avec un très profond respect, etc.

Comme il arrive quelquefois que la voix de l'innocence opprimée est écoutée favorablement des hommes, notre Laïs obtint sa liberté, et en femme bien née elle crut devoir en marquer sa reconnaissance au magistrat qui la lui avait rendue ; c'est ce qui fait la matière de la lettre suivante.

LETTRE III

À M. Hérault, lieutenant de Police

Monseigneur,

Il n'y aurait en France personne de mon sexe qui pût m'être égalée, si j'avais toutes les qualités qui définissent une femme de mérite dans un degré aussi éminent que l'est mon antipathie pour l'ingratitude. J'aurais

1. Épithète donnée à plusieurs Pères de l'Église à cause de leur grande éloquence.

été vous convaincre à votre hôtel à quel point je suis douée de la vertu qui lui est contraire, si je ne m'étais ressouvenue de l'inutilité de cette démarche envers le seul magistrat de cette capitale qui ne sait que faire de la reconnaissance d'une jolie femme, quand ce n'est pas la sienne. Oui, Monseigneur, j'ai vu faire tant de cas de ma manière de remercier les gens des obligations que je leur ai, et je suis si flattée en ce point de l'approbation de mes bienfaiteurs, que j'aimerais mieux renoncer à leurs grâces qu'au plaisir que j'ai de leur en marquer ma reconnaissance. Il n'y a qu'à vous voir, Monseigneur, pour justifier l'envie qu'auront toutes les femmes de n'être pas en reste avec vous sur le compte des bons procédés. Je ne pardonnerai jamais à celui qui vous a placé d'avoir imaginé de soumettre à Paris la conduite équitable de mon sexe à la sagesse incorruptible d'un magistrat qui n'est qu'esprit pour tout le monde et qui n'a de corps que chez soi. Ce n'est pas que je ne sois enchantée de cet esprit qui vous distingue dans le discernement de nos plus fins connaisseurs ; mais vous voyez, Monseigneur, ce que je veux dire, et il est inutile de vous tortiller ici ma pensée. Je vous avoue donc franchement que je suis dominée par un goût de reconnaissance terrestre qui me rend tout autrement sensible aux obligations que j'ai à l'esprit, lorsqu'il partage avec le corps l'administration de ses grâces et de ses faveurs : leur confédération dans les services qu'on me rend a de grands charmes pour moi. Il est bien humiliant pour ma figure et pour mon âge de n'avoir rien à votre gré d'équivalent à la précieuse liberté que vous venez de me rendre. Si vous vous avisiez, Monseigneur, de charger M. l'abbé P… (qui vous a paru si zélé pour ma conversion) de le charger, dis-je, de votre procuration pour recevoir mes remerciements, il percevrait les droits que je vous donne sur ma reconnaissance avec un empressement tout au moins égal à celui de prendre possession de l'un des gros lots de la feuille des bénéfices[1]. Mais vous savez, Monseigneur, que j'ai d'aussi justes raisons de lui donner mon exclusion, et de ne le pas agréer pour votre substitut, que la cour en a de ne le point admettre aux récompenses de l'Église et de l'érudition. Me voilà donc réduite à vous être infiniment obligée, sans aucun espoir de vous faire au moins agréer une révérence comme la seule rétribution dont vous permettez qu'on paie vos grâces. J'avais cependant formé le dessein de sauter votre indifférence à pieds joints, et d'aller vous demander acte chez vous que je ne suis pas une ingrate. Mais la Salpêtrière d'où je sors m'a encore laissé assez de pudeur pour ne pas franchir publiquement à votre audience la honte d'y avoir été. Ce n'est point à vous, Monseigneur, à qui je m'en prends ; je sais à qui j'en suis redevable, je m'en console par l'honneur que j'ai eu de vous y connaître, et dont sans cet événement j'aurais été privée. Puisque vous êtes en train, Monseigneur, d'avoir de la bonté pour moi, et qu'indépendamment de la peine que me fait l'inutilité dont je vous suis, votre protection m'est devenue un bien nécessaire. Je vous supplie de considérer que ma santé est altérée par mon long séjour à

1. La *feuille des bénéfices*, apparue sous Louis XIII à l'initiative de Richelieu, désignait la liste des bénéfices ecclésiastiques vacants (abbayes, prieurés, etc.). Son titulaire, nommé par le roi, était chargé de les distribuer aux clercs de son choix : fonction hautement convoitée, en raison du pouvoir et du prestige qui s'y attachaient.

la Salpêtrière, qu'elle a besoin d'être rétablie, et que d'ailleurs, par une suite funeste de ma détention, j'ai trouvé tous mes petits effets engagés, distraits ou perdus, en sorte que destituée des ressources dont je pouvais disposer, je me trouve dans l'impuissance d'exécuter l'ordre de m'éloigner pour un temps à cinquante lieues de Paris. Je vous demande, Monseigneur, un sursis de six mois pour mes affaires et ma santé. Ce serait une chose où vous seriez méconnaissable, si après avoir subi un châtiment qui n'a pour cause que le malheur d'avoir souffert un effronté chez moi ; si, dis-je, après avoir été sacrifiée à l'artificieuse imposture d'un débauché qui n'a de considération dans le monde que celle que lui prête sa garde-robe, je n'obtenais pas de votre humanité et de ma confiance ce petit adoucissement à mes peines. Vous ne me refuserez pas cette dernière faveur, surtout en vous protestant que vous n'entendrez parler de moi que comme d'une voix désormais consacrée à publier toutes vos vertus. Je suis avec un très profond respect, etc.

Pensées diverses sur les filles d'Opéra

Il n'y a point d'État si difficile à gouverner que l'Opéra.

La loi de l'ostracisme s'y est renouvelée de nos jours.

Il serait à souhaiter que ce fût une femme qui en eût la direction ; on serait sûr du moins que ce serait un homme qui gouvernerait.

On fera bien de rétablir l'Opéra-Comique[1] ; c'est l'endroit où la plupart des actrices font l'épreuve de leur vocation et essaient leurs talents pour le chant, la danse et la galanterie.

La plus grande utilité dont il était pour l'Opéra, n'était pas de lui payer tribut[2], mais de lui fournir des sujets, et de lui élever de jeunes actrices et de jeunes danseuses dans toutes les vertus de leur état.

L'Opéra-Comique était un séminaire où l'on avait soin de former leurs mœurs et de cultiver leurs talents, et d'où l'Opéra tirait ses meilleurs sujets.

Si le magasin[3] ne fournit point de sujets à l'Opéra, c'est qu'on ne lui donne pas le temps de les former, et qu'on les débauche en chemin.

1. L'Opéra-Comique avait dû fermer ses portes en 1745, en plein succès, victime de la jalousie des comédiens français et italiens. Ce n'est qu'en 1752 qu'il obtint la permission de reparaître sous son nom, à la foire Saint-Germain, sous la direction de Jean-Louis Monnet.

2. L'Opéra-Comique ne jouissait d'aucun privilège royal ; il était simplement toléré aux côtés des grands théâtres publics (Comédie-Française, Théâtre-Italien, Opéra), moyennant le versement d'une redevance à l'administration de l'Opéra. Celle-ci pouvait lui retirer son autorisation à tout moment et sous n'importe quel prétexte.

3. Allusion aux magasins de l'Opéra : école de chant et de danse où se formaient les jeunes artistes destinés à l'Opéra (voir *supra*, p. 154, n. e).

Ce qui a dégoûté les actrices et les danseuses de former des élèves, c'est qu'elles ne profitent de leurs leçons que pour les supplanter et leur enlever leurs amants.

La galanterie est un art où souvent la maîtresse est la dupe de l'écolière, et où vous donnez des verges pour vous fouetter.

Ce n'est ni à l'ancienneté ni à la faveur à disposer des rôles, mais au mérite et à la convenance.

À mérite égal, c'est à l'actrice la plus jeune et la plus jolie à avoir la préférence.

La crainte d'une disgrâce injuste ne doit pas l'empêcher de soutenir ses droits.

Il n'est pas permis d'être jeune, jolie et sage à l'Opéra.

Trop de mérite y nuit ; on n'efface pas les autres impunément.

Il n'est pas nécessaire d'être jeune et jolie pour y faire fortune. Le manège et les talents y peuvent tenir lieu de beauté.

L'Opéra est un Pérou pour les filles qui y entrent, quoique leurs appointements soient très médiocres.

Il y en a telles qui sont sans appointements, ou qui les abandonnent au directeur pour y rester.

Quel abus, que toute fille qui veut entrer à l'Opéra pour le chant ou pour la danse, soit obligée de rendre au directeur et au maître de ballets le même hommage, que les nouvelles mariées de la Troade étaient obligées de rendre au Scamandre[1] !

Tout se vend, tout s'achète, tout a son prix à l'Opéra. Une place, un rôle, un air, un pas et jusqu'à une queue.

Depuis que les robes de cour se sont introduites à l'Opéra, il n'y a pas jusqu'aux filles de chœurs qui ne portent des manchettes à cinq rangs.

Il n'y a point d'endroit où le luxe et la luxure aient fait de nos jours plus de progrès qu'à l'Opéra.

Les filles de l'Opéra ont aujourd'hui plus de pierres fines qu'elles n'en avaient de fausses autrefois.

Leur en donner, c'est être dupe ; leur en prêter, c'est courir grand risque : on n'en est pas toujours quitte pour les perdre. Jamais les femmes de théâtre n'ont eu tant de crédit. Il n'y a rien dont elles ne viennent à bout pour peu qu'elles se donnent de mouvement, et on ne réussit aujourd'hui que par leur canal.

Les filles d'Opéra ont partagé entre elles le gouvernement. L'une a le département de la Guerre l'autre celui des Finances, celle-ci les affaires de Religion et celle-là le maniement des Affaires étrangères.

---

1. *Scamandre* : rivière de l'ancienne Asie Mineure, dans la Troade. Suivant une vieille tradition, les jeunes filles allaient se plonger dans ses eaux la veille de leurs noces, et lui offraient leur virginité. Le dieu, flatté d'une pareille offrande, sortait du milieu des roseaux, prenait la jeune fille par la main, et la conduisait au fond de sa grotte.

Si elles connaissaient leurs forces et pouvaient s'accorder ensemble, elles gouverneraient la cour, la ville et les provinces.

Les filles ne devraient point rester à l'Opéra passé cinquante ans. N'est-il pas ridicule à cet âge de vouloir représenter Vénus ? On sait bien que les déesses ne vieillissent point, mais encore faut-il qu'elles aient des dents !

Il y a telle fille à l'Opéra qui a dansé dès le ventre de sa mère.

Les danseuses ont un grand avantage : c'est de pouvoir changer quatre ou cinq fois d'habits et de coiffures pendant un Opéra.

Les filles d'Opéra qui deviennent grosses ne sont pas toujours les moins sages.

Quand une fille d'Opéra n'a que trois amants à la fois, il n'y a rien à dire. Il lui en faut pour le plaisir, pour l'honneur, et pour l'intérêt.

Les premières faveurs des filles d'Opéra sont celles qui coûtent le moins, et qui sont les moins dangereuses.

Le plus grand danger avec les filles de l'Opéra n'est pas de se ruiner.

Il n'y a pas avec elles de meilleurs préservatifs que la crainte.

Une crainte salutaire est le premier effet de la grâce, et le plus solide remède contre la tentation.

Les scrupules éclairés d'une conscience délicate sont à préférer à la folle confiance d'un zèle aveugle.

Il est aisé de se faire illusion sur la pratique des voies intérieures.

Il en est de saines et de pures, et celles-là sont les canaux par où coulent les véritables grâces ; mais il en est aussi d'impures et de corrompues, où l'on ne saurait entrer sans danger et sans s'exposer au repentir le plus cuisant.

Comment démêler des voies qui se ressemblent si fort et d'où l'on sort si différent ?

Un peu de défiance sur une matière si délicate est bien pardonnable. On peut se dispenser pour sa conservation d'un usage qui n'est établi que pour le plaisir.

FIN

[ANTOINE BRET]
et/ou
[CLAUDE VILLARET]

Les galanteries de Thérèse

[1745]

INTRODUCTION

À qui revient la paternité du petit roman qu'on va lire ? Antoine Alexandre Barbier, l'auteur du *Dictionnaire des ouvrages anonymes*, bréviaire des bibliophiles, l'attribue d'abord à Antoine Bret, puis se ravise et le donne à Claude Villaret dans la seconde édition de son ouvrage. Sur quelle source se fonde-t-il ? Il néglige de le dire, nous laissant ainsi toute liberté de choisir entre l'un ou l'autre. Et pourquoi pas les deux à la fois ? C'est la solution qu'adopte son confrère, le non moins savant ni moins fameux Quérard, auteur de *La France littéraire*. Et ce n'est peut-être pas la moins vraisemblable. Nous savons, en effet, que Bret et Villaret ont déjà collaboré, une fois au moins, pour *Le Quartier d'hiver*, petite comédie en un acte en vers, jouée sans succès à la Comédie-Française le 4 décembre 1744 et publiée l'année suivante, en s'adjoignant un troisième compère en la personne de Claude Godard d'Aucour, homme de plaisir et de finance, auteur de *Thémidore*[1], l'un des plus délicieux romans libertins du XVIIIe siècle. Rien n'interdit donc de penser qu'ils aient repris leur collaboration pour écrire à quatre mains ces *Galanteries de Thérèse*.

Antoine Bret (Dijon, 1717-Paris, 1792) est l'auteur de quelques contes licencieux comme *La Cythéride, histoire galante traduite du grec* (Paphos, 1742), *Lycoris ou la Courtisane grecque* (Amsterdam, 1746, 2 vol.), et de plusieurs comédies et opéras-comiques, qui n'obtinrent, pour la plupart, que de médiocres succès. Tout en lui reconnaissant de l'élégance dans le style et de la facilité dans le dialogue, la critique de l'époque dénonce en général son absence de verve et de naturel. Une seule pièce lui attire la faveur du public : *La Double Extravagance*, jouée le 27 juillet 1750 par les Comédiens-Français.

1. Claude Godard d'Aucour, *Thémidore ou Mon histoire et celle de ma maîtresse*, rééd. *in Romans libertins du XVIIIe siècle*, éd. R. Trousson, Paris, Robert Laffont, coll. « Bouquins », 1993.

Bien introduit dans les milieux musicaux, Antoine Bret prend en 1745 le parti de Rameau contre Rousseau. Quatre ans plus tard, il publie *Le* **** [Bidet], *histoire bavarde*, platement imité du *Sopha* de Crébillon, qui lui vaudra d'être incarcéré à Vincennes le 12 mai 1749, à cause d'un portrait satirique de l'abbé Leblanc. Il recouvre la liberté trois mois plus tard. C'est vers 1750 que commence sa liaison avec Mme de Graffigny, dont il fréquentera le salon pendant plusieurs années ; il y rencontre Duclos, Crébillon, Caylus, Rousseau, et entre en relations avec Diderot, qui lui marque de l'estime.

Nommé censeur royal, il est relevé de ses fonctions le 26 février 1767 pour avoir approuvé le *Bélisaire* de Marmontel, mais rétabli dès l'année suivante. En 1784, chargé d'un rapport sur *Le Mariage de Figaro* — qui fut probablement rédigé par Beaumarchais lui-même, avec lequel il entretenait d'excellentes relations —, il autorise la représentation de la pièce, moyennant d'infimes corrections dans la préface. Retiré à Fontenay-sous-Bois, il met pratiquement fin à toute activité littéraire, hormis la direction générale de *La Gazette*, qu'il assume depuis 1775, et dont il restera l'un des principaux rédacteurs jusqu'en juin 1783.

De ses très nombreux écrits, on ne se souvient plus aujourd'hui que de ses *Mémoires sur la vie de Mlle de Lenclos*, maintes fois réédités, et de son édition des *Œuvres de Molière*, « avec des remarques grammaticales, des avertissements et des observations sur chaque pièce », dont les illustrations de Moreau le jeune font tout le prix (Paris, 1773, 6 vol.).

* * *

D'abord destiné au barreau, Claude Villaret préfère très tôt les plaisirs à l'étude, et l'esprit satirique à l'austérité des lois. Les dérèglements de sa jeunesse l'éloigneront longtemps des carrières honorables. À vingt-cinq ans, il publie un court pamphlet de 46 pages intitulé *Prédictions générales et particulières pour l'année 1741*, dans lequel il prend à partie tout le gratin de la littérature et du théâtre : La Chaussée, Crébillon père et fils, Marivaux, Destouches, Fontenelle, Desfontaine, l'abbé Leblanc, l'abbé Prévost, Gresset, Voltaire, Mme du Châtelet, Mlle Le Maure de l'Opéra et Mlle Gaussin de la Comédie-Française... de quoi hypothéquer son avenir pour un bon bout de temps. Seul, Jean-Baptiste Rousseau a trouvé grâce à ses yeux, mais le vieux poète vient de s'éteindre à soixante-dix ans. Les années suivantes, il publie tour à tour un roman : *Antipamela, ou Mémoires de M.D.****, prétendument « traduit de l'anglais », mais composé directement en français (Londres [Paris], 1742, in-12, 152 p.), puis des pseudo-Mémoires : *Le Cocq, ou Mémoires du chevalier de V****, (Amsterdam, P. Dusauzet, 1743, in-12, X-167 p.), puis sa *Lettre à M. de V**** [Voltaire] *sur sa tragédie de Mahomet* (s. l.,1742, in-12, 37 p.). Viennent ensuite *L'Histoire du cœur humain, ou Mémoires du marquis* *de **** (La Haye [Paris], 1743, 2 vol. in-12, 162 et 134 p.), la comédie du *Quartier d'hiver*, en collaboration avec Bret et Godard d'Aucour, dont il a été question plus haut, et enfin *Les Galanteries de Thérèse* (1745).

En 1748, ses affaires domestiques se dégradent au point de lui faire quitter Paris. Son extrême dénuement et sa passion pour une jeune actrice l'entraînent au théâtre de Rouen, où il se fait comédien et joue les amoureux sous le nom de Dorval. Il y réussit assez bien pour décrocher des rôles de caractère ; il joue le comte de Tufière dans *Le Glorieux* de Destouches, et Alceste dans *Le Misanthrope*, reçoit les applaudissements de la cour à Compiègne, et dirige même une troupe à Liège. En 1756, il renonce à cette profession pour se livrer à des activités plus sérieuses, sans cesser pour autant de s'intéresser à l'art dramatique : en 1758, il s'oppose vigoureusement aux thèses de Jean-Jacques Rousseau, dans une réfutation fort bien argumentée, intitulée *Lettre d'un écolier de philosophie à M. J.-J. Rousseau, citoyen de Genève et habitant de Montmorency, en réponse à sa Lettre à M. d'Alembert sur les spectacles*. L'année suivante, il publie *L'Esprit de M. de Voltaire*, recueil de pensées choisies du grand homme, dont on apprécie le goût, le discernement et la méthode. Avec ce volume, Claude Villaret fait ses adieux à la littérature. Nommé premier commis à la Chambre des comptes qu'un terrible incendie avait consumée en 1738, il est chargé de mettre en ordre les restes de ce précieux dépôt, ce qui lui permet d'étudier, à partir de leurs sources, les annales de la monarchie française depuis le règne de Saint Louis. Son application à la recherche et ses progrès rapides en histoire déterminent les libraires Desaint et Saillant à le choisir comme continuateur de l'abbé Velly, auteur d'une monumentale *Histoire de France*, qui vient de mourir. On lui accorde pour cela des honoraires trois fois supérieurs à ceux de son prédécesseur, soit quatre mille cinq cents livres par volume : somme tout à fait coquette pour l'époque. Sa fortune va s'accroître encore du traitement attaché à sa fonction de secrétaire de la pairie de France, que l'on crée tout spécialement en sa faveur. Mais il n'en profitera guère : il meurt en février 1766, ayant à peine dépassé la cinquantaine.

M.L.

PRINCIPALES ÉDITIONS : *Les Galanteries de Thérèse*. S.l.n.d. [Amsterdam ? 1745], 2 parties en vol. in-12 écu de 1 f. (titre) 118 et 128 p. ; BNF. Y^2 z. 156 ; Y^2 7445 (sous le titre *La Belle Allemande, ou les Galanteries de Thérèse*, 1re partie seule) ; Y^2 z 145 (contient la 1re partie, reliée avec trois autres ouvrages : 1° *Le Moine galant, ou la Vie de don F… bernardin. Écrite par lui-même*, 1756 ; 2° *Le Cocq, ou Mémoires du chevalier de V ****, À Amsterdam, chez Pierre Dusauzet, 1742 ; 3° *Antipamela ou Mémoires de M. D ***. Traduit de l'anglais*, À Londres, 1742).

Édition originale. Réimpressions à Paris 1758, Bâle, Strasbourg, etc. Voir : Pascal Pia, *Les Livres de l'Enfer*, rééd. Paris, Fayard, 1998, p. 80-82.

Adeline ou La Belle Strasbourgeoise, sa vie privée et l'histoire de ses aventures galantes. Lyon, 1797. Rééd. 1803.

La Belle Alsacienne ou Telle mère, telle fille, 1801.

La Belle Alsacienne ou Telle mère, telle fille. Bruxelles, Gay et Doucé, 1882, 2 tomes en un 1 vol. in-16 (186 p.). BNF 8° Y2 54258.

La Belle Alsacienne ou Telle mère, telle fille. Attribué à A. Bret. Introduction, essai bibliographique par B. de Villeneuve (pseud. de Raoul Vèze), Paris, Bibliothèque des curieux, « Le Coffret du bibliophile », s.d. [1911], VI-184 p. ; BNF Enfer, 1081.

Les Galanteries de Thérèse. Confession d'une jolie fille, Paris, Éditions du vert logis, 1933, 241 p. Library of Congress. Microfilm 66918 PQ.

La Belle Alsacienne ou Telle mère, telle fille. Attribué à A. Bret. Illustrations de P.-E. Bécat, Paris, Le Livre du Bibliophile, 1958, in-12, 203 p. Un frontispice en couleurs et onze autres illustrations. BNF Enfer, 1509.

Telle mère, telle fille ou la Belle Alsacienne. Attribué à A. Bret. Introduction et essai bibliographique de B. de Villeneuve, Paris, Tchou, 1968, 185 p. ; BNF 16- Z-12852 (14).

La Belle Allemande ou les Galanteries de Thérèse. Bois gravés en couleurs par Rena Tzolakis, Paris, Arts, lettres et techniques, 1968, in-16, 117 p., ill., pl. en coul. ; BNF 16-Z-13731 (1).

PREMIÈRE PARTIE

Plus je réfléchis sur mon entreprise, plus j'en suis étonnée. Moi, donner mon histoire au public ! Le rare présent ! et de quelle utilité lui peuvent être, soit pour son instruction, soit pour son amusement, les divers incidents de ma vie ? De quelque côté que je me considère, je ne découvre rien qui puisse me donner assez de vanité pour me flatter de pouvoir mériter son attention. Il faut que je sois folle pour ne pas m'apercevoir du ridicule que peuvent me donner mes aventures exposées dans leur jour naturel. Il est vrai qu'on en sait déjà la majeure partie, et qu'en me présentant au public, ce n'est pas une inconnue que je lui annonce, mais les causes qui ont fait agir les ressorts de ma fortune, mes progrès depuis mon origine jusqu'à présent : c'est ce que l'on ignore, et ce que peut-être je devrais taire ; car si la première qualité d'un écrivain doit être l'amour de la vérité, je dois avouer de bonne foi que je ne crois pas avoir trop lieu de me féliciter sur cet article. Mon éclat dans le monde n'est pas tout à fait l'ouvrage de ce qu'on appelle mérite essentiel et reconnu.

Née dans le sein de la volupté, élevée et familiarisée dès mon enfance avec les jeux de l'amour le moins formaliste, je dois tout au goût des plaisirs. L'inconstance, le caprice, la légèreté, la faiblesse, la sensualité : voilà les ressources où j'ai puisé mon élévation.

Objet de la jalousie de mes pareilles et de la critique des autres, que de raisons pour m'engager au silence ! Cependant, toutes les réflexions que je fais, unies même à toutes celles que les lecteurs pourront y ajouter, ne sont pas assez puissantes pour m'arrêter. Il faut absolument que j'écrive : l'entêtement et la démangeaison de parler ne sont pas les moindres vertus de mon sexe. C'est à des motifs aussi louables que je suis redevable de la hardiesse que j'ai d'envisager sans frémir les dangers et les inconvénients attachés à la profession d'auteur.

Je vais donc faire un livre. La jolie chose que de faire un livre ! et qu'il est flatteur pour moi de me voir imprimée, et peut-être lue avec quelque curiosité ! Je ne puis contenir ma joie. Rivale de Frétillon dans la carrière de l'honneur, je me figure d'avance partager avec elle la gloire inséparable de la qualité d'héroïne de roman[1].

Comme j'ai obligation de toutes mes vertus et de toute ma gloire aux soins de ma mère pour mon éducation, je serais coupable d'une affreuse ingratitude si, par négligence à la faire connaître, je la privais des éloges dus à ses talents et à son expérience.

Il ne tiendrait qu'à moi de me donner une origine illustre. Le clergé, la robe et l'épée ne m'offrent-ils pas, ainsi qu'à bien d'autres, de quoi vernir l'obscurité de ma race ? Mais je ne prétends pas en imposer. Ambitieuse et vaine, ma vanité n'a pas pour objet les tristes brillants et les avantages d'une naissance chimérique. Une jolie femme n'a besoin ni d'aïeux, ni de descendants ; elle compose à elle seule toute sa famille ; ses charmes font sa noblesse ; des intrigues bien ménagées, des infidélités conduites avec art, vingt amants ruinés par elle : voilà ses titres.

Ma mère est fille d'un perruquier de Colmar. La nature l'avait embellie de tous les agréments propres à acquérir les faveurs de la fortune. Elle joignait aux grâces d'une figure touchante les dispositions nécessaires pour jouer un rôle intéressant dans le monde si, comme moi, son étoile l'eût conduite à Paris, dans la saison d'en tirer avantage. Il ne manquait à ses attraits et à ses heureuses inclinations qu'un théâtre et des spectateurs plus dignes d'elle. Mais que faire de tout le mérite imaginable, reléguée dans une petite ville d'Alsace ? Ma mère ressentit toute la malignité de l'influence des astres, qui avait resserré ses perfections dans des limites si étroites. Victime de l'obscurité dans laquelle elle vivait, elle fut obligée de déshonorer ses attraits par l'alliance monstrueuse d'un boulanger septuagénaire.

Ce fut à cet heureux mortel qu'elle porta le voluptueux débris de plusieurs mariages qu'elle avait ébauchés avec tout ce que la solitude de Colmar lui avait permis de trouver d'amants propres à lui faire goûter les douceurs d'une tendresse précoce.

Les Allemands, animaux flegmatiques, sont apparemment plus indulgents que d'autres sur plusieurs articles, et ma vertueuse mère craignait si peu les réflexions que pouvait faire son mari sur l'état de ses charmes qu'elle ne fit pas de difficulté de se soumettre à son examen, sans se donner la peine de les falsifier par la moindre préparation. Croyant même encore trop entier ce qu'elle n'avait déjà plus, elle se fit un scrupule de livrer à son stupide mari des appas aussi sains et aussi peu équivoques que les siens.

Tous ses amants avaient pris congé d'elle pour quelques jours, afin de laisser du moins au vieux Titan le loisir d'évaporer son premier feu auprès de sa nouvelle Aurore, ce qui ne devait pas probablement

1. Allusion à l'*Histoire de la vie et mœurs de Mademoiselle Cronel dite Frétillon*.

interrompre pour longtemps le cours des plaisirs auxquels ils étaient accoutumés.

Parmi ces soupirants, il y avait un procureur qui, plus entêté que tous les autres, par raffinement de délicatesse, voulut jouir absolument le jour des noces des honneurs de la préséance. En vain ma mère lui représenta les dangers et le scandale de l'entreprise ; il n'en voulut jamais démordre. Ces gens de justice sont tenaces : il fallut céder. Ma mère, qui était la complaisance même, se prêta à sa vanité et lui promit que le jour de son hymen éclairerait le triomphe de la robe, et dans la maison même de son mari. Le procureur, satisfait, ne soupira plus qu'après le bienheureux moment qui devait le mettre au comble de ses désirs, en couronnant ses amoureux exploits.

Ma chaste mère, tendre victime de l'amour et du devoir, fut conduite au pied des autels, où elle jura à son mari une fidélité éternelle, serments qu'elle n'était résolue de garder qu'autant qu'ils pourraient se concilier avec son intérêt et ses plaisirs. La cérémonie étant achevée, elle fut amenée au logis de son mari, accompagnée d'un assez nombreux cortège. L'amoureux procureur, en qualité d'ami de la famille, était de la fête ; il ne la perdait pas de vue, bien résolu de ne point laisser échapper l'occasion de la sommer de sa parole. La mariée, qui devinait son dessein, cherchait en elle-même quelque expédient qui pût le faire réussir. On vint heureusement détourner le boulanger pour quelques affaires ; elle choisit cet intervalle pour s'éclipser à la faveur du tumulte. Le procureur la suivit jusque dans une chambre mal éclairée dépendante de la boulangerie.

Ces heureux amants, délivrés des regards importuns, s'abandonnèrent en liberté à tous les transports que l'amour est capable d'inspirer ; le lieu qui devait servir de théâtre à leurs plaisirs était assez mal orné : point de lit, pas même une chaise ; il n'y avait pour tout meuble qu'une grande huche où le boulanger délayait ordinairement sa farine. Ce mauvais gîte aurait pu dégoûter des cœurs moins vivement épris ; mais de quoi l'amour n'est-il pas capable ! Il voile la difformité, il embellit la laideur même : cette huche, lit méprisable en toute autre occasion, fut préférable à la couche la plus somptueusement ajustée et faite pour les délices des dieux.

Comme il est difficile aux amants de s'entretenir longtemps debout, et que ma mère craignait de souiller ses habits de noces, il fut résolu que le procureur s'assiérait sur un des côtés du coffre, en prenant la précaution de relever sa robe et de n'exposer que les revers aux traces que la farine pourrait y laisser. Après avoir combiné si sagement leurs mesures, ils commencèrent un entretien très vif ; leurs cœurs, d'intelligence, s'empressèrent à se donner des marques réciproques de leur flamme ; leurs sens étaient enivrés par les plus tendres caresses, ils goûtaient à longs traits cette ivresse délicieuse qui fait le charme de l'amour. Mille baisers redoublés, des soupirs entrecoupés avant-coureurs des plus grands plaisirs égaraient leurs âmes et les plongeaient dans cet aimable désordre qui rend d'une façon expressive les transports de la volupté. Le trop lascif praticien, dont la charnière n'était appuyée que sur le bord de la huche, trop étroit pour former une base solide, à force d'agitation, perdait par degrés l'équilibre sans s'en apercevoir. La future boulangère, posée sur ses genoux et aussi distraite que lui, fut enlevée par le contrepoids; les mouvements, devenus plus rapides, accélérèrent le déplacement, déjà l'amoureux duo était sur son déclin, une tendre inflexion acheva la déroute et précipita l'infortuné procureur au fond du coffre, où, pour surcroît d'infortune, il se trouva enveloppé comme un grillon dans un déluge de pâte.

Son amante qui, par bonheur pour elle, avant de se livrer à ses emportements, s'était étayée d'une main sur la muraille, ne sentit pas plutôt manquer son appui qu'elle abandonna le trône de ses plaisirs, et se dégageant habilement du chicaneur encroûté, qui aurait pu l'entraîner dans sa chute, sauta à terre et regagna l'assemblée.

Les cris du désastreux procureur qui, malgré ses efforts, ne pouvait se dépêtrer du précipice maudit où il se trouvait embourbé attirèrent à la fin les garçons boulangers. On vint à son secours et à force de le chercher, on le trouva dans la huche, d'où on le tira enduit de pâte jusqu'à la tête. Rien ne put retenir les éclats de rire que sa figure excita. Ma mère fut la première à le plaisanter, avec toute l'assurance d'une femme accoutumée aux incidents.

J'ai choisi parmi beaucoup d'autres ce léger trait des galanteries de ma mère, pour donner seulement une idée de ses inclinations, et faire entrevoir à quel degré d'éminence elle a pu porter l'espèce de vertu dont elle fait profession, par l'usage et l'expérience secondés d'un si beau naturel.

Je ne m'étendrai pas sur une infinité d'autres aventures, à moins qu'elles n'aient quelque rapport avec les événements de ma vie. C'est mon histoire que j'écris, et non la sienne. Cependant, je lui dois la justice, avant de finir sur son compte, de tracer en peu de mots une ébauche des traits les plus marqués qui peuvent la caractériser.

Je n'ai rien à dire de sa figure; elle n'a plus rien d'intéressant. Venons aux qualités essentielles. Ma mère possède l'esprit de son métier autant que femme du monde. Elle doit connaître les mœurs de ce siècle, ayant commercé toute sa vie avec la robe, l'épée et la finance; elle n'a rien négligé pour s'instruire, elle n'a pas même dédaigné de descendre jusqu'aux états les plus vils, afin de pouvoir ajouter de nouvelles découvertes à ses lumières : artisans, valets, tout a passé à son attentif examen. Ces vils mortels, pour occuper les derniers rangs de la société, n'en sont pas pour cela des objets moins dignes d'attention et d'autant plus propres à nous instruire que, chez eux, les vices grossiers et nus se montrent à découvert et sans que les yeux puissent être fascinés par ces dehors imposteurs qui couvrent souvent le même fonds dans un monde plus poli. Lorsqu'on s'y prend de cette manière, on ne peut manquer d'étudier avec fruit. Aussi n'a-t-elle point sujet de regretter le temps qu'elle a passé à puiser des leçons si utiles.

De ce fonds prodigieux de talents, acquis par l'expérience, elle s'est formé un esprit délié et fait au manège. Bien des gens disent qu'elle est fourbe ; ils se trompent : elle n'est qu'adroite. Pour son cœur, c'est bien le meilleur que je connaisse ; enclin à peu de passions à force d'en avoir épuisé le sentiment, facile à persuader, poussant la bonté jusqu'à la dernière indulgence, cette tendresse compatissante n'est pas chez elle une vertu de tempérament : c'est la force de la réflexion qui l'a fait passer en habitude, en sorte que l'on peut dire qu'on n'a jamais obligation de son extrême complaisance à sa sensibilité, mais à sa raison. Douce, insinuante, se prêtant à tout, toujours prête à excuser toutes sortes de faiblesses, en un mot digne d'être proposée pour modèle à ces femmes qui ont l'âme assez belle pour consacrer leurs travaux à la satisfaction du public. Cependant, comme il n'y a rien d'absolument parfait, il y a quelques petites ombres au tableau. On l'accuse d'être avare, vindicative lorsque l'on choque ses intérêts, trop attachée aux amusements de la table, buvant avec indécence. Mais par combien de vertus de si légers défauts ne sont-ils pas rachetés !

On a poussé la noirceur jusqu'à lui faire un crime des fautes d'amour, en lui reprochant d'avoir quelquefois permis à ce dieu sensuel certains égarements, comme si cela ne pourrait pas être arrivé sans qu'elle eût été sa complice. L'absence de sentiment n'est-elle pas une excuse suffisante ? et peut-on deviner ce qu'on ne voit pas ? Je finis sur son chapitre, car en vérité je sens que j'ai peine à réprimer les mouvements d'orgueil qui me saisissent en détaillant trop les perfections d'une si estimable mère.

Ma mère, telle que je viens de la représenter, passa quelques années assez tranquillement avec son mari. Le bonhomme, charmé de sa fécondité, adopta tous les fruits provenus de sa compagne de couche : elle le fit père de cinq enfants, du nombre desquels je suis.

Ma mère, quoique avec une sorte d'arrangement, ne se piquait pas cependant d'une exactitude sévère sur la fidélité conjugale. Elle savait trop que chaque chose a ses bornes et que la vertu, poussée à l'excès, peut devenir une imperfection ; c'est ce qui l'engageait à humaniser la sienne. Il serait donc d'une extrême difficulté d'asseoir un jugement certain sur la naissance de ses enfants. Je l'ai pressée plusieurs fois de m'apprendre à qui j'avais obligation de mon entrée à la vie, mais il ne lui a jamais été possible de m'assurer rien de positif sur cet article, puisque, de son aveu, il existe un doute qui roule sur sept personnes entre lesquelles elle n'ose prononcer. Cependant, pour se faire honneur ainsi qu'a moi, elle me fait descendre du baron de C…, l'un des sept. C'était un Allemand qu'elle n'avait regardé que comme un oiseau de passage ; je ne le connais que de nom. Ma mère, qui faisait assez souvent de ces conquêtes impromptues, était sujette à les perdre avec la même rapidité.

Je passerai légèrement sur les premières années de ma vie ; elles n'ont rien d'assez piquant pour la curiosité des lecteurs : presque toutes les enfances se ressemblent. Ma petite figure promettait beaucoup ; on entrevoyait dans mes traits, quoique peu formés, des symptômes de beauté. Ma mère, qui sentait de quelle ressource de pareils avantages pouvaient être par la suite, mettait tous ses soins à cultiver mes attraits naissants ; elle faisait un grand fonds sur eux et les regardait comme un acheminement aux aventures les plus flatteuses.

Il y avait déjà quelque temps qu'elle s'ennuyait de la compagnie d'un mari imbécile et du séjour d'une ville qu'elle savait par cœur, lorsqu'elle prit la résolution de changer d'air et de demeure. Elle vint s'établir à Metz. Je ne fus pas oubliée ; elle m'emmena avec elle : je faisais une partie, et même la meilleure, des biens qu'elle emportait du lieu de sa naissance.

En arrivant à Metz, ma mère s'était donnée pour veuve. Cette qualité l'obligeait à une certaine décence d'état qui la gênait extrêmement ; elle se dégoûta bientôt d'un rôle si peu conforme à ses inclinations. Ces motifs la déterminèrent à un second mariage, le premier, à son avis, ne subsistant plus par la distance des lieux. Il est vrai que le second hymen fut une de ces alliances dénuées de cérémonial, où la seule volonté des parties est requise, sans autre formalité. L'époux en second auquel elle s'unit était un maître de langues, parlant fort mal français, écorchant l'allemand, enseignant cependant l'un et l'autre. Au reste, un homme tel qu'il le fallait à ma mère : c'est faire son éloge en deux mots.

Au bout de sept années de divorce, ma mère apprit enfin la mort du boulanger, son premier mari, ce qui lui donna la liberté de s'unir sérieusement avec le second.

Je croissais cependant à vue d'œil, et de jour en jour ma mère se confirmait dans la haute idée qu'elle s'était formée de mes charmes. On eut soin de me donner un maître à danser et autres choses propres à perfectionner les agréments du corps. Pour mon cœur et mon esprit, on en avait trop bonne opinion pour ne pas s'en rapporter à la nature.

Depuis quelque temps, ma mère, fatiguée des plaisirs du monde, commençait à souhaiter un peu de repos, mais elle ne voulait pas s'y livrer sans m'avoir fait recevoir en survivance[1].

Me voilà parvenue à ma treizième année : il est temps de paraître. Je vais entrer en lice à sa place, dans la carrière galante.

1. *Survivance* : en droit ancien, « faculté de succéder à un homme dans sa charge après sa mort. Il est président, le roi lui a accordé et donné la *survivance* pour son fils. Il a été reçu en *survivance*. Lettres, brevet de *survivance* » (*Dict. Acad.*, 1694).

Quoique dans un âge où les passions ne font qu'effleurer le cœur, je commençais déjà à sentir. La vue d'un homme bien fait excitait en moi une certaine curiosité dont je ne pouvais deviner le motif. L'impression que cette vue faisait sur moi était plus intéressante que les mouvements d'une curiosité ordinaire. Ce trouble avait quelque chose de doux et d'attrayant, dont la singularité frappait ma petite âme. Je cherchais à démêler la confusion de mes idées ; leur obscurité me dépitait, je voulais les écarter, mais c'étaient de courtes distractions, j'y revenais malgré moi ; séduite par un charme innocent, je m'y fixais. À force de chercher, cependant, mes yeux se dessillaient par degrés ; déjà j'entrevoyais… L'excellente maîtresse que la nature !

Ma mère qui, par sa propre expérience, avait appris de quelle conséquence il est de laisser à un jeune cœur la liberté de s'expliquer de lui-même, était bien résolue de prévenir l'usage que je pourrais faire de mes réflexions. Craignant les écarts de l'heureux tempérament que je paraissais tenir d'elle, elle ne me perdait plus de vue et me servait de surveillante avec une attention qu'on n'aurait pu assez louer, sans le motif qui la faisait agir.

J'avais grand nombre de soupirants. Lorsque je sortais, j'apercevais des regards fixés sur moi ; leur avidité me flattait secrètement, je me sentais vivement émue, je ne pouvais trop deviner ce que ces regards signifiaient, mais je comprenais instinctivement qu'il était doux d'accorder ce qu'ils me demandaient.

Il y avait parmi ces adorateurs un officier qui avait essayé plusieurs fois de me parler en particulier sans avoir pu y parvenir, tant la vigilance de ma mère était difficile à surprendre. Las enfin de voir toujours rompre ses mesures, il prit le parti de s'adresser à elle-même, afin de m'obtenir de son aveu. Il parla français. Ma mère, quoique charmée de lui voir expliquer ses désirs d'une manière conforme et décente, fit la difficile d'abord et tint la dragée haute. L'officier la pressa, elle se défendit, il insista ; enfin, après s'être bien disputé le terrain pied à pied, le mariage fut conclu et mes appas ayant été appréciés, mon douaire fut porté à huit cents livres, somme exorbitante pour un officier. L'argent, qui faisait l'objet principal de nos conventions matrimoniales, fut consigné, et l'on prit jour pour la célébration des noces.

Ma mère, pressée par le temps, se contenta de me donner quelques instructions préliminaires, afin de représenter avec dignité le rôle d'épouse d'un capitaine de dragons. Ce qu'il y avait encore d'avantageux pour moi, c'est que le mari auquel je m'unissais ne devait rester à Metz qu'autant de temps qu'il en fallait pour la consommation de son mariage. Obligé de rejoindre son régiment, il n'avait pu dérober que ce court espace de temps. L'état de veuve n'avait rien d'alarmant pour moi : l'officier, quoique d'une figure à se faire aimer, n'avait fait sur mon cœur qu'une impression fort ordinaire. J'entendais parler de son départ sans effroi ; je ne consentais à ce que l'on exigeait de moi que par l'obéissance à laquelle ma mère m'avait accoutumée.

Nous montâmes dans une chaise qui nous avait été envoyée pour nous conduire au rendez-vous. Nous étions déjà aux portes de la ville, lorsqu'il vint un contrordre qui nous fit rebrousser chemin. Un officier supérieur, parent de mon futur époux, et qui s'intéressait à sa fortune, avait obtenu des ordres de la cour pour lui faire quitter le séjour de Metz. Cet incommode parent arriva le jour même qu'il avait choisi pour son hymen. Adieu projets de plaisirs ! La partie concertée fut rompue, il fallut obéir et quitter un lieu où le plaisir lui avait fait longtemps oublier ses devoirs.

Les huit cents livres dont ma mère était dépositaire la consolèrent de la perte de son gendre. Nombre d'amants briguaient à l'envi l'honneur de mon alliance. Ma viduité n'avait rien pris sur mes charmes, et je possédais encore réellement tout ce qu'il fallait pour faire éprouver à celui que je choisirais combien il est flatteur pour la vanité de donner à une femme les premières leçons de la tendresse. Mais il était temps : ce bien si précieux ne tenait plus qu'à un fil.

Depuis quelques jours, G… avait lié connaissance avec mon beau-père, sous prétexte d'apprendre l'allemand ; de petits soupers l'insinuèrent dans ses bonnes grâces. Étant assuré de sa protection, il s'attacha à faire sa cour à ma mère. Quelques présents faits à propos la disposèrent, sinon à l'écouter, du moins à lui donner des espérances qui l'engagèrent à redoubler d'attentions et de soins.

Je n'étais pas insensible aux efforts qu'il faisait pour me plaire : il était aimable, une physionomie prévenante, une taille aisée, un caractère doux, liant et fait pour la société. Tendre, complaisant, officieux, soumis auprès du sexe, ne respirant que le plaisir : que d'attraits pour séduire un cœur comme le mien qui, quoique novice, se sentait une vocation surnaturelle pour la volupté ! Il s'était aperçu aisément de l'impression qu'il avait faite sur moi ; il ne s'agissait plus que de faire naître une occasion favorable à l'inclination qui me parlait pour lui.

Nous étions dans la saison des vendanges. G…, qui mettait toute son étude à s'établir de plus en plus dans les bonnes grâces de ma mère, proposa une partie de campagne, qui fut acceptée. Il nous conduisit à sa maison, où tout était préparé pour nous recevoir.

Le penchant secret qu'il m'avait inspiré me faisait goûter une joie inexprimable de me livrer aux divertissements qu'il nous procurait. Qu'il est doux d'avoir obligation de ses plaisirs à ce qu'on aime ! Ma mère, dont les intérêts se trouvaient inséparables des miens, m'avait fort recommandé d'être sur mes gardes et de ne lui pas accorder de libertés préjudiciables. Je trouvai pour la première fois ses défenses injustes. À quel propos, disais-je en moi-même, vouloir me gêner au point de maltraiter un homme dont je suis adorée ? Peut-il me vouloir faire du mal ? Ce que je sens pour lui ne me rassure-t-il pas contre tous les dangers dont on me menace ? Que craindre ? Ma mère ne serait-elle pas jalouse ? Oh non, elle m'a dit mille fois que son cœur ne sentait plus rien. C'est donc un pur caprice qui la porte à m'interdire des choses qui doivent être charmantes, quoique je ne les connaisse pas ; l'idée imparfaite que je m'en forme me transporte : je le saurai, ce quelque chose que l'on veut que j'ignore.

C'est ainsi que de réflexions en réflexions je préparais à l'amour un triomphe aisé sur un cœur dont il s'était déjà frayé le chemin par l'instinct de la volupté. Mon imagination, remplie de toutes les idées qui m'occupaient, ne me laissait guère de repos. La satisfaction que G… ressentait de se trouver auprès de moi avait augmenté sa vivacité et son enjouement naturels ; cela ne servait qu'à le rendre plus propre à faire naître des désirs. Ces désirs m'agitaient sans cesse : il me fut impossible de fermer l'œil de la nuit. Je me levai dès la pointe du jour et je descendis dans le jardin, à dessein d'y promener ma rêverie. G…, qui ne dormait pas plus que moi, était à la fenêtre de son appartement. Il ne m'eut pas plutôt vue prendre la route du berceau[1], qui était au bout du jardin, qu'il vint sur mes pas. J'étais trop appliquée à ce qui faisait l'objet de ma méditation pour m'apercevoir qu'on me suivait.

— Vous êtes bien matineuse, me dit-il en s'approchant de moi.

Je revins de ma distraction à sa voix. Mon premier mouvement fut de chercher à l'éviter, mais la surprise où j'étais m'en empêcha. Je demeurai interdite ; j'étais combattue par une infinité de pensées qui se contrariaient. Lorsque je songeais à la fuite, un charme inconnu m'arrêtait. J'étais émue, le trouble que la présence de G… portait dans mon cœur m'avait interdit l'usage de la parole. Je craignais, et je désirais, sans pouvoir démêler le principe de mes désirs ni de ma crainte. Nous nous regardâmes quelque temps, sans prononcer un mot. Il était trop bon connaisseur pour ne pas deviner ce qui se passait dans mon âme. Il rompit enfin le silence, et prenant une de mes mains, sur laquelle il imprima un baiser que je n'eus pas la force de lui refuser :

— Voulez-vous, mademoiselle, me dit-il, m'accorder la permission de me promener avec vous ?

— Très volontiers, monsieur, repris-je en tremblant.

— Que vous êtes aimable ! poursuivit-il en réitérant le baiser, je ne puis trop vous témoigner à quel point je vous suis obligé de cette faveur.

— Modérez, monsieur, lui dis-je en rougissant, l'excès de votre reconnaissance.

Je fis en même temps un faible effort pour retirer ma main. Nos yeux se rencontrèrent dans ce moment. Je puisais dans les siens une ardeur qui me dévorait. Je me sentais le visage en feu, les battements précipités de mon cœur m'ôtaient presque la respiration, mes genoux tremblants me soutenaient à peine, je fus obligée de m'asseoir sur un banc de gazon

1. *Berceau* : voûte de feuillage couvrant une allée, une tonnelle.

pour essayer de reprendre l'usage de mes sens. G… se mit aussitôt à mes genoux ; cette attitude redoubla mon émotion, ses regards touchants me pénétrèrent, mon cœur se plongeait de plus en plus dans une ivresse délicieuse, mes yeux se troublèrent, je ne pouvais plus distinguer les objets qui m'environnaient. Le désordre de mes sens passa jusqu'à mon âme ; il se fit tout à coup une révolution qui me fit perdre la connaissance. Un sentiment de plaisir et de douleur vint me rappeler à la vie ; j'ouvris les yeux, je me trouvai dans les bras de l'amour vainqueur. L'état où j'étais, les transports de G… m'apprirent son triomphe : ce que je venais d'éprouver ne me permettait pas de me mettre en colère.

Les premiers traits de volupté que j'avais éprouvés me causaient des ravissements auxquels je m'abandonnais tout entière. Je trouvais une douceur inexprimable à m'égarer dans l'abîme du plaisir. G…, qui partageait mes transports, ajoutait encore par ses caresses à l'illusion qui m'enchantait ; mes attraits, étalés à sa vue et dévorés par ses baisers rapides, semblaient le mettre hors de lui-même. Quelquefois sans mouvement, toutes les facultés de son âme demeuraient comme suspendues. Entraîné ensuite par un torrent de désirs, son amour irrité ne mettait plus de bornes à l'ardeur de ses feux. J'étais embrasée, et mon cœur succombait à chaque instant. Nos vœux remplis, loin d'épuiser notre sensibilité, renaissaient avec violence. Il y avait près de deux heures que nous étions ensemble, que je croyais à peine avoir passé quelques instants.

Nous étions dans un des endroits les plus intéressants de notre entretien lorsque ma mère, qui survint à l'improviste, interrompit nos jeux, mit en fuite nos amours et me glaça par sa présence. Elle exhala sa fureur contre G… par les plus sanglants reproches ; les termes les moins ménagés lui furent prodigués. Il laissa d'abord passer ce premier feu, et lorsqu'il s'aperçut que le plus fort de sa colère s'était évaporé en injures, il entreprit de l'apaiser tout à fait en justifiant sa témérité.

Obligé d'avouer sa faute, puisque la situation dans laquelle il était encore parlait contre lui, il essaya d'y donner des couleurs plausibles ; il fit à ma mère les promesses les plus éblouissantes, lui donna des arrhes de l'exécution de sa parole, et par le moyen de sa bourse et de ses politesses, il trouva le secret de l'adoucir et de rétablir le calme. Le mal étant sans remède, c'était le seul parti à prendre.

Après avoir passé quelques jours à cette maison, nous revînmes à Metz. G… continua de me voir ; il ne paraissait occupé que du soin de me complaire et de cultiver le goût qu'il m'avait connu pour les mystères de l'amour. Mais par un bizarre effet du caprice de mon caractère, ce goût, qu'il m'avait inspiré, le rendit la victime de mon inconstance. Je le trouvais quelquefois moins tendre que je n'aurais voulu. J'acquérais tous les jours des lumières nouvelles. G… me paraissait trop attaché à des minuties. Dans des instants où ma vivacité me faisait désirer des occupations plus sérieuses, il me paraissait singulier qu'il négligeât l'essentiel pour s'amuser à des choses frivoles qui ne pouvaient les remplacer. J'essayais souvent de le ramener à la réalité sans pouvoir y parvenir. Cela me donnait de l'humeur.

Je cherchai la cause d'une altération si surprenante. À force de réflexions, je compris qu'il fallait apparemment que les hommes fussent bornés, et que la sensibilité dont ils étaient capables ne répondant pas à leurs désirs, ils fussent obligés d'y substituer des songes, en attendant le retour du sentiment.

Ces jeux d'enfants ne me convenaient plus depuis que j'en avais essayé d'autres. J'aurais désiré que G... eût été partagé d'une mesure de tendresse moins limitée et plus conforme à mon tempérament. Mais qu'y faire ? C'était un mal sans remède, je ne pouvais pas réformer l'ordre des choses.

Je communiquai mes chagrins à ma mère ; elle entra dans mes peines avec bonté et son amitié pour moi lui suggéra un moyen de me soulager. Elle me conseilla d'associer à G... quelques personnes en état de remplir les intervalles, et me fit envisager que cette conduite, avantageuse pour plus d'une raison, ne manquerait pas de produire des améliorations considérables dans nos affaires et mes plaisirs. Je goûtais les leçons d'une politique qui s'accordait si bien avec la situation de mon cœur. Nous ne tardâmes pas à en faire l'essai.

Un jeune sénateur du parlement, qui soupirait pour moi, nous fit proposer un accommodement, par une espèce de secrétaire qui lui servait d'homme à deux mains. J'acceptai les conditions ; il fut introduit avec quelques précautions pour ne pas effaroucher G... dans les commencements. Je me trouvai si bien de cet accroissement de domaine que je pris de plus en plus goût aux acquisitions nouvelles. Quoique le conseiller voulût se piquer de régularité, je ne jugeai pas à propos de m'en rapporter à lui : il était partie intéressée, cela m'aurait suffi pour récuser son jugement.

Plusieurs membres du corps du parlement de cette ville m'honorèrent de leurs visites. G..., qui s'imagina voir de l'indécence dans ma conduite, voulut m'en faire des reproches ; je le reçus avec hauteur, la majesté de ma réponse l'indisposa contre moi, nous nous brouillâmes, et je fus charmée d'être défaite d'un contrôleur incommode de mes amusements.

Nous vivions avec agrément, et nos plaisirs se succédaient avec une rapidité qui ne laissait aucun vide. Mes désirs remplis aussitôt que formés, prévenus même souvent, ne faisaient que développer de jour en jour la prodigieuse inclination qui me portait à la volupté. Mais il est bien difficile de conserver longtemps une réputation brillante sans être exposé aux traits de l'envie ; la nôtre ne fut pas à l'abri de la critique. On nous fit un crime des choses les plus innocentes. La fortune, qui nous avait ri dans les commencements, nous abandonnait insensiblement. Le nombre de mes courtisans diminuait à vue d'œil, il fallut se rabattre sur des conquêtes moins brillantes : cela acheva de mettre mes charmes en discrédit. Nous fîmes la triste expérience de la vérité de ce proverbe trivial qui dit que « le bon marché n'emplit pas la bourse ». En faisant la récapitulation de nos petits intérêts, nous eûmes la douleur de voir nos affaires dans une extrême décadence.

Nous avions peu ménagé les faveurs de la fortune dont nous nous étions imprudemment flattées de fixer l'inconstance. Enorgueillies par la prospérité, notre aveuglement nous conduisit jusqu'au naufrage, et nous ne nous trouvâmes pas plus avancées que nous ne l'étions en partant du port. Le délabrement de nos affaires ne nous permettant plus de rester avec honneur dans les lieux où nous avions fait quelque figure, il fallut songer à la retraite.

Ma mère, indignée contre une ville où le mérite était si mal récompensé, se résolut sans peine à la quitter. Dans sa détresse, elle tourna les yeux vers Paris. Ce qu'elle en avait entendu dire réveilla ses espérances. Il fut conclu que c'était dans ce séjour que nous devions essayer de capter la bienveillance du sort. Nos places furent donc arrêtées au carrosse. Nous partîmes. Ma mère, en montant dans la voiture, vomit contre Metz et ses injustes habitants toutes les imprécations qu'un ressentiment légitime lui suggéra.

Nous voilà sur le chemin de Paris, avec les débris d'une fortune assez mal en ordre. Lorsque je quittai Metz, je n'y étais pas isolée au point de n'y pas laisser des cœurs qui s'intéressassent à moi. Le fils d'un avocat de la ville avait soupiré longtemps pour mes appas. Mais la difficulté de faire agréer sa tendresse, à cause de l'importance de la taxe, l'avait jusque-là tenu dans les termes d'une passion respectueuse. Lorsqu'il apprit mon départ, l'amour lui fit faire une tentative sur le coffre-fort de son père, qu'il déménagea. Ma mère, qui le connaissait, lui fit un accueil froid et conforme à ses facultés ordinaires. En vain lui fit-il, ainsi qu'à mon beau-père, toutes les avances de politesse dont il put s'aviser. Rien n'opéra ; on descendit pour le dîner pendant lequel il n'eut pas lieu de se féliciter de la démarche qu'il venait de faire.

On se retira de table ; comme tout le monde songeait à acquitter les frais de la dépense, mon amant de voyage, riche des dépouilles de la maison paternelle, fit voir une bourse d'or si bien garnie qu'elle attira l'attention de ma mère ; elle se radoucit à cet aspect et répondit à ce qu'il nous disait d'un ton plus humain ; il devina le motif qui déterminait les choses en sa faveur ; ce changement lui fit espérer une issue très favorable.

Lorsqu'on fut arrêté pour la couchée, il parla à ma mère en particulier et lui fit des offres tellement brillantes, vu l'état présent de nos affaires, qu'elle en fut éblouie. Le traité fut bientôt conclu à la satisfaction des parties ; on dressa une espèce de contrat verbal sans employer de notaire, et je fus accordée en mariage aux clauses prescrites. Mais par une inadvertance qu'on ne peut trop blâmer dans une femme qui était aussi expérimentée que ma mère, elle négligea de faire déposer la dot.

Accoutumée aux conclusions précipitées, je consentis sans répugnance à ce que l'on exigeait de moi. J'y étais déterminée par l'intérêt : mobile puissant, et que ma mère m'avait toujours dit devoir faire le capital d'une fille qui n'a que ses charmes pour ressource contre les outrages de la fortune. J'étais d'ailleurs pressée par les attraits du plaisir, pour lequel je me sentais un goût infini, goût qui ne m'a jamais abandonnée depuis le premier essai que j'en ai fait.

Mon beau-père et ma mère prirent eux-mêmes le soin de nous mettre dans la couche nuptiale, et comme mon mariage était une alliance clandestine, dont ils voulaient dérober la connaissance à nos compagnons de voyage, ils couchèrent dans la même chambre que nous, pour être en garde contre les surprises.

Cette odieuse nuit, de toutes celles que j'ai passées celle qui aurait dû être la mieux récompensée, nuit où je fus la dupe de ma confiance et de mon bon cœur, l'unique peut-être que j'aie à me reprocher, cette nuit, dis-je, monument de ma honte et du peu de reconnaissance d'un traître, fut témoin des plus doux mystères.

Amour, as-tu pu permettre qu'un cœur tout à toi fût trompé d'une manière si cruelle ? La bonne foi avec laquelle je me livrais au scélérat qui me jouait méritait-elle d'être traitée avec autant d'indignité ? De combien de caresses j'accablais l'ingrat à qui je prodiguais mes charmes ! Tendres langueurs, empressements redoublés, transports rapides : mon âme s'abandonna tout entière aux épanchements de la joie la plus délicieuse. Les témoignages que je lui donnais de ma flamme, variés en mille manières différentes, semblaient se multiplier au gré des désirs que l'amour lui inspirait. J'étalai au perfide tous les trésors de la volupté, et par des efforts surnaturels j'épuisai jusqu'aux dernières ressources de la tendresse. Enfin, succombant l'un et l'autre sous la multitude et l'excès de nos plaisirs, nous nous endormîmes au sein de l'amour.

Quel rêve ! L'aurore paraissait à peine qu'on vint nous arracher des bras du sommeil. Mon amant, sur le cœur duquel je comptais et que je croyais, d'après tout ce que j'avais fait pour lui, m'être attaché, se leva promptement. Lorsqu'il fut habillé, oubliant mes bontés et ce qu'il me devait, il nous pétrifia par le ton qu'il prit pour nous remercier.

— Je retourne à Metz, nous dit-il, et je vous souhaite, mesdames, un heureux voyage. Vous allez dans une ville où les charmes de mademoiselle vous répondent d'un avenir prospère. À l'égard de nos conditions, daignez m'en dispenser pour le présent. Si je les remplissais, je me priverais d'un nécessaire pour vous donner un superflu dont votre figure et votre jeunesse peuvent aisément réparer la perte. Je vous donne le bonjour.

À ces mots, il fit une profonde révérence et sortit, nous laissant atterrées par son sang-froid et son impudence.

Que faire ? Nous étions réduites à exhaler notre douleur en regrets inutiles. Il fallut remonter en carrosse et dévorer un affront dont la découverte nous aurait rendues la risée de tout le monde. On peut juger que je fus de très mauvaise humeur tout le reste du voyage. Un chanoine, qui était avec nous et que la cure d'une goutte équivoque conduisait à Paris, me glissa quelques propositions. Je fis la sourde oreille ; la leçon était encore trop fraîche, et ce que j'avais éprouvé m'avait dégoûté de toutes les aventures de coche.

J'ai toujours eu soin depuis de me remettre devant les yeux ce trait de la perfidie des hommes, afin de me tenir en garde contre leurs supercheries.

Nous arrivâmes enfin à Paris. Nous fûmes nous installer rue de ***, dans une chambre garnie, gîte dont nous voulûmes bien nous contenter, en attendant que l'amour nous logeât avec plus de décence. Ma mère connaissait à peu près la carte de Paris ; différentes relations l'avaient mise au fait des mœurs de ses habitants ; elle savait le cas que l'on y faisait de tout ce qui vient de loin. Cette raison la porta à me faire conserver mon habillement d'étrangère : c'était en quelque sorte m'afficher par le côté le plus séduisant. Je passai plusieurs jours sans qu'il m'arrivât rien de remarquable. Je m'apercevais que le peuple me regardait avec cette avidité qu'il a pour les objets dont la nouveauté le frappe. On me flatta plusieurs fois sur les agréments de ma figure ; et si je veux croire les choses obligeantes qu'on m'en a dites, je puis sans vanité me croire assez bien faite. Ajoutez à cela un visage au moins passable, une tête ornée d'une chevelure cendrée et d'une longueur prodigieuse, dont les grosses tresses tombaient sur un beau justaucorps à l'allemande, que relevaient la finesse et l'élégance d'une taille bien prise. Tout cela devait avoir quelque chose d'assez piquant pour exciter la curiosité de me connaître de plus près.

Nous étions voisins d'un sous-traitant qui, toutes les fois que je passais sous ses fenêtres, me lorgnait avec une dévotion extrême. Comme j'étais sans occupation et que mon cœur cherchait à se désennuyer, j'y avais pris garde. Quelques regards que je lui rendis m'attirèrent de sa part une nouvelle attention. Ces enfants de la fortune n'aiment pas soupirer gratuitement. Accoutumés aux exploits rapides, leurs désirs vifs et pétulants ne connaissent point de frein. M'aimer et me l'apprendre ne fut pour lui que l'ouvrage de deux jours.

Une officieuse dame, chargée de l'honorable emploi de me rendre sensible à son martyre, lui servit de truchement. Elle vint nous rendre visite, sous prétexte de voisinage. Après les préliminaires de politesse usités en pareils cas, elle vint au fait. Elle apprit à ma mère que M. S. R…, occupé de soins plus importants et ne pouvant par cette raison avilir la gravité de son état en s'assujettissant aux minuties de la tendresse, l'avait chargée de nous parler pour lui et de nous dire que j'avais eu le bonheur de trouver grâce devant ses yeux, qu'il était prêt à nous donner des marques de son estime par les distinctions les plus avantageuses. Elle finit son compliment en nous conseillant de ne pas laisser une si bonne occasion, ajoutant que nous avions affaire à un homme libéral, qui aimait le plaisir aisé, et que notre intérêt et notre conscience ne nous permettaient pas de faire languir davantage un homme si utile à l'État et qui n'avait pas un moment à perdre.

Il n'y avait pas à répliquer ; nous nous rendîmes à de si bonnes raisons. S. R..., conduit par sa digne interprète, vint me confirmer lui-même ce qu'elle nous avait dit par ses ordres ; il fut reçu avec tout l'honneur imaginable et en favori de Plutus.

Avant d'entamer la conversation avec moi, il passa, accompagné de ma mère, dans un petit cabinet attenant à la chambre. J'entendis une partie de ce qu'il disait.

— La dame G..., dit-il, m'a assuré, madame, que mademoiselle votre fille était sage. J'en suis charmé, car je ne les aime que de cette espèce. Voilà le prix que je mets au plaisir de l'entretenir dans de si bonnes dispositions. N'allez pas me tromper au moins, car je m'y connais.

Je riais en moi-même de cette plaisante réflexion. Il vint ensuite auprès de moi. Tout le monde se retira respectueusement. Dans notre entretien, je lui prouvai, par les difficultés qu'il essuya, que l'on ne lui en avait pas imposé, que j'étais en effet une vraie trouvaille, et qu'il ne pouvait trop remercier la bonne dame G..., qui lui ménageait des faveurs si précieuses.

Je reçus le lendemain une robe que m'apporta une couturière, avec une lettre de S. R... Il me priait d'accepter son présent comme une marque de son amour et de faire attention à la couleur (l'habillement était bleu), qui était le symbole de la fidélité qu'il attendait de moi. Quoique la constance ne fût pas de mon goût, j'allais cependant lui répondre en héroïne, lorsqu'il entra lui-même. Il venait s'applaudir de l'effet qu'avait produit sa galanterie. J'eus encore le bonheur de mériter ses éloges.

Cette bonne intelligence dura quelques jours, au bout desquels le jeune S. R... oublia ses serments ; il discontinua tout d'un coup ses visites. Surprise d'un tel procédé, je ne savais à quoi l'attribuer. Quoiqu'il n'eût pas fait une impression fort vive sur mon cœur, je ne laissai pas d'en être fort inquiète, ainsi que ma mère. Nous étions accoutumées à ses bonnes façons.

Après avoir passé une semaine sans recevoir de ses nouvelles, nous jugeâmes à propos d'aller chez la dame G..., avec laquelle nous eûmes une longue conférence. Le résultat fut que je ne devais plus compter sur S. R... Mais madame G..., qui n'avait jamais trouvé un mal sans emplâtre, entreprit de me consoler et y réussit. Elle me fit envisager ma jeunesse et mes charmes comme des moyens sûrs de réparer la perte d'un cœur par l'acquisition de mille autres. Elle me peignit avec des couleurs si séduisantes les délices de la multiplicité, et m'offrit une perspective si brillante que, malgré une répugnance secrète, elle me persuada. Et pour comble de générosité, elle m'offrit ses services d'une manière si cordiale qu'il ne me fut pas possible de me défendre de ses instances.

Nous allions prendre congé de l'éloquente madame G…, lorsqu'un grand homme sec, d'une figure plus que majeure, entra chez elle. Après l'accueil le plus obligeant, elle me le présenta comme un de ses meilleurs amis et pour lequel elle me pria d'avoir tous les égards dont elle m'assura qu'il était digne. Cet homme, fier de cette belle recommandation, s'approcha de moi avec un air aussi familier que si nous nous fussions connus de longue main. Il m'engagea à me laisser conduire dans une chambre adjacente. J'étais si étourdie que je n'eus pas la force de faire la moindre résistance.

Ce début ne me plaisait guère. J'aurais déjà voulu être débarrassée de ce galant tête-à-tête, mais il fallait auparavant mériter le prix qu'on avait mis à ma complaisance, ce qui n'était pas chose facile.

Le squelette qu'on m'avait donné à ranimer avait le sommeil extrêmement dur. Je fis des efforts incroyables pour dissiper son engourdissement : peines inutiles. Un froid mortel semblait avoir entrepris son âme, et je désespérais de réussir à fondre la glace. Je rougissais des bienfaits auxquels j'étais obligée de descendre. Moi, accoutumée aux empressements, être obligée de prévenir des désirs à naître ! En vain je m'encourageais par la gloire d'opérer des miracles ; j'étais indignée du personnage que je soutenais.

Quelle humiliation pour une femme qui se croit quelques attraits de trouver une insensibilité si incorrigible ! Vingt fois rebutée du peu de fruit de mes bontés, j'étais sur le point de renoncer à mon entreprise. Enfin, excédée d'une spéculation de deux heures sur des objets impalpables, j'arrachai du triste moribond un demi-soupir, faible hommage qu'en expirant sa reconnaissance rendait à ma générosité.

Il sortit après avoir récompensé généreusement madame G…, à laquelle il fit un récit avantageux de la douceur de mon caractère et de ma complaisance.

Un mousquetaire bruyant et plein de feu succéda à ce paralytique. Sa pétulante tendresse ne me laissa aucune tranquillité ; il me plut dès le premier abord ; ses transports continus et redoublés étaient trop de mon goût pour que je m'y refusasse. Ma bonne humeur le charma. Nous nous entretînmes longtemps avec une volupté qui me dédommagea de l'ennui que j'avais essuyé. Lorsqu'il se fut retiré, d'autres vinrent remplir le poste vacant. L'oisiveté était bannie de cet asile voué au plaisir.

Le nombre des connaissances de madame G… était prodigieux : gens de toutes couleurs et de tous états : artisans, commis, guerriers, magistrats, commerçants, abbés, citoyens, étrangers, tous étaient admis. Sa maison était le rendez-vous des quatre parties du monde, où chaque voyageur apportait son offrande. L'intérêt ouvrait la porte, et la volupté faisait les honneurs du logis.

Ce fut dans une de ces entrevues que je fis la connaissance de L. B... qui ne dédaigna pas mes charmes, quoique déplacés. Il me fit des propositions avantageuses et me répondit de se charger du soin de ma fortune si je voulais m'astreindre à lui plaire. J'acceptai la partie ; le premier quartier consigné d'avance me prévint en faveur d'un homme qui avait des manières si nobles.

Comme j'étais logée trop près de madame G... pour qu'il pût répondre de la cessation de mes liaisons avec elle, il jugea à propos de me transporter. J'allai sous ses auspices demeurer à l'hôtel de... À peine y fus-je installée que je m'aperçus que j'avais fait une nouvelle conquête.

B..., connu de toutes les femmes de Paris par l'heureux talent qu'il a de séduire leur vertu en leur débitant des contes, me vit et m'aima. Je me laissai endormir au récit des flatteuses espérances dont il me berça, mais tous ces magnifiques projets aboutirent à quelques fêtes galantes dont le récit faisait tous les frais. Heureusement pour moi, je reconnus la frivolité du clinquant dont il prétendait m'éblouir, avant de prendre avec lui un engagement sérieux.

Cette découverte me fit supprimer les effets d'une bonne volonté qui m'aurait nui dans l'esprit de L. B... Sa conduite essentielle à mon égard méritait des ménagements. La solidité du fonds me parut préférable à la superficie. J'avais pris mes arrangements si prudemment que le propriétaire de mes appas ne s'était pas aperçu des petits écarts que j'avais commis. J'eus encore le bonheur de lui dérober la connaissance d'une nouvelle protectrice que j'avais déterrée et chez laquelle j'allais employer mes moments perdus. Outre que cela me tenait en haleine, j'y trouvais un double profit par l'augmentation de mes honoraires.

« Tant va la cruche à l'eau qu'enfin elle se brise » : vérité proverbiale dont je fis l'expérience. L. B..., quoique attaché à moi, ne laissait pas quelquefois d'user du privilège que ses largesses lui donnaient ; il allait de temps en temps ranimer ailleurs ses passions languissantes. Ma mauvaise destinée le conduisit chez la dame C... qui avait l'intendance de ses menus plaisirs. Il s'annonça sur le bon ton. Je lui fus proposée ; on lui vanta mes charmes, il désira d'en juger par lui-même. Aussitôt un mercure m'est dépêché, je vole sur ses pas, j'entre, mais quelle fut ma surprise ! Je crus d'abord que c'était un songe, mais les reproches sanglants dont L. B... m'accabla me tirèrent d'erreur.

Comme je vis que l'accident était irréparable, je voulus du moins succomber avec dignité. Je pris mon parti sur-le-champ et, feignant de n'être venue dans cet endroit que pour le prendre en contravention, je lui dis tout ce qu'une véritable jalousie aurait pu me dicter. Après lui avoir interdit pour jamais ma présence, je sortis en lui lançant un regard fier et dédaigneux.

— Vous vous êtes tirée à merveille, me dit la C…, de l'embarras où mon zèle imprudent vous avait conduite. J'ai fait le mal, je tâcherai de le réparer ; allez, consolez-vous, c'est une perte légère. Aux dispositions que je vous vois, vous êtes en état de mépriser de tels accidents.

Quoique aguerrie aux mystères de l'amour, je ne laissais pas quelquefois de trouver ses plaisirs gênants et insipides. Le dégoût de mon état me prit ; je ne savais pas comment en sortir, lorsque le hasard y pourvut.

G…, violon de l'Opéra, briguait depuis longtemps l'honneur de tenir un enfant avec moi[1] ; c'est une façon de s'insinuer dans les bonnes grâces, usitée par les cadets de Cythère. Malgré ma répugnance naturelle pour ces sortes de cérémonies, je ne pus m'empêcher de donner cette marque de considération au corps des musiciens. On prit un jour ; ma coiffeuse passa une partie de la matinée à mettre mes cheveux en ordre. Elle épuisa sa science. Je crois avoir dit que j'ai la tête assez belle. Je fus surprise agréablement, en me regardant au miroir, des merveilleux effets de l'art ; je me considérais avec un plaisir infini. Pendant que la coiffeuse s'occupait à arranger ma toilette, des papillotes jetées au hasard tombèrent sur le P. D… qui passait dans ce moment ; et par un des miracles de la sympathie, le charme l'arrêta, un instinct secret lui fit pressentir quelque douce aventure ; il leva la tête pour augurer d'où provenait l'enchantement. Il s'attendait à voir à la fenêtre quelqu'une de ces beautés magiciennes qui tendent leurs filets d'un premier étage et font une espèce de petite guerre aux cœurs assez imprudents pour donner dans l'embuscade. Surpris de ne rien découvrir, cela redoubla sa curiosité ; ma fenêtre ouverte lui fit soupçonner le lieu qui recelait les appas auxquels son cœur sacrifiait déjà. Il monta, guidé par l'attraction. Il entra dans ma chambre avec cet air aisé et cette noble assurance que ne manque jamais d'inspirer un mérite richement étayé ; son abord fut simple et sans détour :

— Vous me plaisez, ma reine ; si je fais le même effet sur vous, vous ne vous plaindrez pas de l'inutilité de mes soupirs. Êtes-vous seule ?

Ma mère, qui se présenta dans ce moment, se mit de la conversation et m'épargna la peine de lui répondre avec la franchise qu'il paraissait vouloir exiger de moi. Marché conclu, nouveaux arrangements, me voilà transplantée rue Bertin-Poirée, dans une maison dont les meubles me furent donnés en propre.

Je voulus essayer cette fois si, par une conduite plus réservée, je pourrais m'assurer de l'attachement du P. D… Mais est-il quelque secret contre la légèreté des hommes ? J'eus beau me gêner pour mettre de la décence dans mes actions, le volage abjura ses serments et m'abandonna au bout de trois mois, sans avoir aucune autre raison que la faiblesse d'un

1. Comprendre : « tenir un enfant sur les fonts baptismaux », lui servir de marraine.

cœur épuisé. J'en avais usé si noblement avec lui, et j'avais conduit avec tant de discrétion quelques petits pèlerinages, qu'il n'en avait pas eu la moindre connaissance. Je n'avais donc rien à me reprocher : il était dans son tort.

L'innocence est bientôt consolée des malheurs qu'elle n'a pas mérités. Je me résignai sans peine et je laissai à la fortune le soin de disposer de moi.

Me voilà donc encore réduite à pratiquer la chevalerie errante de la galanterie. J'allais renouer mes anciennes habitudes lorsque je m'aperçus que le P. D..., en me quittant, m'avait laissé un trésor auquel jusque-là je n'avais pas fait attention : il avait mis auprès de moi une vieille duègne pour épier ma conduite. Cette femme, gagnée par mes bonnes façons, s'était attachée à moi. Elle me dégoûta du parti que j'allais prendre. Après la désertion de mon amant, elle me fit envisager le désagrément qu'il y a de ne devoir ses conquêtes qu'à l'entremise d'un tiers, et elle me conseilla de ne m'en rapporter qu'à moi-même.

J'entrai dans ses vues. Je résolus de me faire voir au spectacle, où je n'avais pas encore paru. Je débutai par l'Opéra, où j'étalai dans une première loge mes charmes, relevés par tout le piquant que leur pouvait donner mon habillement d'étrangère. Dès que je fus placée, je devins le but de tous les lorgneurs de profession. Ils sont communs dans ce lieu, où les plaisirs des sens sont les seules divinités qu'on révère.

Si l'on appelle coquetterie l'envie de plaire et cette satisfaction que l'on goûte à faire naître des désirs, je ne m'en défends pas. J'étais sensible à la douceur de me voir l'objet d'une tendre curiosité. J'apercevais quelques concurrentes dont les yeux jaloux feignaient de m'examiner avec dédain, mais l'attention du public me dédommageait de l'importunité de leurs regards. D'ailleurs, l'air insultant dont elles tâchaient de rassurer leur contenance était un nouvel éloge pour moi et m'apprenait ce que je valais.

J'étais trop attentive aux mouvements que j'excitais pour m'occuper du spectacle. Plusieurs seigneurs vinrent me complimenter dans ma loge et me firent des propositions. On pourrait sans injustice être vaine à moins. J'avais enlevé tous les suffrages. Je me figurais être dans un sérail d'hommes destinés à mon plaisir, où je pouvais commander en sultane et jeter le mouchoir à celui qui aurait le bonheur de me rendre sensible.

Je me trouvai si bien de cet essai que je continuai ; tout le monde brillant de l'Opéra soupira pour moi. Je fis des heureux. J'eus la gloire de voir à mes pieds des têtes illustres, qui ne rougirent pas d'oublier leur grandeur en ma présence. Je compris mieux que je n'avais fait jusqu'alors qu'il n'y a rien dans le monde au-dessus d'une jolie femme, et que l'empire de la beauté ne connaît point de bornes.

Cependant, malgré toute la pompe de mes connaissances, ma course vers le temple de la Fortune n'était pas rapide. Quoique les grands fassent tout pour la volupté, leur libéralité n'a rien de solide, surtout lorsque, ainsi que moi, on ne fait avec eux qu'effleurer les préliminaires de la tendresse. Quelquefois, en entrant chez moi, je faisais des raisonnements sur les vanités du siècle, qui me donnaient la migraine.

Les fatigues que me causaient mes courses journalières m'avaient excédée. J'avais besoin de repos, je voulus faire une espèce de retraite. C..., financier de nouvelle édition, se présenta pour remplir une partie du vide de ma solitude ; j'acceptai ses offres, il entreprit de me fixer. Je fis tous mes efforts pour seconder ses bonnes intentions. Tout allait passablement dans les commencements. C... aurait rougi de trouver à redire aux dépenses que je faisais ; il prodiguait ses générosités en nourrisson de la fortune qui, dans le premier feu de la faveur, veut se montrer digne de sa destinée. Je ne pouvais manquer d'être heureuse avec lui, s'il n'était pas survenu des tracasseries dans l'intérieur de ma famille, qui dérangèrent la situation paisible dont nous jouissions.

Mon beau-père s'attira des querelles, se fit battre, mit le quartier en rumeur. Le commissaire, instruit de ces querelles domestiques, nous fit conseiller de changer de quartier, afin de dépayser la médisance. Ces avis étaient pressants, nous vîmes de la nécessité à les suivre, nous y déférâmes et fumes nous établir rue Sainte-Anne.

Ce fut là que je connus le marquis de R... Cet Adonis plus qu'octogénaire, dont l'âme se ressouvenait encore d'avoir été voluptueuse, aurait mérité les invalides de Cythère. Réduit à se contenter des prestiges d'un amour contemplatif, son cœur cherchait sans cesse à ranimer des désirs éteints. Vainement il se croyait encore visité de quelques étincelles de sensualité ; ces faibles bluettes étaient tout à coup amorties par le froid d'une imagination épuisée. Cependant, malgré l'impénétrabilité des barrières qui le séparaient pour jamais des plaisirs, il ne pouvait renoncer à ses douces habitudes. Vieux soldat de l'amour, il voulait mourir au lit d'honneur.

Plusieurs fois, je l'ai vu, dans le délire d'une rage mue[1], vouloir lutter contre ses malheurs et se flatter de pouvoir retrouver dans les bras de l'amour ces tendres instants dont sa mémoire lui retraçait une si délicieuse et si désespérante image.

Le personnage de consolatrice est d'une difficulté extrême à soutenir ; il est triste de n'avoir jamais devant les yeux que des objets pitoyables. Le vieux marquis, à force d'exciter ma compassion, m'ennuya. Je ne voyais plus de remède à son infortune, et c'était exercer en pure perte la générosité de mon âme.

La dernière ressource des médecins est d'envoyer aux eaux les malades dont ils désespèrent. On aurait bien dû imaginer quelque semblable expédient pour les cœurs atteints d'une langueur incurable. Je conseillai

1. *Rage mue* : rage muette. Forme de rage où le chien écume sans mordre ni aboyer.

à mon amant suranné d'attendre du retour du siècle la guérison de son infirmité et de cesser de perdre plus longtemps auprès de moi des moments inutiles et dont il pouvait faire un usage plus conforme à sa situation présente. Quoique je m'y prisse avec douceur pour lui faire entendre raison, il fut assez injuste pour s'en fâcher. Il me reprocha ses bienfaits et voulut absolument que je lui rendisse une partie des présents dont sa magnificence m'avait honorée.

Les présents qui lui tenaient si fort au cœur consistaient en une montre et une robe de femme. Ce style me parut nouveau : je n'étais pas accoutumée aux restitutions. Je dis au marquis que je ne pouvais en conscience me dessaisir de ses largesses, que c'était un dépôt trop cher à mon cœur pour m'en voir privée. Il insista malgré mes remontrances. Enfin, nous composâmes. Nous convînmes que je garderais la robe et que je lui remettrais la montre, qui serait évaluée, afin qu'il m'en rendît la valeur. Nos discussions étant terminées, nous nous séparâmes.

Le chevalier de B… prit la place du marquis, dont il avait été quelque temps le coadjuteur. Vainement j'essayai de fixer sa légèreté, il ne me fut pas possible d'en faire un amant essentiel. Inquiet, volage, ne voulant jamais qu'effleurer les plaisirs, la seule idée d'un engagement sérieux l'effrayait. J'avais beau le prêcher, il était insensible aux traits de ma morale. Content de me faire éprouver les premières impressions d'un sentiment passager, il s'était fait un système de volupté, commode, disait-il, pour le tempérament de son cœur, qui ne permettrait pas une tendresse assidue.

Rebutée de ses irrésolutions perpétuelles, je perdis l'espérance d'amener à bien une passion si frivole et je lui cherchai quelque successeur plus solide.

Le logement que nous occupions était en face d'une maison opulente habitée par un cordon bleu de la finance. J'avais remarqué qu'un de ses fils s'attachait à m'examiner ; il semblait épier l'occasion de me saluer ; son intention était trop louable, et il y aurait eu de l'inhumanité à le laisser languir. J'eus la bonté de me prêter à ses avances de politesse ; un sourire lui annonça qu'on le devinait et qu'il n'offensait pas. Il vint sur-le-champ m'en remercier ; il eut lieu d'être satisfait de la réception que je lui fis. Il me fit les compliments les plus flatteurs sur mes charmes. Les éloges qu'il me donna intéressaient de trop près ma vanité pour ne pas y être sensible. Ce qu'il me disait d'obligeant me disposait en sa faveur. D'ailleurs, L. G… était aimable ; sa physionomie spirituelle parlait pour lui : ses traits, sans être réguliers, étaient embellis par ce je ne sais quoi si propre à toucher le cœur. Enjoué, vif, caressant, ses yeux exprimaient tous les mouvements d'une âme formée pour la volupté. Je me sentais portée d'inclination à lui vouloir du bien, et ses empressements auraient sans peine obtenu l'aveu de mon cœur. Mais soit crainte de voir désavouer un amour onéreux par l'économie de son père, soit méfiance de lui-même, il se contenta de me demander la permission de m'offrir à souper avec trois de ses amis. Je la lui accordai.

Il ne manqua pas, le soir, d'amener les convives. La table fut bien servie, la joie et la liberté présidaient à la fête : ce n'étaient que bons mots, saillies, traits plaisants ; j'étais de la meilleure humeur du monde. Qu'on se figure quatre petits-maîtres de robe, mais de ces petits-maîtres qui n'en ont que le badinage, sans en avoir l'orgueil ni l'impertinence, s'empresser à l'envi de mériter mes suffrages par leurs soins, se disputer l'avantage de me rendre sensible, s'efforcer de m'attendrir par l'attrait du plaisir qu'ils me présentaient sous les différentes formes que pouvait leur suggérer une imagination voluptueuse, secondée de l'envie de me plaire.

J'étais enchantée : mêmes empressements de toutes parts ; ces quatre rivaux aimables me fixèrent tour à tour. Mes sens étaient enivrés ; mon cœur, voltigeant sans cesse de plaisirs en plaisirs, ne savait sur quel objet arrêter ses désirs errants. D. M… sembla d'abord déterminer mes incertitudes ; L. G… s'en plaignit d'un air si touchant qu'il me replongea dans le doute ; S…, qui n'a hérité que de la délicatesse de l'esprit de son père, vint augmenter mon embarras ; et le jeune D…, pour surcroît de tumulte, réclama ses droits, me reprocha tendrement mon injustice et prit l'amour à témoin de la vérité de ses transports.

Que faire dans cette conjoncture ? Les prendre tous les quatre ? La pensée m'en vint d'abord, mais la chose n'était pas praticable ; il fallait décemment choisir. À qui donner la pomme ? Je balançai. Après les avoir parcourus, je revins à D. M… ; il m'arrêta dans ses bras ; mon cœur indécis n'hésita plus, l'amour prononça en sa faveur : il fut heureux, et mon âme transportée partagea ses plaisirs et son triomphe.

Le souper fini, D. M…, vainqueur, resta maître du champ de bataille. Il ne savait comment m'exprimer la joie qu'il ressentait d'une préférence aussi chère à son cœur ; sa reconnaissance excessive m'apprit à quel point il était pénétré, je sentais à chaque instant redoubler la rapidité de mon inclination pour lui. Jamais l'amour ne m'avait fait éprouver des plaisirs si doux. Mon cœur pour la première fois se livra sans réserve. D. M… devint tout pour moi. Je n'envisageai plus de bonheur que dans sa possession ; l'aimer et en être aimée me parut être le seul bonheur auquel mon âme pût aspirer.

Je voyais avec plaisir que j'avais fait la même impression sur lui. Attachés l'un à l'autre par les liens de l'amour le plus tendre, que nous manquait-il pour être heureux que la continuation de notre félicité ?

Je tombai dangereusement malade ; mon amant ne quittait presque plus le chevet de mon lit. Je n'ai point d'expressions qui puissent rendre les mouvements d'amour et de reconnaissance dont j'étais pénétrée : même aux portes de la mort, je n'étais occupée que de lui ; sa douleur me touchait plus que le danger qui me menaçait. L'amour eut pitié de nous et me rendit la vie. D. M… essuya mes larmes, les transports de joie prirent la place du désespoir, je lus ma guérison dans ses yeux. Assurée du tendre intérêt qu'il y prenait, je me crus hors de péril dès que je vis ses craintes diminuer. Aurais-je pu, sans être la dernière des femmes, ne pas adorer un amant si digne de toute ma tendresse ?

On peut juger qu'avec les sentiments que D. M.., m'avait inspirés, la vie ambulante que j'avais menée jusqu'alors me fit horreur. J'y renonçai absolument.

Ma mère, qui n'était plus sensible qu'à l'intérêt et qui voyait une partie de ses projets déconcertés par ce nouveau plan de conduite, ne goûta pas ma façon de penser. Elle voulut me faire des remontrances ; je ne les écoutai aucunement. Il n'appartenait plus qu'à l'amour de disposer de moi.

Malgré ma répugnance, ma mère crut avoir encore assez d'empire sur moi pour se flatter que je ne lui résisterais pas en face. Comptant sur son autorité, elle donna un rendez-vous à milord ***. Ma mère l'introduisit dans mon appartement. Je le reçus avec froideur, il s'imagina que ce n'était que grimace, et fit des tentatives qui lui réussirent mal. Ses désirs en devinrent plus ardents et ma résistance en devint plus opiniâtre. En vain ma mère, qui survint, tâcha de me séduire par ses caresses ou de m'intimider par ses menaces. Je fus inébranlable.

Milord sortit et me laissa en proie aux reproches et aux criailleries de ma mère. Je ne fis que m'affliger le reste de la journée. D. M…, en revenant le soir, me trouva tout en larmes. Il me pressa de lui en apprendre la cause : je l'aimais trop pour lui rien déguiser. Son amour fut indigné d'un pareil outrage ; il me proposa un enlèvement ; j'acceptai sans balancer ce parti, le seul qui pouvait me mettre en sûreté coutre des tentatives nouvelles.

Jour pris pour le lendemain, je sortis sur les dix heures. Mon amant m'attendait au bout de la rue, je montai dans son carrosse, il me fit conduire au couvent de ***. Il ne cessa pendant le chemin de m'accabler des plus tendres caresses. Cette preuve d'amour que je lui donnais ne lui laissait aucun doute sur la sincérité de mes sentiments.

Nous arrivâmes au couvent, où D. M… prit congé de moi. Les religieuses me firent toutes les caresses imaginables. J'admirais la tranquillité de ces bonnes filles. Il ne me plut pas cependant de les imiter. Mon amant me voyait au parloir presque tous les jours, et ma tendresse pour lui, gênée par le cérémonial de la grille, n'en prenait que plus d'empire sur mon cœur.

Cependant ma mère, furieuse de mon évasion, mettait ses soins à découvrir ma retraite. Elle ne douta pas que M. D… ne fût complice de ma fuite, quoiqu'il feignît d'en être fort affligé. Il continua de payer à ma mère la pension qu'il me faisait, en sorte que, quoique je fusse séparée d'elle, mon droit de présence était toujours acquitté. Mais comme ces honoraires ne répondaient pas à la grandeur de ses desseins, elle n'en était pas moins ardente à ma découverte.

Ma mère avait fondé sur la puissance de mes charmes des projets de fortune aussi vastes que son ambition. Une aventure récente avait encore redoublé le tendre appétit qu'elle se ressentait pour les bienfaits de la fortune. De R… venait d'être répudié par la D…, malgré les efforts de prodigalité qu'il avait faits pour la retenir. Son cœur, désespéré d'une perte aussi cruelle, paraissait inconsolable. Le bel et judicieux usage qu'il avait fait de ses trésors avait intéressé pour lui tout le monde galant de Paris. Les spectacles briguaient à l'envi l'honneur de remettre le calme dans son âme. L'Opéra, les comédiens, touchés de son malheur, lui rendirent visite par députés. On avait bien soin de choisir ce qu'il y avait de plus joli pour ces fréquentes ambassades… Prêtresses, filles de Vénus de tous étages désertaient les temples de Cythère pour aller lui faire des compliments de condoléances. Ses palais ne désemplissaient plus. On ne voyait sur les routes qui y conduisaient que beautés de toute espèce, appas venant d'éclore et n'ayant pas encore l'âge de raison ; appas novices, appas formés, modestes, doux, fiers, tendres, hardis, appas élevés à l'ombre, appas audacieux et connus par des aventures d'éclat. Les mères y menaient leurs filles, les nièces s'y faisaient conduire par leurs tantes. Quels enchantements ne furent pas employés pour charmer la tristesse de l'infortuné Midas ! Peines inutiles : le coup était trop rude ; son âme, inaccessible aux consolations, était dévorée des plus cuisants chagrins. Il ne cessait de gémir, et sa triste imagination lui retraçait à tous moments les charmes de son infidèle vestale. Déchiré par ses regrets, il cherchait vainement un repos qui fuyait loin de lui.

Ses richesses immenses, ce fleuve d'or, formé et grossi par les travaux d'un père industrieux qui conserva jusqu'à la mort du goût pour les raffinements du calcul, était débordé. Là, tout le monde puisait librement, tous buvaient et se désaltéraient ; lui seul, consumé par une fièvre ardente, ne pouvait apaiser la soif qui faisait son supplice.

Ma mère apprit ce grand événement par la voix publique. Elle soupira plus que jamais de douleur de se voir séparée de moi dans une conjoncture si favorable à l'avancement de notre fortune. Elle m'avait fait inscrire sur la liste des prétendantes. Comme il est assez naturel de croire ce qu'on désire ardemment, elle ne doutait pas que ma figure ne m'attirât des distinctions très avantageuses et ne me fît peut-être rembourser le prix.

Mais où me trouver ? Toutes ses perquisitions n'avaient pu lui découvrir jusqu'alors le lieu de ma retraite. Enfin, un honnête alguazil, son ami et son patron, dans le sein duquel elle avait déposé ses chagrins et ses espérances, lui promit de n'épargner aucun soin pour me trouver. Il mit des gens en campagne qui suivirent D. M… Ce moyen leur indiqua mon asile.

Cette heureuse découverte encouragea ma mère ; elle tint conseil avec son honnête agent, qui lui promit son entremise pour faire réussir ses projets. Il l'adressa au valet de chambre de R… et lui conseilla de tâcher d'en faire le protecteur de mes charmes.

C'est un personnage plus important qu'on ne pense que le confident d'un homme à bonnes fortunes. Surtout d'un homme à bonnes fortunes tel que R… : c'est une espèce de petit ministre. Il reçut ma mère avec l'air sérieux d'un homme occupé des plus graves affaires, il ne dérida son front que lorsqu'elle se fut annoncée comme la mère d'une jolie fille. Ce titre le rendit attentif ; on lui vanta mes attraits, ma mère parlait avec feu. La description de ma figure demandait des détails, ces détails attendrirent notre auditeur. Il était sensible aux belles choses : il soupira, il fallait absolument gagner l'homme, c'était un coup de partie. Ma mère avait renoncé depuis longtemps aux plaisirs du siècle ; elle se vit cependant dans la nécessité de faire un effort sur l'inaction de son tempérament. Cet excès de volupté transporta le valet de chambre ; il jugea en connaisseur que des charmes provenant d'un pareil cru devaient être quelque chose d'exquis et digne d'être consacré aux plaisirs de son maître. Il promit de s'intéresser pour moi et tint parole.

Le récit qu'il fit à de R… fut reçu agréablement et suspendit sa douleur pour quelques instants.

— Ce serait bien, dit-il, ce qu'il me faut, si le tableau que vous m'en faites là n'est pas trop flatté ; peut-être pourra-t-elle me faire oublier l'ingrate L. D…

À ces mots, le fidèle messager vole à mon couvent, me demande. Je parais ; il m'instruit en deux mots des intentions de son maître et me fait envisager la fortune la plus brillante. Je répondis froidement à ses magnifiques propositions et le priai de ne pas m'importuner davantage, en lui disant que j'avais résolu de refuser ce que M. de R… me faisait l'honneur de marchander. Je le quittai brusquement.

Mon premier soin fut de faire avertir D. M… de ce nouvel incident. Sur-le-champ il vint pour me conduire en un autre lieu. J'y consentis avec joie. Je goûtais un plaisir infini à lui assurer la possession de mon cœur et je jouissais en secret de la douce satisfaction de lui prouver, par le sacrifice que je lui faisais, que je ne chérissais que lui.

Lorsque ma mère vint pour me retirer du couvent, elle fut bien surprise d'apprendre que j'en étais sortie la veille. Rien ne peut exprimer la rage qu'elle eut de voir déconcerter ses mesures. Elle alla trouver M. D…, lui dit en pleine audience les injures les plus atroces. Après avoir vomi feu et flamme, on la contraignit de se retirer. Elle ne se rendit pas, elle présenta des placets à tous les magistrats, accusa D. M… de rapt, et fit tant de vacarme que, quoiqu'il eût facilement pu lui imposer silence, en prouvant avec évidence qu'elle avait vendu plus d'une fois ce qu'il était accusé d'avoir ravi, il fut contraint, par ménagement pour son état et pour faire cesser un éclat indécent, de me remettre entre ses mains.

J'eus beau gémir, il me fallut suivre ma destinée et consentir malgré moi à me rendre la victime de l'ambition et de l'avarice de ma mère. On peut croire que je ne me faisais pas une image charmante de R..., mais j'avoue que mon imagination avait été bien au-dessous de la réalité ; je le haïssais sans le connaître, j'en eus horreur après l'avoir vu. Quelle abominable figure ! des yeux sombres et farouches, le regard égaré, le teint pâle et livide, une vraie physionomie de réprouvé. On passe la laideur, mais il n'est pas permis de porter de ces visages-là. Ah ! le vilain homme !

Ma mère, qui avait passé la nuit dans la maison et avait servi la veille d'eunuque noir pour nous mettre au lit, survint comme je me levais. Je passai vite dans une autre chambre, pour me délivrer d'une vue insupportable.

Lorsque ma mère eut réglé ses comptes avec de R..., elle prit congé de lui. Il lui ordonna en le quittant de me déposer chez l'alguazil qui avait été le premier entremetteur, et d'attendre ses ordres. Vingt jours se passèrent sans qu'on reçût aucune de ses nouvelles. Ma mère, qui espérait de jour en jour voir arriver de sa part quelque bouillon d'or potable, fut bien surprise, au bout de ce terme, d'apprendre que la P... était déclarée l'odalisque chérie et qu'on lui laissait la liberté de me pourvoir. Cette fâcheuse nouvelle la consterna.

Les idées dont elle s'était flattée lui avaient tourné la tête. Elle avait anticipé sur une fortune qu'elle regardait comme certaine. Les créanciers n'entendent pas raison. Les siens furent impitoyables : bijoux, meubles, tout fut absorbé ; il fallut encore une fois avoir recours aux hôtels garnis. La perte de mon cher D. M... était le plus sensible de mes chagrins, mais il n'avait plus de remède ; il ne voulait pas se compromettre. La déroute des affaires engagea ma mère à me quitter pour quelque temps. Elle partit pour Colmar ; je ne fus pas fort affligée de son départ. Je me trouvais libre et pouvais suivre mes inclinations sans contrainte. Je commençais à me lasser de la dépendance dans laquelle j'avais vécu jusqu'alors, et je trouvais enfin qu'il était temps de sortir de tutelle et de me gouverner par moi-même.

J'étais logée rue Coquillière. D..., dont le sérail était répandu dans les différents quartiers de Paris, me vit et m'aima. Il vint lui-même m'assurer de la possession de son cœur. Son antique et petite figure ne me revenait nullement, mais le rang de sultane favorite qu'il m'offrit me fit ouvrir les yeux ; ma vanité s'en trouva flattée, et j'acceptai sans balancer un parti si brillant, et qui me mettait au-dessus de toutes mes rivales.

Me voyant dans de si favorables dispositions, il me fit quitter mon habit étranger pour en prendre un de son goût, et me fit conduire rue des

Deux-Portes, chez deux de ses sultanes *validé*[1], auxquelles il avait remis l'intendance de ses menus plaisirs. Je n'y restai que deux jours ; il avait eu soin pendant ce temps de me faire meubler, rue du Luxembourg, un appartement digne du rang où j'allais monter. J'allai prendre possession de mon nouveau palais. D… attendait ; il m'étala toute la rhétorique de sa galanterie usée. Il me parla de son amour comme d'une passion qui n'avait pour but que le plaisir de faire mon bonheur. Il m'assura que je le connaîtrais aux soins qu'il prendrait de moi, et que la profonde estime dont il se sentait pénétré lui avait suggéré les plus sages précautions pour conserver ma chaste pudeur et défendre mes charmes d'un profane pillage.

— Le véritable amour ne va guère sans un peu de jalousie ; c'est la preuve d'une âme délicate. La mienne n'a rien à se reprocher sur cet article ; je vous adore avec toute la délicatesse imaginable. Que ne sommes-nous en Asie ! J'aurais la satisfaction de vous y voir entourée des gardiens sacrés de la vertu des femmes : vous seriez heureuse, et ma sécurité serait parfaite. Sages Orientaux, que vos usages sont prudents ! Et pourquoi faut-il que, par notre négligence, nous nous soyons privés d'un moyen si sûr et si commode de se procurer la paix !

Je voulus le rassurer sur ses terreurs et lui faire entendre que j'étais fille à sentiments et capable de lui garder une fidélité scrupuleuse.

— Je n'en doute pas, interrompit-il ; ce que je dis n'est que pour la conversation. Mais encore un coup, ma chère, convenez avec moi que c'est quelque chose de bien utile qu'un eunuque auprès de femmes moins vertueuses que vous. Je parie même que vous seriez charmée d'en avoir. Vous avez des mœurs, de la sagesse, mais il y a quelquefois des moments où l'observation de la règle nous gêne ; on craint de manquer, cela oblige de faire des efforts sur soi-même.

« N'est-il pas bien plus doux de ne rien avoir à appréhender et de braver un péril qu'on sait n'être pas fait pour soi ? J'y reviens toujours : la méthode d'avoir des imberbes est bonne. La mode en viendra peut-être quelque jour.

« En attendant, adorable mignonne, agréez la peine que j'ai prise d'y suppléer ; vous ne sauriez, après cela, douter de la sincérité de mes sentiments. Parmi quelques curiosités que j'ai fait venir d'Italie, on m'a envoyé une machine d'une invention merveilleuse, et les femmes doivent avoir une grande obligation à celui qui l'a imaginée. C'est un secret infaillible contre les alarmes ; seriez-vous curieuse, ma reine, de voir un bijou si singulier ?

En disant cela, il tira de sa poche cette rareté et me le présenta. Je ne pus m'empêcher de rire à cette vue.

1. *Validé* : « titre que les Turcs donnent à la mère du sultan régnant : la sultane *validé* » (*Dict. Acad.*, 1835).

— Vous riez ? dit-il. Cela est drôle au moins. Çà, ma chère petite, un peu de complaisance ; voyons si cela vous ira bien.

Je continuais toujours mes éclats de rire, ne m'imaginant pas que D... parlât sérieusement. Je vis à la fin que c'était pour tout de bon. Comme mon cœur n'était pas occupé, je m'embarrassai peu que la jalousie de mon amant me privât d'une chose qui m'était inutile ; je me prêtai de bonne grâce. Il était enchanté de me voir flatter sa manie avec tant de franchise ; il disait et faisait mille extravagances.

— Ah ! petits amours, s'écriait-il, je vous tiens ; vous serez enchaînés, fripons. Quel dommage que tant d'attraits fussent la proie de quelque scélérat qui n'en connaîtrait pas le prix !

— Quoi, vous les enfermez sous clef ? m'écriai-je.

— Oui, reprit-il, c'est pour votre bien.

Il baisait cependant son prisonnier avec des transports incroyables.

— Eh bien ! poursuivit-il, je vous trouve mille fois plus belle depuis que vous pouvez l'être impunément. Encore un baiser ; je ne puis contenir mon ravissement. Je garde sur moi la clef ; je crois qu'il est inutile de vous recommander l'intégrité de la serrure.

Lorsque je me trouvai seule, je me mis à examiner curieusement le tissu des liens qui captivaient mes charmes. En considérant la justesse de l'instrument, il ne laissa pas de s'élever dans mon âme quelques petits scrupules. Je n'avais aucune envie de manquer, mais les femmes aiment qu'on les mette à même [1]. Il est assez commode de n'être sage qu'autant qu'on le veut. J'étouffai ces réflexions comme de mauvaises pensées. Je fis quelques pas dans ma chambre pour m'habituer à porter ce plaisant cilice. Il me gênait un peu d'abord, mais on se fait à tout.

Je fus tranquille pendant un mois. Je vivais heureuse, autant qu'on peut l'être lorsque le cœur est désœuvré. D... mettait toute son attention à me procurer l'accessoire du plaisir. Je commençais cependant à me lasser de cette vie uniforme, lorsque F... vint me tirer de cette léthargie.

F... joignait aux agréments de la figure les grâces de la jeunesse : voluptueux, dissipateur et courant à l'indigence par la route des plaisirs, pour lesquels sa prodigalité était excessive. Je me trouvai prévenue d'inclination pour lui dès la première vue. Il me déclara sa flamme ; j'aurais bien voulu soulager son martyre, mais un obstacle cruel m'arrêtait.

Ce fut alors que je reconnus le tort que j'avais eu de souffrir qu'on emprisonnât mes désirs. Je regrettai ma liberté, l'amour m'avait dessillé les yeux et me fit envisager les désagréments de ma situation. En vain je

1. « On dit : *être à même*, en parlant d'une personne qui aime extrêmement quelque chose, et qui se trouve en état de se satisfaire pleinement là-dessus. Vous aimez les figues, en voilà, vous êtes *à même*. Vous voilà *à même*, mangez-en tant que vous voudrez. On dit dans le même sens : *mettre à même*, *laisser à même*. Il aime les livres, je l'ai mené dans un cabinet où il y en a quantité de bons, et je l'ai mis *à même*. Je l'ai laissé *à même* » (*Dict. Acad.*, 1798).

m'efforçai d'en adoucir l'amertume, mon cœur ne pouvait s'ouvrir à la moindre consolation.

Un jour que j'étais restée au lit plus tard qu'à l'ordinaire, F… entra tout à coup dans ma chambre. Je l'aimais trop pour être irritée de la liberté qu'il prenait. Il se mit auprès de mon lit, mais bientôt, se trouvant encore trop éloigné de moi, il quitta sa place pour s'asseoir sur le pied du lit. Il me pressait avec la dernière instance d'avoir pitié de lui.

Émue par sa présence, je n'étais que trop portée à lui donner des témoignages de ma sensibilité. Les yeux attachés sur les siens, je n'avais pas la force de lui répondre. La manière tendre avec laquelle je le regardais lui apprit son triomphe.

— Adorable objet, me disait-il, puis-je croire que vous vous laissez toucher et que vous me permettrez…

— Arrêtez, m'écriai-je, arrêtez ! Que faites-vous ?

— Oui, je vous aime.

— Finissez donc. Non, je ne puis vous rendre heureux.

— Et qui peut s'opposer à mon bonheur, reprit-il, si vous m'aimez ?

— Hélas ! répliquai-je, un obstacle cruel !…

Mes yeux, à ces mots, se remplirent de larmes.

— Vous pleurez, me dit-il, mon cher amour. Hélas, aurais-je eu le malheur de vous déplaire ?

— Ah ! repris-je, je serais moins affligée si je ne vous aimais pas. Pourquoi faut-il…

Mes pleurs redoublés m'interrompirent. Je ne faisais plus que sangloter. F…, surpris de cette affliction imprévue, ne savait à quelle cause attribuer l'état où il me voyait.

Il essaya de me consoler par ses caresses. Je le repoussai, ma résistance irrita ses désirs.

— Ah ciel ! lui dis-je, quel supplice ! Finissez donc, vous me mettez au désespoir. Ah ! par pitié, mon cher F…, je ne souffrirai pas… non, cruel… ah !

Il poursuivait toujours malgré mes cris.

Déjà l'odieux mystère était prêt à paraître au jour. L'amour complice de sa témérité précipitait ma faiblesse. Mes forces m'abandonnaient et mes mains ne pouvaient plus retenir les restes d'un drap qui jusque-là m'avait servi de rempart.

— Vous me poussez à bout, méchant, criai-je, transportée de douleur et d'amour. Eh bien ! livrez-vous à la fureur qui vous guide et connaissez toute l'étendue de mon malheur.

Je me couvrais le visage pour dérober ma honte aux yeux de mon amant. Je ne sais pas l'effet que cette première vue fit sur lui ; il resta quelque temps sans parler.

— Est-ce un songe ? dit-il en rompant le silence. Quoi, une serrure ?

Quel barbare a osé charger d'indignes chaînes des objets si dignes d'être adorés ?

Ses transports interrompirent ses exclamations. Il parcourait avec avidité les charmes étalés à ses regards. J'étais enflammée par ses brillantes caresses. Il se livrait aux emportements de l'amour le plus violent. Vingt fois, près d'expirer aux portes du plaisir, il s'efforça de franchir la barrière qui nous séparait. Efforts inutiles : le temple de la volupté fut inaccessible à ses hommages.

Enfin, au désespoir et dans la fureur de ses désirs, l'aveugle sacrificateur vint briser l'encensoir contre une des colonnes de l'édifice. Cela le rendit plus traitable, il entendit raison. Il fallut remettre au lendemain la reddition de la place.

Un serrurier honnête homme s'intéressa pour nous ; il nous fit une clef avec laquelle nous délivrâmes l'Amour de son cachot. Les plaisirs prirent l'essor et réparèrent avantageusement le temps perdu. Je pris si bien mes mesures que D... ne put découvrir notre bonne intelligence. Les soins que je me donnais pour cela ne laissaient pas que de me gêner extrêmement. Quoiqu'il ne dût pas soupçonner ma fidélité, après l'ingénieuse précaution qu'il avait employée, sa jalousie ne lui donnait pas un moment de repos. J'étais obligée d'être continuellement sur mes gardes. Une méfiance si déplacée m'ennuya. Je me sentais dans une disposition prochaine de rompre avec lui. Un mauvais procédé qu'il eut envers moi mit le sceau à sa disgrâce et fit éclater mon mécontentement.

Il m'avait envoyé de fort beaux diamants pour figurer au bal. Le brillant des pierreries m'avait plu. J'avais cru recevoir un présent. Cette pensée dont je me flattais fut déçue ; il me les envoya redemander le lendemain, à cause, disait-il, que ces bijoux étaient à sa femme. La belle raison ! Il fallut cependant s'en contenter et les renvoyer.

Je n'ai pas besoin de dire que j'étais outrée. F..., qui survint, sut la cause de ma mauvaise humeur. Il me conseilla de me défaire d'un homme qui avait de si mauvaises façons ; je le priai de rester jusqu'à son arrivée. Il vint peu de temps après, et surpris de voir un homme en tête à tête avec moi, il me demanda un mot d'entretien particulier.

— Les explications sont inutiles, monsieur, lui dis-je ; je vous supplie de discontinuer de m'honorer de vos visites. À propos, monsieur, je ne vous ai pas renvoyé tous vos bijoux : il m'en reste encore un que je vais vous remettre.

En disant cela, je pris la clef que F... m'avait donnée et je me défis à ses yeux de la ceinture mystérieuse que je lui remis avec des éclats de rire, dont il fut si confus qu'il se retira sans avoir la force de parler.

F... me fit aussitôt changer de demeure. Je fus loger rue d'Orléans.

La vie que je menai avec lui fut bien différente de celle que je quittais. Tous les jours, plaisirs nouveaux, soupers fréquents, nombreuse compagnie, parties de campagne, jeux : il n'y avait pas un instant de vide.

L'agréable train ! Je me serais estimée trop heureuse si les richesses de mon amant avaient répondu au goût prodigieux que nous nous sentions l'un et l'autre pour les plaisirs. Mais il arrivait souvent des dégradations d'opulence qui nous intriguaient[1]. Ces inégalités de fortune nous obligeaient de recourir aux usuriers. Ces gens-là sont capricieux. On ne pouvait quelquefois les attendrir. Recours à d'autres expédients ; le superflu de mes équipages suppléait au défaut.

Un des amis de F..., jeune homme très aimable et pour lequel je conserverai toute ma vie la plus haute estime, voulait bien aussi quelquefois être notre intendant ; et sans lui, les amours à jeun auraient souvent été condamnées au triste régime d'une diète forcée.

Je dépérissais à vue d'œil et je me voyais à la veille d'être aussi avancée qu'en arrivant à Paris, lorsque ma mère, qui ne s'était retirée que pour projeter plus à l'aise des desseins d'établissement, m'écrivit du fond de sa province le départ du P. K... qu'elle m'avait adressé. Ce renfort survint à propos.

Il vint me voir ; je le reçus comme un ange tutélaire. F... fut disgracié. Le P. K... m'offrit tout d'un coup de partager ses richesses. Un peu capricieux, j'eus à souffrir de sa bizarrerie. Il était très méfiant : c'est un défaut que je n'ai jamais pu passer aux hommes. Soit inconstance de sa part, soit l'effet de quelques propos injurieux qu'on lui aura débités sur mon compte, nous nous quittâmes au bout de fort peu de temps. Mais cette fois, ma prudence et mon économie m'avaient mise en état d'attendre que le vide de sa désertion fût réparé.

Il eut pour successeur un jeune seigneur des confins de la Baltique. Nous en sommes encore aux premiers transports de deux jeunes époux.

1. *Intriguer* doit s'entendre ici dans le sens ancien d'« inquiéter ».

SECONDE PARTIE

Je m'étais vainement flattée de pouvoir inspirer à mon amant du Septentrion une ardeur constante. Soit insensibilité du climat, soit froideur naturelle et dont le vice dépendait de la constitution de son cœur, je crus m'apercevoir, après quelques jours de connaissance, que l'impétuosité de sa flamme se ralentissait. Une femme est rarement trompée sur cet article. Des signes peu équivoques m'annoncèrent la fin de notre commerce languissant. Ses visites devinrent moins fréquentes. S'il ne m'avait fait que cet outrage, je m'en serais aisément consolée. Accoutumée dès longtemps aux mauvais procédés des hommes, je m'étais proposée pour maxime de ne plus prendre les choses si à cœur et de rectifier, par des compensations bien ménagées, les torts qu'ils pouvaient avoir avec moi. Ce qui me piquait le plus vivement, c'est que cette irrégularité de conduite, unie au défaut d'assiduité, raréfiait extraordinairement les offrandes. Je ne suis pas intéressée, mais il y a certains manques d'égards auxquels on ne se fait point du tout et qui mortifient la vanité d'une manière trop insultante pour ne pas y être sensible.

Je ne tardai pas à prendre la résolution de rompre absolument avec un homme qui me ménageait si peu. Son relâchement ne méritait aucune indulgence ; je n'attendais qu'une occasion favorable pour mettre le sceau à sa disgrâce.

Un peu d'expérience du monde m'avait trop appris combien il est facile à une femme qui a quelque beauté et une sorte de réputation de former autant d'engagements qu'il lui plaît, pour désespérer de donner un prompt successeur au négligent étranger qui refusait de rendre à mes appas le juste hommage qu'ils méritaient. Je n'attendis pas longtemps, l'amour justifia mes espérances.

Je m'avisai un jour d'aller à la foire Saint-Germain, dans l'intention de dissiper l'ennui dont j'étais obsédée. J'entrai dans une boutique pour y voir quelques porcelaines. Un jeune homme fort bien mis et suivi de plusieurs domestiques entra en même temps que moi. Je devins bientôt l'objet de ses regards ; je m'y étais attendue, et quoique son attention dût flatter ma vanité, je n'étais pas cependant trop contente de sa façon de m'examiner. Il me parcourait avec une avidité familière qui, en m'instruisant que ma vue lui inspirait du plaisir, m'avertissait en même temps que ma physionomie le mettait à son aise.

Je voyais des désirs dans ses yeux, mais ces désirs étaient si nus que, quoique aguerrie, je ne pus m'empêcher de rougir. La pudeur nous joue souvent de ces tours-là, malgré nos précautions.

Je me remis cependant ; le courage me revint par degrés, je m'armai de résolution, je rassurai ma contenance. Le retour de ma raison, que cet assaut imprévu avait ébranlée, me fit soutenir avec plus d'intrépidité la fin de cette discussion, dont le commencement avait un peu effarouché ma modestie.

Mon curieux observateur, content d'avoir détaillé ma figure, se mit à son tour à me provoquer à la critique de la sienne. Coups d'œil distraits, échantillons d'opéra chantés à demi-voix, pas irréguliers et qui présentaient sous différents points de vue tout le leste et tout le brillant d'une taille élégante, attitudes de tête semées avec d'autant plus d'art qu'elles paraissaient moins étudiées, airs indécents risqués avec toute l'intelligence d'une effronterie maniérée : rien ne fut épargné pour captiver mon suffrage. Il me donna un précis de tout ce que sa personne pouvait offrir de plus séduisant.

On dit qu'il y a une espèce de parenté entre les âmes qui fait qu'elles s'entendent mutuellement. Oh ! mon âme était certainement proche parente de la sienne, car je le devinai au premier coup d'œil.

Mon petit amour-propre se mit aussitôt de la partie. Le rôle de petit-maître que je venais de voir représenter avec un succès si capable d'éblouir m'engagea à ne pas demeurer en reste. L'exemple est contagieux et il y a peu de femmes qui n'aient des dispositions plus que prochaines au manège de petite-maîtresse. J'égalai bientôt, si je ne surpassai pas, l'excellent modèle sur lequel je me formais.

— Vous triomphez, reine, me dit-il en m'abordant, je n'ai jamais rien vu de si piquant… Mais quelle misère d'être seule ! En vérité, il faut que vous soyez bien bonne de rester dans un désœuvrement qui vous sied si peu.

— Pourquoi, monsieur ? repris-je d'un air négligent. Il est quelquefois divertissant de s'ennuyer ; c'est une partie de plaisir qu'on ne peut troubler sans indiscrétion.

— Voilà peut-être, répliqua-t-il, une bizarrerie assez singulière… mais c'est qu'au fond vous êtes adorable… charmante… À propos, que faites-vous aujourd'hui ? Verrez-vous l'Opéra-Comique ? Souperons-nous ensemble ?

— Mais je ne sais, repris-je, que me conseillez-vous ?

— Fort bien, dit-il, vous ne pouviez mieux vous adresser pour des conseils, lorsqu'il s'agit surtout d'en donner à quelqu'un fait comme vous ; je suis d'une prudence qui vous édifiera. Voulez-vous m'en croire ? Consacrons le reste de ce jour à la solitude. Il est beau quelquefois de pouvoir assez prendre sur soi-même pour se dérober au fracas du monde. Agréez que je vous reconduise chez vous. Ne goûtez-vous pas mon avis ?

— Il est trop rare pour n'être pas suivi, répondis-je ; je le veux bien, quand ce ne serait que pour vous punir de me l'avoir donné.

J'acceptai en même temps la main qu'il me présenta.

L'équipage me parut répondre à l'idée que je m'étais formée de ma conquête imprévue. Nous arrivâmes chez moi enchantés l'un de l'autre. Il m'avait dit sur la route les plus jolies choses du monde : propos légers, bagatelles amusantes, de ces riens charmants, réprouvés par la froide raison, qui n'en peut saisir la finesse, enjouement divin dont la brillante rapidité ne connaît ni lois ni mesures, et qui prend son essor dans une saillie d'une imagination pleine de feu ; pas le sens commun, mais de l'esprit comme un ange.

Mon nouveau soupirant, accoutumé sans doute aux triomphes aisés, voulut profiter brusquement de l'impression favorable qu'il avait faite sur moi. J'aurais désiré ne pas gêner l'impatience qui l'animait, mais j'étais retenue par la crainte de lui faire concevoir une idée peu avantageuse de mes charmes.

Que les femmes sont à plaindre de se trouver forcées d'affecter une résistance dont souvent elles gémissent en secret ! Quel préjugé bizarre nous interdit la liberté de suivre les mouvements de notre cœur ! On permet aux hommes de pousser la licence jusqu'à feindre très souvent des passions qu'ils n'ont pas, tandis que l'on nous impose la rigoureuse loi de renfermer dans nos cœurs un feu dévorant. On devrait bien songer à réformer cet abus. Ce que je dis là, toutes les femmes le sentent aussi vivement que moi ; toutes sont convaincues de quelle utilité il serait pour le sexe de former un concours unanime pour revendiquer nos droits ; mais qui osera se charger de donner l'exemple ? En vain la raison se révolte contre l'autorité des préjugés dont elle sent le ridicule ; la sotte honte, plus forte que ses répugnances, l'asservit malgré elle aux caprices de l'usage : on blâme les préjugés, et peu de personnes ont assez de courage pour se soustraire à leur empire ; on en fait un devoir indispensable. Nécessité cruelle, que tu m'as coûté de soins et de tourments ! Qu'il est triste d'être née tendre, lorsqu'une façon de penser trop scrupuleuse tyrannise notre sensibilité !

Livrée à ces réflexions accablantes, on peut juger à quel point ma situation m'affligeait, combien j'étais obligée de prendre sur moi-même, pour me défendre des empressements que l'amour mettait en usage pour me séduire. Plus ma défaite semblait prochaine, plus ma vertu rigide s'armait de résolution pour surmonter mon penchant. En vain le marquis de *** (car il m'avait instruite de son nom), jeune, aimable, employait, pour me vaincre, cet heureux don de plaire qu'il avait reçu de la nature ; en vain, prosterné à mes pieds, il joignait aux plus tendres protestations les plus brillantes promesses : il eut beau soupirer, se plaindre douloureusement de l'obstacle que je mettais à son bonheur, je fus inexorable. Les instances les plus vives, la pétulance de ses transports, ses gémissements ne purent accélérer son triomphe, ni me sortir des bornes que la pudeur me prescrivait. Ce ne fut qu'après une résistance opiniâtre, qui dura presque une mortelle demi-heure, que je pus me résoudre de recevoir ses hommages, et lorsque je crus avoir mis, dans ma façon de me rendre, toute la décence que mon état exigeait de moi.

Une si longue résistance n'avait servi qu'à redoubler l'ardeur du marquis. J'étais trop satisfaite des preuves qu'il me donnait de son sincère attachement pour ne pas partager ses transports. Il parut enchanté de la franchise avec laquelle je répondais à sa flamme ; il me demanda la permission de m'avouer publiquement comme quelqu'un qui lui voulait du bien. J'en avais trop fait pour lui refuser cette marque de considération ; nous nous trouvâmes dans le même jour liés de la plus tendre amitié et presque aussi familiers que d'anciennes connaissances. Effet étonnant de la sympathie !

Je n'eus pas la peine d'imaginer des prétextes pour colorer le congé que j'étais résolue de donner à mon Norvégien. Sa coupable négligence ne justifiait que trop mon procédé ; il n'était pas nécessaire de lui chercher des crimes. Son arrêt lui fut prononcé ; il soutint sa disgrâce avec une résignation qui m'aurait vivement piquée dans un autre temps, mais dont je ne voulus pas m'apercevoir pour lors.

L'intimité que j'avais avec un homme répandu dans un monde brillant m'engagea à des augmentations dans mon domestique qui me parurent indispensables. J'étais dans l'obligation de représenter avec dignité ; je pris un carrosse de remise, en attendant la fondation d'un équipage. Mon amant, loin de contredire ma dépense, m'encourageait encore par son exemple ; j'acquis tout d'un coup des airs conformes à mon état. Il fallait faire honneur à la tendresse du marquis. Je ne m'épargnai point pour ne lui laisser rien à désirer de ce côté-là.

Une table délicate et servie proprement m'annonça ; ma maison devint bientôt le rendez-vous de certains convives de profession dont Paris fourmille, de ces sortes de gens qui, ne pouvant former avec les plaisirs une alliance essentielle, font du moins leurs efforts pour leur tenir compagnie. C'est une vermine inséparable de l'opulence : souples courtisans de la volupté, ils s'étudient à s'insinuer dans les bonnes grâces de ceux que la fortune met en état de disposer de ses faveurs.

Un homme riche et dont le cœur est sensible aux douceurs de la vie ne manque pas d'être fourni de cette espèce d'hommes qu'il traîne à sa suite. Ce sont des seconds d'un merveilleux secours pour les parties de divertissement dont ils remplissent les intervalles ; spectateurs de l'action principale, ils sont là pour l'ornement de la scène, ils se retirent au dénouement.

Je mets en tête du corps vénérable dont je parle ces hommes qui, jadis eux-mêmes l'objet des complaisances de leurs confrères, se sont épuisés pour mériter leurs suffrages et auxquels il ne reste des débris de leur fortune qu'un fond intarissable de bonne volonté pour travailler à la destruction de celle des autres : hommes ingénieux et qu'une expérience consommée a rendus fertiles en ressources de toute espèce, de ces gourmands délicats, dont le palais savant prononce avec infaillibilité sur la finesse des mets exposés à leur jugement. On peut sur leur parole se livrer au plaisir de manger quelque chose d'exquis. Jusqu'à des petits abbés qui font leur séminaire à table, et qui n'ont pour tout bénéfice que celui d'être les discrets commissionnaires de petites intrigues d'une honnêteté non suspecte, des auteurs de tous étages et de toutes couleurs, des poètes, surtout des chansonniers, de ces gens qui savent égayer la fin d'un repas par des ponts-neufs[1] d'une naïveté admirable, de ces plaisants par métier, inépuisables en pointes, qui possèdent à fond la science des quolibets tant vieux que nouveaux, et qui savent leur halle[2] sur le bout du doigt, de ces grimaciers de profession qui sont toujours munis d'une provision de pointes triviales, qui n'ont d'autre mérite que l'heureux talent de mettre à profit leur ridicule, pour qui la difformité même est comptée pour un agrément de plus, et devient le chef-d'œuvre et le triomphe de l'impudence. Je ne finirais point si je voulais détailler toutes les différentes espèces de parasites. J'aurai plutôt trouvé combien *** a fait de fois banqueroute, ou calculé le nombre des hommes que la trop sensible *** a rendus heureux.

Mais parmi ces messieurs, la classe la plus distinguée est celle des musiciens : c'est presque la seule qui fasse le métier avec une sorte d'honneur ; on les voit rarement s'avilir, ils effacent les auteurs et vont même jusqu'à balancer le mérite des confidents les plus nécessaires. Un poète, par exemple, un faiseur de romans, cela ne manque presque jamais la première invitation ; on en est sûr à la seconde. Mais un violon, un chanteur, il faut bien d'autres précautions : quinze jours, trois semaines d'avance, les instances les plus pressantes sont nécessaires ; ce n'est qu'après avoir supplié longtemps qu'on obtient enfin l'honneur de leur présence. Ils jouissent encore par-dessus cela du noble privilège d'être aussi impertinents qu'il leur plaît, et la plupart le sont ordinairement à proportion de leur talents.

Ce mélange de caractères différents, outre qu'il m'amusait, servait

---

1. *Pont-neuf* : chanson populaire sur un air connu, ainsi nommée parce qu'elle se débitait sur le Pont-Neuf : « chanter un *pont-neuf* », « il sait tous les *ponts-neufs* qui courent les rues ».
2. *Halle* : langage des halles, langage cru et grossier.

encore à former mes esprits. Mes idées se développaient, j'apprenais insensiblement à mieux connaître les hommes que je n'avais fait jusqu'alors. Ils ne gagnent pas trop à être connus ; mais il est d'une extrême importance pour les femmes qui, comme moi, se destinent à faire agir les ressorts de leurs passions, de réfléchir sérieusement sur les bonnes et mauvaises qualités. On ne peut trop les étudier, afin de ne les estimer que ce qu'ils valent. Encore trouvent-ils le secret de nous tromper, en dépit de toute notre attention à les démasquer.

L'attachement du marquis pour moi n'était pas de ces passions violentes qui tyrannisent l'âme ; la volupté l'intéressait plus que les sentiments de mon cœur ; il aimait le plaisir, il trouvait toujours mes dispositions conformes à ses goûts, cela lui suffisait. J'étais trop raisonnable pour en demander davantage.

Il y a des gens qui prétendent que ces sortes d'inclinations ne sont tout au plus que l'image du véritable amour. Cette image, en tout cas, est si ressemblante que je ne suis pas surprise qu'on y soit vraiment trompé ; l'illusion est douce, et je doute que l'original puisse flatter plus agréablement.

Je jouissais avec assez de tranquillité de ma situation. Mon amant ne me gênait point, et j'avais pour lui toute l'indulgence qu'il pouvait espérer d'une femme sensée. Une conduite trop scrupuleuse n'eût servi qu'à nous ennuyer réciproquement, sans nous rendre plus aimables l'un à l'autre. Le marquis, pour se délasser quelquefois d'une trop longue persévérance, s'échappait quelques instants. Ces petits écarts ménagés à propos le ramenaient auprès de moi plus amoureux que jamais. De mon côté, je m'égayais de temps en temps à renouveler mon goût pour lui. Il est vrai que je m'y prenais avec un peu plus de mystère, car peut-être n'eût-il pas été aussi généreux que moi.

Qu'on me permette là-dessus une petite réflexion qui me semble s'offrir assez naturellement. Les hommes, si attentifs à se procurer leurs commodités, entendaient bien peu leurs véritables intérêts lorsqu'ils nous ont imposé la nécessité d'être plus exactes qu'eux dans nos engagements. Une femme ne peut être fidèlement attachée à un seul homme qu'aux dépens du bonheur d'une infinité d'autres. Que faire dans une conjoncture si embarrassante ? Faut-il laisser endurer des maux réels pour opérer un bien imaginaire ? La raison du plus grand nombre ne devrait-elle pas prévaloir ? Le monde est pourtant assez injuste pour nous condamner lorsque nous osons nous soustraire à la rigueur d'une loi qui est l'ouvrage de leur caprice.

Voilà, je ne crains pas de le dire, un des plus mauvais raisonnements dont leur sotte vanité ait pu s'aviser. Une injustice si criante me révolte. Je finis, de crainte de me mettre de plus mauvaise humeur ; car je m'aperçois, au penchant qui m'entraîne à réfléchir sur les dérèglements de la raison humaine, qu'il ne tiendrait qu'à moi d'être morale si je voulais : qualité que je n'ambitionne pas et qui n'est ni de mon goût ni de mon caractère.

La proximité du logement m'avait fait connaître mademoiselle ***. Cette liaison, qui n'était d'abord que connaissance de voisinage, devint bientôt de bonne amitié ; nous nous confiâmes mutuellement nos secrets, et ce qui est rare entre deux femmes qui ont à peu près les mêmes prétentions, notre union a subsisté longtemps sans souffrir la moindre altération.

Mademoiselle *** est une grande fille parfaitement bien faite. Je n'ai pas encore vu de taille comme celle-là, qui réunisse en même temps la majesté et les grâces, et toute l'élégance d'un corps agile et délié avec ce qu'un embonpoint raisonnable peut offrir de plus capable d'exciter de tendres désirs. Le teint d'une blancheur éblouissante, une rangée de perles au lieu de dents, une bouche charmante, le séjour des grâces et le trône des plaisirs. Il faut avoir le tour du visage fait comme elle pour être une beauté régulière.

Ce visage, tel que j'en viens de donner une légère ébauche, est animé par deux grands yeux noirs et pleins de feu, qui ne semblent respirer que l'amour, de ces yeux qu'on ne saurait regarder impunément. La nature semble s'être épuisée à former sa jambe, cette beauté si rare et si désirée, l'un des plus puissants mobiles de la volupté ; l'amour lui-même a tracé le modèle de la sienne, elle ne peut faire un pas sans présenter un nouvel agrément. Quelques lecteurs d'un goût singulier trouveront peut-être que j'appuie un peu trop sur la beauté de cette jambe, mais je suis persuadée que les connaisseurs m'en sauront gré.

Je supprime le détail d'une infinité d'autres beautés. Enfin, il ne tenait qu'à ceux qui en voulaient connaître davantage de s'adresser à elle-même, car je connais ma bonne amie et ne suis pas caution suspecte. C'est bien le meilleur caractère de fille qu'on puisse imaginer : douce, complaisante, aimant à faire plaisir, ne se lassant jamais d'obliger ses amis, en quelque nombre qu'ils soient, sensible aux tourments d'autrui, elle faisait son plus grand plaisir de contribuer à la félicité publique.

On peut juger que tant d'excellentes qualités me la rendirent extrêmement chère ; nous devînmes inséparables, nous fîmes société de plaisir. Mademoiselle ***, ainsi que moi, mal partagée des biens de la fortune, n'avait que ses charmes à opposer aux injustices du sort. Mais de quelle ressource n'est pas une jolie figure ! Cela fait face à tout.

M…, aussi riche que laid, était son soupirant actuel ; il était chargé du détail de ses affaires. Ce n'est pas un emploi fort lucratif que celui d'intendant d'une beauté à la mode. Qu'y faire ? On concilie rarement l'utile et l'agréable. Comme cette commission demande de certains soins, elle a jugé à propos de lui associer un adjoint pour le soulager dans une partie de ses fonctions.

Un amant en second, quoique privé des honneurs de la préséance, n'en est pas plus à plaindre. Comme il n'a obligation de son bonheur qu'à notre choix, et que ce choix se trouve libre, il n'en est que plus sincèrement aimé. Le cœur d'une femme aime l'indépendance. Rendre heureux quelqu'un qui a droit de prétendre à nos grâces, ce n'est plus un bienfait, c'est une dette que l'on acquitte ; il n'est point du tout agréable de payer ses dettes, je m'en rapporte à l'expérience journalière ; on donne plus volontiers qu'on ne rend : c'est que notre âme est fière et que sa vanité se trouve flattée d'être généreuse. La ***, qui a reconnu la vérité de ce sentiment, n'a donc pas pu se résoudre à laisser M… seul possesseur d'un bien dont il n'est pas tenu de lui avoir obligation ; elle a voulu contribuer aux plaisirs de personnes dont le bonheur fût son ouvrage gratuit : il est beau de mériter de la reconnaissance.

Après avoir quelque temps prodigué ses bontés assez indistinctement, elle s'est enfin rendue au mérite singulier du petit ***. Il ne lui a pas été difficile de se l'attacher. Charmés l'un de l'autre, ils jouissaient depuis longtemps des douceurs qui accompagnent un amour mystérieux. Que les plaisirs dérobés sont doux ! Car il faut avouer que *** doit les trois quarts de ses attraits vainqueurs à la contrainte dans laquelle elle est obligée de vivre avec lui. Rien, au reste, de plus ordinaire que son mérite : point de figure, à moins qu'on ne veuille donner ce nom à une petite mine chiffonnée, qu'on ne peut définir, un corps déhanché et contrefait, l'air d'une pagode, minaudier en chantant, et chantant alternativement du nez et de la gorge, et presque toujours faux : tel qu'il est, on ne l'a pas aisément, les femmes se l'arrachent ; il est de mode.

Lorsque ma bonne amie me fit confidence de son goût pour lui, je le trouvai si déraisonnable que je ne pus m'empêcher de lui en marquer ma surprise. Ajoutez à cela que dans le détail qu'elle me fit de cette belle passion, il lui échappa de certains traits qui, s'ils faisaient honneur à la bonté de son âme, devaient humilier un peu son petit amour-propre. Il me parut nouveau qu'un homme ne bornât pas son ambition au seul plaisir de lui plaire, qu'il ne se tînt pas assez honoré d'inspirer des désirs, sans exiger qu'elle ajoutât à la faiblesse qu'elle avait pour lui l'oubli de son propre intérêt. En un mot, j'étais révoltée de voir qu'il y eût des hommes qui osaient mettre un prix à leur amour, et des femmes assez dupes pour les acheter ; on ne m'avait pas accoutumée à ces façons-là, et je doute fort qu'il fût facile de me les faire goûter.

Je fis là-dessus toutes les représentations que l'amitié et l'honneur du sexe exigeaient de moi. Mon amie, que mes exhortations ne persuadaient pas, voulut me faire approuver ses sentiments, me présenter l'heureux petit mortel dont l'acquisition lui tenait si fort au cœur. Pressée par ses sollicitations réitérées, je consentis à ce qu'elle exigeait de moi ; car, quoique je ne l'approuvasse pas, je ne pus m'empêcher de succomber au penchant naturel qui me porte à être compatissante pour les faiblesses de mes amis. Nous liâmes la partie et je me rendis au jour indiqué dans une de ces petites maisons destinées aux douces aventures.

Mon amie était déjà arrivée. Pour son cher Adonis, il n'était pas fait à se trouver le premier au rendez-vous. Une exactitude trop marquée ne siérait point à un homme à bonnes fortunes, cela serait contre les règles du bel air. Nous nous amusâmes à causer ensemble en l'attendant. Enfin, nous entendîmes à la porte le bruit d'une chaise qui s'arrêtait (cette chaise mériterait une ample digression, si le temps me permettait de l'entreprendre). Deux figures assez ornées entrèrent aussitôt ; je n'eus point de peine à reconnaître l'amant de mademoiselle ***. Il se présenta avec toute la fatuité d'un conquérant à gages. L'autre, d'un maintien plus modeste, nous régala d'un déluge de profondes révérences.

J'examinais cependant l'objet des tendres complaisances de ma chère compagne. Si le récit qu'elle m'avait fait avait été capable de surprendre ma religion en m'en faisant concevoir un jugement avantageux, sa vue aurait suffi pour me faire rabattre des idées avantageuses que j'aurais pu m'en former. Il y a comme cela une infinité de choses qui perdent à être vues de trop près. Son entretien répondait à merveille à sa personne. Il débita en deux minutes plus de deux mille fadeurs, le tout assaisonné d'un ton doucereux et satisfait.

Ma bonne amie, sur le cœur de laquelle un charme trop puissant agissait pour en juger sainement, écoutait ses insipidités comme les plus jolies choses du monde, elle éclatait de rire à tout moment, et le petit bonhomme, fier de l'effet merveilleux de son jargon, redoublait de fatuité et n'en découvrait que mieux le sot et méprisable orgueil dont son ridicule esprit était infecté et qui avait pénétré toutes les parties de son âme, si tant est que la nature ait bien voulu prendre la peine de se déshonorer pour former des âmes en faveur d'animaux d'une si vile espèce.

Mon attention à le considérer, que sa vanité ne manquait pas sans doute d'interpréter favorablement, m'avait empêchée d'abord de répondre aux politesses de son acolyte. Mais il multiplia si fort les révérences et les compliments que je me vis forcée de sortir de ma rêverie pour y répondre. À l'exacte symétrie de ses courbettes, dans lesquelles l'homme de l'art se faisait sentir, j'entrevis à qui j'avais affaire. Je ne me trompais pas : je le pris pour ce qu'il était, pour un maître de danse. Rien de si aisé à reconnaître que ces sortes de gens ; on les distingue au premier coup d'œil. On se mit à table. M. de l'entrechat s'était placé près de moi et me faisait assidûment sa cour.

À ses manières prévenantes et un certain air mystérieux que je voyais régner sur les visages des convives, je m'aperçus bien que la partie était concertée entre eux, et que ma bonne amie voulait absolument m'engager à l'imiter. Mais comme je n'étais point prévenue du même entêtement, je ne me prêtais que médiocrement aux caresses dont on m'assaillait. Je ne me sentais pas intérieurement trop tentée de l'honneur attaché à la qualité de protectrice de gens à talents. Je les ai toujours regardés comme utiles à la volupté et propres à entrer dans la composition des plaisirs, mais n'en devant jamais faire le fonds essentiel ; ils sont bons à voir, mais il faut s'en servir très sobrement : l'usage gâte tout. J'aurais bien fait, en conservant toujours la même idée, d'agir en conséquence.

Le dîner fut court ; on y médit extrêmement ; l'Opéra fut passé en revue, les anecdotes les plus scandaleuses furent détaillées ; on ne fit grâce à personne. On se leva de table ; ma bonne amie, pressée par sa tendresse, passa dans un petit cabinet voisin pour y jouir avec plus de liberté de la conversation de son Orphée ; je restai seule en proie aux politesses subalternes du danseur.

Il débuta d'abord par un étalage de sentiments estropiés, le long détail de ses bonnes fortunes ; je fus régalée de l'énumération des jolies femmes qui avaient bien voulu se ruiner pour acheter le plaisir d'être déshonorées par un homme si charmant et qui ne menaçait pas moins que de faire une irruption dans les chœurs de l'Opéra… Il me fit ensuite une tendre déclaration de son amour, se précipita à mes genoux en héros de théâtre, m'assura d'une fidélité éternelle, en appuyant adroitement sur le sacrifice qu'il allait faire à mes appas des plus aimables femmes de Paris.

Qu'un homme est ridicule lorsqu'il veut nous toucher et que l'aveu de notre cœur se refuse à l'illusion !

J'écoutais ses protestations d'un air nonchalant, ne répondant que par monosyllabes, et fort embarrassée de ce torrent de galanterie qui me faisait soulever le cœur. Il prit apparemment mon air ennuyé pour une tendre rêverie ; il en voulut profiter en galant homme qui savait épargner aux personnes affectées de son mérite la honte de céder, en s'apercevant de leur défaite : il se mit en devoir d'abréger les gradations qu'il regardait comme inutiles pour la réussite de son entreprise. Je revins de mon étourdissement à l'impression que firent sur moi certains gestes dont la familiarité me choqua.

— Votre main s'égare, lui dis-je, monsieur, et cela d'un air très sérieux.

— Ah ! mon adorable, reprit-il, pourquoi vous en apercevoir ?

— C'est que je n'aime point du tout ces façons-là, lui répliquai-je.

Le ton sec dont je prononçai ce peu de paroles l'étourdit. Il est fâcheux d'avoir trop compté sur son petit mérite ; on court risque de jouer un sot personnage lorsqu'il échoue. La vanité ne se fait point du tout à ces sortes de méprises. Mon homme me parut déconcerté de mes rigueurs. L'air de suffisance qu'il avait affecté d'abord en perdit la moitié des grâces qu'il y avait répandues ; sa hardiesse n'en diminua pas cependant, mais elle n'en parut que plus rebutante.

La vilaine chose que l'impudence toute nue et lorsqu'elle n'est pas du moins décorée par des dehors supportables ! Que ces hommes qui, venus trop tard au jour, n'ont du monde poli que la superficie, paraissent méprisables lorsqu'on les rejette dans leur naturel ! Singes maladroits d'un ton qui n'est pas fait pour eux, ils ne peuvent le soutenir longtemps ; le masque tombe à la moindre surprise et découvre toute la difformité du caractère sur lequel il est appliqué.

Le danseur, que mes manières peu obligeantes n'encourageaient pas, se trouva réduit à n'avoir plus d'autre ressource qu'une impudence décidée. Il revint à la charge : je fus tentée de lui dire des injures, mais les injures glissent sur de pareilles gens ; je crus qu'un soufflet serait plus persuasif. Quoique les gestes de main soient opposés à la douceur de mon caractère, il fallut bien en venir là ; car le fat, quoique peut-être plus vain qu'emporté, ne gardait plus de mesure et m'excédait de l'impertinence de ses transports.

Je saisis mon temps pour lui infliger la petite correction que je méditais. Trop occupé de la réussite de certains projets, il avait négligé de se précautionner d'une attitude solide ; je le surpris entre bond et volée[1] ; l'impulsion violente, secondée par le poids de son corps, lui fit perdre subitement l'équilibre, le trébuchement fut rapide, il tomba à la renverse dans la situation la moins propre à inspirer de la compassion.

Ce spectacle grotesque éteignit ma colère ; je ne pus m'empêcher d'éclater de rire, tandis que cet amant maltraité, humilié de sa chute, se relevait en me donnant sans façon tous les noms que je venais de mériter avec lui.

Ce débordement d'injures me rendit une partie de ma mauvaise humeur. Je venais de défendre ma vertu avec trop de dignité pour n'être pas formaliste sur les épithètes. Je trouvais fort mauvais qu'un petit danseur de la seconde classe osât s'oublier avec moi. Les termes peu mesurés dont il se servait pour me reprocher la dureté de mon procédé me parurent autant de blasphèmes. Je le traitai à mon tour sans ménagement ; la conversation devint extrêmement vive. Lorsque deux cœurs ulcérés commencent une fois à s'épancher en invectives, c'est à qui renchérira avec plus d'énergie. La fureur dont j'étais animée me fournissait, avec une volubilité extraordinaire, les expressions les plus piquantes ; mon ennemi ne se possédait plus. Je ne sais si les injures d'une femme sont plus outrageantes ou si, moins fertile que moi et s'étant épuisé d'abord, il n'avait plus rien que de faible à me dire, mais je vis le moment que j'allais être traitée comme un homme.

Mon amie et son tendre amphitryon, dont ce vacarme avait interrompu le délicieux tête-à-tête, survinrent fort à propos. Ils rentrèrent dans la salle et nous trouvèrent occupés à nous dire réciproquement tout ce que la honte et la colère pouvaient nous suggérer. Ils songèrent d'abord à s'opposer aux premières saillies de notre animosité. Mademoiselle *** vint se jeter à mon cou et m'engagea, à force de caresses, à supprimer un torrent d'invectives dont j'accablais mon adversaire.

1. *Entre bond et volée* : terme du jeu de paume qui signifie prendre une balle au moment où elle rebondit sur le sol ; au figuré : à l'instant propice.

Tandis qu'elle s'employait charitablement à me remettre dans une assiette plus tranquille, le petit exhortait son compagnon à rentrer dans son devoir et à prendre des manières plus respectueuses. L'orage se calma.

Je suis naturellement bonne. J'avais été contrainte de prendre beaucoup sur moi pour en venir à cette extrémité. On me demanda grâce ; un cœur généreux n'est pas inexorable, le cœur d'une femme surtout, si sujet à passer d'une extrémité à l'autre. Après quelques petites façons que je n'affectais même que pour la forme, j'accordai sans peine le pardon qu'on exigeait de moi ; le traité fut conclu. La réconciliation que nos entremetteurs venaient d'opérer ne leur parut pas cependant encore assez complète. Ils voulurent absolument que je la ratifiasse afin de se précautionner, disaient-ils, contre quelque nouvelle scène aussi scandaleuse que la première.

Je balançai quelque temps sur l'évidence des preuves qu'on me suppliait de donner d'un sincère oubli, mais j'étais pressée trop vivement pour pouvoir m'en défendre. Il fallut céder, pour éviter le ridicule de passer pour un esprit bizarre et peu complaisant. On me conduisit par degrés, en dépit de quelques légères difficultés, et la politesse obtint à la fin de moi plus que je n'en venais de refuser avec tant d'aigreur à la témérité. Tout fut pacifié.

Je ne me livrai d'abord qu'avec assez d'indifférence aux empressements du danseur. Nous préludâmes une espèce de raccommodement dont la nonchalance fit tous les frais ; je reçus tous ses hommages de l'air distrait d'une princesse dont les faveurs honorent. Mais j'éprouvai bientôt que s'il est facile à une femme qui n'aime pas de se refuser aux premiers transports de l'amant qui la presse, il arrive rarement qu'elle persiste dans son insensibilité, surtout quand elle est née avec un cœur sensible et reconnaissant.

Je n'avais prêté au commencement de l'entretien que cette attention froide, quoique polie, qu'on ne peut honnêtement refuser aux bienséances ; je sentis par degrés qu'elle m'affectait plus que je ne l'aurais cru. M ***, qui s'imagina sans doute qu'il y allait de son honneur à me faire revenir de ma prévention, en m'excitant à partager ses empressements, sut en dépit de moi y jeter de ces nuances d'intérêt contre lesquelles ma froideur n'était pas en garde. Je fus enfin dans l'obligation d'avouer que la différence que l'imagination met quelquefois entre certains objets qui, dans le fond, sont les mêmes, ne peut tenir longtemps contre la force victorieuse de la réalité.

Un plaisir que je n'avais ni prévu ni désiré vint s'emparer de mes sens ; mon cœur, habituellement susceptible des impressions de la volupté, succomba machinalement à la force insurmontable du penchant qui m'entraînait. J'oubliai toute ma gravité, mes yeux se troublèrent, un long égarement suspendant toutes les facultés de mon âme semblait m'avoir enlevée à moi-même. Je ne revins de ce désordre que pour m'y replonger de nouveau ; et lorsque l'illusion fut dissipée, j'eus peine à croire que ce qui venait de se passer ne fût pas l'effet d'un songe. Je crois que cela peut s'appeler une surprise de tempérament.

Quelque peu de sujet qu'eût mon fier vainqueur de se féliciter de ses progrès, il me parut cependant que mes bontés, quoique involontaires, chatouillaient son amour-propre ; car de quoi notre misérable vanité ne tire-t-elle pas avantage ! Enflé du prix que la sensualité avait accordé par instinct aux efforts qu'il venait de faire pour l'émouvoir, il prit tous les airs d'un conquérant aimable. Je reconnus sa fatuité aux éloges outrés qu'il donnait à la générosité de mon âme excédée de ce redoublement de faveurs. J'allais périr d'ennui, lorsqu'un fracas épouvantable vint terminer ce désagréable tête-à-tête.

Ce bruit, qui continuait toujours en augmentant, nous fit oublier tout autre soin que celui d'une curiosité qui n'était pas sans inquiétude. La maison où nous étions, toujours ouverte aux plaisirs et véritable séjour de la volupté, n'était pas uniquement consacrée aux mystérieux rendez-vous de ma bonne amie. La prêtresse du lieu, pitoyable par état et par goût, exerçait l'hospitalité de la manière du monde la plus édifiante. Quantité d'amours errantes et dépourvues des commodités nécessaires pour la conversation étaient toujours sûrs d'un accès favorable auprès d'elle. Elle leur souriait avec bonté ; et moyennant une honnête rétribution, par forme de reconnaissance, leur donnait charitablement le couvert, avec la liberté la plus entière.

Les bonnes façons qu'on avait pour les étrangers dans cette espèce de caravansérail y attiraient tant d'hôtes qu'il désemplissait rarement ; ce qui ne faisait pas, comme on peut le juger, un asile respectable.

Mademoiselle *** était rentrée dans la chambre avec le petit ***, dont la contenance n'était guère propre à nous rassurer contre l'invasion dont nous étions menacés. Les coups se multipliaient cependant, et déjà la porte ébranlée avait abandonné un de ses gonds ; la vue de l'autre, qui ne tenait presque à rien, nous glaçait d'effroi. Les habitants d'une ville sur le point d'être forcée n'ont jamais éprouvé de frayeur plus terrible. Nous entendions la dolente propriétaire du réduit amoureux, qui s'efforçait, par les plus humbles supplications, de calmer la fureur des assiégeants. Ils ne répondaient à ses éloquentes prières que par des éclats de rire.

Nous attendions l'événement dans un profond silence. Enfin notre misérable clôture, succombant sous l'effort d'un dernier assaut, leur livra le passage disputé. J'avais d'abord été alarmée, mais la présence des vainqueurs me rassura ; leur air n'avait rien de farouche ni de capable d'inspirer la terreur. Ils nous abordèrent avec politesse, en s'excusant de la petite alarme qu'ils nous avaient causée.

— Mesdemoiselles, dit un de ces messieurs, pardonnez la vivacité de notre procédé ; mais il n'était pas honnêtement possible de nous en dispenser sans nous mettre dans le cas d'être privés du plaisir de vous offrir nos services. Cette folle, continua-t-il, en parlant de la maîtresse de la maison, voulait absolument nous interdire votre présence, en nous disant que vous étiez sérieusement occupées. Il est évident qu'elle nous en a imposé ; je vois le petit *** qui ne se pique pas d'intéresser essentiellement.

À ces mots, il s'avance vers le chanteur consterné qui, dévorant une partie de son chagrin, répondit à cette politesse cavalière d'un ton fort respectueux et dans la plus humble contenance.

— Vous m'honorez, monsieur le comte, répondit-il en bégayant, mais…

— Allons, mesdames, interrompit l'orateur, daignez nous suivre ; vous allez trouver ici d'aimables femmes avec lesquelles vous ne serez pas fâchées de faire amitié et qui seront charmées de vous. Rien n'est plus beau que de mettre ses biens en commun.

En disant cela, il me présenta la main, que j'acceptai, quoique en hésitant un peu.

— Vous faites l'enfant, mon petit ange, me dit-il. À propos, ne manque pas de marcher sur nos traces, mon petit bonhomme. Ton camarade chante-t-il proprement ? Il faut qu'il soit de la partie ; nous avons ici de nos amis qui sont fous de musique.

Il n'y a guère de répliques à des sollicitations si pressantes. Nous nous laissâmes conduire dans une salle voisine où tout le reste de la compagnie était assemblé. Nous trouvâmes des femmes assez jolies ; nous fûmes reçus avec tous les égards imaginables. On nous fit mettre à table. La joie et les plaisirs régnaient sur les visages de tous les convives, à la réserve de nos amants disgraciés, qui ne pouvaient digérer facilement la honte d'avoir été interrompus dans leurs tendres ébats.

— Allons, mon ami…, quelque chose de toi, je t'en prie.

Le petit bonhomme, qui dans ce moment ne se trouvait pas disposé à faire ce qu'on exigeait de lui, s'excusa sur un rhume qui tenait sa voix en échec.

— Je ne suis pas dupe de ton incommodité, reprit le comte ; ce faux-fuyant est le subterfuge ordinaire des musiciens. Vous êtes un peu quinteux [1], messieurs les choristes du premier ordre, mais vous n'êtes pas ici à l'Opéra, et j'espère que vous ne nous refuserez pas la grâce que nous vous conjurons de nous accorder. Allons, chanteur, chantez ou retirez-vous !

L'air doux et aigre dont le comte assaisonna ses instances causa un peu d'émotion au musicien. Il pâlit et rougit presque dans le même instant. Il paraissait indécis sur sa réponse. Que faire cependant ? Il n'y avait que deux partis à prendre : ou la douceur ou l'impertinence. Ce dernier lui

1. *Quinteux* : à la voix rocailleuse ; au sens figuré : grognon, grincheux.

parut préférable. Il ne voulut pas absolument qu'il fût dit dans le monde qu'on eût pu contraindre un demi-dieu de coulisse: cela aurait avili l'ordre.

La gravité de son refus indisposa le comte, qui le traita avec hauteur. Ce qu'on dit de piquant, joint à ce qu'il voyait qu'on nous prodiguait les marques de tendresse les plus familières, sans aucun respect pour sa présence, lui fit perdre toutes mesures. Secondé de son compagnon qui, s'imaginant que c'était là le ton de la bonne compagnie, cherchait encore à renchérir sur lui, ils s'oublièrent enfin d'une façon si rogue que toute l'assistance, révoltée de l'insolence de leurs propos, les pria de s'exiler eux-mêmes. Et ce qu'il y eut de plus mortifiant, c'est qu'on ne leur laissa pas le choix du passage.

Mademoiselle ***, qui voyait avec chagrin le traitement qu'on préparait à l'idole de son cœur, voulut interposer sa médiation; je joignis mes prières aux siennes. Nous ne pûmes rien obtenir: une douzaine de domestiques vinrent exécuter impitoyablement la sentence prononcée par leurs maîtres. Quoique l'étage ne fût pas extraordinairement haut, ils ne laissèrent pas de balancer; mais à la fin, on leur donna de si bonnes raisons qu'ils s'y déterminèrent.

Je fis ce que je pus pour apaiser la douleur de mon amie, qui paraissait inconsolable; mais voyant que je faisais peu de progrès, je m'en remis au temps, ressource infaillible dans les afflictions. En effet, au bout de quelques instants, l'orage s'apaisa, les pleurs se tarirent, un reste de mélancolie même ne put tenir contre l'efficacité de deux ou trois verres de champagne. La sécurité reparut, il ne fut plus question que de se réjouir et de mettre à profit le reste de la journée. Personne ne s'épargna pour la rendre complète; on voyait éclore sans cesse des plaisirs de toute espèce. Les désirs variés et multipliés à l'infini produisaient à tous moments quelque chose de nouveau. On fit des essais de volupté dont la singularité ingénieuse me remplit d'admiration. Les expériences furent poussées si loin que, malgré mon grand usage, je fus obligée de convenir que je n'étais qu'une écolière.

Je n'aurais jamais cru que l'amour trouvât tant de ressources dans l'imagination. Que ne m'est-il permis de tracer ici une légère ébauche de ce tableau divertissant! Mais ce sont des mystères de l'art qui ne doivent pas être profanés par une impudente révélation. Il y a d'ailleurs certains détails qui ne sont pas du goût de tout le monde. Je m'impose donc le silence, autant par pudeur que par discrétion.

Rien ne démontre mieux la frivolité des plaisirs dont nous sommes affectés et le peu de fond que nous devons faire sur l'impression passagère qui en porte le sentiment à notre âme, que la rapidité avec laquelle ce même sentiment s'évanouit. Il semble que nous ne soyons faits que pour entrevoir le bonheur, sans que notre vue puisse s'arrêter. Un instant imperceptible le fait naître et l'anéantit. Il reparaît de nouveau pour s'échapper avec la même promptitude. Nous y volons sans cesse avec empressement, animés par l'espoir de fixer son inconstance, mais il trompe tous les efforts que nous faisons pour le retenir, jusqu'à ce qu'enfin, épuisés par les fatigues d'une course inutile, nous soyons obligés de renoncer à une entreprise aussi folle que celle de prétendre fixer la volonté fugitive. C'est ainsi que notre cœur, triste jouet des passions, après avoir été quelque temps la dupe d'un délire qui le séduit, ne revient d'une erreur dangereuse que pour ressentir plus vivement toute l'humiliation dont l'accable la découverte de son erreur. Flétri par un dégoût insurmontable, les désirs même, seule consolation qui pourrait adoucir l'amertume de son état, lui sont interdits.

Il arrivera peut-être que ces réflexions seront trouvées trop sérieuses, mais je supplie mes lecteurs de suspendre leur jugement et de ne pas me condamner d'avance. La suite fera bientôt voir que ce n'est pas sans sujet que mes idées deviennent plus sombres qu'à l'ordinaire.

Je touche à un temps qui n'est pas le plus amusant de ma vie : de ces temps critiques auxquels il est rare de pouvoir se soustraire lorsqu'on a le malheur d'avoir l'âme trop bonne et tant soit peu portée à obliger. On est bien à plaindre lorsqu'on néglige imprudemment de mettre des bornes à sa générosité. Nous sommes sujettes à de certaines tribulations d'état, dont la droiture de nos intentions ne peut nous garantir.

J'avertis ici les personnes que la tristesse rebute et qui n'aiment pas à s'attendrir sur les infortunes de leurs semblables, de passer quelques feuillets de ces Mémoires sans se donner la peine de les lire. Le triste événement dans le récit duquel je vais entrer n'obtiendrait sans doute pas leur suffrage ; ce n'est pas actuellement pour elles que j'écris : c'est pour les bons cœurs, pour ces âmes tendres et compatissantes qui aiment à entrer dans les peines des autres, qui, par un retour secret sur elles-mêmes, sont flattées de se retrouver dans l'image d'accidents qu'elles ont éprouvés, ou qui les menacent, et qui, en plaignant les malheureux, savourent cette douceur délicieuse, préférable par la noblesse du sentiment qu'elle excite aux accès indécents d'une joie immodérée.

Je rentrai chez moi l'âme si intimement pénétrée de son néant et si parfaitement revenue des vanités du siècle que je regardais avec un souverain mépris les occupations mondaines les plus intéressantes. J'étais d'une indifférence à glacer sur tout ce qui s'appelle plaisirs et divertissements ; à peine me restait-il assez de force pour penser que j'existais encore. Un engourdissement léthargique s'était emparé de mes sens. Les caresses du marquis, tout cher qu'il m'était, ne purent m'en faire revenir.

Dans cette inaction universelle de toutes les facultés de mon âme, à peine obtint-il que la complaisance me nécessitât à donner quelques faibles signes d'applaudissement à des transports que je partageais ordinairement avec tant d'ardeur. Une indolence si marquée lui parut surprenante ; il s'en plaignit, ses reproches me touchèrent fort vivement, mais sans pouvoir rien changer aux dispositions de mon cœur. Il fallut bien, faute de meilleure ressource, se résoudre à prendre patience.

Une pareille situation m'était trop peu naturelle pour durer longtemps. Je me réveillai après quelques jours de sommeil. Ce retour subit me fit douter pendant quelque temps de la réalité de ce qui m'était arrivé. Je fus même tentée de mettre la chose au rang de ces illusions nocturnes que le jour dissipe. Mais hélas, je n'eus pas le bonheur d'en pouvoir longtemps porter le même jugement. Des signes trop certains vinrent au bout de quelques jours lever mes scrupules et fixer mes incertitudes. Jamais la fidélité de ma mémoire ne m'a servi si à contretemps. Je me rappelai ce qui s'était passé avec une sorte de répugnance : ce souvenir inattendu me causa d'abord quelques inquiétudes. Ces inquiétudes se multipliant par degrés se convertirent bientôt en chagrins réels. Je me trouvai livrée en proie à des remords d'autant plus pressants qu'ils étaient involontaires ; ils faisaient à chaque instant de nouveaux progrès en dépit des efforts que j'employais pour les étouffer. Ils me rendirent rêveuse, mes tristes idées ne finissaient point. Plus je m'examinais, plus je trouvais de sujets d'exercer mon attention. Enfin, éclairée par l'évidence des preuves, il n'y eut plus moyen de m'étourdir sur mon état ; je sentis chanceler toute fermeté à la vue de cette affligeante découverte. Déterminée par la nécessité, il ne fut plus question que de consulter l'oracle[1] pour m'éclairer sur le plus ou moins de gravité de mes réflexions.

Le marquis était à la campagne depuis quelques jours. Je frémissais à la seule pensée de lui avoir communiqué dans nos entretiens quelques sujets de méditer aussi désagréablement que moi. J'étais vis-à-vis de lui responsable d'une manière trop particulière des suites de mes bontés, pour ne pas m'attendre qu'il fût très scandalisé de l'infidélité de la caution.

Mes craintes diminuèrent cependant, en recevant de ses nouvelles, accompagnées d'une douzaine de bouteilles de vin de Champagne qu'il m'envoyait, disait-il, afin de m'égayer un peu pendant son absence. Je me crus hors de danger de ce côté-là. D'ailleurs, la réponse de l'oracle m'avait tranquillisée ; ce qu'il m'avait dit de consolant et ses conseils, que j'exécutais à la lettre, me faisaient attendre avec moins d'impatience une amélioration qui ne dépendait que du temps.

Je voulus signaler le retour de ma bonne humeur par quelque fête d'éclat ; je fis préparer un grand souper auquel j'invitai la plupart des personnes de ma connaissance. Le commencement du repas fut extrêmement amusant ; j'étais moi-même d'une gaieté charmante, quoique les circonstances où j'étais m'obligeassent à un certain régime. L'abstinence même que j'observais semblait me donner de nouvelles grâces ; je jouai

1. *L'oracle* : le médecin.

le rôle de belle malade avec assez de succès pour en recevoir des compliments. Enfin, le dessert arriva ; je me ressouvins des bouteilles de vin de Champagne que le marquis m'avait envoyées la veille ; j'ordonnai qu'on les apportât. Surcroît de joie et nouveaux éloges prodigués aux manières intelligentes avec lesquelles je faisais les honneurs de chez moi.

Les précieuses bouteilles arrivent enfin, on en distribue une partie en différents endroits de la table. Tout le monde, gardant un silence avide, se recueillait dans l'attente de cette délicieuse boisson. Un bel esprit de la compagnie, consommé dans l'usage de décoiffer les bouteilles, en saisit une pour faire parade de son adresse. Les cordons qui captivaient le bouchon étaient déjà coupés ; une légère caresse du pouce l'invitait à laisser le passage libre au prétendu nectar, en s'élevant jusqu'au plafond. Invitation inutile, tentatives réitérées avec aussi peu de succès. Après différents essais toujours infructueux, le dépositaire du vase eut la mortification de voir échouer sa science contre la docilité du bouchon paresseux qui ne daigna pas même seconder ses efforts de la moindre activité.

Pour justifier son impéritie, il fallait entamer un mauvais raisonnement et nous prouver en forme, que le vin de Champagne pouvait ne pas en être moins exquis, pour ne pas donner des symptômes de son impétuosité. Mais d'autres bouteilles, dont l'ouverture ne fut pas plus bruyante, lui épargnèrent la peine d'achever. On remplit les verres. Au lieu d'une écume blanche qui couronne ordinairement le vin qu'on avait annoncé, on voyait régner sur la surface d'une liqueur morne une mousse ignoble et du plus mauvais présage ; on la porte au nez, l'odorat en jugea encore moins favorablement que la vue. Le goût acheva de décider ; les grimaces des convives m'avertirent qu'il y avait quelque chose d'extraordinaire.

Je voulus juger par moi-même. Je me fis remplir un verre. Ciel ! que devins-je en l'approchant de mes lèvres ! Je rougis de honte et de colère, car je reconnus tout d'un coup la nature du présent qu'on m'avait fait. On avait substitué à la place du vin d'Avenay ou d'Ay une boisson maudite, dont pour mes péchés l'usage m'était devenu familier depuis quelques jours. Que vous dirais-je enfin, chers lecteurs ? c'était de l'eau de douleur de Cythère, breuvage de pénitence[1], dont on punit les excès de l'Amour, lorsqu'il arrive à ce dieu imprudent d'être condamné aux rigueurs d'une quarantaine involontaire, pour lui apprendre une autre fois à tenir une conduite plus mesurée.

On dit là-dessus les plus mauvaises plaisanteries ; les malignes consolations qu'on me donna sur cet accident me désespérèrent. Je me levai de table, furieuse de ce contretemps, je me retirai dans mon cabinet, pour y

1. *Eau de douleur de Cythère* : solution de bichlorure de mercure dans l'eau ou l'alcool (encore appelée *liqueur de Van Swieten*, du nom de son inventeur), que l'on administrait sous forme de lavements dans le traitement des maladies vénériennes.

déplorer avec plus de liberté le motif de ma désolation. Mon ressentiment contre le marquis était au-delà de toute expression. Je le regardai dans ce moment comme un monstre d'ingratitude indigne de ma tendresse et que je ne voulais jamais revoir.

Je crus pendant plusieurs jours que je serais inconsolable ; je ne pouvais digérer l'affront auquel mon malheur m'avait exposée, car il y avait de la fatalité dans tout cela, et l'on sera obligé d'en convenir, pour peu qu'on veuille examiner la chose sans prévention. Qu'on me permette là-dessus une réflexion bien simple et qui me paraît s'offrir d'elle-même.

Qu'un homme soit vivement piqué d'un outrage qu'on lui fait de gaieté de cœur et dans un dessein prémédité de l'offenser, que d'ailleurs celui dont on a reçu ce déplaisir soit quelqu'un obligé, par des raisons de convenance et d'état, à des ménagements de conduite avec lui, j'avoue qu'en pareil cas son ressentiment est légitime et qu'il a droit de s'en formaliser. Rien de plus naturel que d'être irrité contre des gens qui nous manquent, surtout lorsque l'offense est d'une espèce qui ne convient pas à leur caractère, ce qui prouve un fond de mauvaise volonté et une envie déterminée de désobliger cruellement. Mais je soutiens qu'il est absolument hors de propos d'en vouloir à quelqu'un qui n'est dans son tort avec vous que par le seul caprice du hasard, à qui l'on ne peut tout au plus reprocher qu'un défaut d'attention à des choses qu'il ne devait ni ne pouvait prévoir.

Le hasard m'avait procuré la connaissance de ***, qui exerçait avec assez de succès la profession d'agioteur de Cythère. La protection d'un personnage de cette conséquence est d'une merveilleuse utilité ; ils ont soin d'épargner aux amants les ennuyeuses formalités qui accompagnent les préliminaires de la tendresse ; ils abrègent l'embarras du cérémonial, aplanissent les difficultés et servent d'introducteurs aux amours, qu'ils conduisent aux portes de la volupté par le chemin le plus court.

C'est aux soins industrieux de ces messieurs que l'on a obligation de cet air aisé et sans façon qui règne dans la galanterie. On procède tout uniment, on fait l'amour de plain-pied et on trouve sous sa main les plaisirs tout purs, sans soupirs, sans inquiétudes, sans presque se donner la peine de les désirer.

Je me ressouvins de *** au fort de ma disgrâce. Il m'avait plusieurs fois offert ses services ; je résolus de les mettre à l'épreuve. Non pas que je fusse absolument pressée, mais j'aime mon état, et je ne déteste rien tant que le désœuvrement. Il faut que le cœur s'occupe de quelque chose : c'est un besoin dicté par la nature. Je l'envoyai chercher ; il ne manqua pas de venir aussitôt. Je lui racontai mon infortune. Ce récit le toucha, nous concertâmes ensemble les moyens d'y remédier. Il convint avec moi que le marquis ne méritait aucun ménagement, qu'après l'affront qu'il m'avait fait il ne devait plus espérer un tendre retour de ma part, et qu'il était déchu de plein droit de ses prérogatives sur mon cœur.

Il restait à savoir quel heureux mortel serait dévolutaire du bénéfice dont il venait d'être privé dans notre petit conseil. *** proposa plusieurs sujets. Après avoir balancé quelque temps, indécis sur le choix par l'excellence des sujets présentés, nous décidâmes enfin en faveur d'un jeune orphelin, presque majeur, qui n'attendait que cette heureuse époque de sa vie pour faire honneur aux trésors que ses parents s'étaient efforcés de lui acquérir en se déshonorant. Dans de si louables dispositions, et près d'entrer dans le monde, il voulait se former au bel usage et prendre le ton de bonne compagnie en se mettant sous la direction de quelque jolie femme qui fût en état, par son expérience, de cultiver de si heureuses inclinations.

Nous arrêtâmes que *** me l'amènerait le lendemain chez moi, et que je lui donnerais audience à ma toilette. Après être convenus de nos faits, il me quitta avec promesse de revenir dans peu, accompagné de ce jeune élève qu'il devait confier à mes soins. Il fut èxact au rendez-vous. Je vis un grand garçon fort bien fait, d'une figure aimable, quoique un peu obscurcie par un air timide et embarrassé. Il rougit en m'abordant; j'essayai de le rassurer et de le mettre un peu plus à son aise par la franchise obligeante avec laquelle je le reçus. Son guide lui vanta mes beautés et le félicita sur le bonheur qu'il aurait d'obtenir de mon aveu la permission de me faire sa cour.

Il ne répondait à tout cela que par monosyllabes, et sa confusion redoublait à chaque instant. Ses yeux cependant, plus hardis que sa langue, commencèrent à s'entretenir avec mes charmes, dont je m'apercevais que la vue faisait une vive impression sur lui. J'étais occupée à arranger mes cheveux, n'ayant sur moi qu'un léger peignoir assez en désordre pour laisser entrevoir des objets mal défendus par une robe négligée. Je surprenais par intervalles des regards dont la furtive avidité m'apprenait que le détail lui paraissait intéressant. Cet effet de mes charmes sur un cœur tout neuf m'amusait trop agréablement pour ne pas faire durer le plaisir en allongeant ma toilette.

Je le retins à dîner avec son fidèle Mentor, qui avait trop de discrétion pour ne pas se retirer lorsque nous fûmes hors de table.

Ce n'était pas, comme on peut se le figurer, quelque chose de fort amusant pour moi qu'un pareil tête-à-tête. Je n'étais pas malheureusement dans des dispositions qui me permissent d'en faire usage. Le ressouvenir de l'accident du marquis s'opposait à ma bonne volonté. J'étais forcée de me rendre justice; mon cœur, pénétré du sentiment de son infirmité, gémissait de la nécessité qui le contraignait de s'interdire des douceurs dont l'amorce enchanteresse n'eût servi qu'à prolonger son infortune. Un état si violent commençait à m'impatienter. J'avais beau donner la torture à mon imagination, je ne trouvais pas d'expédient qui pût remplacer ce qui me manquait par quelque équivalent raisonnable.

Je rêvais assez tristement. Ce jeune homme, que mon air mélancolique n'enhardissait pas, était retombé dans ses premières transes. Effrayé de se trouver seul avec moi, il ne savait quelle contenance affecter. Il se promenait à grands pas dans ma chambre, s'arrêtait à considérer quelques estampes, me faisait des questions qu'il oubliait avant que je songeasse à lui répondre. À peine osait-il lever la vue sur moi de temps en temps. Je rencontrai ses yeux par hasard ; les termes me manquent pour exprimer l'embarras où cette surprise le mit. Il n'eut pas même la force de cesser de me regarder, semblable à ces hommes craintifs qui se laisseraient plutôt tuer que d'avoir le courage de fuir.

Je le fixai dans sa situation. Ses yeux immobiles puisaient dans les miens un charme qui les retenait encore davantage. Je n'avais jamais vu de regards comme ceux-là ; son âme tout entière ne paraissait occupée qu'à peindre l'ardeur de la passion dont elle était dévorée. La mienne en fut émue ; une expression si naïve de l'effet de l'amour me toucha davantage que n'auraient fait les transports les plus vifs.

— Monsieur, lui dis-je, venez vous asseoir près de moi.

Il ne me répondit qu'en se précipitant à mes genoux. Une de mes mains, dont il s'empara, fut d'abord en proie à la fureur de ses caresses ; mais son cœur, pressé par le besoin d'aimer, chercha bientôt d'autres objets de ses hommages. À peine pouvait-il prononcer de temps en temps quelques mots mal articulés, incessamment entrecoupés par des soupirs ; non pas de ces soupirs languissants, oisifs, amusements d'un amour sans transports et qui se trouve contraint de se réduire aux minutes de la tendresse, faute d'être propre à des occupations plus sérieuses ; mais de ces soupirs brûlants, interprètes animés des sentiments du cœur qui annoncent les désirs, charmants avant-coureurs de la volupté, présages heureux des plus doux plaisirs.

Il ne pouvait contenir le feu qui le pénétrait. J'éprouvais moi-même une agitation incroyable. Ciel ! que ne m'était-il permis de jouir pleinement du triomphe de mes charmes ! Je voyais sans cesse redoubler ses empressements. Curieux à l'excès, il ne pouvait se rassasier de voir, ni de prodiguer les marques de la plus vive tendresse à ce qu'il avait vu.

On ne se rend point sur le chapitre de la curiosité ; une découverte en amène nécessairement une autre. Les gradations sont infinies. En conduisant son examen par étages, il rencontra, à la fin, des obstacles qui ne servirent qu'à irriter ses désirs. Je ne résistais que faiblement ; il eut bientôt surmonté les difficultés que je lui opposais. Il put alors donner carrière à l'avidité de ses regards.

— Que de charmes ! s'écria-t-il.

Cette exclamation fut suivie d'une espèce d'extase, à la vue d'une sorte de beauté qu'un changement de situation lui découvrit. Je m'aperçus aisément, à l'impression que cette vue fit sur lui, que l'objet avait pour lui le mérite de la nouveauté. Sa première surprise avait un air si naturel que j'eus toutes les peines du monde à m'empêcher de rire.

Tout ce qu'il avait vu jusqu'alors ne parut plus le toucher que faiblement auprès de ce nouvel objet ; ses désirs ne connurent plus de frein, il se précipita en aveugle et se livra tout entier à sa destinée. Mais que faire de choses dont il ne connaissait ni la destination ni l'usage ? Ses désirs s'égarèrent et il ne me fut pas difficile de me soustraire à ses emportements ; je n'eus d'obstacle à surmonter que mes propres désirs. Je me remis dans une situation moins critique ; il parut désespéré de sa perte. En vain j'entrepris de le consoler en lui disant qu'il n'avait pas perdu pour toujours ce qu'il regrettait, mais que je voulais mettre auparavant à l'épreuve la sincérité de son amour. Rien ne fut capable de lui faire entendre raison. Il ne cessait de me conjurer, avec les plus vives instances, de ne pas le priver plus longtemps d'un bien sans lequel il ne pouvait plus vivre ; il joignait les transports aux prières. J'avais de trop bonnes raisons pour ne pas être inexorable. Enfin, ne pouvant plus résister à son ardeur et désolé de ma résistance, il ne ménagea plus rien pour tâcher de me fléchir. Il crut que le plus sûr moyen de m'exciter à la compassion était de me découvrir toute l'étendue des maux que je lui faisais souffrir, persuadé que cette vue m'attendrirait en sa faveur.

Dans toute autre circonstance, je n'aurais pas certainement pu tenir contre les traits d'une éloquence si persuasive. Ce spectacle me toucha ; je me sentis émue. Mais plus il excitait ma pitié, moins je croyais devoir y céder. Il paraissait attendre avec une impatience mêlée de crainte le résultat de mes réflexions. Tout me parlait en sa faveur : sa jeunesse, les grâces naïves d'une figure embellie par la seule nature, sa timidité, son ignorance même qui, par l'embarras où elle le mettait, donnait à ses empressements une expression d'autant plus piquante que je n'y voyais que la vérité du sentiment. Ajoutez à ces motifs si puissants ma propre faiblesse et la cruelle abstinence dont mon cœur gémissait depuis quelques jours : que de raisons pour me déterminer, si une autre raison sans réplique n'eût contrebalancé mon penchant ! Je le regardai tendrement ; la douceur de mon regard, qui semblait lui promettre encore quelque chose de mieux, le pénétra. Un soupir, que je n'eus pas la force de retenir, lui annonça encore d'une manière plus distincte les dispositions de mon cœur. Enhardi par ces témoignages de mon attendrissement, il renouvela ses instances. Je ne savais plus quelle résolution prendre, lorsqu'une idée que je fus surprise même de n'avoir pas conçue plus tôt me suggéra les moyens de lui faire entendre raison.

L'exposition de ses peines me fit envisager les ressources de consolation que je pouvais employer pour le soulager. Je pris mon texte là-dessus ; j'essayai charitablement d'adoucir l'amertume de son état et de le rendre à lui-même. Les passions irritent lorsqu'on les heurte de front ; ce n'est qu'en les flattant qu'on parvient à les rendre raisonnables.

Autant par docilité que par inexpérience, il se prêta aux tentatives de consolation que je mettais en usage pour le tranquilliser. J'en reconnus l'efficacité au délire singulier dans lequel je m'aperçus qu'il se plongeait, j'augurai bien du succès de mes soins. Ses yeux se troublèrent ; son cœur, enivré par cette image de volupté, paraissait absorbé dans une méditation profonde. Il sortit de cette rêverie pour témoigner par ses transports la surprise qu'excitait en lui la nouveauté d'une impression qu'il n'avait pas encore éprouvée. Je reconnus aux battements précipités de son cœur que le charme, parvenu à sa dernière période, allait se dissiper par sa propre force.

À l'instant même, d'heureuses prémices de sentiment achevèrent de me convaincre. Je me rendis à des garants si peu équivoques de la sincérité de l'hommage qu'il rendait aux plaisirs.

Revenu de cet égarement, il ne cessait, par ses baisers brûlants imprimés sur mes mains, de me prodiguer les plus tendres marques d'une vraie reconnaissance : tour ingénieux pour m'engager à renouveler mes bienfaits, car je lisais dans ses yeux que sa reconnaissance était intéressée. Il faudrait avoir l'âme autrement faite que je ne l'ai pour résister à des manières si délicates de solliciter des grâces. Je me remis de nouveau à lui donner des marques de ma compassion pour son tourment.

Jusque-là, j'avais obligé gratuitement, sans aucun retour sur moi-même. J'avais aussi cependant besoin de consolation de mon côté. La tristesse des malheureux se communique par la fréquentation ; il en est, je pense, de même de presque toutes les affections de l'âme. À force de m'intéresser au sort de l'objet de mes complaisances, je m'aperçus que, séduite par ma pitié, je devenais la dupe de mon bon cœur. J'achevai de perdre le peu de constance qui me restait. Tremblante et certaine d'être forcée d'avoir recours pour moi-même aux bontés que je mettais en usage pour d'autres, je les continuais toujours cependant avec une ferveur incroyable, au hasard d'en épuiser la source.

L'amour, touché de mon désintéressement, eut pitié de moi et récompensa mes soins généreux. Je sentis par degrés que les ressorts de mon imagination s'ébranlaient ; je commençai d'entrer pour quelque chose dans les peines que je me donnais. Émue par mes propres bienfaits, je parvins bientôt au point de les partager, sans faire tort à celui sur lequel je les répandais. Au contraire même, on n'en persuade que plus aisément lorsqu'on est intimement pénétré du sentiment qu'on veut exciter. Ce que j'éprouvais redoublait l'activité de mes bontés, mes sens se troublèrent, le dernier effet de mes soins acheva de m'en ôter l'usage. Je m'égarai enfin dans un désordre d'autant plus délicieux qu'il n'était dû qu'à la seule force de mes idées.

Quoiqu'une pareille occupation n'eût en soi rien de désagréable, elle eut le sort des meilleures choses qui lassent et rebutent à la fin. Je discontinuai mes bontés, n'en pouvant plus faire une application utile. Il fallait remplir le vide du reste de la journée. Je proposai à mon amant de me conduire à la Comédie, il consentit. Il m'apprit, en allant, sa situation.

Fils unique d'un père extrêmement riche, il dépendait d'un oncle avare qui lui refusait avec dureté les plus légères bagatelles. Une conduite si gênante l'avait forcé de recourir aux usuriers. L'obligeant ***, ministre de ses plaisirs, était parti revêtu de la qualité d'agent secret pour conclure un traité avec un de ces honnêtes messieurs et devait l'amener le soir même chez moi pour ratifier les articles.

Nous arrivions à la Comédie. J'étais sous les armes. La magnificence de mon ajustement abusa l'ouvreuse de loges qui, jugeant à mes habits que je devais être placée avec distinction, nous installa dans les premières loges. Une réflexion qui passa rapidement me fit douter si j'accepterais cet honneur ; mais l'amour-propre me décida. Je me trouvai flattée de pouvoir représenter publiquement avec quelque sorte de dignité. C'était d'ailleurs un coup d'État : en occupant cette place, j'acquérais le même droit à toutes mes semblables. L'intérêt du corps voulait donc que j'en prisse possession.

J'entre avec cette noble hardiesse que les ignorants traitent d'impudence. Je jette quelques regards nonchalants dans les loges voisines, j'honore le parterre d'un air méprisant, tel que doit l'avoir une divinité pour de faibles mortels. Je m'assieds, je prends une attitude. Je fus fâchée dans le moment de n'avoir pas apporté un panier à ouvrage, sentant combien j'aurais relevé la majesté de ma contenance en m'occupant à faire des nœuds. J'y supplée en marquant la mesure par de légères inclinations de tête alliées au mouvement d'une de mes mains.

Tandis qu'occupée de la noblesse de mon maintien j'essayais de me donner les grands airs que m'avait appris l'usage du monde, le parterre, dont j'avais excité l'attention, cherchait à me déchiffrer. C'est un amusement qui charme pour quelques instants l'impatience que cause la lenteur des comédiens.

Plus de cent lorgnettes braquées contre ma figure me mirent au fait de la curiosité des spectateurs. Je n'étais pas une énigme. Il est d'ailleurs impossible que dans la foule qui compose une assemblée aussi nombreuse, il ne se trouve des personnes de connaissance : une femme répandue n'a jamais l'agrément de pouvoir garder l'incognito.

Quelquefois, la gloire devient importune. Il est triste d'être toujours affichée malgré soi, et d'être en tous lieux accablée du poids de sa réputation. Les regardants n'eurent pas beaucoup de peine à savoir qui j'étais ; mon nom courant de bouche en bouche les instruisit tous. Un murmure confus s'éleva, ce qui fut suivi d'un battement de mains universel. Ces applaudissements n'étaient pas trop de mon goût ; ils obligent les acteurs pour qui ils sont faits. J'ai vu même quelquefois des auteurs du premier ordre ne pas dédaigner cet encens. Quelque peu de cas qu'on fasse des idoles avec lesquelles ils le partagent, cela ne les empêche pas d'y courir avec avidité, de disparaître des endroits où ils ont épuisé les applaudissements, de se remontrer ensuite dans d'autres pour les renouveler, de se multiplier dans tous les coins de la salle et de ne se retirer qu'après avoir savouré de toutes les manières un plaisir si flatteur. Ces petites industries ont plus d'un objet. Ce mécanisme innocent entretient la bonne intelligence avec le public et pourrait même quelquefois étayer une pièce nouvelle.

Ma modestie commençait à s'alarmer de ce concert unanime. Je feignis quelque temps d'ignorer que j'en étais l'objet. Le parterre, trop plein de bonne volonté, s'aperçut de l'effet que la pudeur opérait sur moi ; il ne voulut pas absolument que ma gloire fût la victime de ma retenue. Plus je paraissais me refuser aux hommages, plus il affectait de les caractériser : on se pressait en foule du côté de ma loge, mon nom retentissait jusqu'au cintre. Les plus empressés se mettaient sur les épaules des autres pour me considérer de plus près ; je les voyais accourir de l'extrémité de la salle, portés comme en triomphe : ils fendaient la multitude, s'approchaient pour me dire quelques douceurs impromptues et fondaient tout de suite pour faire place à d'autres. Les acteurs sur la scène ne pouvaient obtenir audience, le désordre était général, je pouvais seule le faire cesser. Il n'était pas juste que l'intérêt de ma gloire prévalût sur les plaisirs publics. Je me retirai malgré les efforts qu'on fit pour me retenir en m'applaudissant avec encore plus de fureur.

J'allai dans l'amphithéâtre chercher une place moins exposée à l'incommodité des honneurs publics. Je fus tentée, dans mon dépit, de jeter mon mouchoir au milieu de l'assemblée, avec un défi au plus déterminé de me le rapporter à la fin de la pièce, mais je me ressouvins heureusement que le trait n'était pas neuf[1].

Je désirais impatiemment la fin du spectacle, car les hommages que le parterre me renouvelait de temps en temps ne laissaient pas que de me fatiguer malgré mon intrépidité.

Nous sortîmes enfin et nous voilà de retour chez moi, où *** nous attendait depuis une heure, accompagné du modeste et révérencieux monsieur Harpin, le refuge de tous les enfants de famille brouillés avec leurs pères ou leurs tuteurs. On avait choisi ma maison pour le lieu du rendez-vous, dans l'appréhension que la figure équivoque de l'usurier ne causât des soupçons à l'oncle de *** (c'est le nom de mon nouveau soupirant).

Nous eûmes à essuyer un discours ennuyeux sur la difficulté des ressources et sur la rareté de l'argent, obstacles qui eussent rebuté Harpin, sans l'amitié qui le liait avec *** et l'inclination qu'il se sentait à obliger d'honnêtes gens. Après bien des discussions, on convint, moyennant un intérêt énorme, et l'argent fut promis pour le lendemain. Mon amant ne se sentait pas d'aise d'avoir conclu un si bon marché. Quel plaisir pour

1. «Le Grand Seigneur jette son mouchoir à celle de ses sultanes qu'il veut favoriser» (*Dict. de Furetière*).

un jeune homme captivé depuis son enfance, de pouvoir enfin prendre l'essor et se voir à la veille de disposer d'une somme considérable ! Il embrassait son cher ami, le seigneur Harpin avait aussi part à sa reconnaissance. J'étais presque oubliée dans l'excès de joie qui le transportait. J'aurais été injuste de murmurer de la préférence qu'il leur donnait dans cet instant, vu les obligations infinies qu'il leur avait.

Pouvait-il prodiguer ses caresses à des personnes qui le méritassent mieux ? Des gens tels que ceux-là sont impitoyables, et c'est pour moi, je l'avoue, une surprise toujours nouvelle de voir le peu de considération qu'on a pour eux. On devrait bien être plus attentif à distinguer par des honneurs et des récompenses des hommes si utiles à la société.

Ce monsieur Harpin, que tout Paris reconnaîtrait si je le désignais sous son nom véritable, prévint le lendemain l'heure à laquelle il avait promis d'apporter l'argent. Je m'étais aperçue, la veille, à quelques œillades détournées, que j'avais l'honneur de ne pas lui déplaire ; ce soupçon fut confirmé par la visite matinale qu'il me rendit. J'étais encore couchée lorsqu'on l'annonça. Je ne crus pas devoir faire de façons avec lui ; je criai de mon lit qu'on le fît entrer. Miséricorde, quel excès de parure ! du linge blanc et une perruque presque poudrée, un visage où la crasse primitive ne paraissait plus que par sillons, ce qui démontrait l'envie qu'on avait eue de le nettoyer.

Je vis, pour le coup, qu'il y avait du dessein, et j'en tirai un favorable augure. Je m'imaginai que je pourrais me servir de ce commencement d'inclination pour essayer d'amollir la dureté de son âme et faire modérer l'intérêt excessif qu'il avait exigé. Mais je fus bien obligée de rabattre de mes espérances. À peine lui en fis-je l'ouverture qu'il se récria comme si l'on eût attenté à sa vie.

— Ah ! de grâce, mademoiselle, me dit-il, ne parlons pas de cela, je n'ai déjà que trop sacrifié de mes droits. Je ne m'en repens pas cependant, continua-t-il en se radoucissant, pourvu que vous preniez en gré le sacrifice, mais ne me demandez rien de plus. Si vous saviez combien je mets du mien, bien loin de vous plaindre, vous seriez la première à me blâmer. Hélas ! ajouta-t-il en poussant un soupir rauque, si je me suis restreint à cette somme modique, c'est que j'ai pensé, mon adorable, que vous me tiendriez compte du surplus et qu'un peu de vos bontés me dédommagerait.

Je n'avais jamais écouté des douceurs d'usurier. Celles-ci me parurent singulières ; je trouvai plaisante cette façon peu coûteuse de prétendre à mes bontés. Je résolus de le punir de sa témérité. Il ne méritait point de ménagement ; aussi n'en eus-je aucun pour lui. Je fus charmée de trouver cette occasion pour venger mon amant et le public rançonnés par son avarice.

Le lecteur se souviendra sans doute de la disposition critique où j'étais ; l'enchantement subsistait toujours, à quelques adoucissements près, qui ne m'empêchaient pas de pouvoir communiquer le charme. Je saisis une conjoncture si favorable de châtier un homme que la vindicte publique réclamait. Je feignis de m'attendrir.

Harpin, charmé d'obtenir de si doux moments à si juste prix, profita du gratis avec avidité ; on ne trouve pas toujours de si bons marchés. Je n'épargnai rien pour le lui faire trouver meilleur : caresses, redoublement de transports, complaisances de toutes les espèces. Je le contraignis d'avouer qu'il ne s'était jamais trouvé à pareille fête. ***, qui vint au bout de deux heures, la fit cesser. L'argent fut compté et nous nous séparâmes les meilleurs amis du monde.

Comme il avait pris sa réfection de plaisirs pour plusieurs jours, il ne revint pas me voir. Mais je le rencontrai peu de temps après et je devinai à son air qu'il n'était pas de goût à renouveler notre connaissance.

Le beau temps succède à l'orage : vieux proverbe que l'expérience vérifie tous les jours. Les biens présents font oublier les maux qui les ont précédés, et les plaisirs voisins de la douleur n'en deviennent que plus sensibles par la comparaison qu'on en fait. Les efforts que j'avais employés pour subir mon malheur avec constance ne m'avaient tranquillisée que médiocrement. J'étais d'ailleurs condamnée à des exercices de pénitence dont la fréquente répétition réveillait mon impatience [1]. Je soupirais ardemment après le jour heureux qui devait me rendre à moi-même.

Cet instant si désiré arriva enfin ; mon cœur devenu plus libre se prêta avec plus de confiance aux agaceries de la volupté. Si je paraissais encore verser quelques larmes, ce n'était plus que par mignardise, à peu près comme un enfant qu'on vient de gronder et qui considère les bonbons qu'on lui présente pour l'apaiser ; la joie renaissante qui brille dans ses yeux laisse encore entrevoir de faibles vestiges d'une douleur évanouie.

L'amour en souriant acheva d'essuyer mes pleurs ; l'oracle, par ses réponses exécutées fidèlement, en avait radicalement tari la source ; il m'annonça lui-même que je n'avais plus besoin de le consulter et m'offrit de consolider la certitude qu'il me donnait de mon état par des assurances personnelles. Je le pris au mot, les preuves furent complètes et ne laissèrent aucun prétexte à l'incrédulité.

Qu'il est doux de se trouver enfin délivré d'une ennuyeuse captivité ! Le cœur, libre et rendu à lui-même, cherche, par l'impétuosité de ses désirs que la contrainte n'a fait qu'irriter, à se dédommager des contradictions qu'il a essuyées. Je savourai avec un ravissement inexprimable le plaisir de pouvoir donner au timide *** les premières leçons de

---

1. Les injections multipliées rendaient parfois le traitement pénible pour la patiente. Le médecin D. R. de Horne cite le cas d'une jeune prostituée, affligée d'une gonorrhée, accompagnée de « pustules crustacées et suppurantes » sur l'épaule et le visage, à laquelle on n'administra pas moins de 148 lavements antivénériens à base de mercure (de Horne, *Exposition raisonnée des différentes méthodes d'administrer le mercure dans les maladies vénériennes, précédée de l'examen des préservatifs*, Paris, 1775).

tendresse. Les ménagements que j'avais été obligée de garder avec lui l'avaient préparé par degrés. L'instant de son triomphe était arrivé ; je ne voulus pas le reculer davantage. Mes désirs, d'intelligence avec les siens, ne me permettaient pas de différer.

Que le lecteur se rappelle cet instant heureux où son âme, étonnée de la rapidité de ses désirs, se livra pour la première fois aux charmantes impressions de la volupté ; qu'il se retrace ces mouvements confus de joie et de plaisir, cette délicieuse ivresse, ces transports, ce désordre des sens qui pénètre le cœur et l'enchante à l'apparition subite d'un plaisir imprévu. Tel était mon amant ; ma sensibilité égalait la sienne. La retraite et l'austérité à laquelle je m'étais astreinte depuis quelque temps m'avaient donné des sens presque neufs. Pénétrés de notre tendresse, nos soupirs confondus furent les premiers interprètes de la flamme qui nous consumait. Bientôt nos cœurs, sources intarissables d'amour et de plaisirs, éprouvèrent ce désordre, ces confusions délicieuses, que le sentiment seul connaît et que les expressions les plus vives affaiblissent. Il n'appartient qu'à l'amour d'en tracer l'image dans le fond de nos cœurs.

L'excellence de mon amant, qui se développait de jour en jour, m'attacha à lui. Notre union a duré longtemps sans aucun trouble. Il est aimable, ses yeux sont tendres et spirituels, une physionomie charmante, fort bien fait, quoique un peu maigre, mais cette maigreur lui sied, elle intéresse pour lui, elle annonce moins une santé faible qu'un cœur tendre.

Je ne sais pas s'il y a beaucoup de femmes de mon goût, mais je ne manquerais pas de raisons pour le justifier. Je suis révoltée contre ces fainéants engraissés, riches d'un embonpoint acquis à nos dépens, et qui fait moins l'éloge de leur tempérament que la satire de leur mauvais cœur.

J'avais envie de terminer ici la seconde partie de ma vie et de supprimer une aventure qui me fait trop d'honneur pour ne pas alarmer ma modestie, mais les exemples édifiants sont si rares que je passe pardessus toute considération. Ce raisonnement n'est peut-être que de l'orgueil déguisé ; qu'importe, pourvu qu'il produise un bon effet.

Notre ami ***, ce vertueux médiateur qui m'avait procuré la connaissance de mon amant, me faisait sa cour avec assez d'assiduité ; je l'avais agréé au nombre de mes commensaux, lui prêtais de l'argent. Ces petits bienfaits aiguillonnaient sa reconnaissance ; il cherchait toutes les occasions de m'en donner des marques. Il vint un jour avec empressement m'apprendre que j'avais fait une conquête importante et dont je pourrais retirer des avantages considérables.

— Vous connaissez *** ? ajouta-t-il.

— Est-ce l'honnête homme ? interrompis-je.

— Fi donc, dit-il, c'est bien de gens comme cela que je me mêle ! Je vous parle du fameux ***, le plus déterminé corsaire de Paris. Vous comprenez bien, poursuivit-il, qu'il serait du dernier ridicule de manquer d'égards pour un homme d'un pareil mérite. Il désirerait volontiers pouvoir reconnaître par un aveu public la faveur qu'il implore, mais la considération dont Paris l'honore retient son zèle et le contraint de réduire à l'incognito l'espèce de culte qu'il veut rendre à vos charmes. Il craint qu'en affichant l'inclination qu'il ressent pour vous, des gens malintentionnés et peu instruits des ressources de la profession ne soient scandalisés de lui voir prendre un pareil essor ; les malignes conséquences qu'ils en tireraient pourraient donner atteinte à son crédit en faisant présager des choses dont il n'est permis qu'à l'événement seul de dévoiler le mystère. Au surplus, vous n'y perdrez rien ; le judicieux *** sait apprécier vos bontés : cinq cents louis, qu'il offre pour chaque entretien nocturne dont vous daignerez l'honorer, doivent vous persuader de son discernement.

Quelque bonne opinion que j'eusse de mes charmes, j'avoue cependant que le prix me parut fort honnête. Il me donna la curiosité de connaître une personne qui s'entendait si bien à taxer les honoraires du beau sexe. Que la somme cependant n'effarouche pas mes lecteurs. Mon histoire doit leur avoir appris que je n'aime pas traiter les gens de Turc à Maure[1]. On peut me fléchir à moins ; je sais, quand il est nécessaire, me proportionner aux situations. Cela me fait ressouvenir d'un trait d'histoire, car je lis quelquefois, et je retiens à merveille tout ce qui a quelque rapport avec ma profession.

Une Romaine aimable, dont le nom m'est échappé, qui comme moi s'était dévouée au plaisir de sa patrie, après avoir longtemps exercé l'humanité envers ses concitoyens, sans acception de rang et de fortune, parvenue à une certaine célébrité, méprisa les hommages du peuple ; c'était cependant ce culte presque universel qui l'avait accréditée. Fière de voir tous les jours à ses pieds les plus illustres têtes de l'État, elle fit mettre au-dessus de sa porte une inscription fastueuse qui interdisait l'entrée de sa maison aux hommes ordinaires, et n'admettait à ces excès d'honneur que les premiers de la République, parmi lesquels sans doute étaient compris les financiers de Rome, que leur opulence mettait en état de prétendre à ses grâces concurremment avec les pontifes, les consuls, les prêteurs et les édiles.

Le peuple murmura d'une préférence si humiliante pour lui : l'orgueilleuse beauté fut chansonnée ; elle méritait un pareil traitement ; il y avait dans sa conduite un fond d'ingratitude inexcusable. Je suis bien éloignée d'être entêtée d'une vanité si ridicule. Je n'ai pas oublié ma source et je m'efforce autant que je puis de me rapprocher de moi-même. Ne sais-je pas bien qu'il faut vivre avec tout le monde ?

Je demande grâce pour ce petit écart. Revenons à ***. Je donnai ma parole à son agent qui vint, deux jours après, me conduire chez lui. Il est inutile de dire que j'étais attendue avec impatience. Je fus introduite dans

1. « Traiter quelqu'un *de Turc à Maure* : sans quartier, avec toute sorte de rigueur » (*Dict. Acad.*, 1694).

un appartement fort riche. ***, selon l'usage des grands, avait le sien séparé de celui de sa femme. La somme promise fut comptée avec la meilleure foi du monde. Après cette petite formalité préliminaire, je songeai de mon côté à me mettre en état de remplir mes engagements.

Je n'entrerai pas dans le détail de ce qui se passa entre nous ; j'aurais trop peu de chose à dire. Qu'il suffise de savoir qu'il ne me parut pas que le fond des désirs du sensuel *** répondît à l'idée avantageuse que m'en avait fait concevoir sa générosité. Jamais peut-être repas préparé à grands frais n'excita moins d'appétit. Je fus presque tentée de me faire un cas de conscience de retenir un argent si mal gagné ; mais je me rassurai, en faisant réflexion à cette belle maxime établie depuis longtemps et dont le beau sexe est redevable à la savante mademoiselle ***[1], consommée dans les usages de Cythère, qui nous apprend que les femmes jouissent du même privilège que l'Opéra, où, lorsque la toile est levée, le spectateur n'est plus en droit de réclamer son argent. Comme je n'avais rien de mieux à faire, je m'amusai pendant la nuit à réfléchir sur une foule d'idées qui se présentaient successivement à mon esprit. L'étonnement où me jetait la prodigalité de *** exerça longtemps mon attention. Je ne comprenais pas les ressources qui pouvaient lui faciliter de si prodigieuses dépenses. J'en étais effrayée ; je n'étais pas encore au fait des secrets de l'art, que je n'appris que peu de temps après.

Un bain impromptu, pris à propos, remédie au désordre des affaires ; c'est une petite ablution peu coûteuse et fort commode pour effacer les vieux péchés. On peut encore avoir recours à quelque pèlerinage secret sur la frontière et l'on capitule de loin pour l'absolution. Il y a encore une infinité de gentillesses de métier, que les maîtres de l'art savent employer utilement et qui ne doivent plus surprendre après les expériences dont le public vient d'être témoin.

Le jour parut et mit fin à mes observations ; je m'habillai promptement, je me préparais à sortir, lorsqu'un domestique confident vint avertir *** que sa femme demandait à lui parler, et qu'elle allait monter à son appartement.

Une pareille visite m'interdisant la retraite, je n'eus d'autre parti à prendre que de me cacher dans un petit cabinet voisin dont je fermai la porte sur moi. Comme il n'était séparé de la chambre que par une cloison fort légère, j'étais à portée d'entendre toute la conversation.

Madame venait demander à son mari le paiement d'une pension modique qui lui était assignée pour son entretien et ses menus plaisirs. Je compris au ton avec lequel on répondit à ses prières que l'air du bureau n'était pas pour elle.

— Vous avez apparemment, madame, envie de me ruiner, lui dit-il

1. Il s'agit, selon toute vraisemblance, de Sophie Arnould (1740-1803), cantatrice à l'Opéra, célèbre pour ses aventures galantes et ses traits d'esprit.

brusquement. Vous croyez que l'argent se gagne aussi facilement que vous le dépensez ? Vos dissipations me mettent à bout.

— Songez que ce que je vous demande n'est pas un objet.

— Comment, pas un objet ! Tandis que je suis obligé de me refuser tout pour faire honneur à mes affaires ? S'il fallait que je fusse aussi prodigue que vous, je me trouverais bientôt dans le cas de ne savoir plus à quels expédients avoir recours.

Elle voulut réitérer ses instances.

— Morbleu, madame, dit-il en élevant encore plus la voix, vous m'excédez de vos importunités. Je vous laisse maîtresse de mon appartement ; restez-y jusqu'à ce que l'ennui vous en chasse ainsi que moi.

Il sortit en même temps, ne doutant pas qu'elle ne dût le suivre.

Il ne serait pas facile de peindre l'étonnement où me jeta un procédé aussi dur. J'étais encore bien éloignée de connaître toutes les bizarreries et les travers dont le cœur humain est capable. Une injustice aussi odieuse me révolta. J'étais indignée, le sort de cette femme me fit pitié. Je suis née tendre ; à la compassion succéda le dessein de réparer ses malheurs.

La noblesse du projet me ravit, mon âme se trouva tout d'un coup entraînée par la rapidité d'un mouvement auquel je n'opposai pas la moindre résistance. J'ouvris avec précipitation la porte du cabinet où j'étais enfermée. Je trouvai Madame occupée à essuyer ses larmes. Qu'elle avait de grâces à pleurer ! Il fallait être son mari pour n'y pas être sensible. Je ne lui laissai pas le temps de revenir de la première surprise que lui causa ma présence.

— Nous n'avons pas le temps, madame, lui dis-je, moi de vous faire des excuses froides et déplacées, ni vous de les entendre. Je viens d'être témoin de la manière dont votre indigne mari vous a traitée. La perte d'un cœur aussi méprisable ne mérite pas vos pleurs. Je vous offre pour consolation le partage de ses dépouilles.

Je tirai en même temps la moitié de la somme qui m'avait été consignée la veille, je la mis sur une table vis-à-vis d'elle.

— Ne vous informez point, continuai-je, du motif qui m'engage à faire ce que je fais. Votre âge et votre figure devraient vous mettre à l'abri de scènes aussi désagréables. Que d'hommes se trouveraient heureux d'obtenir comme une grâce la permission d'acquitter les dettes de votre mari ! Adieu, madame, je vous souhaite assez de courage pour profiter de l'avis.

Je sortis en même temps sans attendre sa réponse.

Qu'il y a de plaisir à être généreuse ! Je n'ai jamais rien fait qui m'ait flattée plus agréablement.

Je rentrai chez moi avec une satisfaction que je n'entreprendrai point de décrire : mon amour-propre y est trop intéressé.

La Grivoise du temps
ou
La Charolaise

Histoire secrète, nouvelle et véritable

1747

INTRODUCTION

Au printemps de l'année 1831, on annonçait la dispersion aux enchères publiques des manuscrits et livres imprimés provenant du cabinet d'un certain M. Jean-Louis Bourdillon, né à Genève en 1782 d'une famille protestante originaire du bas Berry, qui avait émigré lors des guerres de Religion. Dans le catalogue dressé quelques mois auparavant on pouvait lire, sous le numéro 254, la notice suivante :

« Cette histoire scandaleuse de Louise-Anne de Bourbon-Condé, Mlle de Charolais, est présentée sous forme de Mémoires racontés par elle-même. Elle entre dans des détails tellement circonstanciés qu'on aurait lieu de croire que l'héroïne elle-même en est l'auteur. La singularité et la nature des aventures sont faites pour exciter la plus vive curiosité. Elles n'ont jamais été imprimées. »

Quoi de plus normal, dira-t-on, que la vente par adjudication des biens d'un particulier ? Sauf que vingt-cinq ans plus tard, en 1856, ledit Bourdillon, qui allait mourir dans l'année, léguait ce même manuscrit à la ville de Châteauroux, avec une partie de sa fortune, ses immeubles genevois, sa collection d'incunables, ses reliures aux armes et ses objets d'art[1]. Avait-il retiré le précieux document au moment de la vente, avec l'idée d'en faire hommage à sa bonne ville ? La vente prévue en 1831

1. Parmi ces trésors figuraient notamment le manuscrit sur parchemin de *La Chanson de Roland* (vers 1270) ayant appartenu à la bibliothèque de Louis XVI, le *Bréviaire parisien*, manuscrit du XVe siècle, somptueusement orné de miniatures rehaussées d'or, provenant des collections du duc de La Vallière, un exemplaire incunable de *Tristan, chevalier de la Table ronde*, imprimé vers 1496 sur vélin et abondamment illustré de miniatures. Selon la volonté du généreux donateur, la collection fut placée dans le magnifique local disposé à cet effet par Henri Dauvergne, architecte du département de l'Indre, afin que ses livres soient isolés et rangés séparément.

fut-elle annulée ? On ne sait. Toujours est-il que le manuscrit figure toujours sur les rayons de la bibliothèque municipale de Châteauroux, cote Ms. 19 (B.253), sous la rubrique suivante : « *La Grivoise du temps, ou la Charolaise. Histoire secrète, nouvelle et véritable, faite en 1746, et mise au jour en 1747* », in-4° de 308 ff., relié en plein maroquin [1]. C'est ce récit qu'on trouvera reproduit *in extenso* dans les pages qui suivent.

Quelques indications préliminaires sur son héroïne et auteur supposée ne nous paraissent pas superflues.

Louise-Anne de Bourbon, née à Chantilly le 23 juin 1695, était la troisième des six filles de Louis III, duc de Bourbon, et de Louise-Françoise de Bourbon, dite Mlle de Nantes, fille légitimée de Louis XIV et de Mme de Montespan. Elle avait trois frères, tous marqués par « la débauche, la crapule et les extravagances ». D'abord appelée Mlle de Sens, puis Mlle de Charolais, Louise-Anne reçut du roi, en 1734, l'insigne honneur de porter le titre de *Mademoiselle*, traditionnellement attribué à la fille aînée du frère du souverain régnant, qu'elle conserva jusqu'en 1750.

En dépit de ses glorieuses ascendances, l'existence de Mlle de Charolais n'appartient pas à l'histoire politique du règne de Louis XV, mais à la chronique galante de la Régence et du Bien-Aimé. Les mémorialistes Barbier, d'Argenson, Richelieu, Luynes, pour ne citer que les principaux, ne nous laissent rien ignorer du dérèglement de ses mœurs. Quant aux chansons du *Recueil Maurepas*, elles font pleuvoir sur elle des trombes de verve insolente, souvent drue dans son expression, mais exacte quant aux faits. Dès 1715 (elle n'a que vingt ans), elle figure en bonne place parmi les *Saintes* [2] de la cour, sous le nom de sainte Finette, et fait dès lors partie du bataillon des « jouisseuses » :

CHANSON POUR MLLE DE CHAROLAIS

Les yeux de mon Iris
Sont deux portes cochères
Où l'on voit en écrit :
« Appartement à faire…
À faire l'amour, la nuit et le jour. »

Mlle de Charolais passait pour la plus belle princesse de la maison de Bourbon. Vive, intelligente, curieuse de nature, son éducation amoureuse était achevée à l'âge de quinze ans. Elle ne cessa dès lors de multiplier les aventures galantes. « Entre mille perfections que la nature lui avait prodiguées, note le baron de Besenval, elle avait des yeux d'une si grande beauté qu'au bal ils perçaient sous le masque et la faisaient

1. Renseignements aimablement communiqués par Mme Potard, conservatrice à la médiathèque de Châteauroux, à laquelle nous adressons nos très vifs remerciements.
2. *Saintes* : on désignait ainsi, par antiphrase, les dames de la cour portées au libertinage.

toujours reconnaître. » À vingt ans, elle pouvait déjà s'enorgueillir de plusieurs conquêtes, dont celle du duc de Richelieu, le plus fameux roué de la Régence. À peu près du même âge qu'elle, il ne mit pas plus de temps à la désirer qu'elle n'en mit à le satisfaire : il paraît, il parle, on le voit, on l'écoute, on l'admire, on l'adore. Feu de paille ! Entre deux êtres aussi frivoles, aussi ennemis l'un que l'autre de tout engagement durable, la passion se transforme très vite en camaraderie voluptueuse. Loin de la garder secrète, Mlle de Charolais fait étalage de sa liaison, dont elle tire même une certaine vanité, au grand scandale de la cour, et notamment de la princesse Palatine, mère du Régent, qui s'en indigne : « C'est une chose horrible, écrit-elle, qu'une princesse du sang déclare à la face de tout le monde qu'elle est amoureuse comme une chatte, et que cette passion est pour un drôle qui est d'un rang si au-dessous du sien qu'elle ne peut l'épouser, et qui de plus lui est infidèle, car il a une demi-douzaine d'autres maîtresses. Quand on lui expose cela, elle répond : "Bon ! il n'a de maîtresses que pour me les sacrifier et pour me conter ce qui se passe entre eux." C'est vraiment une chose affreuse [1]. »

Est-il besoin de dire que les chansonniers firent leurs choux gras de ses frasques, non sans rappeler que la fille de Mlle de Nantes avait de qui tenir ?

Que Charolais, jeune et fringante,
Pour Richelieu soit complaisante,
N'est-ce pas le sort de son sang ?
Mais pour un seul, c'est bien la peine,
Quand à son âge, sa maman
En avait plus de deux douzaines.

À la fin, la rumeur s'enfla de telle sorte que les deux amants ne pouvaient se tirer de ce pas à moins d'un mariage ou d'une rupture. Ce fut la rupture. Mlle de Charolais n'en conçut ni chagrin, ni colère. À quelques jours de là, elle se donnait au duc de Melun, dont le règne fut court, puis au chevalier de Bavière. Le passage de l'un à l'autre fit dire qu'elle avait voyagé de Richelieu à Melun et de Melun en Bavière. On aurait pu ajouter à l'amoureux itinéraire la province de Dombes, car le prince du même nom, second fils du duc du Maine, leur succéda dans ses faveurs. Il en faudrait citer bien d'autres encore, si l'on voulait un compte exact de ses conquêtes. Mentionnons, entre autres, le fils du duc d'Aumont (qui mourut en 1723 de ses excès avec la princesse), M. de Vauréal, évêque de Rennes, qui espérait obtenir d'elle le chapeau de cardinal. Elle n'eut aucun mal, semble-t-il, à gagner un peu plus tard le cœur de Louis XV, qu'elle attirait à de galants soupers en son château

1. Lettre du 1er octobre 1719, dans *Correspondance complète de Madame, duchesse d'Orléans* […], éd. G. Brunet. Paris, Charpentier, 1863, t. II, p. 162.

de Madrid, rendez-vous de toutes les intrigues et haut lieu de toutes les licences. Elle n'avait pas d'égale pour organiser des parties fines et des rencontres aussi fougueuses qu'éphémères, qui faisaient jaser la cour et la ville. Elle présentait régulièrement au roi de jolies pensionnaires qu'elle recrutait à son intention, jouant ce rôle d'entremetteuse avec adresse, sinon avec cynisme. « Elle a commencé de bonne heure le métier de maquerelle, en ne tirant sa considération que de cette profession », notait d'Argenson, qui la détestait cordialement, avant d'ajouter : « Mademoiselle eût été receleuse, voleuse ou bouquetière, si elle était née parmi le peuple. »

Entre deux escapades galantes, elle avait, dit-on, des crises de dévotion. Rien de moins sûr. Si elle aimait à revêtir l'habit de cordelier et à se faire peindre sous ce déguisement, c'était moins par esprit religieux que pour exciter l'imagination des amants auxquels elle offrait ces portraits. Ils la représentent ordinairement la corde de saint François à la main, ou lui faisant un nœud. L'allusion érotique (et peut-être *sadique*, car la corde renvoie au fouet) est assez claire[1]. Ce travestissement inspira à Voltaire ce quatrain :

Frère Ange de Charolais,
Dis-nous par quelle aventure,
Le cordon de saint François
Sert à Vénus de ceinture[2].

*
* *

Dans les derniers mois de l'année 1725, Mlle de Charolais fait simultanément la rencontre et la conquête d'un jeune gentilhomme provençal venu chercher fortune à Paris : il se nomme Jean-Baptiste François Joseph de Sade et donnera naissance, quinze ans plus tard, au plus sulfureux des auteurs érotiques de langue française. Pour l'heure, il n'a

1. Il y avait, dans la galerie de peintures du château des Sade à La Coste, un portrait de Mlle de Charolais dans ce costume, peint par Nattier, qui disparut lors du pillage de septembre 1792, et que nous pensons avoir retrouvé chez un particulier à Saint-Tropez. Nous connaissons plusieurs autres représentations de Mlle de Charolais sous le même déguisement, dont une miniature de la collection Xavier de Sade, un tableau de l'école de Nattier au musée des Beaux-Arts de Béziers (dépôt du Louvre), un portrait attribué à Natoire au musée de Versailles, une autre miniature actuellement en notre possession. Mlle de Charolais aurait été peinte ainsi pour la première fois par Pierre Gobert, peintre du roi.

2. Le *Recueil Maurepas* contient, sur ce même thème, d'autres couplets plus libres, attribués à Lériget de Lafaye : « Frère Ange de Charolois, / Par une rare aventure, / Au cordon de saint François, / Turelure, / De Vénus joint la ceinture, Robin turelure. / Un cordelier gros et gras, / Admirant cette figure, / En soupirant dit : "Hélas ! / Turelure / Pourquoi n'es-tu que peinture ? / Robin Turelure." / Les novices du couvent, / Tous en très humble posture, / Offrent à ce bel enfant, / Turelure, / Du f… plein sa mesure / Robin Turelure » (reproduit dans Gaston Duchesne, *Mademoiselle de Charolais*, Paris, H. Daragon, 1909, p. 106-107).

pas encore vingt-cinq ans et tient avec infiniment de succès l'un des rôles pour lesquels il semble le mieux fait, celui de petit-maître libertin. Car si l'ambition remplit la moitié de sa vie, la galanterie occupe l'autre moitié, sans qu'aucune passion ne parvienne à le fixer. Ses maîtresses ne se comptent déjà plus, et l'on ne sait ce qu'il faut le plus admirer de leur nombre ou de leur rang. Le père du « divin marquis » ne se contente pas de victoires faciles ; les bourgeoises l'indiffèrent. Celles qu'il recherche — et obtient le plus souvent — sont des femmes de cour, non seulement pourvues d'esprit et de beauté, mais parées encore d'un nom illustre, de crédit, d'influence ou de fortune, capables en un mot de servir ses intérêts et de le mettre bien en cour. Conciliant galanterie et ambition, il utilisera plus d'une fois la première pour satisfaire à la seconde. Ses visées amoureuses ne connaîtront pas de bornes, puisque après avoir brûlé pour Mme de Sassenage et Mlle de Charolais, alors maîtresse royale, il ira porter ses vœux aux pieds de la duchesse de La Trémoille, de la duchesse de Clermont, puis de la jeune princesse de Condé, et plus tard de Mme de Pompadour. Ces dames auront généralement à cœur de ne pas le faire souffrir, encore qu'un léger doute subsiste quant à la dernière. Il faudrait en ajouter des dizaines d'autres pour compléter le catalogue de ce Don Giovanni de Provence.

Bien que plus âgée que lui de sept ans, Mademoiselle ne pouvait qu'attirer un homme comme le comte de Sade. Elle était de ces femmes que l'on méprise mais que l'on recherche. Proche du roi et des ministres, partageant son alcôve avec les hommes en place, au fait de toutes les intrigues, on peut obtenir d'elle bien des choses : pensions, brevets, ambassades, bénéfices, etc. Jean-Baptiste va donc s'employer à faire sa conquête, ce qui ne lui est guère difficile. Introduit comme il l'est chez son frère, Monsieur le duc, il la voit quand il veut, soit à l'hôtel de Condé, soit à Chantilly, et ne tarde pas à s'en faire aimer : victoire aussi flatteuse pour l'amour-propre que pour le sentiment. Bientôt, il est reçu au château du Petit Madrid, en plein milieu du bois de Boulogne, que Louis XV vient d'offrir à sa belle cousine, et qui inspire à notre soupirant ces (médiocres) vers, dédiés à la maîtresse des lieux :

Adorable princesse,
Quittez Paris,
Venez, tout nous en presse,
Revoir *Madrid*.
Venez, vos bosquets sont charmants.
Les oiseaux chantant répètent cela :
Venez, belle princesse,
Voir nos lilas[1].

1. Maurice Lever, *Donatien Alphonse François, marquis de Sade*, Paris, Fayard, 1991, p. 30.

Pour chanter les délices du château d'Athis-Mons, autre demeure de Mlle de Charolais, Jean-Baptiste trouve de meilleures rimes :

Dans ces jardins charmants qu'un si bel art varie,
Errant à l'aventure, exempts de passion,
Nous faisons succéder l'aimable rêverie
Aux douceurs que fournit la conversation.
On ne connaît ici ni règle, ni contrainte,
Ainsi que des moments nous y passons les jours.
Et si nous formons quelque légère plainte,
C'est que pour nos plaisirs les soleils sont trop courts.
Fatigués des plaisirs, plus qu'assouvis encore,
Nous livrons au sommeil nos yeux appesantis,
On dort dans de bons lits, au-delà de l'aurore,
Et les songes qu'on fait sont des songes d'Athis[1].

À ne s'en tenir qu'aux vers, on pourrait imaginer quelque idylle pastorale entre un Céladon transi et une Astrée lointaine. Mais il y a les lettres, et notamment celles que Mademoiselle lui écrit. Le marquis de Sade les a pieusement conservées parmi les papiers de son père ; c'est à lui que nous devons de les tenir aujourd'hui entre nos mains. Elles attestent une liaison véritable, passionnée, où les sens occupent leur place légitime, et qui naquit prosaïquement à l'occasion d'une entorse qui forçait le comte à garder la chambre. Voici quelques-unes des épîtres que lui écrivit alors l'irrésistible *Frère Ange* :

« [...] Le 24 novembre est le plus beau jour de ma vie si je suis rentrée en possession de mon royaume et de ma souveraineté, par les droits du lit où je vous ai prêté serment de fidélité. Je compte y avoir reçu le vôtre et je vis maintenant pour le plus joli roi du monde. Il ne vous est plus permis de varier et de vous dire malheureux, car ce serait une cruauté de laisser dans l'engagement un cœur tendre et fidèle. Songez que rien n'est si charmant qu'une ardeur mutuelle. Il y a bien loin jusques à demain cinq heures. Je ne dis pas que je ne passe ce soir chez vous. M. Jus[sieu][2] ira vivement vous voir : ordonnez qu'on le laisse entrer. [...][3]. »

« [...] Ajoutez la sobriété à la continence, toutes deux sont nécessaires à votre guérison, et ne doutez jamais de la délicatesse d'une femme qui sait attendre son amant. Je voudrais être aussi sûre de votre tendresse que je le suis de mériter votre estime et votre confiance. [...][4]. »

« [...] Je vous défends de rester seul ou je me brouille avec vous, car vous ne faites que des humeurs noires. Venez donc, mon ange, ou je vous

1. M. Lever, *Donatien Alphonse François, marquis de Sade*, op. cit., p. 30-31.
2. Antoine de Jussieu, médecin et botaniste (1686-1758), que Mlle de Charolais avait envoyé au chevet de son amant pour le soigner de son entorse.
3. M. Lever, *Donatien Alphonse François, marquis de Sade*, op. cit., p. 31.
4. *Ibid.*

irai chercher et forcer vos portes si vous ne venez de bon gré. Si absolument vous me refusez de venir chez moi, dites si vous voulez me voir deux heures chez vous pour vous consoler, et combien je serai sans vous voir. [...][1]. »

Mais l'inconstant Jean-Baptiste rencontre bientôt la duchesse de La Trémoille qui émeut ses sens et lui fait négliger Mlle de Charolais, dont il commence à se lasser. Bientôt après, il lui adresse une lettre de rupture. On aura rarement mis autant de cynisme — et de muflerie — à congédier une maîtresse qui a cessé de plaire. Si l'âge peut lui servir d'excuse, rappelons qu'il n'avait que vingt ans.

« J'ai regardé, Madame, les avances que vous m'avez faites comme des agaceries de votre esprit et point de votre cœur. Je n'avais point l'honneur de vous connaître, je ne vous devais rien, une entorse m'obligeait de garder ma chambre, j'y étais désœuvré, vos lettres étaient jolies, elles m'amusaient, je me suis flatté s'il était vrai que j'eusse fait votre conquête, que vous me guérissiez d'une passion malheureuse qui m'occupe uniquement.

« Oui, Madame, j'aime. Et aujourd'hui j'ai reçu trop de preuves de votre amitié pour vous cacher ce qui se passe dans mon cœur. J'ai l'honneur d'appartenir de fort près à Mme la duchesse de Bouillon. Mlle de Bouillon m'a pris en amitié ; elle a marié sa nièce à M. de la Trémoille, elle les loge et les nourrit, ce qui m'a donné occasion de voir souvent Mme de la Trémoille[2]. Sa figure m'a plu, son caractère m'a séduit. Elle a du goût pour son mari, et plus il lui fait d'infidélités, plus elle serait flattée de lui plaire : son indifférence la pique, et je me flatte quelquefois que je pourrais devoir à l'envie de se venger ce que je voudrais ne devoir qu'à l'amour.

« Je suis le seul homme qui aille chez Mlle de Bouillon, je vois Mme de la Trémoille toute la journée, toutes mes actions lui prouvent l'amour que j'ai pour elle. Si je ne lui plais pas, je l'amuse ; elle est coquette, elle est bien aise de plaire et elle craint de me perdre. Voilà, Madame, la seule cause des bontés qu'elle a pour moi. Quand son mari la traite mal, elle m'écoute. Quand il daigne lui dire un mot flatteur, elle ne me regarde pas et je me vois toujours prêt à être sacrifié. Je connais l'horreur de ma situation, je sais ce que la raison exigerait de moi. Mais la raison peut-elle quelque chose sur un cœur de vingt ans bien enflammé ?

« Je vous ai rencontrée, vous m'avez fait des agaceries, j'ai cru que l'amour vous inspirait par pitié pour moi. Si c'est une plaisanterie,

---

1. M. Lever, *Donatien Alphonse François, marquis de Sade*, op. cit., p. 31.

2. Marie-Victoire-Hortense de La Tour d'Auvergne, née Bouillon, avait épousé Charles-Armand-René, duc de La Trémoille, premier gentilhomme de la chambre du roi (il mourut le 23 mai 1741 de la petite vérole, à l'âge de trente-trois ans). La duchesse de Bouillon occupait à Versailles l'appartement placé juste au-dessus de celui de la reine, près de celui de l'évêque de Mirepoix (cf. Luynes, *Mémoires*, t. III, p. 440-441).

disais-je, y répondre sera toujours une dissipation. S'il est vrai qu'elle m'aime, sa figure est aimable, son esprit charmant : je serai bientôt guéri d'une passion ridicule qui fait le malheur de ma vie. Tant que mon entorse a duré, que je n'ai pas vu Mme de la Trémoille, je me suis flatté d'être guéri. Hier, je l'ai revue et je me suis senti plus malade que jamais. Je sens que je ne dois aimer que vous, je le veux et j'en viendrai à bout. Mais donnez-moi du temps, voyez-moi comme amie, conseillez-moi, guidez-moi, plaignez-moi et aimez-moi. Que dis-je ! En suis-je digne après ce que je vous dis ? Oui, car je mourrai ou je m'arracherai du cœur cette passion, non parce qu'elle fait le malheur de ma vie, mais parce que, si vous m'aimez comme vous le dites, elle ferait le malheur de la vôtre[1]. »

Mademoiselle n'était point femme à complaisances ; elle supportait mal chez ses amants le partage qu'elle admettait si facilement pour elle-même. Elle lui répondit sur un ton de persiflage qui déguisait à peine l'amour-propre offensé, et encore moins la volonté de blesser. Des coups de griffes comme ceux-là pouvaient être fatals à qui les recevait. Mais s'il y avait de la cruauté à les donner, il y en avait encore plus à les avoir mérités. Cela étant, convenons que Mlle de Charolais a su viser juste et toucher au bon endroit. Quoiqu'il en coûte à la réputation posthume du comte de Sade, les références à l'ambition et à l'égoïsme paraissent tout aussi justifiées que les mots très durs de « petit-maître » et de « courtisan » qu'elle lui jette à la figure. Il aurait eu quelque mal à s'en défendre, car tout trahit en lui l'envie de se hisser aux plus hautes places, sans se montrer trop regardant sur les moyens.

« Il est vrai, Monsieur, lui écrit Mlle de Charolais, que j'ai reçu trois de vos lettres et que je n'ai pas fait réponse, parce que vous me demandiez mes ordres et que je n'en donne point à qui les recevrait comme le régiment de Champagne[2]. Mais pour de maison et de maîtresse, je ne vous en connais point à Paris. Qu'en feriez-vous, voulant toujours rester à la cour ? Ne savez-vous pas que qui quitte la partie la perd ? Pour moi, quand on est un mois sans se soucier de me voir, j'en suis quatre ; et à vous parler sincèrement, j'ai cru aimer quelqu'un de très sensé à qui l'esprit tiendrait lieu de sentiment et qui saurait se ménager une amie dans sa maîtresse. Mais je vous reconnais pour un parfait petit-maître, à qui les princesses tournent la tête et qui les divertit de ses propres histoires.

« Car ce que l'on m'a dit de Mlle de Clermont[3] est vrai, et de plus l'on m'a assuré que vous me reniez avec dédain, ayant dit vous-même à mes amies que je vous adorais et vous excédais de poursuites, que vous

1. M. Lever, *Donatien Alphonse François, marquis de Sade*, op. cit., p. 32-33.
2. Allusion probable au duc de La Trémoille qui commandait ce régiment.
3. Marie-Anne de Bourbon-Condé, mademoiselle de Clermont (1697-1741), quatrième fille de Louis III de Bourbon et sœur de Mlle de Charolais.

n'alliez à Versailles que pour m'éviter. Comme l'effet a suivi le discours, je ne peux pas douter, et mon amour-propre me guérit des sentiments que j'avais pour vous. Voilà pourquoi, Monsieur, je ne me suis pas engagée dans un bail, car vous verrez par cette lettre qu'il n'a tenu qu'à moi. Mais je n'estime pas les courtisans si assidus[1]. »

* * *

Si cette correspondance est parfaitement authentique, puisque tirée des archives de la famille Sade, on ne saurait se montrer aussi affirmatif à propos du manuscrit que nous publions aujourd'hui. Qu'il ne soit pas autographe, mais de la main d'un copiste, n'a rien qui doive surprendre, surtout à cette époque. Qu'il rapporte assez fidèlement les débuts de Mlle de Charolais dans la carrière galante, les contemporains le confirment, du moins pour l'essentiel. Peut-on pour autant le regarder comme la confession autobiographique de son héroïne ? Il est permis d'en douter.

L'érudit Raoul Vèze, qui édita ce texte pour la première fois en 1919, penchait en faveur de cette paternité (ou plutôt maternité), en raison de maints « détails circonstanciés », selon lui décisifs. À commencer par la ressemblance que l'auteur avait su imprimer au caractère de la duchesse de Bourbon, mère de Mademoiselle. « La mère n'a pas plus de beauté que ses filles, note la princesse Palatine, mais elle a plus de grâce, meilleure mine et des façons plus engageantes ; l'esprit étincelle dans ses yeux, ainsi que la malice. Je dis toujours qu'elle ressemble à un joli chat qui, tout en jouant, fait sentir ses griffes. Elle se moque de tout le monde ; elle est fort amusante, et elle tourne tout en ridicule de façon si plaisante qu'on ne peut s'empêcher de rire. Elle est de bonne compagnie, toujours gaie, et elle a de fort jolies saillies. Elle est fort insinuante, et quand elle veut plaire à quelqu'un, elle peut prendre toutes les formes. De sa vie, elle n'a eu un moment de mauvaise humeur, et si elle n'était pas fausse, comme elle l'est en effet, il n'y aurait pas de personne plus agréable ; elle sait se plier à l'humeur de chacun, et l'on pourrait croire qu'elle a une véritable sympathie pour les gens à qui elle en témoigne, mais il ne faut pas du tout se fier à elle[2]. » Si l'on ajoute à cela le goût des fêtes qui se prolongent fort avant dans la nuit, la passion du jeu, un sens aigu de ses prérogatives de princesse du sang, un caractère fantasque, une humeur changeante, une certaine désinvolture pour ce qui regarde la bienséance, et une verdeur de langage qui tranche avec la politesse de cour, le portrait qu'en donne l'auteur de *La Grivoise* paraît en effet assez fidèle.

Si l'on passe de la mère à la fille, on constate d'égales affinités entre le récit et l'histoire. Les accouchements répétés de l'héroïne, par exemple,

1. M. Lever, *Donatien Alphonse François, marquis de Sade*, op. cit., p. 33.
2. Lettre du 26 janvier 1716, dans *Correspondance complète de Madame*, op. cit., t. I, p. 212-213.

ne relèvent pas de l'imagination ; les Mémoires du temps ne nous laissent guère ignorer que Mlle de Charolais avait plusieurs fois accouché, depuis sa quinzième année. Lorsqu'un de ses amants la laissait enceinte, elle se retirait soit au Petit Madrid, soit en son château de Vallery, à vingt lieues de Paris, pour rendre son culte à Lucine. On la disait malade pendant les six dernières semaines de sa grossesse, et on allait s'inscrire chez elle, sans poser de questions sur sa maladie. On raconte qu'un jour un suisse, peu au fait des usages, répondit au domestique venu s'informer de la santé de Mademoiselle : « Son Altesse se porte aussi bien que son état le permet, et l'enfant aussi. »

On ne saurait passer en revue chacun des traits que *La Grivoise* emprunte à la vérité historique ; ils seraient trop nombreux, et nous nous contenterons de signaler les plus notables dans les notes, comme la première aventure, dûment attestée par les Mémoires du temps, de Louise-Anne de Charolais avec son maître de musique et de dessin. Ils prouvent que la vie privée de cette princesse était connue de tous, à la cour comme à la ville, que ses moindres faits et gestes étaient passés au crible, relatés par les mémorialistes et les gazetiers, ces derniers aussi avides de scandales que les paparazzi de nos jours, qu'il ne se passait pas de semaine sans que les chansonniers ne la brocardent sur ses coucheries et ses extravagances. Quoi d'étonnant, dès lors, qu'un romancier anonyme (et qui risque de le demeurer longtemps) l'ait prise pour héroïne d'un récit libertin ? Comment imaginer, en revanche, que cette princesse, petite-fille de Louis XIV par sa mère, également de sang royal par son père, ait éprouvé le besoin, à cinquante et un ans (c'était son âge en 1746, date de notre manuscrit), de confesser ses dévergondages par écrit, en les arrangeant et les agrémentant de circonstances, de lettres, de dialogues, d'épisodes, de détails enfin dont le caractère romanesque saute aux yeux du lecteur ? Tout laisse penser, au contraire, qu'il s'agit de pseudo-Mémoires comparables à bien des égards, et notamment par le mélange d'érotisme et de satire, à l'*Histoire de la vie et mœurs de Mademoiselle Cronel dite Frétillon*.

***

La seule édition connue a été publiée par Jean Hervez (pseudonyme de Raoul Vèze), sous le titre suivant : *La Grivoise du temps ou la Charolaise. Histoire secrète, nouvelle et véritable, faite en 1746 et mise au jour en 1747. Publiée intégralement d'après le manuscrit de la bibliothèque de Châteauroux*, Paris, Bibliothèque des curieux, 1919, in-4°, 291 p.

M. L.

Avis au lecteur

Cette histoire, toute vraie qu'elle est, intéresse tant de personnes de la première volée que celui qui en a fait la collation a cru ne devoir nommer par son nom aucun des personnages qui y ont part. Si elle tombe entre leurs mains, ils s'y reconnaîtront si bien qu'ils ne pourront disconvenir de la fidélité avec laquelle les faits y sont rapportés, et qu'il n'y en a aucun de tronqué. Quant aux autres, il se flatte que la variété des aventures qui la composent les divertira et leur fera dire :

Vivent les Grivoises,
Qui aux bons enfants
Prêtent leurs mortoises
Pour réjouir leurs instruments ;
Elles valent cent fois mieux
Qu'une feinte Lucrèce,
Qui toujours baisse les yeux
Pour cacher sa tendresse
Et faire avec le premier venu
Son mari cocu.

Avant-propos

Aussi utile que l'Avis précédent

Depuis que le monde est monde,
Et que sur cette machine ronde,
Dieu de sa main
A créé le Genre humain,
À qui il a donné l'instinct
De se servir de son engin,
Pour perpétuer son espèce,

D'abord sans tendresse,
Il a travaillé avec ardeur
À se donner des successeurs.
Mâles ou femelles,
Tout fut bien venu,
Car alors la bagatelle
N'avait point encore reçu
Les raffinements charnels.
La Nature seule agissait,
Et les plaisirs sensuels
On ignorait.
Les femmes comme les hommes
Ne prenaient nulle précaution
De cacher leur mirliton,
Et voici justement comme
La femme plus curieuse que l'homme,
Ne pouvant demeurer en repos,
Voyant que l'un l'avait plus gros,
L'autre plus long,
Se mit dans l'imagination,
De satisfaire sa curiosité.
Que les femmes ont de subtilité,
Quand elles ont quelque chose en tête !
Celle-ci, maligne bête,
Trouva un de ses voisins,
Qu'elle crut propre à ses desseins.
Elle le tira à part,
Et lui dit qu'à l'écart
Elle avait une confidence à lui faire.
Ce voisin débonnaire
L'assura de lui être fidèle.
« J'ai dans l'idée, lui dit-elle,
D'éprouver si, dans la jouissance,
Cette différence
De grosseur ou de longueur
N'émousserait pas mon ardeur. »
Elle trouva dans le changement
Tant d'agréments
Qu'elle ne s'en lassa pas.
De dire le nom de cette catin,
Grand serait mon embarras,
Car du soir au matin,
Je ne me souviens pas.
Mais je sais cependant bien,
Que ses filles pour le déduit[1]
Ont conservé le même appétit,
Et qu'elles ont transmis,

1. *Déduit* : plaisir.

Avec le secours de leurs amis,
Dans le sang de leurs descendantes
Les passions dominantes
Dont elles furent nourries.
C'est de là que sont sorties
Toutes les Grivoises et les Putains,
Qui réjouissent le sexe masculin,
Et qui parfois
Le mettent aux abois,
Et lui causent du chagrin.
Partout elles se sont répandues,
Croyant être mieux foutues,
En Orient
Comme en Occident,
Dans la principauté de Galles,
Comme en Portugal,
En Allemagne
Comme en Espagne,
En Angleterre
Comme en Bavière,
En Irlande
Comme en Hollande,
En Silésie
Comme en Italie,
Dans les terres Australes
Comme sur celles Papales,
Chacune y prend ses ébats.
Mais laissons là ces différents États,
Qui ne nous regardent pas,
Et ne nous en embarrassons pas.
Parlons seulement des pays
À notre souverain soumis.
Les unes sont Flamandes,
grandes friandes,
Les autres Champenoises,
Les autres Picardes,
Les autres Bourguignottes,
Aimant à siffler la Linotte,
Les autres Lyonnaises,
Les autres Savoyardes,
Les autres Charolaises,
D'humeur gaillarde,
Les autres Comtoises,
grandes paillardes,
Les autres Normandes
De v… les plus gourmandes.
Trop longue serait l'énumération
Des pays et de la condition,
Des femmes et des filles,

Qui en cela plus habiles
Que ne fut jamais leur mère,
Sans se mettre le cul par terre,
Font de leurs c…,
Avec les garçons,
Par-devant ou par-derrière,
Un continuel usage,
Et en jouant de la croupière,
Ont le double avantage
De gagner sur nous
Partie, revanche, le tout,
Les deux moitiés et le tout du tout.
Celle dont l'histoire suit
Est Charolaise, de grand appétit ;
Le soleil qui luit
N'a rien vu de plus accompli,
Pour les grâces et pour l'esprit,
Quant au déduit elle sait tirer d'un v…
Tout le suc et le fruit
Jamais avec plus d'adresse,
Et de délicatesse,
Personne n'a patiné une c…
Et sucé une andouille.
Une main blanche, potelée,
Alerte et déliée,
Sait ranimer la vigueur du f…
Lorsqu'elle se trouve altérée ;
Et jamais amant elle ne renvoie,
À moins que son v… ne ploie,
Ce qui arrive rarement,
Car son unique soin,
Du soir au matin,
Est de l'entretenir dur et ferme
Comme un terme.
Tous ces talents,
Et d'autres qu'on ne dit pas,
Joints à ces divins appas,
Lui ont fait des amants
Dans tous les États,
Mais pas un n'a été assez hardi
Pour en devenir le mari.
D'en dire la raison,
Ce ne serait pas l'embarras,
Mais ce serait indiscrétion
Que le lecteur prudent n'exige pas.
Ainsi, sur cela bouche close,
Et parlons d'autre chose
Qui puisse réjouir,
En instruisant.

Pour y parvenir,
Il faut expliquer galamment
Ce que c'est qu'une Grivoise
Du premier rang,
Qui, comme la framboise,
Donne un goût charmant
À tout ce qu'elle fait
Et à ce qu'elle dit.
Cet ouvrage sera parfait
Si on y réussit.
Une Grivoise, pour mériter ce nom,
Doit avoir de l'esprit,
Car son minois et son c…,
Quoique jolis,
Ne peuvent lui attribuer ce titre.
Il faut d'autres qualités,
Dont on ferait un chapitre,
Si elles étaient bien détaillées.
Les plus essentielles
Sont l'indépendance,
De faire la sourde oreille,
À la médisance ;
Du qu'en dira-t-on,
Ne faire aucun cas,
Satisfaire ses passions,
Sans nul fracas,
User des plaisirs avec choix,
Et délicatesse.
D'une fâcheuse ivresse
Jamais ne sentir le poids,
Conserver toujours une gaieté égale,
Dans les plaisirs de l'Amour
Comme à ceux de la table,
À l'intérêt n'être point sensible,
Regarder le bien comme chose inutile :
C'est le portrait admirable,
D'une Grivoise
Aussi aimable
Que la Charolaise.

Le collateur[1] de cette histoire juge à propos d'en faire faire la narration à la Grivoise même, afin que tout partant de sa source y soit plus naturel et se ressente de la liberté et de l'indépendance qui lui ont fait mériter ce titre.

---

1. *Collateur* : chargé de distribuer les bénéfices ecclésiastiques ; pris ici dans le sens de « rapporteur », « narrateur ».

HISTOIRE DE LA GRIVOISE DU TEMPS

I

L'on m'a toujours dit que j'étais née sur la fin du siècle dernier, quelques jours avant la Saint-Jean. Je ne le puis cependant croire, car je me trouve encore si jeune et tant de feu pour les plaisirs que je ne puis comprendre que j'aie cinquante ans et plus[1]. Il est vrai que ma mère a conservé le même goût jusqu'à sa mort. Comme on se ressemble quelquefois de plus loin, je ne devrais pas être si surprise qu'une autre qui se trouverait chargée des mêmes passions que moi, quoique sa mère eût toujours vécu dans une grande régularité[2]. Ce qu'il y a de certain, c'est que j'existe, que je jouis d'une santé parfaite, que je fais tout ce que je puis pour m'y maintenir, n'ayant ni chagrin ni souci. Sans rien ajouter à la vérité, je puis dire que je descends d'un sang très illustre puisque si mes aïeux avaient eu autant de conduite que de courage et de valeur, ils auraient été rois de plus d'un royaume.

Mais laissons là les morts et les réflexions, songeons aux vivants : ce sont eux qui m'ont toujours occupée et divertie, car à peine avais-je l'âge de raison que je recherchais avec empressement à jouir avec les jeunes gens plutôt qu'avec les demoiselles de mon âge ; et mon goût a toujours été si décidé pour eux que je n'hésitais point à choisir les plus grands et les mieux faits. Ma gouvernante et les filles que j'avais auprès de moi

1. Mlle de Charolais étant née le 23 juin 1695, veille de la Saint-Jean, elle avait donc cinquante et un ans lors de la rédaction de ces pseudo-Mémoires (1746-1747).

2. La mère de Mlle de Charolais, Louise-Françoise, dite Mlle de Nantes, fille légitimée de Louis XIV et de Mme de Montespan, mais élevée par Mme de Maintenon, avait tout juste douze ans lorsqu'elle épousa Louis III de Bourbon-Condé, petit-fils du Grand Condé, le 23 juillet 1685. En fait, le mariage ne fut vraiment consommé qu'à sa seizième année. En dépit de grossesses répétées, la duchesse de Bourbon, dont Saint-Simon vantait le charme et l'esprit, ne cessa de multiplier les aventures amoureuses. Sa liaison avec le prince de Conti était connue de toute la cour, et du roi lui-même, qui fermait les yeux. Elle mourut en juin 1743, à l'âge de soixante-dix ans, après avoir joui sans entraves de sa longue existence.

s'en aperçurent aisément, et par une contradiction naturelle aux gouvernantes et aux filles qui ont inspection sur les jeunes personnes, elles en avertirent ma mère, qui, trouvant dans ce qu'elles lui dirent de la conformité avec les sentiments qu'elle avait eus elle-même dans sa jeunesse, ne leur donna pas la satisfaction de les remercier de leur attention, à quoi elles s'attendaient cependant, et se contenta de leur dire : « Laissez-la se divertir ; elle est dans un âge si tendre encore qu'elle ne connaît ni le bien ni le mal, et si l'on s'opposait ouvertement aux jeux innocents qui la divertissent avec ces enfants, cela lui donnerait des idées qu'elle n'aura peut-être pas de dix ans d'ici. » Elles se retirèrent et ne me dirent rien pour lors des bons offices qu'elles avaient cherché à me rendre auprès de ma mère. Je ne les ai sus que longtemps après d'elle-même, parce qu'elle me trouva comme je fourrais la main dans la culotte d'un jeune homme qui était auprès de moi, qui avait environ treize ans ; j'en pouvais avoir pour lors sept ou huit. Cette démarche de ma part fit tant d'impression sur l'esprit de ma mère, quoique peu scrupuleuse, qu'elle m'envoya peu de jours après, avec une de mes sœurs qui était mon aînée, au couvent[1].

Cette surprise de ma mère me fit dans ce moment un grand tort, car j'allais m'éclaircir de la différence qui se trouve entre les filles et les garçons, que je n'ai apprise que quelques années après par une religieuse qui devint amoureuse de moi et qui, malgré les surveillantes que nous avions autour de nous, trouva le secret de m'emmener dans sa chambre, où elle me fit d'abord manger des confitures et des biscuits de toutes espèces. Ensuite, s'étant jetée sur son lit, elle m'y attira adroitement, me prit entre ses bras et mille fois m'embrassa, peut-être même davantage. Elle mania partout comme elle voulut, mais cela ne satisfaisant pas entièrement sa passion, elle tira un tiroir où elle prit un petit instrument couvert d'un velours couleur de chair, dont un bout était fait comme un bigarreau, mais au moins une fois aussi gros, elle me le mit dans la main en me priant d'en faire sur elle l'usage qu'elle me montra en me conduisant la main avec les siennes[2]. Je retins si bien ce qu'elle me fit faire que je lui rendis tous les services qu'elle pouvait attendre de moi. Je lui demandai pourquoi elle avait là de petits cheveux ; elle me l'expliqua en me disant qu'avant deux ans j'en aurais aussi. J'avais environ douze ans. Le travail que je fis sur elle eut tout le succès qu'elle souhaitait. Je la vis plusieurs fois sans mouvements, et je ne puis nier que son état me

1. On ignore de quel couvent il s'agit. À Versailles, il n'y avait alors aucun établissement éducatif pour jeunes filles. On peut évidemment penser à Saint-Cyr, quoique l'on imagine mal Mme de Maintenon y accueillant la fille de son ancienne pupille. Mlle de Charolais aurait-elle été pensionnaire dans une maison parisienne ? Ce n'est pas impossible. Mais lequel ?

2. C'est le duc de Richelieu qui fit confidence à Voltaire des expériences de Mlle de Charolais dans son couvent. C'est là qu'elle aurait découvert les plaisirs que pouvait lui donner son corps, grâce à un godemiché dont une religieuse lui aurait révélé le maniement.

causa une émotion que je n'avais jamais ressentie. Elle s'en aperçut et en fut charmée, elle recommença ses caresses, elle me baisa le cul, les fesses, et sa langue me causa des chatouillements si vifs que je ne pus retenir les cris qu'ils me provoquèrent ; ils furent si violents que, craignant qu'ils ne fussent entendus, elle me quitta, me tira de dessus son lit qu'elle raccommoda sur-le-champ, elle me renvoya ensuite après m'avoir recommandé le secret, non seulement sur ce qui s'était passé entre nous deux, mais encore sur ce que j'avais été dans sa chambre.

Comme j'allais rentrer dans notre appartement où j'étais parvenue sans être vue de personne, j'aperçus la porte du jardin ouverte, j'y entrai. Comme je n'y vis personne, je songeais à m'en retourner lorsque j'aperçus ma sœur et notre gouvernante qui y descendaient. Elles me demandèrent d'où je venais ; je leur dis que je venais de faire le tour du jardin où il n'y avait personne, ce qui me déterminait à rentrer ; mais comme elles y venaient, que je serais de leur compagnie, si elles le trouvaient bon. Elles y consentirent, je les suivis et en fus quitte pour une légère mercuriale parce qu'elles ignoraient le sujet de mon absence. Elles se promenèrent fort longtemps. J'étais si occupée de ce qui m'était arrivé avec la religieuse que je marchais dix ou douze pas devant elles ou derrière pour y réfléchir. Notre gouvernante s'aperçut la première de ma rêverie ; elle m'en demanda le sujet, je le déguisai comme l'on peut croire et m'excusai sur un grand mal de tête. Cependant, pour éviter les nouvelles questions, je me mêlai dans leur conversation et nous revînmes toutes les trois ensemble à notre appartement. Je n'y fus pas plus tôt que je passai dans ma chambre où je me jetai sur mon lit. Je pensais à tout ce qui m'était arrivé en me tâtant la partie à laquelle je m'efforçais de vouloir trouver des petits cheveux.

Ma gouvernante étant restée avec ma sœur, ne me voyant point paraître, passa dans ma chambre. Quoiqu'elle prît la précaution de marcher le plus doucement qu'elle pût pour me surprendre, je l'entendis assez à temps pour contrefaire la dormeuse ; elle y fut trompée et s'en retourna auprès de ma sœur à qui elle dit que je reposais. Ma sœur lui dit :

— J'ai envie d'en faire autant et de m'aller mettre à côté d'elle.

Notre gouvernante lui ayant dit que cela pourrait m'éveiller et qu'il convenait mieux qu'elle allât se reposer dans sa chambre, elle y passa et je demeurai seule dans la mienne, où je me rappelai de nouveau tout ce que j'avais fait. Cet instrument avec lequel j'avais diverti cette religieuse ne me sortait point de l'idée, non plus que les ravissements où je l'avais vue. Ces réflexions me causèrent à la fin une émotion qui se termina par un sommeil profond.

Ma sœur s'étant éveillée avant moi passa dans ma chambre où elle m'éveilla sans aucune précaution. Moi qui me crus pour lors encore avec ma religieuse, je lui dis :

— Eh bien, fais-je bien ? Êtes-vous contente ? Vous fais-je du plaisir ?

Ma sœur, qui avait trois ans plus que moi, comprit bien que ces paroles avaient un sens qui n'était que trop intelligible ; mais ne pouvant s'imaginer qui elles regardaient, elle me tira le bras si fort qu'elle m'éveilla tout à fait. Je ne fus pas peu surprise de la voir, et ce qui augmenta mon étonnement c'est que je me souvins parfaitement que je venais de parler. Quand elle me vit éveillée, elle me demanda l'explication des paroles que j'avais proférées. Je demeurai interdite. Cependant, m'étant remise, je lui dis que je ne savais point ce qu'elle me voulait dire, et qu'apparemment je rêvais. Ma sœur me répéta plusieurs fois les paroles que j'avais proférées. Quelques instances qu'elle me fît pour en avoir l'explication, je ne lui avouai rien et demeurai toujours ferme sur ce que je rêvais, s'il était vrai que j'eusse parlé ainsi, et que ces paroles mêmes me paraissaient sans ordre et sans suite. Quoiqu'elle parût se contenter de ce que je lui disais, il lui resta dans l'idée des soupçons qu'elle se résolut d'éclaircir en examinant ma conduite de très près. Sans cependant en rien dire à notre gouvernante nous vécûmes ensemble comme à l'ordinaire.

La religieuse qui m'aimait éperdument ayant été quelques jours sans me voir vint à notre appartement. Comme c'était une fille de condition et très aimable, ma sœur la reçut parfaitement bien, lui fit beaucoup d'amitiés et la pria de faire collation, ce qu'elle accepta. Je fus de la partie et me trouvai à table à côté d'elle. Je lui fis aussi beaucoup d'honnêtetés, mais comme j'avais peur qu'on s'aperçût de notre intelligence, je me ménageai si bien que ma sœur ne s'en aperçut en aucune façon, malgré toute son attention ; et cette religieuse prit si bien son temps pendant que ma sœur était allée dans sa chambre où notre gouvernante la suivit, qu'elle m'embrassa deux fois et me donna un petit papier qu'elle me dit de serrer promptement et de ne le lire que quand je serais seule.

Quand ma sœur et notre gouvernante rentrèrent, elles nous trouvèrent dans les mêmes places où elles nous avaient laissées, parlant de choses indifférentes ; entre autres, cette religieuse me demandait si je ne m'ennuyais pas dans le couvent. Sur ce que je lui répondis que non, elle me dit :

— Mademoiselle, vous êtes bien heureuse, je voudrais pour une pinte de mon sang en pouvoir dire autant.

Ma sœur lui demanda pourquoi.

— C'est, répondit la religieuse, parce que je m'y ennuie beaucoup et que quand je m'y ennuierais cent fois davantage, il faut que j'y reste toute ma vie.

— Il est vrai, repartit ma sœur, que le terme est long, mais vous deviez consulter votre goût avant de faire vos vœux.

— J'ai été mise ici, Mademoiselle, dès l'âge de six ans : à peine en avais-je quatorze qu'on m'a fait faire mes vœux. Je ne savais en vérité point pour lors à quoi je m'engageais, puisque je ne savais pas seulement ce que j'étais, mais la nature peu à peu ne me l'a que trop appris, et me fait sentir à présent tout le poids de ma captivité.

Ma gouvernante plaignit son sort et lui disait qu'il fallait continuellement prier Dieu, et qu'elle s'apercevrait incessamment que le Seigneur n'est jamais sourd aux ferventes prières d'une âme sincère et humiliée. Ces conseils, tout salutaires qu'ils paraissent, au lieu de consoler notre religieuse, l'affligèrent si fort qu'elle se mit à pleurer, ce qui engagea ma sœur à la prendre dessous le bras et à la mener promener avec elle. Cette religieuse la refusa d'abord, disant qu'elle serait mise en pénitence par Madame l'Abbesse, si elle savait qu'elle eût fait cette démarche sans lui en faire part et sans sa permission. Ma sœur la rassura en lui disant qu'elle en faisait son affaire auprès de Madame l'Abbesse et qu'au pis aller, ce serait elle qui acquitterait la pénitence si on lui en imposait quelqu'une pour ce sujet. Cette assurance de ma sœur la tranquillisa et la détermina à faire tout ce qu'on souhaitait d'elle. Nous nous promenâmes donc le reste de l'après-midi. Ma sœur et la religieuse allaient toujours devant, et quand je les joignais, elle me renvoyait avec ma gouvernante. J'aurais bien souhaité être de leur conversation ou du moins l'entendre : c'est à quoi je ne pus pas venir. M'étant souvenue du billet que la religieuse m'avait remis, je demandai permission à notre gouvernante de me retirer un moment à notre appartement pour un besoin pressant que je supposai ; elle me l'accorda et me dit de revenir sur mes pas, qu'elle allait m'attendre sur un banc qu'elle me montra. Je courus à notre appartement et m'enfermai d'abord dans la garde-robe. Je décachetai mon billet et y lus ce qui suit :

« Mademoiselle,

« Si vous aviez goûté autant de plaisir que moi dans notre entrevue, vous n'auriez pas demeuré jusqu'à présent sans chercher les moyens de m'en procurer une seconde. Mais votre indifférence pour moi, ma charmante, me donne lieu de craindre que je ne sois la dupe de l'amour et de la tendresse que j'ai pour vous. Si vous voulez me persuader le contraire, mon adorable maîtresse, vous vous trouverez demain entre dix et onze du matin, à la porte du jardin, ou au pied du petit escalier qui conduit à ma chambre. J'ai mille choses à vous dire qui vous prouveront mieux que tout ce que je pourrais vous écrire que je suis, mon adorable maîtresse,

« Votre meilleure et votre plus tendre amie. »

L'on croira aisément que c'est là la première lettre galante que j'aie reçue de ma vie, et qu'elle me fit un plaisir infini. Je la relus plusieurs fois et avec tant d'attention que je l'appris par cœur, de façon que je ne l'ai point encore oubliée. Je m'en retournai joindre notre gouvernante que je trouvai seule, ma sœur et la religieuse s'étant retirées d'elle avaient gagné le fond du jardin.

Je lui demandai d'abord où elles étaient ; elle me dit qu'elle n'en savait rien. Je lui demandai si elle souhaitait que j'aille les chercher. Comme elle m'en laissa la maîtresse, je courus d'abord au bosquet fort touffu de charmille où il y avait différents cabinets. J'en omis quelqu'un et malheureusement celui où elles étaient. Je fus près d'une heure à ma perquisition et arrivai encore avant elles à l'endroit où était notre gouvernante qui fut bien surprise de me voir revenir toute seule. Je l'assurai avoir parcouru tous les cabinets du jardin, comme je le croyais, sans les avoir vues, et qu'il y avait apparence qu'elles étaient rentrées sans qu'elle s'en fût aperçue. Notre gouvernante était d'un embonpoint qui ne lui permettait pas de faire de grandes courses, mais l'inquiétude que lui causait l'absence de ma sœur lui fit prendre la résolution de faire le tour du jardin avant de rentrer. Je fus obligée de la suivre, ce que je faisais fort indifféremment, comptant que cette seconde perquisition était beaucoup plus inutile que la première. Nous n'allions pas bien vite, et notre gouvernante affectait de me parler d'un ton haut pour être entendue de ma sœur, en cas que nous passions à portée d'être entendues. Elle me répéta plusieurs fois qu'elle n'aurait jamais plus aucune complaisance pour nous, puisque nous étions capables d'en mésuser au point de la jeter dans une inquiétude mortelle pour elle. Je lui dis :

— Mais, Madame, je n'ai aucune part à l'absence de ma sœur, pourquoi faut-il que je pâtisse de la faute qu'elle fait ?

— C'est que, me dit-elle, si vous l'aviez suivie et qu'elle ait eu envie de regagner l'appartement, je crois qu'elle vous aurait envoyée m'avertir de son retour.

— Si elle était rentrée, n'a-t-elle pas sa femme de chambre qu'elle aurait pu nous envoyer ?

— Votre réflexion, Mademoiselle, est fort juste et ne fait qu'augmenter ma peine ; mais il ne nous faut point rebuter de la chercher.

Ma sœur, qui avait entendu une partie de la conversation lorsque nous avions passé auprès de l'endroit où elle était, ayant vu la route que nous tenions, avait gagné le couvent par un autre chemin avec la religieuse, et elle envoya sa fille de chambre au-devant de nous, à qui elle ordonna de dire à notre gouvernante qu'il y avait une grande heure qu'elle nous cherchait. Cette fille s'acquitta si bien de sa commission que ni moi ni notre gouvernante qui était une femme d'expérience nous ne soupçonnâmes point qu'elle nous jouait ; et comme elle soupçonna que malgré cette précaution notre gouvernante pourrait lui faire quelques reproches, elle renvoya adroitement la religieuse dans sa chambre afin qu'elle ne fût point témoin de la scène à laquelle elle s'attendait et qu'en vérité elle méritait bien.

Nous arrivâmes toutes les trois à l'appartement ; ma sœur y était seule pour lors, qui commença à dire à notre gouvernante d'où elle venait, et à quoi elle s'était amusée jusqu'à présent. Cette raillerie de la part de ma sœur ne fut point du tout du goût de ma gouvernante, qui lui dit :

— Mademoiselle, je viens d'un endroit où ni vous ni moi ne retournerons de sitôt, je vous le promets.

— Pourquoi donc ? lui repartit ma sœur.

— Parce que, lui répondit-elle, je n'ai pas envie de galoper tous les jours trois heures après vous. Outre la fatigue, il y aurait de quoi me faire crever d'inquiétude. Où est cette religieuse qui était avec vous, Mademoiselle ?

— Elle est retournée à sa chambre, lui dit ma sœur.

— J'en suis fâchée, repartit-elle, je l'aurais remerciée de son attention pour moi et des bons conseils qu'elle vous a sans doute donnés, mais je ne crois pas qu'elle se trouve à portée de vous en donner sitôt, car la porte de cet appartement lui sera toujours fermée.

Ma sœur, qui vit que notre gouvernante était en colère, ne répondit rien et laissa ainsi tomber la conversation. Quand elle vit qu'elle avait fini, elle demanda à souper. En attendant qu'il vînt, elle passa dans sa chambre où elle se déshabilla. Comme elle avait eu chaud, elle changea de chemise ; ce fut la première fois que je vis que les femmes et les filles gâtaient leur chemise de sang. J'en fus si surprise que je fis un cri, mais ma sœur me reprit et me dit qu'elle n'avait aucun mal, et que plus tard j'en aurais autant. Quoiqu'elle eût sa femme de chambre qui l'habillait, elle prenait si peu de précaution et d'attention à ce qu'elle faisait, qu'elle laissa tomber par terre sa chemise avant que sa femme de chambre lui eût passé l'autre dans la tête, de sorte que j'eus tout le temps de voir qu'elle avait des petits cheveux dans le même endroit où j'en avais vu à la religieuse. Je ne fis pas semblant de m'en apercevoir. Comme elle se rhabillait je lui demandai pourquoi elle avait renvoyé sitôt la religieuse ; elle me dit ingénument sa raison, et ajouta :

— Je ne voudrais pas pour beaucoup qu'elle eût été témoin de ce que m'a dit notre gouvernante ; elle n'aurait jamais osé remettre le pied ici, et je suis bien aise qu'elle y vienne, et de pouvoir par notre compagnie adoucir un peu sa situation qui est bien plus triste que la nôtre.

L'on vint nous appeler pour souper, ce qui interrompit notre conversation. Nous nous rendîmes à la salle où nous trouvâmes notre gouvernante déjà à table, quoiqu'elle eût été aussi se changer de linge depuis les pieds jusqu'à la tête, qui nous dit :

— Eh bien, Mesdemoiselles, avez-vous résolu de me faire attendre autant que vous avez fait à la promenade ?

Ma sœur lui dit :

— Non, Madame, nous voilà.

— Je vous assure, répondit-elle, que je n'aurai pas la même patience et que si vous n'aviez pas paru, j'allais commencer.

— Madame, repartit ma sœur, vous êtes la maîtresse, et vous nous auriez fait plaisir.

— Mademoiselle, reprit notre gouvernante, il me paraît que vous avez aujourd'hui le bec plus affilé qu'à l'ordinaire. Je ne sais si vous avez été sifflée[1], mais en tout cas votre maîtresse perdra le fruit de ses leçons et ne les continuera pas.

Comme ma sœur s'aperçut bien que notre gouvernante était de mauvaise humeur, elle ne dit pas un mot ; nous soupâmes à la muette. Aussitôt que ma sœur eut soupé, elle se leva pour s'aller coucher, et je me disposais à la suivre lorsque notre gouvernante me dit :

— Mademoiselle, restez là, s'il vous plaît, un instant. Mademoiselle votre sœur a tant couru qu'elle a besoin de repos sans doute, mais comme vous n'êtes pas dans le même cas, vous attendrez bien que j'aie achevé de souper pour que je puisse m'aller coucher en même temps que vous.

Je me rassis et ne dis rien. Quand elle eut fini, elle se leva et passa dans la chambre de ma sœur qu'elle alla pour voir dans son lit où elle la croyait couchée. Mais ma sœur qui s'en doutait s'était couchée dans mon lit. Je ne puis bien dépeindre la surprise de notre gouvernante quand elle ne trouva point ma sœur dans son lit ; elle courut aussitôt au sien où elle ne la vit pas non plus, ensuite elle fut au mien où elle la trouva heureusement, car sans cela je crois qu'elle serait morte. Ma sœur, qui entendait ses plaintes et ses lamentations, s'étouffait de rire et contrefaisait cependant la dormeuse. Notre gouvernante, l'ayant tirée par le bras, lui demanda pourquoi elle avait changé de lit ; ma sœur lui dit qu'elle l'avait fait sans y penser, qu'il n'y avait aucun mal à cela, que je n'avais qu'à coucher dans le sien, pour cette nuit.

— Si vous n'y trouvez aucun mal, Mademoiselle, je veux que vous repassiez tout à l'heure dans votre lit, ou nous allons voir beau jeu[2].

Ma sœur, craignant les menaces de notre gouvernante, ayant mis une robe de chambre, passa dans son lit. Quand elle fut sortie du mien, je m'y mis et m'endormis presque aussitôt, ce qui fit que je n'entendis rien de ce que notre gouvernante dit à ma sœur.

Le lendemain je m'éveillai dès le matin et me trouvai la main où j'avais grande envie de me trouver des petits cheveux. Je rêvais à toutes les caresses que j'avais reçues à cette partie de ma religieuse, au rendez-vous de laquelle je comptais aller. D'abord que j'entendis notre gouvernante se lever, je me jetai à bas du lit, je priai Dieu tout haut comme à l'ordinaire, après quoi je demandai à déjeuner. Notre gouvernante m'en fit apporter et me dit :

— Il faut laisser reposer Mademoiselle tant qu'elle voudra ; la fatigue de sa promenade d'hier autorise son assoupissement, mais je ne crois pas qu'il lui arrive sitôt d'en prendre tant.

1. *Siffler* quelqu'un : l'instruire de ce qu'il doit dire ou faire en certaines occasions, lui souffler ses réponses (*Dict. Acad.*, 1694).
2. *Voir beau jeu* : se dit pour menacer quelqu'un de sa colère ou de sa vengeance.

Je lui dis qu'il était vrai qu'elle s'était promenée beaucoup plus longtemps qu'à son ordinaire, mais que c'était la compagnie qui l'y avait sans doute engagée, puisque c'était la première fois que pareille chose lui était arrivée depuis que nous étions dans le couvent.

— J'en conviens, me dit-elle, Mademoiselle, et j'admire la bonté de votre cœur. Vous cherchez à excuser Mademoiselle votre sœur, et si vous étiez à sa place, elle serait peut-être la première à vous blâmer et à dire qu'il faut vous corriger.

— Cela pourrait être, elle croirait faire son devoir, comme mon cœur me dit que je fais le mien.

— Je suis bien aise, continua-t-elle, de vous voir de pareils sentiments ; il serait à souhaiter pour Mademoiselle votre sœur qu'elle en eût de semblables.

— Il me semble que voici dix heures qui sonnent. Si vous le trouvez bon, je m'en vais aller à notre tribune entendre la messe qu'on va dire.

— Je le veux bien, à condition qu'aussitôt qu'elle sera finie vous reviendrez sur vos pas. Surtout si vous rencontrez la religieuse d'hier, ne l'amenez point ici.

— Vraiment, Madame, je n'ai garde. J'ai bien entendu ce que vous avez dit à son sujet et que vous ne vouliez pas qu'elle mît les pieds ici davantage ; cela suffit pour me donner de l'aversion pour elle. Cependant, si je la rencontrais, je ne lui en parlerais pas, parce que ce n'est point à moi à entrer dans de pareilles discussions.

— Allez-vous-en à la messe, la voilà qui sonne, vous êtes trop aimable pour une demoiselle de votre âge, et trop raisonnable.

Elle n'eut pas lâché cette parole que je courus à mon rendez-vous. Je passai d'abord par la porte du jardin où je ne vis personne, ensuite je courus au pied de l'escalier qui conduisait à la chambre de ma religieuse ; n'y voyant personne, je montai à sa chambre, elle en sortait pour me venir joindre. Comme j'arrivais à sa porte, elle me fit des caresses encore plus fortes et plus vives qu'elle n'avait fait la première fois. Elle m'assura qu'elle avait été bien fâchée de s'être engagée avec ma sœur, que cela l'avait privée du plaisir de me voir comme elle l'aurait souhaité. Elle m'ajouta que c'était uniquement pour me voir qu'elle était venue au logis. Comme elle ne me parlait point de son… et que j'avais envie de m'éclaircir de bien des choses :

— Écoutez, lui dis-je, je n'ai qu'un moment à être ici, parce que ma gouvernante me croit à la messe et qu'elle m'a recommandé de revenir aussitôt qu'elle serait finie. Ainsi, voyons ce que vous avez à me dire.

Aussitôt elle me prit entre ses bras, me jeta dessus son lit et recommença les caresses qu'elle m'avait faites la première fois. Elle essaya même à m'y mettre le doigt du milieu, mais j'étais encore si serrée, et elle avait si peur de me faire du mal qu'elle le retira aussitôt que je lui dis qu'elle me faisait du mal. Sa langue me divertissait beaucoup, et elle la faisait agir avec tant de vivacité qu'elle me causait un engourdissement général de tous les sens ; je restai même un moment sans pouvoir parler, ce qui la fit cesser. Elle me dit :

— Ah çà ! à présent, il faut que vous me mettiez vos doigts dedans, car un ne suffirait pas, et que vous alliez et veniez comme vous avez fait la dernière fois.

Je lui demandai où était l'instrument dont je m'étais servi ; elle me dit :

— Mademoiselle votre sœur me l'a pris hier, et je n'ai jamais pu le ravoir.

Je lui demandai si elles s'étaient diverties ensemble, elle m'avoua que oui, mais elle m'assura en même temps qu'elle ne lui avait parlé de moi en aucune façon. Je lui demandai pourquoi elle lui avait pris cet instrument ; elle me dit que c'était pour en faire son profit et s'en servir quand elle en aurait envie. Je lui promis que je ferais tout mon possible pour le lui attraper et pour le lui rendre.

— Vous me feriez, me dit-elle, un grand plaisir, car je n'ai que cela pour me divertir lorsque la nature le demande. Votre sœur s'en est servie hier si violemment qu'elle s'est fait venir le sang.

Pendant cette conversation, j'allais et fourrais toujours mes doigts. J'avais commencé par en mettre deux, ensuite trois. À force d'aller et de venir ma main y entra tout entière. Il est vrai qu'elle y était serrée et que je l'avais petite. Quand cette religieuse fut contente, elle me remercia en me faisant les plus tendres caresses et me recommandant surtout le secret. Comme je commençais à en sentir les conséquences, il était inutile de me le recommander. Je la quittai avec promesse de la revoir le plus tôt que je pourrais, mais je lui dis que je ne lui conseillais pas de revenir sitôt au logis, parce que je craignais que notre gouvernante lui fît mauvaise mine, à cause de l'absence de ma sœur et de l'inquiétude qu'elle lui avait causée. Je rentrai au logis tranquillement. Ma sœur se levait et notre gouvernante lui faisait encore une morale sur sa promenade de la veille. D'abord qu'elle me vit rentrer, elle lui dit :

— Madame, vous ne vous lassez pas de me chapitrer depuis hier au soir pour avoir été peut-être une heure absente de vous, et vous ne dites rien à ma sœur qu'il y a peut-être deux heures qui se promène toute seule comme une écervelée au soleil.

— Mademoiselle vient de la messe et n'a employé que le temps qu'il lui faut pour y aller et revenir ; elle est bien différente de vous, elle a cherché toute la matinée à vous excuser, et vous faites ce que vous pouvez pour la faire paraître coupable.

— Et vous, Madame, pour l'excuser.

— Elle n'a pas besoin d'excuse, Mademoiselle, sa conduite est trop régulière, et il serait à souhaiter que vous lui ressembliez. Dépêchez, je vous prie, votre toilette, afin que je vous conduise à la messe.

— Ma sœur y a été toute seule, j'irai bien aussi.

— Non, Mademoiselle, vous n'irez point et vous ne quitterez plus mes côtés. Je sais ce que j'ai souffert d'inquiétude pendant votre absence, et j'éviterai avec tant de soin les occasions que vous me jouiez un pareil tour que je ne crois pas que vous puissiez y réussir.

— Madame, vous me faites un crime d'une chose bien innocente ; cette religieuse me contait ses chagrins, nous croyions que vous nous suiviez, nous marchions sans réflexion. Quand nous nous sommes trouvées au bout du jardin, nous nous sommes retournées, croyant vous trouver à quelques pas. Ne vous voyant point, nous avons cru que vous aviez regagné le couvent, ce qui nous a déterminées à en faire autant par le plus court chemin. Quand je ne vous ai point trouvée, j'ai pensé que vous étiez à nous chercher, j'ai envoyé sur-le-champ ma femme de chambre au-devant de vous, qui a eu toutes les peines du monde à vous joindre, et vous me faites un crime capital de la chose du monde la plus innocente.

— Il est vrai, Mademoiselle, que c'est moi qui ai tort et que je devrais vous remercier de m'avoir fait courir pendant plus d'une heure plus vite que je n'ai fait de ma vie et me mettre en état de gagner une fluxion de poitrine ou quelque pleurésie.

— Je serais bien fâchée, Madame, que cela fût arrivé, mais je vous jure en vérité que ce que j'ai fait n'a certainement point été à cette intention. Si cependant le malheur vous en eût voulu et que vous eussiez été accablée par quelqu'une de ces maladies fâcheuses, il aurait bien fallu s'en consoler ; et je vous avouerai ingénument que je suis plus aisée à consoler qu'une autre. La gaieté ne laisse à mon esprit aucune porte ouverte par où puisse pénétrer le chagrin jusqu'à mon cœur. Et si jamais je suis femme, comme j'ai bonne envie de le devenir, mon mari doit s'attendre du soir au matin à m'entendre chanter, rire et boire.

— En vérité, Mademoiselle, je vous méconnais à de semblables discours ; je ne voudrais pas pour un doigt de ma main que Madame votre mère les entendît. Il est certain que non seulement elle vous ferait enfermer dans un couvent à perpétuité, et peut-être serais-je assez malheureuse pour qu'elle me fît mettre à l'hôpital pour le reste de mes jours, croyant que ce serait moi qui vous aurais donné de pareils principes.

— Ah ! Madame, vous connaissez mal ma mère ; tout ce que je dis là ne sont que des vétilles au prix des discours qu'elle tient à tous les Messieurs qui vont la voir, et ils la connaissent si bien sur ce ton que c'est à qui en dira des plus belles et des meilleures. Quoique je fusse encore jeune lorsque je suis venue ici, il me semble que j'en savais davantage que je n'en sais à présent, et que j'en ai oublié la moitié, dont bien me fâche, car rien n'est plus réjouissant que de savoir répondre sur toutes sortes de matières.

— Il y en a, repartit notre gouvernante, que des demoiselles comme vous doivent ignorer toute leur vie ou du moins en faire le semblant.

— Pour moi, dit ma sœur, je n'ignorerai jamais rien de ce que je pourrai apprendre, et c'est bien malgré moi si je n'en sais pas davantage. Heureusement que je suis encore jeune et en état d'apprendre, et j'ai déjà vu plusieurs messieurs, auparavant que de venir ici, qui m'ont offert de me montrer tout ce qu'une jeune personne doit savoir, mais malheureusement ma mère nous a envoyées ici où nous demeurerions un siècle entier sans savoir seulement comment se fait un enfant.

— Mademoiselle, dit notre gouvernante, si vous ne voulez pas changer de discours, je vais en écrire à Madame votre mère, et si elle n'y remédie pas sur-le-champ, je me retirerai, car j'aime mieux vous quitter que d'être témoin d'un dérangement tel que celui où vos sentiments vous feront tomber incessamment.

— Madame, dit ma sœur, je voudrais bien savoir en vérité si dans votre jeunesse vous avez toujours été aussi retenue que vous le paraissez à l'heure qu'il est, que toutes les passions sont éteintes chez vous, et que la jalousie de voir que vous n'êtes plus l'objet de la complaisance des hommes vous porte à vous opposer autant que vous le pouvez que celles qui les méritent y soient sensibles.

— Mademoiselle, vous poussez ma patience à bout, je m'en vais de ce pas chez Madame l'Abbesse avec Mademoiselle votre sœur lui rendre un compte exact de ce que vous venez de me dire.

— Madame, vous me ferez plaisir plus que vous ne pensez, car vous entendez bien que si Madame l'Abbesse suit votre avis, elle ne manquera pas d'écrire à ma mère qu'elle ne peut plus me garder, ma mère me fera venir aussitôt et c'est ce que je demande, pour lors que je ferai tout ce que je voudrai, et ma mère a toujours trop aimé le plaisir et l'aime encore trop pour m'empêcher d'en prendre.

— Quand vous serez entre ses mains et que je ne serai plus chargée de votre conduite, je n'aurai aucun reproche à me faire, au lieu que je serais responsable non seulement de ce qui pourrait vous arriver, mais encore des mauvais principes que vous donneriez à Mademoiselle.

— Madame, allez-vous-en où vous voudrez et me laissez tranquille ; je suis trop grande à présent pour être ainsi sermonnée du matin au soir pendant que je ne fais rien et n'ai aucun plaisir dans ce monde que d'avoir une conversation enjouée qui vous déplaît parce qu'elle me divertit.

Notre gouvernante sortit et s'en fut chez Madame l'Abbesse où elle m'emmena ; elle rendit ma sœur beaucoup plus coupable qu'elle n'était. Quand elle eut fini de parler, Madame l'Abbesse lui dit :

— Madame, il est inutile d'écrire à Madame leur mère parce que j'ai reçu hier une lettre d'elle par laquelle elle marque qu'elle viendra à la fin du mois prochain pour les retirer d'ici parce qu'on lui demande l'aînée en mariage, et j'allais envoyer chez vous tout à l'heure pour vous en faire part.

— Madame, dit notre gouvernante, vous m'apprenez là une nouvelle bien gracieuse. Ce n'est pas que je ne me trouve parfaitement bien ici, mais je vous dirai naturellement que les sentiments de cette demoiselle me font peur et que j'aimerais mieux en avoir dix comme celle-ci à gouverner qu'une seule comme elle.

— Il faut pourtant bien, Madame, que vous alliez jusqu'au bout.

— Je le compte bien, Madame, dit notre gouvernante, mais je suis bien aise de vous prévenir sur les mauvaises inclinations de cette demoiselle qui n'est sensible à aucune des remontrances que je lui fais, et qui, au lieu de profiter de ce que je lui dis et de mes conseils, tombe tous les jours dans des fautes plus grossières.

— Madame, prenez patience, le terme est court et vous en serez bientôt débarrassée. J'irai tantôt à votre appartement, je lui dirai mon avis sur sa conduite et sur le peu d'attention qu'elle a pour ce que vous lui dites.

— Vous ne sauriez, Madame l'Abbesse, me faire un plus grand plaisir que de la bien morigéner.

— Ne vous mettez pas en peine, je suis persuadée qu'elle ne sera point insensible à la mercuriale que je lui ferai.

— Madame, je vous serai très obligée. J'ai l'honneur de vous souhaiter le bonjour.

Nous nous en revînmes tout de suite au logis ; je fis un signe à ma sœur de passer dans sa chambre, je lui dis tout ce que j'avais entendu. Elle fut si transportée de joie quand je lui dis que notre mère devait nous venir chercher à la fin du mois prochain pour la marier qu'elle ne put se modérer et courut le demander à notre gouvernante, ce qui m'attira des reproches sanglants de sa part d'abord qu'elle me vit.

Comme ma sœur fut un peu de temps à jaser avec notre gouvernante, j'eus tout le temps de chercher partout où je crus pouvoir le trouver l'instrument qu'elle avait pris à la religieuse. Mes perquisitions pour ce jour-là furent inutiles, car elle l'avait pour lors dans sa poche. Elle revint me rejoindre, fort contente de ce que notre gouvernante lui avait confirmé ce que je lui avais dit tant sur notre retour que sur son mariage. Elle me dit :

— Quand je serai une fois mariée, je n'aurai plus besoin de cet engin-là, en me montrant celui de la religieuse que je reconnus d'abord, pour me divertir, et je te le donnerai.

Moi, feignant d'en ignorer l'usage, je la priai de me le montrer ; elle me le confia après m'avoir fait promettre de le lui rendre sur-le-champ, ce que je fis après lui en avoir demandé l'utilité. Elle me dit qu'après notre dîner elle me l'expliquerait. Moi qui avais autant d'envie qu'elle de tout savoir et de n'ignorer de rien, je lui demandai s'il fallait bien du temps pour apprendre cela. Elle me dit qu'il fallait au moins une demi-heure.

— Eh bien, lui répondis-je, je m'en vais savoir si nous avons encore assez de temps avant dîner pour que vous puissiez me l'apprendre.

— Je le veux bien, me dit-elle, mais assurez-vous aussi de ce que fait notre gouvernante, car nous serions perdues si elle nous surprenait à jouer à ce jeu.

Je l'assurai que je prendrais sur cela les plus sûres précautions. J'allai d'abord à la cuisine où j'appris que nous ne dînerions qu'à l'heure ordinaire, qu'ainsi nous avions encore une bonne heure. Comme je m'en revenais, notre gouvernante qui me vit passer me gronda fort sur l'indiscrétion que j'avais eue de dire à ma sœur notre retour à Paris et son mariage. Je m'excusai le mieux que je pus, mais croyant beaucoup me peiner elle me dit qu'elle ne me mènerait plus nulle part. Je lui demandai excuse en faisant semblant de pleurer. Elle m'embrassa et me dit qu'elle oublierait volontiers le passé pourvu qu'à l'avenir je ne rendisse jamais compte de rien à ma sœur.

Ma paix faite, je me retirai dans la chambre de ma sœur qui en m'attendant s'était jetée sur son lit de repos où elle se servait de son instrument. Elle me demanda d'abord si j'étais seule ; lui ayant dit oui, elle me dit :

— Viens voir à quoi sert l'instrument que je t'ai montré. Cet instrument a la figure et ressemble à celui que les hommes ont et avec lequel ils font des enfants aux femmes et aux filles en les faisant jouir. Cela vous cause un plaisir infini, et quand on n'a point les originaux, on se trouve bien heureux d'avoir ces sortes de copies. Fais-moi le plaisir de le prendre dans ta main et de le faire agir. Quand tu m'auras satisfaite, je le prendrai à mon tour et je te ferai goûter un plaisir que tu n'as pas encore senti.

Je fis ce que ma sœur voulait ; elle se démenait et se secouait elle-même avec beaucoup plus de violence que ma religieuse qui me paraissait cependant bien amoureuse. Quand elle fut contente, elle me fit mettre sur le lit à sa place, me troussa et voulut m'enfoncer cet engin. Elle ne put en venir à bout. Elle me fit cependant beaucoup de mal, que je souffris assez patiemment, parce qu'elle me dit que c'était le seul moyen de devenir bientôt grande fille et en état d'être mariée, et que j'avais grande envie d'être l'une et l'autre. Quelque chose qu'elle fît, elle ne me causa pas le même plaisir que ma religieuse me faisait ressentir avec sa langue, mais j'eus seulement une émotion qui me provoqua une humidité légère à la partie, dont elle s'aperçut quoiqu'elle fût modique, ce qui fit qu'elle cessa et me dit :

— En voilà assez pour aujourd'hui. Demain nous en ferons encore autant si nous en trouvons le moment. Et avant qu'il soit quatre jours, cet instrument te servira tout comme à moi.

Je le lui vis serrer et résolus sur-le-champ de le lui prendre si je le pouvais sans qu'elle s'en aperçût. Nous dînâmes, après quoi nous allâmes heureusement nous promener, ce qui nous fit éviter la visite de Madame l'Abbesse qui vint pour nous voir pendant que nous étions à la promenade. Notre gouvernante, ayant oublié qu'elle lui avait promis d'y venir, n'avait fait aucune difficulté de nous accompagner. Ma sœur ne la quitta point, ni moi non plus, de façon qu'elle fut fort contente de notre sagesse, et que nous rentrâmes toutes les trois en fort bonne union au couvent. Je guettais le moment de passer dans la chambre de ma sœur pour y prendre son instrument qui pour lors était l'unique objet de mes désirs, mais il se passa quelques jours sans que je pusse y parvenir, ni sans que ma sœur pût trouver occasion de m'en faire faire usage. Les contretemps qui nous en empêchèrent se succédèrent si bien que je ne croyais plus y revenir. Enfin, impatiente de demeurer ainsi dans l'inaction, je courus chez ma religieuse que je trouvai comme elle allait entrer au chœur. Sitôt qu'elle m'aperçut, elle rebroussa chemin, elle monta vite à sa chambre où je la suivis. Nos caresses furent réciproques et si vives qu'en moins d'un quart d'heure nous nous mîmes toutes les deux sur les dents ; et je dirai de bonne que[1], si elle ne m'avait pas fait prendre un peu de ratafia, je n'aurais jamais eu la force de regagner notre appartement, ce que je fis un moment après.

Mais ma sœur, ayant senti mon haleine, voulut savoir absolument où j'avais bu des liqueurs. Plutôt que de dire que c'était chez ma religieuse, je lui dis, au contraire, que c'était Madame l'Abbesse qui m'en avait fait boire un petit coup, parce que j'étais bien sûre qu'elle n'irait pas lui demander. Je me débarrassai par là de ses questions pour le moment, mais je fus bien surprise quand, aussitôt que nous fûmes avec notre gouvernante, elle lui dit :

— Madame, que dites-vous d'une petite ivrognesse comme Mademoiselle, qui pue l'eau-de-vie comme un suisse et qui en a bu toute la matinée tant qu'elle en est encore étourdie ?

Ce discours surprit d'autant plus notre gouvernante qu'elle me voyait fort tranquille. Cependant elle me demanda ce que voulait dire ce qu'elle entendait. Je commençai par lui dire que je n'en savais rien. Sur quoi ma sœur reprit la parole et dit :

— Quoi ! osez-vous dire, Mademoiselle, que vous n'ayez bu des liqueurs ce matin ?

— Je conviendrai, lui dis-je avec beaucoup de douceur, de tout ce que vous voudrez, mais cela ne prouvera point que je sois une ivrognesse comme vous le dites, et au contraire que j'ai de la retenue puisque je n'en ai point pris comme vous dites pour me mettre hors de raison.

Notre gouvernante me demanda ensuite où j'avais bu ces liqueurs ; je lui dis comme j'avais fait à ma sœur que c'était chez Madame l'Abbesse qui m'en avait fait boire un petit coup. Elle me fit sur cela plusieurs questions auxquelles, quoique embarrassantes, je répondis si bien et si précisément qu'elle dit à ma sœur :

— Mademoiselle, je souhaite ardemment que vous ne fassiez jamais de plus grande faute que celle dont vous accusez Mademoiselle votre sœur ; vous ne serez point sujette à aucune pénitence.

Ma sœur, qui ne cherchait à m'accabler que pour occuper notre

1. *Dire de bonne que...* : et le plus étonnant, c'est que...

gouvernante à me gronder afin d'être plus tranquille, fut obligée de se taire et de changer de conversation, ce qui me fit grand plaisir par la crainte continuelle où j'étais que quelque malheureux hasard ne vînt à découvrir mon mensonge.

La journée se passa sans qu'il fût découvert, et le lendemain on n'en parla plus. Je restai donc tranquille de ce côté, mais j'étais tourmentée par l'impatience que j'avais de me voir en possession de l'instrument de ma religieuse, dont ma sœur jouissait depuis plusieurs jours. Je savais l'endroit où je le lui avais vu mettre. Je le lui aurais pris à l'aveuglette, mais il s'agissait d'entrer dans cette chambre sans que personne le vît et d'en sortir de même. À force de veiller ce moment, je le trouvai et courus au tiroir où je ne trouvai rien. J'étais dans une colère infinie d'avoir différé si longtemps et gardé tant de mesure. Cependant, ne perdant point courage, je fis une perquisition si exacte par toute la chambre que je le trouvai à la fin sous le chevet de son lit. Je le mis aussitôt dans ma poche et sortis tout de suite, aussi rouge que si j'avais fait un mauvais coup. J'aurais bien voulu essayer à m'en servir dans le moment, mais cela n'était pas praticable, à moins que de vouloir m'exposer à être surprise par ma sœur ou notre gouvernante, ce que je craignais tant que je ne pus sur cela satisfaire mon envie et que je fus forcée d'attendre à la nuit.

Ma sœur, qui vint se coucher en même temps que moi et qui se servait de cet instrument pour s'endormir, ne fut pas peu surprise quand elle ne le trouva plus où elle l'avait mis. Elle vint aussitôt à mon lit, me demanda si je ne l'avais point vu ; sur ce que je lui dis que non d'un ton assez tranquille, elle me dit :

— Ah ! ma chère sœur, nous sommes perdues, car si ce n'est point ma femme de chambre qui l'a pris, ce ne peut être que notre vieille damnée de gouvernante qui ne m'en dira mot, mais qui le gardera jusqu'à ce que ma mère vienne ici, et qui le lui donnera en lui faisant mon panégyrique ; et j'ai tout lieu de craindre que cela ne soit cause qu'elle ne nous laisse encore ici quelques années.

Je fus fort touchée de toutes ces raisons. Je fis de mon mieux pour la consoler, mais je gardai le bon bout de mon côté et lui dis seulement que le meilleur conseil que je pouvais lui donner était de faire ses efforts pour en avoir un autre. À quoi elle me répondit :

— Cela n'est pas aussi aisé que vous l'imaginez, et quand j'en aurais un autre, notre vieille n'aurait pas moins celui qu'elle m'a pris et ne le montrera pas moins à ma mère.

— Moi, à votre place, dis-je à ma sœur, si ma mère venait à m'en parler, je nierais le fait formellement et lui dirais que c'est un tour dont elle se sert pour me rendre odieuse auprès d'elle, que je ne sais point la propriété de cet instrument ni de quel usage il peut être. Si vous soutenez bien cela, elle en aura toute la honte, et je suis persuadée que cela déterminera notre mère à nous retirer plutôt et à nous débarrasser de cette vieille.

Ma sœur me dit :

— Je sais bien que je n'ai point d'autre parti à prendre que celui-là, mais je crains bien que mon visage ne me trahisse par la rougeur que je suis sûre qui m'y montera.

— Je n'en doute pas, mais vous avez à dire cela, qu'un innocent rougit plus souvent qu'un coupable, et en tout cas que vous l'aviez trouvé le matin, que vous n'en aviez fait aucun usage, ignorant entièrement à quoi il est propre.

— Ma chère sœur, me dit-elle, tout ceci se dit à merveille entre nous deux, mais toi qui veux te mêler de me donner des conseils, tu serais plus morte qu'en vie si ma mère, en te présentant ce bijou, te demandait quel usage tu en voulais faire, et pourquoi tu l'avais mis sous le chevet de ton lit.

— Il est vrai que ces questions pourraient m'embarrasser, mais au surplus, notre mère sait mieux l'usage de cet instrument que nous, et les mouvements de la nature à notre âge ; par conséquent, il n'est pas naturel qu'elle-même, qui dans son temps en a ressenti les effets et qui peut-être les ressent encore actuellement, voulût de propos délibéré nous chagriner pour une faute aussi légère et dont peut-être a-t-elle été coupable devant nous.

— Je conviens de tout cela, mais est-ce que tu ne sais pas que l'écrevisse qui va à reculons veut que sa fille marche en avant ?

— Pardonne-moi, ma sœur, je le sais et n'ignore point non plus la sage réponse de la fille.

— Oui, mais vous ne seriez pas en état d'en faire une pareille à notre mère[1].

— Cela est vrai, et elle n'est pas en état de me faire aucun reproche dans le cas présent, puisque ce n'est point à moi le bijou, et que j'en ignorais entièrement la forme et l'utilité avant que vous me l'ayez montré.

Notre conversation dura un peu trop longtemps pour ne pas devenir suspecte à notre gouvernante qui dit d'un ton supérieur :

— Eh bien, mademoiselle, avez-vous envie de passer la nuit ? Pour moi, qui suis bien aise de vous voir coucher avant moi, je vous prie de revenir à votre lit.

Cet ordre qui interrompit notre conversation obligea ma sœur à se retirer sans mot dire, ce qui me fit un grand plaisir, car je me trouvai en un instant en liberté de me servir de cet heureux bijou.

La religieuse et ma sœur, qui avaient voulu s'en servir sur moi, avaient agi d'abord avec trop de précipitation, ce qui les avait empêchées de parvenir à leur but. Moi, j'en usai plus prudemment, je profitais des mouvements de la nature qui travaillait elle-même à se donner peu à peu la satisfaction qu'elle désirait, mais les chatouillements que je me causais

1. « Mère Écrevisse un jour à sa fille disait : / Comme tu vas, bon Dieu ! ne peux-tu marcher droit ? / — Et comme vous allez vous-même ! dit la fille. / Puis-je autrement marcher que ne fait ma famille ? / Veut-on que j'aille droit quand on y va tortu ? » (La Fontaine, *L'Écrevisse et sa fille*, livre XII, fable X).

ayant épuisé mes forces et mes plaisirs, je m'endormis peut-être une heure après en laissant entre les lèvres de ma partie ce bienheureux instrument. Je dormis jusqu'au lendemain matin sans m'éveiller. Mon premier soin fut de me tâter ; je ne trouvai rien de changé à mon état, sans penser où j'avais laissé le bijou en m'endormant. Ma main le rencontra entre mes cuisses encore tout poissé de la liqueur que le plaisir qu'il m'avait causé m'avait fait répandre avec une telle abondance que ma chemise en était tout empesée. Je commençai par essuyer le mieux qu'il me fut possible aux rideaux de mon lit qui étaient de serge verte l'objet de mes plaisirs, ainsi que je l'avais vu faire à la religieuse qui m'avait dit que la serge étant plus rude que le linge, était plus propre pour cela. Quand j'eus fini, je le mis dans ma poche entortillé dans une feuille de papier blanc, ensuite je tournai ma chemise, je la frottai entre mes mains le plus qu'il me fut possible. Je diminuai la roideur dont elle était, mais je ne pus en ôter les taches qui étaient un peu teintes de sang. Comme c'était le jour que nous devions changer de linge, je craignais que ma gouvernante ne s'en aperçût, ce qui ne manqua pas d'arriver par l'indiscrétion de ma femme de chambre qui, m'ayant apporté celui que je devais prendre, prit celui que je quittai. Ce ne fut pas sans s'apercevoir de ce qui y était. Elle m'en garda le silence, mais elle ne fut pas sortie de ma chambre qu'elle alla joindre notre gouvernante à qui elle montra ma chemise en lui disant qu'elle croyait que j'allais bientôt être grande fille. Cette gouvernante donnant dans ce discours, et qui n'avait d'autre méchanceté dans le fond que de s'opposer autant qu'elle le pouvait à ce que ma sœur et moi faisions de contraire à la bienséance, aux bonnes mœurs et à notre santé, courut aussitôt à ma chambre où je fus avant elle, car je la devançai, ayant suivi ma femme de chambre pour savoir ce qu'elle ferait de mon linge, si elle le serrerait sans en parler, ou si elle en parlerait, ce qu'elle fit. Notre gouvernante étant donc arrivée à ma chambre me trouva debout et presque habillée ; elle me dit :

— Mademoiselle, je sais que vous êtes incommodée, ou du moins que vous l'allez être incessamment. Ainsi, il est à propos que vous vous teniez au lit. Je vais dire à votre femme de chambre de le faire, et pendant ce temps vous faire faire une bonne rôtie au vin avec force sucre, de la cannelle et du macis[1], que vous mangerez toute chaude aussitôt que vous serez couchée. Cela aidera la nature à se décharger des excréments dont les filles et les femmes sont surchargées. Quand une fois cela aura pris son cours, vous ne vous en porterez que mieux et en serez beaucoup plus belle.

Quoique je susse à merveille ce qu'elle me voulait dire, je lui demandai l'explication qu'elle me fit au mieux, cependant avec des termes si bien ménagés que la pudeur la plus austère n'en pouvait être alarmée. Je fis

1. *Rôtie au vin* : tranche de pain grillée trempée dans le vin. *Macis* : écorce intérieure de la noix muscade.

tout ce qu'elle souhaitait pour qu'elle ne pût prendre aucun soupçon de la vérité. Elle sortit un moment après, envoya ma femme de chambre sur-le-champ faire mon lit tout de suite, fit faire la rôtie et un instant après me l'apporta. Il y en avait plein une grande écuelle d'argent. Ma sœur, attirée par l'odeur que cette rôtie avait répandue, vint aussitôt à ma chambre ; elle me trouva comme je commençais à la manger. Comme elle me vit au lit, elle demanda d'abord quelle était mon incommodité ; notre gouvernante lui dit :

— Vous êtes bien heureuse d'en être quitte.

— Comment, repartit ma sœur qui avait environ trois ans plus que moi, est-ce que cette morveuse voudrait déjà devenir grande fille ?

— J'y vois, continua notre gouvernante, beaucoup d'apparence, car la chemise qu'elle a quittée ce matin est toute teinte et je lui fais prendre cette rôtie pour l'échauffer et aider la nature à agir avec plus de force et plus de facilité.

— C'est fort bien fait, Madame, mais si vous vouliez je l'aiderais, car il n'est pas possible qu'elle mange une rôtie aussi copieuse qu'est celle-là.

Comme elle vit qu'effectivement je pouvais en manger au moins la moitié sans lui faire tort, n'étant pas possible qu'elle en vînt à bout, elle y consentit ; je n'en fus point fâchée. Elle s'assit sur mon lit, me fit mille contes en me disant que j'étais l'accouchée et qu'elle voulait être la sage-femme. Elle aurait poussé ses plaisanteries plus loin, mais notre gouvernante lui imposait toujours silence quand elle voulait s'émanciper. Quand la rôtie fut mangée, notre gouvernante se retira et emmena ma sœur avec elle, me disant qu'il fallait dormir jusqu'à midi et qu'elle ne voulait pas que je me lève de deux ou trois jours ; mais que, parce que je m'ennuierais, elle ferait apporter le dîner et le souper dans ma chambre, que nous mangerions toutes les trois ensemble à l'ordinaire. Quoique j'aimasse naturellement assez le lit, cette contrainte ne fut point de mon goût, et si je n'avais eu peur de m'exposer à une visite, j'aurais désabusé ma gouvernante en lui disant que malheureusement, en m'essuyant, je m'étais égratignée un peu, ce qui m'avait fait répandre quelques gouttes qui mêlées parmi les restes de mon urine la jetaient dans l'erreur où elle était. Cette excuse aurait eu don de me donner ma liberté, mais comme je l'ai déjà dit, je craignais qu'elle ne voulût voir ma blessure ; j'aimai donc mieux ne rien dire et prendre mon mal en patience. Ce qui me désolait le plus, c'est que ma sœur ne resta pas seule un moment avec moi. La crainte que ma gouvernante avait qu'elle ne m'apprît quelque malice fit qu'aussitôt qu'elle sortait elle l'obligeait de la suivre.

***

Le troisième jour de ma détention, il s'éleva un grand bruit dans le couvent qui se termina par la nouvelle de l'arrivée de notre mère qui venait pour nous chercher. Ma sœur courut aussitôt au-devant d'elle et notre gouvernante aussi. J'en aurais fait volontiers autant ; notre gouvernante lui dit le sujet qui m'en empêchait. Notre mère lui dit :

— J'en suis fâchée car je comptais vous ramener tous demain sans ce contretemps.

Notre gouvernante lui dit qu'il n'y avait aucun inconvénient à craindre ; ma mère lui répondit :

— Je vous crois, Madame. Cependant, si cela ne se décide pas aujourd'hui ou demain, je m'en retournerai et vous enverrai chercher dans trois semaines d'ici.

Ma sœur qui était présente dit à ma mère :

— Vous pourriez bien m'emmener avec vous ; je n'ai aucune incommodité qui m'en empêche.

— Je le crois, lui dit ma mère, et en suis bien aise, cependant vous ne sortirez pas d'ici l'une sans l'autre. Ainsi, point de sollicitations inutiles à ce sujet.

Ma mère dit cela d'un ton si sec à ma sœur qu'elle vit bien qu'elle ne devait espérer aucune grâce à ce sujet, ce qui la détermina à chercher tous les moyens imaginables pour avancer notre départ. Elle trouva heureusement notre religieuse, elle lui dit le chagrin où elle était et le seul secret qu'elle avait imaginé pour en sortir. Cette fille lui dit :

— Vous pouvez compter sur moi si je puis vous servir.

Ma sœur lui ayant conté en peu de mots de quoi il s'agissait, elle lui demanda d'abord si j'étais d'accord avec elle de faire ce qu'il faudrait pour tromper tout le monde. Ma sœur l'ayant assurée que oui avant seulement de m'avoir parlé, notre religieuse lui promit de lui remettre avant deux heures deux pigeons tout en vie auxquels on couperait la gorge dans ma chemise, que cela serait plus que suffisant pour faire croire que tout serait arrivé. Cela s'exécuta ainsi que cela s'était projeté après le dîner. Notre gouvernante, aussitôt qu'elle le sut, courut en avertir ma mère qui dînait avec Madame l'Abbesse. Cela lui fit grand plaisir, et elle dit :

— Puisque cela est ainsi, nous pourrons partir demain sur l'après-midi.

Notre gouvernante toute joyeuse nous rapporta cette nouvelle. Ma sœur ne se sentait pas de joie. J'aurais dès ce moment voulu me lever, mais notre gouvernante ne voulut pas me le permettre. Elle me dit qu'il suffirait que je me lève au moment qu'il faudrait partir ; elle me fit prendre toutes sortes de potions. Comme ce qu'elle me donnait à prendre était fort gracieux, je n'hésitai point. Si cela ne me fit aucun bien, au moins je ne me suis point aperçu que cela m'ait fait aucun mal. Ma sœur, au comble de sa joie de l'heureux succès de son stratagème, ne savait sur quel pied danser et disait encore plus de folies qu'elle n'en faisait. Quand ma mère eut achevé de dîner avec Madame l'Abbesse, elles passèrent ensemble dans ma chambre où ma mère me fit quelques railleries. Madame l'Abbesse en rit sous cape et ne me dit mot, sinon que j'étais de bonne heure au nombre des grandes filles, à quoi je lui répondis, contrefaisant la pleureuse :

— Dame, ce n'est pas ma faute, c'est la nature qui, fortifiée et excitée par tous les remèdes que notre gouvernante m'a fait prendre, a agi d'elle-même.

— Mademoiselle, si l'on vous a fait prendre quelque chose, c'est que cela non seulement vous était utile, mais encore nécessaire, et je vous trouve bien heureuse à votre âge d'en être quitte à si bon marché. Ainsi, vous ne devez faire aucun reproche à votre gouvernante, et au contraire la bien remercier des soins qu'elle a pris de vous. Si vous continuez à vous bien porter, nous partirons demain sur l'après-midi.

Je répondis à ma mère que je ferais tout ce qu'elle souhaitait et que notre gouvernante savait bien que je n'avais jamais rien refusé de tout ce qu'elle m'avait ordonné. Ma mère me quitta. Comme ma gouvernante la suivit, je restai seule. Un moment après, ma sœur revint et me dit que la crainte qu'elle avait que si l'on voyait cela arrêté si tôt, cela ne retardât notre départ, qu'elle avait encore envie d'avoir un couple de pigeons qu'on égorgerait le lendemain dès le matin encore dans ma chemise. Je consentis à tout ce qu'elle voulut. Elle me quitta pour aller trouver notre religieuse qu'elle chargea de cette commission, qui s'en acquitta comme elle l'avait fait la première fois. Ma sœur, le lendemain matin, exécuta de son côté ce qu'elle avait projeté. Notre gouvernante, aussitôt qu'elle fut éveillée, vint me voir ; elle me demanda en quel état j'étais, je lui dis en lui montrant un chauffoir que je tirai d'entre mes jambes que je baignais dans le sang.

— Tant mieux, dit-elle, nous pouvons à présent crier victoire, nous ne coucherons pas ce soir ici.

Elle dit à ma femme de chambre de m'aller chercher un bon bouillon et lui ordonna ensuite de composer tous ses coffres, parce que nous partirions l'après-midi sans faute. Cette fille qui était bien aise de sortir du couvent ne se le fit pas dire deux fois et tout fut prêt avant midi.

Dès que notre gouvernante sut que maman était éveillée, elle lui annonça l'évacuation qui s'était faite chez moi ; elle l'apprit avec joie et lui dit qu'immédiatement après mon dîner il fallait qu'elle me fît habiller et me garnir de façon que je ne pusse recevoir aucune fâcheuse impression de l'air. Cela s'exécuta comme elle l'avait ordonné, mais j'avouerai que ma modestie n'a jamais tant souffert que ce jour-là, quand je vis cette vieille gouvernante me trousser ma chemise et me bricoler une serviette entre les jambes. Ma sœur qui survint dans ces entrefaites me fit mille plaisanteries qui ne me plaisaient guère ; quelque chose que pût lui dire notre gouvernante, elle ne put la faire finir.

Ma sœur qui sentait son indépendance prochaine était d'un enjouement extraordinaire. Quand je fus accommodée, la gouvernante me dit qu'il fallait me tranquilliser. Je lui demandai la permission d'aller dire adieu à ma religieuse ; elle me la refusa, je la priai de trouver bon que ma sœur allât lui dire que, comme je ne pouvais sortir et que nous allions partir, je la priais de venir un moment pour que je pusse lui dire adieu ; elle y consentit. Ma sœur y courut, mais elle ne revint pas aussitôt que je l'aurais souhaité, ce qui me fit croire qu'elles faisaient ensemble ce que j'y aurais fait si j'y avais été. Au bout d'une grande demi-heure, ma sœur revint avec la religieuse qui me sauta d'abord au col et me fit toutes les caresses qui lui étaient permises devant ma gouvernante. Comme on vint avertir que ma mère venait, notre gouvernante et ma sœur allèrent au-devant d'elle. Je restai donc un moment seule avec ma religieuse ; je profitai de ce moment pour lui remettre l'instrument que ma sœur lui avait pris, elle le serra et m'en remercia. Ma mère qui arriva dans ce moment interrompit ce qu'elle m'aurait dit à ce sujet. Elle la trouva fort aimable, lui fit beaucoup d'amitiés et d'offres de service. Cette fille, qui avait beaucoup d'esprit, ne manqua pas une si belle occasion et lui dit :

— Madame, je suis ici contre mon gré ; l'on m'y a fait faire des vœux avant que j'eusse l'âge d'en connaître la conséquence. Si par votre crédit je pouvais en être relevée, je bornerais ma fortune et mon bonheur à celui d'être toute ma vie auprès d'une de Mesdemoiselles vos filles.

Ma mère lui demanda qui elle était. Ayant appris qu'elle était née demoiselle[1], elle lui promit de travailler à ce qu'elle souhaitait ; elle me recommanda même de l'en faire souvenir.

L'heure de notre départ étant arrivée, nous nous embarquâmes dans deux carrosses à six chevaux, et je dois dire que je ne regrettai de cette maison que ma chère religieuse, dont ma mère aurait obtenu certainement la liberté, si ses parents n'étaient pas venus la supplier instamment de ne s'en point mêler parce que, si elle sortait du couvent, comme elle se trouverait la présomptive héritière d'une succession considérable qui leur était échue et qui était partagée, cela occasionnerait des procès qui ruineraient deux ou trois familles de cette maison. Ma mère se rendit à ces raisons sans trop en examiner la réalité, ce qui fit que notre religieuse resta dans son couvent, où j'ai bien de la peine à croire qu'elle fasse son salut, à moins que Dieu ne la touche de sa grâce.

II

Quand nous fûmes arrivées au logis[2], nous fûmes accablées de tant de visites que ma mère fut obligée de faire dire que nous n'y étions pas. Ma

1. Née de parents nobles.
2. Situé à l'emplacement des numéros 9 à 15 de l'actuelle rue de Condé, l'hôtel de ce nom étendait ses jardins jusqu'aux rues de Vaugirard et Monsieur-le-Prince. C'était l'une des plus magnifiques demeures de la capitale. « Pour des meubles, s'émerveillait Germain

gouvernante prit soin de me défaire ce qu'elle m'avait accommodé. Comme elle ne vit rien d'extraordinaire à la serviette, elle me dit :

— Mademoiselle, vous en voilà quitte pour deux ou trois mois d'ici, car dans les commencements aux jeunes personnes cela ne vient pas tous les mois.

— Tant mieux, lui dis-je, je voudrais bien que cela ne revienne jamais tant cela est malpropre et m'incommode.

— C'est, Mademoiselle, un mal nécessaire pour votre santé, et si cela vous manquait, vous seriez toujours languissante et auriez peut-être la jaunisse pour toute votre vie.

Ma sœur qui survint fit changer notre conversation, ce dont je fus fort aise ; notre gouvernante nous laissa ensemble et alla à ses affaires. Ma sœur me dit qu'elle allait être mariée incessamment et qu'elle épouserait un homme dont la sœur épouserait notre frère[1]. Je lui demandai sur cela si on ne parlait point de me marier aussi. Elle me dit que non, qu'au contraire il lui paraissait que j'avais du temps à attendre pour m'y préparer.

— Oh bien, lui répondis-je, si on ne songe point à me marier, j'y songerai moi-même, et sans en rien dire je tâterai de l'original dont vous m'avez fait goûter de la copie.

Ma sœur me dit de bien prendre garde à ce que je ferais sur cela, parce qu'il ne fallait pour ainsi dire rien pour faire un enfant, et que si ce malheur m'arrivait, je serais assurément renfermée pour le reste de mes jours dans un couvent. Je lui répondis que je prendrais si bien mes mesures et mes précautions que je ne courrais aucun risque. Elle me dit :

Brice, il est difficile d'en voir dans aucun autre palais de plus riches et en plus grande quantité. On y trouve aussi des tableaux de maîtres du premier rang, entre autres un *Baptême de Notre-Seigneur* de l'Albano, qui a longtemps appartenu au duc de Lesdiguières, des tapisseries extraordinaires, qui viennent de l'illustre maison de Montmorency, et des pierreries plus qu'en aucun autre endroit. On y conserve aussi une nombreuse bibliothèque composée de livres curieux et des cartes à la main des plus rares. Il faut voir le jardin, lequel, dans une étendue assez médiocre, fait remarquer que l'art et la nature, joints ensemble, produisent toujours de très grands agréments. Il y a des cabinets de treillage à la manière de Hollande, faits avec beaucoup d'industrie. Il paraît à l'extrémité de chaque allée un petit arc de triomphe du même ouvrage. En été, ce jardin est rempli d'orangers et d'arbustes qui en rendent la promenade agréable » (*Description nouvelle de la ville de Paris*, 5e éd., Paris, 1706, t. II, p. 291).

Pour une jeune princesse éprise de liberté, cet hôtel offrait de précieux avantages, et notamment un grand nombre d'issues. À côté de la grosse porte cochère qui ouvrait sur la rue des Fossés-Saint-Lambert, il existait de petites portes basses. Certaines s'ouvraient sur les deux côtés de l'hôtel, d'autres donnaient sur le parc, dont les grilles étaient faciles à franchir, grâce à des ouvertures qu'on oubliait souvent de fermer. Mlle de Charolais les empruntait d'autant plus volontiers que son appartement se trouvait au rez-de-chaussée, le premier étage étant réservé aux salons de réception.

1. Le 9 juillet 1713, Louise-Élisabeth de Bourbon-Condé reçut pour époux Louis-Armand de Conti. Le même jour, la sœur de ce dernier, Marie-Anne de Conti, devenait l'épouse de Louis-Henri de Bourbon, frère de Louise-Élisabeth et de Mlle de Charolais. Ainsi, le cousin épousait sa cousine, la cousine épousait son cousin. Il avait naturellement fallu un bref du pape Clément XI portant dispense de parenté. Voir Arch. nat. K 544 (1 et 2).

— Ce sont vos affaires, mais je crois qu'il serait plus avantageux pour vous de vous divertir encore quelque temps comme nous faisions au couvent que de faire quelque honteuse démarche qui vous déshonorera à perpétuité si elle vient à être sue.

Je lui répondis en fille déterminée que je ne craignais aucun des événements de la vie à cet égard, et qu'il fallait que je satisfasse absolument ma curiosité à ce sujet. Elle m'offrit de nous divertir ensemble. Comme je vis dans ses yeux qu'elle en avait grande envie, je consentis à ce qu'elle voulut. Elle me fit d'abord mettre sur elle en m'embrassant ; par les reins elle me faisait aller et venir à sa fantaisie. Ensuite, elle se mit sur moi et se trémoussa tant qu'à la fin le plaisir la suffoquant elle m'inonda le bas du ventre et la partie de l'effusion de son amour. Après quoi, elle se laissa aller en riant sur moi comme si elle était morte. Je me débarrassai de dessous elle avec beaucoup de peine. Cependant, ayant repris ses sens, elle descendit de dessus mon lit que nous raccommodâmes le mieux qu'il nous fut possible. Quelqu'un qui y aurait bien pris garde se serait bien aperçu que la façon que nous lui avions donnée était simplement un relevé[1].

Quelques jours après notre retour on nous donna toutes sortes de maîtres : entre autres un à danser, un de musique, et un de basse de viole pour ma sœur. Moi, à la place de la basse de viole, je demandai à apprendre à jouer de la flûte allemande. Le maître qui me fut donné pour cet instrument était petit dans sa taille, mais bien pris, et avait des talents infinis, tant pour dessiner le paysage que l'architecture de toutes sortes de miniatures. Il était laid de sa figure, mais hardi et ne doutant de rien. C'était justement l'homme qu'il me fallait pour me montrer tout ce que je voulais savoir. Nous prenions ma sœur et moi ordinairement nos leçons ensemble, excepté celle de la basse qu'elle prenait dans sa chambre, et moi celle de la flûte dans la mienne. Il y avait toujours ma gouvernante qui était présente, ou du moins une femme de chambre, ce qui m'empêchait de faire aucune tentative. Cependant, je m'apercevais tous les jours que le feu augmentait dans les yeux de mon maître, et comme il était debout devant moi en me montrant sur la flûte les mouvements que je devais faire avec mes doigts sur la mienne pour en tirer les sons qu'il me demandait, j'aperçus auprès de la braguette de sa culotte une certaine grosseur qui montait vers sa ceinture qui paraissait s'enfler de moment en moment. Si j'avais été seule, je me serais éclaircie sur-le-champ, mais la chose pour lors n'était pas praticable, et malgré l'impression et l'émotion que me causèrent les mouvements réitérés que je remarquai à cette partie, je sus me contenir ; et quand il voulut se retirer, je lui dis :

— Monsieur, on m'a dit que vous savez parfaitement bien dessiner le paysage. Comme je serais bien aise d'en apprendre quelque chose, je

1. Entendez : ... *que nous l'avions seulement retapé, défroissé.*

vous prie la première fois que vous viendrez ici de m'apporter tout ce qui est nécessaire pour commencer.

Il me promit de le faire et s'en acquitta exactement. Mon dessein dans cette proposition était que lorsqu'il serait assis auprès de moi pour me montrer, je pourrais porter ma main sans être vue sous la table sur ce qui m'avait tant flatté la vue et l'imagination. Ah ! qu'il est bien vrai à dire que les filles ont plus de malice qu'il n'est permis de l'imaginer pour parvenir à leurs fins.

Le jour de cette leçon venu le maître arriva. Nous passâmes dans la chambre ordinaire. Il commença par la leçon de la flûte et je remarquai avec plaisir les mouvements de sa culotte. Comme j'avais peur qu'ils ne disparussent, je pressai cette leçon et le priai de commencer à me montrer à dessiner. Il demanda une table qu'on apporta sur-le-champ, couverte d'un tapis de velours vert ; il étala ses papiers, ensuite il me fit placer comme je devais être. Il m'avait apporté outre le papier, du crayon, de l'encre de la Chine, des plumes de corneille, un canif et un porte-crayon d'argent des plus propres. Je lui demandai à combien montait cette dépense, il ne voulut jamais me le dire ; je priai ma gouvernante de le lui demander afin de le satisfaire, elle le fit, mais elle n'en fut pas plus avancée. Il lui dit que c'était une bagatelle qui viendrait avec autre chose à laquelle il ne fallait pas penser à présent. Il se mit à côté de moi, debout à la vérité, et se baissait pour me montrer comme il fallait que je fisse pour imiter ce que j'avais devant moi. Malgré toutes les peines et l'attention qu'il se donna, comme j'avais autre chose dans l'esprit, je ne pus parvenir à rien faire comme il le souhaitait. Voyant qu'il se fatiguait ainsi debout à se pencher pour me conduire quelquefois la main à faire un trait, je lui dis de s'asseoir à mon côté ; il le refusa d'abord, cependant à la fin il prit une chaise et se mit un genou dessus. Cette attitude ne convenant point à mes intentions, je le forçai à s'asseoir. Aussitôt qu'il le fut, je portai la main sur ce que j'avais vu, que je trouvai d'une consistance dure, solide, d'une grosseur et d'une longueur fort au-dessus de la copie qu'en avait notre religieuse. Sentant ma main à cet endroit, il me dit tout bas :

— Mademoiselle, ménagez cet instrument : c'est avec quoi je travaille en figures naturelles.

Mon émotion devint si grande qu'après avoir retiré ma main je demeurai près d'un demi-quart d'heure les yeux fixés sur mon ouvrage sans pouvoir rien faire. Tout autre que notre vieille gouvernante se serait aperçue du désordre où j'étais. Comme il le vit bien, il me dit :

— En voilà, Mademoiselle, assez pour aujourd'hui, les premières leçons ne doivent point être trop longues parce qu'elles fatigueraient trop les écolières et pourraient même les rebuter. Aussi je m'en vais prendre congé de vous jusqu'après-demain.

Ce mot de « congé » me tira de la léthargie où j'étais, je lui dis :

— Monsieur, vous êtes bien pressé, voyez ce que je vais faire : je suis persuadée que vous en serez plus content que de tout ce que j'ai fait jusqu'à présent.

Il eut la complaisance de se rasseoir et me vit travailler. Avec un léger sourire qu'il donna à mon ouvrage, il le trouva fort passable. Ma mère qui passa dans ma chambre fut charmée de le voir. Je lui dis :

— Madame, c'est Monsieur qui non seulement me montre à jouer de la flûte, mais encore à dessiner le paysage, et c'est lui qui m'a tout avancé jusqu'à ce porte-crayon.

— Sans doute, me dit-elle, que vous l'avez satisfait, Mademoiselle.

— Non, Madame, Monsieur n'a jamais voulu me dire tout ce que cela coûtait.

— Tenez, Monsieur, voilà quatre louis. Je suis bien aise d'être venue ici dans ce moment pour montrer à Mademoiselle comment l'on doit payer les petits services qu'on nous rend.

— Et moi, Madame, fit le maître à dessiner, d'être le témoin de votre générosité.

— Monsieur, continua ma mère, ne ménagez rien pour la rendre habile et vous en ressentirez des effets plus essentiels.

Il fit une humble révérence et se retira. Ma mère examina mon ouvrage qu'elle trouva assez bien pour un commencement ; elle fit venir ma sœur à qui elle demanda pourquoi elle n'apprenait pas comme moi à dessiner ; ma sœur lui répondit que c'était bon pour moi qui étais un enfant et qui n'avais que cela à songer, mais qu'elle, étant mariée dans peu de jours, les affaires du ménage l'occupaient d'avance.

— Cela ne doit pas vous embarrasser, lui dit ma mère. Vous ne devez avoir d'autre soin, étant mariée, que de plaire à votre mari, de bien boire, manger, dormir et vous divertir.

— Je m'acquitterai, je crois, dit ma sœur, sans beaucoup de peine de tous ces soins-là. Le plus difficile, je pense, est de plaire toujours à un mari, car on dit qu'ils se dégoûtent aisément.

— Cela est vrai, mais il faut, ma fille, pour prévenir ce malheur, caresser votre mari incessamment, et, pour une caresse qu'il vous fera, lui en rendre cinquante.

— Comment, je ne serais donc toute la journée occupée qu'à cela ?

— Ce doit être là, ma fille, votre unique occupation.

— Elle devient bien fatigante. Je compte n'employer à cela que mon temps perdu.

— Qu'appelez-vous, Mademoiselle, votre temps perdu ?

— J'entends, Madame, le temps que je mets à m'endormir, celui que je perds la nuit lorsque je me réveille et que je passe sans dormir, et enfin celui que je reste le matin au lit lorsque je suis éveillée, sans rien faire.

— Je conviens que ce temps peut être employé à caresser votre mari. Mais il y a encore des précautions à prendre, car il peut arriver que lorsque vous vous éveillez la nuit, il dorme fort profondément et que, si vous l'éveillez, pour lors vos caresses lui soient fort à charge et ne le mettent de mauvaise humeur ; c'est à quoi vous devez prendre garde sur les yeux de votre tête parce que, pour fruit de vos caresses, vous ne retireriez que des brusqueries qui sont toujours désagréables à essuyer.

— Il est vrai, Madame, que si je m'apercevais que mes caresses ne plussent point à mon mari et qu'au contraire elles lui fussent à charge, je ne continuerais pas longtemps à lui en faire.

— Vous auriez tort, Mademoiselle, parce que peu à peu vous le ramèneriez à vous ; au lieu que si vous tenez votre fier de votre côté comme lui fait du sien, vous ne vous reverrez jamais ensemble dans la parfaite union où l'on doit vivre dans le mariage, et cette union est beaucoup plus difficile à conserver qu'on ne pense.

— C'est ce que j'imagine. Je me flatte cependant que je la conserverai avec mon mari.

— Je le souhaite, ma chère fille. Surtout, souvenez-vous, pour y parvenir, qu'il faut beaucoup de docilité et de circonspection sur votre conduite, car plus une femme est aimable et jolie, plus elle doit avoir de ménagement et d'égards sur sa conduite ; la moindre démarche équivoque est un crime capital si son mari est jaloux. Jugez par là du reste.

— Madame, je crois cela, mais il faut à un mari un sujet légitime pour être jaloux.

— Le plus ordinaire sujet est la beauté de la femme et l'amour qu'il a pour elle, joint à la crainte qu'il a de ne pouvoir satisfaire tous ses désirs. La beauté de la femme lui fait penser que tout le monde doit l'aimer comme il le fait. La crainte qu'il a de ne pouvoir par ses caresses apaiser son appétit lui fait penser qu'elle profite de toutes les occasions qui lui sont offertes pour la satisfaire de ses plaisirs ; cela achève de lui troubler la cervelle. Tous les hommes qui approchent de sa femme sont pour lui des loups ravissants, elle ne saurait parler à qui que ce soit que ce ne soit dans son esprit quelque rendez-vous qu'elle donne ou qu'elle reçoive. De sorte que cette femme, qui devrait être le seul objet de ses plaisirs, devient sans savoir souvent pourquoi celui de sa plus cruelle aversion.

— Si je tombais dans pareil cas, je ferais de mon mieux pour m'en consoler, et mon mari pourrait bien en toute sûreté dire un éternel adieu à mon amitié.

— Mademoiselle, ce ne sont pas là les sentiments que vous devez avoir si vous voulez éviter ce malheur. Il faut que vous ayez beaucoup de complaisance pour lui et que vous conveniez de tout ce qu'il souhaite, étant toujours prête à le satisfaire. En voilà assez pour aujourd'hui, je ne puis vous en dire davantage parce qu'il y a ici des oreilles que je serais bien fâchée d'étourdir.

Comme je compris que ce discours ne pouvait regarder que moi, je pris la parole et dis à maman :

— Madame, vous pouvez dire tout ce que vous voudrez, rien ne peut augmenter ni diminuer dans mon esprit le dégoût que j'ai pour le mariage que je regarde comme le plus dur esclavage auquel une fille puisse être assujettie ; et dussé-je encourir votre colère et tout ce qui s'ensuit, jamais je ne prendrai ce parti.

— Il faudra donc, Mademoiselle, repartit ma mère, vous résoudre à passer le reste de vos jours dans un couvent.

— Madame, je préférerais la mort à la nécessité de prendre un engagement avec un homme, mais quoique je ne sois pas dans le dessein d'en prendre aucun, il n'est pas impossible que je ne reste dans le monde et que je n'y mène une vie fort gracieuse.

— Vous ne savez pas, Mademoiselle, combien la réputation d'une fille est délicate et combien ses moindres actions donnent lieu à la médisance.

— Madame, j'espère que, tant que je serai comme je suis sous vos yeux, personne n'osera attaquer la mienne.

— Je le crois, mais si je venais à manquer, que deviendriez-vous ?

— J'espère, avant que ce malheur m'arrive, atteindre un âge qui me mette au-dessus des discours du vulgaire, et pour lors je donnerai carrière à mes désirs.

— Voilà, Mademoiselle, des sentiments qui ne font pas l'éloge d'une vertu bien régulière et qui au contraire sentent sa grivoise.

— Je n'entends point, Madame, ce que veut dire le terme de grivoise.

— Une Grivoise, Mademoiselle, est une fille qui ne se soucie de rien, qui satisfait ses plaisirs et ses passions quand elle en trouve l'occasion, qui ne prend aucun chagrin et qui ne songe qu'à se réjouir.

— Voilà, Madame, l'état selon moi le plus heureux de la vie. Elle n'est point assujettie à se conformer à la bonne ou à la mauvaise humeur d'un mari, et toutes les personnes qu'elle voit se font un plaisir de se conformer à sa gaieté, à son enjouement, et à lui procurer tous les plaisirs qu'elle paraît souhaiter.

— Mademoiselle, vous me paraissez en avoir bien appris au couvent. Je ne vous croyais pas si savante.

— Madame, les religieuses n'ignorent rien. Comme elles n'ont presque rien à faire, elles se catéchisent les unes les autres, et les plus habiles font une compilation des avis différents et prennent toujours pour les meilleurs ceux qui sont les plus conformes à leurs inclinations.

— Vous devez sentir sur ce pied-là, Mademoiselle, combien elles sont sujettes à se tromper.

— Cela, Madame, peut arriver, j'en conviens et n'en doute même point, mais la vie indépendante qu'elles regardent comme le plus parfait bonheur est plutôt une preuve de leur discernement que de la prévention de leurs sentiments.

— Il me paraît, Mademoiselle, que vous êtes de leur avis sur cela, et comme vous ne connaissez pas assez bien la soumission continuelle à laquelle une fille doit être assujettie pour la volonté de ses père, mère et supérieurs, je m'en vais vous renvoyer incessamment dans un couvent où vous ne trouverez personne qui pense que l'indépendance soit l'état le plus heureux de la vie.

— Madame, vous êtes la maîtresse, vous me trouverez toujours soumise à vos intentions, pourvu que vous ne vouliez point me marier.

— Mademoiselle, vous êtes encore trop jeune pour vous pouvoir décider sur cet état. Quand vous aurez passé quelques années dans le couvent dont je viens de vous parler, vous serez trop heureuse de vous jeter dans les bras d'un mari pour en sortir.

— C'est-à-dire pour sortir de l'enfer, je courrais au purgatoire : cela pourrait être, car la nécessité n'a point de loi, mais je compte trop sur vos bontés, Madame, pour pouvoir penser que vous me réduisiez jamais à une extrémité si fâcheuse.

— Vous avez raison, Mademoiselle. Soyez sage seulement et vous ne me trouverez jamais contraire à vos inclinations.

Elle se retira après cette conversation dont je fus fort aise, car je craignais beaucoup de lui laisser voir à découvert les véritables sentiments de mon cœur qui n'aspirait qu'à posséder l'instrument de mon maître à dessiner, dont j'avais senti avec ma main des mouvements qui m'en avaient causé dans toute la nature d'extraordinaires.

Le jour de ma leçon de flûte et de dessin arriva. Si j'avais été absolument ma maîtresse, ç'aurait été celui d'une leçon plus sérieuse. Mais il me fallait conformer au temps et espérer que quelque heureux hasard me fournirait le moment de prendre cette leçon à la dérobée. Cette idée fortifiait mon espérance. Mon maître arriva comme je pensais à faire naître des occasions favorables à mes intentions. Il commença par la flûte. Alors le feu qui paraissait dans ses yeux ne m'annonçait que trop celui qu'il ressentait. D'ailleurs, je voyais à tout moment au travers de sa culotte les mouvements de son instrument. Comme j'étais extrêmement curieuse de les sentir avec la main, je le priai de faire sa leçon de flûte courte, à condition que nous ferions celle du dessin un peu plus longue. Je dois dire avec vérité que ce garçon n'avait aucune volonté et qu'il n'avait d'autre appréhension que de me plaire. Je le fis asseoir à ma gauche pour que je pusse plus facilement porter ma main gauche sur la cuisse droite tout le long de laquelle était collé son instrument. À peine fut-il assis auprès de moi que j'y portai la main. Aussitôt qu'il la sentit, ses mouvements redoublèrent et il me dit tout bas :

— J'ai déjà eu l'honneur de vous dire, Mademoiselle, que je vous suppliais de ménager cet instrument, parce que c'est le seul que j'aie pour travailler en figures naturelles.

J'entendais à merveille ce qu'il me voulait dire, mais je ne pouvais retirer ma main, et il me semblait qu'elle y était attachée pour ainsi dire malgré moi. Il me parlait haut comme si je travaillais sur ses exemples, et souvent je lui répondais tout de travers. Mais heureusement pour nous notre gouvernante était un peu dure d'oreille et elle n'entendait pas la moitié de ce que nous disions, de sorte que nous parlions assez librement ensemble : liberté qu'il ne prit que parce que je l'y forçai moi-même. Je lui dis même un jour que si son instrument en figures naturelles était aussi adroit que les autres dont il savait si bien se servir, je serais charmée de faire mon apprentissage avec lui. Il me répondit :

— Mademoiselle, je suis bien mortifié de ne pouvoir profiter de votre bonne volonté pour moi, mais si je m'exposais à pareille chose, il est sûr que si cela venait à être su, je ne pourrais éviter la corde.

— Vous êtes, lui répondis-je, un innocent. Soyez discret, satisfaites-moi, et comptez qu'avant qu'il soit peu je vous mettrai hors d'état de ne rien craindre.

Je parlais pour lors comme je pensais, et si j'avais été ma maîtresse dans ce moment, malgré l'aversion naturelle que j'ai eu toute ma vie pour le mariage, j'aurais épousé ce garçon qui, malgré ses talents, était d'une figure bizarre. Cela doit faire voir les écarts que la passion fait faire dans les temps où l'on n'est point capable de réflexion. J'étais à peu de chose près dans ce cas, mais heureusement pour nous deux il conserva toujours assez de raison pour ne me rien laisser faire qui pût donner du soupçon de ma passion pour lui. J'eus cependant, tout le temps que sa leçon dura, ma main sur son instrument, et sur la fin, je lui dis qu'à la première leçon je voulais absolument y toucher à nu. Il me dit que je serais toujours la maîtresse de lui et de tout ce qui en dépendait. Il me dit en sortant :

— Mademoiselle, comme c'est après-demain fête, si vous le trouvez bon et Madame votre gouvernante, je viendrai demain afin que vous ne perdiez point de temps et que l'intervalle qui se trouverait entre le jour de la fête et celui des deux leçons ne vous fasse oublier ce que vous savez.

Ma gouvernante applaudit à cette proposition et moi aussi sans aucune difficulté. Elle flattait trop mes désirs pour en faire ni bonne ni mauvaise. Quand il se fut retiré, il m'avait aidée à un petit paysage qu'il m'avait dit de montrer sans affectation à ma mère si l'occasion s'en présentait. Comme elle sut que mon maître était avec moi, elle y vint, mais pour lors il était sorti ; elle me dit :

— Il me paraît, Mademoiselle, que votre maître vous néglige et qu'il fait ses leçons fort courtes.

— Madame, reprit ma gouvernante, je puis vous assurer qu'il a été plus d'une heure avec Mademoiselle, le nez sur le papier et sans quitter.

— Voyons donc, reprit ma mère, où vous en êtes.

Aussitôt je lui montrai mon dernier ouvrage qu'elle trouva si bien qu'elle l'emporta chez elle pour le montrer à toutes les personnes qui l'iraient voir. Ce morceau me fit un honneur infini et procura de très bonnes pratiques à mon maître ; mais comme il en avait beaucoup plus qu'il n'en pouvait faire, il ne se pressa pas de les avancer comme il me faisait. Il est vrai qu'outre les peines qu'il se donnait, j'avais naturellement du goût et beaucoup d'envie d'apprendre, ce qui fit que j'y réussis heureusement.

Il vint le lendemain comme il l'avait dit. Nous commençâmes par la flûte comme à l'ordinaire, que je fis la plus courte que je pus, et quoique cet instrument me plût beaucoup, l'autre sans se faire entendre avait pris sur moi un tel ascendant que je ne pouvais pour ainsi dire pas m'en passer. D'abord que nous eûmes cessé la flûte, nous nous mîmes à la table du dessin. À peine eut-il rangé mes papiers que je portai ma main à l'endroit ordinaire ; je fus extrêmement surprise de n'y rien trouver : il l'avait placé directement tout le long de sa braguette pour que j'eusse plus de facilité à le trouver si, comme je lui avais dit, je voulais le manier à nu. Je ne lui eus pas plus tôt témoigné par mes regards ma surprise de n'avoir rien trouvé que, sans faire semblant de rien, il me conduisit à sa braguette qui était tout ouverte. Je fourrai la main, et empoignai d'abord ce respectable instrument qui, sans exagérer, était beaucoup plus gros que mon poignet. Je fis de vains efforts pour le sortir de là ; il était si roide et si long qu'il était retenu par la tête au bas de la braguette. Mais l'amour n'abandonne pas ceux qui s'abandonnent à ses soins.

Ma mère ayant recommandé à notre gouvernante de l'avertir lorsque mon maître à dessiner viendrait, nous fûmes tout d'un coup fort surpris de l'entendre se lever et sortir de ma chambre. Je la suivis sans bruit pour voir où elle allait ; je la vis descendre le grand escalier et traverser la cour pour aller à l'appartement de ma mère. Je revins sur mes pas le dire à mon maître et prendre son instrument qui me pleura des larmes de joie dans la main. Je lui demandai ce que cela voulait dire ; il me l'expliqua en gros et me dit de lui montrer où était allée notre gouvernante. Il me dit en m'embrassant :

— Mademoiselle, si vous êtes sûre de l'avoir vue entrer là, nous avons plus de temps qu'il n'en faut pour prendre sans rien risquer une leçon d'amour. Bien entendu que vous êtes sûre qu'il n'y a personne dans cet appartement ?

— Oh ! pour cela, lui dis-je, il certain que nous y sommes seuls, aussi vous pouvez faire tout ce que vous voudrez.

— Sur ce pied, Mademoiselle, il faut que vous me tourniez le derrière, que vous vous appuyiez fortement sur cette table et que vous ayez continuellement la vue attachée sur la porte de Madame votre mère, pour en voir sortir votre gouvernante, et sur celle-ci pour voir si personne n'y vient non plus.

Comme je lui dis qu'il pouvait compter sur moi pour cela, il me troussa et se mit en faction. Il y alla d'abord fort doucement, mais quand il l'eut bien ajusté au milieu des lèvres, et qu'à force de tâter il sentit l'endroit où il devait entrer, il me serra avec ses deux mains le bas du ventre qu'il me poussait contre lui si fort que, poussant son instrument avec force, à la troisième secousse, il y entra. Quoique je me fusse préparée il y avait déjà quelque temps, je ne pus soutenir cet assaut sans laisser échapper un cri qui, heureusement, ne fut entendu de personne.

L'affaire à peine était finie que je vis ma gouvernante sortir de chez maman. J'en avertis mon maître ; il m'emporta en m'embrassant auprès de la table où nous travaillions. Je ne puis dire, pendant le peu de temps que nous eûmes, lequel de nous deux reçut le plus de caresses. Ce qu'il y a de vrai, c'est que j'étais au comble de ma joie et que j'ai toujours conservé pour cet homme une véritable amitié.

Quand notre gouvernante arriva, elle nous trouva où elle nous avait laissés et n'aurait jamais imaginé ce qui s'était passé. Elle me dit en arrivant :

— Mademoiselle, Madame votre mère m'a chargée de vous dire que, si votre leçon finissait avant qu'elle vînt ici, il fallait que nous allions avec Monsieur à son appartement pour parler à quelques dames qui ont envie d'apprendre de lui.

Je lui dis que je ferais ce qu'elle voudrait, que même je quitterais sur-le-champ. Ma gouvernante me dit :

— Mademoiselle, ce n'est pas là l'intention de Madame. Au contraire, elle m'a dit qu'elle n'avait à faire au plus que pour un quart d'heure et que, si votre leçon durait encore ce temps, elle y viendrait avec les dames qui sont avec elle.

— Sur ce pied, lui dis-je, nous l'attendrons ici. Monsieur, je vous prie, dis-je à mon maître, donnez-moi un morceau nouveau qui puisse vous faire honneur et à moi aussi.

Je n'eus pas parlé que je fus obéie ; il me traça légèrement ce que je devais remplir à l'encre de la Chine, de façon que ce dessin fut achevé avant que ma mère arrive. Il faut que je dise ici que malgré la laideur de mon maître, de laquelle je ne pouvais disconvenir en moi-même, quoique mon amour fît tout ce qu'il pût pour me pallier ces défauts, je l'aimais à la fureur ; et aussitôt que j'eus couvert les traces qu'il m'avait faites pour mon dessin que j'étais bien aise de faire voir à ma mère et à sa compagnie, je lui dis :

— Monsieur, vous m'avez donné une leçon aujourd'hui qui m'a touchée jusqu'au cœur. Quand me donnerez-vous la seconde ?

— Hélas, me répondit-il, tout à l'heure, mon adorable maîtresse, si cela était possible.

En même temps, il me prit adroitement la main gauche par-dessous la table et me fit sentir qu'il était en bon état. J'étais encore si neuve sur cela pour lors que je croyais que les hommes étaient toujours dans cet état, mais j'en fus désabusée ce jour-là, car un moment après il vint un laquais qui, précédant l'arrivée de ma mère, nous dit qu'elle arrivait. J'avais pour lors la main sur cet instrument que je sentis diminuer pour ainsi dire à vue d'œil et se retirer de façon qu'il m'échappa. Je ne pus m'éclaircir sur-le-champ de ce changement subit, mais je me proposai bien de m'en instruire à la première occasion.

Ma mère arriva avec sa compagnie. Mon maître, qui s'était levé avant qu'elle fût entrée, lui fit d'abord sa révérence et aux autres dames qui l'accompagnaient. Ma mère lui dit aussitôt :

— Eh bien, Monsieur, êtes-vous content de votre écolière ?

— Madame, lui répondit-il, elle fait tant de progrès dans ce qu'elle apprend que j'ai tout lieu de craindre qu'incessamment elle n'ait plus besoin de moi.

— Cela est bon, dit ma mère à mon maître, pour flatter votre écolière. Mais ce n'est pas les discours que j'écoute : je veux voir des faits.

— C'est, Madame, ce que je souhaite. Voici un dessin que Mademoiselle a commencé ce matin, qui n'est pas encore achevé à la vérité, mais qui est plus que suffisant pour prouver son goût et sa capacité.

Maman ayant pris ce dessin le montra aux dames avec lesquelles elle était, qui me louèrent beaucoup. Plusieurs de ces dames demandèrent à mon maître combien il prenait par mois. Comme il avait reçu des preuves de la générosité de ma mère, il n'hésita point à dire :

— Madame pour le premier mois m'a donné quatre louis d'avance ; j'espère qu'elle continuera ainsi, et je ne prends point d'écolières à moins.

Toutes ces dames répondirent :

— Madame est la maîtresse de vous donner ce qu'elle voudra, mais vous ne devez pas trouver mauvais, Monsieur, que nous disions que vous faites payer vos leçons un peu trop cher pour nous.

— Madame, repartit mon maître à celle qui venait de parler, vous savez que les prêtres vivent de l'autel, les avocats de leurs cabinets, les notaires de leurs plumes ; et moi, Mesdames, je vis avec mes instruments, en leur montrant d'une main un porte-crayon, de l'autre une flûte allemande.

— Comment, dit une de ces dames, est-ce que vous savez aussi jouer de la flûte ?

Pour les convaincre de la vérité il prit sa flûte et en joua un air que tout le monde écouta avec admiration. Quand il eut fini, il reçut les applaudissements qu'il méritait, et on me demanda si j'apprenais aussi à jouer de cet instrument. Je répondis que oui ; on me demanda si j'étais bien savante, je dis qu'il n'y avait que trois semaines que j'avais commencé, mais que cela ne s'apprenait pas aussi vite qu'à dessiner, que cependant, si elles voulaient risquer de m'entendre ânonner un air, je le jouerais. Il s'était attaché à m'en faire jouer un et me l'avait fait répéter si souvent à toutes mes leçons que je le savais par cœur et le jouais passablement bien. Je priai mon maître de prendre sa flûte pour m'aider. Comme je savais que je n'en pouvais pas jouer un autre que celui-là, il commença par un prélude charmant et ensuite l'air que je savais ; je le suivis si bien que tout le monde en fut surpris. Quand j'eus fini, je reçus des applaudissements sans nombre et une des dames ayant tiré mon maître à part lui demanda si les quatre louis qu'on lui donnait par mois étaient pour me montrer à jouer de la flûte et à dessiner.

— Non, Madame, lui répondit tout haut mon maître, les quatre louis m'ont été donnés pour le dessin seul. La flûte est une affaire séparée : je prends pour douze leçons deux louis.

— Monsieur, dit-elle, il est malheureux pour vous que vous soyez si cher, car avec la capacité que vous avez, vous gagneriez ce que vous voudriez si vous vouliez un peu baisser vos prix.

— Il y a, Madame, des maîtres, comme du vin au cabaret, à tout prix. Lorsque j'y vais, ce qui m'arrive rarement, je prends toujours du plus cher, persuadé que je suis qu'il doit être meilleur. Vous trouverez des maîtres de flûte à un louis par mois et même d'autres fort au-dessous, mais au bout de quatre mois vous ne serez pas en état de jouer un air comme fait Mademoiselle qui n'apprend que depuis trois semaines. Il en est de même du dessin.

Quand mon maître eut cessé de parler, ma mère dit :

— Mesdames, le maître a raison, il a des talents, il s'en fait payer, cela est juste et raisonnable ; on doit s'estimer heureux quand il ne nous amuse point.

Elles répondirent toutes :

— Sa capacité nous enchante, mais sa cherté nous en fait perdre le goût. Sur ce pied, Mesdames, nous n'avons plus que faire ici. Ainsi, retournons-nous-en faire une partie de biribi[1].

— Ah çà, Monsieur le maître, d'ici à huit jours vous n'avez que faire de revenir ici, parce qu'après-demain je marie une de mes filles et que, pendant cette huitaine, on sera toujours ici dans la joie et vous ne pourriez pas trouver le moment de donner vos leçons.

— Cela suffit, Madame, je me conformerai à vos ordres.

Ma mère et ces dames s'étant retirées, mon maître me dit :

— Mademoiselle, si vous voulez, comme je vais être du temps sans venir ici, je vous donnerai aujourd'hui une seconde leçon tant de flûte que de dessin.

J'en demandai la permission à ma gouvernante qui approuva la proposition de mon maître. Il commença par la flûte, après quoi nous nous mîmes à dessiner.

D'abord que je fus assise je portai ma main gauche à l'endroit ordinaire ; n'y ayant rien trouvé, j'en demandai la raison tout bas à mon maître qui me dit, sur le même ton, que la crainte qu'il avait eue quand ma mère était entrée l'avait fait retirer dans sa coquille, mais que, si je voulais monter ma main vers le haut de sa braguette, je l'en aurais bientôt fait sortir. Effectivement, j'y portai la main, je trouvai ce pauvre misérable

1. *Biribi* : « Jeu de hasard qui se joue avec des boules dans lesquelles sont des numéros correspondant à ceux d'un tableau » (*Dict. Acad.*, 1798).

dépéri de plus des trois quarts. Mais aussitôt qu'il sentit ma main, je m'aperçus qu'il renflait et en un moment il se trouva dans toute sa longueur, ce qui me fit un grand plaisir. Mon maître me disait tout bas :

— Que vais-je devenir, mon adorable maîtresse, si je vais être huit jours sans vous voir ?

— Ne m'en parlez pas, lui disais-je, je ne sais lequel est le plus à plaindre de nous deux, mais pour moi je vous avouerai que ce temps me paraîtra bien long. Cependant, je pense que, si vous avez de l'esprit et un peu de hardiesse, nous pourrons nous voir tous les soirs.

Il me dit qu'il s'exposerait aux plus grands dangers pour avoir ce bonheur.

— Eh bien, lui dis-je, écoutez bien et retenez ce que je m'en vais vous dire. Il y a une porte que vous voyez dans la ruelle de mon lit à gauche ; cette porte entre dans une petite garde-robe où il y a une chaise percée et où il ne peut tenir au plus que trois personnes. Cependant, il y a une autre porte par laquelle la fille qui a soin de ma garde-robe la va vider par un petit escalier dérobé qui aboutit auprès des lieux communs à la maison. Quand cette fille a fait son affaire, ce qui arrive tous les matins, elle referme cette porte, repasse par ma chambre par où elle y a entré et s'en va à son affaire pour jusqu'au lendemain.

— J'entends bien tout cela, me dit mon maître, mais à quoi cela aboutit-il ?

— Cela, repris-je, aboutit à vous faire connaître que si vous avez assez d'esprit pour trouver ce petit escalier, vous pourrez, après que vous serez entré, fermer la porte sur vous et parvenir en montant à la porte de ma garde-robe où j'entrerai plusieurs fois de suite pour voir si vous y êtes ; et aussitôt que je vous y trouverai, je vous ferai entrer dedans où nous ferons ce que vous voudrez ; ou bien vous attendrez que tout le monde soit retiré, et quand j'aurai été un moment couchée, j'irai vous ouvrir, et vous pourrez venir coucher avec moi.

Cette proposition, toute délicate qu'elle était, ne lui parut pas telle, tant il était aveuglé par sa bonne fortune, et il me dit :

— Le seul inconvénient que je trouve, Mademoiselle, à ce que vous me proposez est que quelqu'un me voie entrer dans cette porte et la ferme sur moi et n'aille sur-le-champ avertir qu'on a vu entrer un homme dans cette porte et la fermer sur lui, que c'est sans doute un voleur qui veut se cacher pour attendre le moment de faire son coup.

Quoique cette observation fût fort juste, je le rassurai en lui disant qu'il ne fallait pas qu'il s'exposât à entrer dans cette porte avant dix heures du soir.

— Eh bien, Mademoiselle, si vous voulez, dès ce soir nous essaierons si cela peut réussir.

J'y consentis, il me remercia beaucoup et me quitta, parce qu'il commençait à être tard, et qu'il avait peur que des leçons trop longues ne devinssent à la fin suspectes. Je le vis partir avec peine, mais l'espérance de le revoir bientôt me consola. En s'en allant il s'orienta si bien qu'il trouva sans peine la porte en question ; il la remarqua sans affectation et s'en alla ensuite.

L'heure que je lui avais indiquée étant arrivée, il se rendit à la porte du petit escalier qu'il monta à tâtons parce qu'il faisait extrêmement noir. À peine fut-il en haut que j'entrai dans ma garde-robe avec une lumière à la main. J'ouvris l'autre porte et ne fus pas peu surprise de l'y trouver ; il fut charmé quand il me vit, il entra dans ma garde-robe dont la porte qui était dans ma chambre était fermée. Aussitôt qu'il en eut vu la construction, il me dit qu'il fallait éteindre ma bougie et parler extrêmement bas, crainte que quelqu'un ne vînt à écouter. Je lui proposai d'attendre que j'eusse soupé et qu'il coucherait avec moi. Malgré toute l'envie qu'il en pouvait avoir, il ne voulut point y entendre. Il me dit que pour aujourd'hui il fallait faire comme nous pourrions, que le lendemain nous ferions mieux. Il était si transporté d'amour qu'il me tira sur lui, et m'ayant assise sur son ventre, il fit si bien qu'il trouva le moyen de me le mettre. Il est vrai que ce ne fut pas sans peine et sans beaucoup de travail de sa part et de la mienne. J'appris pour lors ce que c'était que l'éjaculation de la semence. Celle qu'il fit dans mon corps était si chaude qu'il me semblait qu'elle me brûlait jusqu'au cœur. Je ne sais si ce fut elle qui me causa des frémissements par tous les sens que je ne pus lui cacher. Quand je lui eus dit ce que je sentais, il me demanda d'abord si j'étais réglée ; je lui dis que non.

— Tant mieux, me dit-il, car si vous l'étiez, ce que vous avez ressenti là serait des symptômes qui feraient croire que vous deviendriez grosse, et dorénavant, comme il est essentiel de prévenir un pareil accident, je ne lâcherai plus rien que je ne sois dehors.

J'approuvai pour lors cette précaution, parce que j'ignorais encore que le poisson avait beaucoup plus de goût avec la sauce que quand il était à sec.

J'entendis du monde entrer dans ma chambre, je sortis précipitamment de ma garde-robe que je fermai, et y trouvai un laquais qui vint m'avertir pour souper ; je lui dis que je le suivais. Comme je vis qu'il s'en retournait, j'ouvris la porte de la garde-robe et fis sortir mon maître par celle où il était entré ; je courus me mettre à table où on était déjà [1].

1. Cette aventure avec un jeune maître de musique et de dessin est parfaitement attestée par le duc de Richelieu, à qui Mlle de Charolais en fit la confidence quelques années plus tard. On ignore le nom de l'initiateur, grâce auquel notre « grivoise », alors âgée de quinze ans, apprit les jeux de l'amour. La liaison dura fort peu de temps, mais fut suivie d'innombrables autres.

III

L'on parla beaucoup du mariage de ma sœur dont le jour était fixé au surlendemain de celui où nous étions, qui se trouvait un jeudi. Je conclus, en pensant au plaisir qu'elle aurait, que je pourrais bien en avoir autant et même peut-être davantage. Ma mère, qui était fort gaie, lui dit des badineries de toutes espèces, et à son exemple toute la compagnie, mais elle n'en parut pas plus décontenancée, ce qui fit dire à quelqu'un :

— Je crois que Mademoiselle donnera bien la revanche à Monsieur.

Cela piqua ma sœur qui, s'adressant à celui qui avait parlé :

— Non seulement à lui, mais encore sans peine à deux autres comme vous.

Cela imposa silence et chacun se tut.

Ma mère, qui remarqua le silence que l'on gardait, dit pour le rompre :

— Vous faites connaître par ce que vous dites, Mademoiselle, que vous êtes douée d'un grand appétit.

— Madame, ce n'est pas mon intention, mais bien de faire connaître que je ne crois pas Monsieur capable de grand-chose.

Ces paroles étaient trop intelligibles pour n'être point entendues de tout le monde ; cependant personne ne fut assez hardi pour les relever. La conversation changea tout d'un coup.

Le souper fini, je revins à ma chambre avec ma gouvernante qui couchait dans une chambre tout à côté de la mienne. Ma sœur, qui était charmée d'avoir battu, à ce qu'elle croyait, le Monsieur qui avait voulu l'attaquer, passa dans ma chambre pour me demander ce que je pensais de ce qu'elle avait dit. J'approuvai en apparence son discours, quoique en moi-même je le trouvasse bien hardi pour une personne qui à peine avait seize ans. Comme elle vit que j'entrais dans son sentiment, elle me dit :

— S'il s'avise demain de me parler comme il a fait aujourd'hui, je le rembarrerai de façon que je suis persuadée qu'il ne s'y exposera de sa vie.

— Vous êtes la maîtresse, ma sœur, de faire sur cela ce que vous souhaiterez, mais cependant je crois qu'il est plus à propos de laisser oublier cette affaire. Vous devez être satisfaite, et je suis certaine qu'il est mortifié de ce qui lui est échappé et de la façon dont vous l'avez méprisé par vos discours. Vous en apprendrez, je suis sûre, demain des nouvelles.

Ma sœur se rendit à mes discours et me dit qu'elle n'en parlerait pas davantage. Après cela elle me dit :

— Va, ma chère sœur, dans trois jours d'ici je t'apprendrai bien des choses, je te dirai tout ce que m'aura fait mon mari et comment se font les enfants.

— Vous me ferez grand plaisir, lui repartis-je, car l'idée que vous m'en avez donnée me paraît bien imparfaite.

— Il est pourtant certain que l'instrument des hommes ressemble en tout point à celui que j'ai perdu et dont je me suis servi pour te divertir.

— Il est vrai que cet instrument est fort réjouissant, mais si celui des hommes n'avait pas d'autres vertus, ils ne feraient pas des enfants aux femmes et aux filles d'abord qu'ils leur touchent.

— Vraiment, me dit ma sœur, cela n'est pas douteux, mais c'est qu'il sort de l'instrument des hommes une liqueur qui, en se mêlant avec celle que nous lâchons de notre côté dans l'excès du plaisir, la vivifie et nous laisse le dépôt de leur amour qui en peu de jours augmente et devient un enfant.

— Voilà, lui dis-je, ce que j'ignorais, mais je m'imaginais cependant bien quelque chose d'approchant ; et ce qui fortifiait mes sentiments sur cela c'est qu'ayant vu couvrir deux ou trois des chiennes de ma mère par Médor, j'avais toujours remarqué, lorsqu'il se séparait de la chienne à laquelle il demeurait ordinairement longtemps attaché, qu'il sortait du bout de son instrument quelques gouttes d'eau, et qu'un moment après cet instrument qui lui pendait entre les cuisses peu à peu se retirait et rentrait dans son fourreau, de façon qu'il n'en paraissait presque plus rien.

— La même opération, me dit ma sœur, se fait par les hommes, mais à cette différence près qu'ils ne restent point liés comme les chiens à leurs femelles et qu'ils peuvent se retirer quand ils veulent.

Notre gouvernante, que notre longue conversation impatientait, quoiqu'elle n'en entendît pas un mot, se leva doucement et vint dire à ma sœur :

— Mademoiselle, il est deux heures sonnées, il est temps de vous aller reposer et de laisser reposer les autres.

Ma sœur lui dit qu'elle n'avait point envie de dormir.

— Je n'en doute point, répondit notre gouvernante, mais Mademoiselle a besoin de reposer et moi aussi ; d'ailleurs, je ne suis point faite pour écouter toutes vos sornettes.

Ma sœur voulait lui répondre, mais je l'en empêchai en l'assurant que je tombais de sommeil mais que, si elle voulait, j'irais le lendemain à la pointe du jour la trouver dans sa chambre. Cette seule promesse la fit retirer et m'en débarrassa ; car quoique ce qu'elle me disait m'instruisît et me fît plaisir, j'aurais été mortifiée que notre gouvernante eût rendu compte à ma mère de ces visites nocturnes qui certainement n'auraient point été de son goût, parce qu'elle n'ignorait point de quoi les jeunes personnes sont capables quand l'une ou l'autre, comme l'on dit des vaches, est en chasse. Quand elle fut partie, je réfléchis à tout ce qu'elle m'avait dit, j'y reconnus beaucoup de vérité et me disais en moi-même : elle va se marier, elle sera bien savante, et j'en sais plus qu'elle. Cependant je reprenais aussitôt : il faut que je cache ma science si je veux apprendre quelque chose, car outre que cette science me déshonorerait à mon âge dans le monde, c'est qu'on se cacherait de moi pour parler, et je ne saurais que ce que je sais à présent, qui n'est pas encore grand-chose.

Le sommeil m'ayant surprise, je dormis le plus heureusement du monde toute la nuit et même jusqu'au jour. Je comptais toujours tenir mon maître par son instrument dont j'admirais autant la grosseur que la longueur, et il me paraissait si long et si gros que je croyais lui dire : C'est avec juste raison qu'on dit que l'ouvrage de l'homme et de la femme est celui de Dieu, car si Dieu n'y mettait pas la main, jamais tout cela ne pourrait m'entrer dans le corps, puisque je ne puis seulement y fourrer mon doigt sans me faire des douleurs épouvantables. J'en étais à ces réflexions lorsque ma sœur, tourmentée par sa passion, vint me tirer par la main et m'éveilla en me disant :

— Est-ce comme cela que vous deviez venir au petit jour ?

Je m'excusai le mieux qu'il me fut possible, elle voulut m'emmener dans son lit, mais je ne voulus pas et lui dis :

— Vous voilà ici toute portée, et nous y pouvons faire comme dans le vôtre tout ce que vous souhaitez.

Elle se mit donc dans mon lit, elle me mania comme elle voulut, et je fis tout ce qu'elle désira : tantôt je faisais l'homme, tantôt elle se mettait sur moi et faisait des soupirs étonnants. Notre gouvernante s'étant éveillée par hasard se jeta à bas de son lit et étant entrée dans ma chambre, ayant vu remuer les rideaux de mon lit ainsi qu'elle me l'a dit, s'en approcha avec une crainte mortelle que ce ne fût tout autre chose que ce qu'elle trouva, car ayant tiré d'abord le grand rideau, elle fut fort surprise de voir ma sœur qui s'était jetée sur-le-champ à côté de moi. Notre gouvernante lui fit une mercuriale des plus violentes et la menaça même de le dire à notre mère. À force de prières, nous obtînmes qu'elle n'en parlerait point. Ma sœur fut obligée de s'en retourner dans sa chambre toute nue, en chemise et nu-pieds.

Quand notre gouvernante la vit partie, elle me dit :

— Mademoiselle, je vous ai promis que je n'en parlerais point à Madame votre mère, je vous tiendrai parole. Mais vous ne trouverez pas mauvais qu'aussitôt que vous serez couchée, je ferme votre porte à double tour et en emporte la clef dans ma chambre, pour interrompre un semblable commerce.

Je lui dis qu'elle était la maîtresse, et pour lui prouver mon innocence, qu'elle me ferait même plaisir. Effectivement, par cette précaution elle me mettait en quelque façon hors de surprise pour mon maître qui, je comptais, devait venir la nuit suivante. Elle se retira enfin dans sa chambre, fort contente de la soumission où je parus être sur ce qu'elle voulait fermer ma porte. Après qu'elle se fut en allée, je restai encore un moment et réfléchis beaucoup sur les événements et les hasards continuels auxquels on était continuellement exposés. Il n'y avait que pour ce qui me regardait personnellement que je n'en craignais aucun.

Je me levai peu de temps après, je sonnai, ma femme de chambre vint, me coiffa et m'habilla tout de suite ; je fus voir ma sœur qui me demanda ce que m'avait dit notre gouvernante pour faire finir cette conversation. Je lui répondis qu'elle était sortie aussitôt qu'elle.

— Cette vieille sorcière, continua ma sœur, m'a fait manquer mon coup et m'a empêchée de goûter le plaisir que j'allais ressentir au moment même qu'elle a tiré le rideau, mais elle me le paiera ou le Diable l'emportera.

Je lui dis :

— Ma sœur, vous n'avez plus que faire à elle, vous voilà demain dame et maîtresse, oubliez cela ; si vous lui faisiez quelque peine, cela retomberait sur moi, et ce serait moi qui en pâtirais.

Cette réflexion la toucha, et elle me promit qu'elle ne lui ferait rien. Je lui demandai si elle se sentait de l'inclination pour celui qui allait devenir son mari. Elle me dit naturellement que non et que ce seraient les façons qu'il aurait avec elle qui décideraient de son sort. Je lui demandai l'explication de ces paroles, à quoi elle me répondit :

— Quoi ! pauvre innocente, tu n'entends point cela ? Eh bien, voilà ce que cela signifie : s'il me baise bien il ne sera point cocu, mais si je ne suis pas contente, il peut compter qu'au moins je prendrai un substitut qui remplira le vide de ses fonctions amoureuses.

— Oui, mais c'est offenser Dieu. Vous lui promettrez la foi et la fidélité et vous manquerez, ma chère sœur, à l'une et à l'autre. Il vaudrait mieux ne vous pas marier que mener une vie semblable. Au moins, quand vous n'êtes engagée à rien, vous êtes maîtresse de vos actions.

— Ah ! ma sœur, tu ne sais pas de quelle utilité est le mariage pour une femme qui aime le libertinage : c'est une couverture universelle à ses égarements. Qu'elle fasse un enfant avec un ami, son mari en est toujours le père et on ne peut en chercher ni nommer d'autre.

— À vous en entendre, ma sœur, le mariage, au lieu de prévenir les crimes, il les autorise.

— Cela est, ma sœur, incontestable. Il y a plus de la moitié des dames de condition et de Paris qui ne se seraient jamais mariées sans la facilité qu'elles ont espéré trouver d'entretenir un commerce amoureux avec beaucoup de facilité avec leurs amants.

— La corruption du siècle est épouvantable, dis-je à ma sœur. Est-ce qu'une femme ou une fille, quand l'une a un homme et l'autre un amant, est-ce qu'elles ne doivent pas être contentes ? Il me semble pour moi que dans l'un ou l'autre cas je le serais.

— Ma sœur, quand tu y seras tu feras comme les autres.

— Peut-être pis, lui répondis-je, mais au moins je ne me marierai jamais ; et si je prends un amant, ce sera toujours à l'essai ; et tant tenu, tant payé[1], jusqu'à ce que j'en trouve un constant.

— C'est bien raisonné, mais s'il te fait un enfant, qu'en feras-tu ?

1. *Tant tenu, tant payé* : être quitte envers quelqu'un à proportion du service rendu.

— J'en ferai ce que ceux qui en font sont accoutumés d'en faire.

— Mais cela se saura. Que te dira ma mère, mon frère, mes sœurs ? Et toi-même, quels reproches ne te feras-tu pas ?

— Je ne m'en ferai jamais aucun à ce sujet, car j'espère ne me point trouver dans le cas, et si j'y étais malheureusement, je cacherais si bien mon état que personne n'en aurait aucune connaissance que celle à laquelle je me confierais comme à moi-même.

— En supposant que cette personne vous soit fidèle, elle ne peut pas vous accoucher elle-même ; il faut donc qu'elle vous trouve une sage-femme : autre confidence. Il faut faire baptiser cet enfant ; le père absent, un nom supposé, tout cela donne des soupçons, on vous voit absente ou malade, quand vous reparaissez vous êtes pâle, la gorge vous est augmentée, ou diminuée, tout cela se remarque, et à force de perquisitions on découvre ce que vous avez toujours cru bien caché, au lieu qu'un mari vous épargne toutes ces inquiétudes.

— S'il vous ôte celles-là, ma chère sœur, il vous en cause bien d'autres. Vous êtes destinée au mariage, vous aimez cet état, je souhaite qu'il fasse votre bonheur. Pour moi, il ne fera jamais le mien, je veux vivre toute ma vie indépendante.

Il survint des dames pour faire des compliments à ma sœur sur son mariage qu'elle reçut à merveille, et dont elle les remercia avec beaucoup d'esprit et de politesse. Il y eut une de ces dames, quand elle eut fini, qui me dit :

— Je souhaite avoir dans peu de temps, Mademoiselle, l'honneur de vous faire un pareil compliment.

— Madame, je vous suis obligée, lui répondis-je, de la bonne intention où vous me paraissez être pour moi. Si vous connaissiez cependant bien la mienne, je me flatte que vous ne me souhaiteriez point de mari.

— Que dites-vous là ? Mademoiselle, ce serait un crime épouvantable qu'une terre aussi belle que la vôtre demeurât sans être cultivée et sans rapporter du fruit aussi admirable que vous.

Je la remerciai de son compliment d'une façon polie, mais capable de lui faire sentir qu'elle ne me faisait aucun plaisir de le continuer sur le ton qu'elle l'avait pris. Elle l'entendit si bien qu'elle changea aussitôt de conversation.

Comme l'heure de dîner s'approchait, ces dames se retirèrent et nous passâmes chez notre mère avec laquelle nous mangions toujours, à moins qu'elle ne fût priée de quelque grand repas, ce qui arrivait très rarement.

Notre mère était une très aimable femme, tant par les grâces du corps que de l'esprit, et par-dessus cela était d'un enjouement et d'une gaieté que rien ne pouvait altérer[1]. Il y avait toujours douze à quinze couverts

1. Louise-Françoise de Condé, qu'on appelait Mlle de Nantes avant son mariage, passait pour une des plus jolies femmes de la cour. Le singulier mélange de son charme physique

à dîner et à souper pour ceux qu'elle admettait à sa table. Elle était fort difficile pour le choix, et je lui ai vu remercier plusieurs fois des personnes qui ne méritaient pas cet affront en leur disant, les voyant se disposer à se mettre à table :

— Monsieur, ces couverts sont retenus pour des dames qui vont arriver dans l'instant ; ce sera, si vous le trouvez bon, pour une autre fois.

Cette petite digression n'a pas grand rapport à sa gaieté, mais je me suis trouvée engagée à la faire pour faire voir qu'elle était sujette au choix des convives qui mangeaient à sa table. Revenons à sa gaieté.

Quand tout le monde se fut assis, il y eut des messieurs qui servirent le potage à tous ceux qui y étaient. Ma mère prit la parole et dit :

— Messieurs et Mesdames, dites-moi, je vous prie, quelle est la chose la plus aisée à perdre et la plus difficile à retrouver.

Personne ne voulut s'expliquer sur cela et chacun la pria de le dire elle-même. Elle dit :

— Messieurs, c'est un pucelage, qu'un petit morceau de chair comme cela, en montrant un bout de boudin blanc qu'elle faisait agir dans sa main, fait perdre et qu'on ne saurait jamais retrouver. Par exemple après-demain, Mademoiselle, dit-elle en parlant à ma sœur, vous ne serez plus ce que vous êtes aujourd'hui.

Ma sœur, qui n'était pas plus honteuse qu'elle, lui répondit :

— Pourvu que cela ne me fasse point de mal, je ne m'en soucie guère.

— Comment veux-tu que cela t'en fasse ? J'ai été mariée à treize ans[1], tu en as seize, et je n'y ai trouvé que du plaisir.

— Ce que vous me dites me console sur le mal que je m'attendais à souffrir.

— Tu en sauras moins, ma chère enfant, qu'à avaler une noix confite.

---

et de sa perversité morale exerçait sur ses contemporains une sorte de séduction. Malgré une légère boiterie qu'elle dissimulait habilement, « sa figure était formée par les plus tendres amours, et son esprit était fait pour se jouer d'eux à son gré, sans en être dominée. Tout amusement semblait le sien. Aisée avec tout le monde, elle avait l'art de mettre chacun à son aise. Rien en elle qui n'allât naturellement à plaire, avec une grâce non pareille jusque dans ses moindres actions, avec un esprit tout aussi naturel qui avait mille charmes. N'aimant personne, connue pour telle, on ne pouvait se défendre de la rechercher, ni de se persuader, jusqu'aux personnes qui lui étaient les plus étrangères, d'avoir réussi auprès d'elle. [...] Avec ces qualités, beaucoup d'esprit, de sens pour la cabale et les affaires, avec une souplesse qui ne lui coûtait rien ; mais peu de conduite pour des choses de long cours, méprisante, moqueuse, piquante, incapable d'amitié et fort capable de haine, et alors méchante, fière, implacable, féconde en artifices noirs et en chansons les plus cruelles dont elle affublait gaiement les personnes qu'elle semblait aimer et qui passaient leur vie avec elle ». Ainsi la voyait Saint-Simon, d'ailleurs peu suspect de sympathie envers les enfants légitimés de Louis XIV, dans ce portrait raisonnablement sévère qu'il a tracé d'elle. À la mort de Louis III de Condé, en 1710, elle n'éprouva pas le besoin de feindre une douleur qu'elle ne ressentait pas. Elle n'avait jamais aimé cet époux que Louis XIV lui avait imposé. Âgée seulement de trente-sept ans, elle demeurait l'une des femmes les plus séduisantes de la cour.

1. Née en juin 1673 à Tournai, Mlle de Nantes épousa Louis III de Bourbon-Condé en 1685 ; elle avait alors moins de treize ans.

Les messieurs en assurèrent ma sœur et les dames lui dirent que c'était le mal joli qui n'est pas plus tôt passé qu'on l'oublie. Ma sœur prit beaucoup sur elle pour ne point répondre à toutes les polissonneries qu'on lui dit. Cependant elle ne put résister à celles que fit un monsieur qui passait pour un des galants de notre mère. Quand on eut desservi les potages et hors-d'œuvre, on servit les entrées. À un des bouts de la table on mit un gros cochon de lait farci et bien rissolé. Ce monsieur se saisit de la queue qu'il présenta sur une assiette bien blanche à ma sœur, lui disant :

— Au moins, Mademoiselle, celle-ci ne vous fera aucun mal.

— Ni la vôtre non plus, Monsieur.

Il sentit le poids de cette parole à laquelle il n'osa répondre, je n'en ai jamais su la raison, mais tout le monde sait qu'il est rempli d'esprit et qu'il n'aurait point été embarrassé de sa réponse, mais ma mère répondit à sa place :

— Mademoiselle, il ne faut jurer de rien.

Ma sœur fut si piquée de voir que ma mère prenait son parti contre elle, qu'elle repartit sur-le-champ :

— Il est vrai qu'on le dit, mais je jurerais bien de cela.

Ma mère, quoique fort vive, se calma et changea la conversation.

Le reste du dîner se passa à beaucoup chanter, rire et boire. Ma mère, qui faisait des chansons avec beaucoup de facilité, en fit plusieurs qu'on répéta en rondeaux. Après le dîner on prit le café, de là on passa au jeu. Nous nous retirâmes, ma sœur et moi, dans son appartement, nous y fûmes dans le moment accablées de monde qui vinrent lui faire des compliments. Comme la plupart de ces gens-là étaient fort inconnus de nous, nous repassâmes pour nous en défaire dans la salle de jeu où heureusement ils ne nous suivirent point. Ma sœur me dit un moment après de monter à ma chambre, qu'un moment après que je serais partie elle me suivrait et que nous nous enfermerions jusqu'au souper. Je fis ce qu'elle souhaitait, quoique je craignisse beaucoup que sa visite ne me fût à charge, mais je n'osai la refuser parce que cela aurait pu ou l'indisposer contre moi, ou lui donner quelque soupçon. Elle ne se fit pas attendre longtemps. D'abord qu'elle fut entrée elle ferma ma porte, après quoi elle me dit :

— Ma chère sœur, je suis à deux doigts de l'instant qui doit faire mon bonheur ou mon malheur. Tout le monde m'assure un sort fort heureux, et moi je pense tout différemment. D'abord mon mari n'a rien qui puisse à l'extérieur prévenir en sa faveur ; si son mérite est caché, je n'en sais rien, mais j'en doute, car à le voir il est mince, délicat et ne paraît avoir ni force ni vertu[1]. Si cela est, ma chère sœur, je serai de toutes les femmes la plus malheureuse, car il faut que je t'avoue que je ne me marie

1. Bossu par-devant et par-derrière, ravagé de tics nerveux, Louis-Armand de Conti était si laid qu'on le surnommait « le singe vert ». Pas moins méchant que contrefait, pas moins vicieux que hideux, vivant dans une débauche perpétuelle, il y apportait certains raffinements de cruauté qui révélaient une réelle perversité mentale.

que dans l'espérance d'être baisée par mon mari, et s'il n'en fait rien que deviendrai-je ?

— Avez-vous oublié, ma chère sœur, ce que vous me disiez tantôt : que le mariage était une couverture universelle ?

— Non seulement je ne l'ai point oublié, mais je compte bien me servir du privilège qu'il donne aux personnes qui y sont engagées. Ce qu'il y a à craindre, c'est que nous autres grands nous sommes environnés d'espions et de flatteurs. Si l'une de ces deux pestes découvre quelque chose ou soupçonne la moindre action qui puisse être contraire à l'intention de celui qui l'employe, il ne dormira pas qu'il ne l'en ait averti. Cela met un mari en alarme ; tout ce qu'une femme fait lui devient suspect, et dès lors elle est déjà coupable quoiqu'elle n'ait peut-être pas encore seulement sucé son doigt.

— Convenez donc à présent, ma chère sœur, qu'une vie indépendante est cent fois plus heureuse que le mariage le mieux assorti. Car enfin moi, fille maîtresse de mes volontés, si je veux me divertir, je puis choisir parmi ceux qui m'offrent leurs services sans crainte qu'il en fasse des railleries qui tôt ou tard parviennent au mari et causent des chagrins infinis à la femme. Si celui qui me baise est assez coquin pour s'en vanter, la plupart des gens à qui il en parlera le blâmeront et n'en croiront pour ainsi dire rien. Si cela me revient, je suis à même de nier le fait et de dire que c'est un coquin qui, ayant voulu me suborner et n'ayant pu en venir à bout, se vante de ce qu'il n'a pu obtenir. Dès ce moment, je ne le vois plus ni de près ni de loin, et je fais choix d'un autre.

— Mais si vous vous trouvez grosse ?

— Eh bien, si je suis grosse, j'accouche et je me débarrasse incessamment de l'enfant.

— Mais cela fait du bruit.

— Point du tout, quoique je n'y aie jamais passé et que mon appartement soit fort petit, je suis sûre que si ma gouvernante et ma femme de chambre étaient dans mes intérêts, j'accoucherais ici sans que ma mère et vous qui en êtes plus près en sachiez rien.

— Tu parles, ma sœur, de cela comme les aveugles font des couleurs : tu ne sais pas que les douleurs de l'accouchement vous arrachent malgré vous des cris qui décèlent votre maladie.

— Cela peut arriver, mais la raison doit vous faire modérer ces cris. D'ailleurs, on tient toutes les portes bien fermées. Si on ne veut pas accoucher chez soi, on suppose un voyage ou une partie de chasse de quelques jours. À son retour, on suppose une maladie qui vous a retenue au milieu du chemin et mille autres incidents que l'on peut faire naître, qui peuvent dérober la connaissance parfaite du fait.

— Je conviens de tout cela, mais un mari vous épargne la peine de chercher tous ces détours.

— Mais aussi il vous cause bien d'autres chagrins, et pour le tromper il vous faut souvent prendre bien d'autres détours.

— Je n'en doute point. J'aurais voulu il y a deux mois penser comme toi ; je saurais il y a longtemps tout ce que je saurai demain, car j'ai trouvé les plus jolies occasions du monde de me divertir et avec les plus aimables cavaliers du monde qui, s'ils ne sont pas d'aussi gros seigneurs que mon prétendu, du moins sont de grandes et illustres maisons.

— Vous avez eu tort de les refuser : ç'aurait été autant de pris sur l'ennemi.

— J'avais peur qu'il ne s'en aperçoive et de devenir grosse.

— Pour s'en apercevoir, cela ne se peut. Quant à la grossesse, il aurait aujourd'hui été le père de votre enfant ; la sage-femme ou l'accoucheur auraient dit que votre enfant serait venu à sept mois. Pour moi, si je parviens à un âge de pleine liberté, je vous avouerai que je ne laisserai jamais échapper une occasion de me divertir honnêtement, c'est-à-dire sans donner dans la crapule. Je choisirai dans le grand, non pas dans la première jeunesse dont l'amour n'est jamais qu'un feu volant, mais depuis l'âge de vingt-cinq ans jusqu'à trente-cinq et même quarante, car après ce temps on ne doit pas espérer grand service d'un homme, à moins qu'il n'eût rien fait dans sa jeunesse.

— Comment, ma sœur, tu en sais plus que moi ; tu parles au mieux sur ce sujet, et tout ce que tu dis est autorisé par la raison et l'expérience. Qui peut t'avoir appris tout cela ?

— Ce sont, lui repartis-je, des livres et de bonnes amies.

— Tu ne sais donc cela que par théorie ?

— Non, mais je le saurai bientôt par pratique.

— Comment ? tu le sauras bientôt par pratique ?

— Oui, assurément. Aussitôt que je serai grande fille, je profiterai de la première occasion que je trouverai. Je ne vous ressemblerai pas ; je ne veux point me trouver dans le cas de me repentir comme vous d'avoir perdu le plus beau et le meilleur de mon temps.

— Prends garde au moins que ma mère ne le sache, elle te ferait enfermer pour le reste de tes jours dans un couvent.

— Comme ce sont mes affaires, c'est à moi à y prendre garde.

— Écoute, ma sœur, j'ai un besoin pressant d'aller à la garde-robe, veux-tu bien me permettre que je passe dans la tienne ?

Je lui dis :

— Vous êtes la maîtresse, mais attendez-moi un moment que j'aille voir si elle est propre.

J'y courus aussitôt avec une lumière, craignant que mon maître ne fût à la porte de ma chambre que je refermai, ce qui arriva ; il gratta à celle où j'étais, je l'ouvris doucement et lui dis :

— Ne remuez pas, ma sœur va passer ici un moment pour y faire ses besoins. Quand elle en sera sortie, j'y reviendrai un instant après pour vous tirer de votre cachot.

Dès que je lui eus dit cela, je me retirai et appelai ma sœur qui se mit sur la chaise. Elle me dit :

— Sais-tu bien que dans un cas de nécessité, on pourrait fort bien y cacher un homme ?

— Oui, cela pourrait arriver, mais aussi il serait pris comme dans une souricière.

— Mais il me semble, repartit-elle, que voilà une porte.

— Cela est vrai, lui dis-je ; c'est par où la fille de garde-robe va vider ma chaise, mais je ne sais point où elle va aboutir, et je ne compte pas m'en servir pour cet usage.

Mon maître, qui entendait cette conversation et qui avait peur qu'il ne prît envie à ma sœur d'approfondir où allait cette porte, serait sorti s'il n'avait entendu au pied de l'escalier une fille qui disait à un homme qui la baisait :

— Pour Dieu, mon ami, dépêchez-vous ! Si ma maîtresse rentrait et qu'elle ne me trouve pas, je serais perdue.

L'homme disait :

— Tu ne m'aimes pas ; tu ne pousses point, il n'y est presque pas.

— Tu ne sens donc pas, mon ami ? Il est long comme le bras. D'ailleurs, nous ne sommes pas si bien ici que sur le lit de ma maîtresse.

— Cela ne m'empêchera pas de décharger.

— Ah ! je n'en peux plus, descends vite que je me sauve. À demain.

Dès que ma sœur eut fini, nous rentrâmes dans la chambre et nous reprîmes notre conversation qui fut interrompue aussitôt par un laquais qui vint nous avertir qu'on avait servi. Je dis à ma sœur que je la suivais. Je fus tirer mon prisonnier de sa place où il avait eu une double peur ; il me conta l'aventure ci-dessus avec beaucoup de précipitation, je lui demandai s'il voulait aller faire un tour d'une heure ou une heure et demie et revenir ensuite, ou rester dans ma garde-robe dont je prendrais la clef pour qu'il ne pût y être surpris. Il me dit qu'il aimait mieux la liberté et qu'il avait eu trop peur pour se renfermer de nouveau. Je le laissai se retirer et arrivai encore assez à temps pour me mettre à table avec toute la compagnie qui fut fort enjouée.

Ma sœur, qui aurait dû être la plus gaie, fut toujours la plus triste. Notre mère et notre compagnie ne purent la faire sortir de la mélancolie qu'elle fit paraître. Cela calma pour quelque temps la gaieté, mais quand on eut bu quelques coups de vin de Champagne, chacun donna l'essor à sa joie. Le souper dura jusqu'à deux heures après minuit. Je pensais continuellement à mon pauvre maître, mais je ne pouvais quitter pour l'aller tirer d'inquiétude. J'y courus aussitôt que cela me fut possible. Le sommeil l'ayant accablé, il s'était endormi sur les marches de l'escalier. Et moi, en ouvrant la porte avec précipitation je lui donnai un coup si rude à la tête qu'il me fit une peur épouvantable par le cri affreux qu'il jeta ; j'en pensai tomber à la renverse. Ma femme de chambre, qui était pour ainsi dire derrière moi, me demanda ce que j'avais, je lui dis que c'était un ivrogne qui était venu apparemment cuver son vin dans cet escalier, et que son ronflement m'ayant engagée à ouvrir cette porte que j'avais poussée avec force en dehors, je l'avais blessé à la tête, ce qui lui avait fait jeter le cri qui m'avait fait tant de peur. Elle me dit :

— Si vous voulez, mademoiselle, je vais avertir du monde pour le faire mettre dehors.

— Quand il m'a vue, lui dis-je, il n'a pas demandé son reste, il s'est enfui aussitôt.

— Il faut assurément, me dit cette fille, que ce soit quelque domestique de la maison et qui en sache bien les êtres [1], car la porte d'en bas est presque toujours fermée et il n'y a pas plus de quatre heures qu'en passant auprès je l'ai tirée tout contre, et pour lors certainement il n'y avait personne, car j'aurais bien entendu le ronflement d'un ivrogne.

— Cependant, celui-là était si saoul qu'il était couché en travers de l'escalier lorsque je lui ai poussé la porte contre la tête.

Je rentrai dans ma chambre après avoir bien fermé les portes de la garde-robe, ma femme de chambre me coucha, et aussitôt qu'elle se fut retirée ma gouvernante entra et me dit :

— Mademoiselle, ne trouvez pas mauvais que je vous enferme comme j'ai eu l'honneur de vous le promettre. Ce n'est pas que je me méfie de vous, mais c'est que je crains que Mademoiselle votre sœur ne vous corrompe. Elle sera mariée demain, Dieu merci ; je m'en réjouis, parce que Madame votre mère en sera débarrassée et moi aussi. Mais je plains bien son pauvre mari.

— Mais, ma chère gouvernante, sur quoi fondez-vous les préjugés que vous avez contre elle ?

— Sur quoi je les fonde, Mademoiselle ? C'est sur ses actions. Est-ce que vous croyez que je ne me suis pas aperçue de tout son manège, et croyez-vous que je doute de ce qu'elle a fait le jour qu'elle s'est perdue avec cette religieuse dans le couvent ? J'en sais plus que je n'en veux dire, nous en voilà quittes. Le meilleur conseil que je puisse vous donner est, quand elle sera hors d'ici, de la voir le moins que vous pourrez, parce qu'elle ne peut vous donner que de mauvais conseils également contraires à la religion et à la vertu.

Je lui dis :

— Ma chère gouvernante, ce n'est pas que j'aie envie de suivre aucun de ses conseils, mais vous parlez aussi avec trop de passion pour que je puisse suivre les vôtres à la lettre.

---

1. « *Êtres*, au pluriel, signifie : les diverses parties de la distribution d'une maison, c'est-à-dire l'escalier, les corridors, les chambres, etc., et s'emploie surtout dans ces phrases : *Il sait tous les êtres de cette maison. Il connaît les êtres* » (*Dict. Acad.*, 1835).

— Mademoiselle, vous êtes la maîtresse de faire sur cela tout ce qu'il vous plaira, mais comme je suis femme d'honneur, je serais au désespoir de vous donner aucun conseil qui fût contre l'honneur et la probité dont je fais profession.

— J'en suis bien persuadée, mais convenez, ma chère gouvernante, que vous avez pour ma sœur une aversion dont vous n'êtes pas absolument maîtresse.

— Mademoiselle, je puis vous dire avec vérité que je n'ai nulle aversion pour elle, mais que je hais ses défauts : c'est de quoi je ne puis disconvenir.

— Comme la voilà à présent hors de dessous votre férule, n'en parlez pas, ma chère gouvernante : ce sera à son mari à la morigéner. Il est tard, allez vous coucher et me laissez dormir.

— Je vous souhaite, Mademoiselle, une bonne nuit.

Aussitôt que je lui eus entendu fermer ma porte et la sienne aussi, j'allai allumer une bougie à mon mortier[1] dans la cheminée. J'entrai ensuite dans ma garde-robe dont j'ouvris la porte de dessus l'escalier. J'y cherchai en vain mon maître. Il avait eu si peur de sa dernière aventure qu'il s'était retiré avec une ferme résolution de ne se jamais exposer à pareil accident, ainsi qu'il me le dit quelques jours après. J'eus beaucoup de peine à m'endormir, craignant toujours qu'il ne lui fût arrivé quelque chose. À la fin, le sommeil m'accablant, je m'endormis sur le matin, et ma gouvernante étant entrée dans ma chambre à sept heures fut fort surprise de me trouver endormie. Comme je l'étais, elle se reprochait de troubler mon repos, mais comme c'était un jour de cérémonie où je devais absolument paraître et qu'il fallait que je fusse prête dès le matin, elle n'hésita pas longtemps à m'éveiller et à me dire qu'il fallait que je me lève pour qu'on me coiffe et qu'on m'habille plus magnifiquement que je ne l'avais été de ma vie. L'on sait assez la vanité des jeunes personnes et la joie que leur causent les ajustements neufs et magnifiques, pour que je m'épargne la mortification d'avouer que j'avais cette folie plus qu'une autre. Elle n'eut pas achevé que je fus sur pied.

Je trouvai à ma toilette, outre ma femme, deux coiffeuses du premier ordre qui me présentèrent différentes coiffures pour choisir. Je pris celle qui me parut la plus belle, et elles convinrent que j'avais choisi la plus riche. Quand je fus coiffée, elles garnirent mes cheveux, et ma garniture de diamants qu'elles attachèrent avec beaucoup de soin, après quoi elles se retirèrent chez ma mère à qui elles remirent le reste des diamants qu'elle leur avait confiés. Aussitôt, il entra un tailleur qui m'apporta un corps[2] qu'il me mit sur-le-champ. La couturière qui attendait que je

1. « On appelle encore *mortier*, ou *mortier de veille*, un gros morceau de cire jaune d'une livre, ou environ, dans lequel il y a une mèche, qu'on allume pour avoir de la lumière toute la nuit » (*Dict. Acad.*, 1694).

2. *Corps* : corsage, bustier, qui recouvre le haut du corps, depuis le cou jusqu'à la ceinture.

l'eusse sur le corps pour m'essayer un habit troussé d'une étoffe d'or et d'argent entra dans le moment, elle m'attacha auparavant sur le devant de mon corps une pièce de la même étoffe d'or toute brodée en or et en argent et garnie par-dessus d'une quantité de diamants si grande qu'à peine voyait-on l'étoffe et la broderie. Quand j'eus mis mon manteau, je fus surprise de voir l'éclat que j'avais. Il est vrai que la joie de me voir ainsi me donnait une vivacité dans les yeux que l'on avait beaucoup de peine à supporter. Il est aussi vrai que je n'ai jamais tant entendu louer ma beauté que ce jour-là. J'allai d'abord chez ma mère qui m'embrassa plusieurs fois en me disant :

— Je voudrais, ma chère Louison, que ce fût aujourd'hui ton tour, mais tu ne perdras rien pour attendre.

Je lui répondis :

— Et moi, ma chère mère, j'en serais bien fâchée, car je serais prête d'entrer dans un esclavage pour lequel j'ai une horreur infinie et auquel je ne me soumettrai jamais.

— Vous ferez, ma fille, quand il en sera temps, ce qui conviendra, et je vous défends de parler comme cela devant votre sœur. Allez la voir et voyez si elle est encore aussi triste qu'hier.

Elle fut fort étonnée de me voir presque aussi magnifique qu'elle. Quoiqu'elle fût extrêmement jolie, je puis dire sans me flatter que tous les yeux étaient fixés sur moi et qu'ils ne passaient sur ma sœur que pour revenir incessamment sur moi. L'heure de notre départ pour la cérémonie arriva, nous descendîmes pour monter en carrosse, il s'éleva des cris joyeux et des vœux dont j'étais le principal objet. Ma vanité en fut extrêmement flattée. Je disais en moi-même : puisque tout le monde me trouve si jolie, il est sûr que, quand je serai ma maîtresse, je ne manquerai point d'amoureux et pourrai me satisfaire comme je voudrai.

La cérémonie fut bientôt faite[1]. Aussitôt qu'elle fut finie, nous revînmes au logis où l'on servit un des plus grands repas qui se soient servi en France depuis bien longtemps, dont le détail serait trop long, et que je n'ai pas assez de mémoire pour le conter[2]. Tout ce que je me souviens bien, c'est que je me trouvai placée à côté d'un de mes cousins germains qui, quoique plus jeune que moi, me trouva fort de son goût et me fit

1. Le double mariage de Louise-Élisabeth avec le prince de Conti et de Louis-Henri de Condé avec Mlle de Conti fut célébré par le cardinal de Rohan, le 9 juillet 1713 à midi, dans la chapelle du château de Versailles, en présence du roi et de toute la cour.

2. « Il n'y eut point de dîner ni de plaisirs, note pourtant Saint-Simon. Le soir, ajoute-t-il, toute la maison royale, tous les princes et princesses du sang, M. et Mme du Maine et leurs deux fils, et M. le comte de Toulouse soupèrent avec le roi, chez lui. Il passa avec eux tous dans son cabinet, au sortir de table, et un quart d'heure après, il descendit dans l'appartement de feu Monsieur le Prince, que Madame la Princesse avait conservé en entier et qui était double. Les deux noces y couchèrent. Le roi donna la chemise aux deux mariés, et Mme la duchesse de Berry aux deux mariées : ce ne fut pas sans prodiguer à l'une des deux [Mlle de Conti, nouvelle duchesse de Bourbon] ses plus perçants dédains. »

mille compliments sur ma beauté et mille protestations d'un amour éternel[1]. Je lui répondis d'un ton à ne pouvoir être entendu que de lui :

— Ce que vous me dites là, cousin, autant en emporte le vent : cela est bon pour le discours, mais ne croyez pas que j'en croie un mot.

Il me dit :

— Que faut-il que je fasse pour vous le prouver, ma charmante cousine ?

— Je veux, lui dis-je, pour le croire voir des faits et non des paroles.

Comme l'un ou l'autre nous étions interrompus à tout bout de champ, nous en restâmes là. Le dîner dura jusqu'à près de six heures. Comme c'était dans la belle saison, la chaleur étant tombée, on entra dans le jardin pour y prendre l'air. Mon cousin ne me quitta point ; il se trouva d'autres personnes qui voulurent se mêler à notre conversation, mais peu à peu, il sut les écarter, de sorte que nous trouvant seuls sous les orangers il me fit pour lors une déclaration en forme. Je la reçus toujours en badinant et lui demandai pourquoi il avait attendu si tard à s'expliquer. Il me dit qu'il y avait longtemps qu'il m'aimait, mais qu'il n'avait osé venir au logis aussi souvent qu'il aurait souhaité, à cause que j'avais une sœur aînée à laquelle je devais naturellement céder le pas, et pour laquelle il n'avait jamais eu les mêmes sentiments que pour moi. Comme la brume tombait, tout le monde rentra et nous fûmes obligés d'en faire autant ; il m'assura qu'aussitôt que les fêtes du mariage de mon frère et de ma sœur seraient finies il viendrait au logis me renouveler toutes ces protestations. Je lui dis que je serais toujours charmée de le voir. Quand tout le monde fut rentré, on proposa une partie de pharaon afin que tout le monde pût en être[2]. Il me dit :

— Ma chère cousine, si vous voulez bien nous mêlerons nos intérêts ensemble et peut-être que nous ferons fortune.

J'y consentis sous condition que je voulais ponter[3] ; il en convint, et me demanda combien j'avais d'argent. Je lui dis :

— Je crois avoir cinquante louis dans cette bourse, comptez-les.

Il les y trouva, il y en mit autant et me dit qu'il me souhaitait une grande fortune, que pour lui il allait se mettre d'un autre côté afin qu'on ne soupçonnât rien de notre société. Je jouai d'abord assez malheureusement pour perdre plus de la moitié de mon fonds, mais sur les deux ou

1. Ce chevalier servant de Mlle de Charolais n'est autre, sans doute, que le prince de Dombes, second fils du duc du Maine, doublement son cousin germain, et de cinq ans plus jeune qu'elle. Cette liaison, au demeurant de courte durée, se situe en fait beaucoup plus tard que ne le laisse entendre nos pseudo-Mémoires, puisqu'elle succède à ses amours avec Richelieu, le duc de Melun et le chevalier de Bavière, et que Louise-Anne approchait alors de la trentaine.

2. *Pharaon* : «jeu de hasard qui se joue avec des cartes» (*Dict. Acad.*, 1835).

3. *Ponter* : «être ponte, jouer contre le banquier, au pharaon, au trente et quarante, etc.» (*ibid.*). *Ponte* : «au jeu de la bassette ou du pharaon, se dit de celui ou de celle qui met l'argent sur des cartes contre le banquier» (*Dict. Acad.*, 1762).

trois dernières tailles je jouai si heureusement et fis des parolis[1] et *sept et lever*[2], que je gagnai plus de cinq cents louis. J'avais tant d'argent quand le jeu finit que je ne savais où le mettre ; je priai un gentilhomme de m'accompagner jusqu'à mon appartement où je fus sans que mon cousin s'en aperçût. Quand il ne me vit plus, il s'informa de ce que j'étais devenue, et ayant appris que j'étais à mon appartement, il vint pour m'y joindre dans le temps que j'en sortais pour me rendre au souper qu'on allait servir.

— Eh bien ! ma chère cousine, avez-vous fait fortune ? me dit-il.

— Et vous, Monsieur, qu'avez-vous ?

— Je me suis entretenu sans pour ainsi dire rien faire, car je ne me suis trouvé que quatre louis de gain.

— Sur ce pied, j'ai mieux fait que vous, car j'en ai gagné plus de cinq cents. Ainsi, comme vous êtes de moitié avec moi, venez que je vous donne votre part.

Il ne voulut point absolument, et me dit que c'était un fonds dont je me servirais la première fois que l'on jouerait et qu'il s'était bien douté que ses intérêts seraient mieux entre mes mains qu'entre les siennes.

Nous rentrâmes dans la salle où l'on devait souper, nous nous trouvâmes encore à souper à la même place, dont je ne fus point fâchée, car j'étais déjà sensible à ses politesses. Je lui demandai, quand j'en trouvai le moment, pourquoi il n'avait pas voulu entrer chez moi.

— Ma chère cousine, j'y aurais été avec grand plaisir, me dit-il, mais comme je n'aurais pu vous rien dire de ce que j'ai à vous dire, à cause du gentilhomme qui vous accompagnait, j'ai mieux aimé me priver de ce plaisir. Mais si après souper l'occasion s'en présente, j'irai volontiers.

Je lui dis qu'il serait trop tard, que cette démarche de sa part pourrait être suspecte à ma gouvernante qui avait soin de m'enfermer tous les soirs à la clef qu'elle emportait sous le chevet de son lit. Je lui dis qu'il valait mieux qu'il me vînt voir sur les dix heures du matin le lendemain ; il me le promit.

Le souper fini, les nouveaux mariés se retirèrent chez eux. Il était près de trois heures quand je vins me coucher. Ma gouvernante qui s'était endormie dans un fauteuil se réveilla en sursaut à mon arrivée, et par la mauvaise habitude qu'elle avait de gronder elle me dit :

— Voilà, mademoiselle, une belle heure pour venir vous coucher. Je vous assure que si vous ne voulez pas changer ce train de vie je serai obligée absolument d'en avertir Madame votre mère.

Je lui dis :

— Comment, Madame, est-ce que vous êtes folle ? Est-ce que vous ne

1. *Paroli* : le double de ce qu'on a joué la première fois.

2. *Sept*, ou *quinze*, ou *trente et lever* : se dit au pharaon pour désigner sept, quinze ou trente fois la première mise.

savez pas que ma sœur n'est point encore chez elle et que ma mère n'a pu encore renvoyer la moitié de son monde et que si je ne m'étais pas esquivée comme j'ai fait je ne serais pas venue ici de plus de deux heures ?

Le bon sens lui étant revenu pendant que je lui tenais ce discours, elle me demanda cent fois pardon et pour toute grâce la permission de m'embrasser, ce que je la laissai faire. Elle me dit cent fois au moins :

— Je ne crois pas qu'il y ait jamais eu sous le ciel une vierge aussi belle que vous. Et l'homme qui vous aura pour femme sera le plus heureux mortel de l'univers ; car outre votre beauté incomparable, il aura la meilleure et la plus sage de toutes les femmes.

De ce jour j'eus deux femmes de chambre. L'on me déshabilla avec beaucoup de précaution à cause des diamants dont j'étais parée. Quand je fus prête à me mettre au lit, ma gouvernante les envoya se coucher, me coucha ensuite et m'embrassa en me disant :

— Quoique Madame votre sœur ne soit plus ici, ne soyez point surprise que je vous enferme ; je crains trop qu'il ne vous arrive quelque malheur ; vous êtes trop belle et je mourrais pis qu'enragée s'il vous en arrivait un tant que j'aurai le bonheur d'être auprès de vous et qu'on pût m'en imputer la faute.

Je lui dis qu'elle me faisait plaisir et que je lui étais obligée de cette précaution ; elle sortit, m'enferma et s'alla coucher.

Un moment après j'allumai la lumière, j'allai à ma garde-robe voir si je n'y trouverais pas mon pauvre maître. Je l'y cherchai en vain, il n'y était point revenu ; cela me causa une inquiétude mortelle, car je l'aimais malgré sa laideur. Il avait à mon sens de l'esprit, de la vivacité et beaucoup d'adresse dans tout ce qu'il faisait. Je m'endormis cependant peu de temps après, parce que la fatigue de cette journée m'accabla.

Il était neuf heures que je n'étais point encore levée. Ma gouvernante était cependant dans ma chambre et n'avait point vu la veille l'or qui était compté sur une table de marbre. Elle me demanda aussitôt que je fus éveillée ce que c'était que cet argent-là. Je lui dis :

— C'est mon gain d'hier au soir.

— Mais, me répondit-elle, Mademoiselle, cela n'était point hier ici quand vous êtes venue vous coucher.

Je lui dis :

— Il y avait plus de quatre heures qu'il y était quand je suis venue me coucher, car je l'ai gagné avant souper et l'ai apporté ici tout de suite avec un gentilhomme qui m'a accompagnée, que je ne connais que de vue. Mais un de mes cousins que vous connaissez bien, qui était de moitié avec moi, doit venir ce matin partager sa moitié. Mais comme il ne sait pas le compte, prenez toujours ces vingt louis là, ma chère gouvernante, en attendant que je puisse faire mieux. Et vous, mesdemoiselles, en voilà chacune dix.

Elles me remercièrent beaucoup ; je leur dis de surseoir leurs remerciements et de m'habiller promptement, ce qu'elles firent, mais mon cousin arriva avant que je le fusse entièrement.

L'on m'avait apporté un habit neuf d'une étoffe tout argent qui avait encore plus d'éclat que celui de la veille. Je le priai de passer un moment dans ma chambre pour me donner le temps d'achever mon habillement ; il le fit, et je ne le fis pas attendre longtemps. Ma gouvernante, qui était une fine mouche, l'avait suivi ; il lui demanda d'abord ce que c'était que cet or-là. La gouvernante lui dit :

— Monsieur, c'est de l'argent que Mademoiselle a gagné hier au pharaon, dans lequel elle m'a dit que Monsieur avait part pour moitié.

— Sur ce pied, reprit-il, je me flatte qu'elle ne trouvera pas mauvais que je vous fasse part de mon gain : voilà cinquante louis que je vous prie d'accepter.

— Monsieur, je sais trop le respect que je vous dois pour manquer à l'obéissance.

Je parus au moment que ma gouvernante finissait de ramasser ses cinquante louis, je ne fis pas semblant de m'en être aperçue. Elle ne me vit pas plus tôt assise qu'elle passa dans sa chambre. D'abord que je ne la vis plus, je dis à mon cousin :

— Monsieur, je vois bien que vous venez de faire une folie et que vous avez donné de l'argent à ma gouvernante. Avouez-moi la vérité ou je m'en vais compter.

— Je serais fâché, ma chère cousine, de vous causer cette peine, je lui ai donné cinquante louis.

— Monsieur, puisque vous avez fait cette folie sans que je vous le dise, il faut que je vous en conseille une autre : c'est d'en donner vingt à chacune de mes femmes de chambre.

— C'était bien, me répondit-il, mon intention et même davantage.

— Monsieur, apprenez de moi qu'à ces sortes de gens il vaut mieux donner peu et plus souvent, parce que leurs bienfaits leur sont toujours présents.

— Je profiterai de votre avis, ma chère cousine, parce que je le crois bon.

Mes femmes de chambre qui parurent un moment après reçurent avec grand plaisir les vingt louis d'or qu'il leur donna. Aussitôt qu'elles l'eurent remercié, elles décampèrent ; je leur dis d'avoir soin de m'avertir quand ma mère serait prête pour aller chez mon frère et chez ma sœur, parce que je devais l'y accompagner. Quand nous nous trouvâmes seuls, je ne saurais dire les protestations d'amitié que mon cousin me fit. Il ne cessa de jurer qu'il n'aurait jamais d'autre femme que moi, et moi que je ne me marierais jamais. Mes serments l'étonnèrent à un point étonnant, parce qu'il ignorait ma façon de penser. Enfin, il me recommença tant ses serments qu'il me força à lui déclarer les miens. Je lui dis que j'avais une aversion étonnante pour le mariage, que cependant je sentais bien que j'avais le cœur sensible, mais qu'il fallait attendre que mon cœur se décidât, et que tout ce que je pouvais lui promettre c'était de lui donner la préférence si je prenais un parti. Il me parut fort content de cette promesse, et me promit à son tour qu'il attendrait patiemment l'exécution de ma parole, quand il faudrait attendre dix ans. Il m'embrassa dix ou douze fois coup sur coup, et me remercia en termes qui me prouvaient sa sensibilité aussi bien que son amour.

Ma gouvernante entra comme il se levait de mes genoux.

— Monsieur, je ne viens point ici pour vous déranger, parce que je n'ignore point que Mademoiselle est votre cousine germaine. Cette qualité donne des prérogatives et des libertés que je ne serais pas bien aise de voir prendre à d'autres, fussent aux premiers princes de l'Europe.

— Madame, dit mon cousin, vos bons sentiments pour moi sont tels que je vous prie de recevoir, Madame, ces cinquante louis.

— Monsieur, vous êtes trop bon et trop généreux pour que Dieu ne bénisse pas vos jours et toutes vos actions. Je n'aurais rien à souhaiter dans la vie, si je vous voyais le mari de Mademoiselle, et je suis persuadée que vous seriez contents et très heureux tous les deux.

— Mon cousin, repris-je, n'écoutez point ce que vous dit Madame, quoiqu'elle soit la meilleure femme du monde. Mais malgré l'aversion qu'elle sait que j'ai pour le mariage, elle veut absolument que je me marie, et je suis persuadée que si elle en était la maîtresse, je le serais dès demain.

— C'est assurément, répondit-elle, Mademoiselle, bien la vérité — et à Monsieur.

En disant cela, elle sortit de ma chambre et alla à la sienne porter à son petit trésor les louis qu'elle venait de recevoir. Quand elle fut sortie, je dis à mon cousin :

— Il faut que nous partagions à présent cet argent par moitié, parce que je veux l'ôter de là, sans quoi de l'air dont vous y allez, non seulement le gain mais encore le principal serait bientôt consommé.

— Serrez-le si vous voulez, mon adorable cousine, mais je ne veux point en rien rembourser que notre société ne soit absolument finie et qu'il n'y ait plus de jeu.

Sur cela, je le mis dans mon petit coffre et il n'en fut plus question. Il me renouvela ses caresses et ses protestations et me dit :

— Plût à Dieu avoir fait avec vous cette nuit ce que Monsieur… a fait à Madame votre sœur.

Je lui répondis :

— Vous n'en seriez pas plus avancé à présent, mon cher cousin. Peut-être même que l'amour que vous dites avoir pour moi serait déjà diminué de moitié. Tous les biens qui sont à nous nous sont pour l'ordinaire indifférents, et nous envions souvent celui d'autrui, quoi que d'un prix fort au-dessous. Ne voit-on pas tous les jours des hommes qui ont les plus belles femmes les abandonner pour des misérables qui n'ont pas la moitié des agréments des femmes qu'ils ont ? De là vient la quantité de mauvais mariages que l'on voit, et qu'il y a si peu d'union entre les hommes et les femmes qui sont mariés ensemble.

— Mon amour pour vous, ma chère cousine, n'est point pour entrer en comparaison avec ceux dont vous voulez parler ; il est fondé sur une beauté sans pareille et sur votre mérite infini ; jugez de là s'il peut se démentir.

— Monsieur, le peu de beauté que j'ai peut s'éclipser d'un moment à l'autre. Pour lors, le mérite, tel qu'il puisse être, ne sera pas capable de fixer un cœur comme le vôtre pour un jour seulement. Et vous direz pour vous excuser : Il est vrai que la maîtresse que j'avais a du mérite, mais elle est à présent d'une santé si chancelante que tout l'ennuie. Ma foi, son état me fait tant de peine que je ne veux plus la voir.

— Il faudrait, ma chère cousine, vouloir me persuader que je suis hérétique, et on y réussirait plutôt qu'à me faire croire que je pourrais ainsi changer pour vous.

En me disant cela, il m'embrassait avec des transports qui me paraissaient vifs et sincères. J'eus beau jeter la vue sur sa culotte, je ne vis aucun des mouvements que j'avais remarqués à mon maître et par lesquels il avait commencé à me séduire. J'avais une envie extrême de m'éclaircir s'il était déjà sensible à l'amour, car il y a bien des jeunes gens qui en parlent sans en savoir le nœud gordien, mais je n'aurais pas voulu qu'il se fût aperçu de mon intention. Je remis cet examen à une autre occasion, parce que je sentis que le temps nous passait. Et bien m'en prit, car un moment après on me vint chercher pour aller chez ma sœur, où il me dit qu'il serait avant nous.

Quoique nous ne perdîmes pas un instant, il était descendu de son carrosse et courut à la portière du nôtre qu'il ouvrit et donna la main à ma mère qu'il accompagna jusque chez ma sœur qui était encore à sa toilette. Maman fit beaucoup de questions à son mari[1], ordinaires en pareil cas, auxquelles il répondit :

— Je suis, Madame, très content, mais j'ai bien peur que Madame ne le soit point de moi.

Ma sœur répondit aussitôt :

— Je le serai toujours, Monsieur, quand vous le serez.

Cela ne donna pas à ceux qui l'entendirent une grande idée du travail de mon beau-frère. Ma mère voulut éclaircir le fait. S'étant assise à côté de ma sœur, elle lui dit :

— Madame, regardez-moi et me répondez de la tête.

Elle lui montra aussitôt ses cinq doigts, ma sœur tourna la tête à droite et à gauche ; ma mère en ferma le petit et présenta sa main à ma sœur qui recommença le signe qu'elle avait fait la première fois. Ma mère ferma

1. Louis-Armand de Conti.

deux doigts et représenta sa main à ma sœur qui pour lors baissa la tête en bas pour dire oui. Ma mère dit tout haut :

— Vous êtes plus heureuse que moi, car votre père, le premier jour de mes noces, ne m'a baisée que deux. Il est vrai qu'il y allait de tout son cœur.

Pendant cette conversation, mon cousin avait attiré à l'autre bout de la chambre le nouveau marié, qu'il confessait de son mieux ; il lui dit la vérité, et en même temps que c'est qu'il avait trop bu et trop mangé, que cela ne lui avait pas permis d'en faire davantage, mais que la nuit prochaine ce serait tout autre chose. Après cet aveu, ils vinrent rejoindre la compagnie, et peu de temps après nous sortîmes pour aller voir la femme de mon frère et savoir si elle était plus contente que ma sœur. Mon cousin nous y accompagna dans notre carrosse, il donna la main à ma mère comme il l'avait fait chez ma sœur.

D'abord que mon frère nous vit paraître il vint au-devant de nous. Ma mère en l'embrassant lui demanda à quel numéro il en était resté.

— Au numéro six inclusivement, Madame.

— Je vous en fais, et à Madame, Monsieur, compliment. Madame votre sœur n'en a eu que la moitié.

— C'est, dit mon frère, assez encore pour lui, et je ne répondrais pas que le troisième ait été de bon aloi ; mais si j'en suis resté à six, c'est que Madame n'a pas voulu que je passe outre. Mais la journée n'est pas passée et avant qu'il soit minuit, je veux que la douzaine soit complète.

— Monsieur, lui dit ma mère, n'allez pas si vite que vous ne soyez obligé de vous arrêter en chemin, car

Tout homme qui veut aller loin ménage sa monture,
Je ne l'en estime pas moins
De faire vie qui dure.

Et celle-ci est si courte qu'il est à propos de la ménager.

— Madame, dit la nouvelle mariée, je n'ai pu le contenir sur cela, et je vous dirai que j'ai le corps tout démantibulé ; je ne sais si je pourrai marcher, j'ai eu toutes les peines du monde à venir jusqu'ici.

— Vous n'aviez peut-être point de pommade ?

— Oh ! pour cela non, mais il m'a eu bientôt esrenée[1]. »

Comme mon frère passa à côté de moi, je lui dis :

— Fi que c'est vilain à vous, Monsieur, d'estropier ainsi sa femme !

— Ma foi, me répondit-il tout haut, pourquoi l'a-t-elle si petit ?

La nouvelle mariée repartit sur-le-champ :

— Pourquoi, Monsieur, l'avez-vous si gros ?

Ma mère lui dit :

---

1. *Esrener* : on prononce ordinairement *erner* ; rompre les reins, éreinter (*Dict. Acad.*, 1694).

— Je vous enverrai un pot de pommade dont vous vous frotterez avant qu'il vous touche, cela facilitera son entrée, et il ne vous fera aucun mal.

— Je vous serai, lui dit ma belle-sœur, en vérité bien obligée, Madame, car c'est un martyre pour moi auquel je ne pourrais pas résister longtemps.

— Madame, lui dit ma mère, quand vous n'auriez pas la pommade que je vous donnerai certainement aujourd'hui, ce ne serait tout au plus que trois ou quatre jours que vous aurez à souffrir, car quand une fois la brèche est faite, les cicatrices sont bien vite refermées, et pour lors vous n'avez plus que du plaisir.

— Madame, repartit ma belle-sœur, je ne sais quel plaisir on trouve à cela. Pour moi, je n'y ai eu encore que du mal.

— Je le crois, Madame, mais dans quinze jours d'ici vous parlerez tout différemment.

La conversation changea par l'arrivée d'un grand monde qui venait complimenter Monsieur et Madame la mariée qui paraissait vraiment fatiguée. Comme c'était mon frère qui donnait ce jour-là à dîner et à souper à toute la famille en général et à tous les conviés, aussitôt qu'on crut que tout le monde fût arrivé, on servit une table en fer à cheval de deux cent cinquante couverts. Quoique le décorum fût régulièrement observé pour les places, le hasard fit que mon cousin se trouva encore à côté de moi, justement sous ma main droite. J'en fus bien aise et il me parut que cela lui faisait plaisir aussi. Il avait cependant été fâché de la conversation de ma mère avec ma belle-sœur, parce qu'il avait remarqué qu'elle ne me faisait aucun plaisir et qu'il craignait que cela ne fortifiât l'aversion que je lui avais témoignée pour le mariage, qui était pour lors son unique but, car il ne pensait pas qu'il pût rien obtenir de moi autrement. Si le repas qui fut servi ne surpassa pas en beauté et en bonté celui que ma mère avait donné la veille, du moins il l'égalait. Les vins et les liqueurs de toutes espèces ne furent point épargnés, le dessert fut somptueux et d'un goût nouveau qui surprit les spectateurs. C'étaient les nommés Lazure, Gourlade et Verdan qui l'avaient composé et dressé. Rien ne fut mieux et plus adroitement servi. Mon frère avait ordonné qu'on distribuât du vin au public, ce qui attira un monde si considérable que trois cents suisses, que mon frère avait demandés pour aider à porter les viandes et ce qui était nécessaire, avec beaucoup plus de domestiques, eurent beaucoup de peine à faire sortir tous les gens de dehors qui étaient entrés dans les cours.

Quand le dîner fut fini, on proposa le jeu. Je me souvins pour lors que je n'avais que dix ou douze louis sur moi. Je priai mon cousin, en lui donnant la clef de mon coffret, de m'aller chercher cent louis. Il me les offrit de sa poche, mais je lui dis que je voulais jouer notre argent, que je comptais qu'il nous porterait bonheur. Il fut donc les chercher, mais au lieu de cent, il m'en apporta deux cents. Comme je le grondai sur cela, il me dit :

— Ma chère cousine, quand on n'a guère d'argent, on ne joue qu'en crainte et le perd toujours. Il faut, si vous voulez gagner gros, que vous jouiez ces deux cents louis comme si vous en aviez dix mille à perdre.

Je lui répondis :

— Mon cher cousin, ce n'est point le gain ni la perte d'argent qui me touche, mais il est vrai que le gain me flatte par je ne sais quel endroit.

Le jeu commença. Je pris d'abord deux cartes sur lesquelles je mis deux louis à chacune et une masse en avant de quatre louis en six cartes. Je gagnai un paroli de six louis que je me fis payer, et il me resta une carte simple et un paroli de quatre louis à faire de la masse que j'avais mise en avant de mon paroli et de ma carte simple. Je jouai donc si grande fortune que si j'avais continué, j'aurais débanqué la banque. Une personne qui était à côté de moi, et à laquelle je devais du respect, me conseilla de me retirer, ce que je fis avec plus de mille louis. Cette dame qui avait suivi la plupart de mes cartes en fit autant, mais elle eut moins de gain que moi, parce qu'elle n'avait pas joué si gros jeu. Elle me remercia en me disant que c'était moi qui étais la cause qu'elle avait tant gagné, que de sa vie elle n'avait eu une pareille fortune.

Mon cousin, qui était de l'autre côté de la table, perdit tout ce qu'il avait sur lui. Il vint ensuite auprès de moi me faire son compliment sur le gain qu'il avait remarqué que j'avais fait. Je lui demandai en quel état étaient ses affaires ; il m'avoua qu'il avait perdu tout ce qu'il avait. Je lui fis toutes les instances que je pus pour le forcer à prendre de l'argent sur celui que j'avais gagné, dont naturellement la moitié lui appartenait de droit. Je ne pus parvenir à lui faire prendre seulement dix louis.

— Eh bien ! lui dis-je, puisque vous ne voulez plus jouer, ni moi non plus, faites-moi donc l'amitié de me débarrasser de cet argent en le reportant où vous l'avez pris.

Ce qu'il fit. Il revint un instant après et nous causâmes jusqu'au souper qui dura fort longtemps, et après il y eut un bal magnifique où tout Paris vint masqué. Les mariés se retirèrent peu à peu et sans qu'on s'en aperçût ; ma mère y passa la nuit tout entière. Je fus obligée d'en faire autant. Mon cousin ne nous quitta pour ainsi dire point. Cependant, lorsque j'y pensais le moins, je vis arriver un masque auprès de moi qui, après avoir fait à ma mère et à moi une révérence bien respectueuse, lui demanda la permission de danser un menuet avec moi. Ma mère lui répondit :

— Plutôt deux, Monsieur.

Il fit une seconde révérence à ma mère et, me prenant par la main, il me conduisit à l'endroit où l'on dansait. Aussitôt que je parus, chacun se retira et nous fit une grande place pour danser. Mon masque s'en acquitta avec beaucoup de légèreté et de cadence ; les spectateurs en furent si contents qu'ils battirent des mains. Quand nous eûmes fini, il me ramena auprès de ma mère où il m'avait prise, lui fit sa révérence et se retira. Un moment après, mon cousin revint auprès de nous et me dit qu'il venait d'apprendre que j'avais dansé ; il me demanda avec qui ; je lui dis :

— Ma foi, mon cher cousin, je n'en sais rien, tout ce que je puis vous dire, c'est un très aimable cavalier qui danse d'une légèreté et d'une propreté infinies.

— Comment, Mademoiselle, vous ne le connaissez point du tout ?

— Non, lui dis-je.

— L'on m'a assuré cependant qu'il vous avait serré les mains en dansant.

— Cela est vrai, lui dis-je, mais qui peut vous avoir dit cette particularité ?

— Une personne, me repartit-il, qui était tout auprès de vous, qui examinait vos actions et les siennes.

— Il n'y a, mon cher cousin, que celui même qui a dansé avec moi qui puisse vous avoir dit ce mouvement, ou bien c'est vous-même qui me l'avez fait.

— Vous l'avez deviné, ma chère cousine ; je serais fâché de vous laisser plus longtemps dans l'incertitude où vous me paraissez sur cela et je vous dirai que je n'ai pas été fâché de l'indifférence que vous m'avez témoignée en ne répondant point à mon serrement de main, puisque vous ne saviez point que c'était moi.

— Si je l'avais su, mon cher cousin, j'y aurais bien répondu.

Comme il était grand jour, ma mère se leva pour aller se reposer, je la suivis et nous nous séparâmes. Je ne le vis que le soir au jeu, chez mon beau-frère qui ce jour-là régala tous les conviés des deux noces. La magnificence et la prodigalité ne furent point démenties : tout le monde fut également content. Cependant, j'aurais bien dû ne l'être pas tant, car j'y perdis deux cents louis en moins d'une heure de temps, et je ne doute point que je n'eusse perdu tout ce que j'avais gagné les deux jours précédents, si je ne m'étais retirée sur ma perte. Mon cousin en arrivant vint se mettre à côté de moi. Comme il vit que je ne jouais pas, il me dit :

— Est-ce que vous avez encore oublié, ma chère cousine, votre argent ?

Je lui répondis :

— Oui.

D'abord, il m'offrit celui qu'il avait sur lui, je l'en remerciai ; ensuite il voulut aller chercher le mien : ce fut pour lors que je lui avouai ma perte. Il fit tout ce qu'il put pour m'exciter à prendre ma revanche, mais je tins bon et ne jouai point de cette soirée. Je fis très bien, car les banquiers ruinèrent tout le monde ; ils gagnèrent plus de cinquante mille écus dans leur soirée.

Le souper fut somptueux, mais il ne fut pas si long. Comme tout le monde était fatigué des deux nuits précédentes, chacun se retira sur le minuit, et je fus couchée avant qu'il fût une heure.

Quand mes femmes de chambre et ma gouvernante se furent retirées, mon maître à dessiner me vint dans l'esprit. Je fus à ma garde-robe pour voir s'il n'y serait point venu; j'en ouvris la porte, mais je n'y vis personne, ce qui me causa un chagrin mortel. Je m'imaginai qu'il était assassiné, ce qui m'empêcha de dormir aussi tôt que j'aurais fait. Je m'attribuais et à ma sœur la cause de ce malheur et me le reprochais incessamment. Je m'endormis cependant à force d'y rêver.

IV

Le lendemain, je m'éveillai dans l'humeur du monde la plus amoureuse, ce qui me rappela le plaisir qu'il m'avait causé. Mes attouchements me paraissaient insipides au prix. «Encore, disais-je en moi-même, si mon grand benêt de cousin avait autant d'esprit que lui, je pourrais m'en servir. Mais malgré toutes ses protestations et ses caresses, je ne vois en lui aucun de ces mouvements amoureux que dès les premiers jours j'ai remarqués dans mon cher maître. Cependant, il faut que je m'éclaircisse de l'état de mon cousin, car s'il n'est propre à rien, j'en choisirai un autre pour remplacer mon maître, et il n'est pas juste que je demeure oisive pendant que ma mère et ma sœur travaillent de tout leur cœur à se satisfaire.» Et il était près de dix heures que je réfléchissais encore sur cela.

Ma gouvernante avait empêché mes femmes de chambre d'entrer dans ma chambre, ce qui fit que je crus qu'il était encore matin. Ma sœur, la nouvelle mariée, s'étant levée du matin, vint pour voir ma mère. Comme elle dormait encore, elle monta chez moi. Ma gouvernante n'osa lui refuser la porte, elle la lui ouvrit d'abord; ma sœur vint d'abord me sauter au col. Je fus fort surprise de son arrivée, je lui demandai par quel hasard elle était venue si matin.

— Mon mari, me dit-elle, s'est levé pour aller à la chasse, il a voulu que je déjeune avec lui et les seigneurs qui l'accompagnent, ce que j'ai fait. En partant, il m'a dit de me recoucher et qu'il ne viendrait que le soir pour souper. Sur-le-champ, il m'a pris envie de venir dîner avec toi et la maman. Comme elle n'est point éveillée, j'ai monté ici, mais je ne croyais point t'y trouver au lit. Voilà mon aventure. Dis-moi à ton tour par quel hasard tu es encore couchée.

— Je vous dirai, ma chère sœur, que je me suis endormie fort tard, que je me suis éveillée dans une disposition très amoureuse. Les réflexions sur votre état sont venues aiguillonner mon appétit, je me suis grattée en long et en large sans aucun succès gracieux.

— Je te dirai, me répondit-elle, que mon état serait cent fois plus dur et plus fâcheux qu'il n'a été jusqu'à présent, si je me trouvais bornée aux caresses de mon mari. Son engin est si mignon qu'à peine le sentais-je. Voilà trois nuits que nous couchons ensemble ; il ne m'a encore baisée que quatre fois.

— Comment cela se peut-il faire ? Vous êtes convenue que le premier jour, il vous avait baisée trois fois.

— Il est vrai que je l'ai dit, mais il ne me l'avait fait que deux fois. Hier, la nuit, il m'a baisée une fois, et celle-ci une autre. Je t'avouerai que j'avais infiniment plus de plaisir quand nous nous divertissions ensemble avec l'instrument que j'ai perdu.

— Mais, lui dis-je, est-ce qu'il ne te serait pas possible d'en avoir un ?

— À l'heure qu'il est que je suis femme, je serais bien fâchée de me servir de ces vilenies-là : ce serait offenser Dieu. Je ne manquerai point d'amants, et il faudrait que je fusse la plus malheureuse de toutes les femmes si je tombais à en avoir un qui n'eût pas plus de force que mon mari. Et toi, quel parti prends-tu ? Il me semble avoir remarqué que notre grand cousin te suit de près.

— Il est vrai, lui dis-je, ma chère sœur, que ces trois jours ici il a eu beaucoup d'attention pour moi. Je t'avouerai même qu'il m'a fait sa déclaration dans les termes les plus tendres et des protestations infinies qu'il n'aurait jamais d'autre femme que moi. Je lui ai dit l'aversion que j'ai pour le mariage. Cela ne lui fait point changer de langage, et je crois qu'il pense qu'il faut absolument être mariés pour se caresser.

— Cela pourrait bien être. En ce cas, je te plaindrais fort et je trouverais ton amitié bien mal placée.

— Ma sœur, l'amitié que j'ai jusqu'à présent pour lui ne m'empêche pas de dormir, et s'il ne revenait plus ici, je n'y penserais pas plus que s'il n'y était jamais venu. Je serais cependant bien aise de savoir s'il est puissant ou impuissant.

— Je voudrais, me répondit-elle, qu'il vînt ici pendant que j'y suis ; je t'assure que je t'aurais bientôt éclaircie de ce fait.

À peine eut-elle achevé cette parole qu'il entra ; elle était pour lors assise sur mon lit. Il fut fort surpris de la voir. Après lui avoir fait son compliment, il me fit aussi le mien et se récria fort sur ce que j'étais encore au lit à midi sonné. Je lui dis et à ma sœur de passer du côté des croisées pour me laisser la liberté de me lever, ce qu'ils firent. Je sonnai, mes femmes de chambre vinrent et je fus habillée en un instant. Pendant ce temps, ma sœur faisait des questions à notre cousin, auxquelles il lui répondit si hétéroclitement qu'elle pensa comme moi qu'il était impuissant, ou du moins peu propre à l'amour.

Aussitôt que mes femmes se furent retirées, elle me le dit ainsi :

— Ma chère sœur, je ne crois pas que tu sois plus heureuse que moi : mon mari ne peut être compté tout au plus que pour un demi-homme, et je ne sais si ton amant peut espérer le même avantage.

Notre cousin lui demanda quel était mon amant. Ma sœur lui répondit :

— Vous le connaissez mieux qu'un autre puisque c'est vous qui avez fait pour lui ses déclarations d'amour et des protestations qu'il serait éternel.

— Madame, si c'est de celui-là que vous entendez parler, il se flatte de faire plus de caresses en un jour à Mademoiselle que Monsieur votre mari ne vous en fera en huit.

— Mais il s'agit, lui dit-elle, de savoir quelles sortes de caresses vous lui ferez et avec quoi vous la divertirez.

— Madame, répondit-il à demi-voix, avec un instrument qui a au moins huit pouces de roi de longueur et la tête franche, avec quatre pouces de circonférence[1].

— Ah cousin, que dites-vous là ? il faudrait que je le visse pour le croire.

— Madame, il ne tient qu'à vous. Passons derrière ce rideau, je vais vous mettre pièce en main.

— Non, mais seulement,

Souffrez qu'à travers votre culotte
Avec la main je le touche ;
De le voir je ne suis pas si sotte,
L'eau m'en vient déjà à la bouche.
— Madame, portez la main là,
Il n'est pas dans toute sa grosseur.
— Ah ! Monsieur, que sens-je là ?
Il me fait en vérité peur,
Par sa longueur.
Je ne puis revenir de mon étonnement.
Tu as, ma sœur, assurément,
Un amant qui fera ton bonheur,
Il est plein d'ardeur
Et de tendresse,
Peu sujet à la mollesse.
Quelle vertu !
Le mien auprès de lui
Ne vaut pas un fétu ;
Il ne fait qu'à demi de mauvaise besogne,
S'endort comme un ivrogne,
Et me laisse la nuit,
Sans satisfaire mon appétit.
— Je me reprocherais toute ma vie,
Madame, d'en user ainsi.
Six fois chaque nuit,
De ma Sylvie
Je visite l'étui.
— Puis-je, ma sœur, entendre vos folies ?
Notre cousin plein d'esprit

1. À savoir : 21,6 cm et 10,8 cm.

Et d'humeur gaillarde,
Me lâche à petit bruit
Bien des fanfaronnades.
— Mademoiselle, si j'en dis une
Que je ne fasse,
Je renonce à la fortune,
De jamais vous voir en face.

L'on vint nous avertir que ma mère était éveillée et même à sa toilette ; nous y passâmes tous les trois. Ma sœur l'embrassa, j'en fis autant.

— J'ai toujours ouï dire, Madame, qu'il était avantageux de suivre les bons exemples. Si vous vouliez permettre, Madame, je suivrais celui que ces dames viennent de me donner.

— Mais, Monsieur, en le souffrant j'en donnerais un bien dangereux à ces dames.

— Je vois bien, Madame, que ce n'est point un jésuite qui est votre confesseur, puisque vous ignorez qu'il n'y a que l'intention qui fait le crime.

— Sur ce pied, Monsieur, je crois les vôtres bonnes, et je suis sûre que les miennes n'ont rien de mauvais. Ainsi, faites ce que vous voudrez.

— Madame, suivant votre permission, je commence par vous et je finirai par Mademoiselle.

Il embrassa ma mère ; de là, il fut à ma sœur, qui fit si peu de façons que cela m'ôta l'envie d'en faire. Je sentis qu'il doubla ses baisers d'une façon imperceptible à ceux qui nous regardaient, le rouge me monta au visage qui fit connaître l'impression que ces baisers avaient faite sur moi. Cependant, personne ne m'en dit mot. Ma sœur dit à ma mère :

— Maman, ma visite est intéressée.

— Comment ?

— Je viens vous demander à dîner.

— Et où est votre mari ?

— Il est à la chasse et ne doit revenir que pour souper.

— Soit, vous me faites plaisir.

— Je suis accoutumé, Madame, à suivre les bons exemples, dit mon cousin : je vous demande la même grâce.

— Monsieur, lui répondit-elle, vous pouvez compter que vous en êtes le maître. Eh bien, ma fille, continua-t-elle en parlant à ma sœur, êtes-vous bien contente du mariage ? Êtes-vous du même sentiment que votre belle-sœur qui dit qu'elle n'y trouve aucun agrément, que son mari l'a estropiée ?

— Pour moi, je ne suis pas, répondit ma sœur, dans le cas de me pouvoir plaindre de pareil.

— Comment ? est-ce que votre mari n'a pas tout ce qu'il lui faut ?

— Au juste, Madame, je n'en sais rien, mais je sais que le tout est en miniature.

— Ma fille, écoutez ce distique de ma mère L'Oye

Gros… blesse,
Grand… ploie,
Et sujet à faiblesse,
Mais petit…
Réjouit et divertit.

— Ma foi, je ne suis pas de son avis sur cela, car je crois que s'il m'était permis de choisir, je prendrais toujours le plus gros.

— Vous êtes donc bien gourmande, ma fille ?

— Ma mère, repartit-elle, ce n'est point gourmandise, c'est appétit seulement : ce qui plaît à l'œil flatte ordinairement le cœur.

— Je le crois, mais pour pouvoir choisir sur cette matière, il faudrait prendre les hommes à l'essai comme l'on fait les chevaux. Mais cela serait sujet à d'autres inconvénients plus grands, et il faut bien, quand on n'a pas ce qu'on veut, se contenter de ce qu'on a.

— Madame, continua ma sœur, j'en suis logée là, mais je ne vous réponds pas.

— Fais, ma fille, ce que tu voudras. Mais ne le dis pas.

— Si je prends sur cela un parti, ne croyez pas, chère maman, que je me confie à personne.

— Il n'est pas possible que vous ne mettiez quelqu'un dans votre confidence ; c'est cette confidente dont on ne peut se passer qui le plus souvent vous perd.

— Je la paierai si bien qu'elle n'osera me tromper.

— Mais si votre mari est jaloux, il la paiera encore mieux : elle est fille adroite, prendra l'argent des deux mains et peut-être vous trompera tous les deux.

— Cela, madame, n'est pas naturel et serait inouï.

— J'en conviens, ma fille, mais cela arrive cependant tous les jours.

— Si pareille chose m'arrivait, je ferais enfermer l'auteur d'une pareille trahison pour le reste de ses jours.

— Vous feriez bien mal, ma fille, ce trait prouverait à tout le monde que vous êtes coupable. Il faut garder bien d'autres mesures pour conserver sa réputation et l'estime d'un mari qu'on n'aime point, qu'on trompe parce qu'il n'est point aimable et souvent pour être trompé par d'autres.

— Je ne me consolerais pas, poursuivit ma sœur, d'un semblable malheur.

— Il faudrait bien, Madame, vous en consoler et y paraître insensible si vous vouliez détromper le monde et le faire passer pour un imposteur.

— Comment, Madame, un homme auquel je me serais livrée de bonne foi m'a trahie, cherche à me déshonorer par l'endroit du monde le plus sensible, et vous croyez qu'après un pareil tour je pourrais regarder d'un bon œil un pareil monstre ?

— Je ne dis pas, poursuivit ma mère, que vous soyez obligée de le regarder de bon œil, mais je soutiens qu'en apparence vous lui devez plus d'amitiés qu'à l'ordinaire. Outre que ce procédé lui reproche son crime, c'est qu'il désabuse la plus grande partie des gens que ses discours auraient pu séduire. Imaginez-vous, ma fille, qu'une femme en puissance de mari a cent fois plus de précautions à prendre qu'une fille qui est maîtresse de ses volontés.

— Je suis aise, ma sœur, que ma mère vous confirme ce que je vous ai dit avant que vous fussiez mariée. Ah ! que tout ce que je viens d'entendre fortifie bien la résolution que j'ai prise de rester fille toute ma vie. Il n'y a point d'état aussi heureux que celui-là ! Libre de vos volontés et de vos actions, personne n'est en état de vous contredire, chacun pense ce qu'il veut de votre conduite en cas qu'elle ne soit pas absolument régulière, mais il ne peut s'y opposer. Que dira-t-on ? C'est une personne qui aime ses plaisirs, et à se divertir, mais en tout cela elle ne fait tort à personne. On parle ainsi pendant quelque temps, et si l'on voit qu'elle continue, on ne dit plus mot, quand on lui verrait mettre sa chemise par-dessus sa tête.

— Il y a bien du vrai, ma fille, dit ma mère, dans ce que vous dites là, mais une fille avec de pareils sentiments ne passera toujours que pour une Grivoise.

— Qu'entendez vous, Madame, par le mot de Grivoise ?

— J'entends, ma fille, une fille qui aveuglée par ses passions se f... du qu'en dira-t-on, en prend à droite et à gauche et est toujours dans la débauche.

— Et moi, ma mère, je m'en suis fait un portrait tout différent. J'ai pensé comme vous qu'une Grivoise faisait peu de cas du qu'en dira-t-on, mais que dans le choix de ses amis elle pouvait être très délicate, qu'elle aimait le plaisir, mais qu'elle ne tombait jamais dans aucun excès qui pût la rendre méprisable, qu'au contraire sa gaieté et sa bonne humeur lui conserveraient ses amis pour le moins aussi longtemps que la vertu la plus austère, qui tôt ou tard devient incommode, et à charge tant à celles qui la pratiquent qu'à ceux avec lesquels elle est obligée de vivre.

— Comment, ma fille, reprit ma mère, je ne vous croyais point si savante. À votre âge, en savoir déjà tant ! Ceux qui vous ont montré[1] ne vous ont point dérobé votre argent.

— Oh, ma mère, dit ma sœur, elle ne vous dit pas tout, elle en sait bien davantage.

— N'en doute pas, ma chère sœur.

Il serait beau qu'à mon âge
Et bonne à marier,
Je fisse mon apprentissage,
Et qu'il fallût m'enseigner

1. *Montrer* : instruire.

Que ce n'est par l'oreille
Que se font les enfants.
— Vous parlez à merveille.
Il est dangereux cependant
De paraître si savante
Et si éloquente,
Ma fille. Il faut que la retenue
Tienne lieu de vertu :
C'est par là que les sots,
Souvent sans le croire,
Comme de vrais idiots
Donnent dans le pot au noir[1].
— Vos avis, Madame,
Sont bien salutaires ;
Je les grave dans mon âme,
Et quand il sera nécessaire,
J'en ferai mon profit.
— Vous ne sauriez mieux faire.
Joignez-y encor celui-ci :
Souvenez-vous souvent
Qu'aujourd'hui votre ami
Demain est votre ennemi,
Que le plus parfait amant
Sujet à l'inconstance,
Pour prix de votre ardeur
Vous accable d'indifférence
Et de froideur.
Soyez toujours en garde
Avec de tels gens,
Regardez-les comme dangereux et méchants,
Et prenez pour sauvegarde
Peu d'amour.
Il est constant
Qu'avec cette précaution
L'on peut chaque jour
Sans crainte se divertir,
Et satisfaire sa passion,
Sans la découvrir.

— Je vous remercie, Madame, de vos bons conseils.

— Je suis charmée, me dit ma mère, que vous les trouviez tels. Et vous, Monsieur, qu'en pensez-vous ? dit-elle à mon cousin.

— Madame, je pense que vous nous maltraitez beaucoup. S'il y a des

1. *Pot au noir* : « au jeu de colin-maillard on crie : *Gare le pot au noir*, pour avertir celui qui a les yeux bandés qu'il court risque de se heurter à quelque chose. On dit proverbialement : gare le *pot au noir* ; il a donné dans le *pot au noir* ; j'ai craint le *pot au noir*, pour désigner quelque inconvénient ridicule, qu'il faut prévoir » (*Dict. Acad.*, 1798).

ingrats, il est aussi des cœurs reconnaissants, qui sacrifieraient leur vie plutôt que d'effleurer la réputation d'une personne pour laquelle ils se sentent de l'inclination.

— Ces hommes-là, Monsieur, sont bien rares, repartit ma mère. Et vous, Monsieur, qui en prenez le parti parce que vous vous en croyez du nombre, dites-moi, je vous prie, pourquoi avez-vous cessé de voir Mademoiselle D… ? Tout le monde a su que vous n'en bougiez ni jour ni nuit, qu'elle a été votre première inclination, qu'elle ne vous a donné aucune occasion de la quitter ainsi, et d'avoir une telle aversion pour elle que vous évitez avec grand soin de vous rencontrer où elle est. Et si par hasard elle arrive dans l'endroit où vous êtes, vous en sortez d'abord sans faire semblant de la voir. Peut-on voir une ingratitude plus marquée ? Et n'est-ce pas la force de votre crime qui ne vous permet pas de soutenir son regard ?

— Madame, je ne puis vous empêcher ni à qui que ce soit de faire sur cela les commentaires qu'il vous plaira. Il est vrai que je ne vois plus Mademoiselle D…, mais il ne s'ensuit pas de là que ce soit un crime de ma part. Si vous donniez droit au but, vous verriez que sa vertu alarmée de mes assiduités et de ce qu'on pourrait en penser l'a déterminée à me donner mon congé. Ce procédé m'a été si sensible que je me suis retiré, et ai juré de ne la voir de ma vie.

— Monsieur, on ne peut trouver une meilleure excuse, repartit ma mère, mais qui vous prouverait tout le contraire de ce que vous me dites vous embarrasserait beaucoup. Mais je serais fâchée de vous faire cette peine. Il serait à souhaiter que tous les hommes cherchassent à s'excuser comme vous et ne se répandissent jamais en invectives contre les dames avec lesquelles ils ont été en commerce.

— Il n'y a, Madame, que des misérables qui puissent en agir ainsi.

Je renoncerais à la vie
Si je me sentais coupable
D'une pareille fourberie.
Il n'est pas un plus grand mal
Que de pousser la vengeance
Jusqu'à déshonorer l'innocence ;
Un pareil crime ne peut être remis,
Et la justice humaine,
Pour des faits aussi inouïs,
Devrait envoyer à la chaîne
Ceux qui en seraient convaincus.
Pour lors on ne jaserait plus.
Ces exemples mèneraient aux temples
Maintes pénitentes,
Demander au Seigneur
Pardon de leur erreur,
Et en sortant d'une voix éclatante

Crier : Dieu merci,
Si de nous l'on médit,
De peine afflictive et sanglante
L'on sera puni.
Qu'un homme baise sa voisine
Si elle y consent,
Chacun en cela fait comme il l'entend.
De m'en battre la poitrine
Ce serait être innocent,
D'en parler en ville, cela est inutile.
En pareil cas,
Pour éviter tout embarras,
Garder le *tacet*[1],
Ne faire aucun caquet,
Laisser les choses comme elles sont,
Coucher les filles avec les garçons,
Les femmes avec leurs amis,
À l'insu de leurs maris,
Ainsi que dans Paris
Cela du temps passé
S'est toujours pratiqué,
C'est à mon avis
Être bien avisé.

— En vérité, mon cousin, dit ma sœur, sans vous flatter, je ne vous croyais pas si savant ; vous parlez comme un ange.

— Madame, reprit ma mère, les principes de Monsieur sont sans doute de votre goût puisque vous les applaudissez. Je conviens même que la plus grande partie sont excellents, mais il faut beaucoup d'attention sur soi-même pour les pratiquer sans rien risquer.

L'on vint avertir qu'on avait servi le dîner. Ma mère se leva pour passer dans la salle à manger, nous la suivîmes, nous y trouvâmes une partie des personnes qui étaient accoutumées d'y venir. Mon cousin se mit d'abord entre ma sœur et moi ; et quoiqu'il fût encore fort jeune, il nous servit l'une et l'autre parfaitement bien, ne nous laissa manquer de rien. Il était dans une si continuelle occupation qu'il en suait à grosses gouttes, et n'avait point encore mangé quand on servit l'entremets. Ma sœur, qui s'en aperçut comme moi, lui défendit de nous servir davantage. Il mangea quelques bouchées avec beaucoup de précipitation, et continua ses attentions jusqu'à la fin du repas. Pendant le dîner, ma mère avait proposé à des dames et à des messieurs qui étaient à sa portée une partie de pharaon pour l'après-dîner. Quand on fut sorti de table, on passa un

1. « *Tacet*. s. m. : terme de musique pris du latin. Il n'est en usage que dans ces phrases : Tenir le *tacet*, faire le *tacet*, qui se disent d'une partie qui se tait, pendant que les autres chantent. On dit proverbialement d'un homme qui ne dit mot dans une compagnie où tout le monde fournit à la conversation, qu'il garde le *tacet* » (*Dict. Acad.*, 1694).

moment dans le jardin, où l'on resta très peu à cause de la chaleur, et en rentrant ma mère fut d'abord à la salle du jeu où tout se trouva prêt. Comme j'ignorais cette partie, je me trouvai très peu d'argent, et ma sœur encore moins. Je lui en offris, elle l'accepta, je lui demandai ce qu'elle voulait et si cent louis suffiraient pour elle ; m'ayant dit que oui, je priai notre cousin, en lui donnant ma clef, de m'aller chercher deux cents louis, savoir cent pour ma sœur et cent pour moi.

— C'est-à-dire que vous ne voulez pas que je joue longtemps, me dit-il tout bas, car je n'ai sur moi que quinze ou seize louis.

Ce reproche me fut si sensible que je me levai et lui dis :

— Mon cher cousin, quand vous ne seriez pas le maître de disposer de la moitié du fonds qui est dans ma cassette, je me brouillerais avec vous pour toujours si vous n'y preniez pas tout ce que vous jugerez à propos pour jouer aussi gros jeu qu'aucun des joueurs de l'assemblée. Je vous demande cette satisfaction pour réparation de l'injure que vous venez de faire à mes sentiments.

Il n'insista point, il m'assura qu'il allait faire ce que je souhaitais, il partit et je me rassis auprès de ma sœur qui était fort impatiente de le voir revenir pour avoir l'argent que je lui avais promis, attendu que celui qui devait tailler[1] comptait déjà les cartes en les jetant sur la table, et qu'elle comptait que les premières tailles étaient toujours plus avantageuses pour les pontes que les autres, attendu que le tailleur ne sait point encore quelles sont les cartes de choix, et qu'il ne peut en battant les cartes les arranger de façon qu'elles tombent toujours en perte.

Mon cousin arriva pendant qu'elle me faisait ce détail. Il me remit la bourse où il avait mis deux cents louis. Je la donnai à ma sœur et lui dis qu'elle en comptât cent pour elle, ce qu'elle fit. Pendant ce temps, je demandai à mon cousin s'il avait fait ce qu'il m'avait promis ; il me dit :

— Oui, et bien davantage, vous allez voir que je vais faire trembler le banquier. Je m'en vais mettre en face de vous au bout de la table.

Le banquier ayant dit que sa taille était prête, chacun prit des cartes et mit son or dessus, car on ne voyait point d'argent. Le cousin en prit deux sur lesquelles il mit vingt louis en masse pour la première arrivée. Ma mère fut si surprise de ce jeu par un jeune homme qu'elle lui dit :

— Il me paraît, Monsieur, que vous allez vite en besogne.

— Madame, c'est que je ne veux pas y demeurer longtemps.

Le banquier ayant demandé à tout le monde si le jeu était fait, on lui répondit que oui. Il commença sa taille. La première carte qui vint en gain, ce fut une de celles de mon cousin, et par conséquent il se trouva un paroli de quarante louis à faire, qu'il fit en changeant de carte, et mit

1. « *Tailler* se dit aussi, en parlant de certains jeux de cartes, comme la bassette et le pharaon, où un seul, qu'on nomme le banquier, tient les cartes et joue contre plusieurs. *Tailler* à la bassette, au pharaon. Qui nous veut *tailler* ? Il a promis de *tailler* après souper » (*Dict. Acad.*, 1798).

une nouvelle masse en avant de vingt louis ; sa seconde carte de couche[1] vint en gain, et il se trouva par conséquent deux parolis de quarante louis et une masse de vingt louis en avant. Sur ses trois cartes, il gagna les deux *sept et lever* dont il se fit payer, et fit un paroli de sa masse, de sorte qu'il se trouva encore trois cartes en parolis devant lesquelles il ne mit plus de masse, parce qu'il ne restait pas beaucoup de cartes au banquier. Il en gagna un dont il se fit payer et perdit les deux autres. Il joua d'une si grande fortune qu'il gagna dans cette première taille plus de cinq cents louis. Cela l'encouragea si fort qu'au lieu de vingt louis qu'il avait mis sur chaque carte à la première taille il en mit quarante à celle-ci et quarante en masse. Son jeu occupait tellement les spectateurs qu'ils négligeaient leur propre jeu et moi toute la première. Au bout de dix ou douze cartes, il en vint une des siennes en gain, pour quoi il se trouva un paroli de quatre-vingts louis à faire, qu'il fit, ayant toujours ajouté la masse en avant. Ce paroli étant venu en gain un instant, il en fit le *sept et lever* qu'il gagna presque aussitôt. Il s'en fit payer et fit le paroli de sa masse de quarante louis qu'il avait à faire. L'ayant gagné un instant après, sa carte de couche resta jusqu'aux quatre dernières, ce qui fit qu'elle fut ployée[2] deux fois, et resta pour la taille suivante. Le banquier prit de nouvelles cartes ; en les battant il dit à ma mère :

— Madame, si Monsieur continue à jouer comme il a fait, je vous supplie de vouloir bien faire avertir quelqu'un pour tenir votre jeu, car mes fonds ne sont pas suffisants seulement pour son gain. Voilà en deux tailles plus de quinze cents louis qu'il nous enlève, et il me paraît que s'il ponte aussi heureusement celle-ci, il nous enlèvera ce qui nous reste.

Il avait mis cinquante louis sur deux cartes et cinquante en masse entre les deux. Ma mère le pria fort poliment de modérer son jeu afin que la partie et le plaisir durassent plus longtemps.

— Je connais trop, répondit-il, Madame, l'utilité de vos avis pour ne les pas suivre sur-le-champ.

Il retira ses cartes, son argent, et quitta le jeu. Il laissa la ployée sur la table, le banquier la gagna et notre cousin la perdit sans regret. Il vint en quittant le jeu auprès de nous. Ma sœur avait déjà perdu plus de la moitié de son fonds ; il lui offrit de quoi remplacer cette perte. Comme elle n'était point sur le cérémonial avec lui non plus qu'avec qui que ce soit, elle l'accepta. Il lui donna deux pleines poignées de louis d'or sans les compter, qu'il mêla parmi les siens ; il m'en offrit aussi. Comme j'étais en gain, je le remerciai. Il me pria de trouver bon qu'il allât déposer son gain dans mon appartement. Je lui donnai la clef de mon coffret dans lequel il alla le porter. Il revint un instant après s'asseoir auprès de nous,

1. *Couche* : somme qu'on mise sur une carte.
2. *Ployée* : misée.

il me conseilla, et si j'avais joué aussi gros jeu que lui j'aurais débanqué le banquier.

Un besoin m'obligea de me retirer dans mon appartement ; je lui laissai mon livret et mon argent. La taille commençant, il ne mit qu'une carte et dix louis dessus, il la poussa jusqu'au *trente et lever*[1], qu'il gagna avant que la taille fût à moitié. Il s'en fit payer avant que je ne fusse arrivée : ce gain seul tripla mon fonds. Quand j'aperçus ainsi mon tas d'or grossi, je le grondai fort, parce que je crus qu'il avait tiré cet or de sa poche. Ma sœur m'ayant conté le fait, j'en fus fort aise, surtout quand elle me dit qu'elle l'avait suivi dans cette opération, mais que malheureusement elle n'avait mis que trois louis sur sa carte, qu'elle s'était fait payer au *quinze et lever*, n'ayant pas osé jusqu'au *trente et lever* comme lui. Je le remerciai et repris mon livret. La taille suivante ne me fut pas heureuse, de sorte qu'elle me dégoûta du jeu. Ma sœur, qui se trouvait en gain, était acharnée au jeu. Je la quittai en lui disant que j'allais porter mon argent chez moi, et que j'allais revenir sur-le-champ auprès d'elle.

Dieu en disposa tout autrement. Un moment après que je fus entrée dans ma chambre, comme je comptais tous les louis qui étaient dans mon coffret que j'avais renversé sur ma table, et dans lequel je les remettais après les avoir comptés par cinquante, j'entendis ouvrir ma porte. Sans me retourner et sans savoir que c'était lui, je lui dis :

— Laissez-moi tranquille un moment.

Comme j'entendis refermer la porte sur-le-champ, je crus que c'était une de mes femmes qui s'était retirée, mais il s'approcha si doucement de moi que je ne l'entendis point. Il resta là tout le temps que je fus à compter ces louis d'or qui se montaient à plus de deux mille. Mais se doutant que j'allais immédiatement me lever pour reporter mon coffret à sa place ordinaire, il me prit la tête avec ses deux mains qu'il me tourna de son côté pour me baiser à sa fantaisie. Ma surprise fut si grande que je perdis connaissance. Il me baisa quelque temps sans s'en apercevoir, mais ayant porté sa bouche sur ma gorge qu'il baisa de tout son cœur, voyant que je ne remuais pas et ne disais mot, que mes yeux étaient fermés, il eut peur à son tour, il me prit la main gauche dans laquelle il me donna trois coups de la sienne, si bien appliqués que cela me réveilla les sens. En ouvrant les yeux je lui dis :

— Quoi, monsieur, il est possible que vous me jouiez un tour semblable ? Ah ! vous ne m'aimez pas comme vous voulez me le persuader.

— Que faut-il que je fasse, ma chère cousine ?

Je lui répondis sans bien savoir ce que je lui disais :

— Tout ce que vous n'avez point fait.

Quoique ces paroles fussent assez claires, il n'en fit pas davantage. Je

1. Voir, plus haut, n. 2, p. 363.

lui demandai où était ma sœur. Comme il m'assura qu'elle était au jeu, j'allai fermer moi-même la porte de ma chambre au verrou et lui dis ensuite :

— Pardonnez, mon cousin, j'ai affaire un moment à ma garde-robe, et je ne voudrais pas qu'on nous vît ensemble pendant cette fonction.

Il me dit que j'étais la maîtresse. Je passai dans la ruelle de mon lit où était la porte qui entrait dans ma garde-robe, que je laissai ouverte exprès pour lui laisser la liberté de m'y venir voir, ce qu'il fit au bout d'un moment. Pendant qu'il y fut, j'eus beau jeter les yeux sur sa culotte, je ne vis rien qui pût justifier ce que ma sœur m'avait dit de lui. Que vous dirai-je ? Enfin il faut que j'avoue ici que je me trouvai dans un de ces malheureux moments où il n'est pas possible aux filles de résister aux mouvements de la nature, et je fus contrainte pour satisfaire les miens de dire à mon cousin :

— Ma sœur m'a dit des choses de vous que je ne puis croire sans les voir. Nous ne sommes que nous deux, montrez-moi cela.

Il me dit :

— Ma chère cousine, sortez d'où vous êtes et je vais vous convaincre de la vérité.

À peine fus-je sortie de la porte qu'il me prit à bras-le-corps et me jeta sur mon lit. Je lui dis :

— Que voulez-vous faire, mon cousin ?

— Non seulement je veux vous faire voir ce que vous avez envie de voir, mais je vais vous le faire sentir.

En disant cela, il m'avait troussée et écarté les jambes de façon qu'il parvint à ses fins et moi aux miennes. Je fis cependant les façons ordinaires. Je le trouvai mieux partagé que mon maître à dessiner que je ne regrettai plus tant, constatant que mon cousin le remplacerait. Quand il eut fait son affaire qu'il doubla, il me leva de dessus le lit. Je le grondai d'abord et boudai un petit moment, mais je ne pus le voir raccommoder mon lit sans l'aller aider. Il me demanda pardon. J'avais trouvé ce qu'il m'avait fait si bon que nous fîmes la paix qui fut cimentée par un nouveau témoignage d'amour. Comme j'étais dans un état à ne pouvoir rien lui refuser, je le laissai faire ce qu'il voulut ; il s'acquitta de son devoir cette fois-là aussi bien qu'il avait fait les deux autres fois. Il est vrai cependant qu'il ne fut pas si vif dans son exécution. En me relevant, je lui dis d'entrer dans ma garde-robe et lui montrai la porte qui en sortait en lui disant :

— Comme il y a déjà quelque temps que nous sommes ici, s'il survenait quelqu'un, je ferais la dormeuse et je vous mettrais dehors par cette porte qui en descendant le petit escalier vous conduira dans la cour.

Il applaudit à cet expédient et me dit que cette porte nous pourrait être d'un grand secours pour nous voir la nuit, si je voulais lui accorder cette grâce-là. L'on sait qu'en amour il n'y a que le premier pas qui coûte. Comme je l'avais fait, je lui dis que je ferais tout ce qui dépendrait de moi pour lui faire plaisir. Dans le même instant nous entendîmes cogner à ma porte. Je le mis dehors par ma garde-robe et lui dis d'attendre un moment. J'allai sur-le-champ en maronnant[1] ouvrir ma porte ; j'y trouvai ma sœur qui me dit qu'elle était ruinée depuis que je l'avais quittée. Je lui demandai, comptant m'en débarrasser, si elle voulait de l'argent.

— Je le veux bien, dit-elle, mais il faut auparavant que j'aille à ta garde-robe.

Je l'y conduisis, elle y resta un temps infini et me demanda ce qu'était devenu notre cousin. Je lui dis que je ne l'avais point vu, elle me répondit :

— Peu de temps après que vous avez sorti du jeu, il a disparu et je ne l'ai point revu ; j'ai cru qu'il vous avait suivie.

— Non, assurément.

— Il me paraît, me repartit-elle, qu'il a beaucoup d'attention pour toi et je t'estimerais fort heureuse s'il était ton mari.

— Je vous ai dit, ma sœur, que je ne voulais pas me marier.

— Eh bien, si tu ne veux pas te marier, il peut être ton amant ; tu peux compter qu'il te baisera bien. Il a, je crois, un des plus beaux instruments qu'ait produits la nature. Si j'en avais autant à ma disposition, je m'estimerais fort heureuse, mais M. de … n'en a pas plus long que cela — en me montrant environ quatre pouces de long — et n'a ni force ni vertu, au lieu que je crois le cousin plein d'ardeur et pour tout dire un excellent f…

Le cousin entendait cette conversation qui, quoiqu'elle fût à son avantage, l'impatientait autant que moi. Je ne pus cependant prendre sur moi de lui demander si elle avait bientôt fini, et comme elle vit que je ne répondais rien à ce qu'elle me disait des vertus qu'elle attribuait au cousin, elle me dit :

— Tu me parais bien indifférente pour lui ; as-tu jeté les yeux sur quelque autre ? Avoue-moi la vérité.

— Je ne suis pas, ma chère sœur, encore décidée sur cette démarche ; elle me paraît toujours si délicate que les suites m'en effraient et m'en font perdre l'envie. Cependant, je vous dirai que si j'étais déterminée à faire cette folie, j'aimerais mieux la faire avec lui qu'avec un autre.

— Tu ne peux mieux tomber, me repartit-elle, car si je ne craignais de te faire du tort, je t'assure que je le prendrais pour mon amant.

— Vous pouvez le prendre, je ne m'y oppose pas, mais si vous ne finissez pas bientôt, je vais vous fausser compagnie. Je suis lasse d'être sur mes jambes.

Cela la détermina à se lever et à rentrer dans ma chambre, où je lui dis :

— Voulez-vous aller reprendre du poil de la bête ? Je m'en vais vous prêter cinquante louis.

1. *Maronner* : bougonner, grogner, grommeler.

Elle me dit :

— J'aime mieux, si tu veux, nous réjouir ensemble.

— Je le voudrais bien, lui repartis-je, mais je ne suis que de sang, cela m'a pris au jeu tout de bon cette fois, et c'est ce qui m'a obligée de le quitter.

— Sur ce pied, donne-moi cinquante louis, je vais retourner au jeu et nous nous divertirons une autre fois.

Je les lui donnai sur-le-champ. Quand elle fut sortie, je fus à la garde-robe où je trouvai encore le cousin qui n'était pas moins las que moi de la garde qu'il avait montée que de la conversation qu'il avait entendue. Il me dit :

— Ma chère cousine, je suis bien obligé à madame votre sœur des bonnes dispositions où elle est pour moi, mais elle me paraît avoir trop de tempérament pour que je voulusse entreprendre d'entrer à son service, quand je ne vous aurais pas donné mon cœur.

Je le priai de ne jamais lui faire connaître les sentiments où il était pour elle, et d'éviter les occasions de se trouver à portée qu'elle lui découvrît les siens, que c'était le moyen de conserver son estime et son amitié, au lieu qu'en succombant à ses volontés il s'exposerait, s'il manquait à la satisfaire, à l'avoir pour sa plus cruelle ennemie.

— Ma chère cousine, me dit-il, je n'en doute point, mais j'éviterai ce malheur avec tant de soin que je ne compte point en jamais courir les risques.

Quoique je ne m'ennuyasse point avec lui, comme je craignais qu'il ne vînt encore quelqu'un me voir, que d'ailleurs il était nuit, je le priai de se retirer par la porte de ma garde-robe, ce qu'il fit. Quand il fut parti, comme je me sentis extrêmement mouillée, je me visitai et me trouvai toute en sang. La force des secousses que j'avais essuyées jointe à la grosseur de son instrument[1]. Je sonnai, ma gouvernante vint la première. Je lui dis le cas où j'étais. Elle me dit que je n'en devais point être alarmée, que c'était la nature qui cherchait à se débarrasser de ce qu'elle avait d'impur, qu'après cette évacuation je me porterais à merveille et que j'en serais plus belle. Elle appela mon ancienne femme de chambre qui me changea de linge et m'en donna un qu'elle m'enseigna à mettre, ce que je fis. Il m'incommoda pendant quelque temps, mais je m'y accoutumai. Je demandai si le jeu était fini, ma femme de chambre me dit que non. J'y allai, j'y trouvai ma sœur qui avait un peu rétabli ses affaires, je lui demandai si elle avait oublié que monsieur son époux, à son retour de chasse, serait bien aise de souper ; elle me dit que non, mais qu'elle ne s'en irait que lorsque la partie finirait.

Il vint dans ce moment un gentilhomme lui dire que monsieur son mari l'attendait. Elle fut obligée de partir sur-le-champ. Cela me faisait voir

1. *Sic*. Phrase inachevée.

que, quoi qu'elle eût bec et ongles, elle ne put résister à cet ordre. Cette soumission et cette contrainte me déplaisaient infiniment et ne faisaient que fortifier les sentiments où j'étais de demeurer toujours fille. Peu de temps après qu'elle fut partie, le jeu finit et il ne resta de la compagnie que ceux qui devaient souper avec nous, où nous passâmes aussitôt qu'on eut averti que le souper était servi. Je mangeai beaucoup parce que j'avais grand appétit. Quand il fut fini je me retirai chez moi où je me couchai sur-le-champ. Comme j'étais extrêmement fatiguée, tant des journées précédentes que de celle-ci, je m'endormis jusqu'au lendemain matin.

Lorsque je m'éveillai, je me trouvai baignant dans le sang ; je sonnai aussitôt, mes femmes vinrent, je dis à celle qui m'avait accommodée la veille l'état où j'étais ; elle me dit qu'elle allait chercher de quoi y pourvoir, elle revint un instant après avec plusieurs chauffoirs qu'elle me mit bien chaudement entre les jambes, et une chemise blanche qui me fit grand bien. Ma gouvernante survint et me dit qu'il fallait que je garde le lit pendant plusieurs jours. Sur ce que je lui dis que j'en serais bien fâchée, elle alla chez ma mère aussitôt qu'elle fut éveillée, et lui conta comme elle voulut l'état où j'étais, elle y ajouta que si je me levais cela pourrait m'occasionner une perte continuelle, et peut-être une descente. Ma mère, qui connaissait le danger de ces accidents, accourut dans mon appartement et me dit :

— Mademoiselle, je vous défends de sortir de votre lit sans ma permission. Il ne vous manquera de rien, pas même de compagnie, car j'aurai soin de vous en envoyer pour vous désennuyer.

Je la suppliai de n'en rien faire, parce qu'elles me seraient plus à charge qu'elles ne pourraient me faire de plaisir.

— Quoi ! si je vous envoie votre cousin, lui ferez-vous refuser la porte ?

— Plutôt qu'à un autre, madame, parce qu'il ne manquerait pas de me faire quelques plaisanteries qui ne seraient certainement pas de mon goût.

— Sur ce pied, mademoiselle, je ne vous enverrai personne, mais je vous défends de vous lever que je ne vienne vous le dire.

Après cela, elle se retira et me laissa dans une consternation infinie. Je ne savais pas comment je pourrais faire informer mon cousin de mon indisposition. Le parti de lui écrire me vint vingt fois dans l'idée, mais la réflexion et le risque que je trouvais dans cette démarche m'empêchèrent de le prendre. Mon esprit était dans une agitation continuelle. Mon indisposition s'étant déclarée au dîner de ma mère où on ne me vit point, le bruit s'en répandit partout dans l'après-dîner, et il parvint heureusement jusqu'à mon cousin qui vint sur-le-champ me voir. J'avais prévenu ma première femme de le faire entrer au cas où il vînt. Comme elle se trouva à son arrivée, elle l'introduisit dans ma chambre tout aussitôt. D'abord il s'approcha de mon lit, me demanda ce que j'avais, je lui dis tout haut :

— On me veut faire accroire que je suis malade, et pour que je le croie on m'oblige à garder le lit.

Je renvoyai ma femme de chambre et lui défendis de laisser entrer qui que ce soit, de dire pour excuse que je reposais. Cette fille était avec moi dès mon enfance et était, comme je la crois encore, fort dans mes intérêts. Dès qu'elle fut sortie, je dis à mon cousin :

— Dites-moi quelle bizarrerie,
Si ce n'est point folie,
De me gêner ainsi.
J'ai plus d'appétit que de dévotion.
C'est votre leçon qui m'a mise en sang.
— Je n'ai pas prévu ce malheur,
Me dit-il en soupirant,
Est-ce que le sang vous fait peur ?
À votre âge
Comme au mien,
Ce serait manquer de courage
Et n'être bonne à rien.
Si vous voulez bien,
J'y vais mettre un appareil
Qui y fera merveille.
— Hélas ! cousin, ménagez-moi.
Auriez-vous le cœur,
Dans l'état où je me vois,
De me donner de votre ardeur
Des preuves contraires à ma guérison ?
Et pour satisfaire votre passion,
Augmenter ma blessure ?
— Fiez-vous à moi, cousine.
Le jus de ma…
Guérira cette égratignure.
— Fais ce que tu voudras,
Mais préviens l'embarras
Où me jetterait l'enflure.
Retire-toi, je te conjure,
Et, par une sage retraite,
Ne laisse point mon âme inquiète.
— Précaution inutile,
J'ai souvent ouï dire
Que toutes les filles
Qui souhaitent qu'on se retire
Sont toujours surprises
Et les plus tôt prises.
— Agis-en donc à ta fantaisie,
Et satisfais ton envie.
Sur-le-champ il me baise.
Entre ses bras il me presse,
Et me dit : — Un bon chasseur

Et un bon…
Ne craint ni feu, ni carnage.
Ne crois point que le ravage,
Qui se trouve à ta motte,
M'empêche de secouer la culotte.
Lève le cul aussi fort que moi.
Ah ! morbleu ! je… sans toi.
Quel malheur, cousine !
— Vous êtes dans l'erreur, cousin.
À peine ai-je senti votre engin
Agir dans ma machine
Que sur-le-champ
Le doux épanchement
De l'ardeur de mes sens
M'a causé un plaisir infini.
— Si cela est ainsi,
Dans un moment d'ici,
Nous recommencerons.
Je prendrai si bien mes mesures
Qu'ensemble nous partirons.
Et si je puis, je vous jure,
De même, nous achèverons.
— Je le veux bien, j'en tombe d'accord,
Mais souvenez-vous encore
Que cette précaution
Peut de notre passion
Interrompre le cours
Et nous brouiller pour toujours.
— Pourquoi, cousine,
Me tenir ce langage ?
Je couperais ma…
Si elle me causait ce dommage.
— Que dites-vous, cousin ?
Ce serait bien un autre malheur
Qui d'un éternel chagrin
Saisirait mon cœur.
— Pour chasser ces idées fâcheuses,
Prenons une leçon amoureuse,
Me dit-il,
En me mettant dans la main
Son superbe engin.
Ah ! qu'il est difficile
De résister au plaisir charmant
Que cause un pareil instrument.
Je le laissai faire
Tout ce qu'il voulut.
À force de remuer le…
Et moi le derrière,
Nous finîmes ensemble la carrière.

Il en fut si content
Que sans prendre garde au sang
Dont il était tout plein,
Il me porta la main
Sur les tétons,
Qu'il trouva fermes et ronds.
Il les baisa cent fois,
Aussi bien que mon minois.
Après quoi en tapinois,
Sans faire le sournois,
Il me dit que le lendemain,
Il continuerait le même train.
Dès qu'il fut parti,
Je me levai sans bruit,
Et m'étant examinée,
Je trouvai ma chemise gâtée
Ainsi que mes cornettes.
D'excuses peu embarrassée,
Je dis à mes soubrettes
Que sans réflexion
M'étant essuyée le mirliton
J'y avais porté la main.
— Cela suffit, me dirent-elles,
Ce n'est point du venin.
Nous allons, Mademoiselle,
Réparer dans l'instant
Cet accident.
Une fut sur-le-champ
M'en chercher du blanc,
Dont elles me changèrent,
Puis elles se retirèrent.

Ma mère avant son souper vint me voir et me demanda comment je me portais ; je lui dis :

— À merveille.

— Cela continue-t-il toujours, me repartit-elle, avec la même abondance ?

— Madame, je le crois.

— Il vous faut du repos et de bons aliments. Madame, dit-elle à ma gouvernante, je vous recommande que rien ne lui manque, et veillez surtout qu'elle ne se lève point.

Croyant ôter cette inspection à ma gouvernante, je lui dis :

— Madame, il suffit que vous me l'ordonniez pour que j'exécute de point en point ce que vous désirez.

— Demain, me dit-elle, je viendrai vous voir ; et si cela continue, crainte que cela ne vous affaiblisse, on tâchera d'y remédier.

— Madame, dit-elle à ma gouvernante, faites-la souper tout présentement, afin qu'elle se repose après.

— Madame, repartit ma gouvernante, elle est dans un continuel assoupissement, toute l'après-midi elle n'a fait que dormir. Le repos pour les jeunes personnes est bon en tout temps et surtout dans ces moments.

Elle m'embrassa comme à l'ordinaire et puis elle s'en retourna chez elle. D'abord qu'elle fut partie, ma gouvernante me fit apporter à souper et m'excita le plus qu'elle put à manger. L'exercice que j'avais fait m'avait tellement écœurée que je bus trois ou quatre coups de vin pour me ranimer avant de pouvoir manger. Ma gouvernante s'en aperçut et ne m'en dit mot. Au contraire, elle me poussa à continuer en me disant que l'évacuation que je faisais m'affaiblissant, il fallait par la bonne nourriture et le bon vin réparer les forces que je perdais. Je bus presque ma bouteille en mangeant à proportion, de sorte qu'elle me quitta fort contente en me disant :

— Vous n'avez, mademoiselle, à présent pas besoin d'écrire à vos parents, vous vous portez bien.

Pour l'obliger à se retirer je me tournai du côté de la ruelle, après lui avoir souhaité le bonsoir. Je m'endormis peu de temps après et ne me réveillai que fort tard le matin. Ma gouvernante et mes femmes de chambre étaient entrées deux fois dans ma chambre sans m'éveiller, et c'était la troisième qu'elles y venaient comme j'ouvrais les yeux. Elles me demandèrent d'abord comment je me trouvais ; je leur dis assez bien, que j'avais reposé fort tranquillement ; cela me parut leur faire plaisir.

Je ne sais si le vin excellent,
Les mets succulents,
Ou l'exercice du jour précédent,
M'avaient ému les sens,
Mais je baignais dans le sang,
Et quand je découvris mon lit,
L'on aurait en vérité dit
Que c'était une femme
Qui allait rendre l'âme
À la suite d'un accouchement,
Aussi fâcheux que violent.
Je n'avais plus de couleur,
À l'incarnat de mon teint
Avait succédé une pâleur
Qui dénotait pour certain
Que ma vigueur
Était prête à s'éteindre.
Ma gouvernante,
Femme prudente,
Me dit qu'il n'y avait rien à craindre,
Mais fut aussitôt
Conter en peu de mots,

Et sans mystère,
À ma mère,
L'état fâcheux
Et douloureux,
Où elle m'avait vu.
Ma mère aussitôt accourut,
Et vit par elle-même
Comme j'étais blême.
Sans paraître alarmée,
Elle me fit changer.
Mon humeur enjouée,
Qui ne m'avait point quittée,
Ne pouvait la rassurer.
Quand je fus couchée,
Tout le monde elle renvoya
Et me dit : — Ce n'est pas cela,
Avoue-moi la vérité.
Tu te lassais d'être fille,
Tu as voulu tâter de la quille,
Et ton amant, sans charité,
T'a ainsi maltraitée.
— Ma mère, lui répondis-je,
Quand je verrais un prodige
De beauté et d'amour,
J'aimerais mieux perdre le jour
Que de me réduire comme je suis,
Pour un plaisir sitôt fini.
Non, ma mère,
Je suis encore tout entière.
Ma sœur m'a instruite,
Et satisfait ma curiosité :
C'est un plaisir sitôt passé,
Et j'en crains tellement la suite,
Qu'il ne me tente pas.
— Dieu te conserve, mon enfant,
Ces bons sentiments.
Tant que tu les auras,
Tu n'auras aucun embarras.
Si le Seigneur par sa bonté
Te renvoie la santé,
Il mettra le comble à ma félicité.
— Je vous suis, chère maman,
Bien obligée assurément.
Surtout ne vous attristez pas
Et ne m'inquiétez pas,
Je crois tout arrêté.
— Le fait mérite d'être vérifié ;
Viens, ma chère fille,
Que je visite ton mirliton.

— Cela est inutile,
Il est plus sec qu'un marron
De Lyon.
— Sur cette assurance,
Pleine d'espérance,
Je te quitte jusqu'à demain.
— N'ayez plus d'effroi,
Soyez aussi tranquille que moi,
Je serai demain
Plus gaie qu'un ermite
Qui a dans sa cassemite
Beaucoup de butin,
Force bon vin,
Et une nonnain,
Dont à son gré,
Il vérifie le sexe,
Soit après dîner,
Ou après souper,
Sans toucher cependant à l'annexe,
Car par humilité,
Il n'oserait pas
Entreprendre un tel cas,
Ayant été catéchisé
Par saint François et saint Augustin,
Qui aimaient le sexe féminin,
Non comme les enfants d'Ignace,
Qui condamnent que face à face
On donne à la nature
Ce qu'elle demande,
Et qui trouvent l'ouverture
Du devant
Trop large, et trop grande
Pour leur instrument[1].
Cette digression
Vous fait juger, chère maman,
Que ma guérison
Est l'ouvrage d'un moment.
— À votre âge en savoir déjà tant,
Cela est surprenant.
— Les livres sont d'habiles gens,
Il ne faut que de la mémoire
Et du bon sens.
L'on me fait accroire
Que j'ai de l'un et de l'autre magasin,
Pour en fournir à mon voisin.
— Servez-vous-en utilement,

1. Allusion aux disciples d'Ignace de Loyola, autrement dit aux jésuites, réputés adeptes de la sodomie.

Ma chère enfant.
Dans le commerce de la vie,
Rien n'est plus charmant,
Et plus divertissant,
Que d'heureuses reparties,
Que de savoir à propos
Dire de bons mots,
Jamais on n'ennuie,
Avec ces talents,
L'on passe agréablement
Son temps.
— C'est avec la liberté
À quoi j'aspire,
Car tout autre état, en vérité,
Me paraît un martyre.
— Conserve, ma chère fille,
Cette liberté,
Tu seras bien gentille.
Si jamais entêtée
De quelque méchant drille,
Tu gardes ta virginité,
Sans grille.

Après ces avis, ma mère s'en alla, et me fit bien plaisir, car j'attendais mon cousin qui arriva un instant après. Il me demanda comment je me trouvais ; je lui dis ce qui m'était arrivé, l'émeute que cela avait causé dans la maison. Il me dit :

— À présent le grand mal est passé, il n'y a plus rien à craindre. Ainsi, il faut continuer notre jeu jusqu'à extinction de chaleur naturelle.

Il me plaisait trop pour le dédire en rien. Je me prêtai à tout ce qu'il voulut. Son ardeur fut si grande pendant douze ou quinze jours qu'à la fin il tomba sur les dents et renonça à la partie. Il tomba malade si sérieusement qu'en peu de temps l'on craignit pour sa vie. La crainte de tomber dans son état, faute de continuer l'ordinaire auquel il m'avait accoutumée, me fit jeter les yeux sur un jeune seigneur courtaud, mais carré, qu'on nommait communément le Bacha.

Je fus trompée dans ce choix : il était trop chargé de cuisine, et sa besogne était lente et sans vigueur. Cependant, je le gardai quelque temps, et j'aurais pu le garder davantage sans une aventure qui lui arriva. Un jour, comme nous étions en faction, j'entendis frapper à ma porte ; il était plus de douze heures et demie du soir. Je le mis dehors par la porte de ma garde-robe, dont il savait l'usage ; il avait un petit bout de bougie à la main. Une femme qui venait d'exposer un enfant nouveau-né dans cet escalier, ayant entendu du bruit, s'en fut dire au suisse : « Monsieur, il y a un monsieur qui vient de porter un petit enfant dans cette porte. Si vous voulez y aller vitement, vous le trouverez encore. » Le suisse y courut effectivement. Il y trouva le Bacha qui, n'ayant pas vu cet enfant, l'avait fait rouler deux ou trois marches. Il était à le raccommoder lorsque le suisse arriva, sans le connaître, lui demanda : « Que faites-vous là, camarade ? » Le Bacha, interdit de cette parole, lui dit que, croyant que cet escalier conduisait à des commodités plus propres que celles d'à côté, il y avait monté, et qu'en descendant il avait trouvé cet enfant à ses pieds. Le suisse lui dit : « À d'autres ! Cela est bon à dire pour le discours. Prenez toujours votre enfant, et reportez-le où vous l'avez pris. » Il eut beau jurer, il en fallut passer par là : il prit cet enfant entre ses bras. Quand le suisse l'en vit chargé, il lui dit qu'il ne s'agissait pas que de cela, qu'avant que de sortir il fallait qu'il vînt parler à Madame. Ce discours le fit trembler, il tira le suisse à part, car il s'était amassé bien du monde autour de lui, et lui dit, en lui donnant quelque argent, qu'il aimait mieux le porter chez le commissaire. Le suisse ayant la patte graissée y consentit, et l'ayant mis dehors par la grande porte, le laissa aller où il voulut. Comme il y avait plusieurs gens qui le suivaient, il fut contraint de porter cet enfant beaucoup plus loin qu'il n'aurait voulu. Au détour d'une rue, ayant rencontré le guet, le sergent lui demanda où il allait porter cet enfant. Il fut si surpris de cette nouvelle question que, n'ayant pas répondu sur-le-champ au sergent, il le fit arrêter et conduire chez un commissaire auquel il conta en particulier l'aventure telle qu'elle était, à l'exception de ce qui m'intéressait. Après lui avoir donné quelque argent[1], le commissaire le renvoya et se chargea de l'enfant. Il recommanda au guet de le reconduire chez lui en assurant le sergent qu'il aurait pour boire. Le Bacha entendant cet ordre le pria qu'il n'en fût rien et lui donna un écu pour boire, à condition qu'ils le quitteraient à la porte, ce qu'ils firent volontiers. Cette aventure le dégoûta tellement qu'il a été plus de deux ans sans revenir au logis.

Mon maître à dessiner, qui avait été malade, y revint dans ce temps. Je m'en servis fort utilement, et non contente des jours qu'il venait pour me donner mes leçons ordinaires, je lui disais les jours et les heures où il pouvait venir me voir par la garde-robe. Un jour qu'il y était venu, quand j'en eus tiré le service qu'il avait coutume de me rendre, je le renvoyai par la même porte. Comme il était au milieu de l'escalier, mon cousin qui s'était trouvé un peu mieux vint par ce petit escalier pour me voir. Trouvant cet homme en son chemin, il lui demanda d'où il venait. Ce pauvre maître, interdit, n'ayant su que répondre, il le tira en bas, lui donna quelques coups de pied dans le ventre, et lui dit que si jamais il le trouvait dans la maison, il le ferait pendre. Les coups qu'il reçut et cette menace lui firent tant d'impression que je ne l'ai jamais revu depuis. Le cousin, après cette expédition, remonta et fit assez de bruit pour que je l'enten-

1. Entendez : « *Après qu'il eut donné quelque argent au commissaire, celui-ci le renvoya...* »

disse. Il est vrai que dans ce moment je ne pensais pas à lui. J'allai cependant à ma garde-robe, mais avant d'ouvrir la porte, je demandai qui est-ce qui y était. Il me répondit que c'était lui, je lui ouvris sur-le-champ et lui fis des caresses sans nombre auxquelles il répondit à merveille. Comme il y avait longtemps qu'il jeûnait, qu'il avait bon appétit, il en prit autant qu'il voulut; je le laissai faire sans contradiction. Quand ce grand feu fut apaisé, il me conta ce qui lui était arrivé avec un homme qu'il avait trouvé dans l'escalier de ma garde-robe. Quoique je ne pusse douter que ce ne fût avec mon pauvre maître, je ne lui en dis mot. Au contraire, je lui dis qu'il y avait quelques jours qu'une de mes femmes y avait trouvé un ivrogne qui y était venu cuver son vin et qui lui avait fait grand-peur. Cela passa ainsi.

— Cette porte, reprit-il, a bien sa commodité, mais je la crois sujette à bien des inconvénients. Et comme elle ne sert qu'à vous, je voudrais qu'elle fût toujours fermée, et j'aurais un passe-partout qui servirait pour aller et venir suivant les occasions.

Cet avis me parut bon, je lui dis que je m'en servirais. Comme il était tard, je le priai de se retirer, ce qu'il fit après avoir bu, comme l'on dit, le coup de l'étrier, et m'avoir promis de venir le lendemain par la voie ordinaire et commune.

V

Mon indisposition était passée il y avait du temps, mais il m'en était survenue une autre qui devait durer plus longtemps. Je n'ai jamais su au juste à qui je devais l'attribuer, soit à mon cousin, à mon maître de dessin ou au Bacha. Quoi qu'elle fût considérable, elle ne paraissait pas encore beaucoup. Cependant ma mère, soit qu'elle fût avertie par ma gouvernante ou par la seconde de mes femmes que mes chemises étaient toujours d'une grande propreté, vint un matin avant sept heures dans ma chambre. Elle n'avait sur elle qu'une simple robe de chambre. À son arrivée, m'étant éveillée elle me dit :

— Ne pouvant dormir dans mon lit, je viens ici passer un moment pour causer avec toi, fais-moi place, laissant tomber sa robe de chambre sur le parquet.

Je me retirai sur l'autre bord du lit sans cependant savoir son intention. Peu à peu elle s'approcha, et en causant de choses indifférentes elle fit semblant de s'endormir en me prenant entre ses bras. Peu à peu elle descendit ses mains sur mon ventre. Ce fut pour lors que ses attouchements différents me firent juger qu'elle soupçonnait quelque chose de mon état. Après m'avoir bien tâtée, elle me dit :

Comment, mon amie,
Voici une furieuse bosse.
Est-ce que tu serais grosse ?
— Vous me paraissez bien ébahie,
Lui dis-je,
Prenant beaucoup sur moi.
Serait-ce un prodige ?
Si vous ne l'aviez jamais été de moi,
Je ne serais pas dans cet embarras.
— Je t'ai prédit le cas.
Qui en est le père ?
— C'est un mystère
Qui ne se dit pas
Avant que le fait ne soit avéré.
— Il n'est que trop certain,
Ce chagrin m'était réservé.
— Eh bien, c'est mon cousin.
— Eh bien, faut l'épouser.
— Non, je ne veux point me marier.
— Ceci te couvrira d'infamie,
Et moi aussi pour la vie.
— Vous me la baillez belle,
Les fautes sont personnelles,
À l'avenir je prendrai mes précautions
De façon
Que je n'y serai plus attrapée.
Ah ! ma chère enfant, que ta destinée
Sera malheureuse,
Si tu ne prends pas un mari !
— Ce serait la peine la plus rigoureuse
Dont je pusse être punie.
— De combien es-tu grosse ?
— De quatre mois et demi.
— C'est peu de chose.
Il faut à quelque ami
En donner l'endosse,
Si de ton cousin
Tu es dégoûtée.
— Ce n'est pas mon dessein.
— Quelle est donc ton idée ?
— C'est d'accoucher incessamment.
— Mais il faut le temps.
— Cela est bien entendu.
Lorsqu'il sera venu,
Et que je serai débarrassée,
Ma porte sera toujours fermée,
Si bien et si fermement,
Que le plus tendre amant
N'en aura jamais l'entrée facile.

Qui l'aurait cru,
Qu'à mon âge une fille
Eût conçu
Sans avoir rien vu !
La perte de sang que j'ai eue
Était l'outrage
Fait à mon pucelage.
Et je ne me suis abandonnée au plaisir
Que sur ce que j'ai ouï dire,
Qu'une fille sans règle
Ne se trouvait jamais hors de règle.
Ce principe faux
Est le sujet de mes maux,
Dont je regarde la fin
Comme celle de mon chagrin.
— Mais après cela que deviendras-tu ?
Il faut faire une fin.
— Je vivrai de mon revenu
Et me divertirai du soir au matin.

— Si tu savais, ma fille, comme moi ce que c'est qu'une fille qui n'a point d'appui, tu prendrais bien vite un parti.

— Le mien est tout pris ; je veux rester fille toute ma vie et vivre dans la liberté que je me suis proposée ; et pour éviter les poursuites que je pourrais essuyer à l'avenir, je suis d'avis de rendre mon aventure publique.

— Ce serait assurément pécher contre le bon sens et vouloir absolument passer pour une abandonnée.

— Ce n'est point là mon idée, je ne l'ai jamais été ; la curiosité a fait mon crime. Je sais à présent à peu de chose près à quoi m'en tenir, je me flatte que je ne vous donnerai jamais de chagrin de la même nature.

— Je le souhaite. Ne fais confidence de ton état à personne. Quand nous serons à peu près au terme, l'on prendra des mesures pour que personne n'en ait connaissance. D'ici au temps, comme vos couleurs diminueront, mettez-vous un peu du petit pot, afin que l'on ne s'aperçoive pas de votre pâleur. Voyez votre cousin comme à l'ordinaire, mais ne faites aucun excès, car je suis sûre que c'est là ce qui l'a rendu malade.

Elle me quitta après cela, en me promettant cependant son assistance quand il en serait temps. Quoique j'eusse bien voulu lui cacher mon état, elle prit si bien la chose que je fus bien aise qu'elle la sût. Dès que nous nous trouvions seules, elle m'en parlait toujours, ce qui faisait que j'évitais de me rencontrer seule avec elle.

Le cousin ne manquait pas tous les jours de me venir voir, et quoiqu'il me vît et me maniât à sa fantaisie, il avait si peu d'expérience qu'il ignorait mon état et me disait tous les jours :

— Mon Dieu, que je serais aise si je pouvais vous faire un enfant.

Je lui demandais pourquoi ; il me répondait aussitôt :

— C'est que si vous étiez grosse une fois, bon gré mal gré il faudrait bien que vous m'épousiez. J'irai tant de fois qu'à la fin je trouverai l'endroit.

Effectivement, il y travaillait avec tant de violence et d'acharnement qu'il retomba malade très dangereusement.

J'étais accoutumée à un ordinaire si fort que je ne pus soutenir un jeûne bien long. Un jeune abbé grand, bien fait et vigoureux, d'ailleurs prince de l'empire, m'étant venu voir un jour comme je finissais ma toilette, me fit beaucoup de compliments sur ma beauté et tous les agréments qu'il remarquait en moi. Effectivement, ma gorge qui était un peu gonflée passait pour être admirable et un chef-d'œuvre de la nature ; elle fit un effet si violent sur lui qu'aussitôt qu'il me vit seule, sans réflexion aux risques qu'il courait, il me sauta au col et me baisa tant qu'il voulut. Ces baisers m'émurent de façon que je le laissai faire sans pour ainsi dire me défendre. Mais quand je m'aperçus qu'il voulait pousser les choses plus loin, je conservai assez de présence d'esprit pour lui dire :

— Du moins allez fermer la porte, si vous ne voulez pas me perdre et vous aussi.

Il ne fit qu'un saut et revint portant devant lui un membre aussi gros et aussi long qu'un jeune étalon. Toute autre que moi en aurait eu peur, mais il me fit tant de plaisir à la vue que je ne me défendis qu'autant qu'il le fallait pour augmenter son envie et lui faire croire que c'était ma première folie. Il était effectivement si transporté d'amour et me poussa cet instrument avec tant de fureur que, lorsqu'il se retira, il le trouva tout en sang et moi aussi. Il en avait jusqu'à ses petites manchettes. Après l'avoir grondé je lui défis la batiste pour qu'on ne la lui vît pas pleine de sang et la lui mis dans sa poche. J'avais ouvert ma porte, crainte que quelqu'un ne la trouvât fermée ; il voulut cependant un moment après, malgré le mal qu'il s'était fait et à moi aussi, recommencer ; je lui dis que j'allais crier s'il me tourmentait davantage. Comme je vis que, malgré ce que je lui disais, il s'y préparait, je sonnai, mes femmes de chambre qui survinrent l'obligèrent à rengainer son compliment. Il me dit qu'il ne me pardonnerait pas ce tour ; je lui dis qu'il fallait vivre plus d'un jour. Il comprit bien ce que cela voulait dire, et voyant qu'il n'y avait rien à faire pour ce jour-là, il prit congé de moi.

Ce ne fut pas sans peine que je le vis partir, car malgré le mal qu'il m'avait fait, il m'avait causé tant de plaisir que je regrettais beaucoup qu'il se fût en allé si tôt. Je n'avais personne avec qui me consoler, la patience était le seul parti que j'avais à prendre. Je dis à mes femmes que quelque chose m'avait prise, elles me changèrent aussitôt. L'écoulement était si violent que je craignis, quand je vis la chemise que je quittai, qu'il ne m'eût blessée. Après cela, j'étais au désespoir de l'aveu que j'avais fait à ma mère, je me disais en moi-même : sans cela elle y aurait été trompée comme les autres, car si je fais une fausse couche, personne ne le saura. Je regardais déjà comme un bonheur d'avoir été blessée, mais j'étais dans l'erreur et mon enfant tenait trop bien pour qu'il pût être détaché avant son temps.

Ma mère sut peu après l'accouchement qui m'était arrivé, ce qui me fit penser que c'était ma seconde femme qui l'instruisait de mes actions, car j'étais sûre de la fidélité de mon ancienne. Elle vint me voir avant midi et me dit :

— J'ai appris avec plaisir que vous étiez accouchée ; si cela est, ma chère enfant, je m'en réjouis. Tenez-vous donc à présent sur vos gardes ; vous pouvez vous vanter de m'avoir fait une belle peur, et je crois que vous n'en aviez pas eu moins que moi. Il faut dorénavant bien prendre vos précautions.

Je l'assurai que si Dieu permettait que ce ne fût qu'un retard qui causât ma peur, je ne tomberais jamais dans le cas où je m'étais crue. Elle s'en retourna tout de suite. Comme je passais pour être incommodée, je mangeai seule dans ma chambre. Je n'avais pas fini de manger que l'abbé arriva. J'ordonnai qu'on desservît, ce qui fut fait. Quand nous fûmes seuls, je lui reprochai sa barbarie. Sans être surpris de mes reproches, il me dit que son amour pour moi était si violent qu'il était tout prêt à recommencer, mais avec plus de précaution, qu'il avait apporté un pot de pommade pour me graisser l'entrée et son membre énorme. L'ascendant qu'avait sur moi l'aspect d'un pareil instrument fit que je le laissai faire tout ce qu'il voulut. Il en prit jusqu'à ce qu'il lui refusât le service, et je dois la justice à l'abbé de dire que c'était un rude ouvrier qui, depuis ce jour, n'en laissa passer aucun sans me payer sa rente, pas même celui que j'accouchai.

Je lui avais déclaré quelques jours auparavant que je me croyais grosse. Mais comme il ne croyait pas la poire si mûre, tous les jours il secouait régulièrement le poirier. Enfin, le jour que j'accouchai, comme il était en faction, soit que les secousses qu'il me donna avançassent mon accouchement, les eaux percèrent avant qu'il eût fini son opération. Comme il se sentit inondé, il me dit :

— Vous ne nierez pas cette fois que vous n'ayez eu du plaisir.

Je fis sur-le-champ un si grand cri qu'il se retira pour lors, et l'enfant était au passage. Mon ancienne femme de chambre étant survenue, je lui dis d'envoyer sa compagne en ville de ma part et de revenir sur-le-champ, ce qu'elle fit, mais la coquine ne sortit point sans aller dire à ma mère qu'il y avait apparemment quelque chose de nouveau qu'on ne voulait pas qu'elle sût, puisque ma femme de chambre lui était venue donner une commission de ma part pour l'écarter. Ma mère, qui se douta de la vérité, lui dit qu'elle était folle, que cependant elle lui était obligée de son attention, qu'elle allât faire sa commission, et qu'à son retour elle vînt lui parler avant de rentrer chez moi. Cette fille donna dans le panneau, ma mère vint peu après chez moi. Je m'étais trouvée forcée de dire à ma confidente l'état où je me trouvais. Cette fille ayant vu l'enfant au passage l'avait tiré fort adroitement et l'avait mis entre les mains de M. l'abbé, qui n'en était pas peu embarrassé, mais qui le fut bien davantage quand il vit entrer ma mère, qui lui dit :

— Monsieur est sans doute l'auteur de ce chef-d'œuvre.

Il était si interdit de ce qu'il voyait qu'à peine à ses yeux il ajoutait foi, et ne put proférer une parole. Ce qui acheva de le jeter dans une consternation étonnante, c'est lorsqu'il m'entendit dire à ma mère que oui. Ma mère, qui était violente et très haute, lui dit d'un ton qui prouvait sa colère :

— Monsieur, vous me ferez raison
De cet affront.
À cela il répondit : — Madame,
Je ne chercherai point d'excuse
Au fait dont on m'accuse,
Car je la crois inutile,
Mademoiselle votre fille
Sachant fort bien
Qu'à cet enfant je ne prétends rien.
— Ma mère, quel imposteur !
Sur mon honneur,
Il n'y a pas une heure
Qu'il lui donnait à téter.
— J'en conviens et ne puis le celer,
Mais il ne s'ensuit pas de là
Que je sois père de cet enfant-là.
— Monsieur, de gré ou de force,
Il faut vous en charger.
— Madame, si vous employez la force,
Il faudra céder.
Sur cette matière,
Dans l'état où je suis,
Je ne veux point d'affaire.
Je ferai sans bruit
Tout pour vous faire plaisir.
Donnez-moi seulement le loisir,
En me débarrassant de cet enfant,
De me rajuster.
Cela ne peut se refuser.

Pendant qu'il se rhabillait, ma gouvernante arriva avec tout ce qui m'était nécessaire et à l'enfant. Quand il eut fini sa toilette, il aurait bien voulu s'évader. Ma mère, qui s'aperçut de son dessein, lui dit :

— Monsieur l'abbé, quoique vous ayez été assez fin pour m'attraper et ma fille une fois, vous ne le serez pas assez pour nous attraper une seconde. Vous ne sortirez point d'ici que vous n'emportiez vous-même cet enfant.

Il ne pouvait se résoudre à cette charge, mais la crainte qu'il avait que ma mère n'éclatât l'y détermina. On lui dit qu'on ferait tenir un fiacre à la grande porte, qu'on mettrait l'enfant dans une corbeille, bien endormi, et qu'à la brune tombante il la prendrait sous le bras et la porterait dans le carrosse, et chargerait quelqu'un de sûr d'en faire prendre soin comme il convenait, et proportionnellement à son amour et à sa qualité. Comme c'était le seul moyen de sortir d'embarras, il consentit à tout ce qu'on voulut et s'en acquitta dignement. Comme il ne pouvait cependant digérer ce tour innocent que les conjonctures rendaient pour lui désagréables, avant de sortir il dit à ma mère :

— Permettez moi, madame, en faveur de l'obéissance que j'ai pour vos ordres, de vous dire que

Mademoiselle votre fille,
Qui est si gentille
Est la plus fine matoise
Que je connaisse,
Que c'est une Grivoise,
Qui dans sa mortoise
A le secret
De vous sucer un paquet
Jusqu'au sang.
— Monsieur, si cela est ainsi,
Vous ne devez point être surpris
De lui avoir fait un enfant.
— S'il était bien à moi,
Il n'aurait sur ma foi
Vu le jour
Que dans trois mois d'ici.
— Il arrive chaque jour
Des faits dont on est étourdi.
— Madame, je le sais par expérience,
— Prenez donc patience,
Si comme vous le dites
Vous êtes innocent.
— Quand cette aventure m'aurait été prédite,
Je croirais manquer de bon sens
Si j'adoptais cet enfant.

Comme il sortait, je lui dis :

— N'allez plus, prince de l'Église,
Lever la chemise
Aux Grivoises :

Ce sont de fines matoises
Qui pourraient à l'avenir,
Vous faire repentir
Plus d'un jour
De mépriser ainsi
Le fruit de vos amours,
Pensez-y.

Il prit la corbeille sans dire mot et s'en alla. Ma gouvernante l'accompagna jusqu'au carrosse et entendit qu'il dit au cocher de le mener chez lui.

Ma mère, pendant ce temps, s'étant approchée de mon lit, me fit une mercuriale pleine de bonté, qui me fit bien sentir qu'elle connaissait parfaitement toutes les faiblesses auxquelles la nature a assujetti notre sexe ; elle me recommanda sur toutes choses de ne me point chagriner, afin que je fusse plus tôt rétablie.

Comme il ne me manqua rien, qu'il ne me survint aucun accident et que je n'avais d'autre inquiétude que de faire un nouvel amant, au bout de quinze jours je me trouvai si bien rétablie que ma mère convint qu'elle ne m'avait jamais vue plus jolie. J'allai peu de jours après aux spectacles où je vis la plus belle jeunesse de la cour de Paris. Comme mon cousin était toujours malade et qu'en amour les absents ont toujours tort, je jetai les yeux sur un certain Vautencourt, grand garçon bien fait, brave, plein d'ardeur et de feu. Soit qu'il s'aperçut que je le regardais ou qu'il fut touché de ma beauté, il s'approcha de ma loge et me fit son compliment sur ma maladie et sur mon rétablissement. Je lui dis :

— Monsieur, il me paraît que l'un et l'autre vous sont indifférents, puisque je n'ai eu aucune nouvelle de vous.

Il me répondit :

— Mademoiselle, c'est par respect et crainte de vous incommoder, parce que dans ces états la tranquillité est ce qu'il y a de plus avantageux pour les malades.

— Eh bien ! Monsieur, vous n'aurez plus cette excuse à l'avenir.

— Mademoiselle, me dit-il, puisque vous me permettez, j'irai dès demain vous assurer de mon respect et de…

Je l'empêchai d'achever en l'interrompant et lui demandant des nouvelles de mon cousin, parce que je craignais qu'il n'eût lâché le mot d'amour qui aurait été reporté à ma mère par une dame qu'elle m'avait donnée pour m'accompagner. Il ne me quitta point pendant tout le spectacle. Il vint plusieurs autres seigneurs me voir aussi dans les entractes ; aucun à la vue ne me faisait autant de plaisir que lui. Le spectacle fini, il me conduisit à mon carrosse et me serra plusieurs fois la main en me donnant le bras.

Je revins au logis fort contente de ma soirée, par l'espérance d'avoir le lendemain un amant nouveau. Il ne manqua point à sa parole, et ma seconde femme de chambre alla avertir ma mère de son arrivée. Comme elle savait à peu près le temps qu'il fallait pour en venir aux prises, elle ne se pressa pas de venir, et elle arriva justement comme il était à la moitié ou environ de sa première séance. Ayant trouvé la porte fermée, elle frappa de façon que je ne pusse douter que ce ne fût elle. Il n'est pas difficile de juger de la colère et de l'embarras où j'étais. Cependant, prenant sur moi, après l'avoir fait sortir par ma garde-robe, je fus lui ouvrir, lui disant qu'accablée par un mal de tête, je m'étais jetée sur mon lit.

— Et moi, je viens pour vous dire qu'il faut que vous sortiez d'ici dès aujourd'hui ; votre commerce me fatigue.

— Je vous suis bien obligée, Madame, vous me faites un vrai plaisir.

Après cela elle sortit, je fermai ma porte et courus à mon amant qui leva l'appareil après lequel il était. Il s'en acquitta dignement. Je lui dis la nouvelle du jour, il m'en parut bien aise. Quand j'eus tiré de lui tout ce que j'en pus, je le mis dehors par la porte ordinaire, et lui dis de descendre en bas parce que je ne pensais pas que celle d'en bas était fermée. En le quittant, j'allai chez ma mère à qui je demandai où elle souhaitait que je fusse. Elle me dit :

— Une Grivoise comme vous ne manque jamais d'asile. Vous avez une maison à louer, elle sera bientôt meublée. En attendant, allez-vous-en à Versailles loger dans mon appartement.

Je la remerciai et partis sur-le-champ sans penser au pauvre Vautencourt que je croyais chez lui, et qui était enfermé entre les deux portes où il resta le reste de la journée et la nuit suivante, car la fille de garde-robe me voyant partie ne fut que le lendemain matin vider ma chaise. Comme elle en prenait le bassin, elle entendit du bruit de l'autre côté de la porte par où elle le vidait ordinairement ; elle demanda qui était là. Comme elle vit qu'on ne lui répondait pas, elle fit le tour pour voir du côté de la cour qui pouvait être dans cet escalier. En ayant trouvé la porte fermée, elle alla avertir du monde et dit qu'il y avait un voleur dans l'escalier. Chacun y courut, on en ouvrit la porte d'abord du côté de la garde-robe, on n'y vit personne, mais étant descendu l'escalier on trouva le cavalier à la porte d'en bas. Le plus hardi l'accola, mais il fut terrassé dans l'instant, il cria à lui. Le grand nombre l'accabla. Cependant, la porte d'en bas s'étant ouverte, il se débarrassa et se serait sauvé si les portes d'entrée n'avaient été fermées. Il fut arrêté et conduit à l'appartement de ma mère qui, quoiqu'il fût plein de sang, le reconnut d'abord sans en faire semblant. Elle dit : « Mettez cet homme en liberté sans lui rien faire ; il me paraît qu'il a été assez châtié pour ne pas revenir sitôt ici. »

Je sus cette nouvelle dès l'après-midi. Je soupçonnai le fait aussitôt, qui me mortifia infiniment. Mon cousin, qui était rétabli, vint me voir ce jour-là et me fit oublier cet accident. Au bout de quatre jours, Vautencourt vint me voir. Mon cousin était avec moi pour lors, ce qui fit que sa visite fut fort courte ; il fit épier le moment qu'il sortît. Dès qu'il en fut averti, il revint, il me conta toute son aventure. Je fis ce que je pus pour l'en consoler, et lui tous ses efforts pour me persuader qu'il n'y pensait plus.

Je menais la vie du monde la plus heureuse. J'avais arrangé mes visites de façon que celui-ci ayant eu la nuit n'avait point la journée qui se trouvait partagée entre deux, savoir un le matin et l'autre l'après-midi. Chacun avait son jour et son heure fixée. Quand il arrivait quelques changements, je les avertissais, je ne manquais point d'amants. J'en avais dans tous les états, excepté la robe et les moines qui ne m'ont jamais tentée. J'en avais des princes, des ducs, des marquis, comtes et barons, dans l'Église, l'ordre de Malte, dans les suisses, les Saxons et les dragons. On ne m'a jamais vu dire non aux gens de bonne façon, mais cela se passait avec précaution. Je n'avais de mauvais temps que celui de mes couches ; j'aurais trouvé vingt pères pour un à mes enfants. J'en fis six en moins de cinq ans, qui sont tous venus à bien. Les unes servent Dieu et les autres le roi avec distinction. La liberté qui s'est trouvée chez moi, jointe à l'apologie que le prince de l'Église a fait de moi sans compter sa mésaventure, m'ont fait surnommer « La Grivoise ». Je tiens à honneur d'en mériter le nom. Si quelque femme veut me le disputer, elle n'a qu'à parler : à coups de… ou de… je suis prête à lui faire tête et à la faire convenir

Qu'une vraie Charolaise
Souffle la linotte,
Aussi bien qu'une Bourguignotte,
Et que les Comtoises,
Qui lèvent si bien le…
N'ont pas les mouvements plus drus.

FIN

Si cette histoire a le bonheur de réjouir le lecteur, il pourra voir dans un petit supplément quelques aventures qui ne sont pas moins récréatives, qui n'ont pu entrer dans ce volume, n'étant arrivées que depuis qu'il est fait.

AVIS

Si j'ai fini mon histoire sans y comprendre les aventures qui sont dans ce supplément, c'est parce qu'elles ne m'étaient encore point arrivées. Elles n'en feront pas moins de plaisir, je compte, au lecteur, et le persuaderont j'espère que je suis véritablement Grivoise, que je jouis des plaisirs sans interruption et toujours avec choix, que si le déduit me plaît c'est autant par le plaisir que je suis sûre de procurer à mes amis que pour ma propre satisfaction. La preuve en est certaine dans la façon dont je sais m'assortir, ne tombant jamais dans la crapule : c'est ce qu'il verra par la suite de ces aventures. Mon histoire finit par le défi que je fais à quelque femme ou fille que ce puisse être de me disputer le titre de Grivoise, m'offrant de lui faite tête à coups de… ou à coups de…

Soufflant aussi bien la linotte
Qu'une Bourguignotte,
Et en bonne Charolaise
Levant le…
Plus dru
Qu'une Comtoise.

C'est autant que je puis m'en souvenir là, les dernières paroles. Elles sont intelligibles, mais je veux en donner des preuves authentiques par des faits récents, tant pour la satisfaction du lecteur que pour la mienne propre.

VI

J'ai dit sur la fin de mon histoire que j'avais eu six enfants. Je n'en ai point nommé les pères parce que je dois convenir que j'aurais pu me tromper dans le choix que j'en aurais fait, mais il m'arriva une aventure si risible à l'accouchement du dernier, que j'ai omis dans mon histoire, que je crois ne pouvoir mieux commencer ce supplément qu'en la racontant telle qu'elle est.

Un de ceux qui se croyaient le père de l'enfant que je portais et qui effectivement était un de ceux qui y avaient travaillé le plus régulièrement, m'étant venu voir le matin du jour que j'accouchais, me trouvant dans mon lit, me fit mille caresses qui ne me permirent pas de lui refuser ce qu'il exigea de moi, quoique j'eusse senti quelques mouches[1]. Je consentis donc à ce qu'il voulut, j'y trouvai même beaucoup de plaisir, il me parut par la prompte récidive qu'il me fit qu'il y en trouva aussi. Cette seconde scène finie modéra son feu et avança sans doute mon accouchement, car à peine étais-je remise dans mon lit sur le bord duquel il m'avait attirée, pour m'exploiter plus à son aise et avoir dans cette opération plus d'avantage, et lui assis dans le fauteuil qui était à côté, qu'il me prit un frémissement par tout le corps. Comme ce n'était pas la première fois qu'en pareil cas j'avais senti ce tremblement, je sonnai ma femme de chambre qui était dans ma confidence. Après lui avoir dit l'état où je me trouvais, je la chargeai d'avertir mon accoucheur qui vint peu de temps après, me tâta d'abord le pouls qu'il trouva, quoique élevé, embarrassé. Il me dit que si je voulais accoucher heureusement et être bientôt débarrassée, il fallait absolument qu'il me fît une saignée. J'y consentis, on apporta sur-le-champ tout ce qui était nécessaire, entre autres une bougie allumée pour éclairer à me saigner. Le Monsieur qui était dans le fauteuil à côté de mon lit se chargea de la tenir. Mon accoucheur m'ayant bandé le bras plaça la main de celui qui tenait la bougie où elle devait être pour lui servir utilement à me piquer, ce qu'il fit fort adroitement. Mais malheureusement, comme il était extrêmement courbé, un des côtés de sa grande perruque carrée étant tombé sur la bougie, le feu y prit d'abord. Celui qui tenait la bougie se retira et s'étouffait de rire, ce qui ne dura pas longtemps, car l'accoucheur m'ayant quitté le bras qu'il me tenait de la main gauche jeta sa perruque derrière lui, qui tomba justement sur la tête de celui qui y avait mis le feu et lui brûla tout un côté des cheveux qui étaient extrêmement poudrés et essencés. Et si ma femme ne lui avait pas mis la tête dans ses jupes entre ses cuisses, il en aurait été très incommodé. Mais un malheur, comme l'on dit, n'arrive jamais sans l'autre. Ma femme de chambre, croyant le feu des cheveux éteint comme il l'était effectivement, sans prendre garde si elle n'en avait point autour d'elle, elle troussa sa première jupe et courut à la garde-robe chercher des peignes et de la poudre pour donner au Monsieur dont les cheveux étaient en partie brûlés. L'air qu'elle fit en allant et venant alluma le feu qui était autour d'elle, de façon que lorsqu'elle fut entrée dans ma chambre, elle

1. *Mouches* : « au pluriel, se dit quelquefois des premières et des plus légères douleurs de l'enfantement : cette femme commence à sentir des *mouches* » (*Dict. Acad.*, 1835).

se trouva presque tout en feu. Celui à qui elle avait éteint le feu de la tête courut derrière elle et lui coupa adroitement tous les cordons de ses jupes, mais comme elle les tenait levées par-devant si haut qu'elle nous montrait tout ce qu'elle portait, craignant que le feu n'endommageât sa pièce du milieu, elle se serait laissé étouffer par la fumée, si ce même Monsieur s'étant tourné de son côté, après lui avoir rabattu sa chemise, ne l'avait forcée à quitter ses jupes et jupons. Mon chirurgien, qui m'avait repris le bras malgré le chagrin que lui causait la perte de sa perruque d'honneur, étant tête nue, ne put s'empêcher de rire de ce spectacle que je puis assurer être très particulier et qui me frappa si fort que je ne pus retenir les ris qu'il me causa. Cela suspendit pour un moment l'évacuation de mon sang, ce qui fit dire à mon accoucheur :

— Que diable ! Mademoiselle, si vous vous moquez de moi et que vous ne vouliez pas laisser venir votre sang, je vous promets que vous n'accoucherez pas d'aujourd'hui et que je m'en vais chercher une autre perruque.

Celui dont les cheveux étaient brûlés en partie lui disait mille invectives, à quoi mon accoucheur ne répondit autre chose :

— Monsieur, plaignez-vous, vous avez raison, vos cheveux reviendront et dans quinze jours il n'y paraîtra plus, mais il me faut au moins vingt louis pour avoir une autre perruque, et je n'en ai pas le premier sol.

J'entendis à merveille ce que cela voulait dire, je l'assurai que je lui en donnerais volontiers une autre. Tout cela ayant calmé un peu mes sens, ma saignée se termina fort heureusement. Il me fit renfoncer dans mon lit et me demanda la permission d'aller chercher une autre perruque. Je lui dis que si on pouvait lui épargner cette peine, je l'enverrais chercher volontiers. Il me répondit que cela se pouvait pourvu qu'on lui donnât une carte. On lui en rapporta une, et ayant écrit dessus son adresse, ma femme de chambre se chargea de l'envoyer chercher. On lui rapporta un moment après un petit bonnet aussi court que l'autre était ample. Quand celui qui avait eu les cheveux brûlés vit ce bonnet, cela renouvela sa colère et lui fit dire à l'accoucheur :

— Voilà, Monsieur le chirurgien, des perruques comme vous en devriez toujours avoir, et si vous en aviez eu une semblable, j'aurais encore mes cheveux.

— Consolez-vous, Monsieur, dit l'accoucheur, vous n'en avez que la moitié de brûlé.

— Ah bougre ! dit-il à mon accoucheur, n'es-tu pas content ? Tu te moques encore de moi !

Mon accoucheur, qui était naturellement gai et que l'assurance que je lui avais donné de lui payer sa perruque avait remis dans son assiette naturelle, lui dit :

— Monsieur, je suis en vérité bien mortifié de l'accident qui vous est arrivé et à moi aussi, mais pour vous en consoler et me le faire totalement oublier, si vous voulez attendre ici une demi-heure seulement, je vais vous mettre un enfant beau comme le jour entre les mains.

Il accepta le remède à son chagrin, que mon accoucheur lui proposa. Cette convention faite, l'accoucheur demanda une bouteille de vin d'Espagne. Quand on la lui eut apportée, il la déboucha. Ayant pris un des grands verres fins qu'on avait apportés contre l'usage ordinaire, après l'avoir goûté, il choisit le plus grand verre qu'il me présenta tout plein et me le fit boire, il en donna un pareil à son compagnon d'infortune qui le but, il remplit son verre qu'il vida avec précipitation et qu'il remplit encore plus vite pour le faire boire à ma femme de chambre qui fit d'abord quelques difficultés, qui cependant exécuta l'ordonnance du médecin qui, par ce quatrième grand verre ayant vidé la bouteille, lui dit :

— Mademoiselle, il faut pourvoir à en avoir ici une toute prête pour y avoir cours en cas de besoin ; et je vous assure qu'avant qu'il soit peu, il y aura ici du nouveau.

Je m'assoupis un instant. Je me réveillai sur-le-champ : le vomissement me prit si subitement que je ne pus que me retourner du côté du fauteuil dans lequel je vomis sans faire réflexion que ce monsieur pouvait s'y être remis. Il reçut donc sur son habit, sa veste, et dans la braguette de sa culotte toute la bile que je vomis. Ce nouvel accident fit rire l'accoucheur et moi aussi, mais chagrina beaucoup le receveur que cet incident nouveau mettait absolument hors d'état de sortir de chez moi en plein jour. Il se retira du fauteuil pour s'essuyer avec des serviettes qu'on lui donna et mon accoucheur prit sa place. Il mit sa main dans mon lit pour me tâter, me dit-il, et voir s'il pourrait me mettre bientôt en travail. Quand il eut fait ce qu'il fallait pour connaître ce qu'il m'avait dit, comme je sentis qu'il arrêtait son doigt du milieu en me chatouillant où il n'avait que faire, m'étant venu dans l'instant un flot de bile, je lui lâchai la fusée dans le milieu du visage, dans le moment qu'il ouvrait la bouche pour me parler. Il fit une grimace si extraordinaire et des lamentations si particulières que les efforts que je fis en riant me firent percer les eaux. Je l'appelai à moi. Quoiqu'il n'eût point encore bien essuyé son visage, il vint me secourir et le fit si à propos qu'en moins de trois minutes il m'accoucha d'un gros garçon qu'il remit suivant sa parole à celui qui lui avait si heureusement cédé sa place et lui dit :

— Monsieur, si vous n'étiez pas le père de ce bel enfant, vous en seriez le parrain.

Il m'accommoda avec toutes les précautions imaginables et aussi adroitement que la plus habile sage-femme. Ma femme de chambre, pendant ce temps, avait accommodé mon enfant. Quand je fus entièrement accommodée, mon accoucheur me demanda ce que je voulais faire de mon enfant et si je voulais lui en confier le soin. Je lui dis qu'il me ferait plaisir de s'en charger. Il me dit qu'il allait l'envoyer chercher par une personne aussi sûre que lui-même, qu'il le sortirait dans sa robe sans que personne s'en aperçût. Je lui donnai vingt louis d'or :

— Voici, Monsieur, pour votre saignée, votre perruque brûlée, et votre accouchement.

Il me remercia beaucoup, et comme il se disposait à sortir, le Monsieur qui avait eu part à toutes les scènes de cette journée l'appela et lui donna vingt autres louis en lui disant :

— Voilà, Monsieur, puisque vous dites que je suis le père de cet enfant, les deux premiers mois que je vous paie d'avance, et dans deux mois je vous en donnerai autant à condition que vous ferez prendre grand soin et que vous garderez sur cela un secret inviolable.

— Que me dites-vous, Monsieur ? Je me laisserais plutôt décapiter que de jamais parler de choses semblables.

Il sortit fort content, revint un moment après avec sa gouvernante qui était au fait de semblables commissions, et lui montra la porte de loin. Comme on l'attendait et qu'elle avait été dépeinte, on lui remit le dépôt sacré dont elle se chargea avec toutes les précautions que peut et doit prendre une femme entendue dans ce négoce. Peu de temps après qu'elle fut sortie, mon accoucheur rentra et me dit :

— Mademoiselle, pour vous faire accoucher heureusement, je vous ai fait boire un grand verre de vin d'Espagne : cela a eu un succès favorable. Je juge qu'il est à propos que vous en buviez un second à présent pour réparer les forces que vous avez perdues et pour provoquer toutes les vidanges. Il est à propos que Monsieur en boive un aussi à la santé de la mère et de l'enfant nouveau-né. Pour moi, je serais bien fâché de n'en pas boire un grand coup pour m'ôter le goût de la bile que vous m'avez vomie, Mademoiselle, non seulement sur tout le visage, mais encore dans la bouche. Quant à Mademoiselle, elle a des raisons pour en prendre une pareille dose.

— Et quelles raisons, lui dis-je, croyez-vous qu'elle puisse avoir ?

— Quand ce ne serait, Mademoiselle, que pour la remettre de la peur qu'elle a eue de voir prendre le feu à sa chapelle. Vous avez vu, Mademoiselle, avec quelle précaution elle l'a découverte pour éviter ce malheur ? Dans une autre circonstance, je ne puis vous cacher que j'en aurais ri de tout mon cœur et que cette aventure m'en aurait sans doute procuré d'autres. Mais uniquement occupé à vous soulager, mon esprit n'a jamais pensé à profiter d'un hasard aussi heureux.

— Est-il possible qu'à votre âge vous pensiez encore à cela ?

— Mademoiselle, il est vrai que j'ai près de soixante ans, mais l'abstinence que je fais de ces plaisirs me soutient en état d'en tâter quand il m'en prend envie.

— Je crois, lui dis-je, qu'il est inutile de sonner, que l'orage est bientôt passé.

— Quand le jeu me plaît, Mademoiselle, me répondit-il, les comédies que je joue ont toujours trois actes, dont le dernier fait autant plaisir que le premier, et quelquefois davantage parce qu'il est plus long.

— Oh ! pour cela, je crois ce que vous me dites, Monsieur l'accoucheur, et que même il est si long que vous ne pouvez l'achever.

— Vous êtes, Mademoiselle, la maîtresse de dire sur cela ce que vous jugez à propos, mais je vous supplie de faire réflexion que les gens de notre pays ne sont pas accoutumés à recevoir de pareils affronts, et pour prévenir de pareils accidents savent se fortifier le cœur avec de bonne liqueur telle que celle que voici, que je vais boire à votre santé.

En disant cela, il emplit le verre de ma femme de chambre qu'il lui fit boire au pied de mon lit, après s'en être longtemps défendue. Je crois même qu'il n'en serait pas venu à bout si, pour finir leur débat, je ne le lui avais ordonné. Après quoi, il s'en alla. Celui qui se croyait le père de l'enfant et qui lui en avait payé les deux premiers mois d'avance lui recommanda de nouveau d'en avoir beaucoup de soin, ce qui me fit présumer qu'il le pouvait être, ce que je n'oserais cependant certifier.

VII

Cette couche fut si heureuse pour moi qu'au bout de huit jours je me trouvai en état de travailler sur nouveaux frais, ce que je fis cependant avec beaucoup de modération pendant plus de six semaines, ayant fixé le nombre de leçons que je pouvais recevoir à quatre par jour et à trois seulement pour la nuit. Il est vrai que celles de la nuit me fatiguaient infiniment plus que celles de jour, parce que les premières ne duraient qu'un instant et que celui qui me donnait à lui seul celles de la nuit, faisant l'ouvrage à trois, me tenait souvent plus longtemps. Cela ne m'empêcha pas de me rétablir facilement et parfaitement, et de me trouver en état de profiter au carnaval suivant de tous les plaisirs des spectacles et des bals qui se donnent à Paris. Il m'y arriva une aventure qui mérite si bien ici sa place que je crois faire plaisir au lecteur de l'y insérer.

Ayant appris un jour qu'il y avait un grand bal à l'Opéra, après avoir paru à la cour jusqu'à neuf heures du soir, je rentrai chez moi heureusement sans être suivie de personne. Je dis à ma femme de chambre de confiance de me déshabiller, ce qu'elle fit. Je lui dis tout de suite de me donner la plus mauvaise de ses robes, ce qu'elle fit par obéissance et sans savoir mon dessein. Quand je l'eus endossée, je lui dis de fermer en dedans la principale porte de mon appartement et les autres par où on y pouvait entrer. Comme j'étais à une petite porte par où je pouvais sortir, je lui dis d'éteindre mes bougies et d'en garder seulement une à la main pour me venir joindre. Cette fille, vouée à l'obéissance, fit ce que je voulus. Après avoir éteint sa lumière, je sortis la première. Je lui recommandai de bien fermer la porte dont je lui donnai la clef que j'avais prise. Quand elle eut fait, je la pris sous le bras et lui dis :

— Mon enfant, tu ne sais pas où nous allons : je veux te mener au bal de l'Opéra ce soir, mais je ne veux point y être reconnue, ni que tu le sois non plus. Mène-moi où l'on prend des chaises à porteurs pour nous conduire au Bureau des voitures. Tu marcheras la première et nous feras atteler un carrosse à quatre chevaux, afin que nous soyons plus tôt arrivées.

Elle exécuta ce que je lui dis, mais contre mon attente il se trouva un monsieur dans le bureau qui attendait un second pour aller à Paris qui, lorsqu'il vit ma femme de chambre demander un carrosse, lui demanda si elle était elle quatrième dans le carrosse. Lui ayant répondu ingénument qu'elle n'était qu'elle deuxième, le commis, quoi qu'il eût reçu son argent, lui rendit un écu de trois livres et lui dit : « Mademoiselle, Monsieur montera dans votre carrosse. » Quelques instances qu'elle put faire, il en fallut passer par là, et quand le carrosse fut prêt, nous nous embarquâmes. En sortant de ma chaise, je ne la payai point, comptant que ma femme de chambre y avait pourvu. Comme nous allions partir, un des porteurs vint à la portière, qui me dit :

— Ma bonne princesse, qui est-ce qui me paiera ?

Je ne pus m'empêcher de dire avec vivacité à ma femme de chambre pourquoi elle n'avait pas payé ma chaise avec la sienne ; elle me répondit d'un air soumis qu'elle n'avait payé ni l'une ni l'autre ; elle donna trois livres au porteur qui fut très content et qui nous souhaita toutes sortes de prospérités. Quoique je fusse infiniment plus simplement habillée que ma femme de chambre, le ton dont je lui parlai fit penser à ce monsieur qui ne manquait pas de bon sens qu'assurément j'étais au-dessus d'elle. Le discours du porteur de chaise, quoique assez ordinaire dans la bouche de ces sortes de mercenaires, le confirma tellement dans cette idée qu'il me parla toujours avec beaucoup de respect et de retenue. Notre carrosse s'arrêta à Sèvres comme c'est l'usage ; je profitai de ce moment pour descendre et me débarrasser d'un fardeau liquide qui me pesait infiniment. Je dis à ma femme de chambre, comme si c'était mon amie, que je la priais de descendre pour m'accompagner. Ce monsieur me dit :

— Mademoiselle, si je ne craignais de vous être suspect en vous offrant mes services, j'aurais prévenu la prière que vous faites à Mademoiselle, et je vous aurais présenté ma main.

— Monsieur, lui répondis-je, je vous suis obligée de votre politesse, mais il y a des cas où les services des messieurs comme vous ne peuvent nous être d'aucune utilité, et au contraire dont la présence nous serait très préjudiciable.

— À Dieu ne plaise, me dit-il, Mademoiselle, que je voulusse vous gêner en rien.

J'allai faire mon affaire qui ne fut pas longue par la vive expulsion que je fis de ce qui m'incommodait. Nous remontâmes aussitôt dans le carrosse et nous continuâmes notre route, quand le cocher fut expédié. Nous arrivâmes à la place du Palais-Royal à onze heures sonnées. Ce monsieur s'offrit de nous conduire où nous allions. Je lui dis que c'était dans le Palais-Royal[1]. Effectivement, nous y entrâmes pour lui ôter tout soupçon. Quand ma femme de chambre eut perdu de vue le carrosse qui le conduisait à son auberge, nous prîmes un fiacre et nous montâmes dedans. Je ne voulus point d'abord aller chez ces fameuses loueuses de masques et de dominos. J'envoyai ma femme de chambre chez une qui ne me parut pas avoir grande presse ; elle lui demanda à voir ce qu'elle avait de plus beau. Quand elle eut choisi ce qu'elle crut pouvoir me convenir, elle les fit apporter à mon carrosse par la maîtresse. Je choisis le plus riche qu'elle avait pour ma femme de chambre et lui dis que pour moi j'en voulais un d'un taffetas brun marron tout uni ; elle me dit qu'elle n'en avait point. Je lui demandai combien de temps elle me demandait pour en faire un, elle me dit qu'il lui fallait au moins une heure et demie.

— Soit, une heure et demie. Avez-vous un lit où je puisse me reposer ce temps sans être vue de personne ?

— Oui, Madame, me répondit-elle, et deux plutôt qu'un. Donnez-vous la peine de descendre.

Je la suivis entortillée dans mes coiffes, je traversai sa boutique et son arrière-boutique sans prendre garde à qui que ce soit ; elle me fit monter au premier par un escalier assez noir, où je trouvai une chambre très propre et un très bon lit sur lequel je me jetai sans façon en arrivant. Je lui demandai ensuite si l'on ne pourrait point avoir quelques biscuits et du vin muscat ; elle me dit :

— Madame, je vous demande quartier pour un quart d'heure pour donner mes ordres à votre domino ; ensuite, Madame, je vous ferai venir tout ce que vous souhaitez.

Comme je sentais la nécessité de ce qu'elle me dit, je n'insistai point malgré le besoin que j'avais de manger. Heureusement que la fatigue du carrosse dans lequel j'étais venue de Versailles me provoqua au sommeil. Ma femme de chambre m'apercevant dans cette disposition prit le parti d'en faire autant, de façon que quand la maîtresse eut donné ses

1. L'Opéra occupait en effet la salle du Palais-Royal que Richelieu avait inaugurée le 14 janvier 1641, par une représentation de sa tragédie *Mirame*, et qui serait par la suite plusieurs fois remaniée. Les bals de l'Opéra, voulus par le régent, furent inaugurés le 2 janvier 1716. Ils s'ouvraient le jour de la Saint-Martin et continuaient tous les dimanches jusqu'à l'Avent ; on les reprenait à la fête des Rois, et on les donnait pendant le carnaval deux fois par semaine jusqu'au carême. Ils commençaient à minuit et ne s'achevaient qu'à sept heures du matin. Toutes les femmes s'y rendaient masquées de loups noirs et couvertes jusqu'aux yeux, tandis que les hommes se montraient à visage découvert ; c'est ce qui faisait le sel et le charme de ces rencontres où chaque personne du beau sexe pouvait choisir son cavalier sous l'incognito.

ordres pour mon domino, elle vint pour voir ce qu'il me fallait, mais me voyant endormie et ma femme de chambre aussi, elle ne jugea point à propos de m'éveiller, comptant que ce repos me tiendrait lieu de nourriture et qu'il serait assez temps de prendre un biscuit quand mon domino serait fait. Elle aurait eu le temps d'en faire faire quatre si elle eût attendu que je me fusse éveillée de moi-même. Mais en femme prudente, aussitôt qu'il fut prêt, elle commença par éveiller ma femme de chambre qui avait bien plus l'air de la maîtresse que moi, étant bien plus ajustée. Aussitôt qu'elle fut éveillée, elle me vint dire :

— Madame, tout est prêt, il est une heure sonnée : voilà le temps où le beau monde entre actuellement au bal.

Ces paroles me réveillèrent si bien que je me jetai à bas du lit. Je n'eus pas mis pied à terre que je sentis le besoin que j'avais de manger. Je le dis à l'hôtesse qui fit venir sur-le-champ une pyramide de gros biscuits dont j'en mangeai deux, et bus deux coups de vin muscat. Quand ma femme de chambre en eut fait autant, je dis à la maîtresse que je la priais de distribuer le reste à ses filles de boutique qui avaient fait mon domino, et auxquelles je comptais bien donner de quoi avoir des aiguilles. Elle descendit un moment pour cela et revint sur-le-champ. J'étais dans l'embarras de savoir quelle coiffure je prendrais pour n'être point reconnue, et je consultais ma femme de chambre sur cela quand cette femme me dit :

— Madame, si vous vouliez vous déguiser en négresse, j'ai d'une eau qui vous rendra plus noire qu'elles ne le sont ordinairement, sans endommager en aucune façon la beauté de votre teint et la finesse de votre peau, qui au contraire en paraîtra plus douce.

Après en avoir fait l'expérience sur le visage de ma femme de chambre et lui avoir enlevé cette noirceur au moyen d'une autre eau avec autant de facilité qu'elle lui avait été mise, non seulement je m'en frottai le visage, les oreilles, le chignon[1] du cou, la gorge jusqu'au nombril, mais encore les mains et les bras jusqu'au-dessus des coudes. À ce déguisement, qui était fort, on m'ajouta des cheveux blancs et frisés par boucles, ce qui ne répondait point du tout à la vivacité de mes yeux. Je pris un masque des plus jolis.

Quand je fus prête, ma femme de chambre le fut aussitôt. Elle mit autant de blanc que j'avais mis de noir, de sorte qu'il était moralement impossible de nous reconnaître. Quoique nous ne fussions qu'à deux pas de l'Opéra, notre carrosse nous y conduisit. Ma femme de chambre, en lui donnant un écu de trois livres, lui dit que c'était pour boire et à condition qu'il nous attendrait et qu'elle le paierait grassement. Il le lui promit et nous tint parole.

Nous entrâmes dans le bal. Chacun en arrivant vint autour de nous pour nous reconnaître. Personne n'en vint à bout. Un seigneur que je

1. *Chignon* : « le derrière du cou. Le chignon du cou » (*Dict. Acad.*, 1798).

connaissais parfaitement me prit plusieurs fois pour danser et s'attacha fort à moi. Il me suivait partout et examinait toutes mes démarches, mais il ne put jamais nous reconnaître. Mes yeux le charmaient, mais ma couleur le décontenançait, et il ne savait où il en était. À la fin il prit sur lui et me dit :

— Beau masque, qui que vous puissiez être, je le saurai, car je vous suivrai de si près et vous quitterai si peu que vous ne m'échapperez pas sans que je sache à qui appartiennent les yeux qui m'ont su charmer et que je connais si parfaitement que je suis certain qu'il n'y en a pas de plus beaux en Europe.

— Il serait à souhaiter pour moi, Monsieur, que ce que vous dites de mes yeux fût vrai, mais il est certain qu'ils vous sont entièrement inconnus, puisque je suis Africaine de nation et qu'il n'y a pas encore six heures que je suis arrivée à Paris chez Madame, qui m'a proposée de venir ici.

— Vous êtes, Madame, me répondit-il, bien la maîtresse de me dire tout ce que vous voudrez, mais vous ne me persuaderez jamais que je ne vous connais pas, sans cependant que je puisse vous dire qui vous êtes.

L'on vint me prendre pour danser ; il resta avec ma femme de chambre qui était, comme je l'ai dit, beaucoup plus magnifique que moi, et lui fit plusieurs questions sur mon compte auxquelles elle répondit conformément à ce qu'elle m'avait entendu lui dire, ce qui le mit dans une perplexité d'idées dont il a été bien longtemps sans être éclairci. Quand j'eus fini ma danse, je le pris, il dansa avec moi comme il avait fait précédemment, c'est-à-dire fort bien. Quand j'eus fini, je revins à ma place, il prit ma compagne. Pendant qu'il dansait, un autre jeune seigneur vint auprès de moi qui, quoiqu'il me connût parfaitement, me parla comme à une inconnue de l'amour qu'il disait avoir pour moi. Mon premier amant qui dansait, s'apercevant de l'attention avec laquelle ce dernier me parlait, finit sa danse le plus tôt qu'il put et vint pour reprendre sa place auprès de moi. Celui qui y était ne la voulut point céder, et cette dispute aurait eu sans doute des suites fâcheuses si je n'avais pas changé de place.

Mon premier amant se trouva à côté de moi, ma compagne était sur ma gauche, de sorte que le dernier était debout devant nous, où il était fort mal, car les allants et venants, sans respect pour sa qualité, tantôt le faisaient tourner à droite, tantôt à gauche, ce qui l'incommodait beaucoup et l'interrompait toujours dans ce qu'il me voulait dire. L'autre me parlait plus à son aise et avec beaucoup plus de retenue. Ce dernier, croyant que son or pourrait avancer les affaires auprès de moi, me dit :

— Je n'aurais pas de regret à mille louis pour passer le reste de la nuit auprès de vous, Madame.

Je lui dis :

— Monsieur, je ne sais pour qui vous me prenez, mais je sais bien que si j'avais envie de faire une pareille folie, ce ne serait point l'intérêt qui pourrait m'y engager.

— Que je serais heureux, Madame, si l'amour le plus violent et le plus respectueux pouvait vous y déterminer en ma faveur ! me dit doucement le premier.

— Il n'y a rien, lui répondis-je, qui ne puisse arriver, mais il faudrait nous débarrasser de cet importun.

La chose n'était point absolument facile, mais mon premier amant en vint à bout sans que le second pût soupçonner que nous avions envie de nous esquiver de lui. Il se leva et me demanda et à ma compagne si nous n'avions pas besoin de quelques rafraîchissements. Lui ayant répondu que non :

— Sur ce pied, Mesdames, permettez-moi que j'en aille prendre.

Il nous quitta et chercha la plus jolie catin qu'il trouva dans le bal et lui dit :

— Tiens, ma chère enfant, voilà un louis que je te donne, à condition que tu iras dans le moment prendre ce monsieur-là pour danser avec toi — en le lui montrant — et s'il ne le voulait pas, ne le quitte pas pour cela et lui dis : « Quand vous aurez dansé avec moi et que vous saurez qui je suis, la beauté de votre négresse ne vous retiendra pas longtemps. »

Cette leçon ainsi faite, il se tint à l'autre extrémité de la salle. Cette demoiselle vint très ajustée nous saluer et nous dit :

— Mesdames, il y a, je crois, assez longtemps que vous jouissez de la compagnie de Monsieur, permettez, je vous supplie, que je l'en détourne pour un moment pour faire le quatrième d'une contredanse[1]. Me refuserez-vous, Monsieur, ce plaisir ?

Cette fille réellement était aimable et si bien faite qu'il demeura interdit un moment et ne savait que lui répondre. Cette fille adroite profita de son embarras ; en lui prenant la main, elle lui dit :

— Monsieur, vous ne serez qu'un instant, et quand vous saurez qui je suis, je me flatte que vous ne regretterez pas votre complaisance.

Cela piqua sa vanité et sa curiosité, de façon qu'il nous quitta pour aller danser avec celle qui l'en était venue prier. Aussitôt qu'il fut en train de danser, mon premier amant nous rejoignit et nous dit :

— Mesdames, si vous voulez profiter du moment que M. de … est occupé pour vous en retourner chez vous, vous n'avez point de temps à perdre, car s'il a une fois quitté la danse et qu'il vous rejoigne, vous ne pourrez jamais vous en défaire.

Comme j'étais effectivement bien aise de l'éviter, je profitai de l'avis, et nous nous évadâmes tous les trois sans savoir ni ce qu'il fit, ni ce qu'il dit, quand il vint pour nous rejoindre et qu'il ne nous trouva point. Mon premier amant me demanda si respectueusement la permission de nous accompagner jusqu'où nous devions aller, que je ne trouvai aucun

1. *Contredanse* : « sorte de danse vive et légère qui s'exécute ordinairement à huit personnes » (*Dict. Acad.*, 1835).

inconvénient à le laisser monter dans notre fiacre. Il fut un peu surpris de nous voir dans cet équipage. Il nous offrit le sien qui était infiniment meilleur et nous fit toutes sortes d'instances pour nous engager à y monter, que je refusai obstinément et montai dans notre fiacre à qui ma compagne dit de nous mener où il nous avait pris. Comme il n'y avait que deux pas, nous y fûmes dans l'instant, nous descendîmes, mon amant nous suivit et ne fut pas peu surpris de nous voir traverser la boutique et l'arrière-boutique, et ensuite monter dans une chambre d'une marchande qu'il ne présumait pas que nous puissions connaître si particulièrement. Sa surprise augmenta quand il m'entendit dire à ma compagne :

— Je vous prie, Madame, de voir là-bas avec la maîtresse du logis ce que nous lui devons tant pour nos dominos que je veux garder que pour le reste. Payez-la et je vous en tiendrai un fidèle compte.

Elle descendit aussitôt, et lui profita de ce temps pour me déclarer son amour dans les termes les plus forts. Comme j'étais bien aise de savoir de quoi il était capable sans être connue de lui, je lui dis :

— Je suis si sensible, Monsieur, à toutes vos attentions, que je consentirais volontiers à tout ce que vous souhaitez de moi, si j'avais un endroit où je pusse vous voir, cela étant absolument impossible chez moi.

— Ah ! Madame, que dites-vous là ? Par la même raison vous ne voudrez pas venir chez moi.

— Non assurément, lui répondis-je.

— Si j'osais vous proposer de profiter du reste de la nuit pour aller coucher à Versailles dans la plus fameuse auberge, nous y serons bien reçus et nous pourrons faire en toute liberté et sûreté tout ce que nous voudrons.

Je lui dis que je le voulais bien, à condition que ma noirceur ne le dégoûterait pas, qu'il eût à se consulter sur cela, parce que je ne me sentais pas la force de résister au chagrin que me causerait son dédain, s'il venait à en avoir pour moi. Il me prit entre ses bras avec des transports étonnants, m'embrassa étroitement et me baisa même la gorge que j'avais très noire et ferme au-dessus de ce qu'on en peut dire. Je crois même qu'il aurait poussé les choses plus loin s'il n'avait entendu ma compagne qui remontait. D'abord que je la vis je lui dis :

— Madame, Monsieur veut nous mener à Versailles coucher. Demain nous verrons les appartements et nous reviendrons demain au soir ou après-demain, si cela vous convient.

— Madame, pour peu que cela vous fasse de plaisir, il n'y a rien que je ne fasse pour vous en procurer.

— Monsieur, puisque cela est ainsi et que Madame veut bien être de la partie, il s'agit de trouver une voiture tout à l'heure, afin que nous puissions arriver avant le jour.

— Madame, me dit-il, la voiture est toute prête, puisque j'ai dit à mon carrosse de m'attendre au cul-de-sac du Palais-Royal. Je ne suis qu'un instant à l'aller chercher.

Il sortit aussitôt et revint un moment après.

— Madame, dit-il en arrivant, votre carrosse est là-bas qui vous attend, et nous partirons quand vous voudrez.

Je pris congé de notre hôtesse qui nous avait bien reçues, dont elle s'était bien fait payer à la vérité, ce qui m'importait peu, et lui dis que je la verrais au premier jour de bal. Elle nous vit embarquer et entendit que le maître du cocher lui dit : « À Versailles, et surtout grand train. » Cela lui donna des soupçons sur notre conduite qui n'étaient pas absolument des plus mal fondés, mais dont nous nous embarrassions tous fort peu.

Nous arrivâmes à Versailles en fort peu de temps, nous descendîmes à la *Belle-Image* ; on nous donna une chambre à deux lits et une à un lit. La chambre à deux lits était destinée pour moi et ma compagne et celle à un lit pour le monsieur. On nous fit d'abord grand feu, je me chauffai avec plaisir, car il faisait froid. Le monsieur étant descendu à la cuisine pour nous faire apporter un morceau à manger, je dis à ma femme de chambre que je voulais éprouver de quoi le monsieur avec lequel nous étions était capable, que s'il était un bon ouvrier je me ferais connaître à lui, qu'au contraire s'il n'était que médiocre, quand il serait endormi je lui substituerais à ma place la négresse qui me servait, que j'instruirais de tout ce qui s'était passé et de tout ce qu'elle aurait à dire, et surtout de soutenir fortement que c'était elle qui était venue de Paris avec lui, qu'il l'avait baisée la nuit tant de fois, et qu'elle ne savait d'où pouvait provenir ce changement en lui.

— Je crois qu'il s'en retournera encore plus vite que nous ne sommes venus et qu'il ne se vantera pas de cette aventure. Quand nous aurons mangé un morceau, nous nous coucherons, mais je te prie d'être surveillante, car si dans la première heure de son travail je ne suis pas contente, tu iras sur-le-champ me chercher la négresse. Je lui laisserai toutes les hardes que j'ai ici, et nous nous en retournerons et lui laisserons essuyer seule la scène qu'il pourra lui faire, dont je ne crains cependant aucune suite fâcheuse pour elle, parce qu'il est certain qu'il ne voudra pas faire éclater cette affaire qui ne tournerait pas à son avantage.

Il revint, notre déjeuner le suivait de si près qu'en arrivant il me fit mettre à table et ma compagne. Je mangeai peu mais je bus raisonnablement et fis boire de même celui avec lequel je comptais faire assaut. Il en avait tant d'envie qu'il pressa le déjeuner le plus qu'il put. Comme je m'aperçus de son dessein, je le secondai si bien qu'en moins de rien nous sortîmes de table. Les servantes, ayant desservi, se retirèrent après avoir demandé s'il fallait allumer du feu dans la chambre de Monsieur ; je leur dis que oui et de nous laisser tranquilles, parce que nous voulions nous reposer au moins jusqu'à onze heures. Quand je jugeai qu'elles pouvaient être descendues, je dis à ma compagne de passer dans la chambre destinée pour le monsieur, ce qu'elle fit et nous laissa en liberté de faire ce que nous voulûmes. Je choisis le lit le plus obscur pour me mettre dedans.

J'avais pris soin auparavant d'éteindre les lumières. Mon amant y fut aussitôt que moi. Il me parut de belle apparence, il se mit en chantier d'assez bonne grâce, mais ses mouvements étaient lents et sans force. Je fis de mon mieux pour l'émouvoir ; mes peines n'eurent pour lui aucune vertu, il finit cette scène d'une façon à me faire penser que je ne devais pas sitôt m'attendre à une seconde. C'était pourtant sur cette seconde que je comptais d'assurer mon jugement sur la valeur du cavalier, qui crut, par toutes sortes de caresses, me dédommager du défaut d'ardeur que je lui avais trouvé, quoique cependant je ne lui en eusse rien dit. Comme je vis que ces caresses n'aboutissaient à rien, je lui dis en lui tournant le cul :

— Monsieur, laissez-moi dormir, j'en ai besoin et vous aussi. Peut-être que quand vous aurez pris du repos vous serez plus éveillé.

Il me demanda en grâce, avant de m'endormir, de lui accorder sa revanche. Moi qui, en pareil cas, n'ai jamais su rien refuser, je lui dis qu'il était le maître, pourvu qu'il ne fût pas longtemps. Effectivement, il me mit en main un instrument d'une belle venue, et je ne pouvais comprendre qu'il ne m'eût pas causé plus de plaisir, mais j'en connus la cause sur-le-champ. D'abord qu'il se fut mis en train, cet instrument superbe en apparence dépérit de moitié, et en un instant devint si petit que je ne le sentais presque point du tout. Il s'aperçut aussi bien que moi de sa faiblesse, et quelques efforts qu'il fît, il ne put finir ce qu'il avait commencé. J'avouerai que mon amour-propre souffrit beaucoup de cet affront, parce qu'il a été le seul que j'aie reçu jusqu'à présent. Quand il se fut retiré malgré lui, il voulut me faire ses excuses ; je lui dis seulement :

— Vous auriez mieux fait, monsieur, de me laisser dormir, mais vous ne m'y rattraperez pas !

Je lui tournai aussitôt le dos. Il en fit autant.

VIII

Quand je m'aperçus qu'il dormait véritablement, je courus dans la chambre de ma femme de chambre que je trouvai tout habillée sur son lit. Je l'envoyai sur-le-champ chercher ma négresse, je lui dis de l'amener sur-le-champ dans une chaise à porteurs et entortillée dans ses coiffes, de façon qu'elle ne pût être reconnue, je lui donnai toutes mes hardes que je la chargeai de lui faire mettre. Quand je l'eus instruite de tout ce que j'avais à lui dire, elle partit. Je lui recommandai surtout la diligence, qu'elle me promit. Je lui dis que je l'attendais dans sa chambre sans rentrer dans l'autre, dont je m'assurai de la porte après l'avoir fermée à double tour. Quand elle fut partie, je me mis dans le lit, presque enragée d'avoir été trompée par la belle apparence, et je cherchai dans mon esprit de quoi augmenter ma vengeance. Cependant, réflexion faite, je crus qu'il serait assez puni si ce que je préméditais s'exécutait comme je l'espérais. Ma femme de chambre fit une telle diligence qu'elle me surprit fort quand je la vis avec ma Mauresque. Je l'endoctrinai en sa présence, et lui fis plusieurs fois répéter ce qu'elle avait à dire et à faire. J'eus beaucoup de peine à la déterminer à s'aller coucher auprès de ce monsieur. Je la conduisis jusqu'à la ruelle de son lit. Il était positivement sur l'autre bord, elle se coula adroitement dans le lit, je restai quelque temps dans la chambre pour voir s'il ne s'éveillerait pas, et si aussitôt il n'aurait pas cherché à réparer l'affront que j'avais essuyé. Au bout d'une demi-heure, comme le froid me prit, je me retirai avec ma femme de chambre à qui je fis laisser la lettre, dont vous allez voir la copie ci-dessous, sur la table :

« Comme vous ne m'aviez pas dit, madame, que vous m'ameniez à Versailles pour y garder vos manteaux [1] et ceux de votre aventurier du bal, je crois que vous ne trouverez pas mauvais que j'aie pris le parti de m'en retourner à Paris, crainte de vous incommoder dans vos plaisirs. Quand vous en aurez pris votre suffisance, je compte que vous reviendrez me voir ; vous pouvez être sûre que je serai toujours charmée de vous revoir, et que je suis véritablement votre amie, mais pas assez pour manger mon pain à la fumée [2]. Divertissez-vous bien et revenez le plus tôt que vous pourrez. Je suis, etc. »

Cela fait, je me mis dans la chaise à porteurs et rentrai dans mon appartement par la porte d'où j'en étais sortie, sans être vue de qui que ce soit. Quand mon amoureux transi s'éveilla, il voulut effectivement réparer la faute qu'il avait faite avec moi. Celle qui était à ma place n'avait pas tout à fait la voix aussi douce que moi. Quand il voulut s'approcher d'elle, elle lui dit d'un ton assez brusque :

— Comment, monsieur, avez-vous déjà oublié l'affront que vous m'avez fait, il n'y a pas deux heures ? Pour moi je m'en souviens si bien que je ne m'exposerai de ma vie à en recevoir de pareils.

Ce reproche lui fut si sensible et était si naturel qu'il ne fit aucune attention à la différence qu'il y avait entre la voix de cette fille et la mienne, il redoubla ses instances et ses caresses, il l'assura que celle-ci aurait son plein effet, elle ne voulut point y entendre. Sa résistance augmenta son ardeur de façon qu'il se jeta à bas du lit, en fit le tour, se mit à genoux, et enfin lui demanda pour toute et dernière grâce d'essayer s'il la tromperait encore. Suivant mon ordre, elle y consentit, il s'acquitta, suivant ce qu'elle m'en a dit, moins mal avec elle qu'il n'avait fait avec

1. *Garder les manteaux* : « faire le guet, ou demeurer à ne rien faire, pendant que ceux avec qui l'on est venu se divertissent, ou commettent quelque délit » (*Dict. Acad.*, 1835).
2. *Manger son pain à la fumée du rôt* : « être témoin d'un divertissement, auquel on ne peut prendre part » (*ibid.*, 1694).

moi, de son devoir, sans cependant rien faire d'extraordinaire. Quand il eut achevé, elle lui dit :

— Monsieur, je crois qu'il est tard. Si vous jugiez à propos d'ouvrir une croisée nous nous lèverions.

Ayant fait ce qu'elle désirait, il revint pour se mettre auprès d'elle, mais en tirant le rideau il fut si surpris de voir la personne avec laquelle il venait de passer la nuit qui, quoique noire, lui avait paru si jolie la veille et qu'il trouvait dans ce moment si différente, qu'il n'eut plus d'envie de se coucher auprès d'elle. Elle s'en aperçut sur-le-champ, elle lui fit des instances à son tour, auxquelles il ne répondit pas un seul mot ; ce que voyant elle lui dit :

— Je vous ai pronostiqué, monsieur, ce qui vous arrive et je devais bien m'y attendre que, quand vous me verriez au jour, vous seriez dégoûté de moi.

Il lui répondit :

— Madame, vous vous trompez dans vos conjectures : vous n'avez rien de dégoûtant, mais je vous avouerai que vous me paraissez aujourd'hui si différente en tout point de ce que vous me parûtes hier, que si je vous avais quittée un seul moment de vue, je croirais que vous êtes une autre personne.

— Votre idée, monsieur, vous trompe, je suis aujourd'hui ce que j'étais hier. Mais votre procédé me fait bien voir le peu de fonds que l'on doit faire sur les protestations des hommes. Il n'y a pas une demi-heure que vous étiez à mes genoux, à présent il vous tarde que vous ne soyez à Paris. Faites-moi l'amitié de passer dans la chambre de ma compagne, et sans lui rien dire de mon malheur, la prier de venir ici.

Ce monsieur ayant passé dans cette chambre qu'il trouva entrouverte, n'y ayant trouvé personne, jeta les yeux sur une table où il vit la lettre avec cette suscription : *À Madame l'Africaine*, il la rapporta à celle à qui elle s'adressait, qui y lut le contenu ci-dessus. Elle en parut fort affligée et dit au monsieur :

— Vous voyez, monsieur, à quoi je me suis exposée pour l'amour de vous, et les reproches que m'en fait la meilleure amie que j'aie. Votre inconstance ne vous permet pas seulement de me consoler, mais je ne survivrai pas à un pareil malheur et je vais me plonger votre épée dans le cœur, que vous m'avez su ravir, puisque aujourd'hui vous en faites si peu de cas.

Elle se saisit de son épée. Lui, qui craignait les suites de ses emportements, s'en saisit aussi et tâcha à la radoucir, crainte que cette aventure n'éclatât. Comme tout ceci n'était que simulé de sa part, elle revint aisément aux premières caresses qu'il lui fit et parut peu à peu se consoler. Ils dînèrent ensemble, et après le dîner il lui demanda poliment si elle était d'humeur à s'en revenir à Paris avec lui.

— Je n'y consentirai point de bon cœur, lui dit-elle, monsieur, si vous ne me prouvez par une nouvelle caresse que je suis pour vous la même que j'étais hier.

— Je conviendrai avec vous, madame, lui repartit-il, de tout ce que vous voudrez, mais je ne puis vous cacher que j'ai fait pour cette nuit l'impossible, quoique je n'aie pas fait grand-chose.

— Cela est vrai, monsieur.

— J'en conviens, madame, mais étant incommodé depuis quelques jours…

Sans lui donner le temps d'achever sa mauvaise excuse, elle lui dit :

— Sur ce pied-là, monsieur, il est à propos que vous vous en retourniez seul. Je trouverai aisément une voiture qui me mènera directement chez moi sans vous déranger. Vous vous reposerez, et moi j'aurai le temps de me repentir de ma faiblesse.

Il ne se le fit pas dire deux fois, il paya la dépense, prit congé d'elle et partit, bien résolu de ne pas la revoir sitôt.

L'on doit juger des réflexions qu'il fit en chemin et depuis, son étonnement augmentait à mesure qu'il en faisait, et il ne pouvait convenir avec lui-même que la personne qu'il avait vue au bal, de là chez la marchande, qu'il avait ensuite amenée à Versailles, avec laquelle il avait soupé et couché sans la quitter de vue, fût la même qu'il avait trouvée le matin couchée avec lui et qu'il avait même encore baisée en s'éveillant. Pour s'éclaircir, il fut chez la marchande où il nous avait conduites, il lui demanda d'abord si nous n'étions point venues la voir.

— Non, lui répondit cette femme, et je ne les attends point que le jour du bal qui est demain.

— C'est donc vous, Madame, lui dit-il, qui leur fournissez des dominos.

— Le jour que vous êtes venu ici, Monsieur, lui dit cette marchande, est le premier que je les aie vues ; elles m'ont acheté deux dominos qu'elles m'ont bien payés ; elles m'ont demandé un endroit pour se reposer. Pendant que j'en ai fait faire un, je les ai mises dans ma chambre où elles ont été fort tranquilles : voilà tout ce que je puis vous en dire, et que celle qui était déguisée en Mauresque est une des plus belles femmes de Paris.

— Vous y avez donc, lui dit-il, Madame, été trompée comme moi : c'est une des figures les plus ingrates que je connaisse.

— Qu'appelez-vous, Monsieur, j'y ai été trompée comme vous ? Monsieur, je vous assure que c'est un miracle de beauté et d'amour, et qu'apparemment nous ne nous entendons pas bien : j'entends parler de la noire.

— Et moi aussi, c'est l'Africaine, dit le monsieur.

— Monsieur, repartit la marchande, elle est africaine comme vous êtes musulman : elle est française et plus blanche que la neige.

— Vous avez raison, Madame, je vois bien que nous ne nous entendons pas ; je n'ai jamais entendu parler de la blanche, je sais bien qu'elle est d'un blanc éblouissant, mais c'est sa compagne que je croyais jolie.

— Monsieur, vous ne vous êtes pas trompé : elle est d'une rare beauté, et presque aussi blanche que sa compagne.

— Oh ! pour ce fait, je le nie. Des pieds à la tête elle est plus noire qu'une taupe.

— Monsieur, écoutez-moi, je vous parle vrai : elle est noire parce qu'elle s'est ainsi noircie, mais naturellement elle est blanche comme de la neige.

— L'un de nous deux, Madame, se trompe bien lourdement.

— Ce qu'il y a de sûr, c'est que ce ne peut être moi, puisque je l'ai visitée de la tête aux pieds, Monsieur.

— Je le crois, moi, sans avoir fait un examen si exact de sa personne, je ne puis prendre le blanc pour le noir et je suis sûr de mon fait.

— Je sais à quoi m'en tenir, aussi, je vous prie, n'en parlons plus.

— Madame, je le veux bien, lui dit ce monsieur, mais me refuserez-vous un plaisir ? c'est de me faire avertir demain au cas qu'elles viennent ici. Je serai au bal de l'Opéra, l'on n'a qu'à me demander tout haut par mon nom, parce que j'ôte mon masque d'abord que je suis entré. Voici six louis que je vous donne d'avance, et je vous en donnerai six autres aussitôt que je serai averti.

— Monsieur, ce n'est pas la peine, reprenez ces six louis, vous donnerez ce que vous voudrez quand on aura fait ce que vous souhaitez.

— Madame, lui dit-il, je ne vous les ai pas donnés pour les reprendre, je vous prie de les garder comme une preuve de l'envie que j'ai de faire connaissance avec vous et d'être de vos amis.

— Monsieur, vous me faites bien de l'honneur, mais ne croyez pas que ce que je ferai pour vous dans cette occasion soit par intérêt : c'est pour ma propre satisfaction et pour vous prouver plus clair que le jour que vous avez été la dupe de votre crédulité et que cette dame est plus blanche que votre manchette.

— Je le souhaite, dit-il, mais je n'en crois rien. Je compte sur vos bons offices ; eux seuls peuvent m'éclaircir et me rendre la tranquillité d'esprit que j'ai perdue depuis ce jour.

— Monsieur, il faut prendre patience, le terme d'ici à demain est court, comptez que je serai exacte à tenir la parole que j'ai l'honneur de vous donner.

— Et moi aussi, je vous assure.

Il la quitta après cela et s'en alla sans doute rêver à tout ce que lui avait dit cette marchande. Laissons-le rêver et parlons à présent de ce qui se passa chez moi. Ma Mauresque me rendit compte mot pour mot de ce qui s'était passé. Comme j'étais fatiguée, je ne vis personne de ce jour-là. Le lendemain, je me mis à ma toilette de meilleure heure qu'à l'ordinaire. Comme je n'y manquais jamais de monde, j'en eus moins ce jour-là parce que l'heure en fut avancée. Mon jeune amoureux du bal ayant passé par hasard devant mes fenêtres, les voyant ouvertes, il entra chez moi. Après les compliments ordinaires, je lui demandai des nouvelles de Paris, il me dit qu'il n'en savait aucune.

— Et du bal, lui dis-je, y avez-vous été ?

— Oui, Mademoiselle, j'y ai été, dont je suis bien fâché.

— Et pourquoi donc ? lui dis-je, vous est-il arrivé quelque accident ?

— Non, me repartit-il, mais j'ai perdu ce que je crois ne jamais retrouver.

— Qu'est-ce que c'est donc ?

— C'est, Mademoiselle, une des plus jolies personnes que j'aie vues de ma vie, avec laquelle j'avais lié conversation et que je comptais ramener chez elle.

— Est-ce cette négresse, lui dis-je, à qui vous avez tant fait les doux yeux ?

— Oui, Mademoiselle, c'est elle-même, et je vous avouerai qu'à la couleur près elle m'a paru les traits aussi réguliers que les vôtres et les yeux pleins du même feu.

— Vous me faites bien de l'honneur, Monsieur, de me comparer à votre Mauresque.

— Mademoiselle, je sais bien la différence qu'il y a entre vous et elle, et je vous demande pardon si j'ai osé comparer ses agréments aux vôtres, dont je connais bien la supériorité sur tous les ouvrages de la nature, mais c'était pour vous faire comprendre qu'elle est une belle créature.

— Quoi ! est-il possible, Monsieur, que vous auriez le courage d'avoir affaire à une pareille créature ?

— Mademoiselle, je ne serais pas le premier et je suis persuadé qu'elle ne s'est pas couchée cette nuit-là sans étrenner, car M. D… la suivait de fort près, et je ne sais même point si ce n'est pas lui qui l'a détournée pendant que j'ai été danser deux danses.

— J'ai effectivement ouï dire qu'il était avec une Mauresque et une autre dame avec qui il était venu passer la journée à Versailles, mais qu'au grand jour, ayant vu cette Mauresque, il l'avait laissée dans l'auberge et s'en était retourné comme un fol à Paris, où il n'est pas à se repentir des complaisances qu'il a eues pour elle. Mme D…, qui était sa compagne, n'ayant personne pour se désennuyer, était revenue à Paris avant lui et a conté cette aventure d'une façon qui ne fait point honneur à M. D… L'on saura sans doute par la suite les particularités plus au juste. Elle en a cependant dit une qui vous regarde, dont vous pouvez vérifier la vérité sur-le-champ.

— Mademoiselle, si elle est vrai, j'en conviendrai de bonne foi.

— C'est, lui dis-je, d'avoir offert mille louis à cette négresse pour passer le reste de la nuit avec elle.

— Elle n'a rien ajouté à la vérité, et si je la retrouvais, je ne dis point que je ne fusse encore assez fou pour les lui donner, car je ne puis m'empêcher de dire qu'après vous, Mademoiselle, malgré sa noirceur, c'est la plus jolie personne du monde.

— Allez, je vous prie, dire cela à M. D… et vous achèverez de lui faire perdre l'esprit.

— Il n'est point ici, Mademoiselle, mais si je le vois ce soir à la Comédie, il est sûr que je ne le manquerai pas, non plus que de me trouver au premier bal.

— On dit, Monsieur, qu'il y arrive des aventures bien extraordinaires.

— C'est, Mademoiselle, parce qu'il y en a une quantité infinie de ces filles entretenues et de moyenne vertu ou abandonnées. La plupart de ces filles n'ayant rien à ménager se livrent à toutes les propositions qu'on peut leur faire : et voilà ce qui donne lieu à bien des désordres et à la perte d'une grande partie de la jeunesse de Paris, qui croyant trouver souvent une bonne fortune, tombe entre les mains d'une femme ou d'une fille abandonnée à tout un public depuis quelquefois plus de vingt ans. Cet abus est considérable et intéresse également les deux sexes. Cependant, on n'a pas encore trouvé le moyen d'y remédier.

— Cela est, Monsieur, bien épouvantable que d'honnêtes femmes soient confondues ainsi avec toutes ces créatures [1].

— Il y en a, Madame, qui n'y vont point dans d'autres vues et qui, quoique très honnêtes et réservées, seraient fâchées de ne point passer pour catins. C'est pour cela qu'elles affectent de se coiffer comme elles et de se chausser de même.

— Mais en cela quel plaisir trouvent-elles ?

— Elles ont la satisfaction, Madame, de s'entendre dire souvent les sottises les plus grossières et les sottises les plus atroces dont la nouveauté les réjouit, et elles les aiment tant qu'elles y sont plus attentives qu'au sermon.

— Je ne sais, lui dis-je, quel plaisir d'honnêtes femmes peuvent trouver à cela ; elles s'exposent même à essuyer d'autres sottises.

— Comment, Mademoiselle, vous avez grande raison de le penser ainsi, les attouchements les plus libres sont les moindres. Eh bien, j'en ai vu, Mademoiselle, en rire là comme une folle ; et si l'on leur avait touché chez elles seulement le bout du doigt à pleine main, quelque innocente que soit en elle-même cette action, elle aurait suffi pour vous faire défendre leur maison.

— Cela est surprenant. Laissons là ces esprits extraordinaires, et me faites le plaisir, si vous allez à Paris, de vous informer à fond de l'histoire

1. Le bal de l'Opéra attirait des femmes des milieux les plus divers : duchesses et marquises y côtoyaient bourgeoises, ouvrières et filles galantes. Le masque leur assurant l'incognito, elles se trouvaient toutes sur le pied d'égalité dans la course aux plaisirs. Quant aux hommes, ils ne venaient là que pour l'aventure : ils papillonnaient de l'une à l'autre, glissaient des mots doux à chacune, jusqu'à ce qu'une belle inconnue leur tombât dans les bras.

de M. D... et de sa négresse, pour savoir si ce qui s'est passé sur son compte est vrai.

— Mademoiselle, me dit-il, vous pourrez compter que je la saurai à fond et que je vous en rendrai un fidèle compte.

IX

Il s'en alla. Ensuite, je résolus d'aller encore au bal qui devait être le lendemain, mais en prenant encore plus de précautions que je n'avais fait la première fois, pour n'être point reconnue. Je résolus d'emmener avec moi ma négresse et de la faire paraître au bal avec ma femme de chambre avec les mêmes dominos que nous avions, et que moi je serais déguisée en garçon modestement, qui ne pourrait attirer la curiosité de personne, que d'ailleurs j'aurais un très grand masque qui me couvrirait tout le visage, que je ne le quitterais point, qu'indépendamment de ce masque j'aurais un autre nez sur le mien et au-dessus de ce masque, qui me changerait totalement la physionomie. Cela ainsi arrangé dans ma tête, j'avais une impatience infinie de l'exécuter, mais il en fallut attendre le temps. Quand il fut arrivé, ma femme de chambre alla prendre un carrosse à quatre places qu'elle paya en disant que son monde l'attendait aux Petites-Écuries. Effectivement nous étions au haut de la Rampe dans deux chaises à porteurs. Nous montâmes dans le carrosse dès qu'il fut arrivé. Je fis réflexion en chemin qu'il ne fallait point que je parusse dans la rue Saint-Honoré chez la marchande qui m'avait vendu mes dominos. Ce qui fit que ma femme de chambre dit au cocher de nous mener au carrefour de Buci, faubourg Saint-Germain. Quand nous y fûmes, ma femme de chambre et moi descendîmes et entrâmes chez le premier loueur d'habits ; nous fûmes assez heureuses pour n'y trouver personne. La maîtresse nous fit passer dans son arrière-boutique où je lui dis mon intention. Elle me dit sur-le-champ :

— Madame, si vous ne voulez pas y plaindre l'argent[1], j'ai un habit d'avocat qu'un jeune seigneur étranger avait fait faire pour cet usage, mais la petite vérole l'ayant attaqué en trois jours, il en est mort sans s'être servi de l'habit que son valet de chambre m'a vendu quelques jours après. Tout ce que je puis assurer à ces dames, c'est qu'il n'a jamais été porté par personne.

Je demandai à le voir, je le trouvai effectivement tout neuf et très propre, je demandai une chambre pour l'essayer. Il m'allait si bien que quand il aurait été fait pour moi il n'aurait pu être mieux, et peut-être

1. « Ne point *plaindre l'argent*, la dépense : aimer à dépenser, dépenser volontiers » (*Dict. Acad.*, 1835).

n'aurait-il pas été si bien. Je demandai un chapeau ; on m'en présenta plusieurs, mais je ne les trouvai pas assez propres, de façon que je fus obligée d'en acheter un chez le chapelier qui était auprès. Quand nous fûmes convenus du prix, je payai et nous nous en allâmes monter dans le carrosse, dont le cocher me fit souvenir qu'il était du bureau et qu'il ne pouvait me mener davantage. Cet avis nous fut salutaire ; je lui donnai un écu et le renvoyai, car sans cela j'aurais été descendre avec ma femme de chambre et la négresse tout droit chez la marchande de la rue Saint-Honoré, qui aurait su par là que nous venions de Versailles. Mais comme il n'était pas encore, à beaucoup près, la belle heure d'entrer au bal, je demandai à ma négresse et à ma femme de chambre si elles ne savaient pas un endroit où nous pussions brûler un fagot. Ma femme de chambre me dit qu'elle avait son frère où nous serions bien reçues.

— Je le crois, lui dis-je, mais vous ne faites pas réflexion qu'il est le peintre de ma mère.

— Pardonnez-moi, Mademoiselle, je l'ai faite, mais cet habillement vous change si extraordinairement que je suis certaine qu'il ne saurait vous reconnaître.

Elle me persuada si bien par ses raisons qu'à la fin elle me détermina à faire ce qu'elle souhaitait. Je lui recommandai de faire les choses au mieux, afin qu'au moins il se sentît de ma visite puisqu'il n'était pas naturel qu'en passant pour ses amies nous payassions chez son frère.

Nous arrivâmes à la bonne heure, car il s'allait coucher. Il nous fit en faveur de sa sœur un fort bon accueil et un grand feu. Ma fille de chambre ayant été parler à la cuisinière, un moment après il arriva une langue fourrée, du boudin blanc et noir, des saucisses, sur un couvert très propre et un linge extrêmement blanc. Je mangeai avec appétit et bus de même. Le maître de la maison ne voulut goûter de rien, ni sa femme non plus, étant tous les deux d'une complexion fort délicate. Quand nous eûmes suffisamment mangé de langue, de boudin blanc, etc., ma femme de chambre desservit et fit apporter quatre tourtes différentes et un grand plat de blanc-manger dont je mangeai beaucoup parce que je le trouvais excellent. Enfin, minuit ayant sonné durant cet exercice, cela nous avertit que nous avions à faire ailleurs. Pourquoi je me levai sur-le-champ, remerciai mon hôte et sa femme de leur bonne réception, et nous partîmes dans deux carrosses séparés, c'est-à-dire mon carrosse m'emmena tout droit à l'Opéra, et ma femme de chambre et sa camarade furent descendre chez la marchande qui ne fut pas peu surprise de voir entrer la négresse avec la même liberté que j'avais fait chez elle, et lui demander si devant que d'aller au bal elle ne pourrait point avoir quelques biscuits et une bouteille de vin muscat.

— Pardonnez-moi, Madame, l'on va vous en apporter d'abord.

— Ne pouvons-nous pas monter là-haut ? continua-t-elle, j'ai un petit besoin dont je serais charmée de me débarrasser.

— Madame, vous êtes la maîtresse, je m'en vais vous éclairer.

Cette marchande étant montée, la négresse prit le pot de chambre et en faisant ce qu'elle avait besoin lui dit :

— Vous avez là un fort bon lit. S'il n'était pas si tard je dormirais encore dessus volontiers une couple d'heures, mais ce sera peut-être pour notre retour.

— Madame, vous serez toujours la maîtresse.

Tout ce qu'elle dit à cette marchande lui paraissait si naturel qu'elle ne savait que s'imaginer sur la différence qu'elle remarquait dans son visage, quoiqu'il n'y eût pas huit jours qu'elle l'eût vue. Cette marchande était fort embarrassée d'entamer cet éclaircissement, mais enfin ne pouvant résister aux mouvements de sa curiosité, elle lui dit tout d'un coup :

— Madame, ce n'est point un compliment à vous faire, mais depuis que je n'ai eu l'honneur de vous voir, vous me paraissez extrêmement changée et les traits bien grossis.

— C'est, Madame, lui répondit la négresse, parce que vous m'avez vue sous un visage qui m'avait été fait exprès par un des plus habiles peintres du monde, et quand vous m'avez offert de l'eau pour me noircir je ne m'en suis servie que pour délayer la peinture que j'avais sur le visage il y a plus de trois mois, persuadée que mes amis les plus particuliers ne me reconnaîtraient jamais sur mon visage naturel. Votre eau a fait sur la peinture de mon visage ce qu'elle aurait fait sans doute sur la peau d'une blanche, et je n'avais que les traits plus fins, plus délicats et plus réguliers. Le soir, quand je me suis couchée, je me suis lavée d'abord avec l'eau que vous m'avez donnée et ensuite avec une essence que mon peintre m'a donnée, de façon que le lendemain l'effet de votre eau et de la peinture s'est trouvé évanoui, de façon que je me suis vue comme je suis née, véritable Africaine. J'ai changé de quartier. Madame est la seule, et vous, qui sache au vrai mon histoire. Comme je faisais quelque dépense surtout pour la table, bien des gens me cherchent, mais ils ne me reconnaissent point, parce qu'avec le secours de mon peintre ils m'ont toujours vue blanche quoique je sois véritablement noire.

— Ah ! Madame, j'aurais parié ma tête que vous étiez blanche comme un lys.

— Je le crois bien, d'autres que vous y ont été trompés. Je vous prie même de ne détromper sur cela personne, si par hasard quelqu'un venait à parler de moi dans votre boutique. Buvons un coup et mangeons un biscuit, après cela nous irons au bal.

— À propos de bal, Madame, qu'avez-vous fait de ce Monsieur qui vous en a ramenée ici ?

— Je n'en ai rien fait. Pourquoi me demandez-vous cela ? C'est un viédase[1] dont je ne veux rien faire et que je ne veux voir de ma vie.

1. *Viédase* : «terme injurieux, qui dans son origine signifiait *visage d'âne*. Il est

— Vous aurez, Madame, beaucoup de peine à l'éviter, car je sais qu'il vous attend au bal pour savoir absolument qui vous êtes.

— J'y vais de ce pas, mais je ne crois pas qu'il ose me parler.

Après ce discours, elle paya sa dépense, prit un des plus beaux masques qu'elle put trouver, ma femme de chambre un autre, et elles vinrent au bal.

Je m'étais mis en place pour les voir entrer. Personne jusqu'alors ne m'avait dit un seul mot. J'avais vu passer mon amoureux de belle apparence et de peu de valeur, aller et venir plusieurs fois, aussi bien que celui qui m'avait promis de me donner des nouvelles de son aventure avec la négresse. Comme il était important que je ne fusse point reconnue, je ne parlai à qui que ce soit.

Quand la négresse entra, comme elle avait le même domino que la première fois, elle fut reconnue aussi bien que sa compagne. Il s'assembla d'abord beaucoup de monde autour d'elles, j'y fus comme les autres pour entendre ce qu'on leur dirait.

— Ma foi, elle n'est pas si jolie qu'on l'a dit, disait l'un.

L'autre ajoutait :

— À moins qu'elle n'ait des agréments cachés et qu'on ne voit point, elle n'a rien que de fort commun.

— Elle est bien faite, ajoutait un autre, et paraît avoir la gorge dure.

— Et la main sèche, repartit-elle, en y gesticulant.

Cette façon diminua beaucoup sa cour, de façon qu'il ne resta auprès d'elle que celui qui avait couché, celui qui lui avait offert les mille louis et un autre masque que je ne connaissais point du tout. Comme ces messieurs ne lui disaient mot et se contentaient de la regarder, elle rompit le silence en prenant la main de celui des mille louis et lui dit :

— Monsieur, je suis venue ici pour danser, je suis bien aise que le hasard me procure l'occasion de commencer avec vous, car vous me paraissez un cavalier accompli.

Il répondit à cette politesse avec beaucoup d'esprit et dit au masque inconnu de prendre la main de la compagne de la dame qu'il tenait. Comme il s'en excusa sur ce qu'il n'était au spectacle que pour le voir et non pour danser, je m'offris pour faire le quatrième, je fus admise, nous dansâmes tous les quatre ; personne ne me reconnut. Nous laissâmes aux dames la liberté de choisir des cavaliers ; elles en prirent au hasard et tombèrent entre les mains de deux messieurs très polis. Pendant qu'elles dansaient, celui qui avait dansé avec moi me demanda mon avis sur la négresse. Je lui dis qu'elle me paraissait fort aimable, mais que, comme je ne l'avais vue que cette seule fois, je ne pouvais donner sur cela un jugement solide.

grossier » (*Dict. Acad.*, 1798). En réalité, ce mot vient du provençal *viet* (vit) et d'*aze* (âne), soit « vit d'âne », et signifie : sot, nigaud, imbécile, bon à rien.

— Seriez-vous, me dit-il, fâchée de souper avec elle ?

— Non assurément, mais monsieur, lui dis-je, vous n'y pensez pas, et ne songez assurément qu'il est plus de deux heures après minuit.

— Vous avez raison et moi aussi. J'ai voulu dire si vous voudriez manger un chapon au riz avec la prétintaille[1] à la sortie du bal.

— Monsieur, je ferai tout ce qu'il vous plaira, mais je vous avouerai ingénument que je n'ai qu'un louis à dépenser.

— Monsieur, vous vous moquez de moi. Quand je vous prie, ce n'est pas pour vous battre. Je vous défraierai aussi bien que ces dames. Aussitôt qu'elles auront fini leur danse, je vais leur en faire la proposition. Mais j'ai une grâce à vous demander, c'est de ne les point quitter de vue un seul moment au cas qu'elles acceptent la partie, car au dernier bal elles se sont évanouies pendant que je dansais, et je n'ai jamais pu les rejoindre.

— Si elles consentent, Monsieur, à cela, je vous réponds corps pour corps qu'elles ne vous échapperont pas.

— Les voici qui viennent, me dit-il, je m'en vais au-devant d'elles.

Les deux messieurs avec qui elles avaient dansé les accompagnaient. Quand ils les eurent remises à leur place, ils s'en retournèrent joindre leur compagnie et il resta seul avec elles. La négresse, qui s'aperçut qu'il avait envie de lui dire quelque chose et qu'il ne savait par où s'y prendre :

— Eh bien, Monsieur, est-ce aujourd'hui que nous conclurons notre marché des mille louis ?

— Il n'y a rien, lui répondit-il, Madame, qui ne se puisse faire, mais j'ai auparavant une grâce à vous demander, c'est de vouloir bien accepter avec Madame votre compagne un chapon au riz à la sortie du bal, et je donnerai un de mes amis à Madame pour lui tenir compagnie, dont sûrement elle sera contente.

Ma femme de chambre demanda d'abord qui c'était.

— Ce Monsieur, lui dit-il en me montrant, c'est ce jeune monsieur qui a déjà eu l'honneur de danser avec vous.

— Oh, pour celui-là, lui dit-elle, je l'accepte volontiers, il me paraît trop sage pour en pouvoir rien craindre.

La négresse y consentit et lui dit :

— Monsieur, examinez-moi bien : demain au jour vous ne me trouverez peut-être pas si jolie qu'aujourd'hui et vous ferez la mine.

— Non, Madame, vous ne recevrez de moi que des politesses, et quand je ne serais pas aussi content que je compte l'être, je sais trop le respect qu'on doit aux dames pour leur jamais laisser entrevoir le moindre mécontentement.

Le monsieur qui avait couché avec la négresse était déguisé de façon à

1. *Prétintaille* : à l'origine signifiait « falbalas », « harnachement ». Désigne ironiquement ici la femme mauresque dans ses voyants atours.

ne pouvoir être reconnu et assis près d'elle pour entendre cette conversation à laquelle il voulut se joindre en disant ce qui suit :

— On peut dire, Monsieur, que vous avez là des sentiments d'un gentilhomme des plus polis, mais il arrive des cas si extraordinaires qu'ils forcent quelquefois la nature à se démentir elle-même. Et quoique je sois persuadé que vous pensez ce que vous dites à présent, je ne répondrais pas que demain vous eussiez les mêmes sentiments.

La négresse reconnut au son de la voix son acteur.

— Quand on est sujet au changement, on en soupçonne tout le monde capable, et la bizarrerie de l'esprit détermine ordinairement celle du goût. Je voudrais bien savoir par exemple de quel droit vous vous mêlez à notre conversation.

— Madame, le monsieur qui vous parle est mon ami.

— Je n'en sais rien, mais si cela est et qu'il pense comme vous, il ne sera jamais des miens. Voyez, monsieur, comme je suis naturelle ; je dis tout ce que je pense.

— Vous avez raison, madame, j'adore cette franchise, elle met les uns et les autres à l'abri des supercheries et des fourberies qui ne sont que trop communes à présent parmi le beau sexe.

— Monsieur, ménagez un peu le beau sexe, dit la négresse. Quoique je n'en sois pas du nombre, je n'aime point à entendre médire de mon prochain. Qu'on dise de moi tout ce qu'on voudra en ma présence, on ne saurait m'offenser parce que je sais à quoi m'en tenir, mais qu'on parle mal d'une de mes amies absentes ou d'une personne qui me soit même indifférente, cela fait sur moi un effet tout différent, et je méprise plus un calomniateur ou un médisant qu'un voleur.

Comme la négresse finissait ce discours, les deux messieurs qu'elle avait été prendre avec sa compagne pour danser ayant été pris par d'autres dames vinrent les prendre à leur tour. Je compris bien que le nôtre viendrait bientôt. Effectivement, d'abord qu'elles eurent fini avec ces messieurs, la négresse prit son amant et ma femme de chambre vint me prendre. Nous dansâmes plusieurs danses de suite parce qu'il vint sur les quatre heures du matin beaucoup de masques, entre autres mon cousin et Vautencourt qui étaient déguisés en poissardes. Je dansai avec tous les deux sans en être reconnue, ni mes femmes non plus. Quand ils eurent dansé quelques danses, ils se mirent à courir le spectacle. Pendant ce temps, l'amoureux de la négresse, qui eut peur qu'on ne lui enlevât sa proie, vint me dire :

— Mon ami, si vous m'en croyez, il y a longtemps que nous sommes ici, nous en sortirons pour aller manger notre chapon au riz.

Quoique j'eusse été bien aise de rester encore un moment pour parler à Vautencourt et à mon cousin, je lui dis que j'étais prête à le suivre, mais que nous attendrions longtemps après le chapon au riz.

— Point du tout, me dit-il, car il y a plus de deux heures que j'ai envoyé mon laquais à l'hôtel d'Entragues, rue de Tournon[1], porter mes ordres et faire tout préparer.

C'était justement ce que je voulais savoir. Pendant qu'il alla faire son compliment à ces dames, je courus le spectacle et trouvai heureusement Vautencourt qui avait perdu mon cousin, à qui je dis, en le nommant par son nom :

— Je vous prie, de la part d'une aimable dame, de vous trouver avec M. D…, votre compagnon de bal, sur les sept à huit heures du matin, à l'hôtel d'Entragues, rue de Tournon. Vous n'aurez qu'à demander l'un et l'autre deux dames qui mangent un chapon. Cette dame m'a recommandé de vous dire, monsieur, de venir l'un après l'autre si cela se pouvait.

Vautencourt me fit des questions infinies auxquelles je répondais toujours que je ne savais pas, ce qui fit qu'il me quitta. Je revins à ma place où je trouvai l'amoureux de la négresse qui me cherchait et qui me dit aussitôt qu'il m'eût joint :

— Ces dames sont prêtes. Ainsi, allons-nous-en, et partons vite, je vous prie.

Je lui dis que j'étais prêt à le suivre. Nous allâmes prendre ces dames et nous sortîmes tout de suite. Son carrosse se trouva à point nommé à notre arrivée à la barrière, nous nous en allâmes tout droit à l'hôtel d'Entragues où l'appartement qui nous était destiné était déjà illuminé et chauffé par le feu qu'on y avait fait faire. Aussitôt que nous fûmes entrés, on nous servit un excellent et copieux potage au riz, avec toutes sortes de boudins, saucisses, etc., ensuite un salmis de bécasses et plusieurs autres ragoûts dont je ne me souviens pas à présent, mais dont cependant je mangeai beaucoup, pendant que l'amoureux de la négresse lui contait ses raisons.

Sur les sept heures, un garçon vint me tirer par la manche et me dire tout bas :

— Monsieur, il y a là-bas un monsieur qui voudrait bien vous dire un mot.

Je me levai après en avoir demandé la permission à ces dames, comme si j'en avais eu besoin. Je comptais trouver Vautencourt ou mon cousin. Je fus extrêmement surprise quand je vis celui qui nous avait menées à Versailles, il y avait huit jours, qui me dit :

— Monsieur, j'ai une grâce à vous demander : c'est de savoir si vous êtes ici avec ces dames pour bien du temps, parce que j'aurais un mot à dire à l'Africaine.

Je lui répondis, m'étant un peu remise de ma surprise :

— Je suis fort étonné, Monsieur, que vous vous adressiez par préfé-

1. Situé à l'actuel nº 12 de la rue de Tournon, cet hôtel appartenait en 1735 à la famille Balzac d'Entragues.

rence à moi pour me faire cette question. Vous ne pouviez assurément plus mal tomber pour être instruit de ce que vous voulez savoir, puisque je ne suis ici que par occasion, que je ne connais que très légèrement le monsieur qui m'a engagé à y venir, et que je ne connais point du tout ces dames. Jugez de là, monsieur, ce que je puis savoir du dénouement de cette partie.

— Monsieur, me dit-il, sur ce pied je vous croyais au moins ami particulier du monsieur avec qui vous êtes ; je vous demande pardon de vous avoir ainsi détourné.

Je lui dis que j'étais mortifié de ne pouvoir lui rendre aucun service dans cette occasion, il me remercia et se retira.

Je remontai joindre la compagnie qui me demanda ce que c'était ; je lui dis que c'était ce monsieur qui s'était voulu mêler à notre conversation, qui voulait savoir si nous étions ici pour du temps. La négresse me dit :

— Vous deviez bien lui dire, monsieur, que nous y étions pour jusqu'à demain au soir. Je voudrais bien savoir de quoi il se mêle.

— Madame, je n'en sais rien, je sais qu'il est parti pour s'en retourner.

Cette conversation finit là.

L'amoureux de la négresse reprit la sienne avec elle, et moi avec ma femme de chambre à qui je dis que Vautencourt et mon cousin devaient venir nous joindre. Cette fille pleine de bon sens me dit :

— Ah ! mademoiselle, qu'avez-vous fait là ? Vous voulez donc que nous soyons reconnues ? Cela vous perdra et fera perdre à la négresse les mille louis que notre traiteur lui a promis.

— Comment remédier à cela ? lui dis-je.

— Voici le seul moyen, mademoiselle, que j'y trouve. Dans un moment, sous prétexte d'un besoin pressant, je descendrai en bas et je dirai au premier qui viendra que vous l'attendez au pont de Neuilly. J'attendrai le second, je lui en dirai autant. Quand ils seront partis, sous prétexte de nous aller coucher, nous sortirons et irons les joindre dans un fiacre après avoir repris vos habits. J'en avertirai la négresse, à qui je recommanderai de rester au lit le plus longtemps qu'elle pourra, de faire en sorte de bien et légitimement gagner son argent, et que je la reviendrai prendre.

Je trouvai cette proposition si juste que je lui dis de faire tout ce qu'elle voudrait. Vautencourt vint le premier ; elle lui dit que j'étais la dame qui l'attendait avec mon cousin, mais que la dame avec laquelle j'étais avait changé d'avis, qu'elle m'avait emmenée boire du ratafia au pont de Neuilly[1] où nous resterions jusqu'à neuf heures, que de là notre intention

1. C'était la mode, au XVIIIe siècle, après une nuit de débauche, d'aller réparer ses forces avec une bonne rasade de ratafia, dans un cabaret de Neuilly. « Après avoir soupé avec ces impures-là, au point du jour, monsieur l'abbé les mène boire du ratafia à Neuilly, et c'est lui qui mène la calèche ; et il n'y a pas trois jours que cela est arrivé, au moins… un abbé !… un abbé !… y a-t-il un scandale pareil à celui-là ? » (Charles Collé, *La Vérité dans le vin ou les Désagrémens de la galanterie*, 1789, comédie en un acte et en prose, scène VIII).

était de passer la journée à la porte Maillot, et qu'il pouvait en avertir mon cousin et y aller en toute sûreté. Il lui donna sa parole qu'il y serait avant une heure et mon cousin aussi. Elle me rendit cette conversation mot pour mot sur-le-champ, ce qui me détermina à dire au monsieur qui m'avait amenée :

— Monsieur, le sommeil m'accable ; si vous ne permettez pas que je dorme une couple d'heures je me trouverai obligé de vous fausser compagnie.

— Vous voyez, monsieur, cette porte ? C'est votre appartement et celui de Madame, et voici le nôtre où je m'en vais entrer aussitôt qu'on aura desservi.

Il sonna effectivement, il monta aussitôt plusieurs garçons et servantes qui en un tour de main mirent toutes choses en état. Pour lors, il prit la négresse par la main qu'il conduisit à sa chambre où il s'enferma soigneusement avec elle.

X

Nous sortîmes sur-le-champ, nous allâmes changer de hardes et gagnâmes Neuilly avec toute la diligence que put faire notre fiacre, où heureusement il n'y avait encore personne. Nous bûmes d'abord du ratafia pour le goûter et pour le sentir. Vautencourt arriva peu de temps après, qui me dit que mon cousin ne pouvait se rendre à la porte Maillot que sur les onze heures.

— Je n'en suis pas fâchée, lui répondis-je, cela nous donnera le temps de nous reposer.

Chez le chroniqueur Mayeur de Saint-Paul, le fameux ratafia se consomme exactement dans les mêmes circonstances, au sortir d'orgies nocturnes : « L'aurore commençait à renaître ; on fut boire du ratafia à Neuilly, on revint déjeuner au bois de Boulogne, et la journée se passa en plaisirs de toutes espèce » (*Le Vol plus haut ou l'Espion des principaux théâtres de la capitale*, Memphis [Paris], Sincère, Libraire, réfugié au Puits de la Vérité, 1784, p. 69).

Casanova attribue à Louis XV la vogue du ratafia de Neuilly : « Le roi allant à la chasse, raconte-t-il, se trouva au pont de Neuilly et eut envie de boire du ratafia. Il s'arrêta au cabaret ; il en demanda, et par un hasard singulier le pauvre cabaretier en avait un flacon, et le roi après en avoir bu un verre s'avisa de dire à ceux qui l'entouraient que cette liqueur était excellente, et en demanda un autre. Il n'a pas fallu davantage pour faire la fortune du cabaretier. En moins de vingt-quatre heures toute la cour et toute la ville surent que le ratafia de Neuilly était la meilleure liqueur de l'Europe, car le roi l'avait dit. Les plus brillantes compagnies allaient à minuit à Neuilly pour boire du ratafia, et en moins de trois ans le cabaretier devint riche, et fit bâtir dans le même endroit une maison sur laquelle vous verrez l'inscription : *ex liquidis solidum* [« du liquide, le solide »], assez comique, et qui fut donnée à cet homme par un de nos messieurs de l'Académie. Quel est le saint que cet homme-là doit remercier de la brillante et rapide fortune qu'il a faite ? La sottise, la légèreté, l'envie de rire » (Casanova, *Histoire de ma vie*, Paris, Robert Laffont, coll. « Bouquins », 1993, t. I, vol. 3, chap. VIII, p. 565-566).

Quand nous eûmes bu encore un coup de ratafia, nous en prîmes deux bouteilles que nous mîmes dans le carrosse qui nous mena à la porte Maillot. Il demanda la plus belle chambre, que l'on nous donna, où il fit faire grand feu. Il commanda un grand dîner et dit qu'on nous apportât, en attendant, quelque chose pour boire un coup. Quand nous fûmes servis, il renvoya le garçon et la servante. Moi, je dis à ma femme de chambre qu'il fallait qu'elle aille rejoindre la négresse et qu'elle dise au monsieur qui était avec elle qu'aussitôt que je m'étais réveillée j'avais pris congé d'elle et avais sorti après cependant lui avoir fait mes excuses si je ne leur disais point adieu.

Elle partit incontinent, et Vautencourt me prit aussitôt et me porta sur un petit lit de repos sur lequel il ne m'en laissa prendre aucun, car il m'exploita trois fois tout de suite en très peu de temps, ce qui me fit grand bien, car j'en avais réellement besoin. Cela me mit dans ma bonne humeur. Mon cousin arriva qui ne fut pas peu surpris de me trouver seule avec Vautencourt. Je ne fis pas semblant de m'en apercevoir. Il avait amené avec lui deux de ses amis qui étaient assez des miens. Ce qui m'était arrivé avec Vautencourt et ce surcroît de compagnie me donna une bonne idée de ma journée. Je priai Vautencourt de voir ce qu'était devenue ma femme de chambre qui faisait que de descendre ; il entendit ce que je voulais dire, il descendit en bas et remonta aussitôt me disant qu'elle avait dit qu'elle allait au château de Madrid[1], où elle ne serait qu'un instant. Mon cousin lui demanda s'il avait commandé un bon dîner ; il dit qu'il avait fait de son mieux, mais que cependant il ne s'attendait pas qu'il amènerait ces deux messieurs.

— Eh bien ! monsieur, ils sont ici et ils ne s'en retourneront point qu'ils n'aient dîné. Ainsi, pourvoyez ensemble à ce que nous fassions bonne chère et qu'il y ait de quoi manger.

Je lui donnai et à ses deux amis un grand gobelet de ratafia de Neuilly qu'ils burent. Vautencourt et moi en bûmes autant, de sorte que notre bouteille ne fit que cette ronde[2].

Ces messieurs descendirent ensuite à la cuisine. Mon cousin profita de ce moment pour me monter ; il s'en acquitta parfaitement bien. Il aurait, je crois, entrepris une seconde fois l'ouvrage si je l'avais laissé faire, mais je lui en représentai l'impossibilité par la crainte d'être surprise. Il se rendit à cette raison et se contint jusqu'à un moment plus favorable.

Ces messieurs, qui se doutaient bien de ce qui se passait entre nous, ne montèrent que fort longtemps après. Quand ils revinrent, il y en eut qui dirent à mon cousin, qui pour lors buvait un coup et moi aussi :

---

1. Résidence de Mlle de Charolais au bois de Boulogne, dont Louis XV lui avait donné la jouissance à vie en 1735.

2. *Faire sa ronde* : « boire à la santé de chacun des convives l'un après l'autre » (*Dict. Acad.*, 1798).

— Monsieur, il y a là-bas des chevaux de bois. Si vous jugiez à propos nous y ferions tous les quatre une course.

Il me demanda en se moquant si je voulais en être. Je le pris sérieusement et je lui dis que oui. On me garnit un cheval d'un petit oreiller, je montai dessus et courus la bague[1] fort longtemps avec ces quatre messieurs. Quoiqu'il fît assez froid, il faisait un beau soleil et l'exercice m'empêcha de le sentir. Par malheur, ce jour-là, le roi chassait dans le bois de Boulogne et nous ne l'avions point entendu parce que le vent emportait la voix des chiens. Comme il passa au bout d'une des routes qui alignent la porte Maillot et qu'il vit aller les chevaux de bois d'une vitesse extraordinaire, il piqua son cheval avec une telle vivacité qu'il nous joignit auparavant que qui que ce soit l'eût aperçu. Il adressa la parole à mon cousin et lui dit :

— Ah ! je vous y prends, aussi bien que Vautencourt. Avouez l'un et l'autre que vous ne m'attendiez point, non plus que cette belle cavalière que je veux voir par le nez.

— Hélas ! lui dis-je, sire, en me tournant de son côté, vous serez mal payé de votre curiosité.

— Je ne suis point d'accord avec vous, Mademoiselle, sur cet article. Il me paraît que vous êtes ici en partie de plaisir. Avez-vous dîné ?

— Non, lui répondis-je.

— Eh bien, je vais envoyer des chevaux à ces deux messieurs qui viendront achever ma chasse avec moi. Ensuite de quoi, nous reviendrons tous les trois et peut-être davantage manger votre dîner.

— Votre Majesté est bien le maître.

Il partit sur-le-champ, envoya des chevaux et des bottes, comme il l'avait dit. Mon cousin en prit un, Vautencourt prit l'autre et ils nous quittèrent. Nous remontâmes à notre chambre où nous bûmes quelques coups. Je dis à un de ces messieurs de descendre à la cuisine pour faire augmenter quelque chose à notre dîner, ce qu'il fit. Pendant ce temps, son camarade n'en perdit point et me b… deux coups tout de suite. Il aurait été assez hardi pour entreprendre de le faire une troisième fois, si je n'avais eu plus de retenue que lui. Mais je lui représentai le cas où pouvait me jeter son imprudence, et il se rendit à mes raisons. Son ami remonta un instant après, et nous dit qu'il avait augmenté à notre dîner. Celui-ci dit que cela ne suffisait pas et qu'il fallait bien autre chose, qu'il allait y aller. Sans affectation, je lui dis qu'il avait raison. Sur-le-champ il descendit. L'écuyer ou le cuisinier à qui il parla ayant toujours vu des visages nouveaux lui dit :

— Mais, Monsieur, voilà bien de la dépense, qui est-ce qui la paiera ? Si chacun commande à sa fantaisie, je ne saurai bientôt plus auquel entendre.

---

1. *Courir la bague* : jeu d'adresse qui consiste à enlever, à l'aide d'une lance, sur un cheval au galop, un ou plusieurs anneaux suspendus à un poteau.

Il lui répondit :

— Mon ami, fais ce que je te dis. Non seulement tu seras bien payé, mais il y aura pour boire, et songe que le roi va revenir ici.

Pendant cette conversation, j'en tenais une autre toute différente avec celui qui était resté avec moi, qui s'en acquitta presque aussi bien que son prédécesseur, mais qui ne me fit pas cependant la proposition d'entreprendre la troisième partie. J'étais tellement en humeur qu'en vérité j'en aurais aisément battu une douzaine à ce jeu.

Ma femme de chambre arriva dans un fiacre. Elle vint me dire qu'elle avait eu beaucoup de peine à se défaire du jeune homme avec qui la négresse avait couché et encore davantage à se défaire de celui qui nous avait menées à Versailles. Personne n'entendit cette conversation. Je lui dis de s'en aller à Madrid[1] en faisant le tour par la porte de Longchamp, qu'elle envoyât la négresse dans son fiacre à Sèvres où elle prendrait la première voiture qu'elle trouverait pour s'en retourner à Versailles, et qu'ensuite elle revînt me joindre, et qu'elle ne s'étonnât pas si je lui disais quelque chose devant mon cousin. Elle partit sur-le-champ, parce que le roi allait venir dîner avec moi et une partie de sa cour. À peine fut-elle montée dans son fiacre et partie que mon cousin qui précédait le roi arriva. Il me nomma quatre seigneurs auxquels il avait dit de le suivre et qui avaient concerté de me griser pour voir si j'avais le vin gracieux et amoureux. Il me recommanda de me tenir sur mes gardes. J'avais déjà beaucoup bu et m'étais aussi un peu trémoussée : cela augmentait ma vivacité et aussi augmentait mon courage.

Je descendis pour aller au-devant du roi, qui arriva peu de temps après que je fus dans la place qui se trouve devant cette porte. Je lui dis d'abord :

— Je ne sais ce que pensera Votre Majesté de voir une fille à la guinguette avec quatre jeunes gens tels que Votre Majesté les a vus.

— Votre cousin qui est avec vous, Mademoiselle, vous met à l'abri de tout ce qu'on pourrait penser sans sa présence, parce qu'on sait bien qu'il n'est pas homme à servir de commode ni à garder les manteaux. Votre dîner est prêt et froid, sans doute, car il y a longtemps que vous nous attendez. Tel qu'il puisse être, je le mangerai, car je meurs de faim et de soif.

Mon cousin le conduisit dans la salle où on avait mis un nouveau couvert. Quand il eut lavé ses mains, il se mit à table, me fit mettre à côté de lui et me dit :

— Mademoiselle, on m'a dit que vous buviez sec. Je vous prie de me verser à boire toutes les fois que vous en aurez envie, et que ce soit votre soif qui détermine la mienne.

Je lui dis :

1. Au château de Madrid, encore appelé Petit-Madrid.

— Votre Majesté n'ignore point que le temps qu'il fait n'est pas altérant.

— Je le sais, mais vous savez aussi que l'exercice que je viens de faire, et ces messieurs, altère beaucoup.

— Il est vrai. Tout ce que je puis offrir à Votre Majesté est de lui verser à boire quand elle me fera l'honneur de m'en demander et de lui promettre de la suivre autant que je pourrai dans cet exercice.

Sa Majesté mangea beaucoup et fort vite, et but trente-deux rasades en moins d'une demi-heure; je bus autant de coups, mais à la vérité je ne bus qu'au tiers de mon verre que j'avais choisi fort petit.

Le roi se sentant plein me dit adieu et monta dans son carrosse. Il emmena avec lui les seigneurs qu'il avait amenés et ne me laissa que la compagnie avec laquelle il m'avait trouvée. Quand il fut parti, mon cousin me dit :

— Nous ne craignons plus rien; nous pouvons passer ici le reste de la journée, et ce soir, au clair de lune, nous nous en retournerons à Versailles.

J'y consentis d'abord, mais comme je fis réflexion que nous n'avions que des fiacres qui ne peuvent aller à Versailles sans permission, j'en fis l'observation à mon cousin qui descendit et parla à nos cochers à qui il demanda s'ils ne voudraient pas bien nous mener à Versailles. Un d'eux lui répondit : «Fort volontiers, mon maître, pourvu qu'à Sèvres vous payiez le droit au bureau pour en avoir la permission.» Il en convint et ordonna qu'on leur donnât du vin. Il remonta un instant après et nous dit que nous pouvions être tranquilles, qu'il avait des voitures. Il se mit à boire de nouveau, força ses deux amis et Vautencourt à en faire autant. Ils redoublèrent si souvent qu'ils se mirent tous les quatre hors d'état de continuer. Quoique un peu échauffée, leur état me fit tant de peine qu'il me rappela toute ma raison. Je sonnai, j'allai au-devant du garçon qui monta, je lui demandai si ma femme de chambre n'était point en bas. Il me répondit que oui, je lui dis de me l'envoyer et de se tenir en bas jusqu'à ce qu'on les sonne. Ma femme de chambre ne fut pas peu étourdie de ce spectacle dont j'aurais dû en vérité être bien loin. Leur ivresse dura jusqu'à près de dix heures, et crainte qu'on ne les vît dans cet état, nous restâmes, ma femme de chambre et moi, plus d'une heure presque sans feu.

Mon cousin s'étant réveillé le premier vint me sauter au col sans seulement voir ma femme de chambre.

— Ah ! cousine, me dit-il, tu m'as grisé, mais je m'en vais te b... pour la peine.

Je lui reprochai son imprudence, mais cela fut inutile : il me b... sur la chaise où j'étais en baissant seulement un peu le dos contre la muraille. Ma femme de chambre se retira par prudence, et les autres étaient trop endormis pour en rien voir. L'on peut dire que cette opération ne valait pas le quart de celle qu'il avait faite le matin, ce qui me confirma dans l'idée où j'étais qu'un homme plein de vin pour cette besogne ne valait pas un homme à jeun. Quand il eut achevé, ce qui ne se fit pas sans beaucoup de peine de sa part et de travail de la mienne, il éveilla ces messieurs en leur faisant différentes malices : savoir, il jeta du vin dans la culotte à l'un, il mit un morceau de glace dans la chemise de l'autre, et au troisième il mit une potée d'eau dans ses souliers.

Quand ils furent tous éveillés, il sonna, fit apporter du bois, fit faire grand feu et se remit à boire et à manger comme si de rien n'était. Je lui dis qu'il fallait songer à s'en aller, mais il n'en voulut rien faire alors, et me força de boire encore quelques coups avec lui, ce que je fis plus par pure vanité et complaisance que par goût. Ces trois messieurs ne pouvaient se lasser d'admirer la tranquillité que j'avais conservée. Comme il vit que personne ne voulait lui tenir tête, il sonna et demanda la carte. Le maître étant monté lui dit :

— Monsieur, toute la dépense qui a été faite par vous et votre compagnie est payée.

— Si cela est ainsi, lui dit mon cousin, et que vous soyez content, voilà dix louis pour le cuisinier, les garçons et les servantes.

Le maître se retira fort content, et nous partîmes peu de temps après et arrivâmes à Versailles à deux heures après minuit. Ces messieurs se retirèrent chacun chez eux. Mon cousin aurait bien voulu m'accompagner chez moi, mais je l'en empêchai parce que je connaissais son état et qu'il ne pouvait que m'être fort à charge. Il me dit adieu et me laissa gagner mon appartement avec ma femme de chambre. J'y arrivai fort à propos pour me débarrasser d'une envie de pisser que j'avais apportée de la porte Maillot. Quand je l'eus satisfaite, je me couchai et dormis jusqu'au lendemain matin midi sans m'éveiller, et je ne me serais pas levée si ma femme de chambre n'était pas venue me dire que M. de Vautencourt devait venir me voir à une heure pour me dire quelque chose qui m'intéressait particulièrement. Cela m'éveilla de façon que je me levai fort vite.

Il ne manqua point à cette parole et arriva un moment après, il me demanda comment je me trouvais de la partie du bal, je lui dis que j'en étais fort contente, il me proposa de m'y accompagner au premier et de me fournir un déguisement sous lequel je ne pourrais point être connue. J'acceptai le parti à condition qu'il n'en ferait confidence à personne et que je mènerais ma femme de chambre avec moi. Il y trouva d'abord quelque difficulté, mais à la fin il en convint. Je lui demandai quel serait mon habillement, il me dit qu'il ne pouvait point encore me le dire, mais que je le saurais avant que de partir. Je le retins à dîner, nous parlâmes de notre dîner et des douceurs que le roi m'avait dites.

— J'ai eu peur deux ou trois fois, me dit-il, qu'il ne lui ait pris envie de vous faire passer dans une chambre avec lui. Je vous avouerai que, quoiqu'il soit bien le maître de faire sur cela tout ce qu'il aurait jugé à propos, j'aurais bien pâti de vous y voir entrer.

— J'aurais fait de mon mieux pour éluder la chose, mais je vous proteste que si j'y avais été forcée je me serais trouvée fort embarrassée. Mais croyez que quoiqu'il sache à merveille que tout lui est permis, il a des mesures à garder et des principes de probité dont il ne s'écarte jamais.

— Bien nous en prend qu'il en ait eu, car sans cela vous auriez passé le pas.

— En tout cas, repartis-je, il n'en aurait point eu les gants[1] et aurait fait l'ouvrage tout seul, car je crois que si l'on est contraint à celui-là, on ne saurait y trouver de plaisir, et j'aurais regardé cette action de sa part comme un effet des fumées du vin qu'il a bu avec trop de précipitation, et j'ai regardé comme un miracle que du vin comme celui-là, qui n'est pas à beaucoup aussi bon que celui qu'il boit ordinairement, ne lui ait fait aucun mal.

— Mademoiselle, il est d'un tempérament très fort et robuste ; il y a peu de seigneurs à sa cour qui en aient un pareil. Il est vrai que jusqu'à présent il n'a point fait de débauche de femmes.

— Quoi ! lui dis-je, croyez-vous qu'il n'ait encore vu que la reine ?

— On a parlé avant qu'il soit marié d'une fille de sa nourrice, mais cela n'a pas duré longtemps et n'a eu aucune suite apparente.

— Sur ce pied, lui dis-je, la reine doit être contente, car je le crois un bon mâle, ainsi qu'il en a l'air[2]. Notre conversation finit parce que nous sortîmes de table, et nous repassâmes dans ma chambre où Vautencourt me donna de nouvelles preuves de son amour, que je reçus de bon cœur. Quand il se fut reposé un moment, je le renvoyai, parce que j'eus peur que par sa présence il ne m'empêchât de profiter de quelques hasards que la fortune pourrait m'envoyer, car je ne comptais en aucune façon sur les acteurs de la journée précédente qui s'étaient tous grisés comme des pataudS.

Peu de temps après qu'il fut sorti, l'amoureux de ma négresse arriva, qui ne me parla que très légèrement de son aventure et de la rencontre qu'il avait faite de la négresse. Il supprima en entier le déjeuner de l'hôtel d'Entragues et la suite, mais il s'épanouit la rate en me racontant l'histoire

1. *N'avoir pas les gants* : n'être pas le premier à dire ou à faire quelque chose.

2. De quinze ans plus âgée que Louis XV, Mlle de Charolais avait tout mis en œuvre afin de s'en faire aimer, mais ne reçut en retour que les marques d'une amitié tendre et fidèle. Il l'avait toujours connue, l'appelait « ma cousine », et se plaisait fort en sa compagnie ; il s'enchantait de sa gaieté, de sa vivacité, s'amusait au récit de ses aventures, mais ne manifestait aucun désir à son égard. Dépitée de le voir obstinément insensible à ses charmes, elle n'hésita pas à glisser un jour dans sa poche cette aimable invitation à Cythère : « Vous avez l'humeur sauvage / Et le regard séduisant. / Se pourrait-il qu'à votre âge / Vous fussiez indifférent ? / Si l'amour veut vous instruire, / Cédez, ne discutez rien. / On a fondé votre empire / Bien longtemps après le sien. » À défaut de pouvoir se dire sa maîtresse, elle devint l'entremetteuse attitrée du souverain. D'Argenson, qui ne l'aimait guère, notait à son propos : « Mlle de Charolais a commencé de bonne heure le métier de maquerelle, en ne tirant sa considération que de cette profession. »

de M. D… qui, après avoir soupé, couché et fait tout ce qu'il avait voulu à la négresse, la trouva si laide et si différente au jour qu'il l'avait laissée à Versailles et s'en était revenu à Paris au désespoir d'avoir été ainsi trompé par ses yeux propres. Quoiqu'il y eût beaucoup de vérité dans tout ce qu'il me dit, comme je savais cette aventure à fond, je reconnus à merveille tous les brocards qui étaient de son cru et qu'il plaçait assez bien pour paraître naturels. Quoique je le remisse plusieurs fois sur le chapitre de la négresse, et qu'on m'avait assuré qu'il l'avait suivie pendant tout le bal et en était sorti, lui quatrième, avec un jeune homme habillé de noir, et les avait menés sans doute quelque part, il en convint, mais il m'assura qu'il les avait conduits à la place Royale où ces dames avaient exigé de sa complaisance qu'il se retirât sans les suivre, ce qu'il exécuta religieusement sur la promesse qu'elles lui avaient faite qu'elles se trouveraient au premier bal.

Comme je n'avais point vu ma négresse, je ne savais rien de ce qui s'était passé entre eux quand ils furent enfermés dans leur chambre, et fis par conséquent semblant de croire tout ce qu'il me dit. Je lui demandai cependant ce qu'il avait fait du jeune homme habillé de noir qui était avec eux.

— Hélas ! dit-il, comme je descendais pour dire adieu à ces dames avec lesquelles je restai quelque temps, soit qu'il se soit impatienté de m'attendre ou qu'il ait eu quelques autres raisons, il s'est évadé de façon que je ne l'ai point revu, dont je suis très mortifié, car c'est un garçon fort sage qui a beaucoup d'éducation, mais si je le rejoins au bal ou ailleurs, je saurai qui il est.

— Comment le reconnaîtrez-vous ? lui dis-je.

— Si c'est au bal, me répondit-il, je ne m'y tromperai pas ; si c'était ailleurs, je pourrais m'y méprendre.

— Je le crois, poursuivis-je. Vous comptez donc aller au premier bal ?

— Oui, assurément, Mademoiselle, quand ce ne serait que pour savoir qui est ma négresse et ce qu'elle a dans l'âme.

— Il vous en arrivera peut-être autant qu'à M. D…

— Madame, je ne le puis croire : cette personne a du mérite et de l'esprit. Il est vrai que je crois que le masque lui donne plus d'éclat qu'elle n'en a en plein jour.

— Quoi ! il est possible que vous vous déterminiez à avoir affaire à une femme ou à une fille comme celle-là ? C'est ce qui ne me tombe pas sous les sens. Cette couleur me fait horreur !

— Mademoiselle, la nuit tous les chats sont gris. Mais avec ces femmes, vous sentez bien un autre feu qui les agite que nos Françaises, elles sont dans une action continuelle qui excite les hommes malgré eux à goûter des plaisirs qui ne sont point ordinaires.

— Quoi ! Monsieur, vous croyez que les Françaises n'ont point les mêmes talents ?

— Non, Mademoiselle, quelles études qu'elles puissent faire, l'on sent toujours la différence d'un mouvement étudié ou de ceux qui ne le sont pas. D'ailleurs, elles sont sujettes à des transports qui flattent infiniment les hommes parce qu'ils s'imaginent en être les auteurs.

— Vous me dites là, Monsieur, des raisons qui frappent dans la spéculation mais qui ne me convainquent point que nos Françaises ne puissent avoir les mêmes talents.

— Ah ! Mademoiselle, si cela était et qu'il y en eût une seule à Paris qui les eût, elle serait bientôt la plus riche particulière de Paris. Pour peu qu'elle voulût s'employer, on irait chez elle par procession comme à Saint-Médard[1].

— Il faut bien, lui dis-je, Monsieur, que vous ayez éprouvé ces heureux talents pour en parler si assurément et en faire ainsi l'éloge.

— C'est, je vous proteste, mademoiselle, sur ce que j'en ai ouï dire, et je compte qu'avant huit jours d'ici je m'en éclaircirai par moi-même.

— Vous seriez bien attrapé, Monsieur, si Dieu, par punition, vous rendait aussi noir que celle à qui vous aurez affaire.

— Ce sont là, Mademoiselle, des contes et sans exemple.

— Mais si cela vous arrivait, ce serait un exemple qui guérirait bien tous vos semblables de leur impertinente curiosité et qui laisserait toutes les négresses dans la nécessité de se servir de leurs semblables, ce qui serait suivre l'ordre de la nature et les décrets de Dieu.

— Mademoiselle, il est certain que si un malheur arrivait comme cela à quelqu'un, je crois que cela pourrait contenir les hommes pendant quelque temps, mais la curiosité leur est si naturelle, et des accidents aussi fâcheux qui leur arrivent tous les jours ne les corrigent point, ils s'abandonneraient à ce péril comme ils font à tous les autres.

— Sur ce pied je ne suis point surprise, lui repartis-je, que le nombre des réprouvés soit aussi considérable qu'on le dit.

— Mademoiselle, il faut tâcher d'être du nombre des élus et, pour y parvenir, travailler incessamment à faire des anges qui en louant le Seigneur obtiennent pour nous ses grâces et les bienfaits de sa miséricorde.

— Si c'est par là, Monsieur, que vous croyez obtenir le pardon de vos fautes, vous pensez bien différemment de tous ces religieux et religieuses qui mènent des vies si austères et qui se refusent même la liberté de se parler.

— Mademoiselle, tous ces gens seront bien attrapés dans l'autre monde, quand ils nous verront au même degré qu'eux.

— Monsieur, parlons d'autre chose, j'ai bien peur que ce ne soit nous qui soyons bien attrapés, vous par exemple, de me prêcher ainsi, et moi

1. Allusion à la foule des convulsionnaires qui se pressaient sur la tombe du diacre Pâris au petit charnier de l'église Saint-Médard. Des scènes hallucinantes d'hystérie collective s'y déroulèrent de 1727 à 1732, date à laquelle le lieutenant de police fit fermer les lieux en vertu d'une ordonnance de Louis XV.

de vous écouter. Allez-vous-en, je vous en prie, ces réflexions me troublent la cervelle.

— J'obéis à vos ordres avec toute la soumission que je vous dois, Mademoiselle, et serais bien mortifié de vous désobliger en rien. J'ai l'honneur de vous souhaiter le bonsoir.

Dès qu'il fut parti, j'appelai ma Mauresque, je lui demandai comment elle avait passé le temps avec son amoureux. Elle me dit qu'il l'avait beaucoup tourmentée, que cependant en trois heures de temps il ne lui avait pas fait grand-chose. Je lui dis :

— Encore.

— Il ne m'a b…, me répondit-elle, que quatre fois, mais je puis dire avec vérité que c'est un bon ouvrier et qui a un des beaux et bons outils qu'un homme puisse avoir.

— Comment ! lui repartis-je, il t'a b… quatre fois en trois heures de temps et tu n'es pas contente ? Combien t'en faut-il donc ?

— Je comptais qu'il me b… au moins huit fois aux caresses qu'il m'a faites.

— Et les mille louis ?

— Oh, Mademoiselle, c'est là où il a saigné du nez[1] ; il ne s'en est trouvé que deux cent vingt sur lui dont il m'en a donné deux cents, me priant de lui laisser les vingt pour payer notre dépense. Il m'a promis qu'au premier bal il m'en donnerait davantage, et pour sûreté, il m'a remis sa montre d'or que voici.

— Il me paraît, lui dis-je, par là qu'il agit de bonne foi avec toi.

— Comment ! Mademoiselle, il m'aime à la folie, je ne puis en douter : il m'a voulu donner son diamant qu'il estime une somme considérable.

— Tu devais bien le prendre, ç'aurait été autant de gagné, car tu entends bien que ce commerce, les bals une fois passés, ne peut point durer, et que s'il venait à savoir qui tu es, il ne voudrait jamais te voir et te ferait peut-être rendre tout ce qu'il t'aurait donné. Je veux bien te mener encore au premier bal qu'il y aura, mais il faut que tu profites de tout ce qu'il voudra te donner ; et s'il t'offre son diamant, garde-toi bien de le refuser : je te donnerai un moyen sûr pour l'empêcher de te voir de la vie et pour que tout te reste, mais je compte que tu donneras quelque chose à ta compagne.

— Mademoiselle, c'est bien mon intention, je lui ai déjà donné cinquante louis, et s'il fait les choses comme il me l'a promis, j'espère lui en donner davantage et qu'elle sera contente.

— Je vous recommande surtout le secret et de ne jamais paraître dans ma chambre que je ne vous demande, parce que comme il vient

1. *Saigner du nez* : « manquer de résolution, de courage dans l'occasion. Il s'était vanté de faire une action de vigueur, de parler hautement en pleine assemblée, mais il a *saigné du nez*. On le dit aussi d'un homme qui, s'étant engagé à faire quelque dépense, évite ensuite l'occasion de la faire » (*Dict. Acad.*, 1694).

ici souvent, je serais au désespoir qu'il te reconnût pour être à mon service.

Elle me promit de faire tout ce que je lui disais, après quoi je la renvoyai.

Quand elle fut partie, je réfléchis sur la bizarrerie de cette aventure, sur la bonne fortune de ma négresse et sur son appétit qui n'était pas content d'avoir été b… quatre coups en trois heures de temps. Je ne pouvais sur cela revenir de mon étonnement. Je résolus, pour le punir de son mauvais goût d'aller au bal avec ma négresse et ma femme de chambre, de les faire paraître l'une et l'autre beaucoup plus magnifiques qu'elles n'avaient été, et moi de reprendre mon habit noir qui me donnerait occasion d'être reconnu de ce monsieur pour celui qui lui avait servi de second dans le bal précédent. Mais je résolus aussi de le griser en lui mettant quelques gouttes d'une liqueur que j'avais dans son vin, qui, sans lui faire aucun mal, lui ôteraient tous sentiments, et pendant qu'il serait dans cet état, de le frotter avec l'eau que la marchande de la rue Saint-Honoré m'avait vendue, non seulement le visage, la tête et les mains, mais encore toutes les parties du corps les plus secrètes, jusqu'entre les doigts des pieds. Cela ainsi décidé dans mon esprit, il me tardait infiniment que cela fût exécuté.

Il fallait que je retire d'abord la parole à Vautencourt que je lui avais donnée, ce qui ne laissait pas que d'avoir sa difficulté, parce qu'il devait faire des frais qui pouvaient être considérables. Cette réflexion me détermina à lui faire dire de me venir voir, ce qu'il fit aussitôt qu'il fut averti. Aussitôt que je le vis je lui annonçai l'antienne[1], qui fit un effet si violent sur lui qu'il en changea de couleur. Je fus sensible à la mortification que cela lui causait. Il voulait me la dépeindre, je lui dis :

— Mon ami, je suis plus fâchée que vous du contretemps qui me force à vous manquer de parole, et, pour vous le prouver et vous en dédommager, trouvez-vous à onze heures précises à la croisée de ma chambre, du côté du jardin où vous verrez de la lumière. En frappant un petit coup avec vos doigts contre une vitre, je vous ouvrirai et vous viendrez passer la nuit avec moi.

Cela le consola, il m'assura qu'il n'y manquerait pas, et je lui tins parole, ce qui me débarrassa de ma première.

Le lendemain, j'envoyai ma femme de chambre à Paris, habillée magnifiquement, chez la marchande de la rue Saint-Honoré, pour y prendre au moins deux pintes de son eau que je lui recommandai de lui payer grassement et de lui dire qu'elle avait envie de voir si cette couleur lui attirerait autant d'aventures qu'à son amie. Cette marchande lui dit :

— Madame, cela prouve la bizarrerie du goût des hommes, de donner

1. « Annoncer une triste, une fâcheuse *antienne* : annoncer une triste, une fâcheuse nouvelle » (*Dict. Acad.*, 1798).

la préférence à une peau noire comme de l'encre, douce, huileuse, sentant pour l'ordinaire mauvais, sur une peau blanche comme la vôtre, unie comme un satin et qui fait envie à baiser. N'oubliez pas, Madame, que si vous prenez deux pintes d'eau bonne à noircir, il faut en prendre au moins trois pour vous dénoircir.

Ma femme de chambre prit ce qu'elle lui donna, la paya et la quitta incontinent pour me venir joindre. Je fus charmée quand je la vis arriver, et surtout quand je vis les bouteilles. Le nombre me parut d'abord considérable, mais quand elle m'en eut expliqué la différence, je fis mettre les trois dont je ne voulais faire aucun usage à part, et je serrai moi-même les deux autres pour en faire usage.

XI

Le jour du bal arriva et nous partîmes toutes les trois. J'avais fait confidence à ma femme de chambre de mon dessein parce que j'étais absolument sûre de sa discrétion. Comme elle était pleine de bon sens elle me dit :

— Mademoiselle, vous êtes la maîtresse de faire tout ce qu'il vous plaira, mais si vous voulez que votre tour soit secret et corriger en même temps la négresse du goût qu'elle a pour les hommes blancs, il faut qu'elle soit trompée comme le monsieur, et qu'elle croie que c'est parce qu'il a eu affaire à elle qu'il est devenu ainsi noir.

— Je le veux bien, lui dis-je, mais comment parviendrons-nous à le frotter sans qu'elle s'en aperçoive ?

— Rien n'est plus aisé, Mademoiselle, il n'y aura qu'à lui faire prendre une légère dose de votre liqueur pour la faire dormir, et quand nous aurons bien frotté l'autre et qu'il sera parfaitement noir, je l'éveillerai et lui ferai voir sans faire semblant de rien qu'il est noir, elle ne manquera pas de m'en parler. Je sais là-dessus ce que j'aurai à lui dire, et lui conseillerai de nous en aller au plus tôt avant qu'il ne s'éveille, crainte que, se voyant ainsi, il ne se porte contre elle et contre moi aux dernières extrémités. Il n'est pas possible qu'elle résiste à prendre ce parti. D'ailleurs, je lui dirai qu'il est extrêmement tard et que vous nous attendez, qu'au reste si elle veut rester je m'en irai toute seule, ne voulant pas être témoin du malheur inévitable dont elle est menacée, si elle ne profite pas de son sommeil pour éviter les premiers mouvements de sa colère.

Je trouvai tout ce qu'elle me dit si juste que je lui laissai la conduite de cette affaire sur les assurances qu'elle me donna d'y parfaitement réussir. Je lui remis les bouteilles et la liqueur pour le sommeil, j'allai chez l'homme où je pris mon habit noir. Ma négresse nous attendait pour lors dans le fiacre.

Comme nous fûmes bien du temps à arranger tout cela, je priai le maître de nous envoyer chercher des biscuits et du vin muscat dont je lui en envoyai deux et un grand verre, lui disant par ma femme de chambre qu'il ne fallait pas qu'elle parût, parce qu'elle nous ferait reconnaître. Et bien nous en prit d'avoir eu cette précaution : c'est ce qu'on verra par la suite. Quand nous eûmes fini, nous allâmes au bal. Je pris un fiacre pour moi seule. Je laissai entrer ces dames devant, qui étaient mises certainement comme des princesses. Quand j'entrai, je les vis déjà accostées par celui qui avait couché le premier avec la négresse et aussi par le second à qui la négresse faisait beaucoup plus d'accueil qu'au premier, qui la vint prier pour danser. Elle n'osa cependant le refuser, et elles dansèrent avec lui et un autre monsieur inconnu. Quand elles eurent fini, la négresse prit son petit amoureux, et ma femme de chambre vint me prendre, nous dansâmes tous les quatre. Quand la danse fut achevée, la crainte que l'amoureux de la négresse avait de la perdre et que son compétiteur ne profitât de son absence, s'il allait danser, pour la détourner, fit qu'il ne la quitta point. L'autre se tenait toujours aux environs, sans dire un seul mot. Nous restâmes très longtemps dans la même situation, ce qui impatienta tellement le premier qu'il sortit. Aussitôt que le second s'en fut aperçu, il vint à moi et me dit :

— Mon ami, je vous prie, suivez ce masque jusqu'en bas et voyez ce qu'il devient.

Je le suivis et le vis monter dans son carrosse, je vins lui rapporter cette bonne nouvelle pour laquelle il m'embrassa, le masque sur le nez. Il proposa tout de suite à ces dames de les mener à l'hôtel d'Entragues. Comme elles n'avaient rien qui les intéressât au bal, elles ne firent que les difficultés qu'il fallait pour augmenter ses instances, de sorte qu'ils s'y rendirent. Il était si étourdi de son bonheur qu'il sortit du bal sans me parler, ce qui commençait déjà à m'inquiéter, mais sa négresse lui ayant fait faire attention qu'il m'avait oubliée, il vint me chercher en me faisant des reproches sur ce que je l'avais abandonné. Je lui fis mes excuses en jeune homme, c'est-à-dire en l'assurant que c'était parce que je ne m'étais pas trouvé assez d'argent pour subvenir à la dépense que nous avions faite. Il me dit :

— Mon ami, vous moquez-vous de moi ? Jamais on ne paie en ma compagnie, et j'en ai même à votre service en cas que vous en ayez besoin.

Je le remerciai et lui dis :

— Monsieur, crainte de me trouver dans le pareil cas que l'autre jour, j'ai pris dix louis sur moi.

— Cela, vous dis-je, était inutile, il ne vous en coûtera rien.

Nous rejoignîmes son carrosse et fûmes tout de suite à l'hôtel d'Entragues où apparemment l'on ne nous attendait pas si tôt, car le feu ni les lumières n'étaient point encore allumés. Mais tout cela fut prêt dans un instant. Il avait lui-même commandé un repas qui nous fut servi peu de temps après notre arrivée. Il nous demanda permission de passer un moment avec la négresse dans sa chambre et nous conseilla également d'en faire autant. Je fus charmée que cette envie lui prît, parce que cela nous donna le temps de concerter notre affaire dont ma femme de chambre voulut avoir tout l'honneur. Ils furent un bon quart d'heure sans revenir. Quand la négresse revint, je remarquai sur son visage un air de satisfaction qui me fit penser qu'elle était contente, mais je n'en doutai plus quand au bout d'un instant je lui vis au doigt le diamant dont elle m'avait parlé. L'on vint servir le déjeuner. Il ne fut occupé qu'à la faire boire et manger. Il me chargea de prendre le même soin de ma voisine, ce que j'affectais de faire aussitôt qu'il jetait les yeux sur moi. Il mangea peu et se modéra beaucoup sur la boisson, ce qui me fit craindre que nous ne puissions venir à bout de notre dessein. Mais lui ayant pris un petit besoin, il passa dans sa chambre où la Mauresque le suivit. Pendant ce temps, ma femme de chambre versa douze gouttes de liqueur dans le verre de la Mauresque et vingt dans celui de son amant, sur quoi elle mit du vin et emplit nos verres aussi. À peine avait-elle fini qu'ils rentrèrent et nous bûmes tous les quatre ensemble. On nous apportait à chaque instant différents ragoûts, tous d'un goût exquis. Soit qu'ils fussent un peu trop épicés ou que ce fût la liqueur qui provoquât la négresse à boire, elle ne restait pas trois minutes sans demander à boire. Son amant, croyant bien faire, lui servait à plein verre et buvait de même. Nous nous ménageâmes si bien qu'avant une demi-heure nous nous aperçûmes que la négresse s'endormait à table. Son amant le voyant comme nous, nous pria de l'aider à la conduire dans sa chambre. Sa compagne lui donna le bras et la passa avec lui dans sa chambre et l'aida à la déshabiller. Quand elle le fut, ils la mirent dans le lit. Son amoureux, se trouvant pris du même mal, pria ma femme de chambre de lui apporter de l'eau dans un pot à boire, ce qu'elle fit. Elle lui dit :

— Monsieur, si vous voulez, je vous laisserai la lumière allumée au cas que vous ayez quelque besoin.

— Non, dit-il, je n'ai besoin de rien que de repos. Dans trois heures d'ici, il n'y paraîtra plus.

— Sur ce pied-là, monsieur, je vais fermer votre porte à la clef, et de temps en temps je viendrai voir si mon amie n'a besoin de rien.

Quand elle les eut enfermés elle revint, nous sonnâmes, fîmes desservir, nous fîmes apporter du bois, nous nous mîmes auprès du feu où nous attendîmes une bonne heure afin que la liqueur eût produit la première force de son effet. Quand ce temps fut passé nous entrâmes dans leur chambre hardiment avec chacune une lumière à la main, car il ne faisait pas encore jour, nous trouvâmes nos deux amants enfoncés dans un aussi profond sommeil que s'ils ne devaient jamais se réveiller. Ma femme de chambre jeta la couverture aux pieds et frotta le monsieur depuis la tête jusqu'aux pieds et à l'entre-deux des doigts, elle n'oublia pas aucune des parties de son corps et surtout celle qui l'avait conduit à cette aventure, à qui elle en donna une double dose. Elle le tourna sur le dos, sur le ventre, sur le côté, et enfin n'omit rien pour le rendre un nègre parfait jusqu'au dedans des narines. Elle lui frotta aussi la tête qu'il s'était fait raser le matin, elle lui remit ensuite son bonnet et le recouvrit. Il était si endormi que quand on l'aurait jeté dans la rivière je ne crois pas qu'il l'aurait senti. Nous revînmes après cette expédition dans notre chambre pour en attendre l'effet et le jour. D'abord qu'il parut, nous fûmes dans sa chambre dont nous ouvrîmes une croisée pour le voir. Il était infiniment plus noir que la négresse, il m'en prit une envie de rire que j'eus beaucoup de peine à retenir. Cependant je me calmai et me retirai dans la chambre où nous avions soupé, laissant à ma femme de chambre le soin d'éveiller la négresse, à quoi elle ne parvint pas sans peine. Elle lui dit qu'il était plus de onze heures du matin quoiqu'il n'en fût pas encore huit, et que je les attendais il y avait longtemps chez l'homme où je m'étais habillée.

— Que diable, dit-elle, je ne puis pas m'en aller non plus sans dire adieu à mon amoureux et sans lui faire mes excuses de l'étourdissement où je me suis trouvée hier au soir.

— Eh bien, lui dis-je, éveillez-le et lui faites vos adieux, je m'en vais vous attendre là-dedans, mais ne tardez pas.

La négresse s'étant retournée du côté de son amoureux et ayant aperçu son visage, elle se frotta d'abord les yeux, croyant que c'étaient eux qui la trompaient, mais enfin lui ayant pris les mains l'une après l'autre, l'ayant visité par tout le corps, elle ne fut que trop persuadée du malheur qu'elle voyait. Elle s'habilla en diligence, ferma les rideaux, les croisées et la porte et vint conter cet accident à ma femme de chambre qui fit l'incrédule à merveille et si bien que la négresse la força de le voir par elle-même. Comme j'étais enfermée dans la chambre où nous devions coucher, je profitai de ce moment pour en sortir, je descendis en bas, me doutant bien qu'elles ne resteraient pas longtemps dans cette maison après cet éclaircissement. Je gagnai tout doucement la rue de la Comédie[1] au bout de laquelle était mon loueur d'habits, j'entrai chez lui et étais tout habillée quand ma femme de chambre arriva dans un fiacre avec ma négresse qui heureusement ne descendit point. Elle avait prié ma femme de chambre de me cacher ce malheur. Effectivement, je fis semblant de l'ignorer, mais je la trouvai si changée que je ne pus lui cacher mon étonnement de la voir ainsi éplorée et défaite. Ce fut ce qui la détermina à m'avouer le malheur qui lui était arrivé. Je ne pus d'abord m'empêcher d'en rire, mais voyant que cela augmentait son chagrin, je me retins le plus que

1. La rue des Fossés Saint-Germain-des-Prés (aujourd'hui rue de l'Ancienne-Comédie), où se trouvait alors la Comédie-Française.

je pouvais, mais il m'échappait de temps en temps des saillies auxquelles je ne pouvais résister. Nous restâmes près d'une heure dans un fiacre à causer sur ce changement inopiné. Enfin, comme je ne doutais point que cette affaire fît beaucoup de bruit à Paris, et qu'on ne fît beaucoup de perquisitions pour découvrir celle qui en était l'auteur, j'envoyai ma femme de chambre lui acheter une robe de chambre toute faite que je lui fis mettre dans le fiacre, et lui dis d'en prendre une autre et de se faire conduire à une petite maison de campagne à deux lieues de Paris où elle serait bien reçue par le concierge, en lui disant qu'elle m'appartenait et qu'elle y venait de ma part, et qu'elle y restât jusqu'à nouvel ordre, que j'enverrais dès le même soir ordre à ce concierge de ne la laisser manquer de rien. Ma femme de chambre m'offrit de la faire conduire par son frère, je ne voulus point, je lui demandai si elle avait de l'argent.

— Hélas ! dit-elle, mademoiselle, je n'en ai peut-être que trop, je voudrais pour les trois cents louis qu'il m'a donnés et pour ce diamant-ci que le malheur ne lui fût point arrivé.

Je lui dis que je lui conseillais de cacher avec soin sa montre et son diamant, que cela seul suffirait pour la faire reconnaître.

— Eh bien ! mademoiselle, trouvez bon que je donne la montre à ma compagne et que je la prie de garder mon diamant.

Je lui dis qu'elle était la maîtresse ; elle fit cela d'un air de générosité qui me fit voir qu'elle n'était pas intéressée, je la pressai de partir, elle le fit après m'avoir priée de ne point l'abandonner, ce à quoi je ne pensais pas certainement.

Quand elle fut partie, je dis à ma femme de chambre :

— Le plus essentiel de cette affaire est d'en savoir le dénouement au juste. Et pour cela, il faudrait mettre quelqu'un aux aguets qui pût nous en rendre un compte fidèle sans être suspect, et qui ne paraisse attiré là comme les autres que par la curiosité.

Elle m'offrit derechef son frère, je lui dis que si je l'avais refusé pour la négresse, c'était dans le dessein de m'en servir dans cette occasion. Je lui défendis de me nommer en rien et de lui dire seulement que cela l'intéressait particulièrement et qu'il fallait qu'il lui apportât à Versailles sur les quatre heures le détail de ce qui se serait passé à l'hôtel d'Entragues d'extraordinaire avant midi, que pour cela il fallait qu'il s'amusât à boire une bouteille de vin avec quelqu'un de ses amis. Elle partit aussitôt et me promit que j'en serais informée au juste ; elle revint peu de temps après, m'assura que son frère était parti pour se mettre à portée de savoir ce qui se passerait.

Comme nous n'avions nulle affaire à Paris, nous allâmes prendre un carrosse à quatre dans lequel nous nous enfermâmes et fûmes à Versailles où nous arrivâmes à une heure. À la descente de ce carrosse, nous prîmes des chaises bleues qui nous conduisirent à notre appartement où nous arrivâmes encore sans être vues de personne. Je me couchai d'abord et ordonnai de dire que j'étais incommodée, que je ne pouvais voir personne. Effectivement, j'étais si lasse, si fatiguée, et le dénouement de l'aventure m'inquiétait si fort que j'avais besoin de repos pour tranquilliser mes sens. Je pris un bouillon qui me fit grand bien, après quoi je m'endormis. J'avais recommandé à ma femme de chambre de m'éveiller aussitôt qu'elle aurait des nouvelles, ce qu'elle ne fit qu'à cinq heures sonnées. Son frère lui rapporta que le laquais d'un jeune seigneur, qui logeait ordinairement à l'hôtel d'Entragues, voyant midi sonner, monta à sa chambre pour l'éveiller, qu'ayant ouvert d'abord les fenêtres et ensuite les rideaux, son maître lui tournant le dos, il l'avait poussé pour l'éveiller, que son maître en se retournant lui avait dit de quoi il se mêlait de l'éveiller si tôt. Ce garçon s'étant baissé pour lors pour prendre les souliers de son maître pour les nettoyer, n'ayant pas jeté les yeux sur lui, lui dit :

— Monsieur, il s'en va une heure.

— Où sont ces dames ? repartit le maître.

— Il y a plus de quatre heures, monsieur, qu'elles sont parties.

— Comment ! elles sont sorties ?

— Oui, monsieur. Est-ce que vous avez encore votre masque sur le nez ?

— Pourquoi me dis-tu cela ?

— C'est, monsieur, parce que vous êtes noir comme une taupe.

Sortant ses mains de son lit pour les porter à son visage, il ne fut pas peu surpris de les voir de la même couleur. Ce changement lui causa une telle frayeur qu'il demanda un miroir à son laquais en tremblant, qui le lui donna en tremblant aussi. Quand le maître se vit ainsi le visage, les mains, l'estomac, il se jeta à bas du lit. En voyant ses jambes et ses pieds de même, il se mit à crier comme un forcené :

— Ah ! je suis perdu.

Le valet s'enfuit à la cuisine dire ce qui était arrivé à son maître. Celui de l'hôtel y monta, qui fut saisi de peur en le voyant. N'osant pas avancer, il se retira et envoya tout de suite chercher un commissaire à qui l'affaire paraissant grave, il prit en passant un de ses camarades. La maîtresse de l'hôtel, femme qui avait plus de tête que son mari, étant montée, elle trouva encore ce monsieur debout tout nu, en chemise, qui en se lavant tantôt le visage, tantôt les mains et même jusqu'aux pieds avec une serviette mouillée, ne faisait qu'augmenter sa noirceur sans qu'elle fût endommagée en rien. Cette femme lui persuada de se coucher et qu'elle allait envoyer chercher un médecin de ses amis fort habile, pour voir ce qu'il dirait d'un accident aussi extraordinaire. Il se rendit à ce qu'elle lui dit. Les commissaires arrivèrent suivis de leur cortège ordinaire, ils se firent apporter une grande table sur laquelle leurs clercs étalèrent leurs papiers. Le doyen des deux, portant la parole au malade, lui dit :

— Monsieur, nous sommes ici pour constater l'état où vous vous trouvez aujourd'hui, qui est si différent de celui où vous étiez hier que cela tient du prodige, et c'est ce qu'il est de la dernière conséquence de constater. Mais voici monsieur le médecin, dit-il, qui nous sera d'un grand secours pour cela.

— Messieurs, dit le jeune seigneur, je ne sais si vous me prenez pour un fou, mais je sais bien que si vous ne sortez tout à l'heure de ma chambre, nous allons tout à l'heure voir beau jeu.

En disant cela, il se jeta à bas de son lit, se saisit de son épée dont il estramaçonna[1] quelques coups à tort ou à travers, et dont un commissaire ressentit quelques éclaboussures. Les archers l'ayant saisi, ils l'obligèrent à se coucher après lui avoir ôté son épée. Le médecin, avec un flegme infini, lui dit :

— Monsieur, si vous n'êtes pas fou, il pourrait arriver que vous le deviendrez incessamment si vous n'étiez secouru promptement par une saignée copieuse qui vous débarrasse du trop de sang que vous avez, qui vous porte à la tête.

Il a voulu résister à la saignée, on l'a attaché de façon que, non seulement il a été saigné au bras, mais encore à la gorge. Le médecin et le chirurgien le visitèrent jusqu'au trou du derrière qu'ils lui trouvèrent extrêmement noir. Les commissaires ayant dressé leur procès-verbal du fait, ils eurent beaucoup de peine à se retirer. Il y avait au moins autant de monde dans la rue de Tournon et surtout à la porte de l'hôtel d'Entragues que lorsque l'ambassadeur de Perse était à l'hôtel des Ambassadeurs[2]. Le médecin et le chirurgien sont restés auprès de lui jusqu'à ce qu'un gros seigneur de ses parents le soit venu prendre dans son carrosse et l'ait emmené chez lui. La voix publique assure qu'il est devenu comme cela pour avoir couché avec une négresse qui a disparu et qu'il ne connaît que sous le nom d'Africaine.

Cette narration ne me réjouit pas tant que je le comptais, parce que je n'avais pas prévu que cette affaire aurait de pareilles suites. Le roi le sut au retour de sa chasse, qui en rit beaucoup. Il eut la bonté d'y envoyer ses médecins qui lui certifièrent le fait connu de maîtres ignorants. Je fis savoir par une voie indirecte aux parents le remède qu'il y avait à son mal ; ils l'expérimentèrent avec un heureux succès et beaucoup de joie.

1. *Estramaçonner* : « donner des coups d'*estramaçon*. Il ne cessa d'*estramaçonner* durant tout le combat. Il fut rudement *estramaçonné*. [Le mot] est peu usité, et ne s'emploie plus guère que par plaisanterie » (*Dict. Acad.*, 1835). — *Estramaçon* : « sorte d'épée à deux tranchants qu'on portait autrefois. [Le mot] n'est plus usité que dans cette locution : un coup d'*estramaçon*, un coup du tranchant de l'épée » (*ibid.*).

2. Peu de missions diplomatiques ont suscité autant de curiosité que celle de l'ambassadeur de Perse, Mehemet Reza Beg, à l'ultime fin du règne de Louis XIV. Entré en grande pompe à Paris le 7 février 1715, il fut logé à l'hôtel des Ambassadeurs extraordinaires, rue de Tournon, près du palais du Luxembourg. Tout le temps que dura son séjour, une foule nombreuse se pressait à la porte de ses appartements.

J'en aurais beaucoup si ce petit supplément prouve à ceux qui le liront que je suis vraiment grivoise, c'est-à-dire au poil et à la plume [1], et capable de tout entreprendre pour me divertir.

La tête chaude comme une Picarde,
Le cul comme une Savoyarde,
Le cœur d'une princesse,
Ennemie de la tristesse.
Des plaisirs de la table
Passant à ceux de l'Amour :
C'est le portrait véritable
De la Grivoise de nos jours.

FIN

1. « On dit qu'un homme est *au poil et à la plume*, pour dire qu'il a du talent, de la capacité pour toutes sortes de choses » (*Dict. Acad.*, 1694).

Mademoiselle Javotte, ouvrage moral, écrit par elle-même,

Et publié par une de ses amies.

« Toutes êtes, serez ou fûtes
De fait ou de volonté putes. »
Jean de Méhun

1757

INTRODUCTION

À en croire l'incontournable Barbier, *Mademoiselle Javotte* aurait pour auteur un certain Paul Baret, nom orthographié parfois Barret, né à Lyon le 26 juin 1718, qu'il ne faut pas confondre avec son quasi-homonyme Jean-Jacques Barrett (1717-1792), auteur de traductions, né dans une famille anglaise qui avait suivi son roi en exil. Comme toujours, notre chasseur d'anonymes ne donne pas les raisons de son choix, nous réduisant une fois de plus à le croire sur parole, au moins à titre provisoire, et jusqu'à plus ample informé. Qui est donc ce Paul Baret, appelé parfois Baret de Villaucourt ?

Sa carrière commence par un éclat. Ayant vainement tenté de faire recevoir au Théâtre-Français une petite comédie de sa façon, intitulée *Les Colifichets*, Baret digère mal son échec et assouvit contre la troupe royale une vengeance à la mesure de sa déception. Le rédacteur de la *Correspondance littéraire* raconte l'affaire : « Un jeune homme, dont je ne sais pas le nom, avait fait une petite comédie intitulée *Les Colifichets*, qu'on a refusé de jouer. L'auteur a fait imprimer sa pièce [1] et mis à la tête une préface où tous les comédiens sont extrêmement maltraités. Au milieu d'un tas d'injures grossières, on a trouvé quelques plaisanteries très heureuses, mais qui ne pouvaient plaire qu'à ceux qui connaissent le jeu et souvent la personne de nos acteurs. La petite comédie tourne en ridicule notre goût pour les bagatelles. Il est certain que nous sommes très comiques, mais le poète n'a pas saisi le côté plaisant, moins faute d'esprit que d'usage du monde. Son style est quelquefois ingénieux, mais

1. Sous le titre *Les Colifichets, ouvrage dédié à l'immortalité* [Paris], 1751, in-12, XIV-29 p.

obscur, dur et entortillé. Du reste, nul plan et point de liaisons entre ces différentes scènes, encore moins de dialogue[1]. »

En 1751, Baret fait paraître un roman prétendument traduit du grec, intitulé *Amours d'Alzidor et de Charisée*[2], mélange d'idylles pastorales et d'intrigues romanesques, dans lequel il exploite l'exotisme à la mode (voyages en Égypte et en Grèce) dans une prose à prétention poétique. En 1754, il fait scandale avec *Le Grelot ou les etc., etc.*, « titre d'un roman exécrable, dans le goût de *Tanzaï* de Crébillon », toujours selon la *Correspondance littéraire*[3]. Précisons que le grelot dont il est ici question est accroché aux parties naturelles d'un jeune prince de la manière la plus incommode et la plus nuisible à ses bonnes fortunes. Sur ce thème scabreux, l'auteur a brodé d'une plume agile et délurée maints épisodes saugrenus. Quant au style, il est calqué sur celui d'*Angola*, du chevalier de La Morlière, et surabondamment truffé de caractères italiques pour signaler les tours de phrase à la mode et les façons précieuses du langage des petits-maîtres. Hormis *Mademoiselle Javotte* (1757), « nouveau roman aussi insipide que rempli de corruption[4] », Baret publie encore une réédition de son *Grelot*, augmentée de *L'Anti-Grelot* et suivie de *L'Ivrogne*, conte tragi-comique et moral (1762), et travaille à ce qu'il considère comme son grand œuvre : *L'Homme ou le Tableau de la vie, histoire des passions, des vertus et des événements de tous les âges*, trois beaux volumes ornés de figures qui paraissent en juin 1764, sous le nom de l'abbé Prévost. Avec l'arrière-pensée, sans doute, que ce titre empesé convient mieux à l'illustre romancier disparu le 23 novembre de l'année précédente qu'à l'auteur des *Colifichets*. Et pour mieux donner le change, il prétend avoir retrouvé ces textes après la mort de l'abbé. Mais les vrais connaisseurs ne s'y trompent pas, notamment les rédacteurs de la *Correspondance littéraire*, auxquels il faut une fois de plus faire appel, car ils sont experts en la matière. Ayant à rendre compte de *L'Homme ou le Tableau de la vie*..., ils en écrivent ce qu'ils pensent, à savoir fort peu de bien : « Voilà le titre d'une insigne rapsodie qu'on vient de publier sous le nom d'un auteur célèbre, mort sur la fin de l'année dernière. Soit qu'on l'ait effectivement trouvée dans ses papiers, soit qu'un mauvais auteur ait voulu se servir d'un nom célèbre pour donner de la vogue à ses platitudes, on ne peut rien lire de plus détestable[5]. »

Douze ans plus tard, en 1777, l'infortuné Baret, décidément en mal de parrainages illustres, publie deux petits volumes intitulés *Foka ou les*

1. *Correspondance littéraire*, Paris, éd. Maurice Tourneux, Garnier, 1877-1882, 16 vol., t. II, p. 98.

2. *Amours d'Alzidor et de Charisée*, ouvrage traduit du grec. Première [-seconde] partie, Amsterdam, Chez Zacharie Chatelin, 1751, in-12, [4]-VI-106-[4]-105 p. La seconde partie a une page de titre propre avec même adresse et même date.

3. T. II, p. 365.

4. *Correspondance littéraire*, t. III, p. 486.

5. *Ibid.*, t. VI, p. 38.

*Métamorphoses, conte chinois dérobé à M. de V****, cet astéronyme désignant, on s'en doute, le patriarche de Ferney. Celui-ci ne daigna même pas répondre à l'imposture. Il est vrai qu'il n'avait plus alors que quelques mois à vivre… et d'autres chats à fouetter. Mais la *Correspondance littéraire* liquide l'impudent auteur en trois coups de plume : « On ne peut citer ici cette plate imitation du *Sopha* que pour assurer qu'elle n'a été dérobée à aucun homme de lettres connu, et moins à M. de Voltaire qu'à aucun autre. Le livre tombe des mains à la première page[1]. »

En conclusion, c'est *Mademoiselle Javotte*, dont l'attribution à Baret paraît pour le moins incertaine, qui restera le plus prisé de ses ouvrages. Non sans raison d'ailleurs, et le lecteur appréciera sûrement le tour alerte et piquant que donne l'auteur (quel qu'il soit), aux aventures de son héroïne, fille d'un portefaix et d'une revendeuse, qui fait commerce de ses charmes plutôt par goût que par nécessité. Ses amants successifs et simultanés sont croqués d'un crayon leste et juste. Ouvrant la farandole, c'est d'abord le financier Rondain, qui d'un doigt s'enquiert de son pucelage, de la main lui flatte les tétons et en propose cent louis. Puis vient le garde du roi Saint-Frai, « le mieux partagé du côté de la taille et de la figure », qui réussit à la déflorer, mais qu'elle sacrifie le jour même pour s'abandonner à l'abbé Mignard, qu'elle adore : gourmand comme une chatte, docteur ès libertinage, et avec cela, dit-elle, « la plus jolie poupée que j'aie vue : une physionomie fine, un œil voluptueux, un sourire malin, une taille élégante, des manières agréables lui servaient de recommandation auprès du sexe. Il joignait à tout cela, comme ceux de son espèce, une propreté scrupuleuse, des propos frivoles et un ajustement galant. Il n'en fallait pas tant pour séduire une Javotte ; je le fus en effet, et je lui donnai plus d'une preuve de ma séduction ». Ajoutez à la liste un grand seigneur qui la loue très cher, et un vieillard impuissant qui paie au prix fort le plaisir de se rincer l'œil. Tout cela frétille, fricote et fornique pour notre plus grande joie.

Doit-on regarder *Mademoiselle Javotte* comme un roman à clef ? La question paraîtrait aussi vaine que futile, si le bibliographe Jules Gay[2] n'avait retrouvé dans un exemplaire une note manuscrite, identifiant ainsi l'héroïne : elle s'appelait Jeanne Godeau, vivait à Paris, était fille d'un certain Gilles Godeau, fils d'un chevalier de Dreux et lointain parent d'Antoine Godeau, évêque de Vence, familier de Mme de Rambouillet un siècle plus tôt, et surnommé « le Nain de Julie ». Quant au garde du roi Saint-Frai, il se nommait en réalité Bernier, plus connu sous le nom de Bernières, et se prétendait bâtard du prince de Grimberghen.

1. *Correspondance littéraire*, t. XI, p. 540.

2. *Bibliographie des ouvrages relatifs à l'amour, aux femmes, au mariage et des livres facétieux, pantagruéliques, scatologiques, satyriques, etc., par M. le Cte d'I**** [Jules Gay], 3e édition entièrement refondue et considérablement augmentée, Turin, Nice et San Remo, Jules Gray et fils, 1871-1873, 6 vol., t. II, col. 956.

D'autres clefs feraient aussi bien l'affaire que celle-ci. Aussi ne la donnons-nous qu'à titre anecdotique, sans y attacher plus d'intérêt qu'elle n'en mérite. Des modèles de Javotte, il en courait par centaines dans le Paris de l'époque.

M. L.

PRINCIPALES ÉDITIONS : *Mademoiselle Javotte. Ouvrage moral écrit par elle-même, et publié par une de ses amies.* La Haye, J. Neaulme, 1757, in-12.

Édition attestée par *L'Année littéraire* de Fréron de 1758 (t. I, p. 238-241). L'édition de Bruxelles (Henry Kistemaeckers, 1883) offre un *Avant-propos* « de l'édition de 1758 ». Nous n'avons trouvé aucun exemplaire daté 1757 ou 1758.

Mademoiselle Javotte. Ouvrage moral écrit par elle-même, et publié par une de ses amies, Londres et Paris, 1762, in-8°.

Édition attestée par Antoine Alexandre Barbier (*Dictionnaire des ouvrages anonymes*, Paris, Daffis, 1875, 4 vol., t. III, p. 9), qui attribue l'ouvrage à Paul Baret ou Barret.

Dans : *Histoire du chevalier Des Grieux, et de Manon Lescaut. Première* [-seconde] *partie*, À Londres, 1782, 2 vol. in-24. BNF Y^2 60493 et Y^2 60494.

Fausse adresse ; imprimé en France, peut-être à Paris, d'après le matériel typographique.

Mademoiselle Javotte, ouvrage peu moral, écrit par elle-même, et publié par une de ses amies, Bicêtre [Paris], 1788, in-12. British Library P.C.30.g.19. et 1489.pp.45.

Mademoiselle Javotte. Ouvrage moral… [suivi de :] *Les Amours du comte de C****. Le tout illustré de 64 dessins par Amédée Lynen, Bruxelles, Henry Kistemaeckers, 1883, in-8°. British Library 12550.v.9.

Mademoiselle Javotte. Ouvrage moral écrit par elle-même et publié par une de ses amies, suivi de Les Amours du comte de Clare, Introduction et notes de Jean Hervez (pseud. de Raoul Vèze), Paris, Tchou, coll. « Mémoires indiscrets », 1967, in-16, 225 p. ; BNF 16 Z 12853 (3).

Avant-propos

Encore une brochure, s'écrient déjà nos petits-maîtres caustiques. On n'y peut pas tenir, c'est à périr ! Doucement, messieurs, s'il vous plaît ; c'en est une à la vérité, mais brochure où, pour flatter votre goût frivole, on n'y a peint vos sottises qu'avec des couleurs gaies ; brochure où, pour ménager votre faible jugement, on ne s'y est permis d'autres moralités que celles des faits. Enfin, c'est un ouvrage écrit par une jolie femme, et publié par une autre. Pourrez-vous lui refuser votre suffrage ? Je m'interromps pour laisser Javotte racheter votre ancienne amitié par l'histoire agréable de sa vie, et je reprendrai la plume pour lui mériter votre estime par le récit édifiant de sa fin.

CHAPITRE PREMIER

Je suis folle et jolie, cela me dispense d'observer aucune règle pour écrire mon histoire et de faire aucun préambule pour annoncer mon origine. Un corps vigoureux, une langue infatigable, joints à beaucoup de probité : voilà ce qui faisait le mérite de mes père et mère. La qualité de portefaix, celle de revendeuse décoraient les noms de Gilles Godeau et de Simone Bouru quand ils s'amusèrent à me faire.

Ils ne se doutaient pas alors du rôle brillant que je jouerais un jour dans le monde, et ont été plus de douze années sans le prévoir. Jusque-là, je n'avais pas pensé que je fusse vraiment jolie et que cela dût servir à ma fortune. Je n'avais encore trouvé que quelques jeunes garçons de mon espèce, qui disaient en me mettant la main sur la gorge : *Queux chenus cadets qu'a c'te mam'selle Javotte !* À quoi je répondais par des gestes de coudes et autres pantomimes poissardes.

Tout vient par gradation ; les propos qu'ils tenaient entre eux, le nom de catin que j'entendais souvent répéter à ma mère, ou plutôt son synonyme, la nudité d'un ange que je voyais toujours en tableau sur notre cheminée : tout cela, dis-je, me fit raisonner avant l'âge. Je fus curieuse de connaître telle chose, je me doutai de l'usage de telle autre, et je me proposai de m'éclaircir du reste.

À peu près dans ce temps, on se résolut à me procurer un état. On fit mille colloques sur tous ceux des femmes ; on les trouva, ou trop pénibles, ou trop médiocres pour une fille unique, le Pénate de la maison.

Enfin, on fit par réflexion ce que l'on aurait dû faire par jugement ; on consulta mon goût, il était porté à la coquetterie, je commençais à regarder avec envie les têtes bien coiffées ; ne pouvant jouir de cet avantage, je voulus au moins le procurer aux autres. Je demandai à être coiffeuse. On applaudit mon choix, on l'admira, on me mit en apprentissage.

J'entrai chez Mlle Villers, fort en vogue alors ; elle était, comme toutes les femmes de son état, pleine de complaisance pour ses amis et d'aigreur pour son domestique.

Si la société de cette femme n'était pas bonne, du moins était-elle nombreuse. Le monde que nous voyions était partagé en deux classes : le matin nous allions chez les gens de robe et de finance ; l'après-midi nous recevions les épétiers et les porte-collets[1].

Ceux-ci furent les premiers dont je captivai les regards ; elle est vraiment gentille, se disaient-ils entre eux ; on la façonnera, on en fera quelque chose.

— Petite, me disait un abbé au regard effronté, à la tête altière, il faut se tenir droite ; puis il relevait mon menton d'une main, et appuyait dévotement l'autre sur ma poitrine. Les conseils qui flattent notre coquetterie sont ceux que nous suivons de meilleur cœur. Cent fois le jour j'allais me redresser devant une glace ; elle me confirmait ce que je m'entendais dire continuellement. Je demeurais persuadée que j'étais jolie, mais ce n'était pas sans dépit que j'apprenais qu'il manquait beaucoup à mon ajustement pour faire briller mes charmes. Je fus la première à trouver un expédient propre à y réussir ; je priai mes compagnes de se perfectionner sur ma tête. Je choisis la moins maladroite pour faire cette épreuve. Ce jour est l'époque de ma vocation mondaine, et je ne puis le souffler[2] à la postérité.

Il me tarde d'être embellie ; je guette en même temps et le moment de le faire en liberté, et la personne qui doit le mieux y contribuer. Nous nous enfermons, je m'affuble d'un grand peignoir, moins dans la crainte de gâter mes hardes que dans la vue de les cacher. J'arrache la première le triste bonnet qui avait toujours enseveli mes beaux cheveux, je les

1. *Épétier* : porteur d'épée, militaire. *Porte-collet* : abbé.
2. *Souffler* : cacher, dissimuler.

déploie et les étends avec complaisance, mais quelle fut ma frayeur quand je vis tirer à Mlle Dargentière, ma coiffeuse, une longue paire de ciseaux. Je craignis de voir tomber sous leur tranchant le précieux ornement de ma tête. Cependant, elle m'assura qu'elle n'en voulait ôter que le superflu ; alors ma peur se dissipa, j'abandonne ma tête à la bonne foi de cette fille ; elle coupe, papillote, accommode, et jouit malignement, en me regardant dans le miroir, de l'agitation qui se peint sur ma physionomie. Un moment les larmes couvrent mes prunelles en sentant tirer mes cheveux, l'autre moment la joie brille dans mes yeux en voyant les boucles se former.

— Javotte, me dit ma compagne, voilà un minois à faire fortune, penses-y bien. Mais, ma fille, défais-toi de tes airs communs et de tes basses expressions. Les hommes veulent des manières.

Je ne l'écoutai pas alors, je ne m'occupai toute la journée qu'à me regarder dans les glaces, à raccommoder les boucles dérangées et à étudier la position de tête qui pourrait le mieux faire valoir mon accommodage et mes charmes.

Sur le soir, Mlle Villers rentra chez elle et fut frappée d'admiration à mon aspect.

— Cette petite morveuse-là est trop jolie, dit-elle à ses filles ; aucune de vous n'a une figure comme celle-là, ajouta-t-elle d'un ton aigre ; aussi en ferai-je quelque chose, j'en veux parler à mon financier.

À ces mots, elle se tut et s'enferma dans un cabinet pour écrire. Le reste de la soirée se passa sans autres propos qui parussent me regarder directement. Elle me dit seulement de me lever le lendemain du matin, et de venir lui parler. J'y fus en effet de bonne heure.

Elle me fit asseoir à côté de son lit, et me dit :

— J'ai à vous entretenir de choses importantes. Puis me fixant et me prenant la main elle ajouta : Vous n'êtes pas riche, Javotte, et il faut profiter des avantages que vous devez à la nature ; ce serait vous en rendre indigne que de ne pas les faire valoir. J'ai dessein de vous obliger ; je veux que vous me deviez votre fortune ; voyez, ma chère enfant, si vous pouvez correspondre à mes bontés. On a beau dire, soit préjugé ou sentiment, le cœur se révolte d'abord contre ce qui nous écarte de la vertu.

Je ne répondis que mollement aux premières offres de Mlle Villers ; je soupirai même, et j'avoue naturellement que mes soupirs n'ont jamais eu une si belle cause.

— Il ne s'agit point de faire la sotte, reprit la coiffeuse. Il faut penser à vous, ma fille ; le temps presse, l'occasion se présente, saisissez-la promptement.

Je la priai de s'expliquer sur ce qu'elle exigeait de moi, et elle le fit en ces termes :

— M. Rondain est le meilleur et le plus riche de mes amis. Il aime les femmes et se chargera volontiers de vous rendre service, si vous voulez être sage.

— L'honneur est ce qui m'est le plus cher au monde, lui répondis-je, madame, et l'on ne me verra jamais y faire faux bond.

— Ah ! l'honneur…, interrompit-elle en souriant, puis elle ajouta : Allez m'attendre, dans un moment je suis à vous.

En effet, elle vint bientôt me rejoindre, et s'enfermant avec moi, elle me fit dépouiller tous mes haillons et me revêtit d'une robe de perse à elle qui me parut être faite exprès pour m'embellir.

— Mettez aussi ces bas de soie, me dit-elle, tirez-les bien et nouez vos jarretières sur le genou, autrement vous déplairiez à votre bon ami.

On envoya chercher un collier de ruban couleur de cerise, on me mit un bonnet à la Comète[1], j'eus des gants blancs et des bracelets, en un mot toute la petite oie de coquetterie.

Il tardait à la Villers que je fusse habillée pour me montrer à faire la révérence. Enfin, elle me força de récidiver cet exercice plus de cent fois, et se plaignit toujours de ce que je m'en acquittais trop précipitamment.

— Quand votre monsieur viendra, me dit-elle, il faut courir à lui, l'embrasser, puis vous me laisserez le temps de lui parler en particulier, et lorsqu'il vous rejoindra, vous répondrez poliment à tout ce qu'il vous dira et vous prêterez complaisamment à tout ce qu'il exigera de vous. Ressouvenez-vous de ce que je vous recommande, insista-t-elle, et prenez bien garde de le dégoûter, car les hommes sont des animaux qu'il faut amadouer pour mieux les plumer.

La Villers m'instruisait encore quand nous entendîmes arrêter un carrosse.

— Levez-vous, petite fille, me dit-elle, voici M. Rondain, allez le recevoir à la porte.

— Qu'est-ce que je dirai à *c't'homme*, moi ? répondis-je, je ne le connais pas.

— *C't'homme*, reprit-elle vivement, *c't'homme* ! voyez la petite pécore, comme elle parle de quelqu'un qui peut faire sa fortune !

Elle l'entendit s'approcher à son essoufflement périodique et m'entraîna au-devant de lui. L'instant de la révérence arriva, et je la fis d'autant plus mal que je la voulais faire mieux, mes pieds s'embarrassèrent dans ma robe, et sans la Villers, qui me retint, j'eusse fait une douloureuse génuflexion.

— Bonjour, mon enfant, s'écrie, en se jetant à mon cou, le massif galant. Asseyons-nous, je n'en peux plus. C'est donc là la créature en question ? reprend-il en s'étendant sur un fauteuil. Venez ici, mon bouchon. Puis il frappe plusieurs fois son genou de la même manière que s'il voulait appeler un petit chien.

— Allez donc, quand monsieur vous le permet, me dit la Villers.

---

1. *Comète* : « l'on fait des coiffures de geai monté sur du fil de laiton, que l'on appelle coiffures en comète » (*Encyclopédie*).

J'y allai comme malgré moi. À peine fus-je assise sur cet automate parlant qu'il me serra dans ses bras et me donna brutalement mille baisers. Je n'ai rien de caché pour mon lecteur ; je sentis, au plaisir qu'il y prit, que je pourrais en prendre moi-même avec quelqu'un qui me plairait.

— Cela est-il vraiment neuf ? dit-il à la Villers, a-t-elle ceci ferme ? continua-t-il, en passant la main dans mon corset.

— Je vous la garantis pucelle…

— Ah ! voyons, reprit-il en faisant, d'un air maussadement galant, certaines incursions sur mon individu.

— Finissez, monsieur, m'écriai-je en levant la main sur lui, ou je vous *empogne*…

— Vous ! Ah ! quelle harengère ! s'écrie-t-il à son tour en se levant. Eh ! que veux-tu que je fasse de cela ?

— Mais aussi vous demandez du tout frais, répondit la Villers, où voulez-vous qu'on en trouve ? Ce ne sera pas parmi les bourgeoises ; elles en sont venues au point de nous damer le pion.

— Allons, allons, cela ne me convient pas, lui dit-il, je te remercie.

Il voulut se retirer, mais la coiffeuse le fit passer dans une autre pièce et lui parla, à ce que je pus entendre, très vivement.

Tandis qu'ils s'entretenaient, je demeurai immobile dans la même place où je gémis sur mon sort. Je me rappelais les sages préceptes de ma mère, puis je regardais ma robe et je pleurais, de peur de la quitter. « Chienne de glu, me disais-je, c'est pourtant là-dedans que l'honneur s'attrape. » Mlle Villers repassa dans la chambre où j'étais et se mit de moitié avec le financier pour me lancer un regard furieux.

Je vis sortir l'un sans regret et ne vis pas rentrer l'autre de même.

— Quittez des vêtements dont vous êtes indigne, me dit mon hôtesse, et remettez tout à l'heure vos guenilles.

J'avais lu quelque part que la vertu toute nue n'en est que plus belle, et j'eus assez de mémoire pour le dire à la Villers.

— Taisez-vous, bégueule, me répondit-elle avec son ton acariâtre.

Tout cela ne se passa point sans être aperçu de mes compagnes ; elles m'entendirent parler de m'en retourner chez mes parents et m'engagèrent à rompre un projet qui m'éloignait d'elles. Mlle Dargentière, celle que j'aimais le plus depuis qu'elle avait flatté ma coquetterie, prit sur elle de me ramener à la raison. Outre qu'elle avait le cœur assez bon, je m'étais attachée à elle parce que je lui trouvais de l'esprit, et je l'écoutais volontiers. Voici à peu près ce qu'elle me dit :

— Javotte, j'ai beaucoup lu, et j'ai vu que tout n'est que système, qu'il n'y a rien de vrai ; la même chose a deux faces et c'est la façon dont on la considère qui lui donne du mérite ou qui l'avilit à nos yeux. Cet honneur dont tu te fais une divinité, parce que tes parents te l'ont donné pour tel, n'est qu'un mot vide de sens, qu'un fantôme qui s'évanouit quand on veut s'assurer de son existence. Dis-moi, ma fille, crois-tu que toutes celles qui s'arrogent la qualité d'honnêtes femmes se privent pour cela de plaisirs, ou soient moins exemptes de désirs ? Non, ma chère enfant, tu serais dans l'erreur : les sens sont de même pour nous que pour les hommes, et s'il est quelques femmes qui soient sans amants, c'est qu'elles n'ont pas assez de mérite pour en captiver ou qu'elles sacrifient leur penchant au préjugé. Va, va, ma mie, nous naissons avec le goût du plaisir et nous nous y livrons presque toutes par vanité, par tempérament ou par intérêt. La femme de condition a un amant par air, la bourgeoise par amusement et l'indigente par besoin. La coquette le recherche, l'hypocrite le désire, la femme raisonnable le choisit. De tous les motifs qui peuvent nous déterminer, l'intérêt est sans doute le plus sensé ; je te conseille donc d'accepter ce financier : il te vengera du destin et de la fortune. Tu quitteras le commerce qui t'aura enrichie et tu feras mieux que les autres. Un jour, tu deviendras honnête femme sans restriction.

— Quoi, *mam'selle*, lui dis-je, l'honneur n'est donc pas *pu* sacré que les reliques de saint Ovide ? Pourquoi donc que tous mes parents en ont fait tant de cas ?

— C'est qu'ils ont été dupes du préjugé ; mais toi, tu serais bien folle de rejeter ta fortune. Dis-moi un peu, quelle comparaison y a-t-il à avoir en idée cet honneur chimérique et ne pouvoir se revêtir que d'un méchant casaquin[1] de siamoise[2] ou se défaire d'un préjugé pour se décorer des plus beaux ajustements, avoir des meubles magnifiques, des bijoux éblouissants, une femme de chambre, des laquais, un carrosse ?

— *Oui-da* ! m'écriai-je, je pourrais avoir un carrosse ?

— Mais, répondit-elle, celui de M. Rondain dès demain est à toi, si tu veux l'écouter.

— Et pourrais-je le montrer dans mon quartier ?

— Qui t'en empêcherait ? Cependant je ne te le conseillerais pas ; il est inutile d'éclater.

— Il y a donc *queuque* anguille sous roche ? insistai-je, puisqu'on ne peut se *carer* de ce qu'on a.

— Il n'y a rien autre, reprit-elle, sinon que tu serais blâmée des gens assez bouchés pour croire que c'est un mal.

— *Eh ben*, mademoiselle, pour les attraper, nous leur en soufflerons la connaissance.

---

1. *Casaquin* : « espèce de déshabillé court qu'on porte pour sa commodité. Il ne se dit guère aujourd'hui que d'un vêtement à l'usage des femmes du peuple ou de la campagne » (*Dict. Acad.*, 1835).

2. *Siamoise* : « étoffe mêlée de soie et de coton qu'on a vue la première fois en France, lorsque les ambassadeurs du roi de Siam y vinrent sous le règne de Louis XIV. Les siamoises de fil et de coton ont été plus heureuses ; il s'en fait toujours un assez grand commerce. Les unes sont à grandes, et les autres à petites raies de diverses couleurs ; leur largeur est de demi-aune, ou de près d'une aune ; quelques-unes se savonnent » (*Encyclopédie*).

La Dargentière me crut persuadée et me demanda si je voulais recevoir M. Rondain.

— Oh ! pour *ça* non, répondis-je, je ne veux de lui que le carrosse.

— Tu raisonnes comme une enfant, me dit-elle ; figure-toi que tout cela est comme l'amorce qu'on met au bout d'une ligne : il faut la toucher pour l'enlever.

— Mais *pardine*, mademoiselle, repris-je encore, je ne pourrai jamais me résoudre à aimer *c't'homme-là* ; il est gros et court, il a le front étroit, les yeux petits, la bouche grande, les joues plates, le rire bête.

— Ne t'en dégoûte pas, interrompit-elle ; il est comme presque tous ceux de son espèce.

— Eh bien donc, je n'en aimerai aucun.

— Mais qui te dit de l'aimer ? Faut-il s'attacher aux gens pour les ruiner ? Tu veux te prendre d'amour, tu choisiras quelqu'un qui en vaille la peine et que tu paieras pour t'amuser, mais tiens, Javotte, je ne te le conseille point ; cela cause trop de soucis et de peine. Nous autres, filles du monde[1], nous ne devons penser qu'à plaire et non à aimer. Figure-toi qu'il est de deux sortes d'amants. Pour la plupart, ils sont trompeurs et ne cherchent qu'à se satisfaire. Il en est d'une espèce assez rare, que j'appelle amants romanesques. Ceux-ci se prennent, disent-ils, de sentiment et vous font acheter ce grand mot par des soupirs, des larmes, des reproches, des excuses, et mille autres extravagances. Défie-toi également des uns et des autres. Vis libre, ma fille, et ne pense qu'à toi.

Le commerce que j'eus avec cette demoiselle et la spiritualité de ses conversations me la firent connaître pour une fille de famille qui s'était mise chez la Villers, moins pour se procurer un talent que pour flatter son libertinage. Je la remerciai et fus réfléchir sur tout ce qu'elle venait de me dire. Je repassai aussi les anciennes leçons de ma mère, mais elles étaient dans l'éloignement du tableau, et les diamants, comme le carrosse, en faisaient le sujet principal.

De si riches idées répandirent un air de satisfaction sur ma physionomie, qui lui attira de nouveaux admirateurs. Dès la même après-midi, mon abbé, un garde du roi et un jeune avocat me firent les doux yeux. Le garde monta la conversation sur le ton qui convenait à un homme de son état, l'abbé la soutint de même par goût, et l'avocat par occasion. On me prit les mains, on m'embrassa, on… que sais-je ? on fit maintes folies. Cela dura ainsi pendant plusieurs jours, et j'étais charmée que ces sortes de distractions me dédommageassent des mauvaises humeurs de Mlle Villers.

J'appréhendai cependant fort un matin qu'elle vînt me harceler de nouveau. Mais au contraire, elle me dit en ouvrant les rideaux de mon lit :

1. *Fille du monde, femme du monde* : au XVIIIe siècle, signifie « femme publique ».

— Javotte, voici une lettre qui s'adresse à vous.

Je l'ai toujours conservée, et je la rapporterai fidèlement au lecteur.

« Mon enfant,

« Un godelureau vous conterait mille sornettes inutiles ; mais moi, je puis vous compter cent louis ayant cours pour coucher avec vous. Je suis franc en amour, je parle clair et vous dis tout rondement que je vous trouve à mon gré et que je m'appelle

RONDAIN. »

Sans trop avoir d'idées de délicatesse, je trouvai ce poulet fort grossier. Je le fis remarquer à la Villers. Elle me dit que je devais le regarder comme une lettre de change, dont on ne fait cas que jusqu'à ce qu'on en ait touché la valeur. Elle m'invita à profiter de ces heureuses dispositions. Je fus cette fois moins caustique et plus sensible aux appâts qu'elle m'offrit.

J'éprouvai, ce jour-là, un mouvement qui m'avait été inconnu jusqu'alors. Je reprochai intérieurement à mes trois courtisans de ne m'avoir jamais écrit. Le garde du corps surtout me paraissait le plus blâmable. Il était le mieux partagé du côté de la taille et de la figure : de là l'on doit voir pourquoi je lui pardonnais moins qu'aux autres.

Ce qui le rendait criminel le rendit excusable. Il reparut à mes yeux et récidiva les folies qui me le faisaient aimer, l'abbé continua aussi ses privautés ordinaires. Pour l'avocat, il était encore dans l'âge où la timidité tient lieu de mérite ; il m'exprimait son amour par des soupirs.

Il est malheureux que ces sortes d'amants ne parviennent qu'à nous divertir, car il faut convenir que ce sont cependant ceux qui ont le plus de complaisance. Ce pauvre jeune homme me venait voir trois fois par jour, m'apportait tous les matins un bouquet, faisait autant de vers que de soupirs pour moi, habillait ses tendres déclarations de toutes les manières : ballades, rondeaux, acrostiches, stances, chansons… Comment donc ? j'en ris encore quand j'y pense : il m'a appris à rimer ! Il m'a donné du goût pour les lettres. En un mot, il est cause qu'en dépit de tous les Aristarques, je donne mon histoire au public. Si je ne l'aimais pas par goût, du moins le souffris-je par intérêt. Je sentais la nécessité de parler français, et je lui permis de me le montrer.

Mais il me paraît que le plaisir de m'entretenir de mes jeunes gens me fait longtemps oublier mon financier. On me l'introduisit le surlendemain de sa lettre dès le matin dans ma chambre. J'étais encore au lit ; il entra en marchant pesamment sur la pointe du pied, puis se jetant à corps perdu sur moi, il m'embrassa à sa manière. Cette grossière courtoisie m'éveilla en sursaut, je fis un cri affreux ; cela attira du monde dans ma chambre. M. Rondain demeura déconcerté et le fut encore plus en me voyant habiller. En vain voulut-il recommencer ses tentatives. Je ne me rappelle pas sans rire qu'il avait la balourdise de me répéter toujours à l'oreille : « J'ai les cent louis sur moi », et que j'avais la simplicité de rougir de ses offres.

Lassé de mes refus obstinés, il fut porter ailleurs sa mauvaise humeur et me laissa reprendre ma bonne. L'affluence et l'assiduité de mes courtisans la rendaient de jour en jour meilleure. Saint-Frai, mon garde du roi, y mit le comble en s'expliquant naturellement sur sa passion. Il le fit d'une manière enjouée et cavalière, qui en général plaît plus aux femmes que les soupirs langoureux.

Cela me mit à portée de lui parler des persécutions de M. Rondain.

— *C'est une éponge à presser au besoin*, me dit mon amant, et loin que je croie que cela puisse traverser nos amours, je pense au contraire que cela ne doit que les soutenir. Le bonhomme paiera les violons et nous danserons pour lui. Prends ce *gonze*-là, ma chère Javotte, ajouta-t-il en m'appliquant un baiser voluptueux sur les lèvres.

Ce baiser fit passer le plaisir dans mon cœur et la volupté dans mes yeux. Je soupirai et me laissai aller nonchalamment sur Saint-Frai. Il me saisit dans ses bras, m'assit sur ses genoux, me passa une main dans la gorge et mit l'autre en meilleure place.

— Ah ! monsieur, que faites-vous ? dis-je en bégayant.

— Ce que je dois, ma fille, répondit-il en riant et me portant sur le meuble le plus utile de la maison.

— Finissez ! m'écriai-je.

Il me clôt la bouche de la sienne, puis il se met en devoir de s'excuser par la faute même.

— Eh, mon honneur !

— Je le cherche, dit Saint-Frai en riant.

Puis il reprend :

— L'honneur n'est rien, ma fille, l'amour est tout.

Il me le prouva vraiment, et jamais preuves n'ont été plus sensibles.

Je fus très surprise de voir cet amant répondre à mes pleurs par des éclats de rire en se retirant de mes bras.

— Méchant, vous riez de ma faiblesse !…

— Non, parbleu, je ris de ton ignorance : tu as fait cela comme si tu avais eu affaire à ton financier.

Ce qu'il me disait était de l'algèbre pour moi.

— Mets-toi là, dit-il, que je t'instruise.

Je m'assis sur lui, et il m'apprit les différents exercices amoureux dont nous devions nous servir, suivant les espèces de gens à qui nous avions affaire. L'entreteneur devait être traité avec plus d'égards, le favori avec plus de passion, le vieillard avec plus de travail, l'homme à sentiments avec plus de difficulté.

— Il faut mettre de l'art dans tout, dit ce singulier maître, et chaque métier a son esprit. Je te reverrai souvent ; compte que je prendrai soin de t'instruire et de te faire répéter tes rôles.

Je le vois prêt à me quitter, je saute à son col et lui dis :

— Vous m'abandonnez déjà, Saint-Frai ?

— Tu n'es pas la seule affaire que j'ai, répond-il en pirouettant. Adieu, Javotte, pense à notre fortune.

Ce jour était celui de mes conquêtes. Le garde du corps fut à peine sorti que le porte-collet entra ; il m'apportait un bouquet et se chargea lui-même du soin de le placer. Je reculai d'abord, mais on pense bien que je n'avais pas la force de résister. Je me laissai aller sur une bergère, l'abbé en fit autant, persista dans ses hardiesses et vainquit ma résistance. Pour peu qu'une femme ait de penchant à la coquetterie, c'est moins l'amant en lui-même que la figure et l'ajustement qui la séduisent. L'abbé Mignard était la plus jolie poupée que j'aie vue : une physionomie fine, un œil voluptueux, un sourire malin, une taille élégante, des manières agréables lui servaient de recommandation auprès du sexe. Il joignait à tout cela, comme ceux de son espèce, une propreté scrupuleuse, des propos frivoles et un ajustement galant. Il n'en fallait pas tant pour séduire une Javotte ; je le fus en effet, et je lui donnai plus d'une preuve de ma séduction.

Il ne me restait plus rien à faire, mon amant portait une calotte ; je lui proposai des scrupules. Je ne sais s'il dut la force de ses raisonnements au fruit de ses études ou à l'esprit de son état, mais je lui rends la justice de convenir qu'il leva mes doutes, détruisit mes principes et me débita une morale aisée, mieux que n'auraient fait Mlle Dargentière et Saint-Frai ; mieux même que n'aurait pu faire l'athée le plus décidé.

Il y a si peu de différence entre le rôle qu'il joua avec moi et celui du garde que je n'entreprendrai point de le rapporter. Je m'empresse de le congédier pour introduire mon avocat qui le remplacera d'une manière assez plaisante à nous autres femmes du monde pour être décrite. J'essaye de faire son portrait avant.

Une tête immobile soutenait avec soin de longs cheveux artistement accommodés et plaqués sur les hautes épaules de ce jeune homme. Un habit d'un noir lustré, un bout de jabot arrangé en cour, de longues manchettes décoraient ce grave personnage. Il eut la complaisance de sourire en entrant et prit la peine de soupirer à mon approche.

— Hélas ! bonjour, ma chère, me dit-il d'une voix langoureuse ; comment vous portez-vous ?

— Fort joliment, répondis-je sur le ton badin qui m'était naturel et qui convenait à mon nouvel état.

— Vous riez ! reprit-il, en portant ses bras nonchalants sur mes mains ; pouvez-vous bien rire, quand je me meurs !

— Vous mourez ? répondis-je. Eh ! de quoi donc, s'il vous plaît ?

— D'amour, ma reine…

— *Bah* ! vous badinez… moi j'éprouve tout le contraire, mon goût pour la vie s'accroît avec mes dispositions pour l'amour.

— Eh quoi ! cruelle, vous avez la barbarie de l'avouer ? Non, je ne croirai jamais que ce ne soit que des dispositions. Le fait n'est que trop réel ! Vous aimez, tout me l'assure. Votre âge, vos regards... Mais qui m'assurera que je suis l'objet de votre amour ?

— *Ah dame* ! vous m'interloquez, je n'en sais pas si long que *tout ça*.

— Voyez, reprit ce langoureux amant, si vous daignez seulement me faire de pareilles questions !

— Oh ! Dieu ! m'écriai-je, *c't'amour-là* est un *catéchisse*. Eh ben ! monsieur, comment m'aimez-vous, s'il vous plaît ?

— De tout mon cœur, de toute mon âme, répondit-il en se jetant à mes pieds. Oui, belle Javotte, vous m'occupez tout entier. Je vous suis attaché par le lien le plus délicat, l'étreinte la plus forte ! Je vous aime, je vous adore par sentiments.

— Comment, mais *c'est un sort que tout ça*, répondis-je, et que faut-il que j'y fasse ?

— Ce qu'il faut que vous fassiez ? Ce que l'amour inspire, ce que mon cœur désire, ce que mes yeux expriment... Allons, ma chère Javotte, jurez-moi que vous m'aimez et que vous m'aimerez toujours... Ne vous opposez plus à mon bonheur, mettez-le à son comble.

J'ai toujours eu le cœur tendre ; l'expression langoureuse de ses yeux excita ma pitié, j'allai nonchalamment au premier champ de mes victoires. Il m'y suivit et se mit en devoir d'en remporter une avec moi, mais le pauvre diable avait glacé son courage ; on n'aurait jamais soupçonné qu'il en fût même susceptible. Cette découverte ne me satisfit pas trop. Je cherchai à me rendre la victoire personnelle, j'y mis du mien, il s'y aida de son mieux : notre attente fut aussi longue que vaine.

Je me rappelai les leçons de Saint-Frai ; j'opposai des difficultés, mais elles vinrent trop tard et n'eurent qu'un mauvais succès. Enfin, je me déterminai à traiter mon athlète en vieillard et je ne fus pas plus heureuse.

La coquetterie nous est naturelle ; j'éprouvai du dépit sans réfléchir sur l'affront. Je quittai la place et fus m'asseoir à l'autre bout de la chambre. Mon pauvre avocat s'appliqua d'abord à ensevelir sa honte, se tint quelques instants contre une fenêtre et vint me demander si j'étais toujours fâchée. Je lui répondis par un de ces gestes de coude que je conservais encore de mon premier état.

Pour se disculper de sa faute, il usa de ces belles phrases dont les femmes ne sont plus dupes et qui ne firent pas plus d'impression sur moi que sur une autre. Il se retira aussi mortifié que j'étais piquée, et promit de faire tout au monde pour réparer ses torts. Un pareil événement me donna beaucoup de défiance sur le compte du financier. Cependant, je ne pus refuser aux sollicitations de Mlle Villers de recevoir encore une de ses visites du matin.

Je ne sais s'il attendait sa victoire de son mérite ou si la coiffeuse la lui avait fait espérer, mais il avait l'air maussadement conquérant que peut avoir un homme de sa sorte.

— À la fin, je te tiens ! me dit-il en m'embrassant. Me mettrai-je là ? me demanda-t-il avec des yeux étincelants. Allons, tout cela est à moi, moyennant les cent louis ; et en vérité c'est bien payé, ajouta-t-il, en permettant certaines libertés à ses mains.

Je fis quelque résistance, autant par manège que par dégoût.

— Comment, tu joues le scrupule ! s'écria-t-il ; oh ! la folle ! à quoi tout cela mène-t-il ? Il en faudra toujours venir là. Me persuaderas-tu qu'une femme puisse tenir contre cent louis ? Javotte, ma fille, dépêche-toi, je sens… je sens… qu'il faut…

À ces mots, il s'interrompait, appuyait sa tête contre mon sein, me lançait un regard enflammé et me disait en grimaçant un sourire :

— Cent louis et du plaisir, tu refuserais tout cela ?

Il agissait déjà comme s'il eût été persuadé du contraire. Pour moi, mon antipathie faisait honneur à mon rôle. Je défendais avec autant de rigueur qu'il attaquait, mais soit que ce rôle ne nous soit pas naturel ou que sa persévérance fût opiniâtre, il remporta une victoire dont il me paya les palmes.

CHAPITRE II

La Villers ne manqua pas d'exagérer le bonheur du financier ; on parla de l'assurer, on prit des mesures à cet effet en déjeunant.

Dès le lendemain, je changeai d'état, de demeure et de nom ; je fus *madame* en un mot, et madame à laquais, à femme de chambre.

On pense bien que je soutins comme de coutume l'orgueil de mon nouvel état. Valets, amis, parents, tout fut traité avec la hauteur et la suffisance la plus décidée.

La vanité fut ce qui m'occupa les premiers jours de ma fortune ; je les employai à faire des acquisitions qui pussent sinon satisfaire, du moins flatter mon ambition. Mais la volupté a bien autant d'empire sur les femmes de ma sorte que la coquetterie. Je commençai à m'ennuyer de l'absence de mon garde du roi. Je pouvais lui écrire ou l'aller voir ; l'un et l'autre avaient des difficultés, mais le plaisir devait être le prix du dernier expédient, je m'y arrêtai. Je m'habille de grand matin, j'allie sans goût le négligé avec la parure. Je prends un fiacre, je lui donne l'ordre à la porte pour le palais Marchand[1], et je le change en route pour aller chez Saint-Frai.

Il ne m'attendait pas et se dédommageait de mon absence dans les bras d'une grisette. Quel coup de théâtre pour moi ! J'arrive, j'ouvre les rideaux du lit, et je me vois sacrifiée à une petite fillette.

1. Le palais de justice, ainsi surnommé à cause des nombreux marchands, notamment les libraires, dont les boutiques occupaient les galeries.

— Oh scélérat ! dis-je à Saint-Frai, est-ce donc ainsi que vous m'aimez ?

Il s'éveille, se frotte les yeux, me regarde, et se retourne du côté de sa compagne.

— Je vous le disais bien que ma faiblesse me serait funeste, lui dit-il.

Puis il se lève avec promptitude et vient se précipiter à mes genoux. Son attitude et son négligé m'intéressent en sa faveur, mais sa trahison et la présence de ma rivale renouvellent mon courroux.

Cependant, il persiste à me faire ses excuses ; il me prend les mains, les couvre de baisers et de larmes. Je vois percer tout à la fois dans ses yeux l'expression du sentiment avec celle du plaisir. La dernière, on le croira sans peine, est celle qui me touche le plus. Il s'en aperçoit, se relève, et me dit :

— Javotte, tu es bonne, je t'aime : que de raisons pour me pardonner !

En disant ces mots, il me pousse contre un siège, je tombe dessus, il m'y suit, et j'ai la satisfaction de jouir de mon triomphe en présence de ma rivale. L'amour-propre m'eût presque déterminée à le mettre à son comble sans un reste de pudeur qui subsistait encore dans mon âme.

Outrée de dépit et chargée de confusion, la grisette s'habille à la hâte, nous regarde avec fureur, pousse des soupirs, murmure tout bas et se retire. Sa disparition nous procure le moyen de sceller notre réconciliation de mille plaisirs. Saint-Frai veut faire succéder ceux de la table à ceux de l'amour. Il fait galamment les honneurs d'un déjeuner dont il me laisse uniment faire les frais. Le condrieux [1] coulait déjà à grands flots quand nous fîmes monter des huîtres.

Dieux ! quelle fut ma surprise à l'aspect de celle qui les portait ! une huître à la main, le coude sur la hanche, l'œil ouvert, le col avancé, elle me regarde et fait, en admirant ma parure, des exclamations aussi burlesques que triviales.

Ma vanité était trop mortifiée en cette rencontre pour avoir la force de soutenir la conversation.

— Respectez Mademoiselle, reprit impérieusement Saint-Frai, ouvrez vos huîtres, ma mie, et laissez-nous en paix.

— Javotte est ma *gnièce*, s'écrie la harengère en fureur, et je prétends qu'elle *détale*.

— Sors d'ici, vile créature ! reprend mon amant, en allant à elle.

— Arrêtez, lui dis-je, monsieur, cette femme est ma tante.

Celle-ci lui fait défi d'avancer, le garde redouble de colère, moi d'attendrissement, et la harengère d'impertinence. Cependant, les droits du sang l'emportent ; je me mets entre eux, je fléchis le courroux de mon amant, j'excite la tendresse de ma tante, nous nous remettons assez pour pouvoir parler d'une manière énergique.

1. *Condrieux* : vin blanc de la vallée du Rhône.

— Asseyez-vous là, je vous prie, lui dis-je après m'être un peu recueillie, et en lui versant un verre de vin, et écoutez-moi. Tenez, ma tante Charlotte, à Rome on a des pardons pour de l'argent ; serez-vous pis que le pape ? me refuserez-vous le mien pour quatre louis ? Allez, allez, ma pauvre tante, quand vous irez en marchandise, on ne vous demandera pas d'où vous vient cet argent-là ; il vaut tout autant que celui d'un autre.

— Oh ! c'est encore vrai, dit la poissarde en soupirant et en avalant un verre de consolation. Mais Javotte, c'est pourtant *ben dur* de n'avoir qu'une *gnièce* et de la voir *fille joyeuse*. Et puis, que dira ta mère ?

— Ah ! j'ai bien pensé, repris-je, qu'en considération de mes quatre louis vous garderiez le secret.

Elle entra dans le détail de la cherté de la marchandise, de la rareté de l'argent, et me fit entendre que mon secret valait au moins six louis. J'en passai par où elle voulut, et je lui achevai la somme sans marchander.

Ma tante but, se grisa, jasa, et les confidences que nous dûmes à son ivresse me prouvèrent ce que Mlle Dargentière avait avancé sur le compte des femmes. Elle ne sortit pas sans nous laisser dans la vive persuasion qu'elle avait fait dix fois en sa vie par occasion ce que je faisais alors par goût.

Je quittai aussi Saint-Frai, après être convenue avec lui des moyens de nous revoir. En rentrant chez moi, je trouvai mon financier qui s'impatientait fort de mon absence. Il me la reprocha et me fit sentir crûment que j'étais payée pour l'attendre et l'amuser.

L'art de dissimuler si naturel aux filles du monde, secondé du peu de leçons que j'avais reçues chez la Villers, m'aida à lui en imposer par quelques menteries et à le désarmer par maintes caresses ; il les voulut payer des siennes, mais je les éludai de manière à lui faire croire que c'était pour le punir des soupçons d'infidélité qu'il avait osé former sur moi.

Il prétendit au moins me faire chanter pour se dédommager par cette petite complaisance de celles que je lui refusais. Je chantai à ma manière, c'est-à-dire sur un ton, et avec un air poissard, dont je n'avais encore pu me défaire.

— Il te faut un maître de musique, petite, me dit-il, car il est affreux qu'étant à moi, tu chantes de cette manière. Je t'en enverrai un tantôt. Adieu. Rends-toi digne de mes bontés et sois sage.

Notre façon de penser et le cas que nous faisons des gens déterminent celui que nous devons faire de leurs conseils. D'après cela, on juge bien que je ne prêtai aucune attention à ceux de M. Rondain ; je me proposai même, au contraire, de me dédommager de l'ennui qu'il me causait par d'agréables passe-temps. J'y pensais encore lorsque j'entendis sonner à ma porte ; on le fit avec tant de bruit que j'y courus la première.

Un commissionnaire rusé me demanda un nom inconnu et me glissa un papier dans la main ; je répondis adroitement à ses questions et je rentrai pour lire ce billet.

C'était la lettre la plus ensentimentée que pût m'écrire mon pauvre avocat ; il me demandait un entretien particulier dans des termes respectueux à faire mourir de rire. Le simple respect est une faible recommandation auprès d'une femme de mon espèce. Je voulus cependant mettre mon triste galant à portée de m'offrir quelque chose de mieux ; je lui donnai un rendez-vous pour le soir même, et me parai dès lors de manière à le forcer de réparer ses torts.

J'étais encore occupée de ma parure quand on m'annonça mon maître de musique. C'était l'homme le plus maniéré, l'être le plus frivole, en un mot le maître le plus à la mode qu'on pût voir. Ce jour, il ne me montra que la gamme, et la musique fut ce qui nous occupa le moins. Tout en me donnant ma leçon, il me dit les folies et les impertinences requises, passa de là aux privautés les plus décidées ; l'obtention de nos faveurs est approchant comme le prix de la bague : c'est en tournoyant qu'on l'obtient ; ce fut de même que mon musicien obtint les miennes ; il répéta négligemment ses leçons et nous répétâmes exactement nos plaisirs.

Ils ne firent aucun tort à ceux que je me procurais ailleurs. Entraînée par cette idée de plaisirs qui fut longtemps le mobile de mes actions, j'ai négligé de rendre compte de la visite de mon avocat ; elle m'avait coûté assez d'apprêts pour être rapportée.

— Enfin, me dit-il, mademoiselle, vous avez immolé l'honneur à l'intérêt : vous voilà au rang de ces filles dont les charmes deviennent un honteux trafic.

J'étais nonchalamment couchée sur mon canapé, et j'écoutais avec un air moqueur les leçons de mon triste galant.

— Croyez-moi, mademoiselle, reprenait-il d'un ton de prud'homie, le vice n'a jamais qu'un succès passager, il est toujours trop peu réfléchi dans ses desseins, trop peu prudent dans leur exécution pour mener à un bonheur solide. Dites-moi, mon cœur, continuait-il en me regardant avec pitié, pourquoi avez-vous pris ce parti ? répondez-moi, ma chère amie…

— Parce qu'il m'a plu, lui dis-je avec cet air mutin que nous employons pour charmer et persécuter les hommes.

— Mais encore un coup, où voulez-vous que cela vous mène ?…

— Où cela pourra. J'aime qu'on m'amuse, et non qu'on me sermonne.

Il allait encore répliquer quand je lui dis en me levant :

— N'aviez-vous que ces propos à me tenir ?

Il m'arrêta et me dit :

— Mon cœur en aurait mille autres à vous adresser, belle Javotte, mais il craint de vous trouver rebelle à ses désirs…

— Allez, monsieur, vous n'êtes qu'un écolier, ce sont des risques qu'on doit courir impunément…

— Ah ! mademoiselle, je vois bien que vous ne connaissez pas le sentiment : il nous rend timide auprès de l'objet de notre amour.

— Ma foi, monsieur, repris-je, je vois, moi, que ce serait une fort mauvaise connaissance, et j'éviterai toujours de la faire.

— C'est pourtant ce qui raréfie et sublimise l'amour, dit encore l'avocat.

Je croirais volontiers que les richesses défrichent l'esprit. Je commençais à raisonner bien ou mal ; voici comme je le fis alors :

— Monsieur, je tiens de gens qui en savent plus que moi que l'honneur et les sentiments ne sont que des grands mots qui ne signifient rien ; cela s'accorde assez avec ce que je vois et ce que je pense, je m'en tiens là. Que vous soyez amoureux de moi par sentiment ou sans sentiment, il n'en sera pas moins vrai de dire que vous aurez les mêmes désirs, que quand ils seront satisfaits les choses auront leur cours ordinaire. Ainsi, mon cher, sans tant de subterfuges, ne vous mêlez point de mes affaires, si vous voulez avancer les vôtres.

— Quoi ! s'écria-t-il, il ne me sera pas permis d'inspirer de la délicatesse à la personne du monde à qui je voudrais en voir le plus ?

— Tenez, mon bon ami, repris-je, tout cela se réduit à deux points : il vous sera permis de m'aimer tant que cela ne me gênera pas, et il me sera loisible d'en faire autant, ou de ne le pas faire suivant mon goût ou mon caprice.

— D'où vient, reprit-il en soupirant, que vos rigueurs soient de nouvelles chaînes pour moi !

J'ai toujours eu plus de goût pour l'amour badin que pour l'amour larmoyant. Je me levai et courus d'un pas léger pirouetter devant la glace. Je chantai les sept notes de musique que je savais, je regardai mon singulier galant, je lui fis un sourire, je raccommodai mes girandoles et lui demandai ce qu'il en pensait.

— Ne suis-je pas charmante ? continuai-je en me caressant et en relevant mon estomac hors de mon corps.

— Cette glace, reprit-il, ne peut vous en donner de plus grande certitude que mes yeux et mon cœur.

— Je m'en doutais bien, répondis-je encore sur un ton folâtre, tout le monde me l'assure…

— Et sans doute que tout le monde vous dit aussi qu'il vous aime. Mais en vérité, ma chère Javotte, personne ne peut le faire avec plus d'ardeur et de délicatesse que moi, personne ne pourrait vous en donner des preuves plus sensibles…

À ces mots, je lui jetai un regard ironique qui lui coupa la parole. J'allais la reprendre quand il fit un de ces soupirs où le désir a plus de part que le sentiment. Ce soupir ne fut que le prélude d'un tendre baiser, qui acheva de me désarmer, ou plutôt de m'attendrir ; je m'abandonnai nonchalamment à la conduite de ce jeune homme ; il me fit asseoir sur ma duchesse, il y joua encore quelque temps le rôle d'écolier, et ce rôle, tout sot qu'il était, me parut ne me préparer que des plaisirs plus vifs ; ils le furent en effet : ce singulier combat de plaisir et de sentiment, qu'il lui plaisait de mettre en jeu en cette occasion, tourna au profit de la volupté, et l'amant dut à ma lubricité un bonheur qu'il crut devoir à son mérite. Il y a bien des dupes de cette espèce !

Les hommes s'aveuglent aisément sur leur mérite. Celui-ci voulut encore me donner des preuves du sien, mais je craignis qu'il ne se mît en défaut ; je voulus lui en épargner l'affront ; je ne le fis cependant pas sans lui lancer quelques désespérants sarcasmes à ma façon. Ils lui firent reprendre son sérieux et la porte : c'était tout ce que je voulais de lui.

Les ouvriers qui travaillèrent bientôt après chez moi, soit pour l'ornement de ma maison ou pour ma parure, me forcèrent à faire trêve aux plaisirs réels ; je m'en dédommageai par ceux de spéculation, et je lus en très peu de temps toute la bibliothèque des libertins : les romans de MM. La Mettrie, Diderot et Crébillon m'aidèrent à faire un cours complet et rapide de volupté ; je leur dus l'art de raffiner et de créer les plaisirs, de faire remplacer les sens par l'esprit ou la réalité par l'imagination. Mon musicien et mon garde du roi furent les premiers qui jouirent du fruit de mon étude, mais l'abbé fut celui qui en tira le plus. Il était naturel qu'il fût le mieux partagé, puisque c'était à lui à qui je devais et les livres et les leçons qui m'avaient si bien instruite.

Pour mon financier, il était trop rond en tout pour être sensible à tant de raffinements. Il s'occupa de tout autre chose. Il me crut assez formée pour m'afficher dans le monde comme lui appartenant. Il me mena au Palais-Royal, à l'Opéra et au bal.

Tout est singulier, tout est propre aux aventures pour une fille qui débute dans le monde. Je n'offrirais rien de nouveau au lecteur en lui faisant le tableau des êtres ridicules qui vont se montrer dans ce jardin, et peut-être même ce tableau lui déplairait-il d'autant plus qu'il s'y reconnaîtrait pour un des principaux personnages. Je passe donc à ce qui m'intéresse particulièrement. À peine fus-je assise dans le cercle des femmes à la mode que je vis venir un groupe de petits-maîtres ; ils m'avaient lorgnée du bout de l'allée. Ils nous abordèrent en ricanant ; entre mille propos galamment impertinents de ces messieurs, je me rappelle ceux d'un d'entre eux, qui m'intéressèrent d'autant plus que je me promis dès lors de l'avoir bientôt sur mon compte.

— Eh bien ! mon pauvre Rondain, dit-il à mon monsieur, en lui frappant sur l'épaule, c'est donc cette petite personne-là qui est la souveraine de ton cœur ? Je t'en fais mon compliment, elle est d'une beauté à ravir, elle est faite pour faire tourner la tête à tout l'univers. Mais, mais, marquis, disait-il en s'appuyant négligemment sur un de ceux qui l'accompagnaient, de grâce admire-moi ce minois-là, c'est une divinité ! c'est un prodige ! un miracle ! Ah ! parbleu, cela vaut mieux qu'un Rondain.

Puis il s'approchait de moi et me demandait à l'oreille : « Combien vous donne par mois notre Midas ? » À cela je rougissais, sans doute moins par pudeur que par décontenance.

— Ah ! ah ! ah ! reprenait-il, elle sait encore rougir ; parbleu la découverte est bonne. Allons, mon cher Rondain, il faut que tu nous donnes à dîner, et que ce soit chez la petite.

Mon financier parut d'abord embarrassé, mais quelqu'un lui fit entendre adroitement qu'un butor comme lui ne pouvait refuser l'honneur de traiter un homme de condition. Il l'accepta et nous revînmes chez moi avec ces messieurs.

Je ne laissai pas d'être surprise de voir, par leur façon de considérer ma maison, que quoiqu'elle fût fort belle à mon avis, elle parut très médiocre au leur. On n'attendit pas le dessert pour sabler le champagne ; on prétendit qu'on était d'un lourd à assommer sans l'usage de cette boisson, qu'elle rendait les esprits volatils, qu'elle opérait des effets merveilleux quand on en faisait habitude. On en but et l'on m'engagea à en boire plus que de besoin, suivant les belles manières ; on brusqua le dessert pour se livrer à des plaisirs plus libres. On se leva de table, on se dispersa dans les appartements. Le comte de G*** (le même dont je viens de parler) fut le seul qui ne me quitta pas ; il se mit près de moi sur mon canapé favori, prit une de mes mains dans les siennes, la porta plusieurs fois à sa bouche, la baisa, et me dit :

— Savez-vous bien que je vous aime à l'adoration, mon ange, et que vous êtes une petite coquine dont je suis fol ? Ah ! voilà des yeux contre lesquels on ne peut tenir ! c'est une perfidie que cela ! me voilà pris et je vous aime à la rage. Dis-moi, petite folle : un financier me vaut-il ? Pourras-tu résister à ces airs, à cette taille, à… ce baiser ? reprenait-il, en m'en appliquant un des plus expressifs.

Pendant qu'il me serrait de la sorte, mon monsieur se promenait avec un air rêveur dans les appartements, baissait la tête en se frottant les mains. Je m'aperçus qu'il jetait de temps en temps des regards maussades sur nous ; je poussai le comte pour le lui faire observer. Sans se déconcerter, il changea d'attitude et dit au pauvre Rondain :

— Eh bien ! mon cher ami, me reconnais-tu à mes folies ? Si tu n'étais pas persuadé de mon attachement tu croirais que j'en tiens pour la petite, mais j'aimerais mieux brûler que de te faire pareil outrage ! Trahir mon pauvre Rondain ! ajoutait-il, en lui sautant au col, *perfider* mon cher ami ! Ah ! j'en suis incapable.

— Cependant, il me paraît que vous n'êtes pas mal ensemble, reprit notre dupe, et si je ne me trompe…

— Oh ! point, interrompit le comte, ce que je lui disais te prouvera quel fond je fais sur ton amitié pour moi et sur son amour pour toi. Tu ne devinerais jamais de quoi je lui parlais.

— Oh ! je ne suis pas fin, moi, répondit le financier, et je ne me suis jamais fatigué la tête à deviner…

— Eh bien ! il faut donc te le dire, mais promets-moi avant que tu ne me donneras pas la mortification de m'être trop avancé, car les gens de ma sorte n'aiment pas à se commettre avec tout le monde. Tiens, mon cher Rondain, j'ai des embarras par-dessus les yeux, tu me vois furieux, excédé, et sans un ami comme toi je suis un homme perdu. J'exige absolument de ton amitié que tu joignes deux cents louis aux autres bagatelles que tu sais.

M. Rondain allait répondre quand le comte l'interrompit et lui dit :

— Permets à mon amitié de t'interrompre. Tiens, mon cher, je veux être *annihilé* si je ne te fais avoir un bon avant qu'il soit six mois. Songe que tu me réduis au désespoir si tu me refuses ce que je te demande. Ah ! Rondain ne me le refusera pas, continuait-il, en lui frappant sur l'épaule. Allons, ma reine, parlez pour moi, afin qu'il le fasse sur-le-champ.

Le richard reprit vivement :

— Sur-le-champ, sur-le-champ ! S'imagine-t-on que parce que je suis financier il n'y a qu'à se baisser et en prendre ?… Non, parbleu ! nous savons mieux qu'aucun autre ce que l'argent coûte. Tenez, vous ne sauriez croire ce que j'ai dépensé pour cette petite créature-là.

Il allait en faire le détail quand nous l'interrompîmes par nos caresses :

— À la bonne heure, dit-il au comte ; je veux bien encore sacrifier deux cents louis, parce que vous êtes mon ami, mais songez que l'argent nous porte intérêt à nous autres, et que vous me promettez un bon.

On réitéra la promesse et l'on empocha l'argent sur l'heure. Le reste de la journée n'eut rien d'assez intéressant pour être décrit. Je passe à d'autres sujets : plus ils sont diversifiés, plus ils amusent. J'ai dit que j'étais convenue de certaines heures pour voir mon garde du roi, et j'aurais dû dire que nous avions exactement rempli nos conventions. Un jour qu'il m'avait donné plusieurs preuves de son mérite, il voulut le mettre à prix, et voici comme il le fit :

— Quelle couleur aimes-tu, ma chère amie ?

— J'aime assez le bleu céleste…

— Eh bien ! ma fille, je veux porter tes livrées. J'aurai un habit de cette couleur, mais il faut que Javotte apprenne un peu l'usage du monde et qu'elle se dresse aux belles manières…

Il s'interrompit en cet endroit et me dit ensuite :

— Je parie que tu ne sais pas ce que je veux dire.

— Je le saurai quand vous me l'aurez appris, repris-je.

— Quoi, tu ne m'entends pas ? et tu ignores encore ce qu'une maîtresse doit à un amant de mon état ?…

— Oui, en vérité, et je crois que je viens de faire tout ce qu'on peut exiger…

— Mais écoute : c'est d'après cela même qu'il faut penser à me dédommager de ce que mes visites et mes peines pour toi prennent sur mes occupations, mes amusements et mon embonpoint. Enfin, ma chère, tu passerais pour une avare si tu ne te chargeais des frais de garde-robe et d'auberge d'un jeune homme qui t'amuse.

Le premier de mes amis a été l'intérêt, et c'est celui qu'on oublie le moins ; il fallait le sacrifier et ce sacrifice me fit rêver.

— Tu réfléchis, Javotte, me dit-il ; c'est sans doute à la manière généreuse que tu emploieras pour me tirer d'embarras, ou peut-être te trouves-tu toi-même sans argent ? Va, ma fille, ton bon cœur me suffit, que cela ne t'afflige pas.

— Hélas oui, lui dis-je, je n'ai pour le présent que quelques louis.

Je crus m'être débarrassée moi-même par ce faux aveu, et m'en congratulais déjà quand mon garde du corps me dit :

— Ma poule, il me vient une idée : tu ne prends pas de tabac ; je t'ai vu une fort belle boîte d'or, mettons-la chez Madame la Ressource[1]. Comment veux-tu ? il faut bien s'aider de ce que l'on a. Irai-je sans habit tandis que nous avons un bijou inutile ?

— Mais, Saint-Frai, repris-je, ne plaisantez-vous pas ?

— Ah ! Javotte, répondit-il, je parle très sérieusement...

— Quoi ! je vous donnerais une tabatière qui coûte plus de douze cents livres !...

— Eh ! qu'est-ce que cela pour un homme de ma sorte ? Allez, Javotte, je ne suis pas cher, vous n'en trouverez jamais qui me vaille au même prix. Je réunis en moi la complaisance, la valeur et la gaieté. Allons, allons, ma fille, tu es trop raisonnable et trop bonne pour vouloir me laisser dans le besoin, quand tu regorges du superflu ; je ne me serais pas attaché à toi, je n'aurais pas renoncé à des fortunes, si je n'eusse compté sur la tienne. Eh bien, si elle te manque, tu me trouveras toujours au besoin.

En disant cela, Saint-Frai coula sa main dans la poche à la tabatière et l'en tira.

— Elle est à moi, petite, me dit-il, hein ?

À cela je répondis :

— Non, monsieur, on me l'a donnée et je la garde.

— Eh ! que diable veux-tu faire de cette boîte ? reprit-il en riant ; elle est aussi grande qu'une valise !...

— Mais, Saint-Frai, vous êtes fou, que me dira mon monsieur ?...

— Oh ! je n'en sais rien, mais nous verrons à lui répondre dans le temps. Allons, je l'empoche, car sûrement tu n'aurais pas la bassesse de me la reprendre.

Aussitôt dit, aussitôt fait. Je veux me jeter sur Saint-Frai, il fait le contraire et de manière que je passe tout à coup de la mauvaise humeur

1. Dénomination ironique du mont-de-piété.

au plaisir ; il fut de peu de durée ; les regrets les plus vifs lui auraient succédé si je n'eusse été distraite par les assiduités de mon maître de musique, de mon abbé et de mon avocat. Le maître était trop suffisant, le robin trop sérieux, le garde du roi trop coûteux ; l'abbé était amusant, et ce fut lui que je voulus m'attacher le plus. Je vins même au point de lui accorder des nuits entières. Cet homme m'était si nécessaire, il m'instruisait sur tant de matières, que je ne pouvais donner trop de temps pour prendre de ses leçons. Je fus cependant forcée de les interrompre pour jouir des amusements que me procura le comte de G... ; il nous mena à sa petite maison, et ce fut pour la première fois que je vis de ces jolis temples de la volupté ; nous y fîmes des sacrifices, et tous les dieux des plaisirs y reçurent nos offrandes. La compagnie qui s'y rencontra était bien propre à me donner l'exemple : elle était composée de jeunes seigneurs de la cour et d'actrices de l'Opéra. Ces dernières portaient les airs du monde et la liberté dans les manières à un point de perfection qui me fit rougir de mon ignorance. Je fus pendant plus de quatre heures la seule qui n'osât s'amuser qu'avec son amant et qui eût la simplicité de traiter un homme de qualité de monsieur. Mais comme je le viens de dire, je suivis bientôt l'exemple, et je sortis professe d'une maison où je n'étais cependant pas entrée novice.

La qualité d'auteur me force à placer de la morale, et mon ton d'aisance me permet d'en mettre de fort commune. Je dirai donc qu'il n'est point de bonheur parfait, ou pour le dire d'une nouvelle manière, que le diable veille à la porte des heureux pour troubler leur félicité. Je fus tout étonnée de voir mon financier diminuer de ses assiduités. Il venait moins fréquemment et paraissait toujours plus soucieux. Je lui en fis des reproches et y mêlai de la tendresse avec tant d'art que je le forçai de m'avouer qu'on lui avait inspiré des soupçons sur mon compte. Je le pressai de m'apprendre de qui ils lui venaient, et il refusa obstinément de me satisfaire. Je courus le lendemain chez la Villers pour lui faire part de mes chagrins ; elle m'embrassa et me plaignit de manière à me persuader qu'elle les partageait sincèrement.

— Il faut s'attendre à le perdre, me dit-elle, et tu aurais dû te munir de quelque ami qui pût le remplacer au besoin.

— Ainsi ai-je fait, lui dis-je.

Alors je lui fis le détail de tous mes prétendus amis. J'attribuai à la prudence ce que je ne devais qu'au libertinage.

— Tu as d'autant mieux fait, me dit-elle, que je sais que ton monsieur a une petite fille en vue. Eh bien, comment veux-tu faire ? Au défaut de ressources tu trouveras ma maison et mes amis.

Je remerciai bien sincèrement cette femme, et j'allais la quitter quand je vis entrer M. Rondain. Il parut déconcerté à mon aspect, regarda une fille qui était là, jeta la vue sur moi, et se mit dans un coin de la chambre sans parler. La fille répondit à son embarras par le sien propre ; elle rougit, nous regarda tous deux et baissa les yeux. Mlle Dargentière sortit alors d'une chambre voisine et m'embrassa avec affection. Cette demoiselle me fit dans le plus court espace toutes les caresses dont elle était capable.

Je l'ai dit, je commençais à raisonner, et cette faculté me servit à réfléchir sur l'air de joie et d'attendrissement qui se peignait tour à tour sur le visage de mon amie. Je l'invitai à dîner pour le lendemain et voulus m'en aller, après avoir essayé plusieurs fois de tirer mon entreteneur de la rêverie où il était plongé. Je le priai de me reconduire, et il le refusa de la manière la plus brusque.

Je sentais ma fortune prête à déchoir et j'aurais été piquée de la voir éclipsée sans qu'elle eût ébloui mes anciennes camarades. Je me fis conduire dans mon quartier natal, où j'en fis appeler quelques-unes. Ce fut un spectacle amusant pour moi de voir quelle distance il y avait déjà entre l'état que j'avais quitté et celui que je venais de prendre.

Qu'on se figure une jeune personne magnifiquement parée, assise négligemment dans un fiacre à l'entrée d'un faubourg, d'où viennent cinq à six filles, dont les chaussures grossières font entendre au loin la cadence de la marche.

— Eh ! quoi donc, est-ce que j'ai la barlue ? c'est-y là Javotte Godeau ? dit *Louison*, mon ancienne camarade d'école.

— *Parguienne* oui, c'est elle, et *comm'te v'là brave*[1], mam'selle Javotte, reprend sa sœur *Babet.*

Une troisième survient qui s'écrie :

— On dirait d'un ange dans un reposoir. Oh ! sûrement c'est que t'as cassé ton sabot : en v'là des éclats sur ta robe !

Enfin une quatrième s'avance à la portière en disant :

— *Gnia-t'y pas* de danger ? *pouvons-je* monter là-dedans ?

— Venez, mes amies, répondis-je, je suis plus riche que je n'étais, mais j'ai le même cœur.

— Ah ! tu n'as pas fait brèche partout[2], me répond la plus dégourdie d'entre elles, pas vrai, dis ?

Je souris et leur demandai des nouvelles de ma mère.

— Elle est là-bas qui écosse des pois, me répondirent-elles, va la voir ; elle sera bien ébaubie de l'opulence de ta richesse, quoique ta tante Charlotte en a bien dégoisé ; car elle a dit comm' ça que tu n'étais... Tu m'entends. *Je n'ons pas la manigance du parlementage, mais je savons minager un queuquesun.*

Elles en étaient là de leurs colloques poissards quand ma mère accourut et s'écria, ses mains sur ses hanches :

1. *Brave* : fière.
2. *Faire brèche à son honneur* : ternir sa réputation. « Tu n'a pas fait brèche partout » : tournure elliptique pour dire « tu n'es pas entièrement corrompue ».

— Fille du diable, enragée, dévergondée ! as-tu fait assez claquer ton fouet ? te v'là donc toupie[1] comm' sainte Nicole ! T'as sucé la dragée, tu n'en lâcheras pas l'amande.

— Tenez, ma mère, repris-je avec un ton de douceur, la faute est faite, il faut la boire, et voilà de quoi, ajoutai-je en tirant dix louis de ma poche.

— *Quiens* donc ! reprit ma mère. Crois-tu nous *ébarlouir* avec tes louis ? Oh ! que je ne mangeons pas de ce pain-là ; le nôtre est *pairi*[2] d'honneur.

Pour comble d'infortune, le cocher se tourna de mon côté et me dit :

— Mademoiselle, vous me ferez plaisir de descendre, ces femmes-là vont briser mon carrosse si elles se mettent en frais.

— Non, lui dis-je, ramène-moi promptement au logis.

Les mères du quartier, les plus riches en honneur et les plus fortes en langue, firent chorus avec ma bonne femme de mère à mon départ.

« Sans Mlle Dargentière, tous ces gens-là auraient raison, me dis-je en moi-même, mais elle a trop d'esprit pour se tromper, et je n'irai pas troquer ma fortune contre une sachée de pois. » L'abbé avait si bien pallié mon libertinage que je fus le chercher pour me raffermir dans ses principes et me consoler de mes chagrins.

Il y parvint facilement et je dus ma tranquillité à l'heureux talent qu'il avait de changer la nature des choses en changeant leur nom : aux mots d'honneur et de principes, il substitua bientôt ceux de chimère et de préjugés. Le plaisir était le seul dont il ne diminuât pas la valeur, et qu'il reconnût pour réel. Il divinisait cet être et ne sacrifiait qu'à lui. Il me mit de moitié dans ses offrandes et me les fit réitérer plusieurs fois. Nous l'honorâmes de diverses manières, suivant les différents attributs que nous lui reconnaissions : la table et le lit furent les principaux autels que nous lui élevâmes ; le dernier fut celui où nous offrîmes le plus d'encens. Nous en étions encore enivrés quand nous entendîmes frapper à coups redoublés à la porte de mon appartement ; plus on a de torts, plus on éprouve d'alarmes. Nous nous levons précipitamment.

CHAPITRE III

L'abbé veut s'habiller à la hâte, mais je lui dis d'emporter ses hardes ; j'en fais moi-même un paquet, je le lui donne et le presse de fuir dans mon cabinet de toilette. Tandis qu'il s'y précipite, je cours ouvrir ma porte. Il n'y avait qu'un massif entreteneur qui pût indiscrètement venir ainsi à une heure de nuit compromettre son amour-propre ou interrompre

1. *Toupie* : fille de mauvaise vie, ainsi appelée parce qu'on la fait tourner comme on veut. Les enfants se servent d'un fouet pour que la toupie tourne plus longtemps.

2. *Pairi* : pétri.

le repos d'une jolie femme. Son indiscrétion me donna de l'humeur, je la lui fis bientôt sentir.

— Quoi, vous êtes sans lumière ? me dit-il.

— Je n'en avais pas besoin pour éclairer vos sottises, lui répondis-je...

— Ah ! ah ! madame Javotte se fâche...

— Oui, monsieur, et très sérieusement. On ne s'est jamais avisé de venir, à l'heure qu'il est, perdre une femme de réputation dans son voisinage.

— Réputation est bien là ! continua-t-il sur son ton grossièrement badin ; il me semblait que tu n'avais rien à démêler avec elle depuis que tu étais à moi...

— Ce n'est point à une fille de ma sorte qu'on tient ces propos...

— Le diable m'emporte si cela ne devient comique, je te crois vraiment en colère. Je ne te veux pourtant pas quitter en brouille. Allons, Javotte, remets-toi là ma fille, et sans bruit, ni lumière, faisons la paix.

En disant ces mots, il prenait les privautés requises en pareille circonstance. Moi, je me défendais, je fuyais ; il combattait et me poursuivait. Dans nos débats, il s'approcha du cabinet, et je tremblai que quelques soupçons ne l'engageassent à y entrer. Ma crainte redoubla au mouvement qu'il fit pour l'ouvrir.

— Où voulez-vous encore aller ? lui demandai-je, d'une voix entrecoupée ; faut-il que tout le monde vous entende ?

— Mais un rien te fâche ; ne vois-tu pas que je vais chercher un bonnet de nuit ?...

— C'est inutile, car je ne veux pas que vous couchiez ici...

— Oh, tu ne veux pas ! Je te vais bientôt faire changer de ton, et c'est trop loin pousser l'impudence ! ajouta-t-il en ouvrant la porte.

Alors, me voyant presque convaincue d'infidélité, je courus à lui pour lui demander excuse.

— Ah ! mon cher ami, dis-je en prenant ses mains, ne me perdez pas, je conviens de ma faute, je vous demande pardon.

— Il n'y a pas d'excuses à cela, reprit-il, tu n'auras plus de tort quand tu me laisseras faire...

— Faites donc, repris-je, un peu remise, mais surtout point de bruit...

— Ne t'inquiète pas, mais laisse-moi chercher mon bonnet...

— Oh ! vous serez assez maladroit pour ne le pas trouver !

— Tu as encore raison.

Alors je m'offris à le chercher moi-même, et nous tendions tous deux les mains sur la toilette.

— Il doit se trouver cependant, disait mon stupide galant.

J'étais sûre du contraire, car je savais l'avoir donné à l'abbé. Comme nous nous occupions à le chercher à tâtons, et que mes mains rencontraient celles du financier, il s'écria :

— Qu'est-ce que ceci ? le voilà et ce n'est pas toi qui me le tends.

— Eh ! qui voulez-vous que ce soit ? lui répondis-je en le poussant. Je sentis alors à certains gestes expressifs que l'abbé s'était caché sous la toilette, et que c'était de là qu'il avait voulu poser le bonnet sur la table.

L'esprit d'une femme est toujours subtil à tromper.

— Il faut pourtant que je vous aime bien, dis-je à mon financier, pour souffrir toutes vos extravagances. Mais je les reçois comme une preuve de l'amour que je partage avec vous, et je les pardonne.

— Que tu es gentille ! me dit-il en me serrant dans ses bras. Vois un peu, ma chère Javotte, comme ma passion me tourne la tête ! j'aurais juré sentir une autre main que la tienne.

— Ah ! que vous êtes fol ! dis-je en riant.

Les plaisirs qu'il se proposait de prendre lui firent faire un jeu de mots à sa manière sur l'épithète que je venais de lui donner, puis il me prit la main et me reconduisit à ma chambre.

Il me força de me recoucher précipitamment et suivit bientôt mon exemple.

Je n'ai jamais pris le change sur ce qu'on appelle plaisirs ; et comme je ne donnais point un si beau nom aux caresses d'un entreteneur, je n'entreprendrai point de les décrire. D'ailleurs, il m'arriva cette nuit assez d'événements pour l'occuper tout entière.

Las de ses travaux ou plutôt de ses efforts, mon financier dormait profondément quand j'entendis ouvrir la première porte de mon appartement. Je savais que ce ne pouvait être que Saint-Frai, à qui j'avais donné une double clef pour lui fournir les moyens de s'acquitter de la tabatière d'or, et cet événement me surprit moins qu'il ne m'embarrassa. Si je me levais, je courais les risques d'éveiller M. Rondain ; je craignais qu'il ne me suivît. Si je restais, l'approche de Saint-Frai pouvait exciter d'autres inconvénients. En vérité, la difficulté de jouir des plaisirs y met un grand prix. J'étais encore dans cette perplexité quand le garde du roi s'approcha de moi. Il voulut d'abord m'embrasser, mais je lui dis tout bas :

— Mon monsieur est ici.

— À d'autres ! répond-il en balbutiant. Je sais bien qu'il n'y couche plus, et j'entends que celui qui y est déloge.

— Mais, Saint-Frai, repris-je, je vous dis que c'est mon monsieur.

— Allons, allons, sans tant de façons qu'on me cède la place, dit le garde du corps d'une voix haute.

Je réponds :

— Vous m'allez perdre tout à l'heure, mon cher.

Il riposte :

— Il y a longtemps que vous l'êtes, ma mie.

— Saint-Frai, mon fils…

— Il n'y a point de Saint-Frai ni de fils qui tienne, dit mon homme en éclatant. Point de quartier : il me faut une oreille de votre galant : qu'il choisisse !

À ce bruit, Rondain se réveille :

— Qui est là ? qui est là ?, demande-t-il, tout ému.

— C'est le maître d'ici qui vient t'en chasser, lui répond-on.

— Me chasser, moi ?

— Allons, allons, monsieur le faquin, dit le garde en ouvrant les fenêtres, il n'y a pas haut, et le voyage en sera moins long.

Je me lève, je cours aux genoux de ce furieux.

— Ôtez-vous de là, mademoiselle, dit-il, j'aime les exercices de corps, et votre galant va me servir de ballon.

Jamais financier ne fut téméraire, et le mien était le modèle de la prudence. Saint-Frai ne l'eut pas plus tôt découvert qu'il s'enveloppa dans les replis des rideaux. Il voulait crier au voleur, mais la peur lui glaçait la voix.

La colère des femmes n'éclate pas toujours contre leurs propres intérêts. Loin de montrer tout mon ressentiment à mon impudent, je tâchai, au contraire, de l'attendrir. Pouvait-il résister à la séduction d'une fille de mon état ? Il me rendit les armes et permit au financier de s'habiller. Celui-ci, tout saisi d'effroi, le fait à la hâte. Le vainqueur, glorieux de sa victoire, veut jouir de la vue de celui qui la lui abandonne ; il appelle mes gens et demande de la lumière. Il ouvre toutes les portes, parcourt tout l'appartement : il n'y a pas jusqu'au cabinet du timide abbé qu'il ne visite. Ce dernier prend l'alarme ; il croit déjà se voir enfilé par la rapière de notre spadassin, il se lève de sa cache et tente l'impossible pour se sauver par une porte vitrée qui donne dans l'antichambre. Tandis qu'il fait des efforts aussi inutiles que funestes, mon laquais arrive avec une lumière, s'arrête dans l'antichambre, où il éclate de rire. Piquée d'une gaieté si déplacée, je cours savoir ce qui l'occasionne et je vois (je ris moi-même de ce tableau quand je me le représente), je vois mon pauvre abbé dont la tête était prise dans un des carreaux de la porte, comme un rat dans une trappe ; plus il s'efforce de s'en tirer, plus il s'y embarrasse.

— Quoi, morbleu ! dit le garde du corps, le faquin se sauve, il se méfie de ma bonne foi ! Eh ! par où a-t-il passé ? dit-il en rentrant dans ma chambre. Mais le voici. Parbleu ! le champagne me fait donc voir double. Ah ! ah ! s'écrie-t-il en s'approchant de plus près, c'est donc là votre monsieur, mademoiselle l'impudente ? Eh ! depuis quand s'est-il fait abbé ?

Son exclamation était fondée sur la méprise du financier, qui avait endossé, dans la frayeur et l'obscurité, l'habit de l'abbé pour le sien, parce que les mêmes causes m'avaient d'abord fait prendre des hardes à moi pour celles du porte-collet. Saint-Frai, persuadé que c'est l'abbé, exerce sur lui la force et la vigueur de ses bras de la manière la plus incivile.

— Eh ! je ne suis point abbé ! s'écrie Rondain. Pour Dieu, je demande grâce !

— Tu es donc le diable ? répond le garde du corps en continuant son gaillard exercice.

Des trépignements de pieds et des cris que nous entendons dans le cabinet de toilette nous forcent d'y porter nos pas ; nous voyons le pauvre mignard qui avait déjà passé la moitié du corps à travers le carreau de vitre et dont l'autre était couverte d'un de mes jupons (sans doute crainte de se blesser).

— Ah ! parbleu ! voici ma belle, dit le garde du corps, et je vais jouer à un joli petit jeu. Mettez-vous là, mignonne, ajoute-t-il en me faisant passer à la gauche de l'abbé, et tenez ce flambeau.

On ne contrarie pas impunément un garde du corps ; j'obéis à celui-ci. Il recommença alors un exercice dont l'abbé fut celui qui se divertit le moins ; il lui leva le jupon et le fustigea avec la plus scrupuleuse attention.

Jamais fantaisie de peintre ne fut aussi comique que cette scène ! La larme à l'œil, le rire sur les lèvres, je me prêtais d'une manière équivoque aux cruelles polissonneries de Saint-Frai. Partagé entre la fureur et la joie, Rondain faisait une grimace que son habillement semi-laïc et semi-ecclésiastique rendait encore plus ridicule. Le garde, l'habit déboutonné, l'estomac découvert, frappait en mesure d'un air tranquille et goguenard que son ivresse rendait plus singulier. Mon laquais et ma femme de chambre, qui se tenaient les côtes de rire à quelques pas de là, formaient le fond de ce tableau ridicule.

Heureusement pour l'abbé, les bras du militaire n'étaient pas infatigables.

— Voilà ma partie finie, dit-il en s'étendant sur mon fauteuil de toilette, j'en abandonne l'enjeu à qui le voudra.

Mes gens firent cesser ses plaisanteries en en détruisant la cause. On brisa la porte pour débarrasser le pauvre abbé, on lui rendit son collet et son habit, puis il s'enfuit, sans doute avec la certitude qu'il n'était pas venu en bonne fortune.

On s'attend à la fin de cette aventure. Saint-Frai se dégrisa et se repentit des gaillardises de son ivresse ; Rondain devint plus courageux à mesure qu'il se sentit plus fort. J'étais l'auteur de tout ce tintamarre, je devais en être la victime. Quand il fut grand jour, que tous mes domestiques furent présents, que le garde fut bien tranquille, le financier lui dit :

— Monsieur, si j'étais plus méchant, je tirerais vengeance de tout ce que vous m'avez fait, mais je vous pardonne vos petites vivacités et vous abandonne de grand cœur la créature qui en est cause. Je ne vous dispute nullement vos droits sur elle, emmenez-la et, pour Dieu, videz ensemble la maison au plus tôt.

— Emportes-tu tes bijoux ? me demanda Saint-Frai.

L'économe financier me dispensa de répondre et lui dit :

— Oh ! pour cela je m'y oppose ; rien ne sortira d'ici.

— En ce cas, reprit le garde du corps, il est inutile que tu viennes avec moi ; il vaut mieux quitter ses amis que de rester spectateur inutile de leur misère. Je n'ai que des vœux à t'offrir, et je te souhaite une meilleure fortune. Adieu.

À ces mots, il fait un éclat de rire, une pirouette, et nous quitte.

Je crois que jamais financier ne se piqua de délicatesse : celui-ci ne se fit pas de scrupule d'insulter à mon malheur et y mit un comble, je n'ose le dire, en me faisant chasser par mes propres domestiques. On eût dit même que cette valetaille voulait par là se venger des mauvaises façons que j'avais eues pour elle.

Quel champ de morale ! Que de sujets de réflexion pour une âme mélancolique ! Mais que dirais-je sur l'instabilité de la fortune, sur l'ingratitude des amis, que le lecteur ne sache aussi bien que moi. Me voilà à la rue, et il est essentiel de m'en tirer. Où aller ? Ce ne sera pas chez ma mère ; on a vu qu'elle n'entendait pas raillerie sur l'article de l'honneur. Ma tante Charlotte ne s'apprivoisait qu'avec les louis, et je n'en regorgeais pas, Mlle Villers était trop serviable pour douter de son empressement à me recevoir et à travailler au rétablissement de ma fortune. Il me vint en idée de passer chez mon avocat, mais je craignis ses morales. J'ai toujours pensé que les disgrâces valaient des leçons.

J'arrive chez la Villers, je lui conte mon désastre. Elle me plaint de l'aventure, elle rit de ses circonstances.

— Je me suis doutée, me dit-elle, que cet homme-là en agirait mal ; aussi tu as eu tort : on conduit mieux sa barque. Que ne donnais-tu tes rendez-vous ici ? Il t'en aurait coûté quelques repas, mais tu aurais épargné ta boîte d'or.

L'amitié de Mlle Dargentière fut pendant les premiers jours ce qui m'aida à soutenir le poids de mes infortunes ; heureux si elle eût suffi pour m'en épargner de nouvelles.

Tandis que la Villers s'efforce d'excuser en ma présence les imprudences de ma jeunesse, elle se récrie en mon absence sur le libertinage de ma conduite, elle insulte même à mon caractère. Me voit-elle dans sa salle, elle m'étouffe de caresses ; me sait-elle ailleurs, elle m'accable d'invectives.

Mlle Dargentière m'aida à développer le caractère de la Villers.

— Tu as manqué, me dit-elle un jour, à un préalable nécessaire. Tu n'as rien donné pour ta rançon à cette femme. Elle t'a noircie dans l'esprit de Rondain, elle lui a inspiré des soupçons sur ton compte ; ta conduite malheureusement les a réalisés, et tu l'as mise à même de regagner avec une autre ce qu'elle perdait avec toi ; cette autre te succède et sera bientôt remplacée de même...

— Mais quel fond dois-je donc faire sur ses promesses ?

— Beaucoup plus que tu ne crois : elle gagne autant à te faire du bien que du mal, et elle fera toujours l'un et l'autre avec empressement. Prends ton parti, profite de ses services et défie-toi de ses trahisons.

De si bons conseils méritaient bien d'être suivis ; je promis de le faire et tins parole. J'en rabattis cependant ce qui me parut trop austère et trop opposé à mon goût pour les plaisirs. Loin de vouloir m'en sevrer entièrement, j'en réservai au moins assez pour me dissiper. Ceux que pouvait me procurer mon avocat me parurent même un choix fort raisonnable. Je le revis ; il joua avec moi le rôle convenable à sa façon de penser ; il m'exhorta par amitié à avoir une meilleure conduite à l'avenir, et me reprocha par amour celle que j'avais tenue précédemment. Un moment, ma situation me faisait approuver sa morale, un autre moment ma légèreté me la faisait trouver insupportable.

Si l'on ne conserve pas toujours ses connaissances par inclination, on les ménage du moins quelquefois par politique : c'est ce que je fis avec ce moraliste. J'eus pour lui par nécessité les attentions que j'aurais eues pour un autre par amour. Comme je le croyais trop franc pour n'être pas dupe des apparences, je fus fort piquée de la manière dont il reçut ces mêmes attentions un jour.

Après s'être morfondu comme d'ordinaire à me moraliser, il était passé dans l'état de contemplation que son triste amour lui rendait familier. J'allai à lui avec mon enjouement ordinaire ; je lui dis et fis mille folies qui ne purent le décider ; je crus remporter sur son cœur ce que je ne pouvais gagner sur son esprit : aux expressions les plus tendres, j'ajoutai les caresses les plus vives. Inutiles tentatives ! Des soupirs, cette monnaie de dupes, furent le seul prix de mes avances. Si la coquetterie nous fait toujours rechercher et rebuter celles des hommes, cette même coquetterie nous engage quelquefois à redoubler et à outrer même celles que nous avons faites sans succès. Je ne tins pas mon soupirant quitte ; je continuai à le flatter, je voulus même le séduire de plus d'une manière. Mon projet était bien entendu : je prétendais ranimer son amour par mes caresses, et ensuite le désespérer par mes froideurs. Pour y parvenir, je l'engageai à souper avec nous ; je devais payer le souper, et j'étais sûre que la Villers en serait contente.

Je voulus, à table, m'emparer du dé afin de rendre la conversation agréable, et propre à amuser mon amant, mais il me prévint et la rendit instructive et savante. La Villers était une de ces femmes ordinaires dont la conception est comme le timbre d'une cloche, sur lequel l'impression n'est que momentanée. Elle l'écoutait avec attention et paraissait pour l'heure touchée de ce qu'il disait. Mlle Dargentière, qui n'avait l'esprit faux que parce qu'il était faible, et qui ne savait qu'établir des principes sans former de raisonnement, était aussi émerveillée de ceux de ce jeune homme. Pour moi, qui avais plus d'obstination que de jugement, et qui ne m'étais fait d'autre principe que de n'en point avoir, j'attribuais à l'esprit de cet avocat tout ce que lui inspirait son cœur, et je me persuadais qu'il aurait soutenu aussi spirituellement le pour et le contre.

Je restai donc simplement fâchée au sortir du repas qu'il eût servi à tout autre chose qu'à ce qui pouvait flatter ma passion. Mlle Dargentière fut bien différente de moi, car elle eut un air de vivacité que nous ne lui avions jamais connu.

— Vous êtes digne de faire le bonheur d'une femme, dit-elle à mon espèce de philosophe, et vous méritez qu'elle fasse le vôtre !

Après bien des éloges et des compliments de part et d'autre, l'avocat voulut se retirer, mais je le priai de me tenir encore compagnie et de monter dans ma chambre, afin, dis-je, de ne gêner personne. Il le fit, non pas avec l'ardeur que j'aurais souhaitée, mais avec la politesse que toute autre eût pu exiger.

Le feu des désirs, combattu par la retenue de l'amour-propre, excitait en moi un trouble violent. Je ne pouvais me contenir, l'agitation de mon cœur en excitait dans tous mes sens. J'étais embarrassée de moi-même ; un moment je marchais au hasard dans ma chambre, je fixais mes regards sur mon amant, je les promenais sur d'autres objets sans les voir, je m'appuyais sur la cheminée, j'allais m'asseoir sur une chaise et m'étendre sur une autre. J'adressais des propos interrompus à mon philosophe, je poussais un soupir pendant sa réponse et ne l'entendais pas ; enfin, je ne pus plus y tenir et lui dis :

— Qu'allons-nous devenir ?

Je m'aperçus qu'il ne me comprenait pas, je lui en voulus tout le mal que ma coquetterie pût exiger.

— Vous retirez-vous ? lui demandai-je.

— Dans l'instant, mademoiselle, répondit-il ; je n'attendais que vos ordres, et je vais les suivre.

— Vous sortez pour m'obéir, c'est fort bien fait ! m'écriai-je avec dépit.

— Mais, mademoiselle, il me semble que c'est votre intention, et que je m'y opposerais en restant. Me trompé-je ?

— Eh ! non, monsieur, non, vous ne pouvez vous tromper ! Que tardez-vous à me quitter ? Qui peut encore vous retenir auprès de moi ?

— Ah ! ma chère Javotte ! C'est l'amour le plus pur et le plus violent ! Que je serais heureux si vous le partagiez avec la même délicatesse et la même force !

— Vous restez donc à présent ? repris-je avec l'unité qui m'était propre.

— Si je ne suivais que mon penchant, me dit-il avec émotion, je ne sortirais pas que vous ne me chassiez !

— Vous demeurerez donc, dis-je à voix basse, en procédant à ma toilette de nuit. Rendez-vous digne de votre bonheur, ajoutai-je avec un sourire voluptueux ; aidez-moi.

Il le fit, mais toujours avec un respect désespérant.

— Que ne fais-je point pour vous, repris-je encore en souriant et en lui faisant un signe qui exprimait la place qu'il devait occuper cette nuit.

— Beaucoup plus que vous ne devez, dit encore mon triste soupirant.

J'étais trop sûre de m'être fait comprendre pour ne pas parler clairement. Enfin, il se mit à portée de satisfaire mes désirs, et je ne tardai pas à lui en montrer toute la vivacité. Mais qu'il y répondit mal ! et que j'eus lieu de rougir de mes avances ! Le cruel ne fit même aucune tentative pour y répondre. Jeu de prude, manège de coquette, efforts de lubrique, dépit d'outragée, rien ne me réussit avec cet amant glacé. Il serait encore plus difficile d'exprimer ma colère que sa tiédeur. Vingt fois je fus tentée d'éclater, mais j'immolai ma rage à mon amour-propre, et je m'y pris de la manière la plus douce pour savoir de cet homme la cause de son indifférence.

— Mon amour vous est trop connu pour douter de sa violence, me dit-il, mais ce même amour est trop délicat pour vouloir tenir vos faveurs de la lubricité ; je veux, ma chère Javotte, que le plaisir soit le prix du sentiment.

— Encore du sentiment, lui répondis-je ; m'offenser de sang-froid pour une chimère !

— Ah ! ma chère amie, reprit-il, cette fausse opinion vous perdra : voilà ce qui fera le malheur de votre vie et de la mienne.

— C'est bien à une fille comme moi, lui dis-je en l'interrompant, que l'on doit faire une morale aussi inutile qu'ennuyeuse.

— Ah ! Javotte ! reprit-il, ne me reprochez pas le ridicule de mes conseils ; je croyais les devoir à l'innocence de votre âge et à la simplicité de votre premier état.

Il sortit enfin aussi peu content de mon obstination que je l'étais de son indifférence. Mlle Dargentière me surprit comme j'étais encore dans les premiers mouvements de mon chagrin. Les larmes me coulaient des yeux, et je pleurais tout à la fois et sur la perte d'un plaisir que je m'étais promis et sur l'affront fait à mes charmes. Les femmes ne sont pas avares de larmes pour pareilles choses. Mon amie me demanda la cause des miennes. Je ne pus la lui cacher. Loin de partager mon ressentiment, elle sourit de ma sensibilité et me dit que les gens de notre état devaient avoir une philosophie stoïque qui les mît au-dessus de tous les événements de la vie. J'eus bientôt après occasion de me rappeler ses conseils. Pour comble de mortification, Mlle Dargentière s'appliqua à faire l'éloge de mon cruel amant. Elle n'eût jamais fini de me vanter son esprit et ses sentiments, si je ne l'eusse priée de me parler d'autre chose.

J'eus moi-même bientôt des sujets intéressants de dissipation. La Villers avait parlé de moi à un seigneur qui devait, me dit-elle, venir me voir dès le même soir. Il fallut me mettre en état de le recevoir, de préparer avec le même soin et l'ajustement et la conversation du jour. Le goût de ce seigneur servit également à l'un et à l'autre. Il aimait les airs indécents, les propos libertins, et je ne pouvais que le bien servir. Il en fut assez content pour entrer en marché dès le jour même.

— Il faut faire nos conventions, me dit-il, et voir si elles vous plaisent.

Je n'entends point qu'une fille que j'entretiens se prenne de belle passion pour moi ; je veux qu'elle se borne à m'amuser, qu'elle ne voie que moi, qu'elle soit toujours gaie, complaisante et sédentaire. Il est encore d'autres choses sur lesquelles je veux vous prévenir. Il faut que vous sachiez que je suis obligé de ménager mon épouse, dont la sagesse mérite au moins des égards extérieurs, que je ne puis refuser mes soins à une femme de la cour, avec laquelle j'ai lié une intrigue sérieuse, et que vous ne me servirez précisément qu'à me distraire de ces tristes occupations et qu'à satisfaire mon goût pour le plaisir.

Ce dernier article était le seul qui pût me rendre ce seigneur supportable. Nous convînmes que quelques jours après j'irais prendre possession, non de son cœur, mais de la fortune et de l'appartement qu'il me promettait.

Mlle Villers n'aimait pas le temps perdu ; elle m'engagea à bien employer cet intervalle. Il y avait alors à Paris un homme d'un goût singulier et qui payait cher ses bizarres plaisirs ; elle me trouva propre à y contribuer et m'engagea à aller chez lui. Le goût de ce vieillard montrera assez le rôle que je jouai avec lui. Il voulait qu'une femme lui persuadât qu'elle était sage et parût être riche en faisant une démarche qui prouvait le contraire. Le bonhomme n'était pas d'âge à abuser de cette complaisance et tournait au profit de sa délicatesse prétendue ce qui n'était qu'un effet de son impuissance réelle. La vue était le seul sens qu'il pût et sût satisfaire, et il le faisait avec la lubricité et la bizarrerie des gens de son espèce.

Tandis que j'achevais de me former sous la savante Villers, elle ménageait les intérêts de ma fortune avec le seigneur dont j'ai parlé, et d'autre côté on s'employait de plusieurs manières à traverser[1] mon bonheur. Mon avocat, sans cesser ses assiduités, paraissait mettre plus d'effroi dans ses propos ; il restait même pendant des heures entières en silence, et ce qui est pis, oisif avec moi. Sans Mlle Dargentière, il n'eût jamais parlé ; elle semblait prendre un intérêt extrême à tout ce qui le regardait. Elle se chargeait du soin de nous réconcilier, ce qui arrivait souvent depuis que ce jeune homme laissait subsister la cause de ses torts avec moi.

Elle s'arrogea d'abord avec ardeur le titre d'amie de ce philosophe et crut dès lors, à la faveur de cette qualité, que les familiarités les plus libres devaient leur être permises. Je vis ce commerce sans m'en effrayer ; je fus même admise dans leurs confidences, et je lisais les lettres qu'ils s'écrivaient, disaient-ils, pour l'amusement de leur esprit. Mais je fus fort étonnée un jour de voir cette demoiselle changer tout à coup de sentiments pour mon amant et travailler de tout son pouvoir à me le rendre odieux. Tout ce qui lui avait paru digne de son amitié lui paraissait indigne de mon amour. Elle voulut absolument que je le congédiasse.

1. *Traverser* : contrarier, mettre en travers.

Pour y réussir, elle ne fit aucune difficulté de charger le laid portrait qu'elle me faisait de lui.

J'étais déjà assez formée pour regarder ces soins comme suspects ; je m'appliquai à confirmer mes soupçons, j'épiai leurs démarches, et je sus que s'ils se voyaient moins à la maison, ils se voyaient davantage dehors. Ce ne sont pas les femmes de notre espèce qui savent dissimuler leur ressentiment pour de pareilles perfidies. J'éclatai vis-à-vis de ma rivale, et nous jouâmes toutes deux, en cette occasion, les rôles qui convenaient à notre état. Je mis beaucoup d'impertinences et d'aigreurs dans mes propos ; elle mit beaucoup d'ironie et de hauteur dans les siens ; les langues nous manquèrent, les mains nous servirent, les cheveux furent de la partie.

Les spectacles varient sans cesse chez les courtières de Cypris. À cette scène en succéda une autre propre à distraire ma mauvaise humeur. Plusieurs commis dorés et veloutés vinrent souper chez la Villers ; à table on leur parla du désordre de ma fortune. M. Basset de Belle Main, l'un d'eux, homme aussi singulier par la noblesse de ses ajustements que par la roture de sa figure, s'offrit à m'entretenir.

— Je calcule, me dit-il, ma reine, ici vos charmes bien mieux que notre argent au bureau, et je prouve par règle de trois qu'ils doivent rendre cent pour cent de plaisir à leur fermier ; passez-m'en donc vite le bail, et recevez cette bague pour pot-de-vin.

Sur le refus que je fis de la prendre, un de ses amis me dit :

— C'est un marché d'or ! M. Basset de Belle Main, tel que vous le voyez, a, sans mentir, autant de mérite qu'un caissier. Il possède son livret comme Barême[1] et est encore homme de lettres ; il fait tout seul nos états de recette.

Un autre s'écria :

— Eh ! mais aussi, c'est qu'il sait lire couramment le français, le latin et le gothique.

À quoi notre sot ajouta :

— Et de plus l'orthographe de Jacquier[2], mademoiselle.

Pour m'amuser de ce lourd personnage, j'entamai avec lui la conversation suivante (nous parlons tous deux) :

— Puisque monsieur a tant d'esprit…

— Esprit est spirituel !…

— Il aura bien la bonté…

— Bonté vous-même…

1. Bertrand François Barrême ou Barême (v. 1632-1703), arithméticien, auteur du *Livre des Comptes faits*, sorte de tableaux numériques donnant le résultat tout fait de certains calculs. Il a donné son nom (orthographié *barème*) à la table des tarifs. Le livret de Barême était particulièrement utilisé dans le commerce, à l'époque où la livre tournois était subdivisée en sols et deniers.

2. Maurice Jacquier, grammairien, auteur d'une *Méthode pour apprendre l'orthographe et la langue française*, 1740 (nouvelle édition).

— De me transcrire…

— Transcrire est bien dit !

— Quelques chansons…

— Chansons, ah oui, pourvu qu'elles ne soient point à vers longs et courts ; car voyez-vous, il n'y a que cela qui m'embrouille. Dame, il n'y a point de talents universels.

— Monsieur porte l'empreinte de l'esprit, dit la Dargentière, et je suis bien trompée si je n'ai vu de ses ouvrages au *Mercure*.

— Vous avez pu y voir, lui répondit-il, une énigme dont je voulais faire le sujet d'une tragédie en six actes, mais notre état ne nous permet pas de nous amuser à ces misères-là ; et comme dit fort savamment un de nos fermiers : « Faites des bordereaux, morbleu, et non pas des vers ! »

Nous le flattâmes de toutes les manières, on vanta la richesse de son habit, le goût de la couleur. Alors il fut intarissable et nous fit l'inventaire de sa garde-robe, nous nomma tous ses tailleurs, nous détailla toutes les modes ; puis il revint à notre bail et me demanda si je voulais le signer.

— Cela demande réflexion, lui répondis-je, en me sauvant dans ma chambre pour me soustraire à ses balourdises.

Je m'en occupai en me couchant, et je rêvais encore à ce baudet de Plutus lorsqu'on vint me chercher pour me conduire chez mon nouvel amant, ou plutôt mon nouveau maître. Je m'habille à la hâte, j'embrasse la Villers, je m'élance dans le carrosse, et je pars accompagnée de deux hommes qui m'y attendaient.

— Vous êtes sans doute bien contente, ma belle enfant, me dit l'un d'eux en me prenant les mains.

— Je ne me sens pas de joie, répondis-je.

— Ah ! vous vous remettrez, reprit-il.

L'autre nous regardait d'un air goguenard et riait de notre conversation sans l'interrompre. Je trouvais la course longue, et je m'impatientais déjà de n'être point arrivée, je regardais par la portière et je dis :

— C'est donc hors de Paris que nous allons ?

— Oui, mon cœur, répondit un de ces messieurs. On veut travailler à votre santé, on vous mène pour quelque temps à la campagne.

— Quelle complaisance ! m'écriai-je.

— Oh ! nous en sommes pétris, reprirent-ils, mais l'air vous incommodera, fermons les portières.

Quelque chose que je leur dise, ils s'obstinèrent à les fermer et continuèrent leurs propos ironiques et leurs regards malins. Bientôt après, je compris au détour de la voiture que nous entrions dans la maison qui m'était destinée, et je m'empressai à vouloir descendre.

— Oh ! les grands ne descendent pas dans la première cour, me dit l'un de ces gens, attendez que nous soyons au perron, et l'on vous y donnera la main.

Enfin le fiacre arrêta, on ouvrit la portière et je vis : oh ! ciel, quel spectacle pour moi ! Je jugeai sur les apparences que j'étais dans l'Hôpital[1]. Des soupçons je passai bientôt à la certitude, et cette affligeante certitude me fait tomber la plume des mains. Jeunesse, beauté, talents, ne vaudrez-vous jamais la vertu ?

Les défauts de Javotte étaient plutôt manie de métier que vice de caractère. Elle s'acquit en peu de temps l'amitié de ses compagnes. Je fus celle à qui elle s'attacha de préférence et pour laquelle elle composa cette histoire. Je voulais que ce gage de sa tendresse devînt un jour une leçon de conduite pour elle. Mais la vengeance céleste prévint mon zèle. La malheureuse Javotte expia ses crimes par les suites funestes du crime même. En moins de huit jours, tout son corps succomba sous l'atteinte des douleurs les plus aiguës. Ses souffrances m'attendrirent encore moins que les sages réflexions qu'elles lui suggérèrent. Mais, ciel ! quels sujets de frémissement, de pitié et d'horreur à la fois n'eus-je point en voyant un matin cette infortunée changer tout à coup de couleur, chanceler, et tomber à mes pieds. Je voulus lui tendre la main, mais ses membres raidis se refusèrent à mon empressement. Elle ne put que se traîner, en rampant, sur quelques brins de paille qui étaient épars près de là, et elle y fut à peine qu'elle expira, victime de la nature, de l'amour et du plaisir.

1. Il s'agit naturellement de l'*Hôpital général*. Voir Glossarium.

PARIS, CAPITALE
DE CYTHÈRE

LA VIE PARISIENNE

par Maurice Lever

> « Paris est peut-être la ville du monde la plus sensuelle, et où l'on raffine le plus sur les plaisirs ; mais c'est peut-être celle où l'on mène une vie plus dure. »
>
> *Montesquieu,* Lettres persanes

Le Paris du XVIIIe siècle est la Cythère de l'Europe. Fougeret de Montbron la qualifie de « Nouvelle Babylone », et le prince Gortschakov, plus trivialement, de « Bordel de l'Univers ». Jamais le plaisir n'y régna de manière plus absolue ni plus ostensible. Jamais les mœurs de la noblesse n'y furent plus dissolues. Jamais la corruption n'y fit parade avec plus de cynisme. La galanterie et la débauche n'ont jamais été poussées si loin. « Partout on est libertin par tempérament ; dans cette ville on l'est par principe. » Les petites maisons et les folies poussent un peu partout dans les faubourgs. Avec ses choryphées et ses « filles du magasin », l'Opéra devient le lupanar le plus huppé de la capitale. La Comédie-Française, les Italiens, les Boulevards ne sont pas en reste. La fille galante est la divinité du jour. Son empire s'exerce indifféremment sur les hommes les plus chargés de titres et de fortune : princes du sang, grands seigneurs, fermiers généraux, étrangers cousus d'or… Ses charmes sont mis au plus haut prix, ses protecteurs rivalisent de présents magnifiques, et se font gloire des fortunes qu'ils engloutissent pour conquérir ou conserver ses faveurs.

Pourtant, si enviable que son sort paraisse aux yeux du commun, la fille galante sait, hélas, que ces richesses risquent de partir en fumée à la première occasion, comme le carrosse de Cendrillon, la laissant seule et sans ressource, livrée au sort le plus misérable. Qu'un libelle paraisse contre la corruption des grands, qu'un « ami des mœurs » en appelle à la vertu, qu'une lettre pastorale dénonce les effets de la débauche au sein des familles, et l'inspecteur de police, saisi d'un brusque accès de zèle, perquisitionne les petites maisons, ratisse les bals publics, les foires, les guinguettes, enquête, interpelle, traque et arrête les filles à tour de bras, sans distinction, depuis les *demi-castor* des faubourgs, jusqu'à la maîtresse du duc et pair. Si puissants que soient ses amants ou ses amis, la femme galante n'oublie jamais les dangers qui la guettent : du début à la fin de sa carrière elle sentira le bras de la police suspendu au-dessus de sa tête, brandissant la terrible menace de l'Hôpital général. Il suffit parfois d'une bagatelle : la folie passagère d'un fils de famille, une rixe, une querelle entre rivaux, une simple rumeur, et la voilà brutalement arrachée au luxe qui l'entoure, jetée à la Salpêtrière, sans jugement, ni appel, ni réclamation possible, enfermée dans une salle aux relents putrides, où gisent, entassées par dizaines, ses compagnes d'infortune. Le crâne rasé (le règlement l'impose[1]), vêtue de serge grossière, soumise au pain sec et à l'eau, assujettie à un travail manuel, couchant sur la paille dans une effroyable promiscuité, la malheureuse doit encore endurer les vexations des gardiens.

Chose notable : cette répression n'entraîne pas automatiquement l'infamie, en dépit des peines encourues. Encore celles-ci connaîtront-elles un sensible adoucissement au cours du siècle, et finiront même par perdre tout caractère afflictif. La conscience publique met la courtisane hors la loi, mais non hors de l'humanité. La loi la condamne, mais la société l'accueille. La justice la proscrit, mais l'outrage lui est épargné. Rien de plus rare qu'une parole de colère ou d'injure à son endroit. Son métier ne lui imprime aucune tache originelle, et la religion même paraît désarmée devant elle. D'aussi bas qu'elle vienne, l'impure ne souille point la réputation du prince ou du héros qui la tire du lupanar pour l'élever jusqu'à lui ; elle représente la volupté, et cela semble suffire à lui octroyer une espèce de privilège, voire de consécration.

En contradiction avec la sévérité des lois, il existe pourtant un moyen de se soustraire à ces brutalités accidentelles et à ces enlèvements qui peuplent périodiquement la Salpêtrière, Saint-Martin et Sainte-Pélagie. Il suffit de se faire inscrire dans l'un des trois théâtre du roi : la Comédie-Française, le Théâtre-Italien ou l'Opéra. On entre alors au service du souverain, et l'on échappe définitivement à toute forme d'arbitraire, familial ou policier. Le théâtre est le refuge légal de toute jeune femme désireuse de s'affranchir du joug d'un père ou d'un mari, et la fille galante y trouve un refuge inviolable aux rigueurs de la justice. La dernière des filles de chœur, de chant ou de danse, la plus humble figurante est

1. Deux estampes du XVIIIe siècle représentent cette exécution. Dans la première, une femme à genoux implore un commissaire inflexible, tandis qu'un garçon perruquier, armé d'un rasoir, fait tomber ses boucles à terre. Une brouette est déjà chargée de chevelures coupées. Sur les murs, on peut lire les affiches portant : *Ordonnance de police concernant les femmes débauchées*, *Nouveaux bonnets très élégants pour les têtes rasées*, *Vente de cheveux*. La seconde a pour titre : *La Désolation des filles de joie*. Elle représente leur comparution devant le commissaire. Le secrétaire, assis à une petite table, inscrit leurs prénoms : *Julie*, *Barbe*, *Louison*. Des gardes traînent devant le tribunal de jeunes femmes à hautes coiffures et au regard suppliant. Dans le fond, un tombereau rempli de femmes à la tête rasée se dirige vers un vieux bâtiment au toit couvert de chouettes sur lequel on lit : *Maison de santé*.

émancipée de droit. Pour se présenter à l'un des ces théâtres, il suffit d'invoquer son désir d'être libre. Point n'est besoin de dons particuliers, de vocation, ni de formation ; l'engagement ou l'ajournement dépend des seuls gentilshommes de la Chambre. Mais il va sans dire qu'une haute protection n'est jamais superflue, et quelques complaisances pour le maître de ballet soutiennent efficacement la candidate[1]. À partir de son *encataloguement*, et quel que soit son âge, elle échappe à la puissance paternelle et peut sortir sans risque d'être inquiétée. Il en va de même pour la femme mariée ; les droits de son époux viennent se briser devant les portes de cet asile[2]. Cette immunité ne vient pas d'un règlement formel, mais d'une tradition solidement établie, qui résulte d'ailleurs de l'obligation pour les filles de spectacle de faire honneur à l'engagement signé par elles, et pour les directeurs de salles d'avoir toujours exactement leur personnel au complet[3].

Le libelliste François-Marie Mayeur, dit Mayeur de Saint-Paul, lui-même comédien sur le boulevard du Temple, a laissé un piquant tableau des mœurs de l'Opéra, dont on ne résiste pas à citer ces quelques lignes :

« L'Opéra, cet assemblage magnifique et merveilleux, que les noms de Lully, Rameau et Quinault ont rendu si fameux, renferme dans son sein environ trois cents personnes des deux sexes. C'est un mélange confus de talents rares, de vices, de ridicules, et le rendez-vous général de toutes les nations. On y voit le fier Espagnol déposer aux pieds de la courtisane vive et légère toute la gravité de son pays ; le jaloux Italien enrage tout bas auprès de son idole, et n'ose se livrer à son caractère national, pour ne pas irriter l'objet qui le charme. Le Français papillonne autour des aimables déités de ce séjour. Le lourd financier parle d'affaires ; le militaire assiège la beauté, qui ne capitule que par crainte, et l'abbé, tout en persiflant, se livre aux obligations de son état en produisant cet essaim enchanteur au millionnaire qui paie richement ces tendres objets de ses désirs et la complaisance du Producteur. Pour les acteurs, ils grappillent sur la quantité : souteneurs de ces dames, ils partagent le bénéfice, et tel

1. C'est ainsi que la demoiselle Saron, après des débuts à l'Opéra-Comique, où elle figurait dans les ballets, fut reçue au grand Opéra, grâce aux complaisances qu'elles avait accordées au maître de ballet Lany (Camille Piton, *Paris, sous Louis XV*, Paris, Mercure de France, 1911, 5 vol., t. I, p. 116).

2. Ce règlement persista jusqu'en 1774. À cette époque, Louis XVI l'abolit, mais l'usage se révéla plus fort que les prescriptions royales. En 1786, on voit encore Alexandrine-Sophie Arnould, fille de la célèbre Sophie Arnould, demander avec insistance son admission à l'Opéra pour échapper aux persécutions que lui fait subir son mari, M. de Murville.

3. À propos de la fameuse immunité des théâtres, on peut lire cette réflexion de *L'Espion anglais* : « Je me fis expliquer ce que c'était que ce règlement qui me parut d'abord barbare et infâme, et dont par le développement l'esprit est, sinon d'une législation austère, au moins d'une politique bien entendue. En effet, d'abord cette soustraction à l'autorité paternelle ne peut jamais avoir lieu dans le cas de l'obsession ou de la séduction ; il faut qu'elle soit volontaire et réfléchie. Or, à quoi servirait de faire rentrer sous le joug de l'honneur une fille qui s'en est affranchie une fois ? Cela ne pourrait servir qu'à l'exposer aux mauvais traitements de ses parents, dont la sévérité ne lui rendrait point la sagesse » (*L'Espion anglais*, Londres, John Adamson, 1784-1785, 10 vol., t. X, p. 172, n. 1).

ou tel autre danseur ne se contente de faibles appointements du chœur que parce qu'il ne doit qu'à ses maîtresses ses habits brodés, ses montres et autres bijoux : fruits des différents sacrifices qu'elle offre à la déesse des amours. [...] On met en usage, dans ce véritable palais d'Armide, toutes les ruses qu'Amour enseigne pour séduire, fixer ou tromper. C'est là que nos coquettes peuvent s'instruire dans le grand art de donner des coups d'œil agaçants, ou de rendre adroitement des services manuels à ceux qui tombent dans les filets de la prostitution[1]. »

Les inspecteurs de police surveillent étroitement ces trafics d'alcôve, et Louis XV se délecte à la lecture de leurs rapports, où défile toute la noblesse de France. Le plus connu d'entre eux, Louis Marais, surnommé le « contrôleur de Cythère », parce qu'il n'ignore rien des galanteries de coulisses, note dans son *Journal* : « Je pourrais ne pas tarir sur les filles, car il ne tient qu'à moi, en les suivant sur tous les théâtres où elles ont joué, de donner leur histoire jour par jour, heure par heure. Je dirais ce qu'elles étaient, ce qu'elles ont été, ce qu'elles sont. Mais comme elles ne sont jamais seules et qu'elles changeaient d'hommes comme de domicile, il faudrait, pour soutenir mon caractère franc, faire connaître tous ceux qui se les passaient de lit en lit, de mains en mains. Je serais forcer de décliner plus de noms qu'il n'y en a dans l'*Almanach royal*, dans celui de Paris et dans celui de Versailles réunis. À moins que je ne prisse le parti le plus court, de ne compter que les justes qui se trouvent dans la moderne Sodome. » Placés sous les ordres de Marais, des espions bien entraînés, que l'on appelle « mouches de police » guettent les établissements de débauche pour y récolter toutes sortes de renseignements. Souvent, ils exigent des tenancières de périodiques exposés sur leur maison. Quant aux filles publiques, elles bénéficient d'une relative tolérance de la part des autorités policières, à condition de fournir des informations sur les hommes qu'elles reçoivent, « de recueillir les discours qu'ils peuvent tenir contre le gouvernement, les complots et les projets qu'ils peuvent avoir au préjudice de la sûreté et de la tranquillité publique. Et si elles découvrent que quelques-uns d'eux ont commis un vol, un assassinat ou autres crimes, elles sont obligées de les dénoncer à l'inspecteur ou aux officiers de la sûreté qu'elles doivent faire avertir sur-le-champ, en tâchant de retenir ces sortes de gens jusqu'à leur arrivée. Si elles ne peuvent pas les faire rester chez elles, elles doivent employer tous les moyens possibles pour savoir qui ils sont, leur demeure, ou se procurer au moins des renseignements capables d'en faciliter la découverte. Il en est de même de tous les gens suspects et dangereux qui les fréquentent. Pour peu qu'il soit reconnu qu'elles aient manqué à ces devoirs qui leur sont très étroitement imposés, elles sont arrêtées et punies par une

1. Mayeur de Saint-Paul, *Le Vol plus haut ou l'Espion des principaux théâtres du boulevard* (Paris, 1784), p. 37 *sq*.

détention plus ou moins longue dans une maison de force. Elles sont d'ailleurs gratifiées lorsqu'elles ont donné quelque avis utile[1]. »

Les rapports hebdomadaires du commissaire Marais pour les années 1761-1764 ont été publiés sous le titre de *Journal des inspecteurs de M. de Sartine*[2]. Les renseignements qu'il transmet sont précis : on comprend quel intérêt avait le lieutenant de police à suivre de semaine en semaine les ébats, liaisons, ruptures, raccommodements, mésaventures de tant de personnages importants : hommes de cour, magistrats, fermiers généraux, commerçants, officiers, nobles étrangers, se réservant d'intervenir en personne quand il s'agit de sauver la réputation d'une famille en vue, d'éviter le scandale à un prélat, ou la Bastille au rejeton d'un marquis. De ce fait même, la prostitution publique se trouve non seulement tolérée, mais protégée, pour ne pas dire encouragée. Les Pâris, Gourdan, Brissault et autres matrones de Paris sont connues de tous les gentilshommes, et même de quelques nobles dames : aux uns et aux autres, elles fournissent sur commande, à l'heure dite, des partenaires à leur convenance. Naturellement, une certaine intimité finit par s'établir entre elles et leurs clients, ceux-ci (provocation ou inconscience) n'hésitant même pas à s'afficher ouvertement en leur compagnie, au grand scandale des bien-pensants. D'Argenson s'étrangle de rage en voyant parader ces courtières d'amour dans de somptueux attelages : « La dame Pâris, fameuse maquerelle, a un carrosse à quatre laquais ; elle va aux promenades publiques avec ses demoiselles. On n'a jamais vu tolérer avec tant de honte un établissement si triomphant que ce fameux bordel. On crie avec raison : *Oh ! mœurs ! dans un État chrétien et policé*[3]. »

***

Les *femmes du monde* se divisent en différentes classes, à l'image de la société fortement hiérarchisée de l'Ancien Régime. La première est celle des femmes mariées du haut, moyen et bas étage, qui livrent leurs charmes, par intérêt ou ambition, à de grands seigneurs dont elles tirent de quoi fournir à leur faste, à leur luxe et à leurs caprices, souvent autorisées par des maris complaisants qui en partagent les bénéfices. Dans la deuxième catégorie, on trouve les demoiselles d'Opéra, danseuses, figurantes, filles de chœur, vivant essentiellement de la galanterie. Celles-là sont généralement entretenues sur un pied fastueux, jouissent d'un appartement meublé, avec équipage, chevaux de remise, soubrette à leur service. Souvent, elles entretiennent à leur tour un amoureux qui vit

1. Jean-Baptiste Lemaire, *La Police de Paris en 1770. Mémoire inédit composé par ordre de G. de Sartine sur la demande de Marie-Thérèse*, Paris, 1879, p. 92-93.
2. Bruxelles / Paris, 1863.
3. *Journal et Mémoires du marquis d'Argenson*, éd. Rathery, Paris, Renouard, 1864, t. VI, p. 182.

à leurs crochets, et qu'on appelle *guerluchon*. Juste au-dessous viennent les bourgeoises, ouvrières, filles de boutique. Leur journée terminée, elles vont discrètement passer la soirée chez quelque *mère-abbesse* (c'est ainsi qu'à Paris, l'on nomme les maquerelles). Le luxe est la seule et unique raison de leur libertinage. À l'atelier, elles gagnent le nécessaire ; au bordel, elles gagnent l'indispensable superflu. Elles conservent en général tous les dehors de l'honnêteté, et certaines trouvent même à se marier.

La quatrième classe comprend les filles « en maison ». Celles-ci sont logées, nourries, blanchies, coiffées aux frais de la matrone, qui leur fournit également un trousseau complet, jusqu'aux bas et aux chemises. Moyennant quoi, elles reversent à la tenancière la totalité de leurs gains, à l'exception du *ruban*, sorte de pourboire que leur laisse le client, selon son contentement et sa générosité. À l'échelon inférieur, on trouve les *raccrocheuses*, qui travaillent tantôt pour le compte d'une maquerelle avec laquelle elles partagent le montant de la « passe », tantôt pour leur propre compte. Tout au bas de l'échelle se rencontrent les *pierreuses* ; mais il faut pour cela descendre dans les bas-fonds de la capitale.

Tout ce petit monde est placé sous l'autorité d'appareilleuses, chez qui vient s'égayer l'Europe entière : la Desrameaux rue des Boucheries Saint-Honoré, la Dupuis rue Popincourt puis rue de Vendôme (actuelle rue Béranger), la Dubuisson rue du Ponceau, la Lavarenne rue Feydeau, la Gourdan (surnommée la « petite comtesse » et aussi la « surintendante des plaisirs de la ville et de la cour ») rue Saint-Sauveur, la Héquet cul-de-sac Saint-Fiacre, la Pâris (dite « Bonne-Maman ») à l'hôtel du Roule, faubourg Saint-Honoré, la Brissault, surnommée la « Présidente », principale concurrente de la Gourdan, qui tint maison avec son mari rue Tire-Boudin (aujourd'hui rue Marie-Stuart[1]) avant de s'établir rue Française, « vis-à-vis la petite porte de la Comédie-Française ».

*
* *

Vivre aux crochets d'une femme et payer ses libéralités en caresses : est-il rien de plus commun ! Cela se qualifie aujourd'hui d'un bien vilain nom d'un bien vilain poisson. Au siècle philosophique on désignait ce métier sous le vocable — autrement ravissant — de « guerluchonnage ».

1. Le plus ancien nom de cette rue, qui se situait hors de l'enceinte de Philippe-Auguste, était *Tire-Vit*, à cause des raccrocheuses qui abondaient à cet endroit. Cette dénomination fut atténuée vers 1419-1421 en *Tire-Boudin*. L'historien de Paris, Henri Sauval, croit savoir pourquoi : « Marie Stuart, femme de François II, passant dans cette rue, en demanda le nom ; il n'était pas honnête à prononcer ; on en changea la dernière syllabe, et ce changement a subsisté. De toutes les rues affectées aux filles publiques, cette rue et la rue Brisemiche étaient les mieux fournies. » L'anecdote est jolie, mais invraisemblable, car Marie Stuart ne s'est mariée qu'en 1558, alors que le censier de l'évêché citait déjà cette rue sous le nom de *Tire-Boudin* en 1419. C'était également celui qu'elle portait lorsque les Anglais établirent le relevé des maisons qu'ils venaient de confisquer en 1420-1421. Il n'empêche que c'est au souvenir de Marie Stuart que l'Empire voulut dédier cette voie, en la baptisant de son nom en 1809.

Et l'acteur de telles pratiques, généralement jeune, bien fait, et plus riche de malice que de scrupules, s'appelait un « guerluchon ».

La confrérie des *guerluchons* ou *greluchons* connut d'illustres zélateurs, comme le maréchal duc de Richelieu, qui procurait des femmes à Louis XV, en escroquant impudemment les maquerelles. La femme Vence en fit la funeste expérience, car on l'expédia sous les verrous méditer sur l'ingratitude des grands[1]. D'autres exerçaient le même négoce sur une moins glorieuse échelle, tel cet abbé Chotard qui opérait pour le compte du prince de Conti. Un petit nombre de filles enfin se passaient de tout intermédiaire, qu'il fût leur galant ou pas. C'est du moins ce que semble indiquer ce couplet du *Catéchisme poissard*[2] :

Je n'sommes pas de ces grisettes / Qu'avons quantité d'amourettes, / Ni ces donzelles à bichons / Qui soutenont les greluchons.

Mais il s'agit là d'exceptions : « Il est d'ordinaire que toutes les filles aient un amant, peut-on lire dans la *Correspondance de Madame Gourdan*. C'est communément leur perruquier ou quelque laquais. Celles qui donnent dans du plus relevé ont un de ces libertins sans asile qui ne vivent que d'escroquerie au jeu, de maquerellage, et tâchent de duper les étrangers en liant connaissance avec eux dans les cafés, aux spectacles des Boulevards, aux tripots ou dans les mauvais lieux, seuls endroits que fréquente cette vile espèce, de laquelle on doit se méfier, sur qui la police a toujours les yeux ouverts et dont il n'y a pas de mois qu'elle n'exile quelques membres[3]. » On a beau savoir tout cela, le cœur a parfois ses raisons (et ses pulsions), que le profit ne connaît pas : « On ne peut pas être toujours à Plutus, il faut quelquefois être à l'Amour », s'exclame une pensionnaire de l'illustre maison Gourdan.

Ordinairement, le guerluchon entremetteur portait le nom de *bonneau*, qui plaisait tant à Voltaire qu'il en fit un personnage :

Pour colorer comme on put cette affaire,
Le roi fit choix du conseiller *Bonneau*,
Confident sûr et très bon tourangeau.
Il eut l'emploi, qui certes n'est pas mince,
Et qu'à la Cour où tout se peint en beau,
Nous appelons être l'ami du prince,
Mais qu'à la ville, et surtout en province,
Des gens grossiers ont nommé *maquereau*.

M. L.

1. Sur les détails de cette affaire scandaleuse qui fit grand bruit à l'époque, voir la « Chronique secrète de Paris sous Louis XVI, commencée à Paris le mardi 10 de mai 1774, par un auteur [l'abbé Baudeau] âgé de quarante-quatre ans, mais pour lui seul », dans la *Revue rétrospective*, t. III, 1834, p. 384 *sq*.

2. Jean-Joseph Vadé, *Catéchisme poissard pour le carnaval, contenant le déjeuner de la Rapée et le discours des Halles et des Ports, avec une déclaration d'amour entre M. Dubois, marchand d'allumettes, et Mlle Perrette, faiseuse de rabats*, Paris, 1758, p. 5.

3. *Correspondance de Madame Gourdan, infra*, p. 657, n. 1.

LES

LAURIERS ECCLESIASTIQUES,

OU

CAMPAGNES DE L'ABBE T***.

NOUVELLE-EDITION.

Augmentée des

DÉLICES DU CLOITRE.

Militas omnis amans, & habet sua castra Cupido.

Ovid. Amor. L. I.

A LUXUROPOLIS.

De l'Imprimerie ordin. du Clergé.

MDCCLXXXII.

[LA MORLIÈRE]

Les Lauriers ecclésiastiques
ou
*Campagnes de l'abbé T****[1]
1747

« *Militat omnis amans, et habet sua castra Cupido* »
Ovid. *Amor.*, lib. I

INTRODUCTION

L'attribution des *Lauriers ecclésiastiques* au chevalier de La Morlière est aujourd'hui suffisamment établie pour qu'il soit permis d'inscrire son nom sur la page de titre. Nous le faisons d'autant plus volontiers que l'esprit et le style de l'ouvrage ne nous paraissent nullement indignes de l'auteur d'*Angola*.

« Ce chevalier de La Morlière, qui retape son chapeau sur son oreille, qui porte la tête au vent, qui vous regarde le passant par-dessus l'épaule, qui fait battre une longue épée sur sa cuisse, qui a l'insulte toute prête pour celui qui n'en porte point, et qui semble adresser un défi à tout venant, que fait-il ? Tout ce qu'il peut pour se persuader qu'il est un homme de cœur. Mais il est lâche. Offrez-lui une croquignole sur le bout du nez et il la recevra en douceur. Voulez-vous lui faire baisser le ton, élevez-le. Montrez-lui votre canne, ou appliquez votre pied entre ses fesses ; tout étonné de se trouver un lâche, il vous demandera : *Qui est-ce qui vous l'a appris ? d'où vous le savez ?* Lui-même l'ignorait le moment précédent ; une longue et habituelle singerie de bravoure lui en avait imposé. Il avait tant fait les mines, qu'il se croyait la chose. » Qu'ajouter de plus à ce piquant croquis, si allégrement troussé par Diderot dans *Le Neveu de Rameau* ? Peu de choses, à vrai dire, sinon quelques éléments de biographie qui ne feront que mettre en évidence l'opinion du philosophe.

Né à Grenoble le 22 avril 1719 d'une honorable famille de robins, Jacques Rochette, chevalier de La Morlière, aurait pu succéder à son père, conseiller-maître à la Chambre des comptes, si le démon de l'aventure ne l'avait détourné du chemin du droit pour le jeter en marge du droit chemin.

1. À Luxuriopolis. De l'Imprimerie ordinaire du clergé.

À moins de vingt ans, il abandonne l'étude de Me Brochier, procureur à la cour, pour vivre à sa guise : grand coureur de filles, il multiplie les rixes, et s'attire une mauvaise affaire avec un officier de la garnison, ce qui l'oblige à quitter sa ville natale pour Paris, où il se fait engager aux mousquetaires noirs. Pas pour longtemps, car à force d'écumer tripots et bordels, il réussit à se faire chasser. Le voilà sur le carreau, avec le maigre pécule que lui a remis sa mère, et qu'il ne tarde pas à dilapider dans les cafés, les salles d'armes et les coulisses de théâtre. Le seul métier pour lequel il se sent quelque peu de goût et beaucoup d'ambition est celui d'homme de lettres. Ne doutant ni de son génie, ni de son étoile, il se lance dans le roman, genre ô combien à la mode, dont il attend la gloire et la fortune. Las ! Son premier essai, *Le Chevalier de R***. Anecdotes du siège de Tournay*, tombe à plat. Sans se décourager, il donne l'année suivante (1746) un conte oriental et licencieux, dans la veine de Crébillon fils, intitulé *Angola. Histoire indienne*, qui obtient un très vif succès. En 1747, il tente sa chance dans le roman à l'anglaise, à la fois tragique et larmoyant, où il exploite l'engouement des lecteurs (et surtout des lectrices) pour le spleen, les péripéties romanesques, les quiproquos, les enlèvements, les reconnaissances, les duels et les pirates. En dépit de tous ces ingrédients, *Mylord Stanley ou le Criminel vertueux* ne tient pas ses promesses, et ne renouvelle surtout pas le succès d'*Angola*.

C'est alors que La Morlière, déçu, revient au récit libertin avec *Les Lauriers ecclésiastiques ou campagnes de l'abbé T****, satire anticléricale dans la pure tradition gauloise. Usant du procédé archiéculé du manuscrit retrouvé, il prétend tenir celui-ci de l'abbé T*** lui-même, dont il nous invite à lire les « espiègleries. » Il s'agit donc de pseudo-Mémoires, dans lesquels notre ecclésiastique égrène ses souvenirs de jeunesse, aussi lestes de ton que flatteurs pour son amour-propre, dans une lettre à l'un de ses amis. Chemin faisant, les petits collets se font étriller d'une griffe alerte et joyeuse. Les gracieusetés pleuvent sur la calotte : « illustres inutiles, directeurs éternels des ruelles », « pieux fainéants », « singes tonsurés, bateleurs privilégiés, également propres aux farces ecclésiastiques et aux scènes des cercles mondains, pagodes consacrées par la bêtise du genre humain », etc.

Roman d'apprentissage, dit aussi *de formation*, les *Lauriers* multiplient à plaisir les pulpeuses tentations auxquelles notre séminariste ne fait même pas mine de résister. Titillé d'une irrésistible vocation pour les jeux de l'amour, il lui tarde d'y répondre par des exercices pratiques. La première occasion qui s'offre à lui n'est autre que la belle marquise, maîtresse de son oncle, l'évêque de N***. Fou de désir, il déploie dans l'ivresse de sa conquête les heureux talents dont la nature l'a pourvu, et poursuit son amoureux noviciat avec la soubrette de sa divinité, la toute charmante Clairette, au minois si frais, aux yeux si fripons, au pied si mignon, puis avec la présidente de S*** rencontrée sur la route où sa voiture avait versé ; il la prend dans la sienne, joue le passionné, l'amant transi, le héros de roman, verse même une larme, prouvant ainsi qu'il ne lui a fallu guère de temps pour acquérir la technique du parfait libertin, et plonge enfin « dans une mer de délices ». En choisissant pour héros un jeune abbé, l'auteur n'a fait que céder aux préjugés d'une époque où les membres du clergé avaient une fâcheuse réputation de galanterie. On les disait en général bien accueillis des femmes parce qu'ils étaient pleins d'égards et de complaisance pour le beau sexe, et que leur état leur faisait un devoir de la prudence et du secret.

Les femmes bien nées ne sont pas plus épargnées que les séducteurs en soutane : « sexe perfide », « méprisable espèce », les plus intouchables d'entre elles collectionnent les amants, dans les bras desquels elles ne s'abandonnent qu'après mille petits cris d'effroi, mille petits airs de gronderie, mille bouderies indignées, et paient la rançon de leur plaisir d'un petit quart d'heure de honte. Ce que La Morlière met au jour, ce ne sont pas seulement les tartufferies cléricales, mais le libertinage de tant de femmes de la cour et de la ville qui n'existent que pour jouir et qui préludent à l'égalité révolutionnaire en admettant la livrée dans leur boudoir, et en faisant d'un laquais ou d'un « Franciscain lubrique » le rival de leur époux. Ce ne sont pas les amours fastueuses qui intéressent ici, mais les liaisons secrètes, les intrigues d'une grande dame dont la passion subjugue l'orgueil, qui, pleine de charmes et d'esprit, couche à tort et à travers, sans frein, sans conscience d'ordre ou de classe, et passe tour à tour des bras d'un courtisan aimable ou d'un prélat voluptueux dans ceux d'un petit-maître à tonsure, voire d'un perruquier doué d'une jolie physionomie et d'une taille avantageuse.

La dernière critique — mais non la moins grave, ni la moins acerbe — prend pour cible les vocations forcées. Vers la fin de sa confession, l'abbé T*** raconte en effet qu'étant tombé amoureux d'une fille condamnée à prendre le voile pour favoriser l'établissement de sa sœur aînée, il lui fallut attendre (point trop longtemps, il est vrai) la mort de ladite sœur et celle de ses parents, pour contracter légalement mariage avec la jeune novice, lui-même n'hésitant pas à se libérer de ses vœux pour épouser sa dulcinée. La Morlière dénonce avec vigueur dans ces pages le pouvoir des institutions sur les inclinations individuelles.

Dans l'ensemble, les jugements sur le petit roman de La Morlière ne furent pas tendres ; c'est le moins qu'on puisse dire : « Il faut avoir l'imagination bien jeune et l'esprit bien brut pour trouver quelque goût à la lecture des *Lauriers ecclésiastiques* », assène Pierre Clément[1]. L'abbé Raynal, de son côté, parle de « satire insipide, plate et burlesque[2] ». Mais il y a plus grave que le dénigrement de ses confrères : l'intérêt que lui porte la police. Dénoncé déjà comme l'auteur des *Lauriers ecclésiastiques*

1. Dans *Les Cinq Années littéraires*, Berlin, 1756, t. I, p. 3.
2. *Nouvelles littéraires*, t. II, p. 121.

et des *Très humbles remontrances à la cohue au sujet de Denys le Tyran*, où il menaçait Marmontel du bâton et traitait le public de « tas de sots », il avait encore à répondre d'une louche affaire de mœurs, dans laquelle on l'accusait d'avoir séduit une petite bourgeoise de dix-sept ans, Louise Fleury, femme d'un marchand de vin, qui l'avait suivi en emportant avec elle ses hardes, ses bijoux, et 2 000 francs dérobés dans la caisse. Le mari porta plainte. La femme fut mise à la Salpêtrière, La Morlière écroué au Petit Châtelet, puis élargi et relégué à Grenoble, d'où il ne tarda pas à revenir, son père ayant fait révoquer l'ordre d'exil. Rentré à Paris, le chenapan continuera de glisser sur la mauvaise pente qu'il s'était choisie, et qui fera de lui l'un de ces folliculaires mal famés et mauvais garçons, chefs de claque, espions de police, maquereaux qui battent le pavé parisien, le verbe haut et la mine altière.

***

On a prétendu que *Les Lauriers ecclésiastiques ou Campagnes de l'abbé T**** étaient une charge dirigée contre l'abbé Terray, l'un des ministres les plus impopulaires du royaume. Pure invention, étourdiment reprise par Pascal Pia dans ses *Livres de l'Enfer*, et par quelques autres. Rappelons en effet qu'en 1747, lorsque paraît la brochure de La Morlière, Joseph-Marie Terray n'a que trente-deux ans, et qu'il occupe depuis dix ans la fonction relativement modeste de conseiller-clerc au parlement. Nul ne connaît encore ce jeune Forézien de souche paysanne, cadet d'une famille anoblie seulement en 1720. Personne n'a encore entendu parler de lui, et il ne sera nommé contrôleur général qu'en 1769, soit vingt-deux ans plus tard ! C'est seulement à partir de ce moment que Terray commencera de s'attirer l'aversion de ses contemporains. Ce sont les réformes engagées par lui, notamment la suppression de plusieurs offices d'intendant de finance, la conversion des tontines en rentes viagères, l'impôt sur les bénéfices de la ferme générale, la réduction des pensions, etc., qui lui vaudront des haines tenaces. Dès lors, sa vie privée devient l'objet des plus abjectes calomnies ; on lui attribue des mœurs dissolues, et l'opinion l'accuse d'enrichissement personnel aux dépens de la nation. Ce n'est qu'à cette époque, dans les années 1770-1774, que se constitue la légende noire et rétrospective du jeune abbé sans foi ni loi, dévoré d'ambition, cynique et débauché.

M. L.

PRINCIPALES ÉDITIONS : *Campagnes de l'abbé T*** ou les Lauriers ecclésiastiques*, S. l., 1747, in-12.
BNF sans cote. Tolbiac — Rez-de-jardin — magasin. Notice nº FRBNF32343368.

*Les Lauriers ecclésiastiques, ou Campagnes de l'abbé de T****, À Luxuropolis, de l'imprimerie ordinaire du clergé, 1748. In-16, III-194 p.
BNF 3 ex. Enfer 368, 369, 888. Microfilm : M-8342.

*Les Lauriers ecclésiastiques, ou Campagnes de l'abbé de T****, Avec *Le Triomphe des religieuses*, etc. Seconde édition, corrigée et augmentée. À Luxuropolis, de l'imprimerie ordinaire du clergé, 1748, in-12 de 1 f.n.ch. et 176 p.
BNF Enfer 65. Microfilm M-12535, R 90991.

Les Campagnes galantes de M. de Tirneville, ou le Bonheur inattendu, Londres, 1775, in-8°, 127 p.
BNF 16-Y2-37013.

*Les Lauriers ecclésiastiques, ou campagnes de l'abbé T****, nouvelle édition. À Luxuropolis, de l'imprimerie ordinaire du clergé, 1777, in-24.
Cat. vente Peyrefitte, 31 janvier 1977, n° 117.

*Les Lauriers ecclésiastiques, ou campagnes de l'abbé T****, nouvelle édition augmentée des *Délices du cloître*. À Luxuropolis, de l'imprimerie ordinaire du clergé, 1782, in-12, VIII-195 p.-[1] f. de front.

*Mes espiègleries, ou Campagnes de l'abbé de T****, À Paris, chez Marchand, galerie neuve du Palais-Égalité, n° 10, 1797, in-12, 144 p.
BNF Enfer 371.

*Les Lauriers ecclésiastiques ou Campagnes de l'abbé T****, Sur l'imprimé à Luxuropolis, 1777, Bruxelles, Gay et Doucé, 1882, in-8°, 148 p.
BNF Enfer 55.

AVERTISSEMENT DE L'ÉDITEUR QU'IL FAUT BIEN SE GARDER DE PASSER SANS LE LIRE

Un éditeur avide de louanges et de remerciements, ne renoncerait point si aisément aux droits qu'il croirait avoir à la reconnaissance du public, et ferait valoir avec emphase les peines et les recherches employées à la découverte d'un manuscrit aussi rare. Pour moi, je confesserai ingénument que, sans me piquer d'une modestie hors de saison, je crois pouvoir en toute sûreté me reposer sur les connaisseurs, du soin d'attacher eux-mêmes un juste prix à mes veilles et à mes travaux. Ainsi, sans entrer dans le détail des moyens par lesquels ce singulier ouvrage m'est parvenu, je dirai simplement que la modestie de M. l'abbé T*** a été un des plus grands obstacles que j'ai eu à surmonter, pour pouvoir communiquer au public un morceau si digne de son attention. Peu sensible à une réputation dont il méritait si bien de jouir, ce n'a été qu'après les instances les plus vives qu'il s'est déterminé à avouer des exploits dont il voulait absolument ensevelir la mémoire. Enfin, il s'est laissé gagner, et je donne son manuscrit au public tel qu'il me l'a remis, et sans y changer une syllabe. Il ne me reste plus qu'à avertir ce même public que si le livre a le bonheur de plaire, cette édition-ci sera sans doute la seule. Au lieu que s'il déplaît jusqu'à un certain point, on ne manquera pas d'en faire successivement plusieurs, car c'est quelque chose de délicieux que de voir froncer certains sourcils… Et d'ailleurs, c'est que plus il causera d'humeur et d'inquiétude, plus aisément on se persuadera que les portraits et les événements qu'il contient ne sont point éloignés du vraisemblable ni de la vérité.

LES LAURIERS ECCLÉSIASTIQUES
ou
CAMPAGNES DE L'ABBÉ T***

Je vais vous satisfaire, mon cher marquis. Vous voulez un récit exact de mes espiègleries depuis mon entrée dans le monde, et du dénouement sérieux qui va bientôt les terminer ? Au milieu des succès d'une campagne brillante et d'une ample moisson de lauriers, vous imaginez qu'il en est d'autres qu'on peut cueillir avec moins de peine et dont les fruits, moins glorieux peut-être, ont des douceurs plus réelles et plus satisfaisantes ? vous croyez enfin que l'amour peut tenir lieu de tout dans la vie ? Ah ! qui mieux que moi doit soutenir ce système ! C'est lui qui a toujours fait mon bonheur ; c'est par lui que je touche à l'instant le plus heureux de mes jours. Et par quel chemin m'y a-t-il conduit ! Que de fleurs sur mon passage ! Non, jamais je n'ai connu ses peines ; il ne m'a prouvé sa puissance que par les plaisirs continuels et indicibles dont il m'a enivré. Que de reconnaissance ne lui dois-je pas pour tant de bienfaits ! et comment m'acquitter mieux envers lui qu'en publiant les faveurs dont il m'a comblé, les charmes qu'il a répandus sur les premières années de ma vie !

Au reste, mon cher ami, j'espère que vous me passerez le style en faveur de la naïveté : je ne fus jamais auteur. De plus, j'écris à un militaire. Voilà, je pense, d'assez bonnes excuses : des faits, de la vivacité, c'est tout ce que vous êtes en droit d'attendre de moi. Mais, me dira-t-on, tout le monde n'est pas si aisé à satisfaire. Eh bien ! voici ma réponse : que ce monde-là ne me lise point ; je me passerai tout aussi aisément de son suffrage que de ses bâillements et de sa critique, et j'en serai amplement dédommagé par la certitude physique et morale que j'ai d'être lu, commenté, approuvé, décrié, louangé par mes chers confrères les abbés, illustres inutiles, directeurs éternels des ruelles. De même que par toutes les aimables consciences qu'ils dirigent, qui se déchaînent sans cesse contre les petites brochures, qui ne conçoivent pas qu'on puisse s'amuser à de pareilles misères, qui cependant, ainsi qu'eux, ne lisent autre chose, et qui ont bien leurs raisons pour cela.

D'ailleurs, pourquoi chercherais-je des justifications ou des prétextes ? Vous êtes à l'armée où on est obligé de s'amuser de tout dans de certains moments. Je suis actuellement à peu près dans le même cas à Paris : il n'est plus pour moi, depuis quelques jours, qu'une affreuse solitude, par l'absence de tout ce que j'ai de plus cher. Vous voulez que je vous écrive, que je vous désennuie ? Je ne prendrai pas le ton du fastidieux roman pour vous tracer des aventures, la plupart trop plaisantes pour être susceptibles d'un ton grave et d'une marche compassée. Vous en serez quitte pour dix à douze pages de sentiment, dont je ne peux en bonne conscience vous faire grâce, et cela non seulement pour l'honneur du métier, mais encore pour rendre hommage à la vérité de mon histoire, qui finit avec une dignité à laquelle ni vous ni moi sûrement ne nous attendions point, et que mes commencements ne semblaient pas devoir me promettre.

Voilà, me direz-vous, un exorde admirable ! et je prévois qu'il sera réjouissant pour quelqu'un qui m'examine de sang-froid, de voir qu'en assurant sérieusement que je ne suis ni auteur, ni écrivain, ni romancier, je m'approprie, sans m'en apercevoir, toutes les inutiles gradations et les ennuyeuses régularités de ces messieurs. Quelle délicieuse satisfaction, pour un critique bourru, de me voir donner dans le piège que j'ai cru éviter en l'indiquant, et de pouvoir dire d'un ton amèrement caustique : « Ah ! mais oui, c'est encore une brochure comme les autres », regarder ensuite, avec une distraction orgueilleuse, la première page et la dernière, et s'écrier : « Ah parbleu ! on n'y tient pas. Cela est aussi trop assommant ! » Que faire à cela, mon cher marquis ? Laissons hurler notre ogre, qu'il déchire à son gré le genre humain : les jugements qui ne portent que sur une espèce d'ouvrage en général, et qu'on applique ensuite à chacun d'eux en particulier, sans daigner examiner s'ils méritent une exception, sont plus risibles et plus absurdes que redoutables. Je suis exactement au fait du cas que vous et tous les gens raisonnables en faites. Et pour mon compte, je les méprise souverainement. Cela posé en fait, je commence.

Je vous épargnerai une longue généalogie de ma maison, un état de ses biens et des charges et dignités dans lesquelles mes ancêtres se sont distingués : vous me connaissez assez pour n'avoir pas besoin de tous ces éclaircissements, qui d'ailleurs sont forts inutiles pour l'explication de quelques tours de jeunesse que j'ai à vous raconter. Et j'ai plus d'une raison pour ne satisfaire pas davantage là-dessus la curiosité de personne.

Vous savez, comme moi, que je suis né à Paris, et le rang que ma maison y tient. Et vous n'ignorez pas que nous y sommes transplantés, et que tous nos biens étant situés dans la province de… dont nous sommes originaires, et où mes ancêtres ont toujours fait leur résidence [1]. Les lois de cette province, ainsi que de quelques autres, extrêmement défavorables aux cadets, me laissaient espérer fort peu de ressource du côté des

1. Phrase inachevée.

biens de ma famille. Je sus, presque en venant au monde, que j'avais un frère aîné qui serait un jour un fort grand seigneur, et le même instant m'instruisit des bornes étroites que les lois mettaient à ma fortune, et de la nécessité où je serais de l'augmenter, ou par l'habileté, ou par mon génie, ou par ma souplesse. Quelque désagréables que fussent ces idées, la nécessité indispensable de les adopter et de m'y faire me les rendit peu à peu moins dures ; je m'accoutumai insensiblement à un plan de médiocrité qui me rendît ce joug plus supportable. Vous avez connu mon frère, vous étiez son ami, et vous ne serez point surpris quand je vous dirai que le tour heureux de son caractère et de son naturel, l'amitié tendre et parfaite qui s'établit entre nous, dans un âge où les hommes n'en connaissent pas même le nom ; tout cela, dis-je, ne contribua pas peu à me faire trouver ma condition plus heureuse.

Nous fîmes nos études au collège de… J'avais déjà atteint ma douzième année, et mon frère sa quinzième, avant qu'il eût été encore question du parti qu'on prendrait à notre égard. Cependant, comme j'étais celui des deux dont le sort était le plus incertain, et par conséquent le plus difficile à déterminer, je fus celui auquel on pensa le premier. La carrière de mon frère était toute simple : avec de la naissance et de grands biens, la voie du service était la seule qu'il pût choisir ; c'était d'ailleurs celle que ma famille avait toujours suivie. Mais il s'en fallait de beaucoup que les sentiments fussent si réunis sur ce qui me regardait. Je devais être pauvre, et il était question de tâcher de me rendre riche, n'importe aux dépens de quoi et de qui. Il y eut un comité chez mon père à ce sujet, où tout ce que j'avais de parents à Paris pour lors furent admis. Ceux d'entre eux qui étaient dans la robe n'étaient là que pour faire nombre ; je n'étais ni assez riche, ni assez pauvre pour être des leurs. Ainsi, tout le débat et la contrariété d'opinions restèrent entre cinq ou six vieux militaires, mes grands-oncles ou mes grands-cousins, tous aussi couverts des ruines que des honneurs de la guerre, qui à eux tous n'auraient pu composer un buste entier, et qui pour ne pas enterrer leur folie avec eux, me disputaient comme une proie à certain parent prémontré, pourvu d'une quantité raisonnable de prieurés, et d'une face rebondie qui plaidait furieusement en sa faveur. Mes chers parents les officiers combattaient la solidité des raisonnements par tous les sophismes et l'exposition la plus avantageuse du faux brillant de leur métier, avec laquelle on les avait autrefois aveuglés eux-mêmes. À cela, le large prémontré leur répondait d'une voix tonnante et victorieuse : « Remarquez-moi, mes chers cousins, examinez-moi, et soyez anéantis : comparez vos corps mutilés à mon embonpoint et à la perfection de mon existence, les veilles, les fatigues et les hasards de votre vie, avec la paisible et heureuse paix de la mienne. Gémissez de votre erreur et de la perte d'un temps irréparable, et ne cherchez point à faire une victime de quelqu'un que je veux attirer au port. » La solidité de ses arguments n'était pas sans poids sur l'esprit de mon père, mais comme il avait certains préjugés inséparables de sa naissance, et qu'on a de bonnes raisons pour entretenir et pour augmenter en nous tous les jours, je ne sais quel aurait été le résultat du synode si mon oncle, l'évêque de N… ne fût arrivé dans le plus fort de la dispute. Sa présence mit fin à tout le débat. À peine sut-il de quoi il était question, à peine se donna-t-il le temps d'entendre les raisons que le victorieux prémontré alléguait d'un air triomphant, que prenant son parti avec chaleur, mon sort fut décidé dans la minute. Sa Grandeur ordonna que je sois tonsuré sans délai, et qu'on me mettrait en état de recueillir au plus tôt une abondance de biens et de faveurs, dont l'Église récompense toujours ses chers nourrissons, et dont ils se rendent assurément bien dignes, en observant exactement la respectable inutilité du genre de vie qu'elle leur impose.

Je fus donc enrôlé parmi ces pieux fainéants; et au lieu de chevalier, on m'appela dès lors l'abbé T***. Ce ne fut pas d'abord sans répugnance que je me prêtai à la vocation de mon oncle, mais dès que je fus des siens, il s'empara de moi avec une autorité que la mitre et l'opulence donnent, et à laquelle mon père n'osa résister. Il sut si bien me représenter la solidité des avantages attachés à son état, et la facilité qu'il y avait à le rendre compatible avec tous les plaisirs de la vie, que je commençai peu à peu à ouvrir les yeux. Je reconnus qu'en effet le parti le plus sûr et le plus prudent était d'en imposer aux hommes, et de vivre aux dépens de leur crédulité et de leur bonne foi. Je n'avais encore jamais vu d'abbés que mon précepteur, et par miracle il s'était trouvé sage et honnête homme. C'était un vieux prêtre irlandais, coriace comme un solitaire de la Thébaïde, sale et dégoûtant à proportion de la dévotion qu'il pratiquait, hérissé de scrupules, de préjugés et de syllogismes, droit et sincère d'ailleurs, mais dont l'extérieur n'était pas propre à me donner du goût pour le clergé. J'étais pour lors bien éloigné d'imaginer qu'il y eût dans le monde une espèce d'animaux amphibies dont je dusse un jour augmenter le nombre. J'ignorai qu'on donnait le nom d'abbés à ces singes tonsurés, ces bateleurs privilégiés, également propres aux farces ecclésiastiques et aux scènes des cercles mondains, pagodes consacrées par la bêtise du genre humain. Ignorant exactement toutes choses, et fondés à s'annoncer pour tout savoir, colifichets charmants, autorisés à décider de tout avec impudence par les suffrages de quelques caillettes, toutes aussi aimables et aussi sottes qu'eux, j'ignorais alors jusqu'à l'existence et à la possibilité de leur être. Mais je ne restai pas longtemps dans une erreur si condamnable. J'eus l'occasion d'en voir quelques-uns chez mon oncle, qui passaient pour l'élite de leur genre. Et dans peu je pris tant de goût aux manières de ces messieurs, que grâce à la dose d'impudence et de fatuité dont les jeunes gens sont toujours libéralement pourvus, je pus me flatter bientôt de marcher avantageusement sur leurs traces, et même d'en laisser le plus grand nombre derrière moi.

J'avais fini mes études. Mon oncle m'avait retiré auprès de lui, et me faisait étudier à la Sorbonne, car c'est aujourd'hui une selle à tous chevaux[1], et il faut nécessairement que ce bonnet couvre la tête d'un nombre de sots, qui seraient bien empêchés de leurs personnes sans cela. J'étudiais donc, mais à dire la vérité, sans prendre beaucoup de goût à des choses pour le principe desquelles on commençait par m'extorquer un consentement tyrannique et absolument contraire aux lumières de ma raison. Déjà, j'avais fait l'acquisition de certaines notions sur des matières qui me paraissaient infiniment plus intéressantes et liées à la nature, que tous les pompeux galimatias dont on m'excédait chaque jour. Mon oncle était un de ces prélats du beau monde, qui se reposait volontiers du soin de ses ouailles sur les soins d'un grand vicaire qui, de son côté, trouvait son compte à l'absence de mon oncle. Il allait fort peu à son évêché ; l'air du pays lui était si contraire, Sa Grandeur avait la poitrine si délicate, qu'il était obligé par un régime incommode de passer toute sa vie à Paris, à prendre des eaux, et tâcher de conserver sa santé par tous les ménagements d'une vie tranquille et dévotement commode. Son médecin lui ordonnait les spectacles, une table servie de mets bien nourrissants, et lui enjoignait de recevoir chez lui une compagnie capable de dissiper certains accès de bile noire, qui auraient pu faire péricliter les jours précieux de Son Excellence. Il se soumettait à tout avec une résignation qu'on ne pouvait se lasser d'admirer, et je n'étais pas fâché dans le fond de ces ordonnances. Il venait chez lui des femmes charmantes ; je les dévorais toutes des yeux : les diamants, le rouge, une gorge ou une jambe tant soit peu découverte, me causaient des tressaillements indéfinissables ; et comme je surprenais quelquefois des regards de mon cher oncle tournés sur les mêmes objets, et qui me paraissaient alors très peu apostoliques, je me sentais encouragé par un si grand exemple, et disposé à devenir un jour un des plus grands personnages de la sainte légende.

Parmi les personnes qui venaient le plus souvent chez mon oncle, la marquise de B... était une de celles que j'avais le plus remarquées, et pour laquelle je me sentais le plus de penchant. Ses charmes ne m'avaient point échappé, mais j'avais en même temps dû à ma pénétration une autre découverte qui ne servait pas peu à modérer mes regards et mes empressements. Monseigneur mon oncle me paraissait y avoir pour le moins autant d'attention que son cher neveu, et comme en ces sortes de matières les gens intéressés sont inépuisables en remarques, j'avais cru m'apercevoir qu'au travers de la marche la plus étudiée que pût observer une femme, qui avait autant de monde et d'usage que la marquise, les

1. « On appelle *selle à tous chevaux* une selle faite de telle sorte qu'on la peut faire servir à toutes sortes de chevaux quand on court la poste. Et figurément et familièrement on appelle ainsi une citation, une maxime, un lieu commun qu'une personne fait entrer en toutes sortes de discours : Il n'a fait aucun discours où il n'ait employé ce lieu commun, c'est une *selle à tous chevaux* » (*Dict. Acad.*, 1798).

empressements de Sa Grandeur n'étaient pas reçus de façon à le désespérer. Jamais je n'ai pu dans la suite me procurer assez de lumières pour savoir au juste le genre de leur liaison, ni jusqu'à quel point elle avait été poussée. Tout ce que j'ajouterai ici pour la justification de la marquise, c'est que mon oncle était, et est encore aujourd'hui, assez bien partagé des avantages de l'esprit et de la figure pour mériter l'attention de quelque femme que ce fût. Et d'ailleurs, on sait que la mitre sied bien sur un front sillonné. Quoiqu'il en soit, son âge ne passait point quarante ans. Il était fort bel homme par lui-même ; joignez à cela cet air reposé, ce coloris précieux attaché à son état, qui lui donnaient une vraie face de séraphin. Il sera aisé de se persuader que, si dans la suite de cette aventure, mon oncle a eu du dessous, cela partait plutôt de ce fond de frivolité qui est dans la nature, qui fait que dans ces sortes d'occasions, les neveux donnent toujours le croc-en-jambe aux oncles, que de quelque autre avantage réel qui dût naturellement me le faire remporter sur elle.

Quant à la marquise, c'était un vrai morceau d'évêque, d'archange, de prédestiné : belle comme le jour, elle l'était sans art et sans étude, âgée de vingt-six à vingt-sept ans, jouissant d'un très gros revenu, et débarrassée d'un mari fort sot et fort incommode, libre d'user de tous ses droits et de jouir de tous les plaisirs pour lesquels elle était née ; et cela par l'heureux caprice de monsieur son époux, qui passait la plus grande partie de l'année dans ses terres à jouer le seigneur de paroisse, et à faire retentir tout le voisinage du bruit de ses chiens et de ses chevaux. Homme de qualité au demeurant, et bien aise qu'on le sût, ayant son arbre généalogique dans sa salle à manger, et ses armes jusque sur les gouttières de son château, un procès avec son curé pour des droits honorifiques, des querelles et des brouilleries avec ses voisins pour la chasse, enfin tout l'inséparable attirail d'un gentilhomme de campagne.

Belle digression ! me dira-t-on. Comme si tout le monde ne connaissait pas cette espèce d'animaux-là, et qu'il fût nécessaire de tracer un aussi ennuyeux portrait. Oh bien ! censeur maudit, pardonne-moi mes écarts ou ne me les lis point. Je t'avertis en ami que n'étant point du tout disposé à m'observer, ni à me contraindre, il t'en reste encore mille fois plus à essuyer qu'il n'en faut pour lasser la patience la plus opiniâtre.

Je reviens à la marquise. Je la voyais tous les jours ; et comment aurait-il été possible que né aussi tendre, ou pour mieux dire, aussi porté pour les femmes, j'eusse demeuré insensible à tant de charmes. La familiarité qu'elle avait dans la maison de mon oncle m'avait acquis le droit d'aller lui faire ma cour chez elle. M. l'évêque, le meilleur homme du monde d'ailleurs, et le moins jaloux, m'y avait mené lui-même, et semblait prendre sur son compte toutes les amitiés dont elle me comblait. La marquise, de son côté, pour répondre à ses intentions, me recevait avec une liberté et une aisance qu'elle décorait d'une certaine petite supériorité douce qu'on s'imaginait avoir en vertu de dix ans qu'on avait au-dessus de M. l'écolier, qui n'en avait que dix-huit. C'était « mon petit pupille », « mon petit abbé », enfin mille petits noms qu'on me donnait en rougissant toujours un peu, qui faisaient le même effet sur moi, et qui causaient une étrange émotion dans ma toute petite personne. Je profitais avec plaisir de tous les moments où mon oncle n'avait pas les yeux sur elle, pour la fixer avec ardeur. Quand j'y pense à présent, il devait y avoir quelque chose de très plaisant dans ces regards-là. J'avais un air moitié sacré et moitié profane qui aurait dû être fort réjouissant pour un tiers, et le feu dévorant de mes regards, tempéré par certain vernis d'hypocrisie et de scélératesse, attaché à la maudite robe que je portais, devait produire des jours et des ombres, en un mot un contraste très curieux.

Mais aussi, que n'avais-je pas pour moi en cette occasion ! J'étais jeune, vous connaissiez ma figure de ce temps-là, mon cher marquis : j'avais de certains yeux qu'on disait être fort expressifs, de fort beaux cheveux blonds et en grande quantité. Oui, de beaux cheveux ; et qu'on ne s'y trompe pas, cela tient son coin[1], et je ne fus pas longtemps sans m'apercevoir que ces bagatelles étaient quelquefois l'objet de l'attention de la marquise. Je la surprenais souvent attachant sur toute ma personne de grands yeux bleus, d'une beauté admirable ; et ces yeux, à ce qu'il me semblait, ne m'annonçaient point une résistance invincible. Quant à M. l'abbé, vous devez bien vous imaginer qu'il leur rendait ces lorgneries avec usure. Quoique novice, je ne demeurais pas en reste ; et malgré le système général, qui est que peu de femmes pourraient soutenir le regard fixe d'un moine gris ou d'un militaire, je répondrais qu'aucun de ces deux-là n'approche du coup d'œil d'un séminariste ou d'un étudiant en Sorbonne, qui a un oncle évêque, et un oncle tel que j'ai dépeint le mien.

Cependant, malgré toute l'assiduité de mes lorgneries, et les découvertes que je croyais avoir faites sur les dispositions de ma belle marquise, je ne sais de bonne foi ce qui serait arrivé, et comment j'aurais mis fin à une pareille entreprise. La sottise est la fidèle compagne des jeunes gens dans une première affaire, et puisque leur imprudence naturelle et la perversion dont ils sont tous doués, ne sont pas assez fortes pour la leur faire surmonter, on doit juger par là jusqu'à quel point les préjugés de leur âge leur en imposent, et leur font porter le respect ridicule qu'ils ont pour les femmes, dont la plupart sont bien éloignées d'être contentes d'un sentiment si stérile. Après tout, ce sont des gradations par où il faut nécessairement que tous les jeunes gens passent, et il n'arrive que trop souvent qu'ils s'en corrigent en donnant dans l'excès opposé.

Mais enfin, il était écrit qu'elle aurait mes prémices, et même qu'elle se chargerait de certains préliminaires, qu'elle voyait bien qu'il n'était plus possible d'abandonner à ma pénétration. J'avais deviné juste quand je m'étais figuré lui avoir plu. Nos sentiments avaient pris naissance à

1. *Tenir son coin* : avoir son importance.

peu près de la même manière et dans le même temps, mais ils étaient bien plus développés chez elle par l'expérience, l'usage, enfin par mille choses qui me manquaient, et qui me faisaient avancer en tremblant dans une carrière qu'elle courait à grands pas. Elle prit donc enfin sur elle de me donner quelques marques un peu moins équivoques de sa bonne volonté ; et M. l'abbé, qui n'attendait pas autre chose et qui, au travers de sa naïveté scolastique, n'était pas fait pour être un des moins avantagés de ce monde, ne lui donna pas la mortification de s'être avancée en vain. Je la devinai promptement, et je ne tardai pas à y répondre avec une ardeur et une reconnaissance dont le petit-maître le plus accompli aurait pu se faire honneur, mais qu'il n'aurait peut-être pas été en son pouvoir d'imiter bien exactement dans tous les points. Nous en étions déjà aux petits mots et aux serrements de mains, et comme je m'étais fort bien aperçu que la marquise était la sultane favorite du sérail de Monseigneur, je ne m'en croyais que plus obligé à user de tous les ménagements requis dans une occasion si délicate. Elle, de son côté, imitait ma discrétion, et quoiqu'elle trouvât le moyen de placer mille attentions flatteuses, mille choses fines que j'aurais été fort incapable de lui rendre, faute d'usage et d'expérience, il m'était aisé de m'apercevoir qu'elle attendait une occasion plus favorable, et qu'elle était disposée à garder toutes sortes de mesures plutôt que de la perdre par quelque démarche inconsidérée.

Elle ne tarda pas à se présenter. Monseigneur, pour suivre les ordres de son médecin, avait loué une fort belle maison de campagne à N… où il allait régulièrement tous les printemps prendre des eaux et soulager sa poitrine fatiguée par autre chose que des jeûnes et des abstinences. Pour se conformer exactement en tout point aux avis de son esculape, il avait invité une compagnie choisie qui pût aider à vaincre sa mélancolie. On sent bien que la marquise n'y avait pas été oubliée, et M. le docteur de Sorbonne jugea à propos de faire école buissonnière pendant six semaines, pour se délasser ainsi de ses travaux. Mon oncle était là-dessus de bonne composition ; il se souvenait encore d'avoir fait la même chose, et je le fis entrer plus aisément que je n'aurais osé l'espérer dans les petits projets que j'avais faits pour le délassement de mon esprit.

Nous partîmes tous fort joyeux et en fort bonne santé, sans en excepter même Sa Grandeur, qui ne paraissait jamais plus vermeil que quand il était sur le point de faire quelque remède. Je voyais briller sur le visage de la marquise une joie et une sérénité que je ne lui connaissais point ; elle avait une physionomie que je ne lui avais point vue à Paris, et ses manières avec moi se ressentaient du changement que j'avais remarqué dans toute sa personne. J'étais flatté à l'excès d'une conduite qui paraissait devoir m'amener au but de tous mes désirs. Je m'aperçus bien, il est vrai, les premiers jours que nous fûmes à la campagne, de quelques petites disparitions de la marquise et de mon oncle, mais je n'y regardais pas de si près. D'ailleurs, le prélat me paraissait d'une vieillesse énorme.

Un homme de quarante ans, disais-je en moi-même, est trop décrépit pour s'occuper des choses d'ici-bas. Insensé que j'étais ! Ignorais-je donc qu'une soutane et un rocher valent toutes les fontaines de Jouvence, et que le zèle des serviteurs de l'Église est en cette occasion-là, comme en toutes les autres, bien au-dessus des faibles mondains.

Je ne surprenais jamais la marquise dans un de ces tête-à-tête, que je ne visse sur son visage des marques d'embarras et d'altération. D'abord, je n'y avais fait qu'une attention bien légère ; mais enfin, sans que je pusse bien démêler pourquoi, cela prit sur moi tout à coup, au point de produire en toute ma personne un changement aisé à apercevoir. Je reconnus même bientôt que la marquise avait remarqué mon état, et qu'elle n'y était pas insensible. Je paraissais de jour à autre plus rêveur et plus chagrin. Mon oncle s'imaginait que l'ennui me gagnait, et que j'étais tourmenté de l'envie de continuer mes études ; il m'offrit de retourner à Paris, mais je parai le coup, en prétextant un dérangement de santé. Cet article, qui était un point capital dans le métier que j'avais embrassé, me sauva de ce que je craignais. Il ne fut plus question que de veiller à une chose qui était aussi importante, et qui me mettait dans le cas de manquer au devoir le plus essentiel de ma profession, dans laquelle on fait serment de n'être jamais malade, à moins que ce ne soit de trop de graisse et d'embonpoint. Serment que mes confrères gardent si religieusement, qu'on voit fort peu d'entre eux qui puissent se résoudre à l'enfreindre.

J'allais souvent promener mes rêveries dans un parc fort vaste, qui dépendait de la maison où nous étions. Comme les grandes chaleurs approchaient, je choisissais les matinées pour mes promenades ; j'y employais le temps où nos dames n'étaient point visibles. Un jour que je revenais à mon ordinaire, à peu près à l'heure du dîner, je vis paraître la belle marquise à la fenêtre ; elle se retira et la ferma brusquement. J'étais si éloigné que ne pouvant m'assurer d'avoir été aperçu, je ne pus décider si ma vue avait occasionné une retraite si prompte. Je rentrai à la maison plein de mille idées qui se croisaient, et que je n'osais ni ne pouvais éclaircir. J'observai avec attention les manières de la marquise à mon égard, et je ne vis rien qui pût donner matière à mes conjectures : mêmes accueils, mêmes regards, mêmes signes d'intelligence, mais rien de plus. Enfin, je ne savais à quel saint me vouer, ni comment me conduire avec une femme si indéfinissable, lorsque je l'entendis, deux jours après, se plaindre de quelque légère indisposition. Aux questions réitérées qu'on lui fit pour savoir d'elle le genre de sa maladie, elle répondit comme une personne qui craint d'être pressée, qu'elle ne pouvait l'attribuer qu'au peu de cas qu'elle avait fait des avis de son médecin, qui lui avait ordonné des bains le matin pendant le cours de la belle saison. Ce qu'elle avait prévu arriva : elle essuya tous les reproches et les instances usitées en pareil cas, qu'elle reçut avec toutes les minauderies nécessaires pour persuader tout le monde de sa répugnance. Son visage et son maintien la démentaient si fort que j'étais confondu, et je ne la devinais point encore. Enfin, mon très cher oncle vint aider à ma stupidité ; il prit un petit ton de prélat et de supérieur pour lui dire que cela était du dernier misérable, qu'elle faisait l'enfant à un point qui n'était point supportable, et il finit par lui ordonner d'obéir, et d'aller tous les matins à son cabinet de bains, qui était dans le parc. Toute la compagnie se mit à l'unisson pour l'assurer qu'on courrait volontiers les risques du sort d'Actéon pour pénétrer dans son asile[1], et mille autres fadeurs de cette nature, auxquelles elle se rendit, après beaucoup de résistance cependant, mais non pas autant qu'il en aurait fallu pour m'en imposer. Oh ! pour le coup M. le docteur de Sorbonne ouvrit les yeux. Ouais, dis-je en moi-même, on m'a vu, on s'est retiré de la fenêtre, on n'ignore point mes promenades dans le parc, et on se fait ordonner des bains en conséquence. Ne voudrait-on point tronquer l'oncle pour le neveu ? Si cela est, j'y tope, l'occasion est trop belle ; on ne me verra pas faire faux bond à ma robe. Succéder à un prélat ! Un simple sous-diacre ! Peut-on entrer dans le monde par un plus bel endroit ?

Telles étaient les petites réflexions et les arrangements que je faisais *in petto*. Ce n'était pas le plus mauvais raisonnement que j'eusse fait depuis que j'étais agrégé au docte troupeau ; les conséquences en étaient infaillibles, vu la disposition des personnages intéressés. Aussi, ne tardai-je pas à les voir justifiées par l'événement. J'attendais avec impatience le jour fixé pour le commencement du régime prescrit à ma belle déesse. Il ne tarda pas à arriver ; et comme je n'avais eu garde de discontinuer mes promenades du matin, que je pressentais devoir m'être si favorables, j'eus la satisfaction de lui voir prendre le chemin du cabinet des bains le matin à la fraîcheur. Je m'étais embusqué derrière une charmille, où il me fut aisé de l'examiner à mon aise et sans crainte d'être découvert. Dieux, que de charmes ! Non, mon cher marquis, je ne connais point d'expression qui puisse rendre la sensation que cette vue excitait en moi. Elle marchait d'un pas négligé et languissant ; un déshabillé complet de la plus belle perse me laissait découvrir toute la beauté de sa taille, un pied d'une délicatesse achevée, et le bas d'une jambe tournée à ravir, un mantelet de mousseline attaché négligemment, me dérobant une partie d'une gorge admirable, et m'en offrant assez pour m'enflammer de désirs. Elle passa assez près de moi pour que je pusse remarquer que ses yeux, que j'idolâtrais, étaient humides : indice certain d'une mélancolie secrète dont je brûlais de découvrir le motif. Cependant, ma timidité me maîtrisant au même point, je me contentai de la suivre et de la dévorer des yeux. Lorsque je lui vis prendre la route qui conduisait aux bains, je fis mille fois le tour du cabinet, sans jamais avoir la hardiesse de m'y

1. Ayant surpris Diane au bain, le chasseur Actéon fut métamorphosé en cerf par la déesse, et aussitôt dévoré par ses propres chiens.

introduire, ni même de me laisser apercevoir. Enfin, elle en sortit après le temps prescrit, et reprit le chemin du château. Je la vis passer. Elle avait une physionomie encore beaucoup plus triste que le matin. Je rentrai peu de temps après, je me présentai à sa porte, qui me fut refusée, et lorsque l'heure où toute la compagnie se rassemblait fut arrivée, jamais elle ne daigna jeter les yeux sur moi ; et si elle m'adressa la parole, ce ne fut que pour me lancer quelques épigrammes détournées, dont il ne m'était pas absolument impossible de comprendre le sens.

Quels reproches ne me fis-je pas alors de mon impertinente timidité ! que de fermes propos de mieux me comporter à l'avenir ! Mais il était écrit que je devais commencer par être un sot, et il était réservé aux femmes même de me guérir d'une maladie aussi absurde. Elles ont opéré cette cure avec un succès auquel je suis obligé de rendre témoignage authentique ; et la marquise même travailla à me guérir de façon que, si dans le commencement de mes autres affaires j'ai eu des rechutes de respect, elles ont été si légères et si tôt réparées qu'elles n'ont point porté coup à mon état, ni à ma réputation dans le monde.

Je laissai prendre encore quelques bains à la marquise avant d'exécuter mes courageuses résolutions. J'apercevais aisément que son froid augmentait tous les jours. Je craignis enfin de me perdre entièrement, et je tirai plus de force de cette idée que de tous les projets que j'avais faits jusqu'alors. D'ailleurs, toujours occupé du désir de remplacer Sa Grandeur : perspective chatouilleuse et tentative pour un prosélyte qui avait une réputation à se faire, et qui était encore alors bien éloigné de celle qui s'est faite depuis. Enfin, je m'embusquai un jour à mon ordinaire, cependant avec moins de précaution. Je vis arriver la marquise à son heure accoutumée. Je ne sais si elle m'aperçut (cela ne me parut pas impossible), mais il n'y eut de sa part aucune marque extérieure qui prouvât qu'elle m'eût remarqué. Je m'écartai pour lui laisser la liberté de continuer. Elle était accompagnée d'une femme qui portait les linges nécessaires en pareille occasion. Ce tiers me déconcertait. Je ne sais pourquoi, je sentais qu'il était de trop. Je fis mille fois le tour du salon, sans que mon esprit suggérât aucun moyen spécieux pour m'introduire. Je ne savais enfin à quel parti m'arrêter, lorsque je vis sa femme de chambre sortir et reprendre la route du château. Nous en étions à une distance assez considérable. Qu'on juge de la satisfaction que je ressentis de ce que j'attribuais à un effet du hasard. Je pris mon parti tout à coup, et je n'attendais plus que l'instant où la femme de chambre aurait tourné une allée qui la dérobât à mes yeux, lorsque j'entendis des cris perçants sortir du cabinet, et que je reconnus distinctement que c'était la voix de la marquise. J'accourus avec précipitation, et ayant ouvert la porte, le premier objet qui frappa mes regards fut la reine de mon cœur qui, presque nue, vint se jeter dans mes bras avec toutes les marques de la frayeur la plus terrible.

Or il est bon de dire pour l'intelligence de cette histoire, que le salon en question était situé au bord d'un grand canal qui coupait le parc ; une balustrade régnait au-dedans de ce lieu charmant, des sièges disposés avec art offraient un bain facile dans l'eau même du canal. Et pour revenir à moi dans l'instant, car je ne doute pas que tout lecteur qui aura le cœur bon ne souffre beaucoup de l'état où j'étais alors, tout ce que je pus tirer de la marquise dans ces premiers moments de frayeur, fut qu'elle avait une aversion et une crainte mortelle des anguilles, à cause de leur ressemblance avec les serpents, qu'en ayant aperçu une dans le canal, elle avait frémi d'horreur sans avoir pu retenir les cris que j'avais entendus. Je ne connaissais aucun antidote qui guérît de la morsure de ces sortes de bêtes ; encore moins de la peur. Mais le premier pas fait avait en quelque façon dissipé les nuages qui obscurcissaient ma raison. Je me sentais rendu à moi-même, honteux du temps que j'avais perdu, et très disposé à le réparer. J'entrevoyais des spécifiques capables de faire tout disparaître, au moins pour le moment. Avec quelle ardeur ne les employais-je pas ! Et en quelle occasion pouvais-je mieux mettre en usage les heureux talents dont la nature m'a doué.

Qu'on se figure un jeune homme de dix-neuf ans, ardent, dévoré de désirs, tenant dans ses bras une femme qu'il idolâtrait, à demi nue, dans un endroit solitaire, et se croyant payé de retour. Le philosophe le plus froid n'aurait pu résister à un pareil spectacle. À plus forte raison quelqu'un qui se piquait de ne point l'être, et de plus un abbé, un serviteur de l'Église, un docteur de Sorbonne, un prétendant évêque. En vérité, c'était trop de moitié ! Je serrais ma chère marquise dans mes bras :

— Rassurez-vous, lui disais-je en collant des baisers brûlants sur sa bouche, rassurez-vous, tous les serpents, tous les insectes, toutes les bêtes de l'Apocalypse ne pourraient vous nuire dans les bras d'un amant qui vous adore (car le sacré était mêlé avec le profane, et mes expressions amoureuses se ressentaient encore de la contagion du métier). Ouvrez ces beaux yeux, continuais-je, et daignez confirmer le bonheur indicible que le hasard me procure.

— Ah ! mon cher abbé, dit-elle enfin avec un soupir que je me hâtai de recueillir sur sa bouche, quoi ! vous m'aimiez, et vous me le cachiez ? Ah ! cruel, laissez-moi, je ne veux plus vous voir.

Vous jugez bien comme je lui obéissais ; la vertu du petit collet agissait trop furieusement sur moi. Je ne me rappelle pas l'avoir jamais ressentie avec plus de force. Elle m'ôtait jusqu'à l'usage de la parole : il ne m'était plus possible de faire autre chose que de la baiser et de la serrer avec fureur, je promenais mes mains ardentes sur une gorge d'une blancheur, d'un embonpoint et d'une élasticité parfaite ; j'y imprimais des baisers dévorants ; mon âme, prête à s'envoler, semblait vouloir se joindre à la sienne. Mes mains… mains fortunées ! Que ne touchâtes-vous point ! Rien ne vous fut refusé. Dieux, quelle ivresse ! quelle volupté ! J'étais maître de tout. Ma chère maîtresse, pâmée et anéantie par le plaisir, ne me refusait rien ; je n'entendais plus que quelques soupirs : « Laissez-moi, disait-elle d'une voix étouffée, je n'en puis plus… je brûle… mon cher enfant… Ah ! n'abuse pas du tendre amour que j'ai pour toi. » Trop occupé pour lui répondre, je connaissais le prix du temps : tout m'invitait à achever mon bonheur, en me répondant du succès. Je vis, je touchai des charmes dignes des dieux même, car rien ne s'opposait à mes regards et à mes tendres caresses. Un ventre d'une forme ! d'un rond ! d'une blancheur ! des cuisses d'une proportion !… Des reins ! des hanches taillées par les grâces même ! Des fesses ! ah ! je m'égare. Imitons ce fameux peintre de la Grèce, qui aima mieux tirer le rideau que de peindre des choses impossibles à exprimer. À peine suis-je maître du feu que m'inspire la faible image que je retrace. Et dans l'instant où j'écris, je sens que je suis plus abbé que jamais.

Je l'étais pourtant furieusement alors. Tant de charmes adorables livrés à mon amoureuse fureur m'inspiraient des désirs qui m'auraient rendu digne d'être primat des Gaules, si cette dignité seule eût été accordée au mérite brillant. Je ne fus plus maître du feu qui me consumait, et je cédai à résister au feu de ma vocation. Il n'y avait dans ce cabinet nul endroit commode pour la communiquer à la marquise. Désespéré de perdre un si bel instant de ferveur, déjà je me disposais à faire du balustre un usage peut-être inconnu aux évêques et aux prélats. On se prêtait à mes raisons ; j'allais en faire goûter l'énergie, et malgré l'incommodité du poste, j'avais mis en avant l'argument définitif : elle n'était pas sans défiance du succès, mais j'allais détruire son incrédulité. Déjà, nous étions unis au point de ne plus faire qu'un ; déjà, m'insinuant adroitement dans son …… cœur, je l'avais à moitié …… persuadée, lorsque la maudite femme de chambre entra brusquement et nous surprit, la marquise dans une situation un peu équivoque, et moi dans un état brillant, resplendissant de gloire, tel en un mot que de tous mes honnêtes lecteurs et critiques, j'aurai les trois quarts plus d'envieux que d'imitateurs.

La soubrette, qui avait de l'éducation, et qui n'était pas des moins fines de ce monde, poussa un petit soupir d'envie, se mordit les lèvres, détourna la tête, et s'empressa d'habiller sa maîtresse, comme si elle n'eût rien vu. Pour moi, je me rajustai du mieux qu'il me fut possible, et je pris congé de la marquise, qui me remercia sans embarras, et avec une effronterie supérieure, du service que je lui avais rendu, ajoutant avec un coup d'œil expéditif qu'elle épargnerait à ma modestie d'en faire le récit devant le monde, mais que sa reconnaissance, pour être particulière, n'en était pas moins vive et moins réelle. J'entendis parfaitement le sens de ses paroles : cette dernière occasion m'avait valu deux thèses de Sorbonne, et m'avait beaucoup plus éclairé.

Elle rentra au château peu de temps après moi, et il se passa encore deux jours sans que je reçusse d'elle rien de particulier. Il est vrai que quand ses yeux se tournaient sur moi, ils étaient toujours chargés d'amour et de volupté, mais il me fallait plus de réalité. L'aventure du bain n'avait fait qu'irriter mes désirs sur bien des choses pour lesquelles je me sentais de furieuses dispositions. Enfin, j'enrageais de bon cœur de ne plus entendre parler de rien, lorsque Monseigneur reçut une invitation de se trouver à la réception d'une abbesse nouvelle, dans une abbaye où il avait beaucoup de liaisons. Il n'osa refuser, et l'indisposition de commande de la marquise ayant encore servi à éluder l'offre qu'il lui fit de la mener, certain coup d'œil qu'elle appuya sur moi acheva de m'éclairer. Je sentis le coup de maître, et je résolus bien, pour cette fois, de m'y prendre de façon à me garantir de tout survenant incommode. Le lendemain, Sa Grandeur partit après s'être lestée d'un déjeuner, qui n'était sûrement pas copié d'après les Apôtres. On le mit dans sa berline en lui recommandant de bien se garantir des vents coulis, de ne pas trop manger le soir, de tremper son vin, de fuir les novices et les jeunes professes, enfin d'éviter mille inconvénients fâcheux qui nous privent tous les jours des prélats les plus distingués, et en rentrant on prit un moment favorable pour m'indiquer un rendez-vous à la fin du jour, dans l'appartement même de Sa Grandeur, où on irait faire deux heures de retraite, à l'aide de cette éternelle indisposition : bouclier terrible, que tout le monde de la maison respectait, sans que personne osât le pénétrer.

Je me rendis le soir au lieu de l'assignation, et je fus introduit par la petite soubrette en question qui, pour le dire en passant, avait un petit minois fort friand. Je trouvai la marquise enfoncée dans une duchesse, parée du déshabillé le plus galant. Son attitude était touchante et voluptueuse ; une de ses jambes portait entièrement sur la duchesse, et l'autre portait à faux sur le parquet. Son jupon, presque entièrement relevé par cet écart, me laissait voir jusqu'aux genoux deux jambes parfaites pour la tournure et la proposition ; sa gorge, cette gorge adorable que j'idolâtrais, s'offrait presque toute à ma vue, une respiration précipitée la faisait soulever et m'en découvrait entièrement la beauté. Ses yeux divins étaient remplis d'un feu, d'une volupté qui me mit moi-même dans un état indéfinissable. Je m'approchais avec transport, et me jetant sur une de ses mains que je couvris de baisers enflammés, à peine pus-je trouver des termes pour lui exprimer ce qu'elle m'inspirait dans ce délicieux instant. La marquise n'était pas moins émue que moi :

— C'est donc vous ? me dit-elle d'un ton de voix qui alla jusqu'à mon cœur. Que je vous sais bon gré de votre exactitude ! Je commençais à craindre quelque refroidissement de votre part.

— Ah ! pouviez-vous le croire ? lui répondis-je en la serrant tendrement dans mes bras ; et lorsque toutes mes pensées, toutes mes actions se rapportent uniquement à vous, pouviez-vous me faire une si cruelle injustice ? Que ne pouvez-vous lire dans mon cœur ! Que de transport ! que d'amour n'y découvririez-vous pas !

— Ah ! mon abbé, reprit-elle, puis-je compter sur vos serments, et ne me repentirai-je point un jour de la confiance que j'ai eue en vous ?

Elle m'accablait de caresses en disant ces paroles ; elle serrait ma tête contre son sein, j'y collais ma bouche, je passais avec transport de l'un à l'autre de deux globes d'ivoire d'une blancheur, d'une fermeté, d'un embonpoint admirable, je m'enivrais, j'étais anéanti, perdu d'amour et de désirs. Cependant, j'étais bien éloigné d'être satisfait ; l'occasion était trop belle pour en demeurer là. Qu'aurait pensé ma belle maîtresse elle-même de se voir négliger, elle, qui me sacrifiait tout, qui quittait un prélat, un homme considérable et décidé. Pour qui ? Pour un chétif étudiant.

Je sentais parfaitement combien je lui devais de reconnaissance pour un si grand sacrifice, et j'étais bien disposé à ne pas demeurer ingrat. Dans l'agitation de nos caresses et de nos divers mouvements, mes mains n'étaient pas demeurées oisives ; j'en avais d'abord mis une comme indifféremment sur ses genoux, la position de ce jupon dont j'ai parlé me favorisa, je la glissais jusque sur des cuisses d'une blancheur, d'une forme… Enfin, je parvins au théâtre de la volupté, à la source de tous les délices. Qu'on n'exige pas que j'en donne ici une image, je ne suis point encore aujourd'hui à l'abri de certaines descriptions. D'ailleurs, tous les transports indicibles que je ressentais me conduisirent bien plutôt à la réalité des plaisirs qu'à un frivole examen ; ces attouchements voluptueux m'avaient mis dans un état auquel je ne pouvais résister ; la marquise était dans une situation à peu près semblable. Pouvais-je m'arrêter en une occasion si favorable ? N'aurais-je pas été désavoué du corps vénérable auquel j'étais agrégé ? Je me précipitai donc sur elle avec une ardeur inexprimable. Elle était renversée sur la duchesse, j'avais relevé ses jupes, sa gorge était découverte, je baisais, je suçais tout avec fureur. Enfin, je lui donnai avec impétuosité les dernières marques d'un amour parvenu à l'excès. « Ah ! s'écria-t-elle, lorsqu'elle sentit que nos cœurs et nos âmes se confondaient, et que j'avais poussé mon entreprise à bout, ah ! mon ami, tu me perds… finis… je t'en conjure… non… je t'adore… ah ! mon cher abbé… ah ! je me meurs… dieux, que de plaisirs… ! » Ces mots entrecoupés étaient accompagnés de quelques petits mouvements qu'elle faisait en feignant de vouloir se dérober de mes bras, et qui mirent le dernier comble à ma volupté. Elle me fixait tendrement ; ses regards, interprètes fidèles de l'état de son âme, étaient mêlés d'amour, de désirs et de plaisirs. Une petite écume semblable à la neige bordait ses lèvres charmantes, sa gorge se haussait et baissait avec précipitation. Enfin, nous terminâmes ce moment délicieux par cet éclair de volupté qui saisit, qui anéantit tous les sens, qui porte des secousses et des tressaillements jusque dans les extrémités de notre corps, qui est une image de la divinité, ou de ce qu'on conçoit de parfait en plaisirs, mais qui finit et disparaît, qui enfin est l'ouvrage d'un moment, et dont le passage, aussi prompt que la pensée, ne nous laisse qu'une preuve triste, cruelle et convaincante de notre imperfection et de la malheureuse faiblesse de notre être.

Revenus à nous, et trop passionnés pour faire dans de pareils moments de si affligeantes réflexions, que de choses charmantes ne nous dîmes-nous pas ! Toute contrainte était désormais bannie entre nous, et je ne sais rien de si aimable, de si séducteur que la conversation qui suit les premières caresses de deux amants jeunes et emportés. Cette belle me laissa voir toute sa tendresse pour moi, et elle en avait un fond inépuisable. J'y répondais avec toute l'apparence de la passion qui suffisait pour la satisfaire, car je vois bien aujourd'hui, par l'épreuve que j'ai faite de ce qui excite en nous un véritable amour, que ce que je sentais alors pour la marquise était uniquement une nécessité d'aimer (je ne sais si je m'explique), enfin j'y étais trompé. À mon âge cela n'était pas étonnant ; il ne doit pas même paraître extraordinaire qu'elle le fût elle-même : je la trompais si bien.

Mes désirs et ma jeunesse à part, je devais trop d'égards à mon état pour m'arrêter en si beau chemin, et pour ne pas soutenir une réputation acquise à tout le corps, et que je commençais à partager. Mes preuves furent si réitérées et si soutenues que j'aurais affronté l'examen le plus sévère. Les caresses les plus passionnées, les propos les plus tendres se succédèrent avec une rapidité qui nous fit passer les heures comme des moments. La nuit était déjà avancée quand je quittais ma voluptueuse marquise, et ce qui m'occupait le plus en ce moment était le désir de la revoir. Personne ne s'aperçut, ou ne feignit de s'apercevoir de notre absence, et nous nous armâmes, devant la compagnie, d'un sérieux et d'une gravité qui pouvaient seuls cacher notre intelligence mutuelle.

Nous profitâmes de l'absence de mon oncle, qui dura quelques jours, pour nous donner à chaque instant des preuves de tendresse. Enfin, il revint, et il fallut redoubler de précautions pour ne lui donner aucun ombrage. Je n'avais pu empêcher, dans nos différentes conversations, de marquer à la marquise quelques soupçons sur les liaisons avec mon cher oncle, mais elle m'avait répondu avec tant de candeur et d'ingénuité que si elle ne m'avait pas dissuadé entièrement, du moins m'avait-elle laissé dans un doute, qu'il n'aurait pas même été honnête à moi de lui laisser entrevoir, dans la position où nous étions ensemble, et sur lequel je dois confesser que toutes les recherches les plus curieuses que j'ai pu faire depuis, n'ont pu me procurer des lumières assez sûres, pour me faire tirer aucune induction désavantageuse contre elle. Il était, disait-elle, son ami de tout temps. Et quoique je sentisse bien jusqu'à quel point ce terme est abusif entre deux personnes jeunes et d'un sexe différent, n'ayant aucune preuve que leur liaison passait les bornes de l'amitié, et recevant d'ailleurs tous les jours mille marques de passion de la marquise, je pris le parti de m'étourdir sur d'ignobles préjugés, et de me contenter de jouir des caresses d'une femme charmante, sans empoisonner moi-même mon bonheur par une délicatesse mal fondée.

Malgré la présence de Sa Grandeur, nous trouvions mille moments dans la journée pour nous donner des preuves de la vivacité de notre amour. Tous les lieux les plus secrets de la maison et du parc avaient été témoins de notre flamme, et marqués des trophées de mon amour. Tout était duchesse ou sopha pour nous. Les situations les plus incommodes ne faisaient qu'irriter le feu dévorant dont nous étions consumés. Ma princesse se prêtait voluptueusement à mes transports ; nous étions chaque jour plus enchantés l'un de l'autre. Mon oncle, qui était aveuglé sur notre compte, autant qu'il le fallait pour assurer notre bonheur, y ajoutait encore un nouveau sel par les occasions qu'il nous fournissait sans s'en apercevoir.

Un après-midi, nous étions dans son appartement avec la marquise, le reste de la compagnie était allé à la promenade. On vint avertir Sa Grandeur que l'agent du clergé arrivait de Paris pour le voir. Il sortit à l'instant, m'ordonnant de rester pour tenir compagnie à cette dame, lui disant qu'il avait à parler d'affaires sérieuses, dont il voulait lui épargner l'ennui en recevant l'agent dans un autre appartement. Nous nous prêtâmes à cet arrangement avec une satisfaction intérieure qu'il est aisé d'imaginer : c'était un tête-à-tête de plus. À notre âge, et dans le premier feu d'une passion nouvelle, on doit se figurer aisément avec quelle ardeur nous nous empressâmes d'en profiter, persuadés que la visite de l'agent serait d'une longueur énorme. On ne se quittait jamais sans avoir médit généralement de tous ses confrères, et puis dans cette occasion, les nourrissons de l'Église ont tous une autre charité que les gens du siècle. À peine fûmes-nous bien certains qu'ils étaient aux prises, que nous ne tardâmes pas à les imiter mais d'une façon bien différente. Nous étions dans l'appartement du prélat, et cela joint au plaisir de le tromper, et à l'appât qu'ont naturellement les choses défendues, mettait le comble à nos plaisirs. Après quelques baisers qui servent toujours de prélude dans de semblables occasions, et quelques attouchements qui sont comme des avant-coureurs nécessaires, je pris ma charmante maîtresse dans mes bras, et je la précipitai sur la couche épiscopale. Quelle mollesse ! quel luxe ! quelle élasticité ! Nous étions presque ensevelis dans le duvet qui devait servir de théâtre à nos plaisirs. Qu'on ne me vante point le faste mondain, et les commodités que l'opulence communique aux enfants de Plutus. Baissez pavillon, Crésus modernes, et convenez humblement de la différence de vos superfluités avec les saintes aisances dont l'Église partage ses serviteurs : ameublements bruns, sans éclats, mais d'un goût ! d'une attention ! d'un ordre ! lits modestes [1], mais quels lits ! quels duvets ! quels oreillers ! quel aigledon [2] ! Divine Providence, tes décrets sont aussi

1. Pour la couleur. [NdA]

2. *Aigledon* ou *egledon* : duvet très fin et très léger de certains oiseaux du Nord ; un couvre-pieds d'aigledon. Prononciation régionale pour *édredon*.

infaillibles qu'incompréhensibles ! Quoi, lâche, tu as été du nombre de ces bienheureux élus ? Que dis-je ! tu y es encore, et tu peux avoir formé le coupable projet de quitter le sacré troupeau pour rentrer dans un monde pervers, où l'imperfection et l'insuffisance des plaisirs les plus vifs est une preuve continuelle de la malédiction répandue sur tout ce qui n'habite point la région de *papimanie* ?

Nous fûmes un moment, la marquise et moi, avant de nous accoutumer à une béatitude à laquelle nous n'étions point faits. Le dur lit d'un billette[1] ou d'un franciscain eût peut-être beaucoup mieux servi nos désirs, mais enfin que faire ? Il fallut bien se mortifier, et prendre notre mal en patience. Les plus vives caresses m'ouvrirent la route fortunée des plaisirs ; elle s'agitait, et chaque bond de volupté faisait gémir terriblement le reposoir de Monseigneur, qui n'était pas accoutumé à une course si vive et si peu ménagée. Ma valeur ne se ralentit qu'après de rudes travaux. Je sentais en moi quelque chose d'extraordinaire que m'inspirait sans doute cette couche prédestinée. Enfin, nous nous levâmes après un long espace de temps passé dans une continuité rapide des plaisirs les plus vifs, et ayant regardé le plus adroitement qu'il nous fut possible les petits désordres que nos ébats amoureux avaient causés dans l'arrangement du lit de Sa Grandeur, nous sortîmes de son appartement, après y avoir passé un des après-dîners les plus voluptueux qu'il me souvienne. Nous apprîmes que M. l'agent venait de reprendre le chemin de Paris, et nous fûmes rejoindre mon oncle, qui était allé faire quelques tours de jardin.

Il ne lui vint pas le moindre soupçon des choses auxquelles nous nous étions occupés pendant son absence, et nous goûtâmes encore quelque temps tous les plaisirs attachés à une intrigue secrète et bien conduite. Enfin, la saison revint de retourner à Paris. Mon oncle, la marquise et toute la compagnie revinrent ensemble ; je fus obligé de les suivre, et peu de temps après, de retourner en Sorbonne pour y achever mon cours de théologie, et me rendre digne par là des faveurs dont je devais être bientôt comblé. Je continuai cependant à voir la marquise assidûment, et quoique ce que je ressentais pour elle ne méritât pas le titre de passion véritable, j'avouerai cependant que mon goût se soutenait avec assez de vivacité pour que notre intelligence eût pu durer encore longtemps, lorsque le diable, qui veille toujours surtout autour des élus, s'avisa du croc-en-jambe le plus extraordinaire pour tenter ma religion, et précipita ma rupture avec la marquise par un piège dans lequel tout homme eût donné, à plus forte raison un homme de ma robe.

On se souviendra peut-être d'une soubrette dont j'ai parlé au sujet des

1. *Billette* : à l'origine, meuble d'armoirie à quatre angles droits, en forme de carré long, puis scapulaire ressemblant à la billette, et par métonymie religieuse qui portait le scapulaire ainsi dénommé : église des *Billettes*.

bains de la marquise, et du portrait raccourci que j'en ai tracé. Il était d'après l'attention passagère que j'y avais fait dans ce temps-là ; mais enfin, ce même temps amena tout, et rarement peut-on résister aux événements qu'il fait naître. Je la trouvais souvent vis-à-vis de moi ; il n'était pas possible qu'à la fin je ne la remarquasse. Clairette (c'était son nom) avait un de ces minois fins et délicats qui gagnent à être vus et examinés de près. C'était bien la plus jolie tournure de visage, les yeux les plus fripons, la gorge la plus blanche et la plus potelée, le pied le plus mignon, enfin l'ensemble de figure le plus frais que vous eussiez pu trouver. Et tout cela m'était, pour ainsi dire, offert, et était à ma disposition, car je commençais à me connaître en mines : même je minaudais déjà supérieurement. J'avais donc surpris plusieurs fois cette petite friponne tournant sur moi de certains grands yeux languissants qui semblaient se plaindre du peu d'attention que je faisais à leur langage. J'entendais fort bien ce que cela voulait dire, mais comment aurais-je alors voulu ni pu y répondre ? Sans cesse occupé de la marquise, pouvais-je être distrait par un autre objet ? Ce n'est pas que je n'eusse été bien aise de la croquer en passant, car j'avais déjà de furieuses dispositions à réunir les qualités essentielles à mon état ; je savais bien que le proverbe d'*en prendre sur l'autel*[1] avait été fait pour nous. Mais soit bêtise, soit faute d'occasion, soit attachement ridicule inséparable d'une première affaire, j'avais rejeté loin de moi toutes les petites tentations du métier qui m'étaient venues à cet égard. Je tins ferme tant que nous fûmes à la campagne, je résistai même à mille agaceries fort décidées de la part de la petite personne. Mais c'était à Paris, en Sorbonne, où le diable m'attendait. Plus fin que moi y eût été pris, comme on va le voir.

J'étais un jour retiré fort tranquillement dans ma chambre, j'étudiais, et je réfléchissais sur les moyens les plus efficaces d'abréger un noviciat qui me pesait étrangement, lorsque le portier du collège, dont j'achetais les complaisances, vint m'avertir qu'il y avait à la porte, dans un carrosse, un jeune abbé qui demandait si j'étais visible et seul, et qui témoignait beaucoup d'empressement de me voir. J'avais une infinité de connaissances de mon âge. Ainsi, sans m'arrêter à deviner qui ce pouvait être, je dis simplement au portier de le faire monter. Il m'obéit, et quelque temps après, ayant entendu du bruit à ma porte, je m'avançai, et je crus voir entrer un jeune ecclésiastique d'une figure charmante, dont les traits m'étaient d'abord inconnus. Il s'avança vers moi en rougissant : « Vous ne me reconnaissez pas ? me dit-il d'une voix touchante et mal assurée. Peut-être, après tout, est-ce un bonheur pour moi ; une démarche aussi hasardée que la mienne ne pourra peut-être vous inspirer qu'un odieux mépris pour la malheureuse Clairette. » Jugez de ma surprise. Je restai

1. « On dit d'un homme qui prend hardiment tout ce qu'il peut et par tout où il peut, qu'il prendrait même *sur l'autel* » (*Dict. Acad.*, 1694).

confus et interdit : le bel abbé ou Clairette, comme on voudra l'appeler, était tombé à mes genoux, et tenait mes mains qu'il arrosait de ses larmes. Ô amour, ou plutôt du dieu du plaisir ! que ton attrait est puissant sur un cœur jeune et fougueux ! Jamais je ne me suis piqué de cruauté envers le beau sexe, et d'ailleurs, de quel front aurais-je pu rebuter une aimable enfant qui venait mettre son sort, sa vie et tous ses charmes à ma disposition. Je la relevai avec ardeur, et la serrant dans mes bras, je lui prodiguai les noms les plus tendres et les plus propres à la rassurer. Pendant ce temps-là, M. le futur docteur s'échauffait terriblement dans son harnois. L'ennemi qui veillait pour ma défaite m'avait environné et surmonté, je sentais son aiguillon redoutable, qui à chaque moment me piquait avec fureur. Je ne savais pas de meilleur remède à la tentation que d'y succomber. Malheur à tout lecteur et à tout critique devant qui je ne trouverai pas grâce ! C'est certainement plus mauvais signe pour lui que pour moi.

J'accablai donc de caresses mon nouveau collègue, et pour lui épargner un aveu qui aurait redoublé sa confusion, je l'entraînai doucement vers une alcôve qui recelait le plus humble des grabats. Je ne cessais de la baiser chemin faisant, et de l'encourager par tout ce que je croyais de plus propre à surmonter un reste de timidité naturelle au sexe, surtout après une démarche si hardie. À peine l'eus-je fait asseoir sur le lit que, déboutonnant avec précipitation sa soutane, je portai mes mains sur son sein, dont la blancheur éblouissante était encore infiniment relevée par le contraste de l'habillement. Dieux, que d'attraits ! que de beautés ! Je ne savais laquelle méritait préférablement mes baisers et mes hommages, je m'enivrais de plaisirs sans pouvoir m'en rassasier. Clairette, la tendre Clairette, à demi vaincue, ne se défendait plus que faiblement. Enfin, en proie aux transports les plus vifs, j'achevai d'écarter tous les vêtements et les obstacles qui s'opposaient à mes désirs. Heureux abbé ! Que de charmes devinrent la proie de tes mains et de tes regards avides ! Rien ne fut plus capable de m'arrêter. La Sorbonne entière aurait en vain tenté de me faire quitter prise. Bientôt je renversai Clairette sur mon lit, et je hâtai sa défaite et mes plaisirs avec une vigueur qui m'était bien nécessaire en cette occasion. Ce fut plutôt un massacre que le sacrifice volontaire d'une victime ; le sang coula à grands flots, les larmes s'y mêlèrent : larmes précieuses, entrecoupées de soupirs brûlants, suivies d'une volupté indicible. Le grabat de M. le docteur gémissait sous les coups redoublés du sacrificateur, mais il était à l'épreuve. Une couchette[1] en tel cas est un meuble impayable[2]. Si j'eusse eu en sa place le lit mollet de monseigneur mon oncle, nous étions perdus ; il se serait écroulé avec fracas, et nous aurait ensevelis sous ses ruines.

1. *Couchette* : « petit lit, petite couche sans piliers et sans rideaux » (*Dict. Acad.*, 1798).
2. *Impayable* : qui ne se peut trop payer.

Revenus de notre première ivresse, ma chère Clairette, plus enhardie, m'avoua qu'elle n'avait pu s'opposer au penchant qu'elle avait conçu pour moi à la première vue, qu'il n'avait fait qu'augmenter pendant notre séjour à la campagne, qu'elle avait été désespérée de l'air indifférent avec lequel je recevais toutes ses marques d'attention, qu'enfin notre séparation n'ayant fait qu'aigrir son mal au lieu de le guérir, elle s'était déterminée à se servir de ce déguisement pour venir m'offrir son cœur et sa personne, résolue de se cacher aux yeux de tout l'univers, si je venais à recevoir ses offres avec mépris. Je la remerciai du mieux qu'il me fut possible du don précieux qu'elle m'offrait. Et m'imaginant que je serais en effet un lâche si je fournissais si peu de courses dans un si beau champ, je me mis en devoir de lui donner de nouvelles marques de ma reconnaissance : nos plaisirs recommencèrent donc avec plus de vivacité que jamais. Le modeste grabat trouva encore place dans la conversation, et nous fut d'une merveilleuse utilité. Enfin, elle me quitta après que nous nous fûmes donné mille témoignages de la passion la plus emportée, et elle me promit de faire usage, le plus fréquemment qu'elle pourrait, d'un déguisement si favorable à son amour.

Elle me tint exactement parole, et nous goûtâmes ensemble des plaisirs inexprimables pendant le cours de quelques mois qu'elle me rendit de fréquentes visites. Mais j'étais trop heureux pour que cela pût durer. Je m'étais toujours conservé en faveur auprès de la marquise, et j'avais plus d'une raison pour cela. C'était le ressort qui faisait agir la libéralité de mon oncle, et souvent même la sienne y suppléait, mais il ne se pouvait pas faire que je cultivasse deux plantes à la fois sans qu'il fût aisé de s'apercevoir que mes soins étaient partagés. Clairette sentait bien la nécessité du partage, aussi n'en était-elle que médiocrement en peine. Mais la marquise ne fut pas d'une composition si aisée. Elle connut bientôt, à la tiédeur de mes soins et à la rareté de mes hommages, que j'aliénais un fond dont elle s'était flattée d'avoir l'entière propriété. Trop instruite pour se flatter qu'elle m'arracherait la vérité, et trop dissimulée pour me faire une scène qui n'aurait point abouti à l'éclaircir, elle se borna à faire épier soigneusement mes démarches. Bientôt, sans le savoir, je fus éclairé de près, et elle ne tarda pas à apprendre qu'un jeune abbé me rendait de très longues et très fréquentes visites. Elle sut avec la même promptitude qui il était, et la trahison qu'elle soupçonnait. J'ignore encore par quel moyen elle put se procurer des lumières si subites et si certaines. Quoi qu'il en soit, sa vengeance fut aussi prompte que les éclaircissements. La malheureuse Clairette, victime de ses fureurs, fut enlevée brusquement et renfermée à Sainte-Pélagie[1] pour servir d'exemple aux soubrettes qui s'avisent de plaire davantage que leurs maîtresses.

1. Fondé au XVIIe siècle par Mme de Miramion, le couvent de Sainte-Pélagie, du nom de la comédienne d'Antioche qui embrassa la religion après une vie de débauche, recueillait

J'ignorai pendant quelques jours cette catastrophe. Mais enfin, ne l'ayant point vue arriver à son ordinaire, un jour qu'elle avait choisi elle-même pour venir me voir, ni le jour qui le suivit, je commençais à concevoir quelques inquiétudes. Je devais aller dîner chez mon oncle le lendemain. Je sortis avant l'heure ordinaire, et je fus me présenter à la porte de la marquise ; elle me fut refusée : cela m'étonna, je ne pus même obtenir des éclaircissements du suisse, et je fus réduit à prendre langue aux environs, où des voisins charitables m'instruisirent que Clairette avait été enlevée, sans qu'on sût où elle avait été conduite, ni pourquoi. Je pris le chemin de l'hôtel de l'évêque, au désespoir de cette aventure, mais j'étais bien éloigné de prévoir ce qui m'y attendait. Mon oncle me reçut avec un froid glaçant : « Le roi, me dit-il, vient de m'accorder pour vous l'abbaye de… C'est un bénéfice considérable, et qui tombait en ruine par la faute de votre prédécesseur : l'œil du maître aura bientôt remédié à ce désordre. D'ailleurs, il est dans les règles que vous en alliez prendre possession. » Je pâlis à cet ordre terrible. Mais que devins-je quand il me signifia qu'il fallait partir la même nuit, ou entrer au séminaire le lendemain. Un frisson mortel courut dans mes veines : ce séminaire terrible m'épouvantait. D'un autre côté, quitter Paris sans savoir ce qu'était devenue Clairette, cette Clairette qui ne s'était perdue que pour moi ? Jamais de ma vie je ne fus réduit à une si étrange perplexité. Pour m'achever, la perfide marquise arriva gaie et triomphante ; elle me félicita de mon nouveau grade d'un air goguenard et méchant, et appuya comme une forcenée pour le départ. Ainsi, malgré mes ruses et mon dépit, il fut fixé au soir après souper. En vain voulus-je m'échapper sous prétexte d'aller chercher mes hardes à mon collège. On eut la charité diabolique de m'épargner encore ce soin, on me garda à vue tout le jour, et le moment du départ arrivé, sans entrer en aucun détail, le docteur de Sorbonne, nouvellement abbé commendataire, fut emballé dans une berline avec un vieux singe, valet de chambre ou gouverneur, espèce d'animal amphibie, d'une figure et d'une humeur revêches qui, pour comble de désastre, fut chargé du magot afin de me tenir mieux en bride. De sorte qu'il fallut me borner à attendre mon retour pour m'instruire du sort de Clairette, et prendre en enrageant le chemin de mon abbaye.

Le souvenir de cette malheureuse maîtresse m'occupa pendant tout le cours de mon voyage. Ce n'est pas que je fusse prévenu d'une inclination violente pour elle, mais j'ai toujours eu le cœur bon et compatissant, et j'étais véritablement touché du sort de cette pauvre enfant dont j'avais en quelque sorte occasionné la perte. Cependant, la nécessité m'obligea de mettre des bornes à mon inquiétude, jusqu'à ce que mon retour à Paris

les filles adonnées au libertinage, afin de les remettre dans le droit chemin. Ses bâtiments occupaient l'emplacement de l'actuel 56, rue de la Clef. Ils servirent de prison à partir de 1792.

me fournisse l'occasion de lui rendre des services plus essentiels que celui de m'affliger inutilement pour elle. Je fis aussi bien des réflexions sur le lieu de mon exil, et sur la vie que j'y allais mener. Je m'en faisais d'avance une image affreuse. Jamais mon inclination ne s'était tournée du côté de la vie champêtre ; je détestais tout ce qui avait l'apparence de solitude : les bois, les fontaines, les bocages, les ombrages, les ruisseaux roulant leur onde sur un sable argenté, enfin toutes les doucereuses fadaises dont MM. les poètes lyriques farcissent leurs insipides ouvrages ; tout cela, dis-je, avait toujours excité en moi beaucoup d'ennui, et pas le moindre petit désir. L'endroit où j'allais était éloigné des grandes villes. J'avais, il est vrai, des voisins de Paris, gens en place et de bonne compagnie, mais nous n'étions pas encore dans la saison où ils venaient habiter leurs terres, et je sentais combien j'avais à m'ennuyer en les attendant. De me résoudre à voir la noblesse campagnarde, oh ! il n'y avait pas moyen : c'eût été vouloir de propos délibéré être homicide de soi-même, en s'exposant à périr d'angoisse et d'ennui. Le seul parti donc qui me restait à prendre, était d'être seul et de faire des châteaux en Espagne, car je n'avais pas un seul livre, et j'allais habiter avec les plus ignorants de tous les moines, qui à coup sûr faisaient bien moins de cas d'une bibliothèque que d'un cellier. Et je ne soupçonnais pas à aucun d'entre eux une conversation capable de me dérober à l'ennui dont j'étais menacé.

J'arrivai avec ces favorables préventions, et je ne trouvai rien au premier coup d'œil qui fût capable de les détruire. Mon palais futur était un vieux bâtiment gothique, fait à plusieurs reprises, et composé de mille lambeaux. Le lieu le plus délabré était l'église. Quoique nous fussions encore dans une saison rude, il n'y avait presque pas une seule vitre, ce qui me prouva bien que ce n'était pas là où ces messieurs se tenaient le plus souvent. Cinq à six grosses figures noires, bardées de scapulaires et assez gras pour des chanoines de campagne, vinrent me recevoir à mon carrosse, et l'un d'entre eux me régala d'un compliment dont il avait heureusement oublié les trois quarts, mais qui me laissa remarquer, dans le peu qu'il m'en débita, l'éloquence rouillée des orateurs de campagne. On me conduisit à mon appartement à travers les cours de l'abbaye où je remarquai en passant des basses-cours pleines d'une honnête quantité de toutes sortes de volailles, qui me fit prendre assez bonne opinion de la prudence de mes confrères. Les dedans de la maison étaient plus riants et plus commodes que les dehors ne semblaient le promettre. On retrouvait toujours, quoique dans un genre bien inférieur à celui de mon oncle, cette modeste précaution, cette attention charitable de se procurer toutes les commodités de la vie. Ma chambre à coucher surtout paraissait le palais du sommeil : la tournure de l'alcôve et des meubles, les vues même de l'appartement, tout excitait à dormir les deux tiers de sa vie, et le désœuvrement invitait naturellement à employer l'autre tiers à manger. C'étaient deux points que MM. mes confrères remplissaient religieusement. En général, la maison était bien tenue, mais ce fut bien autre chose quand j'eus vu le réfectoire et la cave : quelle netteté ! quel soin ! que de précautions pour être calfeutrés et à l'abri des injures de la saison ! Il était bien aisé de voir que c'était là le lieu le plus habité de la maison. Quant à la cave, elle était immense, et quoiqu'elle fût toujours l'objet des lamentations de mes confrères, j'en ai vu peu d'aussi bien fournies. Il est vrai qu'elle avait souvent besoin de renforts, mais la Providence avait soin d'y pourvoir, et ce n'était pas une petite preuve de sa puissance qu'elle pût désaltérer si bonne compagnie. Quant à l'église, je ne le répéterai point, c'était le repaire de tous les rats et de toutes araignées du pays, qui y tenaient un synode qu'on n'interrompait guère. Je n'oublierai cependant point ici un trait de prudence de mes confrères, qui était une chapelle dédiée à je ne sais quel saint, mais qui guérissait infailliblement de tout. Le canton n'avait garde d'en douter, et on voyait attachés au mur un grand nombre de bras, de jambes et de têtes, dont les corps se portaient très bien au moyen de cette précaution. Et cependant, il n'était question pour les habitants que d'entretenir d'huile quelques lampes, et de fournir un habit au saint le jour de la fête. Il est vrai qu'il fallait que tout le monde y concourût, sans quoi le saint faisait manquer la récolte, mourir les bestiaux, accoucher les femmes avant terme, et mille autres disgrâces terribles que mes humbles confrères annonçaient amicalement, et comme de la main à la main, ce qui échauffant la charité des fidèles, faisait arriver la prétendue provision du saint, dont la moitié se métamorphosait en vin, et le reste en meubles de basse-cour.

Mes confrères à l'abri de cette petite dévotion, d'un revenu honnête et de leur petit nombre, menaient une vie animale assez heureuse. D'ailleurs, leurs amusements consistaient à aller chasser avec tous les hobereaux du voisinage, chez qui ils s'établissaient en vrais enfants de la sainte Église. C'est-à-dire qu'une légion de diables ne les en aurait pas fait désemparer : ils cajolaient les femmes et s'enivraient avec les maris, se prêtaient à tous leurs ridicules, entraient dans leurs querelles, écoutaient patiemment leur généalogie, jouaient aux dames toute la journée ensemble, et ainsi du reste.

Jugez, mon cher marquis, quelle vie pour un homme de mon humeur ! N'aurait-il pas autant valu m'enterrer tout vif que de fréquenter pareille compagnie ? C'est aussi à quoi je me déterminai. Et pour diminuer, en quelque sorte, l'ennui dont j'étais menacé, je demandais en tremblant qu'on me menât à la bibliothèque. Un de mes moines, qui était décoré du titre imposant de bibliothécaire, s'agita avec chaleur pour en trouver la clef. Ce fut un embarras et une confusion terrible dans mon troupeau à cette nouvelle. Les plus anciens d'entre eux ne se souvenaient pas d'y être jamais entrés. Enfin, nous fûmes obligés d'enfoncer la porte. M. le bibliothécaire m'introduisit avec emphase dans une grande pièce ornée de quatre murailles où j'aperçus dans un coin, quelques livres entassés et couverts de poussière. J'en eus bientôt fait la revue. Une armée de rats me cédèrent la place au premier mouvement que je fis pour y toucher. Ils consistaient en quelques missels délabrés et gothiques, une vieille édition du *Cuisinier françois*, un *Traité de l'indigestion* par un moine de Cluny, et *L'Éloge de l'ivresse*[1], qui paraissait être de la même plume, mais l'auteur, par un excès de modestie, n'y avait point mis son nom. Je rendis ces utiles monuments à leur première destination, bien guéri pour toute ma vie de la curiosité de voir aucune bibliothèque de chanoine.

Ma seule ressource fut donc la solitude et les rêveries, jusqu'à ce qu'il plût à mon oncle de me rappeler au paradis terrestre dont il m'avait chassé. Je me croyais assurément bien à l'abri des aventures dans un lieu si reculé, lorsque le sort, qui me préparait de nouvelles scènes, m'en suscita une qui servit à me prouver clairement que l'ordre des événements de notre vie est une chose contre laquelle toutes les règles de la prudence humaine viennent toujours échouer.

Il y avait quelques mois que je vivais tranquillement dans mon abbaye, lorsque je fus obligé, pour quelques discussions qui regardaient mes prébendes, d'aller à B..., ville épiscopale dont je dépendais. J'y passai quelques jours avant que ce qui m'y amenait fût terminé, et n'y ayant rien vu dans les deux sexes qui me parût mériter ni liaison ni attention, je repris, le plus promptement qu'il me fut possible, le chemin de mon asile. Je n'en étais plus qu'à environ trois lieues, et prêt à quitter le grand chemin pour en prendre un de traverse qui y conduisait, lorsque mes oreilles furent frappées de quelques cris perçants qu'on poussait à cent pas de moi. J'ordonnai à mon postillon de tourner de ce côté-là, malgré toute la prudence ecclésiastique qui semblait me le défendre. J'aperçus devant moi un carrosse à six chevaux dont un essieu de derrière avait cassé, et qui était renversé dans les boues. Je descendis précipitamment de ma chaise, et voyant une livrée qui ne m'était pas inconnue, je demandai à un des gens qui était sa maîtresse. Il m'apprit que c'était la présidente de S... qui allait à une fort belle terre qu'elle avait à deux lieues de là, et à cinq de mon abbaye, qu'elle était dans son carrosse avec son intendant et deux de ses femmes, et qu'elle avait perdu connaissance par la frayeur qu'elle avait eue. Effectivement, ses femmes demandaient du secours à grands cris, et je fis tant par mes efforts et ceux de mes gens qui me suivaient, que nous parvînmes à les dégager de la voiture. La présidente eut de la peine à reprendre ses sens. Je la reconnus à la première vue ; je me souvenais de l'avoir rencontrée à Paris : elle était jeune et d'une figure charmante. Je formai dans l'instant le plan d'une liaison avec elle,

1. François-Pierre de La Varenne, *Le Cuisinier françois*, Paris, P. David, 1651, 309 p., nombreuses rééditions ; Albert-Henri Sallengre, *L'Éloge de l'ivresse*, seconde édition, revue et corrigée, La Haye, 1715, in-12, IV-220 p. ; nous n'avons trouvé aucun texte intitulé *Traité de l'indigestion*.

et la réputation où je savais qu'elle était de femme galante fut une raison de plus pour m'affermir dans mon projet, et m'en faire espérer un heureux succès. Elle parut recevoir mes soins avec reconnaissance, et me regarder même avec quelque espèce d'attention. Dans les idées que je venais de concevoir, je lui représentai que sa voiture ne pouvait point lui rendre aucun service, jusqu'à ce qu'on eût envoyé chercher un ouvrier au village prochain, qui était à près d'une lieue. J'ajoutai que, la nuit étant prête à tomber, il ne convenait pas qu'elle restât exposée à mille inconvénients fâcheux sur un grand chemin, et je m'offris de la mener à sa terre avec ma voiture, et de laisser ses gens avec la sienne, jusqu'à ce qu'elle fût en état de marcher. Elle fit quelques difficultés, à travers lesquelles j'entrevoyais qu'elle n'aurait point été fâchée d'être pressée ; j'insistai, et enfin elle accepta, avec une apparence de confusion. Je lui offris la main, et après avoir donné des ordres à ses gens, nous montâmes dans ma voiture, et nous prîmes le chemin de sa terre.

À peine fûmes-nous seuls que, la connaissant trop bien de réputation pour prendre les choses de trop loin avec elle, je lui fis une histoire qui, quoique vieille et usée, me parut encore d'assez bon aloi en cette occasion. Je fis un vrai coup de théâtre, je jouai le surpris, l'anéanti, le confondu, je m'attristai par degrés, et bientôt je devins d'une mélancolie affreuse, je pleurai même, car c'est un don que je possédais : j'avais les larmes à commandement, et c'est un point essentiel, et peut-être une des amorces les plus adroites par où l'on puisse prendre les femmes. On me fit des questions sur mon état, on parut s'y intéresser, je soupirais avec un air hypocrite, je ne répondais point, mais je me faisais une violence extrême pour ne point éclater de rire. Enfin, elle parut s'attendrir, et elle voulut savoir absolument quelle était la cause de ce chagrin si subit. Je lui dis enfin d'un ton de tartuffe que je n'attribuais qu'à mon étoile l'aventure désespérante qui m'arrivait, sans l'en rendre en aucune façon responsable. Elle me conjura de m'expliquer, et lorsque j'eus mis tous les lazzis nécessaires en pareille occasion, je lui avouai avec un tremblement et une confusion étudiée que je l'adorais depuis longtemps, que j'avais eu l'occasion de la voir plusieurs fois à Paris, sans avoir jamais pu trouver celle de me faire connaître d'elle, quoique je l'eusse cherchée avec ardeur. J'ajoutai mille plaintes de mon sort, qui me la faisait rencontrer pour redoubler mes peines, et enfoncer davantage le trait qui déchirait mon cœur. Enfin, je fis le passionné, l'amant transi, le héros de roman. Heureusement, j'avais à faire à une bégueule qui, quoique toujours prête à se rendre, voulait être attaquée dans les formes, et domptée par le sentiment qu'elle jouait sans cesse. En un moment, je tournai sa petite tête de façon que ce fut une pitié. Elle me répondit d'abord par tous les lieux communs que les sottes faciles emploient en pareil cas : « Les amants ne sont jamais contents ; votre figure et la tournure de votre esprit me reviennent assez, je sens que je vous aimerais beaucoup. Mais vous autres hommes, vous êtes insatiables. Si je suivais mon penchant, bientôt vous exigeriez des choses. » Je l'assurai bien positivement que j'avais trop de respect pour elle pour me conduire de la sorte ; je vis qu'elle doutait de ce que je lui disais. J'ajoutai des protestations et des serments, et pour y donner plus de poids, je me mis, pour passer le temps, à prendre des baisers sur sa bouche, et à visiter quelque peu sa gorge. « Finissez donc, me disait-elle d'un ton nonchalant. Ah ! mon petit abbé, que vous êtes libertin ! À mon retour à Paris j'en instruirai mon oncle. » Je ne répondais à ces menaces qu'en continuant mes occupations philosophiques. En cet instant, nous passâmes en un endroit où le chemin était fort rompu et où, par conséquent, le cahot de la voiture était bien plus sensible. Elle eut encore peur de verser, et elle se pencha entièrement sur moi avec un air de frayeur assez bien imité. Je m'empressai de mon mieux à la rassurer. Je sais que dans le cœur humain, le sentiment le plus fort détruit toujours le faible ; je n'en savais qu'un au-dessus de la peur, je me hâtai de l'employer. Je m'étais emparé de sa gorge avec un empire qu'elle n'osait plus me disputer ; une main était employée à cet office, et l'autre était libre ; je lui fis prendre un chemin différent, certaine poche se présenta fort à propos, et me fit arriver au sanctuaire des plaisirs par l'escalier dérobé. On me résistait encore, mais si faiblement, on avait tant envie d'être vaincue, que partout ailleurs ce moment eût été celui de mon triomphe, et la place eût été emportée d'emblée. Mais je craignais l'indiscrétion des mouvements, et les jugements qu'en auraient porté mes gens qui étaient derrière la voiture. Je me contentai donc de constater mes droits, en reconnaissant la place et tous les environs. J'achevai de les établir par certain expédient qu'on met en usage dans les occasions où on ne peut faire mieux. « Ah ! finissez, monsieur, me disait-on. Mais qu'est-ce que cette folie-là ? Oui… en vérité… cela est bien spirituel… pour moi je ne vous conçois pas… ah ! ah ! mon ami… mon cher abbé ! je brûle… je n'en puis plus… ah ! finissez donc… Comme vous m'accommodez ! » Avec ces propos et autres minuties semblables, nous arrivâmes à sa terre où, rancune tenante, elle m'offrit de passer quelques jours avec elle. On me donna l'appartement de M. le président, qui ne devait arriver qu'aux vacances, et si je n'entrai pas dans tous ses droits dès la même nuit, c'est qu'il ne nous fut pas possible, dans ce premier désordre, de prendre certains arrangements. J'en parlai cependant. On reçut ma proposition comme un badinage, mais comme j'insistais vivement pour que cela eût lieu la même nuit, on me dit que j'étais un cerveau brûlé, et que je n'avais qu'à venir demain à son lever, parce qu'on voulait achever de me gronder. Je promis et je tins parole, bien résolu de me mettre dans le cas d'être grondé plus sérieusement. La présidente était au lit dans un négligé qui n'était pas sans dessein : je la trouvai mille fois plus charmante. Effectivement, c'est une grande femme bien faite et de bon air, brune, avec de grands yeux noirs qui disent tout ce qu'on veut, et le disent d'une façon fort tendre : la taille admirable, la jambe belle, peu de gorge, et très docile, comme il convient aux femmes d'un certain monde, mais en tout, un port de reine. Elle fit tout son possible pour me gronder, et moi pour l'interrompre. Enfin, après quelques préludes dont je connaissais trop le prix pour m'en dispenser, je me précipitai sur elle, et la couvrant de baisers et de caresses, j'obtins les dernières faveurs comme par escalade, et je me plongeai dans une mer de délices, dont j'étais privé depuis quelque temps.

La présidente fit tout ce qu'une femme qui a du monde ne manque jamais de faire en pareil cas : elle bouda, sanglota, dit qu'elle était bien malheureuse, que les hommes étaient bien dangereux, qu'elle ne voulait plus me voir, qu'elle ne me pardonnerait jamais. Ensuite, elle s'apaisa d'elle-même, car j'eus la malice de n'y rien mettre du mien. Et quand je la vis bien radoucie, je lui laissai faire autant d'avances pour obtenir d'être encore insultée qu'il m'en avait coûté pour l'insulter[1]. On doit sentir que cela fut court ; je satisfis en galant homme, et notre commerce fut établi dès lors, avec une confiance inconnue aux amours de roman.

Je goûtai pendant quelque temps tous les charmes attachés à une intrigue libre et dégagée de passion : la présidente était une femme unique pour ce genre d'affaires. Je me figurais même qu'avec une occupation semblable je pourrais oublier Paris, lorsque je vis arriver chez elle un certain grand moine gris, qui faisait le beau fils : connaissance de Paris qu'on avait enrôlé pour venir dire la messe au château pendant les vacances, et qu'on destinait à plus d'un usage, comme je le reconnus bientôt. L'observantin[2] était un grand drôle, brun, à sourcils noirs, carré et taillé à profit, l'œil vif, la jambe belle et nerveuse. Enfin, l'un des plus vigoureux étalons du troupeau franciscain. Il avait la main potelée, se mêlait de musique, raclait de la viole, savait mille chansons, mille quolibets, mille rébus de campagne, disant le petit mot à la dérobé à toutes les soubrettes, et visant la maîtresse, croquant toutes les femmes de cent pas, enfin tel que le voilà. La présidente, qui était connaisseuse, l'avait retenu. Je ne sais s'il avait été un de mes devanciers, mais au moins ne tardai-je pas à être convaincu qu'il était choisi pour mon successeur.

J'avais gagné, par mes caresses et mes présents, une des femmes de la présidente, qui me fournit le moyen de m'éclaircir de ce que je soupçonnais. Un après-dîner, je feignis d'aller à mon abbaye ; je rentrai sans être vu, et fus me poster dans un cabinet qui touchait à l'appartement de la présidente. Une porte vitrée couverte d'un rideau me dérobait à sa vue, et le premier objet qui me frappa fut ma digne maîtresse dans un

1. « *Insulter* signifie aussi : emporter d'emblée, et se dit ordinairement en parlant d'une place de guerre et des fortifications. *Insulter* une place. *Insulter* les dehors d'une place. *Insulter* une demi-lune » (*Dict. Acad.*, 1694).

2. *Observantin* : « il se dit d'une sorte de religieux de l'ordre de saint François. *Religieux observantin, frère mineur observantin* » (*Dict. Acad.*, 1694).

habit fort léger et propre à son occupation, avec le robuste moine qui s'approchait d'elle tout rayonnant de gloire, et produisant des choses capables d'anéantir et de révolter, même par le peu d'apparence et la rareté dont elles sont. J'avoue que, quoique je m'attendisse à quelque chose d'approchant, je fus confondu de l'apparition. Mais mon étonnement et ma rage ne tardèrent pas à monter au comble, lorsque je vis la présidente se prêter aux lubriques transports du franciscain, qui après quelques préludes brusques, qui se sentaient bien de ses besoins et de sa robe, la précipita sur un lit de repos, où se débarrassant de son incommode jaquette, il s'empara tyranniquement de tous les charmes que je croyais mon domaine, et commença une joute aussi rude que désagréable pour un spectateur intéressé comme je l'étais. J'étouffais de rage dans mon asile, vingt fois je fus sur le point de sortir et de sacrifier ces deux misérables à ma colère. Mais la crainte que j'eus que ma vengeance ne fût pas assez complète, et que se voyant sans témoins ils n'eussent l'effronterie de tout nier, me retint malgré moi, et me fit différer ce que j'étais bien résolu à ne pas laisser perdre. Il n'était plus question de douter de la consommation du sacrifice ; le cordelier n'était pas homme à me laisser là-dessus la moindre consolation. Si j'eusse été incrédule, que j'eusse voulu démentir mes yeux, et ne pas ajouter foi aux premières preuves, il se disposait à en fournir successivement un assez grand nombre pour vaincre l'incrédulité la plus coriace. Je me le tins pour dit. Je me connaissais trop bien en gens pour conserver la moindre espérance. D'ailleurs, j'étouffais de colère de me voir joué aussi cruellement, et je sortis pour aller méditer plus tranquillement la vengeance éclatante que j'étais résolu d'en tirer.

J'avais avec moi deux de mes gens en qui j'avais assez de confiance, et que j'avais pris après le décès du vieux reître qui m'avait suivi (il avait pris la peine de passer à une meilleure vie, en quoi il m'avait rendu un signalé service). Je l'avais remplacé par deux drôles dont j'étais sûr : gens sans crainte et sans scrupule, avec une honnête dose de libertinage ; en un mot, tels qu'il les faut à de jeunes gens. L'un des deux avait gagné les bonnes grâces de la soubrette qui était dans mes intérêts, ce qui favorisa encore notre projet. Je ne tardai point à savoir par son canal que le moine passait avec la présidente toutes les nuits, pendant lesquelles elle pouvait se flatter de n'être pas interrompue ; je dirigeai mon plan sur ces lumières. Peu de jours après, je feignis un voyage à mon abbaye, ce qui m'arrivait presque toutes les semaines. Je pris congé de la présidente, et je rentrai à la brune, par une porte du parc que la soubrette eut soin de nous ouvrir. Nous nous cachâmes, moi et mes gens, dans une ferme qui tenait au château. Vers le milieu de la nuit, notre confidente vint nous avertir que Sa Révérence était entre deux draps avec la présidente, et nous introduisit sans bruit dans la maison.

Je ressentis à cette nouvelle une émotion mêlée de joie, de rage et de dépit. J'étais aussi confondu de la certitude de ce que je craignais que si je n'eusse pas dû raisonnablement m'y attendre. Sexe perfide ! disais-je en moi-même, quelle confiance puis-je désormais prendre en toi, lorsque je vois une femme, qui me prodiguait il y a peu de jours les caresses les plus vives, me quitter — et pour qui ? Pour un moine, c'est-à-dire pour le rebut, pour l'opprobre de la nature. Je ne pouvais me lasser d'admirer de quelle méprisable espèce une femme bien née et d'une éducation cultivée s'était laissée coiffer. Je ne donnerai point de nom aux transports qui m'agitaient. Peut-être la vanité y entrait-elle pour les trois quarts. Quoi qu'il en soit, je n'étais ni d'âge, ni en lieu d'examiner la nature de mes mouvements. Je ramassai tout ce qui me restait de sang-froid pour poster mes gens, comme nous en étions convenus, le plus à portée qu'il fût possible de l'appartement de la présidente. Tout semblait conspirer à la réussite de mon dessein. Les domestiques de la présidente, qui étaient en petit nombre, gens lâches et efféminés, couchaient dans une aile séparée du corps de logis où nous étions. La soubrette, selon notre projet, me fit placer près de l'appartement de sa maîtresse, et se mit ensuite à crier au voleur de toutes ses forces. Le bruit pénétra jusqu'à son lit, et j'entendis de la porte les premières marques de leur frayeur. Craignant que le penaillon[1] ne se dérobât à ma vengeance, j'entrai promptement dans la chambre où ils étaient au lit ensemble, suivi de mes deux déterminés laquais, chacun armé, ainsi que moi, à tout événement, d'une paire de pistolets, et outre cela, d'un fouet : instrument terrible et très nécessaire au dénouement de la pièce. Je tournai une lanterne sourde que j'avais dans ma main, lorsque je fus vis-à-vis du lit. Qu'on juge de l'étonnement du couple amoureux à une apparition si imprévue ! J'étais pour eux une seconde tête de Méduse ; ils demeurèrent pétrifiés. À quelques discours qui échappèrent à la présidente dans le premier transport de sa colère et de sa honte, je ne répondis que par deux ou trois phrases laconiques, qui l'instruisirent en peu de mots de tout le mépris qu'elle m'inspirait. Quant à M. le moine, il n'en fut pas quitte à si bon marché. Il s'était jeté précipitamment hors du lit, et cherchait ses habits, et une issue pour s'échapper. Mes gens ne lui permirent ni l'un ni l'autre. À un signal que je fis, ils firent tomber leurs fouets vengeurs sans aucune pitié sur son dos. Le pauvre diable faisait des cris et des hurlements qui me réjouissaient infiniment. Il s'en fallait de beaucoup qu'il fût alors dans un état aussi brillant que lorsque j'avais été témoin de ses prouesses à travers la porte vitrée. Tout était chez lui en très humble et très chétive posture. Ce qu'il y avait de fort plaisant, c'était l'attitude de la présidente pendant cette scène. Mes ricanements la désolaient d'une étrange façon,

1. *Penaillon* : haillon ; par extension moine mendiant : « Tout *penaillon* y vante sa besace, / Son institut, ses miracles, sa crasse » (Voltaire, *Éloge de l'hypocrisie*, 1766).

elle vomissait contre moi mille invectives qui achevaient de me combler de joie. Mes gens, qui avaient mes ordres, après avoir régalé le franciscain en enfant de bonne maison, lui livrèrent exprès le passage. Il ne manqua pas d'en profiter, et de fuir en jetant des hurlements affreux au travers des appartements, pour gagner les cours et trouver quelque asile contre notre rage. Mais c'était précisément ce que nous demandions. Nous le poursuivîmes en le chassant comme un lièvre, et ne cessant de lui épousseter les épaules. Enfin, nous arrivâmes, le pourchassant toujours, dans la grande cour du château, où nous trouvâmes quelques domestiques demi-nus, qui accouraient pour savoir la cause d'un si horrible vacarme. La vue d'un pistolet dont chacun de nous avait la main pourvue leur en imposa assez pour nous laisser achever notre vengeance. La présidente criait de toutes ses forces d'une fenêtre que l'on fît main basse sur nous, que nous étions des malheureux, des voleurs, des assassins. Quelques paroles suffirent pour arrêter toute cette canaille, et leur apprendre l'histoire en deux mots. Ils demeurèrent anéantis et confondus. Cependant, nous ne cessions de toucher[1] sur le pauvre diable, le sang ruisselait de tous côtés. Enfin, voyant qu'il ne lui restait aucun moyen d'échapper à notre rage, il prit le parti, malgré la rigueur de la saison, de se jeter à corps perdu dans un bassin qui servait à abreuver les chevaux et le bétail. Content de ma vengeance, et satisfait de le laisser dans un lieu si capable d'éteindre le feu de sa lubricité, nous sortîmes sans que personne osât nous disputer le passage, et je fus rejoindre ma voiture dans un endroit écarté où elle m'attendait. J'y trouvai la soubrette qui nous avait si bien servi, qui n'avait pas jugé à propos de courir les risques de rester avec sa maîtresse après lui avoir rendu un pareil service. Un de mes gens lui avait promis de l'épouser. Ainsi je me chargeai d'elle sans scrupule, et nous reprîmes le chemin de mon abbaye.

J'y trouvai en arrivant des lettres qui m'apprenaient que mon père était à la dernière extrémité, et qu'il voulait me voir. On me recommandait de ne pas différer mon départ d'un moment. Cette nouvelle m'affligea beaucoup, mais d'un autre côté je ressentis la satisfaction de quitter un pays où j'imaginais bien que cette scène ne manquerait pas d'être incessamment divulguée. N'ayant d'ailleurs aucune espèce d'amusement qui pût me le faire regretter, je dis à mes chanoines un adieu que j'espérais être éternel, et je repris sans délai le chemin de Paris.

Je ne pus m'empêcher de faire en chemin quelques réflexions sur l'aventure qui venait de m'arriver. Je ne doutais pas qu'elle ne fît l'éclat le plus déshonorant pour la présidente et que, par un contrecoup nécessaire,

1. « *Toucher*, veut dire encore : frapper pour faire aller, chasser devant soi ; et il se dit des bêtes, comme vaches, bœufs, chevaux, etc. Il *touchait* un troupeau devant lui. Il *touchait* des bœufs devant lui. *Touchez*, cocher, allons plus vite ! *Touche*, cocher ! Dans le sens de frapper, il se construit quelquefois avec *sur*. *Toucher sur* les uns et sur les autres » (*Dict. Acad.*, 1798).

je n'y fusse mêlé désagréablement pour un homme de ma robe. Je sentis l'inconvénient et le tort que cela pourrait faire aux projets de mon oncle sur moi, et je fis un ferme propos de regarder de plus près aux femmes avec qui je contracterais désormais des liaisons, car de m'en passer tout à fait, cela n'entrait point du tout dans mes arrangements. Je comptais donc, en conséquence, être à l'abri à l'avenir de scènes semblables. Mais je n'étais pas au bout, comme on va le voir.

Je trouvai, à mon arrivée à Paris, que mon père venait d'expirer, et que mon frère était dans les embarras ordinaires de toutes les successions. Je l'avais peu vu jusqu'alors, et il ne s'est pas présenté naturellement d'occasion de parler de lui jusqu'à présent dans le cours de mon histoire. Vous le connaissez, cher marquis, et vous savez que je n'exagère point en disant que, tant pour les avantages de la figure que pour ceux de l'esprit et du caractère, peu de cavaliers en France pouvaient lui être comparés. Il joignait à cela une douceur et une cordialité qui me firent bientôt oublier l'injustice du sort dans le partage inégal qu'il faisait entre nous. Nous nous aimâmes tendrement, et dans toutes les affaires qu'il eut démêlées pour la succession de mon père, rien ne se faisait sans que je fusse consulté. La cour lui avait accordé au sortir des mousquetaires, où il avait fait deux campagnes, l'agrément d'une compagnie de cavalerie dans le régiment de… Le printemps qui s'approchait l'obligeant à partir pour joindre son corps, qui allait servir à l'armée de Flandre, il me donna un pouvoir général de finir toutes ses affaires, et se reposa avec confiance sur mon amitié du soin de les terminer le plus avantageusement qu'il me serait possible.

Au milieu de tous les détails embarrassants, dans lesquels la position de nos affaires de famille me jetait nécessairement, l'occasion se présenta naturellement de revoir la marquise. Et comme j'avais l'air d'un personnage important et décidé, je l'abordai avec une audace qui m'épargna au moins les trois quarts des bouderies qu'elle me préparait. Je crois même qu'il ne m'aurait pas été impossible de renouer avec elle, si l'aventure de la présidente, qui s'était répandue à Paris avant mon arrivée, ne m'eût donné une réputation de glacer les femmes les plus intrépides. Elle était trop prudente pour s'exposer à une vengeance qu'elle n'aurait pu s'empêcher de mériter. Ainsi, dès ce moment, nous eûmes fait ensemble[1]. Tout ce que j'en pus tirer fut de savoir des nouvelles de Clairette, qu'elle m'apprit être sortie de Sainte-Pélagie, et mariée à un honnête bourgeois qui la rendait fort heureuse. J'appris avec une satisfaction infinie la fin des malheurs de cette pauvre fille, et peut-être aurais-je cherché à renouer avec elle, lorsque le hasard me jeta dans une

1. « On dit aussi familièrement : *donner le fait* à quelqu'un, lui *donner son fait*, pour dire : se venger de lui, ou par quelque discours, ou par quelque violence » (*Dict. Acad.*, 1798). « Nous eûmes fait ensemble » signifie donc : nous eûmes chacun notre part, nous fûmes quittes l'un envers l'autre.

aventure imprévue, et me précipita de nouveau dans un genre de vie que j'avais tant résolu d'éviter.

Parmi les discussions héréditaires dont j'étais chargé, je trouvais les papiers d'un procès considérable de ma maison contre M. le duc de... pour des limites de terre. Nous étions voisins ; c'est quelquefois assez pour être ennemis irréconciliables, et cependant le fond de la chose n'était pas considérable par lui-même. La vanité y avait la plus grande part, et cela était d'ailleurs très susceptible d'accommodement. Dans le temps que je visitais avec ardeur et étonnement les grimoires immenses que ce différend avait occasionnés, on m'annonça la visite d'un ancien avocat que je connaissais de réputation pour un très galant homme et très éclairé. J'ordonnai qu'on le fît entrer, et je ne fus pas peu surpris, lorsque après les premières politesses, il me dit qu'il était depuis longtemps chargé des affaires de la maison de..., que M. et Mme la duchesse de..., ayant appris la mort de mon père et que mon frère, à son départ, m'avait laissé le soin de régler à ma volonté toutes nos affaires de famille, lui avaient donné ordre de venir conférer avec moi, pour terminer une ancienne discussion, dont le caractère inflexible de mon père avait éloigné la fin, et pour laquelle ils espéraient que je voudrais bien me montrer plus traitable. Il ajouta à ce discours toutes les politesses qui pouvaient me flatter davantage. J'avais entendu parler de cette affaire, et même blâmé, dans ma famille, l'entêtement de mon père à ce sujet. Dès que nous fûmes entrés dans quelques détails, et que j'eus reconnu combien ses propositions étaient raisonnables et modérées, je ne crus point trop m'avancer en l'assurant qu'il ne tiendrait pas à moi que tout ne fût terminé à la satisfaction de ceux qui l'envoyaient. Il me quitta très surpris de ce qu'il appelait une modération inouïe dans un jeune homme, et très content de l'accueil qu'il avait reçu de moi.

Comme je n'ai jamais eu sur ma naissance certains préjugés campagnards, qui font qu'on tire aux coups de bâton pour une première visite[1], je ne crus point faire une démarche basse et hasardée en allant à l'hôtel de... Je fus annoncé et introduit à l'instant dans l'appartement du duc qui, à mon seul nom, vint au-devant de moi, et me combla de politesse et d'amitié. Il ajouta qu'il était confus de ne m'avoir point prévenu, qu'il était accablé d'affaires. « Mais, me dit-il en plaisantant, je pars après-demain pour joindre mon régiment. Par conséquent, ce n'est point à moi à qui vous aurez à faire. Je vais, continua-t-il en me prenant par la main, vous mener à votre adversaire ; défendez-vous de votre mieux, car je vous avertis que vous aurez à faire à forte partie. » À ces mots, il me conduisit à l'appartement de la duchesse, qui était encore au lit, et qui était bien éloignée de s'attendre à une pareille visite. Elle cacha sa surprise,

1. *Tirer au bâton, au court bâton*, ou *aux coups de bâtons* : contester, disputer avec quelqu'un pour quelque chose.

et nous reçut avec toutes les minauderies qui appartiennent aux femmes de ce rang. « Voilà, madame, dit le duc en entrant, M. l'abbé T*** que je vous amène. Vous savez que je pars, et que je ne puis régler avec lui les affaires que nous avons ensemble ; je vous laisse ce soin, je l'ai averti en ami que vous étiez fine, qu'il se défiât de vous. Je vous le livre actuellement ; c'est à vous à en tirer le meilleur parti que vous pourrez. » À ces mots il sortit d'un air léger et détaché, et me priant de ne point me déranger, il me laissa dans un tête-à-tête dont j'étais bien éloigné de prévoir les suites.

J'avais fait jusqu'alors peu d'attention aux charmes de la duchesse. À peine même avais-je arrêté la vue sur elle. Mais dès que nous fûmes seuls, je sentis que cette affectation ne pouvait avoir désormais d'excuse, étant dans la nécessité de continuer la conversation avec elle. « Hé bien, M. l'abbé, me dit-elle d'un ton enjoué, aurons-nous de grandes discussions ensemble, et ne puis-je espérer de les voir bientôt terminées ? Je vous avoue que je suis charmée que tout ceci roule sur vous : j'ai entendu tout le monde faire votre éloge, et je me flatte que dans peu j'aurai lieu de me joindre à la voix publique. » Je la lorgnais en tapinois, pendant qu'elle me tenait ce discours. Quoiqu'elle ne soit régulièrement belle, j'avoue que je n'ai point vu en ma vie de figure plus séduisante : son négligé de lit avait quelque chose de galant et de tendre qui faisait un furieux ravage dans toute ma personne. Une échelle de rubans nouée négligemment me laissait apercevoir une gorge divine, adroitement ménagée, et dont rien ne pouvait égaler la blancheur. Une quantité prodigieuse de cheveux du plus beau blond du monde tombaient par boucles sur son sein, et en relevaient encore l'éclat. Elle avait la main et le bras faits au tour, et ses divers mouvements me permettaient de les considérer à mon aise. Enfin, je ne voyais rien qui ne fût pour moi la source de mille désirs. Toutes ces petites observations m'occupaient au point que je fus quelques moments sans lui répondre. Enfin, me rendant peu à peu maître de moi, je lui répondis dans les termes qui pouvaient le mieux la persuader de mon désintéressement et de ma déférence à ses volontés. Je crois même qu'il m'échappa quelques paroles qui durent lui faire soupçonner une partie de l'impression qu'elle faisait sur moi. Elle avait trop de monde[1] et trop d'expérience pour s'y méprendre, et les œillades tendres qu'elle me décocha bientôt ne tardèrent pas à me faire concevoir un rayon d'espérance. Cependant, ma visite était d'une longueur énorme sans que je m'en aperçusse. Enfin, elle sonna ses femmes, et me demanda la permission de s'habiller. Ce discours me fit apercevoir de ma faute ; je me levai d'un air déconcerté pour prendre congé.

— Ah ! pour celui-là non ! me dit-elle de l'air le plus engageant. Quelle folie ! Où voulez-vous aller à l'heure qu'il est ? Il est tard,

1. Entendez : « Elle connaissait trop l'usage du monde. »

vous dînerez avec moi, je suis seule. Ne voulez-vous pas me tenir compagnie ?

— Mais, madame, lui-dis-je en balbutiant quelques mauvais remerciements, vous me faites infiniment d'honneur... je suis au désespoir... je serais mortifié d'abuser de votre politesse.

— Il est charmant, dit-elle, en me regardant avec tendresse, il m'enchante. Mais tenez, l'abbé, cela est bon pour la première fois. À l'avenir dispensez-vous des compliments, ils m'excèdent ; je vous le dis une fois pour toutes, vous êtes ici prié-né[1], que cela soit fini.

En disant ces paroles elle sortit de son lit, en prenant simplement quelques précautions pour la forme, mais si légères... Une de ses femmes était entrée, qui lui aida à passer une robe. Aimable désordre ! Nature charmante ! Que ne vis-je pas dans ce fortuné moment ! Je vous l'avouerai, cher marquis, M. le docteur de Sorbonne était dans une terrible agitation. J'avais l'air rêveur et embarrassé, à peine distinguais-je les objets présents, et je n'avais pas même remarqué que la femme qui était venue était ressortie et nous avait laissés seuls. « Le pauvre garçon, dit la duchesse en s'approchant de moi ; il rêve, il est consterné, c'est un rendez-vous que je lui fais manquer. Oh, cela est criant ! Avouez-moi donc, dit-elle : c'est une affaire de cœur qui cause vos distractions. Au vrai, je suis bonne dans le fond ; je ferai finir votre captivité, je serai même votre confidente si vous voulez ; je suis excellente pour le conseil, et les passions tendres m'affectent à un point qui n'est pas concevable. »

Qu'on me trouve un homme jeune et dominé par ses passions, en état de les satisfaire, ne leur refusant jamais rien, un abbé en un mot, qui résiste à des agaceries si décidées, surtout de la part d'une femme jeune et charmante, pour qui enfin, tout ne parle que trop. C'est à vous à qui j'en appelle, mes illustres confrères ; justifiez-moi en me lisant, soutenez mon parti contre la froide vieillesse et le vil peuple des cagots, répondez : qu'eussiez-vous fait à ma place ? Je prévois votre décision ; c'est celle du cordelier de Rousseau : eh bien ! reconnaissez en moi un digne candidat, *elle le fut, ou la peste me tue.*

La duchesse, en me tenant tous les propos que je viens de dire, badinait avec mes cheveux, rajustait son tour de gorge de l'autre main, de façon que, loin de rien perdre de ces arrangements, je découvrais mille charmes au-dessus de l'expression. Ces objets avaient porté mon émotion au point que je ne pouvais me contenir. Je brûlais, je me consumais de désirs, je la fixais avec des yeux enflammés :

— Que regardez-vous donc là ? Baissez les yeux, me dit-elle en y portant sa main. Je ne sais, mais il me semble qu'ils me disent mille choses que je ne veux point entendre.

— Ah ! madame, m'écriais-je emporté par mon amour ou par mes

1. *Prié-né* : invité permanent.

désirs, enfin par tout ce qu'on aimera le mieux, ah ! ils ne vous disent que faiblement l'impression que vous avez faite sur moi. Que ne pouvez-vous y lire tout ce que vous m'inspirez ! Je sens que je me perds en vous parlant avec tant de franchise, mais je ne puis résister à l'amour violent que je ressens pour vous. Un moment a causé ma défaite, le même moment sans doute va combler mon infortune. (Avouez, mon cher marquis, que j'attrapais assez bien la fadeur de nos anciens romans.)

— Mais point du tout, reprit la duchesse, quelle idée ! Je ne m'offense point de pareille chose. Si l'on relevait toutes les déclarations, il faudrait s'ensevelir dans un désert, renoncer à vivre avec le genre humain. C'est un usage reçu : on dit qu'on aime, on le jure, cela devient ce que cela peut. Une femme est tous les jours exposée à pareille chose, mais bien simple qui s'y fierait !

Je l'interrompis pour mettre en usage tous les serments, toutes les protestations, tous les lieux communs de nos héros galants, dont j'avais un magasin tout fait. « Ah ! dit-elle, point de serment ; ils m'assomment, ils m'excèdent. Vous ne voulez pas, sans doute, me prendre de surprise : ce serait une idée extravagante. Allons, me dit-elle en présentant la main, allons dîner, je veux avoir du répit pour faire mes réflexions et mes arrangements. Que fais-je ? Peut-être après tout que je serai encore assez folle pour vous croire, et que vous y gagnerez plus que vous n'y perdrez. »

Nous fûmes dîner, et je la vis s'armer d'une physionomie différente de celle que je venais de lui voir, et qui m'avait tant plu. Il ne fut question pendant le repas que de choses indifférentes. Il est vrai que nos yeux allaient leur train, mais c'était un langage qui n'était que pour eux, et qui était indéchiffrable pour les gens dont nous avions à nous garantir. Après le dîner, nous retournâmes dans sa chambre, et je vis pour la seconde fois son visage animé de cette volupté enchanteresse, qui faisait seule mon bonheur. La conversation recommença, et on sent bien que ce fut sur le même texte. On se sentait une sympathie naturelle pour moi : ma figure, mes yeux, ma façon de dire les choses, tout plaisait. Mais que de ménagements n'avait-on pas à garder ! Que n'avait-on pas à craindre de la brusquerie, de l'indiscrétion, en un mot de mille défauts attachés à mon âge ! Cependant, on sentait bien que si on avait à se permettre une unique faiblesse, et à succomber une fois en sa vie, ce serait avec quelqu'un qui le mériterait si bien. Jugez de l'effet que de pareils discours devaient faire sur un homme qui s'était toujours piqué de n'être jamais ingrat. Je ne fus plus maître, en ce moment, de modérer les transports de ma reconnaissance :

— Non, belle duchesse, repris-je en la serrant dans mes bras avec ardeur, non, vous ne vous repentirez point de ce qu'un heureux penchant vous fait faire en ma faveur.

— Heureux abbé ! Par où pourras-tu mériter ni payer un si précieux don ?

En parlant ainsi, je l'avais prise dans mes bras, bien résolu à ne pas m'en tenir stérilement aux discours et aux froides protestations. J'imprimais des baisers brûlants sur sa bouche, qu'elle me rendait en femme intelligente et qui sait son monde. Sa gorge était devenue ma proie ; une épingle qui était venue à sauter l'avait livrée tout entière à l'avidité de mes regards et de mes mains. Toute cette scène se passait debout, devant une cheminée. Je sentis le quart d'heure décisif : la duchesse ne me résistait plus, je n'entendais que quelques soupirs entrecoupés, présages certains d'une prochaine défaite. Je craignis que la réflexion n'allongeât la comédie ; j'étais pressé de la dénouer, je la portai avec rapidité sur un lit de repos, et je m'y précipitai avec elle.

À peine eus-je pris possession d'une place, que je me mis en devoir de mettre la dernière main à mon bonheur : « Mais, s'écria-t-elle, par exemple, ce que vous faites là est d'une extravagance ! Y songez-vous ? Que signifient ces façons-là ? Est-ce qu'on manque à ce point-là à des femmes comme moi ? En vérité, il faudra renoncer à vous voir... Ah ! finissez donc... vous êtes d'une imprudence... Oh ! effectivement, cela est bien conduit. Mes femmes n'auraient qu'à rentrer. Je n'ai d'ailleurs point fait fermer ma porte, mon suisse est ivre, il laissera entrer tout l'univers. » Pendant ce respectable monologue, je ne perdais pas un moment de temps, et j'étais bien résolu de n'en point perdre : je m'étais emparé d'elle de façon à n'être point arrêté, même en cas de résistance. Je la tenais renversée sous moi et j'étais parvenu, pendant tous ces propos, à la déshabiller presque entièrement. Enfin, j'en vins à la conclusion décisive de tout ce que je désirais. « Ah ! monsieur, me dit-elle dès qu'elle sentit ma première tentative, ah ! finissez de grâce... vous me tuez, vous m'étouffez... ah ! juste ciel ! vous êtes monstrueux... ah ! cela est détestable. Effectivement, je n'aurais qu'à m'y prêter... vous n'avez pas compté sans doute que j'aurais cette complaisance. Monsieur, je vous le dis pour la dernière fois, vous me blessez, que c'est quelque chose d'affreux. » J'arrivais pendant ce temps-là, et je n'avais point le bonheur de m'apercevoir de ce qui causait tant de sanglots, lorsqu'un maudit coup de sifflet, qui se fit entendre dans la cour, m'obligea de m'arrêter au milieu de ma course, et de me retirer avec précipitation. La duchesse suivit mon exemple. Ce qu'il y eut de plaisant, c'est que chacun de nous deux s'employa à réparer du mieux qu'il put les désordres de son ajustement, sans qu'il nous échappât une seule parole. Enfin, on annonça une visite, et je m'éclipsais selon l'usage, sans prendre congé, lorsque la duchesse courant après moi jusque dans l'antichambre, avec une liberté d'esprit que je ne pouvais me lasser d'admirer : « Vous vous sauvez ? monsieur l'abbé, me dit-elle, mais pourquoi ? J'ai mille choses à vous dire. Et notre procès, quand le finirons-nous ? Venez souper avec moi après-demain... attendez... oui... après-demain, je serai libre, et nous causerons de cela. J'irai à l'Opéra en petite loge, car j'imagine que je serai malade à mourir ; vous viendrez m'y joindre, et je vous ramènerai… viendrez-vous ? Je suis trop bonne, ajouta-t-elle en s'approchant de mon oreille ; je ne devrais pas oublier si facilement toutes vos folies, mais en tout cas je saurai bien vous ranger à votre devoir. » Je l'assurai, en la regardant fixement, que j'espérais le remplir mieux, et qu'elle n'aurait plus de semblables reproches à me faire. « Allez, me dit-elle, vous êtes un traître, et je vous veux un mal affreux de toutes vos espiègleries. » Je pris congé d'elle, en lui renouvelant les assurances de mon exactitude, et très résolu de ne pas lui donner sujet de s'en plaindre.

Il ne me fut pas difficile, dans les deux jours qui précédèrent notre rendez-vous, de me procurer des lumières sur le compte de la duchesse, qui ne servirent pas peu à diminuer l'opinion que j'avais de ma bonne fortune, du pouvoir de mes charmes. On me fournit une longue chronologie de mes prédécesseurs en titre, sans compter les passades et les coups fourrés, et on m'assura très positivement que je ne serais pas le dernier en charge. Mais que m'importait, après tout, cet éclaircissement ! Jamais pareille chose a-t-elle arrêté un homme sensé, et lui a-t-elle empêché d'entamer une affaire avec une femme, qui d'ailleurs a tout ce qui peut lui convenir ? La duchesse était merveilleuse pour ce que j'en voulais faire, et je me gardai bien de perdre des moments si agréables par la sottise d'un misérable préjugé. Je me trouvai exactement à l'Opéra, à la porte de sa loge, comme nous en étions convenus. Elle fit un cri de joie en me voyant : « Ah ! vous voilà, vous êtes charmant d'être exact ; je vous attendais, l'opéra m'excède. Mais à propos, nous ne souperons point chez moi : nous avons à parler de choses sérieuses. J'ai imaginé que pour être plus à nous, il serait mieux de souper à ma petite maison ; elle est délicieuse, je serais charmée que vous la voyiez. » En même temps, elle se leva et me présenta la main, je la conduisis à son carrosse, nous y montâmes après que j'eus renvoyé le mien, et nous partîmes.

Nous arrivâmes à sa petite maison qui était située au faubourg Saint-… Je connus qu'elle n'avait point exagéré dans ce qu'elle m'en avait dit : elle était charmante, et j'en ai peu vu depuis d'aussi voluptueuses. Toutes les pièces étaient petites, mais entendues et distribuées avec la dernière intelligence : meubles charmants, moins somptueux que commodes, glaces, peintures admirables, jardin peigné avec un soin extrême, et pas une seule vue sur la maison ni sur le jardin. Nous entrâmes dans une pièce où tout invitait à la volupté et à la mollesse. La saison n'était point encore assez belle pour profiter des beautés du dehors, mais je ne pouvais me lasser d'admirer celle du dedans. Je ne voyais que sophas, que duchesses, que bergères, que chaises longues, avec un nombre infini de coussins ; les peintures les plus sensuelles ornaient ce réduit charmant. Enfin, tout ne respirait que l'amour et le plaisir dans ce lieu dangereux. Ces objets, auxquels je n'étais pas encore accoutumé, portaient une émotion dans tous mes sens, qu'il était aisé de remarquer :

— Hé bien ! dit la duchesse après que nous fûmes placés, que dites-vous de mon asile ? Ne le trouvez-vous pas assez agréable, et ne vous inspire-t-il point l'envie de la retraite ?

— Ah ! madame, lui répondis-je, en la regardant avec tendresse, à quoi me servirait-il de vous dire tout ce que ce lieu m'inspire ? Vous le condamneriez sans doute, et la façon dont vous avez reçu…

— Ah ! vous allez recommencer vos folies, s'écria la duchesse. Tenez, je suis ce soir d'une humeur terrible : nous nous brouillerons inévitablement. Vous allez sans doute vouloir des choses, dit-elle, en tâchant de rougir, et en portant la main devant son visage pour m'empêcher de voir que, malgré ses efforts, elle ne rougissait point.

— Moi, madame ? repris-je du ton le plus tragique qu'il me fut possible de prendre. Le ciel me préserve d'attenter à une vertu dont je n'ai que de trop cruelles preuves ! Je prévois le mépris outrageant dont vous paierez toujours la flamme la plus pure qui fut jamais ! Le désespoir est la seule ressource qui reste à un malheureux…

— Mais qu'est-ce que c'est que cette folie ? interrompit la duchesse avec dépit. Ne voilà-t-il pas le caprice le plus outré et le plus inouï ? Ah ! monsieur, en vérité quand on a de l'humeur, il faut la garder pour soi, et ne pas faire des sorties sur les gens, à propos de toutes les visions qui occupent votre petite cervelle. Effectivement, rien n'est si délicieux que cette querelle que j'essuie. Monsieur me fait la grâce de me dire qu'il m'aime, j'ose prendre la liberté d'en douter, il insiste, et dans la minute me traite comme une femme notée, comme une femme à affaires, à palissades, en un mot, comme une femme sans mœurs et de mauvaise compagnie. Il entreprend des choses, premièrement indécentes et révoltantes, outre cela, absurdes, impossibles, ou du moins inouïes pour moi jusqu'à présent. Et parce qu'on lui résiste en femme raisonnable, qu'on ne se rend point au premier choc, qu'on veut se voir, se parler, prendre des arrangements, en un mot traiter comme gens sensés, monsieur est rebuté, désespéré, prêt à se pendre, donne enfin dans les travers les plus déplacés. Oh ! pour ça !… Mais dites-moi donc, l'abbé, en vérité vous êtes un étrange homme ! Qui avez-vous donc vu ? Quels étaient vos connaissances, vos liaisons, vos maisons ? Car en conscience, on ne peut pas croire que vous ayez vécu en bonne compagnie.

Je riais dans ma barbe pendant toute cette excellente parade.

— Ne me demandez point qui j'ai vu, madame, repris-je en poussant la scélératesse jusqu'à répandre des larmes, vous me faites tout oublier, tout disparaît devant vous. Cette idée enchanteresse fera seule le bonheur et le malheur de ma vie. Ce n'est pas, poursuivis-je d'un ton pénétré en m'approchant d'elle et la prenant dans mes bras, que je me sente digne du prix où j'avais osé aspirer. Mais, continuais-je en prenant des baisers enflammés sur sa bouche et sur sa gorge, je ne puis me refuser la dernière satisfaction de vous dire que vous regretterez un jour un amant tendre et passionné, qui peut-être, hélas ! était digne de vous par la vérité de ses sentiments.

La comédie que nous jouions tous deux m'amusait trop pour l'interrompre sitôt, et j'avais résolu de laisser à la duchesse la satisfaction de la pousser jusqu'au bout : « Ah ! quels plaisirs j'aurais goûté avec vous, m'écriais-je en la renversant sur une bergère, et prenant avec elle les plus grandes libertés. Mais non, ajoutais-je, votre cruauté vous dérobe tous ces plaisirs, pour vous laisser la satisfaction stérile de désespérer un amant qui vous adore. » Je ne quittais point prise en parlant ainsi ; j'avais écarté tout ce qui pouvait me nuire dans l'habillement de la duchesse : « Encore ?... Ah ! finissez, s'écria-t-elle lorsqu'elle sentit que j'en venais au point où j'en étais demeuré la dernière fois. Quelle conduite ! Vous êtes un singulier homme. Vous querellez les gens, vous les trouvez injustes, déraisonnables ! Et ensuite, vous voulez... ah ! monsieur, qu'est-ce que c'est que vos façons-là ? Juste ciel ! Je vous le répète : aujourd'hui, cela ne se fera point. Voyons un peu... ah ! dieux, c'est un monstre, cela est inouï, sans exemple, incroyable ! Vous vous figurez bien que je ne puis accepter. (Notez que j'allais toujours mon train). Mais qu'elle idée ! Vous voyez bien vous-même que cela n'est pas probable. Ah ! tant mieux ! Je vous l'avais bien dit. Vous êtes d'une opiniâtreté ! Ah ! ciel, monsieur, je suis morte. Vous me... »

Elle n'en dit pas davantage. J'avais reculé tant que j'avais pu, pour entendre tous ses lazzis qui m'amusaient infiniment. Mais enfin, il faut une fin à tout, et je fus obligé d'y venir. J'achevai donc, sans m'apercevoir même de tous les obstacles dont on voulait me faire honneur. Je suis né modeste, et par conséquent ennemi des louanges déplacées. Ainsi, je dois convenir que j'ai entrepris en ma vie peu de chose plus aisée. Mais j'avouerai aussi que dès que les simagrées n'eurent plus lieu, et que nous nous trouvâmes dans une complète jouissance, jamais je n'ai connu de femme qui sût mieux l'assaisonner, tant par mille noms et mille discours tendres qu'elle m'adressait dans le fort du plaisir, que par une infinité de bonds, de mouvements et de caresses charmantes, qui m'enivraient d'une volupté indicible.

On sent bien qu'après le premier acte je n'eus plus rien de fâcheux à essuyer. Elle eut son petit quart d'heure de honte et de bouderie, comme ont toutes les femmes en pareil cas, mais qui fut bientôt terminé et réparé par mille agréments que lui fournissaient l'esprit et l'usage du monde qu'elle possédait supérieurement. Je me comportai pendant cette nuit de façon à donner de moi une idée fort avantageuse, et je dois avouer que je goûtai mille charmes dans ses embrassements et dans sa conversation. Elle avait un air de vérité et de passion qui m'en aurait imposé, si je n'avais pas été si exactement informé sur son compte. Elle paraissait m'adorer, me respecter même, ce qui était admirable vu le motif. Enfin, nous prîmes des arrangements pour nous voir tous les jours. Elle ne me quitta qu'avec toutes les apparences de la douleur d'une héroïne d'opéra ; elle me fit promettre cent fois de la revoir le soir, car il était cinq heures du matin, et je la quittai enchanté d'elle, ne croyant pas un mot de sa passion, mais très content de ses charmes, et très déterminé à en faire le plus d'usage qu'il me serait possible.

Je lui tins exactement parole, et elle eut l'art de me faire paraître sa jouissance toujours nouvelle et aussi piquante que la première fois. Enfin, je dois avouer que pendant tout le temps que dura notre commerce, si son cœur ne fut pas affecté jusqu'à un certain point, du moins je goûtai mille charmes par les agréments infinis de son esprit, qui lui fournissait à tout moment mille nouvelles ressources. Mais enfin, j'étais son amant déclaré ; j'en devais l'hommage au public. Il ne fallait pas espérer, en appartenant à une femme de ce genre, de pouvoir dérober une affaire, et la cacher à tout le monde. J'avais mille regards attachés sur moi ; j'étais félicité, commenté, brocardé, éclairci de mille scènes désagréables arrivées à mes prédécesseurs, et sollicité de me dérober à tous les ridicules que j'affectais de réunir sur moi. Mon âge, ma robe, la nécessité indispensable d'avoir quelqu'un et de se faire une réputation, ne me sauvaient d'aucune des mauvaises plaisanteries dont j'étais incessamment accueilli. Cependant, je tenais bon, je bravais l'orage, les dits et les redits, les couplets, les avis charitables, et ma fermeté ne laissait pas que d'exciter une certaine admiration parmi mes envieux, lorsqu'un coup imprévu, quoiqu'il fût extrêmement simple, vint m'atterrer, et mettre fin à la plus ridicule passion que j'aie ressentie de ma vie.

Mes procédés soutenus avec la duchesse m'avaient acquis auprès d'elle une considération qui m'avait mené à une autorité assez décidée : j'avais de doubles clés de la petite maison, j'y commandais en maître, et il ne s'y passait rien, au moins à ce que je croyais, dont je ne fusse participant. J'imaginais être informé de tous les voyages que la duchesse y faisait. Cependant, un véritable ami, qui s'était proposé de me guérir d'un entêtement si déplacé, m'assura si positivement du contraire, et me pressa si fort de m'en éclaircir, que je commençai à concevoir quelques doutes sur certaines absences de la duchesse, sur certaines soirées dont j'ignorais la destination, ce qui n'était pas naturel à un homme en fonction. Enfin, nous résolûmes de l'épier. L'occasion ne tarda pas à s'en offrir. Deux jour après, je fus le soir, à mon heure accoutumée, chez la duchesse. On me dit qu'elle était au lit avec une migraine furieuse, qu'elle reposait, qu'elle était désespérée d'être privée de me voir, qu'elle me priait de passer le lendemain dans la matinée, parce qu'elle avait bien des choses à me dire. Je sentis le croc-en-jambe, je jugeai la balle[1] dans l'instant et sans perdre de temps, je fis chercher mon ami qui, charmé de l'occasion qui se présentait, ne se fit pas prier pour m'accompagner à la petite

1. *Juger la balle* : prévoir quel tour une affaire prendra. (*Dict. Acad.*, 1835).

maison. Nous y arrivâmes sans bruit, et les clés que je possédais servirent à nous introduire sans le secours de personne. Nous parvînmes sans obstacle jusqu'à une antichambre qui touchait à la pièce où on se tenait ordinairement. Nous nous approchâmes sans bruit de la porte, où nous ne tardâmes pas à entendre des soupirs, des mots entrecoupés, et de certains termes qui désignaient assez la façon dont on tuait le temps. J'y entrai brusquement. Qu'on juge de notre surprise, de nos mouvements et de nos attitudes : la duchesse était renversée, à demi nue, sur un lit de repos, entre les bras d'un grand laquais que vous connaissez, mais dont nous n'aurions pas autrement soupçonné l'emploi. Leurs actions et leur état étaient si peu équivoques qu'il n'y avait pas moyen de s'en dédire. Mon premier mouvement fut, je l'avoue, tout ce que la colère peut inspirer de plus violent. Et ce misérable qui, pour le dire en passant, était un grand drôle d'une assez jolie figure, fut si épouvanté de ce qu'il s'imaginait être prêt à fondre sur lui, que sans songer à réparer son désordre, qui d'ailleurs ne pouvait que lui faire honneur, il n'hésita point à sauter brusquement d'un balcon dans le jardin, dont il lui fut aisé d'escalader dans la rue, et de prendre la fuite. Dans mon premier accès de fureur, je donnai sur son arrière-garde, et je le régalai de quelques coups de canne. Mais un moment après, songeant qu'une telle colère pouvait me faire tort dans les esprits mal faits, je me laissai aller à un éclat de rire si peu ménagé que ce fut pour elle le comble de l'insulte : « Hé bien ! monsieur, me dit-elle, à quoi aboutit toute cette scène ? Ne saurait-on être la maîtresse chez soi ? Que signifie cette autorité ? Cela est bien singulier ! » Je vis bien que la pauvre femme s'embarrassa malgré la supériorité de son effronterie. Ainsi, pour abréger la conversation, mon ami et moi nous la rejetâmes sur le lit d'où elle s'était levée, et là lui demandant toujours un million d'excuses d'être venus la déranger, nous la traitâmes un peu plus mal que la dernière des créatures, c'est-à-dire qu'elle nous servit à tous deux de jouet et de passe-temps, et que nous fîmes tout, à l'exception de ce qui seul aurait pu sans doute l'apaiser. Elle voulut prendre un air de dignité, menacer, employer des lieux communs, « Une femme comme moi !... qui tient à tout ce qu'il y a de mieux ! » Nous ne lui répondîmes qu'en cassant par distraction quelques garnitures de cheminées, quelques glaces, et autres colifichets semblables, et nous sortîmes en l'assurant très respectueusement de nos obéissances et du soin que nous prendrions que personne n'ignorât le motif et le mérite de ses retraites.

Cependant, je n'étais pas aussi maître de mon dépit que j'avais réussi à me le persuader, et les premiers jours qui suivirent cette découverte, mon occupation unique fut de démasquer cette méprisable femme dans tous les coins de Paris, et de faire d'elle un portrait si hideux que j'étais bien sûr que l'homme du monde le plus obéré et le plus en discrédit serait dégoûté d'en tâter. Je ne sais même quelles bornes j'aurais mis à mon ressentiment, lorsqu'une aventure vint anéantir tous mes projets de vengeance, et m'ouvrir les yeux sur les ridicules dont je m'étais couvert, en courant après le titre important d'*abbé à la mode*. Dès ce moment, plus de ressentiment contre la duchesse, plus de désir de la remplacer par une autre du même genre. Enfin, me voici au point fatal de ma conversion, cher marquis. Il faut, au risque de vous ennuyer, prendre un ton plus sérieux et plus grave, pour entrer dans le détail d'une passion véritable, légitime et qui, contre toutes sortes d'apparences, va faire dans peu tout le bonheur de ma vie.

Je fus un jour invité par mon oncle, que je n'avais point cessé de cultiver, à assister à une prise d'habit dans une abbaye dont l'abbesse était alliée à notre maison. Je ne sais quel pressentiment me fit recevoir cette offre avec un tressaillement qui semblait être l'avant-coureur de tous les événements qui allaient en prendre leur source. J'acceptai cependant, et je me rendis chez mon oncle à l'heure marquée. Nous ne tardâmes point à prendre le chemin de l'abbaye, où nous trouvâmes compagnie nombreuse et en apparence fort disposée à la joie, par un effet de cette inconséquence humaine, qui fait une espèce de partie de plaisir du sacrifice d'une misérable victime, de la vue de quelqu'un qu'on enterre tout vif, en un mot d'un spectacle qui, naturellement, devrait communiquer les idées les plus tristes et les plus lugubres. Je regardais tous ces objets avec un air distrait et inattentif, mais ces mouvements indifférents ne tardèrent pas à faire place à tout ce qui leur est le plus opposé, à la vue de la jeune personne pour qui était faite la cérémonie. Dieux, que d'attraits ! quel assemblage de tout ce que la nature forma jamais de plus touchant et de plus rare ! Une taille divine, un port de reine, un tour de visage parfait, des yeux ! Ah ! des yeux d'une beauté !... Enfin, cher marquis, je fus atterré, je demeurai immobile, exalté, perdu d'étonnement et d'amour, oui d'amour, quoiqu'en disent mes spirituels confrères, quoiqu'en disent les petits-maîtres, quoique j'en eusse dit moi-même jusqu'à ce jour. Il est des coups de sympathie, il est de ces rapports frappants de figures et d'organes qui excitent, et cela dans la minute, au renversement total dans la machine qui ne tarde pas à se communiquer au cœur, et à changer la façon de penser du petit-maître le plus déterminé. Cela est incroyable, incompréhensible même, si l'on veut, mais cela n'est pas moins vrai. J'en suis un terrible exemple, moi qui parle. Jamais personne n'avait poussé l'intrépidité plus loin en ce genre. Je croyais fort peu à la probité des hommes, et point du tout à la vertu des femmes : de là la source de mon mépris et de mon peu de confiance et d'estime pour tous les deux. Quelque idée qu'on se forme du changement de ma façon de penser sur un aveu si formel et si peu déguisé de mon intérieur, je me livre avec une profonde indifférence aux remarques et aux jugements ; et j'avoue, avec la même sincérité dont j'ai fait profession jusqu'ici, que j'éprouvai des mouvements intérieurs, inconnus et indéfinissables pour moi jusqu'alors. Je tombai bientôt dans la rêverie la plus profonde, et je n'en sortis qu'à la conclusion d'une cérémonie funeste qui me perça le cœur. À l'instant fatal où la malheureuse victime fut dépouillée de sa riche parure, pour y être couverte d'un habillement sombre et lugubre, à l'instant où trois ou quatre vieilles harpies voilées lui déclarèrent qu'il fallait renoncer au monde et à ses pompes, en un mot où elles prononcèrent tout ce misérable protocole de sottises, par lequel la jeunesse inconsidérée s'engage sans connaissance à ce qu'il n'est pas dans l'esprit humain de tenir, je sortis comme du fond d'un tombeau. Je la fixais depuis le commencement de la scène. Ciel ! que devins-je, que ressentis-je lorsque je la vis trembler, pâlir et verser quelques larmes qu'elle faisait mille efforts pour retenir ! Un frisson mortel courut dans mes veines, mes genoux se dérobèrent sous moi, enfin sentant que je n'étais plus maître de mon trouble ni de mes larmes, je sortis sous le prétexte d'un saignement de nez, mais en effet suffoqué de douleur et de désespoir, et je me retirai dans un endroit écarté pour donner un libre cours à des pleurs qui coulèrent en abondance.

Cependant, la maudite cérémonie s'acheva, et ces détestables furies s'emparèrent de leur proie. Mes larmes m'avaient un peu soulagé, et je reparus devant la compagnie avec un air plus tranquille. Il ne fut pas difficile de donner à mon absence une couleur spécieuse, lorsqu'on n'avait pas la moindre idée de ce qui l'avait occasionnée. Nous revînmes à Paris, et j'affectai devant mon oncle un air gai et dissipé. Je lui demandai, comme par manière de conversation, quelle était la demoiselle qui avait le voile blanc. « C'est, me répondit mon oncle avec un air indigné, un des exemples les plus criants de l'injustice des parents, et de leur prévention aveugle pour certains enfants. La personne que vous venez de voir est Mlle de P…, fille de la marquise de ce nom, et bien digne assurément d'un autre sort par les rares avantages de son esprit, de son cœur et de sa figure. Née de parents riches, avec tout ce qu'il fallait pour se faire adorer d'eux, elle a toujours été l'objet de leur haine et de leurs mauvais traitements. Un penchant aveugle, une prévention outrée pour une fille aînée, est en partie la cause de cette odieuse conduite. Celle-ci, jalouse de toutes les qualités qui brillaient en sa sœur, avait pour elle les façons les plus dures et les plus méprisantes. Autorisée par ses parents, elle l'accablait de mauvais procédés, et elle a enfin obtenu, il y a environ un an, que sa cadette serait confinée dans un couvent. La malheureuse Honorine s'est soumise à tout avec une douceur qui ne s'est jamais démentie ; elle a été mise à l'abbaye d'où nous venons, et recommandée à Mme de V… notre cousine, qui en est l'abbesse. Je ne saurais vous rendre tous les éloges qu'on m'a faits dans la maison, de sa vertu et de sa douceur. Enfin, il y a quelques mois que monsieur le président de S… a demandé sa sœur aînée pour son fils unique, qui sera puissamment riche ; et les parents, par une politique et un usage aussi barbare que condamnable, pour rendre leur fille aînée un parti plus avantageux, ont fait entendre à l'infortunée

Honorine qu'il fallait nécessairement qu'elle renonçât au monde pour toujours. Sa douceur, son obéissance ne se sont point démenties ; elle a consenti à tout, et a soutenu cette terrible épreuve avec une fermeté qui a fait couler mes larmes, et qui en a arraché à tous ceux qui assistaient à la cérémonie. »

J'étais si éloigné de me refuser à un attendrissement si juste et si mérité, que mes pleurs n'avaient point cessé depuis le commencement du récit de mon oncle. Heureusement, la nuit était tombée, et l'obscurité qui régnait dans le carrosse empêcha qu'il ne s'aperçût de ce que j'avais tant d'intérêt de cacher. Nous arrivâmes à Paris, et il me remit chez moi, où je n'eus rien de plus pressé que de me retirer dans mon appartement, pour me livrer au chagrin mortel qui me dévorait. Que de réflexions amères ne fis-je pas lorsque je fus rendu à moi-même ! Que de regrets affreux ! Que de projets détruits aussitôt que formés ! Quel cahot d'idées désespérantes ! Quel terrible avenir ! Car enfin, qu'on donne le nom qu'on voudra à mes transports, j'aimais. Que dis-je ! J'étais forcené de passion, de rage et de désespoir, et je passai quelques jours dans un état aussi terrible, sans qu'il me fût possible de prendre assez sur moi pour mettre plus d'ordre dans tout ce qui occupait mon imagination. J'appris cependant que le mariage de l'aînée devait se conclure dès le lendemain. Mon oncle, qui par notre visite à l'abbaye, avait formé quelques liaisons avec la famille de P… fut prié de donner la bénédiction nuptiale aux futurs époux. Il ne pouvait honnêtement refuser, et il m'envoya proposer de l'accompagner à cette cérémonie. Je m'excusai sous le prétexte d'une indisposition, mais en effet outré de douleur et de rage contre cette cruelle famille. Les noces se firent avec beaucoup d'éclat ; je ne pus éviter de me faire écrire à leur porte[1], mais je me dispensai de les voir, et je restai près de trois mois enseveli dans mon appartement, oubliant le genre humain, et absolument indifférent sur tout ce qui se passait autour de moi.

Je fus retiré de ma léthargie par une catastrophe terrible qui me prouva que, à quoi que ce soit qu'on veuille attribuer un ordre supérieur d'événements, toujours est-il certain que l'injustice et la perversité, portées à un certain degré, annoncent sûrement un châtiment prochain et un renversement inévitable. La nouvelle mariée, qui portait le nom de présidente de S…, au milieu du luxe, de la splendeur et des richesses qui semblaient lui promettre la carrière la plus heureuse et la plus brillante, fit une chute qui lui coûta la vie deux jours après. Son père et sa mère, accablés de ce funeste coup, et en proie au plus terrible désespoir, la suivirent à huit jours l'un de l'autre. De sorte qu'en moins de quinze jours, l'adorable Honorine se vit retirée du couvent, jouissant d'un bien

1. « On dit, *se faire écrire à une porte*, pour dire : faire mettre son nom sur la liste d'un portier, pour marquer qu'on est venu voir le maître ou la maîtresse » (*Dict. Acad.*, 1798).

immense, et maîtresse de ses volontés sous la tutelle du comte de P... frère de son père, qui l'avait toujours aimée tendrement et qui, ennemi des violences qu'on avait exercées jusqu'alors contre sa malheureuse nièce, se fit une loi de réparer tout ce qu'elle avait essuyé, en lui préparant l'avenir le plus heureux. Des changements si subits, si inespérés, me firent sortir comme d'un profond sommeil, sans savoir précisément ce que je gagnais à tout cela. Un rayon d'espérance s'offrit à mon cœur. Je regardai même comme un heureux présage pour moi, de ce que le comte de P... avait été toujours intime ami de notre maison. Enfin que vous dirais-je, cher marquis? Je reparus, je me fis écrire chez l'oncle d'Honorine[1] en visite de cérémonie, et je ne tardai pas à faire naître l'occasion d'y accompagner mon oncle, qui les voyait souvent. Je revis donc Mlle de P... Dieux! quels transports n'éprouvais-je pas à une vue si chère! J'étais tremblant et éperdu, mon embarras allait jusqu'à m'ôter la liberté de m'exprimer, et elle dut comprendre fort peu de chose au compliment que je lui adressai. J'osai cependant la fixer; elle baissa les yeux, et je crus m'apercevoir qu'elle rougissait beaucoup. Elle parut fort embarrassée pendant tout le temps que dura ma visite, et il me fut aisé de remarquer que le même embarras subsistait et augmentait chaque fois que je la voyais. Pour moi, dans la liberté que me procurait un commerce qui dura quelque mois, je découvris tant de qualités adorables dans le cœur et dans l'esprit d'Honorine, que mon amour parvint à un excès capable de produire les plus grandes extrémités. Je sentais que je ne pouvais vivre sans la posséder. Je voyais des obstacles terribles, impossibles même à lever. Je concevais qu'avec un bien si considérable et tant de vertus dignes de l'adoration de l'univers entier, il n'était pas possible que tous les partis les plus distingués ne s'offrissent à l'envi. Ces idées accablantes produisirent en peu de temps un changement visible dans tout mon extérieur : je devins rêveur, sombre, au point d'en être méconnaissable. Le comte de P..., qui avait pris une amitié extrême pour moi, m'avait prié plusieurs fois instamment de lui ouvrir mon cœur, m'offrant tout ce qui dépendait de lui, à l'exception de ce qui seul aurait pu me soulager. Honorine était quelquefois présente; je ne répondais aux questions de l'oncle qu'en portant sur la nièce des regards où mon amour et mon désespoir n'étaient peints que trop visiblement. Il me semblait qu'elle y était sensible; je voyais ses beaux yeux attendris et prêts à répandre des larmes. Deux ou trois fois même, au milieu de ces conversations, elle était sortie brusquement. Elle était quelquefois une heure entière sans paraître; et quand elle rentrait, on voyait malgré elle sur son visage toutes les marques de la consternation et de l'abattement. Que n'aurais-je pas pu présumer de toutes ces choses! Mais j'aimais véritablement, et par conséquent je n'avais ni vanité ni confiance. En supposant

1. Voir note précédente.

même que je lui eusse soupçonné une inclination secrète pour moi, comment, avec l'habit que je portais et les vues que ma famille avait sur moi, aurais-je osé entreprendre d'attaquer et de séduire une fille, plus respectable encore par ses vertus que par sa naissance ? Je n'avais pas le cœur assez corrompu pour ne pas sentir l'horreur et la bassesse d'un pareil procédé. Le désespoir était donc le seul sentiment auquel je pouvais me livrer, et je ne sais à quelle affreuse extrémité l'excès d'une passion malheureuse et sans espoir aurait pu me porter, lorsque j'appris que mon frère aîné, à qui la cour avait accordé une compagnie de cavalerie dans le régiment de... avait été tué à l'affaire de Lawfeld[1]. Un excès d'honneur et de bravoure avait causé sa perte. Il venait d'obtenir l'agrément du régiment de..., il avait reçu sa commission la veille de l'affaire, et sa délicatesse ne lui avait pas permis de quitter dans un moment si critique. Les avantages infinis qui me revenaient de cette perte ne furent pas capables de m'en consoler. Je perdais en lui le frère le plus tendre et l'ami le plus parfait. Il fut regretté généralement comme un excellent sujet, et qui aurait fait un jour un grand officier.

On sent bien que cette mort fit changer ma situation. Le petit collet fut réformé, et je devins l'unique héritier de ma maison. On me parla bientôt de mariage : je ne demandais pas mieux. Je saisis cette occasion pour instruire mon oncle de mon secret. Il me loua beaucoup de mon choix, et se chargea de pressentir le comte de P... dont il était l'ami intime. Sa proposition fut reçue avec joie, et peu de jours après je fus présenté à Mlle de P... comme quelqu'un qui devait être son époux. Elle me reçut en rougissant, mais je ne vis dans ses yeux ni colère, ni indifférence. J'eus aisément l'occasion de l'entretenir sans témoin, et c'est alors que cette vertueuse fille, se croyant assez autorisée par l'aveu du comte, me confessa ingénument que son inclination avait suivi de près ce qu'elle avait remarqué de la mienne, et que le peu d'apparence qu'elle avait vu au succès de ses vœux lui avait coûté autant de larmes qu'à moi. Dieux, quel plaisir ! Quelle volupté je goûtai dans un aveu si charmant ! Les gens qui ont véritablement aimé peuvent seuls se le représenter. Je n'ai pas perdu un moment pour engager mon oncle à conclure. Il est le maître absolu dans ma famille ; ses volontés sont des lois. Ainsi, bientôt toutes les démarches convenables ont été faites. Les deux maisons voient cette alliance avec une joie infinie. Enfin, nous devons être unis dans quelques jours, et nous n'attendons plus que l'arrangement de quelques petits intérêts de famille, le retour d'Honorine, partie pour la campagne avec son oncle afin de voir quelques parents qui y font leur séjour. Le but de ce voyage était de hâter notre union, et d'accélérer l'instant le plus fortuné de notre vie.

1. La bataille de Lawfeld, près de Maëstricht (2 juillet 1747) s'acheva par la victoire des Français placés sous le commandement du maréchal de Saxe contre les troupes anglaises du duc de Cumberland.

Voilà, cher marquis, ce que vous m'avez demandé avec empressement, ce que je vous ai promis avec plaisir, et ce que j'ai eu tant de peine à vous tenir, et cela parce que je n'imaginais pas pouvoir en venir à bout. Cela est croqué, point châtié, passé au gros sas [1], enfin de page en page, sans savoir comment j'ai vu le bout. Et pourvu que je vous aie amusé et satisfait, je m'en félicite beaucoup. Il n'y manque qu'une chose, qui est le plaisir de revoir sain et sauf, et d'embrasser le meilleur et le plus tendre de tous mes amis.

FIN

1. *Sas* : tamis de crin fixé à un cercle de bois, qui sert à passer la farine, le plâtre. « On dit proverbialement de certaines choses qui ont été examinées avec peu de soin, qu'elles ont été passées *au gros sas* » (*Dict. Acad.*, 1798).

ROCHON DE CHABANNES
&
MOUFLE D'ANGERVILLE

Les Cannevas de La Pâris
ou
Mémoires pour servir à l'histoire de l'hôtel du Roule

Publiés par un étranger, avec des notes critiques, historiques, nécessaires pour l'intelligence du texte à la Porte de Chaillot

[1750]

INTRODUCTION

Au mois de mars 1750, le mémorialiste Barbier annonce dans son *Journal* qu'une certaine Mme Pâris, fille d'un parfumeur, ancienne putain devenue maquerelle, vient de louer une grande maison rue de Bagneux, dans le faubourg Saint-Germain. Elle y loge une douzaine de jeunes personnes âgées de seize à vingt ans, jolies pour la plupart, et fort disposées à recevoir les hommages des visiteurs, qui l'appellent toutes « Bonne Maman ».

« Cet établissement, ajoute-t-il, est d'autant plus singulier qu'il y a un portier, un cuisinier, quatre femmes de chambre pour les filles, des maîtres à écrire, de danse et de musique pour leur donner une éducation, et un chirurgien attitré pour venir les visiter tous les deux jours. Le prix des gens de bonne volonté est fixé par un tarif. On donne douze livres pour s'amuser dans la journée avec une de ces demoiselles, et vingt-quatre livres par tête d'homme pour y souper. Pour chacun son louis, on a bien à souper et une jolie fille. On dit que le prix est augmenté à trente-six livres et qu'il y aura des carrosses de remise pour reconduire ces messieurs. Cet endroit rare dans tout son arrangement et qui subsiste depuis quelque temps a fait du bruit dans Paris, par le concours de jeunes gens qui y ont été, et principalement des étrangers qui y vont souper au sortir du spectacle. On écrit à Mme Pâris qu'on doit aller à trois ou quatre, plus ou moins, on laisse des arrhes d'avance, et elle fait répondre par sa nièce qui lui tient lieu de secrétaire, si elle peut recevoir ou non[1]. »

De la vie de Justine Pâris, on ne sait pratiquement rien, sinon qu'elle naquit à Corbeil dans les premières années du siècle, qu'elle rencontra la Gourdan lors d'un séjour à la Salpêtrière où l'avait conduite quelques démêlés avec la police, et qu'elle ouvrit avec elle sa première maison de plaisir. L'auteur des *Sérails de Paris* lui ayant consacré un chapitre entier de son ouvrage, nous invitons le lecteur à s'y reporter, sans néanmoins lui garantir l'authenticité de toutes les informations qu'il y trouvera[2].

Le rapide succès de la rue de Bagneux et la force d'attraction qu'elle exerçait sur le tout-Paris libertin de l'époque n'étaient certes pas de nature à plaire à tout le monde. Et surtout pas au curé de Saint-Sulpice, M. Jean-Marie du Lau, lequel voyant sa paroisse livrée à la débauche, au grand scandale de ses fidèles, alla déposer plainte auprès du lieutenant de police Berryer[3]. On lui répondit qu'il n'était certainement pas bien informé, qu'aucune maison n'était mieux tenue, que personne dans le voisinage ne se plaignait de tapage nocturne, qu'il ne s'y passait rien d'indécent, et qu'il pouvait sans crainte y aller voir lui-même. Cette fin de non-recevoir venait, on l'aura compris, de l'espèce d'impunité dont jouissait la Pâris, en raison des renseignements qu'elle fournissait à la brigade des mœurs.

« Il est certain que cette femme et son petit sérail sont autorisés par la police, continue Barbier, pour y attirer les étrangers de conséquence et les ambassadeurs, et avoir dans les domestiques de la maison quelque espion qui entende les langues. Quelquefois, dans ces parties de débauche, l'on boit et l'on lâche des choses qui peuvent servir au ministère, pour déranger un vice contraire et très préjudiciable à l'État qui est devenu à ce que l'on dit, extrêmement à la mode, tant à Paris qu'à la cour. On dit que dans le faubourg Saint-Antoine il y avait une maison fournie de jeunes garçons comme celle de Mme Pâris de filles, et il est certain que, depuis un temps, on a arrêté bien des personnes pour ce péché philoso-

1. Cité par G. Capon, *Les Maisons closes*, Paris, H. Daragon, 1903, p. 41.

2. *Les Sérails de Paris*, chap. XVIII, « Portrait physique et moral de Justine Pâris. Son origine, sa vie, sa mort », *infra*, p. 932.

3. Le marquis d'Argenson, qui détestait la prostitution, ne montrait guère plus d'indulgence envers son détracteur, le curé de Saint-Sulpice, homme selon lui « fort sot et outré moliniste. » On notera, pour la petite histoire, que ce même Jean-Marie du Lau d'Allemans, nommé archevêque d'Arles en 1775, député aux États généraux en 1789, farouchement hostile à la constitution civile du clergé, fut arrêté à Paris le 11 août 1792, conduit aux Carmes, et massacré le 2 septembre. Dans une lettre à son régisseur Gaufridy, le marquis de Sade dénoncera l'horreur de ces exécutions sommaires, et notamment celle de « tous les prêtres réfractaires égorgés dans les églises où on les tenait enfermés. Parmi eux, l'archevêque d'Arles, le plus vertueux et le plus respectable des hommes » (Maurice Lever, *Donatien, Alphonse, François, marquis de Sade*, Paris, Fayard, 1991, p. 487-488).

phique, dont on assure que la plupart des seigneurs de la cour sont entichés.

« D'aucuns même vont jusqu'à dire que pour lutter contre les progrès d'un vice aussi abominable, la pédérastie, on a non seulement protégé, mais encore encouragé, enrégimenté pour ainsi dire les filles publiques. La police, qui jusqu'à ce jour avait sévi contre elles, les a prises sous sa protection, leur a donné une espèce de supérieure générale, leur a dressé des règlements auxquels elles doivent se conformer, sous de très sévères peines. Enfin, elle leur a, dit-on, assigné un quartier de cette capitale, dans lequel elles pourront seules exercer leur infâme profession, sans qu'il soit permis à qui que ce soit de les troubler à l'avenir, sous peine d'une punition exemplaire. »

Cette institution fut aussitôt célébrée lyriquement dans le poème des *Réclusières de Vénus*.

Quand au Croissant la Grèce fut soumise,
Et l'Italie en proie aux gens d'Église,
Vénus, quittant Caprée et Sybaris,
Vint s'établir dans les murs de Paris.
Gnide, Paphos, Amathonte et Cythère,
Lieux renommés pour le lascif mystère,
Ne furent plus que vignettes aux vers,
Qu'Amour chantait sur mille tons divers.
Entre les bras des Issés, des Armides,
Dormaient, filaient, tricotaient nos Alcides :
Filles, nonnains, veuves, femmes de cour,
Tout s'enivra du nectar de l'Amour.
Mais de Chaldée, ou des Champs de Florence,
Bientôt arrive une exécrable engeance,
Peuple maudit, mielleux, frisé, fardé,
Dont le fumet fut toujours hasardé,
Qui pratiquant des routes inciviles,
Et ne semant qu'en des terres stériles,
Prive l'État des secours renaissants
Que l'Opéra fournissait tous les ans.
Tout change au gré du nouveau Ganymède ;
Sans courtisans est au bal Andromède,
Plus de parfums aux autels de Cypris,
Plus de bijoux pour Phryné, pour Laïs.
Vénus, qui voit au sein de son Empire
Un ragotin l'emporter sur Alzire,
Contre ces gars, doucereux suborneurs,
Chez Jupiter va porter ses clameurs,
Demande au Dieu, son monarque et son père,
De relever le trône de Cythère.
Du Ciel le Maître et premier Citoyen
Dit : j'y consens, mais il n'est qu'un moyen :

C'est de créer riantes Réclusières,
Que régiront des Abbesses routières,
Et d'y cloîtrer galamment, avec choix,
Tendrons fringants, dociles à leurs lois,
Qu'on formera dans tous les exercices
Dont l'Arétin présente des esquisses.
Vos seuls enfants, les Amours et leurs sœurs,
À ces nonnains serviront de baigneurs.
Des noms mignards, respirant la luxure,
Feront au cœur la première blessure ;
Margot sera la charmante Aglaé,
Fanchon, Victoire, et Pernette Daphné,
Tonton, Rosette, et Javote, Émilie,
Cataut, Fatime, et Jeannette, Julie [1].
Professe ou non, appellera Maman
La préposée ou Duègne du Couvent.
À leurs faveurs il est dû des salaires,
Mais qu'un tarif fixe leurs honoraires.
Tant pour les draps, et tant pour le couteau,
Pour l'accolade en passant un réau [2].
De lits, sophas, plutôt que de pendules,
Vous garnirez les parloirs, les cellules,
Et d'Esculape un fils colifichet
Sera gagé pour soigner le guichet.

La maison de la rue de Bagneux fut maintes fois mise en chansons, avec des bonheurs divers. Celle que l'on attribue à Pierre Charles Roy, surtout connu pour ses livrets d'opéra, fait assurément partie des mieux inspirées.

CANTIQUE SPIRITUEL

À l'usage des dames hospitalières de la rue de Bagneux

Le couvent le plus doux de Paris
Est celui de madame Pâris ;
On y voit fourmiller des novices
Suivant la règle avec docilité,
Au prochain rendant plus de services
Que trois cents sœurs de charité.

Toute abbesse est un fâcheux tyran
Celle-ci, c'est la *Bonne Maman*.
Son troupeau se trouve si facile !...
Mais une part demeure en faction ;
L'autre va répandre dans la ville
La bonne odeur de la dévotion.

1. Noms des filles de l'hôtel du Roule.
2. Pour *real* : ancienne monnaie d'Espagne.

L'étranger comme le citoyen,
Le seigneur et l'obscur plébéien,
Sont reçus chez ces hospitalières.
Dans le chapitre aucune faction,
Et les sœurs ainsi que les tourières
Laissent en paix la constitution.

D'un beau zèle un moliniste épris
Fit querelle à Madame Pâris.
Sur son nom il la crut janséniste[1],
Mais il revint de ses préventions
Quand il vit que la maison subsiste
Sans fanatisme et sans convulsions.

La jeunesse à cet ordre fameux
Ne tient pas par le lien des vœux.
Qu'un richard en séquestre quelqu'une,
La prenne en propre, on va la lui lâcher.
Elle tend les bras à la fortune,
Sauf parfois à revoir le clocher.

Jeunes gens, n'allez en station
Qu'en prenant quelques précautions :
On vous offre un secours salutaire,
Des surtouts légers comme le vent,
Faute d'eux une ardeur téméraire
Vous pourrait emporter trop avant.

*
* *

Il faut croire que les affaires de *Bonne Maman* marchaient rondement, car le 28 juillet 1750, d'Argenson annonce que « la fameuse maquerelle Mme Pâris a demandé à se retirer de sa profession, disant qu'elle y a gagné assez d'argent et qu'elle y resterait avec dégoût, si elle n'était plus appuyée de ses bons amis[2] ». Elle n'en fit rien, bien au contraire, puisqu'elle réinvestit ses gains dans la location du luxueux hôtel du Roule, faubourg Saint-Honoré, dont la renommée s'étendra dès lors à l'Europe entière. Nul, en France ni à l'étranger, n'ignorait ce prestigieux sérail, meublé avec élégance, dans lequel douze à quatorze nymphes attiraient les plus grands noms de la noblesse, de la finance, de la magistrature et du clergé.

« Il n'est fils de maison qui ne s'y fasse présenter ; il n'est cercle de bonne compagnie où l'on n'en parle ; il n'est surtout de nom étranger à Paris qui n'y aille acheter à beaux deniers comptants des dispenses de soupirer. C'est dans ce kiosque perpétuel qu'une douzaine de jeunes

1. Allusion au diacre Pâris (1690-1727), ardent janséniste, devenu l'objet d'un culte fanatique après sa mort. On prétendit qu'il s'opérait sur sa tombe des guérisons miraculeuses ; d'où les excès des *convulsionnaires*.

2. *Journal et Mémoires du marquis d'Argenson*, éd. Rathery, Paris, 1865, t. VI, p. 236.

cythériennes s'occupent jour et nuit à entretenir ou à rallumer le goût de la plus simple nature. Vous les voyez quelquefois rassemblées dans une espèce de réfectoire, appelé le *sérail*, assises autour d'une table longue, proprement mises, légèrement vêtues, jouant, chantant, babillant ou riant un peu fort à propos de rien. De là, elles se dispersent dans les différents quartiers de la ville, au gré du mouchoir qui les appelle. On prend douze francs au parterre, un louis aux secondes loges et deux louis aux premières ; ou pour parler sans figure, douze francs pour la visite de passage, un louis pour le souper simple, et deux pour le souper-coucher. Des maîtres de toutes sortes sont employés à l'éducation de cette brillante jeunesse : maîtres à danser, à chanter, de clavecin et surtout à lire.

« La sage fondatrice, l'illustre Mme Pâris, à peine âgée de cinquante ans, avec un visage riant, maigre et long, un teint couperosé, un œil louche et l'autre de moins, beaucoup d'esprit et de dignité, fait les honneurs du lieu, y reçoit, y conduit, y commande de son sopha et maintient l'ordre de la bienséance. C'est la *Bonne Maman* : elle ne veut point d'autres titres[1]. »

C'est à Casanova que nous devons la description la plus vivante et la plus colorée de l'hôtel du Roule qu'il commença de fréquenter dès son premier séjour dans la capitale, vers la fin de l'année 1750 : « L'hôtel du Roule était fameux à Paris. En deux mois que j'y habitais je ne l'avais encore vu, et j'en avais la plus grande curiosité. La maîtresse femme qui avait pris cet hôtel l'avait très bien meublé, et y tenait douze à quatorze filles choisies. Elle avait un bon cuisinier, des bons vins, des excellents lits, et elle faisait accueil à tous ceux qui allaient lui faire des visites. Elle s'appelait Mme Pâris ; elle était protégée par la police ; elle était à une certaine distance de Paris, de sorte qu'elle était sûre que ceux qui iraient chez elle seraient des gens comme il faut, car c'était trop loin pour y aller à pied. La police de chez elle était excellente ; tous les plaisirs étaient taxés à un prix fixe, et pas cher. On payait six francs pour déjeuner avec une fille, douze francs pour y dîner, un louis pour souper et coucher. C'était une maison réglée, et on en parlait avec admiration. Il me tardait d'y être, et je trouvais qu'elle valait mieux que la garenne[2].

« Nous montons dans un fiacre. Patu[3] dit au cocher :

« — À la Porte Chaillot !

« — J'entends, mon bourgeois.

1. Pierre Clément, *Les Cinq Années littéraires, ou Nouvelles littéraires*, Berlin, 1755, t. I, p. 368.

2. On ne sait de quelle garenne Casanova veut parler ici, le terme n'ayant d'autre sens, au XVIIIe siècle, que celui de clapier. Peut-être pense-t-il à Clichy-la-Garenne, ou encore à la maison de campagne appelée La Garenne, sur la paroisse de Villemomble.

3. Claude Pierre Patu (1729-1758), avocat au parlement de Paris, poète et auteur dramatique, féru de littérature italienne, avec lequel Casanova venait de se lier, au hasard d'une rencontre au jardin du Palais-Royal.

« Il y est dans une demi-heure. Il s'arrête à une porte cochère où je lis *Hôtel du Roule*. La porte était fermée. Un domestique à moustaches, sorti par une porte de derrière, vient nous regarder. Content de nos mines, il ouvre. Nous renvoyons notre fiacre, nous entrons ; et il ferme la porte. Une femme bien mise, polie, sans un œil, qui montrait l'âge de cinquante ans, nous demande si nous sommes allés pour dîner chez elle et pour voir les demoiselles de sa société. Nous lui disons que oui, et elle nous mène dans une salle où nous voyons quatorze filles en uniforme blanc de mousseline, leur ouvrage à la main, assises en demi-cercle, qui à notre apparition se lèvent, et nous font toutes en même temps une profonde révérence. Toutes bien coiffées, toutes presque du même âge, et toutes jolies : qui grande, qui moyenne, qui petite, brune, blonde, châtaine. Nous les parcourons toutes, et disons à chacune trois ou quatre mots, et dans le même moment que Patu choisit la sienne, je m'empare de la mienne. Les deux choisies font un cri de joie, nous sautent au cou, et nous enlèvent de la salle pour nous conduire au jardin en attendant qu'on nous appelle à dîner. Mme Pâris nous laisse en nous disant :

« — Allez, messieurs, vous promener dans mon jardin, jouissez du bon air, de la paix, de la tranquillité et du silence qui règne dans ma maison, et je vous réponds de la bonne santé des filles que vous avez choisies.

« Après une courte promenade, chacun de nous conduit sa chacune dans une chambre rez-de-chaussée. La fille que j'avais choisie avait quelque chose de Coraline[1]. Ainsi je lui rends d'abord mes devoirs. On nous appela à table où nous dînâmes assez bien. Mais à peine le café pris, voilà la borgnesse, la montre à la main, qui rappelle les deux filles, en nous disant que notre partie était finie ; mais que payant encore six francs nous pouvions nous amuser jusqu'au soir. Patu lui répond qu'il le veut bien, mais qu'il veut choisir une autre, et je suis de son avis.

« — Allons, vous êtes les maîtres.

« Nous rentrons donc dans le sérail, nous choisissons de nouveau, et nous allons nous promener. Ce second conflit, comme de raison, nous fit trouver le temps trop court. On vint nous l'annoncer dans un moment désagréable, mais il fallait plier, et obéir aux lois. J'ai pris Patu à part, et après nos considérations philosophiques, nous trouvâmes que ces plaisirs mesurés à l'heure n'étaient pas parfaits[2]. »

Moins de deux ans seulement après son installation faubourg Saint-Honoré, en février 1752, Justine Pâris se verra forcée d'abandonner sa

1. Anna Maria Véronèse, dite *Coraline*, fille de Carlo Antonio Véronèse, dit *Pantalon*, comédienne au Théâtre-Italien, maîtresse, entre autres, du prince de Monaco et du comte de La Marche, fils du prince de Conti. Casanova jouait auprès d'elle le rôle assez peu reluisant de guerluchon éconduit.

2. Casanova, *Histoire de ma vie*, vol. 3, chap. IX, Paris, Robert Laffont, coll. « Bouquins », t. I, p. 582-583.

belle demeure. Le marquis d'Argenson nous livre la raison de cette retraite anticipée, avec une satisfaction non dissimulée : « La maquerelle Pâris et celle à qui elle avait vendu ses pratiques, vient d'être mise au Châtelet pour avoir séduit une jeune personne de famille âgée de douze ans. Sans être ennemi de la nature, j'ai toujours pensé que les putains pouvant être tolérées, les maquerelles devaient essuyer la plus grande rigueur des lois[1]. » Faut-il rappeler que vers la même époque, Louis XV disposait au Parc-aux-Cerfs d'un petit harem de filles à peine nubiles, sans que cela provoquât la moindre émotion : *Selon que vous serez puissants...*

À partir de ce jour, on n'entendra plus parler de Justine Pâris. Quant à l'hôtel du Roule, il passera dans les mains de la Carlier, qui avait précédemment tenu « magasin de filles » à la Barrière Blanche, rue de Clichy.

*
* *

Du règne de la Pâris à l'hôtel du Roule, il nous reste le curieux document qu'on va lire, et que l'on attribua dès sa sortie des presses, en août 1750, à Rochon de Chabannes et à Moufle d'Angerville. Tous deux le payèrent d'ailleurs d'un bref séjour à la Bastille, ainsi que le marchand libraire Charles Pecquet[2]. « Ce sont, commente la *Correspondance littéraire*, les aventures des filles qui peuplent la maison publique qui ait jamais été la plus autorisée dans ce pays. Quoique l'ouvrage soit mal fait, il faut le voir comme un ouvrage qui fait du bruit[3]. » Quelques jours plus tard, cette épigramme courait les rues de Paris :

L'anagramme est souvent la voix
Par où la vérité s'explique,
Et cet art, célèbre autrefois,
Se rit encore de la critique.
Austères censeurs, taisez-vous ;
Maman Pâris à son école
Doit seule vous confondre tous :
Dans *le Roule* on trouve *Vérolle*[4].

Aujourd'hui à peu près oubliés, Moufle d'Angerville et Rochon de Chabannes connurent de leur temps une certaine notoriété. Le premier

1. *Journal et Mémoires du marquis d'Argenson*, *op. cit.*, t. VII, p. 109.
2. Tous trois y entrèrent le même jour, 29 août 1750, sur l'ordre contresigné d'Argenson ; les deux premiers pour avoir composé en collaboration *Les Cannevas de la Pâris, ou Mémoires pour servir à l'histoire de l'hôtel du Roule* ; le troisième « pour avoir fait imprimer ou débité » ledit ouvrage. Moufle d'Angerville fut libéré le 5 septembre, après une semaine de détention, Rochon de Chabannes et Pecquet le 8 octobre (Funck-Brentano, *Les Lettres de cachet à Paris. Étude suivie d'une liste des prisonniers de la Bastille*, Paris, Imprimerie nationale, 1903, p. 318, et Ravaisson-Mollien, *Archives de la Bastille. Documents inédits*, Paris, 1866-1904, t. XVI, p. 103 *sq.*).
3. *Correspondance littéraire*, éd. Maurice Tourneux, Paris, Garnier, 1877-1882, 16 vol., 24 août 1750, t. I, p. 468.
4. *Ibid.*, 21 septembre 1750, t. I, p. 476.

avait collaboré pendant une douzaine d'années aux *Mémoires secrets* dits de Bachaumont, mais se fit surtout connaître par sa *Vie privée de Louis XV* (Londres, 1781, 4 vol.), recueil d'anecdotes et d'indiscrétions sur les amours du Bien-Aimé. Le second laisse une œuvre plus importante, du moins par la quantité. Auteur dramatique, il écrivit d'abord pour le théâtre de la foire Saint-Germain, puis pour les Italiens, la Comédie-Française, l'Opéra et l'Opéra-Comique. En dépit de négligences de style, on lui trouve ordinairement de l'aisance, du naturel, de l'esprit, et sa comédie *Heureusement*, tirée d'un conte de Marmontel, et très souvent jouée sur les théâtres de société, se laisse encore lire avec plaisir. Il remporta son plus grand succès avec *Le Seigneur bienfaisant*, drame lyrique en trois actes et en vers libres.

M. L.

PRINCIPALES ÉDITIONS : *Les Cannevas de la Pâris, ou Mémoires pour servir à l'histoire de l'hôtel du Roule. Publiés par un étranger, avec des notes critiques, historiques, nécessaires pour l'intelligence du texte.* À la porte de Chaillot, 2 parties en un vol. pet. in-8° de 138 et 166 p.

Les Cannevas de la Pâris, ou Mémoires pour servir à l'histoire de l'hôtel du Roule, publiés par un étranger. Avec des notes critiques, historiques, nécessaires pour l'intelligence du texte. À la porte de Chaillot. Yverdon, impr. philosophique (Bruxelles, Gay), 1866, in-12, 143 p.

Les Cannevas de la Pâris, ou Mémoires pour servir à l'histoire de l'hôtel du Roule. Introduction par B. de Villeneuve (pseud. de Raoul Vèze), Paris, Bibliothèque des Curieux, coll. « Le Coffret du Bibliophile », [1911], in-16, 188 p.

Les Cannevas de la Pâris, ou Mémoires pour servir à l'histoire de l'hôtel du Roule. Introduction et notes par Jean Hervez (pseud. de Raoul Vèze), Paris, Tchou, 1967, in-16, 207 p.

ÉPÎTRE À MADAME PÂRIS

Grande prêtresse des temples de Cythère, Pathos, Amathonte, etc.

Madame,

Quelque essentielle que fût chez les Romains, à la destinée de l'empire, la conservation du feu de Vesta, par combien de malheurs cependant ce peuple ne se ressentit-il pas de la fragilité des vierges auxquelles ce sacré dépôt avait été confié ! Plus heureuse que Numa, vous avez, Madame, institué en l'honneur de Vénus des sacrifices dont la perpétuité sera mieux conservée. La déesse, propice à vos vœux répandra sans cesse sur vous ses bienfaits parce que, plus politique que le second roi de Rome, vous avez fondé la félicité de votre sacerdoce sur le bonheur des victimes mêmes. Toujours la reine de Paphos verra son temple purifié par les libations qui doivent en rafraîchir l'enceinte, parce que jamais les prêtresses ne se refuseront à des sacrifices aussi délicieux pour elles qu'agréables à la divinité.

Je suis avec un profond respect, Madame, votre très humble et très obéissant serviteur,

D***

CHAPITRE PREMIER

La curiosité des Parisiens

Je parcourais tout seul le Palais-Royal. J'avais déjà répété plusieurs fois la grande allée, et j'étais sur le point de quitter la promenade, lorsque je vis beaucoup de monde se rassembler. Je crus qu'un spectacle digne de la curiosité de tant d'honnêtes gens devait l'être de la mienne, j'approchai, et après avoir longtemps cherché, je n'aperçus que deux femmes qui, assises depuis une heure, avaient paru peu mériter jusque-là les regards du public. Elles marchaient alors, et on les suivait avec un empressement prodigieux. Je les considérai beaucoup, mais en vain voulus-je découvrir par quel charme elles pouvaient enchanter ainsi les spectateurs. Leur figure ne me parut que très commune, et mes recherches ne servirent qu'à m'y faire trouver de nouveaux défauts. Convaincu que ce n'était pas en faveur de leurs grâces qu'on circulait et voltigeait autour d'elles, je redoublais mes recherches en m'efforçant d'y donner un tour raisonnable. Leur habillement, me disais-je, n'est pas, à beaucoup près, assez somptueux pour fixer les regards, et leurs attitudes ne sont pas exactement de qualité ; il règne, il est vrai, sur leur physionomie, un air de licence et d'effronterie digne de remarque, s'il ne leur était commun avec je ne sais combien d'honnêtes femmes que je vois ici. J'avais épuisé toutes mes conjectures, lorsque je rencontrai heureusement le chevalier de ***.

— Ah ! chevalier, lui dis-je, vous arrivez fort à propos ; nommez-moi, s'il vous plaît, ces deux personnes si dignes d'attention, à ce qu'il paraît.

— Eh ! quoi, interrompit-il, il y a huit jours que vous êtes à Paris, et vous ne connaissez pas encore Fatime et Richemont ?

— Non, répliquai-je, je ne savais pas que cela fût essentiel. Mais pourquoi les entoure-t-on avec tant d'empressement ?

— Eh mais, reprit-il, qu'avez-vous donc fait depuis que vous êtes en cette ville ? Ce sont des filles de chez la Pâris. Vous n'avez pas encore été visiter cette femme ? Cela n'est pas dans l'ordre, et je suis furieux de vous voir si…

À ces mots, il me quitte, et va achever apparemment la phrase à un autre fat, sur l'épaule duquel il s'appuie.

J'étais intrigué plus que jamais. La Richemont, la Fatime, la Pâris, tous ces noms si essentiels, et que j'ignorais, me roulaient dans la tête, lorsqu'une douce rêverie me conduisit vers mon équipage. Je me fis conduire à l'hôtel où je logeais, et je n'eus rien de plus pressé que de raconter l'aventure au marquis de ***. Parisien depuis huit mois, il me parut capable de débrouiller le chaos de mes idées. En effet, à peine lui eus-je fait part de mon embarras qu'il me répondit qu'il était en état de m'éclaircir.

Je traversais, ajouta-t-il, le Palais-Royal, lorsque le tumulte a commencé ; il ne méritait assurément pas votre attention, et vous serez souvent la dupe de votre curiosité si vous la mesurez sur celle du public : un sapajou, un joli gredin font tourner la tête à nos talons rouges ainsi qu'au peuple ; les spectateurs eux-mêmes eussent été fort embarrassés de vous rendre raison de leur empressement.

— Mais, interrompis-je, laissez là votre morale ; expliquez-moi ce que c'est que Fatime, Richemont, la Pâris.

— Les deux premières, continua-t-il en riant, sont des filles qui appartiennent à la dernière ; et cette dernière, c'est la surintendante des plaisirs de la ville, et quelquefois de la cour : c'est une femme qui a trouvé depuis un an le secret de faire une fortune aussi rapide que celle d'un fermier général. Sa réputation est répandue prodigieusement ; elle fait actuellement l'entretien de tous les cercles, et il n'est pas permis d'ignorer son nom et ses qualités. Étranger à Paris et curieux d'en voir toutes les merveilles, vous ne sauriez vous dispenser de visiter la maison de cette femme industrieuse. Je la connais un peu, je m'offre de vous y introduire.

J'éclatai en voyant l'air sérieux avec lequel il prononça ces dernières paroles.

— J'ignorais, lui dis-je, que vous fussiez si bien faufilé, et ce n'aurait pas été des connaissances de cette espèce que je vous eusse demandées. Au reste, où n'irais-je pas sous vos auspices ? Nouveau Mentor, vous conduirez mes pas chez cette autre Calypso.

Nous plaisantâmes beaucoup à ce sujet pendant le dîner et, l'heure du Bois de Boulogne étant venue, nous fixâmes notre visite au retour de cette promenade.

CHAPITRE II
Hôtel du Roule

Il était déjà trop tard quand nous arrivâmes à l'hôtel du Roule. Une file de carrosses nous avertit que nous y étions. Nous abordâmes avec peine, et enfin la porte s'ouvrit. Nous traversâmes une cour assez grande ; des remises, de part et d'autre, couvraient les équipages de la maîtresse de l'hôtel, des cuisines bien ordonnées s'offrirent à notre gauche en entrant… J'admirais en passant cette foule de serviteurs dignes de ceux du plus somptueux Périandre, lorsqu'un domestique vint à nous. Il nous conduisit au premier par un escalier vaste et commode, bordé d'une haie d'étourdis, dont il paraissait que la maison regorgeait. Là, on nous introduisit dans le salon ; après quoi, le laquais nous quitta pour aller avertir madame. Ce salon était au rez-de-chaussée d'un parterre où nous fîmes un tour en attendant[1]. J'étais étonné de ce que je voyais, et le marquis

1. Un témoignage précieux a été laissé par Casanova, qui visita l'hôtel du Roule en 1750 : « L'hôtel du Roule était fameux à Paris. En deux mois que j'y habitais je ne l'avais encore vu, et j'en avais la plus grande curiosité. La maîtresse femme qui avait pris cet hôtel l'avait très bien meublé, et y tenait douze à quatorze filles choisies. Elle avait un bon cuisinier, des bons vins, des excellents lits, et elle faisait accueil à tous ceux qui allaient lui faire des visites. Elle s'appelait Mme Pâris, elle était protégée par la police ; elle était à une certaine distance de Paris, de sorte qu'elle était sûre que ceux qui iraient chez elle seraient des gens comme il faut, car c'était trop loin pour y aller à pied. La police de chez elle était excellente ; tous les plaisirs étaient taxés à un prix fixe, et pas cher. On payait six francs

m'examinait avec délices, lorsque la Pâris entra. Ma surprise ne fit que redoubler à sa vue. Cette femme est d'environ cinquante ans, d'une taille assez haute, et point mal faite, mais d'une figure à faire peur, maigre et allongée ; son teint est couperosé, sa peau est couverte de dartres, et ses yeux louches et de toutes couleurs forment le visage le plus complètement horrible que je connaisse. « Voilà donc, me dis-je en la voyant, cette nouvelle Canidie qui, destituée des deux ressources du sexe, la jeunesse et la beauté, a fait une fortune que ces avantages réunis ne procurent que rarement encore ! » J'étais si étourdi de la singularité de cette entrevue que j'eusse été embarrassé d'ordonner un compliment, si le hasard m'en eût chargé. Heureusement, le marquis me prévint.

— Eh ! bien, maman, s'écria-t-il en courant à elle, comment va le commerce ? Vous avez, ce me semble, compagnie nombreuse.

— Très nombreuse, répliqua-t-elle. Qu'une grande réputation est à charge, mes enfants ! Du matin jusqu'au soir, je suis obsédée de visites et de messagers. C'est un seigneur qui envoie chercher celle-ci ; c'est le duc de… qui veut coucher avec telle autre ; c'est un vieux financier qui désire admirer à loisir la beauté du corps de la… ; c'est ce fade conseiller au parlement qui veut en emmener une chez lui… Il craint de gâter ses cheveux en long, son habit de moire et ses manchettes à dentelle ; il veut badiner à l'aise en bonnet de nuit et en pantoufles. Que vous dirai-je ? C'est un mélange d'inutiles importuns et de nécessaires ennuyeux qui, ne sachant comment remplir les heures d'une journée ecclésiastique inondent cet hôtel, et nous viennent anéantir par leur impertinence. Cependant, mes chers amis, comme je vous estime infiniment, je saurai vous ménager un souper avec deux aimables convives, si votre cour n'est pas en défaut.

L'étonnante rapidité avec laquelle elle avait parlé ne m'avait pas permis de l'interrompre jusque-là. Je saisis ce moment de relâche pour lui déclarer qu'elle seule était l'objet de notre curiosité, qu'étranger à Paris, et contraint de le quitter incessamment, je n'avais pas voulu partir sans voir une femme aussi merveilleuse. Elle reçut ce compliment avec autant de sang-froid que si ce n'eût pas été une sanglante ironie, et nous remerciant de notre bonté, elle s'offrit à nous montrer sa maison. Nous

pour déjeuner avec une fille, douze francs pour y dîner, un louis pour souper et coucher. C'était une maison réglée, et on en parlait avec admiration. Il me tardait d'y être, et je trouvais qu'elle valait mieux que la garenne» (*Histoire de ma vie*, *op. cit.*, t. I, vol. 3, chap. IX, p. 582). Le mémorialiste Barbier écrit de son côté : « Cet établissement est d'autant plus singulier qu'il y a un portier, un cuisinier, quatre femmes de chambre pour les filles, des maîtres à écrire, de danse et de musique pour leur donner une éducation, et un chirurgien attitré pour venir les visiter tous les deux jours. […] Cet endroit rare dans tout son arrangement et qui subsiste depuis quelque temps a fait du bruit dans Paris, par le concours de jeunes gens qui y ont été, et principalement des étrangers qui y vont souper au sortir du spectacle. On écrit à Mme Pâris qu'on doit aller à trois ou quatre, plus ou moins, on laisse des arrhes d'avance et elle fait répondre par sa nièce qui lui tient lieu de secrétaire, si elle peut recevoir ou non» (cité par G. Capon, *Les Maisons closes*, *op. cit.*, p. 41).

acceptâmes la proposition et la suivîmes. Nous parcourûmes les différents appartements; nous en louâmes la distribution et l'étendue, le goût et l'élégance naïve des meubles. Elle nous fit passer en revue les boudoirs, les garde-robes, tous ces petits dégagements commodes pour le tête-à-tête. Outre le nécessaire, on y trouvait tout ce que pouvait désirer la volupté la plus raffinée. L'art des Rembrandt y offrait aux yeux les attitudes les plus voluptueuses et les grotesques les plus singuliers : des parfums exquis y satisfaisaient l'odorat; rien n'y manquait de ces bijoux précieux, de ces somptueuses bagatelles que prodigue le luxe dans la petite maison d'un fastueux publicain. Nous finîmes par le sérail, et cet endroit ne me parut pas le moins curieux de la maison. Il était survenu du monde, la circulation de ce lieu est épouvantable, *et les places des fiacres ne sont pas plus sujettes*. C'est le bon mot de mon laquais en me donnant le bras pour monter dans mon équipage.

CHAPITRE III
Où l'on se reconnaîtra

Je témoignai d'abord au marquis de ma surprise d'entendre prononcer les noms les plus respectables de la cour. Il m'avoua que l'usage était de se titrer en arrivant chez une femme où tout le monde s'oubliait. J'adoptai sa conjecture aussitôt à la vue d'un jeune homme qui n'était rien moins que de condition : c'était le fils d'un homme d'affaires que j'avais caressé en homme de qualité pour cause. Richement vêtu, il se donnait de grands airs vis-à-vis d'une fille qui jouait à son tour la femme titrée. Ce personnage n'allait ni à l'un ni à l'autre, et nul des deux n'en était la dupe. Outre ce groupe, j'en vis d'une autre espèce qui m'amusèrent infiniment. Un prétendu chevalier (c'était un danseur de l'Opéra !) en habit de taffetas vert, faisait de grands entrechats auprès de Rosette, qu'il trouvait, disait-il, adorable. Celle-ci chantait un pont-neuf[1] et le filoutait en le caressant. D'une autre part, Agathe renvoyait à l'école un petit bonhomme qui, malgré sa barbe et ses prouesses prétendues, était apparemment d'un mérite fort équivoque. Un quatrième faisait entendre à Lolotte qu'il la… sur sa parole… Celle-ci, couchée nonchalamment, lui avouait, avec un air de candeur désespérant, qu'elle n'osait lui conseiller de se fier à la fraîcheur de son visage, que les lieux étaient sujets, qu'on était obligé de subvenir aux nécessités publiques, et qu'il était beaucoup plus sûr de se servir de je ne sais quelle machine qu'elle lui montra, qui

1. *Pont-neuf* : chanson populaire dont l'air est bien connu. Air connu, facile ; « fredonner un *pont-neuf* ».

ne coûtait qu'un écu. La Victoire, au contraire, jurait ses grands dieux qu'elle n'avait jamais eu une maladie dont elle portait tous les symptômes les moins équivoques. Je remarquai surtout je ne sais quel Adonis ; en face d'une glace, il caressait son visage, ouvrait la bouche pour admirer ses dents, se souriait à lui-même et semblait ne trouver rien d'aussi joli que son minois. Enfin, malgré les grands éclats de rire, malgré la grosse gaieté qu'affectait la cohue, je crus démêler sur tous les visages qu'on s'ennuyait fort.

Pour moi, ce spectacle me réjouissait. En conséquence, mon parti fut bientôt pris : je déclarai au marquis que j'y voulais souper ; il m'avoua que, quelque répugnance qu'il eût pour ces sortes de fêtes, je pouvais néanmoins compter sur sa complaisance. Nous avertîmes la Pâris. Elle souscrivit à notre proposition ; les héroïnes du jour, la Fatime et la Richemont, nous furent adjugées, quoique le marquis ne se souciât pas d'un pendant. D'où je conclus qu'elles n'étaient pas aussi fêtées qu'elle le disait… et l'on nous servit.

CHAPITRE IV
Le plus court et le plus instructif

Le souper ne répondait point à la magnificence des cuisines. J'éprouvai bientôt le vide d'une passion qui n'est fondée que sur les sens. Richemont et Fatime mangèrent beaucoup et sans choix. Nous les fîmes chanter ; elles s'en tirèrent assez mal, nous bâillâmes de part et d'autre, et nous ordonnâmes d'apporter le mémoire. Je le trouvai horriblement cher ; j'en payai le double, et je protestai de ne plus venir acheter de l'ennui à si grands frais.

CHAPITRE V
Avertissement ou préface

Il n'est pas hors de propos de prévenir ici qu'en visitant la maison de la Pâris, je remarquai sur la table de son cabinet un rouleau de papier, au dos duquel étaient écrits ces mots : *Mémoires pour servir à l'histoire de l'hôtel du Roule*. Je ne pus résister à la tentation, et tandis qu'elle précédait le marquis dans une autre pièce, je m'emparai du rouleau, que je mis dans ma poche.

À mon retour, je n'eus rien de plus pressé que d'en faire part au marquis. Nous parcourûmes soigneusement les différents cahiers, feuilles volantes, billets et autres papiers de ce manuscrit. Nous vîmes avec douleur que la plupart des histoires étaient tronquées et mutilées et telles que je les donne au public. Elles étaient de différentes écritures de femme et rangées dans l'ordre que je détaillerai au chapitre suivant.

Nous crûmes que, quelque imparfait que fût cet ouvrage, le public en verrait les fragments avec plaisir. Ce sont les membres épars d'une belle statue. Puisse l'illustre artiste vouloir bien, en les rassemblant, donner au corps entier ce souffle de vie qui peut seul faire passer un ouvrage à la postérité et immortaliser son auteur autant que les Rhodope, les Phryné, les Laïs et les Monrival.

Je demande très sincèrement pardon à la modestie de l'illustre fondatrice de la hardiesse que j'ai prise de publier un manuscrit informe, qui ne devait probablement paraître qu'après sa mort. J'espère que son amour-propre lui fera concevoir qu'il n'est pas si fâcheux de jouir de sa réputation, et combien un grand nom, surtout dans la position où elle se trouve, est un avantage frivole au-delà du trépas.

CHAPITRE VI
Le sac et les quilles

La première pièce qui s'offrit fut une espèce d'épître dédicatoire qui me parut n'avoir pas le sens commun. On en jugera.

Nous découvrîmes ensuite une histoire. Plusieurs raisons nous firent conjecturer qu'elle appartenait à la Pâris : l'ordre hiérarchique, l'écriture, que nous reconnûmes être semblable à la sienne, enfin la tendresse maternelle avec laquelle elle y parle de quelques aventures que le public avait déjà mises sur son compte. Il paraît au reste que cette histoire et les autres avaient d'abord été racontées dans quelques assemblées, et qu'elles ont été rédigées par chaque historienne, après les réflexions des cercles.

La seconde histoire est celle de Julie, sa prétendue nièce. On voit par là à quoi s'en tenir.

On ne sait à qui attribuer la troisième. Elle n'a ni commencement, ni fin, et l'auteur ne se nomme pas dans le courant du fragment. Le tour ne me paraît pourtant pas à la portée de toutes, et s'il était permis de hasarder des conjectures, je le croirais digne de Mlle Victoire.

J'aurais eu soin de supprimer le nom du sous-fermier, si après avoir parcouru les listes anciennes et modernes, je ne me fusse assuré qu'il était inventé ; car j'avouerai que je ne me suis pas amusé à le décomposer.

Quel mot n'en est pas susceptible ? D'ailleurs, les filles de la Pâris savent-elles faire des anagrammes ?

Nous avons trouvé la quatrième histoire un peu longue et trop pleine de réflexions. Émilie a du sens commun, et cela lui fera du tort dans le monde.

L'oraison funèbre qui vient après, outre l'histoire de la défunte qu'elle contient, donne une grande idée de l'éloquence de l'illustre abbesse ; elle est d'autant plus précieuse que c'est probablement un impromptu de sa part, et peut-être donnera-t-elle de la jalousie au spirituel panégyriste qui, quarante ans durant, prodigua si libéralement les fleurs sur les tombeaux de plus de quatre-vingts illustres morts, si ses quatre-vingt-dix-sept ans ne le faisaient déjà jouir de cette heureuse apathie, partage des morts [1].

La cinquième histoire est celle de la Raton : le commencement y est, mais elle n'a pas de queue.

La sixième est, enfin, celle d'Adélaïde. Cette histoire a son utilité ; le tour n'est pourtant pas rare, mais on en est encore la dupe tous les jours.

Omission involontaire. On découvrira l'erreur, si l'on se donne la peine de parcourir la brochure.

Nous trouvâmes ensuite une pièce qui ne nous parut point la moins curieuse : ce sont les règlements de l'hôtel. Quoique le cahier nous ait semblé complet, il est probable qu'il y manque encore bien des articles. Ceux qui connaissent les êtres de la maison pourront les confronter avec la pancarte qu'on trouve apparemment affichée en quelques cabinets.

Les trois Tons à la mode me parurent enfin terminer le recueil. Le travail en est peu exact, les pensées y sont rarement nouvelles ; toutefois, je n'ai pas jugé à propos de maigrir le volume ou la brochure.

J'avais déjà transcrit toutes ces pièces, lorsqu'il me prit envie de déchiffrer une espèce de brouillon qui décorait le dedans de l'enveloppe. L'écriture de la Pâris, que je vins à reconnaître, ne fit qu'accroître ma curiosité. C'était fort mal arrangé, plein de ratures et de renvois. Je fus obligé d'avoir recours à ma loupe et je ne me repentis pas de mes peines : c'était un projet de ce génie vaste, fait pour changer la face de Paris et ennoblir le métier le plus infâme. Je n'ai eu garde de supprimer une pièce de cette importance. J'ai pensé qu'elle finirait à merveille ce recueil. Puisse-t-elle servir de modèle à tous les faiseurs de projets. Qu'ils apprennent, à l'école de cette illustre citoyenne, à n'en fournir que d'utiles à la patrie et capables d'avoir un effet aussi facile qu'heureux : c'est ce que nous promettons d'avance à celle qui l'a enfantée.

Encouragée par les éloges du public, dont nous osons être ici l'organe, qu'elle mette la dernière main à cette ébauche, qu'elle ne craigne pas de produire aux ministres ce fruit de son génie actif et rapide, qu'elle

1. Allusion à Fontenelle, qui s'était fait une spécialité de l'éloge académique (voir ses *Éloges des académiciens de l'Académie royale des sciences morts depuis l'an 1699*, Paris, 1766, 2 vol.).

développe ce talent merveilleux des R... et des C... dont elle a déjà le germe, et nous lui donnons le pas sur toutes les amazones littéraires de ce siècle, qui tombe en quenouille.

ÉPÎTRE DÉDICATOIRE
ou Hors-d'œuvre à la mode

Chaque auteur a son Mécène, chaque officier son Alexandre et chaque femme son greluchon : cela ne dira rien si l'on veut et deviendra clair si l'on souhaite. Je dédie ce livre-là, sans vouloir que l'on sache à qui je le consacre. Le héros cependant en est magnifique et le panégyriste est son ami ; il a des vertus et des vices, des grandeurs et des faiblesses, de l'esprit et peu de bon sens, le dehors affable et l'approche dédaigneuse, la parole composée autant que les attitudes, et le cœur est la plus mauvaise pièce de son sac. Devinez-le, genre humain, et je m'en...

CHAPITRE VII
Histoire de la Pâris

Puisque vous paraissez le désirer, mes chères filles, je vais vous conter les principaux événements de ma vie. Vous allez apprendre le commencement de mes égarements, les malheurs qui les suivirent et ma fortune brillante qui semble les couronner. Puisse cette histoire vous être utile ! Instruisez-vous-y à vous comporter sagement dans l'adversité et à vous conduire dans la prospérité plus sagement encore.

Ma naissance fut un heureux pronostic du rôle que je jouerais dans le monde. Je naquis d'un commerce adultère. Mon vrai père était un marquis que la débauche avait relégué dans ses terres, et ma mère une paysanne des faiblesses de laquelle il avait su triompher. M. Destouches nous enseigne qu'on ne saurait changer le naturel[1] : s'il a besoin de mon approbation, je la lui donne. En effet, je n'eus pas atteint l'âge de raison que je sentis naître en moi des mouvements indicibles de plaisir et de volupté ; je me les occasionnais moi-même, sans néanmoins en découvrir l'origine[2].

1. Dans *La Force du naturel*, comédie en cinq actes en vers de Destouches, représentée pour la première fois sur la scène du Théâtre-Français le 11 février 1750.

2. J'ai été un prodige dès ma jeunesse. Élevée rustiquement, loin des couvents et de la ville, j'ai découvert toute seule ce secret réservé aux filles de la plus haute qualité. [NdA]

CHAPITRE VIII
Le temps ramène tout. Ou mieux : L'occasion fait le larron

Je n'ai pas toujours été également laide. D'ailleurs, j'ai toujours été vigoureuse et ma jeunesse a trouvé autant d'adorateurs qu'il m'en fallait pour subvenir à mes plaisirs. Le premier qui me rendit hommage et que je reçus librement, ce fut Thomas, le gardien des troupeaux de ma mère. Il faut vous en faire un portrait décisif pour autoriser ma première faiblesse. Thomas était brun (j'ai toujours adoré cette couleur… dans les hommes s'entend[1]), avait un visage honnête, c'est-à-dire ni petit-maître, ni financier, des épaules carrées, une taille robuste, des cuisses épaisses et des jambes bien fournies ; de plus, Thomas n'avait que dix-sept ans. Un jour qu'il se baignait sans songer à mal, car ce n'était pas un berger spirituel, je m'avisai innocemment de lui jeter des glands. Ce petit jeu l'inquiéta ; je n'en sentais pas les conséquences, il les ignorait aussi. Nous nous agaçâmes mutuellement : le hasard se mit enfin de la partie. Thomas, ennuyé d'un si long badinage, me jeta une pierre dangereuse qui m'atteignit à la cuisse. Je n'ai jamais pu endurer le moindre mal de la part d'un homme : je criai, bien sûre de n'être entendue que de Thomas. Il n'était pas méchant ; il accourut tout épouvanté à mon secours. J'étais pâmée : les femmes sont extrêmes ; ainsi l'on pourra m'en croire[2] . . . .
. . . . Revenue de mon ivresse, quel fut mon étonnement ! J'aperçus Thomas qui dessinait sur la terre, en jetant des regards curieux sur moi (mes jupes étaient dérangées), des images que je connaissais trop bien pour ne pas embarrasser son innocence.

Plus loin, j'entrevis une figure qu'il avait aussi tracée, avec des accompagnements que Thomas connaissait trop bien pour ne pas accroître horriblement mon trouble.

— Thomas, lui dis-je, que fais-tu là ? Quelle bête as-tu pris dessein de représenter à côté de moi ?

---

1. Cette distinction corrective peut s'expliquer en faveur des jolies blondes qui décorent son voluptueux sérail. [NdA]

2. C'est avec tout le regret du monde qu'on a été obligé de faire une lacune et de retoucher même le morceau suivant. Tout y était exprimé très énergiquement et en style propre au lieu où l'histoire s'est contée. Mais ce style, par malheur, n'est pas reçu partout. L'agréable historienne aurait sans doute retouché ce morceau en le donnant à l'impression : elle connaît la discrétion élégante des *Bijoux indiscrets*, du *Sopha* et d'*Angola*[a]. [NdA].

a. *Les Bijoux indiscrets* de Diderot (1748), *Le Sopha couleur de rose* de Crébillon fils (1742), *Angola, histoire indienne* de La Morlière (1746).

— Parguié ! mademoiselle Jeanne, c'est vous que je figure là et moi que je ressemble ici. Ce que vous voyez à cette extrémité, c'est ce qui m'appartient ; et ce que j'entrevois dans ce centre, c'est votre bien. Tatiguié ! l'un ou l'autre de nous est un monstre. C'est pourtant ma mère qui m'a fait, mademoiselle Jeanne, et son mari était trop bon pour lui donner des peurs.

— Mais, lui repartis-je, le mâle de nos troupeaux est fait pour la femelle et ces animaux toutefois ne se ressemblent pas. Il pourrait se faire que nous ne fussions pas des monstres et que tout fût dans l'ordre de la nature.

— Parguié, vous avez raison, mademoiselle Jeanne. Au moins suis-je porté à vous croire. Ne sentez-vous rien qui vous dise que vous pensez juste ?

— Si fait, Thomas, je sens tant de choses que je ne sens rien. Nos mains sont semblables, tu le vois ; et si [1], quand tu mets la tienne sur mes genoux, Thomas, cela me fait plaisir…

— Eh oui ! reprit-il en m'interrompant, votre bouche n'est pas autrement tournée que la mienne ; et toutefois, quand vous me baisez, il me semble que vous faites couler dans mes veines certaine liqueur respirative qui me laisse dans des perplexités voluptueuses. Ah ! nous ne sommes plus des monstres ; nous nous haïrions assurément et je sens que cela est impossible.

— Dites mieux : nous sommes faits pour nous aimer.

La nature nous inspirait ces agréables saillies, mes enfants ; vous jugez bien qu'elle ne tarda pas à nous mener plus loin. Innocents tous les deux, tous les deux amoureux, nous apprîmes et succombâmes tous les deux. Ève ne fut pas plus réservée qu'Adam : il n'appartient qu'aux honnêtes femmes de notre siècle d'entendre impatiemment un honnête homme qui leur déclare sa passion [2]. Quelque robuste que fût Thomas, je le mis bientôt sur les dents. Tous les villageois lui succédèrent tour à tour et je les épuisai tour à tour. Une libertine dans un hameau fait plus pleurer de femmes que trois milices consécutives. En effet, l'an, depuis l'ouverture de mes jeux, était à peine révolu qu'il fut rempli d'impotents. J'y fis venir la goutte, maladie inconnue à la campagne ; les femmes ne trouvaient plus leurs maris bons à rien ; ils étaient si faibles, si dolents…, la jeunesse ne pouvait plus travailler à la terre. J'opérais tous ces prodiges. Le seul Lucas restait ; j'entrepris d'en venir à bout, résolue, après sa défaite, d'aller chercher fortune ailleurs. Je me trompai : c'était un garçon intrépide et je trouvai en lui des ressources qui me devinrent funestes. Trop actif et trop laborieux, il opéra enfin sur moi un de ces miracles qui détruisent la félicité humaine.

1. *Et si* : et pourtant.
2. Je ne sais s'il y a une faute dans le manuscrit, mais les femmes trouveront cette phrase louche, si mieux elles n'aiment la prendre pour une ironie. [NdA]

Je devins grosse et j'en fus alarmée. Je connaissais ma mère ; quoique peu vertueuse, elle n'était pas femme à tolérer des faiblesses auxquelles elle avait autrefois tant et si longtemps succombé[1]. J'engageai donc Lucas à quitter la maison paternelle ; il y consentit. Nous fîmes quelques fonds et partîmes une belle nuit pour la célèbre ville de Paris.

CHAPITRE IX

Rarement à courir le monde on devient plus femme de bien

Lucas avait quelque connaissance ; il m'introduisit auprès d'une actrice de l'Opéra (je crois qu'ils étaient un peu parents), elle me reçut chez elle avec cet air d'aménité qui règne si superficiellement parmi le joli monde. Vous saurez en bref qu'il avait plu à Mlle C... et que, ma grossesse m'empêchant de paraître suspecte, j'avais, à la considération de mon amant, trouvé à me placer où il se plaçait lui-même.

Lucas était trop robuste pour ne pas réveiller l'appétit d'une coquette, mais j'étais encore trop naïve pour présumer que ce manant eût des yeux pour un pavot plus radieux, à la vérité, mais moins odoriférant que la violette spiritueuse qu'il était à même de cueillir tous les jours sur mon sein. J'éprouvai toutefois le sort contraire, tant il est vrai que l'air de Paris gâte le naturel le plus heureux. Partout on est libertin par tempérament ; dans cette ville on l'est par principe. Mon guide avait été arrêté sur le pied de frotteur ; il sut bientôt son métier. L'agilité de ses bras bien assortis, l'état voluptueux où son office le réduisait, sa bonhomie pardessus tout lui concilièrent les bonnes grâces de ma maîtresse. Qui dit les bonnes grâces d'une fille d'Opéra dit des choses épouvantablement recherchées[2].

Je ne fus pas longtemps à m'apercevoir que Lucas était ingrat, et qu'il était aimé. Notre sexe a des notions certaines sur de pareils égarements ; il les trouve dans son caractère, et l'on se connaît si l'on ne se reconnaît pas. D'ailleurs, l'homme n'a pas cette dissimulation persuasive et ces ressorts toujours préparés que nous savons mettre si positivement en jeu. Un jour que j'épiais leur conduite, j'entrevis Mlle C... couchée sur un sopha, et Lucas à genoux pathétiquement devant elle ; ce dernier cajolait la mule de sa maîtresse, et ma rivale baisait tendrement ses mains, que la nature avait adroitement nuancées. Peut-on aller se baigner dans une eau bourbeuse que l'art a fait venir à grands frais, tandis que plus près l'on

1. Une pareille famille aurait été respectable et respectée à Paris. [NdA]
2. Et très peu dignes de l'être, à mon avis. [NdA]

découvre un ruisseau dont les eaux épurées représentent distinctement les objets qui s'y mirent ?

Voilà pourtant ce que faisait Lucas ; il caressait un visage apprêté, il baisait une gorge étayée tandis que, jeune encore…

— Ah ! c'en est trop, maman, reprit Émilie ; on ne saurait vous passer un aparté si misérable. Comment vivrions-nous si les hommes ne sacrifiaient qu'aux beautés que l'art n'a pas pris soin d'embellir ? C'est lui qui fait toutes nos ressources, c'est par son secours que nous brillons. En un mot, c'est l'art seul qui nous soutient. Sans l'art, le petit-maître ne serait plus propre à rien. Que serait-ce des petites-maîtresses ? Sans l'art, le financier s'enfermerait avec ses trésors, et se contenterait de la femme de chambre de sa femme, et la servante de M. l'intendant serait sa desservante.

— C'est parler en fille d'esprit, poursuivis-je. Mais en fait d'histoire, il faut suivre des caractères et les circonstances des temps. Je devais alors penser de la sorte. Ainsi trêve de réflexions, et je rentre en matière.

Mlle C… avait un Allemand qui se ruinait en sa faveur ; je le jugeai d'un caractère brutal, propre à satisfaire ma vengeance. Il venait régulièrement tous les matins faire la cour à sa vieille Lucrèce qui, par ses caresses étudiées le conservait toujours amoureux et libéral. Une belle nuit que Mlle C… reposait furtivement avec le gros Lucas, il vint, contre sa coutume. On se cachait de moi, et je savais tout. J'ouvris malgré les ordres de bienséance au généreux Allemand qui me demandait un asile. Un homme de plaisir hasarde rarement un coucher. Voilà ce qui rendait le cas extraordinaire, inattendu et très avantageux pour moi.

Après l'avoir introduit dans un cabinet, je lui fis une vive peinture de ce qui se passait à son détriment. Ce trait n'était pas réfléchi ; ceux qui connaissent la colère d'un Allemand conviendront de mon inconséquence. Toutefois, le début fut assez comique pour ne pas espérer un dénouement tragique, qui survint néanmoins. En effet, je n'eus pas cessé de discourir que, poussant des hurlements de joie épouvantables, il me glissa trois louis dans la main en me disant : « Pâris (c'était le nom que j'avais pris à la ville), il faut que tu m'aides à supporter ce malheur ! » Cet Allemand ne parlait pas trop bon français, mais ces louis furent des truchements admirables : ils triomphèrent de ma faiblesse. Chère maîtresse, il fallait cette circonstance pour que je plaignisse ton sort. Une femme passe des moments bien ennuyeux avec des libertins usés ! Notre Allemand cependant, rentré dans son sang-froid, commença à m'insulter, à me donner des croquignoles [1], à me cracher au nez. Puis, courant à la chambre de ma maîtresse, il tombe en écumant sur elle, la frappe et la renverse hors du lit. Nos amants, étonnés, s'éveillent ; ils tâchent de prendre le large, et je leur aurais facilité l'évasion, si la brutalité de cet étranger n'eût été plus

1. *Croquignole* : chiquenaude donnée sur la tête ou sur le nez.

active que ma compassion. Le reste de l'histoire de la C... n'ayant aucune liaison avec la mienne, je passerai à ma fuite qui fut heureuse et précipitée.

CHAPITRE X
À quelque chose malheur est bon

Rien à présent ne me paraît plus intéressant que de parler de ma grossesse. Trois jours après ma désertion, je fis présent à l'univers d'une fille, votre concitoyenne, et dont l'histoire pourra vous récréer, si elle juge à propos de vous en faire part.

Je ne suis pas surprise de la haine des jolies femmes pour ce qui se nomme l'état de mère et de l'indifférence qu'elles vouent à leurs enfants, surtout aux filles, quand ce malheur a lieu. Outre les soins incommodes qu'exigent ces dernières, les grâces qu'elles ont semblent être acquises aux dépens de la mère. Oui, mes chères filles, Julie me rendit affreuse, mais je le lui pardonne. Jusqu'alors je n'avais sacrifié qu'au plaisir. Dès ce moment, je consacrai mes veilles à Plutus et au public.

Je ne brillai pas d'abord ; les commencements sont rudes, et j'étais sans fonds. Enfin, un coup d'éclat me fit connaître.

Un jour que je traînais superbement mes vestales dans le quartier le moins vestale de Paris, mon cocher, orgueilleux, ne voulut pas céder le pas à un équipage qui le lui disputait, et l'emporta : c'était un carrosse drapé. L'aurore finissait à peine ; ainsi mon cocher pouvait être excusable. La duchesse, vieille, laide et dévote, qu'il renfermait, allait apparemment entendre la Passion dans le temple le plus médisant de Paris, quartier Saint-Honoré, aux Capucins. Elle n'y tint pas : sa chute avait dérangé son désespoir couleur de rose. Ce sein flétri que nul mortel, sauf son directeur, n'avait vu depuis trente ans, venait d'être exposé aux regards indécents de tous les spectateurs. Elle s'informa qui j'étais ; son écuyer, qui me connaissait parfaitement, et que j'avais mal reçu, parce qu'il s'était présenté mal, répondit laconiquement à sa curiosité. (J'ai su cette dernière circonstance d'un laquais de la duchesse.) Quoi qu'il en soit, cet éclaircissement me valut, le lendemain matin, des provisions en cour. Ces provisions portaient qu'eu égard à la requête de l'illustre offensée, les gens du roi accordaient à la Pâris une chambre garnie en cet édifice superbe que les rois ont fait élever pour servir de retraite aux femmes invalides[1].

1. Ce que la Pâris désigne ici avec ironie n'est autre que l'Hôpital général, fondé sous Louis XIV, qui comprenait notamment la Salpêtrière, Bicêtre et la Pitié. C'était tout à la

Cependant, M. l'abbé de T..., mon ami infatigable (ma fille vous dira pourquoi), travaillait à réparer mes disgrâces : un abbé intéresse assez volontiers les femmes... En un mot, je fus élargie subitement, et ma rivale souscrivit elle-même à ma démission : je lui devais cette reconnaissance, et je m'en acquitte aujourd'hui avec plaisir.

CHAPITRE XI
Autre incartade qui me rendit célèbre

Ces Parisiennes charitables s'assemblent certains jours de l'année chez le pasteur spirituel de leurs âmes. Ces assemblées sont indiquées par des billets imprimés que des espèces de robins chamarrés laissent aux hôtels les plus remarquables. Un de ces billets fut apporté chez moi. Moitié dévotion, moitié curiosité, je résolus de répondre à la malice de ces colporteurs, et je fus au rendez-vous, décemment néanmoins. Je passerai les attitudes des femmes, les hurlements du prédicateur et les complaisances minaudières du curé. Enfin, les conférences finirent, et la quête commença. Je remarquai que ces dames apportaient de longues bourses bien remplies, qu'elles montraient avec ostentation, et qu'elles cachaient par humilité leurs offrandes. Mon tour vint ; je suivis la route opposée, et les pauvres s'en trouvèrent bien. Cependant, le curé est déconcerté d'une aumône si généreuse ; il me questionne, j'élude sa poursuite, sa curiosité redouble, et je me nomme.

— Seriez-vous, dit-il, parente du fameux Pâris ?

— Hélas ! monsieur, j'ai perdu mes titres. S'il avait perdu les siens, cela pourrait bien être.

— Et vous demeurez, madame ?

— Rue des Bagneux, monsieur le curé.

— Rue des Bagneux !

Ma qualité devenait claire et mes titres évidents. Le curé en frémit et le cercle recule épouvanté ; le déluge ne surprit pas davantage les enfants de Noé, les Sodomites virent le feu du ciel avec moins d'effroi, et l'accouchement de la montagne parut moins extraordinaire.

---

fois une maison de force pour les prostituées, un asile pour les folles et un hospice pour les indigents des deux sexes. Voir *Glossarium eroticum*, *infra*, p. 1168-1169.

CHAPITRE XII
Histoire de la fille de la Pâris. Pucelage vendu cinq fois en vingt-quatre heures

Comme ma mère pourrait vous ennuyer, mes chères amies, je prends ici la précaution de l'interrompre ; elle est un peu bavarde, ne lui en déplaise, et je vais vous dédommager de la longueur de son histoire par la brièveté de la mienne.

M. l'abbé de T…, que le hasard conduisit chez nous (ma mère voyait du monde), devint subitement amoureux de moi. Je n'avais pas sept ans. Apparemment crut-il déjà découvrir en moi la proportion d'un joli germe de beauté. Il ne se trompait pas, entre nous, mais il prenait ses mesures de trop loin. Certain air résolu, qui de tout temps a fait le charme de mon caractère, l'engagea dès lors à prendre soin de mon éducation. En effet, ma mère assure que j'ai toujours hésité à sucer le téton, et que j'aimais mieux mordre le doigt d'un homme : ce sont des petites gentillesses que l'on prête à mon enfance. *Passons. Ainsi l'a voulu la nature.*

Pour la régularité, mon docteur me mit au couvent jusqu'à l'âge exploitable. Ce sont des années de disette, sortons-en : nous avons toutes besoin d'abondance.

Vers l'an 1746, et de mon règne sur terre le treizième, je revis la maison paternelle, dans le dessein d'y recevoir une éducation plus mondaine. J'y appris à rire sans goût, à soupirer sans amour et à recevoir surtout sans scrupule.

Cependant, mon abbé me venait voir régulièrement. Ma mère m'avait dit de le faire attendre. Il était laid et sans tempérament : vous devez juger de mon obéissance.

Maman, pendant cet intervalle, n'était pas dans l'inaction. Enfermée avec son secrétaire, elle écrivait à toutes les têtes principales de l'Europe qu'elle avait le plus joli pucelage qui soit sorti des mains de dame Nature. De tous les pays, elle reçut des réponses favorables. Ainsi, je fus réservée aux quatre nations, indépendamment de mon ancien prétendant.

CHAPITRE XIII
L'ordre et la marche

Les aspirants arrivèrent en poste, et ma mère, qui chérissait la singularité, leur indiqua à tous le même jour. C'était un mardi, saison de mai : la date est trop curieuse pour être omise. L'ordre de leur marche était si bien ménagé que personne ne fut troublé dans son rendez-vous.

L'Espagnol fut taxé à vingt-cinq louis, payables sur les six heures du matin.

L'Anglais en donna vingt, comptables sur les dix heures.

L'Italien en offrit quinze, avec pouvoir de venir sur les trois heures de relevée.

Le Français devait passer pour dix, sur les sept heures du soir, au sortir de sa toilette.

Mon abbé en délivra cinquante, et mystérieusement fut introduit sur les dix heures.

Le grand laquais ferma la marche. Maman lui avait quelque obligation, et mes yeux lui découvraient du mérite.

Le portier l'avait ouverte. Je demande pardon de mon peu d'exactitude : les grands ne vont jamais à la tête d'une ambassade.

Je ne m'arrêterai pas, mes chères amies, à vous décrire autant de jouissances qu'il y eut de jouissants : les femmes ont toutes travaillé à l'anatomie de ce mot et l'on n'est guère écouté quand on n'est pas utile. Je me bornerai simplement à une simple décision sur la nature des plaisirs considérés quant aux nations différentes.

CHAPITRE XIV
Dissertation

L'Espagnol est trop passionné pour plaire : il diffère trop pour être agréable.

L'Anglais, plus méthodique, affecte plus méthodiquement.

L'Italien est trop vif : une femme est encore engourdie quand il se retire.

Le Français est bon pour la conversation. Rarement il parvient à ses fins : je crois que les mains ont été inventées pour lui.

Le grand laquais fit les choses en conscience ; je ne m'étonne plus si les duchesses s'y tiennent : c'est véritablement la ressource d'une femme affamée.

Mes réflexions finies, je passe à ma recette. Elle fut malheureuse, et j'en soupçonnai l'Italien, puisque tous ceux qui le suivirent furent atteints et convaincus du même mal. Ce début valut à ma mère quelques coups de bâton. Je ne la plains pas : il la rendit plus célèbre. Bonne réputation vaut mieux que ceinture dorée.

CHAPITRE XV

Histoire anonyme. Combien l'éducation est précieuse.

Enfin, je parvins à être entretenue par le fils d'un sous-fermier. C'était déjà une grande raison pour ne le point aimer. À celle-là s'en joignait une au moins égale. Ce garçon avait la figure la plus maussade que je connaisse. Vidagnon (c'est son nom) était d'une taille au-dessus de la médiocre, mais il perdait cet avantage par la façon dont il se tenait. La tête élancée marchait un quart de lieue avant lui. Du reste, figurez-vous un visage rétréci, maigre et pâle, point de front, des yeux fixes et stupides, des lèvres éteintes, nul corsage, des jambes allongées et sans tournure : belle matière à l'infidélité d'une fille entretenue.

Pour son esprit, je ne vous en ferai pas le portrait : ses actions le peindront beaucoup mieux. Il me suffira de dire que depuis trois mois que j'étais à Vidagnon, il m'avait demandé très peu de faveurs et je lui en avais encore moins accordé. Las d'être le jouet de différentes filles qui ne voulaient pas de lui, même avec son argent, il avait pris le parti d'acheter, à quelque prix que ce fût, la perte d'un bien qu'il n'avait assurément pas conservé par ses vertus.

J'étais l'heureuse mortelle sur laquelle il avait jeté les yeux, et sans me flatter, son choix était tombé sur une personne propre à lui donner les leçons dont il avait besoin ; mais je n'avais garde de les lui prodiguer. Trop intéressée à jouir de son opulente stupidité, je ne le formais que le plus lentement qu'il m'était possible. Je craignais que, défait par mes soins d'une timidité qui m'était si utile, son inconstance naturelle ne lui fît porter ailleurs, avec son cœur, dont je n'étais pas jalouse, les amples revenus attachés à sa possession. Heureusement que, débauché de sang-froid, il n'avait pas cette pétulance, apanage ordinaire d'un écolier qui s'impatronise dans le libertinage. Attendant tranquillement une jouissance que je lui faisais espérer depuis longtemps, il s'en tenait à je ne sais quel amour de sentiment, dont je l'avais piqué, sans le connaître, et dont je ne me repaissais pas, à beaucoup près.

Tous ses amis, et il en avait beaucoup, étaient encore plus les miens ; nous le trahissions de concert par une double infidélité. La mienne ne surprendra point sans doute. Que ne doit pas attendre de sa maîtresse un homme dupé par ses amis même !

Au reste, parmi cette foule de jeunes gens que Vidagnon me faisait passer en revue, un, entre autres, avait surpris ma tendresse, et ce n'était pas sans raison. À une figure gracieuse, à un esprit orné et poli, il joignait un mérite caché, mais palpable pour moi, et d'autant plus précieux que j'en jouissais seule. C'était avec cet ami surtout que je me dédommageais de l'insupportable amour de Vidagnon.

Pour le posséder plus à mon aise et plus sûrement, j'avais fixé l'inconstance de ce dernier à son égard. Il m'était important de maintenir entre eux deux une union dont je recueillais le fruit. Comme Vidagnon m'obsédait beaucoup, s'ils n'eussent pas été aussi liés, les fréquentes assiduités de Sondelb lui eussent à la fin été suspectes. Grâce à mon adresse, tout allait à merveille, lorsqu'un contretemps fâcheux obligea Sondelb à partir pour la province, et donna lieu à une aventure que je regarde comme la plus amusante et la plus glorieuse de ma vie.

CHAPITRE XVI
On n'y est pas encore

Le jour du départ de Sondelb était fixé, et la nuit qui devait le précéder ne nous paraissait pas trop longue pour terminer des adieux probablement éternels. Amis l'un et l'autre de la nouveauté, nous nous connaissions trop bien pour nous duper mutuellement par des protestations d'un souvenir que nous n'avions pas envie de conserver. Cette nuit devait donc être consacrée à épuiser toute notre tendresse dans nos derniers embrassements. Une délicieuse orgie aurait précédé une nuit plus délicieuse encore. L'art eût été employé au secours de la nature. Les mets les plus raffinés, les boissons les plus spiritueuses eussent réveillé en nous la vivacité du sentiment, à mesure que nous l'aurions émoussé. Enfin, nous devions avoir recours à des dragées miraculeuses pour assurer un impromptu de sopha. Tels étaient nos arrangements. Cette fête ne devait être que passionnée : elle devint plaisante. L'étourderie de Vidagnon lui fit prendre cette tournure singulière et digne de lui.

Ce jour fameux était celui où, selon sa coutume, il devait me payer d'avance le mois qui allait courir. On juge que cela m'était essentiel. J'avais voulu faire les frais du souper, et une grande partie de mes revenus devait être employée à cette fête, aussi chère que voluptueuse. Toutes ces raisons me faisaient attendre avec impatience un argent dont j'étais assez avide d'ordinaire. Il vint, en effet, mais accompagné d'une lettre qui me fit à la fois crever de rire intérieurement et me jeta dans la plus affreuse perplexité que j'aie éprouvée de ma vie. Cette lettre était trop singulière pour ne la pas conserver. Je l'ai encore dans mon sac à ouvrage, mais je la sais par cœur, et la voici mot pour mot :

Mademoiselle,

Je suis las d'admirer la tournure du ventre des magots de votre cheminée, de caresser votre barbet aux longues oreilles et d'attraper quelquefois une puce sur votre sein. Mes amis m'ont fait entendre qu'on n'entretenait point une fille pour la spéculation, que je ne devais point m'en tenir à jurer devant vous, à m'étendre indécemment, et qu'il n'y avait point d'honnête femme qui ne souffrît tous les mauvais propos que je vous tiens. Mon père d'ailleurs, qui vient de m'émanciper (car vous saurez que je jouis actuellement du bien de ma mère), mon père me prêche tous les jours qu'il ne faut point placer inutilement son argent. Je n'ai point envie de dégénérer. Ainsi, ayez la bonté de me procurer quelque chose d'aussi réel que les espèces que je vous envoie. Autrement, ce seront les dernières. Enfin, prenez votre parti : je double vos revenus si vous le voulez.

Pour vous amuser, je joins à ce billet des vers que mon laquais vient de trouver dans une poche de mes vieux habits : ils ont autrefois été faits par mon régent[1] pour une de mes sœurs, et je crois qu'ils vous seront applicables.

Que de beautés, Iris, depuis vos deux fontanges,
Vous offrez à nos yeux jusqu'à votre collier !
Que de beautés, Iris, depuis vos deux oranges,
Vous cachez à nos yeux jusqu'à votre soulier !

C'est de ces derniers charmes dont je voudrais jouir et dont j'espère que vous ne refuserez pas ce soir la possession à celui qui est, etc.

J'avais grande envie de rire à cette lecture, mais je me retins devant le domestique. Je me trouvai mal, au contraire, et il fallut une cassolette entière pour me faire revenir. Je réfléchis pendant mon évanouissement simulé, et revenue à moi, j'écrivis ces mots à peu près :

Vous ne ferez jamais rien, mon cher ami, si des conseils étrangers détruisent ainsi ceux que je vous donne. C'est dommage ! Avec un cœur aussi bien placé que le vôtre et des sentiments aussi nobles, vous étiez fait pour aller loin. Je voulais que, sorti de mon école, vous fussiez en état de subjuguer les plus honnêtes femmes du monde. Malheur à vous, si vous donnez dans une débauche crapuleuse dont la perte de votre réputation ne sera pas le moindre inconvénient. Mais il ne sera pas dit que j'y aie contribué en rien.

Vous vous trompez si vous croyez que l'intérêt m'amène au point que vous désirez. Sachez que le sentiment seul peut triompher de moi, et apprenez à en avoir d'une fille que vous paraissiez mépriser si fort.

Je vous remercie des vers élégants que vous m'envoyez ; s'ils ne sont pas

1. J'ai appris depuis que le poète lyrique du siècle les revendiquait ; cette galanterie est assurément plus digne de lui que d'un J. [Jésuite.] [NdA]

de vous, ils en sont dignes : la comparaison des deux oranges est surtout riante au possible. Si vous venez ce soir, nous tâcherons de vous remettre la cervelle, mais peu s'en faut que je ne vous renvoie votre bourse. Je suis toute à vous.

Je donnai ce billet au domestique, et je gardai l'argent. Quelque sentiment dont je parusse me piquer, je n'avais garde d'affecter une curiosité dont j'aurais pu être la dupe. Je savais pourtant à qui j'avais affaire, et on se doutera bien que je n'aurais pas écrit à quelque autre dans ce goût-là. Il faut l'avouer toutefois, cette circonstance me mettait dans l'embarras : je ne savais trop comment accorder les deux visites de Sondelb et de Vidagnon, surtout si ce dernier eût voulu pousser les choses à un certain point. Je pris enfin le parti d'écrire à mon amant et de l'avertir de ne point venir chez moi que je susse à quoi m'en tenir. Cet expédient ne servit à rien. Mon laquais vint me dire que Sondelb était sorti de chez lui et qu'il n'y devait rentrer que le lendemain, pour son départ. Je cherchais à remédier à tant d'inconvénients, lorsqu'il en survint un plus grand encore. Ce fut Vidagnon qui entra dans ce moment.

CHAPITRE XVII
Allées et venues

Épouvanté de mon évanouissement, il était arrivé à pied pour venir plus vite. Son laquais, me dit-il, lui avait appris ce malheur. Soudain il avait mis ses bottes et ses manchettes à dentelles, avec ordre de seller son cheval. On avait trop tardé à son gré, et il avait pris le parti de le précéder. Je ris de son accoutrement ; il en tira un augure favorable et devenu entreprenant comme par miracle, il se disposait à me procurer une seconde pâmoison. Il eût été imprudent de lui résister dans un instant où il parlait de doubler mes revenus. Il touchait au moment de son triomphe, lorsque sa mauvaise étoile, qui voulait qu'il fût dupe jusqu'au dernier instant, fit survenir Sondelb !

Quelque embarrassante que fût cette entrevue, elle me tirait d'un mauvais pas ; elle me délivrait des importunités de Vidagnon, car il était trop modeste pour les continuer en présence d'un tiers, et je jouissais du plaisir de voir celui à qui j'avais consacré cette journée. Il me parut même en cet instant plus aimable que jamais. Toute sa personne respirait je ne sais quoi de plus tendre et de plus passionné qu'à l'ordinaire. On eût dit qu'il sortait des mains des Grâces et que l'Amour avait présidé à sa toilette. Mais cette arrivée, si agréable à mes yeux, fut désespérante pour Vidagnon. Il en demeura quelque temps interdit. Enfin, revenu à lui, il demanda à son ami quelle raison lui avait fait différer son départ. Pourquoi, après avoir appris de sa bouche qu'il était fixé à l'après-dînée, il le voyait arriver en un équipage qui n'était rien moins que celui d'un voyageur ? La surprise de l'autre n'avait pas été moins grande : il ne s'attendait pas que la fête préméditée dût avoir un pareil témoin. Quoi qu'il en soit, il s'en tira en garçon d'esprit : « Je devais effectivement, répondit-il, être parti à l'heure où je vous parle. Mais quelques affaires m'étant survenues, j'ai été obligé de différer à demain. Je les ai terminées beaucoup plus vite que je ne l'aurais cru, et j'ai pensé ne pouvoir mieux finir la journée qu'avec un ami tel que vous. C'est dans ce dessein qu'ayant passé chez monsieur votre père et ne vous y ayant pas trouvé, je suis venu ici, où je comptais être plus heureux. Je suis charmé que cela me donne lieu, continua-t-il en m'adressant la parole, de faire à mademoiselle des adieux que je lui devais, et de lui témoigner ma reconnaissance de toutes les bontés qu'elle a bien voulu avoir pour moi en votre considération. » Je répondis que c'était à moi uniquement à remercier Vidagnon de m'avoir procuré une amitié si précieuse, que du reste il méritait par lui-même toutes les prétendues bontés dont il me rendait de si généreuses actions de grâces. L'autre ajouta qu'il se moquait. On s'assit sur ces entrefaites, et nous jouâmes quelque temps une scène muette fort embarrassante pour tous les trois : Vidagnon rongeait ses ongles et considérait ses boucles, Sondelb fixait de temps en temps les yeux sur moi, et mes regards se rencontraient souvent avec les siens. Cette situation aurait apparemment duré beaucoup plus si je n'eusse jugé à propos d'y mettre fin en demandant à Vidagnon quels étaient ses arrangements pour le souper. « Il est déjà tard, lui dis-je ; soupez-vous ici avec monsieur ou ailleurs ? Il faut savoir à quoi s'en tenir. Si vous choisissez le premier parti, permettez-moi que j'ordonne à mon laquais de faire préparer tout ce qui sera nécessaire. »

Il me repartit, après avoir longtemps gratté sa tête : « Mais oui. Demandez à monsieur : cela sera bien de la sorte. » Nous éclatâmes à cette saillie, et je le priai de s'expliquer plus clairement. Bref, l'on conclut pour chez moi. J'allai dans mon antichambre donner mes ordres, et j'écrivis en même temps un billet, en recommandant à mon laquais de le mettre sous la serviette de Sondelb. Il était conçu en ces termes :

> Sortons de table, mon cher ami, le plus vite qu'il nous sera possible. Vous engagerez l'importun à se retirer de bonne heure avec vous, vous reviendrez tout seul, et nous nous dédommagerons au lit de l'ennui du souper.

Sondelb, sous quelque prétexte, passa en cet instant dans l'antichambre : il voulait s'arranger ; je lui fis voir que j'y songeais, et le billet devenant inutile, je le mis dans ma poche. Je rentrai fort contente. Les apprêts furent courts et nous nous mîmes à table. Le souper commença nonchalamment.

Vidagnon critiquait les mets. Enfin il mangea et ne dit plus mot, ce qui abrégea prodigieusement. Cependant, pour bonnes raisons, je fis apporter du champagne, et je le fouettai aussi intrépidement qu'une femme de cour.

CHAPITRE XVIII

On pelote en attendant partie

Nous sortîmes de table, Sondelb et moi, avec une grande envie de dormir. Pour Vidagnon, il dort toujours. Nous n'eûmes pas de peine à lui faire accroire qu'il fallait se retirer de bonne heure. Sondelb prétextait un départ qui devait être de grand matin. L'autre devait monter le lendemain chez La Guérinière, fatigue épouvantable et à laquelle il se préparait par huit jours de repos[1]. Nous nous embrassions tous trois en bâillant. Vidagnon me cracha au visage en me disant un dernier bonsoir. Je tirai mon mouchoir pour m'essuyer, et le malheureux chiffon vint à tomber. Il se jette dessus et gagne précipitamment le bas de l'escalier ; Sondelb marchait devant, il n'y avait plus moyen d'y remédier. Je fouillai trois fois mes poches, et ce fut autant de convictions de mon étourderie.

Je rentrai pénétrée de douleur et m'étendis sur ma chaise longue. Heureusement, je me rappelai les termes du billet et je vis qu'il était conçu assez discrètement pour tromper Vidagnon ; mais ce bonheur n'était qu'un nouvel embarras. S'ils se rencontraient de nouveau chez moi, comment concilier une entrevue aussi irrégulière ? Cette nuit, dont les moments devaient être employés si utilement, se passerait donc en tracasseries ! Je n'y tins pas. Dans l'incertitude de ce qui arriverait, j'appelai mon laquais ; le sang pétillait dans mes veines, le champagne avait subtilisé mes esprits, sa sève rapide en précipitait le cours, les sources de la volupté s'ouvraient ! Deux fois embrassant Jasmin, je crus tenir mon amant dans mes bras ! Enfin, notre ivresse cessa, mes rivaux survinrent et l'embarras que j'avais prévu se trouva réalisé.

1. François Robichon de La Guérinière (1688-1751) dirigea d'abord une académie d'équitation dont le manège était installé dans un ancien jeu de paume, rue des Francs-Bourgeois-Saint-Michel (aujourd'hui rue de Médicis). En quinze ans, il s'acquit une réputation d'écuyer et de professeur hors pair qui lui valut, en 1730, la direction du manège des Tuileries, gloire de l'école française autant que la Grande Écurie. De renommée internationale, François de La Guérinière y accueillait des élèves de l'Europe entière. Son *École de cavalerie*, publiée entre 1729 et 1731, est considérée de nos jours encore comme une bible de l'équitation.

CHAPITRE XIX
Tracasseries attendues

Les choses avaient tourné le plus mal qu'il était possible, et la porte ouverte, nos deux concurrents se trouvèrent nez à nez. Leur étonnement fut encore plus grand que le mien. J'avais après tout prévu ce qui arrivait. Aussi, sans me déconcerter et en fille de tête, tâchai-je de raccommoder les choses :

— Êtes-vous fous ? leur demandai-je.

— Pas moi, répondit d'abord Sondelb ; j'ai bien des excuses à vous faire, mademoiselle, de mon importunité, mais à peine ai-je eu quitté monsieur que je me suis aperçu que je n'avais point ma tabatière ; je me suis figuré que vous ne seriez point encore couchée et qu'il serait moins incommode pour vous que je revinsse à cette heure que d'envoyer demain matin avant mon départ. J'arrivais dans ce dessein, lorsque j'ai rencontré quelqu'un dans l'escalier ; j'ignorais assurément que j'aurais le bonheur de retrouver monsieur : il revient apparemment pour de meilleures raisons. Trop discret pour s'expliquer devant un tiers, il compte, sans doute, ce soir, user de ses droits.

— Ses droits, repris-je ; je ne pense pas que Vidagnon veuille les étendre jusques à la nuit.

Ce dernier ricanait pendant ce temps-là et dit, en continuant, qu'effectivement il avait quelque chose à me dire en particulier, quand on aurait retrouvé la tabatière. On juge bien qu'après beaucoup de perquisitions, elle ne se trouva point. Enfin Sondelb sourit, et apostrophant Vidagnon :

À ne vous pas mentir, mon cher ami, lui dit-il, il faut vous avouer la folie qui m'est passée par la tête. Cette nuit est la dernière que je couche en cette ville et je voudrais la consacrer à mademoiselle. J'ignore ce que vous avez à lui dire, mais vous aurez tant d'autres nuits pour lui parler… Allons, mon cœur, cède-moi la place aujourd'hui !

— J'ai lieu d'être étonné d'une pareille proposition, reprit Vidagnon. Mais sans faire valoir ici les… par mois que je lui donne, rapportons-nous-en au choix de mademoiselle, ou plutôt auriez-vous la cruauté de lui en prescrire un ? Car le sien est déjà fait. Tenez, le voilà ! ajouta-t-il en lui montrant le billet.

— À la bonne heure ! continua Sondelb, affectant un air courroucé. Il faudra du moins, avant, que votre épée justifie cette préférence !

Vidagnon n'avait qu'une mauvaise épée de deuil. Aussi, craignant que cette comédie ne devînt sérieuse, me jetai-je entre deux. « Y pensez-vous, Sondelb ? m'écriai-je. Et de quel droit venez-vous disposer de mon lit ? » Il craignit que ma frayeur ne fût réelle. « N'appréhendez rien, mademoiselle, poursuivit-il en éclatant de rire ; c'est une petite comédie que j'ai voulu vous donner, et j'espère que Vidagnon ne m'en saura pas mauvais gré. J'ai jugé, à l'air empressé avec lequel il m'a quitté, que ce n'était pas pour retourner chez lui ; je l'ai suivi par-derrière et je ne me suis point trompé. Je n'ai point voulu perdre mes pas, et j'ai médité le rôle que je viens de jouer. Mais, ajouta-t-il, je ne serais pas venu précisément pour tenir la chandelle. La nuit s'avance ; j'en passerai, avec votre permission, le reste ici, et j'espère que monsieur aura la complaisance de ne me pas rendre témoin d'un spectacle maussade pour un tiers. » Je lui répondis que j'avais eu raison de lui demander s'il était fou, que tout ce qu'il venait de faire était une folie pommée d'un bout à l'autre, qu'au reste, il ne crût pas en être quitte à si bon marché, que je voulais l'associer à mon lit, mais pour l'y faire enrager toute la nuit. « Vidagnon, ajoutai-je, a peu de tempérament et cette scène l'amusera. » Ce dernier, qui se savait bon gré d'en être réchappé si pacifiquement, convint de poursuivre encore vingt-quatre heures un rôle qu'il jouait depuis si longtemps. D'ailleurs, il allait jouir de l'avantage d'assister à mon déshabillé et de voir des beautés que les femmes ne font jamais valoir qu'aux amants qui soutiennent le ménage ; il avait encore le bonheur de coucher avec moi pour la première fois et — le dirai-je ? — quoique peu fin, il se flattait d'user de supercherie, si l'autre pouvait jamais s'endormir un instant. On le présumera par l'attitude qu'il exigea que je tinsse : elle était favorable pour mon novice, mais Sondelb, qui savait se retourner de toutes les façons, n'en fut point épouvanté : il consentit volontiers à une posture de ma part qui, en couvrant son jeu, ne le rendait que plus sûr. Les choses ainsi réglées, l'on éteignit les bougies.

CHAPITRE XX

Presque aussi incroyable qu'un article de foi

Pour l'intelligence du tour qui va se jouer, il est bon d'expliquer quelles étaient nos attitudes. Vidagnon était à ma gauche et j'avais le visage en face du sien. Il avait jugé cette position très heureuse. Aussi, pour éviter tout inconvénient, avait-il consenti que je fusse à une beaucoup plus grande distance de lui que de Sondelb, qui était immédiatement derrière moi.

À peine fûmes-nous au lit que celui-ci se mit à ronfler. C'était tout ce que désirait Vidagnon, à qui l'envie de dormir était passée. Aussi se mit-il à me presser avec instance de profiter de cet assoupissement. Je n'avais garde ; je lui remontrai que nous risquions, par des mouvements tumultueux, de réveiller Sondelb, que celui-ci, vif comme il le connaissait et piqué d'un affront aussi cruel, ensanglanterait peut-être un lit, théâtre du plaisir, que tout ce que je pouvais faire était de lui éviter la peine de s'en procurer tout seul, et à l'instant je me mis en devoir de le satisfaire.

Sondelb qui, quoique ronflant, entendait toute la conversation, profita du moment et enfila une route que mon attitude lui rendait la plus aisée qu'il m'était possible. Le corps courbé en avant et les reins soulevés en arrière, j'avais avancé ma cuisse droite contre celles de Vidagnon, et cette position gênante, mais essentielle, interdisait tout à la fois le passage à ses mains téméraires et le facilitait à Sondelb.

Dieux ! que cet instant fut délicieux pour moi ! Vidagnon s'écriait qu'il était plongé dans un torrent de voluptés, Sondelb y était réellement et je savourais le double plaisir de rendre heureux mon amant et de tromper celui qui s'imaginait l'être. Le malheureux semblait, de concert avec moi, s'abuser lui-même. Il s'attribuait les interjections énergiques que m'arrachait la volupté, il prenait pour lui des exclamations passionnées qui ne s'adressaient qu'à son rival. Je ne le détrompai point et, prolongeant le plaisir de la perfidie, après l'avoir consommée, si je lui accordai la légère faveur de s'assurer par lui-même d'un bonheur dont je le flattais et qu'il avait peine à croire, ce ne fut que pour le duper de nouveau. Il crut, à l'humidité que ses mains ressentirent, trouver les restes d'un sacrifice auquel il n'avait pas eu de part. Ce n'était pas assez : je le provoquai moi-même, et plusieurs fois il goûta une félicité qui était le comble de l'ignominie.

Les fatigues de la nuit et les clartés du jour nous obligèrent enfin tous trois de quitter un lit où nous avions joué des rôles si différents. Sondelb se savait mauvais gré, disait-il, étendant les bras et en bâillant, d'avoir trop bien dormi ; il craignait qu'on n'eût profité de la bonne foi avec laquelle il s'était livré entre les bras du sommeil. Vidagnon, au contraire, le félicitait sur la bonne nuit qu'il avait passée et se plaignait malignement d'une insomnie qu'il voulait faire accroire lui avoir été heureuse, en protestant même de sa sagesse. Il en appelait à moi et il prenait pour une nouvelle victoire le sourire perfide que je lui rendais. Les railleries durèrent pendant un ample déjeuner que nous fîmes. Sans cesse, Vidagnon s'efforçait de lancer contre Sondelb des traits qu'il ne savait pas retomber sur lui. Il resta quelques mois encore dans cette sécurité ; il rompit enfin avec moi et je publie à présent de mon mieux un fait que je n'avais jusque-là conté qu'à l'oreille et que tout Paris savait déjà.

CHAPITRE XXI
Historiette d'Agathe. Avis aux pères qui veulent se décharger de l'éducation de leurs filles

J'avais presque mon pucelage quand je vins ici. Aussi ne raconterai-je qu'une petite aventure qui m'y est arrivée.

Un jour que, toute seule dans le sérail, je faisais des nœuds, maman entra suivie d'un homme ; j'en frémis encore. « Mon père ! », m'écriai-je, et je m'évanouis. « Ma fille ! » s'écria-t-il à son tour, et il s'évanouit. On me délaça, on lui ôta sa cravate, et nous revînmes. À peine eut-il repris ses esprits : « Ma fille, où êtes-vous ? s'écria-t-il de nouveau. Suivez-moi ! » Je sanglotais, et je me levai.

— Un moment, s'il vous plaît, monsieur, lui dit maman d'un air de sang-froid et en m'arrêtant. Agathe est votre fille ; il est juste de vous la rendre. Mais permettez-moi de vous reprocher le peu de soin que vous avez eu de son éducation. Quand elle vint ici, elle était épouvantable en tout genre. Actuellement, voyez le coloris de ses joues, la vivacité de ses regards, la gentillesse de ses manières, la propreté et l'élégance de son déshabillé. Promettez-moi que vous en aurez le même soin, et je vous la rendrai. Ce n'est pas tout. À peine savait-elle parler. Aujourd'hui elle chante, danse, joue du clavecin.

— Ma fille chante, danse et joue du clavecin ? reprit le bonhomme transporté de joie et faisant un saut en arrière.

— Oui, monsieur, répondit maman, vous l'allez voir.

J'essuyai mon visage, je chantai *Le Couvent de madame Pâris*, je pirouettai deux minutes sur moi-même, et je courus à une misérable épinette qui était là, et dont je connaissais à peine les fiches[1]. Il ne put contenir ses transports, et m'interrompant pour m'embrasser : « Qu'allais-je faire ? s'écria-t-il encore une fois. Oui, madame, vous êtes une femme divine, une fée ! Gardez ma fille, je vous prie. J'ai chez moi une seconde Agnès qui, à douze ans, ne sait que rouler les grains de son chapelet entre ses doigts et fredonner de méchants noëls. Dans une demi-heure je vous l'amène, et vous la dégourdirez ! »

---

1. *Fiches* (terme de lutherie) : « chevilles de fer, autour desquelles on entortille les cordes des clavecins, épinettes, psaltérions, et autres instruments de cette espèce » (*Encyclopédie*).

CHAPITRE XXII
Histoire d'Émilie. Les ressources du Palais-Royal

Un frère que mon nom alarmait, une mère que ma beauté naissante envenimait, un père que mes rigueurs poignardaient : tels furent les trois objets déterminatifs de ma fuite.

Après avoir longtemps erré, je fis mon entrée au Palais-Royal, seule et en habit de grisette. Mes inquiétudes me conduisirent vers un banc de la grande allée où je m'assis, le monde qui circulait au-dedans de cette enceinte me paraissant capable d'amuser mes ennuis. J'avais toujours été retenue, et j'ignorais cette coutume, établie dans le monde, de fixer ses promenades, ses fantaisies et ses plaisirs. Voit-on, me disais-je à part moi, des bêtes s'assembler dans un cercle, pour y regarder courir leurs semblables ? Ces idées (on cherche à penser quand on est malheureux) adoucissaient l'horreur de ma situation.

Ici je souriais à l'aspect d'un petit-maître qui, le louis dans les doigts, accostait respectueusement une nymphe aux jupons courts et au mantelet long. Celle-ci lui pressait la main en signe de reconnaissance, et lui disait : « C'est-à-dire, monsieur, que nous aurons un louis et le désagrément de vous voir. »

À quelques pas, je découvrais un libertin, nouvellement enrôlé dans la milice des inutiles de Paris, qui incivilement lorgnait, chassait, chuchotait, se fixait auprès du premier minois indiscret qui lui passait par-devant le nez.

Dans un endroit plus écarté, j'entendais un abbé qui promettait à une vieille femme de faire quitter le deuil à sa fille. L'Agnès baissait les yeux et semblait pleurer la mort de son père.

Un groupe survenait ; j'y faisais attention : c'était un mousquetaire impudent qui, pour s'attirer les regards de quelque g…, promenait un singe.

Plus loin, je voyais de ces vestales accouplées qui ne s'asseyent jamais impunément ; je les trouvai détestables, et depuis j'ai appris qu'il était dans l'ordre des bienséances de les connaître, qu'à quelque prix qu'elles mettent leurs faveurs surannées, quelque haine qu'on leur puisse porter, on ne saurait être réputé de la bonne compagnie qu'on n'ait fait pour elles plusieurs extravagances d'éclat : emprunts indiscrets, vente de seigneuries superbes, festins mentionnés dans les affiches, fractures de porcelaine sans prix.

À cet endroit, maman fit une grimace épouvantable : « Les réflexions vous ennuient ? repris-je élégamment. Allons, maman, je vais venir à quelque chose de plus particulier. »

CHAPITRE XXIII
On rougit encore

Le soir, comme je songeais à me retirer chez une vieille tante qui demeurait rue Fromenteau[1], un jeune homme charmant, qui m'avait remarquée et que j'avais remarqué aussi, m'aborda avec politesse. Il avait cru démêler à travers mes habits rustiques quelque chose de nouveau, et je vous avouerai qu'il ne se trompait pas.

— Belle fille, me dit-il, où comptez-vous aller ? L'heure est indue et vous me semblez embarrassée.

— Monsieur, je fuis la maison paternelle ; on veut m'accoutumer à des actions basses, et je sens que j'ai trop d'honneur pour pouvoir me soumettre à des décrets aussi humiliants.

— En vérité, votre famille est bien sotte ! Jeune et jolie comme vous êtes, ils devraient bien plutôt songer à vous procurer un établissement utile, et à se tirer eux-mêmes par là de l'état de médiocrité où j'entrevois qu'ils sont réduits : ils n'ont pas de sentiments. Je vous suis étranger, moi, je me sens disposé à vous obliger !

Cet entretien me faisait plaisir et je rougis (qu'on est heureuse quand on rougit encore de plaisir !) Mon amant s'en aperçut ; il redoubla ses protestations et m'engagea insensiblement à le suivre. Le soir, nous composâmes, la nuit nous agîmes, et le lendemain il me mit dans mes meubles. État voluptueux, que tu fus court ! Je voulais revoir le Palais-Royal et son air m'empoisonna.

CHAPITRE XXIV
Un assez joli brun

Un jour que je m'y promenais sans compagnie, je liai inconséquemment conversation avec un assez joli brun qui se trouvait seul aussi. L'esprit qu'il mettait dans tous ses discours et les propos flatteurs qu'il me tenait séduisirent tellement mon jeune cœur que j'acceptai de lui des petits

1. Cette rue n'existe plus. Située dans la cour du Carrousel, elle aboutirait de nos jours dans la rue Saint-Honoré, face à la rue de Valois.

colifichets intéressants, des rafraîchissements intéressés, et enfin le souper, aux clauses qu'il me laisserait partir de bonne heure. J'avais affaire à un galant homme : il consentit à ma proposition. Je lui en fis superficiellement une seconde, à laquelle il ne voulut pas souscrire également. Il me fallut souffrir qu'il me ramenât.

De retour chez moi, je m'informai malicieusement si mon mari était entré, afin de le rendre plus prudent et non moins amoureux. Soit qu'il me crût ou qu'il ne jugeât pas les circonstances favorables, il me quitta, en me demandant mon nom et la permission de me voir. J'aurais dû le refuser, mais je ne le fis pas.

Trois jours se passèrent sans que je reçusse d'autres visites que celle de mon ancien amant. Cleudon cependant avait eu l'adresse de me faire tenir indirectement un billet ; je le trouvai dans un des carrés de ma toilette ; je ne sais comment il y parvint, ma femme de chambre ne lui ayant pas paru trop favorable. Au surplus, passons à la lecture. Jupiter, métamorphosé en pluie d'or, vit bien Danaé, et Hippomène arrêta Atalante[1] !

IMPROMPTU DE DÉPIT

Belle et dure Petit[2],
Souffrez un peu que je vous gronde ;
Vous avez trop d'esprit
Pour être utile à tout le monde :
Toujours pour un amant le sexe fut humain,
Hélène vit Pâris et reçut son hommage,
Didon avec Énée expia son veuvage,
Et par raison d'État, Vénus choisit Vulcain.

Ce dernier vers, maman, trouve sa solution en ce que je m'étais retranchée sur l'inconséquence d'un mari et les devoirs conjugaux. Il n'est pas, étant mariée, que vous ne sachiez l'histoire de Vénus : elle n'épousa Vulcain que parce qu'elle le crut propre à en faire un cocu. Peu de législateurs ont établi des lois aussi universellement reçues, on ne voit que des maris mal tournés[3]…

« Ces points (c'est mon amant qui continue) signifient que je n'ai pas eu le temps de vous en dire davantage, et que le sommeil est venu me venger de vos duretés. Ce que l'illusion m'a offert, je vous en fais part à mon réveil.

« La scène était dans un appartement simple, mais élégant ; vous m'y paraissiez assise sur un sopha dangereux, l'acteur (c'était moi), couché

1. Ces deux passages de la fable ne doivent pas surprendre dans la bouche de l'historienne ; des filles aussi bien élevées que celles de Mme Pâris doivent savoir les métamorphoses, et surtout celles qui ont trait à leur métier. [NdA]

2. C'était apparemment le nom du mari. [NdA]

3. Ceci s'adresse à la maman. Les relations nouvelles annoncent ce phénomène ; son mari, ajoutent-elles, est de Versailles, mais les conjectures m'ont paru si délicates, le silence de la Pâris si obstiné, que je n'ai pas osé gâter le corps de son roman par une mauvaise pièce de rapport. [NdA]

pathétiquement sur une pile de carreaux[1], avait la tête appuyée sur vos genoux, nos mains réciproquement n'étaient pas dans l'inaction ; vous les occupiez à anatomiser le plaisir en vous défendant, et moi à le détruire en vous combattant trop vigoureusement. Dans ces rudes escarmouches, ma nature fit faux bond ; une femme la dirige plus lentement, et les petits tempéraments scrupuleux qu'elle emploie en des instants si courts sont autant d'étincelles qui frappent d'abord les sens par leur subtilité et qui, venant à s'unir par le concours nécessaire des atomes, fixent et matérialisent la volupté. “Mais voyez le fat !” dites-vous dans les premiers transports que vous causa mon anéantissement, “je gagerais qu'il craint de m'incommoder : il l'a pourtant fort beau !”, ajoutâtes-vous, en prenant par nécessité mes indécences. “Lui convient-il d'être honteux ? Non, je le mangerais tout vivant ; le petit sorcier, il vient de me cracher au nez : autre insolence !” poursuivîtes-vous en l'entraînant brusquement où vous savez bien. Le désespoir ici vous rendait voluptueusement féroce ; j'en profitai, et je devins encore homme ; vous cessâtes alors vos poursuites : le prisonnier était solvable et d'un lucratif entretien ; alors je recommençai les miennes. Ce ne fut plus bientôt que soupirs mutuels, que mots entrecoupés : “Tu me fais mourir… Ce trait est trop douloureux… Cher amant, tu triomphes… Aïe, aïe…, non je ne me plains plus… Poursuis… Mets ici ta main… Redonne-moi un nouveau baiser… Entrelaçons-nous… Unissons nos âmes… Maman !… Ah ! maman ! que j'ai de plaisir…” Le combat finissait à peine que je me réveillai tout en sueur ; je vous cherchai et je ne vous vis plus : l'illusion en amour cesse avec l'ivresse. Tout le profit que vous pouvez tirer, mademoiselle, de cette histoire véritable, c'est d'apprendre que si j'ai goûté quelque plaisir sans vous, j'en partagerai encore bien davantage avec vous, si vous voulez me laisser prendre certains petits arrangements nécessaires. »

Je vous ai dit, mes chères amies, que Cleudon fut trois jours sans me voir. Piquée, je me hasardai le quatrième d'aller à la Comédie-Française ; on y représentait depuis quelque temps une pièce nouvelle : c'était *Cléopâtre*. En vain en disait-on du mal, en vain les envieux de l'auteur prétendaient-ils qu'il ne connaissait pas le cœur humain. Je trouvai, quant à moi, qu'il avait développé à merveille celui des filles de notre espèce, et que les sentiments de son héroïne avaient une analogie entière avec les nôtres[2].

1. *Carreaux* : coussins.

2. Il s'agit de la *Cléopâtre* de Marmontel, tragédie en cinq actes en vers, dont la première, le 20 mai 1750, se déroula au milieu d'un concert de sifflets. Selon la *Correspondance littéraire* (éd. cit.) de Grimm et Diderot, « c'est un des plus mauvais ouvrages qu'on ait jamais vus au théâtre ». Les deux représentations qui suivirent furent nettement plus flatteuses pour l'auteur. Il faut dire que M. de Villegagnon y avait dépêché un régiment de mousquetaires pour servir de claque à l'illustre Mlle Clairon, sa maîtresse du moment, qui jouait la reine d'Égypte. On comprend que les pensionnaires de la Pâris aient pu s'identifier à cette héroïne, dont Marmontel s'était plu à souligner la coquetterie et les agaceries.

Convenons ici que le génie des femmes est prodigieusement prévoyant. Je m'étais montrée au spectacle dans le dessein d'y voir paraître Cleudon. Il y parut, je le vis, il me vit aussi, je le trouvai charmant, je lui parus adorable, il m'aborda, je le reçus, et nous sortîmes ensemble sans écouter le dénouement.

Pendant le chemin, il ne fut pas question de la lettre, mais dès qu'il se fut étendu sur mon sopha, il me demanda sérieusement ce que j'en pensais, et sérieusement je ne le déconcertai pas. Me voilà deux amants décidés sur le corps : l'un aimé et l'autre nécessaire, assez forts ensemble et trop faibles l'un sans l'autre. Quel abîme ! quels dangers ! Comment ménager le vent entre ces deux écueils ?... Et cependant, il faut vivre. Qu'une femme du monde ait une bergame[1] et une coiffeuse, il lui faut l'ameublement de damas et le perruquier pour natter les cheveux et poser le g... ; qu'elle soit logée au second dans un quartier indécent, il lui faut un derrière honnête sur le Palais-Royal et un devant somptueux sur la rue de Richelieu.

« Me voilà remise ! s'écria Agathe. J'ai craint dans le commencement quelque affaire de sentiment. Souviens-t'en bien, Émilie : l'Amour est un dieu matériel, un dieu d'or attractif, et le sentiment une belle image, qui représente très insensiblement des objets très sensibles. En un mot, il est aussi indécent de voir une femme aimer un homme qu'il est ridicule de voir un homme respecter une femme. Souviens-t'en bien, et tu parviendras. »

Ici maman fit un sourire qui ne la rendit pas moins effroyable que la grimace qu'elle avait déjà faite. « Si c'est ainsi, continuai-je, je suis toute parvenue. Revenons. Mes amants faisaient trop de dépense pour que mon esprit pût suppléer à leur agréable et lucratif désordre. Ils se connurent, s'éclaircirent et m'abandonnèrent.

« Dès que je sus ma disgrâce, j'envoyai chercher certain colporteur intrigant que les femmes soudoient. Il vit honnêtement de son métier, qui consiste à écrire sur ses tablettes les noms des filles vacantes, avec les titres et qualités qu'elles jugent à propos de prendre et les propos préliminaires dont il faut convenir avant la capitulation. Je me fis enrôler sur son catalogue, avec les précautions requises, et j'en retins une copie, qui m'a paru toujours assez curieuse pour être conservée. »

1. *Bergame* : tapisserie grossière dont on décorait les murs avant l'invention des papiers peints.

CHAPITRE XXV
Instruction pastorale

QUARTIER SAINT-MARTIN

Rue Quincampoix, au troisième étage, repose une jeune fille qui n'a jamais eu qu'une inclination ; elle n'aime pas les grands airs, mais elle désirerait l'aisance. Il faudra voir ce prieur étranger qui veut faire les choses à petit bruit.

QUARTIER SAINT-HONORÉ

Rue du Four, une fille des chœurs demande à se produire ; elle a besoin d'un nourrisson disciplinable. Je ne vois que le grand président F. qui puisse subvenir à ses nécessités.

Rue Coquillière, il y a une presque veuve dont l'âge est indéchiffrable ; elle date après sa fille. Au reste, elle n'est ni belle ni laide. C'est un visage mitoyen et du bon ton. On pourra la présenter à ce sous-fermier qui n'a plus de femme.

QUARTIER DU PALAIS-ROYAL

Une assez jolie femme, quoique ayant trente-cinq ans, commence à s'ennuyer du financier qui l'entretient ; il ne dore plus ses équipages et il lui manque un vis-à-vis, ce qui la dessèche. D'ailleurs, son mari ne gagne pas d'argent à faire de méchantes épigrammes contre les pièces nouvelles. Ainsi, elle avertit le public qu'elle se promènera régulièrement au Palais-Royal, avec une duègne adroite qui réglera judicieusement ses affaires, car son fils n'aura jamais assez d'esprit pour ramener l'abondance.

FILLES ROULANTES AU PALAIS-ROYAL, EN ATTENDANT MIEUX

La Boismillon – La Dalais – La Mortagne – La Petit – Les deux Raton – La Jacquet – La Bonfreville – La Dupont – La Délécluse – La Vitry – La Blanchard – La Delaunay – La Pichard – La Duvergier – La Deschamps – La Langlois – La Beaumont – La Désiré – La Dupuis – La Carville – La Rochebrune – La Valois.

On ne finirait pas, leurs quartiers étant sujets à des ébranlements de police ; je renvoie les nouveaux débarqués aux cafés de Foy, de l'Opéra, etc.

LE GRAND CHEMIN DU BOIS DE BOULOGNE

Tout honnête homme peut se produire orgueilleusement chez la Pâris. Les grands y viennent sans garder l'incognito.

QUARTIER SAINT-GERMAIN

La femme d'un militaire donne avis aux gens bien intentionnés que le feu est dans ses affaires et qu'elle se ressouviendra avantageusement de l'honnête homme qui contribuera à la délivrer de ses créanciers. La place Vendôme a chargé l'inquisiteur de ses intentions. Le forfait est honnête et sourd.

LE MARAIS

La chronique du Marais n'offre rien de scandaleux ; les portes y sont fermées sur les minuit et personne ne découche.

Maman applaudit à cette invention et la compagnie convint à ce sujet du peu d'invention des hommes. Ils fondent, disions-nous, leurs recherches sur des sujets sourcilleux et jamais susceptibles d'agréments. Ils consument leur temps à ennuyer le public, et ils meurent de faim, tandis qu'avec quelque soin, un peu d'esprit et de brillant, ils pourraient, chacun dans son quartier, tenir des registres exacts de cette espèce, en composer un roman (le vice prête assez volontiers), et mériter par là l'estime des gens du bon ton et les suffrages des bourses opulentes.

Passons à ce qui me regarde, mes chères compagnes ; nos réflexions sont quelquefois trop longues.

Destituée de protecteur, je me mis au nombre de ces filles roulantes dont je vous ai parlé plus haut.

Cet état serait le plus délectable, s'il était solide et pécunieux. Tantôt vous vous laissez surprendre aux caresses d'un jeune fat qui, sur les dix heures du soir, prétexte un souper : vous voilà hors-d'œuvre. C'est un tapageur effronté qui vous harcèle et que vous écoutez, qui vous viole et ne vous paie pas. Ah ! maman, pour un souper heureux qu'on escroque à un robin ou à quelque vieux financier, qu'on fait souvent seule les frais de la dépense ! Sans compter les nasardes orgueilleuses de la maison du roi, quand nous nous promenons avec cet air d'indécence qui nous caractérise et certifie nos désirs.

CHAPITRE XXVI
Un dogue dans le lit

Le métier commençait à me lasser, lorsque je vis entrer mon colporteur d'un air satisfait.

— Bonnes nouvelles, mademoiselle, me dit-il du plus loin qu'il me vit, bonnes nouvelles ! Je vous ai trouvé une affaire de passade. J'ai déjà reçu deux louis pour vous en faire la proposition, et j'en toucherai quatre autres, si la proposition vous est agréable. Allons, mademoiselle, profitez de l'occasion, en attendant que je vous trouve quelque chose de tenant[1]. Un victorin[2], beau, gros et solide, sur le portrait avantageux de vos charmes, vous offre cinquante louis pour coucher ici ce soir sans scandale.

— Cinquante louis ! m'écriai-je. Qu'il vienne sur les sept heures… et nous verrons.

Ces derniers mots furent dits d'un ton plus réservé, après quoi mon homme se retira. Cinquante louis ! Que la promesse était délicieuse et que j'imaginai de moyens pour les dépenser ! L'arrivée de mon ribaud mit trêve à ces réflexions.

Persécuté par sa lubricité, il vint deux heures plus tôt que je ne l'attendais. Ses cinquante louis furent présentés et acceptés, après quoi l'on procéda. Il faisait chaud ; je l'invitai à prendre ses aisances : il n'hésita pas. Nous préludâmes monacalement par trois assauts consécutifs ! Ah ! que ce bon père était vigoureux ! Je l'avouerai à son honneur : si le sort lui eût laissé la nuit entière, je crois, malgré toute ma paillardise, qu'il aurait pu me terrasser. Le destin en décida autrement.

Trois libertins m'avaient lorgnée pendant le jour à ma fenêtre ; apparemment je leur avais plu. Tout ce que je puis vous avancer, c'est qu'ils vinrent le plus galamment du monde faire tapage à ma porte sur les minuit. D'abord, je pris le parti de ne pas répondre. Mais voyant que le bruit devenait sérieux, je crus devoir le prévenir en ouvrant obligeamment la porte. Je craignais mes voisins.

— Messieurs, leur dis-je à moitié déshabillée et une bougie dans la main, pourrais-je savoir ce qui vous amène ici ?

— C'est, reprit l'un d'eux, la curiosité. Nous demandons Mlle de Saint-Chaumont.

— Vous vous trompez, mes enfants ; je ne porte pas un pareil nom.

1. *Tenant* : fixe, permanent.
2. *Victorin*, chanoine régulier ou religieux bénédictin d'un ordre dont la principale maison fut l'abbaye de Saint-Victor à Paris.

Voyez quelques maisons plus bas, vous pourrez trouver ce que vous cherchez.

— Corbleu tant pis, dit un second. En tout cas, vous la valez bien !

— Je n'ai pas l'honneur de la connaître.

— Soit. Mais, poursuivit l'autre, nous vous ferons faire connaissance avec elle.

En parlant ainsi, ils gagnaient toujours du terrain.

— Encore un coup, messieurs, que faites-vous ? Je suis une femme mariée et d'honneur, qui plus est ; je ne reçois personne chez moi. Vous demandez peut-être ma femme de chambre ; elle a pu autrefois porter ce nom.

— Les gens comme nous ne s'arrêtent pas à des femmes de chambre, et des filles comme vous sont encore trop heureuses quand ils daignent brouter avec elles !

— Eh madame, s'écria Flore, ne voyez-vous pas que ce sont des libertins qui cherchent à agacer le guet ? Allez, mes étourdis, croyez-moi, changez de batteries. Si monsieur le baron venait à s'éveiller, il vous ferait repentir de votre témérité.

Ma gouvernante croyait me rendre service : elle s'y prit fort mal.

Moi-même, je perdis la tête. Voyant leur opiniâtreté, je devais les recevoir dans mon antichambre et capituler sur un méchant sopha qui s'y trouvait. Par ce tempérament, je me serais épargné bien des chagrins.

— Enfin, mademoiselle, vous ne voulez donc pas vous appeler de Saint-Chaumont ? Eh bien ! sandis ! vous en conviendrez malgré vous !

Ces derniers mots, prononcés en chorus, furent le signal de la rébellion. Ils s'élancèrent dans mon appartement, s'amusèrent de quelques débris du dessert, cassèrent les bouteilles, étouffèrent les verres entre leurs dents ; puis, tournant leurs regards vers le lit, ils en tirèrent les rideaux pour conduire la victime sur l'autel.

Mon moine cependant était enfoncé dans mes draps et se recommandait à tous les saints de son paradis. D'abord ce stratagème lui réussit ; mais par malheur pour lui, un des acteurs de la troupe, garçon soupçonneux ou désœuvré, s'avisa de tirer son épée et de la faire folâtrer sur ma couverture. Un jeu si piquant ne pouvait pas manquer d'inquiéter le moine ; aussi s'en plaignait-il par un saut épouvantable que toute la compagnie remarqua... « Eh ! eh ! dirent-ils, est-ce que mademoiselle couche avec quelques animaux ? Il faut qu'il y ait là-dessous un gros matou. Non, parbleu, c'est un dogue au moins, poursuivirent-ils, en s'avançant. Ah ! mademoiselle, vous souffrirez bien que nous le caressions. Voyons s'il sera aussi sauvage que vous. »

Cependant le guet, que les voisins, gens peu gracieux, avaient envoyé chercher, se présentait à la porte de la prétendue Chaumont. Ayant satisfait aux désirs brutaux de cette jeunesse, je l'aurais aisément apaisée à l'égard du moine et même, sur leurs discours un peu plus suivis, je commençais à reprendre haleine, lorsque le sergent, bien escorté, parut et vint poliment me présenter la main pour sortir de chez moi.

D'abord nos jeunes gens ferraillèrent, mais sur les remontrances qu'on leur fit et sur les assurances qu'on leur donna de n'être pas venu pour eux, ils nous abandonnèrent, le moine et moi. Notre première visite fut chez un commissaire qui, vu la gravité du cas, commanda à notre écuyer de nous introduire chez le lieutenant de police. Ce dernier nous reçut assez mal, il remit mon moine entre les mains de ses confrères où, grâce à la charité chrétienne, il expiera, je crois, rudement sa faute, et me condamna à six semaines de captivité. Je n'en suis sortie, maman, que pour me ranger auprès de vous. Le monde est trop sujet : il faut faire une fin.

CHAPITRE XXVII

Histoire de la Raton.
Les heureux effets de la dissipation

Je ne vous parlerai pas de ma naissance, vous savez qui je puis être. D'ailleurs, le public n'a pas besoin d'une généalogie équivoque.

À quatorze ans, mes chères amies, j'avais mon pucelage, comme on peut l'avoir à cet âge : à quatorze ans et… (la date n'y fait rien), je le perdis — ou je ne l'avais plus. Abrégeons ; cela ne mérite pas d'éclaircissement : nous nous en débarrassons toutes de la même manière.

Je ne sais si je serais jamais parvenue à devenir femme du monde sans l'indiscrétion de mon premier amant, car je l'aimais éperdument : le fait n'est pas à sa gloire ; ainsi, maman, je serai exacte à n'en pas omettre la moindre circonstance.

Ennuyé sans doute de ma persévérance, de son bonheur et du mystère, il jugea à propos de déposer un jour son secret dans le sein de son rival même. En vain m'a-t-il dit depuis que le vin seul avait échauffé son imagination, que l'entretien ayant roulé sur les filles du quartier, la chronique médisante avait noté toutes les tourterelles du curé, que me trouvant seule exceptée, il avait souri de la confiance de son ami qui paraissait le plus appuyer ce sentiment, que celui-ci, piqué au vif, avait gagé dix louis que je le conservais encore, que se trouvant sans argent, sans ressources et sans raison, il s'était laissé éblouir à l'aspect de ce précieux métal, dont il pouvait aisément devenir possesseur, le jour en question étant destiné à le recevoir furtivement chez nous. En vain m'a-t-il offert depuis sa petite fortune : il ne me sera jamais rien. Comme il est le seul mortel que j'aie aimé, il sera aussi le seul que je haïrai, si une femme peut moralement haïr un homme.

Revenons à l'incident qui m'éleva pour ainsi dire au-dessus de mon état.

— Eh ! mais, poursuivit Éléonore en m'interrompant, ces aigreurs ne sont guère de saison. L'inconstance de ton amant a fait ta félicité.

— J'en demeure d'accord. Une femme ne saurait être conséquente, ajouta la Villeneuve en me priant de reprendre mon histoire ; ce que je fis avec complaisance.

Une belle soirée que j'attendais mon amant en habit de combat, la paillardise peinte sur les yeux, et *D. B.*[1] entre les mains, survint son rival :

— Ah ! mon cher, tu te fais bien attendre, m'écriai-je du plus loin que je vis son ombre. (Mes portes étaient ouvertes, de peur de scandale, et je ne me figurais pas qu'aucun autre que lui eût dû profiter de la précaution.) Viens prendre sur mon front un baiser, promène tes mains libertines sur mon sein, ne crains point de me lancer des regards trop vigoureux. Cher amant, aux plaisirs que ma vue peut t'inspirer, ajoute encore les charmes avantageux que l'illusion offre incessamment à la jeunesse amoureuse. Que le concours flatteur de toutes les parties enchanteresses des femmes auxquelles tu consacres privément quelquefois, et sans les intéresser, vienne se fixer sur mes grâces naturelles et reproduise ici cette essence précieuse que je voudrais au moins recueillir, quand tu la rends inutile... Allons, qu'on s'asseye sur mes genoux ; je prétends qu'on m'obéisse ! En même temps, j'étends la main... Ô néant !... j'aperçois un rival à mes pieds, tandis que je croyais avoir senti l'amant autre part.

— Malheureuse conviction, reprit-il en m'empêchant de fuir. Eh ! quoi, ce cœur, cruelle, est donc sensible pour un amant qui te déshonore ? Envisage ma constance. Vois : ne méritait-elle pas un prix moins ignominieux ? Sur qui répands-tu tes faveurs ? À qui les refuses-tu ? Sans ton amant, qui m'a conduit ici, j'ignorais ta faiblesse, et sans la force de ma respectueuse tendresse, je ne serais pas venu me rendre malheureux.

— La raison est mortelle et l'amour est sûrement un dieu, repartis-je, en sortant d'un court évanouissement. Cher Nicandre, il est vrai, j'ai méprisé tes soins. Mais sais-tu venger une femme ? Sais-tu le moyen de laver ton affront ? Tu ne dis mot, Nicandre. Reçois-moi du moins entre tes bras, amène-moi sur ce lit, témoin de tant de honteux sacrifices, que les égarements du cœur cèdent aux égarements de la vengeance !... Tu t'éloignes, barbare... Eh ! pourquoi me venais-tu surprendre ? Un sentiment de générosité arrête-t-il les transports impétueux de tes sens ? Surmonte-les, ou le voisin le plus ignoble jouira du trouble où je me vois réduite !

L'activité avec laquelle je prononçai ces dernières paroles le rendit entreprenant : il marcha au combat. Je cherchais à lui céder l'honneur de la soirée, et bientôt il triompha. Heureuse et voluptueuse défaite ! Mon

1. *Histoire de Dom Bougre, portier des Chartreux*, roman érotique attribué à Gervaise de La Touche (1740).

amant reparut au fort de la trahison réciproque. Repentant de m'avoir livrée, il venait jeter à mes pieds les malheureux louis qui l'avaient séduit. Au reste, il se retira sans s'aller pendre. À quoi bon cette grimace ? il aurait perdu mes bonnes grâces et la vie. Quant aux écus, qu'il avait étourdiment laissés sur le carreau, ils furent ramassés avec soin et corrigèrent l'affreuse économie de ma garde-robe.

Ce pas fait, je devins de jour en jour plus entreprenante : je n'aimais plus ; ainsi j'ouvrais mon cœur à tout le monde : une passion honnête nous maintient furieusement. Plus d'avis, plus de conseils. Enfin, je parvins à faire tourner la cervelle à toute ma famille, à décider souverainement chez eux et à les chasser, moyennant quelques épithètes chargées quand leur présence m'incommodait. Avec ces précautions, l'abondance survint bientôt dans mes coffres, mes mœurs se polirent, et mon éducation prit une forme complètement jolie. Chacun contribuait à me rendre parfaite et somptueuse, et je contribuais seule à contenter tout le monde. Un peu d'art, et le métier est lucratif.

CHAPITRE XXVIII

À quoi servent les bouquetières

Sans autre science qu'un minois ruineux, je parus l'an 1744 à la foire Saint-Germain, sur une espèce de théâtre où l'on jouait l'opéra-comique. Un jour que je sautais lubriquement, j'avais besoin de souper ; j'entendis un baron étranger qui demandait mon nom à la bouquetière. Elle se mêlait de plus d'un métier, et c'est ce qui me donna de la curiosité. « Mais je la trouve jolie, ajouta-t-il après que cette dernière eut répondu à son empressement. Ses attitudes sont voluptueuses, et je donnerais bien vingt-cinq louis pour coucher avec elle. » J'écoutais du mieux qu'il m'était possible ce petit verbiage, sans déranger l'économie du ballet.

— Eh ! mais, répliqua la duègne, on pourrait ajuster cette affaire, si vous étiez persuasif.

— Un louis, mademoiselle Paillarde, est-il suffisant pour lever vos doutes et décider vos irrésolutions ?

— Peut-on vous rien refuser ? lui dit-elle. Tenez, prenez toujours ce bouquet, je vais vous rapporter la monnaie de votre louis.

Le ballet continuait, et ma nouvelle conquête enhardissait tellement mes grâces que je parus charmante le reste de la soirée. Au moins crus-je le remarquer aux applaudissements merveilleux de la chambrée [1] et

1. *Chambrée* : ce mot désignait couramment, au XVIIIe siècle, l'ensemble des spectateurs dans une salle de théâtre ; « une belle, une brillante chambrée, une chambrée complète ».

surtout au déluge de soupers qui m'inondèrent pendant les entractes. Un d'entre mes nouveaux prosélytes prit si bien ses mesures que je jugeai à propos dans la coulisse de lui rendre l'esprit plus mûr et les sens plus rassis. Ce trait n'échappa pas aux regards de ma bouquetière ; elle me couvrit de son corps pendant l'action, et après l'action elle me fit de sérieux reproches sur l'irrégularité de ma conduite. Comme elle était partie intéressée, je ne m'étais pas avisée de me gêner devant elle. Après avoir discouru quelque temps sur les effets du scandale, la matière était louable, elle changea tout à coup de propos. Le baron fut mis en jeu, je cornai sa carte, et *Paillarde* courut lui rapporter que j'avais fait paroli[1]. Il ne se déconcerta pas ; tout autre aurait craint d'être débanqué[2] ; il sourit de ma présomption et vint me présenter la main. Nous arrivâmes au logis, où après m'avoir offert sa bourse, qui pouvait contenir la moitié de la somme, il me jura, parole d'honneur, qu'en rentrant chez lui il aurait soin de me faire toucher la somme. Les arrhes étaient solides ; je m'y tins, en me réservant toujours sa parole d'honneur. Je le questionnai ensuite sur ses désirs. Je voulus qu'il me choisît lui-même l'habillement sous lequel je lui plairais le plus. Je lui demandai s'il voulait que je parusse en nymphe, en impératrice romaine ou bien en paysanne. Il me répondit obligeamment que, telle forme que je prisse, je lui serais également agréable, que celui de reine ferait naître ses désirs, celui de nymphe lèverait ses scrupules, et celui de paysanne le vengerait de mes infidélités. Je trouvai ces distinctions justes, et je résolus sur-le-champ d'exécuter le projet que ma folle imagination avait inventé. Mais mon nouvel amant, sous ces figures différentes, sacrifia toujours à Raton et au plaisir. Le souper vint, il interrompit quelque temps nos extravagances : les friandises amusent horriblement les hommes ! Enfin, l'on desservit, et le baron, les mains paillardement entrelacées dans mes jupons, la bouche collée sur mon sein, me fit entendre qu'il désirait représenter avec moi le tableau de l'Amour conjugal. Sa requête me parut raisonnable ; j'y eus égard. Le trône de Cythère fut dressé, et à l'envi l'un de l'autre, nous courûmes y brûler cet holocauste contrariant, qui vit sans être et qui meurt en naissant. Nous nous épuisâmes mutuellement, et le baron ne pouvant pas dormir, fit ces vers, car il en faisait de mauvais :

Si tes élus, si tes amis
Jouissaient, Mahomet, d'un corps inépuisable,
Sans contredit ton paradis
Serait le plus galant et le seul désirable.

Puis il se leva, fatigué, et prit maussadement congé de moi.

1. *Paroli* : dans certains jeux de cartes, au trictrac, etc., enjeu représentant le double de la mise antérieure, après un gain. « Faire paroli » ; « gagner, offrir, tenir le paroli ». *Faire paroli* signifiait également : corner la carte sur laquelle on joue le double.
2. *Débanquer* : faire sauter la banque.

CHAPITRE XXIX
Apprends à faire tes commissions toi-même

Je rêvais encore aux largesses du baron, tant présentes que futures, lorsque tout à coup j'entendis un fiacre s'arrêter mystérieusement devant ma porte. Mon premier soin fut de lever les stores et de mettre la tête à la fenêtre. Un gaillard bien découplé en descendait orgueilleusement. Il ne lui manquait, pour avoir le bonheur de paraître un homme de conséquence, que la volonté bizarre et indiscrète de la nature. De plus, il avait l'air épuisé, ce qui parlait beaucoup en sa faveur : on se trompe quelquefois. Mme la comtesse de Saint-S..., dont il avait jadis été le..., l'avait maniéré[1]. Son style même me parut à la mode et la capitulation recevable. Pour ne pas tenir plus longtemps mes amies en suspens, elles apprendront de moi que le galant du jour était le laquais du baron, qui sur le portrait de mes charmes, que sans doute son maître avait amplifiés, s'était résolu à jouer près de moi un personnage nouveau, en profitant de la dette qu'il était chargé d'acquitter et qu'il acquitta en effet[2].

Le baron revint ; il méritait une heureuse réception et je lui en avais préparé une épouvantable ! « Cette visite, monsieur, lui dis-je amèrement, me paraît inconséquente, ces familiarités maussades et ce ton flétrissant. Promettez moins et donnez davantage ! » Ces dernières paroles pesées et traînées avec affectation lui suggérèrent de sérieuses réflexions ; il avait l'esprit vif et pénétrant, il voulut me sonder sans se compromettre.

— C'est-à-dire, mademoiselle, que quelque galant chevalier a fasciné vos esprits. Une femme visitée deux fois par jour peut bien autoriser un joli homme à se repentir d'une folie.

— Eh ! sur quel ton le prenez-vous, monsieur ? repris-je vivement. Ma condition n'est-elle pas libre ? Vos engagements sont-ils de même ?

— Oui, sans doute, poursuivit-il étonné. Aussi les ai-je remplis et Lafrance vous en dira des nouvelles.

Aussitôt il fit monter son laquais qui, soupçonnant les interrogations de son maître, ne voulut pas encourir les risques de la question : il avoua tout. Quel ne fut pas mon étonnement à l'aspect de ce malheureux. Je l'eusse dévisagé cent fois[3], si son maître, plus prudent, ne l'eût soustrait à mes ongles meurtriers. Quelle situation, maman ! Un maître qui soutient

1. *Maniérer* : donner un caractère d'affectation, de recherche exagérée.

2. Une jolie actrice de la Comédie-Italienne a passé dans le public pour l'héroïne de l'histoire. Qu'elle souffre que je prenne mon bien, sinon je dirai qu'elle a la bouche puante. [NdA]

3. *Dévisager* : défigurer, déchirer le visage. « Ce chat-là vous *dévisagera*. Quand cette femme-là est en furie, elle *dévisagerait* un homme ». (*Dict. Acad.*, 1798).

son valet au préjudice d'une femme irritée ! Une maîtresse qui voit devant elle deux rivaux qui se connaissent, dont l'un fait l'éloge et l'autre prouve la turpitude de ses grâces ! Et par-dessus tout cela, un amant riche qui l'abandonne ! Ah ! maman, il faut être femme pour sentir combien je pâtis dans ces moments-là, et jusqu'à quel point ces dernières paroles me parurent dures et affligeantes : « Allez, la belle, on ne saurait vous vouloir du mal. Mais, en revanche, on ne doit pas songer à vous faire du bien. »

CHAPITRE XXX
Après la vendange on grappille

J'étais fille de théâtre : nos peines ne sauraient durer. La toile levée, il faut que nous plaisions ; nous plaisons, et conséquemment, adieu le chagrin !

Le particulier sur lequel je fixai mes bonnes intentions ce soir-là fut un bel esprit du siècle. Un bel esprit est un sot qui se méconnaît, parce qu'on l'admire, et qui raisonne communément comme nos bijoux. « Taisez-vous, reprit maman ; vous voulez toujours faire de mauvaises pointes ! Vous êtes un bel esprit femelle ! » Nous rîmes toutes ; je l'interrompis à mon tour sans me déconcerter. Je le savais nouvellement à son aise. La directrice des postes le pensionnait pour travailler à la perfection d'une histoire sérieuse qu'il traduisait en style pitoyable, à l'usage des gens de qualité. L'anecdote n'est pas considérable[1].

CHAPITRE XXXI
Histoire d'Adélaïde

Plastron de débauche dès ma plus tendre jeunesse, je recueillis bientôt les fruits amers d'une volupté peu choisie. Une maladie aussi prompte que nouvelle, loin de me retirer de l'abîme où j'étais engagée, ne fit que m'encourager à m'y plonger de nouveau. Je me livrais avec d'autant plus de fureur à ma passion que les instants délicieux où je l'assouvissais étaient les seuls où j'oubliasse mes douleurs. Quel plaisir n'éprouvais-je pas à m'associer ainsi des victimes, à faire couler dans leurs veines le poison auquel j'étais en proie ! J'aurais voulu pouvoir embraser l'univers du feu qui me consumait ! Combien de fois ne fus-je pas tentée de quitter

1. *Nec plus ultra.* [NdA]

la maison paternelle, où j'étais encore, pour me livrer plus à mon aise à un libertinage qui m'était nécessaire ! Toutefois, je n'accomplis pas ce projet ; une lueur d'espérance que je conservais toujours me faisait dévorer mon chagrin. Je me flattais qu'il viendrait un instant où je trouverais le moyen de travailler à une guérison que je ne retardais, après tout, que dans le désespoir de l'obtenir alors, car je n'étais pas d'humeur à me déclarer à mes parents qui, fondant toute leur tendresse sur une sagesse que j'affectais, me l'auraient nécessairement retirée après un tel aveu. C'eût été perdre ainsi les fruits de mon hypocrisie, seule ressource qui me restât. Il vint enfin ce jour heureux de ma guérison, dont le souvenir m'est d'autant plus agréable qu'il fut le fruit de mon adresse et de ma perfidie.

Un soir que je rentrais chez moi, je me trouvai accostée par un homme d'assez mauvaise mine. Quelque peu séduisante que fût sa figure, peut-être me serais-je rendue à ses sollicitations, si outre qu'il était déjà tard et que j'étais proche du logis, je n'eusse encore craint de me compromettre vis-à-vis d'un jeune homme qui m'observait depuis longtemps et sur qui, par je ne sais quel sentiment secret, je fondais déjà des espérances. Je pris donc le parti de répondre au rustre qui m'attaquait avec cette politesse, ferme indice d'une honnête fille, beaucoup plus que les brusqueries d'une débauchée qui veut se contrefaire. Il redoublait ses instances et j'étais obligée de hâter le pas pour me soustraire à ses poursuites, lorsque le jeune homme en question vint m'offrir son secours. Sa présence fit aussitôt fuir l'importun qui m'obsédait, et après avoir remercié mon libérateur, je le priai de vouloir bien ne pas aller plus loin. Je lui dis qu'étant à deux pas de chez moi, son secours me serait inutile, que sa présence même produirait un mauvais effet vis-à-vis des voisins et surtout de mes parents. En me défendant ainsi de ses politesses, j'arrivai à ma porte. Là, je le priai plus sérieusement de me laisser seule ; il parut y consentir et je montai chez mon père.

CHAPITRE XXXII

Tout est bon à savoir

À peine fus-je arrivée qu'on frappa à la porte ; j'en étais proche et je l'ouvris. Quelle fut ma surprise de voir entrer le même jeune homme qui venait de me quitter et qui me demanda s'il n'était pas chez M. Dupré, tailleur ! Je fus si étonnée que je n'eus pas le courage de lui parler. Mon père répondit que oui, en lui demandant ce qu'il désirait, et il entra. « Monsieur, dit-il, on vous a enseigné à moi comme un excellent ouvrier. J'ai quelque habit de goût à me faire faire, et je serai ravi de tomber entre les mains d'un homme qui en a autant que vous. » Il lui détailla ensuite en quoi consistaient ces habits, en lui demandant à quoi pourrait monter le tout.

— Il faut voir, lui répliqua mon père ; je m'en vais calculer, si monsieur le veut bien.

— Vous avez raison, répliqua le jeune homme ; vous compterez de votre côté et moi du mien, et nous verrons ensuite si nos mémoires seront conformes.

Je fus en conséquence chercher du papier et de l'encre, curieuse de voir où aboutirait une scène si imprévue. Chacun barbouille de son côté, et le jeune homme, après avoir écrit quelques mots, s'écrie : « Mais je fais là de la besogne inutile ! Vous êtes honnête homme, monsieur, et vous savez mieux que moi à quoi montent toutes ces drogues. » Il déchire en même temps son prétendu mémoire et le jette à mes pieds en me donnant un coup d'œil. Je n'eus garde de laisser prendre ces fragments précieux, et pendant que mon père le reconduisait, je ramassai le papier déchiré, que je reconnus être un billet où l'on me donnait pour le lendemain un rendez-vous au Luxembourg, en me déclarant qu'on était fou de moi.

La nuit ne fut pas trop longue pour me conseiller. Combien de réflexions me passèrent par la tête sur la façon dont je me comporterais le jour suivant ! Devais-je, en me livrant trop facilement aux instances de mon amant, détruire ainsi la bonne opinion qu'il avait de moi et sacrifier à un gain léger des espérances plus considérables ? Hasarderais-je, en lui faisant un aveu humiliant, de piquer sa générosité ? Mais c'était m'exposer aux mêmes inconvénients et à de plus grands. Une retraite de sa part, encore plus humiliante que mon aveu, serait peut-être l'effet de ma franchise. Enfin, fallait-il, par une résistance vigoureuse, risquer, pour ainsi dire, le tout pour le tout et l'amener à un mariage dont, à ma honte, j'avais la faiblesse de me repaître déjà ? Je n'avais pas encore pris de parti quand le jour vint à paraître. Je me levai, résolue d'agir suivant les circonstances. Je me hâtai de m'habiller, et mettant en œuvre tous les secours qu'un art innocent peut prêter à la nature, je me parai beaucoup plus que de coutume. Heureusement que la fête solennelle qu'on célébrait ce jour-là me donnait lieu de le faire avec moins d'affectation. Je me trouvai enfin contente de moi-même, et sous prétexte d'aller à la grand-messe, je me rendis à l'heure prescrite au Luxembourg, etc.

CHAPITRE XXXIII
Phrases de Pharamond, Clélie[1], *etc.*

Le jeune homme m'avait devancée. À cette marque, à son air embarrassé et surtout grâce à mon amour-propre, je crus qu'il était réellement amoureux de moi. Je ne balançai plus alors, et m'armant d'un courage auquel je n'étais pas accoutumée, je lui déclarai, après les premiers compliments, qu'il n'eût garde de s'autoriser d'une démarche qui semblait lui promettre du retour de ma part, que je ne m'étais résolue à la faire que pour lui déclarer combien seraient inutiles toutes celles qu'il risquerait lui-même par la suite. Ce début l'étourdit, et le silence qu'il garda alors me confirma dans l'opinion où j'étais qu'il était effectivement passionné pour moi. À ce silence succédèrent des reproches sur ma cruauté. « Je n'aurai donc eu le bonheur, ajouta-t-il, de vous voir un instant que pour entendre de votre bouche un arrêt que je ne mérite pas ? Vous n'aurez paru m'accorder une faveur que pour me faire ensuite la plus horrible injustice ! Vos beaux yeux auront allumé dans mon cœur une passion dont leur aigreur ne fera qu'accroître la violence. Ah ! chère Adélaïde, je n'ose exiger que vous m'aimiez. Souffrez du moins que je vous aime et que je vous le dise. Je ne demande pas que vous guérissiez mes blessures, mais ne les déchirez pas de nouveau. »

J'avais peine à ne pas rire de ces expressions romanesques ; je me contrefis pourtant, et avec un air ému : « Monsieur, lui dis-je en lui coupant la parole, je ne sais ce que signifie ce langage séducteur que vous m'étalez. Vous me paraissez d'une naissance et d'une fortune à ne pouvoir avoir une passion légitime pour moi. Auriez-vous la témérité de croire que vous en puissiez allumer dans mon cœur une d'une autre espèce ? Ah ! si vous m'aimiez réellement, vous craindriez, en me découvrant vos sentiments, de m'en faire naître qui, sans contribuer à votre bonheur, feraient le tourment de ma vie, puisqu'il me les faudrait combattre. Je n'ajoute que deux mots : si vous m'aimez, vous ne me verrez plus. » Je n'attendis pas sa réponse, et je me levai brusquement.

Je m'applaudis, en m'en allant, du rôle que je venais de jouer. Je m'attendais bien que l'air passionné avec lequel j'avais dit ces dernières paroles aurait son effet. Le jeune homme n'en devint que plus amoureux ; il me fit tenir je ne sais combien de billets que je ne voulus pas recevoir. Il venait partout à ma rencontre et je l'évitais partout. Ce personnage dura quelques jours, mes chères amies. Le fait est un peu romanesque :

1. Respectivement romans de La Calprenède (*Faramond ou l'Histoire de France*, 1661-1670, 10 vol.) et de Mlle de Scudéry (*Clélie, histoire romaine*, 1654-1660, 10 vol.).

passons rapidement à la conclusion, et nos gestes réciproques deviendront vraisemblables.

Un soir qu'à mon ordinaire je revenais on devine d'où, je me sentis tout à coup embrassée par un homme : c'était mon amant. « Chère Adélaïde, me dit-il, pardonnerez-vous cette témérité ? C'est le désespoir qui m'y porte. Daignez seulement lire cette lettre, et c'est la dernière que je vous présenterai. » Il me glissa effectivement un papier dans le sein et disparut.

De retour chez moi, je n'eus rien de plus pressé que d'en faire la lecture. Que je fus agréablement surprise en trouvant, à l'ouverture de la lettre, une promesse de mariage en bonne et due forme signée du chevalier de Chanonba[1] ! Je lus rapidement le billet qui l'accompagnait ; il était conçu en ces termes :

> Mademoiselle,
>
> Le temps ne me permet pas de vous rien détailler, mais vous verrez par cette promesse combien mes vues sont légitimes. Vous l'auriez appris dès notre première entrevue, si vous m'aviez donné le temps de m'expliquer, et vous n'auriez pas eu de moi, quinze jours durant, le soupçon le plus injurieux. Je n'attends pourtant rien de cette démarche que l'avantage de m'être justifié vis-à-vis de vous, car pourrais-je me flatter d'en être aimé ? Un mot de réponse, sinon je suis le plus malheureux des hommes, parce que je suis l'amant le plus passionné, etc.

Il avait mis son adresse au bas. Jamais sentiments plus délicieux ne s'élevèrent dans mon âme qu'en cet instant. Que je me sus gré d'une réserve dont j'allais recueillir le fruit ! D'un état humiliant, je passais à un rang auquel je n'aurais osé prétendre. Le chevalier me paraissait de naissance par le titre qu'il prenait, et sa fortune y répondait, à se laisser surprendre à l'habit somptueux qu'il portait. Mon bonheur par-dessus tout était le prix de mon adresse. Que ce retour d'amour-propre était enchanteur ! Il faut l'avouer, un scrupule me restait : paierais-je la générosité de Chanonba d'une énorme ingratitude ? Porterais-je en dot à mon époux une maladie honteuse ? La position était critique, la nuit ne fut pas encore trop longue pour me donner conseil. Enfin, je rougis de mon irrésolution ; les sentiments du cœur étouffèrent les vices de l'âme, et je résolus de me déclarer à mon amant. J'arrivai chez lui dans ces heureuses dispositions.

— Aimable Adélaïde, me dit-il du plus loin qu'il me vit, je n'osais me flatter de recevoir de vos nouvelles, et c'est vous que je vois ! Mon bonheur est trop grand…

— Cher chevalier, interrompis-je ; c'est sur la foi de votre promesse que je risque le tête-à-tête. Voudriez-vous déshonorer votre épouse ?

— Mon épouse ! s'écria-t-il, eh quoi ! votre belle bouche prononce ce

1. Probable anagramme d'un personnage nommé Chabanon, que nous ne parvenons pas à identifier. À moins que Rochon de Chabannes ne se soit mis lui-même en scène sous ce pseudonyme.

nom ! vous en acceptez la qualité ! je ne puis en croire mes oreilles ! Que six mois vont me paraître longs !

— Six mois, repartis-je, chevalier, vous seriez-vous moqué de moi ?

— Malheureuse Adélaïde, croyez-moi, je ne différerais pas mon bonheur, si je pouvais faire à présent un mariage dans l'espérance duquel je mourrai peut-être : une telle cérémonie ne dépend pas du seul consentement des cœurs. Ah ! si cela dépendait de moi, ajouta-t-il en me lançant un regard passionné, vous seriez déjà mon épouse. Voici le cas dans lequel je me trouve. Je suis Américain, de qualité et riche. J'ai perdu mes parents fort jeune, et un tuteur, dans la dépendance duquel je suis encore, m'a envoyé en cette ville pour faire mes exercices. Ils sont finis, ma minorité expire, je suis obligé de partir incessamment pour l'Amérique, et ce ne sera malheureusement qu'à mon retour que je pourrai exécuter une promesse que je ne suis pas actuellement maître de remplir.

Quelqu'un vint en ce moment ; le chevalier passa dans une autre pièce pour l'expédier, et je restai seule.

La bonne foi avec laquelle il venait de me parler ne faisait que m'engager davantage à en avoir pour lui, et je me préparais à récompenser sa feinte tendresse par un aveu généreux, lorsqu'une lettre à moitié commencée, et qu'il écrivait quand j'arrivai, vint à piquer ma curiosité.

Je crus qu'elle s'adressait à moi, et je la lus. Jamais étonnement ne fut plus grand. Qui s'y serait attendu ? Le traître vantait déjà la victoire qu'il espérait remporter sur moi ; les expressions en étaient trop frappantes pour ne m'en pas souvenir.

CHAPITRE XXXIV

Plus à la moderne

Je suis toujours féru, mon cher ami, de la petite grisette dont je t'ai parlé, mais la bégueule me désespère : depuis quinze jours, billets, compliments, politesses n'y font rien. J'ai employé hier la dernière ressource d'un honnête homme : une promesse de mariage ; tu sais à quoi cela sert. Véritablement, c'est une perfidie qui me fait peine. D'où vient aussi que ces petites subalternes ne font pas ce que nous voulons et affectent une cruauté qui ne convient pas même aux duchesses ? Cet artifice me la subjuguera sans doute, je m'en… Tu m'entends. Par ma foi ! Ce sera la plus jolie jouissance du monde, et neuve, j'en mettrais le doigt au feu !

Elle a une cousine qui la vaut bien, et qui passera le pas aussi, sur ma parole, etc.

Non, la foudre ne porte pas des coups plus rapides que celui dont mon cœur fut atteint en cet instant. Cette courte lettre me découvrait d'un bout à l'autre la perfidie la plus réfléchie. Ces sentiments généreux, cette promesse de mariage n'étaient qu'une comédie dont j'avais été la dupe. Toute autre l'aurait été. Sur le front de Chanonba siégeait la candeur, son cœur paraissait se peindre dans ses yeux, le malheureux abusait ainsi de la physionomie heureuse qu'il avait reçue en partage. « Perfide, m'écriai-je après quelques moments d'une réflexion désespérante, tu te joues à un sexe que tu ne connais pas ; tu te plaindras bientôt à ton tour, si tu l'oses, d'une perfidie dont tu viens de me donner l'exemple ! Je me repentais déjà de mon silence, et ma juste vengeance saura le prolonger jusqu'à ta honte. Il est permis, pour parer les coups d'un assassin, de l'assassiner le premier. »

Ces mouvements de colère et d'indignation m'avaient fait monter au visage un feu qui donnait plus d'âme à ma figure et la rendait plus touchante. Des larmes de rage coulaient de mes yeux. Je résolus de mettre à profit une situation qui n'était rien moins que l'effet de ma tendresse.

Je fis accroire à Chanonba, quand il revint, que l'état où il me voyait était une suite des réflexions que j'avais faites sur mon sort. « Cher amant, ajoutai-je plus passionnément, tu m'aimes et tu m'abandonnes ! Satisfait de m'avoir arraché l'aveu d'une tendresse que je t'avais déguisée jusqu'à présent, tu vas traverser les mers et porter ailleurs un cœur dont je n'aurai joui qu'un instant ! » En disant ces mots, mon coloris redoublait, je lui lançais des regards qui pénétraient jusqu'à son cœur, je prenais insensiblement sur le sopha une attitude qui me mettait hors de défense. Chanonba crut voir le moment de la victoire. Mon mantelet en désordre laissait ma gorge en proie à sa vue, sa bouche colla bientôt sur mon sein des baisers que l'agitation où j'étais semblait lui faire chercher.

— Adorable Adélaïde, reprit-il, si je m'éloigne de toi, ma constance n'en sera pas moins éternelle. Je scellerai, si tu veux, ma promesse du plus pur de mon sang.

— Quel gage m'en donneras-tu ? interrompis-je avec un soupir, présage de la défaite.

— Quel gage ? Mon âme entière, chère amante, mon âme va s'écouler dans la tienne, se confondre, s'unir avec elle.

— Ah ! cher époux ! m'écriai-je, tu m'aimes véritablement ! …

La fureur fit alors en moi plus que n'aurait fait l'amour ; tous mes nerfs se raidirent, je ramassai toute ma substance, je lançai plus d'une fois jusqu'au plus profond de son âme le poison rapide qui cherchait une issue, et le sentiment de vengeance qui s'éleva dans la mienne fut plus délicieux cent fois que le sentiment de volupté que j'avais éprouvé jusqu'alors. *Fin contre fin, la doublure n'en vaut rien*[1].

1. Locution proverbiale signifiant qu'il ne faut jamais essayer de tromper plus rusé que soi. On dit aussi : « *Fin contre fin* ne fait pas bonne doublure » (c'est-à-dire : on ne double pas un tissu léger par un autre aussi fin). *Fin* est entendu ici dans son double sens : mince et fourbe, rusé.

Quand il fut épuisé (car pour moi j'eusse été intarissable dans ma vengeance), je me plaignis après, comme c'est la coutume, de ma faiblesse, je lui dis que j'avais eu raison de fuir un vainqueur qui m'avait fait succomber dès la première entrevue, qu'au reste, je ne me repentais pas de tout ce que je venais de faire, si ces preuves de tendresse pouvaient l'engager à m'être fidèle et à me conserver un amour que j'avais payé si chèrement. Il me jura de nouveau, dans les termes les plus forts et les plus attendrissants, une constance inviolable, et si je n'en eusse cru le témoignage de mes yeux, je me serais encore laissé surprendre à des protestations si vraies et si passionnées en apparence.

CHAPITRE XXXV
Pensez-y bien

Qui cède à la pitié mérite qu'on l'outrage. Le cœur pénétré de cette pensée, je regardais ma vengeance imparfaite tant que je n'en goûterais pas les fruits. Cette lettre, dont la lecture m'avait fait tomber le bandeau de dessus les yeux, et qui en me découvrant l'affreuse vérité, avait encore été plus funeste à Chanonba, cette lettre me fournit de plus les moyens d'accomplir mes desseins. Il s'y vantait, comme on a vu, de triompher aussi d'une cousine que j'avais. Ce fut elle que je choisis pour couvrir ma trahison et pour m'en assurer la récompense.

Je devais retourner le surlendemain chez Chanonba ; je n'y fus pas. Je prétextai une incommodité qui m'était survenue fort mal à propos. Je chargeai du billet la cousine en question, et je me flattai de réussir. Elle était sage, mais simple, et la vertu, comme on sait, perd toujours plus de ce côté-ci qu'elle ne gagne de l'autre. Il me fut aisé de lui faire accroire tout ce que je voulus. Je l'engageai à se parer, je piquai son amour-propre. Une fille, quelque modeste qu'elle soit, a toujours envie de plaire. Je la disposai du mieux qu'il me fut possible à un triomphe qu'elle devait remporter pour moi. Enfin, elle partit.

J'attendis son retour avec impatience. Quelque bien préparées que fussent les choses, l'événement m'inquiétait. J'étais perdue si Chanonba ne me faisait pas une infidélité que je souhaitais. Et à quoi tenait-il qu'il ne fût plus en état de la commettre ? Sur les dispositions de ce dernier roulaient uniquement toutes mes inquiétudes, car encore un coup, la sagesse de ma cousine ne m'effrayait point. Que peut cette vertu contre un ennemi qu'elle ne connaît pas et qu'elle aime alors qu'il triomphe à ses dépens ! Enfin, à l'air animé avec lequel elle revint, à je ne sais quelle satisfaction mêlée de tristesse qui régnait sur son visage, à des marques moins équivoques que je découvris sur elle, sans affectation, je compris mon bonheur, et j'eus autant de joie d'avoir été trahie par Chanonba qu'il en avait eu probablement à le faire. Il avait chargé ma cousine d'une réponse. A peine daignai-je la parcourir légèrement. Elle était pleine de nouvelles impostures. Il se lamentait surtout de ne me pouvoir rendre une visite que je lui avais interdite. Il me conjurait de réparer ces deux jours d'absence le plus tôt qu'il me serait possible. C'était bien mon dessein; j'étais trop intéressée à doubler le rendez-vous pour trouver des obstacles capables de m'arrêter : j'y courus le lendemain. Le perfide réitéra des protestations qui ne lui coûtaient rien. Il voulut les sceller par de nouveaux embrassements. Ce furent les derniers que je reçus de lui, mais on juge qu'ils m'étaient essentiels. Je fus quelques jours ensuite sans le voir. Quand j'eus prévu que le poison aurait opéré sur le chevalier un effet qu'il faisait depuis si longtemps sur moi, j'y retournai, j'armai ma bouche de toutes les expressions que peut fournir la fureur à une fille indignement séduite, et je les trouvai toutes dans le fond de ma douleur. Je n'eus qu'à faire changer d'objet en apparence à la rage qui me dévorait intérieurement depuis la lecture de la fatale lettre. Le désespoir dans les yeux et la douleur peinte sur le visage : « Perfide ! m'écriai-je en arrivant, tu avais raison de me dire qué tu me laisserais des arrhes de ta parole. Vois-les : aurais-je dû m'attendre à de pareils gages de ta tendresse ? » À ces mots, je lui montrai l'état horrible où j'étais. « Ce n'était pas assez, ajoutai-je, de m'avoir enlevé mon honneur ; il fallait perpétuer ta victoire, marquer de ton sceau une victime dont mon cœur ne t'assurait pas assez la possession, et que tu enviais aux autres, même en l'abandonnant ! » La véhémence avec laquelle j'avais prononcé ces dernières paroles ne me permit pas de continuer. Un silence farouche succéda à ce début d'indignation. Le chevalier en fut déconcerté. Il était honnête homme ; et à quoi m'eût servie ma fourberie, si Chanonba ne l'eût pas été ! Ma hardiesse et mon effronterie firent évanouir les soupçons qu'il formait déjà sur mon compte et que ma négligence à le voir depuis quelques jours avait fortifiés sans doute ; je le compris à ses premières paroles : « Chère Adélaïde, me disait-il, vous ne connaissez pas encore tous mes crimes. Ce n'était pas assez de vous avoir été infidèle, de vous avoir rendue la victime de mon infidélité. Au moment même où vous êtes entrée, je vous regardais comme l'auteur de mes maux ; je vous chargeais des plus horribles imprécations ! Malheureux ! C'est moi seul qui suis coupable ! Exhalez votre fureur, chère Adélaïde, vengez-vous, immolez-moi... Mais non, je suis assez puni d'avoir trouvé quelques charmes préférables aux vôtres. Aussi, pourquoi m'avoir privé si longtemps de votre présence ? » Je parus étonnée de tout ce qu'il me disait. Il continua à m'apprendre des choses que je savais déjà. Il me conta ce qui s'était passé entre ma cousine et lui. « Sa candeur et son innocence me touchèrent, ajouta-t-il, je me repentais même de triompher de sa simplicité, et la cruelle faisait couler dans mes veines un poison qui devait bientôt me détromper. » Il finit par me dire que puisqu'il avait fait le mal, il le réparerait. Je lui témoignai être désarmée par son ingénuité, et qu'au reste, dans la situation où je me trouvais, je ne pouvais que m'en rapporter à sa bonne foi. Il envoya aussitôt chercher son chirurgien. Dans le tête-à-tête que j'eus avec celui-ci, j'eus soin de lui glisser quelques louis qui l'engagèrent à faire passer pour récente une maladie qu'il s'apercevait bien être invétérée. Enfin, après être convenus de la façon dont ce dernier s'y prendrait vis-à-vis de mes parents, je quittai le chevalier, en lui promettant de le venir voir toujours et de conserver pour lui une tendresse dont nous ne pourrions pas sitôt nous donner des preuves. Je ne sais s'il y allait de bonne foi. Quant à moi, je savais à quoi m'en tenir. Je le vis effectivement pendant toute notre maladie. Mais en ayant été quitte, je ne sais comment, beaucoup plus tôt que lui, je le négligeai absolument. Il me fit des reproches par une lettre. Aussitôt je levai le masque et lui renvoyai sa promesse de mariage, à laquelle je joignis le billet suivant :

Monsieur,

Je vous rends votre promesse de mariage, dont je connais à présent l'inutilité aussi bien que vous. Comptez que si j'ai été abusée pendant quelque temps, j'ai bien pris ma revanche. Je m'en suis amplement dédommagée par la double satisfaction que j'ai goûtée de vous donner la v… et d'être guérie par vos soins !

Je vous fais cet aveu avec d'autant plus de plaisir que la probité m'y engage. Je devais cette justification à ma cousine : elle seule a été votre victime, et elle espère que vous vous ferez un devoir de lui procurer une guérison dont je vous suis si gratuitement redevable.

Je finis en vous donnant un conseil. Croyez-moi, contentez-vous de ne point tomber dans les pièges des femmes, sans chercher à leur en tendre ; vous serez encore trop heureux.

Ô vous qui m'écoutez, apprenez succinctement la suite de mes Mémoires.

Un m… m'enleva aux Quinze-Vingts de la part de Mme Pâris. Vous savez ce que j'y fais : priez les dieux pour la conservation de mon corps.

RÈGLEMENTS DE LA PÂRIS

ARTICLE PREMIER. — Nulle fille ne recevra l'habit qu'elle n'ait un certificat de mousquetaires, gendarmes, gardes du corps, chevau-légers, cordeliers, carmes, célestins et autres.

ARTICLE SECOND. — Ces précautions ne seront que pour nous, et le rôle d'Agnès lui sera adjugé dès qu'il surviendra quelque curieux.

ARTICLE TROISIÈME. — Attendu que le rôle d'Agnès est le plus difficile à soutenir, elle aura mi-part toutes les fois qu'elle le jouera ; un coucher sera réputé grande pièce : elle aura le neuvième. Dans tous les autres cas, elle se contentera du dix-huitième.

ARTICLE QUATRIÈME. — Quant à la garde-robe que nous lui fournirons, elle sera prise, en conscience, sur les premiers émoluments de sa charge.

ARTICLE CINQUIÈME. — On la nourrira mal par maxime d'État : elle en aura plus de soin à ménager un souper.

ARTICLE SIXIÈME. — Lui faisons expresses défenses de s'amuser avec aucune de ses concitoyennes : c'est du bien perdu, et dans ma maison on doit mettre tout à profit.

ARTICLE SEPTIÈME. — Elle accueillera élégamment ceux que j'introduirai dans le sérail, toutefois à proportion du rang qu'ils se donneront et des habits qu'ils porteront. Elle se souviendra surtout de distinguer les robins : ce sont des gens qui payent bien, font peu de besogne et se retirent sans scandale.

ARTICLE HUITIÈME. — Dans le particulier, elle ne se prostituera pas en folle sur le sopha (les filles sont pétulantes quand il s'agit de *le laisser respirer*), mais elle fera une défense d'Opéra, le temps de piller les bijoux.

ARTICLE NEUVIÈME. — Elle sera tenue de rapporter à la masse les débris précieux de son industrie. En cas de contravention manifeste, dépouillée de ses gages pendant huit jours de travail opiniâtre.

ARTICLE DIXIÈME ET DERNIER. — Si le lendemain d'une sortie éclatante, elle n'est pas demandée, condamnée à passer chez la Renaud, la Carlier, la Hequez, la Richard, la Beaubourg, la Dupont[1] et autres subalternes : c'est à elle à minauder de bonne grâce !

LES TROIS TONS À LA MODE

UN FINANCIER, UN CONSEILLER, UN CHEVALIER ET ÉLÉONORE

LE FINANCIER. — Une laide fille pour trois chevaliers : retirons-nous.

ÉLÉONORE. — Messieurs, maman Pâris vous fait mille excuses ; mais, enfin, je suis la seule qu'elle ait pu détacher, et sérieusement je crois que vous en avez assez.

LE CONSEILLER. — J'aime assez cette gaillardise. Mon cher financier, pouvons-nous décemment rester ?

LE FINANCIER. — Impossible, géométriquement.

ÉLÉONORE. — Vous ne méritez pas les bontés de maman Pâris ; elle vous faisait entrer en reconduisant un duc.

LE CONSEILLER. — En effet, je l'ai vu sortir.

LE FINANCIER. — Restons, restons…

LE CHEVALIER. — Cet événement n'a rien de décisif ; le duc sortait parce que ses vues étaient remplies.

1. Matrones contemporaines de la Pâris.

LE FINANCIER. — Ne dis mot, mon cousin, l'on paiera pour toi. Partout où nous sommes, les militaires ne délient jamais leurs bourses.

LE CHEVALIER. — Allons, p…, formons entre nous un duo contradictoire. Fais-moi des compliments, et je te dirai des injures.

LE CONSEILLER. — Éléonore, modère tes folies ; mes cheveux en long commencent à mal accompagner ma figure élégante et la comtesse C… n'aurait plus rien à désordonner chez moi.

LE FINANCIER. — Têtebleu ! Je rougis tous les jours de n'avoir pas de tempérament, et si pourtant il faut que je mette la main là.

ÉLÉONORE. — Laid chevalier, tu voudrais que je t'agace, mais je n'en ferai rien. Beau conseiller, vous aimez trop le repos pour que l'on vous y laisse. Toi, sors de cet endroit, tu t'échauffes sans m'intéresser.

LE FINANCIER. — Conseiller, que dis-tu de cette petite fille ?

LE CONSEILLER. — Rien.

LE FINANCIER. — La définition est juste.

ÉLÉONORE. — Et l'entretien brillant.

LE CONSEILLER. — Nous ne disons des douceurs que quand cela vient.

ÉLÉONORE. — En ce cas-là, vous devez être souvent disgracieux.

LE CONSEILLER. — Un joli homme ne doit pas prostituer ses éloges.

LE CHEVALIER. — Pour moi, j'aime à lui pincer le nez ; son embarras me divertit.

ÉLÉONORE. — Allons, bref, qui veut avoir affaire à moi ? Les moments sont précieux.

LE CONSEILLER. — Entrons tous deux en lice. Spectateurs, jugez des pièces !

ÉLÉONORE. — Tu t'arranges bien cavalièrement. Par où veux-tu que je commence ? Laisserai-je agir mes grâces ? Seront-elles suffisantes, ou faudra-t-il le secours de mes mains ?

LE FINANCIER. — Plaisante question ! Une montre arrêtée peut-elle reprendre son cours économique sans quelques tours de poignet ?

LE CONSEILLER. — Il me survient des vapeurs, abandonne-moi, j'ai besoin de repos.

LE FINANCIER. — Poursuivons.

ÉLÉONORE. — Que tu te tiens mal !

LE FINANCIER. — C'est que je suis las de me tenir bien.

ÉLÉONORE. — En un mot, tu m'assassines. Il faut être plus actif quand on veut prendre une femme du côté gauche. Chevalier, viens à moi, viens sur moi : ces messieurs te cèdent le champ de bataille.

LE CHEVALIER. — Allons, donne-moi beaucoup de plaisir, car il y a longtemps que j'en ai pris.

ÉLÉONORE. — Bon, j'aime cette incartade ; il est vainqueur.

LE FINANCIER, *chantant.* —

Honneur, honneur cent fois
Au baron de la Gruaudière !

LE CONSEILLER. — Retirons-nous, la farce est jouée.

LE FINANCIER. — On voit bien que Mme Pâris nous sert à l'année : une fille pour trois !

ÉLÉONORE. — Et la desservante ?

LE FINANCIER. — Regarde sur la cheminée.

ÉLÉONORE. — Ah ! le joli colifichet !

LE CONSEILLER. — Il était dans mon manchon blanc.

ÉLÉONORE. — Les jolies dragées : ce sont des louis.

LE FINANCIER. — Ils sortent de ma bourse.

ÉLÉONORE. — Adieu, messieurs… Chevalier, tu peux rester.

LE FINANCIER. — Je le mène jouer chez ma femme : ils se sont vus chez le Suisse de Madrid, au bois de Boulogne, et je suis bien aise qu'ils renouent connaissance. Mon cousin n'est pas riche et ma femme ne me plaît plus.

ÉLÉONORE. — Les fous sont ici-bas pour nos menus plaisirs.

PROJET D'EMBELLISSEMENT
Supplément à celui de M. de V…

C'est un abus de croire que les femmes ne sont propres à rien. Rarement, il est vrai, les hommes s'en rapportent à nos lumières, mais rarement aussi les hommes parviennent aux fins qu'ils se sont proposées. Je connais des villes et des royaumes qui ne doivent leur existence qu'à notre sexe. Qui conquérait les champs sauvages des Amazones, tandis que leurs maris timides indignement les cultivaient ? Qui réfugia Antoine ? Qui vainquit les destins immortels de Cyrus ?

Qui fit paraître enfin sur la scène une *Cénie* ?… Qui ?… Ce fut une femme[1]. Peuple parisien, vous applaudissez encore à ses triomphes. Ainsi, je puis me flatter que vous me jugerez assez spirituelle pour mériter votre attention. Parmi les beaux règlements qui prouvent l'étendue du génie prévoyant de la France, un silence épouvantable sur la solidité de ses plaisirs tient justement mes esprits en alarme. Je contemple avec joie l'économie de la justice. Semblable à ces anciens Gaulois, quand j'entre dans leurs tribunaux sacrés, je serais tentée de croire que ce sont des demi-dieux, si la superstition n'était pas un crime. Ces quarante publicains m'amusent également ; j'admire l'union qui règne entre eux[2]. Seuls, ils soutiennent le monde et le monde les soutient. J'aime à voir la noble émulation qui distingue les esprits littéraires ; les Académies me paraissent dignes des plus grands éloges. Parisiens, vous croyez n'avoir plus rien à désirer ? Il vous manque encore quelque chose. Le troupeau de Cythère, indignement dispersé, ne doit-il pas exciter votre commisé-

1. Mme de Graffigny dont la *Cénie*, pièce dramatique en cinq actes en prose, connut un très grand succès lors de la première, le 25 juin 1750, confirmé par de nombreuses reprises tout au long du siècle.
2. Allusion aux quarante membres de l'Académie française.

ration ? Travaillons donc à le rassembler, engagez vos ministres à me prêter les mains. Voici le plan que je vous offre et sur lequel vous pouvez fonder vos demandes.

La suppliante promet d'employer ses veilles à la perfection du dessein et de s'y ruiner ou de réussir.

PLAN

Pour ne pas alarmer celles qui sont actuellement en charge, je leur donnerai un département raisonnable, qui leur fera oublier la subordination qu'elles me devront toutes.

Chaque quartier a ses besoins ; j'entends tenir une femme d'ordre, que je nommerai fermière générale. Cette fermière aura sous elle des directrices et receveuses. La taxe de l'industrie sera imposée sur ces dernières au profit de la fermière générale, qui sera tenue de m'abandonner dix mille livres par an.

Le bruit étant un des principaux inconvénients, j'y remédierai de la sorte. D'abord, la maison du roi entrera gratis une fois par semaine. Ce tempérament pourra la rendre raisonnable. Ensuite, toutes mes salles d'armes seront au rez-de-chaussée sur le devant, et j'aurai soin de les tenir dans les rues les plus populaires. Les jeunes gens craindront les irruptions des officiers de nuit. Toutefois, ils désireront se faire voir en public. Par là, j'aurai du monde et du monde tranquille.

FERME GÉNÉRALE.

Tarif

PASSADES	DÎNERS ET SOUPERS	COUCHERS ET PROMENADES
Ire classe : 12 liv.	Ire classe : 24 liv.	Ire classe : 48 liv.
IIe classe : 6 liv.	IIe classe : 12 liv.	IIe classe : 24 liv.
IIIe classe : 3 liv.	IIIe classe : 6 liv.	IIIe classe : 12 liv.

Chaque chambre aura son numéro, pour éviter toute incongruité.

Si la cour a égard au bon droit de la suppliante, elle infligera des peines contre les non-privilégiées ; autrement la ferme tomberait. Un prince mangerait de fort mauvais faisans s'il était permis de chasser sur ses terres.

Correspondance de Madame Gourdan,
dite
La Petite Comtesse

O tempora! O mores!

Spa

1783

INTRODUCTION

Pendant près de trente années, de 1754 jusqu'à sa mort, le 28 novembre 1783, Marguerite Stock, épouse Gourdan, dite la *Petite comtesse*, exerça sur la prostitution parisienne un magistère incontestable et incontesté, dont la souveraineté s'étendait sur tout le gratin de la société parisienne. Sa maison de la rue Saint-Sauveur fut le rendez-vous de la noblesse, de la finance, du haut clergé, de la magistrature, de la grande bourgeoisie, comme aussi des étrangers aux poches pleines, venus dilapider leur fortune dans ce palais de la débauche. Si ceux qui le fréquentaient n'en parlaient qu'à mi-voix, en revanche, tout ce que la capitale comptait de gazetiers, nouvellistes, pamphlétaires, ragoteurs, cancaneurs, caqueteurs et jaboteurs de tous poils en faisaient leurs choux gras.

La *Correspondance de Madame Gourdan* fait partie de ces petites pièces (pseudo-Mémoires ou lettres supposées), écrites tantôt par les « demoiselles » elles-mêmes, tantôt par des fournisseurs, tantôt par les clients les plus assidus, hommes ou femmes, que nos folliculaires épinglent avec jubilation — et souvent avec brio. Toutes et tous sont naturellement désignés par des initiales, à l'exception notable du banquier Peixotte, dont les goûts bizarres et l'aventure avec la Dervieux venaient d'être révélés par *L'Espion dévalisé*[1]. Ces lettres furent souvent attribuées à Charles Théveneau de Morande, libelliste et maître chanteur professionnel, auquel on a prêté la plupart des satires graveleuses du siècle finissant. Son biographe Paul Robiquet ne paraît pas douter un instant que son triste héros ne soit l'auteur de cette correspondance apocryphe, mais sans fournir le plus petit début de preuve[2]. Octave Uzanne est d'un avis contraire. Jean Hervez, de son côté, juge l'attribution simplement

1. Voir *infra*, p. 643, n. 1.
2. Paul Robiquet, *Théveneau de Morande. Étude sur le* XVIII*e siècle*, Paris, Quantin, 1882, p. 116-118.

« plausible », parce que la brochure est bien dans le style de notre homme. Il est vrai que l'auteur du *Gazetier cuirassé* maniait la médisance et la calomnie avec une égale virtuosité. Une femme, qui n'était peut-être qu'un homme (d'après Apollinaire il s'agirait d'Andréa de Nerciat, l'auteur de *Mes Fredaines*), s'est plu à dénoncer son aplomb et son cynisme dans le récit de ses libertines aventures intitulées *Julie philosophe*[1]. Elle aurait connu Morande à Londres, où il avait trouvé refuge, à la suite de quelque fielleux opuscule. « Cet homme, écrit-elle, a un talent particulier pour sonder les cœurs ; ses regards perçants pénètrent tous les replis de votre âme ; il voit tout d'un coup le parti qu'il peut tirer de vous. Et comme son intérêt est son unique règle, que l'honneur n'est à ses yeux qu'une chimère, vous êtes assuré d'être sa dupe du moment où il en a formé le projet, car il a autant d'adresse pour en imposer et mettre à exécution ses perfides desseins qu'il est peu délicat sur les moyens à employer. Au reste, cet homme vil est trop connu ; les traits de sa vie, marqués tous au coin de l'infamie, sont trop publics pour que j'entre dans des détails à ce sujet. Ce ne fut que par la suite, à mes dépens, que j'appris à l'apprécier à sa juste valeur[2]. »

Après avoir avoué qu'elle finit par accorder à Morande toutes les faveurs qu'une femme galante ne saurait refuser, la chère Julie s'en explique ainsi : « Ma seule justification, sans doute, c'est que je ne connaissais pas encore ce rebut de l'humanité, ce méprisable écrivain dont la plume vénale distille sans pudeur le fiel et la calomnie, et dont la noire méchanceté lance les traits les plus odieux contre quiconque a le malheur d'allumer sa bile et d'exciter son animosité[3]. »

« Théveneau de Morande et la Gourdan étaient fait pour s'entendre, conclut Hervez. Rien ne nous empêche de penser qu'ils ne se rencontrèrent et s'entendirent fort bien. Mais rien non plus, hélas, ne nous prouve qu'ils agirent de concert. » Nous serons, pour notre part, d'autant plus réticents à lui accorder la paternité de la *Correspondance de Madame Gourdan*, qu'en 1783, année de sa publication, Morande, alors âgé de quarante-deux ans, marié, père de famille, s'était acheté une conduite : depuis une dizaine d'années déjà, il travaillait à Londres en qualité d'agent secret au service de Beaumarchais, et comme le disait celui-ci, « de braconnier littéraire, il était devenu garde-chasse[4] ».

1. *Julie philosophe ou le Bon patriote. Histoire à peu près véritable d'une citoyenne active qui a été tour à tour agent et victime dans les dernières révolutions de la Hollande, du Brabant et de la France* [s. l.], 1791, par Nerciat d'après Apollinaire.

2. *Julie philosophe ou le Bon patriote*, Paris, Bibliothèque des curieux, 1910, t. II, p. 6-7.

3. *Ibid.*, p. 8.

4. Vers la même époque, l'auteur du *Barbier de Séville* écrivait à son ami Sartine, lieutenant général de police, toujours à propos de Morande : « Cet homme nous est devenu d'une utilité majeure, tant par son zèle à poursuivre et dérouter les libellistes jusque dans les caves des imprimeurs de Londres, et par l'espionnage utile qu'il entretient sur cette partie, que parce qu'étant lié avec beaucoup de membres de l'opposition, il est plus en état

Quel qu'en soit l'auteur, ce texte se suffit à lui-même ; il offre en tout cas suffisamment de raisons de le rééditer, car autour de la Gourdan se regroupent toutes les figures emblématiques du siècle dans une vision kaléidoscopique de la société. Toutes les catégories de libertins y sont représentées par des spécimens littéraires parfaitement appropriés au caractère de chacun, depuis Milord F*** qui recherche une fille « âgée de 16 à 18 ans, blonde, de cinq pieds six pouces », jusqu'à l'épais teuton exigeant « que la mamzell soit prune », en passant par M. P***, commis de police, qui se laisse acheter pour vingt-cinq louis. Sans oublier ce parfumeur vantant sa pommade astringente qui « donne un air de nouveauté aux choses qui ont le plus servi », l'évêque de M*** victime d'une « galanterie », qui doit se retirer dans son diocèse, l'abbé de J*** qui réserve pour le soir même le « boudoir aux glaces », M. Peixotte qui réclame des plumes de paon, la marquise de G*** qui rêve d'assouvir ses désirs avec un boucher, ou ce *sex-shop* ambulant qui propose des verges postiches, des godemichés à seringue, des martinets à clous et des redingotes d'Angleterre, cependant que des intrigues se nouent, que des destinées se croisent, que des silhouettes s'esquissent, que des fantasmes se font jour, que folies et perversions s'expriment sans entrave. Égarement des sens, sécheresse des cœurs, toute-puissance du désir…

*
* *

Comme cette correspondance imaginaire mettait en cause des personnages influents qu'on pouvait aisément identifier derrière les pseudonymes et astéronymes, comme il mettait à mal la réputation des clients les plus haut placés de la célèbre appareilleuse — dames de la cour, grands seigneurs, magistrats et dignitaires de l'Église —, sa sortie en librairie le 15 juillet 1783 fit scandale et provoqua une sérieuse réaction policière. Le 1er octobre de cette même année, on peut lire dans les *Mémoires secrets* : « La *Correspondance de Madame Gourdan* a excité une tempête considérable contre les colporteurs. On assure que trente-trois ont été mis à l'amende pour s'être trouvés possesseurs d'exemplaires de cette méchante brochure ; on leur a fait payer cent cinquante livres. Le libraire Prud'homme, comme le plus coupable pour l'avoir fait imprimer, a été mis à l'hôtel de la Force, où il est depuis plus d'un mois au secret. Cependant, sa captivité s'adoucit, et l'on commence à le voir. Mais il paraît qu'il ne sortira qu'après avoir soldé une amende de 500 livres. Cette brochure s'était imprimée chez un particulier qui avait une imprimerie clandestine et qui, averti à temps, a heureusement pris la fuite[1]. »

que personne de nous donner des nouvelles politiques très fraîches » (voir Maurice Lever, *Pierre-Augustin Caron de Beaumarchais*, Paris, Fayard, 2003, 2 vol., t. II, p. 22).

1. *Mémoires secrets pour servir à l'histoire de la République des Lettres en France*, Londres, John Adamson, 36 vol., 1784-1789, t. XXIII, p. 250-251.

Cette première édition, sous l'adresse de Spa et ornée de l'épigraphe *O tempora! O mores!* portait le titre suivant : *Le Portefeuille de Madame Gourdan, dite la comtesse, pour servir à l'histoire des mœurs du siècle, et principalement de celles de Paris. Seule édition exacte.* C'était une mince brochure in-8° de 96 pages, contenant 82 lettres datées de 1773 à 1783. Les *Mémoires secrets* annoncèrent sa sortie des presses une semaine auparavant : « On parle d'une nouvelle rapsodie intitulée *Le Portefeuille de Madame Gourdan* : on dit que c'est une brochure dans le goût de *La Cassette verte*[1], aussi remplie d'anecdotes fausses et absurdes, et écrites d'un style aussi plat. Mais le nom de l'héroïne lui donne de la vogue[2]. »

Bravant l'autorité policière, une deuxième édition voit le jour dès l'année suivante sous un titre légèrement modifié : *Correspondance de Mme Gourdan, dite la comtesse, avec un recueil de chansons à l'usage des soupers de chez Mme Gourdan* (Londres, Jean Nourse, 1784, petit in-8° de 208 p.), ornée d'une gravure représentant une calèche renversée dont une femme cherche, de l'intérieur, à ouvrir la portière. Cette édition augmentée renferme 162 lettres. Elle sera suivie d'une troisième, sans date et imprimée à l'étranger, exacte contrefaçon de la deuxième, mais sans la gravure.

Ce recueil semblait définitivement tombé dans l'oubli lorsque, en 1866, l'éditeur Poulet-Malassis, réfugié en Belgique, entreprit de le réimprimer sur le texte de la deuxième édition en l'intitulant : *Correspondance de Madame Gourdan, dite la comtesse, augmentée de dix lettres inédites dont deux fac-similées* [sic], *suivies de la description de sa maison et des diverses curiosités qui s'y trouvent. O tempora! O mores!*, Londres [Bruxelles], chez le fameux Jean Nourse, 1784-1866. Un vol. petit in-18 de 2 ff.n.ch. (faux-titre et titre), VIII-206 p. et 1 f.n.ch. (table) sur vergé de Hollande Van Gelder, plus un frontispice tiré sur Chine d'après une gravure ancienne et le fac-simile d'un autographe. Dans son avant-propos, Poulet-Malassis conteste l'attribution à Théveneau de Morande et précise que le texte est établi d'après un exemplaire de la deuxième édition « préparé par l'auteur pour une édition définitive qui n'a pas paru ». Il corrige en maints endroits la version antérieure, ajoute dix lettres inédites[3], et emprunte à *L'Espion anglais* de Pidansat de Mairobert[4] les trois fameux chapitres qui ont trait à la mère-abbesse : 1° « Lettre de Madame Gourdan sur une femme de condition arrêtée chez elle » ; 2° « Lettre sur la maison de Madame Gourdan et les diverses curiosités

1. *La Cassette verte de Monsieur de Sartine, trouvée chez Mademoiselle Du Thé*, La Haye, Veuve Whiskerfeld, 1779.
2. *Mémoires secrets*, *op. cit.*, t. XXIII, p. 53.
3. Nous les avons incorporées dans la présente édition.
4. *L'Espion anglais. Recueil de chroniques indiscrètes sur les affaires du temps*, Londres, John Adamson, 1784-1785, 10 vol., t. II, p. 50-63, 352-365, 366-375.

qui s'y trouvent» ; 3° «Oraison funèbre de très haute et très puissante dame, Madame Justine Pâris, grande-prêtresse de Cythère», etc[1]. Ces trois pièces figurent également, avec de menues variantes, dans *La Gazette noire par un homme qui n'est pas blanc*, autre pamphlet attribué à Théveneau de Morande[2].

Jean Hervez (pseudonyme de Raoul Vèze) publia ce texte en 1910, avec introduction et notes, pour le «Coffret du Bibliophile» (Paris, Bibliothèque des curieux, in-16, 180 p.) ; édition reprise en 1954 avec des illustrations de Paul-Émile Bécat, et réimprimée pour la dernière fois en 1967 (Paris, Tchou).

M. L.

1. Afin de nous conformer à l'édition originale des *Sérails de Paris*, nous avons intégré ces deux chapitres et l'«Oraison funèbre» à la place qu'ils y occupent, mais en préférant la version de *L'Espion anglais*. Voir *infra*, respectivement, p. 894, 874 et 933.

2. *La Gazette noire par un homme qui n'est pas blanc, ou Œuvres posthumes du Gazetier cuirassé*, imprimé à cent lieues de la Bastille, à trois cents lieues des Présides, à cinq cents lieues des Cordons, à mille lieues de la Sibérie [Londres], 1784, p. 83-129.

PRÉFACE DE LA PREMIÈRE ÉDITION

Conduit non par l'amour, mais par la débauche, dans le plus fameux temple qu'elle ait à Paris, c'est-à-dire chez la Gourdan, j'attendais dans le salon qu'une victime vînt se présenter. J'aperçus une écritoire. Ayant un billet à écrire, je me mis à l'ouvrir pour y prendre du papier ; mais au lieu d'en trouver, je n'y vis que des lettres. La curiosité de voir la correspondance d'une pareille femme m'en fit lire quelques-unes. Elles me parurent plaisantes. J'en pris un paquet que je mis dans ma poche. Ce sont celles que je donne au public, comme servant à l'histoire des mœurs du siècle et de celles de Paris.

J'ai retranché le nom des personnes qui sûrement n'auraient pas été bien aises d'être nommées. Quant à celui des demoiselles, je l'ai cru inutile, attendu qu'elles en changent plusieurs fois dans l'année.

PRÉFACE DE LA SECONDE ÉDITION

L'accueil favorable que le public a fait au *Portefeuille de Mme Gourdan* m'a déterminé à faire mes efforts pour me procurer le reste de la correspondance. La chose n'était pas facile : même les occasions se rencontrent rarement. Mais ayant conservé quelques relations chez cette dame, je suis parvenu, à l'aide d'une de ses demoiselles, à avoir ce qui m'était échappé. Je m'empresse d'en faire part au public, espérant qu'il m'en saura gré. Et afin qu'il puisse avoir cette correspondance complète, j'ai cru devoir en faire une édition générale en un seul volume.

PRÉFACE DE L'EXEMPLAIRE PRÉPARÉ POUR UNE TROISIÈME ÉDITION

L'accueil favorable que le public a fait au *Portefeuille de Mme Gourdan* m'a déterminé à faire mes efforts pour m'en procurer une collection complète. Je n'y serais peut-être pas parvenu sans sa mort. Alors, j'ai traité avec son héritier de toute sa correspondance. Je m'empresse de la donner au public comme un ouvrage capable de servir à la connaissance des mœurs du siècle.

De M. le comte de G***

De Douai, ce 19 septembre 1773

Notre régiment, ma chère Gourdan vient coucher à Saint-Denis le 3 octobre ; il me sera impossible, de même qu'à mes camarades, de m'absenter, vu que notre commandant est des plus rigides.

C'est pourquoi je vous prie de m'y amener trois demoiselles. Vous pourriez même, si vos affaires vous le permettaient, venir nous trouver à Senlis, où nous serons le 1er octobre. Si vous ne pouvez venir, envoyez-nous un de vos aides de camp, et le 3 vous viendrez chercher vos demoiselles. Vous savez que vous avez toujours été contente de moi. Au plaisir de vous voir à Senlis ou à Saint-Denis.

Du vicomte de S***

De Valenciennes, ce 26 septembre 1773

Tout cet été, ma chère Gourdan, j'ai vécu avec une gentille petite grisette. Elle veut que je la mène à Paris, où je passe en allant en semestre [1]. Je n'ose y consentir, parce que je crains qu'elle ne soit malheureuse. Je ne serais pas inquiet d'elle si vous vouliez vous en charger. C'est vraiment un morceau de roi, et je vous assure que vous en tireriez un parti très avantageux. Répondez-moi sur-le-champ. D'après ce que vous me manderez, je verrai ce que j'aurai à faire. Croyez, ma chère Gourdan, que je saurai reconnaître vos soins auprès de ma petite. Il n'y a que quatre mois que je lui ai donné la première leçon d'amour ; et comme je ne suis pas un roué, elle est peu savante et aura besoin de vos leçons ;

1. *Semestre* : « se dit des officiers qui ont la liberté de s'absenter de leur régiment pendant six mois » (*Dict. Acad.*, 1762).

mais, sous un maître tel que vous, je ne doute pas qu'elle ne soit experte dans peu. Adieu.

De M. le baron de F***

Paris, ce 10 octobre 1773

On l'afre tit à moi, matame, que chez fous on l'a grantement t'amusement. Si fous troufez pon, moi l'y aller souper temain, j'y prie matame que la mamzell soit prune ; moi l'aime pas les plondes : l'y afoir la œil consitérablement lancoureux, au lieu que le prune l'y afre l'œil plein t'amour. Moi être le serfiteur de Matame, et le prie t'écrire à moi par la porteur du présent.

De Mlle Eulalie

Paris, ce 24 octobre 1773

Je suis fâchée, ma chère maman, de ne pouvoir me rendre à vos ordres ; mais la personne avec qui je vis ne me laisse pas un moment de liberté, et il m'est impossible de la tromper. Croyez que c'est avec regret que je ne puis vous donner des preuves que je suis reconnaissante des obligations que je vous ai, et que je n'oublierai de ma vie. Votre chère enfant.

De M. le marquis de R***

D'Arras, ce 7 novembre 1773

J'arriverai, ma chère Gourdan, le 10 au soir à Paris. J'ai obtenu une permission de m'absenter pour huit jours seulement. Je me propose d'en passer quatre chez vous. Faites-moi tenir un appartement prêt. Je veux avoir Rosette pour tout ce temps-là. Je prendrai le nom de Forban ; ainsi, si vous sortez le 10, dites chez vous que lorsque M. Forban viendra, on le conduise à la chambre que vous me destinez. Faites faire un bon feu, et que Rosette m'attende. Adieu, ma chère Gourdan, je vous suis toujours très attaché et votre fidèle pratique. Du secret surtout, et brûlez ma lettre.

De Mlle Victoire

Paris, ce 27 décembre 1773

Je serai prête, ma chère maman, quand vous me viendrez prendre pour aller au concert. Croyez que je ne négligerai rien pour ma parure. Il était inutile que vous me le recommandiez si fort. L'extrême envie que j'ai de plaire fait que je suis sans cesse devant mon miroir à examiner ce qui me va le mieux et à étudier mes gestes. À demain, chère maman, je suis on ne saurait plus sensible à vos bontés. Votre affectionnée.

De M. N***

Paris, ce 10 décembre 1773

Ce soir, madame, je mènerai souper chez vous plusieurs provinciaux, autrement dit des oiseaux de passage. Hier, j'ai lié cette partie chez Audinot[1]. Il ne faut pas que vous ayez l'air de me connaître, non plus que vos gens. Vous aurez soin de les en prévenir. Je ferai semblant de payer ma part. On peut faire monter le mémoire : ils sont tout neufs. Il faudra nous faire servir dans la salle de derrière. Le souper pourra être bruyant, les provinciaux ayant pour l'ordinaire une gaieté éclatante. À ce soir.

Votre très humble et très obéissant serviteur.

De milord F***

De Londres, ce 16 décembre 1773

Comme j'ai ouï dire, madame, que vous connaissez toutes les demoiselles de Paris, et qu'on ne pourrait mieux faire que de s'adresser à vous pour avoir une jolie maîtresse, je vous prie de m'en tenir une toute prête pour mon arrivée, qui sera du 15 au 20 janvier. Voici comme je la veux : âgée de 16 à 18 ans, blonde, de cinq pieds six pouces, taille svelte, les yeux bleus et langoureux, la bouche petite, la main jolie, la jambe fine et le pied mignon. Si vous me la trouvez telle, il y aura cinquante louis pour vous. Adressez-moi votre réponse, à mon passage à Calais, à l'auberge de Dessaint.

De M. P*, commis de la police**

Paris, ce 27 décembre 1773

Vous avez, madame, bien des ennuis. On vient de donner à la police un nouveau mémoire contre vous. Je l'ai mis de côté et ne le présenterai à monseigneur le lieutenant de police que ce soir à six heures, en faisant mon travail avec lui. Si vous voulez venir chez moi sur les quatre heures, je vous le communiquerai. Nous conférerons aussi ensemble sur ce que je pourrai dire en votre faveur. Croyez, madame, que vous n'êtes pas seule à avoir du chagrin. Il vient de me manquer une rentrée de vingt-cinq louis, ce qui me met dans l'embarras, ayant demain un billet à payer.

1. Directeur d'un théâtre du boulevard du Temple, où les pièces étaient jouées par des enfants.

Personne, madame, ne vous est plus attaché que moi. Je vous attends à quatre heures.

De M. le marquis de N***

Paris, ce 28 décembre 1773

Je ne puis m'empêcher de convenir, ma chère Gourdan, que les filles que vous m'avez envoyées hier à ma petite maison ne soient charmantes, mais elles ont fait les bégueules et n'ont pas voulu se prêter aux fantaisies de la société. Je vous prie, une autre fois, de ne pas m'envoyer de ces prudes-là. Jeudi, il me faudra du joli et du roué de la dernière espèce ; j'ai le duc de F… et le comte de G… C'est vous en dire assez. Adieu, ma chère Gourdan, servez-moi bien ; vous savez que je suis une bonne pratique.

De M. Provence, parfumeur

Paris, ce 2 janvier 1774

Je viens de faire, madame, une découverte des plus utiles au sexe charmant qui rampe sous vos lois. C'est une pommade astringente qui opère son effet en moins d'un quart d'heure et donne un air de nouveauté aux choses qui ont le plus servi. Le pot est du prix d'un louis. Je vous en envoie un que je vous prie d'accepter pour en faire l'essai. Votre très humble et très dévoué serviteur.

P.-S. Mon adresse est rue Trousse-Vache, à la *Fontaine de Jouvence*. On trouve aussi chez moi des eaux pour rendre la peau blanche, des bonbons pour corriger l'odeur de la bouche, et généralement tout ce qu'il faut pour rajeunir une femme et lui donner la beauté.

De M. L***

Paris, ce 2 janvier 1774

Je me rendrai demain chez vous. Je veux une autre fille pour me donner le fouet. Celle que j'avais l'autre jour était gauche et ne savait pas son métier. Je paie assez cher pour être bien servi.

Quant à celle que j'ai fouettée, j'en suis assez content. Prévenez-la qu'à la première séance je resterai plus longtemps et la fouetterai beaucoup plus. Si cela ne lui convient pas, ayez-en une autre.

De M. Léonard, usurier et agioteur

Paris, ce 3 janvier, à 9 h du matin

Je trouve, madame, une occasion très avantageuse de vous défaire des bijoux dont vous m'avez parlé. M. le comte de S… cherche à faire une affaire en lettre de change à trois, six et neuf mois. Il ne paiera peut-être pas à l'échéance, mais il n'y a rien à perdre. Il s'agit seulement, en conséquence du retard qu'on peut éprouver, de prendre un gros intérêt. Comme M. le comte est pressé, il n'y regardera pas de si près. Faites-moi réponse tout de suite par le porteur du présent.

De Mlle Victoire

De Saint-Martin[1]*, ce 4 janvier 1774*

Si vous n'avez, madame, la bonté de vous intéresser pour moi, je suis perdue. Voici l'aventure qui m'est arrivée. Mardi dernier, j'ai été chez Nicolet[2]. Trois jeunes gens m'ont offert de me donner à souper chez moi. J'ai accepté. Le souper a été des plus gais ; on a bu beaucoup. Quand il a fallu payer, ces trois jeunes gens ont pris querelle entre eux et aussitôt ont mis l'épée à la main. En vain j'ai voulu les empêcher. J'ai appelé au secours. La garde qui passait est montée et est entrée dans ma chambre au moment qu'un de ces étourdis tombait noyé dans son sang. On a arrêté tout le monde, et on a été chercher un commissaire avec un chirurgien. Le premier, après avoir dressé son procès-verbal, m'a envoyée à Saint-Martin, les ferrailleurs à l'Abbaye, et le blessé chez lui ; sa vie est en danger. Vous voyez mon innocence. J'attends tout, madame, de vous, d'après les offres réitérées que vous m'avez faites de m'être utile dans l'occasion.

J'ai l'honneur d'être, madame, avec un respectueux attachement, votre très humble et très obéissante servante.

De Mlle Grépau

Paris, ce 17 avril 1774

Je m'ennuie, madame, de danser chez Audinot. Il nous mène à coups de pied dans le cul. Vous jugez bien que cela ne nous amuse pas. Je serais bien plus contente si vous pouviez me procurer un entreteneur. Je serais grande dame et ma maîtresse. Vous pourriez compter sur ma reconnaissance et être assurée que je me prêterais à toutes les infidélités que vous exigeriez de moi. De grâce, tâchez, madame, de me trouver quelqu'un qui veuille m'entretenir ; j'ai quatorze ans et demi : cela pourra dédommager de ce que je ne suis pas très jolie.

J'ai l'honneur d'être, madame, votre très humble et très obéissante servante.

1. Prison de Paris pour les filles de mauvaise vie.
2. Entrepreneur de spectacles sur le boulevard du Temple.

De M. le vicomte de M***

Paris, ce 15 mai 1774

Depuis longtemps, j'ai envie d'un pucelage. Si vous m'en trouvez un, n'importent l'âge et la figure, il y a quarante louis pour vous. Tâchez que je passe vite ma fantaisie. Les choses qui se font trop désirer perdent de leur prix.

De Mlle Fanchon

Lundi, ce 7 juillet 1774

Madame,

Je me serais rendue chez vous au reçu de votre billet si je n'étais incommodée ; mais dans trois jours je me porterai bien, et j'aurai l'honneur d'aller vous voir. Je suis bien fâchée que cette circonstance retarde mon apparition aux spectacles. Je brûle d'être dans le chemin de la fortune et du bonheur.

J'ai l'honneur d'être avec respect, madame, votre très humble et très obéissante servante.

De M. l'Évêque de M***

Paris, ce 15 décembre 1774

Vous mériteriez que je vous fisse mettre à l'Hôpital. J'ai reçu chez vous un fameux coup de pied de Vénus, qui m'oblige de quitter la capitale pour aller rétablir ma santé dans mon diocèse. On a bien raison de dire qu'il n'y a plus de probité, et qu'on ne sait à qui se fier.

De M.***

À 6 heures, du Café de la Régence

Je ne pourrai vous mener ce soir le baron allemand. Je sors de dîner chez lui ; il a tant bu qu'on a été obligé de le mettre dans un lit. Je vais voir au spectacle si je ne trouverai personne pour le remplacer. Faites payer le porteur.

De M.***

Paris, ce 16 janvier 1775

J'ai reçu votre lettre de reproches. Vous êtes par trop exigeante ; si vous continuez, il faudra nous séparer. Depuis que nous vivons ensemble, j'ai refusé les offres les plus avantageuses ; mais j'ai un faible pour vous, vous le savez bien, et voilà ce qui fait que vous agissez comme vous le faites. Envoyez-moi vingt-cinq louis dont j'ai le plus pressant besoin. Je vous en remercierai ce soir en allant sceller notre raccommodement. Votre fidèle ami.

De Mlle Eulalie

Paris, ce 17 janvier 1775

J'ai maintenant, ma chère maman, un entreteneur que je peux tromper tout à mon aise. Ainsi, je serai à vos ordres quand vous voudrez, moyennant que vous me ferez avertir deux heures d'avance. Je n'oublierai jamais, ma chère maman, toutes les obligations que je vous ai, puisque c'est vous qui m'avez mise dans le monde. Votre chère enfant.

De M. le duc de T*, Italien**

Paris, ce 16 mars 1775

D'après l'éloge que m'a fait M. le comte de S*** ce soir de votre maison, je me propose d'aller chez vous ; il m'a assuré que vous aviez de quoi satisfaire le goût de toutes les nations. Pour moi, je tiens fort à celui de mon pays, dont je me trouve très bien. Si je suis content, comme je l'espère, comptez, madame, que ce ne sera pas la seule fois que j'aurai le plaisir d'aller chez vous.

De M.*, chirurgien**

Paris, ce 18 août 1775

Ce matin, madame, j'ai été visiter les demoiselles dont vous m'avez parlé ; je puis assurer de la santé de toutes, excepté de Rosette, qui a besoin de faire quarantaine. Quant à Julie, elle est dans un temps où l'on ne peut rien décider.

De M. l'abbé de J***

Ce samedi

Ce soir, sur les cinq heures, je me rendrai chez vous par la porte de derrière. Du joli et le boudoir aux glaces.

De Mme N***

Paris, ce 7 septembre 1775

Je suis, madame, la plus malheureuse de toutes les femmes. J'ai pour mari un vieil hibou, avare, âgé de soixante-dix ans. Il ne me procure aucun plaisir et ne me donne pas même de quoi avoir la moindre mode nouvelle, de manière qu'il n'y a pas la plus petite bourgeoise du quartier qui ne soit mieux mise que moi, qui ai dix-neuf ans et suis très jolie ; vous jugez bien qu'ayant épousé un magot comme mon mari, c'est qu'il est riche et que je n'ai rien. Je veux me venger, madame, de ses procédés, en lui faisant mille infidélités. Aussi, je vous offre mes services. Je suis assez libre de sortir quand je veux, pourvu que je sois prévenue quelques heures d'avance. Vous serez peut-être étonnée de ma lettre, n'ayant pas l'honneur d'être connue de vous ; c'est Mme ***, mon amie, à qui vous avez rendu service autrefois qui, sachant mes intentions, m'a conseillé de m'adresser à vous, pouvant compter sur votre discrétion, et que vous ne me mettriez dans aucun embarras.

Je suis, madame, avec des sentiments d'attachement, votre très humble et très obéissante servante.

De M. le duc de C***

Paris, ce 8 novembre 1775

J'ai rencontré, hier matin, une jolie petite fille ; elle demeure rue Saint-Denis, dans la maison où est la boutique de la balayeuse, au troisième, sur le devant. Elle s'appelle Joséphine, est orpheline et reste chez sa tante, ouvrière en linge ; il y a vingt-cinq louis pour vous si je puis l'avoir d'ici à huit jours. Une fille de cette espèce ne doit pas être difficile à séduire.

De M. le comte de B***

À Gravelines, ce 20 décembre 1775

Je suis, ma chère Gourdan, confiné à mon régiment, qui est en garnison dans la plus détestable ville de France. Pas une grisette, rien que des filles dégoûtantes et qui feraient débander un carme. Vous me feriez plaisir de tâcher de me trouver une fille qui voulût venir vivre avec moi. Il faudra qu'elle soit habillée en jaquet[1] et passe pour être le mien. Sans cela, le commandant de la ville et du régiment ne le souffrirait pas. Diable ! on a de la vertu en province. Je lui donnerai dix louis par mois, défrayée de

1. Jockey.

tout, et elle mangera dans ma chambre. Si vous me rendez ce service, ma chère Gourdan, il y a dix louis pour vous, et comptez que je ne l'oublierai pas. Vous savez que j'ai toujours été un de vos plus zélés partisans.

De M. L***

Ce 30 décembre 1775

Ayant beaucoup joui dans ma jeunesse et étant âgé de cinquante-cinq ans, il faut quelque chose qui me ranime pour pouvoir encore sentir mon existence. Un seul spectacle me procure cette douceur, c'est de voir deux femmes nues se donnant réciproquement du plaisir. Si vous pouvez me le procurer, je me rendrai chez vous jeudi, à quatre heures de l'après-dîner.

De M. M***

Ce 31 décembre 1775

Demain, comtesse, j'irai passer la journée chez vous ; je veux esquiver la visite d'un tas de commis qui viendront pour me souhaiter la bonne année ; il me faudrait entendre une infinité de sots compliments. Ah ! quel usage ! quand l'abolira-t-on ?

De M. ***

Paris, ce 14 février 1776

Madame,

J'ai fait hier la connaissance de deux Anglais qui sont nouvellement arrivés ; je leur ai proposé de venir aujourd'hui souper chez vous : ils ont accepté. Vous savez qu'il faut de grandes femmes pour ces messieurs : c'est le goût de leur nation. Envoyez-moi par le porteur deux louis acompte de mes honoraires ; j'en ai besoin pour retirer un habit de gage et aller aux Italiens, où est notre rendez-vous.

J'ai l'honneur d'être avec respect, madame, votre très humble et très obéissant serviteur.

De M. le président de N***

Paris, ce 20 février 1776

N'oubliez pas, lundi, de m'envoyer la petite fille dont vous m'avez parlé. Il faut qu'elle soit mise en bourgeoise et accompagnée d'une femme d'un certain âge, qui passera pour sa mère. Elles doivent avoir un papier à la main, comme si elles venaient me présenter une requête. Je donnerai des ordres en conséquence à ma porte. Elles prendront le nom de Dubois.

Comptez sur ma reconnaissance ; quant à ma générosité, elle vous est connue.

De Mlle Lolotte

Lyon, ce 11 mars 1776

Depuis près d'un an, madame, je figure sur le théâtre de cette ville, et même j'y danse quelquefois dans les ballets. Je vois bien que cet état ne peut me mener à la fortune, ni même que je puisse la faire dans cette ville, où il y a très peu d'étrangers, que les femmes qu'on appelle honnêtes, et qui ne sont rien moins, nous enlèvent. Quant aux négociants, ils ont de petites grisettes à trente-six livres par mois ; ainsi, vous voyez qu'il faut végéter et perdre son temps. Si j'avais le bonheur que madame voulût bien me promettre de se charger de moi à Pâques, je partirais pour Paris. Je ne vous mande rien de ma figure ; mais afin que vous puissiez en juger, je vous envoie mon portrait. Quant à ma taille, elle est ordinaire. Mon pied est fait pour la danse ; ma main est jolie ; on a souvent trouvé qu'elle savait donner bien du plaisir.

J'ai l'honneur d'être, madame, avec respect, votre très humble et très obéissante servante.

De M. De B*, élève de l'Académie de peinture**

Paris, ce 1er mai 1776

J'ai, madame, la collection des postures de l'Arétin en quarante tableaux ovales. Comme je vais à Rome, je désire de m'en défaire ; je crois que cela ne convient à personne mieux qu'à vous pour orner vos boudoirs. Le prix est de mille écus ; j'en ai refusé, il y a un an, cent louis de M. le duc de ***. Si vous voulez les voir, je serai chez moi toute l'après-dîner et demain toute la matinée.

De M. le baron de P***

Versailles, ce 15 juin 1776

Demain, madame, je descends ma garde. Lundi, je mènerai souper chez vous un jeune officier de notre régiment. Il est tout neuf ; n'oubliez pas d'arranger le mémoire de manière que la moitié paie la dépense totale. Vous savez que c'est nos conventions. Adieu, madame, à lundi. La jeunesse de Paris devrait vous élever une statue en considération des services que vous lui rendez. Je suis tout à vous.

De Mlle Le Bel

Paris, ce 6 septembre 1776

Si vous voulez, maman, me mener avec vous au concert qu'il y aura après-demain, vous m'obligerez beaucoup. J'ai une belle robe d'automne que je voudrais étrenner, et voilà bientôt le temps du terme qui approche : j'aurais bien besoin de le gagner. Vous savez, chère maman, mon attachement pour vous.

De M. le vicomte de B***

Paris, ce 15 octobre 1776

J'ai vu hier aux Italiens la maîtresse du marquis de G***. Faites-moi, je vous prie, avoir un tête-à-tête avec elle, chez vous, car on ne peut aller chez elle à cause de la jalousie du marquis ; cela ne doit pas vous être difficile. On m'a dit que c'était une de vos enfants.

De M. De M*, fermier général**

Paris, ce 10 novembre 1776

Il y a longtemps, ma chère Gourdan, que je n'ai pu aller chez vous ; ma diable de goutte m'a forcé de garder la chambre un mois ; m'en voilà à la fin débarrassé. Jeudi, après le spectacle, faites-moi tenir la porte de derrière ouverte. Pensez à m'avoir du joli et du bourgeois. Vous savez bien que j'aime la grisette, et qu'il n'y a que cela qui me rajeunit. À jeudi sans faute, ma chère Gourdan.

De Mme ***

Paris, ce 16 décembre 1776

Aujourd'hui, je ne pourrai, madame, me rendre chez vous à cause que, mon mari étant malade, il ne pourra vaquer à ses occupations ordinaires. On est bien malheureux quand on n'est pas sa maîtresse et qu'on dépend d'un mari ! Au plaisir de vous voir le plus tôt possible.

De Mlle Marianne

D'Amiens, ce 5 janvier 1777

Vous saurez donc que j'avons dix-sept ans et que un grand enjôleur de filles de ces gardes-du-corps m'avons fait un enfant l'année passée sous la promesse qu'il m'avait fait de me mener à Paris où je pourrions faire fortune, étant assez jolie. Hé bien ! madame, je vous dirons donc que ce grand diable-là ne m'avons pas tenu parole et m'a bouté là pour raverdir. Je ne savons que devenir, mes parents ne voulions plus de moi chez eux. Un de ces gardes-du-corps à qui je me sommes adressé, m'avons dit, en me donnant votre adresse, que vous étiez une brave dame qui prenions pitié des pauvres filles. Or donc, madame, j'avons pris la liberté de vous écrire. J'espérons tout de vos bontés, et je vous prions de me faire une réponse que j'attendons avec grande impatience. Je sommes logé à la Croix-Blanche, rue de la Femme-Sans-Tête. Je sommes, madame, avec le plus profond respect, votre très humble et très obéissante servante.

De M. ***

Paris, ce 4 février 1777

Je viens, madame, de faire l'histoire des plus fameuses Laïs de Paris ; j'ai pris la liberté de vous la dédier ; cet hommage vous est bien dû, puisque quantité de ces héroïnes sont vos élèves. Je suis, madame, votre très humble et très obéissant serviteur.

De Mme Vératé, usurière et agioteuse

Paris, ce 15 novembre 1777

J'ai, madame, entre les mains, une pacotille de marchandises d'affaires, composée de satins, musulmanes[1], gros de Tours, taffetas et bas de soie ; comme la personne qui les fait vendre est très pressée d'avoir de l'argent comptant, on aura ces marchandises à cent pour cent de perte. Je suis, madame, votre très humble et très obéissante servante.

De M. H*, peintre italien**

Paris, ce 4 mai 1778

Vous me feriez plaisir, madame, si vous pouviez me procurer une belle femme pour me servir de modèle pour une Vénus. N'importe la taille ; j'aimerais cependant mieux qu'elle fût grande. Je n'en aurai besoin que trois ou quatre séances. Je donnerai un louis chaque. Je désirerais bien, madame, l'avoir d'ici à une quinzaine de jours. Adressez-moi votre réponse à l'hôtel de Hollande, rue Traversière-Saint-Honoré.

1. *Musulmane* : sorte de tissu d'ameublement.

De M. Peixotte[1]

Ce samedi

Demain, je me rendrai chez vous vers les dix heures du matin. N'oubliez pas d'avoir des plumes de paon, tout ce qu'il y a de plus beau.

De Mlle Rose

Paris, ce 6 juin 1778

J'ai appris, ma chère maman, que mes parents, de la maison de qui je suis sortie sans leur consentement, ayant su que j'étais ici, sont venus pour me faire enfermer. Je suis une fille perdue si vous n'avez pitié de

1. Si l'éditeur de ces lettres n'a pas cru devoir dissimuler le nom de ce banquier, c'est qu'il était connu de tous, de même que son fantasme, qui consistait à se promener tout nu et à quatre pattes autour de la chambre, avec une plume de paon fichée dans le derrière. Une demoiselle de son choix devait lui frotter le dos, en disant: « Ah ! le beau paon ! » Cette scène est figurée dans une des quatre gravures du *Parc-aux-Cerfs ou l'origine de l'affreux déficit par un zélé patriote*, attribué à L.-G. Bourdon (Paris, Sur les débris de la Bastille, 1790, in-8°). On assure que ce même Peixotte avait le goût des garçons, et qu'il offrit, en 1781, mille louis à Michu, acteur de la Comédie-Italienne, pour passer la nuit avec lui.

Dès 1782, soit un an avant la publication de la *Correspondance de Madame Gourdan*, *L'Espion dévalisé* rapportait cette piquante anecdote : « Il est à Paris un banquier très connu, nommé Peixotte, qui ne hait pas les jolies femmes, mais qui ne les aime que par un certain côté. La Dervieux est une fille de ce bas monde, jolie comme l'amour, toute jeune et très connue. Outre son entreteneur, homme fort riche, elle avait, selon l'usage, deux amis : l'un conseiller au parlement, l'autre était précisément ce rusé La T***, dont on vient de voir les ébats.

« Peixotte arrive un matin chez la demoiselle. Aucun des trois tenants ne s'y trouve. Il offre cent louis si l'on veut dévoiler tous ses appas. On se déshabille, et le vieux satyre, après quelques éloges très succincts sur une gorge et des charmes plus secrets qui mériteraient des autels, s'extasie sur une chute de reins admirable. Il admire, il touche, il palpe, il caresse, il se met à genoux devant des fesses qui le disputent à Vénus Callypige, lunettes au nez. Représentez-vous l'infâme en extase ! Un doigt profane. — Ah ! Monsieur, je n'en suis point. — Ma belle enfant, je te donnerai ce que tu voudras… Il s'enhardit, elle se fâche… Il s'en va avec promesse de revenir.

« Le soir, la Dervieux conte à La T*** son aventure. Celui-ci l'assure qu'elle est une sotte, qu'il faut tirer parti de ce goût hétéroclite, qu'elle peut s'en reposer sur lui et le laisser faire. "Donne un rendez-vous à ce vieux coquin, dit-il, mais sans satisfaire sa fantaisie. Tu entends ? Je veillerai."

« Rendez-vous donné, cent autres louis apportés. Peixotte demande pour toute grâce qu'elle laisse placer entre ces belles fesses qu'il adore un petit étui de nacre de perle très mignon et très joli. Après bien des contorsions très risibles, la Dervieux laisse placer l'étui. Les deux jeunes gens étaient cachés. Mais quel est leur étonnement de voir le sapajou tirer six grandes plumes de paon, déboucher l'étui, et les faire entrer dans des trous faits exprès. Il se met ensuite à un bout de la chambre, la fait promener, et commence avec lui-même l'opération d'Onan, en contemplant la jolie perspective qu'il s'était faite. La petite folle se mirait dans les glaces et riait de tout son cœur. On croit bien que La T*** et le magistrat, son digne acolyte, furent obligés de quitter leur cachette pour ne pas se trahir.

« Cependant, le vilain propose de remplacer l'étui. La belle, bien conseillée, se montre moins difficile, mais propose un autre rendez-vous, et met cet étrange pucelage à cinq cents louis. Peixotte n'est point effrayé ; il accepte. On prend jour, on se sépare, et l'homme emporte son étui et ses plumes.

moi. Ne négligez rien en ma faveur auprès des protections que vous avez à la police. Vous savez, chère maman, que je vous suis toute dévouée ; j'attends tout de vos bontés et suis dans des transes mortelles jusqu'à ce que j'aie de vos nouvelles. Ne m'abandonnez pas, de grâce !

De M.***

Paris, ce 6 octobre 1778

Il y aura demain, madame, course de chevaux au bois de Vincennes. Ne manquez pas d'y aller avec cette nouvelle débarquée. Si elle pouvait donner dans l'œil de M. le comte D*** (c'est un amateur), cela serait fort avantageux. Il faut que cette jeune personne soit élégamment mise, mais cependant de manière à ce qu'on s'aperçoive que c'est une étrangère. Vous voyez que je pense à vos intérêts : je me flatte que vous en serez

---

« Alors, La T*** bâtit un projet. Il suivait encore le barreau. Au jour nommé, ils arrivent, son camarade et lui, chez la petite en robe de palais. Son valet de chambre portait un habit rouge avec une tresse d'or et une épée, ce qui approchait beaucoup d'un surtout d'uniforme d'inspecteur de police. Deux grands laquais en habit gris composaient le reste de l'escorte. La petite, bien instruite de son rôle, et surtout de faire déposer sur la cheminée les cinq cents louis, les deux roués passent dans une autre chambre. Peixotte arrive.

« La scène s'ouvre par la génuflexion, la contemplation, les adorations. L'étui revient sur jeu ; le paon se promène pour mettre en train Monsieur. Soudain, les portes s'ouvrent avec bruit, et l'on annonce MM. les commissaires du roi et un inspecteur de police. La fille veut se cacher, l'inspecteur l'arrête, Messieurs coupent le chemin au vieux fol fort intrigué de tout cet appareil, et l'inspecteur se place auprès de la cheminée, afin de veiller à ce qu'il n'approche pas les rouleaux. Alors, de l'air le plus grave, La T*** lui dit : "Monsieur, la Cour informée des déportements qui se commettent chez Mademoiselle, a délibéré à ce que nous nous transportions ici pour y procéder verbalement, à l'effet d'arrêter des débauches aussi scandaleuses que nuisibles à la population."

« Plus mort que vif, Peixotte se rassoit dans un fauteuil ; on apporte une table, le conseiller au parlement tire du papier, et La T*** dicte un procès-verbal où rien n'est oublié : l'état des lieux, des choses, l'examen de l'étui, des plumes, le signalement de l'homme, son refus de dire son nom, etc., etc. Le tout mis sous séquestre pour être déposé, dit-il, au greffe de la Cour. La T*** approche ensuite de la cheminée. À la vue de l'or, il marque de l'étonnement, de l'incertitude, et demande à qui il est. La petite, suivant ses instructions, assure qu'il est à elle. Le scélérat affecte un doute, et déclare qu'il est obligé de le confisquer s'il appartient à l'anonyme. Peixotte interrogé affirme que cet argent est à la Dervieux. Alors, La T*** le lui remet en lui faisant une éloquente mercuriale. Il exige une attestation de Peixotte, qui déclare ne savoir écrire. Le greffier la rédige pour lui, et Peixotte y ajoute une croix ; puis il reçoit une vive semonce sur la messéance de ses goûts italiens. On lui annonce enfin qu'il est libre, et il se sauve.

« Le soir, il y avait à l'Opéra vingt copies figurées du procès-verbal, auquel les deux démons eurent l'attention de joindre encore une estampe faite d'après le signalement et où les personnages étaient d'une ressemblance frappante. On peut juger de la fureur de Peixotte d'avoir été joué ainsi. Pour l'achever, La T*** envoie le lendemain chez lui un laquais dégourdi et bien préparé porter des compliments et lui dire qu'étant informé qu'il avait une partie de plumes de paon à vendre, il le priait de lui en céder la moitié, parce qu'il en avait un besoin très urgent, et qu'au reste le prix ne faisait rien » (Baudouin de Guémadeuc et Mirabeau, *L'Espion dévalisé*, Londres [Neuchâtel, Fauche], 1782, p. 164-169). La même anecdote est reprise presque mot pour mot dans *Le Parc-aux-Cerfs ou l'origine de l'affreux déficit, par un zélé patriote*, *op. cit.*, p. 123-129.

reconnaissante et me ferez avoir une place dans les fermes ; ça vous est si facile, étant l'amie de tous les fermiers généraux. Je suis, madame, avec un très sincère attachement, votre très humble et très obéissant serviteur.

De Mlle Flore, de l'Opéra

Paris, ce 18 novembre 1778

Vous savez, ma chère maman, que j'étais entretenue par le marquis de ***. Ce perfide, ce traître vient de me quitter, moi qui l'aimais de bonne foi et ne lui ai jamais fait d'infidélité ; moi qui ai refusé vingt entreteneurs qui valaient mieux que lui ! Eh bien ! il m'a abandonnée. Et pour qui ? pour Mme la comtesse de ***. Ça crie vengeance. Je suis au comble du désespoir ; j'abhorre maintenant les hommes, je ne veux vivre que pour les tromper et m'en venger. Je vous prie, ma chère maman, de me prêter quinze louis pour arranger mes affaires ; tous mes créanciers, sachant que ce monstre de marquis m'a quittée, sont venus m'assaillir ; ils me menacent de me faire assigner : jugez de l'embarras où je serai si vous ne venez pas à mon secours ; je craindrais, en outre, quoique bien meublée et bien arrangée, de me voir réduite à rien, car une fois que la police a mis le nez dans les affaires de nous autres pauvres femmes entretenues, nous sommes perdues. Obligez-moi, ma chère maman ; vous connaissez la reconnaissance que votre chère Flore a toujours eue de vos bontés.

De Mlle Sylvie

De l'Hôpital, ce 6 janvier 1779

Madame,

Pourriez-vous me rendre le service de vous intéresser en ma faveur pour que je sois du nombre de celles qui sortiront d'ici ? On dit que la reine, à cause de la naissance de Madame, a écrit au lieutenant de police pour qu'il donne la grâce à cent de nous. Je m'offre, pour reconnaître les bontés de madame, d'être deux ans chez elle en qualité de *bonne*, sans aucun gage. Autrefois, j'aurais pu offrir d'autres services ; mais maintenant, le temps et les maladies ont bien retranché de mes charmes. Quand je me regarde au miroir, je ne retrouve plus les anciens traits de Sylvie.

Je compte sur vos bontés, et j'ai l'honneur d'être avec un profond respect, madame, votre très humble et très obéissante servante.

De Mlle D'Aigremont

Calais, ce 10 février 1779

Le temps de mon année d'engagement, madame, finit bientôt. Je n'en ai pas voulu contracter pour cette année ; je suis lasse de jouer la comédie ; je ne trouve rien de si désagréable que d'être traitée pendant deux ou trois heures en femme de qualité, et après avoir représenté l'opulence, de se retirer dans un appartement mesquinement meublé pour y faire un mauvais souper. Ce qu'il y a de pis encore, c'est d'être assujettie au caprice d'un public souvent injuste et de risquer d'être sifflée par un manant à qui votre figure déplaira. De plus, comme maintenant on ne peut se faire applaudir qu'à force de crier, ayant une complexion délicate et fort peu de poumons, je ne pourrai jamais y parvenir ; c'est pourquoi, tout bien réfléchi, je voudrais trouver un entreteneur ; j'ai vingt ans, c'est l'âge des amours ; je joue assez bien le sentiment et connais les ruses qu'il faut employer pour attacher un amant et le ruiner complètement. Vous m'obligeriez, madame, si vous pouviez me procurer un entreteneur à mon arrivée. Vous pouvez compter que je serai très reconnaissante : je sais bien les règles qui s'observent en pareilles occasions.

Je suis, madame, avec un sincère attachement, votre très humble et très obéissante servante.

De Mlle Rosalie

De Bicêtre, ce 15 février 1779

Que je maudis le jour infortuné que vous m'avez débauchée ! Si le Ciel était juste, il ferait retomber sur vous tous les maux que je ressens. Mes souffrances sont inouïes et, pour comble de malheur, je n'ai pour perspective qu'une captivité de trois ans à l'Hôpital, après lesquels que deviendrai-je ? J'ai perdu une partie de mes dents, mes charmes sont disparus. Ah ! si les pauvres filles savaient où conduit le libertinage, il n'y en aurait pas tant qui s'y adonneraient. Mais, coquines que vous êtes, vous et vos semblables, vous leur promettez, pour les séduire, un avenir heureux. À vous entendre, leurs jours doivent être remplis d'agréments, et jamais la fortune ne doit leur manquer. Ah ! puisse le Ciel m'envoyer la mort ! Puisse-t-il aussi exaucer les vœux que je fais d'être la dernière victime de vous autres maquerelles, et que vous soyez réduites toutes en poudre[1].

DE M. ***

Paris, ce 20 février 1779

Je vous envoie, madame, mon mémoire ; ne manquez pas de le remettre ce soir à Monseigneur. Si l'affaire réussit, il y a cinquante louis pour vous ; cela vous est très facile, il n'y a qu'à faire entrer cette grâce

1. « Cette lettre était déchirée en morceaux ; il faut qu'elle n'ait pas fait plaisir à Mme Gourdan. » [NdA]

dans le marché de la petite Rosalie : par le canal d'une jeune fille, on obtient tout en France.

De M. le marquis de G***

Paris, ce 3 mars 1779

Nous irons demain quatre personnes faire un souper chez vous. Il faudra prévenir les demoiselles que nous passerons la soirée dans l'état où nous venons au monde.

De M. Rigal, orfèvre[1]

Paris, ce 15 avril 1779

Votre argenterie, madame, est prête ; envoyez-moi les armes ou le chiffre qu'il faut y faire graver.

De Mlle Laure

Paris, ce 20 juin 1779

Ma santé, ma chère maman, est totalement rétablie ; il est bien cruel que les faveurs de l'amour deviennent souvent un supplice, et qu'on puise la douleur dans la source des voluptés. Je serai désormais à vos ordres.

De Mlle Sauvigny

Paris, ce 15 juillet 1779

L'officier, chère maman, qui m'entretenait, est parti pour son régiment, son congé étant expiré. Je ne sais que faire, et je me recommande à vous. Vous savez que je suis une bonne fille, que rien ne m'intimide et que, pourvu qu'on me paie bien, les fantaisies me sont indifférentes. Je ne suis pas comme un tas de bégueules qui veulent que tout se fasse avec décence et selon les règles. Qu'elles sont sottes ! Comment veulent-elles que les hommes les aiment ? Dans le libertinage, il n'y a que la bizarrerie qui plaît. Il faut varier les goûts. J'espère que vous approuverez mes principes, et que vous n'oublierez pas votre chère enfant.

1. Les étrangers qui ne sont jamais venus à Paris s'étonneront peut-être d'entendre parler d'argenterie pour une personne comme Mme Gourdan. Il ne faut pas qu'ils croient que l'on veut leur en imposer. On est servi chez cette femme avec de la vaisselle plate, tout ce qu'il y a de plus beau. Cela doit faire voir la quantité de monde qui va chez elle et leurs qualités. [NdA]

De Mlle Provençal

Paris, ce 17 juillet 1779

Je vous renvoie, chère maman, cette nouvelle chanson de l'abbé Lapin[1] ; je la sais, ainsi que m'accompagner sur la guitare ; je crois que je pourrais même lui disputer à qui la chanterait le mieux. Quand vous voudrez mettre mes talents à l'épreuve, je serai à vos ordres.

Votre enfant.

Air de *Robin a une vache*

Robin a une vache
Qui danse sur la glace
Au son du tambourin.
Maman, j'aime Robin,
Maman, j'aime Robin.

Robin ne sait pas lire,
Mais il sait bien écrire ;
C'est un garçon divin,
Maman, etc.

Il porte une baguette
Qui n'est vraiment pas faite
Pour battre un tambourin.
Maman, etc.

Robin a des sonnettes
Au bas de sa jaquette,
Qui font der lin din din.
Maman, etc.

Robin a une poule
Qu'il y a sept ans qui couve.
Ell' n'a fait qu'un poussin.
Maman, etc.

Robin a une anguille
Qui fait plaisir aux filles,
Quand il leur met en main.
Maman, etc.

Cet instrument, ma mère,
Aurait de quoi vous plaire,

1. Il y avait un de ces êtres amphibies qu'on nomme abbé qui, tous les soirs, chantait au Palais-Royal, en s'accompagnant de la guitare et en faisant des gestes amusants. Tout Paris se rendait au Palais-Royal pour l'entendre. La reine, en ayant tant entendu parler, fit venir l'abbé Lapin chanter à Versailles dans les petits appartements. [NdA]

Si vous l'aviez en main.
Maman, etc.

Il aime les pastilles
Au coulis de lentilles
Farcies de romarin.
Maman, etc.

Le jour de Saint-Philippe,
Il mange des tulipes
Dans un plat de satin.
Maman, etc.

Quand il est à l'église,
S'il voit une sœur grise,
C'est comme un vrai lutin.
Maman, etc.

Quand il est en colère,
Il montre son derrière
Et vesse comme un daim.
Maman, etc.

Il aime la merluche
Et pisse dans sa cruche
Tous les jours, le matin.
Maman, etc.

Robin a deux cavales
Qui ont le ventre ovale :
Ell's n'ont fait qu'un poulain.
Maman, etc.

Il porte dans sa poche
Un morceau de brioche
Du temps de Charles Quint.
Maman, etc.

Quand il chante un air tendre,
Chacun croirait entendre
La voix d'un marcassin.
Maman, etc.

Quand il prend médecine,
Il veut que sa cousine
Lui tienne le bassin.
Maman, etc.

Il enfile des perles
Et déniche des merles ;
C'est un Michel Morin.
Maman, etc.

Hier, à la rivière,
Il montra son derrière
À l'hôtesse du bain.
Maman, etc.

Je lui sers de bobèche,
Sans chandelle ni mèche,
Le soir et le matin.
Maman, etc.

Robin a une andouille
Dont il me débarbouille
Le soir et le matin.
Maman, etc.

Robin a des sabots
Qui sont vilains et gros.
Il fait caca dessus.
Maman, je n'en veux plus,
Maman, je n'en veux plus.

De Mlle Morel

Paris, ce 7 septembre 1779

Voilà un siècle, chère maman, que vous ne me faites pas faire de partie[1]. Je ne sais comment payer mon loyer et mille petites dettes criardes. Au diable soit la guerre qui nous ruine ! Si on la regarde comme un fléau pour l'État, elle est encore plus cruelle pour nous. Pensez, je vous prie, à votre chère Morel.

De Mlle Henriette

Paris, ce 26 octobre 1779

Demain à dix heures, je vous prie, ma chère maman, de m'envoyer La Jeunesse, avec toutes sortes de marchandises. Il y aura chez moi un provincial à qui je fais tourner la tête depuis plus de huit jours. Selon sa générosité, je le rendrai heureux ou le congédierai ; vous voyez, chère maman, que votre Henriette suit vos principes et ne veut rien donner au hasard. Je vous suis attachée pour la vie.

1. Tête-à-tête ou parties carrées.

De Mlle Baise

Paris, ce 5 janvier 1780

Vous avez, chère maman, désiré d'avoir la chanson des demoiselles de l'Opéra. Je m'empresse de vous l'envoyer. Je l'ai eue hier du chevalier de *** ; il a toutes les nouveautés. Au plaisir de vous voir. Demain, je ne pourrai être à vos ordres ; je consacre ma journée à l'amour, et je tire les Rois avec mon amant. Adieu, chère maman. Votre affectionnée.

Air du *Mirliton*

Un jour, le dieu de Cythère
Fit rassembler dans Paris
En un même monastère,
Avec l'habit de Vestris,
Tous les mirlitons, mirlitons, mirlitaines,
Tous les mirlitons, don, don.

Arnould, l'actrice régnante,
Regrettant son Lauraguais,
Au petit dieu se présente
Avec ses dents à crochets
Et son mirliton, etc.

L'Amour lui dit en colère,
Aussitôt qu'il l'aperçut :
« Va le suivre en Angleterre,
Car je te mets au rebut
Et ton mirliton, etc. »

L'Arrivée vint, toute fière
D'avoir subjugué Bourbon,
Mais n'y voyant qu'une ornière,
L'Amour chanta sur ce ton :
« L'affreux mirliton, etc. »

L'Amour prit pour la marotte
Rosalie avec éclat,
Et dit, voyant sous sa cotte
Perruque de magistrat :
« Ah ! quel mirliton ! etc. »

Il visita sans envie
Beaumesnil et la Duplan,
Chateauneuf et Virginie,
Mais il ne vit qu'un étang
De grands mirlitons, etc.

« Vieille mâchoire édentée,
Dit-il à la Durancy,

Que je te trouve effrontée
De montrer le plan ici
   De ton mirliton, etc. »

Suivant l'ordre de la liste,
Il dit en voyant Hénel :
« Que ce beau visage est triste !
Si tout le reste est fidel,
Quel froid mirliton, etc. »

Pour s'éclaircir de ce doute,
On dit qu'Amour l'éprouva,
Et que s'en frayant la route,
Pour son plaisir réserva
   Son beau mirliton, etc.

Vint Guimard, la maréchale,
S'offrir au dieu des amours ;
Il prit pour la cathédrale
Du grand saint Martin de Tours
   Son grand mirliton, etc.

Cléophile, la fringante,
Vint s'offrir d'un air paillard ;
L'Amour la prit pour sa tante,
Et pour la nuit mit à part
   Son beau mirliton, etc.

Julie à l'air de décence,
Tenant Bougainville en main,
Vers le dieu d'amour s'avance,
Lui disant : « Que j'aime bien
Son grand mirliton, etc. »

Il renvoya Bougainville
Pour voir la belle en détail,
Et lui fit une apostille
Pour être mise au sérail,
   Et son mirliton, etc.

Constance vint en bacchante
Et d'un air luxurieux ;
D'Amour elle eut la patente,
Voyant le feu de ses yeux
   Dans son mirliton, etc.

Thévenin vint là se rendre
Pour y disputer ses droits.
L'Amour lui dit d'un air tendre :
« Je veux vivre sous les lois
   De ton mirliton, etc. »

Après, Gaudi, la fantasque,
Y vint, blanche comme un lis.
L'Amour, la trouvant trop flasque,
Lui dit : « Garde tes mépris
  Et ton mirliton, etc. »

Enfin vint une chaconne,
Montrant chacune son trou.
L'Amour les prend, les bouchonne
Et dit : « Qu'on mette un licou
  À ces mirlitons, etc. »

De Mlle Baise

Paris, ce 9 janvier 1780

Je vous ai envoyé, chère maman, la chanson sur les demoiselles de l'Opéra, en voici une sur celles de la Comédie-Française. Votre chère enfant.

Air de *Quand on est deux*

La Vestris achète à grand prix
Les bravos de la populace ;
À force d'art et de grimaces,
Elle fait applaudir ses cris.
Mais ell' ne vaut pas, à tout prendre (*bis*)
Pas deux sou, pas deux sou
Pas deux soupirs tendres (*bis*).

Sainval cadette a du talent,
Elle se plaît sans aucune ruse ;
C'est la favorite des Muses,
C'est l'actrice du sentiment,
Mais elle emploie avec fréquence (*bis*)
Trop de vi, trop de vi,
Trop de violence (*bis*).

Quand sa sœur se possède un peu,
C'est le chef-d'œuvre le plus rare ;
Mais lorsque son esprit s'égare,
D'un homme elle affecte le jeu,
En séduisant le cœur des femmes (*bis*),
Ébranlant, ébranlant,
Ébranlant leurs âmes (*bis*).

Préville eut d'abord du malheur ;
Mais on la connut à l'usage
Et le public qui l'encourage

Claque dans Le Dissipateur[1]
Ce sein jadis si plein de charmes (*bis*)
Et si mou, et si mou,
Si mouillé de larmes (*bis*).

Contat, qu'ont formée les amours,
Est faible dans la comédie,
Mauvaise dans la tragédie ;
Mais elle séduira toujours,
Et si l'on veut la voir charmante (*bis*),
C'est en con, c'est en con,
C'est en confidente (*bis*).

Molé, Suin, ne croyez pas
Mériter ici qu'on vous chante ;
Avec Dugazon l'insolente,
Rampez dans les rangs les plus bas ;
Avec Hus, la Chassaigne, en outre (*bis*),
Allez tous, allez tous
Tous vous faire foutre (*bis*).

De Mme Frémont

Paris, ce 20 janvier 1780

Madame,

Si vous aviez besoin d'une bonne[2] pour vos demoiselles, je vous offre mes services. Croyez que je suis très au fait du métier, ayant été moi-même demoiselle ; mais le ravage des ans et les fatigues m'ayant ôté le peu de figure que je possédais, je me trouve réduite à servir. J'ai, madame, un talent merveilleux pour les vieux paillards ; je manie à merveille les verges et le martinet. J'ai l'honneur d'être, avec respect, madame, votre très humble et très obéissante servante.

De Mlle Florentine

Paris, ce 8 février 1780

Vous savez, chère madame, que depuis quelques mois le marquis de *** vivait avec la belle Sainte-Marie, que nous nommons entre nous « L'indolente ». Se doutant qu'elle lui faisait quelques infidélités, il l'a fait épier. On lui a rapporté que monseigneur l'évêque de *** le remplaçait souvent. Alors il résolut de s'en venger, et pour cet effet il prétexta un

1. *Le Dissipateur ou l'Honnête friponne*, comédie en cinq actes en vers de Destouches, représentée pour la première fois par les Comédiens-Français le 23 mars 1753.
2. Nom que donnent les demoiselles aux femmes qui sont pour les servir et préparer dans leur garde-robe l'eau et les odeurs nécessaires pour leur toilette. [NdA]

voyage à Versailles et chargea ses émissaires de venir l'avertir dès que monseigneur serait chez sa maîtresse. Vers minuit, on vint lui dire que monseigneur était chez Sainte-Marie, où il devait passer la nuit, ayant renvoyé sa voiture. Aussitôt le marquis vole chez sa maîtresse ; et comme il avait un passe-partout, il entre sans être aperçu. Arrivé près du lit, il en tire les rideaux et fait l'étonné en voyant monseigneur : « Soyez le bienvenu, lui dit-il, mais il n'est pas juste que je paie vos plaisirs. Depuis trois mois, j'entretiens mademoiselle, elle me coûte trois cents louis, il faut que vous me les rendiez ou j'envoie chercher la garde pour vous reconduire chez vous. » En vain monseigneur voulut composer ; il fallut payer. Comme il n'avait pas cette somme sur lui, il a donné ce qu'il avait et fait un billet sur le reste. Le marquis, ensuite, tirant les rideaux, leur souhaite une bonne nuit, ajoutant qu'il cédait à monseigneur tous les droits qu'il avait sur la belle. On assure que cette visite refroidit monseigneur au point qu'il n'a pu de la nuit gagner une partie de l'argent qu'il venait de payer.

À demain, chère maman, je me rendrai chez vous à l'heure que vous m'avez indiquée. Votre chère enfant.

De Mlle Caroline

Paris, ce 17 mars 1780

Si vous voulez, ma chère maman, j'ai dans ma rue une jolie petite bourgeoise, âgée de quatorze ans, et qui demeure chez sa belle-mère, qui la bat vingt fois par jour. Je vous l'amènerai ; elle m'en a fort priée ; il ne sera pas difficile de la faire recevoir par Vaugien[1]. La petite se prêtera à ses fantaisies ; je l'en ai avertie ; elle consent à tout, pourvu qu'elle sorte de chez sa marâtre. Répondez-moi le plus tôt possible, chère maman.

De M. le marquis de T***

Paris, ce 17 mars 1780

Je ne sors jamais, madame, sans être accompagné de mon père ou de ma mère, et quand ils ne sont pas avec moi, un valet de chambre me suit toujours. Cela m'excède ; ne pourriez-vous me faire le plaisir d'envoyer chez moi, dans deux jours, à dix heures du matin, une petite fille habillée en bourgeoise, ayant un carton de filet ? Elle demandera Lambert, mon domestique, que j'ai mis dans ma confidence. J'écarterai mon valet de

1. C'est l'inspecteur de la police chargé de la partie des filles publiques. Elles sont toutes enregistrées chez lui. Il faut qu'elles déclarent qu'elles ne sont plus pucelles pour pouvoir être admises. Les filles de mauvaise vie qui ne sont pas inscrites sur le livre de police, à moins qu'elles ne soient attachées aux grands spectacles de Paris, lorsqu'elles sont prises en flagrant délit, sont envoyées à l'Hôpital. [NdA]

chambre, en lui donnant une commission très loin. Je paierai très généreusement la fille ; mais surtout, madame, qu'elle soit en bonne santé. Répondez-moi en adressant votre lettre sous l'enveloppe de Lambert. Mon hôtel est rue Saint-Dominique, faubourg Saint-Germain.

De M. D*, colporteur**

Paris, ce 22 juin 1780

Je viens, madame, de recevoir d'Hollande de superbes éditions avec gravures en taille-douce : la *Pucelle*, le *Portier des Chartreux*, *Margot la Ravaudeuse*, les *Postures de l'Arétin*, les *Lauriers ecclésiastiques*, la *Fille de joie*, les *Délices du cloître*, le *Chapitre des Cordeliers*, l'*Entretien de deux Nonnes, pour servir d'instruction aux jeunes demoiselles qui entrent dans le monde*, l'*Ode à Priape* et la *Foutromanie*. S'il y a, madame, quelques-uns de ces ouvrages qui vous conviennent, mandez-les-moi, avec l'heure à laquelle je pourrai vous trouver.

De François

Paris, ce 5 août 1780

Madame,

J'ai obtenu la place que vous avez sollicitée pour moi dans les fermes. Je suis nommé commis à la barrière Saint-Antoine. Croyez, madame, que je n'oublierai jamais l'obligation que je vous ai, et que les jours où mon service me laissera libre, je les emploierai pour être utile à madame. J'ai en vue plusieurs petites grisettes très jolies ; j'espère les gagner avant peu.

J'ai l'honneur d'être, avec le plus profond respect, madame, votre très humble et obéissant serviteur.

De Mlle Julie

Ce samedi

Je vous envoie, ma chère maman, les cinq louis qui vous reviennent pour le souper que j'ai fait hier à la petite maison de ce vieux financier, ayant eu dix louis. En vérité, les complaisances que j'ai été obligée d'avoir en valaient bien davantage ; il a fallu me mettre toute nue et monter à cheval sur lui, qui était aussi nu et à quatre pattes. J'avais la tête tournée du côté de son derrière, et, tandis qu'il me faisait faire le tour de la chambre, je le fouettais à tour de bras. Ce manège a duré une heure au moins. Je ne pouvais m'empêcher de rire aux larmes, chaque fois que les glaces me reflétaient. Ah ! que les hommes ont des goûts bizarres ! Je ne pourrai, ma chère maman, être à vos ordres de la soirée, ayant décidé de la passer avec mon amant[1]. On ne peut pas être toujours à Plutus, il faut être à l'Amour.

De M. le marquis de R***

Paris, ce 5 octobre 1780

J'arrive enfin de mon régiment ; il y a dix-huit mois que je suis absent de Paris ; vous avez dû me croire mort. Ce soir, après le spectacle, j'irai avec trois de mes amis souper et coucher chez vous. Du joli et du roué : il ne faut pas de prudes pour des capitaines de dragons. Ayez provision de champagne mousseux. Mes camarades aiment à boire. Quant à moi, vous n'ignorez pas mon goût : j'ai décoiffé quelques bouteilles chez vous.

De Madame ***

Paris, ce 20 décembre 1780

J'ai surpris le billet que vous avez écrit à ma fille. Il vous sied bien de chercher à débaucher la jeunesse. Je vais le porter à M. le lieutenant de police ; il devrait bien vous chasser de Paris, ainsi que vos semblables : il n'y aurait pas tant de malheureuses créatures.

De Mlle Zerbinette

Paris, ce 20 janvier 1781

Si je ne vous savais, madame, l'âme aussi bonne, je n'oserais me recommander à vos bontés, ayant été si longtemps sans être une de vos enfants, m'étant laissée aller aux propositions de la Brisseau[2], qui m'a trompée indignement. Hélas ! pourquoi j'ai quitté madame pour une autre ? Le proverbe est bien vrai que souvent l'on troque son cheval borgne pour un aveugle. Mais j'attends grâce de vous, madame. J'ai l'honneur d'être votre très humble et très obéissante servante.

1. Il est d'ordinaire que toutes les filles aient un amant. C'est communément leur perruquier ou quelque laquais ; celles qui donnent dans du plus relevé ont un de ces libertins sans asile qui ne vivent que d'escroqueries au jeu, de maquerellage, et tâchent de duper les étrangers, en liant connaissance avec eux dans les cafés, aux spectacles des boulevards, aux tripots ou dans les mauvais lieux, seuls endroits que fréquente cette vile espèce, de laquelle on doit se méfier, sur qui la police a toujours les yeux ouverts, et dont il n'y a pas de mois qu'elle n'exile quelques membres. [NdA]
2. Fameuse maquerelle de Paris, rivale de Mme Gourdan. [NdA]

De M. Delorme, sellier

Paris, ce 22 mars 1781

Vous aurez sans faute, madame, votre voiture toute prête pour aller à Longchamp[1]. Il m'a été impossible de vous la livrer plus tôt, étant accablé d'ouvrage.

De Mlle Grandval

Paris, ce 3 juin 1781

Je pars demain, ma chère maman, avec M. d'Elleizen, pour aller aux eaux de Spa. Si vous avez quelques commissions à me donner pour ce pays, je m'en chargerai avec plaisir ; vous ne devez pas être inquiète de moi, car avec un banquier de jeu on est toujours sûr de ne pas éprouver les caprices de la fortune. Croyez que, quelque pays que j'habite, je n'oublierai jamais les bontés de ma chère maman. Votre affectionnée.

De M. le Chevalier de P***

Ce 13 juin 1781

Voici les vers que vous m'avez demandés sur la destruction du jardin du Palais-Royal :

Villette, en son jardin, du buste de Voltaire
Fait son idole tutélaire ;
La cendre de Rousseau, si chère à Girardin,
Avec honneur repose en son jardin ;
De Chartres dans le sien renverse les statues
Des héros et des dieux, pour y placer Desrues.

Jeudi j'irai chez vous entre la première et la seconde pièce des Italiens. Je veux la grande haquenée, à moins que vous n'ayez du nouveau.

1. À Paris, dans le carême, le mercredi, le jeudi et le vendredi saints, en place d'aller à Ténèbres, qui est l'office de l'après-dîner, tout le monde se rend en voiture au bois de Boulogne, dans l'allée de Longchamp. Là, chacun cherche à briller par le luxe de ses équipages et la beauté de ses chevaux. Les demoiselles entretenues y étalent la générosité de leurs amants par la magnificence de leurs voitures. Elles piquent leur amour-propre en voulant être plus brillantes à l'envi l'une de l'autre. Quant aux demoiselles d'un ordre inférieur, elles louent des carrosses de remise et vont y étaler leurs grâces, pour chercher à trouver quelques dupes qui leur en donnent. [NdA]

De M. G***

Paris, ce 10 juin 1781

Je voudrais, madame, que vous me trouviez une demoiselle honnête, qui voulût venir avec moi aux eaux de Barèges. Je la ferai passer pour ma nièce. Ma cuisinière lui servira de femme de chambre. Je lui donnerai cinquante louis pour le voyage et lui ferai faire trois robes et trois déshabillés de mousseline. Il y aura dix louis pour vos peines. Je ne demande autre chose à cette demoiselle que de m'amuser un peu et la petite oie[1].

Votre serviteur.

De Mlle Zelmire

Paris, ce 15 juin 1781

N'ayant, ma chère maman, rien à faire à Paris, où il n'y a maintenant aucun Anglais, et que tout le monde est à la guerre, je pars pour Lyon, où, comme une autre Virginie[2], je vais tâcher de mettre les négociants à contribution. Au plaisir de vous revoir. Si vous avez quelques commissions à me donner, écrivez-moi par la poste restante.

Messieurs les entrepreneurs de la *Redoute chinoise* envoient à Mme Gourdan quatre-vingts billets, qui serviront tous les jours, excepté les dimanches, fêtes et jeudis[3].

De Mlle Raucourt[4]

Ce 8 juillet 1781

Hier, madame, il y avait avec vous, aux Italiens, une jolie personne. Si vous voulez me l'envoyer pour passer la nuit avec moi, je vous donnerai six louis. Je suis toute à vous.

---

1. *Petite oie* : voir *Glossarium eroticum*, p. 1170.

2. En 1773, cette demoiselle, danseuse de l'Opéra, quoique avec des charmes usés, fut à Lyon. En six mois de temps, elle y gagna soixante mille livres. Ses nuits étaient fixées à quinze et vingt-cinq louis, selon l'âge. Tous les négociants, peu accoutumés à jouir d'une élève de Terpsichore, voulurent l'avoir. Plusieurs furent si contents de la première nuit qu'ils briguèrent la faveur d'une seconde, troisième et quatrième. [NdA]

3. Les entrepreneurs de la *Redoute chinoise*, du *Wauxhall*[a], de la foire de Saint-Germain, ainsi que les directeurs des spectacles des boulevards, distribuent plusieurs fois par semaine des billets gratis aux demoiselles, afin d'attirer beaucoup de monde à leurs spectacles. [NdA]

4. Cette actrice des Français est une des plus fameuses tribades qui aient jamais existé. Elle ne se cache point de son goût et dit : « Je vis maintenant avec mademoiselle Une Telle », ou bien : « Je l'ai quittée », comme si c'était un homme qui parlât d'une maîtresse. [NdA]

a. Sur la *Redoute chinoise*, voir *infra*, la *Correspondance d'Eulalie*, note de l'auteur, p. 730, n. 2 ; sur le *Wauxhall*, voir *infra*, p. 667, n. 2.

De M. Le comte de K*, russe**

Ce 20 juillet 1781

J'irai chez vous à cinq heures. Je voudrais y trouver une demoiselle toute prête pour venir avec moi aux Comédiens du bois de Boulogne, et de là manger une matelote à Saint-Cloud. Qu'elle soit gaie ; j'aime beaucoup à rire et folâtrer.

De Mlle Thélamire

Paris, ce 25 juillet 1781

Je pars pour Brest, chère maman, où il y a maintenant beaucoup d'officiers. Je vais les mettre à contribution et tâcher que MM. de la marine me donnent quelques guinées qu'ils ont prises aux Anglais. Si vous avez quelques commissions pour ce pays, donnez-les-moi et croyez que votre enfant s'empressera de les faire.

De Mlle Zelmire

Lyon, ce 4 août 1781

Je vous envoie, ma chère maman, par la diligence, les étoffes que vous m'avez demandées. On a payé à vue la lettre de change que vous m'avez fait passer. Comme il y avait trente livres de reste, je vous envoie pour cela des dessus de souliers, tout ce que j'ai trouvé de plus joli. À présent que je vous ai parlé de vos affaires, je vais un peu vous entretenir des miennes. Le pays est brûlé, il ne vaut plus rien ; je gagne cependant de quoi me tirer d'affaire. Si je ne fais pas fortune, au moins je n'en serai pas pour mes frais ; de plus, ayant été quelque temps absente de Paris, en y reparaissant avec un autre nom, cela me donnera un air de nouveauté qui ne peut que bien faire… Adieu, chère maman.

De M. Colinot, joaillier

Paris, ce 1er septembre 1781

Votre bec à diamants ne pourra être monté que dans quinze jours, attendu que j'ai été très pressé d'ouvrage pour deux mariages. Je vous envoie votre tabatière avec votre portrait ; j'espère que vous serez contente de l'entourage : il ne peut manquer de plaire à celui pour qui vous le destinez ; les diamants sont de prix.

De Mlle Adeline

Barèges, ce 6 octobre 1781

Que je vous ai d'obligation, chère maman, de m'avoir choisie pour aller aux eaux avec M. G***. Il n'y a sorte d'attentions qu'il n'ait pour moi. Je l'aime beaucoup. Il m'a promis qu'il me garderait avec lui à Paris et me ferait un sort. Croyez, chère maman, que je n'oublierai jamais que c'est à vous que je dois mon bonheur, et que je serai charmée de pouvoir vous donner des preuves de ma reconnaissance. C'est avec ces sentiments que je suis pour la vie votre chère enfant.

De Mlle Violette

Paris, ce 11 octobre 1781

Je vous préviens, ma chère maman, que je ne veux plus aller faire de souper avec Justine ; elle est non seulement de mauvaise foi sur ce qu'on lui donne, mais encore, quand elle est grise, ce qui lui arrive toujours, elle se met toute nue, et nous sommes obligées de suivre son exemple pour ne pas passer pour des bégueules et éviter la mauvaise humeur des convives. Il est permis d'être libertine, mais faut-il au moins ne pas se prostituer indignement.

De Mlle Justine

Paris, ce 19 octobre 1781

Violette, ma chère maman, a dit qu'elle vous porterait des plaintes de moi ; je me moque de ce que peut dire une petite péronnelle comme elle, qui veut faire la prude et qui a pour amoureux son laquais et son coiffeur. Toutes ces demi-vertueuses sont plus coquines que nous, qui sommes de bonnes réjouies et nous moquons du qu'en-dira-t-on. Tout ce que pourra dire la prude Violette ne me fera pas changer : conseillez-lui en amie d'être tranquille, car si elle me fâche, je lui arracherai les yeux. Elle ne veut plus faire de souper avec moi, et moi je n'en veux plus faire avec elle. Arrangez-vous en conséquence ; du reste, je serai à vos ordres quand vous voudrez.

De Mlle Rosimont

Ce 24 octobre 1781

J'emploierai, chère maman, toute la soirée à courir les illuminations ; je ne pourrai me rendre chez vous qu'à onze heures. Ainsi, prévenez le monsieur qui veut m'avoir qu'il ne vienne que pour cette heure-là, ou remettre la partie à demain. Si cela ne lui convient pas, j'en suis fâchée. Vous allez dire que je suis sans-gêne ; cela m'est égal. Je ne changerai rien à mon projet.

De Mlle Rosette

Paris, ce 23 décembre 1781

L'exempt de police Vaugien m'a mandée pour demain dix heures du matin. Ce sera sans doute pour la dispute que j'ai eue avec Eulalie chez Nicolet. J'aurai sûrement gain de cause, car j'accorderai à Vaugien tout ce qu'il voudra, et c'est le moyen d'en faire tout ce qu'on veut. Cependant, vous m'obligeriez, chère maman, de me donner une lettre de recommandation pour lui : vous êtes sa grande amie.

De M. ***

Paris, ce 7 janvier 1782

Pas un étranger d'arrivé. J'ai parcouru tous les hôtels de la rue de Richelieu et du faubourg Saint-Germain. Il n'y a que quelques officiers et des plaideurs. Ce n'est pas là le gibier qu'il nous faut. Je n'ai jamais vu une aussi grande disette. Je me suis arrangé avec les portiers des hôtels pour être averti dès qu'il arrivera quelqu'un : cela m'évitera beaucoup de courses, qui souvent sont des pas perdus. Croyez, madame, que je ne suis pas moins fâché que vous, et que je désire bien que les temps changent ; sans cela, je ne saurai où donner de la tête.

De Mlle Thélamire

Ce 18 janvier 1782

Je vous prie, chère maman, de me donner un billet pour le bal masqué de la ville. On m'a assuré que vous en aviez une vingtaine. Je vous promets, en revanche, de vous en donner un du bal masqué des gardes-du-corps. On m'en a promis six, et je suis sûre qu'on me tiendra parole. Faites-moi le plaisir que je vous demande.

De Mlle Felmé

Paris, ce 20, janvier 1782

Depuis si longtemps, chère maman, vous désirez une jolie petite chienne ; on vient de m'en donner une charmante et très bien élevée pour les dames. Je vous l'envoie. Si elle vous convient, je vous prie de l'accepter : je serai enchantée d'avoir pu vous offrir quelque chose qui vous fasse plaisir ; vous avez tant de bontés pour moi.

Votre chère enfant.

De Mlle Fleury

De l'hôtel de la Force[1]*, ce 17 février 1782*

Je viens d'être conduite ici, chère maman, ayant été arrêtée pour une lettre de change de deux cent cinquante livres. Le gueux de Lapierre, garde du commerce, n'a pas voulu me permettre d'envoyer chez vous, ni même me laisser le temps de mettre mes effets en gage pour payer cette lettre de change que j'ai faite à ce coquin d'André, horloger, dans la cour du Manège, aux Tuileries, pour une montre qu'il m'a vendue et qui ne vaut pas quatre louis. Venez, chère mère, à mon secours. Je suis comme une folle. Vous connaissez mon attachement et l'empressement que j'ai à remplir vos ordres. Je suis perdue sans vous. Comptez sur ma reconnaissance, qui ne finira qu'avec la vie.

De M. L***

Versailles, ce 4 mars 1782

Madame Sophie[2] étant morte cette nuit, le souper, ma chère Gourdan, ne peut avoir lieu ce soir. Il sera pour le 6 sans faute, D*** et moi ne pouvant quitter la cour que ce jour-là. Il est cruel d'être aux ordres des autres.

De M. Lyonnais

Paris, ce 7 mars 1782

Votre petite chienne, madame, est en bonne santé ; je vous prie qu'on la vienne chercher demain, et de m'envoyer par le porteur soixante et quinze livres, à quoi se montent sa pension, les médicaments et mes honoraires[3].

1. Prison où l'on met les personnes pour dettes et par ordre de la police. [NdA]
2. Tante de Louis XVI. [NdA]
3. On sera peut-être surpris du prix, mais il est bon de savoir que M. Lyonnais est l'Esculape de chiens le plus renommé de la capitale. Il a gagné à ce métier plus de cent mille écus. Il est seigneur de la terre de Vernon, en Bourgogne, qu'il a payée deux cent mille livres, argent comptant. La cause de sa réputation et de sa grande fortune fut la guérison de la chienne de feue madame la marquise de Pompadour, maîtresse de Louis XV. Cette cure lui valut la place de médecin consultant des chiens de S. M., avec douze cents livres d'appointements. Ce M. Lyonnais a un fils à qui il a acheté une charge dans la magistrature. [NdA]

Du prince P*, Polonais**

Ce 8 mars 1782

J'irai chez vous après le spectacle; je veux avoir Julie, Rosette et Eulalie; qu'elles soient en petit déshabillé du matin, coiffées en cheveux, avec des tresses sur les épaules.

De Mlle Nicette

Ce 10 mai 1782

On dit, chère maman, que le comte du Nord[1] arrive dans peu, et qu'il y a beaucoup de princes et grands seigneurs qui l'accompagnent. Cela vous fournira des parties : je me flatte que vous ne m'oublierez pas et que vous m'emploierez. Je suis une de vos plus zélées, et, dès le premier coup de tambour, j'ai toujours volé sous vos étendards.

De Mlle Mimi

Paris, ce 13 juin 1782

J'ai été, ma chère maman, voir la pièce de Raucourt, actrice de la Comédie-Française[2]. Voici la chanson qu'on a faite à ce sujet. Elle lui va à merveille, et je ne doute nullement qu'elle ne vous amuse. Adieu, maman.

Air de *Mon père était pot*, etc.

Au théâtre on vient d'annoncer
Une pièce nouvelle
Qui doit peu nous intéresser :
C'est d'un auteur femelle ;
C'est un histrion
Las du cotillon,
Qui prend un nouvel être :
Son cœur est usé,
Son goût est blasé,
Son esprit vient de naître.

Il est connu par ses exploits
Plus que par ses ouvrages ;

1. Le tsarévitch Paul, fils de Catherine II et futur Paul Ier de Russie, voyageait incognito sous le nom de comte du Nord.
2. *Henriette*, drame en trois actes en prose, représenté pour la première fois à la Comédie-Française le 1er mars 1782.

Jamais le travail de ses doigts
N'eut droit à nos suffrages ;
Mais ce nouveau-né
D'un talent borné
Surprendra s'il ne touche,
Car l'auteur Raucourt
Travaille toujours,
Mais jamais il n'accouche.

DE M. *, notaire**[1]

Paris, ce 2 janvier 1783

Si vous voulez, madame, venir chez moi demain, à dix heures du matin, le contrat de votre maison de campagne de Villiers-le-Bel sera prêt à signer. Je n'ose envoyer aucun de mes clercs vous le porter à signer chez vous, crainte que pour honoraires une de vos demoiselles ne le gratifie d'un présent qui le force à garder le lit. Votre très humble et très obéissant serviteur.

De Mlle Rosalba

Paris, ce 2 janvier 1783

Quoique j'aie passé, madame, l'âge des amours, ayant trente ans, ma figure n'est cependant pas sans attraits ; mais j'ai un talent particulier pour rappeler à la vie un vieux paillard usé de débauches, et je sais me prêter à tous ses goûts bizarres sans la moindre répugnance. Je serai, madame, à vos ordres dès que vous le jugerez à propos. J'ai l'honneur d'être votre très humble et très obéissante servante.

P.-S. Mon adresse est rue d'Enfer, chez le deuxième marchand de vin, à l'enseigne du *Paradis perdu*, au premier sur le derrière.

De Mlle Palavilchini

Paris, ce 25 janvier 1783

Vous savez bien, chère maman, la joie que nous cause la paix[2]. La guerre nous avait toutes ruinées. Voici une chanson qu'on a faite à

1. On prétend qu'il a le goût *antiphysique* et que le guet de Paris l'a trouvé dans les Champs-Élysées faisant l'amour à un jeune clerc. [NdA]

2. La France et l'Angleterre avaient signé le 20 janvier à Versailles les préliminaires du traité de paix, qui effaçait la honte du traité de Paris conclu vingt ans plus tôt. Ce traité de Versailles, qui restituait à la France la totalité de ses possessions au Sénégal et l'île de Tobago aux Antilles, couronnait la politique de Vergennes, ministre des Affaires étrangères, qui obtenait le droit de fortifier à nouveau la ville de Dunkerque, ainsi que les cinq comptoirs des Indes.

l'occasion de la paix ; elle n'exprime pas encore assez la joie que cet événement cause. Au plaisir de vous voir, chère maman ; je suis toute à vous.

Air de *Malbrouck*

La paix est donc certaine :
Chantons tous le sage Vergenne.
Sur les bords de la Seine
Nous faut la publier ;

Nous faut la publier.
Et ne pas oublier
Que le sage Vergenne,
Chantons tous le sage Vergenne,
Nous donne cette étrenne,
Qu'on ne saurait payer ;

Qu'on ne saurait payer.
Ceinte de l'olivier,
Sa tête vaste et pleine,
Chantons tous le sage Vergenne,
Vient de briser la chaîne
Qui semblait tout lier ;

Qui semblait tout lier.
Nous allons commencer
Sans contrainte et sans gêne,
Chantons tous le sage Vergenne,
Dessus l'humide plaine,
Nous pourrons naviguer ;

Nous pourrons naviguer.
Et quand le marinier
Qu'un meilleur sort ramène,
Chantons tous le sage Vergenne,
Viendra reprendre haleine
Au sein de ses foyers,

Au sein de ses foyers,
Couronné de lauriers,
Sa femme en sera vaine.
Chantons tous le sage Vergenne.
Il contera la scène
De ses exploits guerriers,

De ses exploits guerriers ;
Puis du vin du cellier
Buvant à tasse pleine,
Chantons tous le sage Vergenne,

Enfants, parents, marraine
Et la ménétrier,

Et le ménétrier,
Crieront à plein gosier :
Vivent le Roi, la Reine,
Le Dauphin, le sage Vergenne !
Que le ciel les maintienne
En joie un siècle entier !

De M. D***

Paris, ce 19 février 1783

Il est arrivé, madame, beaucoup d'Anglais ; mes émissaires m'en ont averti. N'oubliez pas de vous montrer aux spectacles, au *Wauxhall*[1] et aux promenades publiques, avec ce que vous avez de plus joli. Je vais faire en sorte de trouver quelques bonnes dupes. J'ai en vue un jeune Anglais qui demeure à l'hôtel de Russie, rue de Richelieu ; son domestique de louage est un homme qui m'est totalement dévoué : je lui serai présenté demain pour lui servir d'interprète et le mener voir tout ce qu'il y a de plus curieux dans la capitale. Dès qu'une fois je serai ancré chez lui, je tâcherai de connaître ses goûts, et alors nous nous arrangerons ensemble pour que vous vous trouviez aux spectacles quand nous irons. Cela serait un coup de maître, si nous pouvions lui donner pour maîtresse une de ces demi-novices que vous avez. Elle ne ferait rien sans notre conseil, et nous mènerions l'Anglais grand train. Il nous faudrait une aubaine pareille pour nous remettre du tort que nous a fait la guerre. Demain, je vous ferai part de mon entrevue avec notre futur pigeonneau. Votre affectionné.

De M. D***

Paris, ce 20 février 1783

Je sors, madame, de chez notre Anglais. Il a pris des arrangements avec moi et a accepté mes offres de services. Ce soir nous devons aller à la Comédie-Italienne. J'ai fait louer une loge aux secondes. C'est le n° 3, côté du Roi. Vous devriez y venir et faire louer le pareil numéro, côté de la Reine[2]. Je verrai l'effet que produira le vis-à-vis d'une jolie personne.

1. La loge d'apparat au milieu du balcon n'existait pas encore au XVIIIe siècle ; le couple royal occupait deux loges d'avant-scène : celle du roi côté cour, celle de la reine en face, côté jardin. On désignait donc les loges du public selon leur emplacement « côté du roi » ou « côté de la reine ».

2. Il existait à Paris deux établissements portant ce nom. Le premier, dit *Wauxhall d'été*, avait été ouvert en 1764 par un artificier italien, le sieur Torre, sur le boulevard Saint-Martin. D'abord destiné à des spectacles pyrrhiques, ce local de vastes proportions, dont le

Il faudrait qu'elle fût mise modestement, afin d'enflammer davantage ses désirs, en la lui donnant pour du tout neuf et comme une conquête qui demande des peines. À ce soir, aux Italiens ; n'y manquez pas. Je m'échapperai un moment pendant le spectacle pour aller vous donner des nouvelles de ce qui se passera entre l'Anglais et moi. Votre affectionné.

De M. D***

Paris, ce 22 février 1783

L'Anglais m'a beaucoup parlé de son joli vis-à-vis des Italiens. Il est pris. Il m'a dit qu'il désirerait avoir pendant son séjour ici une maîtresse qui lui ressemblât. Je lui ai répondu que facilement il pourrait trouver ce qu'il désirait, que si nous rencontrions encore cette jolie personne aux spectacles, je la ferais suivre pour savoir qui elle est ; que peut-être c'était une demoiselle peu riche, qui serait charmée de vivre avec un galant homme qui lui ferait du bien et réparerait l'injustice de la fortune. Il m'a beaucoup remercié, ajoutant que sa reconnaissance serait sans bornes si je pouvais lui rendre service dans cette affaire, d'où dépendait son bonheur. Il paraît qu'il est encore très novice en amour. Tant mieux ! c'est un trésor pour nous. Aujourd'hui, nous allons à l'Opéra ; nous nous placerons à l'amphithéâtre ; allez aux premières et tâchez d'être arrivées à cinq heures et un quart. Que la petite ne néglige rien pour sa parure, mais qu'elle soit sans affectation et avec la plus grande simplicité.

De M. *, Fermier général**

Paris, ce 22 février 1783

Je voudrais bien que vous me fassiez avoir la petite Jeannette de chez Nicolet. Cela ne doit être ni cher, ni difficile. Depuis que M. Bertin, des parties casuelles, l'a quittée, on dit qu'elle vit avec un ancien fruitier. Arrangez cela pour le mieux et surtout tâchez que j'en passe vite ma fantaisie.

---

parterre pouvait contenir mille deux cents personnes, fut transformé dix ans plus tard en salle de bal. C'était alors une rotonde immense, à double galerie, ornée d'une architecture à colonnes et pilastres, enrichie de fresques et de tentures. Une piste centrale permettait aux danseurs d'évoluer au son d'un nombreux orchestre. Torre étant mort en 1780, le *Wauxhall* d'été devint un lieu de plaisirs dont la licence attirait en foule un public mêlé. En 1785, le percement de la rue de Lancry causa la démolition de l'établissement, qui se transporta rue Sanson (aujourd'hui rue de la Douane, dans le Xe arrondissement). Quant aux *Wauxhall d'hiver*, il s'ouvrit en 1770 dans la partie ouest de l'enclos de la foire Saint-Germain. Il avait été construit l'année précédente par l'architecte Lenoir. Le plan de la salle principale épousait une forme d'ellipse ; elle s'ornait d'un péristyle de vingt-quatre colonnes ioniques en treillage entourées de guirlandes de fleurs. Autour de cette salle s'étageaient deux rangs de galeries ou de loges où circulaient les spectateurs. Comme le *Wauxhall d'été*, celui-ci était le rendez-vous des filles publiques, et un lieu de racolage fort prisé des Parisiens.

De M. D***

Paris, ce 22 février 1783

À peine fûmes-nous arrivés hier à l'Opéra que notre Anglais, vous ayant aperçues, me tirant par le bras, s'est écrié : « La voilà ! Je suis le plus heureux des hommes. » J'ai eu de la peine à calmer ses transports. Il n'a, de ce moment, été occupé que de ses amours et ne s'est plus embarrassé de l'opéra. À chaque instant, il me rappelait la promesse que je lui avais faite de vous faire suivre. Enfin, pour le contenter, je suis sorti après le premier acte et lui ai fait accroire que j'avais donné les ordres nécessaires pour cela, l'assurant que je saurais lui donner des renseignements sur vous. Je me suis rendu ce matin, sur les neuf heures, chez lui. Notre amoureux n'avait pas fermé l'œil de la nuit ; à peine m'a-t-il laissé le temps d'entrer que, me voyant, il m'a dit : « Eh bien ! quelles nouvelles ? Serai-je le plus heureux ou le plus malheureux des hommes ? » Je lui ai répondu que je ne savais encore rien que votre adresse, mais que j'avais mis du monde en campagne pour être totalement instruit, et que pour l'être plus promptement j'avais promis dix louis au premier qui me satisferait, pourvu que ce fût d'ici à vingt-quatre heures. Il m'a répliqué : « C'est bien long ! Il fallait promettre vingt-cinq louis et être instruit tout de suite. » Nous allons à la Comédie-Française, mais il n'est pas nécessaire que vous y veniez ni alliez à aucun spectacle ; j'imagine que notre Anglais voudra les parcourir tous, dans l'espérance de rencontrer ses amours. Demain, je vous donnerai de nouvelles instructions pour la conduite que vous devez tenir. Votre affectionné.

De Mlle Laurette

Paris, ce 23 février 1783

Je ne pourrai, madame, me rendre à vos ordres pour le souper avec ces Anglais si vous n'avez la bonté de m'envoyer trente-six livres par le porteur pour pouvoir retirer une robe que j'ai en gage, me faire coiffer et acheter une paire de souliers. Depuis longtemps, je n'ai eu d'occasions ; aussi, je suis dans la plus grande détresse. Si la guerre avait encore duré un an, nous autres, pauvres filles, nous étions ruinées ; mais grâce au ciel, la paix est faite, et on dit que les étrangers arrivent en foule. J'ai l'honneur d'être, madame, avec respect, votre très humble et très obéissante servante.

De M. D***

Paris, ce 23 février 1783

J'ai cru hier que la tête tournerait à mon Anglais. Nous avons, comme je l'avais prévu, couru tous les spectacles. Le soir, il était d'une humeur de diable ; je crains qu'il ne se brûle la cervelle si nous ne mettons pas fin à son tourment. Je lui ai dit qu'on m'avait rapporté que la petite personne était orpheline et vivait chez une de ses tantes qui menait une vie très retirée, excepté le temps du carnaval où elle donnait beaucoup de dissipation à sa nièce, en la menant aux spectacles et aux bals. Alors, je lui ai proposé d'aller ce soir au bal masqué de l'Opéra dans l'espérance de vous y trouver. Il y a consenti avec joie. Ne manquez pas d'y venir ; que la petite n'ait qu'un très petit masque qui laisse à notre Anglais la facilité de la reconnaître. Si même il ne le pouvait, étant masquée, il faut qu'elle se démasque, mais vous le resterez tout le temps du bal. Dès que l'Anglais aura reconnu ses amours, il ne manquera pas de l'aborder. Recommandez bien à la petite de jouer la vertueuse et l'innocente. Elle peut cependant feindre un air de tendresse pour lui, et lui demander s'il n'était pas jeudi aux Italiens et vendredi à l'Opéra. Il sera flatté qu'elle l'ait remarqué ; moi, pendant tout ce temps, je causerai avec vous, et nous verrons ce qu'il y aura à faire. Votre affectionné.

De M. D***

Paris, ce 24 février 1783

À peine eûtes-vous quitté le bal de l'Opéra que nous nous retirâmes. L'Anglais était ravi de tout ce que la petite lui avait dit. Il m'avait vanté son esprit, son ingénuité et m'a ajouté que, s'il était amoureux d'elle, il croyait qu'elle en tenait pour lui. Je lui ai demandé comment. Il m'a répondu qu'elle l'avait remarqué à la Comédie-Italienne et à l'Opéra, et qu'en outre il l'avait entendue plusieurs fois soupirer. « C'est, par ma foi, bon signe, mylord, lui ai-je dit ; mais ce qui est fort heureux, c'est que, pendant que vous entreteniez la nièce, moi j'ai fait la conquête de la tante, et j'ai obtenu d'elle la permission que nous allions leur faire une visite mardi, après dîner. — Ah ! m'a répondu mylord, que d'obligations ne vous ai-je pas ! Je voudrais déjà être à ce moment ! »

En conséquence, il faudra vous rendre chez moi, mardi matin. Mon appartement sera très commode pour l'entrevue. Il faut que la petite continue à jouer la passionnée vertueuse ; ayez toutes deux l'air un peu triste. Je vous en demanderai la cause, et après bien des instances, vous me répondrez que vous venez d'essuyer une banqueroute de douze mille livres ; que quant à vous, la perte est très considérable, mais pas si grande que pour votre nièce, à qui il ne reste plus rien. Ensuite, vous regarderez votre montre et direz que vous êtes obligée de sortir pour aller chez votre notaire, où vous avez un rendez-vous ; que vous espérez qu'une autre fois que nous viendrons vous voir vous n'aurez pas d'affaires. Je me charge du reste, et je gage que l'Anglais donnera à plein collier dans le piège. Mardi, venez chez moi avant midi, afin que je puisse vous donner encore quelques instructions. Votre affectionné.

De Mlle Sophie

Paris, ce 25 février 1783

Il est bien dur pour moi, chère maman, d'avoir eu affaire avec votre diable de carme ; il m'a mise dans un état affreux. Je n'ai jamais de ma vie été si malade. Mon chirurgien, que j'ai envoyé chercher ce matin et qui m'a visitée, m'a dit que j'en avais pour plus de deux mois. Jugez de mon malheur. J'espère que vous m'aiderez et ne m'abandonnerez pas dans cette occasion. C'est sous vos étendards que j'ai reçu ma blessure. Envoyez-moi, je vous prie, deux louis par la porteuse. Vous obligerez infiniment votre chère et affectionnée.

De M. D***

Ce 25 février, à minuit

Je sors de souper avec l'Anglais ; il est des plus amoureux. Il n'a cessé de me parler du malheur de la petite. Il veut réparer sa perte en lui donnant demain un portefeuille dans lequel il y aura pour douze mille livres de billets de la caisse d'escompte. Je lui ai dit que c'était des plus généreux et qu'un procédé pareil ne pouvait qu'achever de lui gagner totalement le cœur de sa maîtresse. Il doit joindre aussi un billet galant à ceux de la caisse d'escompte ; ces derniers valent mieux et sont plus énergiques que les autres. Nous irons chez vous vers les midi ; ainsi, il faut vous rendre chez moi avant dix heures. J'y ferai arranger une toilette de femme ; il est bon qu'il trouve la petite à sa toilette et puisse admirer la beauté de sa chevelure. Il donnera le portefeuille comme une emplette qu'il a faite ce matin, en courant les marchands de la rue Saint-Honoré. Recommandez à la petite de ne pas l'ouvrir. À peine serons-nous sortis qu'il faudra qu'elle lui écrive ce billet :

« Je n'aurais pas accepté, mylord, le portefeuille, si j'avais su ce qu'il renfermait. Je ne l'ai pas dit à ma tante ; venez seul sur les cinq heures ; elle sera sortie ; je veux vous remettre ce qu'il contient et vous gronder de la lettre qui y était. Si vous ne venez pas, je me brouille avec vous. »

L'Anglais ne manquera pas de se rendre au rendez-vous, et pour ne le gêner en rien, je lui dirai qu'ayant affaire tout l'après-midi, je le prie de trouver bon que je ne l'accompagne point dans ses courses.

La petite, à cette entrevue, fera toute la résistance nécessaire pour faire croire qu'elle est novice. Cependant, elle laissera triompher l'Anglais ; ensuite, elle gémira et fera toutes les petites simagrées nécessaires pour augmenter encore le prix de sa défaite. Sûrement, notre amant me fera confidence de sa victoire, et alors j'arrangerai le reste. Ne manquez pas de bien exécuter tout ce que je vous mande. Votre affectionné.

De M. D***

Paris, ce 27 février 1783

J'ai été ce matin au lever de Mylord ; après m'être informé de sa santé, je lui ai demandé comment hier il avait passé l'après-dîner. « Ah ! la plus agréable du monde », a-t-il répondu. Il m'a conté son entrevue et sa victoire. Il est au comble de la joie ; il se croit aimé et le premier vainqueur de la petite. Il m'a demandé comment il pourrait faire pour vivre avec elle pendant son séjour ici. Il veut lui monter une maison et lui donner un équipage si elle consent à vous quitter. Il doit le lui proposer cette nuit au bal de l'Opéra, où il a rendez-vous, la petite lui ayant dit que vous deviez l'y mener. Qu'elle réponde à toutes ses propositions qu'elle en serait enchantée, mais que ça ne se peut sans votre consentement ; que sans cela, vous pourriez la faire enfermer. Alors, l'Anglais ne manquera pas de me consulter, et je me chargerai de négocier avec vous cet arrangement, dont nous tirerons bon parti. Vous voyez que mes espérances se sont réalisées et que nos affaires sont en bon chemin. Votre affectionné.

De M. D***

Ce matin, en sortant du bal, l'Anglais m'a consulté, en me disant tout ce que la petite lui avait dit ; elle a fort bien joué son rôle. Il m'a chargé de tâcher d'obtenir votre agrément ; je lui ai dit que j'irai vous voir à midi, et qu'à deux heures je lui rendrai compte de mon ambassade. Je lui dirai qu'après beaucoup de difficultés et de refus de votre part, vous y avez consenti, pourvu qu'il vous remette mille louis, que vous placerez en rente viagère sur la tête de votre nièce, pour lui assurer un sort le reste de ses jours. Votre affectionné.

De M. D***

Ce 28, à 4 heures de l'après-midi

Mylord est allé chez son banquier chercher non seulement les mille louis, mais encore autant pour me remettre, afin que je fasse meubler une maison et acheter tout ce qu'il faut pour loger son idole. Nous irons à six heures vous voir et terminer le marché. Dieu merci, notre intrigue a bien réussi ! Recommandez à la petite d'agir prudemment. Elle sera sous peu de jours chez elle. J'ai en vue une maison qui est louée présentement. Votre affectionné.

De M. D***

Ce 3 mars, à 1 heure de l'après-midi

L'Anglais est comme fou ; il ne se possède pas de penser qu'il va jouir de sa maîtresse ; il ne cesse de presser les ouvriers ; je crois que pour jeudi la maison sera prête ; les diamants, l'équipage et les chevaux sont achetés de ce matin. Ah ! la bonne aventure pour nous trois ! Instruisez bien la petite du rôle qu'elle doit jouer avec son amant et avertissez-la de bien suivre mes conseils ; il faudra qu'elle vous voie peu et avec précaution, quand elle sera dans cette nouvelle demeure, de crainte qu'étant aussi connue que vous l'êtes vous ne soyez reconnue par quelqu'un et que l'Anglais vienne à découvrir qu'on l'a trompé. Au demeurant, ça serait égal ; nous en aurions toujours eu trente-six mille livres ; et amoureux comme il est de la petite, il ne la quitterait point. Votre affectionné.

De M. D***

Paris, ce 5 mars 1783

Le petit palais destiné à la petite vient de finir, et l'ornement ne laisse rien à désirer ; notre Anglais est fou, et tant mieux ; faisons des vœux pour que cette maladie le tienne jusqu'au renversement total de sa fortune : au lieu de mille louis que je devais employer pour rendre le séjour de sa divinité agréable, j'en ai dépensé cinq cents de plus. Vous sentez que j'ai un bon pourboire. Il n'est plus occupé que du choix des valets de la petite. Il veut des beaux hommes ; et sachant que l'amoureux de notre nymphe est un de ces derniers, envoyez-le-moi promptement, je le présenterai à notre Anglais pour la place de maître d'hôtel. Il faudrait qu'il vînt pendant son absence, afin de l'instruire de tout, pour qu'il ne soit point embarrassé et qu'il ne se trahisse jamais, et nous avec. Il vient de monter en voiture pour aller chez Fargeon, parfumeur du roi, où il a dit qu'il voulait dépenser cinquante louis pour la toilette de la petite. Je crois que l'application de cette sangsue est encore nécessaire pour remplir notre point de vue. Votre affectionné.

De M. D***

Ce 10 mars 1783

La petite est enfin installée chez elle. L'Anglais est plus amoureux que jamais. Si cela dure seulement trois mois, au train qu'il va, il laissera un bon nombre de guinées dans ce pays-ci. Mais ce qui m'inquiète beaucoup, c'est qu'on lui a mandé de Londres que son père était très malade ; il m'a dit que sans la petite il serait parti sur-le-champ. Il a écrit pour s'excuser, sous le prétexte d'une indisposition qui ne lui permet pas de risquer le passage de la mer ; cela l'obligera à se montrer rarement dans les endroits publics, craignant que ses compatriotes ne l'y rencontrent et ne lui fassent des reproches de n'être pas allé donner ses soins à son père, dont la maladie ne peut manquer d'être sue, étant un grand personnage.

Pour ce qui concerne la petite, elle se conduit toujours bien. Votre affectionné.

De Mlle Duverger

Paris, ce 14 mars 1783

Il y aura demain une course de chevaux anglais sur le chemin de Versailles. Si vous vouliez, chère maman, me mener avec vous, vous me feriez grand plaisir, car je crois que les Anglais qui sont ici ne manqueront pas d'y aller. J'attends vos ordres par le porteur du présent. Votre fidèle.

De M. l'abbé de Q***

Ce 17 mars 1783

Comment, je ne pourrai pas faire un pas dans Paris sans que je ne sois trompé ! C'est pour la septième fois que j'y suis pincé, mais plus sérieusement que jamais, car celle-ci est en deux manières ; vous mériteriez que je vous fasse mettre à l'Hôpital pour vous apprendre à surveiller plus scrupuleusement vos boudoirs et vos filles d'amour ! Vous êtes heureuse que l'on ne veuille pas se compromettre, car tous les jours il y aurait des plaintes sur votre compte à la police. Bref, cela ne guérit pas mon mal : c'est dans votre boudoir à dix louis que j'ai eu le malheur de trouver un petit pot de pommade que la petite friponne m'a dit être pour les lèvres ; j'avais les lèvres gercées, et sans penser plus loin que cela, j'en ai mis dessus en sortant de chez vous, pour qu'elle opère plus efficacement pendant la nuit. À mon grand étonnement, aujourd'hui j'ai la bouche toute retirée et perdue, enfin j'ai une figure à faire peur, et, par surcroît de peine, je ne peux rien prendre par là. Faisant usage chez vous de cette pommade, vous savez sûrement le remède qu'il faut faire quand on en a usé avec profusion. Je n'ose voir un médecin, qui me faisant un monstre de ma maladie en rira intérieurement. Vite, au secours de ma bouche ; vous voyez que je ne peux point dire de messes ; et guérissant de cet accident, je ne vous ferai pas un procès pour l'autre[1].

1. « La plus folle de toutes les lettres de cet insipide recueil, et la seule qu'on puisse citer », commente le baron Grimm, qui ne se prive d'ailleurs pas de la citer *in extenso* (*Correspondance littéraire*, éd. Maurice Tourneux, Paris, Garnier, 1877-1882, 16 vol., septembre 1783, t. XIII, p. 361-362).

De Mlle Victorine

Paris, ce 17 mars 1783

Les Anglais qui abondent ici devant vous donner beaucoup d'occupations, j'espère, chère maman, que vous voudrez bien agréer mes services et me donner quelque emploi. Vous savez que je suis assez de leur goût et que j'ai toujours plu à ceux à qui vous m'avez procurée. Je me recommande à vos bontés. Vous savez que je ne suis pas ingrate et que j'ai toujours été une de vos infatigables. Votre dévouée.

De M. D***

Paris, ce 18 mars 1783

Notre Anglais a reçu de très mauvaises nouvelles de son père. Il veut partir et emmener la petite. Elle a paru d'abord rejeter la proposition qu'il lui en a faite, mais je crains fort qu'elle ne se rende, car je m'aperçois qu'elle a pris de l'attachement pour l'Anglais, et s'il persiste, il la gagnera d'autant plus aisément que la proposition est très avantageuse pour elle. Je suis désolé. Nous aurions pu facilement la gruger. Il ne nous aurait pas été difficile de nous en rendre les maîtres. Dès que je saurai quelque chose de positif, je vous le ferai savoir. Votre affectionné.

De M. D***

Paris, ce 18 mars 1783, à 5 h du soir

Le coup est porté, la petite part cette nuit avec l'Anglais ! Il rend les meubles au tapissier, la voiture au sellier et les chevaux au marchand avec des dédommagements. Il a déposé chez M. M***, notaire, quarante mille écus, pour être placés en rente viagère sur la tête de la petite. Tout cela s'est arrangé dans la matinée, sans que j'en sache un mot. Je ne l'ai appris qu'à trois heures en dînant avec eux. L'Anglais assure qu'il reviendra dès que son père sera rétabli, ou tout de suite après sa mort. Il m'a bien remercié de mes bons offices et m'a proposé de partir avec lui, mais je l'ai refusé. Je n'ai pu le quitter jusqu'à ce moment. Demain, sur les dix heures du matin, j'irai conférer avec vous sur nos affaires et voir comment nous nous y prendrons pour nous dédommager de cette perte et en empaumant quelque autre. Votre affectionné.

De Mlle Victorine

Paris, ce 20 mars 1783

Je ne pourrai, chère maman, être aujourd'hui de la partie que vous me proposez. J'ai tant bu de punch au souper de ces Anglais que j'en suis toute malade. Croyez que c'est à contrecœur que je refuse. Personne n'aime plus que moi à être occupée, d'autant mieux qu'il y a très longtemps qu'on a rien fait. Ménagez-moi vos bontés pour une autre fois. Je suis toute à vous.

De Mlle Arsenne

Paris, ce 20 mars 1783

J'ai bien du malheur, madame, de n'avoir pas su profiter de vos sages leçons, et encore plus d'avoir été ingrate pour suivre cette infâme Arthémise. Son intention n'était point de me faire faire fortune en peu de temps, comme elle le disait : c'était seulement celle d'assouvir sa passion brutale, et pour cela former mes doigts à un acte pour lequel j'ai de la répugnance et du dégoût. Le mot de fortune m'a séduite, car la première leçon que vous faites à vos élèves est de ne flatter l'amour que pour son or : seul principe de tout bonheur et de toute jouissance. Depuis plus de deux mois, je n'ai pas touché un sou. On dirait qu'elle est jalouse quand elle me voit fixer un homme et lui faire de la prunelle un signe amoureux ; je n'ai cependant d'autre intention que d'en tirer le meilleur parti possible. Je suis bien malheureuse d'avoir méconnu vos bontés ; je serais aujourd'hui entretenue à la place de la petite Agathe ; vous m'aviez promis la préférence : voilà ma pénitence, et le regret que j'en ai me replacera dans votre amitié. J'aurai l'honneur de vous faire ma révérence samedi prochain.

Je suis, madame, votre très humble et très obéissante servante.

De Mme la marquise de G***

Paris, ce 21 mars 1783

Je désire secouer le joug de la barbarie d'un mari jaloux au suprême degré. Depuis quatre ans, ce monstre me fait languir dans la plus affreuse continence. Un genre de vie semblable ne peut que me faire franchir les bornes d'une honnêteté qui, jusqu'ici, a fait mes plus cruels supplices. Comment calmer les feux brûlants d'un tempérament aussi violent que le mien ? Hélas ! vous le savez, madame, et c'est à vous aussi à qui j'adresse mes plaintes ; daignez être sensible à mes maux. Je me serais bien contentée de mes trois laquais, mais c'est trois jean-f… L'un est marié et couche avec sa femme, qui a l'air d'une grivoise qui ne boude pas au lit, et le pauvre diable est presque toujours sans puissance quand je veux me servir de lui ; le second m'a déclaré avoir gagné une petite infirmité en jouant à ce jeu-là avec une petite marchande de modes de la rue de l'Échelle, qui venait fréquemment le voir ; l'autre, grand et fort, et porteur d'un instrument à faire envie, devient immobile au moment de me rendre heureuse ! Voilà-t-il pas une marquise bien montée ?

Allons, mon carême est fini ; tâchez, madame, pour me dédommager, de me trouver un homme vigoureux, dévoué aux passions les plus violentes, pour dimanche à dix heures du matin. Quoique noble et payant généreusement, assurez-le qu'il ne fera pas tout l'ouvrage, que je suis reconnaissante, que je rends deux pour un, et quelquefois trois... Servez-moi bien, vous serez contente. Ne soyez embarrassée du choix que pour la santé ; un boucher, n'importe, je veux être traitée en fermière.

De Mme la marquise de G***

Paris, ce 24 mars 1783

Je n'ai jamais mieux goûté le bonheur d'exister que chez vous hier ; mes vœux ont été remplis en tout, et je n'ai pas eu le temps de vous faire mes remerciements ; ma reconnaissance ne pourra jamais être si grande que le service que vous m'avez rendu. Je vous envoie cinquante louis pour ajouter aux grâces que j'ai à vous rendre. Je vous prie de me louer un appartement dans les environs de l'église Saint-Roch ; là, sous prétexte d'aller à la messe et autres offices, je jouirai amplement du satyre que vous avez eu la bonté de me procurer, et d'un second, si vous pouvez le trouver ; je veux me venger, et de mon inflexible tyran faire le plus célèbre cocu de Paris. Votre affectionnée.

De Mme la marquise de G***

Paris, ce 27 mars 1783

Il ne m'est pas possible de vous exprimer le plaisir que mes deux champions m'ont procuré ; mais en me félicitant que je vous fasse un nouveau compliment sur le dernier que vous m'avez présenté. L'aspect de son énorme membre m'a d'abord effrayée, et sa première introduction m'a été fort sensible ; je croyais à chaque coup qu'il me ferait renoncer ; mais enfin il a fait brèche et, pour six fois d'un plaisir inexprimable, il n'en a coûté à votre chère marquise que la perte d'un peu de sang. Adieu, madame, je suis à présent la plus heureuse des femmes, sauf à braver les regards effrayants de mon farouche mari. Votre amie.

De Mlle Pauline

Paris, ce 27 mars 1783

J'arrive de courir la province depuis trois ans. Anciennement, madame, vous aviez des bontés pour moi ; je m'appelais alors Henriette. Je vous dirai que j'ai été trompée par un officier qui m'avait emmenée avec lui, en me promettant monts et merveilles. Mais c'est la montagne qui a enfanté une souris. Quittée par lui, je me suis mise comédienne de campagne ; je jouais les ingénuités. Je réussis passablement dans la comédie ; la troupe où j'étais faisait assez bien ses affaires, mais notre directeur s'éclipsa avec les fonds, laissant beaucoup de dettes. On saisit aussitôt tout notre bagage, et nous fûmes tous réduits à la misère. La nécessité me contraignit d'accorder mes faveurs au premier venu. Cela me causa quelques mauvaises affaires, et si je n'avais pas été complaisante envers l'officier de la maréchaussée, j'aurais pu aller faire un séminaire un peu long dans une maison de correction. Mais au contraire, il m'a payé une place au carrosse et m'a donné ce qu'il fallait pour me rendre ici. Vous voyez l'état dans lequel je suis ; j'attends tout de vos bontés : vous n'aurez pas affaire à une ingrate. Je suis logée rue du Champ-Fleury, à l'hôtel du Saint-Esprit. J'ai l'honneur d'être, madame, avec un respectueux attachement, votre très humble et très obéissante servante.

De M. D***

Paris, ce 28 mars 1783

Voici encore une affaire d'importance à conduire : le comte de B***, Suédois, vient de me mander pour lui aller parler ; il vient de me faire son secrétaire. C'est un homme extrêmement riche et fort timide ; il aimerait mieux mourir que de déclarer son amour à la personne qu'il aime. Je sais qu'il aime éperdument Adeline Colombe, pour une fois qu'il l'a vue aux Italiens ; il m'en a fait la confidence, je lui ai dit que je connaissais une dame de ses amies qui, moyennant un présent honnête, se mêlerait volontiers de l'entremise et se chargerait de faire réussir l'affaire ; il sait qu'Adeline est entretenue à cent louis par mois et vingt-cinq d'épingles ou de rubans, et cela seul rendra son triomphe plus grand. Quoique Adeline ne soit pas de vos enfants, il vous sera facile de la séduire : elle a l'âme mercenaire, et son cœur, qui n'a point de fidélité, n'est point fait non plus pour résister aux appas d'un coffre-fort aussi bien pourvu que celui de M. le comte de B***. Il m'a dit que le présent serait aussi grand que son amour, que je pouvais disposer de ses richesses, et qu'il n'avait rien à ménager pour se rendre heureux. J'ai extrait du coffre de notre nouveau pigeon trente mille livres dont je vous envoie moitié. De l'adresse et de la prudence, vous en avez. Adeline sera d'autant plus facile à corrompre qu'elle est rongée de dettes, et que cette aubaine-ci pourra solder tout ce qu'elle doit. Votre affectionné.

De Mlle Manette, danseuse

Paris, ce 29 mars 1783

Il y a ce soir un ballet après la petite pièce ; il me sera impossible, chère madame, de me rendre chez vous avant neuf heures trois quarts, et encore serai-je sans beaucoup de toilette. Si je couche chez vous, il faudra que je me lève demain avant dix heures. Il y a répétition pour la pièce nouvelle, et si je manquais, je serais à un louis d'amende. Croyez, maman, que je suis très fâchée de cela, mais à l'impossible nul n'est tenu. Je ferai ce que je pourrai pour arriver plus tôt que je vous l'ai mandé. Votre très humble servante.

De Mme la marquise de G***

Samedi

Je suis perdue, madame, si vous n'avez pitié de moi ! Je porte dans mon sein les excès des moments les plus doux. C'est dans cette circonstance qu'il faut épuiser les ressources de vos expédients. Absolument, je vous attends ce soir ; je vais simuler une envie de dormir pour me dispenser d'aller au spectacle avec mon Moïse ; alors, nous nous concerterons sur le parti que j'ai à prendre dans une position si critique. Vous jugez bien que depuis si longtemps que je me suis trouvée avec ce hibou, je n'oserais plus le provoquer à un plaisir prétendu ; je n'ai même pas la force de lever les yeux sur son insupportable front. De quel supplice ne serais-je pas victime si jamais il se savait père d'un enfant dont un autre l'aurait dispensé de la façon ! Je suis déterminée à tout tenter pour lui faire ignorer mes brigandages. N'allez pas faire la scrupuleuse : quarante louis effaceront le péché que nous allons commettre. Je veux être traitée comme les demoiselles qui sont chez vous, qui jouissent beaucoup, et qui ne font jamais d'enfants. Venez, je vous attends. Votre amie.

De M. D***

Paris, ce 3 avril 1783

J'entre demain chez un mylord en qualité d'interprète, mais c'est un homme sensé qu'il n'est pas aisé de jouer. Peut-être pourrions-nous seulement tirer quelque chose de lui avec des passades. Il est grand amateur des arts. Il ne voyage pas pour courir, mais pour s'instruire. Il veut, dit-il, connaître Paris et ses environs comme s'il y était né, avant de le quitter. J'ai un moyen tout prêt pour le mener chez vous, en lui proposant de lui faire voir vos polissonneries au pastel et vos autres tableaux. Je ne lui cacherai pas ce que vous êtes. Il faudrait tâcher d'avoir ce jour-là une jolie fille, enfin ce que vous avez de mieux. Peut-être mordra-t-il à l'hameçon. Je veux lui faire faire cette partie avant qu'il ait pu s'amouracher de quelque fille de spectacle. Vous voyez que je ne néglige aucun moyen de bien faire vos affaires et les miennes. Votre affectionné.

De M. ABRAHAM, juif

Paris, ce 7 avril 1783

J'ai à votre service, madame, des anneaux chinois, des boucles chinoises, des v… s postiches, des godemichés à seringue et à piston, des martinets à clous, à têtes d'épingle, de ficelles, de cordes à boyau et de parchemin, des redingotes d'Angleterre, une eau préservatrice pour les maladies vénériennes, des chandelles arrangées pour donner la diligence de Marseille. Si quelques-uns de ces articles vous conviennent, répondez-moi par le porteur et mandez-moi l'heure à laquelle je pourrai vous les porter sans vous incommoder. J'ai l'honneur d'être très parfaitement, madame, votre très humble et obéissant serviteur.

De Mlle Florentine

Paris, ce 8 avril 1783

J'ai trouvé, chère maman, un tapissier qui me mettra dans mes meubles si vous voulez avoir la bonté de répondre pour moi. Rendez-moi ce service ; chaque fois que je ferai une partie chez vous, vous garderez la moitié de ce qui me reviendra jusqu'à ce qu'il soit payé. Je suis si ennuyée d'être en chambre garnie que je me croirai la plus heureuse des femmes si je puis me voir chez moi. Vous connaissez mon obéissance à vos ordres, et ma docilité à me prêter à tout ce que vous exigez de moi. J'attends avec impatience votre réponse. J'espère qu'elle sera conforme à mes désirs. Votre chère enfant.

De Mme Barbier

Paris, ce 9 avril 1783

Madame,

Ma fille ne pourra se rendre à vos ordres ; elle a fait une fausse couche en sortant de danser aux Italiens. Dès qu'elle sera rétablie, elle ira rendre ses devoirs à madame et prendre ses ordres.

J'ai l'honneur d'être avec respect, madame, votre très humble et très obéissante servante.

De M. D***

Paris, ce 10 avril 1783

J'ai parlé de vos tableaux à mon Anglais ; il doit les aller voir au premier jour. Ce soir, nous allons à la foire au *Wauxhall* ; je serais d'avis que vous vous y trouviez avec du joli. S'il remarque la petite que vous amènerez, cela nous donnera beau jeu. Il m'a dit qu'il ne voulait pas, comme ses compatriotes, avoir de maîtresse en titre, qu'il aimait assez à faire quelques parties et que, quand il avait une fantaisie, il la passait volontiers, pourvu que cela ne fût pas cher. Je crois qu'on pourra tirer quelque parti de lui ; mais il ne vaudra jamais l'autre. À ce soir. Tâchez d'avoir du frais et du peu connu. Votre affectionné.

De M. D***

Paris, ce 11 avril 1783

Notre Anglais a remarqué la petite qui était avec vous ; il a envie de l'avoir et m'a chargé de vous aller trouver ce matin, pour faire en sorte qu'il dîne avec elle à 3 heures. Je suis chargé de faire les conventions. Il veut la chère la plus délicate. Arrangez-vous en conséquence. Je dois lui rendre réponse à midi ; je lui dirai que je me suis acquitté de sa commission et qu'il lui en coûtera quinze louis. Il faut l'amadouer. À propos, j'oubliais de vous dire qu'il ne boit que du vin de Champagne et aime beaucoup le mousseux. Votre affectionné.

De M. D***

Paris, ce 12 avril 1783

L'Anglais a été très content de vous et de la petite. Il a beaucoup vanté la bonne chère et le vin. Il se promet de faire encore quelques dîners chez vous avant son départ. Vous devriez mettre quelques émissaires en campagne pour tâcher d'accrocher quelques Anglais qui sont arrivés à l'*hôtel de la Paix* et au *Parlement d'Angleterre*. Si je pouvais quitter le mien, je m'en chargerais ; vous pourriez donner la commission à S… ; c'est un intrigant de la première classe. Je lui en parlerais bien, mais nous sommes brouillés depuis que je lui ai enlevé un pigeonneau. Votre affectionné.

De Mlle Florimont

Paris, ce 12 avril 1783

Je serai prête, chère maman, pour aller me promener avec vous sur les boulevards à l'heure que vous m'avez indiquée. Je serai coiffée en cheveux, frisure neuve ; j'aurai une robe blanche à petits bouquets de roses. Rien ne manquera à ma toilette. Je vous remercie bien, chère maman, de m'avoir donné la préférence et je suis toute à vous.

De M. S***

Paris, ce 15 avril 1783

Demain, à dix heures, j'irai chez vous, madame, pour traiter quelque affaire qui vous concerne. Vous devez être étonnée de ce qu'il y a si longtemps que je ne vous ai rendu mes devoirs ; c'est que j'ai toujours craint d'y rencontrer D***, avec qui je suis brouillé pour la vie, depuis le tour qu'il m'a joué. Il y a des choses qui ne se pardonnent jamais. Croyez, madame, que je vous suis attaché pour la vie. Votre très humble et très obéissant serviteur.

De M. D***

Paris, ce 5 mai 1783

Voici une lettre que je viens de recevoir de la petite qui est partie avec l'Anglais. Je ne vous écris qu'un mot, étant pressé. Votre affectionné.

Londres, ce 20 avril 1783

> Je n'oublierai jamais, monsieur, les obligations que je vous ai, ainsi qu'à maman, de m'avoir fait faire la connaissance du mylord ; il a pour moi toutes sortes de bontés. Il m'a fait meubler une maison magnifiquement, et il n'y a sorte d'égards qu'il n'ait pour moi. Son père est toujours bien malade ; il a une maladie de langueur. Si je puis vous être utile dans ce pays, ainsi qu'à ma chère maman, mandez-moi-le ; j'aurai le plus grand plaisir de pouvoir vous marquer ma reconnaissance. Il faut m'écrire sous le nom de Miss Beville, quartier de West-Munster. Je suis, monsieur, votre très humble et très obéissante servante. Bien des amitiés à maman.

De M. le comte d'E***

Paris, ce 6 mai 1783

Plusieurs de mes camarades qui passent ici pour aller rejoindre leur régiment sont venus me voir ce matin. Nous sommes convenus d'aller souper chez vous ; ayez-nous des égrillardes, et surtout qu'au moins une de ces demoiselles sache chanter. J'apporterai avec moi un recueil de cantiques et de chansons nouvelles qui viennent d'être imprimées pour servir d'instruction à la jeunesse. À ce soir, après les Italiens.

Du R.P. L*, carme**

Ce 10 mai 1783

Vendredi prochain, j'ai un prétexte pour pouvoir sortir du couvent. Faites préparer une collation pour quatre heures, et que la porte du derrière soit ouverte. Il me faut du joli, quoique je n'aie besoin de rien pour aiguiser mon appétit. Je suis un vrai carme.

De M. l'évêque de ***

Paris, ce 17 mai 1783

Avant de retourner dans mon diocèse, je veux encore une fois, ma chère comtesse, aller passer une soirée chez vous. Ce sera jeudi. Vous savez mes goûts, et que j'arrive toujours par la petite porte.

De M. D***

Paris, ce 18 mai 1783

Mon Anglais m'a chargé de vous écrire que demain il irait faire la répétition du dîner du mois passé. Il veut la même demoiselle. Il attend incessamment un de ses amis qui, à ce qu'il dit, est un grand amateur. Je me suis proposé de le produire ; il doit lui parler de moi. Peut-être vaudra-t-il mieux que celui-ci, qui n'est pas fort sur l'article et est sans cesse occupé aux sciences. Votre affectionné.

De Mlle Françoise

Arpajon, ce 20 mai 1783

Madame,

Je ne suis qu'une pauvre fille de village, mais je ne laisse pas d'être jolie. Je suis orpheline et n'ai pas encore dix-huit ans ; mais j'en ai bien dix-sept. J'ai entendu dire aux domestiques du château que j'avais un pucelage qui se vendrait bien cher à Paris, et que si vous m'aviez, madame, je vaudrais de l'or. J'ai demandé votre adresse pour m'offrir à vous. On a ri, et on me l'a donnée. Si vous voulez de moi, vous n'avez qu'à me le mander : j'irai vous trouver avec mon pucelage. Je ne sais pas encore ce que c'est, mais on m'a dit que vous me l'apprendriez.

J'ai l'honneur d'être, avec respect, madame, votre très humble et très obéissante servante.

De Mylord H***

Je vous prie, madame, de passer chez moi demain dans la matinée pour quelques commissions que j'ai à vous donner. C'est mylord M*** qui m'a conseillé de m'adresser à vous, et je me flatte que vous me servirez aussi bien que lui.

À l'hôtel de Valois, rue de Richelieu. Ce 23 mai 1783.

De Mlle Finette

Ce 25 mai 1783

Il m'est impossible, chère maman, d'être à vos ordres aujourd'hui. Ces messieurs d'hier m'ont tant tracassée et tant fait boire de liqueurs que j'ai résolu de garder le lit et de me mettre à la diète. J'en suis au désespoir. Votre chère enfant.

De M. P*, tapissier**

Ce 30 mai 1783

Mandez-moi, madame, l'heure à laquelle je pourrai aller toucher le premier terme des meubles que j'ai fournis à Mlle Florentine, sur votre cautionnement. Votre très humble et très affectionné serviteur.

De M. S***

Ce 2 juin 1783

Je mènerai, madame, deux Anglais dîner chez vous. Il faudra faire servir du rosbif et du pudding et avoir force champagne mousseux. Ils ne veulent dîner qu'à cinq heures. Je suis chargé de vous prévenir qu'ils aiment les grandes femmes blondes, aux yeux langoureux.

J'ai l'honneur d'être, avec attachement, madame, votre très humble et très obéissant serviteur.

De Mme la comtesse de N***

Ce 3 juin 1783

Ce soir, comtesse, envoyez-moi à ma petite maison deux jolies petites filles, mais que cela soit du bon et qu'elles aient la langue et les doigts bien déliés.

De M. E***

Ce mercredi 4 juin 1783

Usé par l'extrême jouissance et accablé du poids de soixante ans, mes sens sont très difficiles à émouvoir. La flagellation, qui est la ressource ordinaire des personnes qui sont dans ma position, ne peut rien sur moi. Une seule chose me rend un peu de vigueur, c'est de voir deux femmes nues, dont l'une donne le fouet à l'autre, tandis que je la fouette à mon tour. Trouvez-moi deux fillettes qui se prêtent à ma manie ; vendredi j'irai souper chez vous.

De M. D***

Ce 5 juin 1783

L'ami de mon Anglais est arrivé aujourd'hui. Nous irons chez vous entre quatre et cinq heures, avant d'aller aux Italiens. Ayez ce qu'il y a de plus joli et à choisir. Il est des mieux prévenus en votre faveur, d'après ce que je lui en ai dit et veut, dit-il, faire avec vous un marché à forfait pour le temps qu'il passera ici. Votre affectionné.

De Mlle Jenni

Paris, ce 20 juin 1783

Je me suis enfin désamourachée, madame, de ce diable de musicien, qui m'a tant grugée et m'empêchait de rien gagner ; aussi, je serai à vos ordres quand vous le jugerez à propos. J'ai besoin d'être occupée promptement et le plus souvent possible, étant on ne saurait plus mal dans mes affaires. Qu'une fille de notre état est sotte de prendre de l'amour ! Si j'avais écouté vos avis, je ne serais pas dans l'embarras où je me trouve, mais on veut faire à sa tête, et il en cuit. Je vous promets maintenant de suivre vos conseils. Pensez à moi, chère maman, et croyez que je vous suis attachée pour la vie.

De Mlle Lucette

Paris, ce 12 juin 1783

Quand vous n'aurez, chère maman, que des soupers de vieux paillards à faire, ne me choisissez pas, je vous prie. Il faut être patinée et tracassée par ces vieilles figures, à qui il faut branler pendant un temps infini un priape qui a plutôt l'air d'un parchemin plissé que d'un membre humain. On n'a aucun agrément et une peine extrême. Je veux que mon libertinage me rapporte argent et plaisir. Votre chère enfant.

De Mlle Cécile, de l'Opéra

Paris, ce 20 juin 1783

La partie que vous me proposez, madame, tout avantageuse qu'elle soit, ne peut m'engager à tromper mon entreteneur, duquel je suis très contente. Je sais très bien, madame, toutes les obligations que je vous ai eues anciennement : vous n'aviez que faire de me le rappeler. Croyez que, si je suis dans l'opulence, je n'oublie pas mon premier état. Si je pouvais vous être utile de quelque autre manière, je le ferais avec un grand plaisir. Je rougis de ma conduite passée, et je trouve plus d'agrément dans une vie honnête que dans le libertinage effréné dans lequel je vivais autrefois. Je suis madame, avec les sentiments que vous méritez, votre très humble et obéissante servante.

De M. T***

Paris, ce 23 juin 1783

Madame,

Ma fille approche de l'âge de quatorze ans. Si vous vouliez, nous traiterions de ses prémices. Il ne sera pas difficile de gagner la petite. Avec quelques sucreries et des caresses, on en fera ce que l'on voudra. Mais cela demanderait quelques soins ; il faudrait que vous la preniez chez vous en qualité d'ouvrière ou de femme de chambre. Si madame voulait me donner son heure, je m'y rendrais avec ma fille, et nous prendrions ensemble des arrangements.

J'ai l'honneur d'être, avec un profond respect, madame, votre très humble et très obéissant serviteur.

De Mlle Trécourt

Paris, ce 23 juin 1783

Depuis longtemps, ma chère maman, je cours le monde, et vous m'avez sûrement crue morte. Diverses affaires que j'ai eues avec la police et les poursuites de plusieurs créanciers m'ont déterminée à voyager et à m'interdire tout commerce avec la capitale. Je serai maintenant à vos ordres quand vous le voudrez. Mon absence m'a un peu rajeunie, et je puis encore être du nombre des figures de fantaisie. Votre fidèle et attachée pour la vie.

P.-S. Mon adresse est rue du Diable, à l'hôtel des Mylords.

De M. le marquis de M***

Paris, ce 28 juin 1783

Qu'il y ait quatre demoiselles prêtes pour venir souper à ma petite maison. J'enverrai une voiture les chercher à huit heures du soir. Il ne faut pas des prudes, ni de trop grandes coquines, mais de l'entre-deux. Qu'elles soient en négligé et coiffées en petits chapeaux.

De Mlle La Bruière

Paris, ce 29 juin 1783

Je me rendrai chez vous, ma chère maman, à cinq heures, comme vous me l'avez fait dire. Voici, ci-joints, des vers qu'on a dits hier à un souper que j'ai fait avec des officiers de dragons. Ma foi, vivent de telles gens pour s'amuser et faire passer le temps agréablement. Votre affectionnée.

Foutre est mon seul plaisir et mon unique envie :
On ne peut sans cela goûter de vrai bonheur ;
Un con sera toujours le soutien de ma vie.
Tout par lui n'est que bien, tout sans lui n'est qu'erreur.
Retenons donc ceci, mon âme, je t'en prie,
Et disons pour jamais, du plus profond du cœur :
Foutre est mon seul plaisir et mon unique envie.

De M. S***

Paris, ce 1er juillet 1783

L'Anglais auprès de qui je suis interprète depuis trois jours veut voir demain, à onze heures, le jardin des Tuileries et le Manège ; je dois l'accompagner. Il faudrait que vous soyez à déjeuner sur la terrasse des Feuillants et ayez avec vous une jolie fille mise bourgeoisement, et vous en maman. Je vous ferai remarquer en passant. Votre très humble et très obéissant serviteur.

De M. S***

Ce 2 juillet, à 1 heure

Je suis désolé ! l'Anglais avait quelques diableries dans la tête. À peine a-t-il remarqué la petite. Je lui en ai parlé plusieurs fois, mais il m'a répondu qu'il n'était pas assez fou du sexe pour se prendre de passion si promptement, qu'il cédait volontiers à l'impulsion du désir quand la nature semblait le demander, et non autrement. « Il me sera ici très facile, a-t-il continué, de passer mes fantaisies sur cet article. On m'a parlé d'une certaine Gourdan, dite comtesse, chez laquelle on trouve tout ce que l'on peut désirer. — Je la connais, lui ai-je dit. — Nous irons donc au premier jour », répliqua-t-il, et il s'occupa d'autre chose. Il ne sera pas aisé, comme vous voyez, de le faire tomber dans nos filets. Heureux si nous pouvons seulement en accrocher quelques guinées… À présent, les Anglais sont retors. Votre très humble et très obéissant serviteur.

De Mlle Dorival

Paris, ce 4 juillet 1783

Ah ! maman, que je me suis amusée hier au petit souper que vous m'avez procuré ! Dès que nous fûmes arrivées à la petite maison, il a fallu nous déshabiller pour nous habiller en religieuses. Les hommes étaient en bénédictins. Nous avons chanté l'office de Vénus, fait plusieurs sacrifices à l'amour et ensuite mille autres folies. Je ne me suis jamais tant réjouie. Mon domestique vous remettra avec cette lettre quatre louis qui vous reviennent. Si vous avez, par la suite, de pareilles parties, ne m'oubliez pas, je vous prie. Votre chère enfant.

De M. R***

Paris, ce 6 juillet 1783

Le souper, madame, n'aura pas lieu aujourd'hui, les Anglais étant allés à Versailles, mais il est remis à demain. Tâchez que Fanchette, dite la *Grande Haquenée*, soit au nombre des demoiselles que nous aurons : elle est amusante et du genre de femmes qu'il faut aux Anglais. J'ai l'honneur d'être, madame, votre très humble et très obéissant serviteur.

De M. le comte d'A***

Paris, ce 7 juillet 1783

Ce soir, ma chère comtesse, j'irai passer une heure chez vous ; je veux Felmé, dite *l'Éveillée* : elle n'a besoin que d'avoir un simple déshabillé, car tout le temps que nous passerons ensemble, il faudra qu'elle soit dans l'état de pure nature ; cela ne lui sera pas incommode par l'excessive chaleur qu'il fait. À ce soir, comtesse.

De Mlle Félicia

Paris, ce 7 juillet 1783

J'ai été hier, chère maman, chez Nicolet. Voici des vers qu'on m'y a donnés, qui sont pour mettre au bas de la gravure du portrait de ce directeur des Boulevards. On dit qu'il pourra faire pendant avec celui de Cartouche. À ce soir. Votre enfant.

D'un lâche sybarite examinez les traits :
Ce directeur, fameux par ses grandes richesses,
Ne sut les obtenir qu'à force de bassesses,
De la blonde et la brune en vendant les attraits.
Avare, il est méchant ; chacun est sa victime ;
On gémit du malheur d'obéir à ses lois ;
Aucun acte avec lui ne paraît légitime,
Et la vertu, l'honneur, lui refusent leurs voix.

De Mlle Martin

Paris, ce 8 juillet 1783

Je ne puis, chère maman, me rendre à vos ordres, pour la partie avec M. ***. Ce vieux podagre est trop dégoûtant et paie trop mal : il faut donner cette pratique ou à quelque novice ou à du vieux parchemin. Mais moi, je suis encore trop jeune pour être réduite à pareille aubaine. Croyez, chère maman, que je suis fâchée de vous refuser ; personne plus que moi n'aime à vous marquer mon zèle, étant toute à vous.

De M. l'abbé V***

Paris, ce 8 juillet 1783

Je me ressens des chaleurs excessives de la saison, et mes feux sont très considérables. Demain, entre dix et onze heures, j'irai les éteindre. Quoique je serai habillé en bourgeois, je veux entrer par la porte de derrière. Pensez à m'avoir du joli et du canonique. Je suis une pratique qui demande des égards.

De Mme Bellefontaine

Paris, ce 9 juillet 1783

Madame,

Je vous renvoie ci-jointe l'instruction que vous m'avez prêtée pour ma fille ; je la lui ai fait copier, afin qu'elle se la grave mieux dans la mémoire. J'espère, madame, qu'elle réussira et profitera des leçons que vous voudrez bien lui donner : elle a la meilleure volonté du monde. En vérité, c'est une jolie enfant. Pardonnez-moi, madame, si j'en fais l'éloge moi-même ; c'est la force de la vérité qui m'entraîne.

J'ai l'honneur d'être, avec respect, madame, votre très humble, votre très obéissante servante.

INSTRUCTIONS POUR UNE JEUNE DEMOISELLE QUI ENTRE DANS LE MONDE ET VEUT FAIRE FORTUNE AVEC LES CHARMES QU'ELLE A REÇUS DE LA NATURE

I. – La propreté lui est absolument recommandée ; il faut qu'elle prenne garde de sentir de la bouche ; personne ne peut souffrir une haleine infectée, sortît-elle de la plus jolie petite bouche du monde, accompagnée des plus belles dents. Pour le centre de la volupté, on doit souvent en rafraîchir les charmes. L'amour ne veut pas que son dard se plonge dans la fange.

II. – Il faut toujours être gaie ; la tristesse ennuie et éloigne de vous. Si vous êtes capricieuse, ne le soyez que joliment, jamais avec humeur, et sachez revenir la première quand c'est nécessaire.

III. – Étudiez le caractère de vos entreteneurs, pliez-vous et soyez toujours ce qu'ils désirent de vous trouver. Il faut être souple comme un gant.

IV. – Affectez toujours le plus grand plaisir dans l'amoureuse jouissance, quand même vous seriez insensible, afin de faire goûter plus de plaisir à votre entreteneur, en lui faisant croire que vous jouissez aussi ; on aime à faire partager le bonheur qu'on éprouve.

V. – Il faut savoir se prêter aux goûts bizarres des hommes. Mais avant, montrez un peu de répugnance et faites croire en cédant que c'est par amour. Voilà le grand art.

VI. – On doit cultiver son esprit et tâcher d'avoir quelques talents agréables, comme la musique, la danse. On ne captive pas longtemps avec une jolie figure ; on s'accoutume à la voir, et à la fin elle devient comme une belle statue qu'on se lasse d'admirer.

VII. – Si vous voulez juger de la passion de votre entreteneur, examinez-le après la jouissance ; si ses désirs sont encore les mêmes, il vous aime véritablement ; mais s'il semble satisfait et vous abandonne aussitôt, c'est la preuve d'un attachement peu durable et qui n'est fondé que sur les sens.

VIII. – Sachez vous faire respecter de votre entreteneur. Quoique d'une naissance commune, regardez-vous donc comme son égale. L'amour nous rend égaux.

IX. – Traitez vos gens avec bonté, mais qu'ils sentent toujours qu'il y a une différence entre eux et vous. Tâchez de les mettre peu au fait de vos infidélités, à moins que cela ne soit indispensable. Une fois qu'ils savent votre secret, ils veulent faire la loi et font payer leur discrétion au poids de l'or.

X. – Soyez chez vous la seule qui ayez un amant, n'en souffrez jamais à vos femmes de chambre : ce sont des sangsues qui sucent les maîtres.

XI. – Ne consultez jamais votre goût pour un entreteneur, mais prenez le plus riche. Quand vous apercevez qu'un est ruiné, quittez-le aussitôt. Si vous voyez qu'un entreteneur veuille vous quitter, tâchez d'en trouver un autre pour lui succéder sur-le-champ et n'avoir point de non-valeur.

XII. – Ayez les larmes à commande et les mots de *sentiments*, d'*honneur*, de *perfidie*, de *cruauté*, etc., mais n'employez ces armes qu'avec précaution, afin qu'elles réussissent.

XIII. – Tâchez de tirer le plus possible de votre entreteneur. Étudiez tous les moyens de le soutirer, mais ne le faites jamais que très adroitement, et surtout ayez grand soin de ne pas paraître intéressée.

XIV. – Ayez l'air prodigue, mais ne le soyez point, et jamais ne faites que des dettes factices, afin de les faire payer à vos entreteneurs.

XV. – Outre votre entreteneur, vous pouvez avoir un jeune homme riche pour *amant*, duquel vous aurez quelques cadeaux, mais ne prenez jamais de *guerluchon* ou autrement dit de ces *batteurs de pavés* que quantité de femmes entretiennent, et qui les ruinent.

XVI. – Si votre amant ne veut pas se conduire avec prudence et ne venir qu'aux heures que vous lui indiquerez, congédiez-le, quand même vous l'aimeriez. Ayez toujours devant les yeux cette sublime maxime : *Il faut sacrifier l'amour à Plutus* !

XVII. – Vous pouvez aussi prendre un *farfadet* : c'est un complaisant qui paie quelques chiffons. Mais il ne faut pas qu'il soit trop jeune et d'un rang élevé afin qu'il puisse aller avec vous en public et vous servir d'écuyer. Un entreteneur ne se refuse guère à cela, en lui donnant à entendre que c'est un parent, une espèce d'homme d'affaires. Mais, s'il montre quelque répugnance, congédiez-le aussitôt.

XVIII. – Il faut absolument avoir un ou deux *qu'importe* : ce sont de vieux richards à qui on accorde de temps en temps quelques faveurs. On les fait financer au besoin, et ils font aller la maison quand on est sans entreteneur.

XIX. – N'ayez jamais d'amies plus jolies que vous : elles pourraient vous enlever vos entreteneurs.

XX. – Quand vous allez en public avec une femme, tâchez qu'on dise toujours de vous : *Voilà la plus jolie.*

XXI. – Ne vous faites pas trop remarquer; on aime à dire : *j'entretiens mademoiselle Une Telle, qui est peu connue.*

XXII. – Mettez-vous avec coquetterie, mais jamais avec indécence. Affectez un air modeste en public, et n'ayez l'air coquine que dans le tête-à-tête.

XXIII. – Que vos propos soient gazés; une équivoque agréable plaît, et souvent les choses dites par leurs noms dégoûtent. Jurez rarement, et quand vous le faites, que ce soit avec gentillesse. Il est des occasions où un jurement est charmant dans la bouche d'une jolie femme.

XXIV. – Ne soyez point ivrognesse; le vin pris avec excès abrutit et rend semblable aux bêtes. Livrez-vous quelquefois à une pointe de vin, s'il vous rend gaie et folâtre; mais si, au contraire, il vous donne de l'humeur, évitez-le avec le plus grand soin. Il y a des femmes à qui quelques verres de champagne donnent de nouveaux charmes et agréments.

XXV. – Ne vous servez jamais de blanc. Il mine la peau et la ternit. Usez du rouge avec ménagement; c'est à imiter la nature qu'on doit seulement s'occuper.

XXVI. – Que vos robes ne soient pas de prix, mais élégantes, et changez-en très souvent, comme d'ajustement.

XXVII. – Consultez votre miroir, et ne soyez point esclave de la mode.

XXVIII. – Ne soyez jamais inconsidérée dans vos démarches et ne prenez point pour exemples celles qui disent : *Je suis du régiment de... Champagne* ; jamais cela ne leur a réussi, et elles finissent toutes par mourir à l'Hôpital.

XXIX. – Tâchez que quand vos entreteneurs vous quittent, ils ne puissent pas dire du mal de vous, et conservez toujours avec eux quelques liaisons.

XXX. – Jouez bien le sentiment : allez souvent aux Français pour y apprendre à jouer une scène de dépit, de rupture et de raccommodement. Il faut dans l'état de demoiselle entretenue être un peu comédienne.

XXXI. – Si vous pouvez avoir des étrangers pour entreteneurs, ne manquez pas de les choisir de préférence à tout autre. C'est ordinairement pour peu de temps et, en les prenant par l'orgueil, ils dépensent beaucoup. Une demoiselle ne peut s'enrichir qu'en changeant souvent d'entreteneur.

XXXII. – N'ayez jamais d'entreteneur de bas étage ; on n'aime pas succéder à quelqu'un au-dessous de soi, mais à pouvoir dire : *Ma maîtresse était ci-devant celle du duc, du marquis ou du comte Un Tel*. Il faut même qu'une demoiselle, pour avoir un peu de vogue, ait appartenu à quelque grand seigneur. Aussi doit-elle en prendre un, quand il devrait ne l'entretenir que modiquement. Les financiers, vrais gens pour enrichir, aiment à dire : *On m'a préféré à un seigneur de la cour*.

XXXIII. – Ne prenez jamais de joueur pour entreteneur. On est trop sujette aux caprices de la fortune et à supporter des humeurs insupportables.

XXXIV. – On ne doit rien négliger pour être la maîtresse d'un ministre ; c'est le moyen de faire promptement fortune. On vend les grâces ; il faut se dépêcher et ne pas perdre un moment. Tel qui se couche ministre souvent se relève sans l'être.

XXXV. – Un brevet d'Opéra est des plus essentiels à avoir, afin de se soustraire aux ordres de la police. C'est assez aisé à obtenir ; une faveur en est ordinairement le prix.

XXXVI. – Il est nécessaire d'avoir pour amis des *bonneaux*, autrement dit *maquereaux*, tels que l'abbé Chatard, le baron de Vidersbach, afin qu'ils vous fassent faire des *passades* et vous prônent aux étrangers et aux grands seigneurs. On doit bien faire son marché avec eux ; ils ne sont pas très exacts pour les comptes.

XXXVII. – Un homme d'Église tel qu'un gros bénéficier, un évêque, n'est nullement à dédaigner ; c'est, comme on dit, *du bon bien à plumer*. En outre, on peut facilement les tromper ; ils ne viennent qu'à des heures réglées, et à cause du *décorum* qu'ils sont obligés de garder, ils passent rarement des nuits : on peut facilement leur donner des substituts.

XXXVIII. – Une demoiselle entretenue doit prendre garde de faire des enfants ; cela lui gâterait la taille et détruirait les charmes de l'antre de Cypris et des environs.

XXXIX. – Évitez de veiller souvent et faites peu d'usage des liqueurs fortes ; cela blase une femme.

XL. – Enfin, une demoiselle entretenue doit prendre de toutes mains et ne rien négliger de ce qui peut lui procurer une prompte fortune.

De M. le comte de F***

Paris, ce 9 juillet 1783

J'arrive de courir les mers ; depuis quatre ans que vous ne m'avez pas vu, vous m'avez cru sûrement mangé par quelque baleine. Pour vous prouver le contraire, j'irai souper et coucher chez vous. Vous savez que je n'aime que les petites femmes et les figures un peu chiffonnées. J'espère que vous me contenterez comme vous avez fait autrefois.

De Mlle Florimont

Paris, ce 9 juillet 1783

Il y a, ma chère maman, un noble campagnard tout neuf qui, je crois, n'est jamais sorti de son château que pour venir ici en guêtres par le coche, qui s'est amouraché de moi. Demain, à dix heures et demie, je lui donne à déjeuner ; il faudrait que vous m'envoyiez François avec deux de ses camarades, et qu'ils vinssent comme pour m'arrêter, à défaut de paiement d'une lettre de change de vingt-cinq louis. Sûrement, mon campagnard paiera, et alors il sera heureux, et moi fort contente d'une si bonne matinée. Si François s'y prend comme chez Eulalie, cela ne pourra manquer de réussir ; je lui donnerai trois louis pour boire. J'espère, chère maman, que vous allez donner des ordres pour obliger votre chère enfant.

De M. R*, Italien**

Paris, ce 10 juillet 1783

L'ancien maître d'hôtel du nonce, madame, m'a assuré que vous lui aviez souvent rendu service en lui procurant tout ce qu'on trouve en Italie ; j'espère que vous aurez pour moi la même bonté. Aussi demain j'irai vous faire ma cour à neuf heures du matin. Je suis, madame, votre très humble et très obéissant serviteur.

De Mlle Thérèse

Paris, ce 12 juillet 1783

Je me rendrai chez vous, maman, habillée en petite paysanne. Je jouerai bien mon rôle, et croyez qu'on me prendra pour aussi pucelle que l'enfant qui vient de naître. J'ai fait ample usage du vinaigre astringent et de la pommade de Provence. Assurez en toute sûreté que je suis vierge, mais très vierge ; je me réjouis d'avance de penser que je vais attraper un homme. Personne n'aime plus que moi à les duper. À ce soir. Votre affectionnée.

De M. J***

Paris, ce 13 juillet 1783

L'âge, madame, a couvert mon front de cheveux gris ; mais ce qui me désole le plus, c'est que maintenant toute jouissance amoureuse m'est impossible. On m'a assuré que vous trouveriez quelque moyen de me faire rajeunir et goûter encore de l'amour. Si cela vous est possible, il y a vingt-cinq louis pour vous ; arrangez-vous en conséquence. Je me rendrai chez vous lundi matin et y passerai la journée si c'est nécessaire. Pensez à m'obliger, madame.

De M. B***

Paris, ce 17 juillet 1783

Madame,

J'ai l'honneur de vous envoyer l'instruction que vous aviez bien voulu me prêter. Je l'ai méditée et la sais par cœur. Je ne manquerai pas d'en bien suivre les principes. Croyez aussi, madame, que ma reconnaissance de vos bontés durera autant que je vivrai.

J'ai l'honneur d'être, avec un profond respect, madame, votre très humble et très obéissant serviteur.

INSTRUCTIONS POUR UN HOMME QUI VEUT DEVENIR BONNEAU, AUTREMENT DIT MAQUEREAU

I. – Il commencera par renoncer aux sentiments d'honneur et de probité ; c'est la base fondamentale.

II. – Il s'accoutumera à mentir, mais surtout à recevoir des coups de bâton ; c'est le casuel du métier.

III. – Il faut qu'il s'instruise à fond des ruses qu'on peut employer pour tromper un mari, une mère, une tante ou une surveillante.

IV. – Il ne sera jamais exact à partager avec les demoiselles et les attrapera tant qu'il pourra.

V. – Il fera connaissance avec toutes les maquerelles de Paris et jamais il ne les trompera.

VI. – Il tâchera de se faufiler avec les grands seigneurs et les étrangers ; cela n'est pas difficile avec de la souplesse et un peu de complaisance.

VII. – Il fera en sorte d'engager les demoiselles à faire beaucoup de dépenses pour qu'elles soient toujours endettées et aient besoin de faire des *parties* et des *passades*.

VIII. – Il détournera avec grand soin les personnes qui veulent entretenir une maîtresse, en leur vantant le plaisir qu'il y a de voltiger comme un papillon ; les entreteneurs font grand tort au métier.

IX. – Il saura le nom des demoiselles élégantes, leur demeure, leur caractère, et fera en sorte d'avoir des liaisons avec leurs femmes de chambre, pour savoir les moments de détresse et en profiter.

X. – Comme la police se mêle un peu de tout, il achètera la protection d'un des premiers commis. C'est des plus faciles : un rouleau de vingt louis fait l'affaire.

XI. – Il ne servira jamais les goûts antiphysiques d'homme à homme, mais d'homme à femme. Il aura, à cet effet, des demoiselles toutes prêtes. Il faut aussi qu'il en ait qui sachent se prêter à la bizarrerie des hommes.

XII. – Il faut qu'il connaisse des usuriers et des faiseurs d'affaires, afin d'en pouvoir procurer aux jeunes gens de famille (ses pratiques), quand ils manquent d'espèces.

XIII. – S'il peut avoir un joli petit appartement commode, et auquel on puisse arriver par plusieurs endroits, il s'empressera de le louer : c'est excellent pour faire faire des parties aux femmes qui ont des ménagements à garder.

XIV. – Il ne faut pas oublier qu'on a droit de *cuissage* : cela retient souvent une femme quand on peut dire en avoir *joui*.

XV. – Il fréquentera beaucoup les endroits publics, afin de connaître toutes les demoiselles.

XVII. – Il ne faut jamais, entre *confrères*, aller sur les brisées les uns des autres. C'est sujet à beaucoup de disputes et fort contraire au métier.

XVII. – On doit tâcher de faire croire aux femmes que c'est pour leur rendre service qu'on les procure et nullement par intérêt, mais en reconnaissance des faveurs qu'on a obtenues.

XVIII. – Il faut, pour faire son chemin promptement, apprendre un peu d'anglais. Alors, on se place en qualité d'interprète auprès de ceux qui viennent à Paris et on en tire grand parti.

XIX. – Il est nécessaire de n'avoir jamais d'humeur et de savoir supporter celle des autres. Il faut être un vrai caméléon.

XX. – Enfin, on ne doit rien négliger pour faire une prompte fortune, n'importe par quels moyens. Cependant, il faut prendre garde de se brouiller avec la justice.

De M. le Chevalier F***

Paris, ce 23 juillet 1783

Je t'envoie, comtesse, la chanson que tu m'as demandée ; fais-la apprendre à *l'Éveillée*, afin qu'au premier souper elle puisse la chanter. Adieu.

Air de *Malbrouck*

Bonjour, père Bazile,
Ah ! mon cœur, mon cœur est fragile !

De la pauvre Lucile
Soyez le directeur (*bis*).
— Parlez ma chère sœur.

— Trop bonne et trop facile,
Ah ! mon cœur, mon cœur est fragile !
J'ai fait, sans être habile,
Cent amants tour à tour (*bis*).
Un gros prélat de cour

Meubla mon domicile,
Ah ! mon cœur, mon cœur est fragile !
Sa tendresse débile
S'exhalait en grands mots (*bis*),
Je hais les vains propos.

Un officier agile,
Ah ! mon cœur, mon cœur est fragile !
Me parut moins fertile :
L'argent manquait toujours (*bis*),
C'est le nerf des amours.

D'un robin imbécile,
Ah ! mon cœur, mon cœur est fragile !
Je fis choix entre mille,
Il fut fier comme un roi (*bis*) :
J'aime à donner la loi.

J'eus un abbé docile,
Ah ! mon cœur, mon cœur est fragile !
Quand nous allions en ville,
Il cachait son rabat (*bis*) :
Pour moi j'aime l'éclat.

Un rimeur du haut style,
Ah ! mon cœur, mon cœur est fragile !
M'offrit en vaudeville
Tout l'encens des neuf Sœurs (*bis*) :
Moi, je hais les fadeurs.

Je quittai le reptile,
Ah ! mon cœur, mon cœur est fragile !
D'un géomètre habile
J'acceptai les secours (*bis*).
Je pris, après deux jours,

Un Espagnol tranquille,
Ah ! mon cœur, mon cœur est fragile !
Il était immobile
Comme au camp de Saint-Roch (*bis*) ;
Et moi, j'aime le choc.

Un Anglais indocile,
Ah ! mon cœur, mon cœur est fragile !
M'appela dans son île ;
Mon cœur est citoyen (*bis*) :
J'emportai tout son bien.

Bientôt j'eus, à la file,
Ah ! mon cœur, mon cœur est fragile !
Et la cour et la ville,
Et n'eus point de bonheur (*bis*) :
Le vide est dans mon cœur.

Daignez, père Bazile,
Ah ! mon cœur, mon cœur est fragile !
Guérir enfin Lucile
De ses égarements (*bis*).
— Fuyez tous les amants.

— La chose est difficile,
Ah ! mon cœur, mon cœur est fragile !
Encor, père Bazile,
Encore un seulement (*bis*)
— Vous en avez eu tant !

En voulez-vous donc mille ?
— Ah ! mon cœur, mon cœur est fragile !
Un seul, père Bazile,
Un seul ; mais qu'il soit bon (*bis*).
— Quoi ! fille du démon !

— Apaisez votre bile,
Ah ! mon cœur, mon cœur est fragile !
C'est vous, père Bazile.
Vous que Lucile prend (*bis*).
— Le cas est différent.

Pendant la nuit tranquille,
Ah ! mon cœur, mon cœur est fragile !
Venez, belle Lucile,
Derrière le couvent.
Trala, trala, etc.

De Mlle Lucile

Paris, ce 24 juillet 1783

J'étais allée, chère maman, faire une pratique en ville[1], lorsque l'on est venu m'apporter votre lettre ; c'est ce qui fait que je n'ai pu répondre sur-

1. Les demoiselles appellent ainsi les visites qu'elles vont faire chez les paillards. Il en est peu chez qui elles n'aillent communément une fois ou deux par semaine. [NdA]

le-champ. Vous pouvez compter sur moi pour la partie que vous me proposez, quoique cet homme exige beaucoup de complaisances et ait des goûts bizarres. Il faut, quand on a pris un état, en supporter les charges. À ce soir donc, à six heures. Votre enfant.

De M. le Chevalier de F***

Ce 25 juillet 1783

Hier, je vous ai promis, lorsqu'on a chanté le cantique de saint Joseph, de vous envoyer un quatrain qu'on a fait pour M. le M. de M***, qui s'appelle Joseph et a une jolie femme. Le voici :

De saint Joseph, vous qui portez le nom,
Comme lui vous avez compagne fort jolie,
Mais vous ne serez pas, comme votre patron,
De la nombreuse confrérie.

De Mlle Victoire

Paris, ce 28 juillet 1783

Voici, chère maman, une histoire qu'on vient de me raconter. C'est la nouvelle du jour ; je ne puis aller vous la dire, étant occupée à me faire couper les cheveux. Le président de *** a une petite maison près du bois de Boulogne ; là, se dépouillant de sa gravité de magistrat, il s'adonne au libertinage. La Brisseau[1] est l'intendante de ses plaisirs. Ils ne lui donnent point de peine. Le président n'a aucun goût bizarre et même, quoique vieux, il n'est pas obligé de se servir des excitants ordinaires aux personnes de son âge pour rappeler sa vigueur : il ne lui faut que la vue d'un objet nouveau dans l'état de pure nature.

Hors le temps des vacances du Parlement, les ébats du président sont réglés ; la Brisseau envoie une fille avec une bonne. La coutume est d'arriver en fiacre, mise bourgeoisement, comme si l'on était des solliciteuses à qui Monseigneur aurait donné rendez-vous ; le tout afin de garder le *décorum* de la présidence.

Depuis plus de trois ans, personne ne se doutait de la paillardise du président, lorsque, jeudi, le phaéton à trente sols par heure qui conduisait les prétendues solliciteuses, étant ivre et ne pouvant maintenir ses haridelles vis-à-vis la grille de la maison, ils se heurtèrent à un tombereau. La jeune beauté qui était dans la voiture, effrayée de voir les chevaux culbutés tête en bas et queue en l'air, se jeta par la portière et se cassa le bras. Les gens du président, que le vacarme des cochers qui

1. Maquerelle de Paris du premier ordre. Elle a la pratique de tous les paillards honteux. Elle a gagné de quoi acheter une belle maison dans la rue Française. [NdA]

juraient à l'envi l'un de l'autre avait fait sortir, portèrent à la maison la demoiselle qui s'était évanouie. Le président, qu'on avertit aussitôt, s'empressa de secourir ces dames, qu'il traitait en femmes honnêtes. À force de secours, on fit revenir Julie (c'est le nom de la dulcinée). Dès qu'elle eut repris ses sens, elle se mit à dire : *Ah ! président, quelle foutue partie ! Je m'en souviendrai longtemps ! Mais qui me payera mon bras cassé ?* Le président, confus d'un pareil discours qu'avaient entendu ses valets, se retira, ordonnant qu'on lui donnât dix louis.

Il n'y a pas de mal, chère maman, que les paillards honteux servent quelquefois de risée aux jeunes gens ; ils les font assez enrager avec leurs sermons, en ne cessant de leur vanter leur prétendue sagesse. J'oubliais de vous dire qu'on dit que les demoiselles qui composent le sérail de la Brisseau ne seront plus appelées que les *solliciteuses du président de* ***. Pensez que je suis toujours à vos ordres ; vous connaissez mon attachement. Votre chère enfant.

De Mlle Servini

Ce mardi [1]

Comme vous avez désiré, chère maman, de savoir les vers que M. Piis [2] a faits contre l'abbé Geoffroy, qui l'a critiqué dans *L'Année littéraire*, dont il est rédacteur, je les ai demandés hier au chevalier de ***. Les voici, ainsi que la réponse de l'abbé. À demain. Votre enfant.

ÉPIGRAMME

Quel est donc cet abbé qui vient parler en maître,
Et qui de feu Fréron épelle le métier ?
C'est Geoffroy Langevin, peut-être ?
Oh ! non, c'est Geoffroy l'asnier.

RÉPONSE

Je suis Geoffroy l'asnier, sans doute ;
Témoin les sanglants coups de fouet
Dont j'accable chaque baudet
Que je rencontre sur ma route.

1. Ne trouvant pas de date à cette lettre, ainsi qu'aux suivantes, nous avons cru devoir les placer après toutes celles qui en ont. [NdA]
2. Pierre Antoine Auguste, chevalier de Piis (1755-1832), auteur de chansons et de comédies légères, destinées aux Italiens.

De M. le Ch... De P***

Ce lundi

Voici l'énigme épigrammatique qu'on a faite contre ce pauvre M. de la Harpe, quoiqu'il vienne encore de nous donner des preuves de son génie et de ses talents. Mais l'envie a toujours été acharnée après les grands hommes :

Je suis un instrument, un poète, une rue,
Rue des pédants très souvent parcourue.
Instrument, par mes sons, je charme l'univers ;
Poète, j'endors par mes vers.

De Mlle Florival

Ce samedi

Hier, ma chère maman, j'ai été aux Italiens ; on a donné *Le Printemps*, un de ces jolis riens de MM. Piis et Barré. Madame Dugazon s'était fait doubler par la petite Débrosse, qui n'est pas sans talent, mais elle n'a pu approcher le jeu fin de la Dugazon. Pendant la première et la seconde pièce, un des spectateurs a fait les deux couplets ci-joints pour engager Madame Dugazon à ne se plus faire doubler. Si vous avez affaire de moi demain, je serai à vos ordres ; mais pour dimanche, j'ai une partie d'arrangée. Votre chère enfant.

Air de *Triste raison, j'abjure*, etc.

L'hiver me plaît, j'aime assez la veillée,
Des vendangeurs j'aime aussi la saison,
Mais au printemps la nature éveillée
M'offre des fleurs et surtout du gazon.

Dans le printemps et bergers et fillettes
Cueillent gaiement la rose, le bouton ;
Grâce légère orne leurs chansonnettes,
Mais au printemps il nous faut Dugazon[1].

De M. F***

Ce dimanche

Ce soir, madame, je mènerai quatre étrangers souper chez vous ; il faudra nous faire avoir *la Façonnée*, *la Pimpante*, *la Mignonne*, *la Mutine*

1. Si la nature n'a pas donné à Madame Dugazon une jolie figure, elle l'a bien dédommagée par les dons d'un esprit fin et des grâces. C'est en grande partie à son jeu, à celui de Mlle Lescaut, de MM. Rosière, Clerval et Trial, que les pièces de MM. Piis et Barré doivent leurs grands succès. [NdA]

et *l'Éventée*. Il faut que nous soupions dans le salon de derrière. Faites provision de vin de Champagne, mes étrangers l'aiment beaucoup. Ils veulent aussi avoir un violon pour danser. Nous arriverons à 9 heures, après les Français, où nous allons voir une tragédie. Votre affectionné.

De M. M***

Ce dimanche

Demain, envoyez-moi une fille pour passer la matinée ; vous l'instruirez comme il faut qu'elle se conduise pour me demander et de la manière dont elle doit être mise. Je ne veux pas de la *Superbe*. En vérité, on lui a donné un surnom qui lui va à merveille : elle a l'air d'une reine et à peine permet-elle qu'on la touche. On dirait que c'est une faveur qu'elle vous fait, que vous êtes pour son plaisir et non elle pour vous. Je me souviens que vous m'avez parlé de l'*Alerte* comme d'une bonne enfant et très complaisante. Eh bien ! envoyez-la-moi. C'est toujours à l'heure ordinaire.

De M. l'Entendu, écrivain sous les charniers [1]

Madame,

J'ai l'honneur de vous envoyer ci-joint une copie de votre règlement ; je ne pourrai faire l'autre que demain, ayant aujourd'hui à écrire plusieurs comptes de cuisinières, quatre lettres d'amour et un placet au roi.

J'ai l'honneur d'être, avec le plus profond respect, madame, votre très humble et très obéissant serviteur.

RÈGLEMENT
POUR LES DEMOISELLES QUI COMPOSENT
LE SÉRAIL DE MADAME GOURDAN

ARTICLE I. — Toutes les demoiselles auront entre elles la plus grande honnêteté, et elles ne se diront jamais de sottises sous peine d'encourir la disgrâce de Mme Gourdan et, en cas de récidive, d'être bannies pour un mois.

1. Entendre : les charniers des Saint-Innocents, où se tenaient habituellement les écrivains publics. Une des quatre galeries qui entouraient le cimetière des Innocents se nommait d'ailleurs *Galerie des écrivains*. L.-S. Mercier leur a consacré le chapitre LXXXIV de son *Tableau de Paris*.

ARTICLE II. — Toute demoiselle qui aura osé lever la main sur une de ses compagnes sera bannie à perpétuité.

ARTICLE III. — Toute demoiselle qui aura juré et se sera mise en colère sera à l'amende de ce qu'elle gagnera dans la journée et trois jours au service des vieux.

ARTICLE IV. — Toutes les demoiselles seront douces avec les bonnes et les traiteront avec bonté. Si elles ont à s'en plaindre, elles s'adresseront à Mme Gourdan et ne se feront jamais justice elles-mêmes, sous peine d'un jour d'amende et de deux jours au service des vieux.

ARTICLE V. — Toute demoiselle qui se comportera avec un monsieur d'une manière malhonnête, et qui l'aura mis dans le cas de faire de justes plaintes, sera bannie pour trois mois, et en cas de récidive, à perpétuité.

ARTICLE VI. — Aucune demoiselle n'aura de familiarité avec les coiffeurs ou les domestiques, sous peine de bannissement perpétuel.

ARTICLE VII. — Lorsque les demoiselles seront appelées dans le salon pour être présentées à une pratique, aucune ne l'engagera de vive voix à la préférer à ses compagnes ; elles tâcheront seulement, par l'enjouement de leur figure et de leurs gestes, d'avoir la préférence. Les contrevenantes seront à l'amende de trois jours et quinze jours au service des vieux.

ARTICLE VIII. — Si un homme voulait agir avec une demoiselle d'une manière qui ne conviendrait pas, elle sera maîtresse de le quitter ; mais il faudra qu'elle se rende sur-le-champ auprès de Mme Gourdan, afin de l'instruire de cette démarche et quelles en sont les raisons.

ARTICLE IX. — Si une demoiselle se met nue, sans qu'il lui ait été dit par la bonne qui la conduit au boudoir qu'elle peut faire ce qu'exigera le monsieur, elle sera à l'amende de huit jours et quinze jours au service des vieux.

ARTICLE X. — Toute demoiselle qui aura une santé équivoque et n'en avertira pas sera bannie à perpétuité.

ARTICLE XI. — Toute demoiselle qui ne se sera pas bien conduite avec un vieux sera pour la première fois à l'amende de huit jours, pour la seconde fois de quinze jours, et pour la troisième, bannie pour six mois.

ARTICLE XII. — Toute demoiselle qui se prêtera à un goût bizarre et qui n'en aura pas été prévenue par la bonne sera à l'amende de huit jours et un mois au service des vieux.

ARTICLE XIII. — Toute demoiselle externe qui sera convaincue d'avoir donné son adresse sera bannie à perpétuité.

ARTICLE XIV. — Les demoiselles sont responsables des meubles des appartements. Si une pratique y commet quelques dégâts, elles avertiront avant qu'elle ne sorte, sinon elles paieront le dommage.

ARTICLE XV. — Aucune demoiselle ne se mettra aux fenêtres qui donnent sur la rue, sous peine d'un jour d'amende.

ARTICLE XVI. — Toute demoiselle qui, dans un souper, aura trop bu et fera quelque sottise, sera à l'amende d'un jour, et deux jours au service des vieux.

ARTICLE XVII. — Toute demoiselle qui n'avertira pas lorsqu'elle sera dans son temps critique sera quinze jours au service des vieux.

ARTICLE XVIII. — Toute demoiselle qui aura été faire une partie en ville et qui ne sera pas exacte pour le compte sera bannie à perpétuité.

ARTICLE XIX. — Toute demoiselle qui aurait volé quelque chose à un monsieur sera bannie à perpétuité.

ARTICLE XX. — Les amendes seront employées à l'entretien des demoiselles qui auront gagné quelque maladie au service de la maison.

Correspondance d'Eulalie
ou
Tableau du libertinage de Paris

Avec la vie de plusieurs filles célèbres de ce siècle

Paris est une de ces villes immenses,
où habitent quantité de riches débauchés,
qui ne sont occupés que d'acheter
des plaisirs honteux que l'indigence
s'empresse de leur vendre.

À Londres, chez Jean Nourse, libraire

1785

INTRODUCTION

Filles d'Opéra, pensionnaires de bordels ou travailleuses indépendantes, toutes bien dans leur peau, bien dans leur corps, bien heureuses de leur sort, elles n'hésitent pas à le proclamer : « Nous sommes des effets commerçables et nous augmentons de valeur à proportion que nous changeons de main. » Pourtant, des craquelures commencent d'apparaître ici et là. Une ombre plane au-dessus de leur tête. Soudain, à l'automne 1782, la tragédie fait irruption dans la touffeur de leur boudoir. Rien ne la laissait présager. Un éclair d'orage dans un ciel d'été.

Tout commençait pourtant le mieux du monde ! Du moins en apparence. À Bordeaux, où elle s'est retirée, Eulalie reçoit des nouvelles de ses consœurs parisiennes. Commérages et papotages ordinaires. Julie, la plus assidue de ses correspondantes, ne lui laisse rien ignorer des cancans d'alcôve et de ses propres aventures. Elle lui raconte ses caprices (faire l'amour dans sa loge aux Italiens, quelle ivresse !), ses folies, celles de ses clients, décrit par le menu cette séance fantasque où un abbé complètement nu comme elle-même, la suit à quatre pattes à travers la chambre. « Étant entré en rut après quelques tournées, ce nouvel Adonis se mit en devoir de m'enfiler en levrette, hennissant comme un cheval qui va saillir sa jument. » Quoi d'autre ? Ah ! oui. Mlle Luzy du Théâtre-Français est entrée au couvent, ce qui fait dire à Sophie Arnould : « Elle s'est faite sainte dès qu'elle a su que Jésus s'est fait homme. » Le duc de Fronsac, fils du duc de Richelieu, est très malade. « Ma foi, s'il mourait, on ne ferait pas une grande perte : il a tous les vices de son père sans en avoir le bon et les agréments », etc. C'est l'occasion, pour le lecteur de faire la connaissance des principaux lieux de libertinage parisiens et de leurs matrones : la Lebrun, la Duverger, la Le Duc, la Brissault, la Francœur, spécialisée dans la clientèle cléricale. Sans oublier la plus célèbre, la Gourdan, dite la « petite comtesse ». Quant aux hétaïres compagnes d'Eulalie, Rosalie, Julie, Victorine, Felmé, elles nous prodiguent par leurs indiscrétions mille détails sur les exploits amoureux des artistes à la cuisse légère : Mlle Raucourt, sociétaire de la Comédie-Française et grande-prêtresse de Lesbos, Sophie Arnould, dont les reparties aussi déliées que les mœurs font fureur, Mme Dugazon… Sans compter le bataillon des petites théâtreuses : Colombe et Adeline, qui se peignent les lèvres avec du corail, la gentille Desbrosse et sa « petite figure de fantaisie charmante », Mmes Julien, Verteuil, Leroi, combien d'autres encore ! On ne nous laisse rien ignorer de ces demoiselles, et surtout pas leur intimité la plus secrète. On apprend ainsi que Mlle Desbrosse possède un clitoris « gros comme le petit doigt, et qu'il a des moments d'érection. Je serais curieuse de le voir, ajoute cette mauvaise langue de Julie, cela doit la gêner quand elle voit un homme. » Que de renseignements encore à glaner sur la vie parisienne et les promenades giboyeuses, les tripots, les auberges à parties fines, les traiteurs achalandés en femmes faciles, la *Redoute chinoise*, le théâtre de Nicolet, les fournisseurs de ces dames aux jours d'opulence : joailliers, lingères, bottiers, couturières…

En dépit des atours tapageurs et des parures de prix, tout n'est pas toujours rose pour ces filles si improprement appelées « filles de joie ». Il y a l'affreuse banalité des malchances quotidiennes : la clientèle étrangère qui se fait rare, le priape fripé d'un maréchal de France qu'on ne parvient pas à dégeler, ou encore l'amant de cœur qui vous trompe avec la chambrière, le financier cocu mais pas content qui se venge, la rivale plus jeune qui monte en graine… Sans compter la maréchaussée qui vous asticote, le fils à papa qui vous plante là sans le sou, la grossesse qui vous flanque au chômage. Et par-dessus tout la funeste « galanterie » qui vous infecte le sang. Ah ! maudite vérole, toujours tapie dans l'ombre, invisible, à l'affût de sa prochaine victime. On la redoute, on la conjure, on tâche de la vaincre avec les (faibles) moyens du bord : « Amour ! Ô toi dont les plaisirs devraient faire partie du vrai bonheur en ce monde ! Comment n'as-tu pu garantir les plus zélés observateurs de ton culte d'un poison qu'ils ne puisent qu'aux pieds de tes autels ? » Du jour au lendemain, c'est l'entreteneur qui vous lâche, les « michés » qui désertent, le joli visage qui se brouille ; ce sont les créanciers qui vous harcèlent, les bijoux bradés à vils prix, les meubles saisis ; c'est la course aux traitements ruineux, aux charlatans sans scrupule ; et demain, peut-être, l'hospice, la misère… Au bout du calvaire, quoi ? Les plus désespérées se voient acculées à la noyade : « On trouve journellement dans les filets de Saint-Cloud des filles que la misère force à se détruire », note Rosalie.

Comment éviter le « coup de pied de Vénus ? » D'abord, un conseil : jamais d'Américain dans son lit, bien que ce soit « un bon oiseau à plumer ». « Prends garde à eux ! » supplie Rosalie. Les Américains seraient-ils donc tous fourriers de pestilence ? C'est ce que croit Rosalie, et plusieurs de ses compagnes. Curieux préjugé, en vérité, lorsqu'on sait que, au même moment, nos troupes se battent à leur côté pour le meilleur et pour le pire. D'autant plus curieux que, paradoxalement, l'ennemi commun, lui, est accueilli à bras ouverts ! Car cette correspondance, il faut le rappeler, s'échange sur fond de guerre d'Indépendance et de batailles lointaines entre la fine fleur de la noblesse française et les généreux milords. Si étranger qu'il soit à leurs préoccupations ordinaires, le conflit ne laisse pas nos belles indifférentes, soit qu'elles chantent les louanges de La Fayette, soit qu'elles commentent les nouvelles du front, soit qu'elles tirent des plans sur une victoire attendue : « Sûrement qu'on va prendre Gibraltar. Cela serait fort avantageux pour nous, car on assure que cela ferait faire la paix, et tu sais que la guerre nous ruine. » En matière de politique étrangère, comme on voit, le petit bout de leur lorgnette ne porte pas plus loin que leur bonbonnière d'amour. Enfin, c'est la fin de la guerre et le cri d'allégresse de Mlle Rosimont : « Je veux, ma chère amie, être la première à t'apprendre la nouvelle de paix. Elle est signée d'hier. On l'a annoncée aux spectacles. J'en suis au comble de la joie ; j'aurai du plaisir à faire danser des guinées. On dit que c'est à M. le comte de Vergennes que nous devons la paix. Tiens, je lui en sais si bon gré que, s'il voulait, je coucherai *gratis* avec lui, et je te réponds que je n'épargnerais rien pour le faire bander. À son âge, cela n'est souvent pas chose aisée. Mais je me donnerais tant de peines et j'y emploierais tant de moyens que j'y réussirais. » Mlle Julie exulte à son tour : les Anglais sont vaincus ? Leur orgueil est rabattu ? Qu'à cela ne tienne ! Les filles de Paris sauront bien les consoler. D'ailleurs, ils commencent d'affluer sur le continent. Mlle Julie confirme la bonne nouvelle. La valse aux guinées va reprendre, et avec elle la vie facile, les parties fines, les pique-niques, les plaisirs… Comme au bon vieux temps !

Un fait divers jette pourtant un voile de deuil sur la piaillante volière. Le 8 octobre 1782, Mlle Felmé annonce à Eulalie qu'on vient de trouver la malheureuse Rosalie pendue à un arbre dans le bois de Boulogne, les deux seins arrachés. « On ignore quel est le monstre qui a commis cette barbarie ; je lui servirais volontiers de bourreau. Ah ! que les hommes sont souvent cruels envers notre pauvre sexe ! » Une semaine plus tard, on découvre l'assassin ; il s'agit d'un jeune provincial qui avait partagé quelque temps la vie de Rosalie, et qui s'est donné la mort aussitôt après son crime. Avant de se tuer, il a fait des aveux complets dans une lettre au lieutenant de police, mais sans fournir le moindre indice sur les mobiles de son acte. Jalousie ? accès de folie ? meurtre sadique ? On ne le saura jamais. Qu'importe d'ailleurs. L'affaire en soi n'offre d'autre intérêt que de teindre le sexe aux couleurs du sang. Avec ce crime, à bien des égards pré-sadien, quelque chose a basculé ; deux mondes, hier encore unis dans la recherche effrénée du plaisir, s'affrontent aujourd'hui en un troublant face-à-face : d'un côté, le masque et l'apparence, la feinte, la comédie, la virginité postiche et la jouissance tarifée ; de l'autre, une classe d'hommes arrogants, égoïstes et cyniques, uniquement occupés à satisfaire les caprices de leurs sens. Du coup, cette correspondance, qui se voulait un tableau de la légèreté parisienne, tourne à la foire aux chimères ; l'acte sexuel n'y est plus qu'un jeu de dupes, et la société un corps vérolé qui dissimule ses ulcères sous les fards et la céruse.

M. L.

PRINCIPALES ÉDITIONS : *Lettres de Julie à Eulalie, ou Tableau du libertinage de Paris.* Londres, 1784, in-8° de 175 p.

Correspondance d'Eulalie, ou Tableau du libertinage de Paris. Avec la vie de plusieurs filles célèbres de ce siècle. Tome premier [— second], à Londres, chez Jean Nourse, libraire, 1785, 2 vol. in-24, 214 et 168 p.

Id., introduction et notes par B. de Villeneuve (pseud. de Raoul Vèze), Paris, Bibliothèque des Curieux, coll. « Le Coffret du Bibliophile », [1911], 2 vol. in-12, 171 et 132 p.

Id., Paris, Tchou, 1967, petit in-12, 219 p. Réimpr. de la précédente, avec l'introduction et les notes signées B. de Villeneuve.

Id., préface de Charles Hirsch, dans *L'Enfer de la Bibliothèque nationale*, Paris, Fayard, t. IV, 1986, p. 53-256.

Préface de l'éditeur

L'empressement avec lequel le public a accueilli les *Lettres de Julie à Eulalie ou Tableau du libertinage de Paris*[1] m'a fait naître l'idée de donner un ouvrage complet sur cette matière. En conséquence, j'ai écrit à Mlle Eulalie pour lui demander si elle avait d'autres lettres de ses amies qui puissent m'être utiles; elle m'en a envoyé beaucoup: j'ai choisi celles qui pouvaient remplir mon objet; je me flatte que dans cet ouvrage que je donne maintenant on aura un tableau parfait du libertinage de Paris. J'aurais désiré retrancher quelques endroits un peu crus, mais j'ai été forcé de les laisser subsister pour que rien ne manque au tableau.

1. Publiées à Londres en 1784 (in-8°, 175 p.).

CORRESPONDANCE D'EULALIE

Lettre de Mlle Julie

Paris, ce 12 avril 1782

J'ai appris, ma chère amie, avec bien du plaisir, ton arrivée à Bordeaux. Tu as été fort heureuse de trouver dans la diligence un officier d'infanterie qui t'ait défrayée et donné dix louis. C'est un de ces événements qui n'arrivent qu'une fois dans la vie, car, ordinairement, ces messieurs ne sont pas riches.

Croiras-tu que, depuis ton départ, la Lebrun[1] a trouvé le moyen de me faire passer pour pucelle et de vendre cinquante louis ma prétendue virginité à un jeune homme usé de débauches, qui a la manie des pucelages. Je lui fus présentée comme une petite paysanne nouvellement arrivée de son village. Dès qu'on m'eut livrée à sa discrétion, je n'omis aucune des simagrées d'usage dans pareilles occasions ; je poussai des cris perçants, je pleurai, j'égratignai : en un mot, j'ai joué mon rôle d'un air si naturel qu'il m'a crue aussi vierge que l'enfant qui vient de naître. Quoique son priape pliât à chaque instant et fût si faible qu'à peine en sentais-je les coups, je gémissais profondément, je le suppliais d'avoir pitié de moi, de ne pas me déchirer davantage, que j'en mourrais s'il continuait. L'amour-propre, qui aveugle toujours les hommes sur cet article, lui fit croire qu'il avait fait des efforts héroïques. Il était si content, enfin, qu'il me donna cinq louis pour mes rubans[2]. Que nous savons bien tromper les hommes quand ils veulent l'être, et qu'ils sont assez sots de payer pour cela ! Donne-moi souvent de tes nouvelles. Ton amie pour la vie.

---

1. Maquerelle de Paris. [NdA]
2. Les demoiselles appellent ainsi ce qu'on leur donne au-dessus du marché. C'est pour elles. La maquerelle n'en a rien. [NdA]

Lettre de Mlle Felmé

Paris, ce 21 avril 1782

J'ai appris avec bien du plaisir, mon cœur, ton arrivée à Bordeaux. Tu as été bien heureuse en route. Il paraît que la fortune t'accorde ses faveurs. Tâche d'en profiter, afin de jouir dans ta vieillesse du fruit de ton libertinage, et ne pas mourir à l'hôpital, comme quantité de nos consœurs.

J'ai eu depuis ton départ quelques bonnes passades et j'ai fait plusieurs parties chez la comtesse[1]. L'été sera dur à passer : point d'étrangers, et tous les militaires à leurs régiments.

Je quitte vite ma lettre, voici une visite qu'on m'annonce.

En vérité, cela n'était pas la peine de me tant presser de quitter de m'entretenir avec toi : c'était un vieux qui m'a patinée pendant deux heures et de qui je n'ai pu faire dresser le priape, quoique j'aie usé trois poignées de verges à le fustiger. Que je plains l'état de ces vieux impotents ! ils ont le diable au corps pour courir chez les filles. Et qu'y font-ils ? rien que les ennuyer et leur faire gagner avec beaucoup de peine ce qu'ils donnent. Ce vieux m'a conté que la Duverger est à Saint-Martin pour une dispute qu'elle a eue avec Le Duc, chez Nicolet[2]. Elle aurait peut-être évité la prison mais elle a manqué à Vaugieu. Et voici comment. Il l'avait mandée et la Le Duc aussi. La Duverger voulut prendre un ton et s'emporter en propos. Vaugieu lui ordonna de se taire, ajoutant que si elle ne finissait, il la foutrait en prison. « Ah ! répliqua-t-elle, si vous voulez, monsieur, vous me ferez mettre en prison, mais pour m'y foutre c'est autre chose ; vous êtes un trop vilain bougre. » Le proverbe que « toutes vérités ne sont pas bonnes à dire » est vrai. Adieu, mon cœur, donne-moi quelquefois de tes nouvelles.

Lettre de Mlle Victorine

Paris, ce 15 mai 1782

Tu as été bien longtemps, ma bonne amie, à me donner de tes nouvelles ; je craignais qu'il ne te fût arrivé quelque accident ou que tu ne fusses malade. Ne sois plus si paresseuse, dérobe quelques instants à tes plaisirs pour t'entretenir avec des personnes qui pensent à toi et à qui tu es chère.

C'est toujours mon vieux qui est *Milord pot-au-feu*[3] ; il ne me gêne guère, je peux faire des passades et j'ai mes nuits libres, car il n'ose découcher à cause de sa femme.

Mlle de ***, fille de condition, croyant que le comte de ***, son amant,

1. « Comtesse » ou « petite comtesse » : surnom donné à Mme Gourdan, autre maquerelle célèbre.
2. Entrepreneur de spectacles sur le boulevard du Temple.
3. *Milord Pot-au-feu* : voir *infra*, p. 748, n. 4.

l'épouserait, a eu le malheur d'écouter son cœur. Mais ce monstre, quoiqu'elle porte dans son sein le fruit de son amour, vient de l'abandonner pour épouser une riche financière. Mlle de *** l'ayant appris s'est noyée. Avant, elle avait écrit à son père :

« Quand cette lettre vous parviendra, mon père, je ne serai plus. Je n'ai pu supporter l'idée du déshonneur. J'ai immolé mon amour pour vous et la malheureuse victime qui est dans mon sein. Il est inutile de vous dire le nom du séducteur qui m'a trompée. Il s'était annoncé comme un époux, et j'ai eu assez d'égarement pour ne pas voir le précipice où je me jetais : c'est un malheureux qu'il faut abandonner à ses remords ; il est impossible qu'il n'en ait pas ; ils déchireront son cœur ! J'étais de si bonne foi ! Je l'aimais si tendrement ! Ah ! mon père, puissiez-vous m'oublier et ne pas maudire la mémoire de votre pauvre fille. »

Depuis la mort de sa fille, M. de *** est à toute extrémité ; il ne tardera pas à la rejoindre. Ah ! ma bonne amie, si l'amour cause bien des plaisirs, il cause aussi bien des peines. Si j'avais été à la place de Mlle de ***, résolue à me donner la mort, devant j'aurais brûlé la cervelle à mon perfide. Adieu !

Lettre de Mlle Julie

Ce vendredi 17 mai 1782

J'ai été, ma chère amie, d'une partie de plaisir à la maison de campagne du duc de C***, à Monceau. Nous étions huit, quatre hommes et quatre femmes. Après le souper nous avons passé dans un charmant boudoir entouré de glaces. Tout le monde s'est mis *in naturalibus* (c'est ainsi que ces messieurs appellent se mettre nu). Ensuite, nous étant groupés deux par deux, chacun dans une posture différente, nous nous sommes donné réciproquement un spectacle charmant. Jamais je n'ai eu tant de plaisir. Après nos libations, nous avons dansé et fait mille folies jusqu'à cinq heures du matin. Jeudi nous devons recommencer une pareille scène. Je serai charmée que tu puisses être des nôtres ; comme ton beau corps y figurerait bien !

La femme de chambre que tu avais et qui était entrée chez la *Urbain*, vient de la quitter ; elle est venue me voir ce matin et m'a dit que souvent chez cette insolente il n'y avait pas de quoi dîner, depuis que le petit B*** est retenu à son régiment par ordre du roi. Je verrai à la placer. Elle m'a chargée de t'assurer de son respect, elle te regrette beaucoup. Je finis, mon coiffeur entre et je ne puis le renvoyer. Je dois me rendre à quatre heures chez la Présidente [1] ; tu devines assez pourquoi. Je t'en dirai davantage une autre fois. Ta chère amie pour la vie.

1. C'est la Brisseau [Brissault], maquerelle de Paris, surnommée la *Présidente*, parce qu'elle est intendante des plaisirs de messieurs du parlement ; elle a aussi la direction des

Lettre de Mlle Rosalie

Paris, ce 20 mai 1782

Si je ne t'ai pas écrit plus tôt, ma chère amie, c'est que j'ai été très malade. Je ne suis pas encore bien remise. Ce vilain Américain m'a donné une cruelle maladie. Prends garde à eux, je t'en avertis. Algironi[1] prétend que dans peu je serai totalement rétablie. Je le désire mais je n'ose m'en flatter. Moi qui n'avais jamais employé l'art pour relever l'éclat de mes charmes, je vois qu'il faudra le faire. Cela me fait tant de peine que, quoique j'aie beaucoup gagné avec l'Américain, je voudrais ne l'avoir jamais connu.

Je te souhaite beaucoup de bonheur à Bordeaux. Tâche d'avoir un armateur pour entreteneur : ces gens-là gagnent prodigieusement, l'argent ne leur coûte guère : c'est comme à un joueur dont la fortune rit. On dit que maintenant les demoiselles ne sont plus si soutenues que du temps du maréchal de Richelieu : c'est un homme qui a bien aimé les femmes et qui en a aussi été bien aimé. Il peut bien dire aux lauriers de mars avoir joint les myrtes de l'amour. Je désire, ma bonne amie, que ta santé soit meilleure que la mienne.

Lettre de Mlle Julie

Ce lundi 20 mai 1782

Que les hommes, ma chère amie, ont des goûts bizarres ! Hier, chez la Présidente, il m'a fallu fouetter pendant plus de deux heures un vieux président, tandis qu'à genoux devant moi il me gamahuchait. À peine était-il parti qu'il vint un abbé dont le goût était aussi singulier, quoique

---

soupers de la petite maison de Monceau du duc de C***. En général, c'est elle qui a la pratique des paillards honteux. Elle a si bien fait ses affaires dans le commerce qu'elle a une maison superbe dans la rue Française, qui lui a coûté plus de 200 000 livres[a]. [NdA]

1. Cet Algironi[b] est un des ces empiriques qui, à la faveur de différents spécifiques, approuvés de la faculté de médecine, tuent plus de monde à Paris qu'ils n'en guérissent. Il entreprend surtout les maladies vénériennes et ne manque jamais de rejeter les accidents qui peuvent résulter de l'usage de ses drogues sur le mauvais régime ou l'incontinence du malade. [NdA]

a. En fait, la Brissault avait acquis cette maison de la rue Française en 1767 pour 30 000 livres seulement. Elle possédait en outre une petite maison à la barrière Blanche, qui servait aux soupers et aux parties de ses clients, ou de maison de rendez-vous clandestins.

b. Il s'agit probablement d'Agirony, botaniste rue du Four-Saint-Honoré, mentionné dans l'*État de la médecine pour 1776* (p. 214), sous la rubrique : « Secrets autorisés par lettres patentes et privilège du roi. » On peut y lire les précisions suivantes : « Agirony vend son remède antivénérien végétal et son baume sudorifique pour des fluxions de la tête, par lettres patentes du 21 juin 1769, enregistrées au Parlement le 9 juillet 1770 pour quinze années consécutives. Il donne un petit livre avec ce titre : *Des bons effets du remède végétal*, in-12, 41 p. ». Sa présence en bonne place dans le sixième chant de *La Foutromanie*, livre obscène attribué à Sénac de Meilhan prouve assez sa notoriété.

plus plaisant. Après nous être mis nus tous deux, il m'a fallu marcher à quatre pattes par la chambre, pendant que l'abbé me suivait dans la même attitude. Étant entré en rut après quelques tournées, ce nouvel Adonis se mit en devoir de m'enfiler en levrette, hennissant comme un cheval qui va saillir sa jument. J'allais éclater de rire, quand son instrument, des plus longs et d'une grosseur énorme, qu'il poussait et repoussait avec une force incroyable, m'en ôta le pouvoir. J'en éprouvai dans ce moment les sensations les plus délicieuses. Deux fois en un quart d'heure je me sentis arrosée de la liqueur céleste. Que nous serions heureuses, chère Eulalie, si tous les hommes qui ont des goûts fantasques nous dédommageaient de nos complaisances par autant de plaisir que l'abbé a su m'en procurer ! Aussi ai-je bien prié la Brisseau [*sic* pour *Brissault*] de m'envoyer chercher quand il reviendrait. Je t'en souhaite autant à Bordeaux. Donne-moi souvent de tes nouvelles.

Lettre de Mlle Felmé

Paris, ce 25 mai 1782

Hier, mon cœur, j'ai fait un souper avec ton petit espiègle[1] ; il m'a demandé de tes nouvelles, il était fort inquiet de ton départ, je lui ai donné ton adresse, il doit t'écrire dans peu. C'est toujours le même. Jamais il ne fera rien et finira misérablement. Il vient de refuser un excellent entreteneur, il veut être libre comme l'air.

Tu es sûrement mieux à Bordeaux qu'ici, où il n'y a pas de l'eau à boire. Depuis que je t'ai écrit, j'ai été peu occupée. Ce soir, je fais un souper avec un Russe. Aussi je vais finir ma lettre pour faire une ample toilette, afin de tâcher d'en faire la conquête pour le peu de temps qu'il a à passer ici. Porte-toi bien, mon cœur.

Lettre de Mlle Julie

Ce mercredi 29 mai 1782

Ah, ma chère amie, que les hommes sont trompeurs ! Tu connais ce D*** que j'ai pour amant[2] depuis deux ans, et qui est cause que j'ai refusé plusieurs entreteneurs, et me suis bornée à faire des parties. Eh ! bien, je revenais hier de chez ma couturière, lorsqu'en remontant à mon

1. Surnom qu'Eulalie avait donné à Mlle Rosimont, qui est une folle et une grand libertine. [NdA]

2. Il est d'usage chez ces filles d'avoir chacune un ami particulier qu'elles appellent leur amant. C'est le plus souvent leur coiffeur ou quelque laquais. Celles qui donnent dans une classe en apparence au-dessus ont un de ces élégants sans style, qui ne se soutiennent que par leurs escroqueries en tout genre, sur lesquels les magistrats veillent sans cesse, et dont il n'y a pas de mois que la police n'en envoie quelques-uns à Bicêtre. [NdA]

appartement j'y entendis quelque rumeur. Curieuse de savoir ce que ce pouvait être, je regardai par le trou de la serrure. Dieu ! qu'ai-je vu ? L'infâme D*** prêt à jouir de ma femme de chambre qui, la gorge découverte et à demi renversée sur mon canapé, se défendait si gauchement qu'il était aisé de voir que ce n'était que pour mettre un plus haut prix à sa défaite. Je fis du bruit à la porte qui leur fit lâcher prise, et j'entrai sans dire un mot de ce que je venais de voir. L'après-dîner, ma femme de chambre étant sortie sans ma permission, j'ai pris ce prétexte pour la renvoyer. Quant à D***, je verrai à le congédier dès que j'en trouverai l'occasion, si toutefois j'en ai la force, car tu sais combien je l'aime. Ne t'attache à personne, ma chère amie, si tu veux faire fortune, et ne suis pas l'exemple de ta malheureuse amie.

Lettre de Mlle Rosimont

Paris, ce 30 mai 1782

Comment, ma chère amie, tu es partie sans rien dire à ton petit espiègle ! Tu m'as causé beaucoup d'inquiétude, et j'en aurais encore si Felmé, avec qui j'ai soupé, ne m'avait donné de tes nouvelles. Crois-tu qu'à cause que je ne pense qu'au temps présent et suis une sans-souci, je ne sois pas capable d'amitié ? Ah ! connais mieux mon cœur, il est sensible. Si la tête et le cul sont débauchés,

La faute en est aux dieux qui me firent si folle[1].

Je ne te pardonnerai, ma chère amie, que si tu me donnes souvent de tes nouvelles. Pour moi, je ne t'écrirai que quand j'aurai de bonnes aventures à te mander. Une autre fois rends plus de justice à ton petit espiègle qui t'est attaché pour la vie.

Lettre de Mlle Julie

Ce jeudi 30 mai 1782

À peine la lettre que je t'ai écrite hier était-elle partie pour la poste que Rosette est venue me voir et me conter sa malheureuse aventure avec le chevalier de P*** qui l'entretient depuis un mois ; il lui a donné une galanterie[2]. Amour ! Ô toi dont les plaisirs devraient faire partir du vrai bonheur en ce monde ! Comment n'as-tu pu garantir les plus zélés observateurs de ton culte d'un poison qu'ils ne puisent qu'aux pieds de tes

1. *Épigraphe de Félicia ou Mes fredaines*, de A. de Nerciat, Londres, 1775, 4 vol.
2. Nom que l'on donne aux maladies causées par l'amoureuse jouissance. Il est étonnant qu'on se serve de ce mot, car rien n'est assurément moins galant que ces sortes de maladies. [NdA]

autels ? Ce qu'il y a de plus malheureux pour la pauvre Rosette, c'est que le chevalier ne veut pas convenir de ses torts et qu'il prétend que c'est elle qui l'a trompé. En conséquence, il l'a quittée en lui donnant dix louis pour se faire guérir. Elle me charge de te demander si tu crois qu'elle puisse faire quelque chose à Bordeaux. Si tu lui conseilles de venir dès qu'elle sera guérie, elle vendra ses meubles et ira t'y rejoindre. Réponds-moi le plus tôt possible. Ton amie.

P.S. J'oubliais de te mander que j'ai pris ton ancienne femme de chambre qui n'était pas encore placée. Elle paraît charmée d'être à mon service, j'espère que j'en serai contente.

Lettre de Mlle Felmé

Ce 4 juin 1782

Le marquis de S***, mon cœur, vient de faire une charmante rouerie. Tu sauras qu'il y a à l'Opéra une nouvelle figurante nommée Joséphine : c'est vraiment un morceau de roi. Elle est avec une tante, qui a annoncé qu'on n'aurait les prémices de sa nièce qu'en lui faisant un contrat de douze cents livres de rente viagère, réversible sur Joséphine. Le marquis s'est mis en tête de l'avoir sans cela. Pour y parvenir, il engage de ses amis à faire le notaire et le clerc. Ensuite, il se rend chez Joséphine et joue le passionné. La tante lui dit la condition, il se récrie sur la somme, propose la moitié. Cela est inutile, on ne veut rien rabattre. Enfin, il se rend et demande à la tante quand on pourra passer l'acte afin d'en prévenir son notaire. « Mais aujourd'hui, répond-elle, il n'y a pas d'opéra. Mandez-lui de venir à cinq heures, et vous, faites-nous l'amitié de dîner ici. » Le marquis demande du papier et écrit aussitôt au prétendu notaire. En attendant l'heure de passer le contrat, le marquis voulut s'émanciper, mais la tante s'y opposa en disant : « Rien jusqu'à ce que l'acte soit signé. Après, tout ce qu'il vous plaira. Je me retirerai et laisserai le champ libre. » À cinq heures et demie arrive le notaire avec son clerc. Il commence par s'excuser sur ce qu'il n'a pas été exact à l'heure, mais qu'il a été retenu par une assemblée de créanciers. Ensuite, il vante beaucoup les charmes de Joséphine, puis il demande à la tante et à la nièce leurs noms et qualités, dicte le contrat au clerc. Après, il le fait signer aux parties et se retire. Alors le marquis devient heureux, il passe la soirée et la nuit dans les bras de Joséphine. Le lendemain matin, il la quitte à dix heures. La tante et la nièce vont à une répétition d'opéra. Elles n'ont rien de plus pressé que de vouloir raconter leur aventure. Mais quelle est leur surprise lorsqu'elles voient que tout le monde le sait, et qu'on a des doubles du contrat auquel on avait ajouté des plaisanteries. Elles reconnurent, mais trop tard, qu'elles avaient été jouées. La tante est furieuse et arracherait volontiers les yeux au marquis. Pour Joséphine, elle ne fait qu'en rire, et quand on lui parle, elle dit : « Si je n'ai pas eu du profit, j'ai eu bien du plaisir. » On a donné à la tante le surnom de *Madame à la rente*. Si l'on veut te faire des contrats, que ceci te serve de leçon. Ton amie.

P.S. J'oubliais de te mander que ma femme de chambre me quitte pour se marier. J'en suis bien fâchée. Elle est bien fidèle et n'augmente point les mémoires. J'aurai beaucoup de peine à trouver sa pareille.

Lettre de Mlle Julie

Ce mercredi 5 juin 1782

J'ai fait ces jours derniers une partie au bois de Boulogne[1], où la Duverger était. J'ai bien juré, ma chère amie, que je n'irais plus nulle part où elle sera. Elle s'est grisée et a fait mille horreurs. Comme son grand plaisir est de battre, elle a voulu battre ceux qui étaient avec nous. Ils en ont ri d'abord, mais voyant qu'elle frappait trop fort, ils l'ont priée de cesser, en lui disant que si elle ne finissait, ils lui donneraient le fouet. Bien loin de les écouter, elle a recommencé de plus belle. Alors, ces messieurs, lui tenant parole, la fouettèrent d'importance. Elle nous appelait à son secours, mais nous nous sommes gardées d'y courir, car le même sort était réservé à celle d'entre nous qui aurait tenté de la défendre. Tandis qu'on la claquait, elle faisait des jurements affreux, nous appelait des bougresses, et nous accablait de mille autres sottises. Enfin, ces messieurs l'ayant laissée, elle s'est emparée des assiettes et de tout ce qu'elle trouvait sous sa main, qu'elle faisait voler par la chambre. En un mot, c'était une furie déchaînée. On s'est enfin jeté sur elle pour l'arrêter. Nous profitâmes de ce moment, le monsieur avec lequel j'étais venue et moi, pour nous esquiver dans le bois. Nous l'y avons vue venir quelques moments après tout échevelée, sa polonaise[2] en lambeaux : elle avait l'air d'une vraie bacchante. Nous nous sommes cachés, de crainte qu'elle ne nous voie. Tu m'avais souvent parlé de cette Duverger comme d'une dévergondée ; j'avais peine à croire qu'elle le fût autant. Rosette attend avec impatience ta réponse à son sujet. Elle s'est mise entre les mains d'Algironi. Ton amie pour la vie.

---

1. Bois à une lieue de Paris. Il est entouré de murs. Les suisses des portes sont traiteurs et marchands de vin. Il se fait beaucoup de parties de demoiselles chez eux. On trouve dans ce bois plusieurs jeux de bague[a]. [NdA]

2. *Polonaise* : redingote à brandebourgs.

a. *Jeu de bague* : manège de chevaux de bois où chaque joueur doit décrocher une bague à l'aide d'une baguette.

Lettre de Mlle Rosalie

Paris, ce 7 juin 1782

Algironi avait raison, ma chère amie, je suis totalement guérie, mais mes charmes n'ont plus leur fraîcheur. J'ai besoin tous les jours d'une demi-heure de toilette secrète. Je penserai longtemps à l'Américain.

J'ai fait connaissance d'un jeune homme de province qui est fou de moi. Il sera ruiné avant peu. Il ne cesse de me faire des affaires[1]. Aussi m'apporte-t-il journellement des montres, des pendules, des étoffes de toutes espèces, etc. Tant pis pour lui. Quand il n'aura plus rien, je le quitterai : c'est l'usage.

Voici un bon mot d'un Allemand qu'on a mis en vers :

Un Allemand, musicien vanté,
Dans un concert faisait crier merveille ;
Chaque auditeur, de plaisir transporté,
Incessamment lui disait à l'oreille :
« Divin ! divin ! ah ! c'est vraiment divin ! »
Plus altéré que sensible au refrain,
« Divin ! dit-il, où donc est la bouteille ? »

Cela me rappelle une histoire qu'on m'a racontée d'un Anglais qui ne savait encore que très peu de français. Il entendait dire que les jeunes gens de Paris avaient une vie fort courte. « Oui, dit-il, cela être très vrai, les jeunes gens de Paris avoir le vit fort court. » Jamais je ne t'en souhaite, ma chère amie, que de longs et gros.

Lettre de Mlle Julie

*Ce lundi [*sic *pour samedi] 8 juin 1782*

L'abbé Chotard[2], ma chère amie, doit me présenter à un vieux financier qui cherche une maîtresse. Si je pouvais lui plaire, je quitterais D*** et entrerais dans le chemin de la fortune. Quand l'entrevue sera faite, je t'en donnerai des nouvelles.

J'ai vu hier sur le Boulevard[3] une nouvelle débutante[4] nommée

1. C'est acheter à crédit des marchandises qu'on revend au comptant à plus de moitié de perte. [NdA]

2. Cet abbé[a], quoique pourvu d'assez bons bénéfices, se mêle encore de procurer des maîtresses et vous fait faire chez lui des soupers avec telle fille de Paris que vous désirez. Il est sans cesse l'agent des jolies demoiselles. Anciennement, il n'était que bonneau [maquereau] du marquis de Genlis. Mais il l'est maintenant du public. [NdA]

3. Depuis Pâques jusqu'au mois d'octobre, on va se promener en voiture sur le Boulevard. Les demoiselles y étalent leurs grâces pour tâcher d'y faire des conquêtes. Les hommes sont à pied dans le milieu, et vont causer aux portières des voitures des dames de leur connaissance. Il y a, ordinairement, les jours d'usage d'y aller, c'est-à-dire les dimanches, fêtes et jeudis, quatre rangées de voitures : deux de chaque côté, dont l'une

Joséphine. Elle est d'une beauté éblouissante. Tu dois juger qu'il faut que cela soit, car nous autres femmes, soit faiblesse, soit malignité, nous cherchons toujours à mépriser celles à qui la nature à donné des avantages qu'elle nous a refusés. Elle avait avec elle une espèce de tante ou de mère. Le marquis de Genlis la lorgnait furieusement. Il serait dommage qu'un roué de son espèce eût les prémices d'une aussi jolie fille. Il ne pourrait pas lui faire sa fortune, car il est ruiné depuis qu'on a aboli son tripot[1]. Adieu. J'attends de tes nouvelles avec impatience.

Lettre de Mlle Julie

Ce lundi 10 juin 1782

L'entrevue avec mon vieux financier ne m'a pas réussi. Il ne m'a pas trouvée de son goût. Il y a des hommes singuliers ! Il faudrait, je crois, que la nature formât tout exprès des femmes pour eux. Ils trouvent l'une trop grande, l'autre trop petite ; il faudrait qu'elle fût brune quand elle est blonde, les yeux ne sont pas assez langoureux, la bouche est trop grande, le pied n'est pas assez mignon, etc. Ah ! qu'une fille est malheureuse, ma chère amie, d'être ainsi sujette aux caprices de ces messieurs !

Tu sais que la Raucourt[2], actrice de la Comédie-Française, est une fameuse tribade. Eh bien, apprends qu'elle est aussi maintenant auteur dramatique. On a donné le 1er mars dernier une pièce de sa composition, qui a pour titre *Henriette*[3] Voici une chanson qui a été faite à cette occasion :

---

va et l'autre est arrêtée. Ils vont d'un côté depuis la porte Saint-Martin jusqu'à la demi-lune, et reviennent ensuite de l'autre. Sur les côtés du Boulevard, il y a des chaises à louer pour ceux qui veulent se reposer. [NdA]

4. On appelle ainsi les demoiselles qui n'ont pas encore été entretenues et qui se font voir en public pour la première fois. [NdA]

a. L'abbé Chotard faisait office de maquereau et de rabatteur attaché à la cour. Il fournissait notamment des filles au prince de Conti.

1. Le marquis de Genlis a tenu pendant plus de deux ans une maison de jeu. Il y avait *trente-un* et *biribi*. C'était Hazon, fripon avéré, que la police aurait dû envoyer à Bicêtre pour le reste de ses jours, qui tenait la banque. Le marquis de Genlis y était intéressé, puisque cela défrayait sa maison, où tout le monde, pourvu qu'on eût de l'argent, était admis. Et afin d'attirer des chalands, il y avait des filles à ses soupers. Les demoiselles Justine, Rosière, Grandval, Fourcy et Violette y étaient de fondation. Cela ne doit pas du tout étonner, car le chevalier de Zeno, ambassadeur de la république de Venise, avait un tripot pareil. Différentes personnes, telles que le comte de Genlis, Mme de Selle, la présidente Champeron, la comtesse d'Aunois, en tenaient aussi dans le même temps, avec cette différence que les filles n'y étaient pas admises. Enfin, cette fureur était portée au point que les envoyés de Prusse, de Hesse-Cassel et de Suède avaient aussi des tripots chez eux. Mais Louis XVI a aboli ces lieux abominables en 1781, au mois de mars, d'après le compte que le magistrat chargé de la police lui a rendu des désordres qu'ils occasionnaient. [NdA]

2. On assure que Louis XV lui ayant vu jouer le rôle de Didon, dans lequel elle excellait, en eut envie, et que Mme la comtesse du Barry lui procura un tête-à-tête avec elle. [NdA]

3. Ce drame en trois actes en prose avait été représenté une première fois chez l'auteur, en décembre 1781, sous le titre de *La Fille déserteur*.

Air de *Mon père était pot*, etc.

Au théâtre on vient d'annoncer
Une pièce nouvelle,
Qui doit peu nous intéresser,
C'est d'un auteur femelle.
C'est un histrion,
Las du cotillon,
Qui prend un nouvel être.
Son cœur est usé
Son goût est blasé,
Son esprit vient de naître.

Il est connu par ses exploits
Plus que par ses ouvrages.
Jamais le travail de ses doigts
N'eut droit à nos suffrages.
Mais ce nouveau-né,
D'un talent borné,
Surprendra s'il ne touche,
Car l'auteur Raucourt
Travaille toujours,
Mais jamais il n'accouche.

Je tâcherai d'aller voir cette pièce dès que je le pourrai, si on la joue encore.

D'après ce que tu me marques, Rosette n'ira pas à Bordeaux. Il paraît que la guerre[1] nous fait du tort partout. Puisse donc la paix se faire bientôt ! C'est le vœu que je ne cesse de former, ainsi que celui que tu sois toujours en bonne santé. Ta sincère amie.

Lettre de Mlle Victoire[2]

Paris, ce 12 juin 1782

Mademoiselle,

Je suis très heureuse, ayant perdu une si bonne maîtresse que vous, d'être entrée au service de Mlle Julie. Comme vous lui écrivez souvent, je vous prie de me recommander ; je ne négligerai rien pour qu'elle soit contente de mon service. Si mademoiselle avait besoin de moi dans ce pays-ci, elle sait que je suis à ses ordres.

J'ai l'honneur d'être, avec un profond respect, mademoiselle, votre très humble et très obéissante servante.

---

1. Il s'agit de la guerre d'Indépendance américaine entre la France et la Grande-Bretagne, qui ne prendra fin qu'avec le traité de Versailles du 3 septembre 1783. [NdA]
2. Ancienne femme de chambre de Mlle Eulalie. [NdA]

Lettre de Mlle Julie

Ce jeudi 13 juin 1782

Hier, ma chère amie, la Comtesse[1] m'a envoyé chercher pour souper avec un baron allemand. Que ces gens sont rustres et grossiers ! Je ne crois pas qu'ils aient jamais connu l'amour. Ou si ce petit dieu a jamais fait quelques voyages en Allemagne, les Grâces qui l'accompagnent ordinairement et sont ses dames d'atours, effrayées sans doute de la rusticité des habitants de ce pays, l'auront abandonné aux frontières, et seront venues l'attendre en France. Ce qu'il y a de sûr, c'est que ces lourds seigneurs n'en ont pas la moindre idée. Que penser donc des gens du bas étage ?

Figure-toi, ma chère amie, que dès que cet original me vit entrer, il débuta ainsi, parlant à la Comtesse : « Je suis grandement beaucoup content de son figoure. L'y sera-t-elle complaisante à moi ? » Je n'ai pu m'empêcher de rire de sa manière de parler. S'imaginant sans doute que c'était du plaisir que je me figurais d'avoir avec lui, il dit : « Petit mamzelle être content de ce que moi prend elle. Ah ! le petit friponne, l'y affre vi tout de suite que moi être un pon diable. Laisse-nous, Matame. » À ces mots, la Comtesse se retira et nous laissa seuls. La porte était à peine fermée que mon baron, se précipitant sur moi, m'accabla du poids énorme de son corps. Et sans autre préambule, sans dire un seul mot, se mit à même de gagner son argent. Après s'être ainsi brutalement satisfait, il m'a tracassée, maniée, retournée, jusqu'au moment où l'on est venu dire que le souper était servi, ce qui, comme tu l'imagines bien, m'a causé un double plaisir. Car je commençais à m'impatienter furieusement de toutes ses manières. Pendant tout le temps que nous avons été à table, notre Allemand n'a ouvert la bouche que pour dire, après avoir pris de chaque plat : « Prends-le, petit mamzelle » (car il ne servait personne). De temps en temps, il disait : « Vous l'y affre grantement plaisir à mon personne. Moi revenir et demander toujours vous. » Enfin, il a tant mangé et tant bu qu'on a été obligé de le porter dans sa voiture.

Quels sots personnages que les barons allemands ! Nulles grâces, nulle politesse ! Je ne t'en souhaite pas, ma chère Eulalie : ils paient mal et ne donnent aucun agrément. Vivent les Français pour le plaisir et les Anglais pour l'argent ! Adieu. Ta dévouée.

---

1. Mme Gourdan, à qui Louis XV a donné le surnom de « Comtesse ». C'est la première maquerelle de Paris ; elle a la pratique des grands seigneurs et des étrangers. [NdA]

Lettre de Mlle Felmé

Paris, ce 14 juin 1782

J'avais bien raison, mon cœur, de te mander que je regrettais ma femme de chambre. Depuis qu'elle m'a quittée, je suis à la troisième. La première me volait, la seconde avait des amants à qui elle faisait boire mon vin et qu'elle nourrissait à mes dépens. Je ne puis rien dire de celle que j'ai maintenant : elle n'est que d'hier à mon service.

Après t'avoir mandé mes malheurs, il faut que je te mande une aventure qui m'est arrivée hier. L'après-dîner j'étais assoupie dans ma bergère, lorsque ma femme de chambre vint me dire qu'un monsieur demandait à me parler. J'ordonnai qu'on le fît entrer. Il se présenta fort poliment et débuta ainsi : « Quoique je n'aie pas le plaisir d'être connu de vous, je me suis flatté que vous trouveriez bon que je vienne vous voir. Vos charmes doivent vous attirer beaucoup d'adorateurs. Oserais-je espérer que vous m'accorderez la grâce que je vais vous demander ? Il y a dix louis à gagner. » Je lui répondis que je serais charmée de faire quelque chose qui pût lui être agréable, pourvu que ce ne soit rien qui répugne à la nature. Hé ! de quoi s'agit-il ? « C'est seulement, répliqua-t-il, de permettre que je jouisse de vous, que nous nous mettions tous deux nus, et que vous mettiez ces éperons à vos talons pour m'en éperonner le derrière, sans cela je ne pourrais parvenir au suprême bonheur ». J'acceptai et éperonnai mon homme de la belle manière, car plus je redoublais, plus son priape prenait de consistance et m'arrosait de la céleste liqueur. En une demi-heure, il a joui quatre fois. Cet homme, dans sa jeunesse, doit avoir été un vigoureux compère. Il a l'air d'avoir cinquante ans. Avoue, mon cœur, que dans notre état nous jouons souvent de plaisantes scènes.

Lettre de Mlle Julie

Ce mardi 18 juin 1782, à dix heures du soir

Voici la copie d'une lettre que j'ai reçue ce matin :

« J'ai eu, mademoiselle, le plaisir de vous voir chez Nicolet. Je me suis informé qui vous étiez, on m'a assuré que vous aviez le cœur tendre. En conséquence, je vous ai fait suivre par un Savoyard pour avoir votre adresse. Il a bien exécuté ma commission : c'est ce qui me procure le moyen de pouvoir vous écrire. Je vous dirai donc tout franchement que je vous aime beaucoup, mais beaucoup, que je meurs d'envie de mourir dans vos bras. Mais je ne suis pas riche, et je ne puis vous offrir grand-chose, quoique vous soyez impayable. Mais si vous voulez m'accorder un entretien particulier d'une heure, je vous offre quatre louis, qui sont tout ce dont je puis disposer. Si cela vous convient, mettez oui sur une carte et donnez-la au porteur, je vole aussitôt dans vos bras. »

Je n'ai pu m'empêcher de rire de cette lettre. J'ai pris une carte sur laquelle j'ai mis *oui* et la lui ai envoyée. Au bout d'un quart d'heure est arrivé un franc campagnard sortant du fond de sa province et parfaitement ressemblant au baron de Pourceaugnac. Son début a été de me donner ses quatre louis et de me sauter au cou, et sans autre cérémonie il m'a jetée sur ma bergère et s'est payé amplement, car il n'a quitté prise qu'après sept assauts. Prenant ensuite son chapeau et sa canne, il a gagné la porte et s'est esquivé sans rien dire. Il paraît qu'il est fort pour le *physique* de l'amour. Adieu. Je vais me coucher. Ce provincial m'a fatiguée par ses manières, qui cependant ont leur mérite.

Lettre de Mlle Rosalie

Ce 21 juin 1782

On dit, ma chère amie, que M. le comte d'Artois va au camp de Saint-Roch. Sûrement qu'on va prendre Gibraltar. Cela serait fort avantageux pour nous, car on assure que cela ferait faire la paix, et tu sais que la guerre nous ruine. On trouve journellement dans les filets de Saint-Cloud des filles que la misère force à se détruire.

Le provincial va toujours son train. Tant qu'il donnera il sera bien reçu. Je finis, ma chère amie, il vient me prendre pour aller dîner au bois de Boulogne.

Lettre de Mlle Julie

Ce vendredi 21 juin 1782

Les exploits continus de M. de La Fayette sont ici le sujet de toutes les conversations. Parmi les différents morceaux de poésie qui circulent à sa louange, on remarque celui-ci, dont un jeune abbé m'a donné copie :

Le vertueux vainqueur d'Annibal et Carthage
Autrefois mérita le surnom d'Africain.
Le brave La Fayette, aussi grand, aussi sage,
D'un peuple ami reçoit celui d'Américain.
Poursuis, jeune héros, Scipion à ton âge
Vainquit jusqu'à l'envie : elle se tait pour toi.
De nos fiers ennemis tu mérites l'hommage,
Le respect des Français et l'amour de ton Roi.

Je voudrais, chère Eulalie, qu'il fît de si belle actions, qu'il battît tant les Anglais que ces derniers fussent enfin contraints à demander la paix. Car la guerre nous ruine entièrement.

Il fait ici des chaleurs excessives. Je regrette bien qu'il ne soit plus possible de passer une partie de la nuit au Palais-Royal. Tu sais qu'avant que la grande et belle allée du jardin de ce Palais fût abattue, on s'y promenait l'été jusqu'à deux heures du matin. Il s'y donnait même quelquefois des concerts. Nous pouvions y aller chercher fortune, et à la faveur des ténèbres, rendre de petits services aux vieux paillards honteux. Le duc de Chartres vient de nous enlever cette ressource, et au public cet agrément. Le tout, dit-on, par avarice ! A-t-il donc tant besoin d'argent ? n'en a-t-il pas assez ? Mais il semble que plus on en a, plus on veut en avoir.

Les demoiselles qui ont été l'année passée à Spa s'en sont si mal trouvées que pas une n'y va cette année, tant on en est dégoûté. Les joueurs qui y sont ne s'occupent que des cartes, les malades ne pensent qu'à leur santé. De plus, les femmes honnêtes, qui souvent dérogent à leur qualité, y abondent et s'emparent du peu d'étrangers qui veulent s'adonner à l'amour. Adieu, chère amie, il y a longtemps que je n'ai reçu de tes nouvelles.

Lettre de Mlle Victorine

Ce 22 juin 1782

S'il y a un mois que je ne t'ai écrit, c'est que je n'avais rien d'intéressant à te mander. Voici une lettre du président de S*** à Vaugieu et la réponse de celui-ci. Cela amuse tout Paris.

> Je vous demande justice, Monsieur, de la nommée Florival qui a donné une *galanterie* à mon *jockey* [1]. C'est un garçon charmant dont les services me sont très agréables. La perte de sa santé ne peut être punie que par le séjour d'un an à l'hôpital. Je compte que vous ferez votre devoir.

1. Mot emprunté à l'anglais qui désignait à l'origine un domestique très jeune ou de petite taille, qui conduisait une voiture, seul ou en postillon, et accompagnait son maître à cheval. La mode des courses hippiques importée d'Angleterre s'étant répandue en France à la fin du siècle, le mot prit la signification qu'on lui connaît aujourd'hui. Ces jeunes cavaliers devinrent alors très à la mode, ainsi qu'en témoignent les pièces de Laus de Boissy (*La Course ou les Jockeys*, 1776) et de Landrin (*Les Jockeys*, 1777). « Lorsqu'on hasarde de grosses sommes au sort d'une course, l'on purge, la surveille [l'avant-veille], les jockeys, afin de les rendre moins lourds et plus dispos. Un jockey est plus considéré aujourd'hui qu'un coureur. Les femmes assistent aux courses, et ne paraissent avoir aucune pitié de ces adolescents aux cheveux tondus, qui se rendent poussifs ou asthmatiques pour faire gagner M. le duc, lequel remporte le prix de la course dans son lit. […] Cette mode des jockeys nous vient d'Angleterre ; mais les femmes n'en ont point dans cette île, car aucun homme n'entre jamais dans la chambre à coucher d'une fille ou d'une femme. Nos jockeys entrent partout, et à toute heure. Ils servent un peu avant l'âge de la puberté ; et l'on remarque que dès lors, ils ne croissent plus, qu'ils restent petits et deviennent rabougris et tortus. Pourquoi ces enfants de treize à quatorze ans n'ont-ils plus des joues fraîches et colorées ? Pourquoi, au lieu de la timidité intéressante de cet âge, de sa honte involontaire, montrent-ils la hardiesse de l'âge mûr ? Tout annonce sur leur front un libertinage précoce ; l'innocence du premier âge, la sainte pudeur de l'enfance, ont disparu, et l'altération du physique prouve que l'incendie des passions est entré dans des organes qui n'étaient pas encore disposés pour les recevoir » (Louis-Sébastien Mercier, *Tableau de Paris*, éd. J.-Cl. Bonnet, Paris, Mercure de France, 1994, 2 vol., t. II, p. 270 et 917).

Réponse de Vaugieu :

Monsieur,

Si vous me prouvez que c'est de dessein prémédité que la nommée Florival a fait perdre la santé à votre charmant jockey, je la punirai comme elle le mérite. Mais je ne lui dois aucun châtiment s'il a été la trouver et s'il a pris chez elle une maladie qui est devenue, comme vous le savez très bien, un effet d'échange et de commerce. Il est des mers sur lesquelles on ne peut voguer qu'après avoir pris la résolution d'en affronter tous les dangers. En attendant votre réponse, je vais m'occuper de la santé de la malheureuse. Je vous conseille de faire la même chose pour votre jockey si vous désirez que ses services continuent de vous être agréables. Je me flatte que cette lettre vous convaincra que je sais remplir tous mes devoirs.

J'ai l'honneur d'être avec respect,

Monsieur,

Votre très humble et très obéissant serviteur.

Il faut que le président de S*** soit fou d'avoir voulu qu'on mette la Florival à l'hôpital. Il se repent durement de la lettre qu'il a écrite à Vaugieu. Elle lui vaut le surnom de *président au charmant jockey*. J'attends de jour en jour de tes nouvelles, il y a longtemps que tu ne m'en as donné.

Lettre de Mlle Julie

Ce samedi 22 juin 1782

Ah ! ma chère amie, que je suis à plaindre. D***, mon amoureux, a eu une lettre d'exil de la police, à cause qu'il s'était avisé de filouter un jeune provincial. Le coquin, avant de partir, m'a pris une montre et quelques autres bijoux, et est allé les mettre en gage au mont-de-piété. Par bonheur, il m'a laissé les reconnaissances. En même temps, il y avait joint une lettre pour excuser son vol en me disant qu'il n'avait pas le sou pour faire son voyage, et m'assurant qu'il m'enverrait une lettre de change dès qu'il serait arrivé chez lui. Juge si je dois le croire : c'est un Gascon, comme tu sais. Ah ! je jure bien de n'avoir plus d'amoureux. Il m'a fait bien du tort. Que je te serve d'exemple, chère amie, et que mon malheur t'instruise. Adieu ! Je suis au désespoir.

Lettre de Mlle Felmé

Ce premier juillet 1782

Comme tu aimes à chanter, je m'empresse de te copier cette chanson qu'on va venir me reprendre à midi en me venant chercher pour aller dîner à Saint-Denis. Ne sois plus si paresseuse, tu m'inquiètes.

LE SOUVERAIN BIEN

Air : *Charmantes fleurs*, etc.

Zéphyrs légers qui, sur le sein de Flore,
Volez sans cesse et changez de lien,
Il est un bien plus doux cent fois encore,
Et voir Jeannette est le souverain bien (*bis*)

Céphale aimé de la brillante Aurore
Au sort des dieux crut égaler le sien.
Il est un bien plus doux, Jeannette, encore,
Et vous entendre est le souverain bien (*bis*).

Belle Jeannette, un cœur qui vous adore
Au sort des dieux peut préférer le sien.
Il est un bien cent fois plus doux encore,
Plaire à Jeannette est le souverain bien (*bis*).

Que manque-t-il à ce cœur qui l'adore ?
Je vois Jeannette, et même je la tiens.
Dieu ! il est donc un bien plus doux encore ?
Mais taisons-nous sur ce souverain bien (*bis*).

La voir, l'ouïr, la tenir même encore,
Triple bonheur, oui, vous fûtes le mien.
Jeannette est sage et l'amant qui l'adore
Peut tout attendre, hors le souverain bien (*bis*).

Lettre de Mlle Julie

Ce lundi 1er juillet 1782

Mon silence depuis quelques jours vient de ce que je suis fort occupée avec un jeune homme qui débute dans le monde et que j'ai attiré dans mes filets. Non seulement il m'a retiré mes bijoux mais encore je lui ai accroché quinze louis en faisant venir, à l'heure qu'il était chez moi, un ami de mon laquais, comme un huissier, qui avait un billet de moi et pour lequel il venait saisir mes meubles à défaut de paiement. Il m'en a coûté un louis pour cela et quelques larmes, car j'en ai versé en feignant le désespoir, lorsque le prétendu huissier a voulu saisir. D'abord, j'ai dit que j'allais envoyer en gage mes effets pour payer, que je ne voulais pas qu'il se gênât pour moi. Plus je faisais des difficultés pour recevoir les quinze louis, plus il me pressait. Alors, voyant que je refusais toujours, il s'adressa à l'huissier, lui donna l'argent et déchira le billet. Il m'a aussi donné plusieurs robes et quantité de chiffons[1]. Je n'ai pas besoin de lui

1. On appelle ainsi les bonnets, les rubans et tout ce qui vient de chez les marchands de mode. [NdA]

demander, mais seulement de désirer. Je ne sais pas encore son nom. C'est un jeune homme de qualité, à ce que je crois ; il vient toujours incognito. Mais qu'il continue ainsi tant qu'il voudra, pourvu qu'il finance, c'est le point capital. Il est assez vigoureux. Il m'a assuré que je suis la première femme galante qu'il voit. Il dit que c'est une femme de chambre de sa mère (qui est sortie de la maison) qui a eu son pucelage, il y a trois mois. Adieu, mon cœur, porte-toi bien.

Lettre de Mlle Julie

Ce mercredi 3 juillet 1782

J'ai été dîner hier chez Rosette qui m'avait invitée. En arrivant, elle a débuté par me demander si je voulais gagner cinq louis. Je lui ai répondu que cela ne se refusait pas. « Eh bien ! m'a-t-elle dit, voilà le fait :

« Il y a quelques jours qu'un vieux squelette, affublé d'une immense perruque, m'a accostée chez Nicolet, en me disant : "Ma reine, vous êtes bien jolie et je m'estimerais heureux de faire connaissance avec vous." Je m'en défendis le plus poliment possible, mais persécutée par ses demandes, je lui ai enfin permis de venir me voir. S'adressant alors à ma femme de chambre [1], à qui il glissa six francs dans la main, il lui demanda mon adresse. Il est venu en effet le lendemain chez moi et m'a fait mille amitiés. Ensuite, il m'a proposé dix louis, moyennant que je me prêterais à son goût, qu'il m'a dit être de voir deux femmes nues se donnant réciproquement du plaisir. Il a ajouté que sûrement je devais connaître quelque amie qui ne refuserait pas de me seconder. J'y ai consenti et lui ai donné parole pour aujourd'hui, à quatre heures. J'ai pensé que tu te prêterais à cette plaisanterie. — Très volontiers, lui dis-je. » La soupe étant servie, nous nous mîmes à table.

Notre homme est arrivé à quatre heures précises. Il nous salua toutes deux de l'air le plus comique puis, voulant galantiser un peu, il vint nous ôter nos mouchoirs et tâter nos tétons. Nous le remerciâmes de sa courtoisie et achevâmes de nous déshabiller. Lorsque nous fûmes nues, nous fîmes semblant de nous amuser, Rosette et moi. Aussitôt, le vieux paillard, déboutonnant ses culottes, a étalé au grand jour un flasque priape qui ressemblait à du parchemin plissé. Enfin, après l'avoir patiné et secoué pendant deux heures tandis qu'il examinait toutes les parties de nos corps, qu'il couvrait de baisers, il est parvenu à faire une assez courte libation. Il a beaucoup vanté la beauté et la blancheur de nos corps, et en nous remerciant de notre complaisance, il nous a proposé de recom-

1. Il est d'usage qu'une demoiselle à partie ait sa femme de chambre avec elle. C'est elle qui donne l'adresse. Il y en a qui en ont de toutes écrites sur des cartes, de peur qu'on ne l'oublie. [NdA]

mencer la séance dans huitaine. Nous avons accepté faute de mieux. Adieux, je finis, on m'annonce une pratique[1].

Lettre de Mlle Victorine

Ce 6 juillet 1782

Tu sais bien la jolie Luzy des Français ? Eh ! bien, ma bonne amie, elle est convertie et s'est retirée dans un couvent[2] ! Arnould a dit à ce sujet : « Elle s'est faite sainte, la coquine, dès qu'elle a su que Jésus s'est fait homme[3]. »

Depuis quelque temps je suis peu employée par la Comtesse. Mais j'ai le baron de Witersbach[4] qui m'occupe assez. Voilà trois jours de suite qu'il m'a fait faire des soupers avec des seigneurs de la cour. Cela m'a peu valu, car ce baron est un Arabe, un Juif, il n'est pas juste dans les comptes. De plus, il ne donne pas la moitié, comme c'est l'usage, mais seulement le tiers. Les temps sont si durs qu'il faut bien en passer par où il veut.

Nous avons ici des chaleurs excessives. Je regrette bien le Palais-Royal. Je vais quelquefois me promener aux Champs-Élysées ; ils sont assez fréquentés. Les paillards honteux commencent à y aller. J'en ai surpris un en flagrant délit… J'ai joué le rôle d'une femme honnête et je l'ai sermonné, ainsi que la pauvre créature qui l'obligeait. Cela m'a divertie un moment. Adieu, ma bonne amie. Quand serons-nous réunies ?

Lettre de Mlle Julie.

Ce dimanche 7 juillet 1782

J'ai été samedi à Saint-Denis avec mon petit jeune homme. Nous avons dîné au *Pavillon royal*[5], où nous nous sommes fort amusés. De là, nous avons été au bois de Boulogne. Nous en revenions très satisfaits

1. Les demoiselles en chambre appellent ainsi ceux qui viennent chez elles habituellement une ou deux fois la semaine. [NdA]

2. Dorothée Dorinville, dite Mlle Luzy (1747-1830), avait débuté à la Comédie-Française en 1763. Reçue sociétaire l'année suivante, elle poursuivit une fort honorable carrière dans l'emploi de soubrettes. Une cruelle maladie l'ayant forcée de renoncer au théâtre, elle se retira le 31 mars 1781 pour entrer au couvent.

3. Mlle Arnould[a] est une ancienne actrice de l'Opéra, renommée par ses bons mots. Un jour, Mlle Heinel, sa camarade, et qui ne se laisse voir qu'à l'italienne, lui reprochait de ce qu'elle faisait toujours des enfants : « Ah ! répondit-elle, une souris qui n'a rien qu'un trou est bientôt prise. » [NdA]

4. Maquereau attaché à la cour, comme l'abbé Chotard, chargé comme ce dernier de procurer des passades aux riches étrangers et aux grands seigneurs.

5. Auberge où l'on fait très bonne chère. Il se passe peu de jours qu'il ne s'y fasse des parties. [NdA]

a. Il s'agit naturellement de Sophie Arnould, cantatrice de l'Opéra (1740-1803), dont les bons mots sont restés aussi célèbres que sa liaison avec le comte de Lauraguais. [NdÉ]

l'un et l'autre, lorsque notre voiture a cassé aux Champs-Élysées[1]. Il n'y a, heureusement, eu personne de blessé, mais, hélas ! juge du guignon : dans le moment où l'on était empressé de nous tirer de la voiture, la mère de mon jeune homme a passé près de nous dans un superbe carrosse, avec trois laquais derrière. Il peut avoir été aperçu par des gens de sa mère, il craint qu'on n'en parle à l'hôtel et que cela ne lui fasse quelques histoires. Je l'ai rassuré autant que j'ai pu, en lui conseillant de nier le fait. Il est très embarrassé et moi fort inquiète, car je serais fâchée de le perdre ; ses manières honnêtes m'attachent à lui. On a bien raison de dire que la vie est pleine de soucis.

On fait ici beaucoup de changements à la *Redoute chinoise*[2] qu'on se propose de rendre plus agréable que l'année passée. Il me tarde bien que la foire de Saint-Laurent arrive[3].

J'ai changé de femme de chambre et de laquais. Ils s'étaient amourachés l'un de l'autre, et afin de salir moins de draps, ils couchaient ensemble. Je le leur aurais volontiers passé, s'ils ne se fussent entendus pour me voler en grossissant mes mémoires et en faisant de doubles emplois. Je n'aurais pas cru cela de Victoire si on me l'avait dit. Il a fallu que je le voie pour m'en convaincre. On est souvent bien aveugle sur le compte de certaines personnes quand on en est coiffé. Adieu, ma chère amie.

Lettre de Saint-Jean[4]

Ce 14 juillet 1782

Mademoiselle,

Vous m'avez promis, à votre départ, que si vous aviez besoin d'un domestique, vous m'écririez pour me rendre à Bordeaux. Cependant Mademoiselle, vous ne m'avez pas encore fait l'honneur de m'écrire. Je me flatte cependant que vous me tiendrez votre promesse, connaissant mon attachement pour vos intérêts, et sachant que personne n'a plus de

1. Promenade de Paris au bout des Tuileries. Quand les arbres nouvellement plantés seront grands, ce sera la plus belle qu'on puisse voir. [NdA]

2. La *Redoute chinoise* est une espèce de *Waux-Hall* qui est ouvert tout le temps de la foire de Saint-Laurent. On y danse, on s'y balance, on y joue à la bague, au palet et à différents autres jeux. Il y a un café qui représente une grotte. On y trouve un restaurateur chez lequel on peut avoir de petites chambres particulières de deux, quatre et six personnes, à volonté. Il y a aussi deux marchandes de modes. [NdA]

3. Appelée *foire d'été*, par opposition à la foire Saint-Germain (dite *foire d'hiver*), la foire Saint-Laurent durait trois mois pleins : du 1er juillet au 29 septembre. Très fréquentée jusqu'à la première moitié du siècle, elle subit ensuite la concurrence des foires Saint-Ovide et Saint-Clair, installées l'une sur la place Vendôme, l'autre le long de la rue Saint-Victor, devant l'entrée de l'abbaye. Obligée de fermer ses portes en 1762, elle ne les rouvrit que le 17 août 1778, après l'incendie de la foire Saint-Ovide, mais sombra définitivement à la Révolution.

4. Ancien domestique de Mlle Eulalie. [NdA]

talent que moi pour tromper un entreteneur, mentant au mieux, ayant un front qui ne rougit jamais.

J'ai l'honneur d'être avec un profond respect, Mademoiselle, votre très humble et très obéissant serviteur.

Lettre de Mlle Julie

Ce lundi 15 juillet 1782

Je ne sais si, en travaillant quelquefois à la propagation de notre pauvre espèce, tu as jamais pensé bien sérieusement à remplir le premier but de la création. J'en doute, et je t'avoue franchement que le seul plaisir m'y a toujours portée, sans beaucoup m'embarrasser de l'intention du Créateur. Un jeune clerc, me badinant l'autre jour sur cet article, me montra des vers sur la Création qui m'ont beaucoup amusée. J'ai fait le diable pour en avoir une copie que je t'envoie :

LA CRÉATION DU MONDE

Poème en sept chants

INTRODUCTION

De la création je chante les merveilles.
Sujet neuf. Écoutez, ouvrez bien les oreilles.

CHANT I

Rien n'était, les brouillards se coupaient au couteau.
L'Esprit d'un pied divin était porté sur l'eau,
Il dit : « Je n'y vois goutte », et créa la lumière.
Dès lors nuit et journée, et ce fut la première.

CHANT II

Il place au ciel les eaux qui tombèrent soudain,
Et dès le second jour la pluie alla son train.

CHANT III

Il arrangea la mer en dépit des lacunes.
La terre produisit. Ce jour fut pour des prunes.

CHANT IV

Le soleil aussitôt obéit à sa voix,
Il dispensa les jours et régla tous les mois.
Enfin las d'allumer le soleil, sur la brume
Le quatrième jour il fit luire la lune.

CHANT V

« Bien ! très bien, dit l'Esprit, ce que j'ai fait est bon,
Mais il nous manque encor volatile et poisson.
Peuplez-vous terre et mer, que maître corbeau perche. »
Et le cinquième jour, l'Éternel fit la perche.

CHANT VI

« Eh quoi ! les animaux n'auront donc pas de loi ?
Non, non, pour les manger, créons un petit roi.
Faisons semblable à nous ce jeune gentilhomme. »
Il fit ce souverain. C'est vous, c'est moi, c'est l'homme.
« Quoi ! l'homme seul ? Eh non. » De sa côte il lui fit
De quoi le réjouir et le jour et la nuit.
« Allez vous faire, allez, leur dit-il, sans remise. »
Et depuis, leurs enfants y vont sans qu'on leur dise.

CHANT VII

C'est ainsi qu'en six jours l'univers fut bâclé,
S'enfila de lui-même et se trouva réglé.
Et l'Esprit satisfait (*toujours, toujours le même*,
Comme dit Beaumarchais [1]), ne fit rien le septième.

Je me suis occupée toute la matinée à tâcher de créer avec mon jeune homme. Nous avons passé plusieurs heures agréables. On a bien raison de dire que les novices, en fait de combats amoureux, sont des héros. Il n'a rien transpiré chez lui de notre rencontre au petit cours. Il a dit aux laquais qui l'avaient reconnu qu'ils s'étaient trompés, et tout a fini par là. De jour en jour je l'aime davantage, il ne cesse de me donner. Ce matin, il m'a apporté une jolie bague faite de ses cheveux. Son grand mérite est qu'elle est entourée de diamants. Ah, qu'il sait bien se conduire avec une femme ! Heureuse celle qui l'aura quand il pourra disposer de sa fortune ! Adieu.

Lettre de l'abbé Chotard

Ce 19 juillet 1782

Je vous prie, ma chère Eulalie, de me mander si Rose, qui est partie de Paris, est à Bordeaux. Il y a un Russe qui m'a écrit pour la lui envoyer. Si vous découvrez où elle est, donnez-m'en avis, il y aura vingt-cinq louis pour vos peines. Je finis, ma chère Eulalie, en vous assurant que je vous suis toujours attaché et très fâché que vous ne puissiez plus faire de partie chez moi. Tâchez, je vous supplie, de me donner des nouvelles de Rose. Votre ami.

Lettre de Mlle Julie

Ce samedi 20 juillet 1782

J'apprends avec bien du plaisir, ma chère amie, que tu as pour entreteneur un vieux conseiller au Parlement. Ces messieurs sont exigeants,

1. Refrain d'une chanson composée par Beaumarchais à son retour de Vienne, après sa folle équipée à la poursuite du pamphlétaire Angelucci. On peut lire le texte et sa parodie par Marmontel dans : Maurice Lever, *Pierre-Augustin Caron de Beaumarchais*, t. II, *Le Citoyen d'Amérique*, Paris, Fayard, 2003, p. 60-61.

donnent peu de plaisir, mais au moins on peut les tromper en sécurité, attendu que dans le temps qu'ils sont au palais on ne craint pas d'être surpris. La seule chose, c'est qu'il faut que tu aies de la conduite dans tes infidélités et de prendre garde à ta santé. Sais-tu bien que dans le genre de vie que nous menons, il faut une espèce de conduite et avoir une tête bien organisée ? En même temps, savoir nous contrefaire pour paraître toujours gaies, quand même nous ne le serions pas. L'amour craint la tristesse et s'envole aussitôt. C'est assez moraliser : il faut que je te parle d'une partie que j'ai faite chez la Comtesse. Nous étions quatre, deux femmes et deux hommes. Avant le souper on s'est mis nu, et un des hommes (car ils savaient tous deux jouer du violon) jouait des allemandes et dansait avec nous. Quand ce petit manège eut duré une heure, un d'eux m'a prise et me couchant sur un lit de repos, a toute suite pénétré dans l'antre de Vénus. Mais quel fut mon étonnement quand l'autre, prenant un martinet, a prié ma compagne de le fouetter pendant qu'il goûterait du plaisir italien avec son camarade ! Quand cela a été fini, celui qui avait goûté du plaisir antiphysique a pris Rosalie et l'a portée sur le lit de repos pour sacrifier à l'amour selon son vrai culte. Aussitôt, l'autre, me remettant le martinet en main, m'a priée de faire comme avait fait Rosalie, et a plongé le même dard, qui sortait de l'antre de la volupté, dans un endroit que la nature ne lui a nullement destiné. Je t'avouerai que je l'ai fouetté d'une belle manière : son derrière était bien arrangé. Après cette scène, qui m'avait amusée dans le commencement et qui a fini par me révolter, chacun s'est séparé. Pour moi, j'étais de fort mauvaise humeur, et j'ai très mal passé la nuit. Mon réveil a été bien différent : c'était mon jeune homme qui m'apportait plusieurs robes de taffetas des mieux choisies ; il veut que je les fasses faire tout de suite. Tu juges bien que j'y ai consenti. La vie est un mélange de chagrin et de plaisir. Adieu, ma bonne amie, je t'aimerai tant que je vivrai.

Lettre de Mlle Felmé

Ce 25 juillet 1782

Tu sais, mon cœur, que la Prieure et la Vermeille sont deux fameuses tribades. Elles vivent ensemble. Voici deux lettres de leur correspondance, elles sont la nouvelle du jour.

De Vermeille à Prieure :

« Fatiguée des plaisirs que je goûtai dans tes bras la nuit passée, à peine ai-je, mon cher cœur, la force d'écrire ; le feu de tes baisers circule dans mes veines, et tes brûlantes caresses sont encore présentes à mon imagination. Délicieux moments ! Pourquoi n'avons-nous pas assez de force pour les prolonger ? Ce monstre[1], que je ne regarde qu'avec horreur et que la

1. Son entreteneur. [NdA]

nécessité me force à recevoir dans mon lit, doit sortir à trois heures après-midi. Tendre amie de mon cœur, profite de cet instant précieux, viens dans mes bras t'enivrer de toutes les délices de la volupté. C'est dans mes caresses que tu trouveras la suprême félicité. Dieu ! quel ravissement !... Un doux transport m'égare... je te vois... c'est toi que je presse... que je baise... je ne puis plus écrire... je meurs.

Réponse de Prieure :

« Calme-toi, chère Mimi, calme-toi. Je suis comme toi embrasée de feux de l'amour et me laisse aller aux idées enchanteresses que m'offre ce dieu charmant. Mais il vaut mieux se ménager pour tantôt. Je te promets beaucoup de plaisir, et je déposerai dans tes mains et dans ta jolie bouche des preuves sensibles du bonheur qui m'agite.

« Ton joli petit chien se porte à merveille. Après toi, il est le seul que je chérisse. Il n'est pas de plaisir qu'il ne me fait goûter ce matin[1]. Il est infatigable. À bientôt. Mimi. »

En vérité, ces lettres sont bien tendres. L'amant et la maîtresse les plus passionnés ne s'écriraient pas autrement. Je n'ai jamais essayé du plaisir que peuvent se procurer deux femmes. Vivent les hommes ! Dieu les créa pour nous, et nous pour eux. Je suis sûre, mon cœur, que tu penses comme moi.

Lettre de Mlle Julie

Ce jeudi 25 juillet 1782

Jeudi dernier j'étais allé chez Nicolet. Ma figure plut à un de ces êtres qui ne sont ni séculier, ni abbé, et qu'on peut en toute assurance appeler animaux amphibies. Mon gaillard crut que j'étais une de ces demoiselles qui viennent chercher qu'on leur paye à souper chez quelque traiteur des boulevards pour prix de leurs faveurs. Je ris en moi-même de son erreur et résolus de m'en amuser. Après plusieurs quolibets et un tas de fadeur que nous sommes accoutumées d'entendre, mon amphibie s'offrit de me donner à souper. Je lui dis que je le voulais bien, pourvu qu'il aille le commander d'avance, afin qu'il fût prêt au sortir du spectacle, étant obligée de rentrer avant onze heures du soir. Il me dit qu'il est à mes ordres et court aussitôt pour aller chez Bancelin[2]. Pendant ce temps-là, je sortis du spectacle. Je te laisse à penser de l'étonnement de mon homme. À son retour, il aura été d'autant plus piqué qu'il m'avait donné un

1. Toutes les tribades ont un petit chien, qu'elles ont grand soin d'élever à leur affreux manège. Elles appellent cet exercice *mettre la tête dans l'étau*. [NdA]

2. C'est le plus fameux traiteur du boulevard et chez lequel se font les plus belles parties. On y trouve toujours des joueuses de vielles, jeunes et assez gentilles, qui viennent chanter pendant le repas des chansons gaillardes. Elles savent aussi se prêter avec complaisance et rendre, à bon marché, tous les petits services dont un galant homme peut avoir besoin. [NdA]

bouquet superbe et payé plusieurs rafraîchissements. Quand je l'ai conté à mon jeune homme, il en a beaucoup ri et m'a fort approuvée.

Je vais être libre d'ici à quelque temps, mon petit allant à la campagne pour huit jours.

Hé ! comment mènes-tu ton conseiller ? Pense à bien conduire ta barque et à revenir ici cousue d'or. C'est ce que te souhaite ta sincère amie.

Lettre de Mlle Rosalie

Ce 3 août 1782

Comme j'étais à ma toilette, voici ma bonne amie, le billet qu'on m'a apporté de la part de mon jeune homme.

De l'hôtel de La Force[1]

Il y a une heure que j'ai été arrêté pour une lettre de change de douze cents livres. Je vous prie, ma chère amie, de me les envoyer tout de suite. Je volerai dans vos bras vous en témoigner ma reconnaissance. Je ne serai pas longtemps à m'acquitter envers vous, l'Échopier[2] doit me faire mes affaires de huit mille livres. Quoique ce soit un grand coquin, je retirerai plus qu'il ne faut pour vous payer.

Je répondis aussitôt :

Je serais charmée, Monsieur, de pouvoir vous rendre le service que vous me demandez, mais cela m'est impossible. Si je n'avais une antipathie insurmontable pour tout ce qu'on appelle prison, j'irais vous consoler et vous engager à supporter votre malheur avec fermeté, personne ne vous étant plus attachée que moi.

Je me flatte que maintenant nous voilà brouillés. J'en serais charmée. Depuis quelque temps, les cadeaux n'allaient plus leur train : il est à sec. Quant au plaisir, il m'en donnait peu, n'étant nullement vigoureux. Ainsi, maintenant cela ne serait ni plaisir, ni profit. Bon à mettre au rebut. Au moins passe quand on a l'un des deux. Heureux lorsque les deux se trouvent ensemble. Mais maintenant, c'est bien rare. Pense à plumer ton conseiller.

Lettre de Mlle Julie

Ce dimanche 4 août 1782

Ma chère amie, je ne reverrai plus mon jeune homme. Voici la lettre que j'ai reçue de lui :

Ma bonne amie, mon cœur, ma bien-aimée, je ne sais quel nom vous donner pour exprimer mon amour. Je ne vous reverrai de longtemps. Jugez de la

1. Prison où l'on met les gens pour dettes et ceux qui sont arrêtés par ordre de la police. [NdA]
2. Horloger, rue Neuve-des-Petits-Champs. [NdA]

peine que cela me cause. Le lendemain de notre arrivée à la campagne, ma mère me fit appeler le matin. Je me rendis dans sa chambre. Ayant aussitôt fait retirer ses femmes, elle me parla ainsi : « Monsieur, je sais la vie que vous meniez à Paris. Quoi ! si jeune, donner dans le libertinage ! Est-ce là le fruit de la bonne éducation que vous avez reçue ? Comme je ne veux pas que vous vous perdiez, j'ai résolu de vous faire voyager. M. de *** a la bonté de vouloir bien vous accompagner. Tenez-vous prêt à partir dans trois jours. » Ensuite, changeant de conversation, elle sonna ses femmes. Ce discours m'a consterné. Je m'empresse de vous écrire, afin que vous ne soyez pas inquiète de ne pas me revoir. Conservez l'amitié que vous m'avez toujours témoignée, et croyez que dès que je serai de retour, je revolerai dans les bras de la belle Julie que j'aimerai toujours, et dont l'image sera sans cesse présente à mon esprit. Acceptez le billet de la Caisse d'escompte[1] que je joins ici comme une faible marque de mon amitié. Votre amant pour la vie.

Ce contretemps est affreux pour moi. Je lui étais réellement attachée et mes affaires allaient à merveille. Ne pourrai-je donc jamais être heureuse, et ne verrai-je jamais que l'ombre de la félicité ? Ah ! ma chère Eulalie, que de traverses dans la vie, et qu'elle est semée d'épines ! Je t'embrasse.

Lettre de Mlle Felmé

Ce 15 août 1782

Lundi dernier, mon cœur, la Présidente me fit dire de venir chez elle à neuf heures du soir pour y souper et coucher. Je me rendis à ses ordres. Juge de ma surprise de voir en arrivant un homme de cinquante à cinquante-cinq ans, qui était en jaquette[2] avec un bourrelet[3] comme un enfant de trois ans, et qui dit à la présidente : « Maman, est-ce la bonne que vous me donnez ? — Oui », répliqua-t-elle. Et se tournant de mon côté, elle me dit : « Voici mon fils, Mademoiselle, je vous le confie. Ayez-en bien soin. C'est un petit vaurien, mais il n'y a qu'à bien le fouetter. Voici des verges et un martinet, ne l'épargnez pas. Passez dans cette chambre avec lui. »

Alors je sortis avec mon grand enfant qu'il m'a fallut fustiger pendant plus de deux heures, pour qu'il parvînt à faire une petite libation. Ensuite, nous avons soupé. À une heure, nous nous sommes couchés, la nuit a été employée à dormir. Mais le matin, il m'a fallu recommencer la scène de

1. Ce sont des billets payables au porteur et qu'on peut toucher tous les jours, excepté les fêtes et dimanches. [NdA]

2. *Jaquette* : « robe que portent les petits garçons avant qu'on leur donne la culotte. Il portait encore la *jaquette*. Il était à la *jaquette*. Enfant à la *jaquette* » (*Dict. Acad.*, 1798).

3. *Bourrelet* : « espèce de coussin rempli de bourre ou de crin, fait en rond et vide par le milieu. On le met par-dessus le bonnet des enfants, pour empêcher qu'ils ne se blessent quand ils tombent » (*Dict. Acad.*, 1798).

la veille. Avoue, mon cœur, qu'il y a des hommes qui ont des goûts bien baroques, et auxquels il est impossible de rien concevoir. Il serait à souhaiter que M. le comte de Buffon, si célèbre naturaliste, voulût nous en donner l'explication.

Je suis bien mécontente de toi. Il y a longtemps que tu ne m'as écrit. Ton robin ne doit pas tant t'occuper. J'imagine bien que tu ne lui es pas trop fidèle. On peut aisément attraper ces sortes d'entreteneurs : ils sont ordinairement réglés comme un papier de musique. Mais pense à ne pas te laisser surprendre, comme il t'est arrivé avec le marquis de ***. Au moins, tire-t'en de même. Je n'ai de la vie connu de femme plus effrontée que toi : c'est une qualité essentielle dans notre état. Hélas ! J'ai le malheur de ne pas l'avoir ; un rien me déconcerte. Pense, je te prie, mon cœur, à me donner de tes nouvelles.

Lettre de Mlle Julie

Ce samedi 17 août 1782

J'ai été, ma chère amie, à l'ouverture de *La Redoute chinoise*. On l'a réellement embellie. Le comte de *** m'a remarquée et me trouve fort de son goût. On dit qu'il est brouillé avec sa maîtresse. S'il voulait me prendre, cela me ferait une bonne affaire pour moi. On le dit peu exigeant et très facile à tromper : ce sont deux grandes qualités et rares à rencontrer dans la même personne. Au reste, il y avait beaucoup de femmes et peu d'hommes à la *Redoute*, et une quantité considérable de bourgeois et de bourgeoises. Morel et Henriette y étaient aussi. Comment se sont-elles raccommodées, après la scène qu'elles ont eue ensemble ? Sainte-Lucie était la plus brillante : un jeune provincial la suivait et ne la quittait pas d'un pas. Il y a eu une contredanse par Laurette, Flore, Rose et Violette. Peixotte[1] y était, apparemment pour chercher de l'un et de l'autre sexe. L'abbé Chotard et ses associés y faisaient triste figure : il n'y a pas de l'eau à boire pour eux depuis la guerre. La Grosset y étalait ses gros appas usés. Elle avait avec elle une jeune fille qui n'était pas mal. C'est gauche de s'accoupler avec de si jolies femmes, ayant des prétentions. J'allais sortir, ma chère, quand mon amphibie de chez Nicolet m'ayant reconnue m'a accostée, en voulant me quereller. Mais j'ai fait l'étonnée, et j'ai si bien joué mon rôle qu'il a réellement cru s'être trompé et m'a fait des excuses. Je regrette bien que tu ne sois pas ici pour m'accompagner. J'avais avec moi Renesson, ce grand squelette. Sans vanité je n'ai pas peur qu'elle m'enlève personne. Adieu, mon cœur.

1. Banquier de Paris[a], renommé par sa débauche, ses goûts bizarres et antiphysiques. [NdA]

a. Ce banquier que l'on disait aussi laid que crapuleux s'affichait avec une dame Préponnier, femme d'un joaillier de la rue Dauphine, mais entretenait un jeune acteur des Italiens, nommé Louis Michu. [NdÉ]

Lettre de Mlle Rosalie

Ce 19 août 1782

Depuis, ma chère amie, que j'ai refusé les douze cents livres à mon jeune homme, je n'ai plus entendu parler de lui, ce qui me fait grand plaisir.

Ce matin, vers les onze heures, on me dit qu'un jeune homme demandait à me parler. J'ordonnai de le faire passer dans mon salon, où je fus le joindre après avoir examiné si j'étais présentable. « Excusez ma démarche, me dit-il, de venir vous voir sans être connu, mais j'ai la plus grande envie de posséder autant de charmes que vous en avez. J'espère que vous ne me refuserez pas. » En même temps, il met sur la cheminée une bourse pleine d'or, et vole me donner un baiser plein de feu, en m'entraînant sur mon sofa. Alors, il se mit à examiner toutes les parties de mon corps et à les couvrir de baisers brûlants. J'attendais à tout moment une plus grande jouissance, et je croyais que ce qu'il faisait n'était que pour s'exciter. Je voulus lui donner des secours. Mais grand Dieu ! quel fut mon étonnement lorsque je découvris que c'était une femme ! Je me mis en colère, mais, se précipitant à mes genoux : « Ah ! de grâce, chère Rosalie, me dit-elle, ne m'empêchez pas d'être la plus heureuse des mortelles. » En vain je voulus résister, mais elle m'avait fait éprouver de bien douces sensations, et j'étais très curieuse de voir le dénouement de cette scène. Je me radoucis, elle me pria de me servir de mes mains à son égard, et se précipitant sur moi elle mit sa langue dans l'antre de la volupté. Ah ! Dieu ! Avec quelle dextérité elle en parcourait toutes les parties ! J'eus un plaisir inexprimable. Aussi lui remplis-je plusieurs fois la bouche de la liqueur qui nous donne la vie. Pour elle, elle inonda mes mains. Après une heure de cet exercice, elle cessa. Nous étions extrêmement fatiguées. Elle me pria de lui faire donner du chocolat. En déjeunant, je lui marquai ma surprise de son goût, étant aussi jolie qu'elle l'est. « Ah ! me répliqua-t-elle, si vous saviez mon histoire, votre surprise cesserait. » Cela piqua ma curiosité et je l'engageai à me la dire. Elle se fit un peu prier, mais ensuite elle céda à mes désirs et me raconta ses aventures comme je te les transcris.

« Je suis, me dit-elle, la fille d'un riche négociant de Lyon. Mon père s'occupait de son commerce et ma mère me donnait tous ses soins. Hélas ! pour mon malheur, le Ciel me l'enleva que je n'avais encore que treize ans. Je la regrettai bien sincèrement. Que, depuis, j'ai donné de larmes à sa mémoire !

« Il y avait deux ans que j'avais perdu ma mère, lorsque mon père me mena à un bal que donnait un de ses amis. L'assemblée était nombreuse et des plus brillantes. Comme la nature m'a douée de quelques agréments et que j'étais mise avec la plus grande élégance, en arrivant je fis sensation et tous les regards se fixèrent sur moi. C'était à qui danserait avec moi. En un mot, toutes les attentions étaient pour moi. Mon amour-propre fut flatté d'une telle préférence, et je ne voyais pas sans plaisir le dépit que cela causait aux femmes. Le marquis de *** fut le plus empressé auprès de moi. C'était un jeune homme de vingt-cinq ans, d'une taille au-dessus de la médiocre, d'une figure charmante, ayant des yeux vifs et plein d'une feinte tendresse qui savait séduire. Qui plus que moi a connu le pouvoir de leurs charmes ? Je n'avais pas encore senti mon cœur, mais il me parla aussitôt. Un feu brûlant s'empara de mes sens, je jetais sans cesse les yeux sur le marquis. Si les siens rencontraient les miens, je les baissais et une rougeur subite s'emparait de mon visage, mais bientôt ils étaient occupés à le rechercher. Je me retirai du bal brûlante d'amour et l'image du marquis gravée dans mon cœur. Et de la nuit, il me fut impossible de fermer l'œil ; j'étais dans une agitation continuelle, et je revis le jour avec inquiétude. La matinée me fut insupportable ; j'étais consumée par un feu dévorant. Hélas, pour mon malheur, quand je descendis pour dîner, je trouvai le marquis qui était venu voir mon père sous prétexte de fournitures pour son régiment, et avait été engagé à rester. Il me combla d'éloges et me dit qu'il se félicitait beaucoup d'avoir dansé avec moi et ne l'oublierait de la vie. Mais ce qui en disait davantage était le langage expressif de ses yeux. En sortant de table, il me glissa un billet dans la main sans que personne s'en aperçût, me disant du ton le plus tendre que son sort dépendait de moi. Je fis la folie de le prendre. Dès que je fus rentrée dans mon appartement, je dévorai ce fatal billet. Il était écrit avec du feu, le marquis m'assurait du plus violent amour et que ses vues étaient légitimes. Il me priait de lui faire une réponse et m'indiquait le moyen de la lui faire parvenir en la jetant par ma fenêtre lorsqu'il viendrait, à onze heures, me donner une sérénade, afin que je puisse ouvrir ma croisée sous le prétexte de mieux entendre la musique.

« Je n'aurais jamais dû répondre. Mais à mon âge, sans expérience et brûlante d'amour, étais-je capable de réflexion, et pouvais-je imaginer qu'il est des barbares qui se jouent de l'honneur et de la vérité ? Je lui marquai que je m'estimerais très heureuse si j'étais unie à l'homme qui seul pouvait faire mon bonheur. Dès ce moment, le marquis ne négligea rien pour se lier avec mon père, et par ses souplesses il en gagna la confiance et l'amitié. Je le voyais presque tous les jours, et mon amour ne faisait qu'augmenter. À prix d'or, le marquis séduisit ma bonne et obtint qu'elle lui ferait avoir un tête-à-tête avec moi. La vue inopinée de mon amant fit une telle sensation sur moi que je m'évanouis. Il me retint dans ses bras, et le monstre, profitant de mon état, me ravit l'honneur. Le plaisir me faisant revenir à moi, l'état dans lequel je me trouvais ne me laissa aucun doute de ce qui venait d'arriver. Je fondis en larmes. Mais je n'avais pas la force de me plaindre, chérissant mon vainqueur. Je laissai seulement échapper quelques soupirs et des mots entrecoupés. Mais le marquis sut si bien faire par ses protestations et son langage séducteur que je lui pardonnai. Un tendre baiser fut le sceau du raccommodement.

« Depuis ce moment, le marquis venait passer une partie des nuits avec moi. En vain, je le pressais de parler à mon père pour nous unir, mais toujours il éludait sous de vains prétextes, et j'étais assez bonne que de le croire. Enfin, nos jouissances me procurèrent un état qui ne laissait plus la possibilité de reculer notre établissement. Je le dis au marquis, qui me promit que dans quelques jours il en parlerait à mon père, n'attendant pour cela qu'une lettre de Paris. Mais quel fut mon étonnement lorsque, le lendemain, mon père me dit que le marquis était venu de grand matin prendre congé de lui, partant pour son régiment, et qu'il l'avait chargé de me faire ses adieux. Je pensai me trouver mal. Aussitôt après le dîner, je remontai à mon appartement et fis part à ma bonne du départ du marquis. Elle me rassura en me disant que, sans doute, c'était pour affaire pressée, que je n'avais rien à craindre de sa tendresse. On croit aisément ce qu'on désire. Mais, disais-je en moi-même, pourquoi ne m'a-t-il point écrit ? Enfin, j'avais passé quatre jours dans les plus cruelles alarmes, lorsque ma bonne me remit une lettre du marquis. Il me marquait que sa famille ayant disposé de lui, il ne pourrait jamais m'appartenir, que je n'eusse rien à craindre de son indiscrétion. Que quant à l'état où j'étais, il donnerait à ma bonne tout ce qu'il faudrait pour qu'on ignore mes couches, et qu'il se chargerait de l'enfant. À peine eus-je lu cette lettre que je tombai évanouie. Ma bonne eut toutes les peines du monde à me faire revenir. Une fièvre brûlante s'empara de mes sens. Hélas ! elle mit fin à mon martyre : je fis une fausse couche et, grâce à ma bonne, personne n'en sut rien. Ma jeunesse et la force de mon tempérament me rappelèrent à la vie, quoique j'aie été prête à descendre au tombeau. Ma convalescence fut des plus longues, je devins mélancolique et pris la plus grande antipathie pour les hommes. Cela fut même jusqu'au point de diminuer l'amitié paternelle. Je pris la résolution d'aller au couvent. J'en demandai la permission à mon père. Il m'en marqua sa surprise, en disant qu'il cherchait à m'établir. Je l'assurai que je n'avais nulle envie de me marier, prétextant ma grande jeunesse. Enfin, persécuté par mes prières, mon père consentit à ce que je fusse au couvent et me mit à l'abbaye de ***. Là, éloignée des hommes, je recommençai à prendre mon enjouement. Je me liai étroitement avec la sœur Dorothée. Notre amitié prit sa source dans sa grande aversion pour un sexe dont, comme moi, elle avait été le jouet. Mon amie me fit connaître des jouissances que je n'avais jamais éprouvées avec le marquis. Mon amitié s'accrut à un tel degré que, pour ne jamais quitter Dorothée, je résolus de me faire religieuse. Mon père s'y opposa, mais une goutte remontée me l'ayant enlevé, je pris le voile. Mon année de noviciat allait être finie, je n'avais plus qu'un mois pour prononcer les vœux qui m'enchaînaient pour la vie, lorsque ma chère Dorothée mourut. Sa mort fut pour moi des plus pénibles et je pensai la rejoindre. Mais ma jeunesse et la force de mon tempérament furent encore vainqueurs. Dès que je fus rétablie, je quittai le couvent. Ma vocation n'existait plus et je ne pouvais supporter d'habiter un lieu où je goûtai tant de plaisirs, et qui me retraçait sans cesse l'image de Dorothée.

« J'avais atteint l'âge où les lois me laissaient maîtresse de disposer de ma fortune. Je réalisai la mienne, qui était en papier et j'achetai une terre où, depuis près d'un an, je vis dans la plus grande solitude, seulement entourée de femmes. Mais je sens que je ne puis me passer des jouissances auxquelles m'a accoutumée ma chère Dorothée, que je regrette et regretterai toute ma vie. Je suis venue à Paris pour tâcher d'y trouver une femme qui me plaise et qui puisse la remplacer. Je partagerai ma fortune avec elle, et lui assurerai un sort après moi. Je suis fâchée, ma chère Rosalie, que vous ne puissiez me convenir. Votre figure me plaît, mais j'ai bien vu que vous n'étiez pas mon fait et ne vous prêtiez à mon goût que par complaisance. J'espère maintenant que vous n'êtes plus surprise. »

Je lui dis que non. Je voulus tâcher de la faire revenir de son antipathie pour les hommes. « Non, me dit-elle, jamais ils ne me tromperont une seconde fois. » Ensuite, elle me pria de lui accorder de nouveau mes faveurs. J'y consentis aussitôt. Eh bien ! ma chère amie, elle m'a fait éprouver de nouveaux plaisirs. Je t'avoue que je ne voudrais pas me prêter souvent à de pareilles fantaisies : je deviendrais peut-être tribade. Après cette seconde scène, ma femme est partie en mettant encore vingt-cinq louis sur ma cheminée. Moi, j'ai pris un consommé et me suis mise au lit d'où, à sept heures du soir, je me suis relevée pour raconter à ma chère Eulalie la plaisante aventure qui m'était arrivée.

Lettre de Mlle Julie

Ce lundi 26 août 1782

J'ai retourné une seconde fois à la *Redoute*, et j'y ai encore vu le comte de *** qui m'a abordée fort galamment, en me disant qu'il espérait que je lui permettrais de venir me voir. Je lui ai répondu qu'un homme comme lui était sûr qu'on s'empresserait de le recevoir. Il m'a demandé mon adresse et mon heure pour le lendemain. Je lui ai dit où je demeurais et l'ai laissé le maître de l'heure, l'assurant que la sienne serait la mienne. Il m'a promis de venir à midi, si cela ne me gênait pas. « Non sûrement, monsieur le comte » ai-je répliqué en lui lançant un regard tendre. Il est ensuite parti pour aller souper au faubourg Saint-Germain. J'ai peu dormi cette nuit, ayant l'esprit fort occupé du comte et voulant avoir fait une toilette quand il arriverait. Cependant je ne voulais rien qui eût l'air d'affectation. J'avais un déshabillé de mousseline brodée, j'étais coiffée en cheveux, avec une tresse flottante sur mon sein, mon corset n'étant point noué, pour qu'il puisse apercevoir mes deux petits globes, qui se soutiennent encore sans le secours de l'art. Je m'étais étendue sur mon sofa et feignais de dormir, afin qu'en entrant il aperçût ma jambe, que j'ai assez belle.

À midi moins un quart j'étais dans cette attitude lorsque le comte arriva. Je fis semblant de me réveiller en sursaut. Il me fit des excuses d'avoir troublé mon repos. Ses yeux faisaient, en me parlant, la revue de mes charmes, et ce qu'il découvrait lui paraissait lui faire naître l'envie de connaître les autres. Après s'être amusé un moment de cette inspection sans dire un seul mot, il s'écria tout à coup : « Ah ! Julie, que vous êtes charmante ! Si vous vouliez m'être fidèle et vivre avec moi, je serais le plus heureux des hommes.

— Mais, lui ai-je répondu, monsieur le comte, il faut un peu nous connaître et savoir si nos caractères sympathisent ensemble. Je serais flattée de vivre sous les lois d'un sultan tel que vous.

— Non, me dit-il, ce sera moi qui vivrai sous les vôtres.

— Vous êtes trop galant, dis-je alors. »

Il se jeta aussitôt à mes genoux, me pressa, me conjura avec tant de douceur et d'insistances de lui accorder mes faveurs que, mon cœur sensible ne pouvant y résister, il devint heureux. Et ce qu'il y a de mieux encore, c'est que je partageai réellement son ivresse et ses plaisirs, ce qui comme tu sais, nous arrive rarement. Si tu l'avais vu, ma chère Eulalie, après ces délicieux moments ! Il ne se possédait plus, il couvrait toutes les parties de mon corps de ses baisers, me donnait les noms les plus tendres, et m'assurait qu'il n'avait goûté de sa vie un aussi grand plaisir. Revenu du délire amoureux dans lequel il était tombé, il me dit qu'il était entièrement résolu de vivre avec moi, que ses affaires l'appelaient à la cour pour quelques jours, et qu'à son retour je serais aussi contente de lui qu'il l'avait été de moi. Ensuite, me donnant mille baisers et m'appelant sa maîtresse, il prit congé de moi en mettant sur ma cheminée un rouleau de trente louis. Quoique je n'eusse jusqu'alors qu'à me louer des procédés du comte envers moi, je t'avouerai que ce dernier trait me flatta infiniment et mit le comble à ma joie. Je ne doute pas que tu ne la partages, étant mon amie. Adieu, je te souhaite pareille aubaine.

P.S. Tu ne me dis rien de ton conseiller. Je serais pourtant charmée de savoir si vous êtes toujours bien ensemble.

Lettre de Mlle Rosimont

Paris, ce 26 août 1782

Tu sauras, ma chère amie, qu'à un souper que j'ai fait hier avec cette coquine d'Urbain, nous nous sommes disputées. J'ai été obligée de lui céder le champ de bataille. Pour m'en venger, ce matin je me suis levée à sept heures et me suis habillée en homme. J'ai été chez Urbain, où je me suis présentée comme un jeune homme qui voulait lui parler. Elle dormait encore. Sa femme de chambre a fait quelque difficulté de me faire entrer, mais elle a fini par m'ouvrir. Alors j'ai fermé les verrous et ouvert avec fracas les rideaux. M'étant fait reconnaître, j'ai dit à Urbain que je venais pour avoir raison de ses sottises. Et en même temps je lui ai présenté deux pistolets. Aussitôt à peine éveillée, elle est sautée en chemise hors de son lit et s'est jetée à mes pieds en me demandant pardon. Je lui dit que si elle aimait mieux, je lui offrais l'arme blanche. Elle m'a renouvelé ses excuses. Alors, prenant un ton de grandeur, je l'ai traitée de lâche, et sortant une poignée de verges de dessous mon habit, je l'ai obligée de se trousser et l'ai étrillée d'une belle manière. Il y paraîtra plus de quinze jours. Ensuite, je suis aller conter mon exploit à diverses de mes connaissances, et maintenant, pendant qu'on me coiffe, je m'empresse d'en faire part à ma chère amie. J'irai ce soir à la *Redoute chinoise* pour en répandre la nouvelle. Je veux que la première fois qu'Urbain y paraîtra on l'appelle « le cul fouetté ». J'y gage qu'en lisant cette lettre, tu diras : « Ah ! je reconnais bien mon espiègle. » Cependant, tu seras obligée de convenir que j'avais raison. Adieu, ma chère amie. Si tu as jamais quelque dispute avec une femme, suis mon exemple.

Lettre de Mlle Julie

Ce mercredi 28 août 1782

Qu'il me tarde, chère amie, que le comte soit de retour ! Les jours sont pour moi des années. Je crains toujours que quelqu'un ne me le ravisse. Ah ! que je voudrais déjà lui appartenir et être sa maîtresse déclarée !

J'étais hier d'un petit souper bourgeois chez un de mes voisins, où je me suis bien amusée. Chaque convive (nous étions douze à tables) pétilla d'esprit au dessert. Après avoir chanté chacun la sienne, le fils de la maison, âgé de seize à dix-sept ans, nous proposa des énigmes à deviner. Entre celles sur lesquelles on s'exerça longtemps sans en attraper le sens, en voici une qui m'a paru jolie et dont je te dirai le mot à ma première lettre. Tâche de le deviner.

De Thémire innocente encore
Je tourmente les quinze ans.
Souvent je devance l'aurore
De la raison et des sens.
J'excite une aimable tempête
En cherchant à voir le jour.
Dans ma prison rien ne m'arrête,
J'ai pour Éole l'amour.
Pour remplir un tendre message
Je sais tromper les jaloux,
Et quelquefois, à la plus sage,
J'ai servi de billet doux.

Je vais ce soir chez Audinot pour promener mon ennui, et voir si je trouverai quelqu'un qui me fasse supporter l'absence du comte. Comme nos arrangements ne sont pas encore faits, il ne peut pas exiger que je lui sois fidèle. Adieu. Porte-toi toujours bien.

Lettre de Mlle Julie

Ce jeudi 29 août 1782

Il n'y avait personne chez Audinot, j'ai été aux *Variétés*, où Volange attire tout Paris[1]. La salle était pleine. Mais une jolie femme trouve toujours place. Un jeune homme m'a fort honnêtement offert la sienne. Je l'ai acceptée en le remerciant de mon mieux, ce qui a lié une conversation entre nous. De là ce diable de Dragon est venu nous étourdir en criant des rafraîchissements[2]. Le jeune homme m'a forcée de prendre des glaces. Comme il faisait très chaud, j'acceptai. Quand le spectacle a fini, il m'a donné la main et m'a reconduite. Arrivée à ma porte, il m'a dit qu'il espérait que je voudrais bien lui permettre de me faire sa cour une autre fois, qu'il avait des affaires importantes qui l'empêchaient de rester, et aussitôt il m'a quittée. Je n'en ai pas été fâchée, car je craignais de me trouver tête-à-tête avec lui. Il est bien fait et d'une jolie figure. Je crois qu'il lui eût été facile de m'amener à ses fins. Mon cœur plaidait déjà très haut en sa faveur et m'avait à moitié vaincue. Adieu, ma chère amie. À propos, j'oubliais de te dire le mot de l'énigme que je t'ai envoyée : c'est « Soupir ».

Lettre de Mlle Rosimont

Paris, ce 30 août 1782

Jeudi dernier, ma chère amie, je rencontrai chez Nicolet un baron allemand qui convint de me donner quatre louis pour souper et coucher avec moi. Nous étions au second service lorsque Victoire vint me dire qu'on demandait à me parler dans l'antichambre. C'était D***, garde du corps, qui s'était échappé de Versailles pour venir passer la nuit dans mes

1. Cet acteur comique (de son vrai nom Maurice François Rochet) s'est surtout illustré dans le rôle de Janot de *Janot, ou les Battus paient l'amende* (1779), qui obtint un succès prodigieux au théâtre des Variétés amusantes. Dès lors, tout Paris n'eut d'yeux que pour Volange : la gravure s'empare de ses traits, sa statuette est modelée en porcelaine de Sèvres, et devient l'étrenne à la mode dans les années 1780. La reine Marie-Antoinette elle-même ne dédaigne pas de l'offrir à ses proches. Grisé par ce triomphe, Volange sut cependant le renouveler quelques années plus tard, dans la même salle, avec *Boniface pointu*, et toute la famille des *Pointus*, *Ésope à la foire*, *L'Anglais à Paris*, *L'Intendant comédien*, etc.

2. « Ce garçon cafetier a la voix très perçante et a des expressions uniques pour ses bonbons, comme : *bonbons aux soupirs étouffés*, *au retour des amants*, etc. » [NdA]

bras. Je lui représente que c'est impossible, il ne veut entendre à rien. Il me dit qu'il va congédier mon baron. « Mais, lui répliqué-je, ce ne sont pas tous des Witersbach[1]. » Je le supplie en grâce d'être sage, qu'il va me faire une affaire. Rien ne peut le mettre à la raison. Je ne savais comment me tirer d'embarras, lorsque j'imaginai cet expédient auquel il se prêta. Lui ayant recommandé de bien faire boire le baron, je lui présentai D*** comme un de mes parents qui m'apportait des nouvelles de ma famille, et il soupa avec nous. Quand le baron fut bien gris, je le fis mettre dans mon lit et j'ordonnai qu'on mît des draps blancs dans celui de ma femme de chambre, où je fus me coucher avec D***, étant convenu qu'elle se mettrait à côté de l'Allemand. À six heures du matin, D*** me quitta. Alors, ma femme de chambre et moi prîmes chacune la place que nous devions occuper.

Dès que je fus près du baron, je m'endormis profondément. D*** m'avait beaucoup fatiguée, je ne m'éveillai que vers les onze heures. Juge de ma surprise : je me trouvai seule.

Le baron, honteux de s'être grisé, s'était levé à la sourdine et était parti. Qui aurait pu imaginer cela ? Il ne tient pas de sa nation : c'est une vétille pour eux. Je me souviendrai longtemps de cette aventure. Adieu, ma chère amie. Tu vois que, comme je te l'ai promis, je ne t'écris jamais sans te mander quelques faits dignes de ton espiègle.

P.S. J'oubliais de te parler d'un homme baroquement construit, avec qui j'ai fait une partie chez la présidente. Il n'avait fait qu'une couille. En as-tu jamais vu de cette espèce ? pour moi, c'est la première fois. Il m'a dit que *ça l'avait empêché d'être prêtre*. C'est extraordinaire. Obligés au célibat, leurs couilles sont un meuble inutile. Mon avis serait qu'on les châtrât tous. Je gage que le nombre diminuerait bien vite. Adieu.

Lettre de Mlle Julie

Ce samedi 31 août 1782

Ce matin, vers les onze heures, je venais à peine de me lever qu'on vint me dire qu'un jeune homme demandait à me parler. Aussitôt je le fais passer dans mon salon. Figure-toi que c'était mon galant des *Variétés*. Je le reçus avec dignité, en lui disant que je ne m'attendais pas à sa visite, que j'avais les plus grands ménagements à prendre. Lui, aussitôt, me fit les plus grandes excuses, en me disant que je devais pardonner sa démarche, puisque l'amour en était cause, étant chose impossible de me voir sans m'aimer. Je me radoucis, et tu sais que mon cœur plaidait pour lui. Je lui offrit de s'asseoir, il accepta. À peine pouvait-il parler, il n'était

1. Les filles de Paris, depuis que le baron de Witersbach, par acte passé par-devant notaire, s'est reconnu poltron, ne se servent plus d'autre terme pour dire qu'un homme est poltron que de : *c'est un Witersbach*. [NdA]

occupé qu'à me considérer en soupirant. Après une visite d'une heure, dont le langage, muet en grande partie, me fit le plus grand plaisir, il prit congé de moi, en me demandant si je ne trouverais pas mauvais qu'il revînt après-demain sur les quatre heures. Je lui dis que je ne savais si j'y serais, mais que si j'y étais, je le recevrais avec plaisir. J'ai envie, ma chère amie, de lui accrocher vingt-cinq louis. C'était un jeune homme très riche, et puis je ne serais pas fâchée de passer le caprice que j'ai pour lui. Je vais rêver au moyen que j'emploierai, je te le manderai, s'il réussit. Je t'embrasse. Adieu.

Lettre de Mlle Julie.

Ce mardi 3 septembre 1782

Ah ! ma chère amie, mon stratagème a réussi à merveille. Mon homme est arrivé à quatre heures précises. Ma femme de chambre lui a dit que je ne pouvais voir personne, ayant bien du chagrin.

— Eh ! de quoi ? s'est-il écrié.

— Monsieur, je ne puis vous le dire, a-t-elle répondu. Si ma maîtresse le savait, elle me gronderait.

— Dites-le moi, je vous prie, elle ne saura rien a-t-il répliqué. Et en même temps il lui a donné des marques de sa générosité.

— Monsieur, vous avez bien de la bonté, je vous remercie. Comment voulez-vous qu'on vous résiste, vous êtes si honnête ! Cela est impossible. Mais au moins, vous me promettez bien le secret ?

— Je vous le jure, mais dites vite.

— Allons, je vais vous le dire, mais pensez à ce que vous m'avez promis. Voici le fait. Il y a quelque temps que Madame a fait une lettre de change. On est venu la lui présenter pour payer ; elle n'a pas le sou, et on menace de la faire arrêter. Par malheur, la personne qui l'entretient est absente pour quelques jours, et en outre ma maîtresse serait désespérée qu'elle le sût : cela pourrait les brouiller ensemble. Enfin, Madame est bien embarrassée.

— N'est-ce que cela ? a-t-il dit. C'est facile à arranger. La somme est-elle bien forte ?

— De vingt-cinq louis, Monsieur.

— Eh ! bien, je vais les donner à votre maîtresse.

— Gardez-vous en bien, monsieur, elle ne voudrait jamais les accepter. Mais si vous voulez me remettre l'argent et repasser dans une heure, j'irai chercher la lettre de change, et vous pourrez la lui remettre.

— Vous avez raison. Soit. Tenez, dit-il, voilà l'argent, je reviens aussitôt.

Quant à ma femme de chambre, elle n'a eu besoin que de monter à sa chambre et prendre dans un tiroir de sa commode une lettre de change factice pour la lui présenter. Une heure après, notre homme est revenu. J'étais sur mon sofa, appuyée sur une de mes mains et j'affectais une tristesse profonde. On me l'annonce. « Je ne sais comment vous me surprenez ainsi, lui dis-je avec un ton d'humeur, j'avais ordonné que ma porte fût fermée pour tout le monde ; j'ai la migraine et suis d'une tristesse incroyable. Dans cette position désagréable, je ne puis sûrement que vous ennuyer beaucoup.

— Votre procédé n'est pas raisonnable, Mademoiselle, répondit-il galamment. S'enfermer parce que l'on est triste ! C'est le moment où le cœur a le plus besoin de distraction et des consolations de l'amitié. Je ne me flatte pas de pouvoir vous rendre toute gaieté, mais, tenez lisez ces vers, me dit-il en me donnant la prétendue lettre de change acquittée, cette lecture pourra faire diversion à vos chagrins.

Dans l'excès de ma joie, je feignis de m'évanouir. Il me prit aussitôt dans ses bras et m'accabla de caresses. Ayant eu l'air de revenir à moi, je lui lançai un coup d'œil tendre. C'en fut assez, il se précipita aussitôt dans mes bras et devint mon vainqueur. Hélas ! je te l'avouerai, ma défaite m'était chère, et je la souhaitais autant qu'il la désirait. Nous passâmes l'après-midi dans des délices continuelles. De là nous fûmes souper au bois de Boulogne, où nous restâmes jusqu'à deux heures du matin, que nous revînmes passer le reste de la nuit comme nous avions fait l'après-dîner. Il y a trois heures qu'il m'a quittée. Je suis si contente de lui que je ferai mon possible pour le conserver, quoique j'aie le comte. Je lui en ai parlé, cela ne l'a pas refroidi. Il m'a promis, au contraire, d'être très circonspect et de se conduire avec moi de manière à ne me causer aucun désagrément. Je me souviendrai longtemps du jour où j'en ai fait la connaissance. Qu'il est aimable ! Si tu le voyais, ma chère Eulalie, tu en serais folle. Adieu. Je suis la plus heureuse des femmes.

Lettre de Mlle Rosalie

Paris, ce 8 septembre 1782

Voici, ma chère amie, une lettre que j'ai reçue de ma tribade :

Ce 6 au matin

J'ai trouvé, ma chère Rosalie, une personne charmante et on ne saurait plus aimable, qui a les hommes en horreur et qui aime les femmes autant que moi. Je pars avec elle pour ma terre. Là, dans la retraite, nous mènerons une vie champêtre et délicieuse. Nous ne serons entourées que de femmes ; je ne veux pas qu'aucun homme nous serve. Si j'avais un moment de temps, j'irais vous embrasser et vous donner la petite marque d'amitié que je joins à ma lettre. Je vous souhaite autant de bonheur que je vais en avoir. Pensez quelquefois à moi. Je n'oublierai pas l'aimable Rosalie.

La marque d'amitié qu'elle m'a envoyée est une tresse de ses cheveux et un billet de la Caisse d'escompte de vingt-cinq louis. Je suis fort aise qu'elle ait trouvé ce qu'elle désirait. La femme qui va vivre avec elle sera heureuse. Admire comme dans Paris on trouve tout ce qu'on veut. On a raison de dire qu'*il n'y a qu'un Paris dans le monde*. Je finis bien vite, ma chère amie, j'ai une migraine affreuse. Au plaisir d'avoir de tes nouvelles. Adresse ta première lettre à Felmé, en la chargeant de me l'envoyer tout de suite. Je suis obligée de déménager pour le prochain terme, et n'ayant pas encore loué, je ne peux te mander mon adresse:

Lettre de Mlle Julie

Ce dimanche 8 septembre 1782

Je devais aller hier à Saint-Cloud[1] dont c'était la fête, mais il a fait un temps si abominable qu'il était impossible de sortir. Cela a dû faire beaucoup de tort à Griel[2]. J'irai aujourd'hui à l'Opéra, et de là aux Tuileries, où je dois trouver mon amant sur la terrasse des Feuillants. Nous devons ensuite souper ensemble chez le Bœuf[3], car je crains que le comte, que j'attends de moment en moment, ne vienne chez moi et ne nous surprenne tête-à-tête. Tu vois que ma maison se monte. Un amant, un entreteneur ou *Milord Pot-au-feu*. Il me manque encore un *guerluchon*, un *farfadet*, et un *qu'importe*[4]. Il faut espérer que cela se trouvera.

Dans ta dernière lettre, tu ne me parles pas du conseiller. Est-ce que tu serais brouillée avec lui ? Tu as peur, si cela est, que je te gronde. En vérité, je le ferais, car un entreteneur conseiller est un homme à ménager et qui demande des égards. Adieu. Je te souhaite d'être aussi heureuse que je le suis dans ce moment.

1. C'est un bourg à deux lieues de Paris, sur la Seine. M. le duc d'Orléans y a un superbe château, le parc est magnifique, les eaux en sont belles et méritent d'être vues. Elles jouent pendant l'été tous les premiers dimanches du mois. Il y a une salle de comédie où on joue l'été. Le jour de Saint-Cloud, il y a foire dans le parc, et les eaux jouent par extraordinaire. [NdA]

2. C'est le suisse du parc. Il est en même temps traiteur. Il se fait chez lui quantité de parties de demoiselles. La bonne compagnie y va aussi manger des matelotes : elles sont très renommées. Le jour de Saint-Cloud, il donne un bal et un feu d'artifice. Il en coûte trente sols pour y entrer. [NdA]

3. Traiteur au petit cours en face du Colysée, dont la maison s'appelle l'*Hôtel du Bel Air*. [NdA]

4. Une demoiselle entretenue ne se contente pas de son seul entreteneur, appelé ordinairement *Milord Pot-au-feu*. Elle a ordinairement un amant en titre, qui ne paie que les chiffons. Un *guerluchon*, c'est un amant qu'elle paie ; un *farfadet*, c'est un complaisant, et un *qu'importe* est une personne qui vient de temps en temps, qui est sans conséquence et qui paie au besoin les petites dettes criardes. [NdA]

Lettre de Mlle Julie

Ce mercredi 11 septembre 1782

Le comte est revenu de la cour. Il est plus amoureux que jamais. Il est venu passer trois heures avec moi. Il me mène aujourd'hui aux Français, dans sa petite loge. De là il vient souper et coucher avec moi. Ainsi, tu vois que le voilà maintenant en pied. Demain, je dois le mettre au fait de mes affaires, et nous prendrons ensemble un arrangement définitif. J'ai déjà envoyé plusieurs personnes à qui j'ai recommandé de faire de gros mémoires pour marchandises fournies et non payées. Elles y ont consenti, à condition que je prendrais chez elles des marchandises pour la somme qu'elles recevront. J'ai fabriqué en outre quelques petits billets. Enfin, je me suis arrangée de manière que j'aurai au moins quarante-cinq louis devant moi. Cela me fera une ressource dans le cas où le comte me quitterait promptement.

Si mon bonheur présent dure encore quelque temps, je me trouverai bientôt vraiment embarrassée de mon bien. Mais à propos d'embarras, on donne ici depuis quelques jours un nouvel opéra, nommé *L'Embarras des richesses* [1], sur lequel on a fait les couplets suivants :

Air de *La Béquille du père Barnabas*

Embarras d'intérêt,
Embarras des paroles,
Embarras des ballets,
Embarras dans les rôles.
Enfin, de toute sorte,
On ne voit qu'embarras,
Mais allez à la porte.
Vous n'en trouverez pas.

Autre, *sur le même opéra*

On donne à l'Opéra,
L'Embarras des richesses,
Ce qui apportera,
Je crois, bien peu d'espèces.
Cette pièce comique
Ne réussissant pas,
À tort l'auteur lyrique
A fait son embarras.

Ce sujet rebattu
Peut-être aurait pu plaire,

1. Cette comédie en trois actes de Lourdet de Santerre sur une musique de Grétry ne sera représentée pour la première fois que le mardi 26 novembre 1782. L'auteur de la *Correspondance d'Eulalie* nous paraît donc s'embrouiller quelque peu dans les dates.

Mais il aurait fallu
En acte le faire ;
Mais cet auteur ne pense
Qu'à faire grand fracas,
Espérant par la danse
Se tirer d'embarras.

Je finis, il est plus d'une heure. Il faut que je me mette à ma toilette. Adieu.

Lettre de Mlle Victorine

Paris, ce 16 septembre 1782

J'étais ce matin, ma bonne amie, à ma toilette, lorsqu'un savoyard m'apporta cette lettre :

Madame,
Je suis la plus malheureuse de toutes les créatures. Je mange mon pain trempé de mes larmes. Si vous vouliez, vous pourriez faire changer mon sort. De grâce, accordez-moi un moment d'entretien.
J'ai l'honneur d'être avec le plus profond respect, Madame, votre très humble et très obéissante servante.
L'infortunée Cécile.

Je fis dire au commissionnaire qu'il n'avait qu'à dire à la personne qui l'envoyait de venir à trois heures. Cécile ne manque pas de se rendre à l'heure que je lui avais indiquée. C'est une petite fille de quinze ans, jolie comme les amours et porteuse de deux grands yeux qui promettent beaucoup de plaisir. Elle m'a conté ses malheurs. Elle a une belle-mère qui ne fait que la battre et ne lui donne aucune liberté. Elle m'a suppliée de lui enseigner le moyen de pouvoir sortir de chez ses parents. Je lui ai promis de m'intéresser à elle. Elle m'a comblée de remerciements et m'a assurée que si je lui rendais cet important service, elle m'en serait reconnaissante toute sa vie. J'écrirai demain au comte de V*** pour lui faire avoir un brevet d'opéra[1]. Je finis, ma bonne amie, de m'entretenir avec toi. Il est près de minuit et je vais me coucher. Hélas ! malheureusement seule.

Lettre de Mlle Julie

Ce mardi 17 septembre 1782

J'ai passé quelque jours sans t'écrire, ayant eu beaucoup d'affaires. Le comte a payé mes dettes réelles et factices et a retiré de gage les effets

1. En vertu d'un ancien privilège, toute fille ou femme engagée à l'Opéra échappait *ipso facto* à l'autorité de ses parents ou de son conjoint. Sur cette question, voir Maurice Lever, *Théâtre et Lumières. Les spectacles de Paris au XVIIIe siècle*, Paris, Fayard, 2001, p. 191 *sq.*

que ma détresse m'avait forcée d'y mettre. Nos conventions sont faites, il me donne cinquante louis par mois. Mais il faut que j'aie un carrosse de remise au mois. Il veut que je change de logement pour le terme prochain, et se charge de m'en chercher un aux environs de son hôtel. Quel plaisir pour moi de briller encore une fois et de pouvoir à mon tour regarder avec dédain quantité d'insolentes qui insultaient à mon malheur ! Cependant, dans notre état, il ne faut pas trop s'enorgueillir. Aujourd'hui dans l'opulence et demain dans la misère. Mais ne pensons plus à cela, jouissons du moment présent.

Je suis aussi très contente de mon amant ; il fait ce que je veux. Je pourrai aisément l'associer au comte, qui ne vient guère chez moi qu'à des heures réglées.

Le comte doit me présenter ce soir à quelques-uns de ses amis et me donner à souper avec eux à une petite maison qu'il a louée jusqu'au mois de novembre. Il a même envie que j'y aille demeurer jusqu'à ce que j'aie un logement convenable à mon nouvel état. Mais comme cela me gênerait, j'ai refusé sous le prétexte que je ne puis abandonner ainsi mon logement et mes effets. Il y a consenti et ne veut, dit-il, me contrarier en rien. Adieu. Puisse ton conseiller faire de même.

Lettre de Mlle Julie

Ce lundi 23 septembre 1782

Le comte est aux petits soins avec moi, il m'a apporté ce matin deux charmantes robes d'automne. Mon amant était couché avec moi, il n'a eu que le temps de sauter au bas du lit, de prendre ses habits sous son bras et de se sauver par la porte de l'alcôve dans ma garde-robe, où ma femme de chambre a passé un moment après et l'a caché dans une grande armoire. La peur que cela m'avait donné m'avait un peu troublée. Le comte s'en aperçut et m'en demanda la cause. Je prétextai aussitôt un grand mal d'estomac, craignant qu'il ne voulût jouir de ses droits, car il aurait trouvé les choses en fort mauvais état, nous en étant beaucoup donné mon amant et moi. Il m'a conseillé de me lever et de prendre du thé. J'en ai pris quelques tasses, mais feignant toujours de ne recevoir aucun soulagement, il m'a dit avoir chez lui un élixir anglais excellent et qu'il allait me le chercher. Je l'ai beaucoup remercié en l'assurant que je souffrais considérablement. Sitôt qu'il a été sorti, j'ai couru délivrer mon amant de sa prison. Il s'est habillé à la hâte et est parti. Quant à moi, j'ai été faire une ample toilette au vinaigre astringent. Le calme où j'étais alors avait remis ma figure. Je dis au comte, à son retour, que j'étais guérie, mon estomac s'étant déchargé de ce qui l'oppressait. Je n'en fus pas quitte pour cela. Il exigea que je prisse de la drogue ; je n'ai pu m'y refuser. Il m'a ordonné la diète jusqu'au soir, qu'il viendra souper avec moi et me veiller toute la nuit. Adieu.

Lettre de Mlle Felmé

Paris, ce 27 septembre 1782

J'ai été hier, mon cœur, chez Rosalie, pour lui remettre la lettre que tu m'as envoyée pour elle. Je n'ai trouvé que sa femme de chambre, qui en est très inquiète. Il y a trois jours qu'elle est sortie seule à dix heures du matin, et depuis ce temps on n'en a nulle nouvelle. Si elle n'est pas rentrée aujourd'hui pour midi, Marianne ira chez le commissaire.

Il y a quelques jours, mon cœur, qu'il est arrivé une bonne aventure chez la Lebrun. M. l'évêque de ***, habillé en séculier, était venu s'y dissiper. Il y avait un instant qu'il était dans un cabinet avec une demoiselle, lorsqu'un homme assez brutal, voulant aussi avoir la même fille qui était avec Monseigneur, malgré tout ce qu'on put lui dire, s'emporta jusqu'à enfoncer la porte du cabinet. À peine les deux hommes se furent-ils aperçus qu'ils s'écrièrent, l'un : « C'est vous l'abbé ! » Et l'autre : « C'est vous, Monseigneur ! » L'évêque, voulant prendre le ton, dit à l'abbé : « Je ne croyais pas que vous fussiez assez libertin… » Celui-ci, l'interrompant aussitôt, lui répliqua : « Tenez Monseigneur, trêve de reproches. Ni vous ni moi ne sommes à notre place. Arrangeons-nous à l'amiable : gardez votre demoiselle, j'en prendrai quelque autre et faisons partie carrée. » L'évêque accepta ce que proposait l'abbé et ils s'amusèrent beaucoup. En vain ils ont demandé le secret aux demoiselles, qui n'ont rien eu de plus pressé que de publier l'aventure. Maintenant, c'est la nouvelle du jour. L'évêque même, à cause de l'éclat, est parti sur-le-champ pour son diocèse. Adieu, mon cœur, quand je saurai quelque chose de Rosalie, je te le manderai.

Lettre de Mlle Julie

Ce vendredi 27 septembre 1782

Depuis que j'ai un carrosse à mes ordres, je ne fais que courir. On me voit partout, aux spectacles, aux promenades, etc. C'est une bien jolie chose qu'une voiture, c'est le suprême bonheur de la vie. Le comte est un bien aimable homme. Voilà une petite pièce de vers qu'il m'a montrée. Je la lui ai demandée pour te l'envoyer.

À MADAME P***
dont on louait la peau douce et le bon cœur

Et peau douce et bon cœur, m'a-t-on dit aujourd'hui,
Vous furent donnés en partage,
P***. Je voudrais croire à ce double avantage.
Mais croire sur la foi d'autrui
Hélas ! me paraît bien peu sage.
En juge mieux instruit, moi j'aime à prononcer.

De ma main, sans la repousser,
Souffrez qu'à votre main je touche,
Entendez, sans vous courroucer,
Un mot tendre qui veut s'échapper de ma bouche.
Et soudain je vais dire à tous
Les titres reconnus que vous avez pour plaire,
Quoique j'aimerais mieux, s'il faut être sincère,
J'aimerais mieux, à vos genoux,
Obtenir le droit de m'en taire
Et de n'en rien dire qu'à vous.

Le duc de Fronsac est très malade[1]. Ma foi, s'il mourait, on ne ferait pas une grande perte : il a tous les vices de son père sans en avoir le bon et les agréments. Adieu. Je ne t'écris qu'un mot, ayant une grande toilette à faire pour me montrer ce soir à l'Opéra.

Lettre de Mlle Julie

Ce mercredi 2 octobre 1782

J'étais hier superbe. J'avais une robe d'automne toute neuve, garnie par la Bertin[2]. Au sortir de l'Opéra, Zelmire m'a aperçue. Elle crevait de dépit, ainsi que Felmé qui était avec elle. Cela a été bien pis quand les aboyeurs ont crié : « La voiture de Mademoiselle Julie ! » J'ai passé à côté d'elles en les regardant d'un air de protection. Je t'avoue que cela a été une satisfaction pour moi. J'ai été de là souper à la petite maison du comte, où j'ai reçu toutes sortes d'éloges sur ma beauté et ma parure. Hélas ! Puisse le bonheur dont je jouis durer autant que mon amitié pour toi ! Porte-toi bien et donne-moi souvent de tes nouvelles. Si tu as quelque commission à me donner, je m'en chargerai avec plaisir et la ferai avec la plus grande exactitude.

Lettre de Felmé

Paris, ce 8 octobre 1782

À peine, mon cœur, ai-je la force de t'écrire. Je viens d'apprendre la fin tragique de cette pauvre Rosalie. On l'a trouvée dans le bois de Boulogne pendue à un arbre, les tétons coupés. On ignore quel est le monstre qui a commis cette barbarie ; je lui servirais volontiers de bourreau. Ah ! que les hommes sont souvent cruels envers notre pauvre sexe ! Je finis, mon

1. Fils du maréchal de Richelieu, et aussi libertin que lui, le duc de Fronsac pratiquait la débauche avec cynisme et brutalité.
2. Modiste célèbre, Rose Bertin tenait boutique rue Saint-Honoré, à l'enseigne du Grand Mogol. Elle comptait parmi sa clientèle, outre la reine Marie-Antoinette et plusieurs dames de la cour, les actrices et filles galantes les plus richement entretenues.

cœur, je frissonne d'horreur en pensant à cette histoire. De la vie je ne veux aller au bois de Boulogne. Je croirais en tous moments voir l'infortunée Rosalie.

Lettre de Mlle Julie

Ce lundi 7 octobre 1782

Comme je t'ai parlé de la maladie du duc de Fronsac, je te dirai qu'il est maintenant hors d'affaire. Il circule ici depuis quelques jours une petite pièce de vers à laquelle sa maladie a donné lieu. Tu seras peut-être charmée d'en trouver ci-joint une copie, étant dans la ville où son père a commandé. Il a emporté avec lui les regrets des filles. Il les protégeait et elles ont beaucoup perdu à son départ.

LE DUC RECONNAISSANT
ET LES DEUX MÉDECINS

Un petit duc, un petit avorton,
Bouffi d'orgueil et du plus mauvais ton,
Fait au mépris et se riant du blâme,
Se préparait, non pas à rendre l'âme
(On ne rend pas ce qu'on n'a jamais eu),
Sans plus de phrase il se croyait perdu.
Privé d'espoir et pourri de débauche,
Ce mannequin, cette fragile ébauche
Allait partir bien cousu dans un sac
(Ce mot est mis pour rimer à Fronsac).
Lors deux rivaux du grand dieu d'Épidaure,
Dont le talent mérite qu'on l'honore,
Viennent soudain, quoique appelés bien tard.
Les deux amis, joyeux de la victoire,
Modestement s'en renvoient la gloire.
Dans le moment, du fond de ses rideaux,
Le duc, encore étendu sur le dos,
Glapit ces mots, injure sotte et vaine.
« Bravo, docteurs : voilà de La Fontaine
Les deux baudets qui, se faisant valoir,
Vont tour à tour user de l'encensoir.
— Bon ! dit Bartès, je goûte cette fable,
Mais j'aime mieux l'histoire véritable
De ce dauphin qui, voyant un vaisseau
Non loin du port disparaître sur l'eau,
Veut sur son dos, à l'instant du naufrage,
Sauver lui seul presque tout l'équipage.
À terre il porta ce qu'il put.
Même un singe en cette occurrence,
Profitant de sa ressemblance,
Lui pensa devoir son salut.

Mais le dauphin tourna la tête
Et, le magot considéré,
Il s'aperçoit qu'il n'a tiré
Du fond des eaux rien qu'une bête.
Il l'y replonge et va trouver
Soudain quelque homme afin de le sauver. »
Les deux docteurs, après cette aventure,
Livrent le duc aux soins de la nature,
Qui le sauva par l'unique raison
Qu'elle fit naître en la même saison
L'aigle, l'aspic, les fleurs et le poison[1].

J'ai un charmant appartement de loué. On est occupé à le meubler. La chambre à coucher sera en damas bleu et blanc, le salon en damas blanc et cramoisi. J'aurai un boudoir en glaces. Une musulmane[2] blanche parsemée de roses est l'étoffe dont seront les ameublements. Mon lit aura une glace dans le fond et une au ciel, il est fait à la turque. Ma toilette, mon secrétaire, mes commodes et encoignures seront en bois de rose avec les marbres blancs. Ma salle à manger est boisée et peinte en petit gris. J'aurai un service complet de porcelaine de la manufacture de Clignancourt. Quant à l'argenterie, j'en aurai peu ; c'est Rigal qui la fournit. La tête me tourne, chère amie, de penser comme je vais briller. Je suis sans cesse après les ouvriers, je les gronde de ce qu'ils ne vont pas plus vite. Enfin, voyant que je ne gagnais rien, j'ai changé de batterie, et je leur ai promis deux louis pour boire si tout était prêt pour le quinze de ce mois. Il me tarde bien d'être à ce jour-là. Adieu.

Lettre de Mlle Julie

Ce jeudi 10 octobre 1782

Que le temps coule lentement quand on attend avec impatience après quelque chose ! Il semble que le soleil ralentisse sa course. Qu'il est cruel d'attendre ! J'ai encore cinq jours à passer avant que je puisse habiter

---

1. Cette épigramme en vers figure également dans les *Mémoires secrets*, précédée de cette note : « M. le duc de Fronsac a eu une maladie très grave, il n'y a pas longtemps, dont il est rétabli. Il avait pour médecins les docteurs Bouvard et Barthès. Ces messieurs, un jour que le malade était décidé hors d'affaire, se complimentaient entre eux du succès, et s'en renvoyaient réciproquement la gloire avec modestie. Le malade, qui les entendait de son lit, s'écrie : *Asinus asinum fricat*. Les docteurs indignés tirent leur révérence et ne sont pas revenus. Le docteur Le Preux, vengeur-né de la Faculté, a composé à cette occasion un *Conte historique* en vers intitulé : *Le Duc reconnaissant et les deux médecins* » (*Mémoires secrets pour servir à l'histoire de la République des Lettres en France*..., Londres, John Adamson, 1784-1789, 36 vol., 23 janvier 1783, t. XXII, p. 53-55).

2. *Musulmane* : étoffe de soie rayée et d'une grande richesse, qui jouissait au XVIIIe siècle d'une grande vogue, et dont l'invention est due à un fabricant de Nîmes nommé Paulet. Les musulmanes se vendaient aussi cher que les plus beaux damas, quelquefois même davantage.

mon nouvel appartement, et encore ne suis-je pas sûre qu'il sera prêt pour le jour dit. Les ouvriers sont si lambins ! Il me semble qu'ils n'avancent point. Si cela ne finit, je deviendrai folle. Voilà quatre jours que je n'ai fait que m'occuper de mon déménagement. Je n'ai plus de plaisir, ni spectacle, ni promenade.

Je finis, car si je continuais mes plaintes, je pourrais t'ennuyer. Le comte, qui ne cherche qu'à me distraire, m'apporta hier les chansons que tu trouveras ci-jointes.

Puissent-elles servir à dissiper l'ennui qu'a dû causer ma lettre.

CHANSON SUR LES FEMMES DU SIÈCLE

Ne nous préférons point aux belles,
Bien loin de l'emporter sur elles,
De tous côtés nous leur cédons.
Et si nous avons en partage
Quelque agrément, quelque avantage,
C'est d'elles que nous le tenons (*bis*).

Nous leur devons la politesse,
Le bon goût, la délicatesse,
Les façons et les sentiments.
De deux beaux yeux le doux langage
En un jour instruit davantage
Que tous les livres de dix ans (*bis*).

Tous les ressorts de notre adresse
Ne sont rien près de leur finesse,
On ne les prend jamais sans vert[1].
Et la femme la moins habile
Se tire d'un pas difficile
Mieux que l'homme le plus expert (*bis*).

Une longue et pénible étude
Ne peut nous donner l'habitude
De leur agréable jargon.
Le sexe en esprit nous surpasse,
Et l'on compte sur le Parnasse
Neuf Muses pour un Apollon (*bis*).

Moins vaines que nous, plus discrètes,
Sur le fait de leurs amourettes
On ne les voit point éclater.
Celles dont la raison s'oublie

1. « *Jouer au vert*, c'est jouer dans le mois de mai à une sorte de jeu, où l'on est obligé, sous de certaines peines, d'avoir toujours sur soi quelques feuilles de vert cueillies le jour même, et où chacun tâche de surprendre son compagnon dans un temps où il n'a point de vert. C'est par allusion à ce jeu, qu'on dit figurément : *Prendre quelqu'un sans vert* pour le prendre au dépourvu » (*Dict. Acad.*, 1798).

N'ajoutent point à leur folie
Le sot plaisir de s'en vanter (*bis*).

Un rien déconcerte nos âmes,
Nous nous rebutons, mais les dames
Suivent jusqu'au bout leur dessein.
Nul obstacle ne les arrête,
Et tout ce qu'elles ont dans la tête
Devient un arrêt du destin (*bis*).

Quoiqu'on dise de leur faiblesse,
Dans leur grand projet de tristesse
Elles sont plus fortes que nous.
Et tandis qu'un rien nous désole,
On en voit qu'un moineau console
De la perte d'un tendre époux (*bis*).

AIR DE L'AMANT JALOUX
Tandis que tout sommeille

Si d'un destin barbare
Tu braves les décrets,
Trompons, amants discrets,
La loi qui nous sépare.
Souvent l'amour, dans ce séjour,
Unit deux cœurs fidèles.
Oui, l'amour triomphant,
Il me conduit et te défend,
Et s'il n'est encore qu'un enfant,
Cet enfant a des ailes.
Les peines de l'absence
Ne sont pas sans plaisir,
L'erreur de mes désirs
Me rendra ta présence.
Puisse ton cœur, pour mon bonheur,
Partager mon délire.
Mais qui peut t'aimer comme moi !
Toutes les nuits je te revois,
Et mon âme pleine de toi
Tous les jours te désire.

Quelquefois je m'éveille,
Flatté d'un tendre espoir,
À mes vœux, l'autre soir,
Tu parus moins cruelle.
Heureux moments ! pour un amant
Qui t'aime et qui t'adore.
Remplis d'une douce langueur,
Tes yeux avaient moins de rigueur,
Ma main reposa sur ton cœur,
Et ma main brûle encore.

Lettre de Mlle Felmé

Paris, ce 15 octobre 1782

Le monstre, mon cœur, le barbare, le cruel, le tigre ! Ah ! de quel nom affreux pourrai-je le nommer, celui qui a fait périr Rosalie ! C'est le jeune homme de province avec qui elle a vécu pendant quelque temps. Il y a trois jours qu'il s'est tué, et devant il avait écrit cette lettre à M. Le Noir[1] :

> Paris, ce 10 octobre 1782
> Ne cherchez plus, Monsieur, à découvrir l'auteur de l'assassinat de Rosalie : c'est moi qui l'ai commis. En vain depuis ce temps j'ai cherché à goûter du repos, mais cela m'a été impossible malgré que je sois sûr que mon crime est ignoré et qu'il n'est pas possible de pouvoir m'en convaincre. L'image de Rosalie est sans cesse présente à mes yeux. Le jour me déplaît et la nuit m'est plus terrible encore. Mon âme est incessamment en proie à mes remords. Je ne puis plus supporter la vie. Aussi ai-je résolu de me donner la mort. Mais avant, j'ai voulu vous avouer mon forfait, afin qu'on ne puisse l'imputer à personne, ainsi que ma mort.

Lettre de Mlle Julie

Ce mercredi 16 octobre 1782

Enfin, d'hier je suis dans mon nouvel appartement. Le comte, comme tu te l'imagines bien, a eu les prémices du lit. Il a fait des efforts incroyables de vigueur, mais hélas ! les désirs les plus ardents en fait d'amour sont très rarement, chez les hommes, accompagnés de la force suffisante pour les satisfaire, tandis que notre sexe est toujours en état de jouir. Je me rappelle à ce sujet une ancienne chanson faite pour prouver l'excellence du genre féminin. Je la chantai dernièrement au comte qui ne put s'empêcher de convenir que l'auteur avait raison sur tous les points. Tu seras peut-être charmée de la trouver ici.

CHANSON
Air connu

Par des raisons, prouvons aux hommes
Combien au-dessus d'eux nous sommes
Et quel est leur triste destin.
Nargue du genre masculin.
Démontrons quel est leur caprice,
Leur trahison, leur injustice.
Chantons et répétons sans fin :
Honneur au sexe féminin !

1. Le lieutenant général de police. [NdA]

L'homme ayant bu n'a plus de tête,
Moins raisonnable qu'une bête,
Il ne peut trouver son chemin.
Nargue du genre masculin.
Mais la femme est bien plus aimable,
Plus riante et plus agréable,
Quand elle est en pointe de vin.
Honneur au sexe féminin !

Qu'à Cythère on fasse un voyage,
De retour du pèlerinage,
L'homme est souvent triste et chagrin.
Nargue du genre masculin.
La femme en revient, au contraire,
Plus éveillée et plus légère,
Elle y retournerait soudain.
Honneur au sexe féminin !

Veut-on obtenir une grâce ?
L'homme suit son juge à la trace,
Et c'est presque toujours en vain.
Nargue du genre masculin.
Au lieu que la femme paraisse,
À lui donner chacun s'empresse.
Prend-elle ? on baise encore sa main.
Honneur au sexe féminin !

Je reviens à mon appartement. Que mon lit est doux ! Que les glaces qui y sont font un bien bel effet ! Et qu'il est agréable de voir ses charmes répétés mille fois et en autant de postures différentes ! S'il est un moyen sûr de doubler notre existence en multipliant nos sensations, je crois que c'est celui-là. Que je suis fâchée, ma chère Eulalie, que tu ne sois pas ici ! Que tu me féliciterais ! et que j'aurais de plaisir à te faire partager mon bonheur ! Nous serions toujours ensemble, et je n'irais jamais au spectacle sans toi.

J'attends dans ce moment, mon cher amant. Je veux lui donner l'étrenne de mon boudoir. Le voici qui entre. Je quitte l'Amitié pour voler dans les bras de l'Amour. Adieu.

Lettre de Mlle Julie

Ce mardi 22 octobre 1782

J'ai fait, ma chère amie, mes emplettes de robes d'hiver et de fourrures [1]. Voilà bientôt le temps où l'on fera l'amour auprès du feu. J'aime assez

1. « À Paris, ce n'est pas le temps qui règle les saisons, mais les époques que voici : le 1er novembre, les habits et robes d'hiver et le manchon ; le jour de Pâques, les habits et robes de printemps ; le jour de la Pentecôte, les habits et robes d'été ; et le 1er octobre, les

l'hiver ; on est plus rassemblé dans cette saison, et le jour des bougies est le plus avantageux pour notre sexe. J'ai maintenant un quart de loge à l'Opéra. Il commence aujourd'hui. J'en ai un aussi aux Italiens, mais il ne commencera que dans les derniers jours de novembre.

Le comte attire chez moi beaucoup de poètes et d'auteurs qui se disputent l'honneur de me lire leurs ouvrages. J'aurai dorénavant, une fois ou deux la semaine, un souper d'esprit. Que ma toilette va être abondamment fournie des bagatelles du jour ! Bouquets à Iris, sonnets, bouts-rimés, madrigaux, acrostiches, impromptus : tout sera de mon ressort, je jugerai de tout. Je ne serais pas surprise même de voir un jour mon nom passer à l'immortalité à l'aide d'une pompeuse dédicace. Je te ferai passer tout ce que je croirai pouvoir t'amuser.

Je vais toujours mon train avec mon amant, sans que le comte ait le moindre soupçon. Il me croit très fidèle. Je le comble de caresses, car je l'aime de bonne foi. Mais je ne puis l'aimer seul, mon cœur a besoin de beaucoup de nourriture. J'entends ici, chère amie, par *cœur*, celui du chevalier de Boufflers[1]. Adieu. Que n'es-tu avec moi ! Ma joie serait complète.

Lettre de Mlle Julie

Ce vendredi 1er novembre 1782

On m'annonça un de ces matins qu'une femme, se disant revendeuse à la toilette, demandait à me parler ; j'ordonnai qu'on la fît entrer.

Arrivée près de mon lit, cette femme me dit qu'elle serait bien aise d'être seule avec moi. Je fis retirer Sophie, et elle débuta ainsi : « Ce que je vois, Madame, me confirme assez qu'on peut-être aussi passionné pour vous que l'est la personne qui m'a priée de venir vous parler en sa faveur. Un prince russe, qui vous a vue plusieurs fois au spectacle, meurt d'envie de vous avoir quelques instants à sa disposition. Il part dans peu pour retourner dans sa patrie, et il dit que si vous ne le rendez heureux, il en mourra. Je suis chargée de vous demander à quel prix vous mettez vos faveurs, et de vous offrir, si vous ne voulez pas que l'entrevue se fasse chez vous, de venir chez moi. Je demeure à un second étage, je vends des modes, ainsi cela ne paraîtra pas suspect. Le prince s'y rendra et vous

---

habits et robes d'automne. Un homme qui se pique de se bien mettre aime mieux mourir de froid ou périr de chaleur que de ne pas suivre strictement l'étiquette. Il aurait peur qu'on ne le prît pour un homme arrivant du Congo. » [NdA]

1. Stanislas-Jean, chevalier, puis marquis de Boufflers (Lunéville, 1738 - Paris, 1815), fils du marquis de Boufflers et de Marie-Christine de Beauvau, futur gouverneur du Sénégal et de l'île de Gorée, puis ministre de la Marine de Louis XVI, laisse le souvenir d'un train de vie fastueux et de liaisons avec les courtisanes de Gorée qu'on appelle des *signares*, dont la célèbre Anne Pépin qui possédait la « Maison des Esclaves ». En dépit de ses nombreuses frasques sentimentales, le chevalier de Boufflers demeura fidèle à Madame de Sabran qu'il finira par épouser en 1797.

passerez ensemble dans une chambre qui est sur le derrière. » Je lui répondis que je ne pouvais accepter cette offre, attendu que j'avais pour entreteneur un homme très honnête et que je voulais lui être fidèle. « Bon, me répliqua-t-elle, Madame, vous devez saisir une aussi belle occasion que celle qui se présente : elles ne se rencontrent pas souvent. L'âge des amours passe rapidement, et il faut en profiter pour amasser de quoi s'en consoler dans l'arrière-saison. Croyez-moi, Madame, le prince est généreux et veut fortement ce qu'il désire : il en passera par où vous voudrez. Votre infidélité est un coup d'épée dans l'eau dont il ne restera pas la moindre trace. » Persuadée par ses raisons, je lui dis de dire au prince que s'il voulait me donner cinq cents louis, je me prêterais à ses désirs. La même femme revint trois heures après me dire que le prince avait accepté ma proposition et lui avait même remis deux cents louis pour me donner comme arrhes du marché. Je les pris et convins que je me rendrais chez elle le lendemain à neuf heures du matin. Je n'y manquai pas. Le prince m'attendait et me reçut avec toutes les caresses d'un amant passionné. Comme il était pressé de jouir, nous passâmes aussitôt dans la chambre qui nous était destinée, où m'ayant fait asseoir sur un sofa qui s'y trouvait, le prince s'amusa quelque temps à faire la revue de mes charmes. Puis, se découvrant tout à coup, il étala à mes yeux un membre viril dont l'aspect me fit trembler. Non, de ma vie je n'ai vu un homme aussi fortement constitué. Il semblait que tout ce que j'avais vu jusqu'à ce moment n'était que l'ombre de ce que je voyais alors. Ma main ne pouvait le contenir, et je désespérais même qu'il pût en faire usage avec moi, lorsque, riant de mon étonnement, le porteur de ce monstrueux outil m'étendit sur le sofa et se mit en devoir de le placer. Ce ne fut pas sans beaucoup de peine qu'il parvint au centre de la volupté. Mais après quelques secousses, plongée dans un torrent de délices, j'oubliai bientôt mes premières douleurs. Le prince, de son côté, ne se possédait plus, son âme tout entière semblait s'exhaler par ses soupirs. Quatre fois, sans quitter prise, il m'avait inondée, lorsque je le priai de vouloir bien me donner un peu de relâche. Il y consentit. Nous prîmes quelques rafraîchissements, et un quart d'heure après nous recommençâmes. Je retrouvai le prince aussi animé et aussi vigoureux que la première fois. Quel homme ! Je n'en ai jamais vu un pareil ! Enfin, après trois assauts pareils au premier, entre lesquels nous prenions quelques restaurants, je fus contrainte de prier le prince de cesser ses vigoureux exploits, l'assurant que je n'y pouvais plus tenir, et en effet, j'étais rendue. Il me remercia de la meilleure grâce possible, m'embrassa mille fois et me donna les trois cents louis dont nous étions convenus. Depuis ce temps, je n'en ai plus entendu parler. Juge, ma chère amie, quelle aubaine ! Tu vois que la fortune et les plaisirs se réunissent pour me rendre la plus heureuse des femmes.

CONTE

Une superbe chanoinesse
Portait dans ses sourcils altiers
L'orgueil de trente-deux quartiers.
Un jour, au sortir de la messe,
En présence de l'Éternel,
En face de tout Israël,
Tandis qu'elle fendait la presse
Et s'avançait le nez au vent,
Un faux pas fit choir la déesse
Jambes en l'air et front devant.
Cette chute fut si traîtresse
Qu'en dépit de tous ses aïeux,
Qui voulut vit de ses deux yeux
Le premier point de la noblesse.
Car on ne peut nier cela.
Toute noblesse vient de là.
Ce point en valait bien la peine.
L'ivoire, le rubis, l'ébène,
N'ont rien de plus éblouissant :
Elle avait raison d'être vaine.
Le beau chevalier qui la mène,
Noble et timide adolescent,
La relevait en rougissant
Et rassurait d'un air décent,
Mais plein de feu, mais plein de grâce,
La pudeur prise au dépourvu.
Ah ! Monsieur, dit-elle à voix basse,
Monsieur, ces bourgeois l'ont-ils vu ?

CHANSON

Air du *Du serin qui t'a fait envie*

Beautés qui fuyez la licence,
Évitez tous nos jeunes gens.
L'amour a déserté la France
À l'aspect de ces grands enfants.
Ils ont par leur ton, leur langage,
Effarouché la volupté,
Et gardent pour tout apanage
L'ignorance et la nullité

Malgré leur tournure fragile,
À courir ils passent leur temps,
Ils sont importuns à la ville,
À la Cour ils sont importants.
Dans le monde en rois ils décident,
Au spectacle ils ont l'air méchant.

Partout la sottise les guide,
Partout le mépris les attend.

Pour eux les soins sont des vétilles,
Et l'esprit n'est qu'un lourd bon sens.
Ils sont gauches auprès des filles,
Auprès des femmes, indécents.
Leur jargon ne pouvant s'entendre,
Et si leur serment peut tenter
Ceux que le besoin a fait prendre,
Bientôt l'ennui les fait quitter.

Sur leur air et sur leur figure
Presque tous fondent leur espoir,
Ils emploient dans leur parure
Tout le goût qu'ils croient avoir.
Dans le cercle de quelques belles.

Lettre de Mlle Victorine

Paris, ce 3 novembre 1782

Ma petite Cécile, ma bonne amie, a son brevet d'opéra. Il lui en a coûté d'accorder ses faveurs à V***. Dans ce pays, on n'a rien pour rien. Comme elle ne savait où donner de la tête en quittant sa mère, je l'ai menée chez la Comtesse, qui s'en est chargée. Elles m'ont beaucoup remerciée l'une et l'autre. Le lendemain, la Comtesse m'a envoyé une belle robe de satin couleur *œil du roi*, avec un superbe bonnet. C'est là une femme qui sait vivre.

Tu seras peut-être étonnée de la couleur *œil du roi*, mais apprends que c'est la régnante. Nous avons eu anciennement celle des *cheveux de la reine*. Avec le temps, nous parviendrons à connaître la couleur de toutes les parties royales.

Depuis quelque jours, j'ai par passade un officier qui s'en va en semestre. Il est très vigoureux. Il n'y a guère de nuit qu'il ne me réveille, et il me donne régulièrement le bonjour et le bonsoir. Il a une voix charmante. S'il passait l'hiver ici, j'en ferais mon amant, mais il part le vingt du mois. Je le regretterai bien pendant deux jours. Ainsi, juge si je lui suis attachée, car tu sais bien que je suis insensible, et c'est nécessaire dans notre métier. Aujourd'hui à l'un, demain à un autre, notre vie est un changement perpétuel de connaissances et de conduite. Avec l'un folâtre, avec l'autre sensible et avec un troisième flegmatique ; il faut être un peu comédienne et changer de rôle à tout moment.

Mon vieux fait toujours bouillir la marmite, sa femme dans ce moment est à toute extrémité, il ne la quitte pas d'un instant. Il y a huit jours qu'il n'est venu me voir, mais il envoie régulièrement savoir de mes nouvelles.

Lettre de Mlle Julie

Ce mercredi 6 novembre 1782

J'ai été lundi dernier aux Italiens, mon quart de loge commençant ce jour-là. Je suis très contente de Mme Dugazon. Qu'elle a de grâces ! Il est fâcheux qu'elle ne soit pas porteuse d'une plus jolie figure[1]. Je voudrais bien que Colombe et Adeline ne se peignent pas les lèvres avec du corail et ne se missent pas tant de blanc, cela les gâte au lieu de les embellir. La petite Desbrosse[2] est gentille, elle a une petite figure de fantaisie charmante. C'est bien dommage qu'elle préfère, dit-on, les femmes aux hommes, mais c'est malheureusement un goût qui règne à ce spectacle. Mmes Julien, Verteuil, Leroi et Adeline sont accusées d'avoir ce vice[3]. Mais à propos de Desbrosse, quelqu'un m'a assurée qu'elle avait le clitoris gros comme le petit doigt, et qu'il a des moments d'érection. Je serais curieuse de le voir, cela doit la gêner quand elle voit un homme. Que les danseuses y sont laides ! Si ce n'est la petite Rivière[4]. Elle a une petite figure chiffonnée qui plaît. Voici deux couplets que son amant a faits pour elle.

---

1. Célèbre actrice du Théâtre-Italien, Louise-Rosalie Lefèvre était l'épouse de J.-B. Henri Gourgaud, dit Dugazon, sociétaire de la Comédie-Française. Tout en lui reconnaissant beaucoup de talent, le critique de la *Correspondance littéraire* ne montre guère d'indulgence à l'égard de son physique : « Cette actrice peut dire : *Nigra sum, sed non formosa*, je suis noire sans être jolie. Elle a cependant de la grâce dans sa taille et dans toute sa figure, les yeux noirs et vifs, mais le nez un peu long et plat, et la bouche honnêtement grande » (*Correspondance littéraire*, éd. Maurice Tourneux, Paris, Garnier, 1877-1882, 16 vol., décembre 1767, t. VII, p. 497).

2. Marie Desbrosse avait fait ses débuts au Théâtre-Italien en 1776. Sa voix était belle et dirigée avec méthode, son jeu naturel et varié, mais son physique manquait de distinction et sa bouche grimaçait légèrement quand elle chantait, ce qui la destinait aux emplois comiques. Ayant pris très tôt de l'embonpoint, elle dut se résigner à jouer les duègnes.

3. D'abord simple pensionnaire à la Comédie-Française, Mlle Julien fut admise en 1780 au Théâtre-Italien, dont elle devint sociétaire l'année suivante. — C'est, dit-on, grâce à la protection de Monsieur, frère de Louis XVI, que Mme Verteuil, ancienne actrice de la Comédie-Française et du théâtre de Versailles, fut reçue sans audition préalable à la Comédie-Italienne, le 24 juillet 1779. Bien qu'elle fût engagée pour jouer les mères nobles, elle débuta le 14 avril de l'année suivante par le rôle de Sylvia dans *Le Jeu de l'amour et du hasard* de Marivaux. — Marie-Madeleine Rombocoli-Riggieri, dite Colombe la jeune, dite encore Adeline-Colombe, figura d'abord dans les ballets de la Comédie-Italienne avant d'y faire ses débuts de comédienne au mois d'avril 1776. Elle sut conquérir le public à force d'un incessant travail. Elle savait, selon Grétry, « par les grâces d'une heureuse tournure, réveiller l'indifférence et se faire souvent préférer à la beauté. » Elle fit preuve d'une conduite si déréglée qu'on lui appliqua pour la première fois le sobriquet de « cocotte », avec le sens péjoratif qu'il a conservé de nos jours (voir *Intermédiaire des chercheurs et des curieux*, 10 septembre 1877). Nous n'avons trouvé aucune trace d'une Mlle Leroi au Théâtre-Italien.

4. Sans doute la même que cite Restif de La Bretonne au début de la « Neuvième époque » (1785-1797) de *Monsieur Nicolas* (éd. Pierre Testud, Paris, Gallimard, coll. « Bibliothèque de la Pléiade », 1989, 2 vol., t. II, p. 372) : « Lorsque je fis mes *Réflexions sur l'Ambigu-Comique* et mes deux petites pièces pour ce théâtre, *La Cigale et la fourmi*, et

À Mlle RIVIÈRE

Air des amours d'été de *Mon honneur dit*, etc.

Mon tendre cœur, ma charmante Rivière,
Pour toi me fit trahir tous mes serments :
J'avais juré qu'en aucune manière
Je ne serais au nombre des amants.
Mais j'aperçus ta figure enfantine,
Et de nouveau l'amour fut mon vainqueur.
Mais maintenant, jamais aucune mine
Ne pourra rien sur mon fidèle cœur.

Ton cher amant, ma charmante Rivière,
En ce moment ne forme qu'un désir :
C'est que bientôt, devenant tendre mère,
Nous puissions voir notre amour s'affermir.
Mais de ton sexe aimable et très volage
Jamais n'imite la légèreté.
Joins la sagesse aux attraits du bel âge,
Et tu seras ma chère déité.

Pour la première danseuse, c'est un squelette qui n'a que la peau sur les os. Le prince Marsan a cru avoir ses prémices, il l'a entretenue quelque temps, mais il n'a eu que les restes de Pariseau, son ancien directeur aux Élèves de l'Opéra[1]. Elle lui devait bien cela, c'est lui qui l'a formée et faite ce qu'elle est. Elle a du talent pour la danse. Sa taille et son pied demandaient une autre figure. Tu seras surprise, sans doute, de me voir si bien au fait de ce spectacle pour si peu de temps que je le fréquente. Mais ton étonnement cessera si tu veux te ressouvenir que j'ai souvent chez moi la fleur des beaux esprits, et que personne n'est mieux instruit que ces messieurs de toutes les anecdotes des spectacles, de la cour et de la ville. Adieu, chère amie, porte-toi toujours bien et donne-moi de tes nouvelles.

Le Jugement de Pâris, comédie-ballet que je destinais à faire briller les talents naissants pour la danse de Mlle Rivière. »

1. Pierre-Germain Parisau (ou Pariseau) avait été clerc de procureur, agent d'affaires, puis acteur et directeur d'un théâtre appelé *Les Élèves de l'Opéra*, boulevard du Temple. En 1789, il fonda le journal satirique antirévolutionnaire intitulé *La Feuille du jour*. Sa maison fut pillée le soir du 10 août 1792. Il mourut sur l'échafaud en 1794. — Fondé par Abraham, danseur de l'Opéra, et Tessier, ancien acteur de province, le théâtre des *Élèves de l'Opéra* fut ouvert le jeudi 7 janvier 1779. Malgré le succès obtenu par la première représentation (*Jérusalem délivrée, ou Renaud et Armide*, tragédie-pantomime en quatre actes), les directeurs ne purent bientôt plus soutenir les frais de cette exploitation et cédèrent leur privilège à Parisau, acteur et auteur de ce spectacle. Ce dernier ne fit pas de meilleures affaires. Bientôt poursuivi, traqué par une foule de créanciers avides, il dut fermer son théâtre au mois de septembre 1780.

Lettre de Mlle Julie

Ce jeudi 14 novembre 1782

Si cela continue, ma chère amie, je serai à mon aise dans peu. La Comtesse m'a fait avertir qu'il y avait cinquante louis à gagner si je voulais passer chez elle un quart d'heure. Comme j'ai des obligations à cette femme qui m'a rendu plusieurs services importants, et que c'est une ressource à ménager, j'ai accepté. Je suis rentrée chez elle par la porte de derrière et suis sortie de même. C'était un évêque qui avait un caprice pour moi. Sa Grandeur, s'étant dépouillée de tous ses vêtements, me pria de faire de même. Ainsi, nus devant un bon feu, il me fallut remuer l'outil de Sa Révérence, tandis que l'illustrissime fourrageait le bosquet de Cypris. Animé par ce double jeu, les yeux pleins de luxure, et se sentant dans une érection suffisante, le voluptueux prélat me porta sur le lit, où, par une douce et copieuse libation, nous achevâmes le sacrifice…

Je rentrai chez moi très satisfaite. Le comte y était venu. Mais Sophie, qui entend le jars[1], lui a dit que je ne faisais que de sortir pour aller voir une des mes amies qui était en mal d'enfant, et qu'elle ne savait pas au juste quand je serais de retour. Le chevalier de Langeac, que tu as connu autrefois, vient de faire un charmant couplet sur Nicolas[2]. Le voici :

Air de *Et voilà comme, et voilà justement*

Vous savez bien, mes chers amis,
Qu'il faut des coqs pour côcher[3] nos poulettes.
Vous savez bien qu'il faut des nids
Pour y déposer les petits.
Vous savez bien que les fillettes
Tendent des lacs où nous sommes tous pris.
Or, de ces nids, de ces coqs, de ces lacs,
L'Amour en a fait Nicolas.

Plusieurs de nos anciennes connaissances que la misère faisait raccrocher dans les rues, après avoir été si élégantes, ont été arrêtées ces

1. *Jars* : mâle de l'oie domestique. « On dit d'un homme qu'il entend le *jars*, pour dire qu'il est fin, et qu'il n'est pas aisé de lui en faire accroire » (*Dict. Acad.*, 1798).

2. Fils de la célèbre Mme Sabatin, qui avait épousé un marquis de Langeac, le chevalier-abbé de Langeac (1750-1839) était un poète mondain, sans réel talent, auteur de maints couplets de circonstance : odes, épîtres, épigrammes, impromptus, etc. À quinze ans, il reçut le prix de poésie de l'Académie pour une pièce intitulée *Lettre d'un fils parvenu à son père laboureur*. Ayant appris cette distinction si peu méritée, le baron Grimm ne put contenir sa colère : « Vous me direz que si l'abbé-enfant a mieux fait que ses rivaux, l'Académie n'a fait que justice en le couronnant. Mais cette *Lettre d'un fils parvenu à son père laboureur* est misérable. Elle est fort courte et on ne peut pas la lire sans être excédé de sa pauvreté et de sa platitude. Cela n'annonce aucun talent, cela ne renferme aucune idée passable. C'est le ramage insipide d'un petit serin qui n'a pas plus de sang dans ses veines que de cervelle dans sa tête » (*Correspondance littéraire*, éd. cit., t. VIII, p. 168).

3. *Côcher* : « il se dit des coqs qui couvrent la poule. Il se dit aussi des mâles des oiseaux qui couvrent leurs femelles » (*Dict. Acad.*, 1798).

jours passés et mises à Saint-Martin[1], et pourraient bien aller de là à l'Hôpital[2] pour quelques mois, si personne ne les réclame. Mais comme je connais un des premiers commis de la police, je ferai mon possible pour faire sortir Flore et Violette. Il faut tâcher d'obliger, on ne sait pas ce qui peut nous arriver. Je t'aime toujours.

Lettre de Mlle Rosimont

Paris, ce 12 novembre 1782

Apprends, ma chère amie, qu'il y a deux jours que le père Anselme, carme, est venu chez moi. Jamais je n'ai été si bien chevauchée. Je t'avoue que l'idée de me prêter à un moine me répugnait, mais la manière dont il débuta vis-à-vis de moi me séduisit. En entrant, il mit cinq louis sur ma cheminée, et me montrant un priape des plus gros, me dit : « Foutre, avec un instrument comme cela, on ne devrait pas payer, mais il faut que *le prêtre vive de l'autel.* » Et aussitôt il me gîta sur mon lit et sans quitter prise il m'inonda cinq fois. Tu crois peut-être que c'est là tout ? Eh bien, tu te trompes : m'ayant un peu patinée, il recommença et le fit encore trois fois. Ma foi, vivent les carmes ! S'ils ont tous la même vigueur (ce que m'a affirmé père Anselme), leur renommée est bien juste. J'ai été très contente de lui, et lui de moi. Il doit revenir me voir et m'a même promis de me donner la pratique d'un de ses amis. Adieu, je te souhaite de trouver quelque carme ou des gens qui leur ressemblent.

Lettre de Mlle Julie

Ce jeudi 20 novembre 1782

C'était, lundi, la fête du comte. Les poètes de sa connaissance se sont empressés de les complimenter en vers de leur façon. Il y a eu grand souper chez moi ; je lui ai donné pour bouquet mon portrait sur un souvenir. Il a été enchanté de ce cadeau, sa joie était au comble, il était comme un fou.

Comme je sais qu'il aime la musique, j'avais prié des musiciens à souper, et il y eut concert. Nous avons passé la soirée la plus agréable. Parmi les chansons que l'on a chantées, j'en copie ici deux qui m'ont paru jolies.

---

1. Prison où l'on met les filles de mauvaise vie, en attendant qu'elles soient jugées par le lieutenant général de police. [NdA]

2. Maison de correction auprès de Paris, où l'on envoie les filles publiques pour trois, six et neuf mois, selon la gravité du délit. Elles sont obligées de faire une certaine tâche d'ouvrage chaque jour ou de payer une somme dite, si elles veulent s'en dispenser. En sorte que par ce moyen, elles paient ou gagnent leur nourriture. [NdA]

ROMANCE

Air de *Tandis que tout sommeille*

Ne soyez qu'infidèles,
Sans crime on peut changer ;
Mais, sans les outrager,
Aimez toutes les belles.
Si les amours portent toujours
Votre cœur sur leurs ailes,
Imitez l'inconstant Zéphyr,
Sans bruit il poursuit le plaisir,
Et caresse sans les flétrir
Toujours roses nouvelles.

Le bruit est pour la gloire,
Le secret pour l'amour ;
Heureux amants, toujours
Cachez votre victoire :
Dans vos succès soyez discrets,
Aimez avec mystère ;
Le ciel fit les myrtes épais
Pour cacher sous leurs voiles frais
Et les plaisirs et les secrets
D'une tendre bergère.

CHANSON

Air de *Avec les jeux dans le village*

Pourquoi cette guerre civile
Entre gens faits pour être amis ?
Soyez d'une humeur plus facile,
Mes jeunes et mes vieux amis.
Nul intérêt ne vous divise,
La nature a marqué vos lots.
N'ayez qu'une seule devise,
N'apprêtez point à rire aux sots (*bis*).

Que la jeunesse ait en partage,
À côté de mille agréments,
Le défaut d'être un peu volage,
C'est un malheur de tous les temps.
Que de fâcheuses découvertes
Aux vieillards donnent de l'humeur,
Qu'ils soient affligés de leurs pertes,
C'est encore une vieille erreur (*bis*).

Chaque âge aura toujours son code,
Ses plaisirs et sa vanité.
Mais que la raison raccommode
L'enfance et la caducité :

L'une se croit trop raisonnable,
L'autre trop sûre de charmer.
Faites mieux, soyez plus aimables,
Et apprenez à mieux aimer (*bis*).

Le comte m'a promis son portrait pour payer le mien. J'en serai flattée, car je l'aime beaucoup malgré mes infidélités. À propos d'infidélités, mon jeune amant a acheté les postures de l'Arétin avec les gravures. Nous nous amusons chaque jour à en essayer quelques-unes dans mon boudoir aux glaces. Ah ! quels moments délicieux nous passons ensemble ! Les heures nous paraissent des instants. Ô divine jouissance ! rien n'est comparable au bonheur que tu procures. La vie maintenant m'est chère, j'aurais bien de la peine à la quitter. Que les temps sont changés ! il ne manque à mon bonheur, pour le rendre parfait, que d'avoir avec moi ma chère Eulalie. Adieu.

Lettre de Mlle Felmé

Paris, ce 25 novembre 1782

La misère, mon cœur, est parmi les pauvres demoiselles. Quantité qui, anciennement, ne faisaient que des parties ou des passades sont réduites à raccrocher. Flore et Violette, qui y étaient obligées, ont été arrêtées, et sans Julie, qui a employé quelques protections qu'elle a dans les bureaux de la police, elles allaient à l'Hôpital au moins pour trois mois. Quel temps ! Ah ! que la guerre est cruelle pour nous ! Puisse-t-elle bientôt finir ! On dit que ça sera pour le commencement de l'année prochaine… Je le désire bien pour mes consœurs et pour moi, car je végète.

Jeudi dernier, Sainte-Marie et moi avons fait, chez la Présidente, un souper avec deux Italiens. Ils étaient très aimables et n'avaient nullement le goût *ultramontain*, il fallait seulement, pendant la jouissance, les fouetter avec un martinet de parchemin rempli de camions [1].

Lettre de Mlle Julie

Ce mercredi 27 novembre 1782

En lisant celle-ci, tu vas t'écrier : toujours des vers ! Mais tu m'as mandé qu'ils te faisaient plaisir. J'ai sans cesse des poètes chez moi, il faut bien se conformer au goût de nos amants.

1. *Camion* : « fort petite épingle » (*Dict. Acad.*, 1798). Cet instrument de supplice devait être d'un usage courant dans les maisons de plaisir, car l'enquête sur la fameuse équipée du marquis de Sade chez les prostituées de Marseille en juin 1772, rapporte que l'auteur de *Justine* s'était fait flageller avec « un fouet de parchemin tout ensanglanté, dont les extrémités étaient armées d'épingles courbes » (dossier de l'instruction publié par Maurice Heine dans *Le Marquis de Sade*, Paris, Gallimard, 1950, p. 130).

VERS SUR UN PETIT ARBRISSEAU

Tendre lilas,
Mon cœur à jamais te préfère
Aux faveurs de nos Mécénas,
Au vert olivier de Pallias.
Plus que le laurier même à mes yeux tu sais plaire,
Sur tous les arbrisseaux je te donne le pas.
Cadeau chéri de ma bergère,
Orne le réduit solitaire
Où nuit et jour je rêve à ses appas.
Que, de nos cœurs, interprète sincère,
L'amour sur ton écorce imprime l'entrelacs
Et du nom de Glycère
Et de celui d'Hylas.
Puisses-tu de la main d'une si tendre mère,
Transplanté dans cette île, émule de Cythère,
Que la Marne couronne et ceint d'un double bras,
Témoin officieux de nos joyeux ébats,
Protéger le plus doux mystère !
Là, couchés mollement sur la jeune fougère,
D'un dais de fleurs tu nous couronneras.
À tes pieds nous prendrons les plus simples repas.
Tu te croiras heureux de notre sort prospère.
Mais nos plaisirs tu les tairas.
Ne souffre point qu'un chasseur sanguinaire
Sous toi d'un tendre oiseau médite le trépas :
L'Amour et ma Glycère
Ont seuls droit d'y tendre des lacs.
Sous ton ombre que je révère
Nous viendrons tous les ans oublier les frimas
Et te rendre au printemps visite régulière.
Mais quand l'ardent Phébus et l'Aquilon sévère,
De ton feuillage sec viendront couvrir la terre,
En te quittant, je me dirai tout bas :
Tel est le sort de la fleur passagère.
Comme la fleur des champs, que le cœur de Glycère,
Amour, ne change pas.

Je finis, le comte vient, adieu. Je te souhaite de la joie et la santé.

Lettre de Mlle Violette

Paris, ce 27 novembre 1782

Il m'est arrivé, ma chère Eulalie, une aventure bien désagréable. J'ai été arrêtée, et sans ma bonne Julie, qui s'est intéressée à moi, j'allais faire un séminaire à l'Hôpital. Comme cette aventure est sue, ça va me faire du tort, et je suis dans le dessein de quitter Paris. J'ai envie d'aller à Bordeaux, mandez-moi si vous me le conseillez. Si vous me détournez de ce projet, j'irai à Lyon ou à Marseille, m'étant impossible de rester ici, où il n'y a pas de l'eau à boire à cause de la guerre, et que les femmes de qualité se mêlent aussi du métier. Il n'est rien de si commun que d'entendre maintenant : « Madame la marquise, ou Madame la comtesse, ou même Madame la duchesse une telle est entretenue par monsieur untel. » Et MM. les financiers ont la rage de donner dans la condition ; ils croient par là s'illustrer. Pauvres sots qu'ils sont ! Quand ils seront ruinés, la marquise ou la fille entretenue les mettront de même à la porte. J'attends, ma chère Eulalie, votre réponse avec beaucoup d'impatience. Je vous prie de croire que personne ne vous est plus sincèrement attachée que moi.

Lettre de Mlle Julie

Ce lundi 2 décembre 1782

J'ai oublié de te mander que Renesson a fait à la messe des Petits-Pères [1] la connaissance d'un vieux qui n'est pas trop dégoûtant. Il lui donne dix louis par mois pour avoir ses entrées chez elle, lui permettant de faire, pendant son absence, tout ce qui lui plaira. Il ne peut plus rien qu'une fois en six mois, mais son grand plaisir est la *maniote* et de se faire donner le fouet. Elle a consenti à tout cela et l'a pris en attendant mieux.

Rosette a été plus heureuse ; elle a maintenant pour entreteneur un notaire. C'est du solide, et encore facile à tromper, ayant des occupations auxquelles il ne peut se soustraire et pendant lesquelles on peut être tranquille.

Le comte est allé passer deux jours à Versailles. Pendant ce temps, mon amant l'a remplacé. Il semblait que je ressentais plus de plaisir avec lui, et que les glaces faisaient mieux leur effet. On a bien raison de dire qu'une chose défendue paraît toujours meilleure. Je finis vite, mon coiffeur m'attend pour me couper les cheveux et me friser. C'est une opération très longue et qui m'ennuie d'avance. Adieu.

1. « Anciennement, la messe où allaient les agréables et les demoiselles qui voulaient étaler leurs attraits était celle des Quinze-Vingts. Depuis qu'ils ont été transférés dans le faubourg Saint-Antoine, c'est maintenant aux Petits-Pères[a], couvent de la place des Victoires, où se dit la messe du beau monde. » [NdA]

a. L'église des Petits-Pères passait même, au XVIIIe siècle, pour un lieu de *drague* particulièrement fréquenté, surtout les dimanches et jours de fête. « On est sûr d'y rencontrer nombre de belles qui font assaut de leurs charmes, et qui sont certainement toutes à louer, note l'inspecteur de police Marais. Mais sitôt que quelqu'un a mordu à l'hameçon, elles désertent le temple de Dieu pour se livrer entièrement au monde » (cité dans Camille Piton, *Paris sous Louis XV*, Paris, Mercure de France, 1910, 5 vol., t. III, p. 124).

Lettre de Mlle Felmé

Paris, ce 7 décembre 1782

Tu n'as cessé, mon cœur, de me vanter les jolis vers que t'envoyait Julie, et de me mander combien cela t'amusait. Dans peu je t'en enverrai qui, je crois, ne t'ennuieront pas.

Je ne sais si à Bordeaux c'est comme ici. Maintenant toutes les modes sont à la *Malbrough* : il n'y a pas même jusqu'aux chansons qui sont sur l'air de *Malbrough*. L'origine de cela est que le roi étant allé avec la reine voir Monseigneur le dauphin, ils trouvèrent sa nourrice qui chantait pour l'endormir. Ils voulurent savoir quelle chanson, et elle leur chanta *Malbrough s'en va-t-en guerre*. Le roi et la reine en rirent beaucoup, et cela en fut assez pour qu'on fît tout à la *Malbrough*[1].

Le beau D*** a eu la petite vérole ; on dit qu'il en est tout défiguré. J'en suis charmée ; il était trop infatué de sa figure, il ne regardait jamais une femme sans qu'il n'ait l'air de dire : en vérité je vous fais trop d'honneur, avouez que vous seriez bien aise de me posséder. Les femmes devraient bien se liguer contre cette espèce d'hommes. Mais il me semble que plus un homme est fat et impertinent, plus les femmes le recherchent. Que nous avons grand tort ! Quand ouvrirons-nous les yeux ? Adieu, mon cœur, je te suis attachée pour la vie.

Lettre de Mlle Julie

Ce lundi 9 décembre 1782

La femme à mon prince russe est revenue et m'a dit qu'un Italien d'un très haut rang qu'elle ne pouvait nommer, encore moins dire la qualité, demandait la même grâce que le Russe et accepterait le marché au même prix, pourvu que je voulusse me prêter à la mode de son pays. Je me suis beaucoup récriée, j'ai dit que c'était une proposition horrible. La femme m'a répondu que chaque pays avait ses usages, elle m'a ensuite cité

1. On croit généralement que la chanson de Malbrough fut composée par quelque loustic de régiment, après la bataille de Malplaquet et les grands désastres infligés à la France par lord Churchill, duc de Marlborough. Le bruit de la mort du général anglais avait un moment couru après la bataille, et c'est là-dessus que la facétieuse romance fut composée. Toutefois, on ne voit pas qu'elle ait été populaire avant la fin du XVIIIe siècle. On ne la connaissait pas à Paris avant 1781, époque à laquelle Marie-Antoinette l'apprit de Mme Poitrine, nourrice du dauphin, qui l'avait rapportée de sa province où, paraît-il, on la chantait depuis longtemps. Ce fut la cour de Louis XVI qui la mit à la mode. Six comédies sur ce thème furent représentées sur les théâtres parisiens dans les années 1783-1784 : *Marlbrough s'en va-t-en guerre* (24 février 1783), *Monsieur de Marlborough ou l'enchanteur Rossignolet* (2 mars 1783), *Les Bilboquets, les pantins, Bacchus et Marlborough* (15 juillet 1783), *Churchill amoureux ou la jeunesse de Marlborough* (7 août 1783), *Le Combat, la mort, les funérailles et le réveil de Marlborough* (1783), *Marlborough* (1784). Sans compter les nombreux vaudevilles chantés sur l'air fameux.

nombre de nos élégantes qui n'étaient pas si difficiles. Les cinq cents louis, plus que toutes ses raisons, me déterminèrent. J'étais curieuse, en outre, de voir ce qu'une femme éprouvait à ce jeu. J'ai donné rendez-vous et m'y suis rendue. Ce n'est qu'avec bien de la peine que notre Italien en est venu à son honneur, j'ai cru qu'il me déchirait le derrière, je n'ai pu m'empêcher de crier. En vain, pendant qu'il opérait, ses mains cherchaient-elles à me procurer du plaisir ; je n'en ai pu prendre aucun et suis sortie en jurant bien que jamais je ne souffrirais qu'on jouît de moi à l'italienne. Je ne te conseille pas, chère amie, d'en essayer. Adieu. Brûle cette lettre, de crainte qu'elle ne s'égare.

Lettre de Mlle Julie

Ce lundi 16 décembre 1782

Depuis ma dernière aventure, je ne puis concevoir comment Thévenin, surnommé l'As de Pique[1], aime beaucoup à être vue à l'italienne, et prie ceux qui veulent l'avoir de le faire ainsi. Sans doute c'est de peur de faire des enfants. Mon comte est de retour de Versailles, j'ai passé la nuit dans ses bras. L'absence avait fait un très bon effet ; il en était plus vigoureux et plus amoureux. Il m'a dit qu'à la cour on parlait fortement de la paix ; il sait le désir que j'ai qu'elle se fasse.

Je viens de voir la liste de la loterie de France ; j'ai gagné 900 livres passées. Hélas ! quand j'étais dans l'embarras, je n'aurais pas eu ce bonheur-là : l'eau va toujours à la rivière. Je vais employer cet argent à acheter quelque pompon[2] de diamant. Le comte ne m'en a pas encore donné, ayant été obligé de dépenser beaucoup pour me meubler et monter ma maison. Il m'en a promis pour l'année prochaine, mais c'est encore bien long.

J'irai demain faire des emplettes de chiffons. Je prendrai ce qu'il y a de plus nouveau. Je tâcherai aussi que dans le paquet il y ait les souliers de Charpentier[3]. Adieu.

---

1. On l'appelle ainsi à cause qu'étant extrêmement blonde et ayant la peau d'une blancheur extrême, elle a le bosquet de Cypris d'un noir d'ébène. Ce que je rapporte ici n'est pas ouï-dire : je l'ai vu moi-même. [NdA]

2. *Pompon* : « terme générique, que les femmes emploient pour signifier les ornements de peu de valeur qu'elles ajoutent à leurs coiffures ou en général à leurs ajustements » (*Dict. Acad.*, 1798).

3. C'est le plus fameux cordonnier[a] pour femmes qu'il y ait à Paris. Quand il vient prendre mesure, c'est actuellement en cabriolet, mais anciennement c'était en carrosse. Il s'est ruiné par son luxe. Sa femme est très jolie, il en est éperdument amoureux. Les meubles de chez lui étaient en damas. Il donnait des concerts, des bals, et voyait beaucoup de gens de distinction qui allaient courtiser Madame et rire de ses sottises. Quand M. Charpentier prend mesure de souliers à une jolie femme, il est plaisant de l'entendre : il l'accable de compliments. On ne le prendrait pas, à son habillement, pour un cordonnier, mais pour un homme de robe. Il est en habit noir, avec une perruque à la conseillère. [NdA]

a. Ce cordonnier tranchait du gentilhomme : il avait maison montée, douze laquais dans

Lettre de Mlle Felmé

Paris, ce 20 décembre 1782

Qu'avec plaisir, mon cœur, je vois la fin de l'année. Jamais je n'en ai eu une si mauvaise. Malgré toute mon économie il m'a été impossible de rien mettre de côté. Je suis même bien heureuse de n'avoir pas été obligée de prendre sur mes épargnes, cela me recule beaucoup pour quitter le métier.

J'ai été hier me faire dire la bonne aventure[1]. On m'a promis beaucoup de bonheur, et avant un an un entreteneur. J'ai la plus grande confiance dans cette bohémienne. C'est la même qui a prédit à Renesson une partie des aventures heureuses qu'elle a eues ; elle en a fait autant à Rosière.

Tu sauras que maintenant la Duthé est mariée à un riche négociant de Londres. On dit qu'elle est devenue très vertueuse et ne s'occupe que des affaires de son ménage[2]. Cette fille a bien fait son chemin, quoique sans esprit. Il n'y a, mon cœur, dans notre métier *qu'heur* et *malheur*, comme dans le militaire.

J'espère que cette année je pourrai aller courir les messes de minuit. Je ne suis pas, comme l'année passée, retenue dans ma chambre par un gros rhume.

Au cas où je ne t'écrive plus de l'année, sois persuadée, mon cœur, que personne ne forme des vœux plus sincères pour ton bonheur que ta chère et tendre amie pour la vie.

Lettre de Mlle Julie

*Ce samedi 19 [*sic *pour 21] décembre 1782*

Tes commissions sont faites. Je me flatte que tu seras contente. Elles doivent partir par la première diligence. J'ai ajouté une petite robe d'un petit satin à la mode. Sûrement tu seras une des premières à le porter à Bordeaux.

Voici des vers que mes beaux esprits m'ont donnés pour du nouveau. Puissent-ils t'amuser. Il ne paraît jamais de nouveautés qu'on ne me les lise. Souvent, je ne les écoute pas et suis occupée à autre chose.

---

son antichambre, et naturellement un théâtre privé où il se piquait de jouer la tragédie. On peut lire la burlesque aventure dont il fut victime à cette occasion dans Maurice Lever, *Théâtre et Lumières. Les spectacles de Paris au* XVIII*e siècle*, Paris, Fayard, 2001, p. 307-308.

1. Les filles ont la fureur de se faire dire leur bonne aventure ; elles sont sans cesse occupées à déterrer les bohémiennes, qui ne font leur métier qu'en très grande cachette, car quand la police les découvre elle les envoie prophétiser à Bicêtre. [NdA]

2. Catherine Rosalie Gérard, dite Mlle Duthé (1748-1830), entrée à l'Opéra en 1766, ne cessa de défrayer la chronique par ses aventures galantes. Elle fut choisie pour donner les premières leçons de plaisir au duc de Chartres, père de Louis-Philippe, avant de devenir la maîtresse du comte d'Artois, futur Charles X, ce qui acheva d'asseoir sa réputation de courtisane.

TRÈS HUMBLES REMONTRANCES DU « FIDÈLE BERGER », CONFISEUR RUE DES LOMBARDS À M. LE VICOMTE DE SÉGUR[1]

Ô vous, dont la muse légère,
L'enjouement, les grâces, le ton,
Cueillent les roses de Cythère
Et les lauriers de l'Hélicon,
Qui de nos amants infidèles
Présentez à toutes nos belles
Et les charmes et le danger,
Aviez-vous besoin de voler,
Ségur, pour vous faire aimer d'elles,
Les fonds du « Fidèle Berger » ?
Que deviendront mes friandises,
Mes petits cœurs et mes bonbons ?
Qui brisera mes macarons
Pour y trouver quelque devise ?
Assuré pour le nouvel an
De messieurs de l'Académie,
J'avais épuisé leur génie
Et j'en étais assez content.
Mais près de vous quel auteur brille ?
Vous possédez assurément
Plus d'esprit et plus de talent
Qu'il n'en tient dans une pastille.
Entre nous autres confiseurs,
Nous savons ce que sur les cœurs
Peuvent produire les douceurs.
Si donc une des nobles dames
Que vous chantez si galamment,
S'échauffant à vos douces flammes,
Fait de vous un heureux amant,
Songez au dédommagement
Que vous devez à ma boutique,
Et m'accordez votre pratique
Pour le baptême de l'enfant.

Le jour de Noël, j'irai à la messe de minuit. Il y aura grand réveillon chez moi ; c'est le comte qui a arrangé cela.

Le comte attend sans doute le jour de l'an pour me donner son portrait, afin que cela me serve d'étrenne. Quant à moi je lui donnerai une gerbe de mes cheveux.

Adieu, ma chère, prends garde de t'enrhumer ; le temps est des plus froids. Je tousse un peu et je me dispose à garder la chambre, quoique ce soit aujourd'hui mon jour de loge aux Italiens.

1. La rue des Lombards était, aux XVIIe et XVIIIe siècle, celle des droguistes et des confiseurs. On y trouvait, vers le n° 54 actuel, le célèbre magasin de confiserie *Au Fidèle Berger*, fondé en 1720, et dont la vogue se prolongea jusqu'au Second Empire.

Lettre de Mlle Rosimont

Paris, ce 27 décembre 1782

Ah ! ma chère amie, que la veille de Noël je me suis amusée à courir les messes de minuit. J'étais avec un officier de dragons mis en bourgeois, et moi en bourgeoise. Vingt fois j'ai pensé éclater de rire en voyant ces vieilles dévotes édentées qui ne cessaient de se donner des *mea culpa* et se battaient pour parvenir au confessionnal. Je plains le prêtre obligé d'entendre leurs vilains péchés, car en vérité je défie qu'elles en fassent d'autres. J'imagine qu'il se dédommage lorsque quelque jeune tendron vient lui raconter ses fredaines. Il me prit envie d'aller me mettre dans le confessionnal afin de voir si je pourrais rien entendre. Mon conducteur m'en empêcha et il fit bien. J'aurais été fort sotte, si le prêtre se fût retourné de mon côté. Je n'aurais su que dire, ne me souvenant plus comment il faut s'y prendre.

Après avoir couru depuis onze heures jusqu'à une heure du matin, nous sommes venus faire réveillon et coucher ensemble. Mon officier a célébré les trois messes de Noël, et je gage qu'aucun prêtre n'a officié de meilleur cœur que lui. Pour moi, je l'ai bien secondé.

P.S. Excuse, ma chère amie, j'oubliais de te souhaiter une bonne année. Je désire que dans le courant de 1783 tu ne sois jamais ratée, et que tu goûtes soir et matin du bonheur suprême. Avoue que voilà des souhaits dignes de ton espiègle. Mais, badinage à part, ils sont très bons et plus d'une femme désirerait qu'ils s'accomplissent à son égard. Rien n'est au-dessus de la jouissance. Ces moments fortunés dans la vie font tout notre contentement. Hélas ! sans eux que ferions-nous ? Pour moi, je ne pourrais supporter la vie.

Lettre de Mlle Julie

Ce dimanche 29 décembre 1782

C'est la dernière fois que je t'écrirai de l'année. La partie que je t'avais annoncée pour le jour de Noël n'a pas eu lieu à cause de mon rhume, mais je sors depuis trois jours. Tout le temps que j'ai gardé la chambre, je n'ai cessé d'avoir du monde. Le comte ne m'a pas quittée un seul instant, ce qui m'a beaucoup gênée. Je n'ai pu voir mon amant que quelques moments à la dérobée. Il se rendait dans la chambre de Sophie, et lorsque je voyais le comte fort occupé à jaser, je m'échappais pour aller l'y trouver. J'ai une fois pensé être surprise. Comme je descendais de chez ma femme de chambre, j'ai trouvé le comte qui y montait, inquiet de ma trop longue absence et craignant que je ne me fusse trouvée mal. En vérité, trop de soins souvent importune. Adieu, mon cœur, je te souhaite en 1783 tout le bonheur possible. Quant à mon amitié, elle sera toujours la même.

Lettre de Mlle Victorine

Paris, ce 30 décembre 1782

La femme de mon vieux, ma bonne amie, est morte : cela lui donne beaucoup d'affaires. J'en profite pour avoir plus de passades qu'à l'ordinaire, quoique cependant elles sont rares, attendu qu'il y a peu d'étrangers. Je vais aux spectacles, d'où quelquefois je ramène quelqu'un souper chez moi. Il s'en est trouvé un parmi eux singulièrement constitué : il a trois couilles et un vit qui n'est pas plus gros que le petit doigt. Il bande beaucoup et décharge presque aussitôt, mais plusieurs fois de suite. En trois fois qu'il me l'a mis pendant la nuit, il a déchargé quatorze fois. J'ai vu quelques hommes dans ma vie, mais je n'ai jamais rien vu de semblable. Cela m'a divertie un moment. J'ai un jeune auteur dramatique qui me fait la cour. Il aura mes faveurs s'il veut me donner une entrée d'un an aux Italiens[1]. Je finis, ma bonne amie, en te souhaitant beaucoup de bonheur pour l'année où nous allons entrer. Quant à mon amitié, elle sera toujours la même et durera autant que moi.

Lettre de Mlle Julie

Ce jeudi 2 janvier 1783

Pour mes étrennes, le comte m'a donné une paire de bracelets en brillants, sur l'un desquels est son portrait, et sur l'autre son chiffre et le mien. Je l'ai beaucoup remercié, mais il m'a imposé silence de la façon la plus galante. Mon amant m'a donné un petit pompon, mes beaux-esprits des vers et des dragées. Quelques amis du comte m'ont donné d'autres petites babioles. Je suis très contente et voudrais que le jour de l'an vînt tous les mois.

Si tu as jamais un mari, je souhaite qu'il ressemble au héros de cette chanson, qu'on peut appeler le modèle des maris.

CHANSON

Sur l'air d'Albanesse : *Hé ! qu'est qu'ça me fait à moi*

Chaque jour plus élégante,
Si partout ma femme plaît,
Des amis qu'elle me fait
Si toujours le nombre augmente,
Hé ! qu'est qu'çà me fait à moi ?
Quand je chante et quand je bois ?

1. À chaque pièce que donne un auteur, il a une entrée d'un an. Quand il en a donné assez pour avoir ses entrées pour sa vie, il peut alors en disposer en faveur de qui il lui plaît. [NdA]

Qu'elle reste à sa toilette
Jusqu'à l'heure du rempart[1],
Que son panache avec art
Se lève et flotte en aigrette,
Hé ! etc.
Pour qui je crois qu'elle est faite,
Hé ! etc.

De quel éclat elle brille,
On la lorgne et chacun dit :
La parure s'embellit
Sur une femme gentille.
Hé ! etc.
Le soir je la déshabille.
Hé ! etc.

Qu'elle parcoure à la foire,
Se donnant mille bijoux,
Qu'un chevalier des plus fous
La ramène à la nuit noire,
Hé ! etc.
Je ne paie pas le mémoire.
Hé ! etc.

Souvent, sans que je la presse,
Elle soupe à la maison,
Et quand je rentre au salon
J'y vois régner l'allégresse,
Hé ! etc.
On me flatte, on me caresse,
Hé ! etc.

Le boudoir est préférable,
C'est là que Madame rit,
Et plus le cercle s'étrécit,
Plus Madame est adorable.
Hé ! etc.
Chacun m'applaudit à table.
Hé ! etc.

Quand le champagne l'inspire,
Elle pétille d'esprit,
C'est toujours elle qui dit
Le bon mot que j'allais dire.
Hé ! etc.
Je la vois pâmer de rire.
Hé ! etc.

Qu'ainsi chéris de leurs belles
On trouve peu de maris,

1. *Rempart* : « on appelle *coureuse de rempart* une femme qui se prostitue à tout venant. Quelques-uns disent aussi *rempardière* » (*Dict. Acad.*, 1694).

Qu'on nous cite dans Paris
Tout comme deux tourterelles.
Hé ! etc. Je cite aussi mes modèles.
Hé qu'est qu'ça me fait à moi
Quand je chante et quand je bois ?

Il y a deux jours que j'ai fait connaissance avec un jeune officier aux gardes françaises, qui a tout au plus dix-sept ans. Il est de la plus jolie figure du monde. Je t'avouerai que j'en suis amoureuse, j'ai bien envie d'en faire mon farfadet. Je le crois encore novice ; cela m'amusera de lui donner la première leçon d'amour. Cependant, à cet âge, à Paris, avoir encore son pucelage, cela me surprendrait ! Je le saurai avant peu : il vient me voir demain, et comme je meurs d'envie d'en jouer avec lui, je lui donnerai si beau jeu que, s'il sait quelque chose, il le fera voir. Au surplus, s'il le faut, je ferai les avances, malgré ce qui pourra m'en coûter. L'amour n'écoute rien et fait taire les bienséances. Tu vois, chère Eulalie, que je me dispose à bien commencer l'année. Sois persuadée que je ne la passerai pas sans bien m'en donner. Adieu, porte-toi bien.

Lettre de Mlle Julie

Ce samedi 4 janvier 1783

Hier, mon petit officier, chère amie, est venu à dix heures du matin, comme je lui avais dit ; j'étais restée au lit. Sophie l'a introduit dans ma chambre et lui a approché un fauteuil près de mon lit. D'abord, saisissant une de mes mains et la couvrant de baisers, il m'a dit qu'il m'aimait à l'adoration, que depuis l'instant qu'il m'avait vue, il n'avait pas fermé l'œil, qu'il ne faisait que penser à moi et était consumé par un feu brûlant, que si je ne l'aimais pas, il mourrait de chagrin. Hélas ! ses yeux en disaient davantage : ils étaient animés. Son discours, qu'il débitait avec tant de chaleur et de vérité, joint à l'amour que je ressentais déjà, me donnait pour le moins autant de désirs qu'à lui. Je lui passai la main derrière le cou et lui donnai un baiser de flamme, en lui disant qu'une demoiselle risquait beaucoup en se fiant trop légèrement aux discours d'un jeune homme, que l'inconstance et la discrétion étaient les moindres maux à redouter d'un tendre commerce avec des gens de son état et de son âge. « Ah ! répliqua-t-il, je ne sais comment sont les autres. Quant à moi, je jure d'être discret et de vous aimer toute la vie. » Aussitôt, m'embrassant, il s'évanouit et resta comme anéanti, la tête couchée sur mon sein, puis revenant subitement à lui, il recommença à m'embrasser en soupirant et avec un regard languissant. Je m'aperçus alors qu'il était novice et soupirait après quelque chose qu'il n'osait ni prendre ni demander. Je sonnai Sophie et me levai aussitôt, bien résolue de ne pas perdre ma matinée, mais que mon joli boudoir serait le théâtre de nos ébats. Je ne mis qu'un léger déshabillé piqué, mon corset était ouvert et mes cheveux flottaient sur mon sein. Ainsi arrangée, je passai avec lui dans le boudoir, et l'ayant fait asseoir à côté de moi sur mon canapé, je le laissai maître de s'emparer de ma gorge et de me donner autant de baisers qu'il voulut. Mais voyant qu'il était dans un état brillant, je fis en badinant sauter les boutons de sa culotte, et je vis alors paraître un bijou qui me fit frissonner de crainte et de plaisir. Soit instinct naturel, soit que mon badinage l'ait rendu plus hardi, il passa la main sous mes jupes et y fourragea. Son front se couvrit d'une aimable rougeur, son trouble et son embarras étaient extrêmes, lorsque l'attirant tout à coup sur moi et dirigeant son dard amoureux vers le centre des plaisirs, je lui en indiquai l'usage. Je crus alors qu'il me déchirait, tant il me faisait souffrir. Plusieurs fois je le priai de cesser, mais inutilement : semblable à un cheval échappé, rien ne pouvait l'arrêter. Mais, bientôt épuisé lui-même par une ample effusion de la liqueur amoureuse dont je me sentis inondée, il demeura un instant sans mouvement, comme enivré de plaisir. Puis, revenant de sa léthargie, il recommença de plus belle. Enfin, après quatre aspersions, il s'arrêta. Pour moi, plongée dans une mer de délices et ne sentant plus rien à force de sentir, j'étais tombée en pâmoison. Mon élève s'occupait à considérer mes charmes, ses caresses et les baisers dont il couvrait une partie de mon corps me firent revenir à moi. Accablée de fatigue, je me recouchai, mon amant me demanda de partager mon lit ; je le lui accordai, sachant le comte à la cour. Mais sous la condition qu'il me laisserait dormir. Il me promit tout ce que je voulus, mais à peine y avait-il une heure que j'étais au lit qu'il manqua à sa parole. Je l'aurais grondé si j'en avais eu la force, mais cela m'était impossible. Enfin, après une heure passée dans de nouveaux plaisirs, nous nous sommes levés et avons dîné ensemble. À quatre heures, je l'ai congédié et me suis recouchée, voulant réparer mes forces. Adieu. Ton amie pour la vie.

Lettre de Mlle Julie

Ce mercredi 8 janvier 1783

Voici, ma chère, quelques petites nouveautés qui ont été dites à un souper qu'il y a eu chez moi le jour des Rois. J'ai été la reine, le comte ayant eu la fève. La soirée a été des plus gaies.

MORALITÉ

Les courtisans sont des jetons,
Leur valeur dépend de leur place,
Dans la faveur des millions,
Et des zéros dans la disgrâce.

CONTE

Le père laconique

Un père avait un garnement
Qui faisait chaque jour quelque frasque nouvelle,
On le nommait la terreur des pucelles.
Toujours au jeu, le vin était son élément.
Il avait fui loin des yeux de son père,
Qui ne pouvait exhaler son courroux
Qu'en style épistolaire.
Or, des mots ne sont pas des coups.
Le bonhomme en fureur ne sachant plus que dire,
À son vaurien écrivit ces deux mots :
« Si les coups de bâton, coquin, pouvaient s'écrire,
Tu ne lirais ceci qu'avec le dos. »

ÉPIGRAMME

Pour tous les vers qu'il fait, le poète Lubin
Ressent une tendresse extrême.
Mais des enfants gâtés ses vers ont le destin,
Leur père est le seul qui les aime.

Mon petit farfadet est bien instruit ; il fera ce que je voudrai et sera à mes ordres. Maintenant j'en jouis à mon aise et le contiens. Je veux cependant le tant exercer d'ici à dimanche qu'il ne lui prenne pas fantaisie de me faire aucune infidélité pendant les huit jours qu'il sera à Versailles pour sa garde. Cela ferait un friand morceau pour quelques vieilles duchesses ou quelques paillardes de la cour. Le comte ne se doute de rien. Amant, entreteneur, farfadet, je sais les tromper tous et faire croire à chacun qu'il possède seul mon cœur. Adieu.

Lettre de Mlle Victorine

Ce 8 janvier 1783

Un jeune homme de ma connaissance, ma bonne amie, qui le jour des Rois a soupé avec Mlle Saint Léger, m'a raconté qu'ayant été reine de la fève elle fit cet impromptu :

Air de *Dans ma cabane obscure*

Du poids de ma fortune,
Je n'ai point à gémir :
Loin qu'elle m'importune,
Mon cœur sait en jouir.
Oui la grandeur suprême
A les plus doux attraits,
Quand on peut dire j'aime,
J'aime tous mes sujets.

M. de Saint Ange répondit aussitôt à ce couplet par celui-ci :

Air de *Philis demande son portrait*

Qu'une princesse dans sa cour
Règne par l'étiquette,
Par les talents et par l'amour,
Ici règne Minette.
Phébus, du laurier des Neuf Sœurs
A couronné sa tête,
Et l'amour lui soumet les cœurs
Par le droit de conquête.

Pour moi, le jour des Rois j'ai soupé tête à tête avec mon jeune auteur dramatique qui me donne une année d'entrée aux Italiens. Elle commencera le dix de ce mois. S'il est aussi bon auteur que fouteur, il doit réussir. Je lui accorderai quelquefois mes bonnes grâces. Sept fois dans une nuit ne sont rien pour lui. Adieu, je souhaite que tu trouves à Bordeaux un homme qui lui ressemble.

Lettre de Mlle Julie

Ce lundi 13 janvier 1783

J'ai été hier au bal de l'Opéra. J'étais mise fort simplement mais avec élégance. Renesson m'accompagnait. J'avais sur le visage un petit loup[1] de velours noir. Je fus agacée pendant plus de deux heures par un étranger qu'on m'a dit être un Polonais. Je m'amusai beaucoup de sa manière de me faire la cour. Son air guindé à vouloir contrefaire le petit-maître français me faisait rire. Enfin, après m'avoir bien excédée, nous étant perdus dans la foule, il me dit que si je voulais aller passer un quart d'heure avec lui dans une loge grillée dont il pouvait disposer, il me donnerait cent louis en deux rouleaux qu'il me fit voir. Je fis d'abord quelques façons, puis je me laissai aller. Imagine-toi que lorsque je fus rentrée chez moi et que je voulus serrer mon argent, ayant défait les rouleaux je n'y ai trouvé que des jetons. Je suis furieuse contre cet étranger. Si je le tenais, je lui arracherais les yeux. Ah ! quel gueux ! Ce que je crains, c'est qu'il n'aille publier cette aventure, mais ce qui me tranquillise c'est qu'il ne me connaît pas. Cela m'obligera à changer de déguisement quand je retournerai au bal de l'Opéra. Adieu, ma chère, pense à ce qui m'est arrivé si on veut te donner des rouleaux, et n'oublie pas de les défaire. Pour moi, je n'y manquerai jamais.

1. C'est un petit masque qui ne couvre que les yeux et le nez, qui n'a point de mentonnière. [NdA]

Lettre de Mlle Victorine

Paris, ce 16 janvier 1783

Hier, ma bonne amie, mon vieux, qu'il y a quelque jours que je n'avais vu, est entré avec son air triste. Je lui demandai ce qu'il avait.

— Ah ! me dit-il en soupirant, la mort de ma femme a réduit ma fortune de moitié, et je suis obligé d'aller vivre en province. Vous savez combien je vous aime, voudriez-vous y venir avec moi ?

— Je ne puis tout de suite me décider, répliquai-je aussitôt, je vous demande trois jours pour cela.

— Eh bien ! soit mon cœur, dit-il en m'embrassant.

Il me quitta pour aller vaquer à ses affaires, qui ne lui laissent guère de temps libre. À peine était-il parti que je lui écrivis cette lettre :

> Malgré, Monsieur, tout l'attachement que j'ai pour vous, je ne puis me résoudre d'aller ensevelir mes charmes dans la province. Le théâtre de la capitale est celui sur lequel ils doivent briller. Croyez que, quoique éloignée de vous, j'y penserai toujours et n'oublierai jamais les marques d'amitié que vous m'avez données. Croyez aussi que je vous désire tout le bonheur que vous méritez. Vous trouverez sûrement en province quelques jeunes filles qui s'empresseront à briguer l'avantage de vivre avec vous. Le libertinage a étendu son empire jusque dans les provinces. Je me flatte que, quoique je ne consente point à vous suivre hors la capitale, cela ne m'empêchera pas de vous voir jusqu'à votre départ. Je vous attends le premier moment que vous aurez à vous. Votre chère amie.

Dès que j'eus cacheté me lettre, je l'envoyai par mon domestique et lui recommandai de la remettre lui-même à mon vieux et de bien remarquer la figure qu'il ferait en la lisant. Il a bien fait la commission et m'a rapporté que le vieux n'avait pas paru trop affecté et l'avait chargé de me dire qu'il viendrait me voir dans quelques jours, et me faisait bien des amitiés. Il me tarde de voir ce qu'il me dira. Adieu, ma bonne amie, je t'en ferai part. Tu devrais donner plus de détails sur ta vie à Bordeaux. Je te mande exactement celle que je mène ici.

Lettre Mlle Julie

Ce samedi 18 janvier 1783

Avant-hier, ma chère amie, il y avait du monde à dîner chez moi. On y a raconté mon aventure du bal. J'ai pensé rougir, mais j'ai fait bonne contenance. Ce qui me faisait enrager, c'est que tout le monde paraissait enchanté de ce que le Polonais avait attrapé cette demoiselle, sur laquelle on lâcha mille quolibets. Il m'a fallu dire aussi mon mot comme les autres. Le comte disait qu'il donnerait dix louis pour la connaître, qu'il irait lui en faire son compliment de condoléances. On a ensuite parlé nouvelles : on assure que nous aurons la paix dans peu. Tant mieux, car la plupart de nos demoiselles font une triste figure. Au dessert, comme d'usage, on a lu quelques vers et chanté des chansons. Tu trouveras ci-inclus ce qui m'a paru le plus amusant. Les épigrammes surtout ont été fort applaudies de nos beaux-esprits, quoiqu'elles aient pu très aisément s'appliquer à chacun d'eux. Adieu.

ÉPIGRAMME

Tout fier de quelque prix qu'au Louvre il remporta,
Du nombre des Quarante Argan se croit déjà.
« Oui, j'en jure, dit-il, si la troupe immortelle
Ne m'a pas, à trente ans, au fauteuil installé,
Je veux me brûler la cervelle. »
Mes chers amis, c'est un cerveau brûlé.

AUTRE

Bas, à quelqu'un tout le long d'une allée,
Certain auteur sa pièce récitait,
Dont l'autre ayant la cervelle troublée,
Bas, contre lui, de son côté pestait.
Lorsqu'un passant, coupant leur promenade,
Au-devant d'eux fit un grand bâillement.
« Paix à l'auteur, souffla son camarade,
Un peu plus bas : cet homme vous entend. »

CHANSON D'UN HOMME DE CINQUANTE ANS
À UNE JEUNE DEMOISELLE POUR LE JOUR DE SA FÊTE

Air de *Avec les jeux dans le village*

De ta fête, aimable Suzette,
Jadis j'eusse mieux fait les honneurs,
J'aurais pu te conter fleurette.
Je n'offre aujourd'hui que des fleurs.
Le temps a, d'une main pesante,
Couvert mon front de cheveux gris,
Et toi, sur ta tige élégante,
Comme une rose tu fleuris.

Lorsque, sous l'ombre paternelle,
Tu croissais à l'abri des vents,
Je disais : elle sera belle
Et la merveille de nos champs.
Mais maintenant ma douce envie
Est de voir hâter l'heureux jour
Où cette fleur sera cueillie
Et par l'hymen, et par l'amour.

Lettre de Mlle Rosimont

Paris, ce 21 janvier 1783

Je veux, ma chère amie, être la première à t'apprendre la nouvelle de paix. Elle est signée d'hier[1]. On l'a annoncée aux spectacles. J'en suis au comble de la joie ; j'aurai du plaisir à faire danser des guinées. On dit que c'est à M. le comte de Vergennes que nous devons la paix. Tiens, je lui en sais si bon gré que, s'il voulait, je coucherai *gratis* avec lui, et je te réponds que je n'épargnerais rien pour le faire bander. À son âge, cela n'est souvent pas chose aisée[2]. Mais je me donnerais tant de peines et j'y emploierais tant de moyens que j'y réussirais. Adieu, ma chère amie, on m'annonce un jeune homme de ma connaissance et je vais m'en donner avec lui en l'honneur de la paix. Tu vois que ton espiègle est en 1783 comme il était en 1782. je te promets qu'il sera toujours le même.

Lettre de Mlle Julie

Ce mardi 21 janvier 1783

La paix est enfin signée d'hier, j'en suis au comble de la joie. On l'a annoncée au spectacle. Le Roi est venu ce jour-là aux Français voir la première représentation du *Roi Lear*, tragédie de M. Ducis, imitée de Shakespeare. Les acclamations du peuple, qui ne cessait de crier avec une allégresse extrême *Vive le Roi, vive le Roi*, lui ont assez témoigné la joie qu'on ressentait de la paix. On fait partout l'éloge de M. de Vergennes, qu'on nomme le pacificateur de l'Europe. Je ne te mande pas les conditions de la paix, cela t'intéresse fort peu. On dit qu'elles sont très avantageuses pour la France et pour l'Espagne, que l'orgueil des Anglais est enfin rabattu et qu'ils ne se regarderont plus comme les rois de la mer. Quand les milords le voudront, ils le seront toujours des filles. Adieu. Je t'écris ceci à la hâte et en raccourci parce que j'ai un peu mal à la tête, et suis fatiguée d'avoir passé une partie de la nuit à un bal bourgeois.

Lettre de Mlle Victorine

Paris, ce 23 janvier 1783

Je suis, ma bonne amie, d'une colère affreuse contre mon coquin de vieux. Le rusé, le chien ! Qui aurait pu s'imaginer qu'il eût tant d'esprit ?

1. Il s'agit des préliminaires de paix entre la France et la Grande-Bretagne, qui furent effectivement signés à Versailles le 20 janvier 1783. Le traité lui-même ne sera ratifié que le 3 septembre de cette même année.
2. Ministre des Affaires étrangères de Louis XVI, le comte de Vergennes avait alors soixante-quatre ans.

J'étouffe de rage. Tu sais bien qu'il m'avait fait dire qu'il viendrait dans quelques jours. Eh bien ! il est arrivé ce matin dans un superbe équipage et après m'avoir fait beaucoup de fausses amitiés, il m'a engagée d'aller avec lui sous prétexte de lui dire mon avis sur un appartement qu'il faisait meubler pour passer le reste de l'hiver à Paris, ne voulant le quitter qu'au printemps. J'y ai consenti et aussitôt, prenant un déshabillé et ma pelisse, je suis partie dans sa voiture. Arrivé à la chaussée d'Antin, il m'a fait monter dans un superbe appartement meublé avec tout le goût possible et où rien ne manquait. Après avoir tout examiné, comme nous allions nous en aller, il me pria d'entrer dans la loge du portier et de l'y attendre un moment, ayant à faire une visite au bout de la rue. Et me donnant un papier : « Tenez, voilà une pièce de vers qui paraît d'hier, lisez-la, cela vous amusera en m'attendant ». Aussitôt, il monte en voiture. La prétendue pièce de vers était cette lettre :

> Devenu, mademoiselle, par la mort de ma femme, possesseur d'une grande fortune, je voulais vous la faire partager, mais avant il m'a pris envie de vous éprouver. C'est pour cela que je vous ai proposé de venir vivre en province avec moi. Votre lettre m'a appris à vous connaître. L'appartement que vous venez de voir est pour celle qui vous remplacera. Je désire que vos charmes *brillent sur le théâtre de la capitale*. Mais ils seront en concurrence avec tant d'autres qu'ils pourront être éclipsés. Vous pouvez, mademoiselle, après avoir lu cette lettre, vous en allez chez vous, où je ne remettrai le pied de la vie. Votre ancienne dupe.

Quoique je fusse outrée de cette lettre, je cachai mon dépit, et un moment après, j'envoyai chercher un fiacre, disant que monsieur tardait trop à venir me reprendre et que j'avais affaire chez moi. Oh ! tiens, ma bonne amie, je ne me possède pas. Moi, avoir été jouée par un homme ! Quel affront ! Je m'en vengerai sûrement.

Lettre de Mlle Julie

Ce samedi 25 janvier 1783

Je ne t'écris qu'un mot pour te mander que depuis trois jours je suis obligée de garder le lit pour une perte qui m'est survenue de m'en être trop donné avec mon farfadet au retour de sa garde, dans un temps où j'aurais dû être sage. Je fais passer cela vis-à-vis du comte pour avoir trop dansé au bal bourgeois. Mon chirurgien appuie là-dessus, en disant que les femmes devraient rester tranquilles dans ces sortes de temps et ne pas se remuer. J'enrage de ma situation, qui me réduit à la continence au moins pendant dix jours. On me fait prendre des demi-bains, et l'on me fait des embrocations[1] d'huile rosat sur le ventre. Je suis à la diète et

1. *Embrocation* : application sur une partie douloureuse d'un onguent huileux et calmant produisant de la chaleur.

obligée de boire des tisanes. Au diable la maladie, elle m'ennuie furieusement. Adieu. Il faut que j'entre dans le bain. Ton amie pour la vie. Je ne te souhaite pas un état pareil au mien.

CHANSON

Air de *Malbrough*

La paix est donc certaine :
Chantons tous le sage Vergennes.
Sur les bords de la Seine
Nous faut la publier,

Nous faut la publier,
Et ne pas oublier
Que le sage Vergennes
Chantons, etc.
Nous donne cette étrenne
Qu'on ne saurait payer.

Qu'on ne saurait payer.
Ceinte de l'olivier,
Sa tête vaste et pleine,
Chantons, etc.
Vient de briser la chaîne
Qui semblait tout lier.

Qui semblait tout lier.
Nous allons commercer
Sans contrainte et sans gêne.
Chantons, etc.
Dessus l'humide plaine
Nous pourrons naviguer.

Nous pourrons naviguer.
Et quand le marinier
Qu'un meilleur sort ramène,
Chantons, etc.
Viendra reprendre haleine
Au sein de ses foyers,

Au sein de ses foyers,
Couronné de lauriers,
Sa femme en sera vaine.
Chantons, etc.
Il contera la scène
De ses exploits guerriers.

De ses exploits guerriers.
Puis du vin du cellier
Buvant à tasse pleine,
Chantons, etc.

Enfants, parents, marraine,
Et le ménétrier,

Et le ménétrier,
Crieront à plein gosier :
Vive le Roi, la Reine,
Le Dauphin, le sage Vergennes !
Que le Ciel les maintienne
En joie un siècle entier.

Lettre de Mlle Victorine

Paris, ce 29 janvier 1783

Depuis, ma chère amie, que je suis ma maîtresse, je vais souvent au spectacle. J'ai été au Français voir *L'Anglaise à Bordeaux*, qu'on a jouée à cause de la paix[1]. C'est une pièce charmante qui est de Favart père. Il est dommage qu'il n'ait donné que cette pièce au Français.

Pariseau, l'ancien directeur des Élèves de l'Opéra, vient de donner une charmante petite pièce aux Italiens ; elle a été jouée le 24 : c'est *Le Bouquet et les Étrennes*, dont le sujet est tiré d'un conte de M. Imbert. Elle a été fort applaudie. Mais ce sont des pièces qui n'ont qu'un moment.

Hier, j'ai été au bal de l'Opéra. Il y avait une heure que j'y étais lorsque je fus attaquée par un charmant petit masque, mais en vain je cherchai à le reconnaître. À la fin, il me dit : « Comment ? Vous ne reconnaissez pas la petite Cécile ? » Et aussitôt, m'entraînant dans un coin de la salle, elle m'a conté qu'au bout d'un mois qu'elle était chez la Comtesse, M. de M***, fermier général, l'en avait retirée et l'avait mise dans ses meubles et lui donnait un carrosse de remise au mois. Elle m'a priée d'excuser si elle n'était pas encore venue me voir, mais elle en a rejeté la faute sur ce qu'elle était fort occupée à apprendre la musique et à jouer de la harpe. Elle m'a fort engagée à aller dîner chez elle ; elle n'a eu de cesse que je n'aie accepté. J'y vais dimanche, elle m'enverra sa voiture me chercher. Elle loge à la chaussée d'Antin et a changé de nom : elle s'appelle maintenant Olympie.

Personne n'a encore remplacé le vieux qui a maintenant la petite Rosette. Comme les étrangers abondent ici, je vais tâcher d'en subjuguer un. Adieu, écris-moi donc, tu es d'une paresse insupportable.

---

1. Cette comédie en un acte en vers de Favart avait été représentée pour la première fois par les Comédiens-Français le 14 mars 1763.

Lettre de Mlle Julie

Ce jeudi 30 janvier 1783

Le comte m'obsède, ma chère amie, à force de soins, il ne me quitte presque pas. Je ne puis voir ni mon amant, ni mon farfadet. Pour me distraire, il s'occupe à me lire mille jolies choses, entre autres un nouveau recueil de pièces choisies. Je l'ai prié de m'en copier plusieurs que je t'envoie ci-joint.

On dit qu'il arrive déjà beaucoup d'Anglais. Je désirerais bien que la paix te ramène à Paris. Il y a bien longtemps que je ne t'ai vue, j'aurais bien du plaisir à t'embrasser encore. Je te dirai pour toute nouvelle qu'on a volé la montre à Renesson au dernier bal de l'Opéra. Elle a été en faire sa déclaration à la police, et fort heureusement pour elle le filou ayant été arrêté le lendemain, sa montre lui a été rendue. Elle en a été quitte pour la peur. On m'annonce mon médecin, je quitte la plume. Je la reprendrai dès qu'il sera sorti.

Demain, ma chère amie, je pourrai me lever, mais il faudra rester sur ma chaise-longue. De huit ou dix jours je ne pourrai monter en voiture, et mon médecin m'a dit qu'il fallait que je force le comte à être sage encore douze jours au moins. Cela me désole. Je crains qu'on ne m'enlève mon farfadet pendant ce temps-là, mais pour me le conserver je ferai usage de mes mains. Le comte est obligé d'aller à Versailles pour un jour ou deux, je le verrai tout à mon aise en son absence. Tu vois l'ordre et l'arrangement que j'ai dans mes affaires. Si tu m'en crois, tu imiteras ta chère Julie.

CONTE

Le souper du prédicateur

Un cordelier avait un jour prêché
Un beau sermon contre l'intempérance,
Et déployé toute son éloquence
Pour démontrer que c'est un grand péché.
Un auditeur qui se sentit touché
Court s'accuser d'un peu de gourmandise.
Dans la cellule il voit la nappe mise,
Et de champagne un flacon débouché,
Plus deux perdrix, une rouge, une grise.
On peut juger quelle fut sa surprise.
« Par mon sermon je vous ai convaincu,
Dit le pater. Mais l'habitude est prise,
Et c'est ainsi que j'ai toujours vécu.
Dispensez-vous d'un conseil inutile :
Tout ce que j'ai prêché pour un écu,
Pas ne voudrais le faire pour cent mille. »

ÉPIGRAMME

La jeune Églé quoique très peu cruelle,
D'honnêteté veut avoir le renom.
Prudes, pédants vont travailler chez elle
À réparer sa réputation.
Là, le jour, le cercle misanthrope
Avec Églé médit, fronde l'amour.
Hélas ! Églé semblable à Pénélope,
Défait la nuit tout l'ouvrage du jour.

LE SERMENT DE DUPE

Jurer de n'aimer que Julie
Et tenir ce qu'on a promis,
C'est vouloir s'amuser deux nuits
Pour s'ennuyer toute sa vie.

FABLE
Jupiter et la brebis

« Grand Jupiter, disait dans son émoi
Une brebis au maître du tonnerre,
Las ! tout ce qui peuple la terre
De tous les temps s'est ligué contre moi.
J'ai beaucoup à souffrir, chacun me fait la guerre. »
Le dieu l'entendit
Et lui dit :
« Pauvre chétive créature,
Il est trop vrai, je conviens de mon tort.
De tant d'êtres divers en peuplant la nature,
J'oubliai qu'un arrêt du sort
Soumettait tout à la loi du plus fort,
Et toi seule n'a rien pour repousser l'offense.
De griffes, si tu veux, je vais armer tes pieds,
Ta bouche va t'offrir une belle défense.
— Avec les animaux cruels et carnassiers, je ne veux pas de ressemblance,
Dit la brebis. — Aimes-tu mieux
Que sous tes dents un poison… ? — Ah ! grands dieux !
On les hait trop, ces bêtes venimeuses.
— Eh bien je vais parer ton front
De deux cornes majestueuses,
Et de ton cou les forces s'accroîtront.
— Non, mon père, non, non, l'offre est trop dangereuse,
Je deviendrais peut-être querelleuse.
— Mais ta raison est en défaut,
Répond Jupin, c'est une règle admise :
Si tu ne veux pas qu'on te nuise,

Il faut pouvoir nuire. — Il le faut ?
Répond en pleurant la pauvrette.
Laissez-moi donc comme vous m'avez faite.
À mes ennemis furieux je ne prétends plus me soustraire.
Je subirai mon sort, et j'aime mieux
Souffrir bien du mal que d'en faire. »

VERS

*à Mlle de *** qui peignait des papillons*

Oui, sous votre pinceau je vois tout s'animer,
Vos papillons, Iris, sont ceux de la nature,
Et vous avez trop bien le secret de charmer
Pour en faire jamais autrement qu'en peinture.

CONTE

Le mauvais imprimeur

Nicodème, fils d'imprimeur,
Et Suzon, fille de libraire,
S'éprirent d'une folle ardeur
Sans pourtant songer à mal faire.
Amour fit un jour au duo
Essayer du baiser la volupté suprême,
Si bien que la passion du pauvre Nicodème
D'in-seize qu'elle était devint in-folio.
Leurs quatre lèvres toutes neuves
Du premier choc trouvèrent le plaisir,
Tant est vrai qu'on fait bien quand on cède au désir,
Tant est vrai qu'en baisant n'est pas besoin d'épreuves.
Or Nicodème aussitôt s'en alla.
Ah ! dit la fille du libraire,
Le sot imprimeur que voilà !
Peut-il attraper la manière
D'un baiser comme celui-là,
Et n'en tirer qu'un exemplaire ?

LE NOMBRE FÂCHEUX

Maudits soient grilles et verrous,
Avec eux les maris jaloux
Et toute prude surveillante !
Lise toujours est chez sa tante.
J'y vais, dans un fauteuil, à l'aise au coin du feu,
Doucement la tante sommeille.
Voyant cela, Lise à l'oreille
Me dit : « Enfin, Damis, je te dois un aveu,
Oui, pour jamais mon tendre cœur t'adore, —
Depuis longtemps aussi, même ardeur me dévore,

Lui dis-je à demi-voix.
Ah ! si nous étions deux, que ferions-nous ma chère ?
Elle saisit ma main, contre son sein la serre,
Et répond seulement : hélas ! nous sommes trois. »

JUGEMENT DE L'AMOUR
SUR LES YEUX NOIRS ET LES YEUX BLEUS

Un jour les beaux yeux noirs, aux vives étincelles,
Et les bleus aux regards doux, tendres et mourants,
(Jamais plus grand objet n'intéressa les belles)
Voulurent à la fin terminer leurs querelles,
Et que l'Amour fixât leurs rangs.
Au juge de Cythère ils présentent requête,
Ils plaident : mes amis, c'est bien en pareil cas
Qu'il est charmant de voir plaider les avocats.
L'Amour en bonne et grave tête,
Sur la foi des baisers, intègres rapporteurs,
Mit ainsi d'accord les plaideurs :
Les yeux noirs savent mieux briller dans une fête,
Les bleus sont plus touchants à l'heure du berger.
Mes yeux noirs savent mieux conquérir, ravager,
Les bleus gardent mieux leur conquête.
Les noirs prouvent un cœur plus vif, mais plus léger,
Les bleus un cœur plus tendre et moins prompt à changer.
Les noirs lancent mes traits, les bleus ma douce flamme,
Les noirs peignent l'esprit et les bleus peignent l'âme.

ENVOI

À juger des beaux yeux l'Amour risqua les siens.
Une belle aux yeux noirs eût pu venger sa cause.
Même par ce récit je sais que je m'expose,
Mais vos yeux indulgents protégeront les miens.

Lettre de Mlle Felmé

Paris, ce 1er février 1783

Tu dois, mon cœur, m'avoir crue morte, ne t'ayant pas écrit depuis plus de six semaines. Hélas ! ce n'est pas de ma faute. Tu sais que je t'avais mandé que j'irais à la messe de minuit. Eh bien ! j'y ai été, il m'en souviendra longtemps ! On m'y a volé une montre d'or de quinze louis, et j'ai gagné une suppression[1] qui m'a mise à deux doigts du tombeau. Je suis encore d'une faiblesse extrême et ma figure est à faire peur. Je ne pourrai me montrer de plus de quinze jours. Si je ne trouve quelque

1. *Suppression* : brusque interruption des règles.

Anglais pour payer les frais de ma maladie et réparer mon temps de non-valeur[1], je suis écrasée. Adieu, mon cœur, je n'ai pas la force de m'entretenir plus longtemps avec toi.

Lettre de Mlle Julie

Ce vendredi 7 février 1783

Tu sauras, ma chère amie, que le marquis de M*** vivait depuis trois mois avec la belle Sainte-Marie. S'étant douté qu'elle lui faisait des infidélités pendant les fréquents voyages qu'il était obligé de faire à la cour, il l'a fait épier. On lui a rapporté que l'évêque de *** le remplaçait souvent dans le lit de la belle. Piqué de cet affront, il résolut de s'en venger avantageusement. En conséquence, il prétexta un voyage de plusieurs jours. Le prélat ayant été informé de l'absence du marquis ne manqua pas, selon sa coutume, de se rendre chez Sainte-Marie. Le marquis vient au milieu de la nuit, et comme il avait un passe-partout, il entre sans être aperçu. Arrivé près du lit, il en tire les rideaux et fait l'étonné en reconnaissant Monseigneur. « Soyez le bienvenu ici, lui dit-il, mais en vérité il n'est pas juste que je paie vos plaisirs. Il y a trois mois, Monseigneur, que je vis avec Mademoiselle. Elle me coûte quinze mille livres, il faut que vous me les rendiez, ou j'envoie chercher la garde pour vous arrêter et vous reconduire chez vous. » Monseigneur voulut composer, mais il n'y eut pas moyen de reculer. Il donna ce qu'il avait sur lui et fit un billet du reste, payable le lendemain. Le marquis, tirant les rideaux, leur souhaita une bonne nuit et dit à Monseigneur qu'il lui cédait tous ses droits sur la belle. Le billet ayant été acquitté le lendemain, le marquis n'eut rien de plus pressé que de publier son aventure, qui fait aujourd'hui la nouvelle du jour. Monseigneur en est plus désolé que de l'argent que cela lui coûte. On croit qu'il sera obligé d'aller faire un tour à son diocèse.

Ma santé va toujours mieux. Demain je monterai en voiture pour la première fois. Adieu.

Lettre de Mlle Julie

Ce jeudi 13 février 1783

Depuis que je peux monter en voiture, je me suis un peu dédommagée du temps que j'ai gardé la chambre. J'ai été à tous les spectacles, et ce soir je vais au bal de l'Opéra. Mais je suis obligée d'avoir beaucoup de ménagement pour l'amoureuse jouissance. J'en enrage, ainsi que mon farfadet et mon amant, à qui je rends de petits services pour éviter les infidélités. Cela les calme un peu, mais ce jeu ne fait qu'irriter

1. C'est ainsi que les demoiselles appellent le temps où elles ne gagnent pas d'argent. [NdA]

mes désirs, en voyant dans ma main le fruit défendu sans en pouvoir goûter.

Les Anglais arrivent en foule. L'intrigant S***, qui est au fait de tout cela, m'a assuré qu'il y en avait plus de soixante à Paris. Il va tâcher de se placer pour interprète auprès de quelqu'un. Il m'a proposé de me faire faire avec eux quelques passades[1]. J'y ai consenti pourvu qu'elles soient au moins de cent louis. Nous sommes convenus qu'il en aurait le quart et que son appartement serait le lieu de nos rendez-vous et le théâtre de nos secrets ébats. Rien n'est plus commode que son logement pour ces sortes d'intrigues : il demeure dans le passage du Commerce qui, comme tu sais, a trois issues ; on peut entrer ou sortir alternativement par l'une ou par l'autre, sans crainte même du soupçon. Je crois, ma chère amie, que si tu étais ici, tu ferais bien tes affaires. Tu as une jolie figure, et tu sais amorcer tes amants. Adieu. Je vais voir comment je me masquerai ce soir pour que le Polonais ne puisse pas me reconnaître. Je suis fâchée de ne pouvoir m'en venger, je le ferais avec bien du plaisir. Mais ce qui me console, c'est que mon histoire étant sue, il ne trouvera plus de dupes. Porte-toi bien.

Lettre de Mlle Victorine

Paris, ce 15 février 1783

J'ai dîné chez Olympie le jour que je t'ai mandé. Elle m'a reçue le plus amicalement du monde et m'a donné une jolie montre. Ce qui augmente son prix est la manière dont elle m'a fait ce présent. En arrivant elle s'est plainte de ce que je venais bien tard, et m'a dit : « Sûrement votre montre va mal. Tenez, ma chère Victorine, faites-moi le plaisir d'accepter celle-ci ; jamais elle ne marquera d'heure que je ne pense que c'est à vous que je dois mon bonheur. » Le dîner a été des plus gais. Le soir, nous avons été à l'Opéra, où elle a une petite loge. Son financier y est venu ; il m'a fait toutes sortes d'honnêtetés. Après le spectacle, elle m'a ramenée chez moi en exigeant que je lui promette que j'irais la voir souvent. Je ne te ferai pas les détails de tout ce qu'elle a, je me contenterai de te dire qu'elle est superbement meublée, et que sa garde-robe est de porcelaine. Il y a des personnes bien heureuses dans notre état. Adieu, ma bonne amie.

Lettre de Mlle Julie

Ce mardi 18 février 1783

J'ai été, ma chère, au bal jeudi et dimanche derniers, où je me suis bien amusée. J'étais jeudi avec ma femme de chambre, et le dimanche avec mon farfadet que j'avais habillé en femme. Comme il a la peau très blanche et

1. C'est ainsi que les demoiselles appellent une infidélité pour une fois seulement. [NdA]

n'a pas encore de barbe, mes ajustements lui vont à merveille. Le comte a paru fort intrigué de savoir avec qui j'étais ; je lui ai dit que c'était une nouvelle connaissance que je lui présenterais au premier jour. Il s'en est contenté. Après le bal, j'ai amené mon farfadet chez moi et lui ai donné mes prémices depuis ma maladie, mais je ne l'ai pas laissé en prendre à sa fantaisie, parce qu'on m'a recommandé la modération sur cet article. D'avoir été quelque temps sage, cela ne m'a pas fait de mal : j'ai mieux senti le plaisir. Demain, le comte aura son tour, c'est chose convenue avec le médecin. Adieu, je te souhaite joie et santé.

Lettre de Mlle Victorine

Paris, ce 20 février 1783

Mardi dernier, ma bonne amie, j'étais allée aux Italiens pour voir la première représentation de *Sophie et Francourt*[1]. On avait joué les deux premiers actes lorsque, après un assez long intervalle, M. Granger vint prier d'attendre quelques instants, parce que Mlle Pitrot s'était évanouie. Au bout d'un quart d'heure, le même acteur revint dire que l'état de Mlle Pitrot ne lui permettant pas de continuer son rôle, on priait d'accepter, au lieu de la pièce nouvelle, *L'Officieuse ou les Deux Jumeaux* ; on a demandé que quelqu'un lût le rôle, ne voulant pas d'autre spectacle[2]. On a baissé le rideau, qui s'est relevé après une demi-heure, et Carlin s'est présenté. On a crié de nouveau que quelqu'un lût le rôle, qu'on voulait la nouvelle pièce. Enfin, Carlin, à force de *lazzi* avec lesquels il a harangué le public, est parvenu à faire silence et l'on a joué *Les Deux Jumeaux*[3].

1. Comédie en quatre actes en prose du marquis de La Salle, dont la première eut bien lieu le mardi 18 février 1783 au Théâtre-Italien.

2. Cet incident est attesté par Antoine d'Origny dans ses *Annales du Théâtre-Italien* (Paris, Veuve Duchesne, 1788), t. III, p. 54-55 : « La pièce ne put se jouer en entier lors de la première, parce qu'une actrice était souffrante. » Cette actrice, Mlle Pitro de Lancy, autrefois attachée à la Comédie-Française, avait fait ses débuts aux Italiens quatre ans plus tôt. En dépit d'un physique charmant, et du soutien de ses admirateurs, elle ne réussit pas à séduire l'ensemble du public, qui jugeait son jeu trop froid. Le 25 janvier 1783, alors qu'elle entrait en scène pour interpréter le rôle principal des *Trois Sultanes* de Favart, le parterre déçu de ne pas voir Mme Dugazon, qui jouait d'ordinaire ce personnage, manifesta son humeur par de violents murmures, qui ne tardèrent pas à dégénérer en un tumulte épouvantable. Il fallut baisser le rideau, et la malheureuse comédienne, victime de cet injuste traitement, se vit obligée de venir humblement annoncer que Mme Dugazon étant incommodée, elle avait cru pouvoir la remplacer. Elle protesta ensuite de son zèle, et termina en disant que puisqu'elle avait le malheur de déplaire, ses camarades allaient jouer une autre pièce. Ces faits ayant précédé d'un mois seulement la première de *Sophie et Francourt*, nul doute que Mlle Pitrot, traumatisée par l'affront qu'elle venait de subir, s'est trouvée mal au point de ne pouvoir reprendre son rôle.

3. Charles-Antoine Bertinazzi, dit Carlin, titulaire de l'emploi d'Arlequin, était l'idole du public de la Comédie-Italienne. À la création des *Deux Jumeaux de Bergame* de Florian (6 août 1782), il avait déjà plus de soixante-douze ans, ce qui lui valut un compliment en vers ainsi conçu : « Dis-moi, Carlin, par quel avantage / Ne vois-tu point s'affaiblir par les ans / Ni ton esprit, ni tes talents ? / C'est que les grâces n'ont point d'âge. / Ton hiver

Tu verras incessamment le chevalier de S*** ; il va à Bordeaux pour un procès. Je lui ai promis de te le recommander. Tu peux en tirer parti. Mais je te préviens qu'il a la manie du sentiment et n'aime pas qu'on lui demande. Quand il a le cœur pris, il ne s'agit que de montrer des désirs pour qu'il les satisfasse. Je l'ai eu pendant quelque temps, il m'a quittée lorsqu'il fut rejoindre son régiment. À son retour, la place était prise. Il me voit comme une ancienne connaissance. Quelquefois il a mes faveurs. Il les paie bien. C'est un bon *pigeonneau*. Tu vois que je pense à toi. Crois que je te serai attachée pour la vie.

Lettre de Mlle Julie

Ce samedi 22 février 1783

Je crains d'avoir fait une imprudence en menant mon farfadet au bal de l'Opéra, déguisé en femme. Le comte m'a parlé plusieurs fois de ma nouvelle amie ; il a eu l'air de me railler et dit qu'il serait enchanté de la connaître. Il me bat un peu froid. Cela m'inquiète, quoique sur le pied où je suis j'aurai bientôt trouvé quelqu'un qui briguera l'honneur de se ruiner avec moi. Nous sommes, ma chère amie, des effets commerçables et nous augmentons de valeur à proportion que nous changeons de main. Au reste, arrive ce qui pourra, je ne serai pas embarrassée : il y a déjà ici beaucoup d'étrangers, et il en arrivera sûrement encore. Ainsi là-dessus, point d'inquiétude. Adieu, chère amie, il faut pourtant convenir que la vie est remplie de bien des traverses.

Lettre de Mlle Felmé

Paris, ce 27 février 1783

Je sors depuis quelques jours, mon cœur, et ce soir je vais au bal de l'Opéra. Il est arrivé une plaisante histoire à celui de dimanche dernier à un de nos agréables. Le marquis de P*** poursuivait depuis plusieurs bals une jolie femme qui se masquait toujours avec un domino rose et un masque noir. Violette qui, comme tu sais, est une espiègle, s'en étant aperçue, et ayant remarqué qu'elle avait même taille et même tournure que cette dame, elle résolut d'attraper le marquis. En conséquence, dimanche dernier, elle se masque comme la dame et se rend des premières au bal. Il y avait une heure qu'elle y était lorsque le marquis arriva. Dès qu'il l'eut aperçue, la prenant pour sa dulcinée, il l'aborde avec le plus grand empressement et la prie en grâce de céder à son violent amour. Enfin, Violette consent, et le marquis la mène dans une petite loge dont il avait

reproduit les fleurs de ton printemps ! / Tel que ce dieu qu'adore la jeunesse, / Plus ancien que le monde il brave la vieillesse, / Il est toujours le plus beau des enfants. »

la clef. En vain il chercha à devenir heureux. Jamais il ne lui fut possible. Violette, ennuyée, se démasqua et lui dit, en partant d'un grand éclat de rire : « Ah ! marquis, j'ai cru vous tromper, mais c'est moi qui le suis. » Le marquis voulut se fâcher, mais il se radoucit bien vite et finit par prier Violette de garder le secret sur cette aventure. Elle lui jura que non, et tint parole, car elle la conta à toutes ses connaissances, et en moins d'une demi-heure, tout ce qui était au bal savait l'histoire. Adieu, mon cœur.

Lettre de Mlle Julie

Ce vendredi 28 février 1783

Le comte a toujours beaucoup de froid vis-à-vis de moi. Je n'ai plus le même empire sur lui ; j'ai voulu bouder, il m'a laissée là. Je vois qu'il faut que je me montre souvent en public pour trouver quelqu'un qui le remplace. J'ai écrit à S*** pour lui en faire part. Il m'a répondu qu'il fallait prendre patience et ne m'inquiéter de rien. Le comte dit qu'il va passer quelques jours à Versailles. Est-ce un prétexte ? Ai-je mon congé ? Je voudrais tout de suite savoir à quoi m'en tenir. Les jours gras sont bien tristes pour moi. J'avais cependant espéré de les passer gaiement. Ah ! qu'une imprudence fait du tort ! Mais, hélas ! a-t-on toujours pouvoir de réfléchir ? Je vais essayer de faire la malade. Si cela ne ramène pas le comte, il n'y faudra plus y compter. Adieu, ma chère amie, j'ai bien du chagrin.

Lettre de Mlle Felmé

Paris, ce 1er mars 1783

Jeudi dernier, mon cœur, j'ai fait, au bal de l'Opéra la conquête d'un Anglais qui m'est venu voir le lendemain. Il avait su mon nom et mon adresse par son domestique de louage qui m'a fait suivre. Il est fort aimable et très jeune. J'aurais envie de le faire soupirer. Mais comme je craindrais de le perdre, je borne le temps de ses souffrances jusqu'à demain soir, au retour du bal de l'Opéra, où il doit me mener. Je ne veux pas faire de marché avec lui : il a l'air d'un homme qu'il faut prendre par le sentiment. Tu avoueras que mes premières sorties sont fort heureuses. Adieu, mon cœur. Je te manderai dès qu'il y aura quelque chose avec l'Anglais. Je sais l'intérêt que tu prends à moi. Crois que je te paie bien du retour et qu'il ne t'arrivera jamais autant de bonheur que je t'en souhaite.

Lettre de Mlle Julie

Ce lundi 3 mars 1783

Ma feinte maladie n'a servi à rien. Le comte est parti pour Versailles en me disant d'un air moqueur que je n'avais qu'à envoyer chercher ma nouvelle amie, qu'elle me tiendrait sûrement bonne et fidèle compagnie. J'enrageais. Je lui ai ponctuellement obéi, car à peine a-t-il été parti que j'ai mandé à mon fidèle farfadet de venir. Je vais bien employer mes moments avec lui, et cela me calmera un peu, car je suis en colère et d'une humeur affreuse. Je veux cependant aller ce soir au bal de l'Opéra. Le comte étant absent, farfadet me donnera le bras.

Je crains que le comte n'ait été instruit de ma conduite par un domestique que j'ai renvoyé il y a un mois. Je conviens que j'ai eu tort de le mettre à la porte, mais c'était un insolent.

En feuilletant plusieurs papiers, j'ai trouvé quelques vers que j'avais fait copier par le comte pour te les envoyer. Je les joins à ma lettre. Si le comte me quitte, plus de poésie. Adieu, chère amie. Que l'incertitude sur son sort est cruelle.

CONTE

Partant quitte

Alain disait : « Ma femme, écoute-moi,
Je t'avouerai qu'avant que d'être à toi,
Bien jeune encor, je fis une folie :
J'eus une fille. Elle est ma foi jolie,
Prends-la chez nous, faute de nourrisson,
Je veux, de toi, qu'elle prenne leçon.
Tu l'aimeras car elle te ressemble. —
Et moi j'ai fait, dit-elle, un beau garçon,
Il nous faudra les marier ensemble. »

ÉPIGRAMME

La faim pressait ta femme, elle a dîné sans toi,
Damon, je ne vois pas de quoi
Gronder comme tu fais, et faire tant de gloses.
Dîner sans son époux, est-ce un si grand péché ?
Ta femme a fait sans toi de plus étranges choses
Dont tu n'es pas tant fâché.

Lettre de Mlle Felmé

Paris, ce 3 mars 1783

De cette nuit, mon cœur, l'Anglais a pris possession de mes charmes. Il est un vigoureux compère et m'a contentée de tous les côtés, car ce matin, en sortant, il a laissé cent louis sur ma toilette. Il est très passionné et m'a assuré qu'il n'aurait que moi pour maîtresse. Il est impossible de t'exprimer mon contentement. Plaisir et richesse en même temps. C'est une chose unique et qui n'arrive qu'une fois dans la vie. Je vais bien en profiter, et je veux après mon Anglais, pouvoir me retirer du métier si j'en ai envie. Il m'a dit qu'il voulait que je coure avec lui tout Paris et les environs, qu'il veut voir. Il a pour cela acheté un livre qui enseigne les endroits curieux. Cela m'amusera. Je finis, mon cœur, l'Anglais entre.

Lettre de Mlle Julie

Ce mercredi 19 mars 1783

Tu dois avoir été inquiète, chère amie, de ce que je ne t'ai pas écrit depuis plus de quinze jours. C'est que j'ai été fort occupée avec le comte. À son retour de Versailles, je l'avais un peu ramené, je croyais le tenir de nouveau dans mes filets, quand une nouvelle imprudence a achevé de me perdre totalement dans son esprit. Je n'attendais pas le comte, j'étais avec mon farfadet, toute nue et lui de même, lorsqu'en arrivant subitement, il nous surprit dans cette attitude. Il s'en est allé sans dire un seul mot, et voici la lettre qu'il m'a écrite un quart d'heure après :

Ce lundi 17 mars 1783

Ma manière d'agir avec vous et l'honnêteté de mes procédés auraient dû gagner votre amitié et méritaient au moins que vous me fussiez fidèle. Je vois que vous êtes comme toutes vos semblables, et que celui qui paie n'est jamais l'amant de cœur. Je vous laisse maintenant libre de faire ce que vous voudrez. J'exige seulement que vous fassiez ôter mon portrait de dessus votre bracelet et me le fassiez tenir par le porteur. Il n'est pas fait pour rester entre les mains d'une personne qui a si cruellement offensé l'original. Je vois bien à présent que tout ce que La Jeunesse m'a dit est vrai. Je n'avais pas voulu le croire, vos feintes caresses m'avaient séduit. Il faut être bien fou de s'attacher à de pareilles créatures ! Je vous conseille, si vous trouvez encore quelque dupe, de mieux prendre vos précautions et de ne pas vous laisser surprendre.

Le Comte de ***.

Je lui répondis :

Il m'est impossible, cher comte, de pallier mes torts. Ne me pardonnerez-vous pas ce moment de faiblesse ? Faut-il que je perde le meilleur des hommes pour une erreur ? Je ne chercherai pas à réfuter les propos de La Jeunesse. Mais pouvez-vous écouter ce que dit un laquais qu'on renvoie et que l'humeur fait parler ? Revenez, cher comte, que je me jette à vos genoux et que j'obtienne mon pardon. Je vous jure une fidélité à toute épreuve. Comment pouvez-vous appeler les marques de mon amitié de feintes caresses ? Ah ! ingrat, c'étaient bien les expressions du cœur. Quoi ! vous voulez que je rende le portrait d'un homme que j'aime et à qui je dois tant ? Demandez plutôt ma vie. Oui, je le garderai et l'arroserai de mes larmes. Ah ! comte, venez ou vous me causerez la mort. Hélas, mon repentir mérite grâce.

JULIE, la plus malheureuse,
la plus désolée et le plus punie des femmes.

J'en reçus le billet suivant :

Puisque mon portrait peut vous intéresser encore, gardez-le, mais ne comptez plus sur l'original. Quand une fois j'ai pris mon parti, tout est dit. Je vous souhaite beaucoup de bonheur et de prospérité.

Tu vois ma chère, que c'est une affaire terminée et que j'ai mon congé dans les formes. Tant mieux, je suis charmée de savoir mon sort et que cela n'ait pas lambiné. J'irai ce soir aux Français et demain à l'Opéra. Il faut bien tâcher de trouver quelqu'un qui fasse aller la maison. Je ne veux pas cependant me donner au premier venu. S*** m'aidera beaucoup dans cette circonstance. Je crois que je ne prendrai pas de Français : il me faut un Milord ou bien un jeune homme qui ait hérité fraîchement de quelque vieil avare, et soit empressé à faire danser les espèces du défunt. Adieu.

Lettre de Mlle Victorine

Paris, ce 20 mars 1783

Il y a deux jours, ma bonne amie, que l'abbé Chotard m'est venu proposer un Russe pour entreteneur. J'y ai consenti. Hier, il m'a donné à souper avec lui, et le marché a été conclu à cinquante louis par mois. Le Russe a payé le premier mois d'avance et est entré en jouissance de cette nuit. Sa froideur se ressent du climat de son pays. Je crois qu'il m'a prise plutôt par air, pour pouvoir dire : « J'entretiens Mlle Victorine ». Les besoins physiques ont l'air peu considérables chez lui. Cela m'est égal. Je saurai trouver des personnes qui feront l'office en sa place. L'abbé Chotard a été raisonnable ; il ne m'a demandé que trente louis pour la connaissance du Russe. Sûrement, il se sera aussi fait payer par lui. Ces messieurs prennent de toutes les mains. Adieu, ma bonne amie, maintenant je ne regrette plus le vieux et vais l'oublier.

Lettre de Mlle Julie

Ce jeudi 27 mars 1783

Il y a eu le 25 une course de chevaux anglais, de la barrière de la Conférence[1] à la grille du château de Versailles. Le cheval de M. le chevalier de Saint-Georges a gagné[2]. Il a fait le chemin en trente et une minutes : il y a cependant quatre lieues[3]. C'est bien fort.

1. La barrière de la Conférence, dite aussi barrière des Bonshommes ou de Passy, était située à l'angle de l'actuelle avenue de New-York et de la rue Beethoven, sur le quai de Passy, dans le seizième arrondissement. Ce quai lui-même, qui longeait le village de Passy, était une ancienne section de la route de Versailles, dite aussi route de la Reine.
2. Fils naturel d'une esclave noire de la Guadeloupe et de Jean-Nicolas de Boullongne,

Je n'ai encore personne. Il s'est présenté différents partis, mais cela n'est pas du cossu. Je me suis contentée de faire deux passades. J'ai maintenant mes coudées franches sur cet article. Mon farfadet a été plus désolé que moi de l'aventure du comte. C'est un bon diable. Il est fâché de ne pouvoir rien me donner ; il a peu de ses parents pour ses menus plaisirs.

Voici un petit conte qui m'a paru plaisant : ce sera à peu près les derniers vers que tu recevras de moi. Adieu, ma chère Eulalie. Je ne suis pas mécontente de la vie libre que je mène : elle m'amuse assez.

CONTE

Le sermon sans fin

Certain prêcheur, par sa longueur extrême,
Lassa les gens : l'auditoire s'endort.
On se réveille, on voit qu'il n'est encore
Qu'au premier point. On était en carême.
On veut dîner, on défile et l'on sort.
Le sacristain reste et se réconforte,
Il boit un coup, mange du pain bénit,
Puis va chercher les clefs et les apporte :
« Il faut, dit-il, mon père, que je sorte.
Voici les clefs : quand vous aurez fini,
Vous voudrez bien fermer la porte. »

Lettre de Mlle Victorine

Paris, ce 1er avril 1783

J'ai été, ma bonne amie, à la clôture des Italiens. On a donné pour compliment une petite comédie en prose et vaudeville qui a pour titre : *Le Déménagement d'Arlequin, marchand de tableaux*. Elle est de Favart le fils. C'est une jolie petite pièce qui fait allusion au changement de leur salle et à la réforme de leurs pièces italiennes[1] : je te l'enverrai incessamment.

Voici un temps bien triste à passer, où il faut se résoudre à aller au Concert spirituel, car il n'y aura plus de foire Saint-Germain que jusqu'à

le célèbre chevalier de Saint-Georges (1739-1799) ne fut pas seulement musicien et compositeur de talent, mais escrimeur de grande réputation, et sportif accompli.

3. 15,2 km.

1. En 1779, lorsqu'il fut question de fonder à Paris un second Théâtre-Français, que le public réclamait depuis longtemps, les Italiens s'empressèrent de donner une plus large place aux comédies en langue française, anciennes ou nouvelles, sans pour autant renoncer à l'opéra-comique. Le 26 septembre de cette même année, ils abandonnaient définitivement le répertoire italien, et mettaient à la retraite les comédiens qui l'avaient si longtemps représenté. Par la force de l'habitude, on continua d'appeler Comédie-Italienne ce théâtre où il ne se disait et ne se chantait plus un mot d'italien. Bien plus, ce nom suivit la troupe dans la salle Favart, où elle se transporta le 28 avril 1783. Ce n'est qu'en 1793 qu'elle prendra le seul nom qui lui convînt : celui d'Opéra-Comique.

samedi[1]. Je n'irai pas à Longchamp. Mon Russe ne veut pas me donner de voiture à moi, car j'ai la remise au mois. J'ai cependant tâché d'aiguillonner son amour-propre, mais cela a été inutilement. Olympie y brillera dans un charmant équipage que lui fait faire son financier. Qu'elle est heureuse ! Elle le mérite bien, elle est très fidèle à M*** : elle n'a pas encore l'esprit du corps. Je sais plusieurs passades fort avantageuses qu'elle a refusées. Il paraît que la Comtesse lui a donné peu d'instructions ou qu'elle ne veut pas les suivre. Je te souhaite plus de plaisir que je vais en avoir jusqu'à la rentrée des spectacles.

Lettre de Mlle Julie

Ce jeudi 3 avril 1783

J'irai, ma chère amie, étaler mes charmes à Longchamp. Je veux y paraître brillante, j'espère beaucoup de ces trois jours-là. J'y ferai sûrement quelques connaissances, qui me vaudront ou un entreteneur ou au moins quelques passades[2].

1. Fondé en 1725 par Anne Danican Philidor (1681-1728), le Concert spirituel des Tuileries était un établissement de concerts publics parisiens situé salle des Cent-Suisses, dans le pavillon central du palais des Tuileries, au premier étage, avant de déménager en 1784 pour l'ancienne salle des Machines. À l'origine, ces concerts étaient destinés à remplacer les représentations théâtrales en période de carême et de fêtes solennelles ; ils se donnaient donc 20 à 25 jours par an. On y interprétait exclusivement de la musique sacrée sur des paroles latines. Jean-Joseph Mouret, Mondonville, Haydn, Mozart, Piccinni, Pergolèse, Gossec, entre plusieurs autres, y firent exécuter leurs œuvres symphoniques et vocales.

2. L'abbaye de Longchamp, à l'ouest du bois de Boulogne, entre la route de Sèvres à Neuilly et la Seine, avait été fondée en 1255 par Isabelle de France, pour les religieuses de l'ordre de sainte Claire. Au début du règne de Louis XV, elle devint un but de promenade qui atteignit son apogée lorsque Mlle Le Maure, cantatrice réputée de l'Opéra, s'y retira, en 1727. Pendant les trois ans qu'elle y resta, le timbre et la puissance de sa voix, la perfection de sa diction, son accent pathétique attirèrent une foule si nombreuse qu'on ne pouvait fermer les portes de l'église. Tout Paris accourait pour entendre les religieuses chanter Ténèbres pendant la semaine sainte. On se rendait à l'abbaye « faire Ténèbres », ce qui n'était pas sans causer des désordres de tous genres ; on y parlait, on y riait, « une quêteuse s'y fit voir dans une parure peu faite pour exciter la dévotion ». Aussi Mgr Christophe de Beaumont, archevêque de Paris, décida-t-il de fermer l'abbaye. Trop tard ! L'habitude était prise ; le pèlerinage annuel n'en continua pas moins chaque semaine sainte, le mercredi, jeudi et vendredi, mais transformé en joyeuse cavalcade qui faisait le tour du couvent, puisqu'on ne pouvait plus y entrer. L'héroïne de ces défilés fut, en 1742, Mlle Le Duc, maîtresse attitrée du comte de Clermont, qui s'y montra couverte de diamants, dans un carrosse à six chevaux qu'elle conduisait elle-même. En 1768, Mlle Guimard parut dans un char orné de ses armes parlantes, et en 1774, Mlle Duthé, y fit le plus spectaculaire effet, trônant dans un char doré traîné par six chevaux fringants. L'archevêque de Paris demanda, en 1776, que les portes du bois de Boulogne soient fermées pendant la semaine sainte, mais il ne l'obtint pas. En 1780, la duchesse de Valentinois, fille de la duchesse de Mazarin, s'y fit remarquer par son carrosse de porcelaine tiré par quatre chevaux gris pommelé avec harnais de soie rouge. Elle fut cependant éclipsée par Mlle Beaupré, simple figurante de l'Opéra, avec un carrosse également en porcelaine, traîné par quatre chevaux isabelle harnachés de velours bleu foncé rehaussé d'une broderie d'or, décoré de peintures représentant Diane et Endymion. À l'époque, la file des voitures s'étirait sans interruption de la place Louis XV (aujourd'hui place de la Concorde) jusqu'à la porte Maillot. Le couvent fut

Je ne sais pas encore qui m'a remplacée auprès du comte. Je l'ai trouvé l'autre jour à la sortie du spectacle. Nous nous sommes salués, mais il ne m'a pas parlé.

Il paraît que les Anglais ne sont plus si généreux qu'anciennement. S*** m'a écrit pour m'en proposer un qui voudrait vivre avec moi, mais ses offres ne me conviennent point : je l'ai refusé. Mon farfadet entre, je quitte la plume. Ce soir ou demain j'achèverai ma lettre.

C'était mon jour de loge aux Italiens, j'y suis allée avec farfadet. Il m'a pris une envie de jouir au milieu du spectacle, j'étais fort échauffée par la musique. J'ai tiré le rideau de gaze et j'ai absolument voulu que farfadet se mît en devoir de me contenter. Nous avons été très gênés, mais enfin, tant bien que mal, cela a réussi. On jouait justement pendant ce temps-là un morceau de musique *amoroso*, et le *presto* a été le moment intéressant. Cela m'a beaucoup amusée. Si j'étais riche, je voudrais avoir tous les jours de la musique à mon coucher, et je ne m'endormirais jamais sans cela. S'il y a des loges grillées à Bordeaux, comme je n'en doute nullement, essaie, ma chère Eulalie, et tu m'en diras des nouvelles. En vérité, c'est charmant, et je n'y pense pas sans avoir envie de recommencer. Adieu, tu vois que ton amie fait ce qu'elle peut pour passer le temps agréablement.

Lettre de Mlle Felmé

Paris, ce 7 avril 1783

Je profite, mon cœur, d'un moment que j'ai de libre pour m'entretenir avec toi. Je suis sans cesse avec mon Anglais, qui me fait connaître Paris et ses environs comme mes poches. Il n'y a pas un monument, un atelier que nous ne visitions. Nous allons aussi tous les jours au spectacle. L'opéra est celui qu'il préfère, et nous n'en manquons aucun. Maintenant que je t'ai parlé de mes occupations, il faut que je te fasse part de ce qui concerne mon bien-être. L'Anglais ne me donne rien de fixe par mois, mais il me fait journellement des présents et me met souvent des rouleaux sur ma toilette. Pour le mal que je te souhaite, je t'en voudrais le *second tome*. Adieu, mon cœur, je t'écris bien brièvement, mais c'est qu'il faut que j'aille prendre l'Anglais pour aller au concert spirituel.

---

fermé à la Révolution et ses religieuses expulsées en 1792. Mis en vente comme bien national, mais ne trouvant pas d'acquéreur, il fut démoli en 1795, sans pour autant mettre fin à la promenade de Longchamp. Elle reprit en 1797, sous le règne des merveilleuses, des muscadins et des incroyables. Mlle Lange du théâtre Feydeau, Mmes Tallien, Hamelin, Hainguerlot, y paradaient en costumes grecs et en déshabillés provocants. Sous l'Empire, le défilé fut encore très brillant : il commençait à onze heures et ne se terminait qu'à la nuit. Mme Récamier y remporta un véritable triomphe.

Lettre de Mlle Julie

Ce mardi 8 avril 1783

C'est demain et les jours suivants que je vais tenter fortune. Ma voiture sera simple : j'ai fait habiller mes gens à neuf, mon cocher aura des moustaches et un gros bouquet[1]. Je serai mise avec une robe de la dernière élégance et coiffée en cheveux : c'est ce qui me va le mieux. Je n'aurai personne avec moi, je ne veux pas partager les regards du public. Il faut que ce soir, il soit parlé de Julie dans tout Paris. Plus d'une femme crèvera de dépit de me voir briller, et le comte enragera de ce qu'il ne pourra pas dire : « C'est ma maîtresse. » On sait notre rupture.

J'ai appris enfin le choix du comte : il donne à présent dans les femmes honnêtes ou du moins qui veulent passer pour telles. Il vit avec la marquise de *** ; elle le mènera grand train, c'est une élégante : elle ne peut porter un bonnet trois jours de suite. Les mémoires qu'il faudra qu'il paie à Mlle Bertin seront forts. J'ai été hier souper sur le Boulevard avec mon farfadet. J'avais de l'ennui et je voulais me dissiper. Une de ces vielleuses à l'usage des vieux paillards nous a chanté diverses chansons paillardes qui m'ont assez amusée. Je t'en envoie deux que je me suis fait écrire.

Je suis bien fâchée de te voir aussi obstinée que tu l'es de vouloir rester à Bordeaux. Je n'aurai donc plus le plaisir de voir ma chère Eulalie et de lui jurer que je lui ai voué mon amitié pour la vie. Adieu, méchante.

CHANSON

Le sot amant. Air du *Sabot*

Que j'enrage d'aimer Nicaise,
Disait Dorine l'autre jour,
Tout autre que lui serait aise
De m'inspirer un tendre amour.
Loin de contenter mon envie,
C'est le plus sot et froid garçon.
Il mérite bien qu'on s'écrie :
Ah ! le cruchon, ah ! le cruchon.

Un jour, par une chansonnette,
Je lui témoignai mes désirs,
Mille fois je la lui répète
Avec les plus tendres soupirs.
C'étaient toutes peines frivoles,
L'air, dit-il, me semble assez bon,
Je ne comprends rien aux paroles.
Ah ! etc.

1. S'agit-il du bouquet de paille que l'on accrochait à la queue ou au cou d'un cheval, pour signaler qu'il est à vendre ? En ce cas, la métonymie de l'attelage à la passagère ne manquerait pas d'audace !

Sur une naissante verdure,
Avant le lever du soleil,
Goûtant la fraîcheur la plus pure,
J'affectais un tendre sommeil.
Ma gorge était à demi nue,
Tout lui disait : il y fait bon.
Il ne contenta que sa vue.
Ah ! etc.

Sur un chemin couvert de glaces
Le hasard nous fit rencontrer.
Que ce jour-là j'avais de grâces !
J'étais faite pour tout tenter.
Je glissai, ma jupe voltige,
Il me couvrit de son manchon.
Vous êtes complaisant, lui dis-je.
Ah ! etc.

Au son de sa tendre musette,
Aux accents de son chalumeau,
Je formais des pas sur l'herbette,
Que son sort devait être beau !
Pour le favoriser je glisse,
Et je tombai sur le gazon.
Il me releva sans malice.
Ah ! etc.

L'autre jour que c'était ma fête
Je lui demandai un bouquet.
Quel bouquet veux-tu que j'apprête ?
Dit-il, je n'en ai jamais fait.
Pauvre garçon, que tu es bête,
Ta fleur est de toute saison.
Tu n'as jamais su la connaître.
Ah ! etc.

Enfin, pour la lui donner belle,
Oh ! devinez ce que je fis.
Feignant de moucher la chandelle,
Adroitement je l'éteignis.
Le sot, pour signaler son zèle,
Fut vite chercher un tison.
Il lui fallait de la chandelle !
Ah ! le cruchon, ah ! le cruchon.

AUTRE

Le Bonnet. Air d'*Un cordelier dit à Ninette*

Un jour la petite Lisette
Faisait un bonnet élégant.
Quand il fut fait, son cher amant

Voulut le mettre sur sa tête.
Le mit-il ? ne le mit-il pas ?
C'est ce que nous ne savons pas (*bis*).

Lisette dit qu'allez-vous faire ?
Vous allez me le chiffonner,
Finissez, je vais me fâcher,
Vous me feriez mettre en colère.
Ce bonnet exige du soin,
Monsieur, vous ne le mettrez point (*bis*).

L'amant faisait la sourde oreille
Au discours que Lise tenait,
Il soutenait que ce bonnet
Devait le coiffer à merveille.
Le mit-il ? ne le mit-il pas ?
C'est ce que nous ne dirons pas (*bis*).

Vous avez la tête trop forte,
Il ne pourra la contenir.
Ciel ! vous allez me l'agrandir,
Est-ce qu'on agit de la sorte ?
Ce bonnet exige du soin,
Monsieur, vous ne le mettrez point (*bis*).

Ni plus ni moins que sans cervelle,
L'amant allait toujours son train,
Il tenait le bonnet en main
Malgré les cris de cette belle.
Le mit-il ? ne le mit-il pas ?
C'est ce que nous ne savons pas (*bis*).

Lise, pour avoir gain de cause,
Proposa cet arrangement :
Maniez-le bien, oui, j'y consens,
Prenez la barbe et le fond rose.
Tenez-le bien dans votre main,
Mais, Monsieur, ne le mettez point (*bis*).

Enfin l'amant, plus raisonnable,
Ne le mit que pour faire semblant.
Lise dit : vous faites l'enfant,
Ah ! que vous êtes insupportable !
Voilà Maman, c'est un témoin,
Monsieur, vous ne le mettrez point (*bis*).

Lettre de Mlle Julie

Ce jeudi 10 avril 1783

Hier, ma chère amie, j'ai été beaucoup remarquée à Longchamp. J'étais très brillante. J'ai eu la satisfaction d'entendre dire plusieurs fois : qu'elle est jolie ! Qu'elle est élégante ! Heureux qui peut l'avoir pour sa maîtresse ! Les gens du commun témoignaient leurs désirs en termes plus énergiques. Après avoir joui quelque temps de ce petit triomphe, je suis partie pour aller au Concert spirituel[1]. En arrivant, tous les regards se sont fixés sur moi, il s'est élevé un murmure qui a interrompu le concert. J'étais au comble de la joie de faire tant de sensation. Cela m'encourage, je veux tâcher d'être aujourd'hui encore mieux qu'hier. Adieu, je vais m'occuper sérieusement de l'affaire importante de ma toilette.

P.S. Pendant que j'étais à Longchamp, j'ai prié mon farfadet, qui était resté chez moi, de te copier quelques jolies poésies que voici.

VERS

À M. de *** et à Mlle de ***,
la veille de leur mariage.

Jeunes amants, heureux époux,
Qui touchez au moment le plus beau de la vie,
L'un de vous dans mon cœur a fait naître l'envie,
Et l'autre un sentiment plus doux.

MADRIGAL

À Mme de ***, qui venait d'accoucher d'un garçon,
et dont le mari avait quatre-vingts ans.

Jeune Églé votre époux, dit-on,
Malgré le froid des ans tendrement vous adore,
Ses soins et son ardeur viennent de faire éclore,
En dépit des hivers un nouveau rejeton.
Bien plus fortuné que Titon,
Il a su rajeunir dans les bras de l'Aurore.

CONTE

Lucas et son seigneur

Or çà, Lucas, mon cher voisin,
Quand te fais-tu porter en terre ?
Je ne puis plus, sans un mortel chagrin,
Voir mon parc échancré par ta vieille chaumière.
Ainsi parle à Lucas son seigneur libertin
En promenant une main téméraire

1. À Paris, les jours où il n'y a pas de spectacle, il y a Concert spirituel au château royal des Tuileries. [NdA]

Sur le sein rembruni de sa moitié sévère,
Qui la repousse avec dédain.
Morgué, lui dit Lucas que sa colère enflamme,
Mieux vaut perdre son bien que de perdre l'honneur.
Arrondissez votre parc, Monseigneur,
Mais n'arrondissez pas ma femme.

Épitaphe de Fréron

Lorsque le Jubilé commence,
Dans le tombeau Fréron descend.
Quand on vit sans être indulgent,
On doit mourir sans indulgence.

Lettre de Mlle Rosimont

Paris, ce 11 avril 1783

Voici, ma chère amie, une charmante charade en chanson. Hier, on l'a chantée à un souper que j'ai fait avec plusieurs officiers de dragons. Nous avons beaucoup bu, ri et foutu. Ainsi, juge si j'ai été contente de ma soirée. Je voudrais qu'elles soient toutes de même.

Air de *Ô ma tendre musette*

Charmante Catherine,
Son premier est le mois
Où le printemps domine
Et nous dicte ses lois.
Oui, ce mois qu'on adore,
Formé d'instants trop courts,
Est le règne de Flore
Ou celui des amours.

Comme à toute parure
Un peu d'art correspond,
C'est de ta chevelure
Que se fait ton second.
Le zéphyr le caresse
En ses soyeux loisirs.
Que n'ai-je son adresse,
Las ! j'aurais ses plaisirs.

Son tout, ô Catherine,
Est le titre charmant
Qui doit son origine
Au bonheur d'un amant.
Ah ! loin qu'il t'effarouche !
Que n'est-il de ton goût
D'entendre de ma bouche
Cet adorable tout !

Si j'étais sûre de t'écrire d'ici à quelques jours, je ne te manderais pas le mot de la charade. Mais craignant que cela ne soit pas de longtemps, je ne veux pas te faire languir : c'est *maîtresse*. Adieu, ma chère amie, sois sûre de l'amitié de ton petit espiègle.

Lettre de Mlle Julie

Ce samedi 12 avril 1783

Mes apparitions à Longchamp, ma chère amie, n'ont pas été infructueuses. Le vendredi, un laquais superbement habillé vint me remettre la lettre dont voici copie :

Ce vendredi
Votre figure, Mademoiselle, a fait sur moi une vive impression. Je m'étais toujours mis en garde contre l'amour, mais je vous vis et l'amour triompha. Flegmatique, comme c'est le caractère de ma nation, je ne croyais pas que je puisse être une nuit sans dormir pour avoir vu deux beaux yeux, et que sans cesse l'image de celle qui en est porteuse reviendrait à mon imagination. Vous seriez bien aimable si vous me permettiez d'aller vous faire ma cour. Si j'étais assez heureux pour vous trouver libre, je vous proposerais de partager la fortune de celui qui ne s'occuperait qu'à faire votre bonheur. Je suis, Mademoiselle, avec le plus violent amour, votre très humble et très obéissant serviteur.

Milord ***

Je répondis :

Je suis très sensible, Milord, aux choses honnêtes que vous me dites et serai très flattée d'avoir l'honneur de vous voir chez moi samedi. Je ne sortirai point et serai visible tout l'après-dîner. Aujourd'hui, je retourne à Longchamp. J'ai l'honneur d'être, Milord, votre très humble et très obéissante servante.

Un de mes chevaux s'étant déferré aux Champs-Élysées, je n'arrivai que très tard à Longchamp. Je n'aperçus pas Milord, quoique sûrement il y aura été. Mais ne m'y voyant pas, peut-être se sera-t-il en allé. J'attends avec impatience l'entrevue de cet après-dîner. Demain ou lundi au plus tard, je t'en donnerai des nouvelles. Adieu, ma chère amie.

Lettre de Mlle Julie

Ce samedi 13 avril 1783

Tout va le mieux du monde, chère amie : l'Anglais est venu me voir, il m'a fait les compliments les plus honnêtes et les plus belles propositions, mais je n'ai rien accepté ; je veux un peu le faire soupirer. Il a l'air d'un fort honnête homme. Il peut avoir quarante ans, il est grand, d'une figure qui paraît avoir été très agréable. Il a un grand nez, et tu sais que c'est un heureux pronostic, qui cependant n'est pas une règle générale. Je lui donne à souper demain. Adieu, je ne t'écrirai pas d'ici à quelques jours, voulant voir quelque chose de positif à te mander. Je vais ce soir étaler mes grâces aux boulevards. Ta chère amie pour la vie.

Lettre de Mlle Julie

Ce lundi 17 avril 1783

Je suis, ma chère, plus heureuse que jamais. L'Anglais vit maintenant avec moi. Il me fait une offre que je goûte assez, c'est de voyager avec lui. Il me fera, avant notre départ, trois mille livres de rente viagère et paiera d'avance deux années de mon loyer, à peu près le temps que nous serons à parcourir l'Europe. Je lui ai demandé quelque temps pour me décider, afin de tâcher de connaître son caractère, si je le puis, car les hommes sont aussi dissimulés que les femmes. Il m'a accordé jusqu'aux premiers jours de mai. Mande-moi ce que tu me conseilles. Je ne t'écrirai pas d'ici à ce temps-là, ne voulant m'occuper que de mon Anglais. Adieu, ma chère Eulalie, je t'aimerai toute ma vie.

Lettre de Mlle Victorine

Paris, ce 4 mai 1783

Suin et Mme Le Roy, ma bonne amie, ont reçu leur ordre de retraite. Les Italiens n'y perdent pas beaucoup. L'actrice valait encore plus que l'acteur, qui était accoutumé à être hué. Cela lui était égal, et il disait : « Huez tant que vous voudrez, je m'en moque, j'ai quinze mille livres de rente pour ma demi-part[1]. » Tu seras peut-être bien aise de savoir ce qui a été cause de sa réception. Lors de ses débuts, il fut un dimanche voir le grand couvert. La Reine d'aujourd'hui, alors Dauphine, l'ayant remarqué, dit à un seigneur qui était derrière elle : « N'est-ce pas ce mauvais acteur qui débute aux Italiens ? » Suin, qui l'entendit, changea de couleur et se trouva mal. La Dauphine dit : « Mon Dieu, je suis bien fâchée d'avoir fait de la peine à cet homme, comment pourrais-je réparer cela ? — Madame, il ne tient qu'à vous, repartit le seigneur, demandez aux gentilshommes de la chambre qu'il soit reçu à demi-part. » La Dauphine le demanda et il fut reçu.

Saint-Preux et Chevalier ont aussi été remerciés. Le premier était vraiment acteur[2].

1. *Comprendre* : une demi-douzième de part de la *Société des Comédiens*.

2. Les *Mémoires secrets* fournissent d'amples détails sur ces licenciements et retraites anticipées : « On annonçait une grande réforme dans les sujets de la Comédie-Italienne. On disait même qu'on avait pris à l'égard des anciens la tournure usitée vis-à-vis des cours

Après t'avoir parlé des Italiens, il est juste, ma bonne amie, que je te parle du Théâtre National. Mlle d'Oligny s'est retirée. C'est une perte irréparable. Qui jouera comme elle les ingénuités ? Il était étonnant que, paraissant aussi jolie sur le théâtre, elle fût si laide de près[1]. C'étaient deux figures totalement opposées. Mme Molé, qui est morte, laisse un vide pour les rôles qu'elle remplissait. On lui reconnaît actuellement un talent qu'on ne lui accordait pas de son vivant[2].

Tu serais étonnée de me voir si au fait des spectacles si tu ne savais pas

---

souveraines quand on veut les changer et en refondre la constitution, que le roi avait cassé cette troupe en entier par un arrêt du Conseil, et l'avait tout de suite recréée sur un pied nouveau. Il paraît qu'il n'a pas fallu avoir recours à ce moyen extrême et despotique. Quatre sujets, dont deux seulement comédiens pensionnaires ont été remerciés, savoir les sieurs Saint-Preux et Chevalier, et deux à part ont reçu leur ordre de retraite : une Mme Le Roy et le sieur Suin. Le renvoi de la première qui n'était incorporée dans la troupe que de 1781 et avait peu de talent et de moyens de plaire ne pouvait souffrir beaucoup de difficulté. Quant au second, admis dès 1773, il ne manquait ni de raison, ni d'intelligence, ni de vérité, ni de naturel, mais son organe, sourd dans le chant et triste dans la comédie, déplaisait au public et rebutait dès le premier abord. Une anecdote le rendait en quelque sorte sacré. Il avait eu le malheur de répugner à la Reine dès qu'elle l'avait vu. Sa Majesté, dans un mouvement involontaire, n'avait pu s'empêcher de manifester son dégoût d'une façon si expressive qu'on avait intéressé son humanité et la bonté de son cœur en lui faisant sentir que, si elle ne réparait l'humiliation qu'elle venait de donner à cet acteur par quelque marque de bienveillance, elle allait lui faire perdre son état et qu'il serait nécessairement renvoyé. La Reine voulut bien déclarer aux gentilshommes de la Chambre que ce n'était pas son intention et qu'elle exigeait que le sieur Suin restât à la Comédie » (*Mémoires secrets*, *op. cit.*, 12 mai 1783, t. XXII, p. 316-317).

1. Louise Adélaïde Berton Maisonneuve, dite Mlle Doligny ou d'Oligny (1748-1823), qui avait fait ses débuts à la Comédie-Française le 3 mai 1763, prit volontairement sa retraite le 25 avril 1783, à l'âge de trente-cinq ans, et parut pour la dernière fois sur scène le 23 avril dans le rôle de Betty de *La Jeune Indienne* de Chamfort. « Elle s'est retirée assez riche, rapporte La Harpe, et sa fortune est venue non seulement de ses épargnes et de l'économie modeste qui contrastaient avec le luxe de ses compagnes, mais encore des présents considérables qu'elle recevait journellement des femmes de la cour qui, pour récompenser sa sagesse, lui donnaient des habits pour tous ses rôles, et la dispensaient par là d'une très grande dépense » (La Harpe, *Correspondance littéraire*, Paris, Migneret, an IX [1801], t. IV, p. 151-152).

2. Née Pierrette Claudine, Hélène Pinet, dite Mlle d'Épinay, nom sous lequel elle avait débuté à la Comédie-Française en 1761, elle épousa le grand comédien Molé le 10 janvier 1769 et mourut à Paris le 16 septembre 1782. Lors de sa disparition, le baron Grimm lui tressa ces lauriers mêlés de chicotin : « Mme Molé, connue longtemps sous le nom de Mlle Pinet, avait débuté la même année que Mlle d'Oligny. Avec plus d'esprit, d'étude et d'intelligence, le plus beau teint et un fort joli visage, elle réussit infiniment moins. Elle n'avait aucune espèce de talent naturel, et ce n'est que depuis peu d'années qu'elle était parvenue à exprimer au théâtre une partie au moins de tout ce qu'elle sentait si bien dans ses rôles, quelquefois même avec assez de finesse et de vivacité. Sa voix était fort maniérée, et n'en était ni plus douce ni moins fausse. Si sa tête était encore agréable, sa taille était devenue presque monstrueuse. Les efforts inouïs qu'elle faisait pour serrer son corps de jupe lui donnaient l'air roide et emprunté, sans la faire paraître beaucoup plus fine, et c'est une des circonstances qui ont contribué le plus à hâter sa fin. Il s'y est joint, dit-on, le chagrin mortel qu'elle eut de voir ou de soupçonner du moins son mari de se charger lui-même, et pour ainsi dire sous ses yeux, de l'éducation d'une fille qu'elle avait eue de M. le marquis de Valbelle. Le rôle de la sœur précieuse dans *Les Femmes savantes*, et celui d'Alcmène dans *Amphitryon*, étaient peut-être ceux qu'elle jouait le moins mal. Elle avait débuté aussi dans la tragédie par le rôle de Bérénice, mais sans succès » (*Correspondance littéraire*, éd. Maurice Tourneux cit., décembre 1783, t. XIII, p. 419).

que j'ai un auteur dramatique à mes ordres. Mon Russe n'en prend nul ombrage, il aime même beaucoup qu'il soupe avec nous, car il est fort divertissant.

Olympie est grosse. Elle en est fort contente, et M*** encore davantage. Elle m'a dit qu'il allait la marier afin que l'enfant ne soit pas bâtard. Il a une direction des fermes à nommer qui, justement, est vacante dans ce moment. Ce sera pour celui qui l'épousera. Il s'est déjà présenté beaucoup de partis, mais M*** est difficile et ne veut pas prendre le premier venu pour le faire père de son enfant. Que le monde, ma bonne amie, est une étrange chose ! Adieu, porte-toi bien, et écris-moi donc plus souvent que tu ne fais.

Lettre de Mlle Julie

Ce dimanche 4 mai 1783

Enfin, le sort en est jeté, ma chère amie. Je pars, l'argent est chez le notaire, et le contrat est passé. Mon propriétaire se charge de mon mobilier, dont il a été fait un inventaire double entre nous. Milord me paraît un galant homme à qui je crois pouvoir me fier en toute assurance. Adieu, ma chère amie. Les embarras inséparables d'un départ prochain m'empêchent de t'en dire davantage. Crois que je ne t'oublierai jamais et que j'espère que nous serons réunies un jour. En faisant mes malles, j'ai mis de côté une petite pacotille de chiffons à ton usage que je te prie d'accepter ; tu les recevras par la première diligence. Ta meilleure amie pour la vie.

Lettre de Mlle Felmé

Paris, ce 5 mai 1783

Je suis désolée mon cœur. Voici le billet que mon Anglais m'a écrit ce matin. Je l'ai reçu que j'étais encore au lit :

> Je vous aime, ma chère Felmé, au-delà de tout ce qu'il est possible d'exprimer. Je sens que je ne puis être heureux qu'en vous possédant seul et pour toujours. Il n'y aurait qu'un seul et unique moyen pour y parvenir, ce serait de vous épouser. Mais l'honneur me le défend, et l'honneur chez moi est plus puissant que l'amour. Comme je veux éviter de savourer sans cesse le poison de votre vue, je pars, votre image gravée dans le cœur. Je vais tâcher, en changeant d'hémisphère, de changer de cœur et d'oublier ma chère Felmé. Mais comme je désire que vous soyez heureuse, mais très heureuse, je joins ici pour quinze cents louis de billets de caisse d'escompte. Adieu, ma chère Felmé, ne comptez plus me revoir. Quand ce billet vous parviendra j'aurai quitté Paris.

À peine j'eus lu ce billet, voulant questionner le commissionnaire, je sonne et ordonne qu'on me fasse parler à celui qui m'a apporté ce billet, mais on me répond qu'il s'est en allé aussitôt après l'avoir remis, disant qu'il n'y a pas de réponse. Je me lève et vole à l'hôtel de mon Anglais. Il était parti. Je veux m'informer où il est allé, je questionne maître et valets, personne ne peut rien me dire autre chose, sinon qu'il a envoyé chercher des chevaux de poste à quatre heures du matin et est parti vers les six heures. Ah ! quels gens que ces Anglais ! Ils sont inconcevables. Il m'aime, il m'adore et il me quitte. Il aurait pu vivre avec moi sans m'épouser. Je suis furieuse de sa perte. Il faudra m'en consoler avec les trente-six mille livres qu'il m'a envoyées. Si chaque amant, en me quittant, m'en avait donné, je serais bien riche. Adieu mon cœur.

Lettre de Mlle Victorine

Paris, ce 15 mai 1783

Je te félicite, ma bonne amie, d'avoir un Américain : c'est un bon oiseau à plumer. Mais t'aurait-il pas été possible de conserver aussi le conseiller ? Plus on en a, mieux cela vaut. Pour moi, au Russe j'associe mon auteur, et lorsqu'une passade avantageuse se présente, je ne la refuse pas. Il y a quelques jours que j'en ai fait une avec l'évêque de ***. Monseigneur arrivait de son évêché, où il avait été obligé à l'abstinence ; aussi, a-t-il bien officié. Nous avons été forts contents l'un de l'autre, et il m'a demandé permission de revenir. J'y ai consenti avec d'autant plus de plaisir que je n'ai rien à craindre de son indiscrétion. Il est obligé à garder le *tacet.*

Il y a à Bordeaux l'abbé de ***, grand vicaire, qui est un amateur. Il avait à Paris la femme d'un conseiller au parlement. Tâche de faire connaissance avec lui, cela serait peut-être un peu difficile à cause du *decorum* qu'il est obligé de garder : *à vaincre sans péril, on triomphe sans gloire* !

Ne pourrais-tu pas aller chez lui sous quelque prétexte ? Penses-y bien et fais ton profit de ce que je te mande. Ta bonne amie.

Lettre de Mlle Felmé

Paris, ce 20 mai 1783

Enfin, mon cœur, j'ai pris mon parti. J'ai vendu mes diamants et bijoux, j'en place une partie en rente viagère, et je vais me retirer en province. Je suis lasse de la vie que je mène. Je veux maintenant être ma maîtresse et veux aussi que, si je me livre à quelqu'un, ce ne soit plus l'intérêt qui me guide. Dorénavant, je consulterai mon cœur. Je ne me marierai jamais ; j'aurais trop à craindre que mon mari ne me reproche mon inconduite passée. Si quelque provincial m'intéresse, nous pourrons nous unir, mais sans sacrement. Ce sont le meilleurs mariages et ceux qui durent le plus longtemps. Je ne sais encore où je me fixerai. Mais je pars sous peu de jours pour Roye, ma patrie. Je laisse ici mes meubles dans des caisses chez un commissionnaire, qui me fera passer où je lui marquerai. Je suis fâchée de ne pouvoir pas embrasser ma chère Eulalie avant de quitter la capitale. J'espère que si elle y revient, elle viendra passer quelque temps chez son amie. Je ne t'écrirai plus, mon cœur, que je ne me sois fixée.

Lettre de Mlle Victorine

Paris, ce 3 juin 1783

Comment, ma bonne amie, les acteurs de la Comédie-Française sont aussi auteurs? Larive a fait *Pyrame et Thisbé*, scène lyrique[1]. On l'a donnée hier pour la première fois. Il a joué lui-même le rôle de Pyrame, et Thisbé était joué par la sensible Sainval cadette[2]; cet ouvrage a assez réussi. La musique est de M. Baudron[3]. Les connaisseurs disent qu'elle lui fait honneur. Moi, qui n'y entends rien, je dis qu'elle m'a fait plaisir[4].

1. Jean Mauduit, dit Larive (1747-1827), est surtout connu pour avoir succédé à Lekain, dans les grands rôles du répertoire tragique. On ne peut pas dire que ses débuts à la Comédie-Française aient suscité l'enthousiasme de la critique. Voici en effet ce qu'écrivait à cette occasion le rédacteur de la *Correspondance littéraire* : « Il n'a point de jeu dans sa physionomie, rien ne se peint sur son visage ni dans ses beaux yeux. Il a l'air d'un oiseau de proie superbe, mais sans esprit. Je parierais que M. Larive est fort bête, et je gagnerais. Il n'a ni véritable chaleur ni sentiment. Si tout cela lui vient avec le temps, il sera grand acteur. Marmontel le prétend : il nous assure que Larive écrasera Lekain incessamment. Il lui reste encore à grimper pour arriver à la cheville de cet acteur célèbre » (*Correspondance littéraire*, éd. cit., janvier 1771, t. IX, p. 235-237).

2. Ainsi nommée pour la distinguer de sa sœur aînée, comme elle sociétaire de la Comédie-Française, Mlle Sainval avait fait en 1772 des débuts assez remarqués pour inspirer ce commentaire flatteur : « Cette actrice est petite ; elle est d'une figure agréable, sans être belle ni jolie, et sans avoir de ces grands traits qui rendent la figure théâtrale. Elle est bien prise dans sa taille ; elle a de belles mains et de beaux bras, et elle le sait bien, à en juger par la manière dont elle s'en sert. Sa voix, sans être aussi mélodieuse et aussi séduisante que celle de Mlle Gaussin, est douce et flexible, et ne manque pas son effet sur les cœurs sensibles. Elle la force quelquefois, et alors la respiration lui manque. Elle outre aussi l'expression du visage, et la fait quelquefois dégénérer en grimaces. Personne comme elle ne s'abandonne dans les moments passionnés et décisifs ; personne ne trouve comme elle des inflexions et des accents qui vont droit au cœur et le remuent au gré de cette petite enchanteresse. Si la suite de ses succès répond à ce que son début promet, c'est une des acquisitions les plus précieuses que le Théâtre-Français ait faites depuis très longtemps » (*Correspondance littéraire*, éd. cit., juillet 1772, t. X, p. 8).

3. Violoniste, compositeur, chef d'orchestre du Théâtre-Français, Antoine Laurent Baudron (1742-1834) composa près de cent-vingt musiques de scène destinées aux pièces du répertoire. « Cet artiste estimable », selon Fétis, sut, en les rendant brèves et « analogues aux situations », les adapter au nouveau goût du public. Il est également le premier auteur français de quatuors à cordes.

4. La critique, dans son ensemble, se montra nettement plus sévère que Mlle Victorine. Voici par exemple ce qu'en pense M. de La Harpe : « Larive s'est avisé de donner sous son nom un mélodrame intitulé *Pyrame et Thisbé*, dont apparemment quelqu'un lui a fait présent. Il est vrai que le présent était mince. [...] Ici, ce n'était autre chose qu'un long monologue de Pyrame qui attend Thisbé, comme dans la fable, et qui en l'attendant se répand en lieux communs du plus mauvais goût, jusqu'à ce qu'il trouve le voile qui lui fait croire qu'elle est morte. Il se tue. Elle arrive et se tue près de lui. Larive, qui jouait Pyrame,

Olympie est mariée. C'est maintenant Mme de F***, directrice des fermes de la ville de A***. Son mari est parti au sortir de l'église pour aller à sa direction. On lui a donné douze mille livres pour se meubler. Je gage que si le mari et la femme se rencontraient dans quelques années sans se nommer l'un et l'autre, ils ne se reconnaîtraient point. C'est un mariage *à la Langeac*[1]. Ils ne se sont vus qu'à l'église.

Pour tâcher d'accrocher de mon Russe une paire de bracelets en diamants, je lui ai demandé son portrait : « Je le veux bien, m'a-t-il répondu, mais donnez-moi le vôtre. — Soit lui ai-je dit. » Aussi maintenant je me fais peindre par Mme Favart[2]. Je ferai mettre mon portrait sur un souvenir. Le tout me coûtera dix louis, mais c'est de l'argent bien placé. Tu devrais suivre mon exemple avec ton Américain. Je suis enchantée, ma bonne amie, de l'espérance que tu me donnes dans ta dernière lettre que l'on te verra l'hiver prochain. J'aurai bien du plaisir à t'embrasser et à te dire, de vive voix, combien je t'aime.

Lettre de Mlle Rosimont

Paris, ce 20 juin 1783

Je suis à plaindre, ma chère amie. J'ai attrapé une galanterie qui est assez cruelle ; je suis obligée à la continence. Je ne puis rendre de services

a été écouté avec une indulgence personnelle par le public qui s'ennuyait, mais qui savait bien que cette rapsodie disparaîtrait dans huit jours » (La Harpe, *Correspondance littéraire*, *op. cit.*, t. IV, lettre CLXXXVIII, p. 116-117). La *Correspondance littéraire* de Grimm n'est guère plus indulgente : « La première nouveauté que nous aient donnée les Comédiens-Français depuis leur rentrée est *Pyrame et Thisbé*, scène lyrique, dans le goût de *Pygmalion*, d'*Ariane*, etc. C'est le sieur Larive qui en est l'auteur, et qui l'est doublement, puisqu'il y joue le principal rôle. La musique est du sieur Baudron à qui nous sommes aussi redevables de la nouvelle musique du *Pygmalion* de Jean-Jacques. Le sujet de ce nouveau mélodrame, représenté pour la première fois le lundi 2 juin, est assez connu, peut-être même l'est-il beaucoup trop pour l'intérêt de l'ouvrage. Le poète acteur a suivi fidèlement la fable d'Ovide, et en a développé plusieurs circonstances de la manière la plus heureuse et la plus propre à former un tableau dramatique, mais comment préparer par une seule scène une catastrophe de ce genre ? Comment faire passer si promptement l'âme du spectateur du calme de l'idylle aux plus violentes émotions de la scène tragique ? C'est une difficulté qui tient au fond du sujet, aux bornes mêmes de l'art, aux limites étroites du mélodrame. Aussi, quelque favorablement qu'on ait accueilli le commencement de la scène, l'indulgence du public ne s'est jamais soutenue jusqu'au dénouement, et dans l'instant où Thisbé-Sainval se couche avec tant d'abandon sur le sein du beau Pyrame, on a toujours vu ce public si susceptible plus prêt à s'égayer qu'à s'attendrir » (*Correspondance littéraire*, éd. cit., juillet 1783, t. XIII, p. 327-328).

1. Le duc de La Vrillère avait pour maîtresse une aventurière, épouse d'un sieur Sabatin, homme de peu de chose comme elle. On fit partir ce dernier pour les îles, puis on répandit le bruit de sa mort, de sorte que La Vrillère, désireux de donner un père titré à ses enfants adultérins, fit épouser la soi-disant veuve Sabatin par un vieux gentilhomme ruiné, le marquis de Langeac, qui se dépêcha de disparaître après la cérémonie, moyennant une coquette indemnité pour sa prestation. De là l'expression de *mariage à la Langeac*.

2. Vraisemblablement Geneviève Favart, peintre de portraits, qu'il ne faut pas confondre avec la célèbre comédienne, disparue en 1772.

qu'avec mes mains, à moins qu'on ne veuille risquer l'aventure. Cela ne m'a pas empêchée de faire lundi dernier un souper chez la Comtesse. Je m'y suis fort amusée. On a beaucoup chanté. Je t'envoie ci-joint une chanson que je me suis fait donner. Mais c'est à une condition : c'est que tu m'enverras la recette que tu as pour guérir ma maladie. Je sais qu'elle t'a souvent réussi. Rends-moi vite ce service car j'enrage de mon état. Ton espiègle qui est bien punie.

Air de *Où allez-vous Monsieur l'abbé ?*

Si l'on en croit certain docteur,
Spécifique est un mot trompeur[1].
Mais moi, ne lui déplaise,
Eh bien !
Je me ris de sa thèse,
Vous m'entendez bien.

En vain ce docteur mécréant
Prescrit l'opium et l'aimant[2] :
En morale et en physique,
Eh bien !
Il est maint spécifique
Entendez-moi bien.

Si j'éprouve un accès d'ennui
Je prends vite un julep d'Ay[3],
Et soudain l'allégresse
Eh bien !
Exile ma tristesse,
Vous m'entendez bien.

D'amour ai-je un transport fiévreux ?
Mon fébrifuge est merveilleux,
Les charmes de ma belle,
Eh bien !
Calment cette étincelle,
Vous m'entendez bien.

Des vers quelquefois le démon,
Vient-il me souffler son poison ?
Le spectre d'un N***
Eh bien !
M'en verse l'antidote,
Vous m'entendez bien.

1. *Spécifique* doit être entendu substantivement, dans le sens de remède, médicament.
2. Allusion au célèbre médecin allemand Frédéric-Antoine Mesmer, qui prétendait guérir toutes les maladies grâce aux propriétés du magnétisme animal.
3. Plaisante métaphore pour le champagne d'Ay.

Si des pavots assoupissants
Mouillent en vain mes yeux pesants,
Vite j'ouvre tel livre…
Eh bien !
De sommeil il m'enivre
Vous m'entendez bien.

De la satire le serpent
M'atteint-il de son dard perçant ?
Je ris de sa piqûre,
Eh bien !
Radicale est la cure,
Vous m'entendez bien.

N'ai-je pu me soustraire aux yeux
D'un hydrophobe furieux ?
Le venin qu'il distille,
Eh bien !
Fuit en vapeur subtile,
Vous m'entendez bien.

De tel barbouilleur de papier,
Qui mendie un brin de laurier,
Je ris de la sottise,
Eh bien !
Et cela l'émétise,
Vous m'entendez bien.

De la Marotte de Momus,
Je frotte l'orgueil d'un Crassus :
La friction caustique,
Eh bien !
Guérit ce mal chronique,
Vous m'entendez bien.

Sous le masque de l'amitié
Si l'on m'a séduit à moitié,
Mon cœur rompt la symphyse[1],
Eh bien !
Des nœuds que je méprise,
Vous m'entendez bien.

Enfin deux beaux yeux font l'aimant
Qui m'attire invinciblement,
Ce puissant magnétisme,
Eh bien !
Vaut bien le mesmérisme[2]
Vous m'entendez bien.

1. *Symphyse* : (jonction naturelle des os) ; connexion entre deux os reliés par une articulation fibro-cartilagineuse peu mobile ou par une ossification complète. Il faut l'entendre ici dans le sens de « symbiose ».
2. Mot composé par allusion au système de Mesmer, médecin. [NdA]

Pour vous qui ne m'entendez pas,
Consultez de jolis appas,
Venez auprès d'Adèle,
Eh bien !
Mais craignez l'étincelle…
Vous m'entendez bien.

Si tel dans mes vers veut se voir
Son âme est son premier miroir,
Chantons sans médisance,
Eh bien !
Honni soit qui mal y pense,
Vous m'entendez bien.

Lettre de Mlle Victorine

Paris, ce 23 juin 1783

De hier, ma bonne amie, le Russe a mon portrait. Il a été enchanté de ma galanterie et m'a bien promis qu'il me paierait de retour. Il m'a trouvée si ressemblante qu'il veut aussi que ce soit Mme Favart qui le peigne. Il ira demain chez elle pour l'en prier, et si elle a le temps il prendra tout de suite une séance.

Nous avons ici des brouillards qui inquiètent beaucoup ; on dit que cela vient du désastre de Messine[1]. Le petit peuple croit que c'est la fin du monde. Pour moi, je suis très tranquille.

J'ai été le 6 de ce mois voir la première représentation du *Père de province*[2]. Cette comédie n'a point eu de succès. L'intrigue est très embrouillée.

On parle beaucoup de réformer les ordres religieux, comme a fait l'empereur. Cela ferait rendre heureux quantité de malheureux. Surtout si on donnait la liberté aux pauvres religieuses victimes de la volonté de leurs parents ou d'une vocation momentanée. Que de filles, ma bonne amie, troqueraient leur godemiché pour un gros vit ! Puisse ce bonheur leur arriver, la population y gagnerait. Adieu, je t'embrasse.

Lettre de Mlle Rosimont

Paris, ce 29 juin 1783

Je n'ai plus besoin de ton remède, ma chère amie. J'ai trouvé un élève de saint Côme[3] qui m'en a donné un qui en trois jours m'a guérie. D'hier,

1. Le tremblement de terre de février 1783.
2. Comédie en trois actes en vers libres de Leprêtre représentée pour la première fois aux Italiens le 6 juin 1783.
3. Patron des chirurgiens.

il ne paraît plus rien. En vérité, c'est un remède unique et nullement difficile à prendre. Je dois ce soir m'en donner. J'ai une partie à la petite maison du duc de D***. S'il y arrive quelque chose qui en vaille la peine, je te le manderai. En attendant, voici encore une charade en chanson et sur l'air à la mode.

Air de *Malbrough*

Cet air qui partout traîne,
Mironton, ton, ton, mirontaine,
En G, Ré, Sol ramène
Dix-huit fois mon premier.

Un instrument guerrier
Vous donne mon dernier.
Et mon tout à la gêne,
Mironton, ton, ton, mirontaine,
En classe plus qu'en plaine
Tient le pauvre écolier.

Pour cette fois, je ne te dirai pas le mot de la charade. Ainsi, tâche de le deviner, ou si tu ne le peux, prie que j'aie bientôt à t'écrire pour le savoir. Adieu, ma bonne amie, crois que malgré cette méchanceté que j'ai de vouloir te mettre l'esprit à la torture, je ne t'en aime pas moins pour la vie. Ton espiègle.

Lettre de Mlle Victorine

Paris, ce 13 juillet 1783

Ledru, ma bonne amie, que tu connais sous le nom de *Comus* et qui a si longtemps captivé l'admiration des curieux par des subtilités que lui fournissaient son adresse et l'étude de la physique, vient de faire une découverte qui lui donne des droits à la reconnaissance publique. Il a trouvé le moyen, par l'électricité, de guérir toutes les maladies nerveuses, notamment l'épilepsie, autrement appelée *mal caduc*, qui jusqu'ici avait échappé au pouvoir de la médecine[1].

Le 24 du mois dernier, j'ai été aux Italiens voir *L'Auteur satirique*, pièce de feu M. l'abbé de Voisenon, retouchée par un jeune homme. Elle

1. Le physicien Nicolas Philippe Ledru (1731-1807) se fit dans toute l'Europe une réputation immense par ses expériences de physique amusante, qui lui valurent le surnom de *Comus*. Il imagina un nouveau système de cartes nautiques, dont des exemplaires furent remis à La Pérouse en présence de Louis XVI. On lui doit encore un procédé pour convertir le fer en acier, l'introduction en France de la catoptrique ou fantasmagorie, l'application de l'électricité à la thérapeutique des maladies nerveuses, notamment de l'épilepsie et de la catalepsie. En 1783, une commission de médecins ayant constaté dans un rapport l'efficacité de ce traitement, Ledru l'appliqua dans un établissement considérable qu'il fonda dans l'ancien couvent des Célestins à Paris. À cette époque, il fut nommé physicien du roi et de la Faculté de médecine.

a eu peu de succès, n'y ayant nul intérêt[1]. On m'a conté une anecdote assez plaisante de l'abbé. Il était fort malade et on avait été chercher le bon Dieu. Se sentant mieux, il se lève et sort. En vain on lui représente que le bon Dieu va arriver : « Hé bien, dit-il, il se fera écrire[2]. »

On a donné le 30 juin *Blaise et Babet* : c'est la suite des *Trois Fermiers*. Elle est de Monvel. Il semble que cet auteur n'est fait que pour avoir du succès et faire toujours ses pièces susceptibles d'une agréable suite. D. Z., auteur de la musique, est toujours aussi charmant[3].

Mon Russe a bien payé mon portrait ; il m'a donné le sien dans une paire de bracelets qu'on estime cent louis. Je ne le trouve pas très ressemblant, mais je n'ai eu garde de le dire. J'ai beaucoup vanté la beauté du présent. J'ai même aussi voulu jouer la passionnée, je me suis récriée sur la cherté de l'entourage et ai dit que « le simple portrait sur un bracelet d'or aurait suffi, que rien ne me flattait que l'image de la personne qui m'était chère. » Ce discours a fait le plus grand effet. Jamais entreteneur n'a cru être plus aimé que le Russe. Ô pauvres hommes ! qu'avec un peu d'art on vous trompe aisément et que nous vous faisons souvent dupes. Je ne suis jamais si aise que quand j'en attrape. Je ne l'ai jamais été que par mon vieux, et depuis j'en ai été bien dédommagée. Il a quitté Rosette et a maintenant Rosalba. Il n'aura jamais une maîtresse aussi longtemps qu'il m'a eue. Il est un peu fantasque et j'avais la bonté de me prêter à ses fantaisies. Adieu.

---

1. Cette petite comédie en un acte en vers de Jean-Baptiste-Denis Desprès, représentée pour la première fois aux Italiens le 24 juin 1783, n'était en effet qu'une nouvelle version, sans les ariettes et retouchée, de *L'Art de guérir l'esprit*, de l'abbé Voisenon, qui ne fut jamais jouée, mais que l'on peut lire dans ses *Œuvres complètes*, éd. 1781, t. II, p. 515-560.

2. *Se faire écrire* : se faire inscrire sur le registre du portier, lorsque la personne qu'on vient voir est absente. Louis-Sébastien Mercier consacre un chapitre de son *Tableau de Paris* à cette manie de *s'écrire aux portes* : « Le beau monde consacre quatre ou cinq heures deux ou trois fois la semaine à faire des visites. Les équipages courent toutes les rues de la ville et des faubourgs. Après bien des reculades, on s'arrête à vingt portes pour s'y *faire écrire*. On paraît un quart d'heure dans une demi-douzaine de maisons ; c'est le jour de la maréchale, de la présidente, de la duchesse ; il faut paraître au salon, saluer, s'asseoir tour à tour sur le fauteuil vide, et l'on croit sérieusement pouvoir cultiver la connaissance de cent-soixante à quatre-vingts personnes. [...] La petite poste se charge aussi des visites. Le porte-claquette met un habit noir, l'épée au côté, et soulève le marteau des portes cochères ; elles bâillent et se referment quand la carte est glissée. Rien n'est plus aisé, personne n'est visible ; chacun a eu l'honnêteté de fermer sa porte. Le porte-claquette prend partout le nom de celui dont il est le commettant » (*Tableau de Paris*, éd. J.-Cl. Bonnet. Paris, Mercure de France, 1994, t. I, p. 1187-1190).

3. *Blaise et Babet ou la Suite des Trois fermiers*, comédie en deux actes en prose avec ariettes de Jacques-Marie Boutet de Monvel, musique de Nicolas [Alexandre] Dezède, représentée pour la première fois aux Italiens le 30 juin 1783.

Lettre de Mlle Felmé

Roye, ce 20 juillet 1783

Je me suis, mon cœur, fixée dans cette ville. J'y mène une vie bien tranquille. Je jouis du plaisir de faire le bonheur d'un père et d'une mère, qui sur le déclin de leur vie étaient réduits dans la pauvreté. Il est impossible de t'exprimer la joie qu'ils ont eue à me revoir ; ils ignoraient mon sort et me croyaient morte. J'ai cru que ma mère mourrait de plaisir dans mes bras. Que ses caresses étaient attendrissantes ! Je me suis moi-même évanouie. Ah ! mon cœur, je n'ai jamais goûté tant de plaisirs de la vie. Tiens, je ne troquerais pas mon sort pour celui de la Guimard[1]. J'ai fait passer ma fortune pour avoir été gagnée à la loterie, de manière que je suis reçue dans plusieurs maisons honnêtes. Je me contrefais et prends bien garde à lâcher quelques propos gaillards ; cela me gêne, mais je commence à m'y habituer. Si tu viens à Paris, il faut que tu viennes être témoin de mon contentement et de la manière de vivre provinciale. Elle est toute différente de celle de la capitale. Je ris quelquefois en moi-même des airs que veulent se donner les agréables de l'un et de l'autre sexe. J'ai donné dans l'œil à un conseiller du présidial. Il a, je crois, envie de me faire devenir Mme la Conseillère. Il m'obsède avec sa manière de faire l'amour : il est des plus compassés dans ses gestes et dans tout ce qu'il dit. On dirait qu'il est toujours à l'audience. Je te réponds qu'il perdra ses peines.

Maintenant, mon cœur, que tu sais mon adresse, j'espère que tu me donneras quelquefois de tes nouvelles. Pour moi, je t'écrirai rarement ; je n'aurai rien d'intéressant à te mander. Mais sois persuadée que je t'aime pour la vie.

Lettre de Mlle Victorine

Paris, ce 20 août 1783

La petite directrice, ma bonne amie, a fait une fausse couche : elle est très incommodée. Je vais quelquefois la voir. Je lui suis on ne saurait plus attachée et je serais bien fâchée qu'il lui arrivât malheur.

---

1. Fameuse actrice[a] de l'Opéra qui jouit à Paris de plus de soixante mille livres de rentes, et voit à ses pieds les plus grands seigneurs. [NdA]

a. Marie-Madeleine Morelle, dite La Guimard, était l'une des bayadères les plus riches et les plus adulées de l'Opéra. Tant par ses relations de haute volée que par un libertinage ravageur, cette déesse de la danse s'était acquis une autorité qui la faisait craindre et rechercher. L'intendant des Menus-Plaisirs, Papillon de La Ferté, se montrait lui-même jaloux de son influence : « Elle est d'une dépense immense pour l'Opéra, se plaignait-il, et ses volontés sont suivies avec autant de respect que si elle en était directrice. » Le petit palais que l'architecte Ledoux dessina pour elle sur la Chaussée-d'Antin, et que l'on appelait le *temple de Terpsichore*, servait de rendez-vous à toute la société galante. Cette luxueuse demeure, décorée par Fragonard, renfermait un théâtre de cinq cents places, où les comédiens français et italiens ne dédaignaient pas de se produire.

La Comédie-Italienne vient de faire une grande perte dans Mme Billioni, qui est morte, quoique à la fleur de l'âge : elle n'avait que trente-deux ans[1].

Le baron de Witerspach est parti pour son pays : c'est sans doute pour recruter quelques jolies Alsaciennes. Si le régiment Royal-Suède était dans ces cantons, il n'y mettrait sûrement pas les pieds, vu sa grande antipathie pour tout ce qui porte cet uniforme, depuis qu'un officier de ce corps l'a fait cocu et l'a obligé de se reconnaître *jean-foutre* par acte passé devant le notaire. Le ministre de la Guerre, qui lui a donné la croix de Saint-Louis, doit se le reprocher toute sa vie. On dit qu'il en était le maquereau. Ces sortes de gens doivent être récompensés avec de l'or, et non avec la décoration qui marque qu'on a servi avec honneur. Si on veut leur donner une distinction, il n'y a qu'à établir un ordre pour eux. Par exemple, une médaille représentant d'un côté l'amour avec cet exergue : *Le véritable me fait tort* ; et de l'autre une belle femme nue avec cet exergue : *qui que tu sois, avec de l'or je te ferai avoir sa semblable.* Le ruban sera couleur de rose liseré de noir. Il faut que je donne cette idée à quelque faiseur de projets, afin qu'il la mette au net et la présente aux ministres. On ne pourra guère moins lui donner qu'à l'auteur du projet des *chapeaux à quatre cornes* qui a eu huit cents livres de pension.

Je finis. La petite directrice m'envoie chercher ; on dit qu'elle est au plus mal.

Lettre de Mlle Rosimont

Paris, ce 20 août 1783

Que je suis malheureuse, ma chère amie ! Le coquin de chirurgien à qui j'ai eu affaire m'a plâtrée[2]. Je suis plus malade qu'auparavant, je souffre des douleurs inouïes, je ne puis dormir ni jour ni nuit. Le médecin que j'ai envoyé chercher m'a trouvée dans un pitoyable état. Il prétend que j'en ai au moins pour quatre mois. Et encore ne répond-il pas de me guérir, le mal étant des plus invétérés. Ah ! fatal libertinage, où m'as-tu réduite ! Ce qu'il y a de cruel, c'est que je suis peu en avance et que je me vois obligée de mettre tous mes effets en gage pour racheter la santé. Qu'on en connaît bien le prix quand on l'a perdue ! Ah ! ma bonne amie, je ne suis plus une sans-souci, j'en ai cruellement et mon état me force à réfléchir. Tu m'obligerais beaucoup si tu voulais m'acheter le médaillon

1. Née en 1751, Catherine Ursule Bussart avait épousé à l'âge de seize ans Michel-Rieul Billion, dit Billioni, maître de ballets à la Comédie-Italienne, qu'on dépeint d'ordinaire comme un assez triste personnage. Reçue aux Italiens en 1767 dans l'emploi de seconde amoureuse, elle s'y fit remarquer, selon un contemporain « tant par un jeu charmant que par une voix naturelle, agréable, flûtée, onctueuse et pleine de sentiment. » De santé délicate, elle mourut prématurément après une courte maladie le 19 juin 1783.

2. On appelle ainsi faire passer une maladie vénérienne en la faisant refluer dans le sang sans la guérir. [NdA]

en diamants que tu connais. Il a coûté quinze cents livres ; si tu veux, je te le laisserai pour mille livres. Tu n'as qu'à m'envoyer une lettre de change de cette somme ou charger quelqu'un de ma la remettre, et je lui donnerai le médaillon. Je suis bien à plaindre, ma bonne amie. Puisse-tu ne jamais être dans ma position, c'est le vœu que je forme.

Lettre de Mlle Victorine

Paris, ce 8 septembre 1783

Que sert souvent le bonheur ! La petite Olympie est morte des suites de sa fausse couche. M. ***, ma chère amie, est inconsolable. Pour moi, je la regrette beaucoup : elle était on ne saurait plus aimable. M. *** n'a sûrement jamais eu de maîtresse plus fidèle. On dit qu'il ne faut jamais douter de rien, mais je l'aurais bien fait de sa sagesse. Le mari d'Olympie va venir recueillir sa grosse succession. C'est un homme bien heureux. Il a une place bien considérable et une grande fortune pour avoir donné son nom à une femme qui ne l'a pas fait enrager une minute. Il faut qu'il soit né coiffé.

Mercredi dernier, j'ai été à la première représentation de *La Sorcière par hasard*. Cette pièce a eu peu de succès, mais ce qui a été fort applaudi et a causé de grands éclats de rire sont les quatre vers que dit la « Sorcière par hasard » et qui terminent la pièce. Les voici :

« Dans le monde on connaît une sorcellerie,
C'est l'art de faire des heureux.
Celle-là, je l'avoue et je m'en glorifie,
Je m'en sers tant que je peux. »

Il a fallu que l'actrice les dise deux fois. Cette pièce a été représentée chez Mme la duchesse de Villeroy en 1768. L'auteur, qui l'avait faite pour être jouée en société, n'aurait pas dû la donner au public [1].

Mon Russe part demain pour retourner dans son pays à cause de la guerre qu'on dit que la tsarine va faire au Turc. Il est venu ce matin m'apprendre son départ, et m'a donné deux mille écus pour pouvoir attendre que je trouve quelqu'un qui le remplace. Il m'a dit les choses les plus honnêtes : qu'il ne m'oublierait de la vie et n'avait qu'à se louer de ma conduite à son égard. Il est vrai, ma bonne amie, que j'ai tant pris

1. Cette comédie en deux actes en vers mêlés d'ariettes a pour auteur Nicolas Framery, qui en avait également composé la musique. D'après Antoine d'Origny, cette pièce aurait pu être réduite en un acte, sans y rien perdre. « Peut-être même aurait-elle plus de partisans. Si la musique avait semblé parfaitement analogue au caractère des personnages, il y a grande apparence qu'elle aurait reçu partout les éloges qu'on a donnés à plusieurs morceaux d'une belle composition, principalement au duo chanté par le tuteur et le valet de la sorcière. Quoi qu'il en soit, il est si difficile de briller à la fois dans la poésie et dans la musique, qu'il faut au moins reconnaître le zèle avec lequel un écrivain estimable s'est efforcé d'en réunir les agréments » (*Annales du Théâtre-Italien*, *op. cit.*, t. III, p. 101-102).

de précautions lorsque je le trompais qu'il ne s'en est jamais aperçu. Je te conseille de faire de même avec ton Américain.

Lettre de Mlle Victorine

Paris, ce 15 septembre 1783

J'ai été voir, ma bonne amie, les tableaux[1] du Louvre. Il y a de belles et jolies choses. Je vais te parler de ce qui m'a frappée[2].

Un déjeuner des élèves par M. Lépicié. C'est une scène gaie et rendue avec une naïveté charmante[3].

Une *Femme au bain*, une *Femme offrant un sacrifice* et des *Jeux d'enfants*, tous petits tableaux de M. Lagrenée le jeune[4]. Si j'avais un boudoir et que je fusse assez riche, je le chargerais volontiers de me faire des petits sujets agréables pour le tapisser.

Le *Lever* et le *Coucher de soleil* par M. Vernet[5].

1. Tous les deux ans, depuis le 25 août jusqu'au 25 septembre, les artistes exposent dans un salon du Louvre leurs ouvrages de peinture, de sculpture, de gravure et leurs dessins. On peut les y aller voir depuis le matin jusqu'à la nuit, excepté depuis deux heures jusqu'à trois heures. [NdA]

2. Nous aurions aimé nous référer à cette occasion aux fameux *Salons* de Diderot. Malheureusement, l'état de santé du philosophe ne lui permit pas de visiter celui de 1783 (il mourra l'année suivante). Celui de 1781 fut le dernier dont il rendit compte, alors qu'il souffrait déjà du mal qui allait l'emporter. On y suppléera donc par la *Correspondance littéraire*, éd. cit., et les *Mémoires secrets*, *op. cit.*, dont les points de vue sont souvent divergents, voire opposés.

3. Michel-Nicolas-Bernard Lépicié (1735-1784). La *Correspondance littéraire*, éd. cit., constate une fois de plus que ce peintre, malhabile à rendre la grandeur des sujet historiques, réussit admirablement dans les petites scènes familières, et même triviales. « Son *Déjeuner des élèves*, le *Vieillard voyageur*, *L'Enfant qui se réjouit de voir pirouetter le sabot que son fouet a frappé*, tous ces petits tableaux, quoique d'une touche fort négligée et d'un médiocre effet, méritent plus d'éloges. On y voit du moins des vérités bien saisies, des détails piquants, l'esprit et le naturel dont ce genre est susceptible » (octobre 1783, t. XIII, p. 378). Les *Mémoires secrets* disent à peu près la même chose : « M. Lépicié se fait toujours goûter quand il ne veut pas s'élever au genre de l'histoire. Il a une vérité, une naïveté précieuse qui rendent ses grotesques aimables, sans exciter le rire » (*op. cit.*, 25 septembre 1783, t. XXIV, p. 30).

4. Jean-Jacques Lagrenée, dit le Jeune (1739-1821). « Quand M. de La Grenée travaille dans le genre des esquisses, il y réussit supérieurement ; les deux petites, dans le goût antique, représentant, l'une une *Femme qui offre un sacrifice*, et l'autre une *Femme que l'on va mettre au bain*, sont pleines de grâce et ont une touche infiniment spirituelle » (*Correspondance littéraire*, éd. cit., octobre 1783, t. XIII, p. 379). — « Deux *Jeux d'enfants* : l'un représentant une *Vendange*, et l'autre une *Moisson*. Rarement un poète tragique réussit dans la comédie ; il en est de même du peintre d'histoire, dont la vocation est opposée à la familiarité des petits sujets. Celui-ci surtout prouve qu'il est moins fait qu'un autre pour les traiter. Il a une manière sévère que des censeurs plus difficiles appelleraient dure, qui ne va point avec la gentillesse qu'ils exigent » (*Mémoires secrets*, « Seconde lettre sur le Salon », t. XXIV, p. 29).

5. Claude-Joseph Vernet (1714-1789). « Encore deux tableaux de M. Vernet : l'un est un *Paysage au lever du soleil*, avec de hautes montagnes, des rochers, des chutes d'eau ; l'autre est un *Paysage au coucher du soleil*, avec des baigneuses. Le second est bien supérieur au premier, et nos faiseurs de calembours n'ont pas manqué de dire *qu'on voyait*

Le portrait de M. et Mme Necker par M. Duplessis. Ils sont parlants[1].

Quelques paysages de M. Casanova[2], de même quelques tableaux de ruines par M. Robert[3].

Mon Russe n'est pas encore parti. Il a quelques affaires qui l'ont retenu, mais elles finiront bientôt. Il a passé cette nuit avec moi et m'a dit qu'il croyait que c'était la dernière. J'ai quelqu'un qui doit le remplacer. Mais comme cela n'est pas totalement décidé, je ne veux pas te mander qui. Je te dirai seulement que c'est un marquis. Je finis, car je craindrais de ne pouvoir garder mon secret.

---

bien un soleil couchant, mais qu'il fallait chercher ailleurs le soleil levant» (*Correspondance littéraire*, éd. cit., octobre 1783, t. XIII, p. 382).

1. Joseph-Siffrède Duplessis (1725-1802). «Parmi les portraits de M. Duplessis, on distingue avec intérêt ceux de M. et de Mme Necker. L'un et l'autre sont très propres à augmenter encore la réputation de cet artiste. L'un et l'autre sont d'un pinceau sage et vigoureux, d'un beau coloris, d'une exécution très précieuse, surtout celui de Mme Necker. Il n'y a point de satin, point de velours, point de dentelles, point de gaze de M. Roslin, qui soit au-dessus de ces deux tableaux. Le fichu est d'une vérité qui surpasse tout ce que nous avons vu dans ce genre. L'expression de la tête est douce et fine, mais un peu froide. On convient que l'attitude et principalement la position des mains n'est pas aisée; elle ne manque cependant ni de naturel, ni de vérité. Il y a quelque chose de pincé dans la bouche de M. Necker, qui nuit à la ressemblance, et qui s'accorde plus mal encore avec le grand caractère qui domine dans tout le reste de la tête. Malgré ce défaut, il est impossible de ne pas y reconnaître et sa physionomie et ses traits. Combien de fois n'avons-nous pas vu la foule s'arrêter devant cette image du ministre citoyen et la contempler avec l'attendrissement et le respect qu'inspirent le génie, la bienfaisance et la vertu!» (*Correspondance littéraire*, éd. cit., octobre 1783, t. XIII, p. 383-384). — «M. Duplessis que ses enthousiastes, un peu outrés sans doute, appellent le Van Dyck de l'école française, nous offre M. et Mme Necker devant lesquels on se serait mis à genoux il y a deux ans, et qu'on ne regarde aujourd'hui que pour en admirer le faire. L'air de tête du mari est d'une grande vérité : la dureté de son âme perce à travers la sensibilité hypocrite dont il se parait durant son ministère, et si contraire à son essence qu'il en est gêné. Sa morgue y domine toujours, et dans son regard hautain, il semble dire encore cette phrase si révoltante de son compte-rendu et qu'on lui a tant reprochée : *Quand un homme de mon caractère...* Le portrait de sa femme n'est pas traité avec autant de vigueur et d'intelligence, et ne l'exigeait pas. Elle a bien cette bonhomie pédantesque d'une virtuose qui, de la présidence d'un bureau d'esprit était passée à celle du *bureau de commisération*. Les artistes aiment dans ce portrait-ci l'imitation parfaite des étoffes» (*Mémoires secrets*, *op. cit.*, «Seconde lettre sur le Salon», t. XXIV, p. 33-34).

2. Francisco-Giuseppe Casanova, frère du mémorialiste (1727-1802). «Les petits paysages de M. Casanova sont pleins de légèreté, de finesse et de goût. Les sites en sont agréables, mais le ton n'en est pas toujours vrai, et ce n'est pas sans raison que les critiques reprochent à cet artiste l'épaisseur de ses couleurs» (*Correspondance littéraire*, éd. cit., octobre 1783, t. XIII, p. 384). — «M. Casanova, toujours chaud, brillant, et rempli d'effets piquants» (*Mémoires secrets*, *op. cit.*, «Seconde lettre sur le Salon», t. XXIV, p. 32).

3. Hubert Robert (1733-1808), paysagiste et peintre de ruines. «Parmi ce grand nombre de tableaux de M. Robert, on se plaît à distinguer d'abord ce *Pont antique à trois milles de Rome, sur le Tibre*, un *Canal bordé de colonnades et de grands escaliers*, traversé sur le devant par un arc de triomphe et dans le fond par un pont triomphal; les *Ruines d'un temple bâti à Athènes*; l'*Arc de Titus éclairé par le soleil couchant*. On a été moins content du tableau qui représente l'intérieur d'un atelier, dans lequel on restaure des statues antiques. *Marius assis sur les ruines de Carthage* est d'un genre tout à fait mesquin; je vois bien des ruines, mais où sont celles de Marius? En convenant que cet artiste est toujours séduisant par ses effets, on a remarqué qu'en général ses tableaux n'étaient pas assez rendus; ils ne le sont pas, du moins, autant que ceux de J.-P. Panini, qu'il semble avoir pris

Lettre de M. P*, commissionnaire**

Paris, ce 19 décembre 1783

En conséquence de votre lettre, mademoiselle, je me suis rendu chez Mlle Rosimont. À peine ai-je pu lui parler. Elle a une fièvre terrible. C'est avec sa femme de chambre que j'ai traité l'affaire du médaillon. Il était en gage. On m'a remis la connaissance du mont-de-piété et j'ai donné les mille livres en déduisant ce qu'il faut pour le retirer. Je ne pourrai l'avoir que demain matin. Ainsi, vous ne pourrez le recevoir que par la diligence de la semaine prochaine. Croyez qu'il n'y a nullement de ma faute. Je suis toujours très empressé à servir promptement ceux qui m'honorent de leur confiance.

J'ai l'honneur d'être, mademoiselle, votre très humble et très obéissant serviteur.

Lettre de Mlle Victorine

Paris, ce 20 septembre 1783

Du 17, ma bonne amie, le Russe est parti. Le marquis de *** lui a succédé. Il me donne trente-cinq louis par mois et me défraiera ma voiture, car il m'en donne une et ne veut point que j'aie *l'état du remise*[1]. C'est un aimable homme, mais il est joueur. Il y aura un peu d'humeur à supporter quand la fortune lui sera contraire. Si cela m'ennuie trop je le planterai là. Je ne l'ai pris qu'en attendant mieux et pour ne pas être sans entreteneur.

L'évêque, dont j'avais la visite assez régulièrement une fois par semaine, est retourné dans son diocèse. C'est une perte pour moi ; il me donnait chaque fois cinq louis. Je voudrais lui trouver un successeur. J'en ai parlé à la Francœur qui est la pourvoyeuse du clergé ; je lui ai promis de la bien récompenser. C'est une femme très intéressée et dont on n'obtient rien qu'avec de l'or.

Adieu, ma bonne amie, les temps se suivent mais ne se ressemblent guère. Puisse-tu ne pas comme moi éprouver de diminution dans ta recette. La mienne est considérable : un entreteneur à meilleur marché et l'évêque de moins. Il faut patienter et considérer qu'il y a quantité de nos consœurs qui seraient bien contentes de mon sort.

---

pour modèle» (*Correspondance littéraire*, éd. cit., octobre 1783, t. XIII, p. 435). — «M. Robert, toujours d'une facilité qui dégénère souvent en médiocrité, mais toujours soigneux de relever sa réputation par deux ou trois chefs-d'œuvre où il déploie son pinceau également savant et hardi» (*Mémoires secrets*, *op. cit.*, «Seconde lettre sur le Salon», t. XXIV, p. 32).

1. *Remise* : voiture à quatre places, sans numéro, qui se loue ordinairement par jour ou par mois. Voiture de remise. Par ellipse, peut s'employer au masculin : il a loué un remise ; nous prendrons un remise.

Lettre de Mlle Sophie

Paris, ce 23 septembre 1783

Madame,

Ma maîtresse me charge de vous écrire pour vous remercier d'avoir fait prendre son médaillon. Elle est dans un état bien inquiétant. Son médecin en désespère, vu qu'elle a une fièvre maligne qui s'est jointe à son autre maladie. Ce qu'il y a d'heureux, c'est que ma maîtresse ne connaît pas le danger où elle est. Elle espère en revenir. Elle ne cesse de parler de madame et de bien regretter qu'elle ne soit point ici : elle dit qu'elle ne serait pas toujours seule. Ma maîtresse a une crise qui la prend et je vais lui donner mes soins.

J'ai l'honneur d'être, avec un très profond respect, Madame, votre très humble et très obéissante servante.

Lettre de Mlle Victorine

Paris, ce 3 octobre 1783

Voici, ma bonne amie, un petit conte charmant que m'a dit mon auteur. Je gage qu'il t'amusera.

L'EXEMPLE RARE

Damon aimait Zulime à la folie,
Quoiqu'il en fût depuis longtemps l'époux.
Il n'était pas même jaloux,
Quoiqu'elle fût et coquette et jolie.

Zulime, qui vivait en dame du bon ton,
Avait pour le pauvre Damon
Tout le dégoût qu'un mari simple inspire
À jeune femme de renom,
Qu'une foule d'amants admire.

Quelqu'un plaignait Damon : c'était un sien ami.
« Mais c'est ma femme qu'il faut plaindre,
Répliqua le sage mari.
Outre l'amour qu'elle doit feindre,
N'est-ce pas un tourment affreux
De voir l'objet de son dégoût extrême ?
Mon sort est différent, et je me trouve heureux
De voir toujours une femme que j'aime. »

Puisque je me suis déterminée à t'envoyer des vers, voici encore un impromptu à une dame prête d'accoucher et qui demandait à toutes les personnes qui étaient chez elle de quel enfant elle accoucherait.

Vous désirez savoir mon avis à mon tour ?
Ma réponse est aisée à faire.
Qu'importe que ce soit une grâce où l'amour,
Puisque Vénus en doit être la mère.

Tu sais sans doute que maintenant on pourra voyager dans les airs au moyen de ballons, cela sera fort amusant. Mais je t'avoue que je ne suis pas tentée d'être une des premières à voyager ainsi [1]. Adieu.

Lettre de Mlle Victorine

Paris, ce 9 octobre 1783

Jusques actuellement, ma bonne amie, je suis assez contente du marquis. La fortune l'a toujours bien servi et cela m'a valu des gratifications. Gare s'il y a un revers ! La fortune est une déesse bien changeante, et qui n'accorde pas longtemps ses faveurs à la même personne.

On a fait une chanson sur le globe aérostatique, car maintenant on ne fait qu'en parler. Il va, sans doute, prendre la place de Malbrough. Voici le seul couplet qui soit joli.

Air de *Eh ! mais oui-da.*

Tout globe est fait pour plaire,
Ne soyez pas surpris :
Ce qu'on aime à Cythère
On l'aime dans Paris ;
Eh ! mais oui-da,
Comment peut-on trouver du mal à ça ?

Dès que les modes aux globes paraîtront, si tu veux, je t'en enverrai. Sûrement le génie de Mlle Bertin est occupé à cherché quelque chose qui soit digne de l'illustrer. On ne l'appelle plus que le *Ministre des modes* depuis qu'il y a quelque temps, elle répondit à des dames qui demandaient des bonnets nouveaux, qu'elle ne pouvait leur en donner que d'un mois, ayant arrêté, dans son dernier travail avec la reine, que les bonnets nouveaux ne paraîtraient que dans huit jours. Je vois avec plaisir l'hiver qui s'avance à grands pas ; c'est le temps où j'aurai le plaisir de te voir.

1. Les frères Montgolfier venaient de réussir pour la première fois le lancement d'un aérostat. L'ascension de leur ballon eut lieu sur la place des Cordeliers à Annonay, le 4 juin 1783.

Lettre de Mlle Sophie

Paris, ce 13 octobre 1783

Madame,

Je suis au comble du désespoir, ma maîtresse est morte, elle est enterrée d'hier. Qu'elle a souffert ! Si elle a eu de bons instants dans la vie, les derniers ont été bien cruels. Vous devez bien la regretter ; elle a parlé de vous jusqu'au dernier moment et ses dernières paroles ont été des ordres qu'elle m'a donnés de vous mander sa mort et de vous assurer qu'elle vous était attachée. « Je mourrai contente, ajouta-t-elle, si elle pouvait recevoir mon dernier soupir. » Les souffrances qu'elle endurait lui ont rendu son agonie plus douce. Elle a vu la mort sans horreur, et en vérité elle est moins à plaindre que si elle avait vécu. Elle avait perdu presque toutes ses dents et tous ses cheveux. Que serait-elle devenue ? C'est assez vous entretenir d'un sujet qui ne peut que vous faire frémir.

J'ai l'honneur d'être, avec un très profond respect, Madame, votre très humble et très obéissante servante.

Lettre de Mlle Victorine

Paris, ce 25 octobre 1783

La demoiselle de Bordeaux, ma bonne amie, que tu m'as adressée, a un petit minois de fantaisie fait pour plaire. Je lui ai donné à dîner hier. Je dois demain la mener chez la Brissault, la Comtesse étant à toute extrémité.

Lettre de Mlle Florival

Paris, ce 31 octobre 1783

Mademoiselle Victorine, ma chère Minette, m'a reçue au mieux. Elle m'a présentée à la Présidente qui, hier, m'a fait faire un souper avec deux Italiens. Leur passion, quoique extraordinaire, n'a cependant rien qui soit contre nature. Il faut seulement qu'un des deux se mette à quatre pattes et que la femme se couche sur son dos pour être baisée par l'autre. C'est un peu fatiguant.

Je crois que je ferai bien mes affaires dans ce pays-ci. Croyez, chère Minette, que je n'oublierai pas le service que vous m'avez rendu en me donnant des lettres de recommandation. Je voudrais trouver l'occasion de vous en témoigner ma reconnaissance. Mes amitiés à nos connaissances.

Lettre de Mlle Victorine

Paris, ce 10 novembre 1783

Nous avons eu, ma bonne amie, le marquis et moi, vingt altercations. Depuis quelques jours il ne fait que perdre et a une humeur insupportable. C'est un métier de galérienne que d'être sa maîtresse. Je lui ai signifié que je le quitterais s'il ne changeait.

Samedi dernier, j'ai été aux Français voir *Le Séducteur* qu'on jouait pour la première fois. Depuis longtemps aucune pièce n'a eu un succès aussi brillant. L'auteur garde l'incognito. Il a tort[1].

Florival est venue me voir il y a trois jours ; elle paraît assez contente d'être ici. La Présidente ne laisse pas que de l'employer ; elle voudrait que cela fût toujours de même. La Comtesse est morte au lit d'honneur : elle a continué son métier jusqu'au dernier moment. Elle sera difficile à remplacer : elle était une des plus célèbres maquerelles qui aient jamais existé. Émule dans sa jeunesse de la Pâris, elle l'a surpassée. La Présidente, quoique sa rivale, ne la vaudra jamais. C'est une grande perte pour les paillards[2]. Je me flatte que tu es sur ton départ.

Lettre de Mlle Victorine

Paris, ce 15 novembre 1783

Je ne puis presque plus supporter les humeurs du marquis, et si la cour n'était à Fontainebleau, ce qui rend Paris désert, je le quitterais sur-le-champ. Mais je patiente, ne voulant pas être sans entreteneur.

La fausse couche de la reine afflige beaucoup, nous ne saurions trop avoir de rejetons d'une aussi bonne race.

Les financiers viennent d'être furieusement réduits : ils ne seront plus

1. Cette comédie en cinq actes en vers, représentée pour la première fois au Théâtre-Français le 8 novembre 1783, et dont on laissa quelque temps ignorer le nom de l'auteur, peut être attribuée avec certitude au marquis de Bièvre, plus connu par ses calembours que par ses œuvres dramatiques.

2. La date de cette lettre paraît erronée, car la Gourdan mourut le 28 novembre 1783, à son domicile de la rue des Deux-Portes-Saint-Sauveur (aujourd'hui rue Dussoubs, dans le IIe arrondissement), « au premier étage, dans une chambre à coucher ayant vue sur la cour » (Arch. nat. 13135). Les *Mémoires secrets* consignent son décès à la date du 3 décembre, avec ce petit commentaire : « La fameuse Mme Gourdan, appelée la *petite Comtesse* à la cour où tout se peint en beau, a péri il y a quelques jours d'une mort presque subite et violente. Le soir où elle est tombée malade, elle sortait de souper, et l'on présume qu'elle pourrait bien avoir été empoisonnée. Les rapports qu'avait cette appareilleuse avec ce qu'il y a de plus grand la mettaient dans le cas de se faire beaucoup d'amis et d'ennemis. Il y a une émulation parmi les femmes de son espèce pour succéder à sa dignité de surintendante des plaisirs de la ville et de la cour, quelque périlleuse qu'elle soit. On a mis les scellés chez elle, et par suite à sa maison de plaisance de Villiers-le-Bel. Quand ils seront levés, on saura si elle laisse une succession aussi considérable qu'on le présume » (*Mémoires secrets*, *op. cit.*, t. XXIV, p. 72).

si recherchés par nous autres. Il n'y aura plus rien à faire qu'avec les étrangers : le métier va de mal en pis.

Tu sais qu'il y a beaucoup de changement dans le ministère [1]. Fontainebleau, comme à son ordinaire, est funeste aux ministres qui sont en place.

J'ai soupé ces jours derniers avec des chasseurs. C'était à qui conterait les faits les plus extraordinaires les uns que les autres. Le plus fort qu'on ait dit est un sanglier qui pesait sept cents livres, quoique maigre et n'ayant que la peau sur les os.

Je finis. Le marquis entre. Sûrement, il vient de perdre : il a une figure de déterré. Allons, il faut se préparer à une scène.

Lettre de Mlle Florival

Paris, ce 17 novembre 1783

Tu avais oublié, Minette, de me dire qu'il fallait que je me fasse inscrire chez l'inspecteur de police. Il m'a mandée et m'a d'abord voulu réprimander. Mais ma figure lui ayant plu, il s'est radouci et m'a fait passer dans son cabinet. Il a fallu céder à ses désirs afin de m'en faire une protection. Comme il est d'une figure passable, cela n'est pas si terrible. Le commissaire du quartier m'a aussi fait venir chez lui. Ah ! pour le coup, je n'ai pas été si satisfaite : c'est un vilain squelette qui m'a patinée pendant une heure et qui m'a fatigué le bras à le fouetter, et le tout pour décharger quelques gouttes. Si j'avais osé, je l'aurais envoyé au diable. On a bien raison de dire que chaque métier a ses charges.

Je suis des plus occupées par la Présidente, à qui la mort de la Gourdan a valu des pratiques. J'ai fait chez elle ma partie avec un homme qui a un goût baroque : il faut se frotter le derrière de gelée de groseilles, il s'assoit entre vos jambes, et tandis qu'il vous lèche, on est obligé de le branler en chocolatière.

On est beaucoup moins vigoureux dans ce pays qu'à Bordeaux. Il faut continuellement les verges et le martinet, même avec des jeunes gens. Je plains les fouteuses : elles doivent peu trouver à se contenter.

J'espère, Minette, que dans six semaines au plus tard, je te verrai et je pourrai t'assurer de vive voix de mon attachement pour la vie.

Lettre de Mlle Victorine

Paris, ce 21 novembre 1783

La reine, ma bonne amie, est totalement remise de sa fausse couche ; elle est partie hier de Fontainebleau pour Brunoy. Le roi ne partira que le

1. Charles-Alexandre de Calonne venait d'être nommé contrôleur général des Finances le 3 novembre.

24 et se rendra en droiture à Versailles. Je suis enchantée que le voyage finisse. Je ne puis plus vivre avec le marquis, c'est un enfer. Ah ! ma bonne amie, ne prends jamais de joueur pour entreteneur. Pour moi, je jure de n'en plus avoir.

Les financiers ont tant fait qu'on leur a rendu ce qu'on leur avait ôté. Sûrement ils auront financé pour obtenir ce nouvel arrêt. Depuis quelque temps, la finance et le militaire ont éprouvé beaucoup de variations.

J'ai fait remettre à la diligence de Bordeaux les commissions que tu m'avais demandées. J'y ai joint quelques petites nouveautés qui t'amuseront. Qu'il me tarde que ton Américain ait fini ses affaires pour venir à Paris avec toi ! Je suis bien impatiente de te voir.

Lettre de Mlle Felmé

Roye, ce 22 novembre 1783

Il ne faut jurer de rien, mon cœur, la vanité m'a séduite, et demain je deviens Mme la Conseillère. Ce qui m'a cependant le plus déterminée, c'est que mon futur est un sot et que j'en ferai tout ce que je voudrai. Par ce mariage je suis parente à tout ce qu'il y a de mieux dans la ville. J'aurai même l'honneur d'être cousine issue de germaine de M. le lieutenant général. Ma noce doit être brillante, le repas se fera à l'Hôtel de ville, où il y aura bal le soir. Je ris en moi-même de mon changement d'état. Je voudrais que tu fusses demain de nos convives, sûrement tu t'amuserais. Pour moi, je me prépare à bien m'ennuyer. Je serai assommée de politesses, et il faudra être embarrassée depuis le matin jusqu'au soir. Mais ce qui me divertit d'avance, c'est de penser aux simagrées que je serai obligée de faire quand mon mari voudra me prendre ma prétendue virginité. J'ai, par précaution, fait ample usage de vinaigre astringent et de cerfeuil : cela a bien réussi. Je n'ai pu ce matin y introduire le bout de mon petit doigt. Ainsi tout paraîtra en règle. D'autant mieux que je me suis aperçue que celui qui en jouira est bien membré. Ce n'est pas que je lui aie permis la moindre privauté, mais c'est à travers sa culotte, lorsque ma présence le mettait en feu. Je cesse de m'entretenir avec toi : il faut que j'aille me faire fiancer. Je te manderai un de ces jours les détails de la noce, mais surtout de la nuit.

Lettre de Mlle Florival

Paris, ce 23 novembre 1783

On a bien raison de dire, Minette, que les goûts des hommes dans leurs jouissances sont encore plus fantasques que les caprices de leur caractère. L'amour en gémit, mais il excuse tout. Une fois adonnée au culte du libertinage, il faut savoir s'y prêter. Je me vois journellement obligée d'apprendre de nouvelles fantaisies. Je croyais savoir le métier, mais je vois bien que je ne suis qu'une apprentie. Hier, il m'a fallu rendre un lavement dans la bouche d'un vieux dégoûtant, avant-hier pisser dans celle d'un autre et lui frotter tout le corps de mon urine. Il y a quelques jours que j'avais mes affaires. J'ai été obligée d'en faire des tourtines comme si c'était de la confiture pour pouvoir faire bander un jeune homme. Ah ! quels goûts ! je n'y comprends rien. Je me borne à plaindre les pauvres malheureux qui ont besoin de pareilles ressources.

Comme je sais que tu aimes les vers et que je veux un peu t'amuser après t'avoir parlé de choses dégoûtantes, voici des *Stances à Thémire* que j'ai eues d'un abbé.

J'aime le doux murmure
D'un paisible ruisseau.
Le tapis de verdure
Où serpente son eau
Plaît à l'âme attendrie.
Là sur un lit de fleurs
Règne la rêverie
Sur les sensibles cœurs.

J'aime la fauvette,
L'accent tendre et léger,
Et l'écho qui répète
La chanson du berger.
J'aime la tourterelle :
Son amoureuse ardeur,
Et sa flamme fidèle
Intéressent mon cœur.

J'aime de la nature
Les attraits renaissants,
Sa riante parure,
Ses bosquets verdoyants
Que l'art en vain imite,
Ses bois majestueux
Où le silence habite
Souvent font des heureux.

Mais, aimable Thémire,
Quand je vois ta beauté
Lorsque ton doux sourire
Promet la volupté,
Dans mon ardeur nouvelle
Je n'aime les bosquets
Que quand ta voix m'appelle
Aux amoureux secrets.

Adieu, la Présidente m'envoie chercher et me marque de me rendre chez elle tout de suite.

Lettre de Mlle Victorine

Paris, ce 2 décembre 1783

Enfin, ma bonne amie, poussée à bout par le marquis et sortant, il y a quelques jours, de me faire une scène affreuse, voici la lettre que je lui ai écrite :

> L'amour, Monsieur le marquis, est incompatible avec le jeu : l'un rend doux, poli et l'autre furieux. Depuis que nous vivons ensemble j'ai souffert des humeurs et des caprices que jamais aucun homme ne m'a fait éprouver. Nos caractères sympathisent peu. Je ne veux avoir que des jours agréables et sans orages. Le mois est fini, trouvez bon que nous nous séparions. Je n'en aurai pas moins pour vous toute l'estime et l'amitié que vous méritez, et je ne cesserai de faire des vœux pour que la fortune vous soit favorable. J'ai l'honneur d'être, avec un sincère attachement, Monsieur le marquis, votre très humble et très obéissante servante.

Voici la réponse du marquis :

> Vous avez raison, Mademoiselle, il faut nous séparer, puisque nos caractères ne sympathisent point. Vous auriez dû plier le vôtre au mien. Je trouverai aisément une personne qui saura mieux que vous apprécier mes bontés et en être reconnaissante. Je vous souhaite tout le bonheur dont vous êtes digne.

Depuis, je n'ai plus entendu parler du marquis. Avant peu j'espère apprendre ton départ de Bordeaux.

Lettre de Mlle Florival

Paris, ce 7 décembre 1783

Depuis que je t'ai écrit, Minette, il m'est arrivé une bonne aubaine. Un vieux que j'ai eu chez la Présidente m'a prise en amitié. Il me meuble un petit appartement aux seules conditions que je le flagellerai tant qu'il voudra et lui accorderai la *maniote* pendant quatre mois. Je pourrai malgré cela faire ce que bon me semblera. Je ne serai occupée avec lui qu'environ trois fois la semaine, et cela deux heures au plus : cela me fait grand plaisir. Je payais fort cher mon appartement garni.

Je te prie, Minette, de m'envoyer les effets que je t'ai laissés. Me voilà décidée à me fixer à Paris. Je vois bien qu'il n'y a qu'ici où l'on peut faire fortune par le libertinage. Bordeaux n'est rien en comparaison et on y est si gêné, depuis que le maréchal de Richelieu n'y commande plus, qu'en vérité c'est insupportable. On doit cependant bien savoir que nous sommes nécessaires et que, sans nous, les honnêtes femmes (s'il y en a) ne seraient point en sûreté. J'attends de tes nouvelles.

Lettre de Mlle Felmé

Roye, ce 9 décembre 1783

Il m'a été impossible, mon cœur, de te raconter plus tôt l'histoire de ma noce. Depuis, j'ai toujours été en gala et occupée à faire des visites. Ah, que tout le monde m'ennuie ! Mais m'en voilà quitte.

Le 23 du mois dernier, les parents de mon mari et les miens vinrent me prendre à dix heures du matin. J'étais superbement parée. Pour mon époux, il avait sa robe noire. Tout le monde s'était endimanché et il y avait des habits qui sûrement étaient du temps du roi Guillemaux et n'avaient vu le jour depuis trente ans. Nous nous rendîmes à onze heures à l'église. À notre arrivée, toutes les cloches furent en branle et l'organiste écorcha une symphonie. Après la célébration du mariage, nous fûmes à l'hôtel de ville, où on nous reçut avec une décharge de boîtes[1]. Rendus dans une salle voisine de celle du festin, il m'a fallu abandonner mon visage à tout le monde. Jamais je n'ai tant été baisée. Après ces compliments on a été dîner. Dès la soupe on a porté à ma santé, et cela a continué jusqu'au dessert, qu'on a chanté des chansons à ma gloire et que de nouveau j'ai été baisée. À six heures, on s'est mis à danser jusqu'à dix, qu'on a servie un ambigu[2] après lequel, à minuit, on m'a reconduite chez moi en triomphe, en me faisant mille plaisanteries sur la nuit. J'étais excédée de ma journée et je me félicitais de la voir finie.

Mon coucher a duré une heure, j'ai fait la mijaurée. À peine ai-je été dans le lit que mon mari est venu me joindre. Je me suis caché la tête dans le lit et lui ai dit que je ne la sortirais que quand il aurait éteint les lumières. Il m'a fort sollicitée pour les laisser allumées, mais je n'ai eu de cesse qu'il ne les ait éteintes. Alors, il a commencé à me caresser sans cesse. Je résistais autant que je le devais, mais cependant j'ai laissé prendre la place. Ce fut pour lors que je gémis, que je criai, que je me remuai. Enfin, je fis si bien qu'il fut plus de trois heures à pouvoir me le mettre, et s'il n'avait eu la vigueur qu'il a, il n'en serait sûrement pas venu à bout ce jour-là. La sagesse que j'avais eue depuis mon départ de Paris fut cause que j'éprouvai beaucoup de plaisir, et que je fus obligée de me tenir à quatre pour ne pas m'abandonner à mes sens, de crainte qu'il me trouve trop formée.

La matin, j'entendis mon mari se réveiller et je fis semblant de dormir.

---

1. *Boîte* : « espèce de petit mortier de fonte, qu'on charge de poudre, qu'on bouche ensuite d'un tampon de bois, et où l'on met le feu par une lumière. Dans les réjouissances publiques on *tire des boîtes*. Aux feux d'artifice on commence par *tirer des boîtes* » (*Dict. Acad.*, 1798).

2. *Ambigu* : « repas où l'on sert à la fois les viandes et le dessert. Un déjeuner, un dîner, un souper servi en *ambigu*. Les grands repas de corps se servent ordinairement en *ambigu*. Une collation se sert toujours en *ambigu*. On servit un *ambigu* magnifique » (*Dict. Acad.*, 1835).

Il leva légèrement la couverture et se mit à examiner mes charmes. Les voyant inondés de sang, il se mit à s'écrier : « Ah ! ma femme était pucelle ! que je suis heureux ! » Et aussitôt il me couvrit de baisers. Peu s'en fallut que je me misse à partir d'un grand éclat de rire. Mais je feignis de me réveiller en sursaut et je jetai un grand cri, comme surprise de voir un homme couché avec moi. Il me sauta au cou et m'accabla de caresses. Peut-être cela aurait-il eu des suites si l'on n'était entré dans notre chambre.

Tu vois, mon cœur, que tout a été au mieux. Mon mari vante à tout instant ma vertu et publie ma virginité. Il faudra absolument, quand tu seras de retour à Paris, que tu viennes voir Mme la Conseillère, qui t'aime toujours de même que lorsqu'elle était Felmé.

Lettre de Mlle Victorine

Paris, ce 10 décembre 1783

Puisque tu dois partir, ma bonne amie, du 20 au 25 de ce mois pour venir ici, cette lettre sera la dernière que je t'écrirai. Il est impossible de t'exprimer la joie que je ressens d'imaginer que je vais te revoir, et brillante. Le temps va me paraître bien long jusqu'à ton arrivée.

Je t'ai mandé notre séparation avec le marquis. Eh bien ! maintenant j'ai un Espagnol. Je veux tâcher de lui accrocher le plus de quadruples[1] que je pourrai. Avec le temps, j'espère que j'aurai eu des entreteneurs de toutes les nations de l'Europe. Mon Espagnol tient bien de la sienne, il est très jaloux et très haut. Je crains qu'il ne prenne ombrage de mon petit auteur. Cela me ferait de la peine d'être obligée de ne pas le voir si souvent. Adieu ma bonne amie. Qu'il me tarde de t'embrasser !

Lettre de Mlle Victorine

Paris, ce 16 décembre 1783

Je ne devais plus t'écrire, ma bonne amie, mais je ne puis attendre que tu sois ici pour te conter ce qui m'est arrivé hier. J'étais encore dans mon lit lorsque mon Espagnol entra. Après m'avoir fait beaucoup d'amitiés : « Je vous aime, me dit-il, et il n'y a pas d'amour sans jalousie. Aussi, je suis jaloux de vous. Femme et française, ne pouvant être continuellement avec vous, puis-je compter sur votre fidélité ? Souffrez que je m'en assure en mettant vos charmes en sûreté. » Et en même temps il sortit de sa poche une ceinture de virginité qu'il voulut me mettre. « Ah ! me suis-je écriée aussitôt, jamais je ne le souffrirai. Croyez-vous qu'on ne peut être fidèle sans cela ? » Mon Espagnol m'a tant suppliée de lui accorder cette

1. *Quadruple* : double pistole d'Espagne.

tranquillité qu'il m'a promis de payer vingt-cinq louis par mois, que j'ai cédé à ses désirs. Après avoir grillé l'antre de la volupté, il est parti.

Il y avait à peine un quart d'heure que l'Espagnol était sorti de chez moi qu'est arrivé mon jeune auteur. Je n'ai pu m'empêcher d'éclater de rire, pensant à la surprise qu'il aurait en voyant l'état dans lequel était mon minon. Ma gaieté lui fit croire que je voulais plaisanter et il se mit en devoir de le faire, mais se trouvant empêché, il en examina la cause et partit aussitôt d'un grand éclat de rire. « N'est-ce que cela ? dit-il. Si tu veux, ma chère amie, cela va bientôt cesser, et en dépit du jaloux nous en jouirons tout à notre aise. » J'acceptai. Alors, il me fit pendre par les mains à la porte et m'allonger le plus possible. Aussitôt la ceinture tomba à terre. Nous nous en sommes donné pendant plus de deux heures. Il semblait que j'avais plus de plaisir qu'à l'ordinaire, à cause que je trompais l'Espagnol malgré sa *précaution inutile*[1]. Quand nous eûmes fini nos ébats, je me rependis à la porte et mon jeune homme remonta la ceinture jusqu'à sa place. Il n'y paraissait nullement. Je t'avoue que je suis enchantée de savoir un moyen pour tromper cet excès de jalousie. Si jamais on te mettait une ceinture de virginité, pense à l'aventure de ta chère amie.

1. Sous-titre du *Barbier de Séville*.

Le courrier extraordinaire des fouteurs ecclésiastiques
ou
Correspondance intime secrète et libertine
De quelques prélats de qualité,
de plusieurs prêtres paillards
et d'un certain nombre de prestolets luxurieux
avec des gourgandines titrées, des putains bourgeoises,
des filles de joie du tiers état
et des raccrocheuses du quart

Ouvrage recueilli par MACHAULT, évêque d'Amiens,
et censuré par les quatre Grands Vicaires
de LECLERC JUIGNÉ,
Archevêque de Paris, et apostat de la Chrétienté.
À PARIS
et se trouve chez BOSSU, curé de Saint-Paul.
FAUCERIER, vicaire de Saint-Leu ;
POUPART, Curé de Saint-Eustache
Tous trois colporteurs dudit, et fouteurs en titre

1790

INTRODUCTION

Le petit libelle anticlérical que nous publions aujourd'hui est assurément l'un des plus rares de la production érotique du XVIIIe siècle. Pascal Pia croit avoir localisé trois exemplaires de l'édition originale de 1790 : deux à la Bibliothèque nationale de France, le troisième à la British Library. Pour les deux premiers, il s'agit d'une méprise, car les cotes qu'il leur attribue (Enfer 625 et 1303) correspondent à la réédition de 1872. Il en va de même pour celui de la British Library (P.C.17.b.36)[1]. D'autre part,

1. Voir Pascal Pia, *Les Livres de l'Enfer. Bibliographie critique des ouvrages érotiques dans leurs différentes éditions du XVIe siècle à nos jours*, Paris, Fayard, 1998.

le catalogue électronique de la Library of Congress (Washington) ne signale aucun ouvrage sous le titre de *Courrier extraordinaire des fouteurs ecclésiastiques*.

C'est en 1872 que le libraire bruxellois Jules Gay, auquel nous devons l'exhumation de maints écrits licencieux[1], eut l'heureuse idée de réimprimer ce texte, en reproduisant *in extenso* la page de titre de la rarissime et quasi mythique édition originale, avec les adresses facétieuses des « colporteurs » chargés de la vente et l'attribution non moins fantaisiste à Machault, évêque d'Amiens[2].

Dans sa notice bibliographique, Gay précise encore que cette originale se présente sous la forme d'un volume in-8º de 47 pages, illustré de trois figures libres, dont l'une en frontispice représente l'Amour chevauchant un énorme priape, et s'accompagne de ce distique :

> L'Amour est le courrier des galantes nouvelles,
> Et son fringant coursier le fait choisir des belles.

La deuxième gravure représente l'abbé Renaud surprenant le fils du jardinier et Mlle Kakvelle en train de faire l'amour, avec ces deux vers :

> Quel tableau, cher abbé : deux amants dans l'ivresse
> Savouraient de l'amour le prix et la tendresse.

La troisième montre Thérèse à genoux sur une chaise, jupes troussées, présentant ses fesses au valet de chambre en érection, avec cette légende :

> Grand Dieux ! le joli cul, quel cul ! quel cul charmant !
> Qu'il offre de plaisir au plus sincère amant !

***

Ce pamphlet d'une rare effronterie aurait pu aussi bien figurer dans la troisième section de notre ouvrage intitulée « Sexe et politique », tant la fougue révolutionnaire de son auteur l'emporte sur son souci de peindre les mœurs. Ici, le boudoir se transforme en foutoir et l'abbé de cour en prêtre lubrique. Le stéréotype du moine paillard, sans doute l'un des plus archaïques, en tout cas l'un des plus éculés de notre littérature grivoise opère un retour spectaculaire après 1789. La nuit du 4 août est suivie d'une explosion de délire patriotique. L'idée de voir la noblesse et le clergé dépouillés jette les esprits dans le ravissement. Certains événe-

1. On en trouvera la liste exhaustive dans Patrick J. Kearney, *A Bibliography of the Publications of Jules et Jean Gay. With an Introduction by Paul English*, Santa Barbara, 1988, 75 pages (432 titres répertoriés).

2. *Le Courrier extraordinaire des fouteurs ecclésiastiques. Pièce révolutionnaire réimprimée textuellement sur l'édition originale publiée en 1790 et devenue très rare. Précédée d'une notice bibliographique*, Neuchâtel, imprimé par les presses de la Société des bibliophiles cosmopolites, 1872, in-8º de VII-40 pages.

ments, tels que la nationalisation des biens du clergé, provoquent une véritable débauche de satires et de caricatures. Ce sont presque tous les jours des attaques furieuses, des insinuations perfides, une dépense d'ironie et de virulence qui donne à ces écrits un attrait persistant, comme le spectacle de la vie saisie dans son courant tumultueux. C'est dans ce contexte qu'il convient de réinsérer notre *Courrier extraordinaire*. Non content de piétiner les symboles chrétiens, le patriote s'en prend aux divinités païennes. Vénus, qui présidait naguère encore aux jeux de l'amour, se voit traitée de garce et de « putain des dieux », et Jupiter de « plus grand fouteur de tout l'Olympe. » Chrétiens ou païens, les dieux sont décidément bien morts.

Quant au prêtre, on le charge naturellement de tous les vices. Vindicatif et luxurieux, fouteur et scélérat, il incarne avec la noblesse toute la corruption de l'Ancien Régime. Et comme pour mieux marquer le caractère militant de ses attaques, l'auteur n'hésite pas à les diriger contre des personnages historiques. Ses coups paraissent alors lancés comme au hasard, et tombent parfois à côté de leur cible. Si l'allusion à Mme de Polignac n'est qu'obscène, celle qui vise l'abbé Maury ou Sieyès est d'une révoltante injustice.

M. L.

AVERTISSEMENT

Il m'a fallu fréquenter les bordels et les chenils de la capitale où, grâce au ciel, je suis initié, pour y recueillir les fragments de cette précieuse correspondance ; les boudoirs, ou plutôt les foutoirs de nos gourgandines titrées, où parfois je suis reçu, ainsi que les galetas des filles de joie du tiers état, pour compléter l'intéressante collection que je présente aujourd'hui aux amateurs du priapisme, comme le plus parfait hommage de mon ardeur lubrique.

J'y peindrai quelques-uns de nos prélats démonseigneurisés, tels qu'ils sont ; les uns comme des roués polissons, chevauchant le tiers et le quart, et s'étant toujours foutus du qu'en-dira-t-on.

Les autres, comme des Tartufes, se couvrant en public du masque de l'hypocrisie et qui, dans le tête-à-tête, jouent avec leurs Vénus modernes le rôle des plus ardents satyres, et sont écumants de luxure. Je décrirai comme les uns et les autres n'ont jamais pu décharger qu'à l'aide d'un bras nerveux ou d'une poignée de verges qui, appliquées sur leurs postérieurs, leur ont fait recouvrer quelques pouces de vit de plus.

Enfin, je démasquerai la plupart de ces putains bourgeoises qui, couvertes d'un mantelet noir, se glissent dans les presbytères pour y extorquer des charités honteuses, en branlant le membre viril de leur curé, et qui vont du même pas foutre avec le suisse ou le bedeau de la paroisse.

J'instruirai le public sur les moyens ingénieux qu'emploient ces mêmes curés tout ainsi que leurs vicaires, moins savants en théologie que dans l'art sublime de foutre, pour assouvir leur paillardise.

Je décrirai les postures variées, les tableaux charmants des prêtresses de la fouterie, et je prouverai à mes contemporains qu'ils ne sont que des candidats auprès de ces Messalines modernes, et que Dom Bougre [1]

1. Héros éponyme de l'*Histoire de Dom Bougre, portier des Chartreux*, roman érotique attribué à Gervaise de La Touche (1740).

lui-même, et le général des Cordeliers, ont baissé la pine devant ces chaudes fouteuses produites par le climat lubrique de France.

J'ornerai ma correspondance de chansons, pièces fugitives, la plupart composées par les héros fouteurs qui en sont les objets. Si l'on n'y retrouve pas l'énergie de Piron[1] qui, sans doute, n'était autre que Priape, qui, à l'exemple du fils de la Divinité, s'était humanisé sur la terre pour y foutre des mortelles[2], du moins on y distinguera la nature toute nue, et voilà le beau.

Assis sur les genoux de ma putain, qui ne le céderait à aucune prostituée de la capitale pour l'élasticité du poignet, la souplesse des reins, les coups de langue ardents, et la mobilité de la charnière, je prends la plume et je me mets à l'œuvre. Parfois j'interromps mes narrations pour sucer ses tétons d'albâtre, et introduire mon index dans son con humecté d'une liqueur brûlante. Qu'en arrive-t-il ? Que je bande, que je branle, que je suis branlé, que je fous, que je décharge, et que j'écris. Puis, je m'adresse à la ribaude de l'Olympe, et je lui dis :

Ô toi, belle Vénus, digne garce des cieux,
Bâtarde de Thétis, fille et putain des dieux,
Sois ma muse aujourd'hui, et d'un regard propice
Accueille en ce moment mon ardent sacrifice.

Introduction nécessaire à l'intelligence des quatre lettres suivantes

Point d'animal au monde qui soit plus vindicatif et plus luxurieux qu'un prêtre. L'anecdote qui donne lieu aux quatre lettres suivantes en fournit la preuve dans la personne de l'abbé Bossu, curé de Saint-Paul, le plus dissolu des curés de la capitale.

La Langelot, sa paroissienne, et nièce d'une lingère de la rue Saint-Antoine, était devenue, grâce aux soins de cet abbé fouteur, de la plus vertueuse des filles, la putain la plus débordée de ce siècle. Comme un con abandonné fait place à un autre, celui de la Langelot fut bientôt

1. Tragédies, comédies, drames, odes, épîtres, églogues, idylles, pastorales… il n'est point de genre littéraire auquel Alexis Piron (1689-1773) n'ait exercé sa plume. Avec des succès divers, plutôt mitigés, sauf pour la chanson bachique et l'épigramme en vers, où il excellait. De son théâtre, il ne reste plus de lisible aujourd'hui que *La Métromanie* : c'est peu, mais d'une grande saveur. En dépit de son inspiration badine, il se vit offrir un fauteuil par l'Académie, mais ses adversaires ensoutanés, l'évêque Boyer et l'abbé d'Olivet en tête, exhumèrent son *Ode à Priape*, vieille de quarante ans, ce qui entraîna le veto de Louis XV. D'où sa vengeresse épitaphe : « Ci-gît Piron, qui ne fut rien. / Pas même académicien. »

2. Personne, je crois, n'ignore l'intrigue galante de Jésus-Christ avec sainte Madeleine. [NdA]

délaissé. Mais le comble de la scélératesse fut qu'après avoir retiré ses lubriques missives des mains de sa prostituée, le curé de Saint-Paul fit tant que la tante de celle-ci la fit mettre au couvent, où elle est encore. La pauvre cloîtrée s'en vengea par une chanson qui circule, malgré la vigilance du commissaire Lerat, autre jean-foutre et putassier du même genre.

Rien de plus chaud dans ses expressions de fouterie qu'un cafard en rabat, qui a acheté le secret de sa putain ; rien de si emporté, de si ardent que ses transports amoureux ; de même qu'il n'est rien de plus passionné que les caresses et les jeux d'une impudique créature qui s'est abaissée, avilie jusqu'à foutre avec un prêtre. Voyons comme l'un et l'autre s'expriment. Ô fouteurs du monde ! apprenez, apprenez à parler fouterie d'une simple courtisane bourgeoise et d'un curé de paroisse !

LETTRE PREMIÈRE

Le curé de Saint-Paul à Sophie Langelot

Ce lundi 16 août 1789

Ah çà, Sophie ! réponds, dis, te fous-tu de moi, ma couillardine, de m'abandonner ainsi depuis quatre jours aux désirs que je ressens de te foutre ? Je ne sais comment j'y puis tenir. Cent fois depuis ce temps, j'ai porté mes mains sacrées sur mon vit, qui levait orgueilleusement la tête, à l'effet d'éprouver en me branlant les mêmes délices où tu me plongeas tant de fois. Cent fois je me suis retenu, en songeant que je priverais ton con de cette liqueur précieuse, dont tu t'es si souvent enivrée. Aussi, mon aimable fouteuse, mes couilles divines en sont-elles surchargées, et je brûle de l'épancher. Trouve-toi donc demain à neuf heures du matin, au rendez-vous du Mail, et là compte sur une ample libation de cet élixir générique. J'en inonderai tes tétons d'albâtre, tes cuisses fermes et polies, ton ventre rebondi, ta motte charmante et si bien garnie, ton cul de Ganymède, et ta brûlante matrice… Ah ! Sophie !… Sophie !… je m'échauffe ; tous les feux de la fouterie circulent dans mes veines… je décharge… je meurs !… Ah ! grands dieux ! grands dieux !… quelle ravissante extase !

RÉPONSE

De Sophie Langelot au curé de Saint-Paul

Ce lundi soir 16 août 1789

Tu me fais des reproches, mon brave fouteur ! et mon absence de quatre jours a pu te les inspirer ! Il faut donc que je me justifie. D'abord j'étais et suis presque encore dans cet état où les femmes ne se laissent guère baiser, à moins que ce ne soit pour attraper le prix de leur souper. Tu me diras à cela que tu t'en fous, et tu m'as avoué plusieurs fois que tu n'avais jamais éprouvé tant de plaisir qu'en retirant ton vit tout fumant de mon con en uniforme de cardinal. Il faut qu'à mon tour je te fasse un aveu : c'est qu'en cas pareil, je t'ai toujours trompé ; oui, dans cette circonstance, ma position m'inspire tant de dégoût que je ne saurais foutre, et que tous les curés de la terre ne me feraient pas bander. Je dois t'avouer encore que ton habit me déplaît. La calotte qui surmonte ta tête a moins d'attraits pour moi que celle qui recouvre la tête orgueilleuse de ton vit ; mais je me rends à ton raisonnement. Il faut bien quelque chose pour tromper les hommes. J'accepte ton rendez-vous et ta décharge. Apprête ton engin ; mon con est tout disposé à le recevoir. Mais au nom de ce que tu as de plus cher, ne te branle pas. Tout le foutre dont tes couilles sont, dis-tu, surchargées, doit m'appartenir ; je me pâme d'avance d'en recevoir l'éjaculation. À demain.

SECONDE LETTRE

Du curé de Saint-Paul à Sophie Langelot

Ce vendredi 9 octobre 1789

Serait-il vrai, Sophie ? En croirai-je mes pressentiments ? M'aurais-tu donné la vérole ? Car je ne puis me dissimuler que ce ne soit une bonne et belle chaude-pisse[1] qui force mon vit, autrefois glorieux comme un César et fier comme un Écossais, à baisser mollement la tête et à ne plus former qu'une ligne courbe qui me cause des douleurs incroyables. Ton joli con, où j'ai tant de fois dardé le foutre, serait-il donc empoisonné ? Non, quand je me rappelle que dans ce con, dont le souvenir me ferait encore bander, si la corde qui s'en est rendue maîtresse, m'en laissait la liberté ; quand, dis-je, je me rappelle que, dans cette source de délices, j'ai pu plonger ma langue, en chatouiller voluptueusement le clitoris, pressurer le nectar qui distillait abondamment de ce centre voluptueux, et en savourer la suavité, je n'ose croire que le virus dont je me plains soit réel. Viens donc, trop charmante fouteuse, dissiper mon inquiétude ; viens me rassurer sur les douleurs aiguës qu'éprouve mon vit, et me dire si c'est la fatigue que je dois en accuser plutôt que la vérole.

Réponse au moment même : viendras-tu, on non ?

RÉPONSE

De Sophie Langelot au curé de Saint-Paul

Ce vendredi 9 octobre 1789, au soir

Tu le mériterais bien, fripon de curé, tu le mériterais bien, mon brave fouteur, que je n'aille pas au rendez-vous et que, comme un couillon, je te

1. C'est étonnant, comme M. le curé connaît les termes techniques du mal vénérien ! [NdA]

laisse déplorer ta vérole imaginaire. Mais rappelle-toi donc, nigaud, notre soirée délicieuse de mercredi dernier, et ce qui s'y passa. Tu sembles me reprocher que ta langue frétillante et légère séjourna dans l'intérieur de ma matrice, qu'elle me chatouilla le clitoris, et que tu pressuras le foutre que je déchargeai si vigoureusement, excitée par ton ardeur. J'en demeure d'accord. Mais te souviens-tu de même qu'animée par les mêmes transports, je pris entre mes lèvres ta pine enchanteresse et que, par les mêmes badinages, promenant le joli petit bouton de ma langue sur la tête de ton docteur, qui l'est pour le moins autant que toi, s'il ne l'est davantage, je te fis décharger quatre fois de cette manière, et que loin de rejeter le foutre que j'étais parvenue à pomper de tes couilles, que tu traites quelquefois de divines, j'en alimentai mes entrailles enflammées ?

Mais plus de rancune. Je te guérirai en te tenant à la diète ; car ce n'est qu'échauffé par la fouterie que ton beau, ton cher vit est triste et languissant.

N. B. Voilà tout ce que j'ai pu recueillir de la galante correspondance de l'abbé Bossu avec Sophie Langelot, jusqu'au moment qu'il lui extorqua le reste, et qu'elle se vengea de sa détention par les couplets suivants.

Sophie Langelot au curé de Saint-Paul

CHANSON
Air des *Pendus*

Quoi ! lâche suppôt de l'autel !
Tu fis de l'église un bordel ;
Ainsi donc métamorphosée,
Tu vainquis mon âme abusée.
Changeant les ordres du destin,
De moi, tu fis une putain.

Te souviens-tu, monstre infernal,
De ce moment triste et fatal,
Où, succombant à tes caresses,
Je me laissai prendre les fesses,
Et que cédant trop à ta loi,
Mon con tout neuf s'ouvrit pour toi ?

Hélas ! pour prix de tant d'amour,
Ah ! quel affreux triste séjour !
Ainsi donc tu paies l'hommage
Que je te fis d'un pucelage !
Moi, de l'art de foutre entichée,
Je n'ai plus qu'un godemiché !

Ton vit cruel, affreux, ingrat,
A-t-il oublié ce combat ?
Quoi ! moi, d'une religieuse
Je vais être la manieuse ?

Quels affreux supplices divers !
Ah ! c'est le tourment des enfers.

Mais je vais renaître au bonheur ;
J'ai le vit de mon directeur.
C'est un brave fouteur de nonne,
Qui n'a jamais raté personne.
Me branlant, je dis à part moi,
Maudit soit tout curé et toi.

DIALOGUE

Du Père Isidor, Père carme de la place Maubert, avec la Desglands, raccrocheuse du quart, rue Saint-Martin [1]

LA DESGLANDS. — Parlez donc, M. le Prieur, bandez-vous ?

LE PÈRE ISIDOR. — Pourquoi pas, grosse garce, tout comme un autre.

LA DESGLANDS. — En ce cas, mon chou, tu vas monter chez moi.

LE PÈRE ISIDOR. — Oh ! non. Pas pour le présent ! Des affaires intéressantes m'appellent ailleurs.

LA DESGLANDS. — Ailleurs ! ailleurs ! où en trouveras-tu comme moi pour *travailler le joyeux* d'un honnête homme ? Tiens, mon révérend, je ne suis ni belle ni jolie, mais j'ai de ce qui se *magne* [2] avec plaisir ; et les michés qui sont une fois venus chez moi me préfèrent à toutes mes sœurs du quartier.

LE PÈRE ISIDOR. — Mais, ma reine, je ne suis pas riche.

LA DESGLANDS. — Nom d'un foutre ! ce n'est donc pas le Pérou que ta connaissance ? Mais ni moi non plus. Va, monsieur l'abbé défroqué, je ne suis pas intéressée ; tu m'as l'air d'un vivant qui en a foutu plus d'une ; monte toujours : avec ta mignonnette, tu en seras quitte ; j'aime mieux un bel et bon gros vit que l'écu d'un bande-à-l'aise [3] ; je ne demande qu'à vivre et à foutre.

LE PÈRE ISIDOR. — Ah ! foutre ! ah ! morbleu ! me voilà dans ma sphère. Dis-moi, grosse coquine, sais-tu bien ce que c'est qu'un carme ?

---

1. Il est à peu près neuf heures du soir, moment du travail ; et comme les moines jouissent plus que personne de la liberté présente en qualité de vigoureux fouteurs, l'austérité de la règle ne les gêne plus. Ils sont quelquefois deux jours dehors, et leurs galeries sont les rues du Pélican, Maubuée, Soly [a], etc., etc. [NdA]

2. Une putain bourgeoise aurait dit : *ce qui se manie*, mais une raccrocheuse du quart ne dit pas autrement. [NdA]

3. *Bande-à-l'aise* : voir *Glossarium eroticum*, p. 1162.

a. Rues « chaudes » de la capitale. Sur la rue du Pélican, voir *Les Sérails de Paris*, *infra*, p. 977, n. 2 ; la rue Maubuée (aujourd'hui rue Simon-le-Franc), percée dès le XIVe siècle, portait déjà ce nom qui signifiait « malpropre » dans la langue médiévale ; la rue Soly (aujourd'hui rue d'Argout, dans le IIer arrondissement, doit son nom à Antoine Soly, échevin en 1549, qui y possédait plusieurs maisons ; par altération, elle fut aussi appelée Joly et Sauly).

LA DESGLANDS. — Non ; je ne connais de réputation que les cordeliers, mais ce sont de foutues pratiques ; ils payent mal, et pour la fouterie c'est encore pis.

LE PÈRE ISIDOR. — Je le crois bien ; ce sont des ivrognes. Boire et foutre, cela ne va pas ensemble.

LA DESGLANDS. — Il me vient aussi quelquefois des minimes.

LE PÈRE ISIDOR. — Fi donc ! ce sont des bougres.

LA DESGLANDS. — Effectivement, je m'en suis aperçue. Mais qu'ils s'aillent faire foutre ailleurs ; je n'aime pas à prêter ma rosette ; ils peuvent aller rue Saint-Honoré ; la Tabourot a fait assez d'élèves.

LE PÈRE ISIDOR. — Mais depuis la suppression des règles dans les maisons religieuses, ne va-t-il pas quelques capucins se dédommager au bordel des rigueurs de l'ancienne abstinence ?

LA DESGLANDS. — Oh ! les foutus barbichons ne demanderaient pas mieux ! Mais au diable ! au diable ! ces gueusasses-là[1] ne sont pas faits pour nous. Leur jean-foutre de saint François leur a prescrit l'usage de la discipline, mais ils n'en bandent pas mieux pour cela. Quant à moi, j'ai des verges, ah ! des verges admirables ! elles auraient fait bander le maréchal de Richelieu, mort duc[2] quatre heures avant sa mort[3].

LE PÈRE ISIDOR. — J'en essaierai ; je te l'avoue, c'est mon faible. As-tu le poignet ferme ?

LA DESGLANDS. — Aussi ferme que celui de la du Barry. Quelques vieux seigneurs de l'ancienne cour, qui me sont venus voir en redingote, me l'ont assuré[4].

LE PÈRE ISIDOR. — Ventrebleu ! tu n'es pas malheureuse. Mais passons aux échantillons. Voyons la gorge.

LA DESGLANDS. — Mes tétons ? Oh ! qu'à cela ne tienne. Tiens, examine, tâte. Eh quoi ! tu recules ?

LE PÈRE ISIDOR. — Oh ! bienheureux saint Bruno ! quels tétons flasques et flétris ! Ils sont comme les besaces des frères mineurs conventuels.

LA DESGLANDS. — Comment, sacredieu ! Je les crois assez fermes pour ta révérence. Sais-tu qu'ils ont passé par les mains d'un évêque[5] ?

---

1. *Gueusasse* : du verbe *gueuser* (demander l'aumône, mendier). On trouve d'autres occurrences de cette injure à la même époque, notamment dans les *Lettres bougrement patriotiques du véritable père Duchêne* (« Voyez comme le *gueusasse* d'abbé s'égaye ! »). Voir P. Enckell, *Matériaux pour l'histoire du vocabulaire français* 19 et 32, Paris, CNRS / Klincksieck, 1981 et 1989.

2. On voit que la grosse Desglands ne s'est montée que par gradation à l'idiome de son quartier. [NdA]

3. Ce maquereau de la cour est bien heureux d'être mort avant la suppression de la noblesse ; son orgueil en aurait bien souffert. [NdA]

4. Qui pourrait ignorer que les verges et un poignet vigoureux étaient les restaurants [remontants] de Louis XV ? [NdA]

5. La chronique des bordels de Paris assure que c'est l'évêque de Béziers, Nicolaï, le plus grand fouteur des cent évêchés de France. [NdA]

LE PÈRE ISIDOR. — Eh ! qu'est-ce que cela me fout ? Mon vit vaut bien celui d'une éminence ! Mais passons outre. Et ton con ?

LA DESGLANDS. — Superbe ! comparable à celui d'une reine, fût-ce même celui de la reine de France.

LE PÈRE ISIDOR. — Ah ! foutre, si tu dis vrai, ne t'inquiète ; je te promets huit coups sans déconner.

LA DESGLANDS. — Et toi, gros rubicond, si tu me tiens parole, tu me foutras gratis.

LE PÈRE ISIDOR. — Soit, mais pour te donner de la confiance, apprends que tu vas tâter du vit d'un carme, qui pour la fouterie est l'honneur de toute la place Maubert[1].

LA DESGLANDS. — Et moi, pour t'encourager, apprends que tu vas foutre le con d'une garce qui a du service et qui, pour l'enconnage, est la terreur du quartier.

(Ils montent ensemble, et le dialogue continue in castu.*)*

N. B. On pressent bien qu'un carme qui bande, comme la majeure partie de son ordre, ne s'amuse pas aux préliminaires, comme ferait en cas pareil le vieux Bertin des parties casuelles[2], à qui l'on aurait pu appliquer ce couplet :

Air de *Flon, flon*

Branle le vit, Thérèse,
À Monsieur l'Intendant[3] ;
Car c'est un bande-à-l'aise

1. Tout le côté sud de la place Maubert était en partie bordé, de 1313 jusqu'à la Révolution, par le grand couvent des Carmes. Un immeuble de pierre et de brique occupe son emplacement depuis 1935.

2. Ce Bertin, qu'il ne faut pas confondre avec Henri Léonard Jean-Baptiste Bertin, contrôleur général des Finances, s'était acquis une solide réputation de libertin, en dépit de ce qu'insinue l'auteur du pamphlet. D'après certains gazetiers, sa fonction de trésorier des parties casuelles lui rapportait d'énormes revenus, « si l'on en juge, écrit l'un d'eux, par l'état considérable de la maison de ce financier, et surtout par les sommes extravagantes qu'il a répandues parmi nos courtisanes, dont il est depuis vingt-cinq ans le bon père nourricier » (Métra, *Correspondance secrète, politique et littéraire*, t. IX, p. 245-246).

3. Il est ici question de Dagay[a], l'âme damnée, l'intendant fugitif de la Picardie. [NdA]

a. Nous savons que l'administration de François Marie Bruno, comte d'Agay (ou Dagay, 1722-1803) à l'intendance de Bretagne, fut passablement médiocre. Nommé en 1771 intendant de Picardie à Amiens, élu trois ans plus tard membre de l'Académie de cette ville, il y prononça un discours d'admission dans lequel il exaltait les hommes des Lumières, en tête desquels il plaçait Voltaire et Buffon. Cette harangue lui valut le témoignage le plus flatteur dont pût s'enorgueillir un lettré du XVIIIe siècle. Le patriarche de Ferney voulut bien en effet lui adresser ses félicitations en ces termes : « C'est, je crois, la première fois qu'on a vu un magistrat être à la fois à la tête d'une province et de tous les arts, les encourager par son éloquence comme par sa protection. […] Vous illustrez un siècle célèbre par tous les talents utiles. Heureux ceux qui les exercent sous vos yeux ! » (Voltaire, *Correspondance*, Paris, Gallimard, « Bibliothèque de la Pléiade », t. XI, 1987, p. 829-830). Que lui arriva-t-il ensuite pour s'attirer les qualificatifs d'« âme damnée » et d'« intendant fugitif » ? Gageons que sa noble ascendance ne fut pas étrangère à sa disgrâce, après 1789.

Qui ne fout pas souvent.
Flon, flon,
La riradondaine, etc.

Ou comme le vieux procureur des Feuillants, qui prend ses lunettes pour examiner le connin d'une femme ; encore ne peut-il venir à bout de se redresser. Mais je reviens à mes champions. Le Père Isidor donc, sans s'amuser à foutimasser, campa la Desglands sur son châlit[1], consistant en une paillasse posée sur des ais de sapin, guindés[2] sur des tréteaux, et recouverte d'un échantillon de tapisserie de Bergame[3] ; puis il la troussa, et fit l'inspection des appas que la raccrocheuse du quart lui avait vantés. Continuons ce dialogue, pour dépeindre ce qu'il vit, et ce qu'ils firent. C'est le frappart[4] qui parle.

LE PÈRE ISIDOR. — Ah ! grands dieux ! quel con !

LA DESGLANDS. — Comment le trouves-tu ?

LE PÈRE ISIDOR. — Il me ravit et m'enchante. Ô femmes de qualité, qui traînez à votre suite tant et tant de soupirants, apprenez qu'il se trouve sous des cotillons de bordel des cons de qualité, quand sous les vôtres il ne se rencontre, le plus souvent, que des cons de grisette. Mais à ton tour, grosse garce, examine mon vit.

LA DESGLANDS (*par exclamation*). — Ah ! quel vit ! quel vit !

LE PÈRE ISIDOR. — Eh bien ! t'ai-je trompée ?

LA DESGLANDS. — Non, jamais le grand Maurice[5] ne peut avoir eu un vit de cette espèce. Quelle tête altière et noble ! qu'il est grand, gros et bien fait ! Ne serais-tu pas général de ton ordre ?

LE PÈRE ISIDOR. — Hélas, non. L'élection ne s'en fait pas comme aux cordeliers.

LA DESGLANDS. — Va, va, tu peux te consoler. Répands-toi dans le monde : avec ton vit tu feras fortune ! Mais, mais dépêche ! Allons, allons, fous, Père l'Enfonceur … je décharge déjà.

LE PÈRE ISIDOR. — De quelle manière veux-tu que ce soit la première ?

LA DESGLANDS. — Il m'importe peu, pourvu que tu me foutes… Ah ! mon cher carme, commence.

Le courrier des fouteurs ecclésiastiques était en ce moment occupé à foutrailler une des compagnes de la Desglands et, témoin auriculaire

1. *Châlit* : charpente en bois ou en fer sur laquelle reposent le sommier et la literie, bois de lit, cadre de lit.
2. *Guindés* : hissés, dressés.
3. *Tapisserie de Bergame* : tapisserie grossière et bon marché.
4. *Frère frappart* : moine libertin et débauché.
5. Le maréchal Maurice de Saxe, dont les performances érotiques firent l'admiration (et l'envie) de ses contemporains.

de cette scène lubrique, il s'est fait un devoir de la communiquer aux amateurs. Le résultat est que le Père Isidor, en brave fouteur, fournit vigoureusement sa carrière, et qu'au lieu de huit coups sans déconner, il baisa dix fois la grosse Desglands. La franchise de cette fouteuse, le nombre de ses exploits galants, m'ont donné la curiosité de rechercher son origine ; et par la voie de mon courrier, je vous apprends tout bas à l'oreille qu'elle est la fille d'un potier d'étain, jadis sur le Pont-Marie, maintenant sur le quai des Ormes.

Correspondance entre l'abbé Jacob, l'abbé Renaud, tous deux prêtres du Petit-Saint-Antoine, quartier Saint-Paul, et la demoiselle Kakvelle, demi-putain, entretenue par Louvet, tapissier du faubourg Saint-Antoine, personnage laid, sot, mal bâti, et conséquemment cocu

LETTRE PREMIÈRE

L'abbé Jacob à l'abbé Renaud

De Villiers-la-Garenne, le 18 août 1790

Bonjour, mon cher compagnon de bonnes fortunes ; on ne s'ennuie pas plus que moi à la campagne, où je suis réduit pour tout potage, à palper les flasques appas de cette vieille Blondel[1], qui m'excède, me fatigue, me harasse et me dégoûte au suprême degré. Conviens avec moi que c'est pousser la complaisance aussi loin qu'elle peut aller ; juge de ma détresse, quand je suis obligé de me trouver au rendez-vous de nos conférences nocturnes. Hier, je fus invité de sa part à me trouver chez elle, une heure avant son lever. J'y allai en tremblant. Ah ! bon Dieu ! que vis-je ?

Cette vieille bougresse, nonchalamment étendue sur un canapé, avait brocardé son sot individu de rubans nationaux ; elle feignait de dormir, mais la grosse garce avait son but en tête, et je n'en fus pas la dupe. Domptant ma répugnance, j'énumérai ce qu'elle affectait de me découvrir, et voici le total de ce que j'aperçus.

D'abord, une jambe desséchée, une cuisse mollasse recouverte d'une peau ridée, au haut de laquelle était un ventre plissé et replissé. Mais ce n'est pas tout, cher abbé ; sa vaste connasse, ouverte par sa position, ne présentait à mon vit qu'un gouffre où il allait s'engloutir. Te ferai-je la description de cet Etna qui vomissait tous les feux de la paillardise ?

1. La femme du coquin de Blondel, ancien intendant du commerce, et au département de l'île de Corse. [NdA]

Quelques poils gris épars par ci par là n'offraient plus à mes yeux qu'une aride forêt, sur laquelle l'œil ne s'arrête qu'à regret ; des tétons pendants ; en un mot, tout ce qu'il fallait pour faire débander l'homme le moins délicat. Très certainement, je n'aurais pas tenté l'aventure si cette vieille fouteuse ne m'avait provoqué. Je lui dois quelques égards en faveur des bijoux qu'elle m'a donnés depuis plusieurs années. Je bravai donc le dégoût et la laissai faire. D'abord, elle me prit la main, qu'elle posa sur sa cuisse, et ensuite me déboutonnant, elle tira le docteur, qui était dans un piètre état ; puis m'engageant à l'embrasser, elle glissa sa langue dans ma bouche ; quelques chicots qui lui restent lui servirent à mordiller la mienne, et par de vigoureuses secousses, elle parvint, sinon à me faire bander totalement, au moins à me mettre en état de satisfaire ses lubriques désirs. Elle m'entraîna sur elle, et je l'enconnai. Ah ! cher abbé ! quelle pénible corvée que celle de foutre un con si vieux, si large et usé par de continuelles jouissances !

Quoi qu'il en soit, j'en fis le sacrifice, mais il me fut impossible de recommencer. Je retirai mon vit de sa connasse, mol et paraissant honteux d'avoir osé pénétrer dans ce gouffre infernal. Ni caresses, ni maniement ne purent me faire bander davantage. En vain me chatouillait-elle les couilles de ses doigts décharnés, en vain m'introduisait-elle le postillon dans l'anus. Rien, mon ami, rien : je demeurai froid comme un marbre.

Mais laissons cette matière. Que fait Kakvelle à Paris ? Puis-je compter sur sa constance ? Je t'ai engagé à veiller sur sa conduite. Parle-moi sans détour, et dis-moi à quoi je dois m'en tenir.

Ton ami, JACOB.

RÉPONSE [LETTRE DEUXIÈME]

De l'abbé Renaud à l'abbé Jacob

De Paris, le 24 août 1790

Je te plains, mon pauvre abbé. Ah ! je te plains de tout mon cœur, d'être obligé de travailler sans cesse à réparer les fortifications de ta vieille citadelle démolie. Je ne puis m'empêcher de rire de la description des appas que tu fais de la Blondel, ton infante surannée, et surtout lorsque je les compare avec ceux de ta bien-aimée Kakvelle. Tu seras sans doute étonné de mon expression, mais tu cesseras de l'être quand je t'apprendrai que je les connais presque aussi parfaitement que toi, sans cependant les avoir mis en usage. Que cela ne te donne pas de jalousie au moins contre moi. Voici mon aventure, écoute-moi.

Je tournai mes pas jeudi dernier vers le petit jardin que nous louâmes en communauté à l'extrémité du faubourg Saint-Marceau. J'ignorais que tu en avais remis, en partant, la clef à l'idole de ton cœur. Je m'acheminai donc vers notre ermitage, et voici le spectacle qui s'offrit à mes regards, lorsque j'eus tourné mes pas vers un bosquet d'où partaient des soupirs et des gémissements, qui semblaient m'indiquer que ceux qui les poussaient, poussaient en même temps des arguments décisifs, qu'ils s'occupaient des plaisirs de l'amour, et qu'ils étaient en ce moment au comble de la volupté.

Je me juchai sur une petite éminence, et de là je fis mon examen, sans qu'ils fussent à portée de me voir.

Quel tableau, cher abbé ! Deux amants dans l'ivresse
Savouraient de l'amour le prix et la tendresse.

Avant de passer au sentiment de la douleur, extasie-toi sur les objets dont je fus le jaloux spectateur : une femme coiffée en pouf[1] et dans le costume d'une petite-maîtresse, était étendue sur une terrasse ; un siège de gazon servait à lui soutenir la tête ; un rustre vigoureux (au moins je le jugeai tel à sa stature), lui appliquait des baisers sur la bouche, et la dulcinée lui passant ses jambes sous les aisselles et les exhaussant à la hauteur de la tête, me laissait voir à découvert ses fesses, sa motte et son con.

Notre athlète me parut dans la fraîcheur de l'âge, et ses épaules carrées, et la grosseur de son vit, me présagèrent que s'il avait déjà foutu la princesse, il ne se bornerait pas à une simple course, et l'événement vérifia mes conjectures. Je me résolus de ne pas les troubler, et je demeurai tranquille spectateur de la scène.

Un mouvement de reins, que je vis faire à la belle, m'annonça que nos champions allaient procéder à une autre décharge.... Ah, cher abbé ! en contemplant leurs transports, que n'avais-je en ce moment ma chère de Saint-Julien ! Alors nous eussions fait un quatuor. Mais je me contentai d'avoir recours à la bataille des jésuites, et les plus belles fesses du monde me servirent de point de vue.

Non, jamais Jupiter, le plus grand fouteur de tout l'Olympe, ne foutit Antiope sous la forme d'un satyre avec plus d'ardeur et de courage. J'en suis encore émerveillé, lorsque j'y pense.

Mais juge, cher abbé, juge de ma surprise quand, s'étant relevés l'un de dessus l'autre, je reconnus dans le fortuné manant qui venait de donner des preuves signalées de sa valeur, le fils de notre jardinier, et dans la femme au pouf.... Je te le donne en mille à deviner ... Le croiras-tu ? Kakvelle, oui, ta bien-aimée Kakvelle elle-même ! Elle m'aperçut, et loin de rougir, elle vint à moi avec cette contenance effrontée qu'ont les plus hardies courtisanes. Les feux de la lubricité circulaient encore dans ses regards, mais sois encore plus surpris du discours qu'elle m'adressa.

« Ne sois pas étonné, cher abbé, me dit-elle, de ce que tu viens de voir ; je suis femme, et fouteuse par-dessus le marché. Jacob ne bande qu'à demi, et ne me l'a jamais mis qu'en petit-maître, c'est-à-dire en vit mollet. Mon tempérament ne s'est jamais arrangé des jeûnes qu'il m'a fait souffrir ; il lui fallait un substitut. Ce paysan que tu viens de voir m'a donné du plaisir, et

1. *Pouf*: sorte de coussin posé sur le sommet de la tête par-dessus lequel on dressait et coiffait les cheveux.

c'est l'idole à laquelle je sacrifie ; il bande comme un dieu, il fout comme un Hercule : que pouvais-je désirer de mieux ? Ajoute à cela, cher abbé, qu'il branle comme un ange, ou comme la duchesse de Polignac.

« Je te recommande le secret, et par reconnaissance, je te consacrerai quelques coups de cul, comme à l'ami commun de mon ménage canonique. Je cours rejoindre mon vigoureux fouteur que la peur a fait fuir. Je me sens dévorée du besoin d'être encore aux prises avec lui. Éloigne-toi. Adieu, tu auras demain de mes nouvelles. »

Voilà, mon cher ami, quelle est ta Kakvelle, la plus grande garce de l'univers, et la plus infâme putain de ce siècle. Juges-en par le billet que je reçus d'elle le lendemain, et que je joins à la présente.

BILLET

De la demoiselle Kakvelle à l'abbé Renaud, Antonin

Tu m'as vu foutre, abbé, et je brûle encore de l'être : mon fouteur, ton collègue, l'abbé Jacob, est à la campagne avec sa grosse lubrique Blondel, où il me fait des infidélités. Qu'il la foute et refoute, j'y consens, s'il le peut toutefois ; car pouvant à peine bander pour moi, comment pourra-t-il bander pour elle ? J'ai promis de t'acheter le secret ; viens dans mes bras puiser ta récompense. Oui, c'est en me foutant que j'espère donner un prix à ton silence. Ne t'effarouche pas de la séance d'hier au jardin. Les fouteurs de ton espèce, et qui portent ton habit, ne doivent pas être si délicats.

Je compte que tu m'apporteras toi-même la réponse.

P.-S. Médite sur le sacrifice que tu m'as vu offrir hier à Priape ; j'y joindrai quelques amoureuses pastilles[1], telles que j'en passe à Jacob, et tu seras content.

Voilà, mon brave ami, voilà comment s'exprime ta coquine. Mais pour te consoler, je t'envoie un pot-pourri fait sur les porte-soutanes de la capitale. Il fait beaucoup de bruit dans cette ville, et tu en seras sûrement content.

POT-POURRI

Sur les ecclésiastiques de Paris, notamment sur plusieurs des députés de l'Assemblée nationale

Air de *Geneviève de Brabant*

Approchez-vous, et venez pour entendre
De nos abbés tous les beaux faits divers ;
Mais vous, Français, pourrez-vous bien comprendre
Les forfaits de ces suppôts des enfers ?

1. Il s'agit des pastilles aphrodisiaques à la cantharide, dites encore « pastilles à la Richelieu ». Voir *Glossarium eroticum*.

Que l'on écoute,
Sans aucun doute,
Un calotin
Auprès de sa putain[1].

Air de *Jardinier, ne vois-tu pas*

Dans l'assemblée maints débats
Peignirent mes détresses ;
Le soir, après le repas,
Je préférais dans mes bras
Tes fesses. (*3 fois*)

Air des *Folies d'Espagne*

Tout en perdant les tributs de l'église,
Tu ne vis point ralentir mon ardeur,
J'oubliai tout en levant ta chemise,
Et le député fit place au fouteur.

Air de *Que le Sultan Saladin*

Voyons Barreau de Girac[2],
Foutre sans aucun micmac
Son aimable Gabrielle[3],
Qu'il croit lui être fidèle ;
Mais nargue pour son chicot,
Le sot !
Le sot !
À quoi pense ce magot ?
C'est Elliou qu'elle préfère[4]
Pour cette affaire. (*bis*)

1. C'est l'abbé Maury[a] qui parle. [NdA]
2. Barreau de Girac[b], évêque de Rennes. [NdA]
3. Gabrielle Hémard, jeune danseuse des Italiens. [NdA]
4. Elliou[c] [*sic*], acteur des Italiens. [NdA]

a. L'abbé Jean Siffrein Maury (1746-1817), député du clergé aux états généraux, défenseur acharné des prérogatives royales, orateur redoutable, il fit preuve d'un indéniable courage physique, risquant plus d'une fois se faire assassiner par des patriotes expéditifs. Après la Révolution, le pape le fit évêque de Montefiascone, puis cardinal.

b. François Barreau de Girac (1732-1820), successivement vicaire général du diocèse d'Angoulême, évêque de Saint-Brieuc (1766), puis évêque de Rennes (1769), était pourvu de bénéfices considérables. Au moment de la Révolution, il se signala par une farouche résistance aux décrets de l'Assemblée nationale concernant les réformes ecclésiastiques, refusa de prêter le serment exigé par la constitution civile du clergé, fut remplacé sur son siège par l'abbé Lecoz, et quitta la France en 1791.

c. Il faut sans doute lire Elleviou (1769-1842), prénommé Jean, qui fit ses débuts à la Comédie-Italienne le 1er avril 1790 dans le rôle du *Déserteur*. Chanteur agréable, doué de tous les avantages de la taille et de la figure, il plaisait aux femmes, mais les hommes le jugeaient plus sévèrement, ceci expliquant peut-être cela…

Air de *M. l'abbé, où allez-vous ?*

L'abbé Fréteau, c'est un bavard,
Qui parle toujours au hasard ;
Mais près de sa bergère,
Eh bien !
Oh ! c'est une autre affaire,
Vous m'entendez bien.

Air des *Pendus*

À Paris soyez convaincu
Qu'il a fait maint et maint cocu,
Sans cesser de dire la messe,
Et la Dargonne est sa maîtresse[1].
On dit qu'il est homme de bien,
Mais il ne faut jurer de rien.

Air de *Calpigi*

Le plus grand gueux de cette espèce,
Qu'à foutrailler l'on voit sans cesse,
Qui du bordel est le chéri,
C'est notre cher abbé Maury. (*bis*)
Le bougre a l'air d'un idolâtre.
Lorsque près d'un cul il folâtre,
Il est extasié, ravi,
Ah ! bravo, notre abbé Maury. (*bis*)

Air de *Mon honneur dit que je serais coupable*

Pour l'abbé Sieyès, l'ennemi de la presse,
C'est un gredin, si jamais il en fut ;
En patinant le con de sa déesse,
Contre nos droits le scélérat conclut.
Qu'en motions, ce prestolet barbouille,
Ce ne sera jamais qu'un malheureux ;
Que dans un con, cet infâme farfouille,
Sans s'opposer aux plus doux de nos vœux[2].

Tu dois bien sentir, cher abbé, qu'il y aurait eu beaucoup plus de matière à chanter, n'eût-ce été que dans notre maison, où Bernard l'hypocrite va tous les soirs racolant les demi-vierges de la rue Saint-Honoré. Voici à son égard le sonnet qui court chez nous.

1. Marchande parfumeuse de la rue des Petits-Champs. [NdA]
2. On connaît suffisamment l'abbé Emmanuel Joseph Sieyès (1748-1836) pour qu'il ne soit nécessaire de rappeler sa carrière politique. Quant à sa vie privée, ici gravement mise en cause, on n'en sait pratiquement rien. Sans doute, ces calomnieuses allégations proviennent-elles de quelque libelliste furieux du projet de loi présenté par Sieyès en janvier 1790, en vue de réglementer la liberté de la presse.

SONNET

Un beau jour Dom Bernard, ce disciple d'Antoine,
Qui depuis si longtemps ne connaît plus l'honneur,
Qui sans bien et sans nom, sans aucun patrimoine,
Passe des Antonins pour le plus grand fouteur,

Dans un beau désespoir, fut trouver au bordel
Mimi, qui des putains n'est que la plus infâme ;
Et là, sans balancer, en sortant de l'autel,
Le foutu calotin lui débita sa flamme.

« De l'argent ! dit Mimi, ou sans quoi, vieux paillard,
Décampe du bousin, ou bien, lâche couillard,
Tu sauras si Mimi se regarde en novice. »

Dom Bernard étonné, paya sans murmurer.
Enfin, ce qu'il obtint peut bien se figurer.
Il foutit ; mais, hélas ! gagna la chaude-pisse.

Accuse-moi, je te prie, la réception de ce paquet.

L'abbé RENAUD du Petit-Saint-Antoine

LETTRE TROISIÈME

L'abbé Jacob à l'abbé Renaud

J'ai reçu ton paquet, mon cher et très honnête ami ; j'applaudis à ta chanson, elle est vraie, elle exprime la fouterie, mais ta lettre me pénètre des regrets les plus amers. Eh quoi ! ce jeune objet que j'avais pris plaisir à former pour moi, dont je recueillais les tendres caresses, non content d'être obligé par la nécessité de se laisser foutimasser par le vieux Louvet, qui ne peut guère faire autre chose, s'amuse encore à foutre avec un rustre qu'elle me donne pour collègue ! Et la putain ne rougit pas de tourner ma vigueur en ridicule ? Ah ! mon cher abbé, qu'est-ce que les femmes ? C'en est fait, je l'oublie pour la vie. Mais cependant, je ne puis penser que tu te sois résigné à lui prendre le cul suivant son invitation ; je te crois trop sensible aux droits de l'amitié.

La vieille Blondel, cette horreur dont je t'ai parlé dans ma dernière, ne s'est pas contentée des efforts extraordinaires que je mettais en usage pour la foutre ; elle vient de me donner son cocher pour adjoint. Cet animal ne s'est pas autant effrayé que moi de la douce proposition. Accoutumé à piquer des rosses, il n'a fait par là que changer de monture. Tu penses bien que j'ai vu sans jalousie le changement de cette vieille paillasse, tout au plus bon pour un caporal de la milice nationale soldée. Il n'en est pas de même de Kakvelle ; mais je te le répète : c'en est fait, afin de n'y plus revenir.

Le plaisant de l'histoire, c'est que pendant qu'on me cocufiait à Paris, je l'étais encore à la campagne. Non par cette affreuse garce de Blondel, à qui j'entendais chanter l'autre jour, en descendant l'escalier :

Air de *Flon, flon*

Un vit à la dragonne
Est un passe-partout ;
Jamais il ne déconne
Qu'il n'ait foutu dix coups.
Flon, flon, flon,
Larira dondaine.
Gué, gué,
Larira dondé.

Ce n'est pas par cette vieille édentée que je suis cocufié à la campagne, mais c'est par Thérèse sa femme de chambre, que tu as pu voir à Paris. Au surplus, si tu ne te la remets, je vais te la peindre : œil furtif et agaçant l'appétit, en un mot, un œil à la fouterie ; et comme on le dit assez vulgairement, un œil demandant l'aumône au pont-levis d'une culotte ; taille svelte et élégante, des tétons d'une tournure admirable, et plus que suffisants pour remplir la main d'un honnête homme ; une croupe divine ; enfin Thérèse est un composé de perfections. Voilà, mon cher abbé, voilà ce que tu as pu remarquer ; mais voici, moi, ce que j'ai reconnu en elle. Le connin de Vénus n'aurait pas obtenu la pomme de discorde, si Thérèse eût montré le sien. Figure-toi la plus jolie motte des mottes, ombragée d'un poil noir frisé et abondamment fournie ; les lèvres de ce joli con sont fraîches, vermeilles, et le disputent à sa bouche ; mais c'est le bouton d'amour, ce charmant bouton sur lequel le doigt posé, provoque, en branlottant, des sensations si douces et si agréables ; c'est, dis-je, ce précieux bouton qui, parvenant à se raidir par l'impulsion de l'index masculin, s'allonge, et forme l'assemblage de l'attrait le plus rare.

Quoi qu'il en soit enfin, Thérèse fut sensible à mes avances et la jolie coquine ne tarda pas à me le prouver, en me donnant rendez-vous dans sa chambre. J'étais énervé des efforts inutiles que j'avais faits pour foutre la Blondel, mais je ne pus me refuser au doux plaisir de travailler Thérèse. Je fus donc à ce rendez-vous ; mais, mon cher ami, examine combien la physionomie est trompeuse ! Je crus bonnement que j'allais foutre un con, mais point du tout : c'était un cul qu'il me fallait exploiter, et la foutue bougresse ne tarda pas à m'en faire la proposition. Juges-en par ce dialogue.

THÉRÈSE. — Bonjour, mon cher abbé.

L'ABBÉ. — Bonjour, ma divine.

THÉRÈSE. — Je t'attendais. Eh bien ! as-tu bien foutu ta vieille ?

L'ABBÉ. — Oh ! Thérèse, je te prie, ne me parle pas de cette vieille coquine ; parlons plutôt de tes appas. Qu'ils sont frais !

THÉRÈSE. — Te sens-tu disposé à me foutre ?

L'ABBÉ. — Regarde mon vit : c'est là ma seule réponse.

THÉRÈSE. — Ah ! qu'il est beau ! tu vas me le mettre ?

L'ABBÉ. — En peux-tu douter ? Allons, mon cœur, voyons, poussons l'argument.

Mais juge, mon cher abbé, juge de ma surprise, lorsque Thérèse, au lieu de me présenter son con, me montra son cul, et me dit : « Ah ! cher abbé, que veux-tu ? c'est ma marotte. Mais je t'offre un plaisir de plus : en me foutant en cul, ce qui est un grand plaisir pour un homme de ta robe, tu me branleras. Allons, crois-moi, ne fais pas l'enfant ; mets-le-moi. »

Ce n'était pas la première fois que, par goût, j'avais sodomisé une garce ; mais j'eusse bien désiré offrir les prémices de cette fouterie à son joli, à son charmant con. Enfin, mon ami, je vainquis mon irrésolution, je l'enculai. Ah ! grands dieux ! quel mouvement ! quelle mobilité !

Mais la garce ne s'en tenait pas à moi. Durand, le valet de chambre de la Blondel, s'en accommodait aussi, et je le vis bientôt après par le trou de la serrure de l'infante. J'allais pour la foutre, mais hélas, pauvre hère, c'est moi qui fus foutu !

J'arrivai comme Thérèse, étendue sur son lit et agenouillée sur un tabouret, suivant sa méthode favorite, présentait le postérieur à Durand. Durand tenait en main déjà son anchois[1] ; je l'entendais répéter cette vive exclamation :

Grands Dieux ! le joli cul ! quel cul ! quel cul charmant !
Qu'il offre de plaisir au plus sincère amant !

Enfin, le bougre l'encula. Ainsi donc, me voilà encore une fois cocu, et par Thérèse.

Crois-moi, ne fous pas Kakvelle. Déjà de certaines douleurs me font douter de sa fidélité. Ah, mon ami ! qu'est-ce que les femmes ?

On fait ici des chansons à la campagne. Je t'envoie celle-ci sur le curé de notre endroit.

CHANSON

Sur le curé de Villiers-La-Garenne

Air de *Ce mouchoir, belle Raimonde*

Le plus grand bougre du monde,
Ah ! c'est bien notre curé ;
Et loin de foutre Raimonde,
Un garçon est préféré.
La philosophie profonde
Dit à tous, ah ! ce qu'il est ;
Ne dérangez pas le monde,
Laissez chacun comme il est. (*bis*)

L'autre jour à sa servante,
Le bougre fit un poupon,

1. *Anchois* : voir *Glossarium eroticum*, p. 1161.

Et son âme trop contente
D'avoir fait un beau garçon,
Dit : « Par quel trou, ma suivante,
J'ai fait ce beau rejeton ?
Dis-le-moi, ma confidente,
Est-ce le cul ou le con ? (*bis*) »

Le courrier des fouteurs ecclésiastiques chargé de cette correspondance, et obligé de remettre ses dépêches, partait, monté sur un vigoureux vit, pour aller à toutes ses adresses.

L'ordinaire prochain nous apprendra les réponses réciproques qui ont été faites de part et d'autre.

FIN
En attendant mieux

Vu et approuvé
DE JUIGNÉ, archevêque de Paris

Les Sérails de Paris
ou
Vies et portraits des dames Pâris, Gourdan, Montigny et autres appareilleuses.

Ouvrage contenant la description de leurs sérails, leurs intrigues et les aventures des plus fameuses courtisanes. Le tout entremêlé de réflexions et de conseils pour prémunir la jeunesse et les étrangers contre les dangers du libertinage

Paris, Hocquart, An X

1802

INTRODUCTION

Les Sérails de Paris se lisent d'abord comme un reportage sur les maisons de plaisir de la capitale, dont l'auteur énumère les caractères particuliers avec un grand luxe de détails. La visite chez Mme Gourdan ne nous laisse rien ignorer de l'emploi du temps des demoiselles, du plan de l'appartement et de la destination de chaque pièce, depuis la « piscine » où l'on décrasse les nouvelles recrues, au « cabinet de Vulcain » où l'on force les vertus récalcitrantes au moyen d'un fauteuil à bascule, en passant par la salle de bal, l'infirmerie, la « chambre de la question ». La vie de la célèbre appareilleuse nous est contée par le menu, ainsi que ses diverses ruses pour attirer chez elle des tendrons de premier choix. Avec la Gourdan, la Montigny, la Florence, la Hécquet ou la Pâris, nous sommes dans le haut de gamme de la prostitution. L'auteur s'y plaît apparemment beaucoup — au moins autant que son lecteur — mais point assez cependant pour négliger les échelons inférieurs de la hiérarchie galante : grisettes, ouvrières, marcheuses, raccrocheuses des jardins publics et des boulevards, belles de nuit dont la vue « ne serait pas soutenable en plein jour ». Rencontres, aventures, anecdotes se croisent, interrompues ici pour rebondir plus loin, au gré d'une fantaisie plus primesautière que la glauque atmosphère des bouges. Souteneurs et maquereaux nous entraînent dans les bas-fonds de la ville, chez la pseudo-comtesse Grassi et ses séides, où l'on découvre avec horreur un homme nu et décapité au fond d'un placard. Atroce vision, à mettre en parallèle avec la puanteur de Bicêtre, terreur des filles publiques : « Ulcère terrible sur le corps politique, écrit Louis-Sébastien Mercier, ulcère large, profond, sanieux, qu'on ne saurait envisager qu'en détournant les regards. Jusqu'à l'air du lieu, que l'on sent à quatre cents toises, tout vous dit que vous approchez d'un lieu de force, d'un asile de misère, de dégradation, d'infortune. »

L'auteur anonyme de ces pages peut se comparer au « hibou spectateur » de Restif de La Bretonne. Observateur attentif et obstiné, il peut se vanter, comme l'auteur des *Nuits de Paris*, d'avoir composé son ouvrage non seulement avec ses jambes, mais aussi avec ses yeux, ses oreilles, sa plume, et quelque chose de plus que la bienséance nous interdit de nommer. Habile à croquer sur le vif, il abonde en choses vues ou senties, en tableaux de mœurs pleins de couleurs et de mouvement. Son reportage est un précieux document sur le Paris galant du XVIIIe siècle. Sans nullement trahir son identité, il consent cependant à nous livrer quelques confidences : « Pour moi, je ne prêche à personne, mais je suis occupé depuis quelque temps à suivre toutes ces créatures avec la plus grande assiduité. Je n'exerce pas chez elles l'apostolat, mais j'étudie leur morale, je tâche de connaître à fond leurs différents caractères. J'ai même contracté quelques liaisons avec des filles entretenues du plus haut rang, qui me permettent d'aller jaser avec elles une demi-heure à leur toilette. Je passe plusieurs soirées dans la semaine à parcourir les allées les plus détournées, les plus sombres bosquets de nos promenades, de nos jardins publics, pour trouver à converser avec toutes ces beautés nocturnes qui cherchent des aventures. Je me promène très souvent la nuit dans la rue Saint-Honoré, dans les traverses qui aboutissent dans le circuit de la halle au blé, et dans tous les quartiers renommés où ces sortes de rencontres sont les plus fréquentes. [...] Pendant près de six mois que j'ai consacrés à l'étude de cette espèce de femmes, j'ai recueilli une foule innombrable d'aventures, qu'elles racontent presque toujours avec bonne foi et naïveté, quelquefois même avec esprit et avec bonne grâce. J'ai reconnu que la plupart d'entre elles avaient été entraînées par quelqu'un des motifs que je viens de rapporter. Je ne prétends point me rendre leur apologiste ; j'ai rencontré parmi elles une foule de caractères vraiment méprisables et odieux ; mais aussi, je puis dire avec vérité que j'en ai trouvé quelques-unes d'estimables dans leur genre, et d'autres qui étaient plus dignes de compassion que de mépris. Cette classe de femmes est le rebut d'une excellente marchandise dans lequel, par une triaille exacte, on peut trouver encore des morceaux de quelque valeur. »

***

On est rarement intervenu avec autant de pertinence dans le grand débat sur l'amour et l'érotisme qui mobilise les théoriciens du libertinage au siècle des Lumières, et l'on trouvera difficilement ailleurs (sauf peut-être chez Crébillon, et plus tard chez Sade) une définition plus juste et mieux formulée de l'amour libertin : « L'amour ne doit être qu'un amusement badin, un goût passager, épuré des fadeurs du sentiment et des ridicules de la constance. Ses chaînes ne doivent être tissues que de fleurs légères, formées par les mains du plaisir, et brisées par celles de l'inconstance. Si par malheur vous en faites une affaire sérieuse, il vous occupe, et tout ce qui occupe est bien près d'ennuyer, s'il n'ennuie pas déjà. » Voilà le grand mot lâché : l'ennui ! L'ennui, que le siècle redoute comme la peste, parce qu'il ruine l'âme et ronge les nerfs. Le fade, l'insipide ennui des sentiments ; les jours bêtement gâchés en serments, en rigueurs, en petits soins, en délicatesses de tout genre. « L'amour est rarement un sentiment profond, mais un prétexte d'avoir et de donner le plaisir. La femme qui vend ses charmes ne livre presque jamais son cœur. Il est une classe d'êtres féminins chez lesquels il faut chercher seulement la beauté, l'amusement, et les sensations voluptueuses. Lorsqu'on fait profession d'obéir à ses sens, à ses caprices, le goût de la nouveauté suffit seul pour faire une infidèle : ainsi, point de gêne. La vertu n'est jamais plus cérémonieuse que quand on lui donne le temps de l'être. »

Mais les passages à nos yeux les plus suggestifs de ce livre ont trait aux femmes, et plus particulièrement à leurs passions et à la violence de leurs désirs. La grande nouveauté du propos vient de ce que le sujet — ô combien délicat ! — se voit traité ici avec un rare souci d'objectivité, une absence totale de préjugé, disons même une sorte d'empathie qui laisse imaginer qu'une femme a pu tenir la plume à certains endroits, ou du moins la guider utilement. Loin de généraliser notre vision du beau sexe comme on le voit trop souvent faire dans les écrits dits « libertins », notre auteur prend soin, au contraire, de distinguer les femmes en fonction de leur tempérament, de leur éducation, de leur sensibilité, qui mettent « une différence considérable entre elles », et rend hommage à celles qui osent briser le carcan social et moral qu'on leur impose dès l'enfance, pour donner libre cours à leurs pulsions amoureuses. Tout en reconnaissant d'ailleurs que le corps ne manifeste pas chez toutes les mêmes exigences : « Il y a des femmes qui ont plus de chasteté naturelle, ou moins d'inclinations lascives que d'autres, et qui même sont très rigoristes sur le point d'honneur. De telles femmes sont presque imprenables. On peut les comparer à des villes que la nature et l'art ont fortifiées également, de sorte qu'elles ne sauraient être prises d'assaut, et qu'à moins d'une trahison, il faut les réduire par un siège long et régulier, pour lequel il y a peu d'hommes qui aient assez de patience et de résolution. » Celles qui font cas de leur réputation, mais connaissent l'embrasement des sens, finiront toujours par sacrifier la première au second : question de temps et de patience. « Il est vrai que si la perte de l'honneur devait suivre sur-le-champ la perte de la chasteté, la vertu de ces femmes résisterait mieux ; mais elles se flattent de l'espérance du secret, et elles s'imaginent de bonne foi que la discrétion et le mystère sont les moyens de goûter des plaisirs qui ne coûtent rien à leur réputation : c'est ainsi qu'elles concilient l'honneur avec leur inclination. » D'autres encore se moquent et de leur honneur et de l'amour. Elles se laisseront alors guider par l'intérêt. « La quatrième et dernière espèce de femmes est celle qui, avec peu de principes d'honneur, ont beaucoup de penchant à l'amour. Leur vertu est sans défense ; et dès qu'un homme leur a fait perdre ces petites craintes qui sont naturelles aux jeunes personnes, il peut hardiment s'avancer, et conclure que la brèche est praticable, car quelle que soit la résistance qu'il rencontre ensuite, elle ne servira qu'à augmenter les plaisirs de son triomphe. »

* * *

Comme la plupart des textes publiés dans le présent recueil, *Les Sérails de Paris* a paru sans nom d'auteur. Les bibliographes ne savent même pas à qui l'attribuer, et Barbier (*Dictionnaire des ouvrages anonymes*, Paris, Daffis, 1875, 4 vol.) semble ignorer jusqu'à son existence. Nous pensons qu'il s'agit d'une de ces compilations, assez nombreuses à l'époque, dans lesquelles des imprimeurs indélicats reprenaient des textes déjà publiés ailleurs. Ce qui est sûr, c'est que trois chapitres sont tirés de *L'Espion anglais*, attribué à Pidansat de Mairobert (Londres, John Adamson, 1784-1785, 10 vol.), et de *La Gazette noire par un homme qui n'est pas blanc, ou Œuvres posthumes du Gazetier cuirassé* (imprimé à cent lieues de la Bastille, à trois cents lieux des Présides, à cinq cents lieues des Cordons, à mille lieues de la Sibérie [Londres], 1784), généralement prêtée à Théveneau de Morande[1]. Pour le reste, c'est-à-dire pour l'essentiel de l'ouvrage, le mystère demeure entier. Il n'en existe à ce jour que deux éditions, toutes les deux fort rares :

Les Sérails de Paris, ou Vies et portraits des dames Pâris, Gourdan, Montigni, et autres appareilleuses, etc., Paris, Hocquart, An X [1802], 3 vol. in-12, gravures et portraits.

Les Sérails de Paris, ou Vies et portraits des dames Pâris, Gourdan, Montigny et autres appareilleuses. Ouvrage contenant la description de leurs sérails, leurs intrigues et les aventures des plus fameuses courtisanes. Le tout entremêlé de réflexions et de conseils pour prémunir la jeunesse et les étrangers contre les dangers du libertinage. Sur l'imprimé de Paris, chez Hocquart (1802). Bruxelles, Henry Kistemaeckers, 1885.

M. L.

1. Il s'agit des chapitres IV, X et XVIII.

CHAPITRE PREMIER
Causes de la prostitution et de la multiplicité des filles publiques

La pudeur, ornement du beau sexe, de la plus belle portion des êtres créés, la suprême volupté de l'amour, qui ressemble à une fleur dont l'éclat se ternit par un souffle, n'est plus connue de la plupart des femmes.

Les mœurs sont tellement corrompues aujourd'hui, que la dépravation, par ses progrès rapides, approche de ce terme qui fait craindre que la société ne soit bientôt plus qu'un composé d'objets détestables, aussi dangereux que dignes de mépris. Parmi les affections de l'âme, l'amour tient la première place : pur et louable lorsqu'il est conforme aux lois de la nature et aux devoirs sacrés de la société, il devient un crime s'il fait franchir les limites qu'opposent la décence et la pudeur. Il y a des hommes assez injustes pour penser et dire que les femmes sont seules coupables de cette dissolution scandaleuse qui infecte Paris et les grandes villes. Si ces mêmes hommes voulaient écouter les remords de leur conscience, ils seraient plus vrais, et ne seraient pas assez inconséquents pour déchirer honteusement un sexe doux, affable, et plus faible que vicieux. Apprenons à respecter cette portion chérie de nous-mêmes, qui n'est que trop susceptible de toutes les impressions qu'on veut lui faire prendre. C'est toujours nous qui, nous couvrant du manteau de la décence et de l'honnêteté, les déterminons et les engageons à faire les plus grands sacrifices. Sans cesse aux aguets de ces pauvres innocentes que nous voulons rendre victimes de nos passions impures, nous ne mettons aucun frein à nos dérèglements. Rien ne nous coûte pour en venir à notre but, d'autant plus criminel que nous abusons de leur bonne foi, de leur confiance et de leur estime, avec les dehors imposants de la candeur, et le masque de toutes les vertus.

Sans nos séductions, elles seraient sages, et ne se souilleraient pas. Les tendres déclarations, les protestations affectueuses, la volupté peinte avec les couleurs les plus attrayantes, les plus flatteuses louanges de notre part : voilà ce qui amollit leur cœur. Enclines à l'amour-propre, elles nous écoutent volontiers, et laissent développer en elles ce germe des passions qui, par la suite, les entraînent au crime, dont nous avons su embellir la difformité. Une fois les lois de la pudeur violées, elles s'abandonnent sans aucune mesure aux plus honteux travers. Rejetées de tout le monde, de nous les premiers, qui les avons corrompues, armées d'un front qui ne rougit plus, elles obéissent à la voix impérieuse des besoins ; elles se prostituent au premier venu, et avec une hardiesse insolente elles cherchent des chalands qu'elles rendent complices de leurs dérèglements. Il est horrible et contraire aux lois de l'honneur et de la probité de chercher à profiter de la crédulité et de la faiblesse des femmes, pour corrompre leur innocence. En effet, pourquoi employer cette éloquence insidieuse, mensongère, pour les tromper, et détruire en elles tous les principes de vertu ? Pourquoi chercher à faire notre victime celle dont nous devrions protéger et conserver l'honneur ? pourquoi, par nos confidences indiscrètes, nos propos galants et séducteurs, cherchons-nous à nous insinuer dans leur cœur ? Pourquoi, en ayant l'air de travailler à leur félicité, les plongeons-nous dans un abîme de malheurs ? Quel est notre but quand, en vrais tartufes, nous nous introduisons auprès d'elles avec de coupables projets ? Quel mal nous ont fait ces bons paysans, ces honnêtes vignerons, ces respectables laboureurs pour, de sang-froid, porter la désolation dans leurs chaumières ? Que nous sommes criminels d'abuser ainsi de la confiance et de l'amitié que nous leur avons inspirées ! Pour séduire leurs filles, nous avons fait entendre la voix de la nature à ces êtres faibles qui, trop facilement, se livrent aux impressions d'une sensibilité qui les égare et les conduit, par un chemin semé de fleurs, dans un labyrinthe d'infortunes, de honte et de malheurs. La faute en est à nous. Réparons nos torts, et dorénavant soyons les zélés défenseurs de la vertu d'un sexe adorable, au lieu d'en être les lâches et vils suborneurs.

Et vous, parents et tuteurs, si votre fille, si votre pupille a fait une faute, souvenez-vous que l'amour n'est pas un crime, et qu'elle est née pour aimer. Accusez son séducteur, que souvent vous avez introduit vous-mêmes auprès d'elle, et reprochez-vous également vos prédilections et votre dureté. Si vous eussiez surveillé sa jeunesse, soigné davantage son éducation, elle n'eût certainement jamais erré. Vous êtes les premiers coupables, et désormais n'employez que la voix de la douceur. Cette voix consolante ranimera son courage, elle sentira que le repentir peut la ramener à la vertu. Bannissez l'aigreur de vos plaintes et de vos représentations : vous la toucherez, elle vous sera rendue tout entière. Les reproches et les mauvais traitements l'éloigneront davantage, et elle sera perdue. Qu'elle vous aime, qu'elle vous respecte sans vous craindre, elle sera toujours vertueuse ; si au contraire, vous l'avilissez à ses propres yeux, si vous lui présentez sans cesse le tableau affligeant du déshonneur et d'un mépris éternel, alors, de votre aveu, se croyant sans ressources, elle rompra tous les liens qui pouvaient la contenir ; le découragement la livrera tout entière à la merci des passions.

Combien aussi voyons-nous de filles qui n'ont succombé que par les effets du malheur ! Sans parents, sans fortune, sans état, ne trouvant dans leur industrie que des moyens insuffisants pour leur subsistance, elles cèdent à la voix impérieuse du besoin, et elles acceptent des secours, en souscrivant aux conditions qui leur sont imposées. Elles sont plus à plaindre qu'à blâmer. Leur sort est bien malheureux. Les lois, les préjugés leur sont si contraires que, dans les cas urgents, toutes ressources leur sont interdites ; elles se voient contraintes de choisir entre la misère et le déshonneur.

D'ailleurs, la fougue des passions subjugue ou maîtrise nécessairement la jeunesse, ce qui devrait être une raison pour user d'indulgence ; mais malheureusement, on impute aux vices du cœur ce qui n'est que l'effet de l'effervescence du sang.

Et vous, père avide, insensé et barbare, ne soyez donc plus le bourreau de votre fille ; ne la conduisez pas vous-même dans le précipice du désordre, en lui refusant l'époux que son cœur a choisi. Si, sans écouter son inclination, presque toujours vertueuse, vous lui faites contracter des liens qu'elle déteste, elle obéira ; mais bientôt, voulant secouer un joug insupportable, briser des chaînes qu'elle abhorre, elle se livrera aveuglément aux passions les plus contraires au maintien de la paix et de la tranquillité : vous n'aurez formé qu'un assemblage malheureux de contrainte, de dégoût et de haine, auxquels succéderont bientôt l'infidélité, le désespoir et la fureur.

Les nœuds de l'hyménée, qui sont sacrés, deviennent une source de calamités, quand l'amour ne les a pas lui-même serrés. Combien de malheureuses victimes qui sont nées d'un concubinage honteux et d'un commerce illégitime ! En suçant le lait nourricier, elles s'identifient le caractère, le tempérament, les habitudes de leur mère ; aussi voyons-nous, chaque année, un certain nombre de filles ou de femmes, que nous avons connues honnêtes, tomber dans un état de libertinage dégoûtant. L'incontinence devient bientôt leur moindre crime ; elles commettent toutes sortes d'excès, et rien ne leur cause plus ni honte, ni horreur. Abandonnées de leurs parents ou victimes de leur avarice, réduites à la plus affreuse misère, si leur impudicité ne fournit pas suffisamment à leurs besoins, elles recourent à d'autres moyens : aux mensonges, aux fourberies, au vol, et disons même à l'assassinat. Ces crimes ne sont pas toujours l'effet nécessaire de la débauche ; quelquefois ils n'ont même aucune connexion avec elle, car il y a une infinité d'honnêtes débauchées ; mais c'est la manière dont ces malheureuses sont traitées dans le monde, qui est la cause de leurs autres désordres ; car les femmes qui, au milieu de leurs débauches, ont conservé leur probité, soit par l'effet d'un désintéressement habituel, soit par principes, soit enfin par le défaut heureux de tentations ou d'occasions, eh bien ! les hommes d'une conduite réglée, les débauchés même, tous insultent à ces infortunées créatures, sans distinction. La même marque d'opprobre est imprimée sur le front de toutes ; on leur témoigne le même mépris : de sorte que, commettraient-elles ensuite des crimes horribles, on ne pourrait rien ajouter aux affronts qu'elles ont déjà essuyés. Affranchies ainsi de la honte, du déshonneur et de la crainte, qui sont les meilleurs remparts de la vertu, il n'est pas surprenant que, sollicitées par l'indigence ou séduites par l'exemple et les occasions, elles se portent souvent à des actions criminelles, parce qu'elles ne redoutent point la sévérité de l'opinion publique.

CHAPITRE II

Tempérament et passions des femmes, en général. Ruses qu'elles emploient pour masquer leurs désirs

Pour nous convaincre de la violence des passions des femmes, lorsqu'elles s'y sont livrées à un certain point, il ne faut que considérer à combien de risques elles s'exposent pour les satisfaire. La honte et la pauvreté ne paraissent que des bagatelles, quand cette passion l'emporte une fois. Cependant, quoique la plupart des femmes soient sujettes à ces sortes de désirs, la variété des tempéraments et d'éducations met une différence considérable entre elles. Certaines femmes ont les nerfs d'une sensibilité particulière. D'autres ont dans le sang plus ou moins de chaleur ou d'acrimonie, ce qui leur donne plus ou moins de chasteté naturelle.

Pour balancer l'impétuosité de ces désirs dangereux, on inculque avec soin aux jeunes filles, dès leur enfance, des notions fortes de l'honneur. On leur apprend à mépriser, à haïr les filles publiques, avant même qu'elles puissent concevoir ce que font ces malheureuses.

Quand elles sont parvenues en âge, elles trouvent que leur intérêt est absolument de passer pour chastes. Ces idées de l'honneur réunies à l'intérêt sont, entre nous, ce qu'on peut appeler une chasteté artificielle ; chasteté qui avec celle que la nature donne, compose la chasteté réelle de chaque femme.

Par exemple, il y a des femmes qui ont plus de chasteté naturelle, ou moins d'inclinations lascives que d'autres, et qui même sont très rigoristes sur le point d'honneur. De telles femmes sont presque imprenables. On peut les comparer à des villes que la nature et l'art ont fortifiées également, de sorte qu'elles ne sauraient être prises d'assaut, et qu'à moins d'une trahison, il faut les réduire par un siège long et régulier, pour lequel il y a peu d'hommes qui aient assez de patience et de résolution.

D'autres femmes font le même cas de leur réputation, ont la même sensibilité pour ce qui s'appelle honneur, mais la nature les a faites d'un tempérament sanguin et amoureux. Une femme de cette espèce ressemble à une ville qui a une bonne garnison, mais dont les habitants, mutins et séditieux, ont un fort penchant à la révolte, et à introduire l'ennemi dans la place. Il est vrai qu'avec beaucoup de soin et de vigilance, ces femmes peuvent apaiser des mutineries pareilles, et que l'honneur tiendra longtemps les passions en bride. Néanmoins, il n'y a pas de sûreté parfaite. Il est certain temps fâcheux, certaines saisons critiques, certaines heures où l'on ne se tient pas sur ses gardes ; l'on endort peu à peu l'honneur et l'intérêt, de sorte que l'amour gagne le dessus. Or, c'en est fait dès ce moment.

Il est vrai que si la perte de l'honneur devait suivre sur-le-champ la perte de la chasteté, la vertu de ces femmes résisterait mieux ; mais elles se flattent de l'espérance du secret, et elles s'imaginent de bonne foi que la discrétion et le mystère sont les moyens de goûter des plaisirs qui ne coûtent rien à leur réputation : c'est ainsi qu'elles concilient l'honneur avec leur inclination. En un mot, une femme amoureuse et sensible à l'honneur peut souffrir beaucoup d'attaques, et défendre peut-être sa chasteté jusqu'au dernier moment, mais elle est tous les jours en danger d'être surprise, et de se voir réduite à ne se défendre plus que pour la forme.

Il est une troisième sorte de femmes qui ne ressemblent en rien aux précédentes, et qui n'ont ni honneur ni penchant à l'amour. Ces sortes de femmes, selon les circonstances, sont au-dessus de l'amour, ou n'y sont pas. Quand leur fortune dépend de leur réputation, comme il arrive à toutes celles d'un rang médiocre, alors elles sont femmes d'honneur. Mais le point d'honneur, sans l'intérêt, n'empêcherait guère les femmes de s'abandonner à l'amour du plaisir. Aussi voyons-nous que les filles en général se conduisent avec bien plus de circonspection, lorsque leur fortune dépend encore d'un mariage à faire ; les femmes mariées, au contraire, agissent avec bien plus de liberté, parce que couvertes du manteau de l'hymen, elles sont à l'abri des moindres soupçons ; elles ne craignent point d'être trahies par leur grossesse ; pour les convaincre, il faut être témoin oculaire, et il est très difficile de les prendre sur le fait.

La quatrième et dernière espèce de femmes est de celles qui, avec peu de principes d'honneur, ont beaucoup de penchant à l'amour. Leur vertu est sans défense ; et dès qu'un homme leur a fait perdre ces petites craintes qui sont naturelles aux jeunes personnes, il peut hardiment s'avancer, et conclure que la brèche est praticable, car quelle que soit la résistance qu'il rencontre ensuite, elle ne servira qu'à augmenter les plaisirs de son triomphe. La plupart des femmes, il ne faut pas s'y tromper, ont beau être résolues à ne rien refuser, elles feignent cependant de ne vouloir rien accorder ; et alors, elles s'arment d'une fausse modestie qu'elles cherchent à faire passer pour véritable, mais dont on ne leur sait aucun gré.

Dès que les femmes ont pris un peu d'amour, elles s'appliquent uniquement à en donner autant aux hommes ; et elles sentent que la seule apparence de retenue leur donnera de nouveaux charmes. Ce qui leur en coûte pour étouffer leurs désirs est récompensé pleinement par le plaisir que leur causent les mauvais traitements de leurs amants ; elles les regardent comme une preuve de la sincérité et de la force de leur passion. Une femme, cependant, a raison de craindre que la jouissance ne refroidisse son amant. Aussi est-ce la raison pourquoi elle cherche à s'assurer de sa constance, en mettant le plus grand prix, avant que de lui accorder ses faveurs.

D'un autre côté, sans parler du plaisir réel qu'une femme ressent en se défendant contre son amant, par sa résistance elle cherche à se justifier aux yeux de cet homme. C'est un voile dont elle couvre son honneur et sa conscience ; et par ce moyen, elle se persuade à elle-même qu'elle n'a succombé qu'à la force. Aussi, presque toutes les femmes refusent-elles de se rendre par capitulation, et veulent-elles être emportées d'assaut.

D'après ces diverses peintures, on conclura que la majeure partie des femmes ne conservent leur chasteté et leur innocence que précairement, et que les vertus féminines reposent sur un fondement bien chancelant.

CHAPITRE III

Description détaillée de l'intérieur des sérails, ou couvents de filles d'amour. Ajustements, parures et occupations des demoiselles. Introduction des amateurs

Ces maisons étaient comme des entrepôts de filles que des *matrones* achetaient à bon marché, pour revendre ou louer fort cher, ou à leurs semblables, ou à des sots qui, prenant goût pour certaines, payaient leurs faveurs au poids de l'or. Malheureuses créatures, condamnées à donner du plaisir sans en prendre, elles étaient les esclaves de ces *mères-abbesses*, elles obéissaient à leurs moindres volontés, et le premier venu pour son argent achetait le droit de les commander.

Ces maisons, pour la plupart, étaient très bien montées en filles d'amour, presque toutes très jolies, mais extrêmement libertines ; car ayant l'une et l'autre perdu toute pudeur, chacune d'elles, dans le particulier, tâchait de renchérir sur sa compagne et de s'acquérir le titre de fameuse dans l'art profond de varier les plaisirs, et dans la pratique de toutes les possibilités physiques en matière de débauche. Cependant, entièrement soumises aux *matrones*, qui savaient se faire craindre, l'ordre, l'honnêteté, la décence et la tranquillité régnaient dans ces lieux de prostitution. Elles se levaient à huit heures, prenaient les bains exigés par la propreté. À neuf heures, elles déjeunaient toutes ensemble. À dix heures, les coiffeurs arrivaient. À onze heures, la toilette était terminée. Leur parure, quoique simple, avait de l'élégance. Elles portaient des vêtements légers, transparents. Les extrémités, les bras, les épaules, la gorge, les jambes, les pieds, paraissaient nus. Un corset de soie, un tricot léger, souple, adhérent, couleur de chair, caressait, moulait et dessinait leur corps. Une gaze cristalline les enveloppait, et se balançait avec amour et mollesse sur des contours qu'elle semblait baiser. Tout à coup, repoussée par leur fermeté et leur élasticité, elle s'écartait au gré de la coquetterie, voltigeait, s'arrondissait, et ne laissait apercevoir que ce qu'il fallait pour exciter les désirs. Enfin, le goût et les grâces semblaient avoir pris soin de les embellir.

Elles se rendaient toutes dans un superbe salon, s'occupaient, les unes à différents travaux de femmes, comme broderies, dentelles, et les autres pinçaient de la guitare ou de la harpe, et s'accompagnaient de leurs voix. C'étaient là leurs occupations, avant et après le dîner. Le matin, les assidus de la maison, amants particuliers de chaque demoiselle, étaient admis, sous la réserve expresse de n'être point jaloux, et de se retirer au moindre signal.

Après dîner, les jeunes gens, les amateurs, se rendaient à l'heure du café, ou le soir au moment qu'on servait les glaces, les rafraîchissements, ou le thé. Là, librement, on choisissait sa sultane ; et dès l'instant qu'on avait compté à la mère-abbesse trois louis pour le souper et le coucher, la jeune victime ne voyait et ne recevait personne jusqu'au lendemain. D'après les règlements et les statuts de la maison, dès ce moment, elle devait le satisfaire dans ses fantaisies, dans ses caprices et ses extravagances ; elle était à lui, c'était son bien, il pouvait alors en disposer à sa volonté.

Ordinairement, tous les soirs, un certain nombre de ces demoiselles, chacune à leur tour, allaient aux différents spectacles ; alors, elles ne paraissaient pas dans le salon après dîner.

Lorsque quelqu'un avait des raisons pour garder l'incognito, il entrait sans être vu, par un escalier dérobé. La mère-abbesse allait au-devant de lui, et le recevait dans une espèce de parloir séparé, dont les murs étaient garnis de cordons de sonnettes (chaque demoiselle avait la sienne). Après les compliments d'usage, elle lui remettait un gros in-folio, relié en maroquin et doré sur tranche, ayant pour titre : *Livre des beautés*. Ce livre contenait le portrait moral et physique de chaque courtisane[1]. Il en prenait lecture et désignait celle qui lui agréait le plus.

La matrone recevait alors d'avance le cadeau de monsieur, qui était ordinairement un louis pour une passe, y compris le bouillon restaurant, ou des rafraîchissements. Si le monsieur était généreux et donnait par exemple deux louis, alors la mère-abbesse lui apportait le *Registre des passions*, qui contenait le détail des différentes jouissances connues et usitées dans ces lieux ; et comme chacune comportait avec elle certains ustensiles de détail, et nécessaires, tous les boudoirs étaient arrangés en conséquence. Une fois que la mère-abbesse connaissait le goût et la passion du traitant, elle tirait la sonnette de la demoiselle désirée et celle qui indiquait la *passion*. À ce signal de convention, la demoiselle se rendait sur-le-champ par un couloir secret, dans le *boudoir désigné*, et couchée négligemment sur un sopha, elle attendait l'amateur qui ne tardait pas à entrer.

En terminant cet article, je ne puis me refuser de transcrire le tableau que fait de ces lieux un homme connu, zélé partisan des plaisirs qu'on y goûte ; le lecteur ne pourra que m'en savoir gré… Voici en quels termes il s'exprime :

« Là, l'homme le plus indécis ou le plus volage peut donner carrière à son inconstance ; tous ses goûts sont satisfaits successivement. Attraits précoces, beautés mûries par l'expérience, blondes attendrissantes, amusantes brunes : les objets passagers de l'amour vénal, dans ces ateliers de Vénus, sont aussi variés que les caprices humains. Les voulez-vous parées comme Junon, ou dans le déshabillé des Grâces ? On prend à votre gré ces différentes formes. Il ne faut ni stratagème, ni violence, pour s'introduire chez ces belles. Leur maison, ennemie de la solitude, n'est fermée qu'à l'indigence ou à l'avarice. Vous êtes sûrs en tous temps d'être bien reçus ; on vous prévient même, on fait les avances, et on vous rend avec profusion les soins et les agaceries que vous perdez si souvent ailleurs. Point d'époux, de mère ou de surveillant qui vous obsèdent, qui vous gênent. Tout vous rit, tout vous tend les bras. Votre maîtresse vous attend, pour se donner à vous sans réserve, et tous vos moments sont les siens.

« Vous n'avez pas à ménager ces bizarres accès de faiblesse, ces précieux retours de fragilité, qu'on vous met souvent à un si haut prix ; toute heure est celle du berger. Il n'est point question d'éviter ces délicats moments de surprise, qui sont punis par certaines femmes aussi sévèrement que l'indiscrétion. Ici, vous n'avez jamais mal pris votre temps ; on ne vous fait point essuyer, ni ces politiques longueurs qui, dans une affaire réglée, prennent le nom d'épreuves, ni ces incommodes préliminaires, qu'une femme d'un ordre un peu différent veut toujours donner à la

1. On trouvera plus loin (*infra*, p. 960 et 978) le portrait de la jeune Adeline tiré du *Livre des beautés* de la Gourdan, et celui de Justine dans le *Livre des beautés* de la Florence.

dignité du sacrifice qu'elle vous aura fait, ou à l'intérêt de ses charmes, dont il faut s'assurer la possession. Tout est taxé ; on n'avance pas pour reculer, on ne fuit point pour vous donner la peine de courir, pour vous faire arracher des faveurs qu'on brûle de vous accorder. L'artifice des sentiments et le mystère sont inconnus. On peut vous farder le visage, mais vous n'êtes jamais la dupe du cœur. Petits soins, assiduités, fadeurs, mélanges ennuyeux, qui filez les jours des frivoles amants, vous n'êtes d'aucun usage dans ces lieux enchantés. Refroidissements, dépit, procédés, ruptures, explications, raccommodements : vous consumez les jours de l'oisive et folle jeunesse, mais vous n'occupez jamais des hommes pressés de vivre. De si courts plaisirs, achetés au prix d'un temps qui fuit sans retour, coûtent toujours trop. Ici vous paraissez, vous choisissez, votre conquête est faite, la victime est prête, et le plus léger désir est à peine l'intervalle de votre jouissance. »

D'après un tableau aussi brillant, on croira peut-être que l'état de ces filles a quelque chose d'agréable et d'attrayant ; mais on se tromperait : il n'en est ni de plus humiliant, ni de plus cruel. Que l'on réfléchisse aux épreuves bizarres où se trouve réduite une fille du monde, dès lors on verra qu'il n'y a pas de condition plus rebutante et plus méprisable. Je n'en excepte point celle de forçat… Et en effet, qu'y a-t-il de plus insupportable que d'être obligée d'essuyer les caprices du premier venu, que de sourire à un faquin qu'on méprise dans l'âme, et de caresser souvent l'objet de l'aversion universelle, de se prêter continuellement à des goûts aussi singuliers que monstrueux, en un mot d'être éternellement couverte du masque de l'artifice et de la dissimulation, de rire, de chanter, de boire et de se livrer à toutes sortes d'excès et de débauches, le plus souvent à contre-cœur, et avec une répugnance extrême ? Que ceux qui se figurent cette vie un tissu de plaisirs et d'agréments s'y connaissent mal ! Comme un vil intérêt est le mobile de la fin de ces malheureuses prostituées, aussi les mépris les plus accablants, les avanies, les outrages en sont presque toujours le juste salaire. — On ne saurait, sans frémir, penser à la dureté de leur noviciat ; et telle que l'on voit aujourd'hui triomphante dans un riche équipage, traînant partout avec elle un luxe révoltant, affichant insolemment le goût pervers et crapuleux de son bienfaiteur, a été le rebut des laquais et le triste objet de la brutalité de la plus vile canaille. Souvent même, elle porte encore les marques des avanies qu'elle a supportées.

Combien d'entre elles sont exposées aux excès de ces hommes débauchés qui se portent aux plus grandes violences dans le délire de leurs passions. Il y a de ces brutaux qui mettent toute leur volupté à battre, ou à être battus ; de façon qu'après avoir été rossés, étrillés, ils obligent souvent leurs victimes à subir la même peine à leur tour[1]. Il doit

1. Comment ne pas opposer à ce discours compatissant, pour ne pas dire *humanitaire*, celui que tient le marquis de Sade sur ce sujet ? Pour l'auteur de *Justine*, en effet, une fille

paraître sans doute bien étonnant qu'il se trouve des filles assez patientes pour soutenir un pareil genre de vie ; mais, que ne font point faire le goût du libertinage, l'avarice, la misère, la paresse, l'espoir d'un avenir heureux ?

CHAPITRE IV

Description particulière de la maison de Mme Gourdan, et des diverses curiosités qui s'y trouvent[1]

Depuis le décret de prise de corps lancé par le bailliage contre madame Gourdan, ce qui a obligé, mylord, cette abbesse de laisser ses ouailles dispersées et de prendre la fuite ou de se cacher, ses meubles sont saisis et annotés, et sa maison est sous la sauvegarde de la justice. On y a mis un gardien qui ne l'ouvre que par billet du président de la Tournelle, mais comme celui-ci est un homme aimable et facile, il donne volontiers des permissions de voir ce temple de luxure. Beaucoup d'honnêtes gens qui n'auraient osé y entrer avant, profitent de l'occasion, et parmi ceux qui y avaient été, tels que moi, il en est quantité qui, n'en ayant connu que les nymphes, en visitent aujourd'hui les appartements secrets, où ne s'admettaient que ceux auxquels ils pouvaient être utiles. Ces jours derniers, je dînai chez une femme avec le magistrat dont je viens de parler ; il fut

---

qui se fait payer devient de ce fait corvéable et fouettable à merci ; elle ne saurait par conséquent réclamer contre les sévices qu'elle aura subis. « Il n'y a qu'à Paris et à Londres où ces méprisables créatures sont aussi soutenues, écrit-il. À Rome, à Venise, à Naples, à Varsovie, on leur demande, lorsqu'elles comparaissent aux tribunaux dont elles dépendent, si elles ont été payées ou non. Si elles ne l'ont pas été, on exige qu'elles le soient ; cela est juste. Si elles l'ont été et qu'elles n'aient à se plaindre que de mauvais traitements, on les menace de les faire enfermer si elles étourdissent encore les juges de saletés pareilles. Changez de métier, leur dit-on, ou si celui-ci vous plaît, souffrez-le à ses épines » (*Aline et Valcour*, « Histoire de Léonore », dans *Œuvres*, éd. Michel Delon, Paris, Gallimard, « Bibliothèque de la Pléiade », 3 vol., t. I, 1990, p. 863, note *). Sade a toujours affiché le plus profond mépris à l'égard des prostituées : il reprochait en termes vifs à M. de Sartine, d'accorder une importance excessive à leurs allégations, et se plaignait du crédit dont elles jouissaient auprès de la police : « On peut se rendre coupable de tous les abus et de toutes les infamies possibles, pourvu qu'on respecte les culs des putains : voilà l'essentiel, et c'est tout simple ; les putains paient et nous ne payons pas, nous. Il faut que j'essaie aussi, quand je serai dehors, de me mettre un peu sous la protection de la police. J'ai un cul comme une putain, et je serais bien aise qu'on le respecte » (lettre à Mme de Sade [juillet 1783], dans *Œuvres complètes*, Paris, Cercle du livre précieux, 16 vol., t. XII, 1964, p. 393).

1. À la version édulcorée de la « Maison Gourdan », telle qu'on peut la lire dans *Les Sérails de Paris*, nous préférons substituer le texte original publié dans *L'Espion anglais* (*op. cit.*, t. II, p. 352-365), repris avec quelques variantes dans *La Gazette noire par un homme qui n'est pas blanc*, (*op. cit.*, p. 97-115), réimprimée pour la première fois par Poulet-Malassis dans son édition de la *Correspondance de Madame Gourdan* (Bruxelles, 1866), et reprise par Octave Uzanne dans son édition de ce même texte (Bruxelles, Henry Kistemaeckers, 1883), p. 247-262.

question de la maison de madame Gourdan, et l'on fit la partie entre hommes d'y aller avec lui. Je trouvai ce lieu digne de vous être décrit en certaines parties, pour les recherches et les ressources de libertinage qu'on y trouve.

Je ne vous parle point du *sérail*. Le mot seul caractérise cette salle d'assemblée, commune à toutes les maisons de cette espèce. On y rencontre toujours ce qu'on appelle des *plastrons de corps-de-garde*, c'est-à-dire une douzaine de filles perdues, espèces gangrenées jusques à la moelle des os, et dont le cœur et l'esprit, encore plus corrompus, les rendent propres à recevoir cette multitude effrénée de jeunes militaires oisifs, débauchés, sans argent, qui s'établissent là comme en garnison, et que la police, pour éviter de plus grands désordres, oblige les abbesses de recueillir. Jugez que d'ordures doivent se débiter dans un pareil cercle, que d'horreurs et d'infamies doivent s'y commettre ! Ce sont cependant souvent de très jolies créatures, condamnées à passer ainsi la fleur de leurs ans dans ces abominables exercices.

Je passe à la piscine. C'est un cabinet de bain, où l'on introduit les filles qu'on recrute sans cesse pour madame Gourdan dans les provinces, dans les campagnes et chez le peuple de Paris. Avant de produire un pareil sujet à un amateur, qui reculerait d'effroi s'il le voyait sortant de son village ou de son taudis, on le décrasse en ce lieu, on lui adoucit la peau, on le blanchit, on le parfume ; en un mot, on y maquignonne une Cendrillon comme on prépare un superbe cheval. On nous ouvrit ensuite une armoire où étaient les différentes essences, liqueurs et eaux à l'usage des demoiselles. On nous fit remarquer l'*eau de pucelle* ; c'est un fort astringent avec lequel la dame Gourdan répare les beautés les plus délabrées, et rend ce qu'on ne peut perdre qu'une fois. À côté était l'essence *à l'usage des monstres* ; c'en est une dont on fait rarement emploi ; cependant, on nous dit que cette savante appareilleuse en faisait quelquefois l'application sur de petites novices, dont elle hâtait ainsi la maturité en faveur des personnages de plus haut rang, dont la paillardise avait besoin d'être excitée par la fraîcheur, l'élasticité, l'ingénuité de l'enfance, mais chez qui la vigueur ne répondait pas aux désirs. En revanche, nous ajouta-t-on, voici une liqueur dont il se fait ici une grande consommation. On nous montra en même temps une multitude de flacons du spécifique du docteur *Guilbert de Préval*[1]. Il prétend qu'il est

1. Médecin[a] de la Faculté de Paris, en procès avec elle à l'occasion de ce spécifique. [NdA]

a. Ce médecin familier de la maison Gourdan, docteur de la Faculté de Paris et inventeur d'un spécifique antivénérien, jouissait d'une véritable popularité, dont les chroniques de l'époque nous ont légué de curieux détails. Mais cette petite renommée fut éphémère et n'alla pas sans lui causer de graves difficultés. Un certain M. de Saint-Laurent, riche et voluptueux célibataire, qui possédait une petite maison dans la rue Popincourt, avait prêté sa demeure à Guilbert de Préval pour y procéder à des expériences destinées à démontrer l'efficacité de son remède, préservatif et curatif de la syphilis. Le praticien s'était vanté,

à la fois indicatif, curatif et préservatif du mal vénérien. On nous assure que madame Gourdan, très intelligente, s'en servait dans le premier cas ; que par des injections qu'elle faisait à une courtisane qui se présentait chez elle, elle jugeait bientôt si elle n'était point saine à des convulsions involontaires que la nymphe éprouvait sur-le-champ ; que d'autres fois, par une expérience plus sûre encore, elle en donnait en boisson et que, dans les vingt-quatre heures, les symptômes les plus caractérisés se développaient sur une beauté fraîche, paraissant jouir de la meilleure santé ; que dans le troisième cas enfin, elle n'avait pas d'autre recette, celle-ci étant la plus commode, la plus courte et la moins dispendieuse ; qu'au moyen de cette utilité variée, elle faisait grand cas de l'inventeur du spécifique, et avait avec lui une intimité très étroite. Du cabinet des bains on nous conduisit dans le *cabinet de toilette*, où les élèves de ce séminaire de Vénus recevaient leur seconde préparation. Je ne vous y retiendrai pas longtemps. Vous avez quelquefois assisté à cet exercice journalier des femmes, et je ne vous apprendrais rien de nouveau. Imaginez-vous seulement ce séjour garni de tout ce qui peut contribuer à rendre une nymphe neuve et séduisante. La *salle de bal* suit après, et

---

auprès de grands seigneurs clients de la Gourdan, que grâce à son produit, « on pouvait sans crainte se livrer aux embrassements amoureux, avec quelque personne que ce soit ». Et pour mieux les convaincre, il n'hésita pas à payer de sa personne. Dans les premiers jours de mai 1771, en présence du duc de Chartres et du prince de Condé, « il se fit présenter une fille publique la plus hideusement affectée du mal immonde et s'étant, comme les anciens lutteurs, frotté de son huile miraculeuse, il s'est livré, à plusieurs reprises, à toutes sortes d'actes les plus voluptueux et les plus lascifs que la passion puisse suggérer. Il est sorti sain et sauf de ce combat valeureux, et a prétendu n'avoir éprouvé depuis aucune suite funeste. M. le lieutenant de police, qui regardait cette découverte comme très utile à son administration, a ordonné aussi des essais qui ont réussi » (*Mémoires secrets pour servir à l'histoire de la République des Lettres en France...*, Londres, John Adamson, 1784-1789, 36 vol., 6 mai 1771, t. V, p. 260-261). Le mois suivant, Guilbert de Préval réitéra ses expériences devant le chirurgien du comte de la Marche. Cet Esculape lui avait choisi « une fille gangrenée de la peste vérolique jusque dans la moelle des os. Le docteur, après s'être frotté de son essence en présence de ce commissaire, s'est livré à tout ce que la lubricité peut inspirer de plus excessif. Il est sorti sain et sauf du combat. Il a de nouveau plongé sa verge dans la même liqueur, et depuis lors il s'est soumis neuf jours de suite à la visite la plus exacte du chirurgien en question, qui n'a rien trouvé et a fait son rapport en conséquence » (*Mémoires secrets*, *op. cit.*, 10 juin 1771, t. V, p. 271). Inquiète de ces singulières expériences, la docte Faculté décréta que Guilbert de Préval serait rayé du tableau de ses membres, déclarant qu'une telle exhibition était déshonorante pour ses collègues. En vain Préval protesta-t-il et intenta-t-il un interminable procès à la Faculté : tout fut inutile ! De plus, ce fameux remède dont on parlait tant, n'avait apparemment d'effet que sur son inventeur, car le fils du duc de Duras, après s'être oint de ce baume antivénérien, crut pouvoir se livrer « à tout ce que la débauche la plus crapuleuse peut inspirer. Mais il en fut amèrement puni, et il est obligé d'avoir recours aux remèdes curatifs de la même maladie qu'il voulait prévenir » (*Mémoires secrets*, *op. cit.*, 9 septembre 1773, t. VII, p. 52). Guilbert de Préval lutta jusqu'en 1776 contre la coalition des savants et nous a laissé sur sa découverte un grand nombre de mémoires et de factums (*Mémoires du* XVIII*e siècle*, par Lefèbvre de Bauvray, BNF, Ms. f.fr. 10364, f° 222 v°). Rapporté par Gaston Capon dans *Les Petites Maisons galantes de Paris au* XVIII*e siècle : folies, maisons de plaisance et vide-bouteilles, d'après des documents inédits et des rapports de police [...]*, Paris, 1902, p. 24-25.

quoiqu'elle ne serve point à danser, elle n'est pas mal nommée, parce qu'en effet c'est là précisément où chacune recevait son déguisement convenable, où la paysanne était métamorphosée en bourgeoise, et la femme de qualité quelquefois en chambrière. On nous expliqua ce que signifiaient toutes les sortes d'habillements que nous y vîmes. Il n'est qu'à Paris où l'on trouve de ces raffinements favorables à tant de supercheries qui s'y exercent, et si nos *bagnos* n'approchent pas de l'endroit dont je vous fais la description, ceux qui les tiennent sont encore plus éloignés de l'esprit de ruse, d'intrigue et de scélératesse que possèdent si supérieurement les entremetteuses de Paris, et surtout celle dont il s'agit ici. Pour mieux nous mettre au fait, le président nous fit ouvrir une armoire dans laquelle nous aperçûmes, avec le plus grand étonnement, une porte, mais sur laquelle il y avait un scellé. Ne pouvant rompre le sceau de la justice, il nous dit que cette porte rendait dans un appartement d'une maison voisine, où elle était recouverte d'une semblable armoire, en sorte que deux qui y entraient ne se doutaient en rien de la communication ; que cet appartement était occupé par un marchand de tableaux, de curiosités, etc., chez lequel tout le monde pouvait entrer sans scandale, dont la maison d'ailleurs, à porte cochère, très honnête et dans une autre rue [1] ne laissait soupçonner en rien l'objet de la venue des personnes qui s'y rendaient. Ce marchand était d'intelligence avec sa voisine, et c'est de chez lui que pénétraient chez elle les prélats, les gens à simarre, les dames de haut parage, qui avaient besoin, d'une manière ou d'une autre, des services de la dame Gourdan. Au moyen de cette introduction furtive et que les domestiques même ignoraient, on changeait comme l'on voulait de décoration en ce lieu. L'ecclésiastique pouvait se travestir en séculier, le magistrat en militaire, et se livrer ainsi, sans crainte d'être découverts, aux honteux plaisirs qu'ils y venaient chercher. Les femmes, cachant également leur grandeur et leurs titres sous la bure d'une cuisinière, ou dans les cornettes d'une Cauchoise [2], recevaient hardiment les vigoureux assauts du rustre grossier que leur avait choisi leur experte confidente pour assouvir leur indomptable tempérament. De son côté, celui-ci, croyant caresser sa semblable, se livrait sans s'effaroucher à toute l'impétuosité de son ardeur brutale.

On nous fit passer de là dans l'*infirmerie*... Que ce mot ne vous épouvante pas, Mylord ; il n'est point question de maladie pestilentielle, mais de ces voluptueux blasés dont il faut réveiller les sens flétris par toutes les ressources de l'art de la luxure. Ce lieu ne reçoit le jour que d'en haut, ce qui le rend plus tendre ; de toutes parts on ne voit sur les

1. La rue Saint-Sauveur, dans laquelle se rend la rue des Deux-Portes, où est la maison de madame Gourdan. [NdA]

2. Femmes du pays de Caux, qui conservent à Paris ordinairement le costume de leur province, très remarquable, et qui contribuent beaucoup, comme gentilles et disposées au libertinage, à recruter les mauvais lieux de la capitale. [NdA]

murs que des tableaux, des estampes lubriques. Ces attitudes, ces postures lascives inventées pour allumer l'imagination et ranimer les désirs, sont répétées en sculpture, comme pour frapper davantage les amateurs, et les morceaux les plus orduriers des poètes se lisent encadrés et contribuent d'autant à enflammer le lecteur. Au fond d'une alcôve est un lit de repos de satin noir ; le ciel et les côtés sont en glace, et répètent non seulement les objets de ce délicieux boudoir, mais toutes les scènes même des acteurs sur ce matelas voluptueux.

En parcourant tant de choses, mes yeux se portèrent sur de petits faisceaux de genêt parfumés. Je demandai ingénument à quoi cela servait. Le président me rit au nez et me dit : « Votre ignorance vous fait honneur ; je vous félicite de n'avoir pas besoin de ce secours ; mais comme cela pourra arriver, il faut vous apprendre l'usage de ces verges, car c'en sont de réelles, et elles sont destinées à une flagellation même souvent violente. Il est des paillards malheureux qui se font de cette sorte agiter le sang à tour de bras par une ou deux courtisanes. Ainsi en mouvement, il se porte dans les muscles, trop paresseux organes du plaisir, et ces libertins se trouvent alors une vigueur dont ils ne se seraient pas crus capables. Il en est d'autres, ajouta-t-il, qui ont recours à un moyen moins répugnant en apparence, mais plus funeste : le voilà. » En même temps, il tira d'une petite armoire une boîte où étaient des pastilles en forme de dragées de toutes couleurs. Il suffit, continua-t-il, d'en manger une, et bientôt après on se sent un nouvel homme. Elles étaient étiquetées : *Pastilles à la Richelieu.* J'en demandai la raison. Il me répondit que ce seigneur en avait fait beaucoup d'usage, non pour lui, mais pour se rendre favorables les femmes dont il avait la fantaisie et qu'il avait trouvées rebelles ; qu'en leur faisant manger de ces bonbons, il les avait toutes réduites ; qu'ils avaient une efficacité telle qu'ils excitaient le tempérament des plus vertueuses, et les rendaient folles d'amour pendant quelques heures. Je lui témoignai mon dégoût d'un secret qui, humiliant l'amour-propre même du vainqueur, devait être pernicieux à la victime, et d'ailleurs la faire périr de douleur et de rage, revenue à son sang-froid.

Le président me raconta à cette occasion la scélératesse du marquis de Sade, ce gentilhomme si renommé pour ses horreurs contre les femmes[1]

1. Voici ce que j'ai lu de ce gentilhomme dans les nouvelles du temps : un M. de Sade, homme d'un certain âge et d'une famille distinguée du Comtat, qui se prétend parent de la belle Laure, passant le samedi saint dans la place des Victoires, est arrêté par une femme qui lui demande l'aumône. Il l'envisage ; il la trouve jeune et jolie, et veut savoir pourquoi elle ne fait pas un autre métier plus agréable et plus lucratif. Après un dialogue trop long à rapporter sur la difficulté qu'il voit d'amener cette femme à ses vues, il paraît entrer dans ses besoins, et lui propose de la prendre comme gouvernante, de la mettre à la tête de sa maison. Elle y consent ; il lui donne rendez-vous pour le lendemain et la conduit à sa maison de campagne à Arcueil où, se trouvant seul avec elle, il renouvelle ses instances galantes, et sur le refus persévérant de cette femme, il s'en empare, il l'oblige à se déshabiller, l'épée nue à la main ; il la lie à une colonne de lit, il la flagelle, il lui déchiquette le corps avec un canif, il jette sur ses plaies de la cire d'Espagne, il l'enferme et se retire. La

qui, étant restées impunies, l'ont autorisé à en commettre de nouvelles. Donnant, il y a quelques années, un bal à Marseille, il avait empoisonné ainsi tous les bonbons qu'il y distribuait, et bientôt toutes les femmes brûlées d'une fureur utérine, et les hommes devenus autant d'Hercules, convertirent cette fête en *lupercales*, et la salle du bal en un lieu public de prostitution. Je ne puis vous assurer s'il n'est pas résulté de morts de cette débauche, mais certainement beaucoup d'hommes en ont été très malades. Vous vous doutez bien que cela n'a pas été si pernicieux à la santé du sexe. L'auteur de cette gentillesse ayant par ce secours joui de la femme qu'il convoitait, s'est enfui avec elle, et quoiqu'on ait commencé une seconde instruction contre lui, il pourra bien dans quelque temps imaginer quelque autre galanterie de ce genre[1].

Au surplus, continua le président, si sans avoir recours à ce stimulant, il vous tombait sous la main une femme, ou plutôt une louve trop difficile à satisfaire, voilà de quoi l'assouvir et la mettre à la raison. Il me montra en même temps une petite boule en forme de pierre, appelée *pomme d'amour*. Il m'assura que la vertu en était si efficace, qu'introduite dans le centre du plaisir, elle entrait dans la plus vive agitation et causait à la femme tant de volupté qu'elle était obligée de la retirer avant que l'effet en cessât. Il ne put me dire si les chimistes avaient analysé cette pierre, qui passe pour une composition et dont les Chinois font grand usage. J'observai alors, en maniant un de ces instruments ingénieux, inventés dans les couvents de filles pour suppléer aux fonctions de la virilité, que sans doute les bonnes connaisseuses négligeaient celui-ci pour l'autre. Oui, me répondit le président, mais comme les *pommes d'amour* ne se cueillent pas dans ce pays-ci, que tout au plus il s'en voit chez quelques curieux, il faut bien s'en tenir à l'ancien usage, et vous ne sauriez croire la quantité de lettres qu'on a trouvées dans la correspondance de madame

malheureuse se démène et se détache ; elle court à la fenêtre, elle appelle du secours, et sur le bruit qu'elle entend à la porte de la chambre, croyant que son bourreau veut rentrer, elle se jette par la fenêtre. L'homme revient à Paris. Grande émeute au village. Plainte chez le bailli. On prétend que la famille très accréditée de M. de Sade avait intimidé ou gagné ce juge, mais que le président Pinon, qui a une maison au même lieu, lui ayant reproché son indolence, l'affaire est en train. La femme, qui dit être celle d'un ouvrier du faubourg Saint-Antoine, s'est cassé le bras et la jambe dans sa chute. Son procès lui avait été commencé par le Parlement, mais sa famille accréditée et alliée du prince de Condé, dit-on, l'a soustrait à la vindicte des lois par une lettre de cachet. C'est ainsi qu'en France tout roué de la cour en est quitte pour l'exil ou la prison. [NdA]

1. Ce bric-à-brac de roman noir fait partie du mythe sadien : ramassis d'horreurs et d'inventions mensongères que colporteront à l'envi la presse et les mémoires du temps, relayés au siècle suivant par de besogneux feuilletonnistes en mal de copie. Nous-même avons suffisamment fait justice naguère de ces accusations, en rétablissant dans sa vérité historique l'affaire de Marseille, à partir du dossier d'instruction (dépositions des victimes, témoins, experts en toxicologie, services de police, etc.). Nous n'y reviendrons donc pas. Qu'il nous soit seulement permis de renvoyer le lecteur à notre biographie du marquis de Sade (*Donatien, Alphonse, François, marquis de Sade*, Paris, Fayard, 1991) ; il y trouvera une relation objective des faits (chap. x, p. 201-220).

Gourdan, à qui les abbesses et simples religieuses s'adressaient pour être fournies de ce consolateur.

Je vis ensuite une quantité de petits anneaux noirs, mais beaucoup plus grands que des bagues et dont la destination n'était pas faite pour les doigts. Je demandai ce que c'était. Encore une ressource, me dit le magistrat, pour les paillards qui, trouvant une courtisane froide, ainsi qu'il leur arrive communément de l'être, harassée, fatiguée, usée, comme elles sont dans les exercices de Vénus, ont désir de l'aiguillonner ; c'est pour cela qu'on nomme ces bagues des aides. On les met vous concevez où ; elles se prêtent suivant la grosseur du cavalier. Elles sont fort souples, mais en même temps elles sont parsemées de petits nœuds, qui excitent une telle titillation chez la femme, qu'elle est forcée de suivre l'impulsion de l'amoureux et de prendre son allure.

Pour finir l'inventaire de ces curiosités du cabinet de madame Gourdan, il ne faut point omettre une multitude de redingotes appelées d'Angleterre, je ne sais pourquoi. Vous connaissez, au surplus, ces espèces de boucliers qu'on oppose aux traits empoisonnés de l'amour et qui n'émoussent que ceux du plaisir[1].

Nous ne fîmes que jeter un coup d'œil dans la *chambre de la question*. C'est un cabinet où, par des gazes transparentes, des trompe-valets[2], la maîtresse du lieu et ses confidents voient et entendent tout ce qui s'y fait et s'y dit. Il est d'un grand secours pour la police ; et c'est là où les suppôts de cette dernière ont arrêté madame d'Oppy.

Nous terminâmes par une dernière pièce, que le concierge appela le *salon de Vulcain*. Je n'y trouvai rien d'extraordinaire qu'un fauteuil dont la forme singulière me frappa.

« Asseyez-vous dedans, me dit le président, vous allez concevoir son utilité. » À peine je m'y fus jeté que le mouvement de mon corps fit jouer une bascule ; le dos se renversa et moi aussi ; je me trouvai les jambes écartées et enlacées mollement, ainsi que les bras en croix. « Ma foi ! répondis-je, les filets du dieu de Lemnos ne valaient pas mieux. »

Le magistrat m'apprit que ceux-ci se nommaient les *filets de Fronsac*, qu'ils avaient été imaginés par ce seigneur pour triompher d'une vierge qui, quoique d'un rang très médiocre, avait résisté à toutes ses séductions, à tout son or et à toutes ses menaces. Devenu furieux d'amour, il se porta à commettre trois crimes à la fois pour assouvir sa passion : il se rendit coupable d'incendie, de rapt et de viol.

Une belle nuit, il fait mettre le feu à la maison de cette jeune fille par des coupe-jarrets à ses ordres : une vieille duègne, profitant du désordre

1. « Quelques femmes s'introduisent des éponges dans l'intérieur du vagin, qui, recevant le sperme, l'empêchent de s'élancer dans le vase qui le propagerait » (*Sade*, *La Philosophie dans le boudoir*, troisième dialogue, dans : *Œuvres*, éd. cit., t. III, p. 47).

2. Un trompe-valet est une petite lucarne qu'ici les marchands ont au plancher de leur chambre, par où ils voient quand ils veulent ce qui se passe dans leur boutique. [NdA]

qu'occasionna cet accident, s'empara de la demoiselle sous prétexte de lui donner un asile, et l'ayant soustraite aux yeux de sa mère, la conduisit dans ce repaire. Le duc de Fronsac y était ; on la précipite dans ce fauteuil infernal et là, sans égard à ses larmes, à ses cris, à son effroi, il se livre à toutes les infamies que peut lui suggérer sa coupable lubricité. Le local est disposé de façon que le bruit des plaintes, des sanglots, des hurlements même ne pourrait se faire entendre au dehors. Ce ne fut qu'au bout de quelques jours qu'au moyen des recherches de la police, la mégère complice des forfaits du duc fut obligée de relâcher sa proie.

Je frémis d'horreur à ce récit.

« Comment ! m'écriai-je, on n'a point écartelé un scélérat coupable de tant de forfaits ?

— Non, me dit le président ; le feu roi, instruit des faits, l'exila de sa cour ; on commença une information, et l'argent fit le reste. Quand les clameurs publiques ont été assoupies, il a reparu ; il a continué les fonctions de gentilhomme de la Chambre, dont il a la survivance[1], et il les exerce aujourd'hui auprès du monarque régnant. Et c'est ce prince austère, l'ami des mœurs dont, sans qu'il le sache, la personne sacrée est sans cesse souillée par les attouchements impurs de ce monstre de débauche et de corruption ! »

Après avoir examiné tout ce qu'il y avait de remarquable dans cette maison, on fit des instances au président pour avoir communication de ce fameux livre, où l'historienne de la police rendait compte de toutes les personnes qui entraient chez elle et de ce qui s'y passait. Il n'y eut pas moyen de le vaincre, et il se retrancha sur la gravité de son ministère, qui lui imposait la plus grande réserve sur cet article. « Mais, ajouta-t-il, je vais vous dédommager par une pièce d'éloquence qui vous donnera une idée des compositions de cette séductrice fameuse. Du moins assure-t-on que l'ouvrage est d'elle, et il est certain que le manuscrit, de sa main et corrigé en divers endroits, a été trouvé dans son secrétaire. Vous en allez voir le paraphe fait par le substitut du procureur général, qui en a dressé l'inventaire. » Il nous fit asseoir en même temps et tira de sa poche un papier qu'il nous lut. Ce morceau me parut si original que je priai le président de me permettre d'en prendre une copie, que je vous envoie. L'anecdote est que l'idée de cette facétie était venue au prince de Conti, à l'occasion de la mort de madame Pâris, et que la petite comtesse la fit exécuter par quelque faiseur de ses amis, et un jour, après une orgie de S. A. Sérénissime, en présence de beaucoup de gens de la cour, la prononça réellement. Je vous laisse, milord, méditer sur cet excellent traité de morale, et vais tâcher de nettoyer ma plume souillée par tant d'ordures qui découlaient naturellement du sujet. D'ailleurs, nous sommes en carnaval ; c'est une lettre du temps, et je sais que votre

1. Du maréchal duc de Richelieu, son père. [NdA]

devise, ainsi que la mienne, est celle de notre ami Horace : « *Interdum desipere, sapere est*[1]. »

Paris, ce 16 février 1776[2]

CHAPITRE V
Portrait physique et moral de la dame Gourdan, dite la Petite comtesse. *Son origine, sa vie privée et sa mort*

L'art de vendre les charmes de ces beautés faciles, qui n'attendent que l'heure d'une douce violence pour succomber sous le joug de leurs désirs, est un métier qui a eu sa célébrité dans l'Antiquité, comme de nos jours. Les folies des humains furent dans tous les pays une source abondante de richesses pour les hommes assez adroits et assez hardis pour en profiter.

De nos jours, il n'est personne qui en sut tirer un parti aussi favorable que l'héroïne de ce chapitre, Alexandrine-Ernestine Gourdan, surnommée la *Petite comtesse*[3]. Cette femme célèbre naquit à Béziers, et débuta dans cette ville par être marchande de modes. Sa figure, sans être jolie, avait ce piquant qui usurpe les droits de la beauté. Sa taille était svelte, et toute sa personne inspirait un air de volupté qui appelle et commande le désir. Ses yeux agaçants lançaient des traits qui rarement manquaient leur but, et ses manières, ses discours, annonçaient qu'elle figurerait avec avantage sur un théâtre plus digne de ses charmes et de son esprit.

Impatiente de secouer le joug de l'hymen auquel elle s'était d'abord assujettie[4], impatiente surtout de voir la capitale, d'y être vue et d'y essayer

1. Il est sage parfois de faire des folies.

2. Voici comment l'affaire d'Oppy se termina pour madame Gourdan : Tout semblait annoncer que la dame Gourdan allait être condamnée, suivant la rigueur de la loi, à être promenée par la ville sur un âne, le visage tourné vers la queue. Mais quelques conseillers qui lui étaient dévoués établirent une distinction assez plaisante. On distingue, disaient-ils, deux espèces de maquerelles : celles qui séduisent les filles innocentes, et celles qui en procurent de déjà débauchées. La Gourdan ne pouvait selon eux être condamnée que pour ce second crime, et la loi ne parlait que du premier. On admit cette distinction. Ce n'est pas que la Gourdan ne fût aussi coupable du premier chef, mais elle était si prudente sur ce point qu'il n'existait contre elle aucune preuve légale. [NdA]

3. Selon l'inspecteur de police Louis Marais, Mme Gourdan portait le prénom de Marguerite, née Stock (BNF, Ms. F.fr. 11358, p. 845).

4. Venue à Paris, elle avait épousé François-Didier Gourdan, receveur des aides à Larzicourt, dans la Marne (Arch. nat. Y 14814 : *Papiers du commissaire Thomas Mouricault*). Bien que condamné à mort par contumace, ce Gourdan n'en fut pas moins plus tard capitaine général des Fermes à Brest, puis à Cavaillon, et détenteur de l'entrepôt général de Carpentras. (Archives de la Seine, *Lettre de ratification* : carton 975, et Arch. nat. Y 13135 : *Papiers du commissaire Fontaine*).

ses talents, elle prêta l'oreille aux propositions d'un jeune officier qui l'enleva et l'amena à Paris. Après un séjour assez court, l'officier fut obligé de rejoindre son corps, et oublia ses serments d'amour. Mme Gourdan sacrifia quelques jours à sa sensibilité, mais un billet qu'elle reçut du comte de ***, officier aux gardes, acheva ce que le temps et la réflexion avaient commencé : elle oublia entièrement le fugitif, en acceptant l'offre que lui faisait l'auteur du poulet, de partager avec elle cinquante mille livres de rente.

Le début répondit à la déclaration : le comte lui fit d'abord six mille livres de rente, et lui donna des diamants pour quarante mille livres. Elle vécut dix ans avec lui, en eut une fille qu'elle fit élever avec soin en province et qu'elle maria à un chevalier de Saint-Louis. Son amant étant venu à mourir, la Gourdan chercha quelque nouvelle conquête ; mais peu heureuse dans les moyens qu'elle employa, elle se compromit, eut quelques démêlés avec la police, et fut mise à l'Hôpital[1]. Dans ce lieu de pénitence se trouvait alors une autre femme célèbre par sa beauté, son esprit et son libertinage, Justine Pâris, digne émule de la Gourdan. Dès qu'elles se virent, une sympathie puissante leur fit sentir qu'elles étaient faites pour vivre ensemble, et courir de société une carrière plus distinguée que celle qu'elles avaient parcourue jusque-là. Bientôt, la conformité de goûts, d'habitudes, de talents et de vices, resserra encore les nœuds qu'un premier sentiment avait formés.

La retraite forcée où ces femmes vivaient leur donna le temps de réfléchir à leur conduite passée ; elles en sentirent tous les désagréments, et formèrent le projet d'un établissement unique dans son genre, dont Justine serait la fondatrice, la présidente, ou, comme le public la nomma depuis, la *Mère-Abbesse*, et la Gourdan sa *Coadjutrice*. L'exécution de ce projet infâme et digne de leurs auteurs fut remise au moment où elles recouvreraient leur liberté. Il arriva enfin ce moment tant désiré. On loua un hôtel rue des Deux-Portes-Saint-Sauveur[2], on le distribua d'une manière commode et propre à l'usage auquel il était destiné. Le luxe le plus somptueux y dominait : on y trouvait à souhait, au poids de l'or cependant, tous les plaisirs que le libertinage le plus raffiné pouvait désirer. Justine

1. Sur l'Hôpital général, voir *Glossarium eroticum*.

2. La rue des Deux-Portes (aujourd'hui rue Dussoubs, dans le IIe arrondissement) allait jadis de la rue Pavée à la rue Thévenot. Bien qu'elle ne fût pas alors aussi longue, on la divisait en deux parties, dont l'une allait de la rue Pavée jusqu'à celle du Renard et que l'on désignait sous le nom de rue Gratte-cul ou Tire-cul, « dénomination due à de vilaines mœurs », selon l'historien de Paris Lefeuve. L'autre extrémité allait depuis la rue *Tire-cul* jusqu'à la rue Saint-Sauveur et c'est celle que l'on appela d'abord rue des Deux-Portes, puis des Deux-Portes-Saint-Sauveur. Le 9 mai 1881, cette antique voie reçut le nom de Dussoubs en mémoire de Gaston-Denis Dussoubs, qui fut tué lors du coup d'État du 2 décembre 1851, sur une barricade de la rue Montorgueil. Elle va de la rue Tiquetonne à la rue Réaumur. C'est en 1865 que l'entrée principale de la maison Gourdan donnant sur la rue des Deux-Portes fut remplacée par un mur de clôture et transférée au nº 12, rue Saint-Sauveur, avec un grand portail qui existe encore.

étant morte quelques années après[1], la Gourdan resta seule la présidente et la maîtresse de cet établissement, qu'elle accrut encore en commodités, en plaisirs et en renom. Il en a été parlé plus en détail dans le chapitre précédent qui contient la description étendue de ce fameux sérail : c'est comme le complément de la vie de cette célèbre entremetteuse… À propos d'entremetteuse, ce serait laisser une lacune bien importante que de ne pas dire avec quel art, quel talent, la Gourdan s'insinuait chez les femmes comme il faut, gagnait leur confiance et parvenait, presque toujours, à les rendre dociles aux propositions séduisantes qu'elle leur faisait, et qui toujours étaient proportionnées à l'objet désiré. Car de l'aveu même d'une reine, il n'est point de personne du sexe qui ne puisse s'acheter : il ne s'agit que du prix. C'est ce talent inappréciable, dans une ville comme Paris, qui lui avait procuré la connaissance et la protection des personnes les plus distinguées de la cour et de la ville, des magistrats, des évêques et même des princes du sang.

Cette éloquente séductrice, dont le nom sera immortel dans les fastes de Cythère, exerça indistinctement ses fonctions d'entremetteuse et de pourvoyeuse dans la capitale. Elle les remplit toujours à la satisfaction des amateurs. Elle jouissait de la confiance des libertins de tous les rangs. Il fut peu de seigneurs qui ne voulussent recevoir une maîtresse de sa main, tant elle était renommée pour ses leçons dans l'art de la volupté. Elle écréma, pour ainsi dire, la fleur des grisettes de Paris ; elle les décrassait, les formait, les plaçait et les faisait parvenir en proportion de leurs talents et de leurs attraits.

La Gourdan avait des émissaires ou pourvoyeuses qui recrutaient pour son sérail les sujets les plus intéressants ; elles allaient les recueillir partout : la ville, la campagne, les ateliers, les réduits les plus obscurs, rien ne leur échappait. Ces femmes s'appelaient, en termes techniques, *coureuses*, *chercheuses* et *marcheuses*.

Pour achever de peindre cette femme, nous dirons que, sous les yeux de l'Europe entière, elle exerça le métier le plus vil avec une dignité imposante. Entourée d'amis et de protecteurs puissants, elle crut qu'elle pourrait toujours et impunément braver l'opinion publique et la sévérité des lois. Elle se trompa. Une dame de condition, nommée d'O***[2], fut arrêtée chez elle. Il s'ensuivit un procès criminel, à la suite duquel notre héroïne fut décrétée de prise de corps par arrêt de la Tournelle. Avertie à temps par les amis qu'elle avait au Parlement, elle s'évada. Mais ses meubles furent saisis, arrêtés et les scellés mis dans son hôtel. On sent bien que, dès ce moment-là, tout le bercail fut dispersé et l'établissement dissous. Quiconque pouvait en obtenir la permission allait visiter cet hôtel comme une des plus grandes particularités du monde. D'après la

1. En novembre 1773, emportée par le mal vénérien qui l'avait déjà conduite à Bicêtre.
2. Mme d'Oppy.

description que nous en avons donnée, on est forcé d'avouer qu'en effet, c'est le monument le plus digne de figurer dans l'histoire de la corruption sociale.

Tout semblait annoncer que la dame Gourdan allait être condamnée, selon la rigueur de la loi, à être promenée par la ville, sur un âne, le visage tourné vers la queue. Mais quelques conseillers qui lui étaient dévoués établirent une distinction assez plaisante. On distingue, disaient-ils, deux espèces de maquerelles : celles qui séduisent les filles innocentes, et celles qui procurent les filles déjà débauchées à ceux qui veulent en jouir. La Gourdan ne pouvait, selon eux, être condamnée que pour ce second crime, et la loi ne parlait que du premier. Cette distinction fut sans doute suivie, car la Gourdan ne fut pas condamnée ; elle reparut même quelque temps après en public, et reprit son état avec plus d'éclat que jamais, fournissant des filles et des femmes aux hommes, des hommes aux femmes, et même des femmes aux femmes. Ce n'est pas qu'elle ne fût aussi coupable du premier chef; mais elle était si prudente que, sur ce point, il n'existait aucune preuve légale contre elle.

Quelque temps après, elle se retira dans une très belle terre qu'elle avait acquise et y vécut en dame de paroisse.

Un an avant sa mort, elle fit faire sa tombe, et composa elle-même son épitaphe en ces mots :

Ci-gît celle qui vécut en sage,
Et mourut comme Madeleine.

Sa gaieté et la décence qu'elle avait établie dans sa maison faisaient presque oublier la licence de sa vie passée. Attaquée d'une décomposition de sang, elle expira sans angoisse, et avec une fermeté d'âme qui ne semblait pas devoir être le lot d'une femme jadis aussi perverse.

CHAPITRE VI

Ruses employées par la dame Gourdan, pour attirer dans son sérail la jeune Alphonsine Clainville[1]*. Détails de ses bonnes fortunes*

Alphonsine Clainville avait été mise en apprentissage chez Buret, marchand de modes, sur les boulevards. Elle y était entrée vertueuse,

1. La conduite que tint cette mère-abbesse avec Alphonsine est presque la même que tiennent toutes les maîtresses de maisons envers les jeunes filles qu'elles veulent avoir. [NdA]

mais elle ne tarda pas à subir les mêmes métamorphoses que ses autres camarades. Sa figure, il est vrai, la mettait dans le cas d'être plus souvent sollicitée que ses pareilles. Son caractère étourdi facilitait les ouvertures et la livrait à ces vieilles duègnes, émissaires du libertinage qui, la regardant déjà comme une victime dévouée au plaisir, lui faisaient sourdement les offres les plus flatteuses.

D'ailleurs, son penchant décidé pour la dépense et le luxe de la parure donnait prise sur elle et offrait les moyens de séduction à quiconque voulait les tenter. Elle n'avait personne dont les conseils pussent la préserver du danger ; et sa mère, qui aurait dû veiller sur elle, sans être assez dépravée pour la vendre, souhaitait que sa fille fît fortune, n'importe comment, espérant bien qu'il en rejaillirait quelque chose sur elle.

C'est dans ces circonstances que la dame Gourdan, cette fameuse entremetteuse, la surintendante en titre des plaisirs de la ville et de la cour, apprit par ses marcheuses l'apparition de ce nouveau sujet chez le sieur Buret. Il n'était pas difficile de trouver une occasion pour aller chez ce marchand.

Dès que Mme Gourdan eut toisé de son coup d'œil le sujet convoité, il lui parut digne de ses soins ; elle conçut tout ce qu'il pourrait valoir entre ses mains, et dressa en hâte ses pièges pour enlacer une si bonne proie. Comme je tiens de sa bouche même cet épisode, je vais rapporter son propre récit. J'en retrancherai seulement les expressions trop libres ; aux peintures lubriques, je substituerai des images plus honnêtes. Un jour que je lui demandais comment elle avait trouvé cette charmante fille :

J'avais été, me dit-elle, instruite par mes marcheuses qu'il y avait chez Buret une nouvelle débarquée, extrêmement jolie ; je m'y rendis, sous prétexte d'acheter quelques chiffons de femme. Je vis la plus belle créature qu'il soit possible de trouver. Cela pouvait avoir dix-sept ans, c'était déjà fait à ravir : une taille svelte et noble, un ovale de visage dessiné comme avec le crayon, des yeux grands, bien fendus, le regard en coulisse, ce qui le rendait plus amoureux, une peau d'une blancheur éblouissante ; bouche jolie, petit pied, des cheveux qui n'auraient pas tenu dans mes deux mains ! Je jugeai par cet extérieur de ce que pouvait être le reste ; je ne voulus pas manquer une pareille acquisition. Je m'approchai d'elle sans affectation, je lui glissai dans la main un petit écu et mon adresse sur une carte, en lui disant à voix basse, et de façon à n'être entendue que d'elle, de venir chez moi dès qu'elle en aurait le moment, que c'était pour son bien.

Je suis femme, et je sais comment on s'y prend. Je me doutais bien que mon propos, accompagné d'une petite générosité, ne manquerait pas son effet. Le lendemain, qui était dimanche, je vis arriver chez moi Mlle Alphonsine. Elle me dit qu'elle avait prétexté d'aller à la messe. Je la caressai beaucoup, je la fis déjeuner, je lui demandai si elle se plaisait où elle était. Elle me répondit qu'elle n'était point mal, que ce métier-là lui convenait mieux que tout autre, mais elle m'avoua qu'en général elle n'aimait point le travail, et qu'elle aimait beaucoup mieux rire et folâtrer, qu'elle enviait le sort de toutes les dames qu'elle voyait entrer dans sa boutique, toujours bien parées, accompagnées de beaux cavaliers, allant à la comédie et au bal. Je lui répliquai qu'elle avait raison, qu'une jolie fille comme elle n'était pas faite pour passer son temps à manier l'aiguille et à ne gagner, peut-être pendant toute sa vie, que vingt ou trente sous par jour, que cela ne pouvait convenir qu'à une malheureuse et laide ouvrière qui ne pouvait faire mieux. Alors, je l'embrassai vivement, je la conduisis dans les appartements, je lui fis voir nos boudoirs galants, où tout respire le plaisir et l'amour, je l'excitai à porter ses yeux sur les estampes qui les ornaient : c'étaient des nudités, des postures lascives, toutes sortes d'objets propres à allumer les désirs. Je voyais les regards de ma jeune grisette s'en reparaître avidement : elle était en feu. Je l'arrachai de là, n'ayant voulu qu'essayer si j'en avais bien jugé, et si elle était propre à mon service. Je la fis ensuite passer dans une grande garde-robe où je lui ouvris plusieurs armoires. Je lui déployai des toiles de Hollande, des dentelles, des perses, des taffetas, des gros de Tours, des bas de soie, des éventails, des diamants. « Eh bien ! m'écriai-je, mon enfant, voulez vous vous attacher à moi ? vous aurez de tout cela, vous mènerez la vie que vous désirerez, vous serez tous les jours aux spectacles et dans les fêtes, vous souperez avec ce que la cour et la ville ont de plus grand et de plus agréable. Et la nuit, vous aurez des joies : ah ! quelles joies, mon cher cœur ! on n'a pu mieux les exprimer qu'en les appelant les *joies du Paradis* !... Les connaissez-vous ? Sachez, mon ange, qu'il n'est pas de bonheur sans cela, il n'est personne qui ne les cherche. Vous verrez des gens de robe, des gens d'église, des généraux, des ministres, des princes même : tous ne travaillent que pour venir se délasser chez moi, et se réjouir avec un tendron comme vous... Allons, savez-vous de quoi il s'agit ?... » Elle me sourit avec ingénuité, en répliquant qu'elle ignorait ce que je voulais dire, qu'on ne lui avait jamais fait de semblables questions, et qu'elle ne pouvait y répondre... « Vous avez raison, continuai-je, mon amour ; c'est à moi à le voir... » En même temps, je pris le prétexte de lui faire essayer un déshabillé divin et tout neuf, qui était préparé pour une demoiselle qui devait venir faire un souper le soir même. Je m'emparai d'elle, je la déshabillai... Je vis un corps superbe ! Une gorge ! Une chute de reins à s'extasier ! Non, le ciseau du plus fameux sculpteur n'a rien produit de plus parfait... Quant à l'expérience pratique qu'elle pouvait avoir, c'est ce dont je voulais me mettre au fait... Après m'être bien amusée à la revêtir de l'ajustement en question, qu'elle aurait voulu conserver sur-le-champ, je lui fis entendre que cela ne se pouvait pas pour le moment, que n'ayant eu encore aucune aventure, et que n'étant pas inscrite à la police, je courrais risque d'être enlevée avec elle, si je la gardais dans ma maison, et qu'il fallait qu'elle retournât chez Buret jusqu'à ce que je trouvasse quelqu'un qui voulût l'entretenir ; mais qu'elle pourrait, en attendant, venir furtivement chez moi, et faire des parties qui lui procurassent de petites aisances. Je lui mis dans la poche un écu de six francs, et lui indiquai une de mes femmes que je lui dépêcherais quand j'en aurais besoin et qui, sans lui parler, au moyen des signes convenus, saurait se faire entendre ; elle me sauta au cou et se retira.

Il y avait alors à Paris une assemblée du clergé. Un prélat, dont je tairai le nom, me sollicitait depuis longtemps de lui procurer quelque novice, à laquelle il pût donner les premières leçons du plaisir ; je n'avais pu le satisfaire. Il nous est bien permis d'employer les filles qui se présentent de bonne volonté, mais nous ne pouvons débaucher personne. Alphonsine me parut propre à cette destination. J'écrivis à Monseigneur que j'avais trouvé son affaire, et que Sa Grandeur pouvait se préparer, qu'elle serait contente. Nous convînmes du jour et de l'heure. Je fis avertir à temps ma pucelle, je l'instruisis du rôle qu'elle devait jouer, ou plutôt je lui dis que, sans vouloir arracher son secret, ni entrer dans ce qu'elle pouvait savoir, il fallait qu'elle fût absolument ignorante sur tout, même sur le propos. Je la fis parfumer, on la coiffa élégamment, on l'habilla de même ; elle était enchantée de se voir si brillante. Je la livrai dans cet état au prélat, après avoir touché cent louis de cette fleur. Il en fut vraisemblablement très émerveillé, puisqu'il voulait l'entretenir. Mais l'assemblée ayant fini, il fut obligé de retourner brusquement dans son diocèse. D'ailleurs, cela n'était pas, à dire vrai, dans mes arrangements ; cette pucelle devait l'être encore plus d'une fois avant que je m'en défisse tout à fait. Cependant, pour me la concilier de plus en plus, je lui donnai des chemises, une robe, et je lui conseillai de faire accroire à ses camarades qu'elle avait gagné à la loterie, afin d'écarter tout soupçon, mais je m'aperçus à sa réponse qu'elle était aussi fine que moi. Cependant, je l'avais prise par son faible ; mes petits cadeaux lui avaient donné la faculté d'être habituellement propre et bien mise. Elle m'aimait beaucoup et m'appelait sa *petite maman* ; elle riait comme une folle quand je lui disais de faire la novice ; et puis, au moment de jouer cette espèce de comédie, elle reprenait son air *Agnès* et en imposait aux plus habiles. Déjà, neuf à dix amateurs, prétendus grands connaisseurs, avaient tâté de ma pucelle ; la noblesse et la haute finance avaient succédé à l'Église ; la robe en avait aussi tâté : elle m'avait valu plus de mille louis ; j'étais à la veille de la livrer à la bourgeoisie, lorsqu'un contretemps inévitable dans nos maisons déconcerta mes projets et m'obligea de me séparer de ma chère Alphonsine.

J'étais curieux d'apprendre la catastrophe qui avait causé cette séparation, mais la Gourdan éluda toutes mes questions. Ce que je pus découvrir, c'est qu'à la suite d'une orgie, où un personnage d'un rang supérieur avait eu quelques démêlés avec d'autres convives, la police fit chez elle une visite si sérieuse et si à l'improviste qu'on ne put sauver la belle Alphonsine, sujet innocent de la querelle.

CHAPITRE VII
Portrait physique et moral de la dame Césarine Florence ; son origine, sa vie privée et sa mort

L'héroïne dont je vais parler était comme Melchisédech, sans fortune et sans parents ; elle avait été lancée dans le monde à ballon perdu[1]. Élevée aux enfants trouvés, elle en sortit pour faire son apprentissage chez une lingère de la rue Saint-Denis. Un vieux goutteux la lorgna, en allant faire des emplettes dans le magasin où elle travaillait toute la semaine. Le paillard, qui la connaissait, et qui sentait ses sens titiller à la vue des charmes naissants de Césarine, lui dépêcha une appareilleuse bien stylée, qui s'insinua adroitement dans son esprit, et qui la détermina à venir un dimanche dîner chez elle. Le vieux ribaud s'y trouva ; l'hypocrisie du tartuffe triompha de la crédulité de la jeune inexpérimentée : un peu d'or et quelques bijoux firent les frais de la séduction. Un grabat surhaussé d'une siamoise de vieille date fut l'autel où le goutteux fit la tentative du sacrifice qu'il projetait. La nature, qui n'est pas toujours aux ordres de ceux qui ont mésusé de ses faveurs, le traita ce jour-là en ingrat. Le vieillard promit de revenir réparer son honneur ; il revint, mais ne fut pas plus heureux. Cependant, un sien neveu qui avait intérêt de dépister les allures de son oncle, le devança un jour chez l'appareilleuse, et répara amplement les torts d'un des chefs de sa famille. À dater de ce jour, Césarine renonça à sa boutique et à la vie honnête et tranquille qu'elle y menait, pour se plonger dans le vice et toutes les horreurs qu'il enfante : elle devint ce qu'on appelle *fille de joie*. Après avoir passé comme un effet de place de main en main, elle tint une maison publique, où le tout venant était accueilli, pourvu qu'il payât la rétribution fixée.

La Florence avait une taille élancée des plus élégantes ; sa tournure était pleine de grâces, sa chevelure était brun-châtain et d'une telle longueur qu'elle en faisait deux fois le tour de son corps. Elle avait les yeux bleus, sa gorge était superbe. Le moindre de ses gestes appelait son *buveur*[2]. Elle se brouilla souvent avec la police, parce que les pères

1. *Ballon perdu* : ballon qu'on laisse emporter au gré du vent.
2. *Buveur* : au figuré, « qui se pourlèche à l'avance d'un plaisir des sens ».

trouvaient très mauvais que leurs fils désertassent leurs maisons pour se gîter chez ces chauves-souris de Cythère. La police faisait alors des descentes chez elle ; elle avait recours à une somme qu'elle tenait en réserve pour ces sortes d'occasions ; elle en faisait le sacrifice, étouffait par ce moyen l'affaire, allait pour huit jours à la campagne se divertir, et on disait que Madame était absente. Plus prévoyante que celles qui exercent le même métier, elle sut se faire un sort indépendant : elle acheta une petite maison aux environs de Paris, où elle vécut les deux dernières années de sa vie en honnête femme. Quelques mois avant sa mort, elle rendit le pain bénit comme un des notables du lieu.

Ainsi, le vice peut parfois reprendre les livrées de la vertu. Il le doit même, dès qu'il veut jouir de quelque tranquillité. Quelle leçon, quel argument en faveur de la vertu ! On peut à force de corruption, de vices et de crimes, acquérir de l'or. Mais tôt ou tard, ces vils moyens qui ont amené ces richesses sont abandonnés ; on sacrifie tout pour les faire oublier. C'est là un véritable hommage rendu à la vertu.

CHAPITRE VIII

Coup d'œil philosophique sur l'état et la profession de fille publique, par Julie Babet, fille d'amour chez la Montigny[1]

Il en est de la galanterie chez les femmes comme de la bravoure chez les hommes. C'est la voie la plus sûre pour s'illustrer, se faire un nom, et parvenir à l'immortalité.

La beauté n'est donc pas faite pour être obscure, ni pour suffire sottement aux regards dédaigneux d'un seul homme à qui la possession rend tout insipide. Une belle est dans la société un ornement placé comme le soleil pour égayer par son éclat, ou pour échauffer tout ce qui l'environne. Une jolie femme doit regarder tous les hommes comme sa conquête, et le métier d'une fille publique est de vivre avec eux comme un soldat en pays ennemi. Née le plus souvent dans la plus vile condition, toujours avec quelques charmes, et avec beaucoup de disposition pour les faire valoir, elle doit comprendre de bonne heure que ces avantages ne lui ont été donnés par la nature que comme un dédommagement de la fortune. Un peu de figure, assez d'art, et plus de conduite[2] encore que d'ambition :

1. Julie Babet, quoique bien faite, n'était pas jolie, mais elle était douée d'un esprit si prononcé et si aimable que tous les hommes briguaient ses faveurs. [NdA]

2. *Plus de conduite* ! N'est-il pas risible d'entendre la Babet parler gravement de *conduite* ? Il est prouvé que toutes les filles de joie ont eu une fin malheureuse. Je dis *toutes*,

c'est tout ce qu'il faut pour se faire une condition des plus agréables. Nous sommes, il est vrai, en butte aux contradictions des deux sexes. Mais à quoi, dans le fond, cela se réduit-il ? — Les femmes en général ou nous plaignent, ou sont déchaînées contre nous. Celles qui nous marquent le plus d'acharnement le font par un intérêt caché, ou par pure envie, et le plus souvent elles sont dirigées par ces deux motifs. Elles ont en effet beaucoup d'intérêt à s'élever contre les plaisirs faciles, puisqu'ils leur dérobent des amants ; et d'ailleurs, elles se vengent par là de la triste régularité dont elles supportent impatiemment le poids. Il faut donc bien qu'elles s'en prennent à nous de leurs souffrances.

Celles, au contraire, qu'une vie moins austère rend plus commodes, nous regardent seulement en pitié, et nous plaignent d'être incapables, selon elles, de jouir de vrais plaisirs. Elles croient que les sens tout seuls n'en goûtent que de bien imparfaits : elles veulent que le cœur soit toujours de la partie, quoiqu'elles sachent bien que l'habitude émousse le sentiment. Les pauvres femmes sont encore à savoir quel est l'instant le plus délicieux de la jouissance. Elles supposent que nous n'aimons qu'une fois, qu'une véritable inclination épuise cette extrême sensibilité qui ne dépend jamais de nous, et qu'après cela cette passion que nous croyions sentir n'est plus dans le cœur, que c'est uniquement le goût des plaisirs... En cela, cependant, comme en mille choses, l'expérience est pour ou contre. Un peu moins de sensibilité n'ôte pas le goût du plaisir, et fait à coup sûr notre bonheur. Cette disposition ne nous donne qu'une volupté plus solide, et nous épargne autant de peines qu'elle semble nous dérober d'agréments. Si l'amour n'assaisonne pas nos plaisirs, nous sommes bien dédommagées de la vivacité qui leur manque par le calme heureux de nos sens, et ce que nous perdons de leur piquant est récompensé par leur abondance. La nature, au surplus, ne perd pas ses droits, et le tempérament a toujours les siens. J'ai fait, dit notre Babet philosophe, cette observation sur moi-même : plus je me suis détachée des hommes, plus j'ai pris de goût pour mon métier. Et quand je suis parvenue à ne plus rien aimer, ce que je dissipais en tendresse a tourné ordinairement au profit de ma complexion.

Les hommes plus indulgents pour nous, parce que nous sommes ce qu'ils nous font, nous plaignent souvent plus qu'ils ne nous maltraitent. Du moins, ils se contentent de nous mépriser ; mais aussi, pour l'ordinaire, ces mépris sont achetés bien chèrement. Suivant eux, nous sommes des victimes dévouées à leur brutalité, à leurs caprices et à leur tyrannie. Ils prétendent qu'un amant qui paie achète le droit de nous faire sentir ses dédains, même au milieu de ses caresses, de mêler les mépris aux désirs

---

parce que les exceptions en sont si rares qu'on peut ne pas les mettre en ligne de compte. L'esprit de conduite ne peut se concilier avec l'esprit de débauche. Où en serions-nous, grand Dieu, si une femme publique pouvait avoir quelque conduite, et par son moyen jouir du bonheur qui n'est dû qu'à la vertu ! [NdA]

et l'outrage à la plus ardente passion. La débauche ou le besoin nous l'amène, et il ne nous quitte guère sans repentir. Il sait qu'il fait seul tous les frais d'un plaisir que nous partageons rarement ; il sort de nos bras comme il sort de table, rassasié de nos faveurs, et prêt à fouler aux pieds un mets insipide, qui en lui ôtant tout au plus sa faim, y a fait succéder le dégoût. Les pauvres dupes ! Ils nous regardent comme les vils objets de leur passe-temps, et ne voient pas qu'ils sont eux-mêmes les ministres de nos besoins ou de nos plaisirs. S'ils nous croient dignes de leurs mépris, ils méritent bien autant les nôtres. Et n'en sommes-nous pas vengées par le ridicule tribut que vient nous payer chaque jour ou leur faiblesse, ou leur folie ? S'ils nous montrent de la répugnance, nous leur rendons bien dégoût pour dégoût ; ils doivent s'en apercevoir. Toujours, nous ne leur abandonnons qu'une statue ; et tandis qu'enflammés par leurs propres désirs, ils se consument sur des appas insensibles, notre tranquille froideur jouit tout à loisir de leur sensibilité. C'est dans ce moment, où tous les hommes sont égaux, le souverain comme le sujet, que nous reprenons sur eux tous nos droits. Une petite chaleur de sang renverse à nos pieds ces superbes, ces êtres arrogants, et nous rend maîtresses de leur sort. Un de nos regards confond leur orgueil, et un sourire égare leur raison. Que l'on juge à présent de quel côté est l'avantage. Mais avons-nous besoin d'apologie ? Le goût des hommes parle assez en notre faveur : reposons-nous sur leur faiblesse du soin de nous justifier.

CHAPITRE IX

Leçons ou maximes à l'usage des filles du monde, rédigées par la dame Florence, mère-abbesse, tenant un sérail dans le faubourg Saint-Germain[1]

ARTICLE I. — Toute fille ou femme qui veut faire profit de ses charmes doit se considérer comme une marchande, et n'avoir en vue que ses intérêts et le gain.

ART. II. — Son cœur doit toujours être inaccessible au véritable amour. Il suffit qu'elle fasse semblant d'en avoir, et sache en inspirer aux autres.

ART. III. — Elle n'accordera point les prémices de sa beauté aux vœux impatients de la jeunesse ; il serait à craindre qu'elle ne prît du goût pour celui qui lui ouvrirait cette délicieuse carrière. Elle saura que rien n'est plus funeste à la profession qu'un attachement quel qu'il soit, surtout lorsqu'il est prématuré.

1. Toutes filles publiques doivent se graver profondément dans la mémoire ce petit codicille pour en faire l'usage indiqué, et les hommes devraient le savoir par cœur, pour éviter tous les pièges qu'on ne cesse de leur tendre. [NdA]

ART. IV. — Celui qui paie le mieux, et dont la générosité n'est pas calculée, doit avoir la préférence sur ses rivaux.

ART. V. — Elle se méfiera des prétendus gens de qualité, et ne transigera jamais avec eux. Ils sont pour la plupart hautains et escrocs : elle préviendra leur libéralité, et le cadeau sera payé d'avance.

ART. VI. — Elle s'attachera de préférence aux gros financiers. Ce sont des gens renforcés, solides et aisés à gouverner. Il n'y a que la manière de les prendre.

ART. VII. — Victime d'un amour mercenaire, rien ne lui répugnera : elle souffrira patiemment tous les caprices de l'homme qui la paie ; il faut qu'elle soit généreuse lorsqu'il le faudra. Elle aura pitié des malheureux ; et trompant leur amour en délire par l'idée d'une fausse victoire, elle leur laissera croire qu'ils ont fait tous les travaux d'Hercule.

ART. VIII. — Si elle est prudente, elle éconduira les amoureux. Ce sont des animaux qui n'apportent aucun profit à la maison ; au contraire, ils en éloignent souvent ceux qui la soutiennent, et qui fournissent aux dépenses.

ART. IX. — Si elle a un *amant-entreteneur*, elle ne craindra pas pour cela de commettre une infidélité ; elle saura que c'est un mal d'imagination, que peu en meurent et beaucoup en vivent. En conséquence, lorsqu'il se présentera quelques bonnes *passes* ou *passades*, elle ne se fera pas scrupule de les accepter. Elle n'oubliera point que c'est le casuel du métier.

ART. X. — Elle sera sobre, frugale, évitera toute boisson, ne se permettra les mets fins et délicats que lorsqu'ils ne lui coûteront rien.

ART. XI. — Elle aura toujours devant les yeux le sort de celles qui l'ont précédée ; et pour l'éviter, elle aura grand soin de placer son argent à mesure qu'elle en recevra. Elle se fera de bonnes rentes, pour prévenir la misère réservée ordinairement à celles qui ne calculent pas, et qui ne sont livrées qu'à la turpitude du libertinage.

ART. XII. — Si un étranger et un Français également riches se trouvent en concurrence auprès d'elle, elle ne doit pas hésiter à se déclarer en faveur du premier. La politesse le veut ainsi ; et surtout, elle y trouvera mieux son compte si elle a affaire à quelques bons milords. Ce sont des gens capables de se ruiner par orgueil, pour qu'on les croie plus opulents que les autres.

ART. XIII. — Elle fera prudemment, pour son honneur, d'éluder la connaissance de certains hommes qui, par leurs goûts antiphysiques, traînent après eux la honte et le déshonneur. Ils sont aisés à reconnaître.

ART. XIV. — Obligée par état de recevoir chez elle toutes sortes de personnes, pour le bien de sa santé, elle aura sans cesse devant les yeux le tableau horrible des souffrances qu'endurent les tristes victimes d'une débauche crapuleuse. En conséquence, elle prendra à l'avance toutes ses précautions à ce sujet.

ART. XV. — Simple, coquette et prude tout à la fois, elle saura que la simplicité attire, la coquetterie amuse, et la pruderie retient. Ce sera la base de sa conduite.

ART. XVI. — Elle n'aura point de caractère à elle ; elle s'appliquera à étudier avec le plus grand soin celui de son entreteneur, et saura s'en revêtir comme si c'était le sien propre.

Art. xvii. — Elle se rappellera au besoin qu'avec beaucoup d'esprit, assez de beauté et peu d'amour, elle gouvernera toujours à sa fantaisie l'homme du monde le plus impérieux.

Art. xviii. — Malgré tous les avantages apparents de son état, elle sera bientôt convaincue qu'il est de tous le plus malheureux et le plus humiliant. En conséquence, elle ne négligera rien pour s'en retirer avec prudence et honneur, c'est-à-dire pour prendre un établissement honnête, durable, et qui la mette à l'abri de la misère : suite presque inévitable de l'état qu'elle exerce.

CHAPITRE X

Aventure de deux dames de condition chez la Gourdan ; procès singulier à cette occasion. Réflexions morales[1]

Les filles du haut style, les paillards honteux de cette capitale, en un mot, tout le monde libertin et galant est dans la consternation d'un arrêt, prononcé il y a quelques jours par la Tournelle, qui décrète de prise de corps la fameuse surintendante des plaisirs de la cour et de la ville, la dame Gourdan, que par une dénomination plus décente et plus honorable on appelait la *Petite comtesse*. Cette femme était surtout essentielle aux étrangers, comme d'une grande ressource pour eux. J'en ai quelquefois usé depuis mon séjour ici, et je puis vous en parler pertinemment. Ce qui la rendait précieuse entre ses semblables, c'était son art de s'insinuer chez les femmes comme il faut, de gagner leur confiance et de les rendre dociles aux propositions qu'elle leur faisait. Vous sentez qu'il fallait qu'elles fussent proportionnées à l'objet désiré ; car enfin, de l'aveu même d'une reine, il n'est point de personne du sexe qui ne puisse s'acheter ; il ne s'agit que du prix. C'est un talent tel qui lui avait procuré la connaissance des princes, des évêques, des magistrats, et qui la fait regretter de tant d'illustres personnages. Comment une entremetteuse aussi essentielle a-t-elle pu mériter l'animadversion de la justice ? Voici l'histoire. Elle paraît bien romanesque, mais je la tire du récit de la dame accusée. Elle vous amusera.

1. Ici encore, nous substituons à la version des *Sérails de Paris* celle de *L'Espion anglais* (*op. cit.*, t. II, p. 50-63), datée du 11 septembre 1775, reprise avec quelques variantes dans *La Gazette noire...* (*op. cit.*, p. 81-96), réimprimée pour la première fois par Poulet-Malassis dans son édition de la *Correspondance de Madame Gourdan* (Bruxelles, 1866), et reprise par Octave Uzanne dans son édition de ce même texte (Bruxelles, Henry Kistemaeckers, 1883), p. 229-244.

Madame d'Oppy (c'est son nom), femme d'un grand bailli d'épée de la ville de Douai, était à Paris en 1766 par nécessité. Un chevalier de Saint-Louis, qu'elle avait vu en Flandre chez ses beaux-frères, mais qu'elle connaissait peu personnellement, profite du vide de société où elle se trouve pour lui rendre des visites assidues et nécessaire auprès d'elle par des apparences de dévouement et de zèle[1]. Bientôt, il lui fait sentir la nécessité de se procurer des liaisons dans un pays où l'ennui succède tour à tour au dégoût des affaires. Il lui vante une femme de condition de ses amies, d'un certain âge, bien répandue, tenant un état considérable et recevant la meilleure compagnie. C'était précisément ce qu'il fallait à une femme qui, avec un nom, de la figure, et surtout de la jeunesse, avait besoin, pour paraître décemment dans le monde, d'une personne de son sexe qui lui servît en quelque sorte de sauvegarde et d'introductrice. Le moyen que madame d'Oppy ne se laissât point aller à une proposition aussi décente de la part d'un militaire qu'elle croyait de ses amis ? Elle n'avait pas assez d'expérience des intrigues de Paris pour savoir que les fonctions les plus malhonnêtes y sont souvent l'apanage de l'homme décoré, et le moyen de parvenir aux honneurs. Elle accepta donc avec empressement et fut conduite chez la prétendue comtesse.

Celle-ci, prévenue du rôle qu'elle devait jouer, le remplit à merveille, et soutint par un extérieur convenable la bonne idée qu'on avait donnée d'elle. D'ailleurs, une vaste et belle maison, un domestique nombreux, des appartements meublés superbement : tout annonçait l'opulence de la maîtresse. Elle accabla de politesses la présentée, se félicita d'avoir fait sa connaissance, en remercia le chevalier, et parut vouloir se lier plus intimement avec une femme aussi aimable. Cette intimité ne put avoir lieu alors, à cause d'un voyage que madame d'Oppy fit peu après chez elle. Mais en 1768, de retour à Paris, ne songeant plus à son aventure, elle se trouve attaquée, au bal de l'Opéra, par un masque qui, après l'avoir tourmentée un peu, se fait reconnaître pour la femme chez laquelle elle a été conduite deux ans auparavant. Grands reproches d'une part ; excuses de l'autre. On pardonne, à condition qu'on viendra se justifier à un souper dont le jour est indiqué. Madame d'Oppy s'y rendit. Il n'y avait en femmes qu'elle et sa nouvelle amie. Le reste des convives consistait en hommes qu'à leurs noms, vrais ou faux, elle reconnut pour gens du plus haut parage. Le souper fut gai, mais sans indécence, et l'on se retira de bonne heure. L'historienne laisse ici une lacune, et passe brusquement au 15 avril, jour fatal où, s'étant empressée d'aller chez la comtesse sur un billet d'invitation, elle se trouve assaillie par un inspecteur de police[2], un

1. Observez que madame d'Oppy ne nomme point ce chevalier de Saint-Louis ; on ne sait pourquoi, car on ne doit pas craindre de déshonorer un pareil homme et de le dénoncer à la société. [NdA]

2. Le sieur Marais, chargé du détail des filles et des mauvais lieux. [NdA]

commissaire[1], qui l'arrêtent par ordre du roi, et lui apprennent que le lieu où elle est un lieu de prostitution, que la femme qu'elle croit son amie, son égale, en est la directrice, que c'est la dame Gourdan, nom trop célèbre dans la capitale, mais ignoré d'une femme honnête. Cette abominable entremetteuse se rend alors son accusatrice, et lui met sur le compte des débauches dignes de la dernière de ses infâmes élèves ; elle en fait sa déclaration. Le chevalier de Gricourt, beau-frère de madame d'Oppy, voyait tout, entendait tout d'un appartement voisin. Il était le chef secret et invisible de l'exécution[2], et sans égard aux réclamations de sa belle-sœur, aux protestations de son innocence, à ses refus obstinés de rien signer, à ses larmes, à ses sanglots, il la fait conduire à Sainte-Pélagie, dans une de ces maisons de force destinées à purger les familles et la société de leurs plus vils rebuts, à envelopper dans les ténèbres la honte d'un mari déshonoré, l'opprobre d'une femme scandaleuse, à donner un frein, en un mot, à ces Messalines dont aucune pudeur ne peut arrêter les écarts et les débauches.

Là, madame d'Oppy, mère de famille, femme de condition, l'alliée d'une infinité de maisons illustres, est dépouillée de ses habits, couverte d'une robe de bure, et reçoit le signe de l'infamie en voyant tomber ses beaux cheveux, l'ornement de sa tête.

Cependant son mari, à l'insu duquel elle prétend que s'était conduit tout le complot, apprend les horreurs qu'on impute à sa femme. Il arrive à Paris, il la voit, il entend sa justification. Mais trop faible, et pour la tourmenter innocente, et pour résister aux efforts des instigateurs de sa persécution, il prend un milieu : il fait convertir la lettre de cachet qui retient madame d'Oppy prisonnière à Sainte-Pélagie, en une autre qui l'exile dans une terre[3] où elle doit vivre avec lui, sans pouvoir se remontrer à Paris, sous quelque prétexte que ce soit.

Arrivés en ce lieu aux cris d'allégresse de leurs vassaux, les deux époux soupèrent, couchèrent ensemble, et scellèrent dans le lit conjugal une paix où l'épouse avait seule à pardonner. Elle avait déjà tout oublié, à ce qu'elle assure, mais elle retomba bientôt dans de nouvelles anxiétés. À travers la satisfaction apparente de son mari, malgré les preuves de tendresse qu'il lui prodiguait, elle démêlait un trouble, une contrainte, une agitation qu'il dissimulait mal ; elle ne put résister à son désir de s'éclaircir. Ayant trouvé un moment favorable pour fouiller dans les poches de M. d'Oppy, elle en tire une correspondance odieuse, dont le

1. Le sieur Mutel. [NdA]
2. Madame d'Oppy prétend que son mari ignorait tout cela, n'était prévenu de rien, que le chevalier de Gricourt seul, conjointement avec l'abbé de Gricourt, son frère, et leur sœur, avaient obtenu l'ordre de la police, et que ce n'était pas faute de temps que M. d'Oppy n'avait pas été instruit, puisque l'ordre du roi d'arrêter sa femme était du 14 mars. [NdA]
3. À la Flèche. [NdA]

résultat est un plan concerté de l'arrêter de nouveau, au moyen d'un autre ordre du roi, et de la faire enfermer pour le reste de ses jours dans un couvent[1].

À cette lecture effrayante, elle prend son parti, et ne voit son salut que dans la fuite.

Après avoir erré en plusieurs endroits, elle se fixe en Angleterre. Elle apprend que son mari, au bout d'un an de délai, a rendu plainte contre elle en adultère, par-devant le juge de son domicile à Noyon[2], et l'a fait condamner à la peine de l'authentique[3]. Elle repasse en France[4], y reste cachée dans l'espoir de venger son honneur attaqué ; elle parvient enfin à faire lever la lettre de cachet toujours subsistante[5]. Elle interjette l'appel de la procédure de Noyon et en demande la nullité. Cependant, son mari rend une nouvelle plainte[6] qui, commençant où vient finir la première, embrasse tout l'intervalle écoulé depuis son évasion, et articule de nouveaux faits d'adultère pendant le séjour de sa femme à Londres.

C'est dans cet état du procès qu'est intervenu l'arrêt[7] qui décrète de prise de corps la dame Gourdan et deux autres femmes publiques[8] ayant servi de témoins contre l'accusée. Mais la première, qui a des amis partout, a été avertie par de jeunes conseillers, et s'est soustraite à la captivité. Quoi qu'il en soit, ses fonctions se trouvent interrompues, et c'est ce qui désole tant de gens de tout sexe, de tout âge, de toute condition et de tout pays, à qui cette appareilleuse rendait les services essentiels de sa profession. On a saisi et annoté ses meubles, mis les scellés chez elle. On lui avait fait représenter auparavant son livre, qui est déposé au greffe. On dit que ce livre est une pièce très curieuse. Pour en connaître l'importance, il faut que vous sachiez, Mylord, que les lieux de débauche de cette capitale ne sont pas simplement comme nos *bagnos* à Londres : ils sont ici d'institution politique. Celles qui y président, par essence espionnes de la police, tiennent un registre exact de toutes les personnes qui viennent chez elles, et entrent à cet égard dans les détails les plus particuliers qu'elles peuvent apprendre. Vous sentez combien ils doivent être amusants. C'est sous le feu roi, et surtout à la fin de son règne, que cet historique du

1. Eppeville, en Picardie. [NdA]
2. La plainte est du 28 juin 1769. [NdA]
3. *Authentique* ou *peine de l'authentique* : peine figurant dans les *Novelles* de Justinien et prononcée en France contre la femme adultère et consistant, après avoir fait raser et fouetter celle-ci, à l'enfermer dans un monastère durant deux ans, délai à l'expiration duquel elle était soit reprise par son mari, soit contrainte à prendre l'habit religieux.
4. En 1772. [NdA]
5. 1773. [NdA]
6. Dans le temps où sa femme interjetait son appel. [NdA]
7. Il est du 6 novembre. Il déclare nulle la sentence de Noyon, en ordonne seulement l'exécution quant au décret de prise de corps, et cependant le convertit en décret d'ajournement personnel, donne acte au sieur d'Oppy de sa nouvelle plainte, lui permet d'informer, et à cet effet le renvoie par-devant le lieutenant général du bailliage. [NdA]
8. La femme Eudes et la femme Grenier. [NdA]

libertinage de la capitale était fort recherché. On assure que le magistrat chargé de cette partie en dernier lieu[1] y donnait une attention particulière, qu'il occupait journellement un secrétaire de confiance très intime à rédiger de ces divers matériaux une gazette galante et luxurieuse, et que le monarque et sa maîtresse[2] en faisaient leurs plus chères délices. Le lieutenant de police d'aujourd'hui n'a pas cet avantage. Le jeune prince, ami des mœurs, rejetterait avec indignation une chronique aussi scandaleuse ; il rougirait des turpitudes qu'on y dévoile. Mais ces archives d'horreurs et d'infamies n'en subsistent pas moins, comme pouvant servir à diriger le ministère dans quantités d'opérations sourdes, à lui fournir le fil de beaucoup de choses et le secret de presque toutes les familles. La dame Gourdan, par l'étendue de son commerce et par ses pratiques distinguées, devait être plus recommandable qu'une autre au gouvernement. C'est ce qui excite la curiosité des amateurs, soit pour découvrir dans son journal bien des gens qu'on ne se doutait pas d'y trouver, soit dans la crainte de s'y voir inscrits eux-mêmes. De quelque manière que le procès tourne, on espère, au surplus, qu'une femme importante ne sera que suspendue dans l'exercice de son ministère et qu'elle le reprendra incessamment. On sait qu'elle a déjà réclamé les bontés des personnages en place les plus éminents ; on dit même qu'elle a eu l'audace d'écrire à M. le duc de Chartres, et d'engager S. A. à s'intéresser pour elle.

Du reste, si l'on discutait à la rigueur la conduite de cette entremetteuse, elle serait très punissable. Sans doute, il y a tout à parier que madame d'Oppy, dans un intervalle de deux ans, n'avait pu ignorer quel était le métier de la prétendue comtesse, en supposant qu'elle y fût allée innocemment la première fois. Mais il y a à présumer aussi que celle-ci, gagnée par les instigateurs de la persécution contre une femme adultère[3], se sera prêtée à l'abominable complot médité pour la surprendre et aura disposé le piège adroit où elle devait être arrêtée. Or, soit qu'elle ait seulement favorisé le libertinage d'une femme de condition mariée, et dont le commerce lui est interdit par les règlements de son métier exécrable, soit qu'elle ait servi d'agent aux calomniateurs de cette épouse infortunée, qui leur aura donné prise par son étourderie et son indiscrétion,

---

1. M. de Sartine. On prétend que c'est madame la marquise de Pompadour qui, pour dissiper l'ennui de son auguste amant, avait imaginé cette gazette. [NdA]

2. On conçoit combien cette gazette avait dû prendre faveur sous la comtesse du Barry, et les jolis commentaires qu'elle pouvait y faire. [NdA]

3. Madame d'Oppy prétend qu'ayant perdu les enfants qu'elle avait eus de son mari, ses beaux-frères et sa belle-sœur, intéressés à la calomnier pour faire anéantir les clauses avantageuses de son contrat de mariage, ont profité de la faiblesse du caractère de son mari et ont dirigé toute l'accusation d'adultère ; ils auraient même, suivant elle, préparé de loin son introduction chez madame Gourdan, pour la conduire enfin dans le précipice d'horreurs où ils l'ont jetée. Il faut convenir que ce dernier projet est trop absurde pour le supposer, à moins qu'elle n'y eût donné occasion par sa conduite galante et peu honnête. [NdA]

dans l'un et l'autre cas, elle devrait être châtiée exemplairement, plus ou moins, suivant l'atrocité de ses manœuvres.

Pendant que je suis sur le compte de madame Gourdan, il faut vous faire part de deux anecdotes qui la concernent, anciennes déjà, et qu'on m'a apprises. Vous verrez par la première que cette infâme était très propre à jouer tous les rôles qu'on voulait lui faire faire pour assouvir sa cupidité. La seconde est une preuve qu'il était très aisé de se méprendre sur son compte, mais que l'erreur ne pouvait durer longtemps. Un fermier général[1], vieux libertin très riche, voyait en société une femme de condition, venue à Paris avec son mari pour solliciter à la cour quelque grâce. Elle était fraîche, aimable, enjouée : elle avait donné dans l'œil du Turcaret. Celui-ci avait essayé de s'insinuer auprès d'elle, mais sans succès, ce qui n'avait fait qu'irriter ses désirs. Il va trouver madame Gourdan ; il lui fait part de son amour, et déclare être disposé à tous les sacrifices pécuniaires, si elle peut déterminer cette beauté à lui devenir favorable. Il ajoute qu'il sait qu'elle n'est pas à son aise, et l'autorise à s'avancer, en propositions solides, aussi loin que l'exigeront les circonstances. Du reste, il promet de forts honoraires pour l'entremetteuse. Celle-ci commence par faire connaissance avec la femme de chambre ; elle se ménage un accès chez la maîtresse comme marchande à la toilette qui vient lui faire voir des bijoux, des étoffes et autres objets précieux à acheter. Elle découvre bientôt le faible de la dame : elle a une fureur des diamants inconcevable, mais elle ne sait comment faire pour les payer ; elle manque d'argent. Madame Gourdan vient rendre compte au financier de sa commission ; elle lui dit que l'ouverture est faite, mais que la négociation est chère, qu'il s'agit d'un écrin de dix mille écus.

Le publicain, ladre de son caractère, était trop épris pour l'être en pareil cas. Il va chez un bijoutier, se munit de la plus belle garniture de cette espèce et la confie à l'appareilleuse, qui ne doute plus d'éblouir la provinciale avec de telles offres. Elle s'y prend adroitement, et comme la commission devenait de plus en plus délicate à cause de l'époux, elle engage la dame à venir chez elle secrètement pour voir les diamants en question, très beaux, qui ne seront point chers, dont le propriétaire est obligé de se défaire à bon compte. La jeune femme qui, à l'exemple de quantité de ses semblables, traitait tout cela à l'insu de son mari, accepte le rendez-vous comme plus commode. Elle logeait dans le quartier de la Comédie-Italienne[2]. Un dimanche, sous prétexte d'aller à l'église, enveloppée d'une calèche, elle va chez la prétendue marchande à la toilette, qui de son côté n'avait pas manqué de prévenir le fermier général, de lui annoncer que la beauté, docile à ses désirs, consentait à une entrevue à telle heure. La jeune femme arrivée la première, suivant la combinaison

1. Le sieur Dongé [*sic* pour Dangé]. [NdA]
2. Celle-ci occupait encore l'ancien hôtel de Bourgogne, rue Mauconseil.

de la dame Gourdan, elle lui déploie les diamants, elle les lui essaie, elle lui met des girandoles aux oreilles, la bague au doigt, le collier au cou, etc. Celle-là se livrant à la vanité ordinaire de son sexe, s'admire dans cet éclat :

« Mais tout sera bien cher ? dit-elle.

— Non, madame », répond l'entremetteuse. En même temps, elle fait entrer le financier. « Voilà le propriétaire ; vous vous arrangerez à merveille ensemble ; je vous quitte. »

Elle sort aussitôt, ferme la porte et laisse sa victime en proie aux désirs effrénés du vieux paillard qui, de son côté, croyant ses propositions acceptées, fait les déclarations les plus chaudes et se met en devoir de recueillir le fruit de ses avances. Tout cela s'était passé si brusquement que la dame, pétrifiée, n'avait pas reconnu d'abord le fermier général. Elle lui témoigne sa surprise et le repousse avec indignation. Étonné à son tour, il demande si elle s'est flattée de recevoir ce cadeau impunément ? Il s'ensuit une explication affreuse. Elle apprend où elle est, en vain elle veut sortir : point de clef à la porte ; elle a beau sonner, personne ne répond. L'infâme hôtesse du lieu voyait le combat par une ouverture secrète. Elle se flattait toujours que les diamants opéreraient leur effet : elle ne pouvait concevoir qu'une femme résistât à pareil appât. Cependant, il fallut terminer cette scène, qui ne prenait pas décidément la tournure convenable, et qui commençait à fatiguer le paillard publicain. Il remet ses diamants dans sa poche. La beauté, furieuse, menace la Gourdan de la faire mettre à l'Hôpital. Tout considéré, de peur que l'aventure ne parvînt aux oreilles de son mari, elle a trouvé plus prudent de rester tranquille, de profiter de la leçon, de renoncer aux diamants, et surtout de ne point voir de marchande à la toilette.

L'autre anecdote est plus plaisante. La Petite comtesse, non moins utile aux plaisirs de la cour qu'à ceux de la capitale, revenait un jour de Versailles, où elle avait conduit deux nymphes, morceaux choisis qu'elle avait présentés à quelque grand. Aux approches de Paris, son carrosse casse ; elle est obligée de mettre pied à terre avec ses deux élèves. Monsieur l'évêque de Tarbes[1] passe dans le même temps ; il est touché de l'accident, il prend part au sort de ces dames, leur offre sa voiture pour les ramener, il insiste. La Gourdan trouve très comique de se voir dans le carrosse d'un prélat ; elle accepte, et se pavane aux yeux de tous les spectateurs. C'était un jour où la route de Versailles était encore plus fréquentée que de coutume. Une infinité de jeunes seigneurs se rendaient à la cour ; plusieurs reconnaissent le prélat et sa compagnie. Arrivés, ils n'ont rien de plus pressé que d'en rire et d'en faire l'histoire du jour. Elle parvint aux oreilles de madame la comtesse du Barry, qui en amuse le

1. M. de Lorry[a]. [NdA]
a. Michel-François Couet du Vivier de Lorry, né en 1728.

monarque. S. M. ordonne au grand aumônier de mander de sa part l'évêque de Tarbes, et de lui faire des reproches sur sa conduite scandaleuse. Le prélat ne sait ce que cela veut dire. Enfin, la plaisanterie s'éclaircit, et il reconnaît que la charité n'est pas toujours bien placée ni bien récompensée[1].

CHAPITRE XI
Grisettes, petites ouvrières mises en apprentissage chez les marchandes de modes, pour prendre le goût de la parure et des plaisirs

La Pâris, fameuse appareilleuse qui s'est immortalisée à jamais par sa haute science dans les fastes de Cythère, et dont nous donnerons la vie dans le cours de cet ouvrage, la Pâris avait pour habitude, tous les mois, de meubler son sérail de quelques nouveaux jolis visages. Elle prenait ou débauchait ordinairement quelques petites ouvrières ou grisettes sous un prétexte de bienfaisance, tandis que ce n'était que pour leur donner un goût insatiable pour le monde, et faire naître en elles le désir le plus ardent des parures et des jouissances. Elle les mettait en apprentissage dans un riche magasin de modes. La maîtresse de la boutique était, comme on le croit bien, d'intelligence, et n'oubliait rien de ce qui était nécessaire pour mettre bien vite ces innocentes créatures en état de remplir les vues de la mère-abbesse.

On veillait sur elles avec la plus scrupuleuse exactitude, et par ce moyen, on était toujours assuré, sinon de leur sagesse, du moins de leur virginité.

La Pâris était une femme adroite, qui voyait loin, et qui connaissait tout le charme de ces temples de la coquetterie. En effet, une boutique de modes ne peut que flatter infiniment les goûts d'une jeune fille qui entre dans le monde, et qui n'a encore rien vu. On lui fait passer tour à tour en revue les étoffes les plus riches et les plus précieuses, les parures les plus élégantes et les plus recherchées, les fanfreluches, les pompons, les ajustements, les ornements si délicieux pour une femme, et tout ce que l'aiguille ou le fuseau peuvent produire d'exquis. Eh ! comment une jeune nymphe résisterait-elle à tant de charmes ? Ce spectacle doit nécessairement éveiller la vanité dans un cœur novice, y faire naître l'amour

1. Il est fait allusion à cette mésaventure arrivée à l'évêque de Tarbes dans une lettre de l'abbé Galiani à Mme d'Épinay du 3 mars [1770] (*Correspondance*, éd. G. Dulac, D. Maggetti, Paris, Desjonquères, 1992, t. I, p. 122). On la trouve également rapportée, avec de menues variantes, dans les *Mémoires secrets*, *op. cit.*, 31 janvier 1770, t. V, p. 58.

du luxe et de la frivolité. Si l'on considère bien le genre d'occupations journalières d'une fille de modes, on sentira qu'elle ne peut à la longue échapper à la corruption des mœurs. En effet, son art consiste non seulement à façonner les diverses productions de nos manufactures, mais encore à les faire tourner au profit des passions du sexe qui l'emploie. Il faut qu'elle s'évertue sans relâche, tantôt à enfler l'orgueil de la fastueuse, tantôt à aiguiser les traits de la coquette, ou bien à donner plus d'ardeur à l'amoureuse, plus de tendresse à la voluptueuse, plus d'énergie à la jalouse, et plus de lascivité à la courtisane. La beauté veut recevoir des grâces, la gentillesse du feu, et la laideur des déguisements. Toutes les femmes briguent le triomphe, et chacune à sa manière. Il n'est pas jusqu'à la dévote qui ne désire trouver grâce devant les yeux de son directeur.

En outre, le genre de pratiques qui circulent dans ces ateliers de la galanterie et de la frivolité ne contribue pas peu à faire tourner la tête des ouvrières qu'on y occupe. C'est une demoiselle échappée du couvent qu'il est question de dresser à l'art de plaire ; il faut captiver, avec le secours de la parure, l'époux qu'on lui destine. C'est une nouvelle mariée qu'on veut présenter aux cercles les plus brillants, et qui dans son cœur formant déjà le désir de séduire, s'évertue en tous sens pour trouver le moyen de rendre ses attraits plus enchanteurs. C'est surtout une actrice, une chanteuse, une danseuse, une courtisane qui, de simple grisette ou peut-être d'un état encore plus bas, devenue la maîtresse d'un riche seigneur, roule dans un char superbe ; ses habits sont magnifiques, sa parure étincelle de diamants ; peut-on ne pas envier sa condition ? Vient ensuite un petit-maître qui commande des présents pour sa maîtresse, et qui glisse des douceurs en passant à ces prêtresses subalternes de Vénus : elles n'entendent continuellement parler que de parures, de fêtes, de bals, de comédies, de plaisirs et d'amour. Si quelquefois elles sont obligées de prêter leur ministère à des décorations lugubres, c'est encore pour les rendre moins tristes, et pour y jeter des grâces. Une veuve qui commande son deuil exige qu'on entrevoie dès lors qu'elle n'est pas destinée à porter toute la vie ces crêpes lugubres : elle veut que ces enveloppes sinistres donnent à sa beauté plus d'intérêt et lui fassent, pour ainsi dire, les apprêts d'une nouvelle conquête.

À ces séductions, qui entrent par tous les sens, dans le cœur d'une fille de mode, qu'on ajoute les efforts les plus actifs de ces duègnes émissaires du libertinage, qui la regardant déjà comme une victime dévouée au plaisir, lui font sourdement les offres les plus flatteuses, soit pour elles-mêmes, soit en faveur d'un cavalier galant, dont les yeux de concupiscence seront tombés sur la jeune enfant : et l'on conclura qu'il est moralement impossible que cette jeune fille ne succombe à la tentation et à l'exemple général.

CHAPITRE XII

Belles de nuit, ou stations nocturnes aux Tuileries, sur les boulevards et autres promenades

On trouve à Paris des femmes qui, soit à cause de leur âge ou de leur état, ou d'une sorte d'honnêteté à laquelle elles n'ont pas renoncé, n'osent afficher ouvertement le libertinage. Pressées cependant par l'indigence, ou pour se donner un peu plus d'aisance, elles profitent de l'obscurité de la nuit ; elles se rendent aux jardins publics, enveloppées quelquefois sous un immense voile. Là, elles agacent les hommes avec une sorte d'impunité ; et déguisant jusqu'à leur voix, elles jouissent de la plus entière liberté de l'*incognito*. D'un autre côté, il est des libertins honteux, de vieux avares, des gens mariés, des débauchés d'un genre particulier, qui sont enchantés de pouvoir assouvir dans l'ombre du mystère et dans le silence des bois, une passion qu'ils n'osent aller satisfaire dans les lieux consacrés à cet effet. Cette manière est même, pour certains amateurs, la *rocambole*[1] du plaisir ; et quoiqu'ils n'ignorent pas que la vue de la plupart de ces *belles de nuit* ne serait pas soutenable au grand jour, ils aiment cependant à se laisser aller aux erreurs d'une illusion mensongère, et à suppléer, par l'imagination, à la réalité : ce qu'ils ne pourraient faire, si une connaissance intuitive de l'objet les empêchait de s'y livrer. À la faveur, au contraire, d'un léger crépuscule, d'une lueur incertaine, les divers défauts s'éclipsent, tout ce qui porte les attributs du sexe s'embellit, et acquiert le droit de plaire. Les grâces surannées reprennent leur fraîcheur, et la matrone la plus hideuse trouve encore à trafiquer de sa laideur dégoûtante. Ces femmes aident autant qu'elles peuvent à la méprise par une toilette préparatoire : elles quittent leurs haillons, elles se parfument, elles remplissent les rides de la vieillesse avec des pommades ; elles blanchissent, elles adoucissent leur peau noire, livide et tannée : des coussinets, un fichu, artistement placés, rendent l'image trompeuse d'une gorge belle de santé et de jeunesse. Elles réparent, par des lotions astringentes, les ravages de leur lubricité, elles endossent une robe de taffetas, et se donnent ainsi l'extérieur d'une nymphe propre et charmante.

Deux choses contribuent à mettre en vogue ces Vénus ténébreuses. Premièrement, il se trouve dans le nombre quelques honnêtes femmes, les unes guidées par une curiosité indiscrète et folle, les autres douées d'un tempérament insatiable qu'elles cherchent à calmer au moyen de

1. *Rocambole* : ce qu'il y a de meilleur, de plus piquant.

plaisirs furtifs qui, en leur laissant l'extérieur de la vertu, les garantissent des suites de leur fureur impudique ; et cette amorce, quoique souvent chimérique, est d'un grand attrait pour les galants.

En second lieu, la difficulté, l'impossibilité même presque absolue de se livrer dans les jardins publics à des plaisirs trop souvent funestes, fait préférer par certains hommes ceux que les femmes en question leur offrent, à d'autres qu'ils seraient tentés de prendre, s'ils étaient en liberté de le faire.

Cependant, ces malheureuses victimes de la honte mènent ce petit commerce clandestinement, pour ne point déroger à la vie bourgeoise, ni se faire exclure en affichant le scandale de leurs petites coteries. Elles courent souvent le risque d'être arrêtées. Car malgré l'extrême liberté qui règne dans les jardins publics, on donne les ordres les plus sévères pour en exclure la débauche ; les filles ou femmes qu'on surprend en flagrant délit sont, sans miséricorde, envoyées à l'Hôpital. Des agents secrets de la police sont chargés de cette inspection qui, sans détruire entièrement le mal, arrête le scandale. Quand ils voient plusieurs de ces femmes assises au pied d'un arbre, ou d'un amas de chaises, ils s'approchent d'elles (elles ne sauraient les reconnaître à leurs vêtements bourgeois). Aussitôt, croyant qu'elles ont trouvé leur affaire, elles leur offrent leurs petits services, en termes techniques, avec lesquels ces ambulantes expriment, sous une image honnête, l'acte de leur métier ignoble. Alors, ils s'asseyent à côté d'elles, paraissent écouter leurs propos et se laisser séduire. Mais après ces préliminaires, et au moment que la conversation veut s'échauffer, ils les arrêtent.

CHAPITRE XIII

Aventure du jeune chevalier de Walbé, chez une fameuse courtisane, connue sous le nom de comtesse de Grassi la Napolitaine. Portrait de cette dame et de Pauline, sa fille

Je venais de passer la soirée dans une de ces maisons de jeu d'où j'étais sorti avec un gain de quatre cents louis qui me furent payés en or. Il était près de minuit. Les rues étaient paisibles, quelques piétons se rencontraient de loin en loin, et tranquillement je me rendais chez moi avec mon trésor. J'étais à peine arrivé au détour de la rue des Quatre-Fils que je me vois accosté par une grande belle fille, vêtue de la manière la plus élégante et la plus décente. Ses cheveux blonds étaient épars, et son mouchoir jeté comme à l'abandon me laissait voir les palpitations du plus beau sein. Elle était tout en pleurs, et les sanglots étouffaient sa voix. Je m'arrête… « Qu'avez-vous, mademoiselle ? » J'ouvre les bras, elle s'y précipite, et une vive agitation est sa réponse. Je la serre étroitement, et lui témoigne le plus vif intérêt.

— Ah ! monsieur, s'écrie-t-elle, qui que vous soyez, ayez pitié de la plus malheureuse des filles.

— Qui êtes-vous ?

— Une fille perdue. Ma mère m'abandonne ; elle vient de me chasser de chez elle, et ne veut plus me revoir. Hélas ! monsieur, que deviendra Pauline ?

— Que deviendra Pauline ! je répète avec feu cette exclamation. Ce que vous deviendrez ? lui dis-je, en serrant ses belles mains. Vous rentrerez dans le sein de votre famille, je vous conduirai chez vous, et je ferai votre paix.

— Oh ! non, jamais ma mère ne voudra me voir, elle me déteste, elle m'abhorre parce que je ne puis surmonter mon aversion pour l'époux qu'elle me destine.

Qu'elle était belle ! qu'elle était intéressante ! Mon cœur s'attendrissait, et n'était pas loin de concevoir pour elle une passion violente ; je m'en aperçus presque aussitôt que je la vis. Eh ! que ne peuvent pas sur un jeune cœur tant de beautés, tant de grâces ! L'amour était sans doute caché dans ses beaux yeux lorsqu'elle s'offrit à mes regards ; le trait qu'elle me lança pénétra jusqu'au fond de mon âme. « Du courage, m'écriai-je, fille intéressante ! Non, non, je ne vous quitterai pas. Permettez que j'essuie ces larmes. Venez, laissez-moi faire, et je réponds de votre réconciliation. » Pauline paraît sensible à mes transports, mais elle persiste dans son refus, et veut fuir pour toujours la maison maternelle ; c'est pour elle un enfer anticipé. Cependant, tout en écoutant ses raisons, je m'acheminais avec elle, et pendant que j'étais occupé à lui prodiguer mes soins et à lui donner quelques consolations, nous arrivâmes à l'entrée d'une petite rue. Elle se jette de nouveau dans mes bras.

— De grâce, monsieur, éloignons-nous ; c'est ici que demeure ma mère.

— Ici ? mon aimable Pauline. Tant mieux. Allons, de la fermeté. Je ferai votre paix. Souvenez-vous qu'une mère est toujours mère : elle vous rendra ses bontés. Feignez seulement de consentir à ce qu'elle désire ; nous gagnerons du temps, et peu à peu nous la déciderons à ne pas vous sacrifier à un homme que vous ne pouvez voir.

Enfin, après bien des débats, moitié de force, moitié de gré, je la décide. Je frappe à la porte qu'elle m'indique. Un vieux domestique nous ouvre. Apercevant Pauline, il lui refuse l'entrée.

— Allez, mauvais enfant, dit-il d'un ton à arracher des larmes, allez, votre respectable mère ne veut plus vous voir, vous la ferez mourir de chagrin.

— Jacques, voilà monsieur qui va faire ma paix, je ferai toutes les volontés de ma mère.

— Hélas ! monsieur, reprend ce perfide portier, si vous connaissiez madame la comtesse de Grassi ! Comme elle est bonne !

— Allons, allons, mon cher Jacques, lui dis-je, aidez-moi à remettre cette aimable enfant dans les bras de sa mère. Pauline vous en sera éternellement reconnaissante.

— Oui, mais que va dire madame de voir revenir mademoiselle avec un étranger, un inconnu, un homme enfin ?

Aussitôt, je me nomme, j'offre de donner d'amples éclaircissements sur ce que je suis. Je n'eus pas plutôt prononcé mon nom, que le scélérat levant les mains au ciel, s'écrie, en feignant de me connaître.

— Quoi ! c'est vous, monsieur ? Que je suis enchanté de vous voir !

— Comment ? vous me connaissez ? lui dis-je, avec étonnement, et vous ne m'avez jamais vu !

— Cela est vrai, je ne vous ai jamais vu, mais madame la comtesse ne tarit pas sur les éloges qu'elle entend journellement faire de vous dans les sociétés où elle va. Venez, venez, que vous êtes heureuse, mademoiselle Pauline ! Oh ! à présent, je réponds de votre réconciliation.

Tout aussitôt, sans me laisser le temps de répondre, il nous emmène, nous fait traverser trois petites cours qui se communiquaient les unes aux autres par de longs corridors ; ils étaient parfaitement éclairés. Nous arrivons enfin à un petit jardin au fond duquel était une petite maison. Au grand nombre de lumières, je jugeai qu'il y avait grande compagnie. Après avoir passé plusieurs salles magnifiquement décorées, nous fûmes introduits dans un petit salon dont le décor était d'une grande élégance. Jacques nous dit d'attendre un moment, ajoutant qu'il allait voir madame la comtesse et la préparer à notre entrevue. Je reste avec Pauline qui, avec cet air de douceur, de candeur qui sied si bien à la vertu, me témoigna d'avance sa gratitude… J'étais loin de me douter de toute la noirceur de son âme qu'elle cachait sous les dehors les plus trompeurs ! Qui m'eût dit qu'une nature si belle, douée de tous les dons de la nature, était aussi perfide, aussi cruelle !… Enfin, après un quart d'heure, la porte s'ouvre, et je vois venir à moi une femme d'un port majestueux et imposant ; elle me tend la main avec grâce et m'indique une place sur un sopha. La douceur, la bonté étaient peintes sur son visage… Quels charmes séducteurs ! « Je prise infiniment, monsieur, me dit-elle, cette occasion qui me procure votre connaissance. Depuis longtemps, j'avais entendu parler de vous d'une manière si favorable que… » Ici Pauline, sans laisser achever sa mère, se jette à ses pieds, lui demande le retour de sa tendresse, et lui promet de faire tout ce qu'elle désirera. La comtesse, sans la laisser continuer, l'embrasse avec transport : « Va, ma Pauline, je te pardonne ; tu reviens sous de trop heureux auspices pour que je n'oublie pas les chagrins que tu m'as donnés. Va, ma fille, dis à Julie qu'elle répare le désordre où tu es ; nous allons souper, souviens-toi de ne pas brusquer davantage M. Richemont. C'est, monsieur, l'époux que je lui destine. Je veux que vous fassiez connaissance avec lui, et vous jugerez alors du bonheur futur de ma Pauline. » Pauline était déjà disparue que je n'avais pu encore proférer une seule parole. Cette maudite comtesse me permettait à peine d'ouvrir la bouche, et faisait elle-même et la réponse et la demande. « Vous me ferez le plaisir de souper avec nous, je l'exige. » Je refusai ; j'avais besoin de me retirer. J'étais content, puisque j'étais parvenu à mon but, qui était la réconciliation de la fille avec la mère. Mais non, mes excuses ne furent pas reçues. J'alléguai mille et une raisons ; rien ne fut écouté, et au milieu de nos débats, Jacques arrive et dit que madame est attendue dans l'appartement voisin pour l'affaire d'un moment. « Je vous laisse un instant ; je suis à vous dans la minute. » Aussitôt, la comtesse disparaît, la porte se referme et me voilà seul.

Il y avait dix minutes environ que j'attendais, et par désœuvrement, je m'occupais à considérer la richesse de l'appartement. Voulant examiner un tableau qui était au-dessus d'une espèce de porte de cabinet, je prends une bougie, je me lève sur la pointe des pieds, je chancelle, et pour ne pas tomber je m'appuie fortement sur la porte ; elle s'ouvre, mais avec un peu de difficulté. Je vois une file d'appartements. Je cède à la curiosité, j'entre et traverse trois à quatre petites chambres, meublées avec décence, mais sans luxe. Je croyais être à la fin de ma course lorsque j'aperçois dans un coin une porte. Elle était fermée. Je veux l'ouvrir, je tâte autour de la serrure, ma main rencontre un petit bouton, j'appuie, et la porte s'ouvre. Grand Dieu ! quel spectacle horrible se présente à ma vue : un homme nu, étendu sur une paillasse. Je m'approche, je regarde, je n'en crois pas mes yeux : il avait la tête coupée, à côté de lui était une massue et un large cimeterre encore tout ensanglanté. Je recule d'horreur, je chancelle en voulant fuir, je rentre enfin dans le salon. Tout était dans le même ordre, la comtesse n'était pas encore revenue ; je prête l'oreille, un morne silence, le silence de la mort m'environne... Je crois entendre marcher, j'écoute, mais je n'entends rien, pas même un soupir. J'étais rêveur, je ne savais à quoi me décider, ni quel parti prendre, quand tout à coup, mes oreilles sont frappées du cri lugubre de la chouette qui se faisait entendre dans le lointain. Je sors aussitôt de l'espèce d'anéantissement dans lequel j'étais plongé ; un courage surnaturel que donnent le désir de vivre et l'horreur d'une mort violente s'empare de tous mes sens. Je cesse de trembler ; décidé à tout, remettant mon sort entre les mains de la Providence, j'ouvre doucement la porte par laquelle Jacques m'avait introduit, je me laisse conduire par le hasard, et j'arrive, je ne sais comment, à la porte de la rue. Je m'approche de la loge de l'infernal portier.

— Jacques !

— Qui va là ?

— Jacques, ouvre-moi la porte.

— Quoi c'est vous ? vous ne restez pas ? me répondit-il d'un ton dur.

— Pardonnez-moi, je vais remonter ; mais comme madame la comtesse veut que je reste à souper, je vais payer et renvoyer le fiacre qui m'a conduit ici avec mademoiselle Pauline.

Jacques sort de sa loge, et me regarde de près. Heureusement qu'à la faible lueur de sa lampe, il ne distingue pas mon embarras. « Monsieur, vous pouvez remonter, je vais le payer moi-même. » Un nouveau saisissement me prend, je vois ma perte décidée, j'allais lui faire une réponse qui m'eût peut-être découvert, lorsqu'au même instant on frappe à la grande porte. Jacques prête l'oreille… on frappe derechef, mais d'une façon convenue ; alors, on m'oublie et on ouvre la porte. Je me mets un peu en arrière, et je vois entrer deux grands hommes qui étant à moitié ivres, firent tomber la lampe du portier. La porte allait se refermer, « Attends donc, dit l'un d'eux, notre camarade est là qui va entrer… » Profitant alors du moment et de l'obscurité, je me coule et sors au même instant qu'entrait le troisième de mes assassins. « Où vas-tu ? » me dit-il d'un ton terrible. Je ne réponds rien, je me mets à courir, et minuit trois quarts sonnaient lorsque je rentrai chez moi.

Je ne ferai point ici le tableau de toutes les diverses sensations que j'éprouvai quand je fus un peu plus calme, et rendu entièrement à moi-même. Cette malheureuse comtesse, qui réellement appartenait à une illustre maison de Naples, avait des agents secrets dans les diverses maisons de jeu, et surtout dans celle d'où je sortais, comme étant dans son quartier. Si vous étiez heureux, si votre gain en valait la peine, on vous suivait ou l'on vous offrait une voiture, une jeune nymphe vous priait de lui donner la main et de la reconduire chez elle, enfin on faisait si bien que vous alliez chez la comtesse sous quelque vain prétexte, et là était votre tombeau.

Je désire que cette terrible aventure serve d'exemple et de préservatif à la jeunesse trop confiante, à l'homme sans expérience qui fréquente trop facilement toutes sortes de maisons, et qui ne voyant que d'après son cœur, se laisse souvent surprendre et attendrir par ces femmes barbares et atroces, qui abusent des charmes dont la nature s'est plu à les orner, les emploient à perdre l'homme assez bon pour les écouter. Las, fatigué, abattu, le sommeil ne tarda pas à me soustraire à mes tristes réflexions. Le lendemain, je me levai de grand matin, et me transportai sur-le-champ à la police ; j'y fis mon rapport, l'on prit mon nom, et l'on me promit vengeance, en me recommandant le secret le plus inviolable sur cette aventure. Effectivement, le jour même, toute cette abominable maison fut enlevée ; mais j'ai toujours regretté qu'on n'en eût pas fait un exemple public. Des raisons politiques et d'autres relatives, m'a-t-on dit, à l'administration de la police, avaient nécessité que cette affaire, et le genre de punition, restassent ensevelis dans le plus profond secret.

Le lecteur nous saura gré, sans doute, de lui tracer ici les portraits de cette dame Grassi et de Pauline sa fille.

La comtesse de Grassi, âgée à cette époque de cinquante ans, était grande, brune, avait les yeux beaux, vifs et étincelants d'esprit ; elle avait le port noble, la démarche majestueuse, elle paraissait familière aux usages du grand monde, et faisait le principal ornement de quelques maisons de jeux qu'elle fréquentait assidûment. Il était impossible à quiconque ne la connaissait pas de démêler sous ces dehors trompeurs la perversité de son âme.

Pauline, la digne fille d'une telle mère, était une très jolie blonde de dix-sept à dix-huit ans ; ses yeux bleus exprimaient la volupté et le désir, sa tournure avait quelque chose de lascif qui dévoilait son âme à celui qui avait le loisir et la volonté de l'observer. Elle était grande, bien faite, avait la gorge belle ; elle affectait l'air doux, honnête, jouait le sentiment, mais pour peu qu'on l'observait, il était facile de la deviner.

CHAPITRE XIV

Amoureux. Souteneurs de filles publiques

Il est d'usage que toute fille publique ait un amoureux qui, au besoin, prend sa défense envers et contre tous. Elles choisissent ordinairement leur coiffeur, quelque laquais, ou quelque garçon limonadier. Ces hommes sont assez ordinairement paisibles et peu dangereux. Mais celles qui ont entièrement levé le masque et qui, sans honte, se livrent avec la plus grande publicité au libertinage, ont de ces libertins sans asile, qui ne vivent que d'escroqueries et de maquerellage. Pour ne point gêner le commerce impudique de leurs maîtresses, ils s'absentent pendant le jour, rôdent de temps en temps autour de la maison, y paraissent même, en cas de besoin, et ne rentrent que pour les repas et se coucher. Si elles sont en compagnie, ils passent leur temps et la nuit dans les tabagies, les billards, les tripots, et dans tous ces mauvais lieux, seuls endroits que fréquentent ces êtres vils, sans foi, sans honneur, qui ne respirent que vols et rapines. Étrangers, jeunes gens imprudents, méfiez-vous de ces scélérats, dignes du plus souverain mépris. Leur souffle est un poison, et ils portent la peste partout où ils vont. Confidents infidèles des infortunés qui, de bonne foi, se livrent à eux, ils abusent des plus grands secrets et, se gorgeant des dépouilles et du sang des malheureuses victimes qui tombent sous leurs griffes, ils veulent encore, en les dépouillant, avoir l'air de leur rendre service. Heureusement, la police a sans cesse les yeux ouverts sur eux. Ils s'en doutent bien, et si chaque jour n'est signalé par un de leurs crimes, c'est à la vigilance de la police que nous le devons.

Pour mettre le lecteur à même de juger de la turpitude de ces êtres pervers, nous allons lui offrir le code informe de leur association. Il n'est que le fragment d'un ouvrage plus considérable, que des raisons impérieuses nous empêchent de publier en entier. Il est inutile de témoigner ici combien nous avons d'horreur pour de semblables maximes, et de dire que si nous les publions, c'est que nous sommes convaincus que le moyen le plus sûr d'anéantir le poison qu'ils renferment, c'est de l'indiquer. L'ennemi caché est l'ennemi le plus dangereux ; dès qu'il est connu, dès que ses principes et ses pièges sont découverts, il n'est plus à craindre.

CHAPITRE XV
Code d'escroqueries et de roueries, rédigé par le nommé Georges, souteneur de filles publiques à Paris

Amour

L'amour ne doit être qu'un amusement badin, un goût passager, épuré des fadeurs du sentiment et des ridicules de la constance. Ses chaînes ne doivent être tissues que de fleurs légères, formées par les mains du plaisir, et brisées par celles de l'inconstance. Si par malheur vous en faites une affaire sérieuse, il vous occupe, et tout ce qui occupe est bien près d'ennuyer, s'il n'ennuie pas déjà.

Quoi, en effet, de plus fade, de plus insipide, que cet embarras si touchant qui précède une déclaration, et ces moments qui la suivent ? Hélas ! les instants que l'on donne aux rigueurs sont autant de perdu pour les plaisirs. Laissons de côté ce qu'aime le vulgaire, les petits soins… : offrons-les le premier jour, qu'ils soient reçus le second, récompensés le troisième, et surtout oubliés à jamais réciproquement le quatrième, sans qu'il ne soit pas question de reproche d'infidélité. Si la prétendue délicatesse s'en trouve mécontente, souvenons-nous que la commodité au moins nous en dédommage amplement. L'amour est rarement un sentiment profond, mais un prétexte d'avoir et de donner le plaisir. La femme qui vend ses charmes ne livre presque jamais son cœur. Il est une classe d'êtres féminins chez lesquels il faut chercher seulement la beauté, l'amusement, et les sensations voluptueuses. Lorsqu'on fait profession d'obéir à ses sens, à ses caprices, le goût de la nouveauté suffit seul pour faire une infidèle : ainsi, point de gêne. La vertu n'est jamais plus cérémonieuse que quand on lui donne le temps de l'être. N'est-il pas en effet ridicule d'obliger une femme à refuser ce qu'elle offrirait d'elle-même, si on ne s'avisait pas de le lui demander ? Une jolie femme ne pardonnera de sa vie une telle maladresse. Au surplus, il vaut mieux qu'on nous accorde avant que l'on nous connaisse, car autrement, nous courrions toujours grand risque qu'on ne nous accorde rien.

Actrices et danseuses

Une actrice ou une danseuse est bonne à connaître, quand elle est, comme cela arrive très souvent, belle et sans talent. Il faut, sans lui avoir fait aucune déclaration, rompre des lances pour elle dans les tables d'hôte, aux cafés, dans les cercles, et surtout au foyer du spectacle où elle est attachée. Ce zèle lui parvient, et la médiocrité ayant besoin d'appui, elle vous fait rechercher. L'occasion est trop favorable pour n'être pas saisie ; vous y courez, un bras en écharpe, parce que vous devez lui persuader que vous vous êtes battu contre l'amant d'une autre actrice qui est sa rivale. Votre situation, dont vous glissez un mot dans la conversation, la touche d'autant plus que vous ne lui faites aucune proposition tendre. Elle vous offre des secours, et si l'amant qui l'entretient n'est pas homme à l'enrichir dans peu, vous lui procurez un jeune Hollandais, un milord à guinées, un Américain embarrassé de sa fortune, ou un vieux financier, et vous prenez, suivant l'usage, dix pour cent par mois sur la somme que le monsieur paie, pour avoir l'honneur de présenter ses hommages à la belle dont il a les faveurs.

Repas, festins

Un homme qui aspire à la connaissance du monde doit conserver son sang-froid dans toutes les occasions, et surtout quand il doit entrer en commerce avec le beau sexe. Il est important qu'il s'attache au goût d'une femme qu'il veut captiver, et dont il recherche les faveurs. Il doit essayer dans un repas tête-à-tête si le vin la rend tendre, et c'est assez l'ordinaire ; alors, en homme adroit, il doit lui faire perdre insensiblement la raison. Une femme dans cet état ne refuse rien de tout ce qu'on lui demande : ce qu'elle a accordé par déraison, le lendemain elle croit qu'elle l'a donné de bonne volonté.

Jalousie

Quand un homme est parvenu à rendre une femme folle de lui, et qu'il l'a soutirée au *caramel* (terme de rouerie)[1], il doit s'en éloigner ; mais

1. Métaphoriquement la préparation du caramel (sucre fondu dans très peu d'eau et bruni par l'action du feu) est employée pour désigner quelque ruse machiavélique, particulièrement bien ourdie, telle que la décrit Beaumarchais dans sa *Réponse ingénue* au comte de La Blache : « Quel art il faudrait pour bien développer une de ces noirceurs filées, distillées, superfines, la quintessence de l'âme et le *caramel* des ruses ; de ces noirceurs enfin qui, naissant d'une foule de combinaisons, de préparations ignorées, frappent un coup d'autant plus fort, au moment qu'elles éclatent, qu'on peut moins en saisir, en montrer, en

pour se conserver une réputation d'honnêteté auprès des autres femmes, il faut qu'il mette de la décence dans ses procédés, et que jouant le jaloux, il attribue le moindre geste, la phrase la plus indifférente, la promenade la moins suspecte, le compliment le plus trivial, à un esprit de coquetterie qui cherche un nouvel amant. On veut s'excuser, il n'écoute rien, il s'emporte, et s'éloigne en feignant de pleurer son malheur et de regretter celle qu'il abandonne. Il faut observer cependant que s'il survient une succession ou quelque avantage inattendu à la femme qu'on quitte, on renouera avec elle, en venant aux explications, qui toujours se terminent par un raccommodement.

Lettres, billets, correspondance

Aussitôt que l'on est parvenu à mériter ou à surprendre les faveurs d'une femme, il faut s'assurer d'elle, et des moyens de la déshonorer en cas qu'elle ne paie pas le tribut. Pour remplir ce plan avec succès, il suffira de lui écrire des lettres tendres et pleines de confiance ; son esprit flatté échauffera son cœur, et elle répondra de façon à avouer sa honte et sa défaite. Ces lettres deviennent alors un titre avec lequel on la perd dans le monde, quand on n'en espère pas tout le bien qu'elle pourrait faire.

Grand monde, cercle, société

Le monde est un labyrinthe d'où l'on ne peut se tirer qu'avec le fil d'Ariane ; il faut donc que celui qui aspire à jouer un rôle dans les cercles, dans la société, sorte de l'enveloppe grossière où l'ignorance et le défaut d'éducation le tiennent enseveli, et que connaissant les usages, il puisse résister au manège des femmes intéressées, et conduire dans ses filets celles qui paient par excès de tempérament ou par défaut d'appas. Il doit briller aux dépens de ces douairières sexagénaires qui veulent se rappeler leur jeune âge et les plaisirs qui y étaient attachés. Pour attirer une femme intéressée dans le piège, il faut l'aborder avec l'air insolent de l'opulence, lui persuader qu'on n'a pour elle qu'une fantaisie, qu'on veut satisfaire aux dépens de sa bourse, montrer de l'or, faire des promesses, jouir et partir. Comme ces créatures ne veulent pas passer pour dupes dans la crainte d'être rayées dans le catalogue, elles se taisent et on va en tromper d'autres. Celles qui joignent la laideur au tempérament méritent des efforts et des égards à la première entrevue. Comme ces préceptes sont la quintessence de l'esprit du monde, on prie les candidats d'apporter la plus grande attention à ce qui suit.

---

prouver sur le champ l'odieux assemblage » (Beaumarchais, *Œuvres complètes*, éd. Édouard Fournier, 1884, p. 400).

Efforts, égards

Les efforts consistent à dompter la répugnance que la figure de l'objet auquel on se lie peut inspirer. Ce dégoût surmonté, il faut jouer le galant, l'empressé, ne point penser à tout ce qui peut révolter et diviser, même les imperfections de la nature. Il arrive presque toujours qu'une femme qui est dans ce cas doute qu'un joli homme puisse penser ainsi. Elle vous accuse de flatterie ; c'est alors que ranimant toute votre ardeur, vous devez lui prouver par des déclarations réitérées que vous êtes sincère. Cette première espérance lui donne une bonne idée d'elle-même sur votre sincérité ; l'objet unique est de la maintenir dans cette erreur pendant quelques jours, et le meilleur moyen d'y parvenir est d'employer ce que nous appelons les *égards*, c'est-à-dire qu'il faut montrer du désintéressement, de la délicatesse et beaucoup de tendresse. On peut seulement se permettre quelques déclamations contre la dureté des temps, l'avarice des parents, ou contre l'odieuse économie des tuteurs. Ces propos glissés avec art trouvent leur place à la seconde entrevue, et la voluptueuse bégueule est ruinée par gradation sans espoir de ressources.

Surannées et vieilles douairières

On doit observer à peu de chose près la même marche avec les surannées et les vieilles douairières. Presque toutes ressemblent à cette éternelle marquise, âgée de soixante-six ans, et qui cherche encore dans les allées secrètes du Luxembourg des jeunes gens à qui elle donne un louis pour la première conversation, deux pour la seconde, quatre pour la troisième, huit pour la quatrième et toujours en doublant ainsi. Parlez avec les femmes de cette trempe autant que vous le pouvez, sans toutefois gagner une extinction de voix, et dès que vous vous apercevrez que vos discours les ont jetées dans cette ivresse libertine qui les met hors d'elles-mêmes, suivez avec art la conduite de Bardois, cet aimable roué que l'on voit sans cesse donnant le bras à toutes ces vieilles comtesses et à ces marquises surannées. Je le connais ; il est expert en roueries, il ne manque pas de talents. Personne n'est plus habile que lui à tromper les femmes ; il sait adroitement presser l'éponge, et depuis qu'il est avec elles, ses revenus sont augmentés de plus des trois quarts. Des présents de ses vieilles il satisfait toutes ses passions et ses caprices : il achète une maîtresse adorable, celle-ci ambitionne honnêtement un jeune officier, et ce dernier en a encore une en sous-ordre. C'est un ricochet d'amour assez plaisant : tous les liens coulent de la même source, et nos douairières ne croient pas faire tant d'heureux à la fois.

Montre

Un homme qui est versé dans la science délicate du monde doit se former en peu de temps une boutique d'horlogerie assez considérable, et pour cet effet il doit observer de ne jamais venir à l'heure indiquée au rendez-vous d'une femme qu'il a subjuguée. La prudence veut qu'il arrive toujours avant ou après. Avant, il feint d'avoir beaucoup attendu et part ; après, l'heure propice est passée, et les plaisirs qu'on se promettait sont perdus. On vient l'après-midi ou le soir, la dame éclate, on s'excuse sur l'horloge de son quartier, on entend ce que cela veut dire, et on dit à l'amant, auquel on présente une montre : « Ah ! nous verrons si vous serez plus exact une autre fois. » Ce manège souvent répété avec l'un, avec l'autre, meuble bien vite la boutique, et entretient le commerce avec l'étranger.

Prison

Il y a des femmes qui ne s'exécutant qu'à la dernière extrémité, ne soulagent un homme que quand elles sont convaincues que l'on a un besoin pressant de leurs secours, faute desquels elles vous perdent. La passion ou le tempérament faisant alors taire l'intérêt, elles vous aident, mais elles veulent être persuadées. Les propos ne font rien ; il ne suffit pas même de supposer une retraite dans la crainte d'être poursuivi pour dettes. Ces femmes tenaces comptant mieux jouir de vous, disent que vous agissez prudemment, et viennent dans le secret vous tenir compagnie. Que faut-il donc faire ? recourir à l'émétique, c'est-à-dire faire un billet à un marchand qui veut vous obliger, parce que ce service ne lui coûte rien, l'engager à vous poursuivre, et à obtenir une sentence qu'il met à exécution, en vous faisant arrêter. L'affaire éclate, votre maîtresse en est informée. Et comme elle a besoin de vous, et que la décence ne veut pas qu'elle se compromette en allant respirer la volupté sur le grabat d'un prisonnier, ce moment la décide, sa bourse s'ouvre, et vous jouissez de la liberté et du fruit de votre industrie.

Portrait de Georges

Georges est un gros garçon âgé de 26 ans. Né à Caen, il vint fort jeune à Paris, où il fut d'abord garçon perruquier. S'étant mis au service d'un des fameux roués de Paris, il acquit sous ce maître expérimenté toute la théorie et la pratique nécessaires pour courir la même carrière. Il a la figure telle que le désirent les femmes dans les hommes de cette espèce : trapu, large d'épaules, la barbe, les cheveux et les sourcils noirs et très fournis. Il est nerveux et fort, son œil grand et bien fendu est doux ou hagard à volonté ; il a le front large, le menton rond, il porte une large balafre sur la joue droite, sa taille est de cinq pieds, elle est bien prise dans toutes ses parties. Il est spirituel, fin, adroit, et très dangereux pour les jeunes gens et les étrangers qui se livrent à lui. Il est la terreur de ses confrères et des filles de joie, près desquelles il est toujours sûr de trouver asile. Il n'a pas de maîtresse en titre ; il préfère sa liberté à cette espèce d'esclavage ; il ne vit que de filouterie et d'escroquerie.

Se trouvant compromis dans une affaire de son genre, il jugea à propos de quitter Paris et de voyager en Flandres. Il s'associa un compère ; ils convinrent que Georges serait le marquis de Pointoy et son ami le valet de chambre. Ils se rendirent à Bruxelles, où ils eurent l'art de faire beaucoup de dupes, tant parmi les femmes que parmi les hommes. Enfin, lorsque ce misérable apprit par ses correspondants de Paris qu'il pouvait sans risques reparaître dans cette ville, il acheta beaucoup de marchandises à crédit, emprunta beaucoup d'argent, et disparut un beau jour, emportant tout et ne payant rien.

CHAPITRE XVI

Histoire de Fanchonette, contenant le détail de ce qui se pratique à l'arrestation des filles publiques. Description du dépôt de Saint-Martin ; ce que c'était que cette prison. Jugement prononcé par le lieutenant de police. Translation à l'Hôpital. Description de cette maison de correction et des travaux auxquels sont occupées les filles qui y sont renfermées. Histoire de Julie

Portrait de Fanchonette

Fanchonette est une brune, ayant de très beaux yeux et la gorge belle, la bouche fraîche mais un peu grande, et sa peau, quoique rembrunie, est d'un beau piquant. Elle est petite mais bien tournée, elle a la jambe divine, son caractère est doux et gai ; elle a de l'esprit, et passe pour avoir de la délicatesse.

Histoire de Fanchonette et de Julie

Je suis née dans un petit village près de Dijon ; mon père jouissait d'une aisance honnête. Quinze jours après ma naissance, ma mère mourut des suites de ses couches. Quel embarras pour un père qui n'avait jamais eu d'autres soins que celui de faire valoir son bien ! Il fut accablé de la perte qu'il venait de faire. Il la pleura longtemps, et l'on eût craint pour ses jours, si la raison ne fût venue calmer les excès de sa juste douleur. Mon père prit le plus grand soin pour me faire élever, mais il eut le malheur, huit ans après la mort de ma mère, de perdre en partie tout son bien. Quelques amis qu'il avait à Paris, touchés de sa situation, lui procurèrent un petit emploi de quinze cents francs avec lesquels il tâcha d'achever mon éducation. Nous étions heureux et contents, et nous eussions longtemps mené cette vie douce et agréable, si mon père ne se fût amouraché d'une jeune veuve avec laquelle il se maria. C'est à cette époque que commence l'histoire de mes infortunes. Jamais mariage ne fut plus mal assorti : mon père était la bonté même, et sa femme méchante et acariâtre à l'excès. Je fus à la discrétion de cette marâtre jusqu'à l'âge de seize ans. Cette femme était intraitable, et mon père avait pour elle un faible extraordinaire. Que n'eus-je pas à souffrir ! Si j'ai donné dans le libertinage, c'est elle seule qui en fut la cause. Ne pouvant plus résister aux mauvais traitements que j'endurais, je quittai la maison paternelle. J'en sortis le désespoir dans le cœur et fondant tout en larmes. Ne sachant où aller, j'errai longtemps dans la rue ; je ne m'étais jamais trouvée dans un tel embarras. Que devenir à l'approche de la nuit ? Où aller ? J'avais faim, et je n'avais rien à manger ; je me sentais assez de force et de résolution pour passer la nuit dans cet état. Mais lorsque pour la première fois depuis notre évasion, je portais ma pensée vers l'avenir, lorsque je songeais seulement au lendemain, tout mon courage était près de m'abandonner. J'étais livrée aux plus tristes réflexions lorsque, sur le minuit, je fus accostée par une vieille femme qui, jugeant de mon embarras à mes réponses, me proposa de la suivre. Nous marchâmes longtemps. Arrivées enfin dans la rue Saint-Martin, elle m'introduisit dans un appartement qui était habité par une dame de moyenne taille, très bien faite, qui aussitôt qu'elle me vit vanta mes charmes et ma tournure. L'on me fit passer dans une chambre voisine, où l'on me dépouilla de mes habits simples, et l'on m'en remit de magnifiques. Je ne comprenais rien à tout ce jeu ; j'avais beau m'en demander le pourquoi, c'était toujours chose nouvelle pour moi. Que ces gens, me disais-je, sont obligeants ! Avec quelle générosité ils s'empressent de subvenir à mes plus urgents besoins ! quelles attentions ! que de petits soins ! Après avoir soupé, je passai la nuit dans un lit délicieux. Le lendemain matin, j'aperçus beaucoup d'allées et de venues de personnes de tous états ; je les prenais pour des amis de la maison, et les demoiselles qui vivaient avec moi pour les filles de la maîtresse. Mais je fus bientôt détrompée, et je ne vis que trop tôt que l'on voulait m'amadouer et me conduire insensiblement où l'on souhaitait. Que de reproches ne fis-je pas à la vieille, lorsque je connus toute la perfidie de ses intentions ! Que de répugnance je lui témoignai ! Sans s'embarrasser de mes plaintes, elle me laissa livrée à mes réflexions. J'y étais encore plongée, quand il entra tout à coup dans ma chambre un gros marchand de vin. À sa vue, je redouble mes larmes, et lui crie, d'aussi loin que je l'aperçois : « Ne venez point, monsieur, couvrir de honte une infortunée que l'on a trompée, et que son malheur a conduite dans ce lieu infâme. » Cet homme grossier, qui ne venait là que par libertinage, se riait de ma désolation ; il s'approcha de moi, voulut me saisir par le milieu du corps. Comme je me défendais beaucoup, il appela à son secours l'indigne matrone qui m'avait livrée dans ses mains. J'eus beau crier, beau me débattre, le butor parvint à son but. Il sortit victorieux, et ne me laissa que la ressource de le charger d'injures. Ma résistance fut un crime trop énorme aux yeux de la mère-abbesse pour ne point mériter selon elle quelque punition. Aussi fus-je condamnée à toutes sortes de petites privations, ce qui dura jusqu'au moment que je consentis à recevoir ses pratiques avec complaisance. Cependant, ennuyée de la gêne où l'on me retenait, et ayant trouvé une occasion favorable pour m'échapper, je sortis de grand matin de cette horrible maison. Maîtresse de moi-même, j'aurais bien pu suivre un tout autre plan de vie, mais le premier pas était franchi. Cette horreur que j'avais eue d'abord pour le libertinage se dissipa, et je crus n'apercevoir rien de condamnable en moi. Je me familiarisai avec le métier, et je ne tardai pas à en devenir l'héroïne. Je fus le même soir chez la Montigny, rue du Ponceau. Ce fut là qu'ayant perdu entièrement toute pudeur, je m'adonnai au plus grand libertinage, tâchant même de renchérir sur mes compagnes. Je devins lutteuse ; bientôt on ne parla plus que de Fanchonette, et tout le monde voulait avoir part à mes faveurs. Un président, déjà sur le retour, se présenta, et me proposa à souper. Le repas fut simple, mais délicat ; nous bûmes en abondance de plusieurs sortes d'excellents vins ; et le président, à force de boire, fit comme le bonhomme Silène : il s'endormit sur l'ouvrage.

Le président sortit, et je passai avec un prélat petit-maître qui cachait sa dignité sous un habit d'écarlate galonné en or. Monseigneur copiait au mieux le militaire. Il s'escrime à me persuader qu'il sent naître en lui quelque sentiment pour moi. Tout à coup, il oublie sa passion, me parle de ses chiens et de ses prétendues campagnes. Un instant après, il me jure qu'il m'adore, fredonne quelques airs nouveaux, pirouette sur le talon et finit par venir au fait. Quelque soin qu'avait eu Monseigneur de se cacher, je le reconnus, je le lui dis et lui témoignai ma surprise de le voir chez moi. Au lieu de cette confusion que je me serais attendue à voir en lui, je fus surprise de sa contenance. « Nous ne sommes pas de bronze, mon bel enfant, me dit-il, nous sommes des hommes tout comme les autres, sujets aux mêmes velléités, sans que notre robe puisse les amortir. En recevant la tonsure, je n'ai pas abjuré la nature. C'est une injustice criante que de vouloir nous rendre plus coupables que le reste des hommes… » Tous ces beaux discours ne faisant point mon affaire, je lui tirai une grande révérence et repassai auprès de mes compagnes.

Instruite que mes parents me faisaient chercher, et qu'ils avaient même découvert le lieu de ma demeure, je quittai au plus vite le quartier, et m'en fus chez Mme Lamotte, rue Saint-Martin, où je ne restai que trois jours, étant toujours dans l'appréhension d'être arrêtée. Dès le second jour de mon arrivée, j'y reconnus un exempt de police et un commissaire déguisés. Mon petit air plut d'abord à l'exempt et à ces messieurs qui, oubliant à l'instant ce dont ils étaient chargés, s'occupèrent de toute autre affaire. L'exempt indiscret m'avoua la commission qu'il avait ; je rougis, je pâlis, mais bientôt revenue à moi, je les payai d'effronterie, et m'étant absentée sous prétexte de leur chercher des rafraîchissements, je sortis de la chambre et tout aussitôt de la maison. Un fiacre se présente à propos, je m'y jette à corps perdu, et me fais conduire chez la Henriette de Poissy, rue du Pélican. Tout respirait chez elle un air de propreté. Mme de Poissy était une bonne femme, et bien achalandée. Tous les jours ses richesses augmentaient, elle était loin de s'attendre qu'on dût bientôt l'arrêter. En effet, deux jours après mon entrée chez elle, sa maison fut investie de toutes parts, vers quatre heures du matin. Deux exempts de police suivis d'un commissaire firent les plus strictes perquisitions ; on verbalisa, et il fut décidé que tout le sérail serait conduit à Saint-Martin. Ce fut alors que je connus toute l'horreur de mon métier. Je fondais en larmes, je m'arrachais les cheveux, je levais les mains au ciel qui était sourd à ma voix, mes lèvres pâlirent, une sueur froide s'empara de tout mon corps, mes jambes ne purent plus me soutenir, et je tombai en défaillance. Ce fut dans cet état que je fus mise dans un fiacre et conduite au dépôt de Saint-Martin. Je ne revins à moi qu'au moment où les verrous se fermaient sur nous. Je jetai alors un cri épouvantable qui eût attendri les cœurs les plus durs, mais nos gardiens n'étaient pas hommes à se laisser toucher par les hauts cris d'une catin.

Quatre vieux murs chargés d'araignées et décrépits par le temps, éclairés par une petite fenêtre chargée de grilles, quelques mauvaises planches que couvrait un méchant matelas, des draps grossiers, une couverture de laine remplie de vermine : tel fut notre gîte pendant six semaines. Quel changement subit ! Passer de la mollesse à une vie dure et désagréable ! J'eusse cent fois attenté à mes jours si la raison ne m'en eût empêché. Quelle nuit que la première que je passai ! Mille idées affligeantes se présentaient tour à tour à mon imagination. Tremblante, je n'osais donner cours à ma douleur ; je retenais autant que je pouvais mes soupirs en fermant mes yeux, et je ne les rouvrais que pour donner cours à mes larmes. Le jour paraissait à peine que, courant vers cette espèce de soupirail qui éclairait notre chambre, j'oubliais un peu ma douleur pour me repaître du plus triste et du plus comique spectacle qu'on puisse voir.

Saint-Martin est une de ces prisons destinées uniquement pour les filles prostituées ; elles y sont sous la garde d'un concierge et d'un guichetier. Six chambres et deux espèces d'écuries, qu'on appelle communément corps de garde, attenants à une cour, composent cette affreuse demeure. On est là comme partout ailleurs : a-t-on de l'argent ? on est passablement bien ; n'en a-t-on pas ? l'on est dans des espèces de cachots, réduit à coucher dans des auges, sur une paille puante, n'ayant pour nourriture qu'une livre de mauvais pain par jour, et de la soupe une fois par semaine. C'est à l'ouverture de ces lieux que je fus fort étonnée du nombre prodigieux de filles et de femmes qu'ils renfermaient. Rien n'était si risible que de voir les unes à demi parées (c'étaient les arrivantes), les autres toutes échevelées ; celles-ci avec une chemise leur tombant sur les talons, et celles-là pieds nus, ayant un jupon tout en lambeaux. Les unes chantant, riant ; les autres pleurant, s'arrachant les cheveux et maudissant le jour de leur naissance. J'admirais la bizarrerie de ces différents caractères. Réfléchissant sur l'état de ces misérables, la pitié l'emportant tout à coup sur un mouvement de curiosité, mes yeux ne purent longtemps en supporter la vue. J'eus peine à me figurer comment l'on pouvait être gai dans ces lieux. Quelque insensible que peut être un cœur, je ne pouvais m'imaginer qu'on pût être joyeux au sein du malheur et de l'infortune. Six semaines que je passai dans cette prison me parurent six années.

Laissons un instant la malheureuse Fanchonette absorbée dans ses réflexions tardives qui ne la convertiront pas plus que ses compagnes, et offrons à nos lecteurs un autre tableau bien plus énergique de cette même prison, ainsi que de l'Hôpital général ; il est tiré d'un recueil de lettres assez estimées, et qui parurent en 1785. L'auteur fait parler une jeune fille que l'on a arrachée des bras de son amant, pour la conduire à Saint-Martin.

> Je ne vous peindrai point en détail, dit cette fille, cette prison consacrée aux femmes de mauvaise vie, séjour aussi horrible que dégoûtant. Il suffira de vous la représenter comme une sentine de tous les vices, le théâtre de toutes les impudicités, où se débitent toutes les ordures, toutes les grossièretés, tous les jurements, tous les blasphèmes de la débauche la plus crapuleuse, et parfois la plus énergique. Heureusement, ce n'est qu'un dépôt ou lieu de passage, pour aller à ce que nous appelons *la grande maison*, c'est-à-dire l'Hôpital général. Ce lieu de correction, tout aussi abominable que le premier, ne serait pas moins susceptible de corruption et au physique et au moral si, d'une part, il n'était pas vaste et plus aéré et si, de l'autre, un ministre patriote[1] n'avait imaginé d'appliquer au travail tant de mains criminelles, et, en préservant de l'oisiveté ces malheureuses captives, de faire tourner à l'avantage commun leur punition. Le lieutenant général de police actuel a perfectionné ce plan que M. Malesherbes n'avait pu qu'ébaucher ; et les salles immenses de l'Hôpital dont l'air pestilentiel eût autrefois corrompu la vertu la plus pure, si elle y fût entrée, sont devenues des laboratoires sinon édifiants, du moins utiles. Au reste, comme j'étais grosse, ainsi que j'en fis la déclaration qu'il fut aisé de vérifier, on me mit dans un quartier séparé ; j'y fus traitée fort doucement, j'y accouchai, l'on me soigna très bien jusqu'à mon parfait rétablissement, et l'on me renvoya.

1. Malesherbes. [NdA]

Ce tableau diffère de celui que nous donne la Fanchonette. Celui qui suit, tiré d'un autre ouvrage, en diffère aussi ; ce qui provient sans doute de la différence de temps où ces héroïnes ont écrit.

> Il y a ordinairement cinq ou six cents filles à l'Hôpital ; elles se succèdent et se remplacent l'une l'autre, mais toujours plus effrontées, suivant qu'elles comptent plus d'années d'Hôpital. Ce lieu semble anéantir toute pudeur et même tout amour-propre, et l'on doit attribuer à la communication des malheureuses enfermées et pressées dans un même lieu, cet excès de dépravation qui prouve que l'homme a la malheureuse faculté de se ravaler au-dessous de la brute.
> Quand ces recluses ont à se plaindre de la nourriture ou de quelques mauvais traitements, elles organisent une révolte. La conjuration vole de bouche en bouche. Or en quoi consiste cette révolte ? À pousser toutes, au même moment et à un signal indiqué, des cris épouvantables. Ces explosions de poitrine qui forment des cris aigus et prolongés se répètent par intervalles, dans le jour, dans la nuit et toujours à l'improviste. La première fois qu'on entend cette vocifération, on en est saisi, le bruit retentit à plus d'une lieue. Les menaces, le châtiment n'y font rien, et cette révolte de poitrine ne finit que lorsque le tort dont on s'est plaint est réparé.

Revenons à la Fanchonette ; laissons-la reprendre son récit.

Parmi les dix filles qui composaient notre chambrée, j'en distinguai une à laquelle je m'attachai particulièrement. C'était une fille grande, bien faite, dont l'humeur me parut douce et devoir convenir à mon caractère. Nos plus chers amusements étaient de nous raconter nos aventures et les différents événements de notre vie. J'appris les miens à Julie ; et elle me raconta les siens en ces termes :

« J'avais à peine seize ans que je fus séduite par un de nos voisins. Six mois après, je me trouvai enceinte ; je quittai alors la maison paternelle. Vous connaissez Paris : jeune et jolie, je fus bientôt recherchée de toutes les mères-abbesses. Ma situation, qui aurait dû les éloigner de me prendre chez elles, sembla au contraire me faire rechercher. J'entrai chez la dame Hécquet, tenant un sérail rue d'Orléans. À couvert des mauvais traitements de ma famille, mon premier soin fut d'instruire mon amoureux que j'étais à la veille d'être mère. Mais l'ingrat qui m'avait déjà oubliée, se rit sans doute de ma peine : je ne reçus aucune réponse. Peu de temps après, j'accouchai d'un beau garçon qui, heureusement pour lui, ne vécut que huit jours. Parmi les habitués du sérail, j'en distinguai un qui fit bientôt ma conquête. Jusqu'alors, j'avais en une infinité d'adorateurs que j'avais vus sans aimer ; mais il n'en fut pas de même du jeune Bréville : le voir et l'aimer fut pour moi la même chose. La gêne où l'on est dans ces sortes de maisons ne me permettant pas de me donner à mon amant autant que je le désirais, je pris dès ce jour la résolution d'en sortir ; ce que j'effectuai dès le soir même. Aidée de quelque argent que me donna

Bréville, je me mis chez moi, et tous les soirs j'allais au spectacle, où chaque fois je faisais et ramenais quelques bonnes connaissances. Un jour, étant au Wauxhall[1], je rencontrai un grand homme qui, quoique bien fait, me parut hideux ; on lisait dans ses yeux une âme vile et basse. Il m'aborde, me fait sa déclaration ; je la rejette avec dédain, je fuis, et me débarrasse de lui, en me perdant dans la foule. Mais son premier soin en arrivant chez lui fut de prendre des mesures pour découvrir ma demeure. Quelle fut ma surprise quand je le vis entrer le lendemain chez moi ! Il mit tout en usage pour en venir à ses fins ; mais sa figure m'inspirait tant de dégoût et d'horreur, je sentais en le voyant une antipathie si repoussante, que malgré tous ses efforts il ne put obtenir, de gré ni de force, la moindre faveur. Un tel refus ne pouvait que l'indigner. Aussi, dès ce moment, jura-t-il de s'en venger. Je connaissais déjà par ouï-dire jusqu'où pouvait aller la haine d'un homme dédaigné par une fille de ma sorte, je savais que celui que j'outrageais avait du pouvoir. En conséquence, je délogeai et changeai de quartier ; mais précaution inutile ! Trois jours après, revenant des Italiens, je fus arrêtée en entrant chez moi, et conduite ici où vous me voyez. »

Julie accompagnait son récit de larmes, et je m'aperçus que chaque fois qu'elle nommait son amant, ses sanglots augmentaient. Je tâchai de calmer ses peines, d'adoucir son chagrin, et chaque jour on nous voyait pleurer amèrement l'une et l'autre.

Le moment enfin arriva où l'on nous retira de cette horrible maison, mais pour nous conduire dans une plus affreuse encore. On nous charge pêle-mêle sur des charrettes, et l'on nous mène ainsi au Grand-Châtelet, au milieu des huées d'une populace attroupée. À ces vociférations, mon cœur se trouble, la confusion se répand sur mon front, et je verse un torrent de larmes. Mais bientôt, faisant un effort sur moi-même, je méprise toutes ces clameurs insultantes pour ne m'occuper que de la malheureuse Julie. Sa tête était penchée sur mon sein, ses yeux noyés de larmes, sa

1. Il existait à Paris deux établissements portant ce nom. Le premier, dit *Wauxhall d'été*, avait été ouvert en 1764 par un artificier italien, le sieur Torre, sur le boulevard Saint-Martin. D'abord destiné à des spectacles pyrrhiques, ce local de vastes proportions, dont le parterre pouvait contenir mille deux cents personnes, fut transformé dix ans plus tard en salle de bal. C'était alors une rotonde immense, à double galerie, ornée d'une architecture à colonnes et pilastres, enrichie de fresques et de tentures. Une piste centrale permettait aux danseurs d'évoluer au son d'un nombreux orchestre. Torre étant mort en 1780, le Wauxhall d'été devint un lieu de plaisirs dont la licence attirait en foule un public mêlé. En 1785, le percement de la rue de Lancry causa la démolition de l'établissement, qui se transporta rue Sanson (aujourd'hui rue de la Douane, dans le Xe arrondissement). Quant au *Wauxhall d'hiver*, il s'ouvrit en 1770 dans la partie ouest de l'enclos de la foire Saint-Germain. Il avait été construit l'année précédente par l'architecte Lenoir. Le plan de la salle principale épousait une forme d'ellipse ; elle s'ornait d'un péristyle de vingt-quatre colonnes ioniques en treillage entourées de guirlandes de fleurs. Autour de cette salle s'étageaient deux rangs de galeries ou de loges où circulaient les spectateurs. Comme le Wauxhall d'été, celui-ci était le rendez-vous des filles publiques, et un lieu de racolage fort prisé des Parisiens.

bouche fermée, on entendait grincer ses dents ; ses mains arrachaient impitoyablement ses cheveux. J'appelle en vain Julie ; plongée dans une espèce de délire, elle ne m'entend pas. Son désespoir augmente, sa situation attendrit tout le monde. On arrête, on suspend un instant notre marche ; les huées cessent. Enfin, nous arrivons au Châtelet. Le bruit des verrous se fait déjà entendre, les portes s'ouvrent, et un instant après, se referment sur nous. L'horreur me saisit en entrant dans ce lieu de désespoir ; et quelque désagréable que fût le séjour de Saint-Martin, je commençai à le regretter. L'on nous jonche quelques brins de paille sur le pavé, et l'on nous apporte quelques seaux d'une eau corrompue. C'est là que l'avarice des guichetiers s'étudie et trouve les moyens de profiter de notre infortune, ne craignant point de commettre journellement des concussions dans le sein même de la justice. Barbares, sans pitié, notre malheur les touchait peu, et leur férocité allait souvent jusqu'à lancer sur nous leurs chiens, qui mettaient nos vêtements en lambeaux.

Deux jours après arriva le moment fatal, où notre sort allait être décidé. L'on nous introduit dans une grande salle, ouverte à tous ceux qui veulent être témoins de notre jugement. La brutalité des gardes qui nous conduisent ne le cède en rien à celle des guichetiers. Le lieutenant de police arrive, l'on écarte la foule, un grand fauteuil lui sert de tribunal, un commissaire est à sa droite, des exempts à sa gauche, et nous autres, pauvres malheureuses, à genoux en attendant notre arrêt. On prononce notre sentence. Nous eûmes toutes le même sort : nous fûmes condamnées à quatre mois de réclusion à l'Hôpital.

Le lendemain, à peine est-il jour, que nous sommes tirées de cette horrible prison. L'on nous entasse sur des charrettes, et c'est ainsi qu'on nous conduit à l'Hôpital. À notre arrivée, l'on nous dépouille de nos vêtements, l'on nous revêt d'un habit de bure, on nous chausse des bas de la même étoffe et des sabots. Au lieu de cette horreur dont j'avais été saisie à l'aspect de Saint-Martin et du Châtelet, j'envisageai l'Hôpital sous un point de vue plus agréable. Loin de cette malpropreté qui soulevait le cœur dans mes deux premières prisons, je ne voyais ici que propreté et bon ordre. Un silence, qui n'était interrompu que par la prière, rendait l'esprit à lui-même, et n'étant distrait que par quelques travaux manuels, on pouvait aisément philosopher sur les vicissitudes de la vie. Le corps, qui se fait, à la suite des temps, habitude des choses les plus pénibles, s'accoutuma bientôt au régime de la maison ; cette uniformité me plut, je commençai à prendre goût pour la solitude, et je ne me trouvais jamais mieux que quand je pouvais être seule. Ce fut alors que je pris la résolution de renoncer au monde, ce qui ne dura qu'autant que mes yeux furent frappés d'objets pieux. Je ne tardai pas à être dans les bonnes grâces de la sous-prieure qui eut mille complaisances pour moi. Rien ne me faisait de la peine ; je fus toujours levée la première, quoiqu'en hiver on se levât comme en été à quatre heures du matin. Le travail avait de l'agrément pour moi, et loin de murmurer de la tâche qu'on nous donnait, je tâchais d'en faire plus que les autres. La pauvre Julie, d'un caractère plus vif, plus pétulant, s'accommoda peu de ce train de vie. Son humeur hautaine eut peine à fléchir, et j'eus le désagrément de la voir souvent passer par punition de la correction au *commun*. On appelle le *commun* une grande salle où sont renfermées les plus mauvais sujets, et celles qui ne veulent point remplir aucune des tâches qui leur sont imposées dans les salles de correction, où l'on est occupé les unes à filer, tricoter, les autres à coudre, à faire des chemises, enfin à toutes sortes d'occupations de femmes, tandis que celles qui sont au commun sont obligées de faire tous les gros ouvrages, comme de laver la vaisselle, de tirer de l'eau, de balayer les cours, enfin tout ce qu'il y a de sale et de pénible dans la maison[1].

Les quatre mois que je passai à l'Hôpital s'écoulèrent sans que je m'en aperçusse. La veille de mon élargissement, je fus avertie que je serais libre dès le lendemain. Henriette de Poissy, qui avait un intérêt particulier de me ravoir, était dès le grand matin avec une voiture à la porte, et à peine fus-je sortie que je la vis courir à moi. Que de choses agréables ne me dit-elle pas pour m'engager à retourner chez elle ! Ma reconnaissance pour les petits secours qu'elle m'avait fait passer pendant le temps de ma détention, et mon inclination pour elle plus forte que toute autre raison, fit que je montai dans sa voiture et me rendis chez elle. Julie qui était aussi sortie, aurait bien voulu me suivre, mais son amant était venu la chercher et l'emmena avec lui.

L'étude que j'avais faite de moi-même pendant mon séjour à l'Hôpital, m'avait entièrement changée. J'usai indifféremment de tous les plaisirs, je bravai le qu'en dira-t-on; et m'élevant au-dessus des préjugés, je

1. L'ordonnance du 20 avril 1684 prévoyait que « les femmes de débauche et prostitution publique et scandaleuse, ou qui en prostituent d'autres, seront enfermées dans un lieu particulier destiné pour cet effet dans la maison de la Salpêtrière, lorsqu'elles y seront conduites par l'ordre de Sa Majesté, ou en vertu des jugements qui seront rendus pour cet effet au Châtelet par le lieutenant de police. [...] Lesdites femmes entendront la messe les dimanches et les fêtes, et seront traitées des maladies qui leur pourront survenir, sans sortir du lieu où elles seront renfermées, qu'en cas d'une nécessité absolue. Elles prieront Dieu toutes ensemble un quart d'heure le matin, autant le soir; et durant la journée on leur fera une lecture du catéchisme, et de quelques livres de piété pendant le travail auquel on trouvera à propos de les employer. Elles seront habillées en tiretaine [drap grossier, moitié laine, moitié fil], avec des sabots. Elles auront du pain, du potage et de l'eau pour nourriture, et une paillasse, des draps et une couverture pour se coucher. On les fera travailler le plus longtemps et aux ouvrages les plus pénibles que leurs forces le pourront permettre. [...] Les directeurs pourront, après quelque temps, permettre à celles desdites femmes qui paraîtront avoir regret de leurs désordres, de travailler à des ouvrages moins rudes, et d'acheter du gain qu'elles y pourront faire, jusqu'à demie-livre de viande chaque jour que l'on en peut manger, ou des fruits, ou autres rafraîchissements, ainsi que les directeurs le jugeront à propos. On punira les jurements, la paresse au travail, les emportements, et les autres fautes que lesdites femmes pourront commettre, par le retranchement du potage, en les mettant au carcan, dans les malaises durant certain temps de la journée » (Delamare, *Traité de la police*, Paris, 1729, t. I, p. 448).

regardai la gêne comme l'apanage des sots. Je voulais bien ne rien refuser à la nature, mais je voulais être libre. Rien ne paraît si brillant que le sort d'une fille du monde en maison ; mais que les apparences sont trompeuses ! Je ne fus qu'un mois chez Henriette ; sa façon de penser différant en tout de la mienne, nous fûmes obligées de nous séparer. Je pris une chambre à moi seule, et je ne recevais chez moi que ceux qui me plaisaient. Ma vie était assez douce, mais malheureusement, ayant eu trop de confiance en une femme qui me paraissait attachée, j'en devins la dupe, et je me vis obligée par force à rentrer dans un sérail.

La crainte de mes parents, qui continuaient leurs recherches, n'y contribuait pas peu. Je fus chez la Florence, qui demeurait rue Saint-Honoré, en face des Pères de l'Oratoire. Je fus de nouveau inscrite chez un inspecteur de police qui, sachant apparemment les démarches de mes parents, conseilla à la Florence de me cacher pour quelque temps. La maison de cette mère-abbesse était très bien montée. Douze filles, qui la composaient, étaient autant de beautés, et leurs parures étaient magnifiques. La Florence eût fait une fortune considérable, si le hasard ne l'eût dérangée. Retirée dans un des faubourgs de Paris, elle y jouit encore tranquillement des rentes qu'elle a eu l'art de se faire. Je ne restai que quinze jours chez elle, en ayant été retirée par un jeune officier. Je n'ai vécu avec lui qu'un mois. Rarement un militaire est constant. Celui-ci était la légèreté même, et en outre très joueur. Il fut bientôt sans amour et sans argent. Étant devenus à charge l'un à l'autre, je pris le parti de le quitter.

Quoique déterminée à ne plus retourner chez les femmes, j'y fus encore obligée. Je les parcourus presque toutes dans l'espace d'une année. Enfin, je finis par m'habituer chez la maman Montigny. J'eus pour elle mille complaisances ; aussi elle me paya du plus tendre retour, car si je me trouve aujourd'hui à la tête d'une fortune assez brillante, c'est à elle seule que je la dois. Je fis chez elle connaissance d'un jeune homme fort riche, qui venait d'hériter de son père, qui était un gros commissionnaire en vins. Ce jeune homme, âgé de trente ans, en avait passé quinze à courir les sérails et les filles. Il était rendu, blasé, exténué. Voulant faire une fin, il pensa au mariage comme seul moyen de lui rendre sa raison. Il s'adressa à la Montigny pour lui trouver une fille de vingt-cinq ans qui eût passé par tous les grades de la prostitution : tel était son goût. Il voulait qu'elle fût encore gentille, et que joint à son expérience, elle eût assez de moralité et d'esprit pour revenir de ses erreurs et faire une bonne mère de famille. Mme Montigny me proposa, il me vit, je lui plus. Il resta avec moi l'espace d'une année, et me trouvant les qualités qu'il désirait, il m'épousa. Depuis six ans, nous sommes ensemble, vivant à l'aise dans une des principales villes de la Bourgogne. Nous coulons des jours heureux, et notre bonheur est digne d'envie.

Avant de terminer ce chapitre, je vais faire connaître aux lecteurs un trait qui dépeint le caractère vénal des mères-abbesses. Il s'est passé sous les yeux de Fanchonette qui me l'a conté.

Un jeune seigneur qui ne pouvait voir sa maîtresse chez ses parents, l'avait engagée à se trouver aux rendez-vous qu'il lui indiquait chez la Gourdan. L'habile entremetteuse, peu contente de la rétribution qu'elle recevait du galant, voulut doubler et tripler ses profits, en tirant parti de sa maîtresse, qui était d'une beauté capable de contenter les amateurs les plus difficiles. Elle la proposa à un de ses habitués et lui en offrit la jouissance moyennant deux cents louis. Elle lui indiqua une heure et un endroit où il pouvait la voir ; il la vit en effet, en fut enchanté et la somme fut comptée. Un jour, la Gourdan fit dire à la belle que son amant l'attendait à certaine heure ; celle-ci ne manqua pas au rendez-vous, la Gourdan l'introduisit dans un cabinet obscur, et lui dit qu'il était indispensable qu'elle gardât un profond silence à cause que dans le cabinet voisin se trouvait une personne qui pouvait la connaître à sa voix. Un instant après, l'habitué arrive, il est introduit après qu'on lui eût aussi recommandé un grand silence, condition indispensable. Mais est-il facile de tromper le cœur d'une amante ? La Gourdan pouvait-elle le croire ? La jeune dame se doutant de la supercherie, ou du moins d'un quiproquo, opposa quelques difficultés aux tentatives du faux amant. Celui-ci, ne croyant pas devoir ménager une fille, quelle qu'elle soit, dès qu'elle se trouvait dans tel lieu, et surtout lorsqu'il a aussi bien payé, éclate. La jeune dame s'effraye, crie ; on ouvre, la Gourdan paraît et s'excuse sur un prétendu quiproquo ; elle veut engager la jeune dame à se rendre aux vœux de sa nouvelle conquête, tout est inutile ; le jeune seigneur veut ravoir ses deux cents louis ; on les lui promet pour l'apaiser, mais jamais il n'en reçut un denier. On assure même qu'enfin et pour cause, il sut en obtenir le prix.

CHAPITRE XVII

Tableau des femmes du monde, divisées par classes suivant leur beauté, leurs talents et leur fortune, d'après les observations d'un amateur

Un homme de qualité d'une des provinces méridionales de la France prêchait aux filles publiques qui ne l'écoutaient guère. Elles prenaient son argent, riaient de ses sermons, et continuaient leur train de vie. Pour moi, je ne prêche à personne, mais je suis occupé depuis quelque temps à suivre toutes ces créatures avec la plus grande assiduité. Je n'exerce pas chez elles l'apostolat, mais j'étudie leur morale, je tâche de connaître à fond leurs différents caractères. J'ai même contracté quelques liaisons avec des filles entretenues du plus haut rang, qui me permettent d'aller jaser avec elles une demi-heure à leur toilette. Je passe plusieurs soirées dans la semaine à parcourir les allées les plus détournées, les plus sombres bosquets de nos promenades, de nos jardins publics, pour trouver à converser avec toutes ces beautés nocturnes qui cherchent des aventures. Je me promène très souvent la nuit dans la rue Saint-Honoré, dans les traverses qui aboutissent dans le circuit de la halle au blé, et dans tous les quartiers renommés où ces sortes de rencontres sont les plus fréquentes.

C'est dans ces courses diverses que j'ai observé que le libertinage des femmes publiques n'a pas toujours sa source dans la lubricité. Quelques-unes d'entre elles ont été sans doute plongées dans la débauche par la violence d'un tempérament impétueux, par l'impossibilité de vaincre la nature et de dompter des désirs effrénés qui, au lieu de s'amortir, s'irritent par la jouissance. Mais la pauvreté, la puissance du luxe, la gêne, les dégoûts domestiques, les mauvais traitements des parents, l'amour sincère, trahi par un amant perfide, la jeunesse abusée par l'art infernal des matrones ou mères-abbesses, sont les causes de la perte du plus grand nombre de ces infortunées. Pendant près de six mois que j'ai consacrés à l'étude de cette espèce de femmes, j'ai recueilli une foule innombrable d'aventures qu'elles racontent presque toujours avec bonne foi et naïveté, quelquefois même avec esprit et avec bonne grâce. J'ai reconnu que la plupart d'entre elles avaient été entraînées par quelqu'un des motifs que je viens de rapporter. Je ne prétends point me rendre leur apologiste ; j'ai rencontré parmi elles une foule de caractères vraiment méprisables et odieux ; mais aussi, je puis dire avec vérité que j'en ai trouvé quelques-unes d'estimables dans leur genre, et d'autres qui étaient plus dignes de compassion que de mépris. Cette classe de femmes est le rebut d'une excellente marchandise dans lequel, par une triaille exacte, on peut trouver encore des morceaux de quelque valeur.

Les femmes du monde peuvent être divisées en différentes classes, qui sont même susceptibles de plusieurs subdivisions. En voici le tableau exact :

La première classe est celle des femmes mariées du haut, du moyen et du bas étage, qui se livrent, par intérêt ou par ambition, à des grands ou des personnages considérables, ou qui tirent d'un ami de la maison, pour lequel elles ont des bontés, de quoi fournir à leur faste, à leur luxe et à leurs caprices. Leurs dérèglements sont soufferts, souvent même autorisés par des maris complaisants, qui en partagent les bénéfices. Quelques-unes de ces femmes acquièrent et conservent un certain crédit qu'elles vendent assez communément aux gens qui ont la bassesse de s'adresser à elles pour obtenir ou usurper des grâces.

On peut ranger dans la seconde classe celles qui sont attachées aux différents théâtres, soit comme actrices, soit comme danseuses ou figurantes, filles de chœur, etc. Nous prions nos lecteurs de faire attention que nous n'entendons pas comprendre dans cette classe toute comédienne quelconque. Il y en a de très honnêtes : nous rendons l'hommage dû à la vertu. La prostitution de ces femmes nuit infiniment aux hommes qui exercent la même profession : je la regarde comme la véritable source du mépris public et de l'avilissement dans lequel a longtemps été l'état de comédien. Avilissement injuste, tant qu'il a pesé sur l'état de comédien en général, et par conséquent sur les comédiens vertueux, comme sur les pervers.

Les femmes entretenues, forment la troisième classe, et sont subdivisées en filles ayant maison meublée, équipage ; filles ayant appartement meublé, équipages à elles et chevaux de remise ; filles dans leurs meubles, sans équipages ; filles entretenues en chambre garnie ; filles établies en ménage avec leur entreteneur, et filles gouvernantes, vivant avec des garçons, et qu'on peut appeler servantes-maîtresses.

C'est dans ces trois premières classes que j'ai trouvé les plus mauvais caractères. L'ambition, l'orgueil, l'arrogance, l'avidité, l'escroquerie, la fausseté, la ruse, la simulation, l'infidélité, la trahison, la noirceur, la cruauté même, sont les vices qu'elles réunissent presque toutes. Et si elles ne les manifestent pas, ce n'est que faute d'occasion : ce sont des Circés enchanteresses, qui emploient tous les artifices imaginables pour séduire, attirer et ruiner complètement un malheureux qui tombe dans leurs filets, et qu'elles chassent sans pitié quand elles l'ont pressuré, de manière à n'en pouvoir plus rien extraire.

Tout le monde a vu ou entendu parler du faste insolent de feu Mlle Deschamps : les falbalas de dentelles d'Angleterre qui bordaient les bourrelets de sa chaise percée, le corbillard dans lequel elle fit porter sa mère à la sépulture, et la voiture avec les harnais en strass, qu'elle avait fait faire pour Longchamp, et dans laquelle le lieutenant de police lui défendit de se montrer. Personne n'ignore toutes les friponneries qu'elle a faites durant sa vie, et l'état de misère et d'opprobre dans lequel elle a fini sa carrière[1].

Je citerai deux traits d'escroquerie d'une fille, à laquelle le goût passager d'un grand a donné de la célébrité. M. de Blausseman, homme d'une laideur extrême, fit un jour gageure d'obtenir, pour cinquante louis, les faveurs de Mlle de Vambre. Il lui envoya la somme et demanda

1. Marie-Anne Pagès, dite Mlle Deschamps, mourut à Paris en 1764, à l'âge de trente-quatre ans. Bien qu'ayant appartenu au corps de ballet de l'Opéra pendant une dizaine d'années (de 1749 à 1759), sa réputation ne doit pratiquement rien à l'art de Terpsichore. Sur cette célèbre courtisane, lire l'ouvrage très documenté de G. Capon et R. Yve-Plessis, *Fille d'Opéra, vendeuse d'amour. Histoire de Mlle Deschamps (1730-1764), racontée d'après des notes de police et des documents inédits*, Paris, Plessis, 1906.

un rendez-vous. La courtisane lui donna un très bon souper, et lui dit de se mettre au lit pendant qu'elle ferait sa toilette. Cet amoureux en fit lui-même une très recherchée, se parfuma, mit un magnifique bonnet de nuit bordé de dentelle et attaché avec un ruban couleur de rose, qui faisait ressortir encore plus toute sa difformité. À peine fut-il couché que Mme de Vambre prit deux flambeaux, s'approcha du lit, considéra bien le galant, tout étonné de cet examen, et lui dit : « Monsieur, ça n'est pas possible, je ne pourrai jamais m'y résoudre. » Elle le força de se lever, de s'habiller, fit venir un fiacre, et le renvoya impitoyablement chez lui, sans lui rendre son argent.

Un financier, homme d'un âge avancé, d'une figure grotesque, de la plus repoussante malpropreté, et épris des charmes de cette même personne, lui demanda un tête-à-tête, et accompagna le billet doux d'un collier de diamants dont elle avait grande envie, et qu'elle avait même marchandé quelques jours auparavant. Elle le fit prier à déjeuner le lendemain, et quand il voulut user des droits qu'il croyait avoir bien achetés, elle l'assura qu'elle aimait tendrement le collier qu'elle tenait de lui, mais qu'elle ne saurait avoir le moindre goût pour sa très dégoûtante personne. Elle garda le collier, et éconduisit le galant, sans lui accorder la plus petite faveur.

Une autre fille, pour qui un seigneur avait un caprice, voulut tirer parti de cette bonne fortune. Elle s'entendit avec un huissier, et pendant que ce seigneur était chez elle, se fit apporter une sentence et un exploit pour la saisie de ses meubles. Elle se jeta tout éplorée aux pieds du seigneur, et le conjura de vouloir bien la tirer de l'embarras où elle se trouvait, pour une dette d'environ deux cents louis. Le seigneur, qui se douta de cette friponnerie, fut piqué de ce que cette fille, ne se rapportant pas à sa générosité, avait voulu le mettre à contribution. Il feignit de la consoler, dit à l'huissier de différer l'exécution de vingt-quatre heures, et l'assura qu'il arrangerait cette affaire d'une manière convenable. Il revint le lendemain chez la fille, lui apporta un arrêt de défense, et lui dit qu'il n'avait rien imaginé de mieux pour la mettre à l'abri des poursuites de ses créanciers.

Ces anecdotes sont des échantillons de tous les vices que j'ai mis sur le compte des femmes entretenues ; la vie des courtisanes célèbres en fournirait une foule d'autres qu'il serait trop long de rapporter.

La quatrième classe des femmes du monde est celle des bourgeoises, des ouvrières et des filles de boutique, qui après avoir fini leurs journées vont sourdement passer la soirée chez des mères-abbesses. Le luxe est la seule et unique source du libertinage de ces sortes de femmes. Les divers métiers qu'elles exercent dans le jour leur fournissent le nécessaire animal ; et elles vont chercher le soir de quoi fournir à la dépense de la parure dont le luxe de tous les états a fait un véritable besoin. La vaste étendue de Paris leur donne mille facilités de dérober à leurs parents et à leurs connaissances l'irrégularité de leur conduite. Leurs dérèglements se perdent dans le chaos d'une ville immense ; elles conservent tous les dehors de l'honnêteté et de la décence, et trouvent à se marier aussi bien que si elles avaient vécu comme des vestales.

La cinquième classe comprend les filles publiques en chambre garnie, ne raccrochant point. Elles distribuent et font distribuer des adresses, elles vont chercher des pratiques aux différents spectacles, elles vont passer la soirée ou la nuit chez des mères-abbesses célèbres qui les appellent au besoin, et les transforment en petites marchandes, en ouvrières, en villageoises nouvellement débarquées, suivant le goût et les demandes des différents amateurs.

Les filles établies dans les sérails forment la sixième classe ; elles sont logées, nourries, blanchies, coiffées aux dépens de la matrone, qu'elles appellent la *mère*. Celle-ci est, outre cela, obligée de leur fournir tous les habillements qui leur sont nécessaires, jusqu'aux chemises ; elles travaillent pour le compte de la mère et n'ont pour elles d'autres bénéfices que les *rubans* : c'est le terme technique par lequel on entend les générosités du *miché* [1], ou chaland, ou couchant. Ces petits profits sont encore souvent destinés à l'achat des souliers.

Dans la septième classe enfin, sont les raccrocheuses. Il y en a de plusieurs espèces ; les filles qui font raccrocher, ou raccrochent elles-mêmes pour le compte de la matrone. Elles sont obligées de partager le profit avec elle, de lui payer en outre trois à quatre francs pour leur logement et leur nourriture. Il y a, outre cela, les raccrocheuses qui font raccrocher par leurs bonnes, ou raccrochent elles-mêmes, et conduisent les pratiques chez elles et pour leur compte. On peut aussi comprendre dans la même classe les raccrocheuses honteuses, dont les unes raccrochent pour l'absolu besoin, les autres pour le superflu. Celles-ci ne s'arrêtent point dans les rues ; on les voit rarement dans les grandes allées des promenades : elles se tiennent à l'écart et dans les lieux les plus obscurs, elles ne s'adressent jamais aux jeunes gens et n'attaquent guère que des hommes d'un âge avancé, elles ont le costume et le ton de l'honnêteté, elles se livrent difficilement, et sont toujours contenues par la crainte d'une maladie dont elles n'auraient pas les moyens de se faire guérir, ou de la police dont elles redoutent la juste sévérité.

Je ne puis que jeter un voile sur la dernière classe des femmes prostituées, appelées *pierreuses*. Elles ne méritent pas d'entrer en ligne de compte ; mon pinceau se refuse à cette peinture, qui n'offrirait que des objets hideux, capables de dégrader entièrement le tableau.

---

1. J'ai conservé ce terme comme d'une énergie difficile et même impossible à rendre autrement. Il exprime de la façon la plus méprisante la vilité du rôle que joue dans les mauvais lieux un homme qui n'y reçoit du plaisir qu'en proportion de l'argent qu'il donne. Les filles appellent *bon miché* celui qui paie bien, *mauvais miché* celui qui paie mal, *sot miché* celui qui n'a pas le ton ou les allures du lieu où il se trouve. [NdA]

C'est dans les trois dernières classes des femmes du monde que l'on trouve peut-être ce qu'il y a de plus charmant pour le physique et de moins méprisable dans la moralité. C'est là où l'on rencontre quelquefois l'esprit, les grâces, la naïveté, l'ingénuité, la bonne foi, la bonté du cœur et la générosité. C'est là qu'on voit des malheureuses qui ont été précipitées dans l'abîme du libertinage par des revers et un enchaînement d'événements funestes, qui gémissent de leur état, et désirent sincèrement de s'en tirer. C'est là où un observateur aperçoit, moins rarement qu'on ne pourrait croire, le développement de plusieurs vertus, qui doivent forcer les honnêtes gens à plaindre ces infortunées. Nous aimons à citer à l'appui de ces propositions un auteur connu par la manière franche, loyale, vraie et originale avec laquelle il a écrit ses observations sur les mœurs de Paris.

« L'oubli des lois de la pudeur, dit Mercier, n'a pas éteint, chez quelques filles publiques, des vertus qu'on aime à retrouver encore dans leur sexe. Plusieurs sont pitoyables, charitables, et donnent jusqu'à leurs jupes pour aider leurs compagnes. Plusieurs, dans cet état de dégradation, sont sensibles à la honte, et lorsqu'on les condamne à l'Hôpital, elles frémissent à cette idée[1]. On en a vu, au moment de la sentence, prendre un couteau et dire : *Je me frapperai, si j'y suis condamnée*. Et au moment de la condamnation, se frapper à coups pressés.

« L'Hôpital où on les enferme ne contribue pas à épurer leurs mœurs ; elles en sortent plus dissolues, car il n'y a rien de plus fatal pour les femmes que l'exemple, et de plus communicatif que le grand libertinage. On met à l'Hôpital trop légèrement. Celle qui n'a effleuré le vice que du bout du pied désapprend à rougir, et ne craint plus d'enfoncer jusqu'à mi-jambe. Alors, le calus[2] se forme et il n'y a plus pour elle de retour à l'honnêteté.

« On a vu, de la part d'une raccrocheuse, un trait de probité rare. Un homme à portefeuille avait laissé le sien à côté d'elle ; elle l'ouvre, il contient des billets de la Caisse d'escompte[3] ; il y en avait pour soixante mille livres. En s'appropriant cette valeur, sa fortune était faite. Mais

1. On se souvient de l'effroi de Des Grieux dans *Manon Lescaut* : « C'était pour moi un supplice inexprimable que de me représenter Manon à l'Hôpital. Outre l'infamie de cette demeure, j'ignorais de quelle manière elle y était traitée, et le souvenir de quelques particularités que j'avais entendues de cette maison d'horreur renouvelait à tous moments mes transports. »

2. *Calus* : au sens figuré, endurcissement du cœur.

3. La première Caisse d'escompte, fondée en 1767 sous le patronage du banquier de la cour Jean-Jacques de Laborde, était chargée de fournir des fonds au roi en échange d'assignations sur les ressources fiscales, mais elle cessa ses activités dès 1769. La seconde est issue d'un vaste projet du banquier Isaac Panchaud, repris par Turgot dans l'arrêt du 23 mars 1776, dans le but de provoquer une baisse du taux d'intérêt. Depuis le système de Law, c'est la première grande tentative pour soutenir le commerce par le moyen de l'escompte des lettres de change et de tous les effets négociables. En principe, le taux de l'escompte ne devait pas dépasser 4 % (4,5 % en temps de guerre).

non : elle sort de son triste réduit, va trouver le chef de la police, et lui remet le portefeuille entier. Le magistrat s'étonne. Mais il fut bien plus surpris lorsqu'il sut, de la bouche de la fille, qu'elle connaissait très bien la valeur de ces billets, et la facilité qu'elle aurait eue de les métamorphoser en argent, sans qu'on pût lui rien dire. Une telle déclaration, de la part d'une fille misérable, était faite pour intéresser, car beaucoup d'honnêtes gens, à sa place, auraient profité de la trouvaille. L'homme au portefeuille, revenu de sa distraction, courut bien vite à la police, et fut bien surpris, bien joyeux, de revoir tous ses effets. Il laissa dix mille francs à la pauvre fille qui, renonçant au métier, accepta le don légitime[1]. »

À ce trait rare, j'en ajouterai deux dont je connais les personnages. Une de ces filles a plusieurs fois rendu des montres, des bijoux et de l'argent que l'on avait laissé chez elle par distraction. Une autre était en partie fine avec deux de ses compagnes et un étranger qui avait eu l'imprudence de s'enivrer et de s'endormir. Les deux compagnes proposèrent de dépouiller l'endormi. Sa bourse, sa montre et ses nippes offraient un butin considérable. La plus âgée s'y opposa, menaça de dénoncer celles qui voleraient, et ne quitta l'étranger que lorsqu'il fut tout à fait éveillé et en état de raison. « Si la nécessité, disait-elle, a pu me rendre catin, elle ne saurait pas au moins me rendre voleuse. » Ces traits n'empêchent pas que la compagnie des filles publiques ne soit très dangereuse pour la santé et pour la bourse, quelquefois même pour la vie.

Plusieurs de ces femmes du monde s'élèvent tout d'un coup de la plus basse classe à la plus haute ; d'autres descendent de l'une à l'autre avec la même rapidité. Je connais plusieurs filles, entretenues aujourd'hui avec le plus grand faste, et que leurs amants ont tirées des plus mauvais lieux ; et dernièrement j'ai été raccroché par une que j'avais rencontrée diverses fois, l'année dernière, dans l'équipage le plus brillant.

Les maux que les femmes publiques versent sur tous les ordres de citoyens sont innombrables, et si connus qu'il serait superflu d'en faire l'énumération. Malheureusement, on ne pourrait anéantir entièrement ce vice qu'en extirpant la racine du besoin dans l'ordre physique, et le luxe dans l'ordre politique ; mais je crois que si le gouvernement voulait donner à cet important objet toute l'attention qu'il mérite, et en faire une branche d'administration, il ne serait pas impossible de trouver une forme convenable qui rendrait ce vice moins scandaleux pour les mœurs, moins ruineux pour les fortunes des particuliers, et moins dangereux pour la santé des citoyens[2]. Les moyens me sont connus, mais je ne peux

---

1. Louis-Sébastien Mercier, *Tableau de Paris*, éd. J.-Cl. Bonnet, Paris, Mercure de France, 1994, 2 vol., t. II, chap. DCCCLXXI, « Filles publiques à l'Hôpital », p. 1092-1093.

2. C'est très précisément le but que s'était assigné Restif de La Bretonne en proposant d'organiser la prostitution par l'établissement de « Parthénions », ou maisons publiques sagement administrées (*Le Pornographe, ou Idées d'un honnête homme sur un projet de règlement pour les prostituées*, 1769).

pas encore les manifester. En attendant, je me borne à le tolérer comme citoyen, et à m'en consoler comme philosophe.

CHAPITRE XVIII

Portrait physique et moral de Justine Pâris. Son origine, sa vie, sa mort

Justine Pâris, que l'on peut regarder comme la première fondatrice des grands sérails, naquit à Corbeil de parents peu aisés, mais beaux et vigoureux, qui lui transmirent avec la vie un sang plein de feu, un cœur sensible, un tempérament enfin qui lui rendait l'amour un besoin impérieux. À ces qualités, la nature avait joint ses dons les plus précieux. À l'âge de quarante-huit ans, elle avait la taille au-dessus de la médiocre, la peau blanche et très fine, des couleurs vives, l'œil brun, plein d'esprit et de feu, le nez à l'antique. Chaque partie de son corps était, faut-il le dire, un chef-d'œuvre qui approchait du beau idéal ; il lui manquait cependant une qualité sans laquelle les autres perdent beaucoup. Je veux dire la grâce[1]. Elle était privée de cette aisance naturelle qui embellit même la laideur, et quoiqu'elle fût fort adroite, elle avait un air gauche dans tout ce qu'elle faisait, ce qui nuisait extrêmement à sa beauté. Son esprit était vif et pénétrant, elle avait un caractère ferme et entreprenant, son parler était doux, quoique plein de fermeté ; et l'éloquence naturelle, dont elle était douée, lui rendait aisées les entreprises les plus difficiles. Avec ces rares qualités, Justine aurait fait l'ornement de son sexe et le charme de la société, si des principes pervers et des exemples scandaleux ne lui avaient perverti le cœur et l'esprit dès ses plus jeunes ans, si enfin elle n'avait, pour ainsi dire, sucé la perversité avec le lait. Sa constance était passée en proverbe parmi les femmes de son état, où la constance n'est guère connue que pour l'éviter. Elle eut beaucoup d'amants, mais jamais les liens de l'amour ni de l'amitié ne furent rompus par elle sans des raisons très fortes.

Quelques démêlés qu'elle eut avec la police au sujet d'un grand seigneur qu'elle avait traité avec peu de respect la firent mettre à l'Hôpital. C'est là, comme nous l'avons dit ailleurs, qu'elle connut la Gourdan, et que ces deux héroïnes conçurent le plan de la formation du sérail dont on lit la description dans le chapitre IV.

1. Le portrait des *Cannevas de la Pâris* est nettement plus sévère : « Cette femme est d'environ cinquante ans, d'une taille assez haute, et point mal faite, mais d'une figure à faire peur, maigre et allongée ; son teint est couperosé, sa peau est couverte de dartres, et ses yeux louches et de toutes couleurs forment le visage le plus complètement horrible que je connaisse. »

La pièce qui suit formera le complément du tableau que nous n'avons su qu'ébaucher ; ce morceau singulier fut composé par l'abbé M..., pour être prononcé par la Gourdan dans une orgie où assistaient un prince du sang et beaucoup de seigneurs de la cour. Nous prévenons le lecteur que nous en avons retranché tous les passages qui se ressentaient trop du sujet pour lequel il fut fait, de l'orateur qui prononça, et du lieu où la scène se passa[1].

Oraison funèbre de très haute et très puissante dame Madame Justine Pâris, grande prêtresse de Cythère, Paphos, Amathonte, etc., prononcée le 14 novembre 1773, par Madame Gourdan, sa coadjutrice, en présence de toutes les nymphes de Vénus

La vérole, ô mon Dieu, m'a criblé jusqu'aux os !

Aimer le plaisir jusqu'à s'en rendre la victime, lui sacrifier ce qu'on a de plus cher, ne point craindre la mort, pourvu qu'on la reçoive au sein de la volupté : c'est un héroïsme dont il est sans doute peu d'âmes privilégiées qui soient susceptibles. Combien plus admirable n'est-il pas dans un sexe aussi faible, aussi délicat que le nôtre ! Et ce fut à ce période[2], mes chères filles, que le poussa l'illustre compagne que nous regrettons, l'incomparable Justine ! Aussi croirais-je avoir déjà fait son éloge en lui attribuant ces paroles du texte : *La vérole, ô mon Dieu, m'a criblé jusqu'aux os !* Mais j'ai moins voulu entreprendre son panégyrique que votre instruction. Eh ! comment mieux vous instruire qu'en vous rappelant les merveilleuses qualités de cette héroïne ? Je vous retracerai ses fatigues incroyables dans une carrière où elle est entrée dès sa plus tendre enfance, son courage dans les attaques, sa fermeté dans les traverses, sa constance dans les disgrâces, sa modestie dans les triomphes. Je couronnerai son front des lauriers moissonnés par ses mains. Je vous peindrai surtout sa mort, circonstance la plus glorieuse de sa vie.

---

1. À la version édulcorée de cette « Oraison funèbre », telle qu'on peut la lire dans *Les Sérails de Paris*, nous préférons substituer le texte original publié dans *L'Espion anglais* (*op. cit.*, t. II, p. 366-375), repris avec quelques variantes dans *La Gazette noire par un homme qui n'est pas blanc* (*op. cit.*, p. 116-129), réimprimée pour la première fois par Poulet-Malassis dans son édition de la *Correspondance de Madame Gourdan* (Bruxelles, 1866), et reprise par Octave Uzanne dans son édition de ce même texte (Bruxelles, Henry Kistemaeckers, 1883), p. 265-277.

2. *Période* : « pris au figuré, signifie le plus haut point où une chose puisse arriver ; alors, il est masculin. "Démosthène et Cicéron ont porté l'éloquence à son plus haut *période*", "Il est au plus haut *période* de la gloire" » (*Dict. Acad.*, 1762).

Justine naquit de parents pauvres, mais vigoureux. Consumés tous deux d'une maladie héréditaire, ils n'en conçurent l'un pour l'autre qu'une passion plus violente ; ils confondaient leurs maux ensemble et ils les oubliaient. Des plaisirs si réitérés les conduisirent bientôt au lit de la mort. S'y voyant sans ressources, ils appelèrent leur fille, cette chère Justine, qui comptait alors douze ans.

« Fruit précieux de notre tendresse, lui dirent-ils, nous n'avons plus qu'un instant à vivre, et nous ne saurions mieux l'employer qu'à vous donner un conseil qui fera le bonheur de votre vie, si vous le suivez. Comptez pour rien tous les jours que vous n'aurez pas consacrés au plaisir. Qu'importe qu'ils soient longs, s'ils ne sont pas remplis ! Croyez-nous : nous n'avons point intérêt à vous tromper en ce moment. Puisse cette maxime être à jamais gravée dans votre cœur ! Puisse-t-elle vous être rappelée sans cesse par l'image de notre mort ! » À ces mots, ils ramassent leurs forces, ils s'entrelacent, leurs âmes s'unissent, et ils expirent.

Le tableau était frappant. Justine d'un coup d'œil rapide en saisit tous les traits. Elle n'exhala point sa douleur en vains soupirs ; elle ne versa point de larmes inutiles. (Que le préjugé se taise ici ; respectons les actions d'une héroïne, et ne les mesurons point sur celles du faible vulgaire.) À l'aide du grossier artisan, constructeur du cercueil qui devait recevoir le corps des deux époux, sur cet autel funéraire, Justine offrit à leurs mânes un sacrifice plus doux pour elle et plus agréable pour eux [1]. Elle sentit alors l'utilité des avis d'un père et d'une mère mourants ; elle découvrit en elle une source intarissable de voluptés ; elle comprit qu'en lui dictant cette maxime, ses parents lui avaient laissé l'héritage le plus précieux. Elle ne s'en tint pas à ces premiers essais ; ses succès s'étendirent bientôt ; sa réputation et sa beauté lui acquirent des esclaves distingués. Tous les jours de sa brillante jeunesse étaient marqués par de nouveaux triomphes.

Il est dans cette capitale un temple consacré à Vénus, école des talents, du goût et du plaisir, où de jeunes prêtresses sont formées aux arts aimables qui peuvent émouvoir les sens et les séduire. Les unes charment l'oreille en célébrant les louanges de leur déesse ; d'autres, par des danses passionnées, en rappellent les aventures, en peignent les passions les plus voluptueuses ; toutes s'efforcent à l'envi d'allumer dans tous les cœurs ce beau feu, âme de l'univers, qui tour à tour le consume et le reproduit.

Le mérite naissant de Justine la fit admettre dans ce séminaire. Elle y

1. Selon Georges Interiano, Génois, les Scythes ou Tartares circassiens croient si peu qu'il soit honnête de pleurer les morts, qu'une femme serait déshonorée chez eux si elle était convaincue d'avoir souvent soupiré aux obsèques de son mari, auxquelles on a coutume, entre autres réjouissances, de déflorer à la vue de tous les assistants une fille de douze à quatorze ans, comme pour narguer la nature. *Année littéraire*, 1763, tome III, page 331, article *De l'Esprit* de la Mothe Le Vayer. [NdA]

perfectionna ses dispositions précoces au plaisir ; elle ne tarda pas à trouver l'occasion de les faire valoir et de les développer avec éclat.

Le Turc était venu dans ce temps à Paris rendre hommage à la puissance du roi. Vous connaissez le renom de cette nation, mes chères filles, et s'il n'est aucune de vous qui ait reçu les embrassements de quelqu'un de ces étrangers, si vous ne savez pas par expérience quels héros ce sont dans les champs de Vénus, ce n'est pas que vous n'ayez entendu parler souvent de leurs exploits. Ce temple même, ce sérail qui emprunte son nom d'eux[1], vous retrace l'image de leur valeur : il atteste quels sectateurs ardents ils sont de la divinité que nous adorons toutes.

Méhémet Effendi, ambassadeur de la Porte, excellait par-dessus ses compatriotes : jamais femme n'avait encore eu l'honneur de le faire rendre. Nouvel Anthée, ses chutes semblaient lui donner de nouvelles forces ; on eût dit qu'il sortait du combat toujours reposé, toujours frais, toujours neuf. Déjà les compagnes de Justine avaient été défaites par ce superbe vainqueur. Elle s'offrit à son tour avec confiance sur le champ de bataille ; une nuit entière elle soutint les assauts de l'impétueux Musulman. Enfin, elle l'attaqua elle-même, le pressa, le terrassa, l'anéantit : il baissa sa lance et s'avoua vaincu. Quel triomphe ! Cette mémorable action fut gravée dans les fastes de Cythère[2]. Mais qu'un grand nom est un pesant fardeau ! Il attire à la fois et l'admiration et l'envie ! Justine ne l'éprouva que trop. Elle fut obligée de quitter un séjour où la jalousie empoisonnait sa gloire et son bonheur ; elle résolut de voyager. Paris ne devait pas posséder seul une si rare merveille. Plusieurs nations furent les témoins de ses exploits. Les héros les plus fameux de l'Europe luttèrent tour à tour contre elle et furent défaits. Elle parcourut l'Angleterre, l'Espagne, l'Allemagne. Étrangère en ces contrées, la différente façon de combattre des peuples qui les habitaient ne lui parut pas nouvelle. Flegmatique avec l'Anglais, grave avec l'Espagnol, emportée avec l'Allemand, elle se fit à tout, s'offrit partout et triompha de tous. Elle termina ses voyages par l'Italie : elle fut à Rome, reine du monde et centre de la paillardise. Là, sous la pourpre, gît la luxure la plus effrénée. Là, de pieux fainéants

1. Le mot *sérail* vient en effet du turc *seraj*, par l'intermédiaire de l'italien *serraglio*.

2. La visite à Paris de Méhémet Effendi, ambassadeur extraordinaire de la Sublime Porte, pacha à trois queues, escorté de sa suite de deux cents personnes, fut loin de passer inaperçue. Sa résidence de la rue de Tournon, près du palais du Luxembourg, ne désemplissait pas ; toute la cour s'y bousculait pour avoir l'avantage de l'observer de près. Non content d'assister à tous les spectacles de la capitale, Méhémet en écuma les lieux de plaisirs les plus huppés, se forgeant ainsi une flatteuse réputation que les railleurs se hâtèrent de mettre en chanson : « Sur l'air de *la Béquille*. — Du Turc l'ambassadeur / Pour Paris s'achemine, / Chacun avec ardeur / S'empresse à voir sa mine. / La plupart de nos filles / Comptent les queues qu'il a / Pour autant de béquilles / Du père Barnabas. » « Sur l'air de *Que j'estime, mon cher voisin*. — Le héros le plus vertueux / Est un homme ordinaire ; / Mais une Excellence à trois queues / Est un dieu sur la terre ! » « Sur l'air de *Réveillez-vous, belle endormie*. — À mon mari je suis fidèle, / Mais je tremble pour mon honneur. / J'ai jour et nuit dans la cervelle / Les trois queues de l'ambassadeur ! »

consacrent leurs loisirs au raffinement des voluptés. Là, des vieillards blanchis sous le harnais de Vénus semblent ne plus vivre, ne plus respirer que par le plaisir.

Quel champ de gloire à moissonner pour notre compagne ! Mais aussi quels travaux ! Il lui fallut pratiquer toutes les marches, toutes les contre-marches des Italiens, se mettre en garde contre toutes leurs ruses, faire une guerre d'artifices, d'autant plus pénible qu'elle est plus longue, enfin se montrer aussi profonde dans l'art des Arétins que l'Éminence la plus consommée. On ne put refuser à Justine cette fameuse couronne qu'autrefois les Scipion, les Émile allaient recevoir au Capitole, et qui depuis a été consacrée aux grands artistes, aux hommes célèbres dans tous les genres. Il faut l'avouer pourtant : si Justine avait toujours l'avantage, Justine n'était pas toujours invulnérable. Elle revint couverte de lauriers, mais ces lauriers couvraient des blessures, et si à vingt-deux ans elle comptait plus de succès que n'en compta la fameuse Ninon de Lenclos après un siècle de vie, ou plutôt s'ils étaient déjà innombrables, ses cicatrices l'étaient aussi.

Parlons sans figure. Ses parents, en lui transmettant cette vigueur et cet amour de la volupté, qualités héréditaires dans sa famille, lui avaient transmis une maladie qui en est le fruit. Cette maladie, née avec elle, fomentée par le plaisir, accrue par les veilles, était devenue incurable par les travaux et les fatigues de notre héroïne. Toutefois, elle semblait l'avoir respectée jusque-là ; mais ce levain malheureux, mêlé aux levains étrangers qu'elle avait ramassés de toutes parts, vint à fermenter. Déjà tout l'intérieur de sa machine s'en ressentait, la masse de ses humeurs en était infectée ; il ne circulait plus que du poison dans ses veines au lieu de sang et Justine pouvait s'écrier, encore plus que M. Robbé de Beauveset : *La vérole, ô mon Dieu, m'a criblée jusqu'aux os*[1] *!*

Tel était son état quand elle revint dans sa patrie. Elle sentit l'horrible ravage qui se faisait au-dedans d'elle-même et elle n'en fut pas épouvantée. Avertie par là qu'elle n'avait plus longtemps à jouir, elle résolut d'en mieux employer le peu de jours qui lui restaient. Heureusement que sa figure, quoique altérée par le mal qui la minait intérieurement, était encore séduisante. C'était un bâtiment dont les dehors gracieux, en laissant entrevoir des ruines, faisaient toutefois plaisir à la vue et arrêtaient le spectateur.

Ses succès recommençaient en cette ville, lorsqu'il lui survint une disgrâce qui épura son mérite, mit le comble à sa célébrité et nous donna lieu de nous lier de l'amitié la plus étroite. L'envie triompha cette fois.

1. Cette phrase est tirée du *Débauché converti*, ouvrage du poète Robbé de Beauveset (1725-1794). Cette satire anonyme, publiée en 1736, fut d'abord attribuée à Piron, puis à Grécourt. Mais bientôt on découvrit le véritable auteur en la personne de Robbé qui, lui-même, était atteint du mal qu'il avait mis en vers, ce qui fit dire à Piron : « On voit bien que l'auteur est plein de son sujet ! »

Cette illustre fille fut conduite en cet édifice superbe que la magnificence de nos rois a fait construire pour la retraite des femmes invalides. J'y gémissais depuis longtemps dans une dure captivité. Sa présence fit naître la joie dans mon cœur. Je la voyais pour la première fois, et je trouvai que la renommée n'en avait rien dit de trop. Un coup de sympathie nous fit sentir une réciproque, et je fus presque fâchée d'obtenir une liberté qui m'empêchait de jouir de la société de cette aimable compagne. Cependant, on essayait de dompter ce courage rebelle. Déjà les Esculapes et les Machaons mettaient en œuvre tout leur art pour en arrêter la fougue ; ce fut inutilement : ils devinrent eux-mêmes les victimes de l'art de Justine. Ces faibles humains éprouvèrent combien il était dangereux de voir de trop près ses charmes. Il fallut donner l'essor à une héroïne dont rien ne pouvait contenir l'impétuosité. Ce fut alors qu'elle fonda cette maison, qu'elle me prit avec elle pour y présider sous son inspection. Plusieurs années de la vie de Justine s'écoulèrent de nouveau dans des fêtes délicieuses. Je ne sais combien d'illustres amants voulurent partager ses trophées et ses cicatrices. Je ne vous retracerai pas, mes chères filles, la dernière partie de sa vie. Vous en avez été les témoins, et votre ardeur à suivre ses exemples est une preuve de l'impression qu'ils faisaient sur vous. Vous savez avec quelle intrépidité elle voyait approcher à pas lents cette mort, l'écueil des héros, et qui mit le comble à sa gloire. Soustraite depuis quelques jours à vos regards, c'est surtout dans ses derniers instants qu'elle a montré une fermeté dont je vais vous faire le récit pour votre édification. Détruite en détail, cette héroïne s'est toujours survécue à elle-même. Elle voyait peu à peu diminuer le nombre de ses membres, et son grand cœur n'en était point affaibli. Son âme, retranchée en cet endroit du corps, centre de la vie, où elle a semblé établir son siège, paraissait avoir abandonné la défense du reste pour veiller à cette partie précieuse. Imaginez-vous un roi qui laisse piller son palais et qui, immobile sur le trône, ne veut s'ensevelir que sous les ruines de ce dernier attribut de la majesté.

Mais que vois-je, mes chères filles ! vos sanglots redoublent ! ils me coupent la parole ! Eh quoi, malheureuses ! des pleurs stériles seront-ils l'offrande que vous présenterez au tombeau de votre concitoyenne ? Songez que si quelquefois les larmes sont une preuve de la bonté du cœur, elles le sont encore plus souvent de la faiblesse. Le dirai-je ? Je tremble que sous ces regrets que vous arrache le sort de Justine, vous ne déguisiez la crainte d'en éprouver un pareil. Ah ! si mon soupçon était réel, mes chères filles, si quelqu'une de vous avait cette lâcheté, qu'elle se lève, qu'elle sorte ; elle n'est pas digne de cette maison !

Mais plutôt, qu'elle reste, qu'elle apprenne que la mort de Justine fut, non la peine, mais la récompense de ses travaux, et qu'il n'est pas donné à toutes de la mériter.

Moi-même qui vous parle, combien de fois ne me suis-je pas vue attachée au lit de douleur ! Combien de fois ne me suis-je pas écriée : *La vérole, ô mon Dieu, m'a criblée jusqu'aux os !*

J'en suis revenue autant de fois. Que ne puis-je vous montrer mes anciennes blessures ! Là, vous dirais-je, une pierre vraiment infernale me fit ces horribles cavités ; ici, le fer impitoyable détruisait une partie de moi-même pour sauver l'autre ; par ce canal, affreusement obstrué, des liqueurs brûlantes entraînaient avec mes humeurs le venin qui les corrompait. Ma peau partout cicatrisée, tous mes nerfs affaiblis n'attestent que trop les douloureux frottements que toutes les parties de mon corps ont essuyés. Actuellement, les yeux caves et troubles, les joues allongées, le front couronné du chapelet fatal, je porte sur moi les symptômes de la vérole, *qui m'a criblée jusqu'aux os*.

Vous le savez pourtant, je suis intrépide : six champions vigoureux se relèvent infatigablement à mon service. Puissé-je mériter la mort de l'héroïne que nous célébrons ! puisse mon âme, comme la sienne, s'écouler avec ma substance toute fondue, pour ainsi dire, en torrent de volupté !

Je n'exige pas ces souhaits de vous, mes chères filles. Si l'espoir d'une mort glorieuse fait les héros, l'espérance de l'éviter soutient le commun des guerriers. C'est cette espérance qui doit vous animer, mes chères filles. Déjà les portes s'ouvrent ; quelques équipages entrent dans nos cours ; des essaims de fous en sortent ; ils amènent avec eux la joie et les plaisirs.

Essuyez vos pleurs, rassérénez votre visage ; que l'enjouement et les grâces s'y peignent de nouveau. Reprenez vos sacrifices ordinaires ; que le plus pur sang des victimes efface les larmes dont les marbres de ce salon pourraient être souillés, et songez surtout que ce n'est qu'en imitant Justine que vous honorerez sa mémoire !

CHAPITRE XIX
Invitation

Au commencement de mon premier séjour à Paris, je passais aux environs de la halle aux blés, et j'entends dernière moi des *st. st. st.* Je crois que c'est quelque connaissance ou quelque ami qui m'appelle ; je me retourne, je ne vois ni connaissance, ni ami. Les *st. st. st.* recommencent, redoublent ; enfin je lève les yeux, et je vois des filles jeunes et jolies, au moins en apparence, qui d'un air de confidence et d'amitié, m'invitent à monter chez elles. Je devine leur intention, et je refuse leur invitation. J'ai depuis lors eu occasion de connaître ces belles hospitalières. Je voulais en donner ici les portraits, mais le morceau suivant m'étant tombé sous les yeux, je le crus digne, par son originalité, d'être offert à mes lecteurs. D'autant plus qu'il est extrait d'un ouvrage trop volumineux pour être dans les mains de beaucoup de lecteurs[1].

« Aujourd'hui, les filles publiques, du haut de leurs fenêtres ou balcons, sifflent comme des couleuvres : c'est l'appel. Elles font bien de prendre l'accent juste, puisqu'elles recèlent le venin de la vipère.

« On avait donné à une fille le nom d'*Harpagine*[2]. Cette courtisane ignorant que ce mot était synonyme au mal vénérien, le portait avec candeur. Un académicien qui savait le grec la détrompa en lui rendant visite ; elle devint furieuse, et depuis ce jour-là elle ne veut plus porter que le nom d'une vierge.

« Il n'y a plus qu'un moyen pour se débarrasser de ces nymphes nocturnes qui vous assiègent de toutes parts, c'est de leur dire énergiquement : *je n'ai pas d'argent.*

« Quelquefois, le soir, on rencontre dans les rues le guet à pied qui, tenant le fusil sous son bras, conduit galamment de l'autre une jeune fille, tandis que son camarade tient une vieille matrone : c'est un enlèvement, soit qu'il y ait eu tapage, soit que le jour de la punition soit arrivé. L'une qui est novice se désespère et se lamente ; celle-ci, plus effrontée, tient tête au soldat qui la mène. Le plus souvent, elles sont en déshabillé et dans le plus grand désordre ; on ne leur a pas donné le temps de s'habiller ; elles tiennent leurs jupes qui tomberaient si elles n'y portaient pas la main. On les traîne d'un pas précipité et à travers les boues chez le commissaire qui a fait l'enlèvement. La canaille s'assemble et rit ; l'une est échevelée, l'autre chante et brave l'orage. Elles sont introduites dans l'étude du commissaire, devant le jeune clerc qui les reconnaît, mais qui ne peut adoucir le procès-verbal. Elles déclinent leur nom ou celui qu'elles veulent prendre, avant que d'être conduites à la prison de pénitence. Toutes les charges sont déduites avec des expressions non voilées ; le commissaire et son clerc sont accoutumés à l'idiome des mauvais lieux, comme des académiciens le sont au beau langage. Au reste, les mots proscrits de la langue sont positivement dans toutes les bouches, depuis les princes jusqu'aux crocheteurs. Les femmes aujourd'hui se les permettent, et jurent comme les hommes, surtout à la cour : cela est du bon ton.

« Tandis qu'on verbalise, ces filles avertissent leurs amoureux de ce revers inattendu. Ils arrivent avec leurs physionomies de riboteurs, mais les champions n'osent délivrer leurs dulcinées. Elles sortent, et l'on voit couler les larmes d'un enfant de treize à quatorze ans, tout auprès de l'immobilité stupide d'une vieille dévergondée.

1. Tout le passage qui suit est tiré du *Tableau de Paris* de Louis-Sébastien Mercier, chap. CMLXIV, « St, st, st. », éd. cit., t. II, p. 1325 *sq.*

2. Rapacité, avidité, rapine, pillage ; au passif, ce qu'on a pillé, butin, proie des bêtes sauvages.

« Ces victimes de l'incontinence publique sont toujours forcées de mentir. Le libertinage est puni, car il s'éloigne de la volupté ; il en devient l'antipode. Telle fille, au milieu de la prostitution, a vécu trois années dans une maison de libertinage sans avoir connu un homme naturellement ; il y a des prostituées qui sont pucelles, et elles sont loin de pouvoir s'appeler vierges. Tirons le rideau.

« On appelle des *impures* toutes celles qui vaguent dans les rues, et cette dénomination s'étend jusqu'à celles qui se promènent au Palais-Royal. Mais la débauche dans cette grande ville ressemble à ces taches noires dans un morceau de marbre blanc. L'innocence intacte est tout à côté du libertinage effronté, et ne se mêle point avec lui. Le second ordre de la bourgeoisie a des mœurs, et des mœurs plus pures peut-être que dans tout autre lieu du monde. Cependant, la débauche, ou du moins son image, cerne de toutes parts ces maisons honnêtes, et celles-ci sont inaccessibles à la corruption ; elles semblent même ignorer les désordres et les turpitudes qui sont à vingt pas d'elles.

« Les lois humaines ont leurs bornes ; elles ne peuvent violenter trop durement, elles ne sauraient fouiller trop avant. Réformatrices de ce qui porte le scandale, elles augmenteraient le désordre en voulant l'anéantir. Les femmes sont les idoles de la faiblesse humaine. L'opulence les couvre des bijoux les plus précieux, des étoffes les plus riches. Le vice est embelli, pour ainsi dire, dans la personne d'une courtisane ; il ne reprend ses traits honteux et sa couleur rebutante que dans les dernières victimes de l'incontinence. L'air libre et immodeste va à telle femme. Comment la police séparera-t-elle deux désordres égaux ? Comment sera-t-elle indulgente pour le libertinage paré, roulant dans un char, et sévère pour le libertinage de détresse, marchant dans les rues fangeuses ?

« Il y a de la différence sans doute dans les noms, lorsque celle-ci s'appelle la *Ribote*, l'autre *Belair*, l'autre *Caraconoir*, la quatrième *Ventre-Bleu*, et la dernière, comme le porte-enseigne de la profession, *Tire-à-toi*, tandis qu'à l'Opéra les noms les plus harmonieux des saintes du calendrier sont également choisis pour distinguer les superbes courtisanes[1]. Mais le métier n'est-il pas le même ? Toutes ne reçoivent-elles pas également les offrandes volontaires du libertinage ?

« On a vu l'apologie du publicisme des femmes dans quelques

1. Sitôt intégrées dans la troupe de l'Opéra, les demoiselles du Magasin se hâtaient de changer leur nom, pour s'en choisir quelque autre plus digne de leur nouveau statut. Ainsi vit-on la trop banale Mlle Babet Meunier se rebaptiser pompeusement Mlle Durancy. Les désinences en *ard* ou en *ille* jouissaient d'une singulière faveur : Guimard, Allard, Testard, Thévenard, Camille, Valville, Dangeville, Durville, Dorjeville, Sommerville (de son vrai nom Mlle Conbette)… Les *Château* eurent également leur vogue ; on en compta jusqu'à trois à la même époque : Château-Neuf, Château-Fort, Château-Brillant. Sophie Arnould les appelait *Châteaux branlants*, par allusion à leur activité auprès des vieux galants.

journaux[1] ; cette apologie était là bien déplacée. Il n'était pas besoin de renforcer cette peine, et il est des tolérances publiques qu'il ne faut point du moins avouer publiquement. Sixte-Quint fit une guerre violente au publicisme des femmes. C'était un grand politique. Je pense que le gouvernement sera forcé, avant peu, de donner une attention sérieuse, moins au désordre qu'au scandale ; il pourrait mettre à profit plusieurs idées saines répandues dans *Le Pornographe*, ouvrage de M. Restif de la Bretonne, qui a enseigné l'art d'ôter au vice ce qu'il a de plus redoutable : son effronterie[2]. Dès qu'il sera voilé, il n'offensera plus l'ordre public. Dans les mains d'un habile législateur, le bien sort du mal : et voilà le grand secret de la politique.

« La police ne permet pas à ces créatures d'ajouter l'adresse à l'impudence, et de se payer par leurs mains sur les effets et bijoux qu'elles peuvent surprendre à l'ivresse de la débauche, ou à la négligence de leurs dupes. Les montres, les tabatières, les portefeuilles ne leur appartiennent pas plus qu'aux fiacres, lorsqu'on les oublie dans leurs voitures. Il faut qu'elles restituent ces effets, car c'est assez de manquer à la pudeur sans offenser encore la probité ; elles sont poursuivies lorsqu'elles volent ou qu'elles escamotent, et sont forcées de lâcher sur-le-champ leur proie.

« On n'affiche point qu'on a été volé de sa montre ou de sa tabatière dans un mauvais lieu ; on affiche décemment qu'on l'a perdue, et l'on promet une récompense honnête. Et quoi de plus honnête que de rapporter un bijou du centre d'un mauvais lieu ? Ainsi, il y a combat d'honnêteté, et ce qui est honnête devient utile, comme l'a tant dit Cicéron[3], car on paie la fille pour la montre volée. Alors, elle est exempte de toutes poursuites ; on suppose que le propriétaire l'a laissée tomber dans un moment inattentif, et la fille n'est point censée une escroque, terme qui devient une injure même pour une prostituée.

« La vigilance des orfèvres sert très bien la police à cet égard ; ils ont le coup d'œil exercé à reconnaître les bijoux volés. Les prix qu'y met le vendeur, sa tournure, son maintien : tout les éclaire ; et comme ils tiennent registre de tout ce qu'ils achètent, il est facile par eux de remonter jusqu'à la source du délit, et de reconnaître la première main qui a usé d'une subtile adresse. »

---

1. Mercier précise : « dans le *Journal de Paris* ». Ce périodique avait été fondé en 1777 par Antoine Cadet de Vaux (1743-1828), chimiste et philanthrope.

2. Idée développée dans le chapitre DXLII du *Tableau de Paris* : « L'original Restif de La Bretonne a proposé dans son *Pornographe* un plan pour les courtisanes de toutes les classes, au moyen duquel le libertinage, levant la tête dans les carrefours, n'insulterait pas du moins sous l'œil de la mère et de la fille à la décence publique. Serait-il donc impossible de l'adopter, au moins en partie, et par des lois nouvelles adaptées à l'esprit du siècle, de corriger ces vices publics, qui entraînent la ruine d'une foule d'idées morales ? » (Mercier, *op. cit.*, t. II, p. 20-21).

3. « *Utilitas cum honestate pugnat* » (Cicéron, *De Officiis*, III, 2).

CHAPITRE XX

Promenades du chevalier de Walbé au Palais-Royal[1]. *Tableau pittoresque et indicatif des filles publiques les plus renommées*

Mon aventure chez la comtesse de Grassi, encore gravée dans ma mémoire, me rendait timide et craintif. Je me représentais sans cesse les femmes sous les couleurs les plus défavorables ; et sans expérience, je n'avais pu encore me rendre compte de ce qu'est l'amour et le véritable esprit des femmes. Triste, rêveur, je promenais partout mon ennui. Insipide à moi-même, et craignant de l'être aux autres, je ne fréquentais plus les sociétés.

Un jour, étant sorti de chez moi de très grand matin, livré à mes propres pensées, je suivis au hasard la première rue qui se présenta à moi. Je rencontrai des marchés dont l'odeur était insupportable, et auxquels il n'était pas possible d'aborder sans courir risque de la vie. Les hommes se heurtaient les uns contre les autres, et risquaient à chaque instant d'être accablés sous le poids des fardeaux dont ils étaient chargés. Les charrettes se croisaient mutuellement, et formaient un embarras qui semblait ne devoir jamais cesser. Les charretiers se battaient en jurant, les femmes s'injuriaient pour ou contre, et une douzaine de voitures attendaient impatiemment que la fusée fût démêlée. Je m'échappai de la bagarre, au risque d'être cent fois estropié. Je gagnai le Palais-Royal, et plein de mauvaise humeur j'entrai dans un café. Je me fis servir du thé. J'avais dans ma poche un volume du *Tableau de Paris*, ouvrage original et philosophique. J'ouvre le livre, et je lis ces mots : « Palais-Royal ».

« Point unique sur le globe. Visitez Londres, Amsterdam, Madrid, Vienne, vous ne verrez rien de pareil. Un prisonnier pourrait y vivre sans ennui, et ne songer à la liberté qu'au bout de plusieurs années. C'est justement l'endroit que Platon voulait qu'on assignât à un captif, afin de le retenir sans geôlier et sans violence, par des chaînes douces et volontaires.

« On l'appelle *la capitale de Paris*. Tout s'y trouve. Mais mettez là un jeune homme ayant vingt ans et cinquante mille livres de rente, il ne voudra plus, il ne pourra plus sortir de ce lieu de féerie ; il deviendra un Renaud dans ce palais d'Armide ; et si ce héros y perdit son temps et presque sa gloire, notre jeune homme y perdra le sien, et peut-être sa fortune : ce n'est plus que là désormais qu'il pourra jouir ; partout ailleurs

1. Il est facile de juger que ce chapitre fut écrit avant la Révolution ; je n'ai pas cru devoir en changer les dénominations. [NdA]

il s'ennuiera. Ce séjour enchanté est une petite ville luxueuse, renfermée dans une grande ; c'est le temple de la volupté, d'où les vices brillants ont banni jusqu'au fantôme de la pudeur. Il n'y a pas de guinguette dans le monde plus gracieusement dépravée ; on y rit, et c'est de l'innocence qui rougit encore[1]. »

« Là, on peut tout voir, tout entendre, tout connaître ; il y a de quoi faire d'un jeune homme un petit savant en détail. Mais c'est là aussi que l'empire du libertinage agit sur une jeunesse effrénée qui, répandue ensuite dans les sociétés, y promène un ton inconnu partout ailleurs, l'indécence sans passion. Le libertinage y est éternel. À chaque heure du jour et de la nuit, son temple est ouvert, et à toutes sortes de prix.

« Les Athéniens élevaient des temples à leurs Phrynés ; les nôtres trouvent le leur dans cette enceinte dont on a voulu, dans un moment de rigorisme, sans doute, les chasser dernièrement ; mais cette légère disgrâce n'a fait que renforcer le triomphe de celles qui composent l'ordre le plus éclatant.

« Les agioteurs, faisant le pendant des jolies prostituées, vont trois fois par jour au Palais-Royal, et toutes ces bouches n'y parlent que d'argent et de prostitution politique. Tel joueur à la *hausse* et à la *baisse*, peut dire, en parlant de la bourse : *Rome n'est plus dans Rome, elle est toute où je suis*[2]. La banque se tient dans les cafés : c'est là qu'il faut voir et étudier les visages subitement décomposés par la perte ou par le gain ; celui-ci se désole, celui-là triomphe.

« Ce lieu est donc une jolie boîte de Pandore ; elle est ciselée, travaillée, mais tout le monde sait ce que renfermait la boîte de cette statue animée par Vulcain. [...]

« Il est triste, en marchant, de voir un tas de jeunes débauchés au teint pâle, à la mine suffisante, au maintien impertinent, et qui s'annoncent par le bruit des breloques de leurs deux montres, circuler dans ce labyrinthe de rubans, de gazes, de pompons, de fleurs, de robes, de masques, de boîtes de rouge, de paquets d'épingles longues de plus d'un demi-pied ; ils battent le *camp des Tartares* dans cette oisiveté profonde qui nourrit tous les vices, et l'arrogance qu'ils affectent ne peut dissimuler leur profonde nullité.

« On appelle *camp des Tartares* les deux galeries adossées qui sont encore en bois, et qui attendent un plan magnifique de colonnes : superbe décoration qui achèvera la beauté de l'édifice. C'est là que tous les soirs les femmes viennent deux à deux affronter le regard des hommes, chargées de toutes ces modes, quelquefois si fantasques, qu'elles imaginent pour quelques jours, et qu'elles renversent quelques jours après. [...]

1. L.-S. Mercier, *Tableau de Paris*, chap. DCCCXX, « Palais-Royal », éd. cit., t. II, p. 930-931.
2. Corneille, *Sertorius*, acte III, scène I.

« C'est sous ces planches que le feu dévorera peut-être en une nuit, qu'on voit le précoce libertinage ; il est à l'encan pour l'homme qui s'éteint. On y remarque une foule de jeunes gens qui, en fredonnant, se précipitent dans les petits spectacles, plus fréquentés que les grands, car ils sont immoraux. Ces jeunes gens ont des physionomies toutes particulières, où se peignent des âmes blasées, des cœurs froids, des passions sans plaisir et sans vigueur ; le trafic des sens, le dépérissement des races, la sacrilège familiarité des enfants, qui ne regardent plus leurs parents que comme d'avares économes, dont ils désirent confusément la mort, sans oser trop désavouer cet horrible désir. Voilà les vices qui marchent tête levée : on n'est plus que le vil et le sot fabricateur de son fils, que la gouvernante imbécile et surannée de sa fille ; et les mœurs sacrées sont abolies et même ridiculisées dans les entretiens de ces déplorables adolescents, déjà formés pour les fausses idées d'une génération corrompue, et pire que celle qui l'a précédée.

« C'est là que vous entendrez réciter tout haut les vers les plus infâmes de l'infâme *Pucelle*, ainsi que les principes les plus irréligieux de cet homme qui séduisit la France, mais qui ne séduisit qu'elle, parce qu'il ne travaillait que pour elle [1] ; de cet homme, qui eut plus d'art pour usurper une grande réputation que de génie pour la mériter, de cet homme qui a plus influé sur les cœurs qu'il a corrompus que sur les esprits qu'il se vantait d'éclairer, de cet homme enfin qui, d'après le portrait que nous venons d'en esquisser, devait tout naturellement devenir l'ennemi de Jean-Jacques Rousseau, et se couvrir d'opprobre par son lâche acharnement à persécuter le plus vertueux des hommes, qui le pleura à sa mort. Il ne manque plus, dans ce lien, que d'élever la statue de Voltaire au centre du jardin, et d'écrire sur le piédestal : *Au Chantre de Gris-Bourdon* [2].

« Hélas ! en vain vous y cherchez la timide retenue, le doux embarras, la rougeur de l'innocence, la pâleur qui la couvre quand on ose l'attaquer, les aimables couleurs de l'adolescence, le charme attendrissant de l'aurore d'une beauté jeune et sage. Partout vous y lirez que depuis dix ans, il y a la plus déplorable différence dans le seul physique des Parisiens.

« À peine une fille est-elle sortie des jeux innocents qui amusaient son enfance, qu'elle se plaît à étudier des danses voluptueuses, et tous les arts et tous les mystères de l'amour. À peine une femme est-elle assise à la table de son mari, que d'un regard furtif elle y cherche un amant. Bientôt, elle ne choisit plus ; elle croit que dans l'obscurité tous les plaisirs deviennent légitimes.

1. *La Pucelle d'Orléans* avait été publiée une première fois sans l'accord de Voltaire en 1755, puis dans une édition avouée par lui en 1762. Le poème connut un immense succès, en dépit de sa condamnation en cour de Rome en 1757.

2. Le cordelier Grisbourdon qui avait voulu violer Jeanne. Cf. le chant V de la *Pucelle d'Orléans*.

« N'est-ce point là la peinture de nos mœurs dans le quartier du Palais-Royal ? Eh bien ! c'est Horace qui l'a tracée. Mais il n'avait pas deviné les retraites commodes que la débauche furtive ou intéressée soudoie, non par heure, mais par minutes. Ce calcul l'aurait surpris, et il eût alors passé ses pinceaux à un Juvénal.

« Eh ! d'après un si brûlant foyer de voluptés faciles, de jouissances vénales, faut-il s'étonner si l'on fuit la plus respectable et la plus charmante des unions, l'unique lien sur la terre qui joint les plaisirs enflammés de l'amour aux douces émotions, au bonheur pur de l'amitié ?

« Cependant, toutes les heures ne sont pas également livrées à cette débauche ouverte. Il en est d'autres où l'on se promène au moins avec une apparence de décence. Le respect pour le public semble y régner. C'est à peu près vers les cinq heures, dans le printemps et dans l'été, et surtout le matin, vers onze heures, qu'une femme honnête et belle peut se trouver au jardin du Palais-Royal sans avoir à se plaindre d'un regard. Une belle femme, qui est le plus beau spectacle de la nature, pourra étaler la puissance de ses attraits. On l'admirera ; et elle jouira paisiblement du plaisir de la promenade, dans une enceinte qui, à certains égards, semble bâtie par les fées[1]. »

J'en étais à cet endroit lorsque je fus abordé par un de mes amis que je n'avais pas vu depuis longtemps. Après nous être félicités réciproquement sur notre heureuse rencontre, me voyant triste et morne, il me questionna, et voulut savoir la cause de mon chagrin. Je l'aimais ; il avait ma confiance, et je n'hésitai point à lui faire part des angoisses de mon cœur, après lui avoir raconté ma triste aventure avec Pauline.

« Mon ami, lui dis-je, je me sens un besoin pressant d'aimer. L'amour me tourmente ; je voudrais le définir, mais je redoute de le connaître. Je le vois sous des couleurs séduisantes, et je tremble de devenir une de ses victimes. Dis-moi, mon ami, le connais-tu, toi ? Je sais qu'une longue expérience doit t'avoir rendu savant sur cet article. Parle-moi avec franchise… Que penses-tu de la femme, ce chef-d'œuvre de la nature ? N'est-ce pas un assemblage de vertus, de crimes, de beauté et de laideur, formé pour le tourment des hommes ? » Cet ami, ayant pitié de mon délire, me serre la main… « Arrête, mon cher, et suspends ton jugement. Peut-être seras-tu moins sévère sur cet objet charmant, que je regarde comme la consolation de l'homme sage et prudent. Si tu veux m'écouter un instant, je vais tâcher de te tranquilliser, et de te rendre à toi-même. Rien n'est si difficile, il est vrai, que de peindre l'amour sous ses vraies couleurs. Cependant, voici comment il est senti par ceux qui ont eu à s'en louer, ou à s'en plaindre :

« L'amant qu'il a comblé le peint avec des regards aussi charmants que

1. Louis-Sébastien Mercier, *Tableau de Paris*, chap. DCCCXXI, « Suite du Palais-Royal », éd. cit., t. II, p. 935-942.

sincères ; il lui prête des discours aussi vrais qu'enchanteurs. Ses chaînes, suivant lui formées de myrtes et de roses, sont préférables à une liberté insipide. Ce n'est que par lui que l'on connaît son existence ; et toutes les richesses et le faste des grandeurs ne valent pas un soupir de l'amour.

« L'amant outragé le peint au contraire comme un monstre acharné au malheur des pauvres humains. Ses discours sont trompeurs, ses promesses perfides et ses caresses empoisonnées. Mais moi, je pense comme ce philosophe qui dit : "L'amour, dans un cœur juste et généreux, est nécessairement une vertu, comme dans un cœur vicieux, il entraîne souvent au crime. Il ne fait que déterminer leur penchant." Il dépend, il est vrai, presque toujours de l'objet qui l'a fait naître.

« Une femme vive, agaçante, n'inspire pas une passion langoureuse ; l'inégalité de son caractère, l'enjouement de son esprit, ne laissent point à l'amant qu'elle a subjugué le temps de réfléchir ; il n'a que celui de désirer.

« Une femme tendre, sensible, délicate, ne fait pas éprouver de transports si rapides, mais ils sont plus voluptueux, lorsqu'elle peut trouver un cœur digne du sien. Le premier moment décide de leur penchant. Destinés l'un à l'autre de toute éternité, ces heureux amants n'ont plus qu'une même vie, un même souffle les anime. Que d'expression dans leurs regards ! que de tendresse dans leurs entretiens ! que de vérité dans leurs transports ! Ils éprouvent des douceurs que le terme du plaisir est bien loin d'exprimer. Celui de volupté n'est pas encore assez fort. C'est une ivresse douce et impétueuse, où l'âme se plonge, et qui absorbe toutes ses facultés. Tous les sens suffisent à peine pour la sentir. Dans cet état charmant, incompréhensible, il y a des distinctions fines, de ces nuances imperceptibles qui ne sont réservées qu'au seul sentiment. »

Ce raisonnement me plaisait à l'infini et ne faisait qu'augmenter la haute estime que j'avais pour mon ami. Je me disposais à lui témoigner toute ma reconnaissance de ces sages instructions, lorsque nous fûmes interrompus par une rumeur subite, occasionnée par les cris et les clameurs du public qui poursuivait plusieurs jeunes gens et des femmes qui se querellaient. Ils en vinrent bientôt aux mains. Nous fûmes indignés de voir des hommes frapper un sexe faible, qui mérite tous nos égards. « Bah ! bah ! vous êtes bien bons, messieurs, de vous attendrir », s'écria un grand homme sec, d'assez mauvaise mine, qui se trouvait à côté de nous. Son œil décelait une âme vile, basse et mercenaire. « Ce n'est rien, continua-t-il ; querelle de gueux ! Amants et maîtresses, tout cela se raccommodera ! Tenez, vous m'avez l'air de bons enfants, prêtez-moi un moment d'attention, et je vais vous faire connaître tous ces tripotages-là. »

Cependant, la querelle devenait plus forte. Ne pouvant plus retenir mon indignation, je sors du café, me proposant de mettre le holà, si je le pouvais ; je m'agite, je lève les bras, je parle, je ne peux me faire entendre. À la fin, on m'écoute. Mais à peine ai-je commencé mon discours, qu'une créature vient me mettre la main sous le menton, en me narguant… « Beau bijou, me dit-elle, comme il parle bien ! C'est, en vérité, dommage que nous ne voulions pas écouter ce *Crapaud des Indes*, etc. » Et elle me régale, en même temps, d'une bouffée d'eau-de-vie qu'elle n'avait pas encore digérée… Je reculai de saisissement et de dégoût. « Moi, *Crapaud des Indes* ? disais-je, moi ?…. Quelle impertinence ! Quelle effrontée… » Mais j'oubliai bien vite l'injure, l'entendant encore vomir contre moi mille imprécations, et j'eusse été victime de ses fureurs si notre homme sec ne m'eût délivré de sa colère, en lui donnant un rude soufflet, et en me faisant passer dans l'*allée Cythérée*.

« Je vous l'avais bien dit que ce sont des malheureuses qui ont besoin d'être ainsi menées. Que le mot de *Crapaud des Indes* ne vous affecte pas ! cette épithète ne vous appartient nullement, mais ici vous allez être bien dédommagé ; vous aurez plus d'agréments, et comme j'ai un peu pratiqué ces lieux, je vous expliquerai chacun des tableaux qui se présenteront à votre vue.

« C'est ici que se promènent les filles du bon ton. Il y en a abondamment, comme vous voyez. » Effectivement, je fus ébloui de l'élégance et de l'éclat des ajustements qui frappèrent ma vue. Je désirais connaître les femmes qui formaient un si brillant spectacle. Nous nous approchâmes d'un groupe où étaient trois ou quatre rieurs qui promenaient leurs regards sur l'assemblée ; j'écoutai attentivement leurs propos, et je m'attachai surtout à suivre un gros garçon qui paraissait avoir copieusement déjeuné, et qui faisait joyeusement l'histoire du cercle dont nous étions environnés. « Vois-tu, disait-il à un autre, cette grosse effrontée, si large d'épaules ? c'est *Tonton Minette* ; elle est à louer… son financier l'a quittée parce qu'il la surprit avec un jeune officier qu'elle entretenait de ses faveurs, elle s'en consola parce qu'elle lui a escamoté un écrin de diamants. Celle qui l'accompagne, grande, blonde, sèche, sans gorge, s'appelle *Dunkerque la bique* ; elle subsiste des libéralités d'un rabbin épaulé, qui se ruine à compter sur la succession future de son père qu'il voudrait avoir enterré. Et la troisième est une jeune novice qui ne remplit pas encore les grands rôles ; elle se borne à grappiller en attendant que son tempérament soit formé ; elle se nomme *Chou-chou*. Plus loin, ces trois précieuses que tu vois venir à nous, sont trois bourgeoises qui tirent avantage de leur qualité pour se faire payer plus cher. On les soupçonnerait de courir après le plaisir, mais le vrai est qu'elles courent après l'argent pour obtenir le superflu que leurs maris prodiguent ailleurs. Elles sont réduites au plus exigu nécessaire ; elles font des bassesses pour figurer : leur état les chagrine, mais elles ont des titres, et la vanité les console. J'aperçois la parfumeuse. Comme elle est belle aujourd'hui ! C'est une grosse brune qui a été très appétissante ; elle a inspiré beaucoup de caprices, et les a presque tous passés ; elle a épuisé tous les genres de plaisir : tour à tour elle a connu le prix d'un vaillant chevalier de Cythère et le mérite des femmes. Cette princesse a ruiné en six mois un riche Américain qui s'était lié à son char, mais il ne lui a malheureusement pas repris ce qu'il avait apporté du Nouveau Monde. Il lui a donné un gros fond qu'elle détaille. Sans cesse dans les coulisses, dans nos théâtres forains, après avoir bonifié de son argent et de ses tristes faveurs les Dupuis, les Placides *et cœtera*, cette autre qui lui parle est la nommée *Sainte-Marie la Pauvresse* qui est une belle fille, ayant un corps ferme et vigoureux, une physionomie animée de grands yeux bleus, gracieusement ombragés de longues paupières ; ses membres sont souples et agiles, et son imagination constamment tournée vers les plaisirs de l'amour. On la nomme *Pauvresse* parce qu'elle a le cœur si bon qu'elle n'a rien à elle, et qu'elle se trouve souvent obligée d'emprunter des jupons à ses camarades.

« Celle que tu vois assise presque vis-à-vis de nous, est une comtesse de haut étage. Elle tient maison de jeu. C'est un ambigu de pruderie et de coquetterie. Lorsqu'on lui parle d'amour, elle joue l'indifférente ; si on la presse, elle se met en courroux ; et si l'on se tait, elle fait des avances : c'est un flux et reflux de rigueurs et de faveurs.

« À quelques pas de nous, vois-tu ce jeune fat qui donne le bras à cette vieille douairière ? C'est *Belcourt*, le coryphée des roués. Ce jeune homme est plein de talents ; j'entends de talents propres à son état de roué. Je parie, en voyant la manière dont le regarde et lui parle cette antiquité, que fût-elle riche d'un million, dans un an il sera réduit à moitié. Il y a à peu près trois mois que Belcourt la courtise ou plutôt la mystifie ; il en a déjà tiré plus de vingt mille francs : n'est-ce pas recevoir un intérêt bien solide d'un fonds bien frivole ? Il n'en est pas plus riche ; une danseuse de l'Opéra le pressure à son tour.

« Ces quatre filles, que tu vois marchander des pendants d'oreilles chez ce bijoutier, se détestent à la mort ; mais l'intérêt les réunit, et elles ne se quittent jamais. La première est la fille d'une blanchisseuse, et se nomme *Manon-Gogo*. Celle qui a le chapeau noir orné de ces grandes plumes en forme de panache, est appelée *Tierce-Lacavale* ; large de poitrail, haut montée sur les hanches, elle est toujours haletante de plaisir ; elle tient sous le bras *Beaujour la Boucaneuse* : c'est une belle fille, mais méchante au-delà de toute expression, se servant de pelle, pincettes et couteaux, pour mettre à la raison ses amants. Mais regarde ce joli minois : c'est *Aspasie Citron* aux yeux bleus, ainsi nommée pour avoir ruiné le fournisseur des orangères. Elle est jolie, grassouillette, adroite et fine coquine ; elle a la gorge si ferme, et la taille si bien faite, qu'elle tourne la tête à tous ceux qui la voient. Riche des dépouilles d'un prélat qui l'entretenait et qui vient de trépasser, elle joue l'impudente et l'insolente… C'est dommage. Elle ne s'attache qu'à faire des dupes. Il faut espérer qu'elle le sera un jour elle-même : elle le mériterait bien. »

J'étais tout oreilles, mais mon cœur était serré en voyant à quels degrés était portée la corruption. La conversation commençant à se refroidir, je me disposais à me retirer, lorsque l'homme qui m'avait sauvé de la bagarre et des fureurs de cette mauvaise coquine dont j'ai parlé plus haut, me dit : « Monsieur, il faut auparavant de nous quitter que je vous fasse le récit de la vie que mène celui qui vient de vous tracer le portrait de toutes les femmes qui ornent ce jardin, et qui viennent de passer sous vos yeux. Cela vous intéressera et achèvera de vous instruire sur les manœuvres qui se pratiquent avec toutes ces créatures. Ce gros garçon, dis-je, qui vient de vous amuser par ses discours se nomme *Georges le Bordelliste*. Il est le soutien des maisons de prostitution, où à prix d'argent l'on trouve joie, plaisirs, faveurs ; mais plus souvent encore la perte de sa fortune et de sa santé. Il vient de gagner une assez grosse somme d'argent avec un jeune Anglais. Je vais vous dire la manière dont il s'y prit. Je l'ai entendu lui même la raconter un jour à un de ses amis, et voici en quels termes :

CHAPITRE XXI

Aventure arrivée à un jeune Anglais, trompé par le nommé Georges, souteneur de filles publiques[1]

Voici, mon ami, comment il faut s'y prendre pour, en peu de temps, établir sa fortune en faisant celle d'une jeune fille qui voue son sort à nos intrigues.

Eulalie, âgée de dix-huit ans, blonde, superbe de taille, jolie gorge, les yeux bleus et langoureux, la bouche petite, la main belle, la jambe fine et le pied mignon, me fut amenée par une vieille duègne, qui me dit en me la présentant : « Voici, monsieur, une jeune fille, jolie et bien faite ; je désire qu'elle fasse sous vous son apprentissage, et que d'après vos sages leçons, elle se forme et puisse mériter une fortune digne du maître qui l'aura enseignée. » Elle était pauvre, par conséquent pressée par les besoins les plus urgents. Sur la beauté d'Eulalie je crus pouvoir risquer les habillements nécessaires pour lui faire trouver un chaland solide et *foncé*[2]. Je ne fus pas longtemps sans remonter le *pigeon*[3].

J'étais à l'hôtel de Russie, rue de Richelieu, lorsque je vis entrer un jeune Anglais, servi par le nommé Saint-Jean, domestique de louage

1. La même historiette est rapportée par M. D***, dans la *Correspondance de Madame Gourdan*. Voir *supra*, p. 667-675.
2. *Foncé* : « riche, qui a un grand fonds d'argent. "Il est bien *foncé*." "Un homme bien *foncé*." "Cet homme-là est *foncé*." Il est du style familier » (*Dict. Acad.*, 1798).
3. *Pigeon* : « un homme qu'on attire par adresse pour le duper. "Ces gens-là ne vivent que d'industrie, ils ont attiré un *pigeon* qui leur vaut beaucoup. Il aime fort le jeu et joue fort mal, c'est pour eux un bon *pigeon* à plumer" » (*Dict. Acad.*, 1798).

entièrement à ma dévotion. Je me présentai à son maître pour lui servir d'interprète, et lui faire voir tout ce qu'il y a de curieux dans la capitale. Une fois que je fus bien ancré chez lui, je pris connaissance de ses goûts et m'établis son confident.

Il désirait avoir pour maîtresse une de ces jeunes novices douces et complaisantes. Je jetai alors les yeux sur Eulalie et, pour en tirer un plus grand parti, je conduisis la chose avec grandeur, ce qui me réussit parfaitement.

Nous allâmes le même jour à la Comédie-Italienne, et je fis mettre la petite dans une loge en face de lui. Toute sa parure était composée d'une robe simple et flottant avec grâce, de quelques rubans entrelacés dans sa chevelure. Une gaze légère, aiguillon du désir, couvrait son sein ; une douce mélancolie lui prêtait un air plus intéressant encore, et un tendre incarnat répandu sur ses joues lui donnait un charme de plus. Enfin en la voyant, le plus fin l'eût prise pour du tout neuf, et pour une conquête qui demandait beaucoup de peine. Elle avait dans les yeux cette voluptueuse langueur qui subjugue plus que ne pourraient le faire les grâces de l'esprit et la dignité de la vertu. Mon Anglais fut effectivement pris au piège, et me dit confidentiellement qu'il désirait bien avoir, pendant son séjour à Paris, une maîtresse qui lui ressemblât ; je lui promis de faire suivre cette jolie personne, si nous la rencontrions encore dans quelque spectacle. Il me jura que sa reconnaissance serait sans bornes, si je pouvais lui rendre quelques services dans une affaire d'où dépendait son bonheur ; je le jugeai à ces propos très emprunté en fait d'amour. C'est un trésor, mon ami, que de telles personnes. Nous allâmes le soir à l'Opéra ; et comme tu le juges bien, Eulalie parée sans affectation et avec la plus grande simplicité, y était toujours accompagnée de la duègne qui passait pour sa tante. À peine fûmes-nous arrivés que notre Anglais l'ayant aperçue, me tire par le bras et s'écrie : « La voilà !... Je suis le plus heureux des hommes ! Non, jamais tant d'attraits n'ont frappé ma vue. Elle est plus belle que la déesse de la beauté !... En la voyant, je me sens brûler d'un feu dévorant... » J'eus de la peine à calmer ses transports. Dès ce moment, il ne fut occupé que de son amour, et ne s'embarrassa plus de l'Opéra. À chaque instant, il me rappelait la promesse que je lui avais faite de la suivre. Pour le contenter, je feignis de sortir après le premier acte, et lui fis croire que j'avais donné les ordres nécessaires pour cela, et l'assurai qu'avant peu je pourrais lui donner des renseignements certains sur l'objet de sa flamme. Le lendemain, je me rendis chez lui. Je trouvai notre amoureux sur pied ; il n'avait pas fermé l'œil toute la nuit... « Eh bien ! me dit-il, quelles nouvelles ?... Serai-je le plus heureux ou le plus malheureux des hommes ? » Je répondis que je ne savais pas encore l'adresse de cette belle, mais que j'avais mis du monde en campagne, et que même j'avais promis dix louis au premier qui m'instruirait le plus promptement, pourvu toutefois que ce fût dans les vingt-quatre heures. « C'est bien long, vingt-quatre heures ! répliqua-t-il. Il fallait en promettre vingt-cinq, et être instruit de suite. » À ces paroles consolantes, je jugeai qu'aisément nous aurions sa fortune. Nous fûmes le soir à la Comédie, mais Eulalie avait eu ordre de ne pas sortir ; nous courûmes tous les spectacles, mais en vain… Je crus que la tête tournerait à mon Anglais ; il était d'une humeur de diable, il ne parlait que de se brûler la cervelle si je ne mettais fin à son tourment. Je lui répondis qu'on m'avait rapporté que la petite personne était orpheline, et vivait chez une de ses tantes qui menait une vie fort retirée, excepté pendant le temps du carnaval, où elle donnait beaucoup de dissipation à sa nièce en la menant aux spectacles et aux bals. Alors, je lui proposai d'aller le soir au bal de l'Opéra, espérant y rencontrer l'objet de ses désirs. Il y consentit avec joie et Eulalie, qui avait le mot, s'y rendit, n'ayant qu'un très petit masque qui laissait à notre Anglais la facilité de la reconnaître. Effectivement, à peine eut-il reconnu ses amours qu'il ne manqua pas de l'aborder. Eulalie joua la vertu et l'innocence ; elle feignit cependant un air de tendresse pour lui. Elle avait reçu de la nature un don plus précieux que la beauté même ; elle avait une voix douce et flexible. Ses accents allaient chercher l'âme, l'oreille enchantée entendait une fée, et ses yeux voyaient en elle une divinité. Milord fut questionné ; elle lui demanda s'il n'avait pas été à l'Opéra, aux Italiens, le jeudi et le vendredi. Il fut flatté qu'elle l'eût remarqué. Quant à moi, pendant tout ce temps, je causais avec la chère tante. Le bal fini, chacun se retira chez soi. Milord, ravi de tout ce que lui avait dit la petite, me vanta son esprit, son ingénuité, et m'ajouta que s'il était amoureux d'elle, il croyait qu'elle en tenait pour lui. Je lui dis que cela était fort heureux ; mais ce qui l'était davantage, c'est que pendant qu'il entretenait la nièce, moi je faisais la conquête de la tante, et que même j'avais obtenu d'elle la permission d'aller lui faire une visite. Effectivement, le lendemain sur les dix heures du matin, je le conduisis chez moi… Eulalie jouant le rôle convenu, était dans l'accablement de la plus vive douleur, et semblait mettre tous ses soins à consoler sa tante d'une banqueroute de douze mille francs qu'on venait de lui faire : perte d'autant plus considérable que c'était là toute la petite fortune que pouvait attendre Eulalie. Demandant mille pardons au milord, elle regarde à sa montre, et dit être obligée de sortir sur-le-champ pour se rendre chez son notaire, et ajoute qu'une autre fois elle serait plus heureuse, et n'aurait pas probablement d'affaires si pressantes. Milord donna à plein collier dans le piège. Partageant bien sincèrement le malheur de la petite, il en devint plus amoureux, il ne cessa de m'en parler, et voulut réparer cette perte en lui donnant un portefeuille de douze mille livres de billets de la Caisse d'escompte. « Ah ! milord, m'écriai-je, quelle générosité ! Je crains bien que ces dames ne refusent votre don. Mais dans tous les cas, vos offres ne manqueront pas de gagner totalement le cœur de votre maîtresse. » Il me fit confidence d'un billet galant qu'il voulait joindre à ceux de la caisse. Je ne manquai pas d'applaudir à son idée. Nous allâmes chez Eulalie le lendemain matin. Nous la trouvâmes à sa toilette. Rien ne parut si beau aux yeux de milord… Après avoir analysé les cheveux de celle qui avait su captiver toutes les facultés de son âme, il la pria d'accepter le portefeuille en question, comme une emplette qu'il avait faite en courant les marchands de la rue Saint-Honoré. Eulalie le reçut avec grâce, et ne l'ouvrit pas en notre présence. À peine fûmes-nous sortis qu'elle écrivit au milord la lettre suivante que j'avais moi-même fabriquée : « Je n'aurais pas accepté, milord, le portefeuille, si j'avais su ce qu'il contenait. Je n'en ai point parlé à ma tante ; venez seul sur les cinq heures, elle sera sortie, je veux vous remettre ce qu'il contient, et vous gronder aussi de la lettre qui y était. Si vous ne venez pas, je me brouille avec vous. » L'Anglais ne manqua pas au rendez-vous, et pour ne le point gêner, je prétextai une affaire, le priant de trouver bon que pour cet après-dîner je ne l'accompagnasse point dans ses courses.

Eulalie, d'après mes leçons, fit toute la résistance nécessaire ; elle joua on ne peut mieux la novice : c'était une fleur à peine éclose… Il est vrai qu'à sa fraîcheur personne n'aurait pensé qu'une main profane l'avait déjà flétrie. Elle laissa triompher l'Anglais, ensuite elle gémit, et fit toutes sortes de simagrées propres à augmenter le prix de sa défaite.

Le lendemain, le milord me fit confidence de son entrevue et de sa victoire. Il se croyait aimé, et le premier vainqueur de la petite. Il voulut lui monter une maison, lui donner un équipage, et c'était bien là notre affaire. Mais pour mieux réussir, Eulalie répondit à la proposition qui lui en fut faite qu'elle en serait enchantée, mais qu'elle ne le pouvait pas sans le consentement de sa tante, qui autrement la ferait enfermer…

Alors, milord me consulta, et me chargea de négocier cette affaire. Le lendemain, je lui rendis compte de mon ambassade, et lui dis qu'après beaucoup de difficultés la tante enfin y avait consenti, pourvu qu'il remît sur-le-champ mille louis pour placer en rentes viagères sur la tête de sa nièce, ce qui du moins lui assurerait un sort pour le reste de ses jours. Milord fut aussitôt chez son banquier chercher non seulement les mille louis, mais encore autant pour meubler une maison, et acheter ce qu'il fallait pour loger son idole. Je pris une maison rue Chaussée-d'Antin. Mon Anglais, au comble de la joie de penser qu'il allait posséder sa maîtresse, pressait les ouvriers, et en deux jours tout fut prêt. Eulalie couverte de diamants arriva bientôt dans un superbe équipage qui lui avait été acheté le matin, et fut conduite avec la pompe d'une nouvelle mariée dans ce petit palais dont l'ornement ne laissait rien à désirer. Au lieu de mille louis que je devais employer pour rendre le séjour de sa divinité des plus agréables, j'en dépensai cinq cents de plus, et tu sens bien que je ne manquai point de prendre mon pourboire. Occupé du choix des valets qui devaient servir la petite, et comme milord ne voulait que de beaux hommes, je choisis entre autres l'amoureux de notre nymphe, qui était d'une taille superbe ; je le présentai à milord pour la place de maître d'hôtel ; il fut reçu avec joie, et Eulalie fut contente de mon attention. On ne peut pas toujours être à Plutus ; il faut bien quelquefois être à l'amour[1].

Cependant, ne voulant pas faire connaître à notre Anglais que je l'avais trompé en lui donnant un *demi-castor*[2] pour une vertu, j'instruisis de tout Rodolphe, l'amant d'Eulalie, et lui laissai le soin de conduire la barque. Il s'en acquitte à merveille, aussi bien que moi-même. Il sait entretenir la folie de milord, et de bon cœur je fais des vœux pour que cette maladie le tienne jusqu'au renversement total de sa fortune. J'ai donné à Eulalie pour compagne, du consentement de milord, Anne Béchette : elle est fine, adroite, pas assez jolie pour souffler l'entreteneur à Eulalie, mais excellente pour le conseil. Elle a été danseuse à l'Opéra, et quoique avec des charmes usés, elle fut longtemps l'idole des Lyonnais. En un an de temps, elle leur gagna près de soixante mille francs. Ses nuits étaient fixées à quinze et vingt louis, et même plus, suivant l'âge du soupirant ; elle ne donnait jamais rien au caprice. Tous les négociants, peu accoutumés à jouir d'une élève de Terpsichore, voulurent l'avoir tour à tour ; on était, dit-on, *à la queue*. Plusieurs furent si contents de ses complaisances et de la première nuit, qu'ils briguèrent à l'envi la faveur d'une deuxième, troisième et quatrième. C'est ainsi que Béchette a fait une aussi brillante fortune que, contre l'ordinaire, elle conserve avec le plus grand soin.

Quant à moi, continue Georges, battant en retraite, dix mille francs ont été le prix de mes intrigues. De temps en temps, il m'arrive quelques aubaines de ce genre. Ainsi, tu vois que bientôt je pourrai me reposer à l'ombre de mes lauriers.

CHAPITRE XXII

Amours du chevalier de Walbé avec la belle Hortense, fille d'amour chez la dame Gourdan, et puis danseuse à l'Opéra

Je voulais être sage, je voulais maîtriser mes passions ; mais non, il est un âge où elles brisent tous les freins, et rien ne peut arrêter leur fougue impétueuse. Paris, ce vaste et tumultueux asile des vices et des plaisirs,

1. On retrouve à peu près la même formule dans la *Correspondance de Madame Gourdan* (voir *supra*, p. 657).
2. *Demi-castor* : voir *Glossarium eroticum*.

avait pour moi des charmes, et je ne pouvais le quitter. Mes moyens étaient bornés, et ne me permettaient pas de tenter les aventures d'éclat. Je me contentai donc de partager mon temps entre les spectacles, les soupers qui les suivent, et les nuits qu'on y prépare. Je n'entrerai pas dans les détails peu intéressants de ces jouissances faciles qui n'ont que le prix du moment et le mérite de l'à-propos, de ces amours de campagne, dont le commencement est si romanesque et le dénouement si prompt et si ordinaire. Cependant, parmi les aventures de ce genre qu'on ébauche le matin et dont on est récompensé le soir, il en est une dont j'ai été un des principaux héros, et qui peut fournir quelques réflexions utiles à la jeunesse.

Je soupai un soir chez un de ces riches et fastueux financiers, avec une demoiselle charmante. L'éclat de sa parure me l'aurait fait prendre pour quelqu'un de la première qualité, si je n'avais su à quoi m'en tenir. Grande, belle, ses yeux étaient noirs, et son port majestueux avait quelque chose d'imposant. Sa robe, leste et légère, était garnie tout en dentelle. Dans ses cheveux, artistement arrangés, étincelaient des épingles de diamants, et de superbes boucles brillaient à ses oreilles. La blancheur de son col d'albâtre, de sa gorge éblouissante, était relevée par une superbe chaîne d'or, et ses beaux bras, ronds et potelés, étaient entourés d'un magnifique bracelet, orné de chiffres amoureux. Elle s'appelait Hortense ; elle avait fait son apprentissage chez la Gourdan, et était attachée à l'Opéra en qualité de danseuse. Depuis quatre ans, elle vivait aux dépens de la bourse de notre Crésus. On la distinguait cependant de ses rivales. Son ton était moins libre, son éducation paraissait avoir été plus soignée, et on lui savait gré surtout de la violence qu'elle se faisait pour se mettre au niveau de l'indécence qui combat l'ennui de ce sortes de parties.

« Je ne pus la voir impunément. Mon cœur fut pris du plus vif sentiment ; et dès ce moment, je résolus de tout entreprendre pour me l'attacher. Il fallut se séparer, et je n'oubliai point, comme cela se pratique en ces sortes d'occasions, ce que je savais en fait d'amour, et lui donnai à connaître que je mettrais tout en usage pour lui apprendre l'impression que ses charmes avaient faite sur moi. Je parvins à lui faire remettre une lettre où je l'entretenais de tout mon amour. Mes déclarations ne furent pas aussi bien accueillies que je me l'étais promis ; et dès ce moment, pour mon propre repos, je fus obligé de m'éloigner. Hortense fut étonnée de mon découragement, et m'en sut très mauvais gré. Peu de femmes pardonnent l'indifférence. Celles qui sont vertueuses veulent toujours être à même de refuser ; à plus forte raison celles qui n'ont qu'une sagesse de calcul. Hortense n'aimait point positivement, mais elle aurait vu volontiers dans ses fers un jeune homme qui n'avait ni l'innocence de la province, ni une entière expérience de Paris, et dont les vices n'étaient que commencés. Je ne pus cependant résister à la violence de mon amour; je revins de la campagne. Mais quel fut mon étonnement quand, à la suite de mes démarches, j'appris qu'elle était passionnée pour les femmes!... Quel coup pour mon cœur! Cependant, sans me laisser abattre, je résolus de contrarier en elle ce houleux penchant, et j'entrepris de lui faire goûter le bonheur d'avoir à ses pieds un amant tendre et fidèle. Ce goût affreux, me disais-je, n'existe que dans la tête des femmes, et non dans leur cœur. Une meilleure éducation et l'habitude de voir des gens du bon ton la corrigeraient infailliblement de cette vilaine méthode, qui est si funeste à leur santé et à nos plaisirs. Ne pensant donc, ne rêvant qu'à ma belle Hortense, je cherchai de nouveau toutes les occasions de me rapprocher d'elle, et je ne tardai point à voir mes vœux comblés. Étant un jour chez Mlle Héricourt, marchande de modes, j'entendis parler de mon Hortense; elle avait commandé pour le lendemain un chapeau... Aussitôt, il me vint une idée: que l'amour est ingénieux! Ma jeunesse, jointe à une taille élancée, la fraîcheur et le coloris vermeil de mes joues étaient tels qu'on m'eût pris pour une fille. Aussitôt, je prends les habits d'une ouvrière, et la tête recouverte d'une calèche[1], me voilà en route, portant à deux mains un énorme carton qui contenait le prétendu chapeau commandé. J'arrive, on m'introduit auprès de ma bien-aimée. À mon aspect, elle témoigna sa surprise de voir un nouveau visage. Je répondis que ma camarade étant malade, j'avais été chargé de la commission. « Au surplus, lui dis-je, je me félicite de l'événement. J'ai bien vu des dames, des demoiselles, j'en vois tous les jours, mais je n'ai encore rien vu d'aussi charmante que vous. » Encouragé par un sourire, je l'entretins de ces mille et un propos de circonstance que les femmes écoutent volontiers quand elles se trouvent dans un moment d'oisiveté, et qu'elles laissent aussi tomber avec dédain quand elles se trouvent occupées. La louange est le poison de l'homme, et à plus forte raison celui de la femme. J'avais pris le ton doucereux d'une dévote, ce qui lui plut infiniment. Elle prenait du chocolat, et aussitôt elle ordonna qu'on apportât une seconde tasse pour moi. Elle prit plaisir à ma conversation, et me trouva de l'esprit et de la sensibilité. Dans le courant de notre dialogue, je lui parlai avec une franchise attachée au sexe que je venais d'emprunter. « Vous me paraissez, mademoiselle, lui dis-je, jouir du sort le plus fortuné, tel que vous le méritez. Cependant, je trouve qu'il manque une chose essentielle à votre félicité. Je suis fâchée de vous voir sevrée du commerce des hommes; c'est la moitié du genre humain pour laquelle nous sommes faites. Pourquoi vous priver de tant d'hommages que vous recevriez d'eux? Votre amour-propre ne serait-il pas satisfait de voir à vos genoux tous ces roués aimables dont abondent et la cour, et la ville? de venger par vos dédains les autres femmes crédules dont ils

1. *Calèche*: « coiffure de femmes, qui se replie sur elle-même, ou qu'elles ramènent sur leur tête à leur gré » (*Dict. Acad.*, 1798).

abusent tous les jours ? » Hortense me répondit en riant que je ne disais pas vrai, et que j'avais l'air d'une grande libertine. « Non, continuais-je, je vous parle vrai, et je n'ai point d'amant ; je suis même conformée de façon à ne pouvoir guère goûter le commerce des hommes. Au contraire, j'idolâtre les femmes ; entre nous, nous n'avons rien de caché. Je veux même vous montrer quelque chose d'extraordinaire. Ah ! si vous vouliez me prendre auprès de vous comme ouvrière, comme coiffeuse, ou comme femme de chambre, que je serais heureuse ! Comptez que vous n'aurez jamais été si bien servie. » Cette liberté, cette aisance de la part d'une subalterne qu'elle voyait pour la première fois, et qui l'aurait indignée peut-être contre une autre, lui plurent en moi ; sans doute, par une sympathie secrète dont elle ressentait déjà les effets sans en connaître la cause, surtout quand m'approchant d'elle, lui prenant les mains, les caressant, les baisant, je lui dis : « Allons, laissez-vous toucher, soyez ma petite maîtresse, recevez-moi sous votre loi… » Hortense approchait du moment de sa défaite, et mon triomphe complet allait m'assurer pour toujours la jouissance de ma belle maîtresse. Elle se sentit dévorée d'un feu plus violent que tout ce qu'elle avait éprouvé jusqu'à ce moment. Alors, ne paraissant encore que céder à la curiosité, elle va à la porte, ferme le verrou, et me dit en revenant : « Voyons donc cette merveille que vous me vantez tant, voyons ce que vous savez faire. » Je jouai un moment de timidité, lui rappelai l'intervalle qu'il devait y avoir entre elle et une ouvrière… Je m'étonne moi-même de mon effronterie, mais je l'attribue aussitôt à l'excès de la passion que m'ont inspiré ses charmes… Je deviens plus hardi, je couvre sa gorge de mes baisers, je lui prends la main, elle m'examine attentivement… « Monstre, s'écria-t-elle, tu es un homme !… » Cependant, retenue par une force magnétique, elle est sans défense, ne fait aucune résistance, et nous consommâmes le sacrifice. Ayant bientôt repris nos sens, je voulus jouir d'un nouveau bonheur, et je lui livrai un assaut si terrible qu'elle allait crier, lorsque le plaisir fit expirer ses plaintes sur ses lèvres. Enfin, elle eut le loisir de se reconnaître et de parler. Elle voulut savoir à qui elle avait eu affaire, et comment j'avais ourdi cette intrigue. Je lui dis alors mon nom, et lui rappelai le souper que j'avais fait avec elle chez le vieux Crésus. Confuse, elle se couvrit le visage de son mouchoir, mais point assez pour que je n'aperçusse pas des larmes prêtes à couler. Ne connaissant point encore aux femmes l'heureuse facilité de pleurer, j'étais pénétré au vif du chagrin que j'occasionnais à ma belle maîtresse ; je parvins cependant à force de soins à faire ma paix. Je lui demandai s'il me serait permis de lui rendre des devoirs, et de lui prouver combien j'étais ambitieux de me rendre digne de ses bontés.

— Non, me dit-elle, à moins que M. Varmont, ce riche financier chez qui nous soupâmes ensemble, ne vous amène lui-même chez moi. Il est quinteux, jaloux, son ombre même l'offusque souvent.

— Monsieur Varmont y consentira, ma chère Hortense. D'ailleurs, il n'est rien que je n'entreprenne pour ne plus me séparer de vous.

Effectivement, conduit et conseillé par mon amour, je réussis auprès de mon vieux millionnaire, je ne saurais dire trop comment, et dès le soir même il me mena souper chez l'objet de mes amours.

Hortense était du petit nombre de ces femmes dont la jouissance fait d'un goût une passion. La douce fraîcheur de son haleine, l'élégance voluptueuse de sa taille, la richesse de sa gorge, la beauté de ses formes faisaient d'un plaisir commun, un plaisir entièrement neuf. Jamais femme n'a porté plus loin la magie de la jouissance. Elle avait le rare et délicieux secret d'inviter la pudeur, où tant d'autres la croient gênante. Il semblait qu'on avait toujours deviné le moment de ses désirs ; le sentiment le plus vrai et le plus tendre persuadait qu'on avait tout accordé au cœur et rien à la nature. Je n'étais pas encore assez avancé pour analyser ces gradations. Je jouissais avec ivresse, sans connaître la cause de mon bonheur. Car enfin, quelques efforts que l'on fasse pour spiritualiser l'amour, il faut avouer que le désir le fait naître, que le plaisir l'alimente, et que l'art de jouir le fixe entre deux êtres qui adorent ensemble le dieu charmant. Le bonheur de notre liaison dura parce qu'il fallait l'envelopper du voile utile du mystère. Les rencontres amoureuses étaient rares. La nombreuse société d'Hortense donnait lieu à toute espèce de dissipation, et éloignait forcément les occasions où nous pouvions librement nous rapprocher. Six mois se passèrent comme un jour, et les seules inquiétudes qui les troublèrent naquirent de la jalousie que prit Varmont sur différents personnages qu'Hortense recevait chez elle. Il plaça des espions sur leurs traces, et acquit facilement pour son repos les lumières qu'il cherchait. Le cœur plein de soupçons et d'amertume, il arrive un matin chez moi, se promène à grands pas, l'œil en feu, le front rembruni, et le désespoir dans l'âme. « Je suis trahi, dit-il, mon ami, et je le suis par une femme à qui j'avais rendu, sinon l'honneur, du moins quelques droits à la société, par une femme perfide à qui j'avais livré mon cœur et mon existence entière ; et ce qui met le comble à ma douleur, c'est qu'il faut que je lui enlève jusqu'à mon estime. Rendez-moi un service, mon ami, ajouta-t-il, allez chez elle, accablez-la de reproches, brisez mon portrait, et dites-lui les raisons pour lesquelles je l'abandonne au sort qui venge tôt ou tard les hommes dupes de ses pareilles. Je vous attends ici. »

Je pars, et je trouve Hortense étendue sur un sopha. Qu'elle était belle ! J'avais peine à croire qu'une créature si charmante pût renfermer un cœur si dépravé. Je n'avais pas l'art de me composer, et d'ailleurs il n'est peut-être pas de sensation plus cruelle que la découverte d'une première infidélité. Aussi Hortense lut dans mon âme…

— Qu'avez-vous ? me dit-elle. Vous ou moi sommes-nous menacés d'un malheur ?

— J'ai des choses bien désagréables à vous faire entendre. Vous avez tout à la fois trahi la reconnaissance et l'amour, déshonoré votre choix et votre amant. Croyez qu'il n'est pas possible de vous justifier puisque je n'en ai pas trouvé le moyen.

— Je soupçonne, me répondit-elle, ce qui a été découvert : j'ai un tort, mais je n'ai que celui-là. Ce tort est de n'avoir pas osé confier à votre extrême jeunesse le secret de ma vie.

Elle balbutiait et ses lèvres desséchées lui permettaient à peine de continuer. J'écoutais tout avec l'impatience d'un homme au supplice qui brûle de retrouver innocent ce qu'il a cru coupable. Hortense se remit cependant et continua en ces termes : « Mes premières erreurs m'ont jetée dans un état que j'abhorre, vous le savez. Les moments de bonheur dont je jouis sont empoisonnés quand je songe qu'une vieillesse misérable doit remplacer une jeunesse criminelle. M. Dumont m'a promis de couvrir mes écarts du voile de l'hymen. En voici la preuve : lisez. » En même temps, elle me remet une vraie promesse de mariage, conçue dans les formes requises. « Quel moyen, ajouta-t-elle, me reste-t-il, de nourrir la passion d'un seul homme qui peut un jour me faire jouir de quelque ombre de félicité ? Le forcerai-je, par des rigueurs ridicules à force d'être déplacées, à m'oublier dans des bras plus complaisants ? Et la chimère de la fidélité détruira-t-elle la réalité de mon avenir ? Quant à Francal, puis-je l'éloigner de moi sans manquer à ma probité, à mon honneur ? C'est lui qui me recueillit lors de ma fatale arrivée dans cette ville. C'est lui qui me retira de chez la Gourdan, me fit entrer à l'Opéra, et me sauva de la honteuse tutelle que la police de Paris accorde aux personnes de notre état ; c'est un ami qui supplée à des besoins qui ne peuvent cesser qu'à l'aide d'une fortune faite ; c'est lui enfin qui m'a procuré ces bienfaits reprochés aujourd'hui. Qu'on les reprenne mille fois, s'il faut que je sacrifie mon premier bienfaiteur à une vapeur jalouse montée au cerveau de M. de Varmont. S'il m'aimait réellement, n'ignorerait-il pas ces détails, ou plutôt ne saurait-il pas ce qu'il en coûte pour acquitter de cette façon les dettes sacrées de la reconnaissance ? Quant à vous, je me confesse inexcusable. Il est sûr que non seulement j'ai obéi à mon cœur, mais que j'ai presque été au-devant de votre insensibilité. Un sentiment trop vif sans doute, mais dont ce n'était pas à vous de me punir, enleva mon cœur à M. de Varmont. Je n'ai plus qu'un moyen, mon cher, d'acquitter ce que je dois à M. de Varmont, c'est de ne plus vous voir. C'est mon dernier mot, et j'ose croire par les sentiments d'amitié que vous m'avez voués, que vous ne refuserez pas de vous y conformer. Autrement, vous nuiriez à mon bonheur, et M. Dumont se verrait obligé de rompre l'engagement qu'il a contracté avec moi. » Ne voulant point empêcher le mariage projeté pour Hortense, et qui seul pouvait fixer son sort, je fis le sacrifice de mon amour, et je me retirai après l'avoir embrassée, les larmes aux yeux. Je me séparai d'elle, en jurant bien de ne plus m'attacher à aucune femme. En sortant, je rencontrai M. de Varmont qui, impatienté d'attendre, était venu au-devant de moi ; je lui racontai tout ce qui venait de se passer. Il fut d'abord tout interdit, et resta quelque temps sans parler ; mais revenu à lui, il s'écria : « Tant mieux, son bonheur est assuré ; elle n'est plus aussi criminelle que je le croyais… Eh ! bien, je veux la voir, et lui prouver combien sa vertu a de charmes à mes yeux. » Effectivement, il court chez son notaire, et se rend peu de temps après chez Hortense. Au lieu de lui faire des reproches, il la combla de présents, et lui remit un contrat de six mille livres de rente pour lui servir de dot.

CHAPITRE XXIII

Portrait physique et moral de la dame Hécquet : son origine, sa vie privée et sa mort

La soif de l'or, le désir de sortir d'une sphère obscure, l'attraction innée chez certaines femmes de jouir et de briller, à quel prix que ce soit, est le véhicule qui les porte à sacrifier leur honneur, et à en trafiquer comme d'une marchandise courante.

Charlotte-Geneviève Hécquet naquit à Rouen, dans cette classe où l'indigence et la grossièreté sont un type de famille. La jeune Charlotte, livrée à elle-même dans un âge où elle avait besoin d'un appui, n'en trouve pas, mais en revanche ses charmes lui frayèrent la grande route du vice. Séduite par un clerc du procureur au Parlement, elle oublia dans les bras du basochien la promesse qu'elle avait faite à sa marraine de vendre sa fleur. Mais les circonstances lui firent fausser son serment, et elle donna cette fois ce qu'elle vendit dans la suite au plus offrant.

Charlotte, comme toutes les filles, eut des aventures ; ses galanteries sont inscrites dans les fastes et la chronique des maisons joyeuses. Après avoir été longtemps victime d'un libertinage effréné, elle s'occupa de son sort à venir ; elle était très économe, et du fruit de ses épargnes elle édifia une succursale d'amour pour cette jeunesse mitoyenne qui, sans être ni d'épée ni de la haute robe, avait des sens à satisfaire. Des prêtresses subalternes, toujours actives dans leurs fonctions, étaient à la discrétion du citadin qui avait six livres, ou même trois livres à donner à la matrone de cet antre de débauche.

La Hécquet avait beaucoup d'embonpoint et l'œil peu vif. Elle était d'un naturel extrêmement bon. L'exemple du vice, dit un sage, est le préservatif le plus sûr pour s'en corriger. La Hécquet prouva qu'ayant débuté par une glissade impudique dans le monde, elle devait en sortir de même. Attaquée d'une passion effrénée pour un de ces coupe-jarrets qui vivent le jour des dupes qu'ils font, et la nuit des fruits de l'incontinence des autres, elle absorba tous ses moyens d'existence. Ses meubles devinrent la proie de quelques créanciers. Réduite à l'état le plus déplorable, vieillie de débauches bien plus que d'années, elle termina sa carrière à l'Hôpital, digne retraite d'une déhontée sans pudeur qui, après avoir vécu comme Messaline, devait naturellement finir comme une prostituée.

CHAPITRE XXIV

Histoire des amours d'Adeline la Lorraine, ancienne fille d'amour chez la dame Gourdan et ses aventures avec l'escroc Derville

Portrait d'Adeline, extrait du *Livre des beautés* de la Gourdan

Adeline, dite *la Lorraine*, est une blonde foncée âgée de dix-neuf ans, taille de cinq pieds. Sa figure ronde est intéressante et d'un bel ensemble. Elle a l'œil perçant, la tournure agréable, les joues d'un bel incarnat, la bouche fraîche et la peau d'un blanc satiné. Sa gorge est superbe, parfaitement ondulée, aussi dure, aussi blanche que l'albâtre. Sa jambe est bien faite. Elle a un bon caractère et assez d'esprit. Elle est douce, aimable ; capricieuse, il est vrai, parfois, mais du reste complaisante et bonne enfant.

Amours et aventures d'Adeline, écrites par elle-même

Je suis née à Remiremont, ville fameuse par un chapitre illustre de dames nobles[1]. Ma mère était gouvernante d'un de leurs chapelains. Cet ecclésiastique, qui jouissait de la réputation que donnent les bonnes mœurs, trouva ma mère de son goût. Le lendemain, il lui dit des choses tendres, le lendemain il lui fit des présents, le lendemain il lui fit des caresses, le lendemain il lui jura qu'il l'aimait, le lendemain il le lui prouva ; et je vins au monde neuf mois après ce lendemain-là. Ma mère voulant ménager la réputation du chapelain, alla accoucher dans la petite ville de Plombières, où je fus mise en nourrice. À deux ans, on me mit en pension chez une honnête femme qui était dans le secret, et qui m'éleva

1. Le chapitre de Remiremont fut l'un des plus illustres d'Europe. L'abbesse, toujours choisie parmi les premières familles, et souvent dans des maisons princières, exerçait une autorité souveraine sur le domaine du chapitre, qui ne renfermait pas moins de cinquante-deux terres seigneuriales. Elle prenait le titre de princesse du Saint-Empire, était élue par l'ensemble des religieuses, et recevait la consécration abbatiale des mains du pape, au palais de Latran.

jusqu'à sept ans. Ce fut alors que mes petites gentillesses parvinrent jusqu'à mon père, qui m'appela auprès de lui, et je passai pour la nièce de ma mère. Ceux qui connaissent les usages observés par tous les chanoines ne furent point la dupe de ce degré de parenté. Mais comme il y avait beaucoup de chanoinesses et de chapelains qui avaient, ainsi que lui, des neveux et des nièces postiches, on feignit de croire ce que mon père voulait qu'on crût. Je reçus une éducation conforme à l'état auquel on me destinait, et à quinze ans je savais broder comme une fée et friser comme un ange. Mme de Silliaque, chanoinesse, me prit à son service en qualité de femme de chambre. Mon père me vit entrer à regret chez elle. Prévoyait-il les malheurs qui devaient m'y suivre ?

Il y avait un an que j'étais à son service, lorsqu'elle m'appela un jour, et me dit :

— Ma chère Adeline, je suis une femme perdue !...

— Qu'avez-vous donc, madame ? lui demandai-je avec inquiétude.

— Tu te rappelles bien, ma bonne, d'avoir vu ici le chevalier de Saint-Brice ?

— Oui, répondis-je, c'est un cavalier des plus aimables.

— Que trop, ma chère amie, répliqua ma maîtresse ; je suis dans un état !... et j'ai presque dans l'idée que c'est lui.

— Bah, bah, n'allez pas vous mettre cela dans la tête.

— J'avoue, répondit-elle, qu'en l'accusant formellement, je crains de compromettre un innocent, mais que veux-tu ? J'ai des présomptions que je veux vérifier sur-le-champ. Fouille dans ma chiffonnière et donne-moi mon *calendrier de nuit*.

Ma maîtresse, après avoir combiné pendant un quart d'heure les dates et les personnes, me soutint que si ce n'était pas le chevalier c'était un autre, ce qui était incontestable. Le grand objet de Mme de Silliaque n'était pas de savoir de qui elle était grosse, mais de cacher son état, et d'accoucher avec tout le mystère que les chanoinesses employaient ordinairement dans ces fréquentes opérations.

Mme de Silliaque avait une sœur mariée à Paris. La doyenne du chapitre lui permit d'aller passer une année avec elle. Nous partîmes, mais la prudence ne voulant pas permettre que ma maîtresse descendît chez sa sœur qui logeait au Marais, elle s'adressa à la dame Gourdan, demeurant rue des Deux-Portes-Saint-Sauveur. Cette dame, dont je ne connaissais ni la vie ni les mœurs, nous relégua dans une petite maison qu'elle avait au fond du faubourg Saint-Jacques, et qui était uniquement destinée à l'usage de plusieurs dames de condition, qui y allaient souvent faire des parties secrètes, ou qui se trouvaient dans la position de ma maîtresse. La Gourdan procura une sage-femme de la discrétion de laquelle elle était sûre. L'aimable chanoinesse accoucha d'un gros garçon, que je tins sur les fonts de baptême avec le suisse de l'église. Mme de Silliaque étant parfaitement rétablie, alla prendre un logement chez sa sœur, et suivit le courant. Un jour, je m'avisai de lui faire confidence pour confidence ; elle rit de mon état, mais persuadée de l'embarras où je serais de satisfaire sa curiosité, elle me demanda quel était l'auteur de ma grossesse. Je lui avouai que la Gourdan avait trafiqué de mes appas naissants, sans que je le désirasse trop, et qu'elle me fit passer de la finance au clergé, de l'église au barreau, et de la robe au militaire. Ma maîtresse, qui ne voulait pas que sa sœur s'aperçût de mon état, me renvoya chez la Gourdan, où j'accouchai heureusement. Mais cette habile mère-abbesse ne me laissa pas rejoindre Mme de Silliaque que je ne fusse grosse une seconde fois. Comme je ne cachais rien à Madame, je lui fis cette nouvelle confidence à laquelle elle riposta sur-le-champ par un aveu pareil. Que faire ? Retourner encore au faubourg Saint-Jacques. En conséquence, ma maîtresse feignant de partir pour la Lorraine, prit congé de sa sœur, et se rendit à la pointe du jour fixé pour son prétendu départ, dans cet asile suspect où l'on ne passait jamais que du remède au mal. Nous y demeurâmes quatre mois entiers, et par un événement assez singulier, nous accouchâmes l'une et l'autre le même jour. Notre convalescence fut prompte, et nous retournâmes à Remiremont, en laissant à la France quatre petits citoyens de plus. À peine y avait-il un mois que j'étais de retour que Mme de Silliaque m'envoya porter une lettre secrète à six lieues de distance. Je fis le voyage à pied pour rendre cette petite incursion moins suspecte. Ma commission étant faite, ne devant partir que le lendemain, je fis une promenade dans les environs du bourg où j'étais.

Comme je me reposais assise au bord d'un ruisseau limpide, il vint à passer près de moi un jeune homme de dix-sept à dix-huit ans, fort aimable. Après m'avoir saluée et considérée attentivement, le jeune Isidore (c'était ainsi qu'il se nommait), me fit quelques compliments, me dit des douceurs avec beaucoup d'esprit, et m'en ayant demandé la permission, s'assit à mes côtés. La conversation s'anima par degrés, et aboutit enfin à une déclaration d'amour dans toutes les règles. Je ne me fis point prier, pour l'assurer qu'il était payé d'un parfait retour. À peine lui en avais-je donné l'assurance qu'il se jeta à mon cou, m'accablant de baisers pleins de feux, et me jurant un amour éternel. Lorsqu'il se fut un peu calmé, il me demanda, avant de me quitter, un rendez-vous pour le lendemain à la même heure. Mais je lui répondis que cela n'était pas possible, parce que j'étais obligée de partir pour Remiremont. « Quoi, ma chère amie ! s'écria l'adolescent éperdu, vous m'abandonnez au moment où je vous connais ? De grâce, ayez pitié d'un jeune homme qui vous adore, et qui mourra s'il faut qu'il se sépare de vous. » Émue de ce discours, dont la simplicité de mon amant devait me garantir la vérité, je m'excusai sur les ordres que j'avais reçus pour retourner sur-le-champ, et je lui promis de revenir dans un mois.

— Un mois ! reprit Isidore. Quoi ! Vous avez la barbarie de me plonger un poignard dans le cœur, en m'annonçant un terme aussi long !

Ah ! si ce voyage est indispensable, permettez du moins que je vous accompagne.

— Je ne puis, répliquai-je ; vos parents m'imputeraient votre absence, ils sont puissants, je suis sans crédit ; on pourrait bien me faire enfermer sans me laisser le temps de prouver mon innocence.

Il me promit de si bien faire que ses parents ne s'apercevraient de rien, son intention étant de leur dire qu'il allait voir un de ses oncles qui demeurait à quatre lieues de là. « Puisque enfin, lui répondis-je, vous voulez absolument m'accompagner, j'y consens ; vous saurez le lieu que j'habite. Et que sait-on ? Le sort peut-être nous sera favorable. » Isidore, charmé de ma docilité, retourna chez ses parents, et nous nous séparâmes en nous jurant de nous rejoindre le lendemain à la pointe du jour. Mon nouvel amant passa la nuit dans de douces inquiétudes ; et sa tendre impatience devançant l'aurore, il s'habilla, sortit à petit bruit, et courut au lieu fixé pour notre rendez-vous.

Je ne me fis guère attendre. Nous nous mîmes en chemin, mais le mauvais temps nous prit après une heure de marche. Je ne pouvais retarder mon voyage ; je plaignais le pauvre Isidore, mais bravant la rigueur de la saison, il ne se plaignit ni de la pluie, ni des chemins : il ne voyait que moi, il ne vivait que pour moi, toute la nature se serait bouleversée qu'il ne s'en serait pas plaint tant qu'il me possédait. Les routes qui mènent aux plaisirs sont toujours parsemées de roses aux yeux des amants. Isidore portait un petit paquet dont on m'avait chargé, et calmait les ennuis des chemins par de petits contes qui me divertissaient. Les clochers de Remiremont ne furent pas plus tôt aperçus que nous nous interrogeâmes sur l'état de nos bourses ; j'avais un écu de six francs, mais mon amant qui, dans l'ivresse de sa passion, n'avait pas eu le temps de s'occuper des détails itinéraires, était sans un sou. Il voulut vendre ses boucles d'argent, mais je m'y opposai. Nous entrâmes dans une taverne sombre, que je connaissais pour un asile de l'amour, et là nous nous enivrâmes de plaisirs. Il fallut nous séparer, nous nous promîmes des rendez-vous. Nous nous dîmes adieu au milieu des plaisirs et des larmes, et je quittai Isidore, en regrettant les moments de jouissances que je venais de passer avec lui.

Je restai au service de Mme de Silliaque encore six mois ; elle tomba malade et mourut au bout de seize jours de souffrances. Isolée, livrée à moi-même, j'abandonnai le pays qui m'avait vu naître, et je me rendis à Lyon, où je trouvai un nommé Derville qui avait été obligé de quitter la Provence parce que les magistrats avaient trouvé qu'il possédait l'art de planter les dés au trictrac et de filer les cartes. Ce Derville était venu chercher des dupes dans les comptoirs de Lyon. Ce jeune escroc avait une physionomie douce et intéressante qui servait à ses manœuvres infernales avec d'autant plus de facilité qu'on le prenait pour le plus honnête et le plus doux des hommes. L'auberge où j'étais logée était vis-à-vis de l'appartement garni que ce faux marquis occupait. Il était brillant en habits et en bijoux ; cet étalage et les mines qu'il me fit ne furent perdues ni pour lui ni pour moi : la misère, et peut-être mon goût, me déterminèrent à l'écouter. Je quittai mon auberge pour aller loger chez lui. Mes faibles attraits qu'il exagérait pour cause attiraient chez nous une foule de négociants, à qui nous servions un souper fin qu'ils payaient bien chèrement. Comme je ne connaissais point encore le caractère de mon nouvel amant, j'attribuais à la faveur du sort les gains immenses qu'il faisait tous les jours, et je n'étais pas encore assez instruite pour m'apercevoir que, maître du destin, il tenait la fortune dans ses mains. L'amour que Derville avait pour moi l'engagea à me faire une confidence qui le déshonora dans mon esprit, car malgré l'extrême libertinage que je professais depuis longtemps, par goût plutôt que par intérêt, j'aime la probité ; j'ajouterais même l'honnêteté dans les mœurs, si j'avais eu moins de tempérament et une meilleure éducation. Mais fille d'un prêtre, et confidente d'une jolie chanoinesse, pouvais-je valoir quelque chose ? Mon amant qui, peut-être, croyait trouver une ressource en moi, me fit confidence de ses secrets, et m'avoua qu'il était, ce qu'en termes de l'art on appelle un *Grec*[1]. Puis, m'étalant un grand fond d'honneur, il me jura que le sort fortuné lui ayant toujours été cruel, malgré la probité avec laquelle il avait joué pendant les premières années de sa vie, il n'était devenu fripon que pour se venger de lui, se réservant de devenir honnête homme aussitôt qu'il l'aurait suffisamment corrigé.

— Je vous ai prise avec moi, continua-t-il, par une inclination que je n'ai pu vaincre. Votre attachement pour un homme qui vous adore, et votre esprit ont mérité la confidence que je viens de vous faire. Les biens que j'acquerrai avec vous seront les vôtres ; j'attends seulement de votre complaisance que vous voudrez bien *me faire le service* toutes les fois que l'occasion s'en présentera.

— Quel service puis-je vous rendre ? répondis-je.

— *Faire le service*, repartit Derville, est un mot consacré entre nous autres joueurs. Je vais vous en donner le sens littéral en mêlant le précepte à l'exemple : manière méthodique et prompte à faire des progrès dans notre art. Je donne ce soir à souper à un fameux négociant de cette ville, avec qui je débuterai par un piquet à écrire ; il faudra que, vous plaçant à côté de lui, vous observiez en quelle couleur il porte, et celles qui lui manquent, et vous ferez sur votre tabatière les signaux imperceptibles que je vais vous enseigner.

Mon amant commença alors l'exercice de la duperie que je saisis si adroitement qu'à la troisième répétition j'égalais mon maître. Derville, enchanté de mon aptitude, m'embrassa tendrement, et se promit des succès

1. *Grec* : « on dit qu'un homme est *grec* en quelque chose, pour dire qu'il y est fort habile » (*Dict. Acad.*, 1762).

assurés pour la partie du soir. Le négociant vint à l'heure convenue, la partie commença, il voulut que je me plaçasse à côté de lui. Mon amant, enchanté de voir la dupe s'immoler d'elle-même, bénissait le destin ; mais je détestais les fripons, et le sacrificateur devint lui-même la victime. Tous mes signaux furent faux. Quand le Lyonnais marquait en *pique*, je marquais *carreau* ; et quand il portait en *rouge*, je marquais en *noir*. Derville outré se remuait dans son fauteuil, en me lançant des regards que le bon négociant attribuait à la jalousie, et qui étaient l'effet d'un courroux secret. La partie fut à peine finie que Derville paya les cent louis qu'il avait perdus, et proposa une seconde partie. Le commerçant la refusa, sous prétexte qu'il aimait à souper à huit heures. Mon amant sortit pour ordonner qu'on servît, et le Lyonnais faisant le généreux, me fit présent des cent louis qu'il venait de gagner. Le souper fut gai. Le Lyonnais, que Derville s'efforçait à enivrer, voulut absolument garder sa raison, et il s'en servit fort adroitement, après le souper, puisqu'il refusa constamment de jouer. Il est vrai qu'aussi indiscret que généreux, il fit entendre à Derville qui le persuadait pour commencer une seconde partie, qu'il n'avait rien perdu, puisque ses cent louis n'étaient pas sortis de la maison. Mon amant, croyant trouver dans ces mots une consolation, laissa partir le négociant, qui promit de nous venir prendre le lendemain pour aller dîner à une campagne qu'il avait sur les bords du Rhône. Derville en entrant m'accabla des reproches les plus vifs et les mieux mérités sur ma maladresse à *faire le service*, et finit par me demander les cent louis. Comme je m'attendais à cette proposition, j'y répondis adroitement en lui observant que le négociant me faisait les yeux doux, et que si je voulais feindre de répondre à ses prévenances, j'obtiendrais de lui tout ce que je pouvais désirer ; mais que s'il venait à s'apercevoir que ses bienfaits passassent dans une autre main, il discontinuerait ses générosités.

— Cependant, si vous croyez que je pense mal, voilà la bourse.

— Non, ma chère Adeline, reprit mon amant, qui connaissait moins les femmes que les cartes, votre idée est juste. Nous tenons l'homme, et pour le duper avec plus d'honnêteté, prenez-le demain en particulier, et affectez de lui faire reprendre sa bourse, en lui disant que vous ne l'avez reçue que par complaisance.

Je parus adopter ce sentiment et je me couchai. Mais Derville qui ne se fiait plus à mon service, passa toute la nuit à préparer des cartes qui pussent, à l'aide de ses doigts, rendre la fortune traitable sans un secours étranger. Ces abominables apprêts me déterminèrent à prendre le parti de le quitter à la première occasion. Il me semble encore voir ce *Grec*, à qui la canaille de son parti avait donné le surnom d'*Agamemnon*, armé de ciseaux, tailler les cartes, raccourcir toutes les figures, et frotter ensuite les as avec du savon fin et de l'alun. Le lever du soleil surprit Derville dans cet indigne travail. Le négociant tint sa parole et vint nous chercher à dix heures. À peine fûmes-nous arrivés à sa campagne qu'il me remit un billet dont je n'oublierai jamais la teneur ; il était conçu en ces termes : « J'ai vu hier, belle dame, votre manège, et j'ai été enchanté de m'apercevoir que loin de partager les escroqueries de l'homme avec qui vous vivez, vous avez servi à le faire repentir du projet qu'il avait de me duper. Ne prenez pas les cent louis que je vous ai remis pour un don : c'est une simple restitution que je devais vous faire. Vos sentiments, que j'ai développés aisément dans le peu de temps que je vous ai vue, me persuadent que vous ne voulez pas vivre longtemps avec le scélérat qui vous captive. Le mot est dur, mais j'ai reçu hier en arrivant chez moi un signalement de ce joueur qu'on peut appeler un recueil complet des crimes. Si votre dessein est de le fuir, saisissez l'instant où nous jouerons pour vous éloigner ; mon cocher qui a le mot vous conduira à Lyon dans une maison honnête où j'irai vous rejoindre se soir. *Joseph Fleuri.* »

J'ouvris dans le bosquet le billet du négociant. Jamais lettre ne pouvait m'arriver plus à propos. Je cherchais les moyens de m'évader au hasard, et un homme sûr m'offre un asile où je puis être à l'abri des recherches de mon fourbe. Je ne balançai point sur le parti que j'avais à prendre, et nous n'eûmes pas plus tôt dîné que, sous le prétexte de prendre l'air dans le jardin, je sortis de la salle où l'on était aux prises. Le cocher qui cherchait mes regards comprit, par un simple mouvement de tête, qu'il fallait qu'il mît les chevaux au carrosse. J'arrivai bientôt, et renvoyai le domestique avec une lettre pour M. Fleuri qui lui exprimait, dans des expressions peu mesurées, l'impatience où j'étais de voir et d'apprendre de lui des nouvelles de Derville. M. Fleuri vint me rejoindre à l'entrée de la nuit avec cinq ou six de ses amis. Cette multitude m'étonna, mais la considération que ces messieurs eurent pour moi me fit comprendre que l'intention du négociant n'était pas qu'on me prît pour ce que j'étais effectivement. « Voilà, messieurs, dit Fleuri en me présentant, l'honnête personne qui n'a point voulu partager les friponneries du malheureux qui l'avait séduite, et que nous venons de livrer à la maréchaussée. » Le négociant que je pressai de me détailler toute cette aventure, me raconta que ses justes soupçons sur les friponneries de Derville lui avaient persuadé que ce *Grec* faisait usage de cartes apprêtées, que rempli de cette idée, il avait prévenu l'exempt de la maréchaussée de se trouver déguisé avec quelques-uns des siens dans une maison voisine de la sienne, et qu'en cas d'événements ils marcheraient au signal convenu entre eux. Les choses étant arrivées comme il l'avait prévu, l'escouade entra et se saisit des cartes qui, après un examen de comparaison avec celles de la ferme, avaient été trouvées fausses et altérées. Les cavaliers de la maréchaussée et les employés aux fermes, voulant, pour mieux cacher leur jeu, verbaliser contre lui, il leur avait déclaré que ces cartes n'avaient été introduites dans sa maison ni par lui, ni par ses domestiques, et qu'elles ne pouvaient venir que de Derville qui, niant le fait impudemment, fut fouillé. Cette démarche le convainquant tout à la fois d'avoir escamoté le sixain des bonnes cartes, et d'en avoir falsifié deux on trois qu'on trouva dans ses poches, il avait été arrêté et mis dans les prisons de Lyon. Telle fut l'aventure à laquelle je me reprochai d'avoir donné lieu, quand j'appris que ce malheureux était dans les fers. Le lendemain, M. Fleuri me remit généreusement les cent louis que j'avais voulu qu'il me gardât, quand je partis de sa campagne, et me conseilla de retourner chez mes parents. Mais les charmes de Paris m'y ramenèrent. Aidée de cette somme, je pris un appartement, et me mis à même de faire mes petites affaires sans le secours de personne. Cependant, comme je n'avais pas toute la rouerie nécessaire pour faire en grand *l'état* [1], j'eus recours à la dame Gourdan, qui me fit toutes sortes d'accueils. Je restai quelque temps dans son sérail pour y acquérir le ton et l'expérience qui m'étaient nécessaires. Cette mère-abbesse, affectant beaucoup de bontés pour moi, elle ne tarda pas à me vendre à un jeune sous-fermier qui prêtait sur gage pour ne pas rester oisif. Mais cet homme que je voulais connaître à l'essai, déjà épuisé, avait recours à des goûts singuliers qui lui méritèrent mon dédain et mon mépris. Sa figure était agréable et trompeuse. Mais à l'âge viril, il avait presque cessé d'être homme pour s'être trop hâté de l'être ; et sous les traits de la jeunesse, il avait déjà tous les symptômes d'une vieillesse anticipée. C'était un de ces mauvais ménagers qui, par une folle profusion d'eux-mêmes, ont abusé de la nature, comme d'autres font de la fortune. Ils viennent à nous avec un front couronné des riantes fleurs du printemps, et n'apportent dans le sein des amours que les glaces des languissants hivers. Ce sont des cadavres embaumés chez qui tout est mort, excepté le goût du plaisir qui les fuit sans cesse, et l'inutile désir, père des regrets. Un pareil homme ne me convenait pas, et il eut bientôt son congé.

La première dupe qui remplaça cet agioteur fut un gros benêt, fils d'un riche marchand d'Augsbourg. Je ne crois pas qu'il soit sorti jamais de la Germanie un plus sot, un plus désagréable animal. Il était haut d'une toise, cagneux et roux, bête au dernier degré, et ivrogne à toute outrance. Ce beau fils, l'espoir et l'idole de sa famille, voyageait pour joindre aux heureuses dualités, dont la nature l'avait comblé, celles que l'on acquiert en pratiquant le monde. La seule bonne maison qu'il connût dans Paris était celle de son banquier, qui avait ordre de lui compter tout l'argent qu'il voulait. Du reste, ses liaisons n'étaient pas brillantes ; elles se bornaient à deux ou trois écornifleurs complaisants, et quelques plastrons des sérails de la Gourdan et de la Florence. Je m'aperçus avec plaisir que mes gentillesses l'avaient plongé dans une espèce de ravissement extatique, et que c'en était fait de sa liberté. Il fut généreux, et moi je ne

1. *État* : métier, profession ; *faire en grand l'état* : exercer le métier sur une grande échelle, en vivre.

fus pas cruelle. Il m'entretint d'une manière convenable, et s'empressa à satisfaire jusqu'au moindre de mes désirs. Quoiqu'il soit vrai que les bienfaits d'autrui nous inspirent ordinairement plus d'indifférence que d'amour, peu s'en fallut qu'à force d'en faire la grimace, je n'en devinsse sérieusement amoureuse. L'habitude nous familiarise, nous naturalise même, si j'ose m'exprimer de la sorte, avec les défauts des gens que nous fréquentons ; tout maussade, tout sot qu'était mon Augsbourgeois, je commençais à m'accoutumer à lui et à le trouver moins désagréable, lorsque son bonhomme de père, instruit de ses dépenses excessives, car à parler vrai, je ne ménageais pas sa bourse, vint lui-même me l'arracher d'entre les bras. Ainsi finit mon histoire avec lui.

Un jeune officier aux gardes, beau comme Adonis, succéda à mon Allemand. Mais ce fut là le tombeau de mes amours et de mes jouissances. On connut bientôt notre intrigue, et les parents de mon nouvel amant, qui n'étaient pas des plus endurants, le firent arrêter dans mon lit, et l'envoyèrent voyager dans les îles. Quant à moi, pauvre misérable, qui avais été prise sur le fait, ne pouvant lutter contre la puissance de mes adversaires, je fus volée, pillée, réduite à rien, et pour terminer le tout, je fus renfermée à l'Hôpital, sous le vain prétexte que j'étais une débaucheuse d'enfant de famille.

Sans appui, sans protection, mon sort devenait affreux, lorsque je m'avisai d'implorer l'assistance de Mme la comtesse de Flinville, sœur de mon ancienne maîtresse. Elle apprit avec peine ma détention, et voulut bien s'intéresser en ma faveur. Elle écrivit au lieutenant de police qui, flatté d'une recommandation d'autant plus précieuse que ma protectrice était une des plus jolies femmes de Paris, ordonna qu'on me rendît la liberté, sous la condition expresse que sous trois jours je sortirais de Paris. Indignée de l'injustice des hommes et fatiguée à l'excès des plaisirs dangereux du libertinage, après avoir vendu tout ce qui pouvait me rester, je partis sans regret. Je n'osai me présenter à ma protectrice, mais je lui écrivis une lettre conçue en des termes bien propres à lui prouver toute ma reconnaissance. Retirée dans mon pays natal, où ma vie passée est ignorée, je suis résolue à y vivre au moyen de mon travail, et d'une rente viagère de six cents francs que le chapelain qui m'a donné le jour m'a léguée en mourant.

CHAPITRE XXV
Portrait physique et moral de la dame Montigny. Son origine, sa vie privée et sa mort

La Montigny était moyenne de taille, avait les yeux petits et bleus ; elle était reconnaissable par deux dents incisives qui lui manquaient, sa taille était ramassée ; elle a conservé jusqu'à la fin de ses jours un air lourd et embarrassé. Du reste, son ensemble était agréable ; c'était la meilleure femme du monde ; chaque jour elle faisait distribuer aux pauvres une portion de ses bénéfices, gains et épargnes. Elle aimait beaucoup les jeunes gens de famille, les voyait avec peine se livrer au libertinage, les aidait de sa bourse, et leur facilitait les moyens de retourner dans le sein de leurs familles.

La curiosité aime à connaître l'origine de ces femmes, qui ont fait époque dans les fastes de la dépravation de leur siècle. On aime à savoir ce qu'elles étaient, et les moyens qui les ont amenées à la célébrité dont elles jouissent. Claire Montigny, surnommée par les mousquetaires *Maman*, naquit dans un petit village des environs d'Amiens. Elle avait à peine quinze ans lorsqu'en allant à la ville vendre des denrées de son père, un garde du corps d'une structure *herculique*, fait comme Apollon, beau comme Adonis, vit passer plusieurs fois la petite Claire sous ses fenêtres. Soit hasard, soit combinaison, il laissa tomber un mouchoir ; la jeune paysanne s'empressa de le lui reporter. Le garde du corps, accoutumé à brusquer en militaire les conquêtes qu'il voulait faire, dit à Claire ce qu'elle ne savait pas encore, et lui enleva ce qui vraisemblablement était réservé à un lourdaud de mari. La villageoise retourna chez ses parents un peu plus tard qu'à l'ordinaire ; elle fut maltraitée, mais la punition ne la rendit pas plus diligente. Chaque station qu'elle faisait à la ville, était autant d'*ex-voto* pour l'amour. Enfin, à force de mettre des couronnes sur l'autel de Vénus, Claire éprouva que la déesse voulait doubler son existence. Elle fut atteinte de ce malaise qui lui annonça qu'elle allait devenir mère. Tremblante pour les suites de cet écart, elle résolut de se rendre à Paris pour y ensevelir sa faute. Son amant lui donna vingt-cinq louis, et Claire avec cette somme prit le coche d'Amiens, et fut débarquer rue Gît-le-Cœur, à l'hôtel de Montauban. Un jeune homme de Pézenas, qui arrivait de Montpellier où il s'était fait recevoir docteur en médecine, s'enflamma pour les beaux yeux de la petite Claire. Il s'offrit de la soigner et de présider à ses couches. Elle ne fut pas insensible à ses propositions, les accepta, et peu de jours après mit au monde un enfant, qu'elle déposa, selon l'usage, aux Enfants-Trouvés. Le docteur n'exigea pas d'argent pour ses honoraires ; il voyait dans les appas de sa belle un salaire précieux et plus agréable que tous les trésors du monde : il le demanda et l'obtint. Claire, lassée de la fourrure du docteur, lui substitua bientôt un mousquetaire qui lui donna des meubles, une voiture, et tous les alentours de l'opulence. Soit par inconstance, soit par intérêt, elle substitua au pétulant militaire l'abbé Coquet. À celui-ci succéda le pesant financier. Enfin, tous les états passèrent en revue. Chez tous elle savait exciter les désirs, et les faire tourner à son profit. Blasée sur les plaisirs, et voyant sa jeunesse déjà s'enfuir prématurément par les effets de la débauche, elle pensa à se faire un établissement solide, si on peut appeler solide tout ce qui n'a pour base que la dépravation et la corruption. Elle imagina de tenir un sérail, où cinquante prêtresses distinguées par quadrilles, selon la couleur de leurs rubans, étaient à la discrétion de ceux qui les voulaient. Le tarif de leurs charmes était fixé, et en cela il existait une conscience scrupuleuse qui faisait que les droits de la *Maman* n'étaient jamais fraudés. Les jeunes gens de tous les pays adressaient leurs lettres, hôtel de Montigny, rue du Ponceau. Des officiers allant rejoindre leurs corps descendaient chez elle, s'y oubliaient jusqu'à ce qu'on vînt par ordre du ministre les faire partir pour leurs garnisons. Les orgies les plus lascives, les tapages les plus redondants étaient les amusements qu'on s'y permettait. Les filles d'amour ayant fait leur choix, et s'étant déclarées pour tel ou tel homme, dès lors ceux qui entraient dans le salon respectaient les droits de celui dont l'inclination était connue.

Parfois, on a vu des commissaires entrer dans cette maison en perruque à trois circonstances, et en sortir en enfant de chœur. La jeunesse turbulente trouvait plaisant de turlupiner ces désenchanteurs. Le lieutenant général de police en portait plainte au roi, mais le roi disait : « Comment voulez-vous que l'on soit des Caton chez la Montigny ? » Cette chaste et vénérable mère-abbesse, dans une cause où un mari plaidait contre sa femme pour cause d'adultère, donna un certificat dans lequel elle attestait que cette femme s'était prostituée chez elle. L'avocat du roi remontra combien il était indécent qu'une femme produisît aussi impudemment la preuve de son manquement aux lois et de sa dépravation ; il conclut à ce que la Montigny fût condamnée aux peines établies par les lois contre les maquerelles. En effet, elle fut condamnée à être promenée sur l'âne avec l'écriteau infamant de maquerelle[1]. Pour se soustraire à toute l'horreur de cette sentence, elle paya trois cents mille livres, ce qui la plongea dans la misère.

Cette abbesse de Cythère, après avoir passé par toutes les filières de la débauche, a terminé sa carrière dans l'état le plus obscur, manquant de

1. En vertu d'une ordonnance de 1734, les maquerelles condamnées devaient être promenées sur un âne, le visage tourné vers la queue de l'animal, avec un chapeau de paille sur la tête et des écriteaux portant les mots *maquerelle publique*, fouettées, marquées au fer et bannies. Voir *infra*, p. 974 *sq*.

tout, saturée de jouissances et couverte de la lèpre de l'incontinence. On l'a trouvée morte dans un grenier de la rue de Rohan. Un de ses anciens amis venant pour la voir, et la trouvant sur son grabat, écrivit sur sa porte : « Pauvre infortunée, si tu passas ta vie dans l'opulence et dans les plaisirs, aujourd'hui tu prouves que le vice isolé ne trouve pas d'ami. »

CHAPITRE XXVI

Autres détails sur les matrones, mères-abbesses, marcheuses, et les diverses classes de filles publiques[1]

Matrones : terme reçu qu'on a substitué à un mot moins honnête. Il y a des matrones de plusieurs espèces. Les filles entretenues du plus haut rang ont leurs matrones qui les accompagnent partout. C'est une dame de compagnie pour les actrices renommées, ainsi que pour les danseuses ; c'est une nourrice et une entrepreneuse pour les filles pauvres, ou pour ces beautés vagabondes qui vont de spectacle en spectacle chercher des aventures, c'est-à-dire des soupers.

Les matrones n'ont plus besoin de mettre en jeu l'art de la séduction ; la licence des mœurs modernes, le goût du libertinage et la pauvreté, mauvaise conseillère, conduisent tout naturellement une infinité de filles chez elles.

Les matrones dites *appareilleuses* font des avances à toutes les jolies grisettes qu'elles aperçoivent. Elles tiennent une sorte de pension plus ou moins nombreuse ; et c'est dans leurs maisons que se rendent sourdement les petites bourgeoises et filles de boutiques de toute espèce qui, pour avoir des robes et soutenir leur parure, vont passer la soirée chez les matrones.

L'étendue de Paris fait qu'elles dérobent à leurs parents et tuteurs l'irrégularité de leur conduite ; elles paraissent chastes et honnêtes, et n'en ont que l'apparence. Des femmes qui conservent dans le monde tous les dehors de la décence se rendent aussi dans ces maisons, où le libertinage est fort à son aise.

D'autres matrones distribuent des adresses, n'appellent les filles qu'au besoin, et les colportent en fiacre le matin chez les vieux garçons, les hypocondres, les goutteux, les ennuyés et les jeunes gens blasés.

L'expérience leur ayant appris à deviner les caprices et les fantaisies des hommes, elles font jouer toutes sortes de rôles à leurs filles. La

1. Ce chapitre reproduit mot pour mot, à quelques lignes près (omises ou volontairement écartées par l'auteur-plagiaire) le chapitre DXLII (« Matrones ») du *Tableau de Paris*, de Louis-Sébastien Mercier, éd. cit., t. II, p. 11-21.

marchande de modes devient une petite villageoise nouvellement débarquée ; l'ouvrière en linge est une timide provinciale toute neuve, qui a fui la cruauté insigne d'une belle-mère impérieuse. Le langage répond à l'habillement. Comme nos plaisirs dépendent beaucoup de l'imagination, les hommes trompés n'en sont pas moins satisfaits.

Viennent ensuite les matrones qui ont entrepris un sérail en grand. Vous y verrez ensemble ou tour à tour la *façonnée*, *l'artificielle*, *la niaise*, *l'alerte*, *l'éveillée*, *l'achalandée*, *l'émerillonnée*[1], *l'éventée*, *la superbe*, *la follette*, *la fringante*, *l'attisée*, *la pimpante*. Toutes les nuances sont là : *la mignonne*, *la grasse*, *la maigre*, *la pâle*, *la tendre*, *la mutine*, et jusqu'à *la boiteuse*. Ainsi que dans les haras les coursiers ont leur surnom, de même ici chaque fille a le sobriquet qu'indiquent sa taille et sa figure.

Des matrones moins achalandées, ne pouvant avoir ni vastes appartements, ni lits somptueux, établissent des sérails plus étroits, où les filles sont logées, nourries, blanchies. L'argent qu'elles reçoivent va à la *mère* ; celle-ci ne parle que de la reconnaissance qui lui est due : elle a décrassé ce troupeau de province et des campagnes. Toutes lui doivent ce qu'elles sont. Si elles ont un déshabillé blanc pour porter dans la maison, un mantelet pour l'été, une pelisse pour l'hiver, une robe de soie pour aller à l'Ambigu comique, aux Variétés amusantes, à qui sont-elles redevables de si rares bienfaits ? Elles devraient porter le casaquin[2] et le tablier, avoir les mains noires et calleuses, laver les écuelles, coucher avec des rouliers ; et les impertinentes ont l'ingratitude de vouloir partager dans le compte[3] ! C'est à elles d'intéresser le coucheur et d'obtenir des *rubans* : or *rubans* en style du lieu, signifie la générosité particulière qui s'accorde quand on est content.

Enfin, arrivent les infâmes *marcheuses*, vieilles matrones ruinées, échappées de l'Hôpital, et ridées sous le poids des vices. Ainsi que le boulet des batailles n'a ravi à tel invalide que la moitié de son corps, de même la contagion de la débauche n'a frappé qu'à demi ces victimes décrépites du libertinage. Mais il faut qu'elles vivent encore dans son atmosphère ; elles n'en veulent point d'autre. Invinciblement familiarisées avec l'incontinence et ses scènes journalières, elles raccrochent par instinct et par besoin. Elles marchent pour les filles demeurant en hôtel garni. Celles-ci n'ont qu'une [paire de] chaussure[s] et un jupon blanc ; faut-il qu'elles exposent dans les boues leur unique habillement ? La *marcheuse* affrontera pour elles les chemins fangeux.

Il y a un règlement tacite de police qui défend à toutes ces matrones de recevoir aucunes filles vierges ; il faut qu'elles soient déflorées avant que

1. *Émerillonné* : dérivé d'« émerillon » (petit faucon employé en fauconnerie), l'adjectif signifie gai, vif, éveillé.

2. *Casaquin* : « espèce de déshabillé court, et qu'on porte pour sa commodité » (*Dict. Acad.*, 1798).

3. *Partager dans le compte* : avoir part aux bénéfices.

d'entrer dans le lieu fréquenté ; et si telle fille ne l'était pas, on avertirait soudain M. l'inspecteur.

On rira peut-être de cette dernière phrase : on aura tort ; je l'écris dans un sens sérieux. On a voulu établir un certain ordre dans le sein du désordre même, parer à de trop grands abus, protéger l'innocence et la faiblesse, et empêcher que le libertinage trop hardi, rompant tout frein, ne détruise le lien civil, le nœud sacré des familles. Aussi, aucun père n'a de plaintes à faire : jamais l'inconduite de sa fille n'a commencé dans le lieu suspect. C'est un grand point que celui-là ; et tout observateur qui pense doit le remarquer à la louange de la police.

Ce serait à un peintre à dessiner le gradin symbolique où seraient représentées toutes les femmes qui font trafic à Paris de leurs charmes. Traçons-en l'esquisse.

Au sommet, l'on verrait ces femmes ambitieuses et altières, qui ne couchent en joue que les hommes en place et les financiers. Elles sont froides, elles calculent en politiques ce que peuvent leur rendre les faiblesses des grands.

Immédiatement au-dessous d'elles se verraient les filles d'Opéra, les danseuses, les actrices, moitié intéressées, et qui commencent à placer le sentiment où l'on ne l'avait pas encore vu.

Ensuite les bourgeoises demi-décentes, recevant l'ami de la maison, et le plus souvent du consentement du mari. Espèce dangereuse et perfide, qui voile et pare l'adultère de couleurs trompeuses, et qui usurpe l'estime dont elle est indigne.

Au milieu de cet amphithéâtre figurerait la race innombrable des gouvernantes ou servantes-maîtresses : cohorte mélangée.

La base, en s'élargissant, offrirait les grisettes, les marchandes de modes, les monteuses de bonnets, les ouvrières en linge, les filles qui ont leur chambre, et qu'une nuance sépare des courtisanes. Elles ont moins d'art, aiment le plaisir, s'y livrent, ne ravissent point les heures précieuses destinées aux devoirs de votre état. On les nourrit, on les divertit, elles sont contentes et paisibles. Si elles se permettent un amant à la suite de l'entreteneur, voilà où se borne leur tromperie.

L'œil en descendant saisirait les phalanges désordonnées des filles publiques qui garnissent impudemment les fenêtres, les portes, qui étalent leurs charmes lascifs dans les promenades publiques. On les loue, comme les carrosses de remise à tant par heure. Elles seraient pêle-mêle confondues avec les danseuses, chanteuses et actrices des boulevards.

Le dernier gradin plongeant dans la fange montrerait les hideuses créatures du Port-au-Blé, de la rue du Poirier, de la rue Planche-Mibray, etc.[1] ; et le peintre, pour ne pas trop blesser les règles délicates du goût,

1. Hauts lieux de la prostitution parisienne. Le Port-au-Blé s'étendait sur la rive droite de la Seine, entre le pont Notre-Dame et le pont Marie, vis-à-vis le pont Rouge reliant les

n'en ferait saillir que la tête. Ici, le vice a perdu son attrait, et le frisson qui court dans les veines dit que la débauche sait se punir elle-même.

Il est des métamorphoses très surprenantes parmi ces femmes, et qui les font tout à coup changer de place sur le haut gradin pyramidal. Elles montent et descendent, selon que le hasard leur amène des entreteneurs plus ou moins riches. Le caprice, l'engouement, les rapports inconnus, font que la petite fille dédaignée la veille, et qu'on ne regardait pas, est préférée à toutes ses compagnes. Elle roule quinze jours après en voiture brillante, sur ce même boulevard où ses regards sollicitaient vainement des adorateurs. Le commis à quinze cents livres, qui lui donnait à souper dans son taudis, la reconnaît et ne peut en croire ses yeux.

L'autre retombe dans l'indigence, après avoir mené un train, et devient dans son abaissement le partage des laquais qui la servaient six mois auparavant.

Qui pourra deviner les causes de ces vicissitudes ? Qui pourra savoir au juste pourquoi Mlle Deschamps était montée à ce degré d'opulence, qui lui fit adopter le luxe insolent dont nous avons déjà parlé[1] ?

Une fille d'Opéra qui vient de décéder laisse un mobilier immense, une somme d'argent considérable. Avait-elle plus de beauté et d'esprit qu'une autre ? Non. Sortie de la plus basse classe du peuple, elle eut pour elle les faveurs de ce destin inconcevable, qui sans cesse élève, abaisse, maintient, renverse ministres et catins.

La populace regrette beaucoup le spectacle de la promenade de l'âne : plaisir que lui donnait quelquefois un arrêt solennel du Parlement. Il s'agissait de la punition exemplaire de ces matrones qui, comme le dit naïvement un jurisconsulte célèbre, *font métier de séduire les filles de bonne maison*. Mais l'exemple tombait ordinairement sur quelque malheureuse qui avait prêté son ministère à des filles indigentes. On ne s'attachait point à celles qui, exerçant la profession en grand, avaient servi les goûts fantasques des prélats, des étrangers, et même de quelques philosophes.

Voici une idée de cette promenade, telle que je l'ai vue. À la tête, marchait un tambour, ensuite un sergent armé d'une pique ; un valet conduisait un âne par la bride. Sur l'animal à longues oreilles était montée à reculons la matrone, appareilleuse ou séductrice, le visage tourné contre la queue de la bête ; une couronne de paille artistiquement rangée ornait sa tête ; sur son dos et sur sa poitrine pendait un écriteau en gros caractère avec ces mots : *Maquerelle publique*.

Imaginez toute la canaille dans le tumulte et l'ivresse de la joie, jetant en l'air ses sales bonnets, et fermant la marche avec des huées et des cris

deux îles, à deux pas de la place de Grève. La rue du Poirier (aujourd'hui rue Brisemiche, dans le IVe arrondissement), était située entre les rues Saint-Merri et Simon-le-Franc. La rue Planche-Mibray fut réunie à la rue Saint-Martin en 1851. Elle devait son nom aux planches utilisées jadis pour passer au-dessus du *bray* (fange, boue) des rues.

1. Voir *supra*, p. 927 et n. 1.

licencieux. On n'a point renouvelé depuis plusieurs années ce spectacle indécent, qui ne sert qu'a réveiller des idées de turpitude, et qu'à autoriser la populace à proférer des mots sales et grossiers. L'écriteau lu, commenté et interprété, devenait un scandale pour les oreilles chastes et pour les jeunes filles innocentes.

D'ailleurs, que faisait la promenade à cette vile créature ? Elle ne sentait pas plus la honte que l'âne qui la portait. Cette misérable osait sourire à la dérision universelle ; et mesurant de l'œil les croisées qui s'ouvraient sur son passage, elle avait l'effronterie de dire : « Là, à ces fenêtres, au second étage, sont des demoiselles qui font les prudes et qui n'osent se montrer, car elles ne pourraient me regarder sans me reconnaître ! »

Si l'on n'a pas donné plusieurs représentations de cette mascarade, ce n'est pas que l'actrice principale soit devenue rare, mais on a senti que nos Phrynés et nos Laïs, ne dédaignant pas quelquefois de se livrer à une complaisance intéressée en faveur de quelques personnages titrés, il était inutile de faire tomber le châtiment ignominieux sur une malheureuse errant le long des ruisseaux, et mangeant par famine le pain de la prostitution.

Combien plus coupable est celle qui descend du trône de la beauté pour exercer ce vil et infâme métier, et qui immole ses propres charmes à l'avarice ou à l'ambition ! Mais l'être le plus dangereux pour les femmes, c'est la femme même.

Ces matrones bravent toujours avec plus d'audace que les hommes les argus et les agents de police, parce qu'indépendamment des accointances, elles devinent que leur sexe amortira toujours un peu la rigueur dont on voudrait user à leur égard. Un instinct secret leur dit que, péchant contre elles-mêmes et contre les lois religieuses, elles n'ont pas porté une dangereuse atteinte aux lois de l'État, à celles qu'il veut que l'on respecte par-dessus tout[1].

Le désordre dont je viens de parler est commun à toutes les grandes villes. Il existe de tous les temps, mais il est aujourd'hui monté à un tel point qu'il doit attirer l'attention de ceux qui s'occupent du bien public.

---

1. Ici se situe le passage de Mercier supprimé, dont voici le texte : « On dirait aussi qu'elles ont deviné que la police avait à Paris un besoin continuel de leur ministère et que si elles ne pullulaient pas en arrivant des provinces voisines et éloignées, on les appellerait de tout côté pour approvisionner la ville qu'on ne laissera point chômer de cette denrée, et pour cause.

« En effet, un pasteur s'étant plaint à un lieutenant de police que sa paroisse était infestée de femmes publiques, le magistrat lui répondit tranquillement : *Monsieur le curé, il m'en manque encore trois mille.*

« Voilà un article assez étrange, mais il entrait nécessairement dans le tableau de la capitale. Je n'ai pu passer sous silence ce qui est pour ainsi dire de notoriété publique. J'ai dit ce qui se voit, ce qui frappe tous les regards. Le reste peut se deviner ; ma main ne soulèvera pas le rideau » (*Tableau de Paris*, éd. cit., t. II, p. 19-20).

Les hommes livrés à un libertinage trop ouvert s'énervent sans aucun fruit. Les femmes se dénaturent et prennent un tour d'esprit mauvais et pernicieux, qui influe sur les hommes qu'elles fréquentent. Enfin, le spectacle révoltant et scandaleux de la prostitution non voilée devient une contagion doublement funeste.

L'original Restif de la Bretonne a proposé, dans son *Pornographe*, un plan pour les courtisanes de toutes les classes, au moyen duquel le libertinage, levant la tête dans les carrefours, n'insulterait pas du moins sous l'œil de la mère et de la fille à la décence publique. Serait-il donc impossible de l'adopter, au moins en partie, et par des lois nouvelles adaptées à l'esprit du siècle, de corriger ces vices publics qui entraînent nécessairement la ruine d'une foule d'idées morales[1] ?

Il faudrait avant tout recourir aux travaux modernes de la chimie pour tuer, s'il se peut, le venin que lancent dans le sang de la jeunesse ces femmes qui, sous l'air de Vénus, recèlent les feux empoisonnés de Tisiphone[2]. Cette réforme sera difficile, car elle demande un esprit juste et un coup d'œil vraiment philosophique, mais elle devient de toute nécessité.

Non, il ne faut pas qu'une créature séduisante et pourrie attaque dans la rue le jeune homme, en lui montrant des appas propres à échauffer un vieillard, ni qu'elle fasse perdre en un instant à son malheureux père le fruit de dix-huit années d'éducation et de soins. Non, il ne faut pas que l'époux, jusque-là fidèle, rencontre tous les soirs de ces femmes marchant avec un air de volupté qui ne fut jamais dans la respectable mère de famille. Voilez ces objets de tentation à tous les regards ! Éloignez-les !

1. Ce sentiment était loin de faire l'unanimité. On lira, par exemple, un avis radicalement différent dans les *Mémoires de l'Académie de ces dames et de ces messieurs* : « Des sophistes, ou plutôt des raisonneurs impudents ont prétendu que l'existence des femmes vulgivagues était utile et nécessaire pour le maintien de l'ordre politique et la tranquillité des citoyens. Pour moi, je pense qu'il y aurait plus d'avantage à chasser de nos cités ces espèces de commerçantes qu'à les souffrir. Et tous les raisonnements que l'on se propose de faire valoir en faveur des prostibules [lieux de prostitution] sont de véritables hérésies en morale, et des sophismes que la saine politique ne devrait pas approuver ni adopter. Les auteurs de *Vénus la populaire*[a], du *Code de Cythère*[b] et du *Pornographe* [Restif de la Bretonne] me paraissent plutôt de mauvais citoyens que de bons politiques. Je les comparerais volontiers à des empoisonneurs qui, voulant associer à leur déshonneur des malheureux qui le partagent, ont projeté de faire circuler dans les veines de leurs compatriotes le venin dont ils se sont abreuvés témérairement dans des sources impures. Quand bien même les générations n'en seraient pas offensées ni diminuées, les opinions qui visent à faire établir ou tolérer les lieux de prostitution sont défavorables aux bonnes mœurs et aux engagements les plus sacrés de la patrie » (*Œuvres badines complètes du comte de Caylus*, Amsterdam et Paris, Visse, 1787, t. XII, p. 111-112).

2. *Tisiphoné* (Τεισιφόνη), vengeresse du meurtre, est l'une des trois Érinyes. Elle ne possède pas de légende particulière, à part l'épisode obscur qui la montre amoureuse du jeune et beau héros Cithaeron, qu'elle fit mourir par le venin d'un serpent détaché de sa chevelure.

a. *Vénus la populaire ou Apologie des maisons de joye*, traduction de l'anglais [par B. de Mandeville], Londres, A. Moore, 1727, in-8°, XII-130 p.

b. Jean-Pierre Moet, *Le Code de Cythère, ou Lit de justice d'Amour*, Érotopolis, chez le dieu Harpocrates, l'an du monde 7746 [1746], in-16, pièces limin., LX-81 p.

La parole qui sort de la bouche de la prostituée, et qui va frapper à deux pas l'oreille de l'innocence, est encore plus dangereuse que ses appas. Sa parole affiche le mépris de la pudeur. Si le dernier acte de la débauche est caché, pourquoi le premier ne le serait-il pas également ? Ce n'est pas le libertinage qui étouffe toute vertu, c'est sa fatale publicité. Administrateurs, lisez sérieusement *Le Pornographe* de Restif de la Bretonne.

CHAPITRE XXVII

Portrait physique et moral de Henriette de Poissy. Son origine, sa vie privée et sa mort

Henriette de Poissy était extrêmement replète ; elle avait la figure *nègre*, presque sans taille, ce qui la rendait ronde comme une boule. Elle était mal embouchée, jurait à tout propos, et son avarice extrême lui occasionnait des scènes désagréables. Les jeunes gens prenaient plaisir à tout briser chez elle afin, disaient-ils, de la forcer à mettre en circulation ses louis d'or. Ses filles d'amour étaient malheureuses et maltraitées.

Le village de Poissy donna naissance à la grosse joufflue, qui occupa pendant quinze ans, depuis le rat de cave[1], en épée, jusqu'au boutiquier, qui voulaient hanter les filles de son sérail, rue du Pélican[2]. Les recruteurs du quai de la Ferraille étaient les champions qui soutenaient cette académie lubrique[3]. Parfois, de jeunes mousquetaires y faisaient sur le minuit des descentes en fiacres, ayant une suite de douze à quinze flambeaux et un détachement de filles, misérables barboteuses qu'ils ramassaient an coin des rues. Ces saturnales avaient lieu en hiver. C'est là qu'on improvisait des orgies, qu'on cassait des meubles, que la garde venait, qu'on riait au nez du commissaire, et qu'on bravait cette milice

1. Nom donné aux commis des contributions indirectes qui descendaient dans les caves.

2. Cette voie du Ier arrondissement, située entre les rues Jean-Jacques Rousseau et Croix-des-Petits-Champs, s'appelait jadis rue du *Poil-au-Con*, à cause de sa population, principalement composée de prostituées. Ce nom fut ensuite pudiquement déformé en *Pélican*. Ses maisons étaient, au XIVe siècle des *bouticles à peschié* (boutiques à péché). De 1792 à 1800, on la rebaptisa rue *Purgée*, bien que les filles publiques y fussent toujours aussi nombreuses, puis rue de la *Barrière-des-Sergents*, du nom du poste de police situé tout à côté, dans la rue Saint-Honoré. Ce n'est qu'en 1806 qu'elle reprit son ancienne appellation de rue du *Pélican*, qu'elle a conservé de nos jours.

3. C'est sur le quai de la Ferraille (aujourd'hui de la Mégisserie), que les recruteurs achetaient à raison de 20 à 30 livres selon leur taille et leur force les hommes nécessaires à l'armée. Ils étaient juchés sur des tonneaux ou installés dans des cabanes de toile, entourés de force banderoles alléchantes. Des filles publiques rémunérées rabattaient vers eux des jeunes gens, étudiants, chômeurs, ouvriers, auxquels ils exposaient les avantages à s'engager dans les troupes royales.

parisienne qu'on appelait les *tristes à pattes*[1]. Le lieutenant de police se fâchait, mais sa puissance était entravée, parce que c'était M. le marquis un tel, Mgr le vicomte un tel, etc., qui avaient donné vingt coups de bâton au guet. Comment, en effet, punir un jeune homme de qualité pour de pareilles étourderies ? Le magistrat se trouvait bâillonné par une duchesse qui lui faisait entrevoir qu'il allait compromettre son ministère.

Dans ces circonstances, comme il fallait un exemple, on envoyait pour un mois la pauvre Henriette à Saint-Martin et ses prêtresses à l'Hôpital. Le temple alors se renouvelait, jusqu'à ce qu'un nouvel incident occasionnât la même correction. Henriette soutint le poids de ses fonctions d'appareilleuse pendant quinze ans ; mais comme elle était très sujette à un excès d'intempérance de boisson, elle passa de ce monde dans l'autre, croyant s'endormir d'une douce ivresse.

CHAPITRE XXVIII

Aventure du jeune Léon avec Justine, fille d'amour chez la Florence, mère-abbesse d'un sérail rue de Richelieu. Danger qu'il court d'être maltraité par l'amoureux, souteneur de ladite Justine

Portrait de Justine, extrait du *Livre des beautés* de la Florence

Justine, âgée de vingt ans, taille de cinq pieds un pouce, est une brune d'une jolie figure. Son œil est grand, bien fendu, son nez bien fait, sa bouche fraîche et bien meublée ; elle a la gorge ferme et bien placée, la jambe fine et le pied mignon, sa tournure est charmante et sa démarche noble et aisée. Elle est gaie, complaisante et a de l'esprit.

Aventure du jeune Léon

Cette aventure est une leçon pour les jeunes gens et les étrangers qui fréquentent les lieux de débauche. C'est le jeune Léon qui la conte à ses amis.

1. *Milice* : corps d'infanterie levé par tirage au sort dans les différentes provinces du royaume, à proportion du nombre d'habitants. Les hommes étaient tirés au sort. Ils devaient avoir plus de seize ans et moins de quarante, mesurer au moins cinq pieds (1,62 m), et être jugés aptes au service. En 1743, la levée de la milice faillit occasionner des troubles graves dans les quartiers populaires de Paris. Faubourg Saint-Antoine, les artisans et ouvriers, enrégimentés de force s'ils tiraient un mauvais numéro, supportaient mal que les « fainéants de laquais » fussent les seuls citoyens exemptés par le pouvoir. Il est vrai que le tirage était source d'injustice, d'arbitraire et de vénalité. Les miliciens étaient surnommés *tristes à pattes* parce qu'ils étaient incorporés dans l'infanterie et contre leur gré.

Au sortir d'un repas que d'autres, moins indulgents, appelleraient une orgie, nous allâmes au spectacle ; l'assemblée était grande, le hasard me plaça près d'une brune qui préluda à ma connaissance par un coup d'œil connaisseur. Je m'applaudis de cette remarque flatteuse, et j'entrepris de réaliser mes espérances. Un argus femelle s'opposait à mes vues, mais il était aisé de l'éconduire. Je commençai l'entretien par ces lieux communs qui n'aboutissent à rien, et dont les oisifs se fatiguent mutuellement. La demoiselle joua la sensibilité avec une merveilleuse facilité... Son esprit m'enchanta, peu s'en fallut que dès lors cette sirène dangereuse n'eût trouvé le véritable chemin de mon cœur... Le spectacle fini, je proposai de la reconduire, mais on me prévint en m'offrant, du consentement de la duègne ou *marcheuse*, une place dans une voiture. Je brûlais de désir ; aussi acceptai-je avec transport. La route ne fut pas longue ; nous arrêtâmes rue de Richelieu, à une maison superbe, où nous fûmes reçus par une valetaille splendidement vêtue. Ce luxe m'étonna. Je donnai la main à ma dulcinée, et nous traversâmes des appartements d'une richesse peu commune. On m'offrit le souper ; j'étais trop amoureux pour refuser. Le repas fut charmant : excellente chère, vin délicieux, gaieté vive, et les plus jolis bons mots possibles. Le vin m'excitait, et je m'aperçus qu'il produisait sur ma belle convive un effet semblable ; je hasardai un baiser qui me fut rendu avec un feu !... Ma préoccupation m'avait empêché d'apercevoir que l'officieuse Florence (car nous étions chez elle) avait disparu. Le tête-à-tête m'enhardit, et je la conduisis sur un lit de repos. Là, elle me prouva qu'elle connaissait son art dans tous ses détails ; Messaline n'était pas plus voluptueuse. Après quelques moments d'épanchements de cœur je me trouvais au milieu des plus douces jouissances, quand nous fûmes tout à coup ressuscités par un bruit qui m'effraya... Une voix plus que mâle demandait cavalièrement l'ouverture de la porte, que j'avais eu le bon esprit de fermer. N'osant parler, je consultai du geste ma compagne qui ne me répondit qu'en me serrant à m'étouffer... Pressé par la crainte, je m'échappai de ses bras, et me saisis de mes vêtements. Sa frayeur augmentait mon épouvante ; elle me conjura de fuir, car j'avais tout à craindre si son amoureux me surprenait avec elle. Le spadassin, à moitié ivre, redoublait malgré les remontrances de Mme Florence ; et comme je l'entendais parler de jeter la porte en dedans, je pris bien vite mon parti... J'attachai les draps à la croisée, et d'un élan je me trouvai dans la rue, mourant de froid, et jurant de ne plus m'exposer à la colère d'un ferrailleur et aux faveurs plus dangereuses encore d'une fille publique.

CHAPITRE XXIX

Histoire d'Eugénie Betfort. Ruses dont s'est servi la Marianne Dubois, fameuse entremetteuse, pour trafiquer des charmes d'Eugénie. Emprisonnement de cette jeune innocente ; son départ pour l'Amérique ; son mariage

Avec ma vie ont commencé mes malheurs. J'ignore qui je suis, à qui je dois le jour, et si mes parents existent ou non. Je ne crois pas les avoir jamais vus ; je n'en ai aucun souvenir. Dès l'âge de quatre ans, je fus mise en pension chez une femme qui se nommait Mme Dubois. La reconnaissance, l'habitude, m'attachaient à elle, mais plus encore à une autre femme, nommée Mlle Frémi, qui logeait dans la même maison que nous. J'étais le plus souvent chez elle, et je lui dois les sentiments de vertu, d'honneur et de religion, ainsi que quelques talents que j'ai acquis. À l'âge de quinze ans, nous quittâmes le faubourg du Temple, où nous demeurions, et ma tante prit un logement rue Baillif. Nous vivions d'une manière extrêmement modeste. Je sortais peu, nous ne voyions personne, excepté un grand homme que ma tante appelait son cousin, et qui y soupait très souvent, et alors on m'envoyait coucher de très bonne heure.

Nous menions cette vie depuis un an et demi, lorsqu'un soir ma tante rentra fondant en larmes ; je tâchai, mais inutilement, de savoir la cause de son chagrin. Le lendemain au matin, je la trouvai tout en larmes dans son lit. Enfin, se rendant à mes instances, elle me dit que nous venions de perdre la seule personne qui fournissait à nos besoins et que nous allions tomber dans la misère. Je fis mon possible pour la consoler, l'assurant que le travail de mes mains et une grande économie nous suffiraient pour vivre.

Nous vécûmes en effet de cette manière pendant deux mois. Un matin, je la vis entrer tout en riant, accompagnée d'une femme. « Ah ! Eugénie, me dit-elle, vous allez être bien contente de moi ; vous serez la plus heureuse personne du monde, si vous le voulez. » Elle me fit alors coiffer et habiller par la femme d'une manière très élégante, et me fit voir dans un miroir combien j'étais jolie. Vers les cinq heures du soir, elle me fit mettre en carrosse pour me conduire au spectacle ; elle s'était habillée d'une manière distinguée. Un quart d'heure après nous être placées dans une loge, je fus frappée de l'éclat d'une lumière et d'un grand bruit qui me saisit. Je restai quelque temps, en extase ; de quelque côté que je tournai la vue, je ne voyais qu'or, que diamants, et principalement sur ce que l'on nommait le théâtre, où une foule d'hommes et de femmes gesticulaient beaucoup, et chantaient de toutes leurs forces, sans que je pusse rien comprendre de ce que l'on chantait. Bientôt après, une femme chanta seule ; elle avait la voix charmante ; l'air touché qu'elle avait, les yeux qu'elle levait au ciel, me firent croire qu'elle faisait une prière. Je demandai si ce n'était pas un motet. On entendit ma question des loges voisines, on éclata de rire ; le propos courut de loge en loge, et je vis tout le monde me regarder en riant. On vint ensuite ouvrir notre loge pour y faire entrer deux jeunes gens superbement vêtus, qui se mirent aussitôt à faire la conversation avec nous. Je les crus des amis particuliers de ma tante, à l'air de familiarité dont ils en usaient avec elle. Quant à moi, je ne disais mot, si ce n'est quelquefois un *Vous me faites bien de l'honneur, monsieur*. L'opéra finit enfin, et nous retournâmes à la maison.

Le lendemain, après avoir fait la même toilette, ma tante me conduisit au Palais-Royal, où je n'avais pas encore été, et où je n'eus pas fait deux tours que je m'aperçus que l'on me considérait beaucoup. *Elle est jolie*, disait l'un ; *c'est dommage que cela soit si neuf. Il faut savoir ce que c'est*, disait un autre. *Cela est sûrement à vendre*, ajoutait un troisième, *mais cela sera cher*. J'entendais mille autres propos dont la plupart étaient inintelligibles pour moi, et me donnaient beaucoup d'humeur.

Le soir, ma tante me mena dans un autre jardin qu'elle nomma les Tuileries. Je fus étonnée de la quantité de monde que j'y vis. Je ne croyais pas qu'il y en eût autant à Paris. J'éprouvai là le même désagrément qu'au Palais-Royal, par l'importune curiosité des hommes qui s'y promenaient. J'y vis, entre autres, un gros homme tout couvert d'or ; il avait environ cinquante ans, ne nous avait pas quittées depuis le Palais-Royal, avait beaucoup parlé à ma tante. Mais il m'avait déplu horriblement par les airs qu'il se donnait, en voulant faire le jeune homme. Outre un ton de suffisance insoutenable, il faisait parade des bagues énormes qu'il avait aux doigts, il tirait sans cesse de ses poches différentes boîtes dont je crus d'abord qu'il était marchand ; et les deux montres qu'il avait au gousset étaient tellement garnies de breloques qu'elles faisaient un bruit très importun chaque fois qu'il remuait. Enfin, à la nuit, nous retournâmes au logis.

Le lendemain, ma tante me dit qu'elle avait loué un appartement plus commode, qu'il fallait que je fisse nos ballots pour déménager le lendemain. Quand tout fut prêt, nous montâmes dans une très jolie voiture qui nous attendait à la porte, et qui nous conduisit dans un bel hôtel où ma tante me montra une jolie chambre qu'elle dit être la mienne. J'y vis de très beaux meubles, une toilette très élégante, et tout ce qui pouvait être utile et agréable à une femme. Je demandai comment nous étions tout à coup devenues si riches ; elle me répondit que je le saurais bientôt, mais que surtout je songeasse à la reconnaissance que je devais à la personne qui me faisait tant de bien. Je l'assurai que je n'y manquerais pas.

Vers les sept heures, j'entendis dans la cour le bruit d'un carrosse. Un instant après, on ouvrit les deux battants de ma porte. Je reconnus ce gros vilain monsieur de la veille. Ma tante alla au-devant de lui. Pour moi, je restai debout, et comme glacée d'effroi. Elle revint me prendre la main et me présenta à lui, en me disant : « Voilà, ma nièce, votre ange tutélaire ; c'est à lui à qui vous devez tout ce que vous avez ; il compte sur votre reconnaissance. » Je lui fis une grande révérence. Il voulut m'embrasser, mais voyant que je reculais, il me retint par le bras et me fit recevoir une douzaine de baisers qu'il me donna. Quand nous fûmes assis, il me dit mille galanteries, auxquelles je ne répondis presque rien. Ma tante sortit, le monsieur se voyant tête-à-tête avec moi, se jeta à mes genoux en m'adressant le discours le plus tendre. Je me levai ; il me prit entre ses bras en m'embrassant malgré moi. Je criai ; ma tante rentra au bruit, me gronda, me traita de sotte et de bégueule. Le monsieur me voyant pleurer tâcha de m'apaiser ; ma tante se joignit à lui et nous nous mîmes à table, où malgré leurs instances, je ne pus manger. Après le souper, je demandai à me retirer dans ma chambre, ce qui me fut accordé, ou plutôt vendu au prix de quelques caresses de mon vilain persécuteur.

Comme je n'avais nulle envie de dormir, je m'occupai à réfléchir sur tout ce qui m'était arrivé, et principalement sur la conduite de ma tante dont je commençais déjà à apercevoir tout l'odieux. J'étais, dis-je, absorbée dans ces réflexions, lorsque tout à coup la porte s'ouvre, je vois entrer le gros monsieur, qui vient se jeter à mon cou, et me prend entre ses bras. Je pousse des cris, je me débats, il m'emporte, je redouble mes cris, ma tante arrive, je la supplie de me secourir. Au lieu de le faire, elle aide mon ennemi. L'indignation, la fureur accroissent mes forces ; j'égratigne, je frappe, je mords. Ils me lâchent un instant, je cours vers la porte, je me précipite en bas de l'escalier, la porte de la rue n'était pas fermée, je sors sans savoir où je vais ; je tombe au milieu d'une troupe de gens armés qui m'arrêtent, me mènent chez le commissaire qui me demande mon nom.

— Eugénie.

— D'où êtes-vous ?

— Je n'en sais rien, je crois que je suis de Paris.

— Où demeurez-vous ? Qui est votre père ? Que fait-il ?…

À toutes ces questions je ne savais que répondre ; mon embarras redoublait. Tout ce qu'on put tirer de moi fut que j'avais une tante nommée Mme Marianne Dubois, qui avait demeuré dans la rue Baillif, que j'ignorais le nom de celle d'où je venais, que je m'étais sauvée de chez elle parce qu'elle et un gros monsieur voulaient me violenter. L'état où j'étais, tout échevelée, mes habits déchirés, mes réponses, tout cela était suspect. On me garda la nuit, et le lendemain on envoya prendre des informations dans la rue Baillif. On apprit que Marianne Dubois y avait en effet demeuré, qu'elle vivait avec un soldat aux gardes, venait de déloger avec sa nièce, que l'on avait été surpris de voir cette nièce, qui était auparavant si simplement mise, sortir tous les jours en carrosse, parée comme une femme de qualité. On m'interrogea sur ces points, et je convins de tout. Au bout de deux jours, n'étant réclamée par personne, et ne pouvant donner d'autres éclaircissements sur mon compte, car ma tante m'avait absolument tout caché, je fus conduite à la Salpêtrière. J'entendis parler dans cet Hôpital un langage auquel je n'étais pas accoutumée ; je tombai malade, les chirurgiens me questionnèrent beaucoup sur ma vie passée, et me demandèrent une infinité de choses que je ne compris point. Une sœur qui vit que le chagrin était mon plus grand mal, me fit aussi beaucoup de questions ; elle me consola, et après mon rétablissement elle me garda à l'infirmerie où je raccommodais le linge. Ce genre de vie me plaisait assez. Je me croyais à l'abri du malheur, lorsque la sœur vint m'annoncer qu'un ordre supérieur ordonnait de nous envoyer au Havre joindre deux ou trois cents bandits des deux sexes, ramassés dans tous les coins du royaume, et qu'on faisait passer aux colonies de Madagascar. Elle ajouta qu'arrivée au Havre, on nous marierait avec le premier venu parmi ces forçats, que ces mariages étaient destinés à peupler les îles. Cette nouvelle me perça l'âme, mon désespoir fut à son comble, je voulais me détruire, je maudissais la Providence. « Ah ! m'écriai-je, quel crime ai-je donc commis ? Si j'avais été corrompue, je vivrais dans l'opulence, tout me rirait, toutes les jouissances me seraient accordées… Et parce que j'ai fui le vice, parce que j'ai aimé la vertu et mon innocence, on m'emprisonne, on m'exile au-delà des mers, et l'on m'unit à un vil scélérat chargé de crimes, à qui, par grâce, on a accordé la vie qui devait lui être ôtée par la main du bourreau ! Dieu ! est-ce là la récompense que vous me destiniez ? » La sœur tâchait de me calmer par tout ce que la raison et la religion ont de plus fort. « Ce n'est, disait-elle, qu'un moyen, sans doute, dont le Ciel se sert pour vous éprouver, et vous conduire à un état de bonheur plus durable. » Enfin, nous partîmes, et à la recommandation de la sœur, je fus traitée avec plus de ménagement que les autres.

Arrivées au Havre, on nous mit dans une grange, où il y avait environ quatre cents personnes, tant hommes que femmes, séparés par une simple cloison. C'était un bruit affreux et continuel. Je n'avais entendu de ma vie des discours aussi singuliers, et des conversations pareilles à celles qu'on y tenait sur les mariages qui allaient se faire. Ces propos faisaient rire tout le monde, excepté moi, qui ne pouvais sortir de mon accablement. Le lendemain, jour destiné à l'embarquement, on commença dès les cinq heures du matin, à nous faire sortir l'une après l'autre par les deux portes de la grange, un homme et une femme, comme ils se trouvaient. Le prêtre les bénissait, et on les menait à bord. À chaque femme que je voyais sortir, ma douleur augmentait : mon tour approchait. J'espérais qu'en restant la dernière, il ne se trouverait point d'homme pour moi ; mais on en avait fait le compte la veille. Toutes passèrent avant moi. Enfin, abîmée dans ma douleur, et ne bougeant point de place, un garde me prit par le bras et me traîna dehors assez rudement. On me fit arrêter au milieu d'un grand cercle formé par les gardes. Là, sans apercevoir ni prêtre, ni personne, sans entendre ni répondre un mot, je crus sentir seulement qu'on mettait ma main dans une autre, et l'on me conduisit tout de suite au vaisseau, dans lequel je me trouvai sans savoir comment j'y étais entrée. Je ne m'aperçus où j'étais qu'aux cris que j'entendis pousser derrière moi. Je sortis alors un peu de mon accablement, et je vis à mes côtés un jeune homme aussi abattu que moi.

Environ une heure après, on leva l'ancre et nous partîmes. Lorsque nous eûmes perdu la terre de vue, le capitaine me fit chercher, et me demanda en souriant comment je trouvais mon mari.

— Mon mari ? repris-je d'un air étonné et saisie de terreur.

— Oui vraiment, me dit-il. Est-ce que l'on ne vous a pas mariée comme les autres ?

Je lui protestai que non, car je ne m'en rappelais pas. Sur quoi, le capitaine donna ordre qu'on allât le chercher. Il vint. C'était un jeune homme d'une figure intéressante, nommé Labousse. Il avait l'air aussi abattu que moi. Le capitaine lui demanda quelle était sa femme. « Je n'en sais rien », répondit-il. Sur cela il m'appela et lui dit en me montrant :

— N'est-ce pas là la femme que vous avez épousée ?

— Je n'en sais rien, reprit-il encore, presque sans me regarder.

— Est-ce que vous n'avez pas été mariés ? nous demanda-t-il vivement à tous les deux.

— Je n'en sais rien, lui répondîmes-nous en même temps.

— Eh bien ! morbleu, moi, je vous marie, poursuivit-il. Tâchez dorénavant de vous en souvenir.

Il nous fit ensuite conduire dans notre petite chambre, où l'on avait porté les malles de Labousse.

Nous nous assîmes l'un et l'autre sans nous regarder, moi continuant à pleurer, et lui la tête appuyée contre la cloison. Dans cet état d'accablement où l'on ne pense à rien, et que le roulis du vaisseau semblait encore augmenter, on vint nous avertir qu'on avait servi, que le capitaine ainsi que les officiers à qui M. Labousse était recommandé nous permettaient de nous mettre à table avec eux. Nous les remerciâmes, nous n'avions pas faim. La nuit venue, Labousse me sollicita avec tant d'instances à user du seul lit qui était dans notre cabane, son air, ses paroles m'inspiraient tant de confiance que je me déterminai à m'y placer tout habillée.

Le lendemain au matin, le capitaine vint nous demander si nous étions enfin mariés. Il fut surpris de voir Labousse couché sur sa malle et moi sur le lit tout habillée et les yeux encore baignés de larmes. Il nous emmena presque de force déjeuner avec lui, et nous y fit manger malgré nous.

Après avoir essuyé une heure on deux d'exhortations et de conseils, entremêlés de plaisanteries de la part de tout le monde, je demandai la permission de me retirer et j'allai me jeter sur mon lit, où je m'endormis d'un sommeil très inquiet. Labousse, après le dîner, vint dans ma chambre ; le bruit qu'il fit en ouvrant la porte me réveilla en sursaut ; il m'en fit ses excuses avec autant d'honnêteté que de douceur. Ce jeune homme était tout à fait intéressant, tant par ses manières que par sa figure ; j'y avais fait une légère attention. Au point où nous étions, c'était beaucoup pour lui. Il parla de notre malheureuse situation avec sensibilité ; il me dit qu'il était important pour notre bonheur commun de nous lier par une confiance réciproque. Il me parla avec tant d'intérêt, de feu et d'éloquence, que je me vis forcée à lui conter mes aventures ainsi que je viens de le faire.

Lorsque j'eus fini, je lui dis que mes confidences méritaient une réciprocité, à laquelle il ne se refuserait certainement pas. « Non, me répondit-il, je considère mon sort si intimement lié au vôtre, que je veux que vous lisiez jusque dans les replis les plus secrets de mon âme. » Après s'être recueilli un instant, il commença son histoire en ces termes :

« Je suis le seul héritier d'une des plus illustres maisons de France. Au lieu d'employer ses richesses et son crédit pour me donner une éducation digne du nom que je portais, on ne fit de moi qu'un polisson, un mauvais sujet. Il suffira de vous dire qu'ayant été introduit par un de mes amis, ou plutôt compagnon de débauche, dans ces lieux infâmes où règnent la prostitution et tous les vices antisociaux, je devins amoureux d'une des nymphes de ces antres fangeux, et que je m'enfuis avec elle, emportant tout ce que je pus trouver d'argent et de bijoux chez mon père. Arrivé à Rouen, j'y reçus la punition due à mon crime, l'infâme me quitta au bout de huit jours, et me vola tout ce que je possédais. Je me mis à sa poursuite, mais je restai à Caen où je croyais la trouver. N'ayant aucun argent, je vendis le peu qui me restait, je pris le nom de Labousse et je me rendis à Nantes. Là, j'eus la bassesse de m'allier à un des joueurs qui savent corriger la fortune à force d'industrie. Je voulus l'imiter, et je gagnai d'abord une somme assez forte. Mais un jour je laissai échapper de ma main un dé que j'avais escamoté ; il s'en trouva donc quatre sur le tapis au lieu de trois. L'on voulut vérifier, approfondir cette singularité ; on m'arrêta, on me fouilla, et d'autres dés pipés que l'on trouva sur moi furent les témoins irrécusables de ma friponnerie. Je fus emprisonné, et lorsqu'on m'apprit ma destination pour le Havre, j'écrivis à mon père. Mais soit qu'il ait succombé aux chagrins que je lui ai causés, soit qu'on ait intercepté ma lettre, je n'en ai reçu aucune réponse. Ce silence commande le mien. Vous voyez donc en moi, charmante Eugénie, un homme bien coupable, bien indigne de vous. Mais quelque grands que soient ses crimes, ce n'est pas la corruption du cœur qui les a causés. Oui, l'horreur que j'ai de mes actions et des monstres qui m'y ont engagé, m'est un sûr garant que je suis corrigé de mes écarts. »

À peine avait-il fini qu'on nous appela pour le souper. On remarqua que notre air était plus serein, et que la trace de notre chagrin s'était un peu affaiblie. Cette remarque fit naître quelques plaisanteries et des prophéties qui ne tardèrent pas à s'accomplir.

Lorsque nous nous fûmes retirés, Labousse me pria instamment de me déshabiller et de me coucher. La sincérité, le respect qu'il mettait dans tous ses discours ne me laissaient aucun doute sur la pureté de ses intentions. Je quittai mes souliers et ma robe seulement, et je me couchai, après avoir exigé qu'il se couchât aussi sur un matelas que je lui avais fait tirer de mon lit. Nous nous endormîmes et passâmes bien la nuit, car nous avions l'un et l'autre le plus grand besoin du sommeil.

Le lendemain matin, Labousse me dit : « Ma chère Eugénie, ces malles m'appartiennent, et le capitaine m'a dit qu'elles avaient été remises de la part du ministre de la marine pour mon usage et celui de ma femme, et je n'ai pas encore songé à les visiter. À présent que je commence à me réconcilier avec la vie, qui m'était insupportable il y a bien peu de temps, ouvrons-les. Je désire bien qu'il y ait quelque chose qui vous soit agréable. » La première qu'il ouvrit ne contenait que des habillements d'hommes. Il ouvrit avec empressement la seconde ; elle était pleine de robes et de linge de femme, non d'un grand prix, à la vérité, mais fort honnêtes. Il me pria avec instance de les accepter. Je les refusai d'abord, quoique j'en avais envie, vu le besoin où j'étais de linge. « Quoi ! me dit-il, en souriant, devez-vous faire ces façons avec votre mari ? » Ce mot fut comme un coup de poignard. Non que Labousse me fît horreur ; je dois même avouer qu'il ne m'était plus indifférent, mais ce mot rappelait à mon souvenir tous mes maux passés, présents, et même toute l'horreur d'un avenir incertain.

Mon émotion lui fit de la peine. Il prit alors son sérieux et me pria, me supplia même de disposer de tout ce qui était dans cette malle, qui m'était destinée. Enfin je l'acceptai. J'y cherchai ce qui m'était le plus nécessaire pour le moment, et Labousse sortit pour me laisser la liberté de changer de tout.

J'eus bientôt fini ma modeste toilette, et lorsque Labousse rentra, j'étais tout habillée. Il fit, en me voyant, un geste de surprise et il s'écria : « Ah, que vous êtes charmante ! Que vous êtes belle, ma chère Eugénie !... » Il prononça ces mots avec tant de feu, de vérité et de contentement que j'en ressentis un grand plaisir. C'était un hommage sincère que je ne devais assurément pas à des charmes étrangers ; il ne pouvait manquer de flatter mon amour-propre ; je ne le lui cachai point.

Labousse désirant faire toilette à son tour, j'allai prendre l'air sur le pont où il vint un quart d'heure après me rejoindre pour me conduire chez le capitaine, où l'on avait servi.

Notre changement de costume nous attira beaucoup de compliments, ensuite des plaisanteries. J'y fus moins sensible et moins triste. Labousse fut aussi plus gai. Nous passâmes le reste de la journée dans notre cabine, Labousse me parla d'abord de nos arrangements futurs. Je ne les écoutais point sans quelque sentiment de peine. Enfin, à force d'en entendre parler, j'y pris quelque goût, car on se fait à tout avec le temps. Il me dit, entre autres choses, qu'il avait été fortement recommandé au capitaine, auquel il avait été remis une somme qu'il avait employée en objets de pacotille que contenaient trois caisses qu'on nous remettrait en débarquant.

Le temps que nous passâmes à causer ainsi me parut si court que lorsqu'on vint nous appeler pour souper, je m'écriai involontairement : « Quoi, déjà ! » À ces mots, il me sauta au cou, m'embrassa vivement, et s'écria :

— Ah ma chère Eugénie, que ces mots sont flatteurs pour moi !

— Il est vrai, répondis-je, en rougissant de ma promptitude, que je ne croyais pas qu'il fût si tard. Allons souper.

On remarqua encore un nouveau changement. Labousse, qui ne cherchait que les moyens de me plaire, savait que la gaieté en est un ; il s'y livra, ce qui fit grand plaisir au capitaine et aux officiers. Lorsque nous fûmes retirés et qu'il fallut se coucher :

— Eugénie, me dit Labousse, en me regardant tendrement et en poussant un gros soupir, je serai encore bien durement sur ces malles.

— Vous me faites en vérité pitié, lui répondis-je.

— Il ne tiendra qu'à vous, repartit-il, que je sois mieux. Que ne consentez-vous à partager votre lit avec un époux qui vous adore, et qui ne connaîtra jamais d'autres droits que ceux que vous voudrez bien lui donner ?

Il prononça ces mots avec un accent si vrai, si pathétique que pénétrée moi-même et tout à coup des sentiments qui l'animaient, je me jetai entre ses bras, et je m'écriai : « Je suis ta femme ! Que les nœuds qui nous unissent soient éternels et fassent à jamais notre bonheur commun. »

Le lendemain fut pour moi bien cruel. Mon époux n'alla pas publier notre hymen, mais son air de satisfaction, sa gaieté, ses caresses, le nom d'épouse et de femme qu'il me donnait, tout décelait ce qui s'était passé entre nous. Aussi, dus-je essuyer toute la journée des bordées de plaisanteries qui me désespéraient. Heureusement, je sentais bien que ce tourment ne durerait que ce jour-là. En effet, le lendemain, à peine en parla-t-on. Depuis ce moment, mon humeur changea tout à fait ; je devins gaie, ouverte, j'entendis la plaisanterie, j'y répondis même, en respectant toujours les lois de la décence.

Nous passions les jours entiers ensemble, ou dans notre cabine, ou sur le pont, et nous oubliâmes bientôt nos chagrins et nos malheurs. Nous trouvâmes dans nous-mêmes et dans notre attachement mutuel la plus prompte et la plus sûre des consolations.

Notre traversée touchait à sa fin. En effet, le lendemain, nous abordâmes au Fort-Dauphin[1]. Le surlendemain de notre arrivée, le gouverneur à qui mon mari et moi fûmes présentés, nous dit, après plusieurs compliments et politesses, que nous pouvions aller prendre possession de l'appartement qu'il nous avait fait préparer. Nous nous y rendîmes, nous y trouvâmes un nègre et une négresse, que le gouverneur y avait envoyés pour nous servir. En outre, trois grands coffres contenant les marchandises que le capitaine avait achetées à mon époux. Il y en avait pour environ vingt mille livres.

Quelques jours après, le gouverneur nous fit inviter à dîner, et pendant le repas il dit à mon mari qu'il lui avait été recommandé très fortement, et qu'on lui avait remis une grosse somme pour former son établissement, qu'en conséquence il nous avait réservé la meilleure habitation de la colonie, entre la rivière d'Onghe et celle d'Amboule. Il nous avait acheté vingt nègres. « Tout est prêt à vous recevoir, ajouta-t-il. Et quant à votre pacotille, je me charge, si vous le voulez bien, d'en tirer un parti avantageux. » Nous lui témoignâmes notre gratitude dans les termes les plus expressifs, et nous prîmes congé de lui.

Huit jours après, nous quittâmes le fort et partîmes pour notre habitation où nous nous établîmes de la manière la plus agréable et la plus commode. Tout semble y assurer notre bonheur. L'amitié, l'amour qui nous unit, la fortune qui couronne toutes nos entreprises, deux jolis enfants, un garçon et une fille que le ciel nous a accordés, et outre cela la paix et la confiance qui règnent entre nous tous, font de notre habitation le séjour de la vraie félicité.

CHAPITRE XXX

Réflexions générales sur les lieux publics de débauche et leurs suppôts. Des courtisanes et filles entretenues

« Si les femmes attaquaient, dit un auteur moderne, que deviendrions-nous devant leurs charmes, devant leur audace passionnée et leurs amoureux transports ? » Eh bien, parcourez Paris et toutes les villes populeuses, et vous y verrez des femmes qui attaquent. Mais la nature

1. Taolagnaro (Fort-Dauphin), ville maritime et ancien port français, situé à l'extrême sud-est de Madagascar.

ayant mis en nous la pudeur, nous sentons un dégoût très prononcé pour ces attaques, et tout reste à peu près dans l'ordre ; ce qui fait que les filles publiques sont moins dangereuses qu'on ne le croirait d'abord, car[1] elles se donnent, après tout, pour ce qu'elles sont. Elles ont un vice de moins : l'hypocrisie. Elles ne peuvent causer les ravages qu'une femme libertine et prude occasionne souvent, sous les fausses apparences de la modestie et de l'amour. Malheureuses victimes de l'indigence ou de l'abandon de leurs parents, rarement déterminées par un tempérament fougueux, elles ne s'offensent ni de l'outrage, ni du mépris ; elles sont avilies à leurs propres yeux, et ne pouvant plus régner par les grâces de la pudeur, elle se jettent du côté opposé et elles étalent l'audace et l'infamie.

Mais il y a encore des degrés dans cet abîme de corruption ; l'une se livre tout à la fois au plaisir et à l'argent, l'autre est une brute qui n'a plus de sexe, et qui ne sent pas même la dérision qu'elle inspire.

Nous n'offenserons pas ici les oreilles chastes, ni les yeux de l'innocence, en leur présentant les scènes de la débauche et de la crapule. Nous tairons les fantaisies du libertinage, les saillies et les fougues de cent cinquante mille célibataires voués à trente mille prostituées ; nous nous garderons d'épouvanter les imaginations sensibles, car les désordres voilés de l'humanité ne sont pas bons à mettre au grand jour.

Disons seulement que le nombre des filles publiques ne favorisant que trop le désordre des passions, a donné aux jeunes gens un ton libre qu'ils prennent avec les femmes les plus honnêtes. De sorte que dans ce siècle si poli, on est grossier en amour.

La fréquentation des mauvais lieux et des filles de joie se fait surtout sentir dans nos conversations avec les femmes honnêtes. Elle a perdu toute délicatesse ; elle abonde en mauvaises plaisanteries, en équivoques et en narrations scandaleuses.

Il serait temps de corriger ce mauvais ton ; c'est aux femmes qu'il appartient d'établir la réforme, en ne permettant plus ces propos qu'elles ont été obligées de souffrir, sous peine de passer pour bégueules.

Les passions honteuses et publiques portent avec elles leur contrepoison, et ne sont pas peut-être si difficiles à réprimer que celles dont le dérèglement paraît excusable ; en sorte que je croirais qu'une fille publique est plus près de devenir honnête femme, que la femme galante.

Mais le scandale des filles publiques est poussé trop loin dans la capitale. Il ne faudrait pas que le mépris des mœurs fût si visible, si affiché ; il faudrait respecter davantage la pudeur et l'honnêteté publique.

Comment un père de famille, pauvre et honnête, se flattera-t-il de conserver sa fille innocente et intacte dans l'âge des passions, lorsque

1. À partir d'ici, et jusqu'à : « … ceux qui les fréquentent sont beaucoup plus insensés », notre texte reproduit mot pour mot, sans se signaler comme une citation, celui du chapitre CCXXXVIII (« Filles publiques ») du *Tableau de Paris* de Louis-Sébastien Mercier, éd. cit., t. I, p. 594-597.

celle-ci verra à sa porte une prostituée mise élégamment, attaquer les hommes, faire parade du vice, briller au sein de la débauche, et jouir, sous la protection des lois mêmes, de sa licence effrénée ? Le retour qu'elle fera sur elle-même lui dira qu'il n'y a aucun prix solide attaché à l'exercice de la vertu, et elle se lassera de se combattre elle-même. La raison ne pourra pas lui faire apercevoir distinctement les avantages qui résultent de la sagesse ; elle ne verra que l'exemple le plus dangereux des séducteurs, surtout pour son sexe.

Aussi n'est-il guère possible que l'imagination la plus hardie ajoute à la licence des mœurs actuelles. La corruption dans le dernier ordre des citoyens, ainsi que dans le premier, n'a presque plus de progrès à faire.

On compte à Paris trente mille filles publiques, c'est-à-dire *vulgivagues*, et dix mille environ moins indécentes, qui sont entretenues, et qui d'année en année passent en différentes mains. On les appelait autrefois *femmes amoureuses*, *filles folles de leur corps* [1]. Les filles publiques ne sont point amoureuses ; et si elles sont folles de leur corps, ceux qui les fréquentent sont beaucoup plus insensés.

L'enlèvement des filles publiques, tel qu'il se faisait dans l'Ancien Régime, a plusieurs fois excité les plaintes et les réclamations des philosophes. Voici ce qu'un auteur des plus philanthropes écrivait alors [2] :

« Toutes les semaines on fait des enlèvements nocturnes avec une facilité qui, trop excessive, ne saurait manquer de déplaire au spéculateur politique, malgré le mépris qu'inspire l'espèce que l'on traite ainsi. Le spéculateur songera à la violation de l'asile domestique dans les heures de la nuit, à la faiblesse du sexe, aux mauvais traitements qu'il essuie, et aux inconvénients qui peuvent en résulter, ces créatures étant quelquefois enceintes, car le libertinage ne les dispense pas toujours d'être mères.

« On les conduit dans la prison de la rue Saint-Martin, et le dernier vendredi du mois elles passent à la police ; c'est-à-dire qu'elles reçoivent à genoux la sentence qui les condamne à être enfermées à la Salpêtrière. Elles n'ont ni procureurs, ni avocats, ni défenseurs ; on les juge fort arbitrairement.

« Le lendemain, on les fait monter dans un long chariot qui n'est pas couvert. Elles sont toutes debout et pressées. L'une pleure, l'autre gémit ; celle-ci se cache le visage ; les plus effrontées soutiennent les regards de la populace qui les apostrophe ; elles ripostent indécemment et bravent les huées qui s'élèvent sur leur passage. Ce char scandaleux traverse une partie de la ville en plein jour. Les propos que cette marche occasionne sont encore une atteinte à l'honnêteté publique.

---

1. L'expression se rencontre dès 1254, dans une ordonnance de Saint Louis portant que « toutes les *folles femmes de leur corps* et communes soient mises hors des maisons privées, qu'elles soient séparées d'avec les autres personnes » (*Mémoires du sire de Joinville*).

2. L'auteur emprunte les cinq paragraphes suivants au *Tableau de Paris* de Louis-Sébastien Mercier, éd. cit., t. I, p. 598-599.

« Les plus huppées et les matrones avec un peu d'argent obtiennent la permission d'aller dans un chariot couvert.

« Arrivées à l'Hôpital, on les visite, et on sépare celles qui sont infectées pour les envoyer à Bicêtre, y trouver la cure ou la mort. Nouveau tableau qui s'offre à ma plume, mais que je recule encore, frémissant de le tracer, et non guéri de l'impression horrible qu'il a laissée dans tous mes sens. »

Ces abus sont réformés ; des voitures couvertes et bien fermées, des espèces de prisons ambulantes transportent les prisonniers, et sauvent au public les scandaleux spectacles dont nous venons de voir le tableau.

On[1] appelle *courtisanes* celles qui, toujours couvertes de diamants, mettent leurs faveurs à la plus haute enchère, sans avoir quelquefois plus de beauté que l'indigente qui se vend à bas prix. Mais le caprice, le sort, le manège, un peu d'art ou d'esprit mettent une énorme distance entre des femmes qui n'ont que le même but.

Depuis l'altière Laïs qui vole à Longchamp dans un brillant équipage (que sans sa présence licencieuse on attribuerait à une jeune duchesse) jusqu'à la raccrocheuse qui se morfond le soir au coin d'une borne, quelle hiérarchie dans le même métier ! Que de distinctions, de nuances, de noms divers, et ce pour exprimer néanmoins une seule et même chose ! Cent mille livres par an ou une pièce d'argent ou de monnaie pour un quart d'heure, causent ces dénominations qui ne marquent que les échelles du vice ou de la profonde indigence.

On peut placer les courtisanes entre les femmes décemment entretenues et les filles publiques. Un auteur les a très bien définies. « On les prendrait, dit-il, pour les femelles des courtisans ; elles ont effectivement tous les mêmes vices, emploient les mêmes ruses et les mêmes moyens, font un métier aussi désagréable, ont autant de fatigues, sont aussi insatiables ; en un mot, leur ressemblent beaucoup plus que les femelles de certaines espèces ne ressemblent à leurs mâles. »

Au-dessous des courtisanes par le rang, sont les filles entretenues. Elles sont moins dépravées. Elles ont un amant qui paie, dont elles se moquent, qu'elles rongent et dévorent ; et un autre, à leur tour, qu'elles paient, et pour lequel elles font mille folies.

Ou ces femmes deviennent insensibles, ou elles aiment jusqu'à la fureur. Alors, elles paient à l'amour le tribut d'un cœur délicat. Sur le retour, elles ont la rage de se marier. Ceux qui préfèrent la fortune à l'honneur les épousent et s'avilissent. Ces épouseurs sont ordinairement un petit violon, un médiocre peintre, un mince architecte.

On ne dit point en Perse (selon le marquis d'Argens) la *Zaïde*, la *Fatime*, mais la *cinquante tomans*, la *vingt tomans* (un toman vaut quinze

1. À partir d'ici et jusqu'à la fin du chapitre, notre texte reproduit mot pour mot les chapitres CCXXXIX et CCXL (« Courtisanes » et « Filles entretenues ») du *Tableau de Paris* (éd. cit., t. I, p. 601-603).

écus de notre monnaie.) De même, ajoute-t-il, aux noms de nos filles entretenues, on devrait substituer ceux de la *cent louis*, la *cinquante louis*, la *dix louis*, etc., le tout pour l'utilité publique et l'instruction des étrangers, qui payent fort souvent à un prix excessif ce qui est à très bon marché pour tout le monde.

CHAPITRE XXXI

Aventure de Colleville, jeune Américain, avec la Misson, fille entretenue, élève de la Montigny, et la Duquesne, sa matrone

Je suis né à Saint-Domingue. Mon père, originairement roturier et très peu à son aise, était enfin devenu un des plus riches de l'île, et lorsque ses deux habitations furent au point de rapporter plus de cent mille livres annuellement, il jugea à propos d'acheter une charge de secrétaire du roi. J'étais fils unique, et comme mon père avait de grands desseins sur moi, il me fit passer en France à l'âge de neuf ans, et me mit au collège de la Flèche, pour m'y faire donner une éducation convenable à ses vues. À dix-sept ans, il m'envoya à Paris, avec ordre à son banquier de ne me laisser manquer de rien, et de me compter tout l'argent que je lui demanderais. Dès le premier mois, je me jetai dans les connaissances brillantes, sans m'embarrasser de ce qu'elles me coûtaient. Et rien de plus cher, pour les gens de ma naissance, que leurs liaisons avec les grands qui ne font cas d'eux qu'autant qu'ils peuvent servir. Mes dépenses furent si énormes que le banquier, en me représentant qu'il craignait que mon père ne les désavouât, jugea à propos de me fermer sa caisse jusqu'à ce qu'il eût reçu de nouveaux ordres. Je fus fort étonné de son procédé, dont il m'avait cependant menacé depuis longtemps. Mais grâce aux conseils de mes camarades, je me jetai dans les expédients, lorsque je reçus une lettre de mon père qui me mandait qu'il venait de repasser en France pour l'acquisition d'une terre de cinq cent mille livres auprès de Vannes, où il comptait passer un an ou deux pour la mettre en état, me disant de prendre sur-le-champ la poste pour aller l'y joindre, parce qu'il avait la plus grande impatience de me voir et de m'embrasser.

Cette lettre fut un coup de foudre pour moi. Quitter Paris ! Quitter des sociétés charmantes, des plaisirs ravissants, pour courir m'enterrer avec des Bas-Bretons et un père que je ne connaissais qu'à peine ! Cette idée était effrayante. Mais ce qui me désespérait plus que tout cela, c'était de quitter une certaine demoiselle Misson, dont j'avais fait la connaissance, qui élevée dans la plus grande sagesse par une mère qui était un modèle de vertu, et de plus femme de condition, m'avait totalement tourné la tête, au point que j'avais fait mon petit projet de n'avoir jamais d'autre femme qu'elle. Je respectais trop mon amour pour en avoir fait la confidence à mes amis. J'en étais, en un mot, aux grands sentiments, et j'étais dupe, car cette demoiselle Misson n'était autre chose que la fille d'un boulanger ruiné du faubourg Saint-Marceau, qui après avoir fait son apprentissage chez la Montigny, avait été entretenue par un avocat, ensuite par un capitaine de dragons, puis avait passé à un envoyé de Hollande dont elle avait eu un enfant, et qui lui avait laissé en partant, dix à douze mille livres. Mais comme elle trouva que ce n'était pas assez, elle s'était mise dans la tête de tâcher de se donner un état fixe, en trouvant quelque dupe propre au sacrement. Pour exécuter ce projet, elle s'était associée à une autre femme d'intrigue, la Duquesne, pourvoyeuse de la Gourdan, et réputée dans son état, par l'art et la finesse qu'elle y mettait. Cette Duquesne passait pour la mère, et la Misson, pour sa fille unique.

Elles affectaient dans leur quartier une décence et une régularité qui en avaient imposé à tout le monde. J'ignorais tout cela, et je tombai dans leurs filets. Voici comment.

Je la vis pour la première fois au Luxembourg, où le maintien de Mlle Misson me frappa autant que sa figure. Je l'y retrouvai deux jours après, et je ne manquai point d'y retourner le lendemain à la même heure. Je me rendis durant quinze jours très exactement à cette promenade pour l'y voir. Elle s'aperçut bientôt de mes sentiments pour elle, tant par mon assiduité que par les regards que je lui lançais continuellement. Lorsqu'elle vit que cela était sérieux, elle jugea qu'il était temps de me donner une occasion de lier connaissance. Un jour que je l'attendais à la porte du jardin pour me donner le plaisir de la voir passer, elle fit un faux pas expressément et faillit de tomber. J'accourus aussitôt pour lui aider à se relever. Je lui offris mon carrosse pour la reconduire chez elle. Sa mère le refusa d'abord. Cependant, après quelques façons, elle lui permit de l'accepter, et je les conduisis dans la rue de Saint-André-des-Arts où elles logeaient. On ne voulait point me permettre de monter, mais après quelques instances j'y réussis, et je donnai le bras à la fille.

Tout dans leur appartement respirait la modestie, et les meubles, quoique fort propres, répondaient à l'air de décence de ces dames. Je demandai en sortant la permission de m'informer de la santé de la malade qui se plaignait beaucoup, et de lui faire ma cour ; on me répondit, mais très poliment, qu'on n'était point sur le ton de recevoir des jeunes gens. Je persistai, je priai, et l'on me laissa entrevoir que je serais reçu. Je ne manquai pas d'y aller le lendemain. Mes visites continuèrent. La mère paraissait quelquefois les trouver trop fréquentes ; cependant j'étais reçu. Mon amour augmentait chaque jour, ainsi que mon respect, car on faisait tout ce qui convenait pour m'empêcher de me trop familiariser, et il y avait environ deux mois et demi que j'en étais là, lorsque je reçus l'ordre de rejoindre mon père.

Mes arrangements finis pour mon départ, j'en témoignai ma douleur à Mme et à Mlle Misson auxquelles je communiquai la fatale lettre. Après quelques compliments qu'elles me firent l'une et l'autre, je déclarai mes sentiments à Mme Misson, et lui dis que depuis longtemps j'avais pris la résolution d'épouser Mlle sa fille, si elle voulait bien me faire un jour l'honneur de me l'accorder, et qu'en conséquence je lui apportais une promesse de mariage, signée de mon sang, avec un dédit de cent mille livres, que je la priais de vouloir bien recevoir. Mme Misson parut surprise de cette déclaration et me répondit en souriant que c'était là un feu de jeune homme, qu'elle, ainsi que sa fille, se garderaient bien d'entretenir aucune espérance, qu'à la vérité ce mariage lui ferait bien de l'honneur de toutes les manières, et plus encore par l'estime particulière qu'elle faisait de moi, mais que je dépendais d'un père, qu'à mon âge une promesse de cette nature était une feuille de chêne, qu'outre cela on ne devait point compter sur un jeune homme de dix-neuf à vingt ans qu'un rien est capable de faire changer. Elle me pria de remettre ma promesse et mon billet dans ma poche. Je fus désespéré de cette réponse ; je me jetai à ses genoux et à ceux de sa fille. Je priai, je pleurai et je fis tant qu'on voulut bien, par complaisance, accepter mes deux écrits. Cependant, croiriez-vous que, malgré toutes ces avances, je ne pus seulement pas obtenir la permission de baiser la main de ma belle maîtresse. Il me fut uniquement permis de lui écrire. Je m'arrachai de chez elle avec bien de la peine pour monter dans ma chaise de poste, et je partis pour Vannes.

Avec quelle facilité un jeune homme qui entre dans le monde se laisse séduire par les plus grossiers artifices ! À son âge, son cœur encore neuf ignore l'art de dissimuler. Sa franchise lui fait croire que tout est vrai ; il n'ose même soupçonner de mensonge quelqu'un qui sait assez bien composer son visage pour le mettre d'accord avec ses discours. Est-il étonnant qu'il soit la dupe de tous ceux qui veulent se donner la peine de le tromper ?

Il serait difficile d'exprimer les marques de tendresse et les transports avec lesquels me reçut mon père qui ne m'avait pas vu depuis dix ans. Je tremblais qu'il ne me fît des reproches sur ma dépense ; il se borna à me dire : « Vous m'avez coûté beaucoup d'argent, mais pourvu que vous l'ayez employé en honnête homme, et que vous vous soyez amusé en bonne compagnie, j'en suis content. » Cette bonté, ses caresses, les amusements qu'il cherchait à me procurer, le monde qu'il attirait dans son nouveau château pour me dissiper, rien ne me faisait perdre de vue Paris et ma Misson. Mon ennui ne se pouvait cacher, il paraissait sur mon visage. Mon père qui s'en aperçut fut inquiet de mon état ; il s'imagina que l'air du pays m'était contraire, il me le demanda. Cette question m'indiqua la réponse. Je lui dis que depuis un mois, je croyais m'apercevoir qu'il n'était pas favorable à ma santé, mais que j'avais trop de plaisir d'être avec lui pour m'en plaindre. Le bonhomme m'embrassa, les larmes aux yeux, et me dit qu'il serait au désespoir de me faire payer ce plaisir et le sien d'une santé qui lui était si chère, que je n'avais qu'à prendre mes arrangements pour retourner à Paris, où il irait me joindre lorsqu'il aurait fini ses affaires, que son intention était de m'acheter une charge au parlement de Paris, que pour cela il fallait que je fisse mon droit, et qu'il me recommandait de bien employer le temps, afin de me rendre capable de la remplir. Je lui promis tout et me disposai à mon départ, avec une joie que je cachai devant lui autant qu'il me fut possible. Le jour que j'attendis avec une si grande impatience arriva. Je pris congé de mon père, dont les témoignages qu'il me donna de sa tendresse me flattaient beaucoup moins qu'une lettre de créance qu'il me donna sur son banquier, sur laquelle je fis en route les plus beaux projets du monde.

En arrivant à Paris, je volai chez le banquier, où ayant pris douze mille livres, je courus acheter une toilette charmante, que je fis emballer galamment et que j'envoyai à Mlle Misson, avec défense au porteur de dire de quelle part elle venait. Deux heures après, j'arrivais chez elle, et je la surpris dans le moment où elle faisait l'inventaire des carrés que j'avais remplis de dentelles, de rubans et de tout ce que je croyais lui être le plus agréable. « En vérité, monsieur, me dit la mère aussitôt qu'elle me vit entrer, je suis fort étonnée de la façon dont vous annoncez votre arrivée ; je suis fort aise de vous voir de retour, mais non de vous voir faire des frais aussi considérables pour une galanterie que l'on ne peut ni ne doit accepter. Ainsi, je vous prie de vouloir bien faire reporter tout cela chez vous. » J'eus beau nier que cette toilette vînt de ma part, je fus contraint de l'avouer, et ce ne fut qu'après les instances les plus vives et des prières réitérées qu'on consentit qu'elle ne serait point déplacée. Je rendis ensuite compte de mon voyage et du dessein que mon père avait sur moi. On en fut très content ; mais on le fut encore plus d'apprendre que je l'avais trouvé extrêmement cassé. Je continuai régulièrement à leur faire ma cour, quoique j'eusse renoué avec mes anciennes connaissances et repris mon ancien train de vie. Quant à mon droit, je me contentai tous les trois mois d'aller prendre mes inscriptions, sans me donner la peine d'ouvrir un livre qui traitât de cette matière.

Au bout de dix-huit mois, mon père arriva à Paris, où il trouva que le mémoire du banquier montait un peu haut. Il en parut un peu fâché, mais il m'adorait et ma paix fut bientôt faite. Lorsque j'eus fini mon droit, il traita pour moi d'une charge à laquelle je fus reçus sans savoir un mot de tout ce qui regardait mon état. Je me trouvai le dépositaire d'une partie de l'autorité du prince, et un des arbitres de la fortune, de l'honneur et de la vie de ses sujets.

Quinze jours ou trois semaines après ma réception, mon père songea à me marier, et sans m'en rien dire, il arrêta l'affaire avec les parents de

Mlle Haurval, fille d'un maître des comptes à qui l'on donnait cent mille écus en contrats sur l'hôtel de ville. Mon père, en m'annonçant le lendemain cette nouvelle, vit aisément la fâcheuse impression qu'elle faisait sur moi. Il me dit là-dessus tout ce qu'il pouvait dire à un fils chéri au-delà de toute expression. Je le priai de me donner du temps pour penser à une affaire aussi sérieuse. Il y consentit volontiers, sous la condition seulement que je la verrais, et que j'irais souper le soir même dans une maison où elle devait se trouver. Je fus obligé de lui obéir et je l'y suivis. Si je n'avais pas eu le cœur prévenu, j'aurais été frappé de la figure et des grâces de Mlle Haurval, mais je ne voyais que ma chère Misson. Jamais homme n'eut l'air plus embarrassé et plus maussade que moi pendant la partie qu'on me fit faire avec elle. Je ne savais ni où j'en étais, ni ce que je faisais. Le souper me parut éternel. Je dus sans doute déplaire souverainement à la demoiselle et à tout le monde, mais je ne m'en souciais pas. Lorsque nous fûmes sortis, mon père me parut extrêmement piqué du maintien que j'avais eu, et pour la première fois de ma vie, il me traita fort sèchement. « Vous avez apparemment, me dit-il ensuite, quelque inclination, et c'est sans doute quelque grisette qui vous tient au cœur. » Je rougis à ce propos, mais je niai avec assurance, et lui dis que ce n'était que le dégoût que j'avais pour le mariage, le suppliant de ne pas aller plus loin. « Eh bien ! monsieur, me dit-il, je ne vous en parlerai plus. Mais songez que vous faites aujourd'hui la plus grande sottise que vous puissiez faire de votre vie. »

Ce mariage rompu causa un si grand chagrin à mon père qu'il en tomba malade, ayant voulu trop prendre sur lui pour le renfermer. La maladie devint si sérieuse au bout de trois semaines, qu'à peine il eut le temps de régler ses affaires avant que de mourir. Cette mort, dont je devais me regarder comme la cause principale, m'aurait vivement touché si je n'avais aimé Mlle Misson, et si elle ne m'eût donné la liberté de me rendre heureux en remplissant mes projets. Je la fis annoncer le jour même à ma maîtresse, en lui mandant que j'étais désespéré de ne pas la voir de quelques jours, à cause des devoirs de bienséance dont je ne pouvais me dispenser. Cependant, dès le lendemain, je ne pus résister à l'envie de passer une ou deux heures avec elle. Je pris un fiacre vers les onze heures du soir, et j'allai descendre à quelques pas de sa maison. Je me glissai dans l'escalier, enveloppé d'un manteau et une lanterne sourde à la main. J'avais depuis trois ou quatre mois une clef de leur porte que Mme Misson m'avait donnée afin, me disait-elle, de ne pas avertir les voisins en frappant trop souvent, ce qui les avait déjà fait un peu jaser sur leur compte. Ce n'avait été qu'avec une grande répugnance qu'elle m'avait remis cette clef, mais sous la condition expresse que je n'irais jamais chez elle passé huit heures du soir, sans quoi l'on me défendrait la porte pour toujours : ordre que je n'aurais jamais osé enfreindre.

Je fus fort surpris en entrant de ne trouver personne, ni dans la chambre de la mère, ni dans celle de sa fille. Je cherchai partout inutilement, sans pouvoir imaginer où elles pouvaient être. J'étais sur le point de m'en retourner, lorsque j'entendis des éclats de rire du côté du cabinet de toilette de Mlle Misson ; j'y entrai, je n'y vis rien à la vérité, mais le bruit me parut bien plus proche ; je prêtai l'oreille et je crus reconnaître les voix de ces dames, qui me paraissaient être dans une conversation très animée. Ma surprise augmentait à chaque instant, en entendant ces propos gaillards, dont je ne perdais rien. Cependant, je ne pouvais encore me persuader que ce fussent elles, et j'imaginai que ce pouvait être quelques filles qui logeaient dans la maison voisine, séparée de celle-ci par une cloison. Mais je fus bientôt désabusé. Mon nom que j'entendis prononcer, plusieurs gorgées chaudes qu'on faisait sur ma duperie, et le futur changement d'état de la demoiselle me mirent au fait. Furieux, je cherchai partout les moyens de joindre ces malheureuses. Après plusieurs recherches inutiles, quoique je ne fisse pas assez de bruit pour qu'elles pussent m'entendre, si leur conversation avait été moins échauffée, je m'avisai d'ouvrir une armoire qui était dans le cabinet. Quelle fut ma surprise de voir une seconde porte que j'ouvris avec une précipitation qui effraya singulièrement ces dames ! Je les trouvai à table avec deux jeunes gens, dans l'état de la plus grande familiarité. Aux cris qu'elles firent et à la vue d'un spectre noir qui sur-le-champ mit l'épée à la main, nos deux galants, sans songer à prendre leurs chapeaux, enfilèrent la porte, sautèrent les escaliers, et gagnèrent la rue de l'Hirondelle, où donnait cette double maison, que ces femmes avaient louée pour le métier qu'elles faisaient, l'une en qualité de tante et l'autre de nièce.

Je ne jugeai pas à propos de les suivre ; toute ma fureur tomba d'abord sur la prétendue mère ou tante, que je maltraitai on ne peut pas plus à propos, auxquels je joignis quelques coups de plat d'épée sur le visage. Elle s'enfuit dans la première maison où venait de se sauver sa fille. Je courus après elle, et la cherchai partout, sans épargner tout ce qui se trouvait sous ma main. Je la joignis enfin dans la ruelle du lit de sa prétendue mère, où je lui donnai quelques coups de pied dans le ventre. Pendant ce temps-là, Mme Misson, ou plutôt la Duquesne, car puisque le masque est tombé, du moins vis-à-vis de moi, je dois dorénavant la nommer de son vrai nom, la Duquesne, après avoir eu la précaution de fermer l'armoire en question, passa dans la chambre de sa fille, dont la fenêtre donnait sur la rue de Saint-André-des-Arts, et cria de toutes ses forces : « Au meurtre ! À l'assassin ! » Le guet qui passait par là dans ce moment monta et fit ouvrir la porte. J'étais si transporté que je n'avais entendu ni crier, ni monter. Je fus donc pris sur le fait, arrêté et conduit chez le commissaire, où l'on commença à dresser un procès-verbal. J'eus beau me justifier en racontant la chose telle qu'elle s'était passée, tout parlait contre moi : des meubles cassés, une mère et sa fille meurtries de coups, surtout deux femmes dont la réputation était en si bonne odeur dans le quartier ! Pour rendre mon cas plus grave, elles imaginèrent une accusation qui devait les combler de confusion et faire ouvrir les yeux par son absurdité. Mais mes fureurs et mes excès avaient tellement prévenu les spectateurs contre moi que tout ce que l'on disait à ma charge était reçu comme vérité prouvée et incontestable. Elles déclarèrent donc que j'avais des crochets ou des fausses clefs, puisque j'étais entré chez elles à leur insu, et quoique la porte fût fermée.

On allait me fouiller. Pour éviter cet affront, je montrai les clefs que j'avais reçues de ces femmes ; elles assurèrent que je les leur avais escamotées la veille, et elles furent crues. Toutes les circonstances fâcheuses semblaient concourir pour accroître mes torts et ma confusion. J'étais en pleureuses[1] (c'était le lendemain de la mort de mon père), j'étais surpris faisant carillon dans une maison, j'avais dû me nommer et avouer, pour ne pas être conduit au Châtelet, que j'étais conseiller au Parlement. Le commissaire, assez embarrassé, prit cependant le parti de me faire reconduire chez moi et de m'y faire garder à vue, jusqu'à ce qu'il eût rendu compte au premier président, pour qu'il décidât quelle conduite on devait tenir avec moi, après une violence qui paraissait aussi criante. Il était sept heures du matin avant que tout le verbal fût achevé, qu'on fût allé reconnaître la clef, qu'on eût fait nombre d'interrogations à ces femmes, et qu'on m'eût reconduit chez moi, où mon arrivée fit un grand éclat. Car voir un conseiller au Parlement ramené par le guet pour avoir été surpris faisant tapage la nuit de l'enterrement de son père, cela scandalisait tout le voisinage ; aussi, j'étais désespéré.

Le premier président, instruit par le commissaire, me manda. J'essayai de me justifier par le récit du fait dans toute sa vérité ; je le priai de faire visiter la maison, et surtout cette prétendue armoire d'où dépendait ma justification. Il y consentit, et envoya chercher le commissaire qu'il chargea de faire lui-même cette visite. Mais toutes ces allées et venues avaient consumé bien du temps que les dames avaient su mettre à profit. Se doutant de ce qui arriverait, elles ne s'étaient point endormies. À peine étaient-elles rentrées chez elles en venant de chez le commissaire que, par la maison de la rue de l'Hirondelle, elles avaient fait boucher à la hâte la porte qui était dans l'armoire, tandis que la fille avait remis de son côté les planches qu'elle avait de suite garnies de hardes et de linge. Il y avait plus de trois heures que cela était fait, lorsque le commissaire arriva chez elles. Aussi s'empressèrent-elles à lui ouvrir tout. Après qu'il eut rendu compte au premier président de sa visite, celui-ci me jugeant coupable, me ferma la bouche sur tout ce que je voulais lui répondre, me disant que j'étais fort heureux d'appartenir au corps dont il avait

1. *Pleureuses* : larges manchettes de toile ou de batiste qu'on mettait sur le revers des manches de l'habit, dans les premiers temps d'un grand deuil.

l'honneur d'être le chef, que sans cela il m'abandonnerait à toute la rigueur de la justice; mais que pour sauver l'honneur de la compagnie, il voulait bien se charger de l'accommodement, que le lendemain au matin il me rendrait sa réponse, et que j'eusse à m'y conformer; sans quoi, je n'aurais qu'à me défaire de ma charge. Là-dessus il me congédia, et envoya chez les dames Misson pour les prier de passer chez lui à six heures du soir, et surtout de suspendre jusqu'alors toute poursuite contre moi.

Elles s'y rendirent exactement et jouèrent parfaitement leur rôle. Mme Misson, après des plaintes accompagnées de tout le pathétique de la meilleure comédienne, conclut par dire qu'elle s'en rapporterait au jugement que Monseigneur voudrait bien prononcer, très sûre que l'équité et la justice en seraient la base, qu'à la vérité, après une pareille aventure, elle sentait le tort qu'elle avait eu de m'avoir donné entrée chez elle; mais que, lui ayant rendu quelques services, elle n'avait pu se dispenser de cet acte de reconnaissance; qu'ensuite, trompée par mon extérieur, elle s'était laissée aller, pour ainsi dire malgré elle, à recevoir une promesse de mariage pour sa fille, avec un dédit de cent mille livres, que ç'avait été pour les ravoir de force que j'avais fait la scène de la nuit dernière; mais que, me connaissant présentement tel que j'étais, toute ma fortune ne serait pas capable de la déterminer à sacrifier le bonheur de sa fille qui m'aimait à la vérité, mais qui serait assez maîtresse d'elle-même pour vaincre son amour pour un homme qui s'en était rendu absolument indigne; qu'elle lui remettait entre les mains les billets, ne demandant autre chose, après de telles violences et des calomnies aussi atroces, qu'un dédommagement convenable pour elle et pour sa fille, et surtout une réparation qui mît leur honneur à couvert, avec autant d'éclat que j'en avais fait pour le perdre; que sans cela, elle le priait de ne pas trouver mauvais qu'elle prît la voie ordinaire de la justice pour me poursuivre sur tous les différents chefs d'accusation qu'elle avait à former contre moi.

Le premier président, ébloui par le ton emphatique de cette femme, et subjugué par quelques larmes qu'elle avait eu l'art de laisser couler à propos, accepta la médiation, et après quelques débats, l'engagea à exiger seulement une réparation en bonne forme que je lui ferais par acte par-devant notaire, que je lui paierais dix mille livres pour les dédommagements et cinquante pour le billet de sa fille, qu'au moyen de cela elles me donneraient un désistement de la plainte criminelle, et me remettraient le billet et la promesse de mariage. Mme Misson accepta ces propositions avec un plaisir intérieur, mais qu'elle se garda bien de faire paraître. Au contraire, elle témoigna très expressément que, si elle s'en contentait, ce n'était que pour obliger Monseigneur.

À peine furent-elles sorties de chez le premier président qu'il me fit appeler. Dès que j'entrai dans son cabinet, il voulut me faire sentir tout mon bonheur de ce que ces dames avaient bien voulu se contenter des propositions dont il me rendit compte. On peut juger combien elles me révoltèrent. Je lui répondis qu'absolument je n'en passerais point par là, que je vendrais plutôt ma charge et plaiderais en règle ; que ces prétendues dames n'étaient que des malheureuses qui, à force d'hypocrisie et d'impudence, avaient su l'intéresser à leur sort de la même manière qu'elles avaient su me séduire ; et que je ne tarderais pas à fournir les preuves de tout ce que j'avançais.

Le premier président avait d'abord pris le haut ton, mais mon air de vérité et d'assurance l'ébranla ; je serais même parvenu à lui faire avouer qu'il avait été un peu trop lestement en besogne, si son amour-propre ne s'y était opposé. Le premier président du parlement de Paris, à son avis le premier tribunal du monde, pouvait-il avouer qu'il venait d'être la dupe de deux coquines ? Cela était impossible. Aussi ne le fit-il pas. Il prit un ton radouci et me fit entendre que, quand même cela serait comme je le prétendais, la tournure que l'affaire avait prise et toutes ses circonstances exigeaient que pour mon honneur et ma tranquillité, je sacrifiasse tout pour étouffer cette affaire, que les coups, les meubles brisés et les violences auxquelles je m'étais porté seraient, dans tous les cas, un sujet de condamnation en dédommagement ; qu'au surplus, la compagnie, loin de me soutenir, m'obligerait à me retirer, et que je serais perdu de réputation. Enfin, il fit tant que pour ne pas lui donner le démenti, j'en passai par où il voulut.

L'affaire fut assoupie, à la grande satisfaction de ces femmes, qui cependant ne jouirent pas longtemps de leur triomphe. Les sommes qu'elles reçurent de moi les ayant mises en état de se mouler sur un meilleur ton, elles changèrent de quartier et allèrent occuper une maison, rue du Gros-Chenêt, où elles reprirent leurs premières allures. Elles ne furent pas longtemps en bonne intelligence : l'intérêt et le libertinage les avaient réunies ; l'intérêt et le libertinage les divisèrent. Et voici comment :

Un jeune homme très aimable fréquentait cette maison ; chacune de ces deux femmes jeta son dévolu sur lui. Les écouter, les flatter toutes les deux, cela n'était pas bien difficile ; mais contenter leur lubricité sans éveiller leur jalousie, c'était un travail qu'Hercule, à coup sûr, n'aurait pas entrepris, et notre jeune galant ne tarda pas à sentir qu'il était au-dessus de ses forces ; il y renonça, et sans trop s'embarrasser des suites de son choix, il donna la préférence à la plus jeune. Si Pallas, la déesse de la sagesse, voua une haine implacable et éternelle à Vénus qui avait su mériter la pomme, comme la plus belle, doit-on s'étonner qu'une femme publique n'ait pu voir de sang-froid sa rivale en débauche lui enlever un jeune amoureux dont elle faisait ses délices ? Les femmes de cet état vont vite dans leurs amours, ainsi que dans leurs querelles. Aux soupçons succédèrent les reproches, puis les injures, c'est-à-dire des vérités bien frappantes, puis les menaces.

Ce qui augmenta l'animosité de ces belles, fut que la maman déclara que tous les meubles et effets appartenaient à elle seule, et que sa fille pouvait aller chercher un logement ailleurs. Elle essaya en effet de la mettre à la porte. Alors, chacune se reprocha ses vilenies, et la scélératesse des deux champions fut mise au grand jour. La langue ne fut pas la seule arme dont elles se servirent ; les pieds et les poings furent mis en activité, et le tapage devint enfin si grand que le guet survint, enleva ces deux athlètes et les conduisit chez le commissaire du quartier.

Chemin faisant, elles réfléchirent qu'une telle scène ne pouvait que leur nuire beaucoup, en découvrant tout l'odieux de leur conduite ; de sorte qu'elles résolurent de se réconcilier. En effet, arrivées en présence du commissaire, elles le prièrent de les excuser pour cette fois, offrirent de payer une somme aux pauvres en expiation du scandale qu'elles avaient causé, promettant de faire régler leurs différends par des arbitres. Le commissaire paraissait assez disposé à leur accorder cette demande ; mais leur ayant demandé leurs noms, leur état et leurs qualités, la plus âgée répondit qu'elle se nommait Amélie Dervinac, veuve de feu François Misson, gentilhomme breton, et que la jeune demoiselle qui l'accompagnait, se nommait Adélaïde Misson, sa nièce ; que voulant se séparer, le paiement de sa pension et le départ de ses meubles avaient fait naître entre elles la querelle dont il s'agissait. Le commissaire, satisfait de ces réponses, allait les congédier, lorsqu'un sergent du guet s'approcha du magistrat et lui demanda la permission de parler ; ce qui lui ayant été accordé, il s'exprima en ces termes : « Je demande mille pardons à madame la douairière de Misson et à mademoiselle sa nièce, mais je dois dire que si je ne rêve pas dans ce moment-ci, c'est elle qui rêve, ou du moins qui vient de faire à monsieur le commissaire un joli petit roman. La vérité est qu'elle n'eut jamais d'autre époux légitime que feu le gros Thomas Duquesne, brave honnête homme qui, après s'être brouillé ici avec la justice pour quelques espiègleries, est allé finir glorieusement ses jours au service du roi, en ramant de Toulon à Marseille, et de Marseille à Toulon.

« Quant au noble Breton, M. Misson, si jamais il a connu madame, c'est sans doute dans ses visites chez la Montigny ou chez la Gourdan, où elle a en effet contracté plus d'un engagement. » À ces mots bien faits pour confondre la plus intrépide des menteuses, la Duquesne ne savait quelle contenance tenir, ni quel parti prendre. Redoublera-t-elle d'impudence ? Avouera-t-elle la vérité ? Son embarras augmenta encore lorsque le maudit sergent ajouta : « Si madame ne se rappelle pas ces faits, je vais lui en citer d'autres plus particuliers et plus frappants, si toutefois M. le commissaire veut bien me le permettre. » Le commissaire ayant fait de la tête un signe d'approbation :

— Eh bien ! dit le sergent, madame se souviendra sans doute de ce jour du nouvel an où, pour la récompenser de s'être procuré de riches étrennes sans le consentement du propriétaire, elle fut conduite à Saint-Martin, et puis invitée à passer six mois à l'Hôpital. Cette anecdote suffit-elle à madame ? En ajouterai-je quelques autres de la même espèce ?

— En voilà assez, dit le commissaire. Et sa nièce, la connaissez-vous ?

Le sergent la regarda attentivement, puis répondit qu'il ne la connaissait pas, mais que s'il faisait entrer le caporal, il la reconnaîtrait assurément. « Cela n'est pas nécessaire, dit aussitôt Adelaïde ; je saurai bien donner ces instructions moi-même ; je prie seulement M. le commissaire de faire sortir ce bavard. » Le magistrat ayant fait signe au sergent de sortir, dès qu'il fut dehors, les deux femmes se jetèrent aux genoux du commissaire et lui avouèrent toutes leurs prouesses, le conjurèrent de les leur pardonner ; et pour l'y engager, elles lui dirent que leur mobilier et leurs épargnes se montant à une somme considérable, elles lui en donneraient le tiers pour en disposer comme il le trouverait bon. « J'accepte votre offre, répondit gravement le magistrat. J'en dispose dès à présent en faveur des hôpitaux, en attendant que la justice dispose du reste, car vous êtes deux malheureuses qui n'avez que trop longtemps et trop impunément abusé le public. Il faut que vous expiez vos fautes. » Après avoir dit ces mots, il leur tourna le dos, sonna et donna les ordres afin qu'on les conduisît à Saint-Martin, et qu'on mît leurs meubles sous les scellés.

Leur sort fut bientôt décidé ; elles furent condamnées à douze ans de réclusion à l'Hôpital général, auquel on donna tout ce qu'elles possédaient.

Dès que j'appris toutes ces circonstances, j'en fis un précis que j'envoyai à M. le premier président. Je ne pus résister au plaisir de cette petite vengeance : dédommagement bien faible des tourments que ces deux femmes scélérates m'avaient causés.

Lorsque j'arrivai en France, j'avais tout ce qu'il faut pour devenir un jour un homme heureux et respectable : fortune, esprit, figure, le cœur excellent et les intentions pures. La malheureuse connaissance que je fis de ces deux femmes m'enleva tous ces avantages. Ce fut pour elles que je refusai l'alliance de Mlle Haurval ; elle est présentement l'épouse d'un homme dont elle fait les délices, et qui est plus digne que moi de ce bonheur.

Ô vous ! ô le plus respectable des pères, puissiez-vous avoir entendu tous les regrets de votre malheureux fils, et lui pardonner le moment d'erreur qui vous a conduit au tombeau ! Déjà j'ai expié cette faute.

Ici finit le mémoire du jeune Colleville. Ayant eu l'occasion d'apprendre d'un de ses amis quel fut le sort de ce jeune homme, je crois devoir en faire part à mes lecteurs : c'est donner une leçon utile aux jeunes gens que de leur apprendre combien il est nécessaire d'apporter toute la prudence possible dans le choix de ses premières connaissances. Une seule démarche imprudente et hasardée, et cependant innocente, a perdu

Colleville ; elle fut la source de tous les malheurs qui l'ont successivement accablé, et qui l'ont précipité dans le gouffre de la misère.

Après avoir été trompé et déshonoré par deux femmes qu'il croyait honnêtes, il conçut contre tout le sexe un violent mépris. Je ne serai plus trompé, se dit-il, je ne verrai plus d'autres femmes que celles qui sont incapables de me tromper, celles enfin qui, ayant jeté le masque de la pudeur et de la décence, me dispensent de toute retenue à leur égard. Je leur supposerai tous les vices possibles, elles ne pourront donc me tromper. Étrange raisonnement, dont la fausseté est frappante ! Colleville ne tarda pas à s'en apercevoir. Mais entraîné comme malgré lui par le tourbillon des passions, ne voulant s'attacher à aucune femme, il en courtisait mille. Courtiser une femme galante, ce n'est pas aller à l'économie ; les cadeaux et dépenses de toute espèce allaient grand train. Dans l'ivresse de ses plaisirs, il ne s'aperçut pas d'abord du dérangement de ses affaires. Son père lui avait laissé des biens considérables pour son état ; il prit le parti de monter une maison brillante. Il fit emplette à l'Opéra d'une de ces divinités dont on acquiert la jouissance au poids de l'or. Il fréquentait, outre cela, les sérails les plus renommés ; celui de la Gourdan avait souvent la préférence. Il est impossible de pousser plus loin que cette entremetteuse l'art de procurer aux libertins les jouissances les plus diverses, et de tirer plus adroitement les sommes les plus fortes de ceux qui avaient le moyen de payer leurs goûts et leurs caprices. Colleville était d'autant mieux venu et mieux traité chez elle, qu'il était le plus généreux des habitués de l'hôtel.

En allant ce train, il vint à bout en moins de deux ans, outre ses revenus, et plus de quatre-vingt mille livres qu'il avait trouvées à la mort de son père, d'en dissiper plus de quatre cent mille dont il s'endetta.

Ceux qui avaient intérêt à le voir se ruiner, puisqu'ils se partageaient ses dépouilles, lui disaient tous les jours que des habitations étaient un bien fort incommode, qu'il n'y avait rien de tel que d'être à portée de ses terres. Il le crut, et le besoin d'argent le lui persuada ; il chercha à s'en défaire. L'une rapportait à son père quarante-cinq mille livres rendues en France, et l'autre près de soixante. Mais elles étaient en ce moment dans un assez mauvais état, parce qu'il n'avait pas eu le soin d'y remettre des nègres et de faire les réparations nécessaires. Son régisseur, sentant qu'il avait affaire à un jeune homme tout occupé de ses plaisirs, avait songé à ses propres intérêts ; de sorte que ses biens produisaient à peine soixante mille livres.

La Gourdan lui présente un capitaliste qui en offrait onze cent mille livres comptant, et le reste en trois paiements égaux à faire en trois ans. Il conclut, et crut avoir fait un marché admirable. Il paya ses dettes, fit des emplettes, donna des fêtes. Le nombre de ses amis s'accrut étonnamment ; plusieurs femmes le prièrent de leur prêter, l'une cinquante louis, l'autre cent ; d'autres plus modestes n'en demandaient que trente. Comment refuser à une jolie femme une telle bagatelle ? Il accordait tout, et on lui disait qu'il était charmant. Il lui restait, en Bretagne, une terre qui lui rapportait vingt-cinq mille livres de rente. Il suivit encore le conseil perfide que lui donna la dame Gourdan, l'intendante de ses plaisirs. Cette fameuse entremetteuse, trop experte dans l'art de dépouiller les libertins de leur fortune, lui conseilla de vendre sa terre. Elle l'aboucha avec un acheteur qui lui en donna six cent mille livres. Colleville crut faire un marché admirable, et donna deux mille écus d'épingles[1] à l'entremetteuse qui, pour le remercier, lui fit faire la connaissance d'un banquier qui prit les fonds du jeune homme, s'engagea à lui en payer les intérêts à 6 %, payables par trimestre. Il jouit de ses revenus pendant dix-huit mois. Il était fort à son aise, et content surtout de vivre sans inquiétude, lorsqu'un matin, un de ses amis, en causant de chose et d'autre, lui dit comme une nouvelle indifférente que le banquier R… venait de faire banqueroute, et qu'il s'était évadé. Cette nouvelle fut un coup de foudre pour Colleville ; il resta un quart d'heure immobile de surprise et de douleur. Dès qu'il fut revenu à lui-même, il fit mettre les chevaux à sa voiture et courut chez R… Il trouva la porte fermée, et on lui dit que la justice venait d'y mettre le scellé. On eut toutes les peines du monde d'empêcher ce malheureux jeune homme d'attenter à ses jours. On dut le garder à vue pendant plusieurs jours. Après un tel éclat, la nouvelle de sa ruine se répandit partout, ses créanciers assiégèrent son hôtel. Au lieu de les rassurer par des promesses, ou de leur proposer un arrangement convenable à tous, il leur tint sa porte fermée. Ils crurent qu'il n'y avait pas de quoi les payer, et se pourvurent en justice. Colleville crut que, dans cette situation, la Gourdan l'aiderait ou lui procurerait quelques ressources ; elle s'y refusa absolument. Il lui reprocha alors les mauvais conseils qu'elle lui avait donnés. « Que voulez-vous, mon cher Colleville, lui répondit-elle en ricanant, j'étais payée pour cela. D'ailleurs, M. R… dépensait beaucoup d'argent dans ma maison. N'était-il pas juste que je lui procurasse les moyens de continuer ses générosités ? »

Trois jours après, sa charge et ses meubles furent saisis. En moins de trois semaines, les frais égalèrent les créances. Il avait pour plus de quatre-vingt mille livres de meubles et d'argenterie, sa charge pouvait en valoir autant ; il devait tout au plus soixante-dix mille francs. Il aurait pu sauver cent mille livres, mais il avait perdu la tête. La vie crapuleuse qu'il avait menée le rendait incapable d'une conduite sage, et faute de se remuer et d'arrêter le cours des procédures, il laissa tout dévorer. On vendit en règle, par conséquent un tiers moins que les choses ne valaient. À peine y eut-il de quoi satisfaire les créanciers. Son valet de chambre emporta, sans prévenir son maître, pour sept ou huit mille livres de

1. *Épingles* : dons ou gratifications pécuniaires (commission, pourboire) que l'on accorde aux femmes en échange de quelque service : c'est pour les *épingles* des filles.

hardes, dont il lui rendit par la suite un compte bien plus exact que plus de trente seigneurs à qui, depuis quatre ou cinq ans, Colleville avait prêté au moins cent mille livres sur leur parole. Il leur écrivit. La plupart ne daignèrent pas seulement lui faire réponse ; les autres nièrent la dette. Ses plus chers amis du temps de son opulence ne donnèrent aucun signe de vie.

Dès qu'il fut capable de prendre un parti, il se retira dans une petite chambre qu'il loua à un quatrième, rue Saint-Jacques, où il tomba dangereusement malade ; il y fut deux mois entre la vie et la mort, n'ayant d'autre compagnie que celle de son fidèle valet de chambre qui ne voulut jamais le quitter. Cependant, après une crise salutaire, sa maladie diminua, il fut hors de danger, et sa santé se rétablit peu à peu. Il vendit alors tout ce qu'il avait pu sauver de sa fortune, et en fit environ dix mille livres comptant. Il offrit cent pistoles à Bellegarde, son valet de chambre, qui ne voulut jamais les accepter, disant à son maître : « Gardez cet argent, vous en avez plus besoin que moi. Je suis né dans un état où l'on ne manque point lorsqu'on est honnête homme. » Colleville fut vivement touché de voir d'aussi beaux sentiments dans un domestique ; il en sentait surtout la beauté lorsqu'il les comparait à l'ingratitude des personnes riches avec lesquelles il avait vécu. Rien n'est étonnant en cela : ceux qui ont vécu dans le malheur ont été, plus que d'autres, à portée de réfléchir sur les hommes et de les connaître. Ils ont tous observé que plus on descend, plus on les trouve près de la nature, et plus, par conséquent, on voit dans eux de droiture, de vérité, de gratitude et d'humanité ; plus on monte, au contraire, moins on l'aperçoit cette nature si simple et si vraie. C'est l'éducation qui ne sert qu'à l'étouffer dans notre cœur, en y substituant tout le faux de l'art. Je dois ici avertir le lecteur que, par *nature*, je n'entends pas cet état de brute dans lequel vit l'anthropophage, mais la nature mitigée par une bonne éducation, la nature enfin dépouillée de l'âpreté et rudesse du sauvage : en un mot, je ne prétends pas mettre l'homme civilisé au-dessous du sauvage, mais je dis que l'éducation des hommes et leur civilisation souvent les ont pervertis, en étouffant en eux les meilleurs sentiments que la nature y avait mis, sentiments qu'une bonne éducation se garde bien d'étouffer. Au contraire, elle les épure et les fortifie, et laisse l'homme aussi près de la nature qu'il est possible, pour en faire un homme civilisé.

Colleville n'étant plus en état de garder un domestique, il fut contraint de conseiller à Bellegarde de chercher une autre condition, qu'il trouva bientôt. Quant à son maître, il resta dans sa petite chambre, sans trop savoir quel parti il prendrait. Après y avoir réfléchi deux jours, il résolut de prendre l'état de comédien. Les succès qu'il avait obtenus sur quelques théâtres de société, où il avait joué les rôles de premier amoureux, furent les raisons qui décidèrent son choix. Il s'engagea pour Lyon où il se rendit, y débuta et fut fort applaudi. Il y vivait assez heureux, lorsque le hasard lui fit rencontrer une femme qu'il avait intimement connue à Paris, où elle était un des principaux ornements du fameux sérail de la Gourdan. Les désastres de Colleville, tout affreux qu'ils étaient, n'avaient point encore étouffé dans lui le goût de la débauche auquel l'habitude avait accoutumé son cœur; il se réveilla plus que jamais auprès de l'infâme Caroline. Elle ne tarda pas à le brouiller avec ses camarades. Les désagréments et les dégoûts qu'ils lui firent éprouver le forcèrent à quitter Lyon pour se rendre à Lille, en Flandre. Caroline voulut le suivre, quoiqu'elle avait à Lyon, disait-elle, de très belles connaissances qui lui rapportaient gros. Colleville y consentit, à condition qu'elle mènerait dorénavant une vie plus retirée, qu'elle ne serait attachée qu'à lui seul, et qu'ils ne séjourneraient à Paris que trois jours. Elle jura d'observer ce traité avec une scrupuleuse exactitude. Ils partirent peu de jours après par la voiture publique et arrivèrent à Paris.

Le lendemain de son arrivée, étant à l'Opéra, il crut apercevoir au parterre un jeune homme nommé Forcy, qu'il avait vu à Lyon plusieurs fois, et notamment la veille de son départ. Il lui était suspect à plus d'un titre; c'était un roué dans le genre de Georges, dont il est fait mention dans les chapitres XX et XXI. Sa figure, quoique assez jolie, avait quelque chose de faux et de sinistre qu'il tâchait de corriger par des manières extrêmement polies, prévenantes et flatteuses. Souvent, il parlait à Caroline à la dérobée et avec mystère. Colleville lui en avait fait des reproches et des remontrances fondées sur la mauvaise réputation de Forcy. Elle n'y avait répondu qu'en niant d'avoir quelque relation avec lui, et assurant que le hasard seul avait amené les entretiens dont on l'accusait. Dès que Colleville l'aperçut à l'Opéra, il le fit remarquer à Caroline qui, à l'instant, changea de couleur. Puis, s'étant remise, elle assura que Colleville se trompait, que l'individu qu'il voyait au parterre ressemblait à Forcy, mais que ce n'était pas lui; qu'au reste cela ne la regardait pas, que Forcy était bien le maître de venir à Paris ou de rester à Lyon.

Après le spectacle, nos jeunes gens retournèrent à leur hôtel, rue du Mail. Toute la nuit, Colleville ne fit que penser et rêver à Forcy et aux mauvais tours qu'on contait de lui.

Le lendemain, notre voyageur proposa à Caroline de sortir avec lui pour faire emplette de plusieurs choses nécessaires à son état et que l'on ne trouve qu'à Paris. Elle s'excusa de l'accompagner sur des douleurs qu'elle ressentait dans les reins et dans les jambes. Il sortit donc seul vers les dix heures du matin. Après avoir dépensé vingt louis, dont quinze pour lui et cinq pour Caroline (car il savait que l'on n'est bien auprès de ces femmes qu'autant qu'on est généreux), il rentra vers les quatre heures. Le portier parut surpris en le voyant, et lui demanda s'il avait oublié quelque chose. Il ne fit guère attention à cette question et s'avança vers l'escalier, suivi du cocher et d'un commissionnaire qui avait tiré du fiacre les divers paquets contenant les emplettes. L'hôtesse l'apercevant lui demanda où il allait.

— À ma chambre, lui répondit-il.

— Nous vous croyions parti, monsieur, avec la dame qui vous accompagnait, et nous avons disposé de votre chambre.

— Quoi ! s'écria Colleville en pâlissant, Caroline serait partie !

— Oui, monsieur, elle est partie à midi précis, dès que vous l'eûtes envoyé chercher par ce monsieur vêtu en gris…

— Moi, dit Colleville, je l'ai envoyé chercher par un monsieur ?… Et mes malles ?

— Ils ont tout emporté, répondit la dame. Ils ont dit qu'ayant loué un appartement au faubourg Saint-Germain, vous vouliez l'habiter dès aujourd'hui.

Elle fit alors le portrait du monsieur à l'habit gris, et Colleville, ne doutant plus que ce ne fût une nouvelle escroquerie à ajouter à la liste nombreuse de celles de Forcy, entra dans un accès de désespoir et de fureur impossible à dépeindre ; il dura toute la journée. Le soir ses forces l'abandonnèrent ; il tomba dans un assoupissement, un engourdissement aussi pénible à voir que ses fureurs. Cet infortuné pouvait-il, en effet, jeter un coup d'œil sur sa situation sans en être effrayé et désespéré ?

Ses malles contenaient, en effets et en argent comptant, la valeur de vingt mille francs. Il ne lui restait que ses emplettes du matin. En un clin d'œil, tout lui avait été enlevé, et par qui ? Par une femme qu'il comblait de ses bienfaits depuis un an. Il était enfin convaincu qu'en vivant avec des personnes sans moralité, de quelque état et sexe qu'elles soient, l'on ne peut manquer d'en être la victime, quelque précaution qu'on prenne ; et que pour vivre heureux et dans l'aisance, il faut ne s'entourer que de personnes probes qui, par leurs principes, leur fortune, et leur genre de vie, se sont constamment rendues dignes de la considération et du respect publics.

L'hôtesse de Colleville ayant appris toutes les circonstances du malheur et de la détresse de ce jeune homme, monta dans le même fiacre et se rendit chez les divers marchands d'où il sortait, pour les prier de reprendre leur marchandise et d'en rendre le prix. Elle peignit la situation de ce jeune homme avec des couleurs si vraies et si touchantes qu'elle réussit à lui rapporter dix-huit louis des vingt qu'il avait employés le matin.

Si ce secours, auquel il ne s'attendait pas, ne le tira pas absolument de l'état affreux dans lequel il était tombé, au moins il le calma un peu, en lui prouvant qu'il existait des âmes honnêtes et sensibles. Cependant, il lui fut impossible de se rétablir de ce coup terrible. Sa santé, déjà très affaiblie, dépérissait à vue d'œil. Son ancien état, les folies de sa jeunesse, les trahisons de ses maîtresses, de ses amis et de toutes les personnes qu'il avait obligées, la mort de son père enfin, tout se représentait à son esprit et renouvelait ses peines et ses chagrins. Bientôt, une mélancolie noire et taciturne s'empara de lui ; il ne pouvait plus voir personne, à peine proférait-il quelques mots pour demander son nécessaire ou invoquer les mânes de son père auxquelles il adressait les prières les plus pathétiques. Un marasme mortel fut la suite de cet état dans lequel enfin il succomba, pleuré et regretté du peu de personnes qui l'entouraient et qu'il avait su s'attacher par sa douceur et sa patience autant que par ses malheurs. Il mourut eu prononçant le nom de son père et de Bellegarde, son ancien valet de chambre. À peine ce qu'il laissa suffit-il pour son enterrement. Leçon terrible pour la jeunesse imprudente !

CHAPITRE XXXII

Suite de l'histoire d'Eugénie Betfort

Au milieu des forêts et des bêtes féroces qui les peuplent, loin des hommes qu'on nomme policés, civilisés, Eugénie avait trouvé le bonheur, le vrai bonheur qui ne peut être goûté que par un cœur pur, un cœur étranger aux remords et aux désirs immodérés. À peine, dans un espace de huit ans, pouvait-elle compter un instant de chagrin. Tout lui avait ri, tout lui avait prospéré au milieu des sauvages insulaires. Tandis qu'au milieu de la France, sous les yeux, faut-il dire, du monarque le plus puissant, elle avait été enlevée à ses parents, vouée, vendue à l'infamie, confondue avec le crime ; sa vertu l'avait conduite dans les fers. Eh bien ! depuis un mois, elle gémissait après cette France où son imagination lui présentait un surcroît de bonheur.

Il est vrai que c'était moins pour elle que pour ses enfants qu'elle le désirait. Son époux avait donné tous ses soins à leur éducation. Mais lorsque le moment serait venu de les établir, est-ce parmi les descendants de leurs infâmes compagnons de voyage, qui pour tout héritage n'avaient transmis que leur scélératesse à leurs enfants ; est-ce parmi les sauvages qu'ils auraient trouvé des alliances heureuses ?

Après bien des réflexions, le voyage de France fut arrêté. M. Labousse avait eu le bonheur d'accroître considérablement sa fortune et ses possessions ; il réalisa le tout, s'embarqua avec son épouse, ses deux enfants, un nègre, une jeune négresse, et voguèrent tous vers la France.

Ce serait ici le moment de faire une superbe description d'une tempête, d'un naufrage et de tous leurs accessoires. Mais ce n'est pas un roman que j'écris ; c'est l'histoire trop véritable, hélas, des sérails de Paris. Hâtons-nous donc d'en venir à ce qui concerne ces antres de prostitution, et disons que, favorisé par le vent et la fortune, le vaisseau qui portait notre héroïne arriva à la Rochelle sans aucun accident.

Sur ce nouveau théâtre de la vie d'Eugénie, les scènes les plus douloureuses vont succéder au bonheur qui avait embelli ses jours. Ce ne sera plus Eugénie elle-même qui narrera ses malheurs ; je les ai recueillis d'une correspondance authentique. C'est moi-même qui vais essayer d'en faire le récit succinct et véritable.

Après avoir séjourné un mois à la Rochelle pour se rétablir des fatigues de la traversée et faire à son costume les changements indispensables, l'heureuse famille prit le chemin de Paris. Ils y louèrent une maison vaste, saine et aérée, dans le faubourg Saint-Germain, firent petit à petit un choix sage et prudent de quelques amis pour leur société, et de maîtres pour leurs enfants.

Il y avait six mois qu'Eugénie était à Paris lorsqu'un soir, sortant du Luxembourg où elle avait été promener avec son mari et ses enfants, une vieille femme la suivait en parlant à une autre. Eugénie l'eut à peine entendue qu'elle se retourne vers elle avec effroi, la regarde, s'écrie : « Ah ! c'est elle !... » et tombe sans connaissance dans les bras de sa femme de chambre. Son époux la transporte dans une maison voisine où il lui administre des secours qui la rappellent à la vie. Elle ouvre enfin les yeux, les promène avec anxiété autour d'elle, examine chaque personne, serre avec force le bras de son mari, et lui dit avec l'accent de l'effroi :

— Oui, mon ami... oui, c'était elle... elle-même... sa voix... m'a frappée au cœur. Ah ! je tremble... La méchante !...

— Qui as-tu vu donc, ma chère amie ? lui demandait M. Labousse. Qui peut te causer cette crainte ? Songe que tu n'as ici rien à redouter, non, rien de qui que ce soit. Dis-moi donc, chère Eugénie, dis-moi qui a pu te causer cet effroi ?

Lorsque Eugénie eut repris ses sens et une partie de sa tranquillité, elle dit que la voix de cette vieille femme qui causait derrière elle lui avait d'abord rappelé celle de sa tante, que s'étant retournée pour la regarder, elle avait vu dans toute sa personne une telle ressemblance qu'elle ne pouvait douter que ce ne fût elle. « Eh bien ! tant mieux, si c'est elle, reprit M. Labousse. Elle nous donnera des éclaircissements sur tes parents dont je souhaite connaître l'existence, quels qu'ils soient. S'ils sont dans le besoin, je les en tirerai ; s'ils sont dans l'aisance, ils seront contents d'apprendre que nous y sommes aussi. » En finissant ces mots, il envoya à la recherche de cette femme, mais on ne put la retrouver.

Dès qu'Eugénie fut en état de retourner à son logis, elle s'y rendit, et ne cessait de parler de l'apparition de sa tante. Quelques jours après, on vint lui apporter une lettre sans signature, et conçue dans ces termes : « Si madame Labousse désire obtenir quelques renseignements sur sa naissance, elle peut avoir confiance dans la personne qui lui remettra cette lettre. » Cette lecture combla Eugénie de joie. Elle fit appeler M. Labousse pour lui montrer la lettre, et le consulta sur la conduite qu'elle tiendrait. Il fut d'avis qu'il fallait introduire le porteur. Dès qu'il fut entré, M. Labousse lui demanda quels détails il pouvait donner sur le sujet mentionné dans la lettre.

— Je ne sais rien autre chose, monsieur, répondit le commissionnaire, si ce n'est que la femme qui m'a donné ce billet offre de venir elle-même donner à madame les éclaircissements qu'elle pourrait désirer.

— Eh bien ! qu'elle vienne demain vers midi, lui dit Mme Labousse.

Le commissionnaire sortit, et le lendemain la Dubois (car c'était elle), se présenta à l'heure fixée. Mme Labousse, en la voyant, ressentit un tressaillement violent ; mais s'étant presque aussitôt remise à l'aide de quelques sels qu'elle respira, elle reçut sa tante avec l'air de bonté qui lui était naturel, s'informa même de sa santé et lui dit :

— Vous n'êtes pas à votre aise ; je vous donnerai de quoi ne pas dépendre de la commisération publique, et si ce que vous avez à me dire remplit mes vœux, si vous me faites connaître mes chers parents, comptez sur ma reconnaissance. Mon mari vous donnera de quoi passer le reste de vos jours dans l'aisance.

— Je vais, madame, reprit la Dubois, vous dire tout ce qui est à ma connaissance concernant vos parents ; vous les reverrez. Mais avant que de vous en parler, permettez que je vous conte comment vous avez été confiée à mes soins.

« Mon nom est Marianne Dubois. J'ignore aussi quels sont mes parents, puisque j'ai été élevée aux Enfants-Trouvés de cette ville. Une jeune dame nommée Davilie, qui alla voir ce bel établissement, et à laquelle je plus par ma vivacité, me demanda aux administrateurs, et m'obtint aux conditions ordinaires. Je reçus chez elle une éducation assez soignée. Mais étant parvenue à l'âge de dix-sept ans, un jeune perruquier qui fréquentait la maison, me séduisit, m'emmena à Lyon et m'y abandonna. Je fus obligée, pour vivre, de faire valoir quelques agréments que j'avais. Je dis agréments parce que n'étant ni belle, ni même bien jolie, je n'avais pour plaire que ma vivacité, ma gaieté et mon enjouement. Deux ans après, je revins à Paris où je fus en vogue assez longtemps. Mais les bons chalands ayant disparu avec ma jeunesse, j'offris mes services à la dame Lepage pour pourvoir son établissement de sujets de mon choix. Je remplissais les devoirs de cet honorable état avec tout le succès possible, lorsqu'un jour, passant par le jardin des Tuileries, je rencontrai une femme nommée Falèze qui avait, de mon temps, été au service de Mme Davilie. Nous nous reconnûmes en nous voyant ; elle s'informa de ma situation, et me dit qu'elle était depuis plusieurs années au service d'une jeune dame extrêmement aimable. De mon côté, je lui fis un tableau le plus favorable qu'il me fut possible de mon état. Lorsque j'eus fini de parler : “Vous pourriez, me dit-elle, madame Dubois, me rendre un service. Je vois que vous êtes la personne dont j'ai besoin et que je cherche. Je vais vous conter en quatre mots de quoi il s'agit. Ma maîtresse a des liaisons amoureuses avec un jeune monsieur, les suites en sont visibles, ou du moins pourraient l'être, si elle ne vivait dans la plus grande retraite. Le moment de sa délivrance approche, il s'agit de trouver un endroit où elle puisse aller faire ses couches commodément, et surtout très secrètement; car elle a deux frères, officiers dans la cavalerie, qui certainement la sacrifieraient ainsi que son amant, s'ils apprenaient leur intrigue.

« — Personne ne peut, en effet, mieux vous servir que moi, lui dis-je, je placerai votre aimable maîtresse si bien, ses couches se feront avec tant de secret, que le plus clairvoyant de Paris n'y verra rien. Voici mon adresse; venez me voir demain vers midi avec la personne qui doit en conférer avec moi, et le tout sera arrangé à la satisfaction des intéressés." Nous nous quittâmes.

« Le lendemain, à midi précis, je vis entrer chez moi la vieille suivante. Un instant après, entra un jeune homme de vingt-quatre ans, le plus beau que j'aie vu de ma vie. Il était vêtu avec beaucoup de goût, et avait un air de chagrin et de mélancolie qui achevait d'intéresser en sa faveur. Après quelques pourparlers et explications, voici, madame, ce que ce beau jeune homme, qui est votre père, me dit : "La situation de la jeune personne que je veux vous confier est telle, relativement à ses parents, que son sort, le mien et celui de l'enfant qu'elle mettra au monde, dépendent du secret qui vous sera confié. Votre silence et vos soins seront bien récompensés. Nous ne pouvons fixer le temps qu'ils devront durer, mais avant que de vous confier ce dépôt plus précieux que ma vie, il faut que vous fassiez le serment que je vais vous prescrire." En achevant ces mots, il tira de sa poche le livre des Évangiles, et après l'avoir posé ouvert sur la table, il ajouta d'un ton solennel : "Jurez que, jusqu'à ce que vous en receviez la permission signée de moi, vous ne découvrirez à qui que ce soit rien de ce qui s'est passé ou se passera concernant la délivrance de la dame qui vous sera confiée, ni sur la naissance de son enfant, et que vous ne ferez rien pour connaître ni la figure, ni le nom, ni quoi que ce soit de ce qui concerne cette dame ou son enfant." Je fis ce serment. M. Veston (c'est ainsi que se nommait ce jeune homme), me donna cinquante louis pour faire les apprêts nécessaires pour la réception de sa dame, et il sortit avec la Falèze. Je me rendis aussitôt chez Mme Pâris, à qui je contai ce à quoi je m'étais engagée. Elle me donna une lettre pour son tapissier qui, l'ayant lue, me dit que dans deux jours tout serait prêt. Il tint parole, car le troisième jour au matin, il m'apporta les clefs d'une charmante petite maison saine et commode, située près de Vaugirard. J'allai la voir, et le soir, à peine étais-je rentrée chez moi, que la Falèze vint me dire que sa maîtresse voulait absolument se rendre dans la retraite que je lui avais destinée, si tout y était en état de la recevoir. Je répondis qu'elle pouvait s'y rendre quand elle voudrait; je lui en délivrai les clefs et lui en indiquai la situation. La Falèze me dit que je me tinsse toujours prête à y aller les joindre lorsque je serais appelée. Je ne sortais donc plus de chez moi sans dire où j'allais. Huit jours après l'entrée de cette dame dans la petite maison, elle vous mit au monde, madame. Je fus aussitôt appelée, un carrosse m'attendait sur le quai des Théatins, il me conduisit à la petite maison où je fus introduite dans la chambre de votre mère. Jamais, ma chère dame, je n'oublierai l'impression que sa voix et son discours firent sur moi. Elle vous tenait entre ses bras et vous donnait mille baisers ; je ne pus voir son visage, il était couvert d'un voile qui m'en dérobait la vue. "Ma chère Dubois, me dit-elle, c'est à vous à qui nous allons confier ce cher enfant. Le dépôt de tous nos biens, de notre vie même, ne serait pas plus précieux. De malheureuses circonstances me forcent à m'en séparer, ayez-en soin comme de votre propre enfant, rien ne lui manquera non plus qu'à vous, et dès que je pourrai m'avouer publiquement pour sa mère, je vous la reprendrai, et ma reconnaissance envers vous surpassera vos espérances. Choisissez-lui une nourrice jeune et saine, visitez-la souvent et surveillez-la comme la garantie de votre fortune." Elle vous couvrit de mille baisers, me dit de vous prendre ; mais elle vous retenait et vous serrait fortement. Enfin, je vous pris, ou plutôt je vous arrachai de ses bras, et sortis aussitôt de son appartement. Un fiacre m'attendait ; il nous conduisit chez la nourrice que j'avais choisie. Nous allions vous y voir deux fois la semaine, Falèze et moi. Vos mois furent payés exactement pendant trois ans. Et durant toute cette époque, je n'eus point à me plaindre de la générosité de vos parents. Au bout de ce terme, la Falèze cessa tout à coup de venir me voir. J'allai m'informer d'elle, et j'appris qu'une attaque d'apoplexie l'avait conduite au tombeau. Depuis lors, ma chère dame, je ne pus obtenir aucun renseignement sur vos parents, quelles que recherches que j'aie pu faire à ce sujet. Plusieurs agents de la police de ma connaissance ont joint leurs perquisitions aux miennes ; ils n'en ont pas appris davantage que moi.

« Lorsque vous eûtes atteint l'âge de quatre ans, je vous pris chez moi. Et pour faire taire les propos, je dis à tout le monde que vous étiez ma nièce, fille d'une de mes sœurs qui venait de mourir. Vous savez, ma chère dame, comment je vous ai élevée, et vous n'avez eu, je crois, qu'à vous louer de moi jusqu'à ce moment où ce gros monsieur si riche...

— Ne parlons pas de cela, dit Mme Labousse en l'interrompant avec impatience. Vous m'avez promis des renseignements sur mes parents ; n'en avez-vous pas d'autres à me donner ?

— J'en ai certainement d'autres, reprit la Dubois, daignez m'écouter. Il y a deux mois que j'étais malade, lorsqu'un particulier vint me trouver, et me demanda si j'avais quelques nouvelles de ma nièce. L'air mystérieux avec lequel il me fit cette question m'inspira de la défiance. Je lui demandai quel intérêt il prenait à cette enfant pour m'en demander des nouvelles. "Je viens, dit-il, de la part de son père. Si vous en doutez, ajouta-t-il, lisez ce billet." Je pris le papier qu'il me présentait, et j'y vis une invitation signée Veston d'indiquer au porteur la demeure de sa fille, afin qu'il puisse la voir et la présenter à sa mère, et lui rendre des parents qui brûlent de la serrer dans leurs bras. Je répondis à ce monsieur que, puisque le père de mon Eugénie vivait encore, je voulais le voir, que ce ne serait qu'à lui-même ou à son épouse que je rendrais compte du dépôt qu'ils m'avaient confié. Le monsieur fit venir un fiacre dans lequel on me traîna. Arrivés à l'hôtel, on me transporta, car je savais à peine marcher, dans l'appartement de M. Veston. En entrant, je le reconnus d'abord ; mais il était bien changé, bien vieilli, il avait l'air chagrin, inquiet. Dès qu'il m'aperçut, il me demanda des nouvelles de sa chère enfant. Excusez-moi, madame : je lui dis qu'après vous avoir donné une éducation au-delà même de mes moyens, vous étiez à la veille d'épouser un homme très riche, lorsque vous disparûtes sans que j'aie jamais pu découvrir ce que vous étiez devenue.

« M. Veston se fâcha, me chargea d'injures et de malédictions. Il me dit qu'il savait la vérité, qu'il voulait cependant l'entendre de ma bouche, que si je persistais à la lui taire, il me livrerait à la rigueur des lois ; qu'au contraire, si j'étais de bonne foi, si je l'aidais à lui faire retrouver sa fille, je jouirais des récompenses qu'il m'avait promises. “Vous voyez en moi, ajouta-t-il, le plus malheureux des époux et des pères. Après avoir lutté pendant vingt ans contre tous les genres de persécutions et de malheurs, j'arrive ici avec mon épouse. Nous croyons embrasser une fille qui va effacer tous nos maux, et nous apprenons qu'elle est perdue pour nous. Sa mort nous aurait affligés. L'incertitude où nous sommes sur son sort, nous désespère, nous tue.” Enfin, madame, pressée tant par ma conscience que par les sollicitations de votre père, je lui avouai tout et lui contai votre histoire sans omettre la plus légère circonstance. Il insista pour savoir le lieu de votre retraite ; je fis serment que je l'avais toujours ignoré, quoique j'aie fait toutes les perquisitions possibles. Il refusa de me croire, et moi je persistai à l'assurer de mon ignorance sur ce sujet. La nuit tombant, voyant qu'il ne pouvait rien tirer de moi, il me fit reconduire dans ma chambre.

« Depuis mon rétablissement, j'allais chaque jour me promener au Luxembourg. Un jour, je vous y vis et vous reconnus à l'instant. Pour m'assurer davantage que c'était vous, je passai et repassai plusieurs fois en vous fixant, et chaque fois je me confirmais dans ma première idée. Je délibérais si je vous accosterais, lorsque ayant jeté les yeux sur moi, vous me reconnûtes et fîtes un cri qui m'épouvanta. Je m'éloignai à l'instant, mais je vous fis suivre. Je courus avertir votre père. Il est incommodé, il refuse de croire au bonheur d'avoir retrouvé sa fille, il attend avec impatience que vous alliez le voir. Lorsque vous le désirerez, madame, nous nous rendrons chez lui, où il nous attend avec impatience.

— Ah ! ma chère tante, s'écria Eugénie, courons, volons chez mon père ; que je puisse enfin le serrer dans mes bras et lui faire oublier toutes les peines que mon absence lui a causées ! Et ma mère, la verrai-je ?

— Non pas sitôt, répondit la Dubois, elle est à la campagne pour sa santé ; il faudra la préparer à cette nouvelle agréable.

La sensible Eugénie brûlait d'impatience de s'élancer dans les bras de son père ; elle se hâta donc de faire toilette, ses femmes ne pouvaient la servir au gré de son impatience. Enfin, elle est en état de sortir et d'aller se présenter à l'auteur de ses jours. On met les chevaux au carrosse ; la Dubois donne au cocher l'adresse écrite sur une carte, et l'on part. Les chevaux ne vont pas assez rapidement au gré de l'impatiente Eugénie, dont le cœur palpite de joie et de crainte. Elle arrive enfin dans la cour d'un bel hôtel, elle descend, on la fait traverser plusieurs pièces richement meublées. Arrivée dans un cabinet élégamment décoré, mais dont les rideaux rouges fermés rendaient la chambre obscure, on la prie d'y attendre un instant. Le domestique essaya de tirer les rideaux, mais il n'en put venir à bout. Il sortit pour aller annoncer Mme Labousse, la Dubois sortit aussi pour aller prévenir et préparer son père à l'entrevue qui allait avoir lieu. Eugénie resta donc seule dans ce cabinet obscur et retiré, livrée à tous les sentiments que l'espoir, l'impatience, la crainte, la timidité faisaient tour à tour naître et se succéder en elle. Après quelques minutes d'attente qui lui paraissent des heures, elle entendit quelqu'un venir. C'était un monsieur qu'elle prit d'abord pour son père ; mais ce n'était qu'un ami qui venait tenir compagnie à Eugénie, et la prier de ne pas s'impatienter de l'absence de M. Veston qu'une affaire extrêmement importante retenait dans son cabinet. Cette attention lui fit plaisir ; elle servait au moins à la distraire. Cependant, elle ne pouvait s'empêcher de trouver quelque chose de gêné, d'apprêté et même de froid dans la réception qu'on lui faisait. Elle jugeait de la joie de ses parents par celle qu'elle ressentait ; elle avait cru qu'en mettant le pied dans l'hôtel, ses yeux eussent rencontré ceux de son père, qu'elle n'eût eu qu'à voler dans ses bras. Qu'il y avait loin de cette réception à celle qu'on lui faisait dans ce cabinet obscur !

L'ami consolateur qui venait d'entrer fit ce qu'il put pour bien remplir sa mission. Il avait une conversation très amusante, beaucoup d'usage du monde, et une figure très aimable. Il parvint facilement à ramener Eugénie dans l'état de sécurité et de contentement où il la désirait. Une demi-heure s'était écoulée assez rapidement, lorsqu'un domestique vint annoncer que M. Veston était enfin libre et qu'il allait paraître. L'officieux ami quitta Eugénie et la laissa seule. L'instant d'après, parut un gros homme richement habillé. « Quel bonheur, ma chère fille ! s'écria-t-il en entrant, et ouvrant deux bras bien courts et une bouche bien grande. Quel bonheur, ma chère Eugénie, de vous voir ! Est-ce bien vous ? Comme vous êtes grandie, embellie ! Embrassez votre père. Quoi ! vous palissez, vous vous trouvez mal ! » En effet, à son aspect Eugénie avait ouvert les bras et fait un pas vers la porte. Mais tout à coup, cette figure, cette voix frappe son oreille, des souvenirs se présentent en foule à son esprit, un doute effrayant glace ses sens et le soupçon, la crainte, la terreur succèdent à l'attente du bonheur. Un froid subit circule dans ses veines, ses bras retombent, ses genoux plient sous le poids de son corps ; elle est obligée de s'asseoir sur un canapé et s'écrie d'un ton douloureux :

— Ah ! je suis trahie !...

— En quoi trahie, ma chère enfant ? perdez-vous la raison ?... Voyez donc en moi le père le plus tendre, le plus heureux... »

En même temps, il lui baisait les mains, voulait la prendre dans ses bras. Mais Eugénie, sentant toute l'étendue du péril où elle se trouvait, ranime ses forces, se lève en repoussant vivement son persécuteur et s'écrie avec indignation : « Barbare, il n'est donc rien de sacré pour vous ? Ah ! jamais assurément, ni la piété filiale, ni l'amour paternel n'ont animé votre cœur. Abandonnez une feinte aussi cruelle qu'inutile... Vous avez fait le malheur de ma jeunesse ; voulez-vous me poursuivre jusqu'au tombeau ? » Prenant ensuite un ton suppliant :

— Vous voulez être mon père ? ne soyez donc pas mon bourreau. Méritez ma confiance, ma reconnaissance. Que cette trahison...

— Il n'y a point ici de trahison, ma belle dame, reprit le faux père, tout honteux de se voir reconnu : ce n'est qu'un badinage que vous prenez un peu trop au sérieux. Que diable ! Je voulais me réconcilier avec vous à l'aide d'une petite comédie, et vous voulez en faire une tragédie ? cela est trop triste !

— Monsieur, cette manière de se réconcilier ne pouvait être de mon goût, elle est inexcusable.

— Oh ! tout est pardonnable à l'amour. Au reste, je ne suis peut-être pas aussi coupable que vous le croyez. Je ne sais quel moyen on a employé pour vous attirer dans cette maison ; daignez vous asseoir un instant, et je vous conterai ce qui m'est arrivé à votre sujet.

Eugénie refusa d'abord de s'asseoir et d'écouter, protestant qu'elle ne demeurerait pas une minute de plus dans cette chambre ; que puisqu'au lieu d'y trouver un père, elle n'y trouvait qu'un persécuteur, la prudence et la décence lui ordonnaient d'en sortir au plus tôt.

— Il n'en sera rien, ma chère dame, dit le financier. Vous m'avez appelé un cruel, un barbare, un scélérat ; il faut que je me justifie et que je vous prouve que je ne suis qu'un amant trop malheureux et trop constant.

— Faites donc venir, je vous en supplie, la dame du logis, s'il y en a une, dit Eugénie fondant en larmes.

— Ah ! ah ! la dame du logis, s'écria le financier, en riant aux éclats. Vous ignorez donc chez qui vous êtes ? Cet hôtel est celui de la fameuse Gourdan, la femme la plus complaisante, la plus officieuse du monde entier.

— Oh ciel !... moi chez la Gourdan !... dans un lieu infâme de prostitution et de libertinage !... Je suis perdue, déshonorée.

— Vous n'êtes ni perdue, ni déshonorée. Personne que vous, moi et la Dubois ne connaît votre nom ; et si cette aventure éclate un jour, c'est que vous le voudrez bien. Calmez-vous et daignez m'écouter. Un quart d'heure de plus dans cette chambre ne vous rendra ni plus coupable, ni plus malheureuse. Asseyons-nous. Au reste, sachez que vous ne pouvez sortir d'ici sans mon consentement.

« Vous vous rappelez assurément le jour où vous vous échappâtes de chez moi comme une lionne furieuse qui, prête à devenir la proie des chasseurs, a brisé les lacs qui la retenaient captive. Votre conduite à mon égard me surprenait d'autant plus que la Dubois m'avait assuré que vous veniez chez moi et que vous vous livriez à moi avec plaisir, et que vous ne mettiez dans vos refus qu'autant de rigueur qu'il en fallait pour y donner quelque prix. Je vous avais vue au Palais-Royal et aux Tuileries comme une marchandise que l'on offrait publiquement à vendre ou à louer au plus haut enchérisseur. Vous me plûtes, je fis mes propositions à celle qui vous accompagnait et qui se disait votre tante ; nous conclûmes le marché. Elle m'assurait que je n'aurais, pour entrer en jouissance de mon marché, qu'à surmonter quelques refus, quelques bizarreries, dernier combat d'une pudeur agonisante, qu'après cela tout irait le mieux du monde. Vous savez, ma chère dame, combien j'ai dû décompter de ce calcul, lorsque vous vous fûtes échappée de mes bras. Nous vous cherchâmes dans l'hôtel, ne croyant jamais que vous en étiez sortie à telle heure. Après que mes gens eurent fureté jusque dans les plus petits recoins, nous commençâmes à croire que vous étiez sortie. Votre tante assurait que, n'ayant pas la plus légère connaissance dans Paris et ignorant les noms des rues, rien ne serait plus facile que de vous retrouver. J'envoyai dans tout mon quartier et les environs, prendre des informations ; toutes les recherches que je pus faire furent inutiles. La Dubois venait souvent me voir pour m'entretenir dans l'espoir de vous retrouver. Tantôt elle croyait vous avoir vue au spectacle, tantôt c'était dans quelques promenades publiques. Je lui donnais de l'argent pour continuer ses recherches, et jamais le résultat ne m'apprit la vérité. Enfin, il y a quelques jours quelle vint m'avertir qu'elle vous avait vue au Luxembourg. Je révoquai cette nouvelle en doute ; elle me jura qu'elle vous avait vue et entendue ; elle m'indiqua votre adresse et m'assura que, d'après les informations qu'elle avait prises, elle était certaine de me procurer une entrevue, si je voulais me prêter à son projet. Je consentis à tout, pourvu qu'il ne vous soit fait aucune violence. Elle a des relations extrêmement intimes avec Mme Gourdan ; elle me donna donc rendez-vous ici, et me dit qu'il faudrait faire un instant le rôle de père pour en venir plus facilement à celui d'amant heureux. J'avais quelque répugnance à user de ce stratagème, mais les raisons que la Gourdan et la Dubois me dirent, et plus encore le désir de vous voir, de vous posséder, belle Eugénie, triomphèrent de mes scrupules. Vous savez le reste, et vous devez avouer que je ne suis ni un cruel, ni un barbare. Je suis un amant tendre et passionné, qui attend le prix de son amour et de sa constance ; ne le désespérez pas.

Eugénie avait entendu le récit du financier avec tranquillité et patience. Mais lorsqu'il en vint à la déclaration de son amour et aux expressions qui manifestaient ses espérances, surtout lorsqu'elle entendit ces mots : *ne le désespérez pas*, l'indignation s'empara de son âme, elle se leva, et regardant le gros homme avec mépris, elle lui dit : « Si, lorsque j'étais sans expérience, sans fortune, sans appui, et libre cependant, j'ai résisté à vos promesses et à vos menaces, comment pouvez-vous croire, monsieur, qu'à présent où je connais vos vues criminelles, à présent où je suis épouse et mère, jouissant d'une fortune qui surpasse mes espérances ; comment, dis-je, pouvez-vous croire que, dans cet état, je puisse pousser l'oubli de moi-même et de mes devoirs, au point de condescendre à vos désirs ? Non, monsieur, n'espérez jamais triompher de mes principes ; votre amour, s'il existe, est une passion criminelle qui m'offense, et votre constance n'est qu'un entêtement injurieux à mon humeur : il est digne de mépris, et non de récompense. »

Le gros et vieux libertin ignorait qu'Eugénie fût mariée et jouît d'une fortune qui égalait la sienne. De sorte que, lorsqu'il vit cet air méprisant et ce ton de dignité qui sait toujours en imposer aux âmes basses et viles, il perdit la force de répliquer. C'est surtout lorsqu'elle prononça avec solennité les noms sacrés d'épouse et de mère, qu'il se sentit comme terrassé et confondu. À peine sut-il balbutier quelques excuses. Revenant cependant un peu à lui-même, il lui dit en bégayant :

— Madame m'excusera sans doute, cette maudite Dubois m'a encore abusé ; je vous croyais libre comme le poisson dans l'eau. Ah ! qu'on est malheureux d'être riche !…

— Et méchant, ajouta Eugénie. Puis elle lui dit : Il est temps, monsieur, que je quitte ces lieux qui n'auraient jamais dû me voir. Veuillez sonner quelqu'un pour appeler mon cocher.

Il sonna, en effet, d'une manière convenue, car s'il avait sonné simplement, personne n'aurait paru. Un domestique se présenta, on lui dit de faire venir la voiture de madame ; il répondit qu'elle avait été renvoyée, et s'offrit de faire venir au plus tôt un autre fiacre. Le financier offrit à Eugénie son carrosse.

— J'aurai, lui dit-il, madame, l'honneur et le plaisir de vous remettre chez vous ; j'y ferai la connaissance de M. votre cher époux, et je tâcherai, par mes soins et mon respect, de vous faire oublier mes torts et d'acquérir votre amitié.

— Je vous dispense de tant de sollicitude, répondit Eugénie d'un ton railleur. Restez ici, monsieur ; vous y êtes venu pour une bonne fortune, cette maison en renferme d'excellentes, vous ne serez embarrassé que du choix. Les objets que vous verriez chez moi ne vous rappelleraient que des souvenirs fâcheux. Oublions-nous l'un et l'autre, monsieur, si cela est possible ; nous y gagnerons tous.

Comme elle achevait cette réponse, on vint lui dire que le fiacre qu'on avait envoyé chercher, était à la porte. « En ce cas, reprit-elle, je vous salue, monsieur. » Le financier lui présenta la main ; elle la refusa, se hâta de sortir, se précipita dans le fiacre et se fit conduire à son hôtel.

Lorsqu'elle y arriva, M. Labousse commençait à s'inquiéter de son absence qui se prolongeait plus lard qu'il n'avait pensé. Son épouse était sortie avec tant d'empressement qu'elle avait oublié de lui faire dire où elle allait. La figure de la Dubois lui était très suspecte ; il pensait déjà à se faire conduire par son cocher à l'hôtel où il l'avait laissée, lorsqu'on l'annonça. Dès qu'il la vit s'avancer vers lui avec précipitation :

— Eh bien ! mon Eugénie, lui cria-t-il, as-tu vu ton père ?...

— Mon père, répondit-elle en se jetant dans les bras de son mari, et fondant en larmes. Dieu !... quelle infamie !... Ah ! les traîtres !... les perfides !... Quelle corruption dans cette ville !... Qui eût pu s'attendre à cette imposture ?...

M. Labousse ne savait quoi penser du trouble et de l'agitation dans lesquels il voyait son épouse. Les mots entrecoupés de sanglots, les exclamations qui s'échappaient de sa bouche comme malgré elle, lui indiquaient suffisamment qu'elle avait été trompée par la Dubois. Il craignait même qu'elle n'eût été ou volée ou insultée. Il crut donc que le plus prudent et le plus pressé était de ramener ses sens au calme qui leur convenait, et d'éloigner même de son esprit toute crainte et toute idée qui pouvaient y entretenir l'effroi dont elle paraissait saisie. Pour obtenir ce résultat, il ne lui adressa que des paroles douces et caressantes. Il fit venir ses enfants et ses femmes, et se retira un instant dans son appartement, sous prétexte d'aller vaquer à une affaire pressante. Cette conduite sage et modérée répondit à son attente. Ce qui surtout servit le plus à tirer cette estimable femme de l'état pénible dans lequel l'avait jetée tout ce qui s'était passé ce jour-là, fut l'innocence de son cœur. Quelque désagréable que soit la situation d'une personne, elle est bien plus supportable lorsqu'elle n'a pas contre elle-même le témoignage de sa conscience, lorsqu'au contraire elle peut se fortifier du sentiment de son innocence et de sa pureté.

Dès qu'Eugénie fut revenue de son émotion, elle fit appeler son époux et lui conta sans détour toutes les circonstances de ses démarches avec la Dubois, son entrée chez la Gourdan, son tête-à-tête avec le gros financier, et la manière dont il avait été éconduit. M. Labousse fut indigné de tant d'horreurs. Il résolut de porter plainte à la police, pour faire arrêter la Dubois et la forcer d'autorité à donner les renseignements qu'elle aurait sur les parents d'Eugénie. Il le fit. La Dubois fut conduite chez le lieutenant de police ; on la confronta à M. Labousse et à ses femmes. Forcée enfin d'avouer qu'elle connaissait le père d'Eugénie ou qu'elle était coupable de la plus criminelle imposture, elle résolut de dire la vérité qui était que M. Veston, le père d'Eugénie, était mort à l'île de Corse, dix ans après la naissance de sa fille dont la mère était morte aussi peu de mois après. Ces détails que la Dubois donna furent constatés et vérifiés. Il en résulta qu'Eugénie était orpheline ; elle en fut affligée, mais s'en consola avec le temps. La Dubois fut renfermée à l'Hôpital pour le reste de ses jours. La Gourdan reçut une mercuriale qui, si elle ne la corrigea pas du désir d'attirer chez elle des femmes honnêtes en leur cachant son état, la rendit au moins plus prudente et très circonspecte dans les services de ce genre que dorénavant elle rendrait à ses amis. Quant au financier, M. Labousse lui fit savoir indirectement que, s'il essayait encore, de quelque manière que ce fût, de troubler la tranquillité de Mme Labousse, il aurait affaire à lui. Par ces moyens peu violents, tout rentra dans l'ordre, et l'heureux ménage coula des jours heureux au sein de la paix, de l'amour et de l'abondance.

CHAPITRE XXXIII
Aventure de M. Felman avec Mlle Adélaïde Daixanville, fille entretenue

Il est des pays où les filles et femmes publiques sont obligées de porter un costume qui les distingue des femmes honnêtes. Nos anciennes ordonnances de police renferment des dispositions semblables. Elles ordonnaient aux filles publiques de porter une aiguillette [1] sur l'épaule, etc., etc. Si ces lois étaient remises en vigueur, et surtout bien exécutées, elles rendraient plus difficiles les quiproquos tels que celui qui a donné lieu à l'aventure qui fait le sujet de ce chapitre.

M. Felman était un jeune et riche négociant de Hambourg qui, obligé de venir à Paris pour régler des affaires commerciales, avait séjourné quelque temps à Bruxelles. Il était sur son départ, lorsque étant allé faire ses adieux à un ami, il y rencontra une jeune et aimable Française qui y était pour payer le mémoire de quelques dentelles et étoffes qu'elle y avait achetées. La conversation tomba assez naturellement sur Paris. Mlle Adélaïde Daixanville (c'était le nom de cette jeune Française), en

1. *Aiguillette* : cordon ou tresse ferrée par les deux bouts qui sert à attacher. Dans certaines villes du royaume, comme Toulouse, les prostituées étaient obligées de porter une aiguillette sur l'épaule, comme marque d'infamie. *Courir l'aiguillette* se disait des femmes de mauvaise vie qui racolaient dans la rue : « Si la nature n'eût arrosé le front des femmes d'un peu de pudeur, vous les verriez bientôt *courir l'aiguillette* » (Rabelais). « … Je recherche une jeune fillette / Experte dès longtemps à *courir l'aiguillette*, / Qui soit ardente et vive au combat amoureux » (Régnier).

fit le portrait le plus flatteur. Elle s'énonçait avec grâce et esprit, sa figure était charmante, ses descriptions ne pouvaient donc manquer de plaire.

— Eh ! pourquoi avez-vous quitté un si charmant séjour, lui demanda M. Felman ?

— J'ai dû venir à Bruxelles pour me faire rembourser une dette assez considérable. J'ai terminé cette affaire, c'est-à-dire que je l'ai abandonnée. Je voudrais retourner à Paris, mais j'ai tant de répugnance à prendre la voiture publique que je suis résolue d'attendre une parente qui est arrivée de Spa, et dans quinze jours part pour Paris ; je profiterai de sa voiture pour faire ce voyage.

M. Felman lui offrit une place dans la sienne. Cette proposition fut écoutée avec surprise, et d'abord rejetée comme incompatible avec la décence, le respect des convenances, puis discutée, approfondie, enfin à moitié acceptée, pourvu que la femme de chambre fût du voyage, et le jour du départ fixé au surlendemain. M. Felman, pendant cet intervalle, s'informa de la belle Adélaïde. Il n'en apprit que des choses indifférentes ou agréables, de sorte qu'il se sut bon gré de la conquête qu'il avait faite, car son esprit et sa figure lui plaisaient infiniment. Il avait appris qu'elle n'était pas riche ; ce n'était pas là un motif de la mépriser. Nous ne ferons pas la description du voyage, qui se fit en poste et sans accident ni malencontre. Il nous suffira de dire que notre voyageur s'enflamma de plus en plus pour les charmes de sa belle compagne, charmes dont le nombre s'accroissait chaque jour à ses yeux — et ce n'était pas sans raison. Adélaïde Daixanville était une jeune Provençale, âgée de dix-neuf à vingt ans ; elle avait l'esprit vif, la repartie ingénue et toujours à propos, le jugement sain qu'une éducation soignée avait cultivé durant les douze premières années de sa vie. Elle avait fait ses essais chez la Hécquet ; mais trouvant ce théâtre trop rétréci pour le rôle qu'elle voulait jouer, elle s'était résolue à voyager par le monde. La perte de ses parents, à cette époque, et d'autres revers de fortune l'avaient précipitée dans le gouffre du libertinage. Sa taille était superbe, elle avait les yeux bruns et tendres, la peau très blanche et les cheveux d'un beau noir. Ses gestes étaient pleins de grâces, et le son de sa voix extrêmement agréable donnait à ses discours un charme inexprimable. Franche hypocrite, elle avait su conserver dans toutes ses manières un air de décence qui ne l'abandonnait pas, même dans les moments d'abandon les plus mystérieux. Quant à notre Hambourgeois, c'était un homme de trente ans. Il avait la figure agréable et mâle, la taille avantageuse, le tempérament enclin à l'amour. Il était constant, franc et généreux, les manières un peu germaniques ; du reste, incapable de manquer à quiconque ne lui en donnait pas un sujet légitime. Il connaissait son penchant pour les femmes, et s'il s'abandonna à ses premiers sentiments pour Adélaïde, ce fut en partie pour se prémunir contre les liaisons dangereuses que ce penchant aurait pu lui faire former dans une ville aussi remplie que l'est Paris, de tous les pièges que l'amour de l'or et du plaisir imagine à chaque instant.

Pendant le voyage, Mlle Adélaïde qui avait, au premier coup d'œil, jugé le caractère de son compagnon, n'avait pas tardé à former son plan pour l'agrandissement de sa fortune et de ses plaisirs. Elle avait fait à Felman le roman de sa vie, de ses malheurs, et de l'état de sa fortune qui serait sous peu, disait-elle, brillante et solidement établie. Elle avait vendu tout son mobilier pour aller à Bruxelles poursuivre une créance considérable. Mais étrangère à la chicane, il avait été facile de la faire échouer. Elle revenait donc à Paris, auprès d'une vieille cousine qui voulait bien la recevoir et lui donner asile, en attendant qu'une succession qui lui était échue à la Martinique, fût réglée, ce qui tarderait encore près d'un an. Cette parente était dévote, maussade, cacochyme et misanthrope ; sa maison était une vraie prison ! On voudrait bien n'en point passer par là, mais que faire ? La nécessité, la dure nécessité n'a pas de loi.

Ces fausses confidences avaient un but que l'on devine facilement : c'était d'engager M. Felman à offrir à sa charmante compagne sa bourse et sa protection pour l'empêcher de s'enterrer toute vive chez sa parente. Ces offres furent faites ; et après quelques combats, quelques *si*, quelques *mais*, elles furent acceptées avec une répugnance feinte, et les arrangements aussitôt pris en conséquence. Il fut convenu entre nos voyageurs qu'ils loueraient dans le même hôtel deux appartements contigus, mais indépendants l'un de l'autre, qu'ils seraient meublés à frais communs, que M. Felman en ferait les avances à recouvrer sur la succession du cousin d'Amérique, que chacun des deux serait parfaitement libre dans son appartement, qu'on ne se verrait que d'un accord commun et à des heures réglées. Ce contrat fait fut scellé par quelques baisers que Mlle Daixanville laissa prendre sur sa bouche vermeille.

Dès que les voyageurs furent arrivés à Paris, ils eurent bientôt réalisé leurs projets. M. Felman était trop libéral, trop empressé et trop amoureux pour ne pas recueillir bientôt le fruit de ses soins et de ses dépenses. Il en fut ravi, enchanté. Adélaïde avait si bien joué son rôle que son amant croyait avoir vaincu la pudeur, la chasteté, et la virginité même. Quelques mois se passèrent au sein de la paix, de l'amour et de la volupté ; le plus léger nuage n'avait pas encore obscurci des jours si beaux. On se lassa enfin de cette uniformité. Une Française, une Provençale, une fille galante enfin, vivre deux grands mois fidèle à son amant, c'était un prodige : il ne pouvait être éternel. Cette uniformité de vie ennuya bientôt la belle Adélaïde ; elle voulut se répandre davantage. La parure l'occupa beaucoup plus ; elle fit des connaissances qu'elle recevait chez elle. Cependant, M. Felman était, ou du moins paraissait toujours être l'amant préféré et chéri. Aussi son amour et sa confiance s'étaient accrus au point que, si ses affaires commerciales le lui avaient permis, il aurait fait la folie de l'épouser. Il y pensait en effet sérieusement, lorsqu'il fut obligé de quitter sa belle pour aller au Havre terminer quelques affaires qui demandaient sa présence. Les pleurs, les soupirs, les regrets, les reproches même ne furent pas épargnés, pour exprimer combien elle allait souffrir de cette absence. Les assurances que Felman donna d'écrire souvent et de revenir le plus tôt possible, calmèrent un peu le désespoir de la belle, et firent espérer que son amant la retrouverait encore en vie. Il partit donc, et pour ne pas succomber à la tristesse, pour se maintenir toujours digne de son cher Felman, car rien ne fane et ne détruit la beauté comme le chagrin, elle s'efforça au point de fréquenter les spectacles, les promenades publiques, et de se faire une cour nombreuse composée d'adorateurs de tout âge et de tout état.

M. Felman avait laissé à Paris Jean, son domestique. Ce garçon servait son maître depuis son enfance, et lui était extrêmement attaché. À une fidélité à toute épreuve, il joignait beaucoup de bon sens et une sévérité de mœurs peu commune. Il avait placé ses épargnes de manière à s'assurer une fortune assez belle. Julie, la femme de chambre d'Adélaïde, avait connaissance de ces faits, et crut que ce serait une très bonne affaire que la conquête de ce garçon. En conséquence, elle lui tendit ses filets. Jean s'aperçut de la bonne volonté de la soubrette. C'était une jeune fille assez gentille, et si ce ne fut point par amour pour elle, ce fut au moins par attachement pour son maître, qu'il feignit de répondre aux avances de la belle.

Depuis quelque temps il observait Mlle Daixanville, et avait mille raisons de croire qu'elle était infidèle à M. Felman, dont elle ferait un jour sa dupe. Il résolut de traverser ses projets, de la démasquer et de rompre le charme qui enchaînait son maître au char de cette sirène.

Il tâcha d'abord de gagner la confiance de Julie ; il lui dit beaucoup de mal de son maître, afin qu'elle suivît le même exemple et médît aussi de sa maîtresse. La ruse lui réussit au-delà de ses espérances. Julie lui conta tout ce qu'elle savait et ne savait pas sur Adélaïde. Elle lui détailla les noms, les qualités, l'âge, le caractère et les anecdotes de tous ses amants passés et présents. Et comme Jean, en politique habile, refusait de croire, Julie lui offrit de le rendre témoin oculaire et auriculaire de ce qu'il ne voulait pas croire. Jean accepta l'offre, et vit de ses yeux, entendit de ses oreilles ce qu'il fallait pour être bien convaincu qu'on dupait son cher maître. Satisfait de sa découverte, il ne pensa plus qu'aux moyens d'exécuter son projet. Il crut que le plus sûr était d'empêcher son maître d'arriver à l'improviste chez Adélaïde. Il prétexta donc quelques commissions pour s'absenter, et se rendit au Havre.

Son maître, en le voyant, lui demanda des nouvelles de sa chère Adélaïde.

— Elle est, monsieur, toujours belle et charmante. Le chagrin de votre absence l'aurait bien maigrie, si son amour pour vous ne l'avait forcée à se dissiper un peu et à faire l'impossible pour bannir loin de chez nous ce vilain chagrin qui flétrit et enlaidit tant.

— Cesse de bavarder, Jean. Dis-moi comment se porte Adélaïde. M'attend-elle avec impatience? avoue-le moi. N'est-ce pas elle qui t'envoie pour hâter mon retour à Paris?

— Monsieur, c'est pour hâter votre retour près d'elle que je viens ici, mais ce n'est pas elle qui m'envoie. Au contraire, pour parler sérieusement, je vous assure que plus votre absence se prolongera, et plus vous lui ferez plaisir.

— Cela n'est pas possible! Jean, ton zèle pour moi t'aveugle; va, ne crains rien. Cette charmante personne m'aime, sa vertu m'est connue, sa constance est inébranlable.

— Son amour, sa vertu et sa constance, mon cher maître, sont des chimères que la coquine a su...

— Te tairas-tu, Jean? As-tu donc perdu l'esprit? Sache que lorsque tu insultes cette femme que je chéris, c'est comme si tu m'insultais moi-même.

— Pardon, mon cher maître, mais il est impossible que je vous taise les tromperies que l'on vous fait; je ne parle pas sans preuve. Je vous laisse le maître de ma fortune, donnez-la tout entière aux pauvres, battez-moi, chassez-moi de votre présence à toujours, tuez-moi enfin si, dans les vingt-quatre heures après notre arrivée à Paris, je ne vous prouve que Mlle Adelaïde Daixanville n'a jamais été qu'une catin, et que ce n'est qu'à force de dissimulation, d'hypocrisie et de mensonges qu'elle a su se faire passer près de vous pour une fille honnête.

— Eh! d'où as-tu tiré toutes ces belles choses-là, Jean?

— Julie m'a conté la vie de sa maîtresse. Elle a fait plus; elle m'a introduit dans son cabinet de toilette, d'où j'ai pu voir et entendre les preuves non équivoques de son ingratitude et de son infidélité envers vous, mon cher maître.

Jean apprit ensuite à M. Felman qu'après la mort de sa mère, à l'âge de quatorze ans, Adelaïde était venue à Paris avec son père, qu'elle avait perdu deux ans après; qu'alors une entremetteuse s'en était emparée, sous prétexte de la placer en apprentissage; mais que, l'ayant pervertie, elle trafiqua de ses charmes, puis la plaça chez la Hécquet tenant sérail public à Paris (voyez le chapitre vingt-deuxième); qu'elle y resta deux ans, en sortit pour être entretenue par un seigneur hollandais qui la conduisit à La Haye; et que c'est à son retour de Hollande que M. Felman la vit à Bruxelles, où elle séjournait en attendant une occasion de revenir à Paris. Durant ce discours, M. Felman était absorbé dans ses réflexions; il semblait avoir perdu l'usage de ses membres.

— Depuis votre absence de Paris, ajouta Jean, il faudrait voir le train dont elle va : elle court tous les spectacles et toutes les promenades. Le nombre de ses amants égale celui de ses charmes. Il en est quelques-uns de plus favorisés que les autres : ce sont un militaire, un abbé et un financier, sans compter M. Burier, son perruquier, qui est le mieux partagé, parce que les autres paient, et lui, au contraire, il est payé. C'est cependant un bien vilain magot. Mais tel est le caprice de Mademoiselle : elle en raffole.

— Ah Dieu ! cela est-il possible, s'écria Felman, se levant tout à coup avec un mouvement de fureur. Partons, Jean. Que j'aille poignarder cette infâme coquine et ses vils complices !

— Y pensez-vous, monsieur? vous compromettre pour une catin? Non, non, suivez mes conseils, et vous serez vengé au-delà de vos désirs, sans que qui que ce soit ait à vous rien imputer. Terminez ici vos affaires, et laissez-moi agir.

— Elles peuvent l'être aujourd'hui.

— Eh bien ! nous partirons demain. Vous serez vengé, ou je ne serai plus Jean.

Le lendemain ils partirent du Havre. Arrivés à Paris, ils furent descendre chez un ami qui demeurait assez loin de leur hôtel. Jean alla aussitôt trouver sa confidente Julie, et prit avec elle les arrangements convenables pour prouver à son maître l'infidélité et l'immoralité de sa belle. Il fut convenu que M. Felman se trouverait à l'hôtel le lendemain à huit heures du matin, et que Julie l'introduirait chez sa maîtresse qu'il surprendrait en flagrant délit. Quant au mode de vengeance, Jean s'en réserva l'invention et la direction.

Il alla faire tous les préparatifs nécessaires au projet qu'il avait en tête, et courut rejoindre son maître qui passa une nuit que la jalousie, le désir de la vengeance et le dépit lui rendirent bien pénible. Le lendemain matin, huit heures étaient à peine sonnées qu'il était à l'hôtel. Julie l'introduisit dans la chambre à coucher de sa maîtresse. Il tire le rideau et voit le plus vilain malotru qui se puisse imaginer, couché et enlacé dans les bras de la belle Adélaïde. Que ceux qui ont connu l'amour et la jalousie se peignent la situation de M. Felman ! Quant à moi, je ne pourrais la rendre sans la dénaturer. Le premier dessein de M. Felman avait été d'immoler les coupables à sa vengeance. Mais son prudent serviteur veillait sur ses mouvements ; et pour terminer enfin cette scène, il saisit la couverture, l'arrache avec violence, et met au jour un spectacle digne des plus fameux pinceaux. Car quel étonnant contraste que la carcasse sale et olivâtre de M. Burier, à côté du corps d'albâtre d'Adélaïde ! À cette vue, les spectateurs éclatèrent de rire et réveillèrent en sursaut le couple endormi. Adélaïde ne sachant d'abord si elle rêve ou si elle veille, se tâte, se frotte les yeux, les porte tour à tour sur Felman et Burier ; sa confusion est extrême. Enfin elle revient à elle, et l'effronterie succédant à la honte, elle s'écrie qu'il est bien étonnant qu'elle ne soit pas maîtresse chez elle.

Son bel ami, sans s'amuser à des criailleries, cherche des yeux ses vêtements. Ne les voyant pas (Jean les avait cachés), il saute du lit pour les trouver. Au même instant, deux gaillards aux bras vigoureux et souples, entrent armés de fouets qu'ils font claquer sur tous les membres du bel Adonis qui crie, saute, court, se tapit derrière les meubles d'où les cruels coups de fouet le font déguerpir. Il se réfugie enfin dans le lit fatal comme dans un asile sacré, mais les implacables fouetteurs l'y atteignent et redoublent leurs coups qu'ils font partager à sa complice. Jean craignant qu'un plus long tapage n'amène du monde, jette au flagellé ses habits. Burier les saisit, s'élance hors de l'appartement et gagne la rue, où il tombe excédé de douleur, de fatigue, et couvert de sang et de sueur. L'officieux Jean arrive, le relève, le console, et par ses consolations, apprend à la foule de badauds les circonstances de ce désastre. L'anecdote vole de bouche en bouche, et Burier devient le sujet de la risée du quartier.

M. Felman était resté auprès d'Adélaïde. Il lui reprochait son ingratitude et son hypocrisie, et la belle employait tous les prestiges de son art pour l'apaiser, mais c'était en vain. Il lui déclara qu'un profond mépris avait succédé dans son cœur à l'amour le plus ardent ; que si, dans une heure, elle n'avait évacué l'appartement, il la ferait enlever comme un escroc. Jean entrait comme son maître prononçait cette terrible sentence. « Soyez tranquille, monsieur, lui dit-il tout rayonnant de joie et fier de son triomphe. Je me charge, moi, de mettre cette belle à la porte ou de l'y faire mettre par le commissaire : elle choisira. » La donzelle eut bientôt fait son choix ; elle s'habilla et sortit sans bruit.

Pour récompenser leur zèle, M. Felman donna à Jean et à Julie tout l'ameublement qu'ils vendirent, et dont le produit consola un peu cette fille d'avoir manqué son but, car Jean venait de lui déclarer formellement que jamais il ne se marierait en France. Peu de temps après, M. Felman s'en retourna à Hambourg, heureux d'avoir soustrait sa fortune et sa liberté aux pièges de l'ingrate Adélaïde.

FIN

SEXE ET POLITIQUE :

UNE REINE DE PAPIER

MARIE-ANTOINETTE :
ICÔNE D'UNE PORNOGRAPHIE POLITIQUE

par Maurice Lever

La révolution de 1789 marque-t-elle aussi une révolution dans les lettres ? La refonte de nos institutions a-t-elle également agi sur les productions de l'esprit ? À première vue, et pour un temps limité, on serait tenté de le croire. Que voit-on en effet ? Depuis quelques années déjà, le public se détourne de la littérature au profit du politique. L'écrivain est devenu suspect, le philosophe s'efface peu à peu devant le législateur, la parole prend le pas sur l'écrit. Verra-t-on la République des citoyens abolir la République des lettres ? Voire. Quoique fortement dévaluée, la fiction romanesque (pour ne citer qu'elle) semble avoir encore un bel avenir devant elle. À condition, naturellement, de se plier au goût du jour. Or paradoxalement ce goût se porte d'emblée vers le libertinage le plus outré. La veine érotique, apparemment si contraire à la vertu civique, si liée à une certaine « douceur de vivre », connaît une faveur inégalée. Jamais le sexe ne s'est aussi bien vendu. On raffole de scènes lascives et de corps lubriques. On ne trouve pas de débauches assez scandaleuses, d'ébats assez furieux, de perversions assez neuves, pour assouvir son appétit de jouissance. Érotique et politique n'ont jamais aussi bien rimé qu'à ce moment ; la « foutromanie » fait rage, chaque jour des pamphlets graveleux s'en prennent à l'impuissance sexuelle du roi, aux fureurs utérines de Marie-Antoinette, à la pédérastie des jésuites. Il y a loin de cette littérature de ruisseau aux frivoles voluptés de Trianon. Ici, on ne mâche pas ses mots. On dénonce l'aristocrate dégénéré avec la robuste franchise du patriote, lequel incarne l'hygiène et la santé. Avec le libelle érotico-politique se trouve posé le statut de l'obscène dans la sociabilité révolutionnaire. Libertinage et liberté, incompatibles naguère, s'accouplent désormais sans pudeur.

Ce qui frappe, à la lecture de ces pamphlets, c'est le curieux mélange de pornographie et de moralisme. Face à la société aristocratique, éprise d'écrits licencieux, le libelliste patriote s'érige en défenseur de l'ordre moral ; il fustige les mœurs des grands au moyen de leur propre obsession libertine, et retourne contre eux le langage de l'obscène, dans une surenchère qui ne cessera de s'amplifier jusqu'à la fin du siècle. Grâce à lui se propage en même temps la vision idéalisée du peuple innocent et de la bourgeoisie vertueuse. C'est ce même puritanisme révolutionnaire qui accréditera auprès des classes besogneuses la pseudo-conspiration de la noblesse pour enlever leurs épouses : « Avez-vous une jolie femme ? Est-elle du goût de quelque nouveau parvenu, de quelque petit fat en puissance, de quelque talon rouge ? On vous la séquestre proprement. Voulez-vous raisonner ? On vous envoie aux galères, ou à la maison des fous à Charenton[1]. »

Que l'imprécation pamphlétaire vise en premier lieu la personne du roi et de la reine ne fait que confirmer, s'il en était besoin, l'aboutissement du processus de désacralisation du principe monarchique en France, inauguré dès le règne précédent. Certes, Louis XVI et Marie-Antoinette ne furent pas les premiers souverains à subir des outrages personnels. Qu'on se souvienne de Henri III au temps de la Ligue, d'Anne d'Autriche au temps de la Fronde, de Louis XIV lui-même au tournant du siècle, de Louis XV enfin, le plus haï de tous. Tous ont été l'objet de campagnes pamphlétaires, souvent ignominieuses et diffamatoires, visant leurs débordements sexuels. On raillait les mignons du premier, on glosait sur la liaison de la reine mère (une Autrichienne, déjà !) avec le Mazarin, on chansonnait, sans révérence excessive, les exploits du Roi-Soleil sur la couche de la Maintenon, et l'on jabotait ferme sur les orgies du Parc-aux-Cerfs. La satire pouvait blesser l'homme ou la femme qu'elle prenait ainsi à partie, mais elle ne remettait jamais en cause les fondements mêmes de leur pouvoir. À partir du règne de Louis XVI — mais déjà sous celui de son prédécesseur —, il en va tout autrement. La vie publique des souverains se privatise jusqu'à se confondre avec leur intimité la plus profonde et la plus secrète. Le phénomène, à vrai dire, n'est pas aussi nouveau qu'il y paraît. Tant que la puissance régalienne était reconnue d'essence théocratique, le *ministerium regis* demeurait pour ainsi dire irréfragable, quelle que fût la conduite de celui qui en occupait la charge. Par le miracle toujours renouvelé de l'onction, Dieu élevait le roi au-dessus des autres mortels, et lui conférait cette *aura* mystérieuse qui constituait sa légitimité. Sous les coups de boutoir des philosophes, ce droit divin qui protégeait l'autorité du souverain contre toute atteinte profane achève de se désagréger. Outrager le souverain dans sa vie privée revient à l'outrager dans ses actes publics. Railler son impuissance à procréer revient à condamner son impuissance à régner. Accuser la reine de tromper son époux, c'est l'accuser de trahir la France. Lui imputer des bâtards, c'est

1. Théveneau de Morande, *La Gazette noire par un homme qui n'est pas blanc, ou Œuvres posthumes du Gazetier cuirassé* [Londres], 1784, p. 7.

la soupçonner de trancher elle-même le fil héréditaire de la dynastie. Autrichienne et adultère, la voilà doublement ennemie de la nation.

***

Rien de plus difficile que de suivre le circuit de ces pamphlets depuis leur composition jusqu'à leur diffusion dans le public. Toujours anonymes, ou affublés de signatures fantaisistes, leur mode de production demeure très largement hors de notre portée. Est-il besoin de dire qu'ils échappent au privilège, comme à tous les systèmes de contrôle et de censure qui règlent le commerce de la librairie, ce qui réduit notre champ de recherche aux seules archives de la police. Leur prolifération sous le règne de Louis XVI préoccupe d'autant plus le lieutenant général Lenoir que le peuple de Paris ajoute foi à ces libelles clandestins, prend au sérieux les mensonges les plus éhontés et les calomnies les plus grossières. Le même Lenoir constate par ailleurs que tous ses efforts en vue d'empêcher la circulation de ces écrits scandaleux sont systématiquement contrecarrés par des hommes de cour, qui les font imprimer eux-mêmes, ou du moins en protègent l'impression. « La police de Paris ne pouvait atteindre que les marchands et colporteurs les vendant et débitant, se plaint-il. On faisait enfermer les colporteurs à la Bastille, et ce genre de punition ne mortifiait pas cette classe de gens, pauvres mercenaires qui souvent ignoraient les vrais auteurs et imprimeurs. [...] C'est surtout à l'égard des libelles contre le gouvernement que les lois, dans les temps qui ont précédé la Révolution, furent impuissantes [1]. »

S'il paraît aujourd'hui à peu près certain que l'impression de ces pamphlets se faisait dans certaines officines spécialisées de Londres ou des Provinces-Unies, voire de Paris, en dépit des risques encourus, il n'est pas moins avéré que les principaux commanditaires se recrutaient au sein de la cour, notamment dans l'entourage du comte de Provence, frère du roi et futur Louis XVIII. L'un de ces libelles retrace d'ailleurs à sa manière le réseau qui permet aux rumeurs de se frayer un chemin jusqu'à leur destinataire naturel : l'opinion publique. « La plupart de ces infamies sont de grossières calomnies. Un lâche courtisan les ourdit dans les ténèbres ; un autre courtisan les met en vers et en couplets, et par le ministère de la valetaille les fait passer jusqu'aux halles et aux marchés aux herbes. Des halles elles sont portées chez l'artisan, qui à son tour les rapporte chez les seigneurs qui les ont forgées, et lesquels sans perdre de temps s'en vont à l'Œil-de-Bœuf se demander à l'oreille les uns aux autres, et du ton de l'hypocrisie la plus consommée : "Les avez-vous lues ? Les voilà. Elles courent dans le peuple de Paris." Telle est

1. Bibliothèque municipale d'Orléans, Ms. 1422. Cité par Robert Darnton dans *Bohème littéraire et Révolution. Le monde des livres au XVIIIe siècle* (Seuil, coll. « Hautes études », 1983, p. 97-98).

l'origine et tel est le voyage de ces mauvais petits vers qui, dans le même jour, sèment dans Paris et à la cour des anecdotes abominables sur des personnes d'une vertu connue ; la vérité desquelles anecdotes est presque toujours fondée sur de misérables *on-dit*, et jamais sur des *on-a-vu*[1]. »

Dans les notes qu'il avait rassemblées en vue de ses Mémoires, le lieutenant général de police Lenoir fournit de précieux renseignements sur la recrudescence des libelles à partir des années 1780 : « Les mœurs du successeur de Louis XV étant inattaquables, écrit-il, le nouveau roi fut inaccessible de ce côté à la calomnie pendant les premières années de son règne. Mais on commença en 1778 à le diffamer du côté de sa faiblesse, et les premières calomnies qui furent ourdies contre sa personne ne préludèrent que de très peu de mois ceux de la méchanceté contre la reine. M. de Maurepas qui, jusque-là, avait été fort insouciant touchant des épigrammes et des chansons faites contre lui, M. de Maurepas qui s'amusait de tous les libelles, de toutes les anecdotes privées et scandaleuses qu'on fabriquait et imprimait avec impunité, eut avis que des écrivains avaient fait entre eux une sorte de spéculation, qu'ils avaient lié une correspondance au moyen de laquelle les uns envoyaient de Paris des histoires courantes et des matériaux à ceux qui les composaient et faisaient imprimer à La Haye et à Londres, d'où ils faisaient entrer en France une petite quantité par des voyageurs étrangers[2]. »

Qui sont donc ces seigneurs de cour et ces hommes de lettres ? Lenoir en dénonce quelques-uns : « Il n'est plus douteux maintenant que c'étaient MM. de Montesquiou, de Créqui, de Champcenetz, et d'autres courtisans qui, de concert avec Beaumarchais, Chamfort, et d'autres écrivains vivant encore, avaient composé des libelles contre la cour, contre les ministres, et même contre ceux des ministres qui les employaient. Il est plus que probable que Beaumarchais avait composé, porté à Londres, où il a été imprimé, un libelle avec figures gravées intitulé *Les Amours de Charlot et d'Antoinette*. » Ainsi donc, au plus fort de son action en faveur des insurgés d'Amérique et de sa correspondance quasi quotidienne avec le ministre Vergennes, l'auteur du *Mariage de Figaro* trouvait l'occasion (et le temps) de mettre en vers les amours supposées de Marie-Antoinette avec son beau-frère, le séduisant comte d'Artois ! Il faut avouer que la satire est ici maniée avec une grâce qui ne se rencontre pas souvent sous la plume des pamphlétaires. Le ton est d'ailleurs celui du badinage de cour. Même si ses hardiesses passent les bornes admises dans la poésie galante, elles ne dissimulent aucune intention subversive. Il est vrai que ce portrait de la reine en tenue d'Ève, évocatrice d'un nu de Fragonard

1. *Portefeuille d'un talon rouge, infra*, p. 1042.
2. Bibliothèque municipale d'Orléans, Ms. 1422. Cité par Robert Darnton, *Bohème littéraire et Révolution*, *op. cit.*, p. 107-108.

aux rondeurs sensuelles, date de 1779. Dix ans plus tard, l'adorable Toinette se sera muée en monstre femelle.

On observe un accroissement significatif de la virulence à partir de l'affaire du Collier, qui éclate en 1785. Comme si, à partir de ce moment, les vannes qui avaient résisté jusque-là cédaient sous la pression de la colère. Un torrent de boue se déverse alors sur le couple royal, drainant sur son passage les calomnies les plus atroces, transformant toute parole en cri de haine, infligeant aux symboles d'un pouvoir honni et déchu la flétrissure de la nation tout entière. La politique se voit ravalée à la coucherie graveleuse, l'espace du pouvoir transformé en bordel, Marie-Antoinette en catin, le monarque en cocu impuissant.

* * *

L'esthétique littéraire n'est pas ce que l'on vient chercher en premier dans un pamphlet. Il arrive pourtant que certaines réminiscences, certains agencements de mots, certaines références classiques, certaines trouvailles heureuses trahissent à leur lecture un écrivain de race. C'est le cas, nous l'avons vu, pour *Les Amours de Charlot et Toinette*, que Lenoir attribue à Beaumarchais. On pourrait citer aussi, dans la même veine, *Le Godemiché royal*, dont l'auteur anonyme se révèle fin lettré. Ne fût-ce que par ces vers aux échos raciniens :

> Quel étrange discours ! mon âme en est émue.
> Quoi ! vous régnez, Madame, et n'êtes point foutue !
> Je méprise le trône et tous ses vains honneurs ;
> Un vit vaut seul un sceptre : au diable les faveurs
> Et tout ce que le sort aveuglément nous donne[1].

D'autres textes, au contraire, empruntent le langage de la halle, ou encore celui du *Père Duchesne*, souvent à des fins parodiques. De même, l'apparence extérieure de ces brochures offre-t-elle au regard de sensibles différences. Tandis que les unes se signalent par une typographie soignée, conforme aux usages de la librairie, les plus nombreuses ont été visiblement torchées à la va-vite sur un méchant papier, au moyen de plombs usés, et souffrent d'une orthographe plus qu'incertaine, d'omissions et de répétitions sans nombre, un peu comme les livrets de colportage et les « canards » sous le règne de Henri IV.

Qu'ils s'empruntent beaucoup les uns aux autres, tout lecteur tant soit peu attentif pourra le constater. La copie sera plus ou moins servile selon le savoir, l'imagination ou le talent du rédacteur. Mais sans doute ne faut-il pas imputer à la simple paresse le retour persistant de certaines références. Le parallèle (fréquent) Marie-Antoinette-Catherine de Médicis,

1. *Infra*, p. 1061.

par exemple, stigmatise l'étrangère et l'usurpatrice. Le recours à Frédégonde et Messaline allégorise la femme débauchée. Il s'agit là de topiques universels.

À l'origine de cette avalanche pamphlétaire, il y a l'impuissance du roi : sujet scabreux, misérable ou ridicule, mais qui contient en germe toutes les accusations qui pleuvront sur la tête de Marie-Antoinette au cours des six années où elle porte le titre de reine sans espoir de le devenir un jour. Cette incapacité de Louis XVI à remplir son devoir conjugal (affaire privée, s'il en fut !) entraîne en effet toute une série de conséquences où l'intime se mêle au public et le sexuel au politique. Le premier de ces pamphlets remonte à la mi-juin 1774, soit un mois seulement après la mort de Louis XV. Sous son intitulé juridique plutôt rébarbatif (*Dissertation extraite d'un plus grand ouvrage, ou Avis important à la branche espagnole sur ses droits à la couronne de France à défaut d'héritiers, et qui peut même être très utile à toute la famille de Bourbon, surtout au roi Louis XVI*), ce libelle dissimule en fait une série d'attaques ordurières contre Marie-Antoinette, dont l'auteur prétend dévoiler les basses manœuvres. Ils ne sont encore que de rares initiés à savoir, à la cour, qu'une malformation génitale empêche le souverain de consommer son mariage avec la reine. Frustrée par l'indifférence de son époux, celle-ci se livre chaque jour à de nouvelles imprudences qui, sans mettre sa vertu en péril, nuisent gravement à sa réputation et suscitent la colère des Français. L'auteur anonyme l'accuse, entre autres choses, d'asseoir son ambition politique sur l'intrigue, et de ne laisser à son époux que l'usufruit de sa couronne. Elle songerait même, suggère-t-il, à mettre un bâtard sur le trône de France, afin de régner à sa place lorsque s'ouvrirait la succession : « Il manque à cette femme ambitieuse et coquette de changer son état précaire de femme d'un prince d'une puissance équivoque en fait de virilité, contre l'état assuré de mère d'un prince à qui la couronne puisse appartenir en cas de la perte du roi, son époux. » La qualité d'étrangère, originaire d'une nation de tout temps ennemie de la nôtre, n'est point oubliée par le libelliste : « La continence, on le sait, n'est pas la première vertu des femmes de la maison d'Autriche ; et l'intérêt de devenir mère d'un roi de France doit être si puissant sur l'esprit de la reine aujourd'hui que, quand tout ce que j'ai dit plus haut n'existerait pas, il n'en faudrait pas moins veiller sérieusement sur elle et sur tout ce qui l'environnerait, et principalement s'attacher à bien convaincre le roi que toute l'adresse d'une femme ambitieuse doit se porter à le tromper sur l'effet physique de ses forces génératives, et qu'elle sera soutenue dans ce projet par mère, amis, serviteurs, conseils, etc., etc[1]. » Cette accusation aura la vie dure. Nous la voyons resurgir de

1. *Dissertation extraite d'un plus grand ouvrage, ou Avis important à la branche espagnole sur ses droits à la couronne de France à défaut d'héritiers, et qui peut même être*

manière quasi obsessionnelle dans la plupart des pamphlets, l'ambition politique et le dérèglement sexuel ne constituant plus, en définitive, qu'un seul et même crime. On passe ainsi presque sans transition du domaine privé (impuissance du roi, libertinage de la reine) à la sphère publique. Une vulgaire histoire de cocuage devient une affaire d'État. La reine n'est d'ailleurs pas seule mise en cause, puisque le comte d'Artois, le propre frère du roi (« prince vraiment aimable et délicieux »), joue le rôle de père putatif d'un hypothétique futur roi de France.

Mais la voracité nymphomane de Marie-Antoinette dépasse largement le cercle de famille ; on la voit s'étendre au cardinal de Rohan (« hercule de ma passion brûlante et féroce »), au duc de Coigny (« qui as si bien satisfait mes désirs brûlants par tes manières raffinées »), à La Fayette, à Calonne..., mais aussi au jacobin Le Chapelier ou à son valet de chambre Bazin, « le meilleur fouteur de la reine ». Sans oublier la secte des amantes : Polignac, Lamballe, La Motte, d'Oliva, Sophrosie, d'Harcourt, Fromenville, Julie, Bonnemont... auprès desquelles elle assouvit ses pulsions tribadiques. Les traits tombent drus, crus, féroces, inouïs. La langue ne s'est jamais sentie aussi libre. Il est vrai que le décor était déjà planté sous Louis XV, et que les libellistes ont eu tout le temps de faire leurs griffes sur le feu roi. Le Parc-aux-Cerfs donne un avant-goût de Trianon et « Maman Putain » passe la bassinoire dans la couche de l'Autrichienne.

*
* *

La France du XVIIIe siècle est composée de trois mondes différents, dont chacun ignore à peu près tout des deux autres : la cour, la ville, la campagne. Chacun de ces mondes possède ses mœurs, ses modes, sa culture, sa langue ; on n'entend pas de la même oreille ici et là : à chacun sa vérité, selon ses références, son système de représentation ou son échelle de valeurs. Ce qui passe pour irréfutable chez le bourgeois de la rue aux Ours n'est que pure invention chez le familier du duc de Vaudreuil. Les méchants bruits qu'on fait courir sur la reine à Versailles doivent reposer sur un fond de vérité, ou du moins de vraisemblance, au risque de se voir accueillis d'un haussement d'épaules. Mais à mesure qu'on s'éloigne de la scène versaillaise pour gagner la ville et les faubourgs, la rumeur la plus folle trouvera des oreilles complaisantes.

---

très utile à toute la famille de Bourbon, surtout au roi Louis XVI, G[uillaume] A[ngelucci], Paris, 1774, Vienne, Haus-Hof und Staatsarchiv. Extraits publiés par A. Geoffroy, « Beaumarchais en Allemagne », dans *Revue critique d'histoire et de littérature*, 2 juillet 1870, p. 13-16 et Jacques Donvez, *La Politique de Beaumarchais*. Paris, 1981, Chez l'auteur (en microfiches — BNF. M. 15679. Pièces justificatives W 11, p. 148-157). Pour plus de détails sur ce pamphlet, dont l'unique exemplaire est conservé aux Archives de Vienne, voir Maurice Lever, *Pierre Augustin Caron de Beaumarchais*, Paris, Fayard, 2003, 2 vol., t. II, chap. I, p. 24-27.

C'est de ce petit peuple que veut parler Don Bazile dans *Le Barbier de Séville* : « Croyez qu'il n'y a pas de plate méchanceté, pas d'horreurs, pas de conte absurde qu'on ne fasse adopter aux oisifs d'une grande ville en s'y prenant bien. » Nous ne dirons rien des campagnes, numériquement majoritaires, mais imperméables à cette littérature.

Résumons la situation : Louis XVI impuissant, Marie-Antoinette grande amoureuse frustrée, le comte d'Artois écervelé qui ne songe qu'à ses plaisirs. À partir de là, tout est clair, logique, vraisemblable ; cela donne *Les Amours de Charlot et Toinette* : un vaudeville dans la bonne tradition gauloise. À la cour, la liaison peut même passer pour vraie : rien ne l'atteste, mais rien ne s'y oppose. La rumeur descend-elle dans la rue ? Aussitôt, le léger caprice d'alcôve avec le trop joli et trop entreprenant beau-frère se mue en bacchanale effrénée. De tête en l'air un peu vicieuse, la petite reine se change en furie lascive, en monstre lubrique. Qu'est-il donc arrivé ? Tout simplement que le thème originel de l'adultère a donné naissance à toute une ribambelle de textes pornographiques pratiquant une surenchère illimitée à partir du motif initial. La reine insatisfaite devient une hyène en chaleur, se livrant sans retenue à toutes les variations de la fureur sexuelle : les hommes, les femmes, la masturbation, et — pourquoi pas ? — la zoophilie. On peut d'autant plus justement parler ici de sadisation du sujet qu'à l'instar du récit sadien ces pamphlets jouent sur la technique du crescendo. Comme l'écrit fort bien Jacques Revel : « En matière d'invention pornographique, la règle est de trouver toujours mieux, toujours plus fort. D'où l'importance de l'accumulation, de la série, du chiffre, qui ne visent point à produire un effet réel, mais plutôt à imposer un modèle de développement rhétorique[1]. »

Comment ne pas citer ici le nom de Sade, expert en litanie superlative, et dont tous les écrits marquent cette même progression dans le vice et dans l'horreur, jusqu'à l'insoutenable, jusqu'à l'indicible ? Comment surtout ne pas rappeler le traitement qu'il réserve à Marie-Caroline de Naples, propre sœur de Marie-Antoinette, dans *L'Histoire de Juliette* ? Amplifié, magnifié par le prestige du verbe, c'est tout justement celui que les libellistes infligent à la reine de France : le portrait d'une tribade folle de son corps, impérieuse et cruelle, aux orgies sanguinaires. Sade, n'en doutons pas, connaît les pamphlets dirigés contre Marie-Antoinette ; il les a lus, mais ne les goûte guère, et dénonce la fangeuse inspiration de leurs auteurs. Au reste, mis à part *Thérèse philosophe* du marquis d'Argens, selon lui le seul qui « donne enfin l'idée d'un livre immoral », il regarde avec mépris ces « misérables petites brochures, faites dans des cafés ou dans des bordels, et qui prouvent à la fois deux vides dans leurs

1. « Marie-Antoinette dans ses fictions : la mise en scène de la haine », dans *De Russie et d'ailleurs, Mélanges Marc Ferro*, Paris, Institut d'études slaves, coll. « Histoire de l'IES », 1995, p. 23-38.

mesquins auteurs, celui de l'esprit et celui de l'estomac. La luxure, ajoute-t-il, fille de l'opulence et de la supériorité, ne peut être traitée que par des gens d'une certaine trempe [...] que par des individus, enfin, qui, caressés d'abord par la nature, le soient assez bien ensuite par la fortune pour avoir eux-mêmes essayé ce que nous trace leur pinceau luxurieux[1]. » Aristocrate jusqu'au fond de l'âme, quoique l'on ait pu dire à ce sujet, le marquis de Sade note dans son *Journal*, à la date du mercredi 16 octobre, à l'heure où la reine monte à l'échafaud : « PAROLES D'ANTOINETTE À LA CONCIERGERIE : Les bêtes féroces qui m'environnent inventent chaque jour quelque humiliation qui ajoute à l'horreur de ma destinée ; elles distillent goutte à goutte dans mon cœur le poison de l'adversité, comptent mes soupirs avec délice et, avant que de s'engraisser de mon sang, elles s'abreuvent de mes larmes[2]. » Est-il besoin de dire que Marie-Antoinette n'a jamais prononcé ces mots. En les mettant dans sa bouche, Sade les applique à son propre destin ; il s'identifie à la souveraine humiliée, tombant sous la lame du bourreau.

*
* *

Le public prend-il ces pamphlets au pied de la lettre, en dépit de leurs outrances ? On aimerait en douter. D'ailleurs, peu importe. Ces textes sont moins faits pour être crus que pour broder à l'infini sur le même thème. Ils constituent tous une sorte de répertoire d'anecdotes, illustrant chacun une vérité déjà connue ailleurs, selon des modes narratifs divers : fable, comédie, vaudeville, farce populaire, etc. Ils ne renvoient nullement à des faits extérieurs, mais à la collection des pamphlets prise comme un tout organique, composé d'une accumulation de scènes interchangeables, qui ne se distinguent entre elles que par les qualités de l'expression (le plus souvent médiocre) et la violence de l'outrage. De libelle en pamphlet, au fil de variations entrecroisées, se dessine une image de la reine dont la fidélité compte moins que l'efficacité. Il ne s'agit point tant de reproduire une prétendue réalité (de toute façon improbable) que d'élaborer le schéma d'une reine fantasmatique, d'une reine de papier dont l'action politique sera d'autant plus dévastatrice qu'elle s'éloignera de la reine véritable. La puissance du mythe est toujours en raison inverse de son *histoire*.

Mais a-t-on le droit d'inscrire Marie-Antoinette dans la catégorie des mythes ? En qualité de personnage « authentique », assurément pas, du moins selon la définition généralement reçue. En revanche, on l'y admettra sans discussion — et à double titre — comme produit d'une création collective, en tant qu'allégorie du sexe et de la sainteté. Ce mythe possède

1. Sade, *Histoire de Juliette*, dans *Œuvres*, éd. Michel Delon, Paris, Gallimard, « Bibliothèque de la Pléiade », 3 vol., t. III, 1998, p. 591.
2. *Notes littéraires*, dans *Œuvres complètes*, éd. Cercle du livre précieux, 16 vol., 1964, t. XV, p. 15.

en effet la particularité de reposer sur ces deux principes contradictoires que sont la jouissance et le martyre. Le premier renvoie à la bestialité de la reine assoiffée de sperme et de sang, la seconde à la victime expiatoire sacrifiée sur l'autel de la patrie. Ainsi se forge le mythe, c'est-à-dire un bien commun que tout le monde s'approprie sans l'épuiser jamais. Mais il est arrivé à celui de Marie-Antoinette ce qui arrive à tant d'autres : l'usure, la dégradation, le produit banalisé d'une dégénérescence. La substance mythique s'est évaporée, l'identité première s'est effacée sous l'effet d'une dislocation, l'ensemble initial et constitutif s'est décomposé, l'héroïne s'est détachée du scénario original en accaparant l'intérêt pour elle seule. Mort du mythe — preuve aussi qu'il a trop bien réussi.

M. L.

APERÇU BIBLIOGRAPHIQUE : BAECQUE (Antoine de), *Le Corps de l'histoire : métaphore et politique (1770-1800)*, Paris, Calmann-Lévy, 1993.

DARNTON (Robert), *Bohème littéraire et Révolution. Le monde des livres au XVIIIe siècle*, Paris, Gallimard/Le Seuil, coll. « Hautes études », 1983.

FLEISCHMANN (Hector), *Les Pamphlets libertins contre Marie-Antoinette, d'après des documents nouveaux et des pamphlets tirés de l'Enfer de la Bibliothèque nationale*, Paris, Les Publications modernes, [1908].
— *Les Maîtresses de Marie-Antoinette*, Paris, Les Éditions des bibliophiles, [1910].

HUNT (Lynn), « The Many Bodies of Marie-Antoinette : Political Pornography and the Problem of the Feminine in the French Revolution », dans *Eroticism and the Body Politic*, Baltimore-New York, 1991.
— *The Family Romance of the French Revolution*, Berkeley, 1992. Trad. fr. Paris, Albin Michel, 1995.

LANDES (Joan B.), *Women and the Public Sphere in the Age of the French Revolution*, Cornell University Press, 1988.

NAGY (Péter), *Libertinage et Révolution*, Paris, Gallimard, coll. « Idées », 1975.

REVEL (Jacques), « Marie-Antoinette dans ses fictions : la mise en scène de la haine », dans *De Russie et d'ailleurs, Mélanges Marc Ferro*, Paris, Institut d'études slaves, coll. « Histoire de l'IES », 1995, p. 23-38.

THOMAS (Chantal), *La Reine scélérate : Marie-Antoinette dans les pamphlets*, Paris, Seuil, 1989.
— « L'héroïne du crime : Marie-Antoinette dans les pamphlets », dans *La Carmagnole des Muses : l'homme de lettres et l'artiste dans la Révolution*, éd. Jean-Claude Bonnet, Paris, A. Colin, 1988, p. 245-260.

WAGNER (Peter) éd., *Erotica and the Enlightenment : a seminar at the occasion of the Annual meeting of the American society for eighteenth-century studies*, Knoxville, Tenn., 1988 / Peter Wagner, ed. Frankfurt am Main, P. Lang, cop. 1991.

[BEAUMARCHAIS]

Les amours de Charlot et Toinette

Pièce dérobée à V...[1]

Scilicet is superis labor est, ea cura quietas sollicitat...

Virg. *Æneid.*

1779[2]

Une reine jeune et fringante,
Dont l'époux très auguste était mauvais fouteur,
Faisait de temps en temps, en femme très prudente,
Diversion à sa douleur,
En mettant à profit la petite industrie
D'un esprit las d'attendre et d'un con mal foutu.
Dans une douce rêverie
Son joli petit corps ramassé, nu, tout nu,
Tantôt sur le duvet d'une molle bergère,
Avec un certain doigt, le portier de l'Amour,
Se délassait la nuit des contraintes du jour,
Et brûlait son encens pour le dieu de Cythère.
Tantôt mourant d'ennui au milieu d'un beau jour,
Elle se trémoussait toute seule en sa couche ;
Ses tétons palpitants, ses beaux yeux, et sa bouche,
Doucement haletant, entrouverte à demi,
Semblait d'un fier fouteur inviter le défi.
Dans ses lubriques attitudes,
Antoinette aurait bien voulu
N'en pas demeurer aux préludes,
Et que L...[3] l'eût mieux foutue.

---

1. Versailles.
2. Cette édition originale fut publiée à Londres par le libraire genevois Boissière. Un négociateur fut tout spécialement envoyé de France avec mission de faire stopper la diffusion du pamphlet. Par une singulière coïncidence, il s'agissait de l'ex-conseiller Goëzman, celui-là même qui avait été en procès avec Beaumarchais cinq ans plus tôt. Choix malheureux, car ledit Goëzman n'eut rien de plus pressé que de s'entendre avec Boissière pour faire payer très cher à ses mandataires le rachat d'une édition qu'il était facile de réimprimer. Pour plus de détails sur cette affaire, voir Paul Robiquet, *Théveneau de Morande. Étude sur le XVIII*e *siècle*, Paris, Quantin, 1882, p. 71-73.
3. Le roi Louis XVI.

Mais à cela que peut-on dire ?
On sait bien que le pauvre Sire,
Trois ou quatre fois condamné
Par la salubre faculté,
Pour impuissance très complète,
Ne peut satisfaire Antoinette.
De ce malheur bien convaincu,
Attendu que son allumette
N'est pas plus grosse qu'un fétu,
Que toujours molle et toujours croche,
Il n'a de vit que dans la poche,
Qu'au lieu de foutre il est foutu
Comme feu le prélat d'Antioche[1].
D'A…[2] sentant un jour la grâce triomphante,
Du foutre et du désir la grâce renaissante,
Vint aux pieds de la reine espérer et trembler ;
Il perd souvent la voix en voulant lui parler,
Presse ses belles mains d'une main caressante,
Laisse parfois briller sa flamme impatiente,
Il montre un peu de trouble, il en donne à son tour ;
Plaire à Toinette enfin fut l'affaire d'un jour :
Les princes et les rois vont très vite en amour.
Dans une belle alcôve artistement dorée,
Qui n'était point obscure et point trop éclairée,
Sur un sopha mollet, de velours revêtu,
De l'auguste beauté les charmes sont reçus.
Le prince présente son vit à la déesse :
Moment délicieux de foutre et de tendresse !
Le cœur lui bat, l'amour et la pudeur
Peignent cette beauté d'une aimable rougeur ;
Mais la pudeur se passe, et l'amour seul demeure ;
La reine se défend faiblement, elle pleure.
Les yeux du fier d'A…, éblouis, enchantés,
Animés d'un beau feu, parcourent ces beautés.
Ah ! qui n'en serait pas en effet idolâtre.
Sous un cou bien tourné, qui fait honte à l'albâtre,
Sont deux jolis tétons, séparés, faits au tour,
Palpitant doucement, arrondis par l'amour.
Sur chacun d'eux s'élève une petite rose.
Téton, téton charmant, qui jamais ne repose,
Vous semblez inviter la main à vous presser,
L'œil à vous contempler, la bouche à vous baiser.
Antoinette est divine et tout est charme en elle ;
La douce volupté dont elle prend sa part,
Semble encore lui donner une grâce nouvelle,

1. Paul de Samosate, patriarche d'Antioche, célèbre hérésiarque du IIIe siècle, protégé par la fameuse Zénobie, reine de Palmyre.
2. Le comte d'Artois, frère de Louis XVI, futur Charles X.

Le plaisir l'embellit, l'amour est un grand fard.
D'A… la sait par cœur et partout il la baise,
Son membre est un tison, son cœur une fournaise ;
Il baise ses beaux bras, son joli petit con,
Et tantôt une fesse et tantôt un téton ;
Il claque doucement sa fesse rebondie,
Cuisse, ventre, nombril, le centre de tout bien ;
Le prince baise tout dans sa douce folie ;
Et sans s'apercevoir qu'il a l'air d'un vaurien,
Tout transporté qu'il est dans son ardeur extrême,
Il veut tirer tout droit au but de l'amitié.
Antoinette feignant d'éviter ce qu'elle aime,
Crainte de surprise, ne se prête qu'à moitié.
D'A… saisit l'instant, et Toinette vaincue
Sent enfin qu'il est doux d'être aussi bien foutue.
Pendant que tendrement l'amour les entrelace,
Que Charles la serrant, lui fait demander grâce,
Antoinette palpite, et déjà dans ses yeux
Se peignent les plaisirs des dieux.
Ils touchent au bonheur ; mais le sort est un traître :
On entend la sonnette… un page vigilant
Trop pressé d'obéir, les dérange en entrant…
Ouvrir et se montrer… tout voir et disparaître,
Fut l'affaire d'un seul instant.
Stupéfié de sa disgrâce,
D'A… avait quitté la place.
La belle gémissait,
Baissait les yeux, rougissait,
Sans proférer une parole ;
Par un nouveau baiser le prince la console,
« Oubliez, chère reine, oubliez ce malheur,
Si cet importun trop alerte
A retardé notre bonheur,
Souvent l'infortune soufferte
Donne au plaisir plus de vigueur.
Sus, dit le beau d'A…, réparons cette perte. »
Chemin faisant, il essayait
Une plus grande chance,
À quoi la reine s'opposait
Avec un air de résistance,
Qui rendait plus piquants leurs amoureux transports,
Et n'étalait que mieux tous ses petits trésors.
Tant et tant, cher lecteur, nos amants se foutirent,
Que les coups de cul les trahirent.
Une seconde fois monte encore *Sieur Gervais* :
« Que veut Sa Majesté ? » — « Oh parbleu ! c'est exprès »,
Dit d'A… en colère.
« Je n'entends rien à ce mystère,

Voilà de cruels surveillants,
À tout moment ici, que veulent donc ces gens ? »
La reine n'entend plus… Enfin de leur méprise
À peine leur âme est remise,
Qu'ils fouillent avec un grand soin,
Jusques au plus petit recoin,
Pour découvrir quelle est la cause
D'un si perfide événement ;
Mais ils ne trouvent rien, l'amour pleure sa pause,
La reine se désole, elle pousse des sanglots,
Puis se laisse tomber comme une lourde masse
Sur une pile de carreaux[1],
Muets témoins de sa disgrâce.
Le charme cesse alors, et son joli corps casse
L'obstacle de leurs feux… C'est le maudit ruban
De la sonnette, dont le gland,
Source maudite, empoisonnée,
Des accidents de la journée,
Entre deux coussins était pris…
À chaque élan de leur tendresse
Des douceurs qu'on goûte à Cypris
Un grand coup de sonnette ébruitait l'ivresse.
Ah ! que de ribauds seraient pris,
Si dans l'accès de leurs goguettes,
Ils rencontraient ainsi des cordons de sonnettes.
Nos amants rassurés fêtent encore l'amour
Deux ou trois bonnes fois, avant la fin du jour,
Et plongés tous deux dans le sein des délices,
Ils semblent savourer leurs précieux prémisses.
Chaque jour plus heureux, devenant plus ardents,
Ils offrent à Vénus leurs feux toujours fidèles ;
Ils se foutent souvent ; et l'amour et le temps,
Pour ces heureux amants, semblent n'avoir plus d'ailes.
Quant à moi, si l'on m'asservit
À jouir de grands biens, sans rire, foutre, et plaire,
Afin de me sauver d'une telle misère,
J'aime mieux me couper le vit.
Quand on nous parle de vertu,
C'est souvent par envie ;
Car enfin serions-nous en vie,
Si nos pères n'eussent foutu ?

1. *Carreaux* : coussins.

Portefeuille d'un talon rouge

contenant des anecdotes galantes et secrètes de la cour de France[1]

ca 1788

Avis de l'Éditeur

Un particulier qui traversait le Palais-Royal trouva un portefeuille fermé ; il s'approcha de ma boutique, et me pria de demander aux passants à qui il pouvait appartenir. J'ai gardé le paquet, n'ayant pas trouvé de réclamants ; je l'ai ouvert pour découvrir le propriétaire ; mes soins ont été sans succès. Aussi, pour ne pas être chargé du bien d'autrui je vous en envoie le contenu. J'ignore à qui il déplaira, mais l'acquit de ma conscience me rassure. Puissent tous ceux qui sont inscrits dans ces papiers être aussi délicats et aussi tranquilles que moi.

***

À M. de La H... [Harpe]
de l'Académie Française.

Vous êtes fou, mon cher La H... ! Vous voulez, dit-on, écrire l'histoire des tribades de Versailles. Serez-vous assez effronté pour salir vos diatribes de ces horreurs, et de vos œuvres faire le Journal de Sodome et de Gomorrhe ?

Croyez-moi, laissez la cour en repos. C'est un pays dangereux à habiter, et plus dangereux encore pour ceux qui en veulent parler. Mais les mœurs, criez-vous, les mœurs ? la religion ? Vous êtes plaisant, en vérité, avec vos grands mots de mœurs et de religion, vous qui à Paris vivez comme le petit abbé Sabatier, sans croire en Dieu[2].

---

1. Paris, Imprimerie du comte de Paradès, l'an 178*.
2. Antoine Sabatier, plus connu sous le nom de Sabatier de Castres (1742-1817), journaliste et polygraphe, auteur de plusieurs dizaines d'ouvrages sur les sujets les plus divers. Violemment hostile aux « philosophes » (à l'exception de Rousseau), il rédigea le *Journal politique national* en 1789, en collaboration avec Rivarol. La Harpe lui reproche sa « ridicule impudence » et son « hypocrisie odieuse » (*Correspondance littéraire*, éd. Maurice Tourneux, Paris, Garnier, 16 vol., 1877-1882, t. I, p. 134).

Continuez plutôt à en documenter du haut de votre grenier tous ces beaux-esprits de l'Europe, cela vaudra beaucoup mieux que de dévoiler ce que vous appelez les petites infamies des dames de la cour ; d'ailleurs, la plupart de ces infamies sont de grossières calomnies. Un lâche courtisan les ourdit dans les ténèbres ; un autre courtisan les met en vers et en couplets, et par le ministère de la valetaille les fait passer jusqu'aux halles et aux marchés aux herbes. Des halles elles sont portées chez l'artisan, qui à son tour les rapporte chez les seigneurs qui les ont forgées, et lesquels sans perdre de temps s'en vont à l'Œil-de-Bœuf se demander à l'oreille les uns aux autres, et du ton de l'hypocrisie la plus consommée : « Les avez-vous lues ? Les voilà. Elles courent dans le peuple de Paris. » Telle est l'origine et tel est le voyage de ces mauvais petits vers qui, dans le même jour, sèment dans Paris et à la cour des anecdotes abominables sur des personnes d'une vertu connue ; la vérité desquelles anecdotes est presque toujours fondée sur de misérables *on-dit*, et jamais sur des *on-a-vu*.

Vous pensez bien que, quand deux dames veulent se donner du plaisir, elles ne prennent pour témoins ni leurs dames du palais, ni leurs écuyers ; et si quelque fois elles parlent de ces petits plaisirs secrets, ce n'est ni à leurs maris, ni à leurs femmes de chambres, ni à leurs aumôniers qu'elles en font confidence. Ce ne peut être qu'à leurs confesseurs, et on sait que depuis qu'on a placé le bûcher à côté de l'indiscrétion, les prêtres sont les plus discrets des hommes.

Venons-en actuellement à notre reine, contre laquelle vous aiguisez déjà vos traits dans l'espérance de gagner quelque argent, en répandant dans l'étranger les sottises que la méchanceté publie à Paris. Quoi ! Parce que cette princesse, par une bonté d'âme un peu équivoque, j'en conviens, accable de bontés la d[uchesse] de Polastron[1] ; parce que pour se soustraire

1. Yolande Martine Gabrielle de Polastron, comtesse, puis duchesse de Polignac (1749-1793). Elle est surtout connue pour avoir été, après la princesse de Lamballe, l'amie la plus proche de la reine Marie-Antoinette. Elle épouse en 1767 Armand Jules François de Polignac, et vit alors loin de la cour. Sa faveur semble avoir commencé en 1776, date de la nomination de son mari comme premier écuyer de la reine en survivance. Deux ans plus tard, au dire du duc de Croÿ, elle a déjà « tout le crédit du côté de la reine » (*Journal inédit du duc de Croÿ*, Paris, Flammarion, 4 vol., 1906-1907, année 1778, t. IV, p. 273). En 1780, elle souffre d'une grossesse pénible, et la reine vient la voir tous les jours chez elle, dans son hôtel parisien de la rue de Bourbon. Sa nomination de gouvernante des Enfants de France en 1782 marque l'apogée de sa faveur. Les familiers de son salon (sa belle-sœur Diane, le baron de Besenval, le duc de Coigny, d'Andlau, d'Adhémar, le prince de Ligne) forment ce qu'on appelle à la cour la « société », c'est-à-dire l'entourage intime de la reine. Yolande de Polignac en est le chef et l'inspiratrice. Son crédit est très grand. Il n'est pas sûr qu'elle en abuse. Son mari est fait, en 1780, duc héréditaire et, en 1785, directeur général des Postes. Son gendre est titré duc de Guiche. Mais il n'y a rien dans ces nominations qui excède les usages de la cour. Yolande de Polignac n'a jamais rien demandé pour elle-même. Si la reine n'avait pas insisté, elle aurait même refusé la charge de gouvernante. Elle était « charmante, douce et fine » (duc de Croÿ), « la plus jolie femme de son temps » (Besenval) ; son sourire était « enchanteur » (Mme Campan). Elle n'avait cependant ni coquetterie ni prétention, et n'était pas indigne de l'amitié de la reine.

aux regards méchants, elle s'enferme avec son amie, vous en induisez des horreurs ! Mme Balbi s'enferme avec Madame et vous n'en dites rien ; il est vrai que Madame prétend aussi avoir sa Jules[1]. Hé bien ! qu'on s'amuse avec une comtesse Jules ou Juliette, que vous importe ? Et que la reine donne de l'argent à Mme Jules, qu'elle fasse duc son époux : quel mal à cela ? Marigny[2] n'est-il pas cordon bleu ? La du Barry comtesse ? Quelle différence ? Voici ma façon d'en penser, et ce doit être celle de tout honnête homme.

Vous la jugez d'une manière atroce, et j'ose assurer qu'il n'est rien de ce qu'on vous dit journellement. Son caractère, dites-vous, est d'être inconstante ; mais toutes les femmes le sont en tout pays. Ce défaut est l'apanage de leur sexe, soit qu'il soit placé dans la grandeur, ou qu'il soit placé dans des conditions médiocres. C'est un tort de la nature à son égard. D'ailleurs, ce sexe dans ses goûts et ses affections a souvent des raisons secrètes de changement. On voit son inconstance, et la sagesse leur permet rarement d'en montrer les motifs. Ce défaut prétendu tient souvent à la vertu et à l'honneur.

Antoinette d'Autriche arriva en France d'Autriche en 1768[3]. Les six

---

1. *Jules* : sobriquet dont on affublait la duchesse de Polignac d'après le prénom de son mari. Anne de Caumont-Laforce, comtesse de Balbi, maîtresse du comte de Provence, futur Louis XVIII, passait pour entretenir des relations lesbiennes avec l'épouse de ce dernier. Les *Mémoires secrets* ne la ménagent guère. Voici, en effet, ce qu'on peut y lire à son sujet, à la date du 20 juillet 1780 : « Madame la comtesse de Balbi, jeune et jolie femme d'un seigneur d'origine génoise, colonel à la suite du régiment de Bourbon, est fille de madame de Caumont, gouvernante des enfants de madame la comtesse d'Artois, et petite-fille de financier par sa mère. Cependant, celle-ci l'a fait agréer dame pour accompagner *Madame* [la comtesse de Provence].

« Il n'y a pas longtemps que madame de Balbi, qui passe pour très galante, a été trouvée, suivant l'anecdote répandue parmi les courtisans, couchée avec un homme de la cour, par son mari, qui a voulu tuer sa femme, un enfant de dix-huit mois et l'adultère. Afin d'éviter les suites d'un pareil éclat, on a pris le parti de supposer que cet époux infortuné était fou, de le saigner en conséquence malgré lui, et de le médicamenter comme tel. Cette mystification l'a outré, lui a même frappé réellement l'esprit ; il est parti dans son désespoir et s'est expatrié. On dit qu'il est errant depuis ce temps dans l'état le plus déplorable et le plus digne de pitié.

« Madame de Caumont, sentant la nécessité d'effacer encore mieux la tache répandue sur sa fille, en déterminant *Madame* à la couvrir d'une protection éclatante, a engagé cette princesse à lui donner la survivance de la place de dame d'atours occupée par madame la duchesse de l'Esparre. *Madame* en a écrit à celle-ci une lettre affectueuse, pleine d'amitié et de considération. Madame de l'Esparre n'en a pas été moins furieuse ; elle est venue à Versailles remettre sa démission entre les mains de *Madame*, qui a eu beaucoup de peine à la recevoir. Mais madame de l'Esparre a déclaré qu'elle ne pouvait se voir associée une femme aussi décriée. Voilà l'anecdote de cette révolution récente dans la maison de *Madame* bien éclaircie ; ce qui fait jeter les hauts cris à tous les Noailles, et prouve à quel point cette princesse est captivée et compromise. On veut que madame de Balbi ait aujourd'hui sur sa maîtresse le même ascendant que madame Jules sur la Reine » (*Mémoires secrets pour servir à l'histoire de la République des Lettres en France...*, Londres, John Adamson, 36 vol., 1784-1789, 20 juillet 1780, t. XV, p. 234-235).

2. Frère cadet de Mme de Pompadour.

3. Inexact. C'est en mai 1770 que Marie-Antoinette est arrivée en France pour épouser le dauphin, futur Louis XVI. Le mariage fut célébré le 16 du même mois à Versailles.

premiers mois furent pour la duchesse de Péquigny, aujourd'hui duchesse de Chaulnes. Cette dame méritait quelque préférence ; c'était une des plus aimables et des plus spirituelles femmes de la cour ; sa conversation était enjouée et toujours assaisonnée de bonnes plaisanteries. Elle s'exhalait en bons mots, tantôt sur son mari, qui avait voulu, disait-elle, la disséquer, l'anatomiser et qui, après avoir renoncé aux avantages et aux titres pompeux d'homme de cour, s'était tout platement fait philosophe, chimiste et physicien ; tantôt contre la du Barry qui, de l'état de fille des rues, était montée dans le lit de Louis XV.

— Vous êtes, Madame, disait-elle à la dauphine, venue en France au moment de notre grande foi. Le miracle qu'opère cette fille nous force de croire ceux que les saints faisaient autrefois.

— Quel est donc le miracle que fait cette fille ? demanda la dauphine.

— Elle ressuscite les morts, répondit la duchesse.

— Je ne sais, Madame, disait-elle une autre fois, ce que c'est que le saut de l'anguille. Je ne l'ai jamais fait ; il demande, dit-on, beaucoup de souplesse dans les reins. Mais quel qu'il soit, le plus beau saut que j'aie jamais vu, le plus grand et le plus merveilleux est celui de la du Barry qui, des bras des laquais, est sautée dans ceux du roi.

De pareils bons mots n'étaient lâchés que dans les conversations d'intimité et de confiance. La dauphine ensuite les faisait valoir, les variait suivant les occasions, ne les répétait jamais sans faire de grands éclats de rire, et ne voyait jamais la du Barry sans s'écrier : « Ô la grande sauteuse qui ressuscite les morts ! »

Ce règne de faveur ne fut pas pour la duchesse de Péquigny de longue durée. On fit entendre à la dauphine que peut-être quelque jour elle serait le sujet des plaisanteries de sa favorite. Les diseurs de bons mots, lui faisait-on entendre, n'épargnent personne ; ils cherchent à faire rire, il leur importe peu aux dépens de qui. Ce grain de défiance jeté dans l'esprit de la dauphine, on eut soin de l'y entretenir et de le faire germer.

Le duc de La Vauguyon[1], de son côté, minait la faveur de Mme de Péquigny, en faisant envisager au dauphin, son élève, la suite que pourraient avoir ces bons mots, si le roi en était jamais instruit. La dauphine se tint sur la réserve avec sa favorite, et passa bientôt de la réserve à l'indifférence.

M. de La Vauguyon avait ses vues en desservant Mme de Péquigny. À la faveur dont elle jouissait il voulait substituer Mme de Saint-Mégrin, sa bru, et il en vint à bout. Mais la faveur de celle-ci ne fut que passagère. Elle se piquait aussi de dire de bons mots, mais ces bons mots étaient moins plaisants que méchants. Aucun n'était dirigé contre la du Barry : c'était la politique de Mme de Saint-Mégrin. Elle espérait, par le crédit

1. Gouverneur des enfants du dauphin à partir du 30 avril 1758, c'est à lui que revint la tâche de diriger l'éducation du futur Louis XVI.

de cette femme, autant par le crédit dont son mari jouissait auprès de M. le dauphin, obtenir la place de dame d'atours. Mais cette petite politique dont la dauphine s'aperçut lui déplut, et dès ce moment, on la prit en aversion. Quand le moment fut arrivé de nommer une dame d'atours, la dauphine ne la voulut pas et alla prier le roi de ne pas la lui donner.

Le dauphin désirait pourtant que Mme de Saint-Mégrin remplît cet emploi, et le roi l'avait déjà désignée ; mais voyant la répugnance de la dauphine, il nomma Mme la duchesse de Cossé qui, en entrant dans cette place, entra en faveur. Le roi mourut et l'amitié de la reine pour sa femme d'atours dura encore un an. Mais l'intimité entre elles deux ne pouvait pas subsister éternellement. D'un côté c'était la philosophie personnifiée, avec tous les charmes de la raison et de l'à-propos ; de l'autre côté c'était la frivolité avec tous les agréments français [1].

1. Ces détails sur le refus de Mme de Saint-Mégrin et la nomination de Mme de Cossé sont rigoureusement exacts. Voici en effet ce qu'en rapporte Mercy-Argenteau, ambassadeur d'Autriche, à l'impératrice Marie-Thérèse, à la date du 22 mai 1771 : « Mme la dauphine fut informée le 6 de ce mois que le roi devait donner dans la semaine la survivance de la place de dame d'atours occupée par la duchesse de Villars à la duchesse de Saint-Mégrin, belle-fille du duc de La Vauguyon. Mme la dauphine, alarmée de cette nouvelle, envoya chercher l'abbé de Vermond ; elle lui dit qu'elle n'avait pas le temps de me consulter, qu'il n'y avait pas instant à perdre, qu'elle voulait écrire au roi [Louis XV], qui était à la Muette, et que l'abbé devait lui faire un projet de lettre. L'abbé représenta qu'il valait beaucoup mieux parler qu'écrire, mais Mme la dauphine ayant persisté dans sa volonté, l'abbé forma le projet de lettre suivant : "J'apprends que Mme de Villars pense à demander à V. M. la survivance de sa place pour Mme de Saint-Mégrin ; j'en suis si occupée que je ne puis attendre pour vous en parler le moment où j'aurai le bonheur de vous voir. J'aurais bien de la peine à voir Mme de Saint-Mégrin dans ma maison, et surtout dans une place comme celle-là. J'ai trop de confiance dans l'amitié de mon cher papa pour croire qu'il voulût me donner ce chagrin. Je le supplie instamment de me l'épargner."

« Mesdames voulurent changer le contenu de cette lettre et y insérer tout plein de phrases maladroites et déplacées ; l'abbé de Vermond fit tout au monde pour les faire retrancher, mais il ne l'obtint qu'en partie, et l'ascendant de Mesdames prévalut comme de coutume.

« Le roi répondit le même jour ce qui suit : "On ne m'a pas parlé pour Mme de Saint-Mégrin ; je me souviens que feu mon fils lui avait promis une place dans la maison de sa belle-fille, mais les choses ont bien changé depuis, et vous avez eu la maison de la reine ; lorsque les places vaqueront par mort ou démission, j'espère que vous agréerez les personnes que je vous proposerai. Je ne suis pas surpris que Mme de Saint-Mégrin ne vous convienne pas ; elle est trop jeune et par trop bête." Ce dernier mot était effacé, mais d'une manière à laisser la facilité de le lire » (*Correspondance secrète entre Marie-Thérèse et le comte de Mercy-Argenteau*, éd. Alfred Ritter von Arneth et A. Geoffroy, Paris, Firmin Didot, 1874, 3 vol., t. I, p. 164).

Quelques mois plus tard, le 13 septembre, Marie-Antoinette relatait elle-même l'incident à sa mère : « M. de La Vauguyon m'a persécutée jusqu'à faire écrire M. le dauphin, qui dans le fond ne s'en soucie pas, à M. d'Aiguillon pour me faire parler en faveur de Mme de Saint-Mégrin. Quoiqu'on vous dise que je n'ose pas parler au roi, je lui ai parlé du consentement de M. le dauphin, et il m'a autorisée à le refuser. Je l'ai prié, en même temps, de vouloir bien agréer une de mes dames pour la place d'atours, qu'il a refusée par l'instigation de Mme du Barry. On m'a donné la duchesse de Cossé, fille de M. de Nivernais et belle-fille du maréchal de Brissac. Elle a très bonne réputation ; le roi m'avait chargée de lui apprendre sa nomination en me marquant qu'il ne le disait à personne. Cependant, dès la veille, M. d'Aiguillon avait été l'annoncer à Mme de Cossé et il y avait 50 personnes

Pendant que Mmes de Péquigny, de Saint-Mégrin et de Cossé furent en faveur, l'attachement de la reine ne se manifesta pour aucun jeune seigneur. Elle les traitait tous honnêtement : nulle prédilection pour aucun. Tous aspiraient à l'honneur de lui plaire, mais sans exclusion. Ils en étaient tous amoureux et elle les aimait tous, mais sans exclusion d'aucun. Le comte d'Artois, frère du roi, était le seul parmi les hommes dont elle parut occupée. Leur état, leur âge et leur caractère les rapprochaient trop pour qu'entre eux deux il ne s'établît pas une grande familiarité. Leurs goûts pour les plaisirs bruyants, pour les courses, pour les fêtes et les spectacles étaient les mêmes. Leurs amusements étaient certainement ceux de l'innocence, et leurs jeux ressemblaient aux espiègleries de l'enfance, quoique déjà l'un et l'autre dans un âge où la nature a des besoins urgents et continuels, et où un mauvais coup est bientôt fait, surtout quand on la facilité de le faire.

Le comte d'Artois, partout où il se trouvait, se mettait à son aise. La reine, de son côté, se délivrait autant qu'elle pouvait, de toute étiquette de cour, qu'alors elle regardait comme très inutile à son rang, et dont les souveraines ne croient avoir besoin que lorsqu'elles commencent à vieillir. Le château de Marly lui plaisait infiniment. Les bosquets de Cythère n'eurent rien de si délicieux que les jardins et le parc de cette maison de plaisance. En 1774, la cour y établit son séjour. Les promenades nocturnes étaient un des grands plaisirs de la reine. Dans les belles nuits de l'été, elle aimait, tantôt avec un petit cortège, tantôt seule, tantôt avec le comte d'Artois, à courir et à s'égarer dans les sombres et fraîches allées de ce parc.

C'est à cette époque qu'il faut placer les premiers déchaînements de la médisance contre la reine. Disons que les auteurs de cette médisance c'étaient les courtisans, race cruelle et perfide. Chaque matin, ils apportaient de Marly à Paris un journal de petites anecdotes qui n'avaient cours qu'autant que, par leur malignité, ils en empoisonnaient les circonstances ; c'est aussi alors que parut *Le Lever de l'aurore*, petit libelle plat, obscur et méprisable. Ce fut encore, ou à peu près dans le temps des courses de la reine dans le bois de Marly, que Mme la princesse de Marsan[1] se permit de lui dire :

— Madame, si dans ce moment que tant de bruits désavantageux courent sur votre compte, vous deveniez grosse, que penserait-on, que dirait-on de vous en France ?

— On dirait, répondit la reine, que j'accoucherai au bout de neuf mois.

Deux dames respectables étaient affligées des mauvais bruits qu'occasionnaient et les honnêtes dissipations et les promenades nocturnes de la

dans la confiance [*sic*]. Je me suis plainte au roi du ridicule que me donnait l'indiscrétion de ses confidents ; il m'a bien reçue et m'a dit qu'il en était fâché » (Alfred Ritter von Arneth, *Maria-Theresia und Marie-Antoinette*, Vienne, 1866, p. 38-39).

1. En qualité de gouvernante des Enfants de France, elle fut celle du futur Louis XVI.

reine. L'une était Mme de Maurepas[1]. Elle était très réservée dans ses propos et se consolait de cette peine intérieure en la confiant à son cher et ancien ami l'abbé de Veri[2]. L'autre était Mme de Cossé. Son personnage n'était pas celui d'une favorite ; c'était une vraie amie dont les conseils étaient toujours sages, et les conversations toujours gaies et instructives. L'Empereur qui, dans son séjour à Paris[3], la visita souvent, disait d'elle « que dans sa tête un esprit anglais se trouvait logé dans une imagination française ». À ce mérite elle joignait encore le mérite de paraître s'amuser beaucoup, alors même qu'elle était le plus profondément ennuyée. En toute occasion, elle s'élevait contre les propos des méchants, et prenait le parti de la reine avec ce même courage qu'un chevalier défendait autrefois la vertu de sa dame, et avec cette prudence qui ne compromet jamais la personne qu'on défend.

Cependant la reine, par la liberté qu'elle avait de faire sa volonté, continuait à se dédommager de la crainte où elle avait vécu pendant qu'elle était dauphine. Jusqu'alors, elle ne s'était point créée reine de France pour s'ennuyer et pour être malheureuse. Mais lorsqu'elle sut qu'on continuait à être méchant à son égard, elle fut plus circonspecte et moins bonne. Son caractère se rembrunit et devint soucieux. Ce qui est bien vrai, c'est que les méchants, en nous rendant malheureux, nous rendent méchants nous-mêmes.

Mme la marquise de Mailly entra alors en faveur auprès de la reine. On la voyait souvent et l'on versait dans son âme tendre et sensible les petits chagrins dont on était dévoré. Mme de Mailly pleurait, la consolait et ne la conseillait pas[4].

Les bals de la reine, jusqu'alors très amusants, devinrent des occasions de tracasseries. Elle manqua souvent au grand usage envers les grands seigneurs. Cela les aliéna, et ce fut moins pour danser qu'ils allaient au bal de la reine, que pour épier sa conduite, que pour démêler, dans ses démarches, ses propos et ses liaisons, le sujet de quelques plaisanteries, et ils ne revenaient à Paris que pour courir au foyer de l'Opéra, et de là chez les filles de joie, faire le scandaleux commentaire de leurs soupçons.

---

1. Marie-Jeanne Phélypeaux de Saint-Florentin (1704-1793), fille du marquis de La Vrillière et sœur du comte de Saint-Florentin, secrétaire de la Maison du roi sous Louis XV et Louis XVI. Elle avait épousé son cousin, le comte de Maurepas, en 1718.

2. Ami et conseiller de Maurepas, l'abbé de Véri (1724-1799) exerçait un extraordinaire ascendant sur le ménage du ministre. « M. de Maurepas, disait-on, ne fait rien sans consulter sa femme, et Mme de Maurepas n'agit que suivant les conseils de l'abbé de Véri. »

3. Joseph II avait effectué une visite incognito à Paris, sous le nom du comte de Falkenstein, en avril 1777.

4. Née Périgord, Mme de Mailly était belle-fille du duc de Castries. « Elle a la réputation de beaucoup d'honnêteté, et ne s'est jamais mêlée à aucune intrigue ; elle est attachée à son mari et à ses devoirs, et n'a jamais eu d'histoire sur son compte » : tel est le jugement que porte sur elle Mercy-Argenteau, ambassadeur d'Autriche à Paris. Mme de Mailly, dont le caractère justifiait si bien l'affection et les égards que lui témoignait Marie-Antoinette, succéda comme dame d'atours à Mme de Cossé.

« Pendant qu'elle était dauphine, disaient-ils, c'était Vénus toujours ornée de sa ceinture, et ce n'est aujourd'hui que Junon toujours prête à tracasser et à humilier ceux qui l'approchent. »

L'archiduc, frère de la reine, vint en France, et le séjour qu'il y fit fut encore une nouvelle source de mésintelligence[1]. Cet archiduc, fils et frère d'empereurs, ne visita aucun des princes de la maison de Bourbon, et ceux-ci se crurent dispensés de l'aller voir. La reine s'en trouva offensée. Il est rare qu'on perde entièrement le goût du terroir qui nous a vu naître. On négocia inutilement pour les visiter. Chaque seigneur, comme chaque dame, se livra, selon ses intérêts, à l'un des deux partis. Les uns furent pour la reine et son frère, les autres pour les princes français. Les jeunes seigneurs, comme nous venons de le dire, étaient indisposés contre la reine. Les dames de la cour qui venaient à ses bals ne tardèrent pas à l'être. Lorsque la reine ne dansait pas, elle était presque toujours en pourparlers avec le comte d'Artois et l'archiduc son frère, riant tous trois à gorge déployée, tantôt sur la figure bizarre de celle-ci, tantôt sur l'ajustement gothique de celle-là, sur les prétentions de l'une, sur les gaucheries de l'autre. Tout passait en revue. La reine distingua parmi les femmes les *Siècles*, les *Collets montés* et les *Paquets*. On appelait *Siècles* celles qui étaient sur l'âge ; les *Collets montés* étaient les prudes qui font métier de dévotion et de médisance. Les *Paquets* étaient celles qui colportaient les nouvelles et les empoisonnaient. Il passe pour certain que ce fut dans ces petits comités et en plein bal qu'elle signala à son frère l'archiduc la plupart des dames de sa cour. Ne dansant pas, et ayant son frère auprès d'elle, elle lui montra d'abord la duchesse de Châtillon. « Cette dame, lui dit-elle, en veut à tous les hommes. Louis XV l'eut pendant quinze jours et l'a renvoyée parce qu'elle est indiscrète et trop vigoureuse. Voyez comment elle a les yeux fixés sur le bouton de culotte de tous ces jeunes seigneurs, et comment, à mesure qu'elle les regarde, son visage s'embrase. La comtesse de Valentinois, qui est près d'elle, est, comme vous voyez, très laide. Son âme est encore plus affreuse que son visage. Vous n'avez point à Vienne de femme plus méchante. Elle a été très galante et sa mauvaise santé est le fruit de ses belles et brillantes galanteries. Cette dame que nous avons vis-à-vis de nous est la princesse de Monaco, l'une des plus spirituelles femmes qui soient en France. Elle est l'amante du prince de Condé. Ce prince, pour être moins gêné dans ses amours, a obtenu du parlement qu'elle soit séparée de son mari qui en est peu fâché, et à qui il ne manque que d'avoir avec son rival une affaire d'honneur pour être cocu, battu et content. Voyez la comtesse de Roncé qui vous regarde. Tout à Chantilly, pendant deux ans, s'est réglé au gré de ses caprices et de ses fantaisies : fêtes, jeux, table, bals et chasses. C'est d'elle qu'on prenait l'ordre avant que Mme de Monaco eût

1. L'arrivée à Versailles de l'archiduc Maximilien remonte au 7 février 1775.

été installée dans l'emploi de maîtresse du prince de Condé. Celle qui à Chantilly avait, avant ces deux dames, occupé l'emploi, est cette haquenée nommée de Roncherolles, assise à côté du comte de Coigny. Le duc d'Aremberg l'avait eue avant le prince de Condé ; avant d'Aremberg le prince de Conti. Elle parle à l'oreille du comte de Coigny ; je parierais qu'elle lui demande à emprunter un louis pour aller jouer. En récompense des loyaux services de ces deux maîtresses, M. de Condé a obtenu de placer Mme de Roncé auprès de Mme de Provence et a mis, auprès de Mme la duchesse de Bourbon, Mme de Canillac, fille de la Roncherolles. Cette Mme de Canillac, qui dansait tout à l'heure avec Mme d'Artois, est détestée de Mme de Bourbon.

« Elle en éprouve des humiliations continuelles, et s'en venge en couchant avec le mari de sa maîtresse. Le prince de Condé n'en est pas fâché ; cette intrigue a éloigné son fils d'une petite paysanne dont il était engoué. Cette dame, qui a peine à marcher et qui s'est estropiée en voulant se faire un petit pied, s'appelle la comtesse de Rosen. Elle est au service de Mme d'Artois qui ne l'aime pas. Elle avait, dit-on, quatre amants à la fois. Tout le monde en parle avec mépris. On l'accuse d'avoir des charmes empoisonneurs, et l'évêque de Noyon se meurt des suites de ses amours pour elle. Le comte de Rosen, qui fermait les yeux sur les intrigues de sa femme et lui en plaisantait, ne pouvait lui pardonner d'avoir empoisonné cet évêque, son ami. Vous riez mon frère, dit la reine à l'archiduc, c'est sans doute de cette grosse dame qui vient d'entrer, et qui a devant elle une espèce de besace. C'est la duchesse de Mazarin, la dame la plus dévergondée qui soit à Paris. L'archevêque de Lyon, avant qu'il se coiffât de cafardise et d'hypocrisie, vivait publiquement avec elle. De leurs amours vint cette jeune demoiselle qui est à côté d'elle, qui porte avec un nez écourté et retroussé la tête au vent. C'est la démarche et la figure de son père. La mère n'a aujourd'hui pour amants que les jeunes gens qu'elle paie très bien, et s'il faut en croire ce qu'on en dit, pour ses plaisirs du lit, il lui en coûte chaque année plus de quarante mille francs. Tournez-vous, mon frère, et vous verrez celle qui de toutes les femmes de la cour a le plus d'esprit, le plus de caprices et la plus mauvaise langue. C'est la marquise de Fleury[1]. Son mari est un fort mauvais sujet ;

1. C'était la femme de l'avocat général du parlement de Paris, Omer-Louis-François Joly de Fleury. Elle était née Élisabeth-Pierrette Dubois de Sourval. *L'Espion anglais* la décrit sous l'anagramme de Mme de Furiel, comme une grande prêtresse de la secte des *Anandrynes*, encore appelées *tribades*, consacrées à la déesse Vesta. « Une tribade, explique Mme de Furiel à la jeune candidate aux pratiques de Lesbos, est une jeune pucelle qui, n'ayant eu aucun commerce avec l'homme, et convaincue de l'excellence de son sexe, trouve en lui la vraie volupté, la volupté pure, s'y voue tout entière, et renonce à l'autre sexe, aussi perfide que séduisant. C'est encore une femme de tout âge qui, pour la propagation du genre humain, ayant rempli le vœu de la nature et de l'état, revient de son erreur, déteste, abjure des plaisirs grossiers et se livre à former des élèves à la déesse » (« Confession d'une jeune fille », dans *L'Espion anglais. Recueil de chroniques indiscrètes sur les affaires du temps*, Londres, John Adamson, 1784-1785, 10 vol., t. X, p. 185).

il vit avec des filles, les trompe et les paie mal. Pour la marquise, sa femme, elle était fort amoureuse de M. de Choiseul lorsqu'il était en place ; mais depuis sa retraite, elle est, dit-on, devenue très amoureuse d'une comédienne nommée Raucourt. Si elle vous fait des agaceries, tâchez de vous en garantir. Elle est haute et insolente comme toutes les personnes de la maison de Montmorency. Suivez-moi, je vous montrerai une autre Montmorency, qui est la fille du prince de Tingri. Elle n'est point haute comme celles de son rang, elle est au contraire très bête. On lui trouve l'air et la démarche d'une chambrière de cabaret. C'est la reine de ce pays-ci pour les bavardages. Elle s'était faite la première servante de la du Barry. Sa fille, qui est la duchesse de Montmorency-Fosseuse, danse actuellement une contredanse avec le marquis de Laval. C'est une bonne personne. Vous avez dû en entendre parler à Vienne, lors de mon mariage. Vous savez qu'il fut décidé que Mme de Brionne, comme notre parente, danserait le premier menuet. La noblesse française ne le voulait pas et menaçait de ne pas venir au bal de la noce. Mme de Montmorency réclamait l'honneur de ce premier menuet. En conséquence, il y eut assemblée de pairs qui se tint chez l'évêque de Noyon. Louis XV fut obligé d'écrire à la noblesse et de lui marquer que ce menuet, ainsi qu'il l'avait décidé, serait dansé par Mme de Brionne, mais que cela serait sans conséquence pour l'avenir. »

Ces instructions ou signalements que la reine donna, dit-on, à son frère, transpirèrent. Dès lors, l'air de la cour s'embruma. Les visages y devinrent sombres ; les *Siècles* et les *Collets montés* ne parurent plus aux bals, et dirent hautement dans Paris que, sous Louis XV, dans les amusements de la cour, on y observait plus de décence et plus d'égards. Les *Paquets*, sous de vains prétextes, se dispensèrent d'y venir, et dans leurs propos n'épargnèrent ni la reine, ni sa conduite, ni son frère, qu'elles surnommèrent l'« Archiduc d'Autriche. »

Mme de Cossé était une de celles qui ne furent pas mêlées dans les caquets de la cour et les propos de la médisance. La reine lui demanda un bal. Le jour de ce bal était arrivé et les princes du sang n'avaient point encore fait de visite à l'archiduc. La reine, dans son humeur, écrivit à Mme de Cossé : « Si les princes viennent à votre bal, ni moi, ni mon frère ne nous y trouverons pas. Si vous voulez nous avoir, dépriez-les. » Mme la duchesse de Cossé se tira à merveille de ce mauvais pas. Elle envoya la lettre de la reine aux princes et pensa dès lors à sa retraite.

L'événement de ce bal et de la lettre de la reine occupa beaucoup les désœuvrés de Paris. Chacun dit son mot et se crut en droit de faire son commentaire. Il n'y eut pas jusqu'aux femmes de la lie du peuple qui ne se donnassent la liberté de parler de la reine, de sa lettre, de M. son frère l'archiduc d'Autriche et de M. le comte de Dillon. Ce jeune seigneur n'était ni le plus aimable, ni le plus spirituel, ni le plus beau danseur de son rang ; mais ce fut celui qui, dans les divers bals de cette année-là, plut davantage à la reine. Toutes les préférences furent pour lui : on marquait de l'inquiétude quand il ne paraissait pas, et le visage se reprintanisait lorsqu'il arrivait[1]. Il fut déclaré le chevalier de la reine dans les bals ; il en reçut les compliments de ses camarades, qui ne lui en firent jamais sans croire les mériter eux-mêmes. La reine obtint pour lui du roi de légères faveurs, mais qui à Paris lui donnèrent un air de triomphe.

Elle voulut que M. de Muy, alors ministre de la Guerre, le dispensât d'aller à son régiment, sous prétexte qu'on aurait besoin de lui pour les bals de l'été. Le ministre répondit qu'il ne pouvait accorder à M. de Dillon une grâce qui pourrait nuire à la sévérité de la discipline.

M. le comte de Dillon partit, et Mme la princesse de Rohan-Guéméné[2] entra en faveur. Elle se tint, d'après les conseils de Mme de Marsan, dans les bornes d'une respectueuse réserve, comme si elle eût pressenti que cette faveur ne serait pas durable.

On lui prodigua les caresses et les petites confidences ; on n'était bien qu'avec elle et l'on bâillait quand elle était absente. On en raffola tout l'été. Cet attachement suivit les progrès des chaleurs de l'été et s'éteignit complètement avec les premiers froids de l'automne qui ramena M. le comte de Dillon de son régiment.

Les bals de la reine et ses attachements, les cruelles observations des courtisans, les propos des *Paquets*, les plaintes des *Siècles* toujours ulcérés eurent encore lieu cet hiver. Avouons que ce peuple de la cour est bien dangereux et bien bête dans ses jugements de vouloir nous persuader que la reine, pure et vertueuse, ne puisse pas avoir, sans crime, un attachement honnête, ni dans l'un ni dans l'autre sexe.

Une chose qui pourrait faire tort à la reine, si elle n'était pas fausse, ce serait d'avoir travaillé, d'après les sollicitations de ses femmes de chambre, au déplacement de M. Turgot. Voici comme on arrange cette histoire.

Mme de Noailles, sa première dame d'honneur, et qu'elle avait surnommée *Mme l'Étiquette*, ne lui avait jamais plu. Elle ne pouvait ni la

1. Sur Dillon, voir *La Journée amoureuse ou les derniers plaisirs de M...-A...*, *infra*, p. 1137, n. 1.

2. Victoire-Armande de Rohan-Soubise (1743-1807), fille du maréchal de Soubise, avait épousé son petit-cousin Henri de Rohan-Guéméné (1745-1809). En 1767, elle obtint la survivance de la charge de gouvernante des Enfants de France détenue par la princesse de Marsan, sa tante. Elle en devint titulaire officielle au mois de septembre 1778 et dut s'en démettre après la retentissante faillite de son mari. Cette femme incarnait la grâce d'une société aristocratique éprise de raffinement. Elle avait l'art de séduire et beaucoup lui enviaient son extraordinaire prestance. Elle impressionnait la reine. Comble d'originalité, elle se promenait, telle Hécate, suivie de ses chiens qui, disait-elle, lui permettaient de communiquer avec les esprits de l'au-delà. Maîtresse du duc de Coigny, elle vivait en bonne intelligence avec son époux, le prince de Guéméné, lequel n'avait d'yeux que pour la fragile Madame Dillon. Elle organisait des fêtes somptueuses à Paris et dans son domaine de Montreuil. La jeunesse dorée ornait son salon et Marie-Antoinette avait pris l'habitude d'y passer ses soirées.

souffrir ni la renvoyer. Elle s'attacha la princesse de Lamballe, veuve dans une grande jeunesse, spirituelle, décente, d'une conduite très régulière, bru d'un prince très dévot, mais elle-même n'ayant aucun des travers de la dévotion.

Toutes les affections de la reine se réunirent en elle comme en un centre commun. Elle l'aurait voulue pour surintendante de sa maison, mais toutes les vues de M. Turgot tendant à porter l'économie dans toutes les parties de l'administration, elle n'osa la demander. Les circonstances la servirent heureusement. Les soupçons d'une grossesse attendue et désirée depuis si longtemps lui donnèrent sur l'esprit du roi un crédit très considérable. C'est alors qu'elle seconda les cris de tous les gens de service de la cour et de tous les commis des bureaux de Versailles, et M. Turgot fut renvoyé, Mme de Lamballe désignée quelque temps après surintendante de la maison de la reine, avec quatre cent mille livres d'appointements, et Mme la maréchale de Noailles forcée à laisser sa place de première dame d'honneur.

Le renvoi de M. Turgot occasionna contre la reine les chagrins de ceux qui le lui imputèrent. La création d'une surintendance dans un moment où, à la veille d'une guerre, on ne parlait que d'économie, fut encore contre elle le sujet de beaucoup de plaintes amères de la part de ceux qui croient que, sans une grande abondance d'argent, on ne peut faire qu'une guerre très malheureuse.

La retraite de Mme de Noailles fit encore à la reine beaucoup d'ennemis, et ces ennemis se vengèrent, en rendant suspectes ses liaisons avec la princesse de Lamballe. Embrassades, courses, signes, gestes, visites, confidences, conversations, privautés : tout était mal interprété. L'œil malin du courtisan observait tout et supposait à tout un but criminel, et tel que Juvénal et saint Paul en parlent, en décrivant les mœurs infâmes et les inclinations perverses des dames de Rome.

La reine fut avertie et donna adroitement le change aux méchants, en accordant parmi les seigneurs de la cour des préférences à M. le chevalier de Coigny. Son âge est celui de la raison, sa figure est très ordinaire, mais ses bons mots sont ceux d'un homme très instruit. Il fut de toutes les parties de la reine. Les courtisans, à qui rien n'échappe, laissèrent Mme de Lamballe, et M. de Coigny devint le sujet de leur médisance et de leurs sarcasmes[1].

J'en ai vu de ces courtisans venir en poste de Versailles au foyer de l'Opéra, pour confier à des chanteuses ce prétendu bonheur du chevalier de Coigny. Nous parlons souvent de ces courtisans, c'est que nous les regardons comme l'espèce la plus dangereuse qui soit sur la terre, cherchant à se dédommager, par des calomnies atroces, qu'ils désavouent

1. Voir *infra*, *Fureurs utérines de Marie-Antoinette*, p. 1121, n. 1, et *Les Adieux de la Reine à ses mignons et mignonnes*, p. 1130.

tout haut, et qu'ils répandent en secret parmi le peuple, de la bassesse du métier qu'ils font auprès de leur maître, dont ils ne sont guère moins méprisés que des domestiques qui les entourent.

La reine devint enceinte, et quand la grossesse fut déclarée, Mme de Lamballe fut encore son intime amie. Le temps des couches arrivé, la frayeur de la mort s'empara de son esprit. Elle avait déjà près de deux millions de dettes ; elle ne voulait pas mourir insolvable, elle ne voulait pas non plus que le roi fût instruit de ce qu'elle devait. Elle en parla à M. Necker, qui répondit que sans l'aveu du roi il ne pouvait pas disposer de l'argent de l'État. « J'ai, Madame, ajoute-t-il, une fortune de trois millions, j'en emploierai deux, si vous me le permettez, pour l'acquittement de vos dettes, et ce sera entre Votre Majesté et moi un secret. » La reine, étonnée de la grandeur de ce procédé, en parla elle-même au roi qui, espérant un dauphin, consola la reine, fit payer ses dettes et témoigna sa reconnaissance à M. Necker.

Pendant les couches de la reine, Mme de Lamballe ne la quitta pas. Il y eut une nomination de bénéfices ; ce fut la reine qui en disposa. Les protégés de la maison de Coigny eurent une grande part dans la distribution qui en fut faite.

Après les relevailles de la reine, les parties de plaisir reprirent en cour leur train ordinaire. Le chevalier de Coigny resta encore en faveur pour quelque temps ; mais la méchanceté dans l'interprétation que l'on donnait à cet honnête attachement devenant trop forte et trop soutenue, la reine prit pour amie Mme de Polastron, mariée à un comte de Polignac et connue dans le monde sous le nom de *comtesse Jules*.

La nouvelle favorite, par la tournure de son esprit et la douceur de son caractère, a su plaire au roi comme à la reine ; elle a profité de sa faveur pour faire entrer, dit-on, près de deux millions de revenu dans la maison de Polignac, et par là même cette comtesse Jules est devenue en cour un objet d'adoration publique et d'envie secrète.

Les courtisans qui inventent quand ils ne savent pas, et qui corrompent ce qu'ils savent, ont répandu contre elle des bruits très défavorables. S'il faut les en croire, c'est elle qui, à prix d'argent, a déjà coiffé plusieurs sots ecclésiastiques d'un bonnet d'évêque ; c'est encore elle qui, à prix d'argent, est devenue le canal dont les faiseurs de projets, les empiriques d'un état politique, se sont déjà servis et se servent encore pour faire agréer leurs rêveries à la reine, au roi et à son directeur général des Finances.

Écoutons-les encore dans leurs malignes observations nous dire froidement, et avec le ton de la censure, qu'il n'est point du protocole ordinaire d'une jeune souveraine de France d'aller voir une particulière dans ses couches, surtout après s'être dispensée dans une semblable circonstance de visiter une princesse du sang, Mme la duchesse de

Chartres[1] ; qu'il est indécent de se rendre chez cette même particulière à travers les boulevards, sans aucune suite, tantôt à pied, tantôt en cabriolet, et faire auprès d'elle l'office d'une accoucheuse.

Ô malheureux courtisans ! Vous ne trouvez mauvais ces offices de l'amitié que parce que vous n'en êtes pas l'objet. Vous n'êtes pas non plus dignes de le devenir jamais. Vous êtes une race exécrable. Vous tenez tout à la fois de la nature du singe et de la nature de la vipère. Comme les singes, pétris de grimaces, vous déchirez en caressant. Comme la vipère, après avoir distillé votre poison mortel, vous vous cachez sous des fleurs. Je vous connais et veux vous démasquer. Je veux vous passer tous en revue par nom et par surnom, et l'un après l'autre. Attendez-vous à ma vengeance et à ma justice, vous surtout, qui dans une soirée de ce printemps, au Palais-Royal et non loin du Café de Foy, fîtes malignement observer à deux filles de théâtre que la reine avait successivement aimé M. le comte d'Artois et Mme de Mailly, M. de Dillon et Mme de Lamballe, M. le chevalier de Coigny et Mme de Polignac, laquelle aura bientôt pour successeur un seigneur.

Vous serez célèbre et connu, comptez sur ma parole, vous M. le marquis de ***, qui chaque fois que la reine vient à Paris, êtes soigneux de vous trouver à la portière de son carrosse pour épier ceux et celles qui sont avec elle, afin d'en faire le sujet de vos médisances.

Oui, je le dirai, celui qui le premier d'entre tous, en soupant avec Mlle Arnould[2], occasionna par des propos indiscrets tous les brocards de cette fille sur la reine et la princesse de Lamballe.

Je ne vous ai point oublié, vous qui l'hiver dernier arrivâtes au bal de l'Opéra pour avertir, avec le ton perfide de la niaiserie, que la voiture de la reine avait éprouvé un accident ; que la reine s'était réfugiée dans la boutique d'un marchand de la rue Saint-Nicaise, et que le chevalier de Coigny s'était trouvé là tout à propos pour lui faire sa cour. La rencontre du chevalier était un mensonge, et je veux un jour vous en faire rougir[3].

---

1. Louise Marie Adélaïde de Bourbon, fille du duc de Penthièvre et sœur du prince de Lamballe, née en 1753, avait épousé le duc de Chartres, futur Philippe-Égalité, le 5 avril 1769.

2. La célèbre Sophie Arnould, cantatrice à l'Opéra de Paris (1740-1803), qui entretint pendant de longues années des relations intimes avec Louis-Léon-Félicité de Brancas, comte de Lauraguais, dont elle eut trois enfants.

3. Cette anecdote n'est point entièrement inventée. On la trouve racontée en ces termes dans une dépêche de Mercy-Argenteau à Marie-Thérèse, à la date du 17 mars 1779 : « La reine était venue le dimanche gras au bal de l'Opéra seule avec le roi ; Leurs Majestés y étaient restées jusqu'à six heures du matin sans être reconnues, ce qui avait paru fort amuser le roi. Cela engagea la reine à lui proposer de revenir au bal du mardi gras. Cette proposition fut d'abord acceptée, mais le roi ayant ensuite changé d'avis, il convint avec la reine qu'elle irait seule à ce bal, suivie d'une dame du palais, et que d'ailleurs toutes les mesures prises pour le plus grand secret seraient observées. Conséquemment, la reine partit de Versailles sans suite ; elle descendit à Paris à l'hôtel du premier écuyer [le duc de Coigny], où S. M. monta dans une voiture de particulier, et qui ne pût être reconnue. Malheureusement, cette voiture était si vieille et si mauvaise qu'elle cassa dans une rue à

M. le comte de ***, je ne vous oublierai pas, le jour de ma vengeance, vous qui, dans une loge chez Nicolet[1], voulûtes faire accroire que Mme la marquise de Mailly n'avait éprouvé les refroidissements de la reine que parce qu'elle avait eu la maladresse de ne pas trouver mauvaises les honnêtetés que lui fit un jour M. le comte de Dillon.

Attendez-vous à ma justice, vous M. le comte de *** qui, il y a quatre ans, prodiguâtes au foyer de la Comédie Italienne, chez la Desmares et autres courtisanes, tant d'insipides plaisanteries sur les plumes dont la reine venait d'introduire l'usage. Sachez que ces plumes sont le plus bel ornement dont une femme puisse embellir ses cheveux. Les parterres de fleurs que l'industrie française varie en mille manières, et dont le sexe pare si agréablement sa tête, sont encore dus au goût et aux soins de la reine. Remercions-la et ne la censurons pas.

On saura, car je veux tout dire, quel fut le marquis qui, cet hiver, vint à la Comédie Française débiter avec le ton d'un mauvais plaisant que la reine, chaque matin, faisait avec ses marchandes de modes un travail aussi sérieux pour ses ajustements que le roi en fait avec ses ministres pour régler ses états[2].

Méchants que vous êtes ! Vous lui reprochez de s'occuper de parures et d'agréments ? Ce n'est point là un objet de reproche ; on doit au contraire lui en savoir gré, car ce qu'elle en fait c'est pour nous plaire.

Elle est, ajoutez-vous, frivole et inconstante. Cela est vrai, mais c'est pour vous mieux ressembler, et la nature ne nous fait inconstants et légers que pour que nous soyons moins misérables.

Sur le trône en France, nous n'avons pas eu depuis trois siècles de souveraine qui la vaille. Je défie depuis cette époque d'en montrer une plus aimable qu'elle.

---

quelque distance du théâtre. La reine fut obligée de sortir de cette voiture, ainsi que la princesse d'Hénin qui était à sa suite, et dans l'impossibilité de rester dans la rue, il fallut entrer dans la première maison qui se présenta et qui était celle d'un marchand d'étoffes en soieries. La reine ne se démasqua pas. Il fut trouvé impossible de raccommoder la voiture ; l'heure qu'il était ne permettait pas non plus de se donner le temps nécessaire à faire chercher un bon carrosse. On arrêta le premier fiacre qui vint à passer, et la reine arriva au bal dans cette voiture. Elle y trouva plusieurs personnes de sa suite qui s'y étaient rendues séparément, et qui ne quittèrent plus S. M. tout le temps où elle resta à ce bal. La reine n'y fut point reconnue et ne se retira qu'au jour. Les circonstances de ce petit événement ne produisirent d'autre effet à Versailles que celui de faire rire le roi, et de donner matière à quelques plaisanteries sur la nécessité d'aller en fiacre. À Paris, la manière de conter ce fait fut plus variée ; mais il n'en résulta cependant que des détails risibles, et qui n'étaient point dans la tournure de critique. Je m'aperçus que la reine était peinée de cette petite aventure ; elle daigna m'en parler et me mettre à portée de lui représenter ce que je croyais convenable sur pareille matière » (*Correspondance secrète entre Marie-Thérèse et le comte de Mercy-Argenteau, op. cit.*, t. III, p. 298-299).

1. Célèbre entrepreneur de spectacles sur le boulevard du Temple.

2. La plus fameuse de ces marchandes de mode fut Rose Bertin dont on a publié des mémoires apocryphes. Un libelle révolutionnaire la qualifie de « dégoûtante créature » dont Marie-Antoinette « a plusieurs fois payé les dettes » (*Vie privée de Charles-Philippes* [sic] *de France, ci-devant comte d'Artois…*, Turin, 1790, p. 28).

J'ai ce que la vanité appelle un beau nom, une fortune considérable, trente-deux ans et une grande envie de me marier, mais ce ne sera que quand parmi les dames de la cour ou parmi leurs demoiselles, j'en aurai trouvé une aussi accomplie que notre reine. J'ai déjà employé, et très inutilement, onze ans à cette recherche, et je crains bien de mourir sans me marier.

Pour vous, femmes de courtisans, dont la langue acérée est encore plus dangereuse que celle de vos époux, je ne vous dirai rien. Vous êtes méchantes par nature, par système et par éducation. Toutes les leçons que je pourrais vous faire sur l'indécence avec laquelle vous parlez de Mme la comtesse Jules, ne vous rendraient ni meilleures ni plus modérées. Vous ressemblerez toujours aux âmes damnées. Les joies des Élus seront toujours votre tourment et votre enfer.

Le godemiché royal

1789

Avis de l'Éditeur

Fatigué des patrouilles et des factions que j'avais faites, et me trouvant à trois heures du matin sur la terrasse des Tuileries, ne voyant et n'entendant personne, la frayeur s'empara de moi, et je me cachai aussi bien que je pus dans ma guérite. Le sommeil vint me tranquilliser ; mais ce ne fut pas pour longtemps. J'entendis une voix qui me dit bien distinctement : « Pourquoi portes-tu un habit que ton courage ne te permet pas d'avoir, au lieu de rester dans ta boutique à faire vivre ta femme et tes enfants ? Prends ce manuscrit : va l'imprimer et le distribuer dans toutes les villes, et pense que si, sous vingt-quatre heures, le public n'est point instruit des faits contenus dans ce cahier, et que tu aies encore l'uniforme sur le corps, tu seras pendu. » La peur qui m'avait endormi me fit tomber le nez contre terre ; j'appelai au secours, personne ne vint. Comme il pleuvait à verse, je me relevai pour me mettre à l'abri. Quelle fut ma surprise de trouver le manuscrit que je m'empresse de vous faire passer, de crainte d'être pendu ! Je vous engage, mes chers citoyens, à quitter vos uniformes, si vous n'avez pas plus de courage que moi. Si vous contestez la validité de ce manuscrit, je ne pourrai pas vous en donner des preuves ; vous savez comment il m'a été remis, je m'en lave les mains.

Amen

Entretien entre Junon et Hébé[1]

JUNON, *seule, les jupes retroussées, se patinant la motte.* —

Admirable partie d'un con trop méprisé,
Soutien officieux d'un poil noir et frisé,

1. Junon est l'épouse de Jupiter et la reine des dieux. Hébé est la déesse de la jeunesse ;

Motte autrefois charmante aux yeux de mon parjure,
Hélas ! soyez sensible à ma dernière injure :
Le bougre porte ailleurs un encens qui m'est dû ;
Son vit est mou pour moi et bande pour un cul.
Ô rage ! ô désespoir ! chère motte ma mie,
Du membre de Jupin[1] vous n'êtes plus chérie,
Oisivement placée au bas de mon nombril,
Vous n'avez pour espoir qu'un insensible outil.

(Elle tire un godemiché de son sac à ouvrage.)

Ombre faible d'un vit, mais pourtant salutaire,
Heureuse invention qu'on doit au monastère,
À mon con enflammé vous plaisez à bon droit,
Encore valez-vous mieux que le bout de mon doigt.

(Elle se branle.)

Mais quoi ! quand Jupiter encule Ganymède,
Junon serait réduite à ce triste remède !
Quoi ! quand de mon époux les perfides couillons
Dont je jeûne souvent, élancent le bouillon
Dans des endroits secrets dont rougit la nature,
Je me contenterais de la simple figure ?
Non ; on verra plutôt un carme repentant,
Aller, le vit baissé, prêcher dans un couvent.
Il est temps qu'à la fin je venge cet outrage.
S'il est vrai que tout cul de Jupin soit le gage,
Tous les vits désormais pourront foutre Junon,
Et je veux me servir de mon illustre con.
Chère Hébé, paraissez.

HÉBÉ. —

À vos ordres soumise,
Grande reine, excusez si je viens en chemise ;
Mais dans votre antichambre, exerçant mon talent,
Hercule me foutait, Madame, en attendant.

JUNON, *bas*. —

À foutre à tout venant elle passe la vie ;
Que son sort est heureux ! que je lui porte envie !
Ah ! que n'ai-je à présent le vit d'un bon fouteur !
Qu'avec lui, dans ce lieu, je foutrais de bon cœur !

HÉBÉ. —

Où tendent ces regards, ce funeste silence ?
De ces tristes soupirs que faut-il que je pense ?

---

elle était chargée de verser le nectar à la table de Jupiter. Junon désigne Marie-Antoinette, Hébé Mme de Lamballe ou la princesse de Polignac.

1. *Jupin* : forme familière de Jupiter, qui désigne ici Louis XVI.

Si j'ose librement m'expliquer en ces lieux,
Vous déchargez, Madame, et vous foutez des mieux ;
Mais pourquoi ces poignards ? quelque foutu jocrisse
Vous aurait-il enfin foutu la chaude-pisse ?
Non, pour un tel affront votre con n'est pas fait ;
Voyons ces fers.

JUNON. —
Prenez.

HÉBÉ. —
Quoi !

JUNON, *riant*. —
C'est un godemiché.

HÉBÉ. —
Ô Dieux ! quel instrument ! ma foi je suis ravie
De vous voir peloter en attendant partie.

(Elles chantent un duo sur l'air : Votre cœur aimable bergère.)

Dans la nature tout engaine :
Dans les eaux foutent les poissons,
La chèvre s'accouple dans la plaine,
Et dans les airs les moucherons.
Foutons, foutons à perdre haleine,
Tous les vits sont faits pour les cons.

JUNON. —
Que ne puis-je, en effet, savourer à loisir
Ce que peut un long vit procurer de plaisir !
De mon con enflammé les nymphes desséchées
Sur les bords du vagin sont tristement penchées.
Hélas ! il faudrait bien que le vit d'un fouteur
Vînt, en les arrosant, leur rendre leur vigueur.
Telle on voit une rose, au milieu d'un parterre,
S'entrouvrir, se fermer et tomber sur la terre,
Ou plutôt telle on voit, sur un sable mouvant,
Une huître hors de la mer bâiller au premier vent.

HÉBÉ. —
Quel étrange discours ! mon âme en est émue.
Quoi ! vous régnez, Madame, et n'êtes point foutue !
Je méprise le trône et tous ses vains honneurs ;
Un vit vaut seul un sceptre : au diable les faveurs,
Et tout ce que le sort aveuglément nous donne.
Deux couillons valent mieux qu'une illustre couronne.

JUNON. —
Hélas ! ma chère Hébé, tel est mon sentiment !
Mais tu sais que l'on doit quelque chose à son rang ;
Tu sais qu'une princesse, aux malheurs destinée,

Ne peut, comme elle veut, régler son hyménée ;
Que j'aime tes conseils, et qu'ils flattent mon cœur !
Le dessein en est pris, foutons avec ardeur.

HÉBÉ. —

Enfin, à mes désirs vous voilà donc rendue,
Dites un mot, Madame, et vous voilà foutue,
Ou bien, en un instant formez vingt bataillons
De trente mille vits armés de beaux couillons ;
À votre illustre con donnez ample carrière ;
Donnez-moi le signal d'abord, j'ai votre affaire :
Priape au vit carré, Pan au vit de Triton,
Silène au vit perçant et plus vif qu'un poisson,
Et mille autres engins faits à la cordelière,
De foutre imbiberont votre illustre derrière.
Madame, quel plaisir dans votre con heureux,
De ressentir des coups de vits si vigoureux !
Secondez de vos coups cette vigueur active ;
Contentez, s'il se peut, votre humeur foutative ;
Mais si, par un hasard qu'on ne peut soupçonner,
Vous vous lassiez enfin de vous faire enfiler,
Alors, usant des droits qu'on accorde aux actrices,
Je m'offre à le branler entre les deux coulisses.

JUNON. —

Va, vole, chère Hébé, rassemble tes amis,
Range autour de mon con un bataillon de vits ;
À foutre tu verras que mon adresse excelle.
Hébé, choisis bien, et prouve-moi ton zèle ;
Qu'un extérieur flatteur ne frappe point tes sens.
Souvent un beau dehors cache un mauvais dedans ;
Ne m'amène donc pas de ces foutus viédases [1]
Que la vue d'un con fait rester en extase,
Et qui pouvant à peine, au fort de leurs désirs,
Effleurer faiblement le centre des plaisirs,
S'amusent, comme on dit, toujours à la moutarde.
Garde-toi d'amener cette race bâtarde,
Ces blonds colifichets, ces marquis charlatans,
Qui prennent à se mirer la moitié de leur temps,
Ces atomes brillants qu'on nomme petits-maîtres.
S'agit-il d'avancer ? Ce sont autant de traîtres.
D'abord leurs vits ont l'air d'être forts et vaillants,
Mais sitôt le bougre décharge et fout le camp.

---

1. *Viédase* ou *viédaze* : on explique ce mot par le provençal *viet* (pénis) et d'*azé* (d'âne) ; en langage populaire, il signifie badaud, sot, nigaud, imbécile.

Je ne veux point non plus de ces blêmes poètes,
Du langage des cieux enflammés interprètes,
Par trop accoutumés au jeu de cinq contre un,
Lorsqu'ils voient un con, leur poignard importun,
Secondant aussitôt leur verve fantastique,
Leur donne, en dépit d'eux, l'onction jésuitique.
Je ne veux point non plus de ces vits boursouflés,
Sans désirs, sans plaisirs, superbement gonflés,
Car ils agitent en vain leur priapique enflure,
Et n'ont dans les couillons ni foutre ni luxure.
Mais, pour le dire enfin, et pour parler raison,
Autant vaudrait se mettre du poison dans le con.
Pour calmer, chère Hébé, les ardeurs de mon con,
Ce n'est pas ce qu'il faut pour contenter Junon.
Mais je veux de ces vits, dont la bonne encolure,
Ne connaît en foutant ni repos, ni mesure ;
De ces vits amusants dont le gland chatouilleux
Puisse arroser d'un coup mes fibres amoureux,
Et de ces vits, enfin, qui fiers à l'escalade,
Me contraignent aussitôt de battre la chamade.

HÉBÉ. —

Reposez-vous sur moi, je sais bien comme on fout,
Madame, vous serez servie à votre goût.
Je fais ici serment, quelle que soit mon envie,
De ne jamais branler, ni foutre de ma vie,
Si le moindre des vits que je veux vous donner
Ne vous fait décharger vingt fois sans déconner.

JUNON. —

C'est promettre beaucoup.

HÉBÉ. —

Des vits de ces lurons
Le plus court porte au moins quinze pouces de long.

JUNON. —

C'est comme je les veux. Et de circonférence ?

HÉBÉ. —

Huit pouces pour le moins, si j'en crois l'apparence.

JUNON, *après avoir un peu rêvé.* —

Quinze pouces de long ! huit de circonférence !
Ah ! mon con en décharge aussitôt que j'y pense ;
Qu'ils viennent donc ici, qu'ils inondent mon con !
Hébé, tu leur diras que la tendre Junon,
Puisqu'il faut la nommer, est plus chaude que braise.
Que j'ai le cul léger ! Je ne me sens pas d'aise !
Mais tous sont-ils, enfin, de robustes fouteurs ?

Hébé, puis-je t'en croire ? Excuse mes frayeurs.
Ah ! si leurs vits, peu faits à pousser la décharge,
En entrant dans mon con, quoique vaste et fort large,
En sortaient aussitôt… Non, non, tu t'y connais,
Et ta flamme amoureuse ne me trompa jamais.
Qu'ils viennent, c'en est fait, je vais foutre sans bornes,
Je vais à mon époux planter cornes sur cornes.
Le jean-foutre aujourd'hui va sentir à son tour
La vengeance qu'inspirent et la rage et l'amour.
Qu'ils paraissent soudain, ma motte bien lavée,
Ma chemise et mes jupes hautement retroussées,
Et le foutre coulant de mon con à plein seau,
Sera cru des mortels un déluge nouveau.

(Hébé sort.)

JUNON, *seule.* —
Inutiles frayeurs qu'enfante l'ignorance,
Que nourrit la faiblesse et soutient l'imprudence !
Trop scrupuleux remords ! Au sein des doux plaisirs
Ne venez pas troubler l'ardeur de mes désirs,
Répandez sur le sort votre poison funeste,
Mon con parle, il suffit, que m'importe le reste ?
Ces mouvements lascifs en mon con excités,
Voilà mon seul oracle, il doit être écouté.
Foutre de la vertu, ce n'est qu'une chimère,
Un con bien amoureux peut foutre avec son père.
Délicieux enfants, veuillez branler Junon,
Moteurs voluptueux et du vit et du con,
Vous qui savez si bien le chatouilleux usage,
De faire en un clin d'œil sauter un pucelage,
Plaisirs, fils de Vénus, quittez votre séjour,
Venez pour mon bonheur présider à ma cour.

(Une troupe de Plaisirs de différents sexes, nus, entrent sur la scène, et exécutent une danse voluptueuse.)

À voir ces vits sautants et ces mottes dansantes,
Dont un naissant duvet couvre les fleurs naissantes,
Je trouve dans mon con l'agréable fureur
Du plaisir qui m'échauffe et me fout jusqu'au cœur.

*Le mea culpa R *** [ROYAL]*

Ô toi, dont l'existence étonne l'univers,
Monstre qu'en leurs fureurs ont vomi les enfers,
Infâme.......... odieuse..........
Toi, dont l'avidité, la vie et la bassesse
Déshonorent l'empire et le trône français !
Puisse ton affreux nom, détesté désormais,
Ne vivre à l'avenir aux fastes de l'histoire
Que pour y retracer ta coupable mémoire !
Puissent nos descendants qui sauront tes secrets,
D'un regard indigné contempler tes forfaits,
S'étonner qu'un beau jour t'ait donné la naissance,
Et maudire et pleurer les malheurs de France !
Puissent-ils, dès le jour où triomphent les lois,
D'un peuple en liberté reconnaître la voix,
Voir tomber de ton front un honteux diadème,
Et vivre encore assez pour t'effrayer toi-même
De l'horrible portrait que l'histoire, en traits sûrs,
Aux B[ourbons] leur préparent pour les siècles futurs !
Et toi, pourceau fangeux, tyran pusillanime,
Qu'une vile tribade a su conduire au crime,
Toi qui, d'un masque beau te parant quelque fois,
Voulus souiller le nom du meilleur de nos rois,
Toi, que de sots flatteurs, dans leur perfide usage,
Ont nommé bienfaisant, après t'avoir dit sage,
Tu n'as jamais été qu'un tyran déguisé.
Frémis ! Si contre Henri le fer s'est aiguisé[1],
Si la coupable main frappa son cœur auguste,
Bientôt, sans doute, un bras vengeur autant que juste
Saura nous délivrer du plus lâche Bourbon,
Et laver dans ton sang la honte de ton nom.
D'un mépris éternel si ton âme est jalouse,
Va, le plus vil des rois, va remplir tes destins,
Va prendre un digne rang auprès de ton épouse,
Et Vitruve[2] nouveau, va d'un nouveau Néron
À la postérité conserver le vil nom ;
Peins-nous de ces tyrans les traits les plus fidèles,

1. Allusion à l'assassinat de Henri IV par Ravaillac.
2. Architecte latin, mort vers 26 av. J.-C., surtout connu pour son *Traité d'architecture*.

Surpasse, si tu peux, encore tes modèles ;
Tes crimes hâteront l'instant de la vengeance,
La gloire du vengeur et l'honneur de la France.
Va, le plus vil des rois, va remplir tes destins.
Le jour où tu naquis, pour les tristes humains,
Fut un jour que le ciel marqua dans sa colère.
Et le jour plus affreux où l'effrayant tonnerre,
Annonçant ton épouse au Français consterné,
Accompagnant tes pas à l'autel préparé,
Avait assez montré par un sanglant présage,
De deux monstres unis le sinistre assemblage.
Ah ! que n'avez-vous donc, couple impur et hideux,
Dans cette horrible fête expiré tous les deux !
Tu dormais sur le trône, ô monarque imbécile,
Quand de ta nation le suprême sénat
Motivait à tes pieds sa résistance utile,
Et de tes propres mains voulait sauver l'État !
Quelle sécurité ! Tout près du précipice,
Tu n'aperçois donc pas ton peuple s'indigner ?
Il n'attend que le sceau de ta vaste injustice
Pour t'apprendre à grands cris qu'un autre doit régner.
Tes projets sont affreux, ose les reconnaître :
Une femme impudique a su les enfanter.
Mais du trône des Francs tu dois être le maître,
Et comment Antoinette osa-t-elle y monter ?
Les cris des citoyens armés pour la patrie,
Seront bien différents des cris de tes soldats.
Les provinces crieront : justice, économie,
Et sous tes étendards, signés d'assassinats,
L'on n'entendra plus rien que la bourse ou la vie !
Réfléchis, ou prends place au rang des scélérats.

L'Autrichienne en goguettes

ou

L'Orgie royale

opéra proverbe

Veni, vidi

**Composé par un garde du corps,
et publié depuis la liberté de la presse,
et mis en musique par la reine***

1789

---

* La reine, élève de feu Sacchini[1], et protectrice de tout ce qui est compositeur ultramontain, a la ferme persuasion qu'elle est bonne musicienne, parce qu'elle estropie quelques sonates sur son clavecin, et qu'elle chante faux dans les concerts qu'elle donne *in petto*, et où elle a soin de ne laisser entrer que de vils adulateurs. Quant à Louis XVI, on peut se faire une idée de son goût pour l'harmonie, en apprenant que les sons discordants et insupportables de deux flambeaux d'argent frottés avec force sur une table de marbre ont des attraits pour son oreille antimusicale.

---

1. Le compositeur Antonio Sacchini (1730-1786) était déjà reconnu en Italie et en Angleterre lorsqu'il vint en France (1782), où la querelle entre les partisans de Piccinni et ceux de Gluck faisait rage. Comme les fanatiques de ce dernier étaient les plus forts, ils firent tout pour entraver la carrière de Sacchini, prévoyant qu'il apportait des armes à la secte des piccinnistes. Heureusement, Joseph II qui se trouvait alors à la cour de France, et qui n'aimait que la musique italienne, recommanda le compositeur à sa sœur, Marie-Antoinette. La reine le nomma son maître de chapelle avec 6 000 livres de traitement, et lui fit ouvrir les portes de l'Opéra.

PERSONNAGES

LOUIS XVI
LA REINE
LE COMTE D'ARTOIS
LA DUCHESSE DE POLIGNAC
GARDES DU CORPS

La scène se passe dans les petits appartements.

SCÈNE PREMIÈRE

CHŒUR DES GARDES DU CORPS, *buvant*. —

Varions nos plaisirs,
Entre Bacchus et le Dieu de la Tonne,
L'exemple qu'ici l'on nous donne,
Augmente nos désirs.

UN GARDE. — Aux armes, voici Sa Majesté.

UN AUTRE GARDE. — Il y aura orgie cette nuit, la Ganymède femelle est avec la reine.

UN AUTRE GARDE. — Et d'Artois le bien-aimé, le voilà entre le vice et la vertu. Devine quel est le vice.

UN GARDE. — Il n'y a pas à deviner ; je vois seulement que ce dieu se multiplie.

SCÈNE II

LE COMTE D'ARTOIS, LA REINE, MADAME DE POLIGNAC

LA REINE, *à Madame de Polignac qui se range pour la laisser passer*. — Entre, entre donc, ma bonne.

LE COMTE D'ARTOIS, *poussant légèrement la reine par-derrière, en lui prenant les fesses*. — Entrez donc aussi. *(À l'oreille de la reine :)* Ah ! quel cul ! qu'il est ferme et élastique !

LA REINE, *bas au comte d'Artois*. — Si j'avais le cœur aussi dur, nous ne serions pas si bien ensemble.

LE COMTE D'ARTOIS. — Taisez-vous, folle, ou je donne encore ce soir un nouveau fils à mon frère.

LA REINE. — Oh ! non. Cueillons les fleurs du plaisir, mais n'y mêlons plus de fruits.

LE COMTE D'ARTOIS. — Soit. Je serai prudent, si je puis.

LA REINE. — Asseyons-nous.

MADAME DE POLIGNAC. — Où donc est le roi ?

LA REINE. — De quoi vous inquiétez-vous ? Il viendra assez tôt pour nous ennuyer.

TRIO

LA REINE, LE COMTE D'ARTOIS, MADAME DE POLIGNAC

LA REINE. —
Quand je vois autour de moi
Le plaisir, l'amour et les Grâces ;
Me fixer sur leurs traces,
C'est du bonheur suivre la loi.

LE COMTE D'ARTOIS, *à la reine*. —
Ô bien suprême ! Je suis près de ce que j'aime ;
Mon cœur navré de plaisirs
Ne forme plus de désirs.

MADAME DE POLIGNAC. —
Aimable princesse,
Pour moi quelle allégresse,
Lorsque je puis à tous moments
Plonger vos sens
Dans la plus douce ivresse !

ENSEMBLE. —
Quand je vois autour de moi
Le plaisir, l'amour et les Grâces ;
Me fixer sur leurs traces[1],
C'est du bonheur suivre la loi.

MADAME DE POLIGNAC. —
Voilà le roi.

SCÈNE III

LES MÊMES, LOUIS XVI

LA REINE, *minaudant*. — Combien vous nous faites attendre ! Qui a pu vous retenir ?

LOUIS. — J'étais occupé à terminer une serrure dont je suis très content.

1. *Traces* : « premiers points d'aiguille, premiers traits que l'on fait sur du canevas, pour marquer les contours des figures d'un ouvrage de tapisserie » (*Dict. Acad.*, 1798).

LA REINE. — Vous devez être fatigué ! Buvez un grand verre de ce champagne mousseux.

LOUIS. — Volontiers. *(Il boit.)*

LA REINE. — Vous ne redoublez pas ?

LOUIS. — Non. Je veux être sobre ce soir ; il faut que je sois demain de bonne heure à mon Conseil. Des sens assoupis ne laissent pas à la tête cette faculté dont elle a besoin pour juger sainement.

LA REINE. — Pourvu que vous siégiez, c'est tout ce qu'il faut. Votre Conseil fera comme de coutume, à sa fantaisie.

LOUIS. — Il est vrai que j'ai beau vouloir le bien, ces Messieurs s'arrangent de façon qu'ils me font toujours faire quelques sottises.

LA REINE. — C'est encore assez bon pour les grenouilles de la Seine[1].

QUATUOR

LA REINE. —
Rions, faisons bombance,
Profitons de notre puissance ;
Dissipons tous les biens
Des bons Parisiens.

ENSEMBLE. —

Rions,
Faisons bombance,
Profitons de notre puissance ;
Dissipons tous les biens
Des bons Parisiens.

Le roi, qui a vidé sa bouteille et les trois quarts d'une seconde, s'endort la tête appuyée sur la table.

MADAME DE POLIGNAC. — Les gardes sont retirés, le roi dort.

LE COMTE D'ARTOIS. — Voilà ce qu'on peut appeler un frère complaisant, et un sceptre bien aviné.

LA REINE. — Laissons-le faire son somme, et profitons-en.

LE COMTE D'ARTOIS, *prenant un baiser sur la bouche de la reine.* — Bien dit.

Tous trois se lèvent de table. La reine va s'asseoir sur un canapé.

LA REINE, *s'étendant.* — Ah ! qu'on est bien ici !

LE COMTE D'ARTOIS, *passant la main sous la jupe de la reine, et établissant son doigt médius sur la partie royale.* — Eh ! qu'on est encore bien mieux là !

1. Expression familière de la reine pour désigner les habitants de Paris. [NdA]

LA REINE, *au comte d'Artois qui donne à son doigt un mouvement plus ou moins précipité.* — Ah ! ah !… laisse donc, d'Artois, tu me fais pâmer.

MADAME DE POLIGNAC. — Comment, Monsieur le comte, vous anticipez sur mes droits ? Cela est affreux ! je ne vais point sur les vôtres, moi.

LE COMTE D'ARTOIS, *que l'action qu'il vient de faire a mis dans un brillant état.* — Je le pense bien ; il vous faudrait pour cela un pareil argument.

Il expose alors aux regards des deux dames le régénérateur de l'espèce humaine.

LA REINE, *les yeux animés, et la gorge palpitante.* — Eh ! qu'il est beau cet argument ! Qu'en dis-tu Polignac ?

MADAME DE POLIGNAC. — Il serait injuste de ne pas être de votre avis.

LE COMTE D'ARTOIS, *plaçant une jambe entre les genoux de la reine.* — Permettez-moi donc de pousser cet argument.

DUO DIALOGUÉ

LA REINE. —
Non. Laisse-moi, mon ami ;
Doucement, cet effort me blesse.
LE COMTE D'ARTOIS. —
Pardonne à mon ivresse ;
Ce n'est pas qu'à demi
Que je veux prouver ma tendresse.
LA REINE. —
Laisse-moi, mon ami.
Doucement, cet effort me blesse.
LA REINE. —
Contrains l'excès de tes désirs
Quand le bonheur nous rassemble,
Et noyons-nous ensemble
Dans des flots de plaisirs.
LA REINE. — Va bien.
LE COMTE D'ARTOIS. — Ah ! tiens…
LA REINE. —
Va vite…
Voluptueux moment !
LE COMTE D'ARTOIS. —
Ah ! comme tu l'agites !
Quel heureux mouvement !

LA REINE. — Ah ! Ah ! va bien… bon… je me pâme !

LE COMTE D'ARTOIS. — Tu vas recevoir mon âme.

ENSEMBLE. —
En cet instant plein de douceur,
Vidons la coupe du bonheur.

Il se fait un moment de silence pendant lequel Madame de Polignac contemple l'heureux couple, et dit ensuite :

MADAME DE POLIGNAC. — Vous me laissez là dans une belle situation ! Heureusement que, tandis que vous occupiez bien votre temps, je tenais d'une main *Le Portier des Chartreux*[1] et de l'autre je ne restais pas oisive.

LA REINE *au comte d'Artois.* — Ah ! mon cher comte, que ta jouissance est délicieuse ! tu m'as mise toute hors de moi… Je savoure encore le plaisir que tu viens de me faire goûter.

LE COMTE D'ARTOIS. — J'espère bien que mon Priape n'en restera pas là. *(Montrant cet instrument encore plein de vigueur.)* Vous le voyez prêt à courir une nouvelle carrière.

MADAME DE POLIGNAC. — Le bon monarque vous en laisse le loisir ; il ronfle comme un templier.

LA REINE. — Parbleu ! son profond sommeil me fait naître une folie !

LE COMTE D'ARTOIS. — Quelle est-elle ?

LA REINE. — Il faut qu'il aide à nos ébats. La posture est favorable à mon dessein. Je ris d'avance de mon idée.

LE COMTE D'ARTOIS. — Exécutons-la promptement.

LA REINE. — Oh ! oui, je n'y peux plus tenir… Plaçons-nous ainsi. *(La reine fait approcher deux tabourets aux deux côtés du dos du roi. Madame de Polignac s'assied sur le dos de Louis XVI ; et en écartant les jambes pose chacun de ses pieds sur un tabouret. Antoinette s'avance dans les bras de Polignac qu'elle embrasse étroitement, tandis que sa langue cherche et joue avec celle de la confidente. Elle présente par conséquent au comte d'Artois la plus belle croupe du monde, en lui disant :)* Toi, comte, tu vois quel chemin il te reste à prendre.

LE COMTE D'ARTOIS. — Et j'y marche sans différer. *(Il lève un léger jupon de linon, découvre deux fesses blanches comme la neige ; et écartant d'une main furtive la route de la volupté, il lance la flèche de l'amour dans le temple de la félicité. Pendant que les langues femelles s'agitent, que les secousses des reins élastiques cherchent de nouveaux plaisirs, la confidente introduit un doigt léger sur le portique du temple dans lequel le comte s'introduit par une voie détournée.)*

LA REINE. — Ce pauvre monarque ! Je suis certaine que, s'il s'éveillait maintenant, je lui ferais accroire qu'il se trompe. Il me coûte si peu pour lui persuader ce que je veux. *(Au comte d'Artois qui va toujours son train :)* Arrête un instant. *(À la duchesse :)* Et toi aussi Polignac ; que je rie un moment du

1. *Histoire de Dom Bougre, portier des Chartreux*, roman libertin attribué à Gervaise de Latouche.

tableau que nous formons. Il faut qu'on ajoute ce nouveau groupe aux postures de l'Arétin… Ah ! *(la voix manque à la lubrique Antoinette, et un silence voluptueux succède à la plaisanterie)*.

Mais un garde du corps qui voyait tout à travers la porte
se promit de mettre cette situation en opéra-proverbe, dont le mot serait :

Dimmi con chi tu vai, e sapero qual che fai[1].

Et il écrivit le quatrain suivant, que lui inspira l'aspect de cette scène :

QUATRAIN

Sur le dos d'un monarque humain
Je vois la mère des vices
Plonger dans d'affreuses délices
Un prince polisson,
Une reine catin.

FIN

1. « Dis-moi qui tu fréquentes, et je saurai ce que tu fais ».

La Confession de Marie-Antoinette

ci-devant reine de France, au peuple franc,

sur ses amours et ses intrigues avec M. de La Fayette, les principaux membres de l'Assemblée nationale, et ses projets de contre-révolution

1790

La reine au peuple franc

Peuple, que l'on m'avait vanté, dans ma jeunesse, comme le plus poli, le plus doux, le plus galant et le plus généreux de tous les peuples de la terre, que vous m'avez déçue ! que vous m'avez causé de chagrins et de peines !

Quoi ! parce que j'ai cédé aux douces impressions de la nature, et qu'imitatrice des charmantes faiblesses de toutes les femmes de la cour de France, je me suis livrée aux douces impulsions de l'amour, vous me traitez comme la dernière des Messalines de l'Europe, et vous me tenez, pour ainsi dire, captive dans vos murs ? Ma confession sincère pourra, peut-être, vous attendrir sur mon sort et vous faire prendre un autre parti à mon égard. Je vais commencer ce détail qui, en rappelant des souvenirs chers à mon cœur, vous convaincra de l'excellence de mon caractère.

Née avec un cœur sensible, je n'avais pas encore senti le pouvoir de l'amour, lorsqu'on m'amena en France pour être l'épouse de votre roi. Son incapacité dans l'acte vénérien, en irritant mes désirs, ne fit que développer en moi cette ardeur lubrique, et ce tempérament lascif dont la force irrésistible entraîne toutes les femmes vers un sexe qui nous méprise, après avoir joui des caresses les plus tendres, et après avoir lui-même excité nos désirs.

Ce fut dans les accès brûlants du plus ardent amour, occasionnés par l'incapacité de mon époux, que d'Artois se présenta à mes regards. Jeune, plein d'ardeur, il s'aperçut de mon trouble ; j'étais seule, le moment était favorable. Il en profita. Et m'ayant appuyé un baiser sur la bouche, il me prit entre ses bras, me renversa doucement sur un sopha, et me fit éprouver des sensations si voluptueuses, que trois fois je lui donnai des marques non équivoques de ma tendresse. Le plaisir avait duré si longtemps que nous faillîmes être surpris par mon mari qui arriva à l'instant où nous venions de finir. Il est si bon que le désordre dans lequel il nous surprit le fit rire comme un imbécile. Nous continuâmes notre commerce pendant quelque temps, jusqu'à ce que l'humeur volage de mon amant, et la chaleur de mon tempérament m'ayant forcée de lui donner un suppléant, je fis le choix du trop lubrique cardinal de Rohan, que je fis récompenser de ses travaux par la place de grand aumônier. Tout le monde sait de quelle manière ce vieux coquin m'a récompensée des services que je lui avais rendus.

J'avais beau multiplier mes amoureux, rien ne pouvait apaiser la soif dont j'étais dévorée. Foutre était un besoin si grand pour moi que je fus forcée de prendre à mon service la Jules de Polignac, la femme la plus lascive, la plus libertine, la plus intrigante et la plus fastueuse qui ait jamais existé. Adroite dans l'art de chatouiller les clitoris, elle me fit passer des moments délicieux. Ce plaisir est du très petit nombre de ceux qui ne s'usent point, parce qu'on peut le renouveler autant de fois qu'on le désire. Aussi en ai-je joui avec elle de manière à ne pas regretter mon temps. J'ai payé bien cher, il est vrai, tous ceux qui ont employé leurs soins à procurer ces sensations voluptueuses qui font les délices et de l'âme et du corps.

C'est peut-être à mon excessive générosité envers ceux qui m'ont procuré des plaisirs que je dois votre exécration. Ô Français ! Soyez justes, et ne me condamnez pas sans m'entendre. Jeune, et dans l'âge heureux des passions ardentes, entourée d'êtres animés par les mêmes feux, par les mêmes désirs, dévorés du besoin de les satisfaire, comment pouvais-je résister à leurs sollicitations, à leurs conseils ? Placez vos femmes dans une pareille position, seront-elles plus sages ? Je vous en fais les juges.

D'ailleurs, maîtresse de tout l'argent de la France, aidée de l'ami Calonne, je pouvais sans danger puiser dans le trésor royal et m'attacher avec l'or toutes les personnes qui m'environnaient. Quoique l'ami Calonne tirât un grand avantage de mes profusions excusables, il fallait encore que je me laissasse baiser de temps en temps par cet avaricieux contrôleur général, qui connaissait si bien l'art d'étourdir son maître sur ses rapines insignes et sur mes dépenses extraordinaires.

Ce furent vos maudits parlements qui vinrent troubler ma sécurité en surveillant ma conduite. Je fus accusée par eux d'être l'auteur du déficit. Ce coquin d'Épremesnil fut un de ceux qui me persécuta le plus. Si cet énergumène eût été homme, il aurait profité des avantages que je lui proposais ; il n'aurait pas été aux îles Sainte-Marguerite, et m'aurait baisée[1]. Par ce moyen, il aurait augmenté sa fortune, l'Assemblée nationale

1. Jean-Jacques Duval d'Eprémesnil (1745-1794) se fit d'abord connaître comme l'un des principaux chefs de l'opposition parlementaire au pouvoir royal. La reine le détestait cordialement depuis l'affaire du Collier, car il avait pris le parti du cardinal de Rohan. Impétueux, remuant, d'une éloquence entraînante, il prit la tête d'une véritable rébellion contre l'absolutisme, prônant une monarchie constitutionnelle et réclamant la réunion d'états généraux. Arrêté le 5 mai 1788, il fut conduit aux îles Sainte-Marguerite, où on le tint au secret le plus rigoureux. Lamoignon ne permit même pas à sa femme de le visiter. Mais le ministre et ses collègues durent bientôt se retirer devant les protestations unanimes de l'opinion publique. Le 24 septembre, le parlement fut rétabli et d'Eprémesnil rappelé à Paris.

n'aurait pas eu lieu, les parlements existeraient encore, la Révolution ne se serait pas faite, la Bastille serait encore sur pied, des milliers de Français n'auraient pas perdu la vie, la tranquillité régnerait dans tout le royaume, le numéraire circulerait, les manufactures seraient en activité, les ouvriers auraient du pain et ne périraient pas de misère, la France ne tremblerait pas dans l'attente d'une guerre civile et d'une banqueroute inévitables.

Rappelez-vous, Français, la journée du 6 octobre durant laquelle, à l'instigation d'un scélérat abominable, à qui j'avais refusé mes faveurs parce qu'il est un libertin, un escroc, un lâche, un fourbe qui, jaloux de la puissance de mon époux, voulait anéantir son autorité ; rappelez-vous, dis-je, les excès auxquels vous vous êtes portés contre une femme dont tous les crimes étaient d'avoir sacrifié à l'amour[1]. Vous avez fait fuir de France tous mes meilleurs amis, vous avez massacré, sous mes yeux, mes fidèles gardes du corps, vous m'avez traînée à Paris comme une criminelle, vous m'avez isolée aux Tuileries ; et ce n'est que par grâce que vous me permettez d'aller dévorer mes chagrins à Saint-Cloud. Qu'ils tremblent les scélérats auteurs de tant d'atrocités ! Le moment de la vengeance approche.

Vous, êtres sensibles, qui connaissez le cœur des femmes qui ont aimé les plaisirs, et qui en sont privées, jugez de la rigueur de mon sort durant les premiers mois de ma captivité, et plaignez-moi. Seule, et n'ayant pour compagnie que des femmes ennuyées et ennuyeuses, qu'un mari sans galanterie, et ce pauvre Liancourt[2] qui ne bande plus, je languissais dans les angoisses de l'ennui. Heureusement qu'un nouvel ordre de chose va renaître pour moi. Le plan que j'ai formé, et qui réussira sans doute, en me rendant à la liberté et à l'amour, me vengera d'un peuple ingrat qui n'a pas craint de m'outrager impitoyablement.

Je vous confesse que j'ai gagné la majeure partie de vos patriotes de l'Assemblée nationale et même votre général[3]. Avec des cajoleries, une femme adroite vient à bout de tout ce qu'elle entreprend. Voici le stratagème que j'ai mis en œuvre pour ramener à moi tous les esprits égarés par les ennemis de mon époux et les miens.

Les ministres La Tour du Pin, Saint-Priest, Montmorin, sont mes

---

1. Faut-il rappeler que le 6 octobre 1789, la foule déchaînée envahissait le château de Versailles, prenait la famille royale en otage et la ramenait à Paris. C'est dans le vieux palais des Tuileries, déserté par la monarchie depuis plus d'un siècle, que Louis XVI inaugura sa fonction de roi constitutionnel. Le « scélérat abominable » n'est autre que La Fayette, dont le rôle au cours de cette journée fut pour le moins ambigu.

2. Le duc de La Rochefoucauld-Liancourt se rattachait à ce que l'on peut appeler la noblesse libérale. Humaniste et franc-maçon, fin connaisseur des doctrines économiques, ami de La Fayette et de Condorcet, il avait fondé à Liancourt une manufacture de toiles et tissus mêlés, fil et coton, dans laquelle il tenta de réaliser ses idées philanthropiques.

3. La Fayette.

affidés[1]. Quoique ce soient de bien petits êtres, faute d'autres, je m'en sors pour combattre les défenseurs de la prétendue liberté française. Comme ma bourse n'est pas aussi garnie qu'elle l'était du temps, du bon temps de l'ami Calonne, il ne m'est plus permis d'employer de riches présents pour tenter leur cupidité et tourner leur esprit à mon gré ; il faut que j'aiguillonne leur ambition par des moyens quelconques. C'est par l'espoir d'une contre-révolution que je me les attache. Car ce sont de trop tristes fouteurs pour que je leur offre mes appas royaux.

Les d'Artois, les Vaudreuil, les d'Hénin[2], et tous mes anciens amis, entretiennent avec eux une correspondance suivie ; et d'accord, ils sollicitent les puissances étrangères à nous fournir les moyens de recouvrir nos droits usurpés. Déjà, une armée de plus de soixante mille hommes est aux portes de la France. Mon oncle [*sic* pour frère], le prince Léopold, est prêt à me donner des secours et à se joindre à l'armée en question[3]. La France est remplie d'une foule de mécontents qui n'attendent que le moment pour se soulever. Il ne s'agit plus que d'endormir les argus de l'Assemblée qui nous surveillent, et c'est à quoi j'ai déjà assez bien réussi. Mon mari, être le plus apathique qui jamais ait existé sur la terre, fera tout ce que l'on voudra qu'il fasse, pourvu qu'on lui dise que c'est

---

1. Jean Frédéric de La Tour Du Pin-Gouvernet fut l'un des premiers, parmi les membres de la noblesse, à se ranger du côté du tiers état au moment de la formation de l'Assemblée nationale. Louis XVI l'appela cependant en août 1789 au ministère de la Guerre. Appelé à comparaître comme témoin au procès de Marie-Antoinette, il s'exprimera sur le compte de la reine dans les termes les plus respectueux. Traduit à son tour devant le tribunal révolutionnaire en avril 1794, il sera condamné et exécuté. — Le comte de Saint-Priest, militaire et diplomate, était entré au Conseil d'en haut en décembre 1788, grâce à la protection de Necker, dont il était le familier. Renvoyé avec celui-ci le 11 juillet 1789, il revint aux affaires en même temps que lui, pour occuper les ministères de la Maison du roi et de l'Intérieur. Attaqué par Mirabeau, constamment vilipendé par l'Assemblée, il finit par quitter le ministère (décembre 1790), et partit presque aussitôt en émigration. — Ministre des Affaires étrangères, le comte de Montmorin-Saint-Herem ne s'illustra ni par son goût de l'action, ni par son sens de l'initiative. « Esprit faible », il est pourtant grand lecteur des philosophes, et en particulier de *L'Encyclopédie*. Son hôtel, rue Plumet, abrite un des salons les plus courus de la capitale ; on y rencontre notamment Condorcet et André Chénier. Ses idées libérales, jointes à son amitié avec Necker, lui valent sous la Révolution une seconde carrière ministérielle. Bien considéré pendant longtemps par la majorité de l'Assemblée, membre de la Société des amis de la Constitution, il réussit à conserver son portefeuille jusqu'en octobre 1791. Arrêté le 21 août 1792, décrété d'accusation le 31, il est assassiné à la prison de l'Abbaye le 2 septembre. Sa fin est particulièrement atroce. Il est empalé alors qu'il respire encore. Sa femme et sa fille seront guillotinées.

2. Le comte d'Artois, le comte de Vaudreuil, amant de la duchesse de Polignac, grand ordonnateur des plaisirs de la cour, et le prince d'Hénin (méchamment surnommé « prince des nains ») qui avait succédé au comte de Lauraguais dans le lit de Sophie Arnould, faisaient tous trois partie du cercle intime de la reine.

3. Deuxième fils de François Ier et de Marie-Thérèse, frère de Marie-Antoinette (et non pas son oncle, comme le dit fautivement notre pamphlet), Léopold fut appelé à succéder à Joseph II sur le trône impérial en février 1790, après avoir régné vingt-cinq ans sur la Toscane en despote éclairé. Face à la Révolution française, il adopta une attitude prudente, malgré la convention de Vienne avec la Prusse (25 juillet 1791) et la déclaration de Pillnitz (août 1791), à la suite de laquelle les révolutionnaires le sommèrent d'intervenir contre les émigrés.

pour le bien. On lui a fait désirer aller faire un voyage à Compiègne, et il le sollicite. Nous sommes bientôt prêts de réussir dans nos projets. Mais ayant tout à craindre de La Fayette, il a fallu employer auprès de lui toute la ruse dont une femme, et surtout une femme allemande, est capable. Prières, promesses, pleurs, je n'ai rien épargné. C'est dans un moment d'attendrissement qu'une jolie femme sait inspirer que j'ai bridé mon oison, et que je l'ai rangé de mon parti.

Presque aussi roi que mon mari, il s'est arrogé le droit d'entrer dans mon appartement. J'ai adroitement profité de la circonstance pour me procurer un entretien secret avec lui. Un de ces jours qu'en simple corset et mes appas à demi nus, je l'attendais dans mon appartement, il entra. Je me jette précipitamment à son cou, et le pressant contre mon sein, je lui dis : « Généreux, mais trop insensible guerrier, pouvez-vous traiter une femme, et surtout votre reine, qui malgré sa dignité, n'a pu s'empêcher de vous rendre justice, et de vous vouer en secret l'amour le plus tendre et le plus passionné ? Pouvez-vous la traiter si cruellement ? Que gagnerez-vous, en poursuivant le projet désastreux que vous avez entrepris ? Croyez-vous que le peuple, toujours ingrat envers ceux qui ont voulu lui rendre service, vous dédommagera des peines que vous avez prises pour lui et vous récompensera de vos travaux ? Non. Reprenez donc, au nom de l'amour le plus tendre, reprenez le parti de votre roi. Abandonnez, je vous en conjure, en faveur de votre famille, la folle idée de rendre le peuple français libre. Outre qu'il n'est pas capable de conserver cette liberté, dont il paraît si enchanté, c'est que, tôt ou tard, vous seriez la victime de son inconséquence. »

J'accompagnais ces paroles de caresses si tendres, si pressantes, que mon héros tomba à mes pieds, en me jurant un attachement inviolable. Je ne crains pas d'en faire l'aveu : je lui laissai prendre sur mes appas tout ce qu'il voulut, je me prêtai à tout de la meilleure grâce du monde, et je ne serais pas étonnée s'il résultait de nos épanchements amoureux un rejeton du vainqueur américain, général de l'armée parisienne.

Il ne m'a pas trompée, car maintenant il est mon plus zélé partisan. C'est lui qui a arraché à l'Assemblée ce fameux décret contre les rebelles de Nancy[1]. Devenu mon amant en titre, il ne cesse de me faire une cour assidue, et il me baise soir et matin, ce qui me l'attache encore plus. Ses assiduités commencent à déplaire à mon butor. Peu importe. Il s'est passé bien d'autres aventures sous ses yeux, sur lesquelles je l'ai contraint à

1. Le 4 août 1790 à Nancy, l'emprisonnement de deux soldats du régiment du roi avait provoqué une mutinerie qui s'étendit peu à peu à tous les régiments suisses de la garnison. Le 15 août, ceux-ci décidèrent d'envoyer une délégation à l'Assemblée, pour exposer leurs griefs. L'Assemblée prit alors un décret rétablissant la discipline dans l'armée « par une terreur salutaire », tandis que La Fayette faisait arrêter la délégation, et demandait à son cousin, le marquis de Bouillé, commandant de la place de Metz, de réprimer la rébellion sans faiblesse.

garder le silence, qu'il passera encore bien celle-ci. La table et le vin sont capables de lui faire tout oublier. Si je parviens à l'arracher à l'esclavage et à l'affermir sur son trône, il m'en saura bon gré. J'en serai quitte, de sa part, en attendant ce moment fortuné, pour quelques brutalités auxquelles je suis, heureusement, accoutumée.

Mon amant, mon cher La Fayette, pour me prouver de plus en plus son attachement, a entraîné dans nos projets le flegmatique académicien Bailly, la majeure partie de la municipalité de Paris, l'état-major de la garde parisienne et la plupart des chefs de district. Les ministres, aidés de ses conseils, sont venus à bout de faire changer de système à l'infâme Riqueti l'Aîné[1], dont l'âme libidineuse et cupide est capable, pour de l'argent, de faire toutes les bassesses possibles. Ils le flattent de le faire devenir bientôt le successeur du scélérat Necker. Et c'est dans cet espoir qu'il trahit à présent la cause du peuple qu'il a jadis si bien défendue.

Quels sacrifices, grands dieux, l'ambition nous fait faire ! Pour m'attacher les plus intrépides et les plus incorruptibles défenseurs de la liberté, il m'a fallu employer les ruses les plus adroites, les complaisances les plus grandes, et accorder mes faveurs même à Barnave, Le Chapelier, Pétion de Villeneuve et Duport[2]. Je les ai gagnés, séduits, sans qu'aucun ne se doute que je les ai trompés. C'est un art qui n'appartient qu'à moi seule. C'est l'héritage que ma mère m'a transmis en me donnant le jour. Par l'entremise de Bazin[3], mon ancien valet de chambre, et celle de quelques-unes de mes femmes, je me ménage des entretiens secrets avec eux, dans lesquels le langage mielleux et suborneur n'est pas épargné. Au moyen de toutes ces petites flagorneries, j'ai su me faire le parti le plus formidable dans l'Assemblée nationale et dans l'armée française. Il n'y a que ces deux étourdis de Lameth que je n'ai pu vaincre, et qui courent à grands pas vers leur perte. Ces deux damoiseaux, se croyant sans doute plus que des rois, dédaignent mes faveurs. Voici l'aventure la plus outrageante qui puisse jamais arriver à une femme, même du commun.

Alexandre[4] n'a jamais voulu se rendre aux invitations que je lui ai fait faire. Mais Charles[5], moins malhonnête en apparence, et le plus insolent

1. Mirabeau.

2. Voir *infra*, le *Bordel patriotique* : sur Barnave et Pétion, p. 1094, n. 5 ; sur Le Chapelier, p. 1093, n. 2 ; sur Duport, p. 1091, n. 1.

3. Gouverneur de Trianon, « confident des plaisirs secrets de Sa Majesté » (*Mémoires justificatifs de la comtesse de Valois de La Motte*, Londres, 1789, p. 68).

4. Né en 1760, Alexandre de Lameth était le plus jeune des trois frères. De sa participation à la guerre d'Indépendance américaine, il avait rapporté des idées contraires à l'institution monarchique, mais à la suite de Varennes, il se rapprocha du roi. Après la déchéance du trône, le 10 août 1792, il dut se livrer aux Autrichiens, en même temps que La Fayette.

5. Gagné comme ses deux frères aux idées nouvelles, lors de sa participation à la guerre d'Indépendance américaine, Charles de Lameth fut élu par la noblesse d'Artois aux états généraux. Il se rapproche alors du tiers état, soutient les principes de liberté de la presse et

des deux, se trouve au rendez-vous à Saint-Cloud, où j'avais fait tout préparer pour n'être vue de personne. Il entre. Sa contenance audacieuse ne m'en imposa point. Je le reçus avec bonté puis, passant de la dignité aux caresses, je l'engageai à s'asseoir près de moi : « Enfin, que voulez-vous de moi, madame ? » me demanda-t-il. Je lui répondis que j'avais une connaissance parfaite de son génie, qu'il était capable de remettre les choses dans l'ordre, s'il voulait se donner la peine de réfléchir au mal qu'avait fait l'Assemblée depuis qu'elle était ouverte, les dangers qu'il courait, tant pour sa vie que pour sa fortune. Enfin, je lui fis envisager qu'il était presque le seul de son parti, que s'il arrivait une contre-révolution, il serait la première victime immolée aux mânes des gardes du corps ; qu'il était encore temps, s'il voulait abjurer son système, pour recouvrer ce qu'il avait perdu dans l'esprit des amis du roi, que je m'emploierais de tout mon cœur pour faire son bonheur. En même temps, je me jette à son cou en pleurant, en lui présentant son roi prisonnier, j'allai jusqu'à lui offrir l'honneur de partager avec lui sa couche royale. Le scélérat, s'arrachant de mes bras et me regardant avec fierté, me dit : « La mort n'est pas capable de me faire trahir mon serment, et je suis indigné que la reine des Français se déshonore jusqu'à un tel point. » Il sortit sur-le-champ. La rage s'empara de mon âme offensée, et si ce n'eût été un reste de prudence, je crois que je l'aurais, sans pitié, sacrifié à mon ressentiment. Mais tôt ou tard, je m'en vengerai.

Je viens, peuple français, de vous prouver ma franchise, en vous faisant l'aveu de ce que parmi vous l'on nommerait faiblesses, libertinage, vices, turpitudes ; et chez les grands, vertu, grandeur d'âme, héroïsme. Réfléchissez à ce que vous avez à faire d'après le plan que j'ai conçu, et qui bientôt sera exécuté malgré toutes les précautions que vous pourriez prendre, car tous vos chefs me sont vendus. Mais j'attends le roi. Il est, à ce qu'il me paraît, dans son humeur brutale. Je vais me préparer à le recevoir, et je vous rendrai compte de notre conversation, pour vous prouver que je ne suis pas aussi méchante qu'on le débite en France.

Signé : MARIE-ANTOINETTE

---

de la religion, s'engage au club des Feuillants. Promu maréchal de camp en février 1792, il désapprouve l'insurrection du 10 août et demande sa mise en congé. Arrêté à Rouen, libéré au bout d'un mois, il s'établit avec sa famille à Hambourg, où il fonde avec ses frères un établissement de commerce. Il ne reviendra en France qu'après la prise du pouvoir par Bonaparte.

Bordel royal

Suivi d'un entretien secret entre la reine et le cardinal de Rohan, après son entrée aux états généraux

Le B. se trouve à Versailles, dans l'appartement de la reine.

1790

LA REINE ET SA FEMME DE CHAMBRE

LA REINE. — Voilà enfin le moment où mon esprit, fatigué du cri rauque des grenouilles de la Seine [1], va se délasser et jouir à son aise des plaisirs qu'on ressent à Cythère. Je croyais rester veuve depuis la proscription de mon frère le comte d'Artois [2] ; mais non, ce soir je dois avoir la visite du chevalier de B…., du baron de B…, du marquis d'H…., de l'évêque de R…. Leur présence me consolera de cette perte dont je croyais être inconsolable. Qu'en dis-tu, fileuse de mes plaisirs ?

LA FEMME DE CHAMBRE. — Vous vous consolez facilement… Je ne suis pas de même. Depuis le départ de la Polignac [3], je me lasse d'être la fileuse de vos plaisirs. Quitte à déplaire aux grenouilles de la Seine, je voudrais le retour du comte d'Artois et de la Polignac… Vous fileriez alors tous les trois.

ANTOINETTE. — Te voilà bien impertinente… Mais voici les ramoneurs de Cythère… Va, gentille, préparer six bouillons que nous prendrons dans deux heures d'ici, quand j'aurai grivoisé avec eux.

LA FEMME DE CHAMBRE. — J'y vais… mais prenez garde de trop baiser. Laissez seulement travailler l'évêque de R… C'est un fouteur qui en vaut bien quatre.

ANTOINETTE. — Ne crains rien… Six comme eux ne me font point peur. Va-t-en donc ! Prépare ce que je t'ordonne…

---

1. Les Parisiens.
2. Le duc de Liancourt l'ayant informé que les Parisiens avaient mis sa tête à prix, le comte d'Artois partit dans la nuit du 16 juillet 1789 pour Turin, accompagné de ses deux fils, les ducs d'Angoulême et de Berri, donnant ainsi le signal de l'émigration.
3. Les Polignac avaient quitté la France presque en même temps que le comte d'Artois. La duchesse se refusait d'abord à se séparer de la reine ; celle-ci dut la supplier en pleurant. Au moment du départ, elle lui fit porter un tendre billet d'adieu.

(Antoinette entre dans l'appartement où se trouvent les personnages ci-dessus nommés. Elle les trouve tout nus, leurs pistolets bandés, et tout prêts à tirer. La reine, dans l'excès de sa joie, veut se mettre de même. Des nœuds s'opposant au prompt désir qu'elle a de montrer le gîte du pucelage qu'elle a perdu trois ans avant son mariage, les coupe avec des ciseaux pour avoir plus tôt fait, et ne songe pas en ce moment qu'après ses plaisirs elle aura besoin de cordons pour attacher son cotillon. Sa tête volage n'y songeait pas. Elle fut bien attrapée comme on le verra dans la suite.)

LE CHEVALIER DE B. ..., *montrant ses c... et chantant ces vers.* —

Bonsoir, Antoinette,
Voyez mes appas,
Voyez ma sonnette,
Chaudière à cervelas.
Au son de cet instrument
Je carillonne joliment.

ANTOINETTE, *ouvrant les portes du temple de l'amour.* — Ah ! chevalier, je ne vous répondrai point en vers. Je ne parle qu'en prose. Personne comme vous ne réussit le double talent d'être bon poète et bon f... Ce n'est pas au premier titre que je vous ouvre la porte, c'est au second, celui de bon f... ; il m'est plus nécessaire. Entrez, la porte est ouverte.

LE CHEVALIER, *tenant son v... en main.* — L'amour me fit poète... C'est vous qui m'avez inspiré ces vers... Ah ! doux et heureux moment...

(Alors il se couche sur elle...
Le baron, le marquis et l'évêque s'enculent en attendant leur tour.)

ANTOINETTE, *s'adressant aux enculeurs.* — Vilains paillards, que vous êtes bien impatients ! Ne fallait-il pas attendre que le chevalier ait achevé son ouvrage ? Vous auriez infusé votre bouillon génératif dans ma chaudière.

L'ÉVÊQUE. — J'en ai encore, et même plus que vous n'en demanderez. J'ai de quoi remplir la chaudière.

LE BARON. — Non pas, calotin, laissez-m'en mettre ma part.

LE MARQUIS. — Je crois bien que le mien ne sera pas perdu.

LA REINE. — Vous êtes des braves... Je vois bien... J'ai affaire à de bons lurons. Allons, dépêchez-vous, chevalier ; vous êtes assez longtemps sur moi... C'est maintenant à l'abbé.

LE BARON. — Je ne veux pas. N'y consentons pas, marquis ; quand ce f... est sur la jument, il ne veut jamais en descendre.

L'ÉVÊQUE. — Quoique je fasse un grand sacrifice, je consens cependant que vous montiez les premiers... Je me dédommagerai bien, quand vous l'aurez f...

ANTOINETTE. — L'abbé, vous êtes aujourd'hui raisonnable... c'est bien.

Aussi, vous resterez autant que vous voudrez. Dégaine, marquis ! Tire ! F… vite ! Tu ne resteras qu'un quart d'heure[1].

(Le quart d'heure écoulé, le baron en fait autant. Vient ensuite le tour de l'évêque.)

LA REINE. — L'abbé, baptise mon c…. Efface la tache du péché originel. Rien de plus salutaire que cette eau.

L'ÉVÊQUE. — Vous avez raison… Rien de plus salutaire que cette eau. C'est comme une eau forte. Elle enlève aux pucelles leur pucelage, et jamais il ne revient. C'est une eau contre la grippette du mois de mai. Si elle se vendait en bouteille, quel débit on en ferait ! Mais nous avons la maladresse d'en offrir en secret aux pucelles et à celles qui se font passer pour telles ; nous avons, dis-je, la maladresse de leur offrir de l'argent, et encore nous avons bien de la peine à en faire un bon débit.

ANTOINETTE. — Ne vous plaignez point, l'abbé ; il s'en faut beaucoup qu'il en coûte à votre bourse. Je vous ai payé votre eau… Je vous ai fait donner un évêché pour avoir dix fois arrosé mon jardin. Vous avez outre cela de bonnes abbayes. Que vous faut-il davantage ? L'abbé, prenez en main votre arrosoir, arrosez mon jardin.

L'ÉVÊQUE. — Votre jardin est comme une éponge, et même plus qu'une éponge, car sitôt qu'elle a ce qu'elle peut contenir d'eau, elle cesse de boire. Au contraire, votre jardin reçoit toujours de l'eau sans pouvoir jamais avoir une humidité suffisante. Sitôt répandue, sitôt il est sec. Je vois bien… votre jardin est sur la ligne, il y fait très chaud.

ANTOINETTE. — Que veux-tu faire ? Je suis de même. Mon jardin a besoin d'être arrosé souvent. Sans cela, il deviendrait bientôt une croûte desséchée. Dépêche-toi donc… Je brûle… !

(L'évêque se couche sur elle, et y reste une demi-heure.)

LE CHEVALIER. — Dépêche-toi, l'abbé… Que tu es longtemps ! Voilà comme sont tous ces calotins, quand ils sont dans la citadelle de Cythère ; ils ne veulent plus en descendre. Descends donc, calotin, tu fatigues notre complaisante Lydia !

ANTOINETTE. — Entendez-vous, grippe-con ? Descendez maintenant, il est temps que nous prenions un bouillon ; c'est assez grivoiser. Je vais appeler ma femme de chambre. *(Elle tire aussitôt la sonnette, l'abbé descend, la femme de chambre apporte cinq bouillons.)*

LA FEMME DE CHAMBRE. — Tenez, mes grivois, voilà un restaurant, vous en avez besoin. *(Ils en prennent chacun un. La femme de chambre s'adressant*

1. Telles sont les expressions familières de cette femme lascive. Nous rapportons mot à mot sa conversation, qui réellement a eu lieu depuis l'arrivée du cardinal de Rohan. Le lecteur nous pardonnera notre exactitude à rapporter les faits. Nous ne sommes que l'écho de cette Messaline. [NdA]

à la reine :) Pouvez-vous, Madame, donner audience au cardinal de Rohan ? Il vient vous présenter ses hommages. Dites-moi s'il faut le faire entrer.

ANTOINETTE. — Je le veux bien. Je veux paraître me réconcilier avec lui…[1]. Le voilà vainqueur des embûches que je lui ai dressées. C'est pourquoi j'ai intérêt à lui faire bonne mine. Je lui ferai oublier par là les torts que j'ai vis-à-vis de lui. Pour vous, mes amis, allez doucement dans cette chambre ; il y a des lits. Comme vous avez pris vos ébats, allez vous reposer ; ne faites point de bruit.

(Ils sortent. La reine aussitôt reprend son cotillon.
Pendant ce moment entre le cardinal de Rohan.)

LA REINE. — Ah ! vous voilà, cardinal. Excusez-moi, je vous prie. Je n'ai point encore pris mon cotillon. Les cordons sont cassés. Mon cher cardinal, si vous vouliez m'aider à les renouer, je vous aurais une grande obligation.

LE CARDINAL. — Avec bien du plaisir. *(Il se met aussitôt en devoir de le faire. Il lui met son cotillon et passe sa main dessous. Ce n'était pas dans sa poche... Mais...)*

ANTOINETTE. — J'ai bien du plaisir, cardinal, à vous voir aux états généraux[2]. J'espère que vous ne serez plus fâché contre moi. Je me repens bien d'avoir été la cause de votre disgrâce.

LE CARDINAL. — Je vous le pardonne de tout mon cœur. Mais permettez-moi de faire de petites observations. Depuis près de quatre ans que je vous ai vue, il est bien temps que je vous ouvre mon cœur, et que je vous demande le sujet de votre haine contre moi.

ANTOINETTE. — Je ne voulais plus en parler. J'aurais désiré que vous eussiez mis cette affaire dans l'oubli. Mais puisque vous me le demandez, je vais vous le dire en deux mots. Vous rappelez-vous qu'un soir, lorsque je vous demandai de venir coucher avec moi, vous me dîtes que vous alliez vous rendre chez moi ? Vous manquâtes à votre parole. J'appris que vous étiez chez La Motte[3]. Je fus si vivement piquée de

1. Louis René Édouard, prince de Rohan-Guéméné, grand aumônier de France en 1777, cardinal en 1778, évêque de Strasbourg en 1779, représentant du clergé aux états généraux de 1789, avait été gravement compromis dans la fameuse affaire du Collier (1785), incarcéré à la Bastille, puis acquitté. Marie-Antoinette, qui le détestait, avait joué un rôle non négligeable dans sa disgrâce. Sous la Constituante, Rohan protesta contre la constitution civile du clergé ; en août 1790, il démissionna et passa dans la partie de son diocèse située sur la rive droite du Rhin.

2. Il paraît que la fausseté est héréditaire dans la maison d'Autriche. Toutes les cours d'Europe se défient de la cour de Vienne. Elle l'a apportée pour dot à notre bon roi Louis XVI. Considérez sa fausseté dans sa conversation. Une tigresse à qui on aurait enlevé ses petits n'aurait pas été plus acharnée contre le ravisseur qu'elle l'a été contre le cardinal de Rohan. Quoiqu'elle n'ait pas changé de sentiment à son égard, elle lui fait cependant bonne mine. Le lecteur judicieux peut en deviner facilement la cause. [NdA]

3. Jeanne de Saint-Rémy de Valois, comtesse de La Motte (1756-1791), célèbre aventurière qui joua le rôle principal dans l'affaire du Collier.

cette sottise que dès lors je vous jurai une haine éternelle. Mais je l'ai oubliée. Vivons désormais en bonne intelligence.

LE CARDINAL. — Je m'en rappelle bien. Je n'avais pas tort. Vous vouliez que je vinsse coucher avec vous. Je vous avais caressée quatre fois dans la journée ; il fallait bien me reposer. Est-ce que vous n'auriez pas dû avoir plus d'égard pour le père du dauphin et peut-être de la dauphine ?

LA REINE. — Allons, j'ai tort. Faisons la paix. Oublions le passé. Vous serez toujours mon mari. Je vais faire mon possible pour vous réconcilier avec le roi.

LE CARDINAL. — C'est fort bon. Mais vous ne pourrez jamais me faire ravoir ma Grande Aumônerie. Le cardinal de Montmorency n'est pas disposé à s'en démettre[1].

LA REINE. — N'ayez point d'inquiétude. Je vous promets de vous la faire remettre. Puisque j'ai eu le pouvoir de vous en déplacer, j'aurai également celui d'en faire autant à l'évêque de Metz. Pour cet effet, j'irai mignonner le roi ; je lui ferai entonner dans le gosier deux bonnes bouteilles de vin. Avec cela, je le ferai consentir à tout. *(La reine lui sautant au cou :)* Allons, mon cher cardinal, oubliez tout le mal que je vous ai fait. Je vous annonce en peu la possession de la Grande Aumônerie. En attendant, j'ai une grâce à vous demander. On fait paraître à Paris ma vie, les *Mémoires de la comtesse de La Motte*[2]. Faites enlever tous les exemplaires ; apportez-les-moi tous.

LE CARDINAL. — Il n'est pas possible. Presque tous les Parisiens en ont chez eux un exemplaire. Ne dites rien. Consolez-vous. Le Français revient facilement de ses impressions. J'ai un conseil à vous donner : si vous voulez rattraper son amitié, faites-lui des largesses. Priez Dieu en vous levant et vous couchant. Faites en sorte que le public en ait connaissance. Je vous promets qu'il vous adorera autant qu'il vous outrage maintenant.

LA REINE. — Je suivrai votre conseil. Dès aujourd'hui, je vais commencer. Quand vous voudrez grivoiser, venez ici secrètement. On n'en saura rien. Je ferai la dévote.

LE CARDINAL. — Vous ferez bien. Ce soir, j'irai coucher avec vous. Je ferai habiller un de mes domestiques en cardinal ; je l'enverrai à mon hôtel à Paris : on croira que c'est moi. Nous travaillerons cette nuit à un nouveau duc de Normandie[3]. Je me retire tout à l'heure, je reviendrai ce soir.

LA REINE. — C'est une chose faite. Je vous attends.

---

1. Louis Joseph de Montmorency-Laval (1724-1808), évêque de Metz, avait succédé en 1786 au cardinal de Rohan comme grand aumônier de France. Il fut créé cardinal en mars 1789.

2. *Mémoires justificatifs de la comtesse de Valois de La Motte, écrits par elle-même*, Londres, 1789. Truffé d'allégations mensongères, cet ouvrage contient en outre une correspondance apocryphe entre Marie-Antoinette et le cardinal de Rohan.

3. Titre porté par le dauphin, futur Louis XVII, mort au Temple en 1795, à l'âge de dix ans.

Bordel patriotique institué par la reine des Français,
pour les plaisirs des députés de la nouvelle législature.

Précédé d'une épître dédicatoire de Sa Majesté à ces nouveaux Lycurgue
Aux Tuileries et chez les marchands d'ouvrages galants

Lancea carnalis vulnera nulla facit (OVIDE)
La flèche de l'Amour ne fait point de blessures

1791

Épître de Marie-Antoinette d'Autriche, reine des Français, aux députés de la seconde législature

Messieurs,

Vous arrivez dans la plus belle et la plus vaste métropole d'Europe, pour accéder aux fonctions de premiers législateurs de votre patrie. J'ai pressenti que vos travaux seraient pénibles, et qu'il était nécessaire de vous préparer des délassements agréables entre vos diverses occupations politiques. Comme reine des Français et première femme de France, par la dignité de mon rang, je me suis imposée l'obligation de travailler à vos plaisirs, en reconnaissance des services que vous allez rendre à vos compatriotes. Un bienfait en vaut un autre. Et je suis soucieuse de vous procurer les plaisirs les plus délicieux de la vie, et les plus indispensables pour la propagation du genre humain. Je suis encore dans l'âge de soulager les tourments des Priapes nerveux, et de présider dans les boudoirs de Cythérée[1].

C'est dans ces intentions secourables, que j'ai établi un bordel national dans le même lieu où j'en avais établi un à l'usage des confédérés provinciaux, pour être plus à même d'offrir mes services au public, et de

1. Vénus, déesse de Cythère.

préférence aux nouveaux membres de la seconde législature. Pour qu'il ne manque rien à cette maison de volupté, j'en ai nommé pour directrice, la première héroïne en galanterie, la demoiselle Théroigne, dont les exploits galants sont connus de toute la capitale ; femme qui réunit à une pratique consommée, une théorie qui accorde une préférence légitime à toutes les mamans les plus aguerries des bordels du royaume[1]. Avec des précautions si raffinées, vous ne pouvez douter, Messieurs du nouvel aréopage national, que vous n'aurez rien à désirer, que vous aurez la satisfaction de jouir et de choisir parmi un nombre infini de femmes et de filles complaisantes, prévenantes à l'excès, et de tout âge. De la brune, vous passerez dans les bras de la blonde, et quand vous serez rassasiés de l'une et de l'autre, vous trouverez pour réveiller vos sens assoupis des Ganymèdes modernes, qui rallumeront vos sens amortis. Vous serez à même de vous venger aussi de vos femmes infidèles, qui vous ont cocufiés, en faisant à votre tour des cocus de tout rang. Cette vengeance est bien douce. Je vous en offre le prix, si vous me jugez digne de la pomme. Mademoiselle Théroigne a soin de rajeunir chaque jour mon sérail patriotique, en y admettant sans cesse des pupilles de la plus attrayante fraîcheur, à qui elle donne des leçons de condescendance et de posture avantageuse pour la consommation du sacrifice amoureux. Tous les suppôts de Priape, quel que soit leur caractère, seront gracieusement admis dans ce bordel patriotique. Le prélat, le père séraphique, le novice comme le militaire de tout grade, le magistrat, le financier, le commis et le valet de bureau seront reçus pour leur argent.

Les femmes mariées d'un tempérament brûlé, qui ne seraient pas satisfaites de leurs maris, ont le droit d'y venir s'y dédommager. Les filles, et même les religieuses, seront bienvenues pour y faire leur apprentissage.

Accourez ribauds et sauteurs de tout genre, arrivez maquerelles et putains de toutes les conditions recevoir des instructions, et goûter les plaisirs que je vous prépare.

Et vous, Messieurs de la seconde législature, soyez persuadés que vous ne serez pas moins bien traités que vos prédécesseurs.

MARIE-ANTOINETTE D'AUTRICHE
Reine des Français

1. Anne Josèphe Terwagne, dite Théroigne de Méricourt (1762-1817), héroïne révolutionnaire, surnommée l'« Amazone de la Liberté », dont les mœurs défrayèrent plus d'une fois la chronique. Trop proche des girondins, elle fut fouettée publiquement par les femmes du peuple le 31 mai 1793, lors de la première « journée insurrectionnelle » organisée par la Commune de Paris.

Invocation de la reine et de Mlle Théroigne à la statue de Priape, pendant qu'elles ornent de guirlandes le membre vigoureux de ce dieu, le premier des sauteurs des Cyrènes du ciel et de la terre

HYMNE À PRIAPE

Priape, puissant dieu des amours de la terre,
Perce-nous de ton aiguillon ;
Sois sensible à notre prière.
De ton dard vigoureux enfile-nous le con !
Fais parler dans nos corps, et tes feux et ton foutre,
Rafraîchis-nous des flots de ton sperme divin,
Bourre sans te lasser notre brûlant vagin.
Nos besoins, désormais, ne peuvent passer outre,
Fous et fous-nous jusqu'à demain.
Jadis Pygmalion a foutu des statues,
Comme Ixion, foutaient des nuées ;
Pour te faire un plus grand honneur
Tempère notre ardeur extrême,
Et fais perdre de ta vigueur,
Tu peux, sans en paraître blême,
À couillons rabattus nous donner le bonheur.

Explication du frontispice

Il représente la statue de Priape sur un piédestal. La reine, à gauche, tenant d'une main une guirlande de fleurs, dont elle l'entoure, et de l'autre chatouillant le père du genre humain, qui fait tant de plaisirs aux femmes. La reine se pâme de plaisir, en pressant ce membre charmant contre son sein. Mlle Théroigne est à droite de la statue, tenant de la main droite le bout de la guirlande, et de la gauche les deux couillons, en chantant une hymne à la gloire du dieu de la fouterie. Elle paraît moins passionnée que la reine, parce que le patriotisme et la philosophie tempèrent un peu ses sens, quoiqu'elle soit aussi voluptueuse dans l'action.

Prospectus du bordel patriotique établi par la reine

Cet établissement patriotique réunira tous les avantages et tous les agréments. Les différentes conditions de l'ordre social y seront admises, en proportion pourtant des sacrifices pécuniaires, du rang et de la fortune de ceux qui se présenteront.

Mademoiselle Théroigne, dont l'intelligence et le raffinement en lubricité ont éclaté, s'est montrée jalouse de dominer cette nouvelle institution. Elle a tout prévu pour la satisfaction et les plaisirs, des étrangers comme des nationaux. Elle a eu grand soin de remplir sa vaste abbaye des filles les plus fraîches d'Europe. Les Circassiennes, si renommées, ne l'emportaient pas sur les houris enchanteresses de ses sérails. Les femmes les plus appétissantes, les plus voluptueuses, les plus agaçantes par les gestes lascifs et les propos luxurieux y sont rassemblées.

Pour prévenir les désirs de tous les sacrificateurs, pour procurer du plaisir à tout le monde, elle n'a pas oublié de recevoir dans ses réduits amoureux, des Ganymèdes, des bardaches [1], des pédérastes, des gamahucheurs, des gamahucheuses, des tribades, des sodomites, des enculeurs. Toutes les passions, tous les goûts des deux sexes y seront pleinement satisfaits : un homme y jouira avec un homme, et une femme avec une femme. Les désirs, les transports des sens y seront assouvis. Après la jouissance naturelle, la conjonction de l'homme avec la femme, on pourra librement passer à la jouissance antiphysique et comparer ensuite la différence des sensations. Comme Mlle Théroigne présume bien que, dans les deux sexes, il y ait des personnes qui n'auront pas connu les différentes attitudes, les différents genres, les manières diverses de foutre, et d'être délicieusement foutu, d'enculer ou de l'être, elle offre de donner des leçons sûres, des principes certains pour savourer, pour pomper le sperme prolifique.

Cette demoiselle complaisante, en sa qualité de bonne citoyenne, d'excellente patriote, offre dans ce temps de fête, des plaisirs raffinés, naturels et antiphysique, afin que tout le monde puisse en prendre.

On s'abonne soir et matin dans son bureau de fouterie et d'enculage, rue Tire-Boudin, à l'enseigne des Deux-Couillons.

TARIF DES SOUSCRIPTIONS

Le prix de la souscription
pour un prince est de. . . . 2 400 L.
Pour une princesse 2 400
Pour un cardinal-archevêque 2 000
Pour un évêque 1 500
Pour un abbé. 1 200

1. Voir *Glossarium eroticum*.

Pour une abbesse	1 200
Pour un chanoine	600
Pour un curé de Paris	600
Pour un curé de campagne	200
Pour un chapelain sacristain	100
Pour un suisse, un bedeau	24
Pour un moine	60
Pour un maréchal de France	2 400
Pour un duc et pair	2 400
Pour un lieutenant-général	1 600
Pour un maréchal des camps	1 200 L.
Pour un brigadier des armées	1 000
Pour un colonel	800
Pour un lieutenant-colonel ou major	700
Pour un capitaine	600
Pour un lieutenant, sous-lieutenant	400
Pour un sergent, maréchal des logis, fourrier	24
Pour un soldat, grenadier, cavalier, dragon, hussard, canonnier, tambour, fifre, musicien	3
Pour toute actrice, comédienne, bateleuse, histrionne, chanteuse, coureuse	3
Pour tout opérateur, charlatan, joueur de gobelets, pierrot, arlequin, baladin, sauteur, escamoteur	24
Pour tout homme de qualité	1 200
Pour tout bourgeois	80
Pour toute bourgeoise	80
Pour tout artisan, ouvrier	24
Pour un artiste	48
Pour tout débauché, crocheteur, portefaix, sonneur, savetier, ivrogne	3
Pour toute femme ou fille de joie	3
Pour tout compagnon imprimeur, compositeur	6
Pour le prote	12
Pour le maître imprimeur ou libraire	24
Pour tout domestique, laquais, valet de pied, cuisinier, marmiton	3
Pour un intendant de maison, un secrétaire, un trésorier-caissier	24
Pour tout garçon chauffe-cire	3
Pour le chancelier ou garde des Sceaux	200 L.
Pour un premier président	1 800
Pour les présidents à mortier	1 600
Pour les conseillers, avocats et procureurs généraux	1 400
Pour leurs substituts	1 200
Pour les avocats	1 000
Pour les procureurs	1 500
Pour les greffiers	1 500
Pour les huissiers des cours souveraines	1 200
Pour les huissiers des basses juridictions	100
Pour les copistes du Palais, les praticiens, les colporteurs, les archers	3
Pour les docteurs de la Sorbonne, de Navarre	200
Pour tout lecteur en théologie, professeur de philosophie, de rhétorique	200
Pour tous les professeurs d'humanités	150
Pour les principaux de collèges, supérieurs de séminaires, de communautés	300
Pour tout docteur en droit, médecine	200
Pour tout licencié, bachelier, maître ès arts	100
Pour tout maître de latin, de grec, d'histoire, de géographie, de dessin	50
Pour tout maître d'école, de danse, de musique, d'écriture	30
Pour leurs femmes	18
Pour tout correcteur, fouetteur	6
Pour tout écolier	12
Pour tous les fermiers, receveurs généraux, intendants	3 000
Pour les ministres	6 000
Pour les chefs de bureau de finance	2 000 L.
Pour leurs femmes	1 000
Pour les premiers commis,	

tels que les directeurs des aides, receveurs des tailles, contrôleurs des actes, contrôleurs ambulants . . .	800
Pour les receveurs généraux des gabelles, des aides . .	800
Pour leurs substituts	400
Pour tous les commis, maltôtiers, petits commis, dans toutes les parties	50
Pour toute paysanne, servante, laveuse de vaisselle	3
Pour tout cuisinier en chef, maître d'hôtel	12
Pour tout marchand en gros, marchand de vin, d'eau-de-vie, limonadier	24
Pour les poissards, les poissardes, harangueuses, oratrices	6
Pour messieurs les députés de l'Assemblée nationale	48
Pour les présidents, secrétaires, greffiers, conseillers, administrateurs des communes, grippe-sous et chefs des districts	100
Pour les confédérés provinciaux	6

Messieurs les auteurs et gens de lettres seront reçus avec distinction, reconnaissance et gratuitement ; ils auront les premières places, et seront les premiers servis à la table et au lit.

EXCEPTIONS

Tout perturbateur du repos public sera exclu.

Défenses très expresses sont faites à ce plat folliculaire, à cet ignare barbouilleur de papier, l'avorton Marat, de se présenter dans cette société de plaisir et de galanterie.

Pareilles défenses sont faites à Mitoufflet de Beauvais, ce polisson de procureur-syndic des communes, à Cahier de Gerville, à Vauvilliers, à Duport-Dutertre, à *alii* et à tant d'autres gredins de même aloi et de même compagnie[1].

1. Duport-Dutertre et Cahier de Gerville firent tous deux partie du ministère de M. de Narbonne, respectivement à la Justice (21 novembre 1790) et à l'Intérieur (27 novembre 1791). Le premier avait été la créature de La Fayette et l'homme du côté gauche de la Constituante ; il conservait des liaisons intimes avec l'ancien triumvirat Barnave, Lameth et Adrien Duport. Le second, Cahier de Gerville, républicain dans l'âme, détestait et méprisait les rois, abhorrait les prêtres et les ministres de tous les cultes : il les accusait d'avoir été partout et en tout temps les apôtres du fanatisme et du mensonge, principales causes de toutes les guerres civiles. — L'helléniste Jean-François Vauvilliers (1737-1801), membre de la municipalité de Paris en 1789, déploya une intense activité pour approvisionner la ville au milieu de la disette ; on le vit haranguer souvent, au péril de ses jours, la multitude affamée. Il se prononça cependant contre certaines grandes mesures telles que la liberté des hommes de couleur, l'organisation de la garde nationale et la Constitution civile du clergé. Le 10 août 1792, sa présence parmi les défenseurs des Tuileries lui attira une détention momentanée, mais il traversa sans encombre les tumultes révolutionnaires. Outre un ouvrage sur Horace, un autre sur Pindare et des *Extraits des divers auteurs grecs à l'usage de l'École militaire* (1768), il a laissé des *Questions sur les serments, en particulier sur celui de haine à la royauté* (1796). De Mitoufflet (ou *Mitouflet*), dit de Beauvais, nous savons seulement qu'il fut, avec Duport-Dutertre, adjoint en qualité de substitut au procureur-syndic de la Commune La Martinière, le 16 octobre 1790.

AVIS INTÉRESSANT

Tous les abonnés qui se présenteront, jouiront du double agrément, après qu'ils auront bien tiré, enfilé des culs, des cons, qu'ils les auront bourrés et embouriqués, d'entendre une superbe musique vocale, accompagnée de tous les instruments les plus flatteurs à l'oreille pendant ces concerts mélodieux. Le public sera délicatement servi, les mets les plus exquis ne seront pas épargnés. Chacun sera à côté de sa chacune, et chacun à côté de son chacun, selon les goûts des gens.

Des fontaines, des bassins, recevront au sein de leurs eaux les ondins et leurs maîtresses. La volupté sera annoncée par le chant mélodieux des oiseaux ; des dais de feuillages couvriront les sacrificateurs, et seront aux yeux un mystère de leurs épanchements et de leurs plaisirs.

Le palais, qui sera le réduit des réjouissances voluptueuses, efface en beautés, en séductions, en enchantements le palais d'Armide. Tout y invite à l'amour, à l'accouplement et à la fouterie. La liberté, la licence, ont dans ce temple délicieux un autel paré de guirlandes et de mille agréments, faits pour enchanter l'esprit, l'âme, les yeux et les oreilles.

Hâtez-vous, chers compatriotes, étrangers généreux et sensibles, de venir prendre part à ces fêtes charmantes, qui feront oublier toutes les assemblées et les jeux si célèbres dans l'Antiquité, connus sous le nom de Jeux olympiques. Le Palais-Royal renferme le plus beau, le plus magnifique, le plus merveilleux des cirques ; il sera le théâtre de vos dissipations, de vos amours et de vos orgies. Sans craindre les médisants et les jaloux, vous jouirez sans remords et sans regrets. Accourez braves et galants français, venez recevoir des mains des belles le prix de votre courage et de votre patriotisme.

Explication de la seconde estampe

Elle représente le salon du cirque, dans lequel sont une partie des députés de l'Assemblée nationale, foutant, enculant, gamahuchant et se branlant la pine. La reine est foutue à droite par Bazin[1], son valet de chambre que Monsieur encule, tandis que Le Chapelier[2] lèche le cul de la reine, en se branlant la pine. Au milieu, madame Le Jay, libraire[3], tenant une poignée de verges, branle le vit au maire de Paris[4], dont le tempérament froid l'empêche de bander et de foutre ; Mlle Théroigne le tient dans ses bras, et lui chatouille les couilles, tandis que Danton, le cul par terre, la gamahuche.

1. Gouverneur de Trianon, « confident des plaisirs secrets de Sa Majesté » (*Mémoires justificatifs de la comtesse de Valois de La Motte*, Londres, 1789, p. 68).

2. Né à Rennes le 12 juin 1754, Isaac René Guy Le Chapelier est surtout connu par sa loi du 14 juin 1791, dite *loi Le Chapelier*, qui interdit toute association ou coalition entre citoyens de même profession. Après Varennes, Le Chapelier quitte le club des Jacobins qu'il avait fondé pour celui des Feuillants. Revenu à Rennes à l'issue de son mandat, il devient suspect de « modérantisme ». Soupçonné de travailler pour l'Angleterre, il est condamné par le Tribunal révolutionnaire, et monte sur l'échafaud le 22 avril 1794.

3. Le libraire Pierre Le Jay s'était fait connaître comme éditeur de pamphlets et d'ouvrages clandestins. Lors du rappel des parlements (novembre 1774), il publia en association avec son confrère Valade deux brochures satiriques intitulées *Lettres du sieur Sorhouet au sieur de Maupeou* (in-12, 27 p.), sur la disgrâce de Maupeou et Terray, et *Mes Réflexions sur les idées d'un inamovible* (in-12, 20 p.), dirigé contre Pierre-Louis-Charles Gin (1726-1807), ancien avocat au Parlement, devenu l'un des soi-disant inamovibles du *Tripot Maupeou et compagnie*. En 1777, il sera destitué de son état et condamné à une amende, avec un autre libraire et un imprimeur, pour avoir vendu un ouvrage intitulé *L'Esprit de l'abbé Raynal*, composé par un fou nommé Héduin, au château de Ham, où il était enfermé. Embastillé en janvier 1788 pour une brochure intitulée *Arrêté des Provençaux*, il récidivera l'année suivante, en publiant l'*Histoire secrète de la cour de Berlin* de Mirabeau, qui sera brûlée par le bourreau. Mirabeau était alors l'amant de la belle Mme Le Jay, née Florence Caron, femme redoutable, qui dirigeait complètement son mari, et qui acheva sa carrière aventureuse en épousant en secondes noces le conventionnel Doulcet de Pontécoulant, futur pair de France à la Restauration.

4. Jean-Sylvain Bailly, né à Paris le 15 septembre 1736. Détesté des royalistes, bafoué par les révolutionnaires, insulté quotidiennement dans la presse par Marat et Desmoulins, Bailly avait vu sa popularité réduite à néant, après le massacre du Champ-de-Mars du 17 juillet 1791. Proscrit comme girondin, mis en fuite par la guerre civile qui agitait la région de Nantes, où il avait tenté de trouver refuge, il sera guillotiné le 12 novembre 1793.

BORDEL PATRIOTIQUE

PERSONNAGES

Mlle THÉROIGNE, institutrice du bordel national
MARIE-ANTOINETTE D'AUTRICHE, première prêtresse
M. DE LA FAYETTE, fouteur en con
M. BAILLY, fouteur en cul et en con, par double qualité d'académicien[1] et de maire de Paris
BAZIN, premier fouteur de la reine, fils de charcutier, et son valet de chambre
MONSIEUR, fouteur de Mme la comtesse de Balbi[2]
LES LAMETH[3], L'ÉVÊQUE D'AUTUN[4], BARNAVE[5], LE CHAPELIER, tous quatre fouteurs en cul et en con
MIRABEAU l'aîné, fouteur de madame Le Jay
MADAME LE JAY, épouse d'un libraire

---

1. Il était membre de l'Académie des sciences, en qualité d'astronome.
2. Nul n'ignorait que le comte de Provence, futur Louis XVIII, était l'amant de Mme de Balbi. Sur les mœurs de cette dame, voir : *Portefeuille d'un talon rouge*, p. 1045, n. 1.
3. Les frères Lameth avaient tous trois suivi à peu près le même itinéraire : guerre d'Indépendance américaine, adhésion aux idées nouvelles, rêve d'une société mieux faite, destruction de l'ordre ancien, découverte d'un ordre nouveau, et pour finir ralliement à l'Empire et à la Restauration.
4. Talleyrand.
5. Antoine Pierre Joseph Marie Barnave, né en 1761, ami des frères Lameth et de Duport, il forme avec eux l'état-major de l'opposition, attaque Mirabeau, rédige le règlement du club des Jacobins. Sa popularité atteint son apogée en octobre 1790, lorsqu'il est élu à la présidence de l'Assemblée. Devenu plus modéré après la mort de Mirabeau, Barnave est chargé avec Pétion de ramener à Paris la famille royale arrêtée à Varennes. Il tombe éperdument amoureux de la reine, croyant pouvoir la « convertir » à ses principes de liberté et d'égalité. Il devient alors le défenseur de la monarchie et fait un grand discours sur l'inviolabilité du roi. Mais ses entreprises sont contrecarrées à l'Assemblée par Pétion et Robespierre. Il établit alors, avec les frères Lameth et Duport, une correspondance politique secrète avec la reine, la pressant d'intervenir auprès de l'empereur pour qu'il cesse de soutenir les émigrés et accepte la monarchie constitutionnelle française. Sa popularité s'effrite très vite et ses adversaires le présentent comme « vendu » à la cour. Le 15 août 1792, la Législative décide son arrestation. Emprisonné à Grenoble, il comparaît devant le tribunal de Fouquier-Tinville le 28 novembre 1793, et monte sur l'échafaud le lendemain.

DANTON, président du district des cordeliers et fouteur en titre de Mlle Théroigne
MARAT, auteur de *L'Ami du peuple*, lèche-con et lèche-cul
Plusieurs personnages muets

La scène est au cirque du Palais-Royal.

SCÈNE I

BAILLY, *seul.* — J'ai longtemps vécu dans l'obscurité. Tout triple académicien que je sois parvenu, je ne faisais pas grand bruit. J'avais brigué les honneurs du fauteuil ; je les ai obtenus à la faveur d'intrigues secrètes. Ces dignités m'ont fait passer pour un grand homme, et mes concitoyens m'ont député aux états généraux, dits aujourd'hui Assemblée nationale.

Telle est l'origine de ma grandeur, de mon élévation et de ma fortune.

Après la mort de Flesselles[1], qui ne foutait que des cons, qui les foutait mal, et qui se trouva foutu lui-même comme un jean-foutre qu'il était, je me fis déférer sa place qui en remplissait quatre.

Je devins en un instant maire de ville, Prévôt des marchands, lieutenant de police, etc.

Avec ces places, je n'eus point de peine à mettre force de foin dans mes bottes. Car indépendamment des gros honoraires attachés à mes dignités, j'ai tant tiré, tant volé, que je ne reconnais plus aujourd'hui les plus opulents de ma famille, qui me regardaient comme un gueux. Et en effet, ils n'avaient pas tort, je l'étais de toute façon[2].

Rien n'est tel que l'eau qui dort. J'ai passé ma jeunesse dans les taudis, les bouzins, non pas dans les réduits des élégantes vérolées ; je n'avais pas assez de facultés pour gagner la vérole à si hauts frais. J'amassai des chancres, des poulains[3], d'abord dans la rue Jean-Saint-Denis, la rue de la Corroierie et le quai de l'ancienne place aux Veaux. Mais où je manquai de me faire étrangler, ce fut dans la célèbre rue de la Tannerie. Une certaine Sophie, après m'avoir saupoudré de la manière la plus virulente, m'avoir dépouillé (car je n'ai jamais été qu'un plat, aussi je reconnais bien la

1. Intendant à Moulins, puis à Rennes et à Lyon, Jacques de Flesselles fut appelé à succéder à Le Peletier comme prévôt des marchands de Paris, le 21 avril 1789. Le 14 juillet, ayant refusé de livrer au peuple les armes entreposées à l'Hôtel de Ville, il fut abattu d'un coup de pistolet et décapité. Sa tête fut promenée au bout d'une pique avec celle du gouverneur de la Bastille de Launay.

2. En fait, Jean Sylvain Bailly était fils d'un garde des tableaux du roi, qui le destinait à la peinture, tandis que son goût et ses dispositions le portaient plutôt vers les études littéraires. C'est sa rencontre avec l'abbé de La Caille, célèbre astronome de son temps, qui décidera de sa carrière scientifique.

3. Voir *Glossarium eroticum*.

vérité de cet axiome : *fallax vulgi judicium*[1], par ma promotion aux charges et aux dignités) me fit administrer quelques vingtaines de coups de bâtons, de coups de pied. Je sortis nu, battu, confondu, estropié, muni d'une vérole tenace. Mais les temps sont passés, je ne fous plus si souvent les femmes, je fous les hommes, et ma passion favorite est d'être foutu. Tel qu'un Narcisse nouveau, sans en avoir la jeunesse ni la fraîcheur, je me plais à me mirer et à me branler le vit.

Dans l'heureuse révolution de l'empire français, révolution si douce, si avantageuse pour ma fortune et mon élévation, je conçois le dessein d'opérer une autre révolution dans la fouterie. Le peuple était l'esclave des grands, il était assujetti aux caprices des femmes, il avait beau s'évertuer à les foutre en con jour et nuit, les bougresses n'étaient pas contentes, et les pauvres maris, toujours trompés, ne manquaient pas d'être cocufiés. Les hommes en suivant mon exemple, pourront se passer de putains ; au lieu de bourrer des cons, ils n'ont qu'à s'enculer, le derrière vaut bien le devant, le tout dépend des goûts et de l'habitude. Les hommes retireront plus d'un avantage de ma méthode : ils se foutront des femmes en ne les foutant point. Ils étaient trahis, trompés par leurs Messalines, ils étaient à leurs genoux, les femmes seront à leurs pieds, et n'existeront que pour les servir. La population (me dira-t-on) s'éteindra. Qu'importe au bonheur des vivants ! La vie de l'homme est son éternité.

Oui, je veux continuer à foutre mes plus chers amis, mes confrères les députés, mes collègues aux académies ; je n'aurai plus de postérité, tant mieux, je serai sevré de toute inquiétude sur le sort des enfants que ma femme se ferait faire par les fouteurs, et dont elle voudrait m'assurer la paternité.

Vous pouvez, madame Bailly, vous fâcher tant qu'il vous plaira, vous ne serez plus foutue par moi. Je vais débuter par enculer La Fayette, qui aura l'honneur et le plaisir de m'enculer à son tour.

SCÈNE II

BAILLY, LA REINE DES FRANÇAIS, LA FAYETTE

LA REINE DES FRANÇAIS. — Eh bien ! M. Bailly, vous devez être bien content de la Révolution.

BAILLY. — Je n'ai point, madame, à m'en plaindre. Je jouis à ma manière.

LA REINE. — Et moi aussi, il m'a fallu prendre le parti de me consoler de l'absence de Mme de Polignac, avec qui je faisais des parties de plaisir. Nous nous faisions foutre toutes les deux par les plus vigoureux

1. « Les jugements du public sont trompeurs. »

fouteurs de la cour, de la ville et du village. Le prince de Poix[1], après s'être assommé à force de me foutre en con, me procura un champion qui l'aurait emporté sur Hercule, dont j'ai fait mon valet de chambre. Vous avez entendu parler de Bazin, fils d'un charcutier de Marly ? Ah ! quel étonnant fouteur ! Il me foutait jusqu'à dix fois sans déconner et sans devenir blême. Sa place auprès de moi nous fournissait l'occasion de recommencer souvent. Aujourd'hui que je l'ai énervé, je me suis rabattue sur M. de La Fayette.

LA FAYETTE. — Madame, vous me faites honneur, et s'il vous plaisait de tenter un assaut de volupté.

LA REINE. — Êtes-vous prêt, êtes-vous en état ? N'allez pas compromettre la gloire de votre virilité. Pensez que je suis reine, et que je veux être foutue comme une reine.

(La Fayette tire son vit de sa culotte. Il trousse la reine, la jette sur son sopha, et Bailly enfile La Fayette par-derrière au même instant.)

LA FAYETTE. — Ah ! madame, quelles délices !

LA REINE. — Courage, mon ami, ne vous retirez pas. Enfoncez… ah ! quel plaisir !

LA FAYETTE. — Êtes-vous contente, madame ?

BAILLY. — Et vous, mon cher La Fayette, sentez-vous la pointe de mon vit ?

LA FAYETTE. — Quel double ravissement ! Quelle volupté divine ! Quel bonheur de foutre et d'être foutu au même instant !

LA REINE, *se relevant, dit à La Fayette*. — Ah ! mon cher ami, reprenez vos sens et forces, pour recommencer encore.

LA FAYETTE, *se retournant*. — Je vous avoue, M. Bailly, que j'aime mieux encore foutre le con d'une belle femme, telle que Sa Majesté, que d'enculer le derrière du plus bel Adonis de la terre.

LA REINE. — C'est la fouterie naturelle. On a cru que je me faisais branler par mes favorites, mes femmes ; on s'est trompé. Mes amies, mes confidentes ne m'ont servi qu'à me procurer de beaux, de robustes cavaliers, et si tous les vits qui sont entrés dans mon con étaient au bout les uns des autres, la longueur pourrait figurer la distance de Paris à Versailles.

LA FAYETTE. — Je vois bien, madame, que vous connaissez l'art

1. Philippe Louis Marc Antoine de Noailles-Mouchy, prince de Poix (1752-1819), député de la noblesse aux états généraux de 1789, se montra d'abord favorable aux idées nouvelles et fut nommé commandant de la garde nationale de Versailles. Peu après, il se démit de ce grade, donna de grandes preuves d'attachement au roi, notamment pendant la journée du 17 juillet 1790, émigra en 1791, mais revint presque aussitôt à Paris. Il resta auprès de Louis XVI le 10 août, le suivit à l'Assemblée nationale et passa ensuite en Angleterre, où il habita jusqu'en 1800. Revenu en France, il vécut dans une semi-retraite jusqu'à la Restauration. Louis XVIII le réintégrera dans les fonctions de capitaine des gardes, le nommera lieutenant général, et lui confiera le gouvernement du château de Versailles.

suprême de la fouterie. Vous savez avancer et reculer à propos pour mieux jouir.

BAILLY. — Lorsque mon père eut soin de m'envoyer chez un maître d'école, où je n'appris rien, mais où je fus bien fouetté, je ne me doutais point qu'il existât des collèges, des universités, des académies, et que je passerais par les différentes portes de ces maisons plus fastueuses qu'utiles au progrès de la raison humaine, et à la propagation des lumières.

LA FAYETTE. — Je n'ai point tant piqué l'escabelle, griffonné tant de papiers que vous, reçu tant de férules. J'ai retenu seulement, à coups de dictionnaire, trois mauvais mots de latin. Mais j'ai infiniment plus profité à l'école des filles et des femmes. Je me fis chasser (je m'en souviens, comme si c'était aujourd'hui) du collège pour avoir fait entrer nocturnement des putains dans ma chambre, et avoir passé avec elles la nuit entre deux draps.

BAILLY. — Je n'ai pas été plus sage que vous, mais les femmes n'ont pas excité mes plus vives passions. J'aime les hommes de préférence. Quoique je me sois marié tout comme un autre, pour des considérations secrètes, j'aime mieux le derrière de ma femme que son devant, et pour vous parler vrai, je paie mon domestique le double que vous payez le vôtre, parce que j'ai le plaisir de l'enculer, et qu'il se prête commodément à ma fureur.

LA FAYETTE. — J'ai aussi donné dans le péché antiphysique, mais ce goût m'est passé. Je fous aujourd'hui en con, et non en cul. La pédérastie, la sodomie ne me tentent plus ; j'aime mieux m'exposer à puiser, à pomper la vérole dans le vagin des putains que d'enculer un bougre.

BAILLY. — Ne discutons point des passions, des inclinations, des penchants : chacun jouit à sa fantaisie. Autrefois, je foutais des femmes, des putains. Aujourd'hui ce n'est plus mon désir. Je suis partisan des passions des plus grands hommes de l'Antiquité. Socrate, le sage Socrate, l'honneur de la raison humaine, était un fouteur en cul. Il n'a médit des cons que parce qu'il foutait en cul le jeune Alcibiade.

Épicure, Pythagore, Platon et Diogène étaient des sodomites. Presque tous les rois de l'Antiquité étaient des enculeurs. Dans les siècles modernes, les plus grands potentats étaient des pédérastes. Frédéric II, roi de Prusse, si célèbre par sa valeur et son génie, n'aimait pas les femmes ; il enculait les hommes et se faisait enculer. Témoin Baculard d'Arnaud qu'il appelait son berger[1], et avec il gagna la cristalline, qu'il lui rendit

1. François Thomas Marie de Baculard d'Arnaud (1718-1805) avait obtenu en 1748, grâce à la recommandation de Voltaire, la charge de correspondant littéraire de Frédéric II en France, suivie d'une invitation à Berlin en 1750. Brouillé avec son protecteur, il dut rentrer à Paris où Voltaire le poursuivit de ses plus cruels sarcasmes. Dès lors, on le rejeta dans le camp des antiphilosophes. C'est à Baculard d'Arnaud que l'on attribue l'invention du roman noir, surchargé de déclamations mélodramatiques. Ses *Épreuves du sentiment*, où triomphe le genre larmoyant, offrent d'étranges analogies avec les *Malheurs de la vertu* du marquis de Sade, moyennant une inversion des codes de la morale et de la

bien. Témoin, le roi de Suède régnant[1], qui fit venir dans ses États le comédien Monvel[2], enculeur si famé, mais qu'il renvoya après l'avoir tué et empoisonné par des assauts postérieurs. J'ai enculé moi-même la plus grande partie de mes subalternes dans les communes de la municipalité. J'ai foutu et refoutu en cul cent fois ce gredin de Mitoufflet, mon procureur-syndic, Vauvilliers, Blondel[3], Desfaucherets[4], Duport du Tertre... Je ne me suis brouillé avec Manuel[5], que parce qu'il n'a pas voulu me prêter son cul, et qu'il m'a refusé de m'enculer.

SCÈNE III

LA REINE, MADEMOISELLE THÉROIGNE, BARNAVE, BAILLY, LA FAYETTE

MADEMOISELLE THÉROIGNE. — J'arrive ici fort à propos, grande reine, pour partager vos plaisirs. C'est sous vos auspices que j'ai conçu et exécuté l'établissement d'un bordel patriotique. Il est juste que je donne une première leçon de ce genre de plaisir nouveau. Je me suis faite enculer ce matin par dix députés de l'Assemblée nationale, entre autres par quatre

---

religion. Son aptitude à faire pleurer les cœurs sensibles ne l'empêcha pas de se livrer parallèlement à la littérature pornographique (*L'Art de foutre*, 1741).

1. Gustave III, dont les mœurs socratiques étaient connues de toutes les cours d'Europe.

2. Jacques Marie Boutet de Monvel (1745-1812) avait quitté le Théâtre-Français en 1781 pour la Suède. Le roi Gustave III l'y accueillit chaleureusement, et lui assura une pension de 20 000 livres pour être son *lecteur* et l'un des premiers comédiens de sa troupe. On pense qu'il avait dû s'expatrier à cause d'une affaire de mœurs survenue dans le jardin des Tuileries, haut lieu de la drague homosexuelle.

3. Jean Blondel (1733-1810), homme de loi, traduit devant le Tribunal révolutionnaire et mis en liberté par la Chambre du conseil le 14 septembre 1793.

4. Auteur dramatique, Jean-Louis Brousse, dit Desfaucherets (1742-1806), devint membre du directoire du département de la Seine en 1791, et fut incarcéré comme suspect en 1793. Après la Terreur, il fut nommé administrateur des hospices, et enfin censeur au ministère de la Police.

5. Louis Pierre Manuel, né à Montargis en 1751, guillotiné à Paris, le 14 novembre 1793, auteur de libelles qui lui valurent trois mois de séjour à la Bastille. Après la prise de cette forteresse, il se fait connaître par un recueil d'anecdotes intitulé *La Bastille dévoilée* (neuf livraisons en 3 vol., 1789-1790). Il se fait aussi élire membre de la nouvelle municipalité et administrateur de police. Le 2 décembre 1791, il devient procureur de la Commune. Sa conduite, le 20 juin 1792, lui vaut d'être suspendu, le 7 juillet suivant, en même temps que Pétion. Soutenu par Robespierre et les Jacobins, il est rétabli dans ses fonctions le 23 juillet, et participe activement à l'insurrection du 10 août. Ainsi garde-t-il son poste de procureur dans la nouvelle Commune. Son rôle durant les massacres de Septembre est controversé, certains lui reprochant d'avoir laissé faire, d'autres le louant d'avoir sauvé quelques personnes. Après son élection à la Convention, sa popularité décline rapidement. Il ose condamner devant les Jacobins, le 5 novembre, les massacres de Septembre, se déclare contre la peine de mort lors du procès du roi et démissionne après le vote, déclarant que « l'homme de bien n'a plus qu'à s'envelopper dans son manteau ». Retiré à Montargis, il est l'objet d'une tentative d'assassinat par les « patriotes » locaux en mars 1793. Ses anciens amis parisiens, n'ayant pas oublié ce qu'ils considèrent comme une trahison, le font arrêter et envoyer à Paris devant le Tribunal révolutionnaire qui le condamne à mort.

prélats, et l'infatigable abbé Sieyès. Mon Dieu, que celui-ci est un excellent enfonceur ! J'ai cru qu'il m'avait percé le fondement d'outre en outre. Je vais présentement, madame, me laisser grimper par mon favori Barnave. Rien n'est tel que de varier les jouissances.

(Barnave fout la Théroigne en con, et Bailly encule Barnave ;
La Fayette remonte sur la reine qu'il refout avec vigueur.)

LA THÉROIGNE, *à Barnave.* — Allons, mon ami, fous-moi à couillon rabattu, fous-moi en levrette pour gagner quelques pouces, et lâche-moi des flots de foutre.

BARNAVE. — Présentez-vous bien, mademoiselle, je vais faire péter les charnières de votre con, et moi…

BAILLY, *à Barnave.* — Je vais perforer ton cul de la bonne manière en même temps. Foutons tous ici.

LA FAYETTE, *à la reine.* — Sentez-vous mon ardillon ? Ah ciel ! quel bon mouvement. Je décharge, je décharge, encore un coup de cul, encore un coup de cul. Quel doux transport ! Je me pâme d'aise et de plaisir.

LA REINE, *à Mlle Théroigne.* — Mlle Théroigne, votre cavalier vous pique-t-il aussi vigoureusement que le mien m'enfonce son dard amoureux ?

MADEMOISELLE THÉROIGNE. — Ah, madame, quel charme ! M. Barnave est incomparable ! J'ai été foutue par des milliers de fouteurs, j'ai tâté de la calotte, du froc, du militaire. Il n'est rien tel que M. Barnave. Quoique M. Bailly le foute par-derrière, il me fout supérieurement en con.

BAILLY. — Je foutrais jusqu'au cul de Lucifer.

MADEMOISELLE THÉROIGNE. — Après que M. Barnave aura déconné, je me retournerai, et vous me mettrez votre vit dans les fesses.

BARNAVE. — Et moi, je foutrai en cul M. Bailly.

LA REINE. — Foutez, enculez-vous, messieurs, tant qu'il vous plaira. Quant à moi, je ne veux être foutue qu'en con. Il me faudrait un régiment entier, et tous les Carmes, les Cordeliers de France pour assouvir mes ardeurs. Le con me brûle, il lui faut des torrents de foutre pour le rafraîchir. Quand vous aurez foutu, M. Barnave, votre ami, M. Bailly, pour vous égayer vous foutrez en con à votre aise.

SCÈNE IV

LES ACTEURS PRÉCÉDENTS, MONSIEUR, LA COMTESSE DE BALBI

MONSIEUR. — Vivent les plaisirs et la joie. La vie est courte, il en faut jouir. Je ne viens pas ici pour enfiler des perles. Allons, Mlle de Balbi, présentez-vous comme il convient pour recevoir mon Priape ; je veux cocufier votre mari de la bonne sorte.

LA COMTESSE DE BALBI. — Ce ne sera pas, monseigneur, la première fois. Mais votre santé m'est chère, j'aime à la ménager.

MONSIEUR. — Il n'est pas question de me ménager, il faut nous soulager. Quand on vient au bordel, ce n'est pas pour enfiler des prunes, mais bien pour enfiler des cons, pour foutre et être foutu.

LA COMTESSE DE BALBI. — Je ne me refuse point, monseigneur, à vos plaisirs. *(La comtesse déboutonne la culotte de monseigneur, lui branle le vit.)*

MONSIEUR. — Ah ! quel plaisir ! Madame, arrêtez, arrêtez. Vous m'allez me faire décharger. Allons, jetez-vous sur ce sopha que je vous foute.

LA COMTESSE, *montrant son vagin.* — Enfilez-moi, monseigneur, tout à votre aise. Il y va de votre honneur.

MONSIEUR. — Ah parbleu ! madame, vous ne serez pas ratée. Vous serez aussi bien foutue que la reine, ma sœur et la Théroigne, notre abbesse.

LA REINE. — Allons, La Fayette, êtes-vous encore en état de quelque chose ?

LA FAYETTE. — Oui, madame. Présentez-moi votre con, je vais l'enfiler avec mon vigoureux vit.

(Il fout encore Sa Majesté, Barnave refout la Théroigne,
Bailly encule encore Barnave qui, après avoir foutu Antoinette et piqué
d'un sentiment de vanité, encule le savant maire de Paris.
La Théroigne se fâche et le regarde avec une espèce de dépit.
Il lui rappelle le pacte fédératif, elle sourit et regarde la reine.)

LA THÉROIGNE. — Courage, messieurs. *(À la reine.)* Madame, vous plaît-il que je vous chatouille ?

LA REINE. — Volontiers, mais à condition que nous nous branlions toutes les deux.

LA THÉROIGNE. — Rien de si facile, madame. *(Les deux coquines se branlent, se gamahuchent et dans leur enthousiasme :)* Messieurs, vous voyez comme nous savons diversifier nos plaisirs. Faites de même.

(Il se fait un grand silence, pendant lequel tous les acteurs s'enculent.)

SCÈNE V

DANTON, MARAT

Entrés par différentes portes

DANTON. — Que venez-vous faire ici, Marat ? Avec une figure si ingrate, un physique si débile, vous fréquentez le bordel ? Vous n'ignorez pas que vous en êtes exclu.

MARAT. — Ce n'est pas monsieur, pour y foutre. Je viens me présenter pour gamahucher les cons des femmes et le cul des hommes, afin de gagner quelque argent, ma feuille ne me rapportant plus rien. Car, M. Danton, il faut que je vive.

DANTON. — Je n'en vois pas la nécessité ; vous êtes un trop mauvais sujet.

MARAT. — Je me corrigerai.

DANTON. — À la bonne heure. Mais vous n'êtes pas assez bien constitué pour enculer. Aimez-vous être enculé ?

MARAT. — C'est pour moi le plaisir le plus délicieux.

DANTON. — Oh ! bien, mon cher Marat, on vous admet. Vous savez que je vous ai toujours aimé, toujours protégé contre le Châtelet et la Commune. Je vais vous donner une preuve plus évidente encore de mon attachement. Je vais vous enculer, mais vous enculer de la bonne manière.

(Marat baisse sa culotte, présente son cul.
Danton met son engin dans le cul de Marat.)

MARAT. — Ah ! M. Danton, vous m'avez toujours voulu du bien. Quelles délices ! Poussez, poussez M. Danton.

DANTON. — Ne remuez le cul que quand je vous l'aurai enfilé.

MARAT, *immobile*. — Je vous attends.

(Danton enfile le cul de Marat.)

MARAT. — Ah ! ah ! ah ! ah ! quelle volupté ! Je vous reconnais pour mon bienfaiteur. Vous m'avez fait gagner beaucoup d'argent quand vous avez fait *L'Ami du peuple* sous mon nom, et que vous avez protégé ma liberté contre Boucher d'Argis[1], La Fayette et Bailly. Aujourd'hui, vous me foutez en cul, vous mettez le comble à ma satisfaction, vous surpassez tous mes désirs.

DANTON. — Il faut se rendre service dans la vie ; vous ne savez pas écrire. Vous seriez mort de faim si je n'avais pas fait votre *Ami du peuple*, votre *Offrande à la patrie* et votre *Dénonciation de Necker*. D'ailleurs, j'étais bien aise de calomnier les gens que je n'aimais point. Vous en aviez bien le désir, mais il vous en manquait le talent.

MARAT. — Je n'ai jamais écrit que sous les charniers[2] pour les portefaix et les poissardes. Votre plume m'a donné la réputation, comme votre foutre me donne du plaisir. Ah ! vous êtes en vérité un homme divin.

---

1. André Jean Boucher d'Argis (1751-1794), avocat. Chargé en 1789 d'instruire le procès contre le baron de Besenval, il favorisa son élargissement. Dans la procédure relative aux journées des 5 et 6 octobre 1789, il reçut la mission de faire un rapport à l'Assemblée constituante, et signala parmi les hommes compromis deux de ses membres : Mirabeau et le duc d'Orléans. Le premier, il dénonça la feuille de Marat, *L'Ami du peuple*. Peu après, dénoncé à son tour comme suspect et membre d'un club monarchique, il fut jeté en prison, condamné par le tribunal révolutionnaire et guillotiné.

2. Entendre : les charniers des Saint-Innocents, où se tenaient habituellement les écrivains publics. Une des quatre galeries qui entouraient le cimetière des Innocents se nommait d'ailleurs *Galerie des écrivains*. Louis-Sébastien Mercier leur a consacré le chapitre LXXXIV de son *Tableau de Paris*.

DANTON. — Je veux vous rendre encore d'autres services. Il est fâcheux pour vous que vous ayez une si triste figure, une taille si ingrate, un tempérament si faible.

SCÈNE VI

MADEMOISELLE THÉROIGNE, DANTON, MARAT

Mlle THÉROIGNE. — Que foutez-vous donc ici ?

DANTON. — Je viens de foutre ce singe. *(En montrant Marat.)*

MADEMOISELLE THÉROIGNE, *sautant à la culotte de Danton.* — Nous ferons sans doute quelque chose ensemble.

DANTON. — Je ne suis pas ici pour ne rien faire. J'ai foutu en cul, ce n'a été qu'en attendant partie. Allons, mademoiselle, troussez vos jupes, et montrez-moi la perruque de votre con.

MARAT. — Je ne m'y oppose pas certainement, mais je veux m'assurer aussi.

DANTON. — Comment ?

MARAT. — Je veux gratter le con de mademoiselle, et le gamahucher. Ensuite, je vous gamahucherai aussi le cul, M. Danton.

MADEMOISELLE THÉROIGNE *troussée.* — Est-ce là un con bien bordé, bien fleuri ?

DANTON, *tirant son vit, se dispose à foutre la Théroigne.* — Vous allez être bien servie.

(Marat se met en dessous de Danton et la Théroigne, et avec sa langue pompe le foutre des fouteurs, et gamahuche le vit et le con.)

LA THÉROIGNE. — Que faites-vous, Marat ?

MARAT. — Je prends mon plaisir comme vous prenez le vôtre. N'est-ce pas ici le bordel patriotique ? Tout citoyen n'y est-il pas libre ? Ah ! si je pouvais foutre, je serais plus satisfait.

LA THÉROIGNE. — Par plaisir je vais essayer de te faire bander, en te foutant le fouet.

MARAT. — Vous feriez un miracle : il y a plus de vingt ans que je ne sais de quel sexe je suis. J'ai beau me secouer le vit, le bougre ne veut pas se redresser.

LA THÉROIGNE. — Pourquoi venir au bordel avec une impuissance si avérée ?

MARAT. — Je n'y viens point pour foutre, mais pour être foutu et lécher les vits, les cons ou gamahucher des culs, ne vous l'ai-je pas déjà dit, foutue putain ?

DANTON. — C'est encore quelque chose.

(La Théroigne, prenant des verges, fout le fouet à Marat.)

MARAT. — Fouettez plus doucement.

DANTON. — Appuyez, appuyez, la bête est dure.

MARAT. — Doucement et longtemps.

LA THÉROIGNE. — Croyez-vous qu'il n'y a que vous qui deviez prendre du plaisir ?

SCÈNE VII

LES ACTEURS PRÉCÉDENTS, MIRABEAU L'AÎNÉ, MADAME LE JAY

MIRABEAU. — Le plus grand plaisir de la vie est de se divertir librement et publiquement. Vous me procurez, madame, les plus doux délassements chez vous. Pendant les longues absences de votre mari, j'ai l'honneur de vous le mettre fort à mon aise, et de le cocufier à mon loisir ; il n'est rien de tel que de jouir avec les compatriotes, et de diversifier les jouissances.

MADAME LE JAY. — Vous avez raison, mon ami.

MIRABEAU. — En vous conduisant ici, mon dessein n'est pas de vous être infidèle, mais de vous apprendre que presque toutes les femmes sont, comme vous, des putains, que les hommes sont des maquereaux, des enculeurs, des bougres, des fouteurs, des gamahucheurs. Avant de vous foutre en con, je veux vous enculer.

MADAME LE JAY. — Ah ! M. Mirabeau, j'aimerais mieux l'un que l'autre. Tous mes désirs sont dans mon con. C'est en cet endroit que ma rage réside. Continuez à m'enfiler le vagin, laissez-là mon postérieur.

MIRABEAU. — Ah ! madame, il faut goûter de tout. Qui ne mange que d'un pain ne connaît pas le prix d'un autre ! Ne vous fâchez pas : vous serez foutue et enculée.

MADAME LE JAY. — Commencez par le devant.

(Mirabeau enfile madame Le Jay, et Danton encule Mirabeau.)

MIRABEAU. — Fort bien. Allons, poussons chacun de notre côté, M. Danton, je vais jouir doublement.

(Marat prend des verges, et fouette Mirabeau, madame Le Jay ; la Théroigne fouette Marat. Le cirque retentit de cris voluptueux, de trémoussements convulsifs.)

SCÈNE VIII

LES ACTEURS PRÉCÉDENTS, LES DEUX FRÈRES LAMETH, L'ÉVÊQUE D'AUTUN

L'ÉVÊQUE D'AUTUN. — Nous voilà bien arrivés, prenons part à la fête.
LES FRÈRES LAMETH, L'ÉVÊQUE D'AUTUN. — Enculons-nous.

(Ils s'enculent. Charles Lameth branle le vit à l'évêque, qui fait des grimaces de bougre, en criant : « Vive la liberté, vive le pacte fédératif. On est doublement uni, quand on l'est par-derrière et par-devant. »)

SCÈNE IX

LES ACTEURS PRÉCÉDENTS, DES MILLIERS DE SPECTATEURS, BAZIN

LE CHAPELIER, *à l'évêque*. — Vous parlez bien. Pendant que M. Lameth tient et manipule votre goupillon, je vais vous enculer.

L'ÉVÊQUE. — Vous me ferez plaisir.

LE CHAPELIER. — Ce n'est qu'à charge de revanche. Je veux être enculé à mon tour.

L'ÉVÊQUE. — Rien de plus facile. Je ferai votre affaire.

BAZIN. — Vous ne pouvez, monsieur, avoir deux plaisirs consécutifs pendant que je ne ferai rien. C'est moi qui vais enculer M. Le Chapelier.

LE CHAPELIER. — Cela m'est égal, je ne fais acception de personne, pourvu que je le sois de la bonne manière. Un vit en vaut un autre, quand il est ferme et vigoureux.

*(Bazin encule Le Chapelier.
Tous les fouteurs, les enculeurs, les gamahucheurs et les putains se tiennent par le cul.
Les spectateurs foutent et s'enculent aussi.) (On chante.)*

VAUDEVILLE

Air de *Chantez, dansez, amusez-vous*

MADEMOISELLE THÉROIGNE. —
Si je n'ai pas le bras de Mars,
Pour défendre notre patrie,
Je m'expose à tous les hasards,
Je suis maîtresse en fouterie,
Je donne aux deux sexes leçon,
Je fous en cul tout comme en con.

LA REINE. —
Je me fous de ma Majesté,
Pourvu qu'on me fasse bien aise :
Plus d'une reine a tout quitté,
Pour foutre ardemment à son aise.
J'ai fait le roi cent fois cocu,
Est-il moins gras et moins dodu ?
LA FAYETTE. —
Quand on est libre, on fout partout,
Un beau vit éclaircit la vue,
L'argent n'est rien, mais foutre est tout,
Alors on n'a point la berlue.
Foutons tous jusqu'à demain,
C'est du bonheur le vrai chemin.
BAILLY. —
Moi, triple académicien,
Je ris de la magistrature.
J'aime bien mieux d'un beau connin
Tâter la douce chevelure.
Les grandeurs et l'or ne font rien :
Un cul, un con sont le vrai bien.
BAZIN. —
Si j'ai rencontré la grandeur,
Ce n'est, ma foi, qu'avec ma pine.
Les putains ont fait mon bonheur,
Je foutais toute Messaline.
Je désirais les plus grands rois.
La reine connaît mes exploits.
MONSIEUR. —
La jouissance est un beau don,
C'est pour l'homme un charme céleste,
Elle est fille de la raison,
Elle n'offre rien de déshonnête,
C'est un plaisir toujours nouveau,
Qui nous soulage le boyau.
MADAME DE BALBI. —
J'en fais porter à mon mari,
Et c'est pour éveiller sa flamme ;
Mais j'ai beau faire, il est transi,
Il est sans vigueur et sans âme.
Mangeant le pain d'un corbillon,
On ne sait pas si l'autre est bon[1].
LES LAMETH. —
Issus tous deux du même sang.
Amis, et si l'on veut, bons frères,

1. *Corbillon* : petite corbeille à pain. Selon l'expression populaire, « changement de *corbillon* fait trouver le pain bon ».

Nous rejetons les biens, le rang,
En amours nous sommes contraires.
CHARLES LAMETH. —
Pour moi, je ne fous qu'en téton,
Et mon frère ne fout qu'en con.
MIRABEAU L'AÎNÉ. —
Je fus toujours un libertin,
Un charlatan plein de parole ;
Mais c'est surtout sous l'Arétin
Qu'on me distingua dans l'école,
Je n'ai point de vertu, de foi,
Et rien ne se mesure à moi.
MADEMOISELLE LE JAY. —
Le plus grand connard des maris,
C'est mon époux, je vous l'assure.
Il se croit un bel Adonis,
Quoiqu'un vrai péché de nature.
Si mon mari n'est qu'un butor,
Mirabeau me console encore.
LE CHAPELIER. —
Sans biens, sans amis, sans espoir,
Je végétais dans la Bretagne ;
C'est à présent qu'il faut me voir.
Je suis l'ennemi du clergé,
Et j'encule ici mainte Hébé.
L'ÉVÊQUE D'AUTUN. —
Je suis partisan des plaisirs,
Aux citoyens je suis propice ;
J'ai couronné tous leurs désirs,
J'ai dévoilé mainte injustice,
Et malgré tant de vains débats,
J'ai confondu tous les prélats.
DANTON. —
J'ai plaidé comme un insensé,
Pour un plat auteur famélique ;
Il méritait d'être chassé,
Écrasé de cent coups de trique.
Marat n'est qu'un escroc brutal,
Qui de tout ne dit que du mal.
MARAT. —
Je suis le plus vil avorton,
Un gredin né pour l'imposture,
Je gamahuche un cul, un con,
Je pèche contre la nature.
Recevez-moi des leçons,
Vous périrez sous les bâtons.

FIN

Grande fête donnée par les maquerelles de Paris, à toutes leurs putains, le jour de l'arrivée du roi, de la reine et de leur famille, en réjouissance du retour de leur père et mère. **Suivie d'une souscription des maquereaux pour subvenir aux frais de cette fête patriotique.** *Le soir, illumination générale et bal gratuit dans tous les bordels À Paris*

1791

Français ! Vos inquiétudes sont finies. Louis XVI le fugitif, ce monarque parjure à ses serments et perfide à sa nation, a donc été arrêté malgré toutes les précautions combinées des ennemis de la Constitution française, et l'escorte que le traître Bouillé lui avait envoyée, pour faciliter son évasion des frontières de France[1]. Oh ! pour le coup nous tenons ce gros prince et toute sa race. Il ne nous jouera plus par des promesses. Et pour nous avoir trompés, il va subir une pénitence qu'il a trop encourue par sa noire trahison. Puisqu'il n'a pas voulu être le père de ses sujets, ils ne voudront plus se reconnaître pour ses enfants. Il apprendra qu'on ne joue pas impunément une nation si franche, si confiante et si généreuse.

Malheureux roi ! Que manquait-il à ton bonheur, à ta satisfaction ? Entouré de sujets qui te chérissaient, qui auraient sacrifié leur vie pour te défendre contre tes ennemis personnels, tes désirs étaient comblés. Le plus riche, le plus puissant des monarques, il n'est point de tête couronnée sur la terre qui n'enviât ton sceptre, et les honneurs qui t'entouraient.

Quel que soit néanmoins le sort que ta nation irritée te prépare, ton entrée dans la capitale va faire une époque dans les annales de l'empire français. Les Parisiens, toujours grands dans leurs procédés, n'ont pas à se reprocher de ne t'avoir pas rendu les derniers honneurs dont tu t'es

1. Ancien héros de la guerre d'Indépendance américaine, devenu l'un des plus fermes soutiens de l'institution monarchique, le marquis de Bouillé avait été chargé par Louis XVI d'organiser la fuite de la famille royale. Ayant réuni six régiments de cavalerie, il les échelonna sur la route. Apprenant l'arrestation du roi à Varennes, il se replia au Luxembourg, d'où il écrivit à l'Assemblée pour revendiquer cet « enlèvement ».

rendu si peu digne. Tous les ordres de l'État se sont empressés à l'envi de témoigner leur joie de ton retour forcé.

Les maquerelles, amies de ta femme, ont présidé la fête brillante et publique dont elle aurait bien voulu, ainsi que toi et ta famille ingrate, n'être pas témoin.

Marat, l'infatigable aboyeur Marat, l'apôtre du mensonge et de la calomnie, s'est chargé de composer la harangue que les maquerelles ont débitée avec leur ton naturel, et la joie qu'elles ressentaient de revoir leur digne pupille et Louis XVI l'ivrogne.

Labenette, mauvais coopérateur d'un plat journal, connu et méprisé sous l'intitulé de *L'Orateur du peuple*, s'est signalé dans la réponse qu'il a faite et mise dans la bouche des putains, à l'aspect d'Antoinette, leur rivale[1].

Gorsas[2], ancien maître d'école, a fait parler les maquereaux dans un discours qu'ils ont merveilleusement rendu, tant ils étaient satisfaits de recevoir ce roi cocu de son plein gré.

1. L'avocat Labenette rédigeait en 1790 le *Journal du diable*. Entre 1791 et 1792, il remplaça Stanislas Fréron à la tête de *L'Orateur du peuple* (t. VII à XIV). Outre ces deux périodiques, on lui doit *L'Assemblée nationale, le roi Soliveau et sa femme Antoinette* (1791), *Le Journal des droits de l'homme* (1791), *Le Portefeuille de Louis-Philippe d'Orléans*, *Le Journal de la savonnette républicaine* (1792-1793), *Les Hommes démasqués aux femmes, pour servir à leur éducation* (1796, 2 vol.), *La Trompette patriotique* (s.d.), *Les Dix-Sept Mariages* (1805, 2 vol.).

2. Fils d'un cordonnier de Limoges, instituteur, puis journaliste-imprimeur, avocat au Parlement, élu à la Convention, Joseph Antoine Gorsas fut guillotiné avec les girondins en 1793. Il fut rédacteur de plusieurs journaux qui connurent un immense succès, parmi lesquels : *Le Courrier de Versailles à Paris et de Paris à Versailles* (numéros II à XCV) jusqu'en septembre 1789, qui devient à partir du 20 octobre *Le Courrier de Paris dans les provinces et des provinces à Paris*. Il passe pour avoir rédigé la relation des journées des 5-6 octobre, qui lui valut un triomphe. Outre son activité de journaliste, il publie des écrits satiriques : *Promenade de Critès au Salon* (Londres et Paris, Les Marchands de Nouveautés, Hardouin et Gattey, 1785), *L'Âne promeneur ou Critès promené par son âne. Chef-d'œuvre pour servir d'apologie au goût, aux mœurs, à l'esprit et aux découvertes du siècle* (À Pampelune, chez Démocrite, et se trouve à Paris, chez l'auteur [...], à Versailles, chez l'auteur [...], et aux quatre coins du monde, 1786), *La Plume du coq de Micille ou les aventures de Critès au Salon pour servir de suite aux promenades de 1785* (Londres et Paris, Hardouin et Gattey, 1787), *La Cour plénière*, « Héroï-tragi-comédie en 3 actes et en prose jouée le 14 juillet par des amateurs dans un château des environs de Versailles » (1788), *Observations sur les privilèges exclusifs en général et en particulier celui des Messageries*, *Précis rapides des événements qui ont eu lieu à Paris dans les journaux des 30, 31 mai, 1er et 2 juin 1793.*

ENTRÉE DE LEURS MAJESTÉS DANS PARIS

Description de la fête que des maîtresses maquerelles et leurs putains ont donnée à l'arrivée du roi et de la reine

Tous les aristocrates en habits de deuil, les yeux baissés, précédaient le cortège brillant. Une foule d'évêques récalcitrants, suivis de tous les prêtres réfractaires, qui annonçaient, par des hurlements affreux, leur rage et leur désespoir. Sur le côté droit, on remarquait, en file, toute cette canaille de robins, de magistrats iniques, de vils praticiens, d'ignobles griffonniers, d'infâmes recors, de mouchards, d'espions de l'Ancien Régime et du moderne.

À gauche, paraissaient en habits brodés d'or et de soie, les intendants des provinces, les receveurs des finances, les fermiers généraux, les traiteurs, les accapareurs dans tous les genres. Leur marche était réglée par l'usurier, le monopoleur Bailly, escorté des dilapidateurs de la municipalité de Paris. On distinguait les chefs des départements, les administrateurs des Subsistances ; l'imbécile, le pusillanime Filleul ouvrait la marche. Ce pauvre hère, sans connaissance, sans génie, minutieux, tout à la fois vil et glorieux, méritait bien de figurer à la tête de toute cette rongeante crapule[1].

Arrivaient enfin les royalistes militaires, les valets dorés de la cour, les gagistes à livrée, précédés par ce scélérat, ce traître Bouillé.

On apercevait de loin, et on admirait de près, le char pompeux de Louis XVI, assis à côté de sa putain, de sa grosse belle-sœur et de sa famille[2].

Ce char était suspendu sur quatre roues de bronze, nuancé par l'or massif et l'argent brut, dont les couleurs disparates offraient aux yeux fascinés un spectacle agréable et resplendissant. Il était traîné par huit chevaux blancs superbement harnachés, dont les têtes fièrement levées semblaient annoncer qu'ils savaient l'importance et le rang des traîtres qu'ils amenaient.

---

1. En qualité d'administrateur au département des subsistances, Filleul était tenu pour responsable des graves perturbations dans l'approvisionnement de la capitale en denrées alimentaires. D'où la véhémence des attaques dirigées contre lui.

2. Est-il besoin de dire que ce tableau relève de la plus haute fantaisie ? L'auteur du pamphlet entend surtout démontrer de manière visuelle et frappante qu'avec le retour de Louis XVI à Paris, ce sont les principes les plus haïs de la monarchie qui reviennent au pouvoir. En réalité, c'est dans un silence de mort, et sous escorte armée, que la famille royale fit son entrée ce 24 juin 1791, après son arrestation à Varennes. La veille, on pouvait lire sur les murs de la capitale ces mots tracés à la craie : « Celui qui applaudira le roi sera bâtonné. Celui qui l'insultera sera pendu. »

La Fayette, monté sur sa haquenée, était à la portière du char, parlait d'un air gracieux à son ci-devant maître ; il saluait le peuple, sans discontinuer d'incliner la tête.

Louis XVI avait pour bouquet des fleurs qu'on appelle pavots. Il sommeillait en effet des fatigues de la route ou plutôt, par les vapeurs des liqueurs bachiques et spiritueuses dans lesquelles il avait noyé sa grosse raison.

Antoinette portait également un bouquet, uniquement composé de fleurs de souci. Sur sa figure étaient peintes la rage et la jalousie. Ses yeux enflammés décelaient la chaleur de son tempérament brûlé. L'ardeur de jouir dans les bras de ses vigoureux Priapes qu'elle était sur le point de rejoindre, dont elle avait été séparée, à l'instant même qu'elle les pouvait entendre, et qu'ils la voyaient ; cette ardeur, lascive et criminelle, était sur son front impudique.

Sur le sommet du char, était une couronne avec tous les attributs royaux. Mais cette couronne était endommagée, les fleurons en étaient brisés, les fleurs de lys arrachées. Deux députés de l'Assemblée nationale donnaient des ordres, et étaient respectueusement accompagnés et escortés par une armée de troupes nationales. Et une affluence prodigieuse de citoyens qui faisaient répéter aux échos les acclamations de leur allégresse et les serments de leur fidélité patriotique. On n'entendait retentir que des imprécations contre le ci-devant monarque de France, dont on accusait à haute voix la trahison et la perfidie ; des chœurs de musiciens chantaient et jouaient cet air connu : Ah ! ça ira, ça ira, ça ira, etc.

Louis le Butor et sa Messaline ne prêtaient pas une oreille bien favorable à cette musique, qui ne paraissait point de leur goût. Ils n'avaient pas le droit d'interrompre le concert patriotique et général. Aussi, faisaient-ils des grimaces affreuses. La grosse Savoyarde s'était évadée avec son butor de mari, mari qui s'était échappé en prenant une autre route. Elle se consolait en elle-même par l'espérance de revoir son jardinier et de s'enivrer avec lui, après avoir fait la douce affaire. Mademoiselle Élisabeth, qu'aucun prince étranger n'avait cherché pour son épouse, n'était pas contente de revenir si tôt. Elle avait emporté l'espérance de trouver un mari dans les cœurs étrangers, et de s'y fixer plutôt que de languir en France, entre le besoin d'aimer et l'ennui d'un rôle gênant. Ce n'est pas qu'elle ne trouvât chaque jour de vigoureux consolateurs, mais l'étiquette de la cour, la contrainte virginale la désolaient[1]. Le jeune dauphin et sa sœur mangeaient des sucreries.

1. Le frère puîné du roi, le comte de Provence et son épouse, née Marie-Joséphine de Savoie, avaient quitté Paris en même temps que le roi et la reine, le 20 juin 1791. Le prince avait pris la route de Bruxelles dans une voiture légère en compagnie du comte d'Avaray, tandis que son épouse prenait un autre chemin avec sa lectrice et *amante*, madame de Gourbillon. Les deux époux se retrouvèrent à Namur le 22 juin. C'est là qu'ils apprirent l'arrestation du roi. La comtesse de Provence, fort malheureuse en ménage, avait pris

À la porte de la ville, les maquerelles renommées, rangées en haie, prononcèrent hautement par la bouche de leur présidente, ce discours préparé par le maquereau Marat.

Harangue des maîtresses maquerelles de Paris à Leurs Majestés

La fuite imprévue de Vos Majestés a jeté l'épouvante et l'indignation dans l'âme de tous les bons patriotes. Nous n'avons pas été les dernières à nous alarmer de votre départ précipité. Nous pressentions le tort irréparable que votre absence ferait à notre commerce.

Sire, pendant que Votre Majesté se soûlait seule, on frappait sur une enclume et forgeait comme un Cyclope grossier, votre digne moitié. Pour autoriser nos fonctions, on allait au bordel chez une de nos commères et de nos amies de la cour. Car vous ne pouvez douter que presque toutes les femmes qui approchent votre compagne ne nous soient parfaitement connues ; nous avons le plaisir de les voir alternativement dans nos taudions[1].

(À la reine) Si Votre Majesté, madame, ne nous a pas honorées de vos visites, c'est sans doute parce que vous trouvez chez vos dames de confiance des maquerelles commodes qui vous facilitent les jouissances que vous aimez tant, et qui vous procurent l'avantage de vous livrer à vos fureurs utérines avec les chevaliers dont vous voulez éprouver la rigueur, ainsi que des calotins dont vous désirez goûter pour avoir le plaisir du changement. Votre délicatesse est admirable, votre discernement vous fait le plus grand honneur : qui ne mange que d'un pain ne sait pas ce que l'autre vaut.

(Au roi) Puisque, sire, vous n'aimez que la bouteille, et que vous ne pensiez qu'à remplir votre bedaine sans vous soucier de vous distinguer dans les ébats amoureux, il est juste que vous soyez cocu, cornard comme vous l'êtes.

---

l'habitude de noyer ses chagrins dans l'alcool. On ne lui connaît pas de liaison amoureuse, hormis sa passion pour sa lectrice, madame de Gourbillon. Sa correspondance ne laisse aucun doute à cet égard. (Cf. Évelyne Lever, *Louis XVIII*, Paris, Fayard, 1988, rééd. 1997, chapitre v). L'allusion au jardinier s'explique peut-être par une confusion avec sa sœur, la comtesse d'Artois, née Marie-Thérèse de Savoie, laquelle avait eu au moins un amant, qui était garde du corps. — La vie privée de Madame Élisabeth, la plus jeune sœur de Louis XVI, était au-dessus de tout soupçon. Un vague projet de mariage avec Joseph II, frère de Marie-Antoinette, n'avait pas abouti. Très pieuse, cette princesse pensa un moment entrer dans les ordres, mais dut y renoncer sur les instances de Louis XVI. En octobre 1789, elle avait suivi son frère et sa belle-sœur aux Tuileries. C'est pourquoi, le couple royal l'emmena dans la folle équipée qui devait s'achever à Varennes.

1. *Taudion* : forme populaire de « taudis ».

Nous annonçons à Vos Majestés que nous sommes ravies de vous voir de retour si promptement. Notre intention est de célébrer ce jour mémorable par une brillante fête que nous donnons à nos putains, parmi lesquelles il est un grand nombre de femmes de la cour comme de la ville. Si vos absences eussent été de longue durée, nous avions à craindre de manquer de pratiques. L'exemple d'un roi cocu et d'une reine putain affichée est bien capable d'accréditer notre commerce et de l'augmenter. Tous les seigneurs de votre suite, les abbés freluquets, les vieux ribauds de l'aristocratie, vont revenir dans nos bousins. Nous nous apercevrons bientôt de leur retour par nos recettes, et les verges que nous userons pour ranimer leurs forces expirées nous serons généreusement payées.

C'est en réjouissance de votre arrivée que nous allons faire ripaille avec nos jeunes coquines, à qui nous allons donner une fête mémorable.

Le maquereau Marat nous donnera des chansons analogues à notre fête publique, qui ne peut manquer d'intéresser tous les Parisiens et les compatriotes, par la dépense que nous nous sommes mises à portée de faire, en ouvrant une souscription générale que MM. les maquereaux ont acceptée et remplie de leurs fonds.

Nous supplions Vos Majestés d'agréer nos remerciements et de continuer, par votre inconduite, à achalander nos bordels. Nous nous foutons de la Constitution, pourvu que nous ayons des michés qui viennent foutre nos putains et nous enrichir. Nous bornons là tous nos désirs, et sommes vos très humbles servantes, les premières maquerelles de Paris.

Mesdames La Fayette. Dugazon. Duforêt. Perraut, limonadière, rue Saint-Jacques, près de la fontaine Saint-Séverin, et fermière des chaises à Saint-Nicolas-des-Champs. Beaupré. Jancourt, actrice des Champs-Élysées. Gauthier, rue de Rohan. Rosalie Léger, rue Traversière. Haré, marchande de vin au port Salut, porte Saint-Jacques, avec les grenadiers de l'estrapade. Desprez, lingère sur l'estrapade, pour les prêtres réfractaires. Lesage, pâtissière, rue de la Harpe. Nicolet, femme de l'histrion. Duvinage, boulangère, rue de Sève. Mérigot la Jeune, libraire, quai des Augustins, avec ses filles, du consentement de son mari. Dupré, marchande de vin, au Louvre. Lamartinière, femme d'un commis à la capitation. La Granger, entrepreneuse d'écriture au Palais. La Brocq, femme de Brocq le Charlatan, et boulanger des Invalides. La Mazière, avec sa fille. La Deschamps, rue du Sépulcre, avec sa belle-fille de la rue Sainte-Marguerite. D'Ormesson, bru du premier président. La Secrétan. La Alexandre, la plus infâme Messaline du Palais. La Boucher. La Capmas, femme du perruquier, près de la rue des Tournelles. La Nérat. La Gauthier, femme de l'avocat. La Elliot, limonadière, rue Saint-Séverin. La Macé, marchande de vin, rue Mâcon, avec ses filles. La Hérissant, veuve, libraire, rue Neuve-Notre-Dame. La

LEPAON, limonadière, quai Pelletier. LA ROUSSELLE, marchande chapelière, rue Sainte-Marguerite. LA MORIN, fausse dévote et banqueroutière, rue Saint-Jacques. LA ROBERT, rue Saint-Louis, près le Palais, maison de l'ex-commissaire Duchauffour. LA LESCLAPART, bigote et usurière. LA LAMARE, port aux blés. LA DELAUNAY, encore putain, entrepreneuse d'écriture. LA DECÈNE, école militaire. LA MANGIN, rue Sainte-Croix-de-la Bretonnerie. LA HUVIER, veuve, grande salle du Palais. Mme BAILLY, femme du maire. LA CRAPART, femme de l'imprimeur des prêtres aristocrates, place Saint-Michel, foutant avec les abbés, les moines, les évêques réfractaires, et procurant des filles à ceux qui ne voulaient plus d'elle. LA BLOT, marchande mercière, rue de Sèvres, au Pigeon-Cauchois. LA CUISINIER, femme d'un limonadier au bas du pont Saint-Michel, maquerelle et putain du public. Veuve LÉGIER, couturière, maison du pâtissier, montagne Sainte-Geneviève ; avec ses filles. LA BONJEAN, femme d'un ex-avocat sans cause, babillard, glorieux et brocanteur. LA BÉCASSE, fille de Rabier, quartier du Louvre, et femme d'Adrien Bécasse, honnête homme qu'elle a fait mettre à Bicêtre.

Nota. — On n'a mis les demeures que de celles qui, manquant de pratiques, nous ont prié de les inscrire. Il en est aussi des milliers si odieuses qu'elles ne méritent pas d'être nommées.

Réponse des putains, prononcée par Julie la Capricieuse, et composée par Labenette, ci-devant auteur du « Journal du diable », aujourd'hui coopérateur d'un ennuyeux journal, « L'Orateur du peuple »

Mesdames,

Nous sommes très reconnaissantes de l'intérêt que vous prenez à nos plaisirs et à notre bien-être. Nous venons réunir les transports de notre joie. Agréez nos sincères remerciements des services que vous nous rendez chaque jour. La fouterie est le charme des humains, quand surtout elle est suivie d'un salaire qui nous procure les moyens de satisfaire à notre coquetterie et à notre vanité. Nous aimons les plaisirs et l'argent ; vous nous en procurez, nous vous en procurons. C'est le moyen de vivre longtemps ensemble bien unies.

Quelles satisfactions ne nous faites-vous pas éprouver ! Nous avons chez vous l'agrément d'en faire porter à nos amants, à nos maris même. Et ce plaisir n'est pas celui qui flatte le moins nos désirs. À l'ombre de vos ailes, nous ne craignons point d'être surprises en flagrant délit et nous avons, comme Antoinette, le privilège de trouver à choisir, de nous faire foutre, enculer et gamahucher par des hommes de toute robe et de toute écurie. En proportion de l'âge et de la fortune des fouteurs, nous exigeons des récompenses de nos sacrifices. C'est à nous de prendre courage ; nous n'avons qu'un présage heureux à entrevoir. Notre commerce eût été ruiné si la reine eût regagné l'Autriche. Tous les aristocrates, qui sont nos plus nombreuses, nos plus généreuses pratiques, l'auraient suivie ; ils auraient porté leur or à nos sœurs, les putains de Vienne. Mais leur retour va nous dédommager de leur absence. De longtemps, ils ne prendront envie de nous abandonner. Il est bon de penser à tout le monde : qui ne pense qu'à soi n'est pas digne de vivre. Mais enfin, charité bien ordonnée (dit le plus éloquent des apôtres) commence par soi-même.

Accourez chez nos mamans, vigoureux fouteurs ! Venez combattre avec nous sur le pied de nos couchettes. Ne craignez point les galanteries virulentes ! Esculape est le plus puissant des dieux ; il vous assure une guérison sûre. Et d'ailleurs, un jour de plaisir ne vaut-il pas mieux que des mois de souffrances ?

Nous bandons, mesdames. D'avance, nos fronts impudiques annoncent l'ardeur que nous avons d'être foutues pour sonder vos cuisines et les nôtres. Nous vous prions de nous continuer vos protections, dont nous nous croyons dignes par notre zèle et notre empressement à attirer dans nos taudis les polissons et les libertins, étrangers comme nationaux.

Livrons-nous au gala préparé, ne célébrons que les dieux des amours et du vin.

JULIE LA CAPRICIEUSE,
au nom de toutes les putains présentes à cette fête
dont le nombre est si grand
qu'il serait presque impossible de les nommer toutes

Discours des plus célèbres maquereaux de Paris composé par Gorsas, un ancien maître d'école, barbouilleur de papier et calomniateur folliculaire, et prononcé par le sieur Duport-Dutertre, garde des Sceaux[1]

Mesdames, Mesdemoiselles,

Nous saisissons avec un plaisir infini l'occasion de vous prouver notre plaisir et la joie que nous ressentons de participer à votre fête, dont nous nous faisons une douce obligation de faire tous les frais. Nos amusements et nos intérêts sont liés. Nous voyons avec une satisfaction

1. Sur ce personnage, voir *supra*, *Bordel patriotique*, p. 1091, n. 1.

pure que nous allons grossir le nombre de vos adorateurs, et que nous remplirons nos bourses sans nous embarrasser, si avec vos roses ils ne cueillent pas vos épines. Il faut que tout le monde gagne sa vie, et il faut être de bonne foi. Pourquoi les chirurgiens, les empiriques, les apothicaires, les carabins et les médecins ne profiteraient-ils pas avec nous ? Leurs remèdes rendent la vie à ceux que vous tuez, et vous les renvoient pour les empoisonner encore. Un tel service ne doit pas rester sans récompense. Il est juste qu'ils se ressentent du retour de Louis le Cochon, et d'Antoinette la Salope. Nous les engageons, en conséquence, à venir prendre part à cette fête. Allons, mesdames et mesdemoiselles, mettons-nous à table ! Nous sommes ici à peu près rassemblés.

Voici le nom des convives que j'ai pu distinguer et reconnaître.

Noms des maquereaux assistant à cette fête

Messieurs SÉGUIER, ex-premier avocat général du parlement de Paris. D'ALIGRE, ex-premier président. DUGAZON. NAUDET. SALE. SAMSON, rue Neuve-Saint-Pierre, faubourg Saint-Martin. TISSEMET, son vil et plat bouffon. BERGER, escroc, frère de Samson. GORSAS, ancien maître d'école, rédacteur d'un mauvais journal, ami intime de Samson. L'abbé PONCELIN, rédacteur de l'excellent journal *Le Courrier français*. ROYOU, auteur fanatique de la feuille intitulée *L'Ami du roi*. MALOUET, député de l'Assemblée nationale, médecin guérissant gratis putains, maquereaux et sodomites. CAZALÈZ, député également, gamahucheur. DUPORT-DUTERTRE, garde des Sots. LA FAYETTE, commandant des bleuets. MITOUFFLET, ex-procureur syndic. LEJEUNE, réchappé de Bicêtre, ancien garde de la capitation. RÉVEILLAT, ami de Lejeune qu'il encule, et plus coquin que son acolyte. VIGNETTE, garçon imprimeur, le plus bête de tous les Liégeois. DESVIGNE, gredin, escroc, crâne affiché. DENIS, mauvais graveur et plat chansonnier aux gages de Belle-Rose et Lajoyé, et chanteur du Pont-Neuf. CRAPART, imprimeur des aristocrates et des calotins, place Saint-Michel. D'EPRÉMESNIL, député à l'Assemblée nationale, ex-conseiller au ci-devant parlement de Paris. GRANGÉ, imprimeur. GRANGER, copiste au Palais. ALEXANDRE, maître maquereau de sa femme. ROGER, de toutes les filles du Palais. RUTLEDGE [*sic* pour RUTLIDGE], baronnet, maquereau, fouteur, escroc, vivant du cul d'une garce infâme, crâne déterminé, effronté coquin. Sa gueuse tient imprimerie rue Saint-Martin, vis-à-vis la fontaine Maubuée, où il vomit son fiel contre le genre humain. Détestable auteur d'un journal intitulé *Le Creuset*. AUGUSTE GUINGRET, bas machiniste du théâtre de la Montansier, rue de la Sourdière-Saint-Honoré.

Carillon patriotique, suivi d'une brillante illumination.

COUPLETS DES MAQUERELLES, DES PUTAINS ET DES MAQUEREAUX

LES MAQUERELLES

Air de *Chantez, dansez, etc.*

Chantons, buvons, amusons-nous,
C'est le précepte d'Hippocrate.
Foutre est le plaisir le plus doux,
Au diable tout aristocrate.
De Leurs Majestés le retour
Est pour nous le plus heureux jour.

Profitez du plus bel instant,
Jeunes filles, de votre vie,
Pour gagner de l'or, de l'argent.
Vive, vive, la fouterie !
Comme Antoinette la putain,
Donnons des plaisirs à la main.

À Priape, adressons nos vœux.
Répétons pour lui des cantiques,
Brûlons tous les vits de nos feux,
Et multiplions nos pratiques.
Nous chions sur toute grandeur.
L'amour est le seul vrai bonheur.

LES PUTAINS

Air de *Vous voulez, etc.*

Qu'on dise tout ce qu'on voudra,
Nous aimons Antoinette ;
Car son prompt retour grossira
Notre mince recette.
Cette putain est notre appui.
Elle nous sert de mère,
Et son gros cocu de mari
Nous tiendra lieu de père.

Nous n'avons point des cœurs jaloux ;
L'amour n'est qu'une peine.
Nous trahissons tous nos époux ;
Leur empire nous gêne.
Nous oublions dans nos désirs,
La haine et la rancune.
À foutre, on a tous les plaisirs.
Quand on y fait fortune.

LES MAQUEREAUX

Air de *La marquise de Saint-Sulpice*

Sexe charmant, sexe frivole,
Foutez sans craindre la vérole.
Moquez-vous du qu'en dira-t-on,
Signalez-vous par des prouesses.
Branlez des vits et sans façon,
Présentez vos cons et vos fesses.

FIN

Fureurs utérines de Marie-Antoinette, femme de Louis XVI

La mère en proscrira la lecture à sa fille

AU MANÈGE
Et dans tous les bordels de Paris

1791

D'Artois, Coigny, Rohan, je chante vos exploits.
Pudeur défend d'oser ; Amour me dit que j'ose.
Au dernier j'obéis. Faire cocu les rois,
Les servir, n'est-ce pas joindre au laurier la rose ?
Sus, je commence. Un soir, après souper, Louis
Ivre d'amour, et plein de royale ripaille,
Au lit de sa moitié fut porter ses soucis.
Mais pour les y laisser, ne faisant rien qui vaille,
Las, il les remporta. Le sire était si mou
Que les yeux de Toinon, et tout l'art de sa dextre,
N'y purent rien. Après avoir épuisé tout,
De la chapelle on fit venir l'orchestre.
En vain on eut recours aux vins les plus lascifs.
On mit en œuvre toute la plus belle musique,
Mains, gorge, fesses, con, les plus puissant motifs :
Rien ne ravitailla le bijou monarchique,
Louis est mort. Toinon jure, sacre après lui,
Envoie promener ces modernes Orphée, disant :
« Je ne serai point foutue aujourd'hui.
Sur le débris du roi dressons mieux nos trophées :
Louis est impuissant, mais d'Artois ne l'est pas.
D'Artois est aussi beau que le fringant Narcisse.
D'Hercule il a la force, il aura mes appas ;
Lui seul de mon affront va me faire justice. »
Sitôt dit, elle vole à la couche du fat.

Et l'Amour, et la rage y volent avec elle ;
L'Amour seul entre au lit, et livre le combat.
L'Amour a le dessus, et le foutre ruisselle.
Le foutre d'Artois, le foutre de Toinon,
Sans cesse anéantis, régénérés sans cesse,
Inondant de ses flots, tétons, cul, couilles et con
Les portent du plaisir au centre de l'ivresse.
On se pâme ; et Morphée à l'aide de l'amour,
Étend sur leurs beaux yeux ses pavots et ses songes.
Tous deux entrelacés sommeillent jusqu'au jour,
Égayés en dormant par les plus doux mensonges.
Amour les fit dormir, Amour les réveilla.
À s'adorer toujours nos deux amants s'invitent,
Non sans foutre. Le soir, au parc on se rendra.
Et c'est en se foutant que nos amants se quittent.
En vrai héros d'amour, d'Artois s'est comporté.
Qu'eût fait près de Toinette un fouteur petit-maître ?
Le fort, dix fois repris fut dix fois emporté ;
Et plus il fut vainqueur plus il désira l'être.
Le bruit de sa valeur bientôt se répandit :
Toutes veulent l'avoir, mais d'Artois est fidèle.
On parla mal du roi ; d'Artois le défendit,
Ne sachant trop prouver son amour à sa belle.
Toinette dissimule et fête son cocu.
Elle affecte en public les soins, la prévenance.
Louis, hélas, n'a pas plutôt tourné le cul,
Que l'amoureux Charlot fout la reine de France.
Sans que cela paraisse : on ne fout pas ainsi.
La jupe de Toinette un beau jour devint courte.
Nature, à ses plaisirs, mêla certains soucis ;
Trop avant de d'Artois avait été la course.
Enfin, Toinette est grosse et mon Charlot papa.
Que faire ? Au sot monarque, on fait croire merveille ;
Bientôt par députés on le félicita.
Le job[1] sourit, et veut retoucher une oreille.
Sur ce, court chez la reine. Elle de tout son cœur
Y consent et l'engage, à force de caresses,
À retoucher au tout, si c'est là son bonheur.
En la foutimassant, il croit faire prouesses.

1. *Job* : niais, sot, nigaud. Noël du Fail en consigne l'usage dans ses *Propos rustiques* de 1547 (voir *Œuvres facétieuses de Noël du Fail*, éd. J. Assézat, t. I, p. 55). Le mot vient de Job, nom d'un personnage biblique célèbre par ses malheurs et les railleries qu'il dut subir de la part de ses amis.

Toinon riposte à sec, et le sire est content.
Toinon, voyant Louis avaler la pilule,
Fait voir pour son Charlot plus de tempérament ;
On se baise en sautoir, en levrette, en Hercule,
Certains que plus on fout, plus le bonheur est grand.
Louis était aveugle, et la cour sur Toinette,
Dès le premier instant que Charlot la grimpa,
Avait jeté les yeux. Plusieurs sur sa toilette
Glissaient billets d'amour, et chansons, *et cætera*.
Toinon faisait la sourde et jouait la coquette.
Pour un des plus ardents, un jour son cœur parla.
Il était question, déjà, d'une amourette
Avec le beau Coigny[1], lorsque d'Artois entra.
Au lendemain, sans doute, on remit la partie.
D'Artois sur ce beau-fils s'expliqua vertement ;
La reine s'exécuta, jura dessus sa vie
Qu'elle n'aurait jamais que lui pour son amant.
À ce tendre discours elle joignit la preuve,
En couvrant de baisers le joujou de Charlot :
« Fous-moi, mon bel ami, fais sur moi toute épreuve. »
Amour de la folie emprunta le grelot ;
Et voilà mon Charlot qui la fout de plus belle.
Il épuise le vieux, le moderne Arétin,
Il va du con au cul, de la bouche à l'aisselle,
De l'aisselle il retombe, et part sur un tétin,
Il crut avoir par là le cœur de sa Toinette.
Vainement on échappe à son funeste sort.
Bientôt, ce beau vainqueur va savoir sa défaite ;
Il la dut au caprice. Un jour, souffrant trop fort
Pour accoucher, Toinon promit, jura qu'un homme
N'aurait, tant beau fût-il, près d'elle aucun accès.
Elle maudit Adam, le diable, Ève et la pomme,
Et donne à Polignac son cœur et ses attraits.
De ses dames d'honneur, Jules était la plus belle.
Jules, de ses talents, vite instruisit Toinon.
Toinon suivit de près son lubrique modèle,
Et mieux que lui bientôt sut feuilleter un con.

1. Marie François Henri de Franquetot, duc de Coigny (1737-1821), était l'un des plus proches favoris de Marie-Antoinette. Comme il faisait partie de son entourage intime, les plus perfides rumeurs couraient sur leurs relations. « L'on prétend, écrivait l'ambassadeur de Piémont-Sardaigne, que le duc de Coigny, premier écuyer du roi, a des entrées à certaines heures dans l'appartement de cette princesse, qui fournissent matière à bien des remarques que je serais cependant porté d'envisager comme des calomnies que la légèreté de la conduite de la reine suffit pour autoriser » (Flammermont, *Correspondances des agents diplomatiques en France avant la Révolution…*, Paris, E. Leroux, 1896, p. 333).

La cour ne tarda pas à se mettre à la mode.
Chaque femme à la fois fut tribade et catin :
On ne fit plus d'enfants ; cela parut commode,
Le vit fut remplacé par un doigt libertin.
De là tous ces cadeaux qui ruinent la France ;
La moindre caméristе, un minois chiffonné,
Dès qu'il branlait Toinon, devenait d'importance.
On avait cet honneur pour peu qu'on fût bien né.
D'Artois fit un voyage. À son retour, il vole
Dans les bras de Toinette. Il lui fait compliment,
L'embrasse, veut la foutre et dans son ardeur folie,
Déjà lui montre un vit aussi ferme qu'ardent,
Déjà sur un sopha le polisson la pousse.
Il est déjà dessus, quand d'un coup sec de reins,
La reine lui donne une secousse
Qui soudain le fait choir au milieu d'un chemin.
Sans le déconcerter, cette chute l'étonne.
Il remonte. Aussitôt un « Vous me fatiguez »
Fait que, sans le vouloir, son pauvre vit déconne ;
Il tombe de son haut : « Mais vous extravaguez !
Je ne mérite pas de vous voir aussi froide.
— Retirez-vous, monsieur. — Je bande, vous voyez. »
Le courroux de Toinon croît, plus d'Artois est raide.
En vain. Ce beau fouteur tombe en pleurs à ses pieds.
Hélas ! il bande en vain. Toinette, inexorable,
Abandonne la place et le laisse à genoux.
D'Artois, le beau d'Artois, lui paraît exécrable.
Elle rit aux éclats, trouvant les hommes fous.
Il adorait Toinon. De ce choc son cœur saigne.
Il réfléchit, il cherche, et ne sait pas d'où part
Le trait. Il examine, et voit un interrègne ;
Il fut bientôt au fait, et se tint à l'écart.
Le roi se plaint à lui des froideurs de la reine.
La capitale jase et lance des brocards.
Charlot, pour oublier son amoureuse peine,
À Gibraltar s'en va courir d'autres hasards.
Toinon parut sensible à cette prompte fuite.
En tribade avec Jules, elle s'en consola.
Elle changea de ton sans changer de conduite ;
Louis s'en aperçut et la complimenta.
La reine, par égard, eut une complaisance,
Ce qui la mena loin. Le roi, cette fois-là,
Fut tellement épris, entra si bien en danse,

Qu'il ne put la rater. On s'en étonnera,
Mais par miracle ou non, Louis fit bien les choses.
Pour un moment Toinette oublia Polignac,
Et le serpent lui plut enveloppé de roses.
Alors, parut Coigny. Sous le plus joli frac,
Polisson du matin, dont les femmes sont folles,
Il paraît en chantant au lever de Toinon,
Parle chevaux, plaisirs, toilettes, fariboles,
Et sait plaire si bien qu'il lui prend un téton.
Après l'avoir sucé, plus bas il veut descendre.
Toinon feint de dormir, Coigny se permet tout,
Se rend maître du lieu qu'on n'ose pas défendre,
Baise le cul, la motte, et pour tout dire, fout.
La reine, à chaque coup, légèrement riposte,
Entrouvre une paupière humide de plaisir,
La referme aussitôt qu'Amour se rend au poste.
Mars et Vénus mieux qu'eux jamais n'ont su jouir.
En fouteur vigoureux, Coigny décharge l'âme.
Toinon rend coup pour coup et ne peut résister.
Par les plus chauds baisers elle prouve sa flamme,
Et l'inondant de foutre, elle ose l'imiter ;
Par les mots les plus doux elle le récompense.
C'est son Dieu, c'est son tout, c'est tout ce qui lui plaît.
Elle voudrait donner un dauphin à la France,
Elle l'en prie en grâce, et Coigny le lui fait.
Par mille jeux lascifs ce cher dragon prélude.
Il n'avait fait que foutre avec précaution.
Cette fois, d'être honnête il perdit l'habitude ;
Il prépare la voie, et la fout tout de bon.
Quel triomphe pour lui ! Quel doux moment pour elle !
Quel bonheur pour tous deux ! Complaisante Toinon,
Voluptueux Coigny, l'amour vous ensorcelle :
Vous déchargez ensemble à perdre la raison,
Vous êtes seuls au monde et foutez pour la France.
Adieu le jeu du doigt, tribade Jules, adieu.
Il ne faut plus penser à cette jouissance ;
Se branler est d'un homme, enconner est d'un dieu.
Notre couple amoureux trois fois décharge ensemble,
Trois fois en fait autant avant de se quitter.
À peine séparés, même objet les rassemble.
Polignac les surprend, murmure, ose éclater,
Menace même, au point que le duc se retire.
Toinon veut se fâcher, mais Jules adroitement

Fait tomber le discours sur l'amour, son délire,
Et parle avec le doigt à son tempérament.
La reine, avec le plaisir, en sent tout le mérite,
Renonce à tout mortel pour la seconde fois,
Trousse, patine, enfin branle sa favorite,
Avouant que les vits ne valent pas les doigts.
De Coigny cependant, rien ne défit l'ouvrage.
Les caresses de Jules et sa lascive main,
En vain de la nature insulte net l'ouvrage.
Au compte de Louis arrive un gros dauphin,
Juste au bout de neuf mois, à dater de l'époque
Où Coigny le jeta dans le moule royal.
Le roi se félicite, et la reine s'en moque.
La France le nourrit. Tout n'en va que plus mal.
Toinon, pendant ce temps, pour enrichir sa bonne,
Pour fournir au besoin de caprices divers,
Met à prix ses faveurs, courtise le Calonne,
Et dans tous ses plaisirs fait entrer l'univers.
Polignac, épuisée, eut une maladie ;
La reine sur l'instant répandit quelques pleurs.
La Motte[1] avait été maîtresse en tribadie,
Elle se présenta, fit preuves ; les douleurs
Se changent en plaisirs, et Toinette décharge.
Elle se trouva bien de l'infidélité.
Polignac est plus belle, et La Motte est moins large.
En pareil cas, l'étroit vaut mieux que la beauté.
Partageant ses chaleurs entre l'homme et la femme,
Pour certain cardinal elle entre en passion.
Rohan, tout glorieux d'une aussi belle flamme,
Fait avec ses catins bientôt diversion,
Ne quitte plus la cour, a le bonheur de plaire,
Obtient une entrevue, a chez la reine accès,
Couche enfin avec elle et la rend bientôt mère.
Ce pauvre cardinal n'eut pas un long succès.
Toinon s'était donnée, elle voulut se vendre.
Le cardinal rougit d'acheter ses bienfaits ;
La reine le vola sans qu'il pût s'en défendre,
Et mit sur lui le vol. De là ce grand procès[2].
Tout le monde vit clair, le Parlement vit trouble.
Le cardinal perdit. Louis est éclairé.
Il voit que la reine est aussi catin que double.

1. Voir *supra*, *Bordel royal*, p. 1082, n. 3.
2. L'affaire du Collier.

Rohan est à la cour par Louis attiré,
Au tribunal commun, il appelle sa cause.
La reine, qui gagna, va perdre justement.
La justice des lois différemment dispose,
Et si l'on est coupable, on l'est malgré l'argent.
Toinette des Bourbons augmente la famille,
Ce commerce à Louis est approchant égal.
Mais nous, qui nourrissons et père et fils, et fille,
Pouvons nous écrier avec le cardinal,
Que les reines catins ont toujours fait du mal.

Les Adieux de La Fayette
ou
cadet Capet à Antoinette,
et sa dernière correspondance
en fuyant les terres de la Liberté
1792

LA FAYETTE OU CADET CAPET. — Je pars, Antoinette, pour habiter une terre étrangère, et mes regrets te sont connus ; ils me mériteront, à juste titre, auprès de toi, le nom de Vainqueur des deux mondes[1]. J'ai emporté l'épée monarchienne. Eh bien, elle me servira de glaive contre mes ennemis et les tiens, et apprendra à la postérité que Louis XVI de Bourbon, sans La Fayette, eût été décapité.

ANTOINETTE. — À ces généreux sentiments, grand héros, mon cœur est rassuré. Il faut espérer que tes ennemis et les miens vont te redouter, et que cette ligue sanguinaire, qui veut mettre ta tête à l'enchère, recevra le prix de ses forfaits.

LA FAYETTE OU CADET CAPET. — J'ai prévu, chère amie, toutes poursuites, lorsque par nos agents secrets, j'ai appris que ma tête était à prix. « La Fayette, m'a-t-on dit, cela en est fait : nos espérances, nos projets, tout est perdu ! Quittons la scène ou nous ne pouvons plus jouer notre rôle, tâchons de sauver au moins les acteurs, et d'aller ailleurs nous établir. » J'ai profité de l'avis sans perdre de temps.

ANTOINETTE. — Que ne puis-je m'échapper aussi de cette tour où tout me dégoûte et me répugne, et emmener avec moi, sous ta sauvegarde, mon stupide et indolent époux ! Que j'aurais de plaisir si je me trouvais au milieu de nos émigrés ! Comme je t'embrasserais ! C'est pour du coup que Coblence serait illuminée. Mais que dis-je ? Nous avons bien d'autres affaires. Et puisqu'il faut que tu laisses ta chère Antoinette, reviens

1. La Fayette étant venu proposer ses services au roi, Marie-Antoinette dissuada son époux de les accepter. « Je vois bien que M. de La Fayette veut nous sauver, aurait-elle déclaré, mais qui nous sauvera de M. de La Fayette ? » D'ailleurs, le « héros des deux mondes » n'avait plus alors personne pour le soutenir, pas même les troupes placées sous son commandement. Après le 10 août 1792, il ne lui restait plus qu'à se livrer aux Autrichiens, estimant, non sans raison, que les geôles de l'ennemi seraient plus clémentes que celles de France.

vainqueur, triomphant. Que ton cheval avec ses pieds, foule cette vile canaille qui usurpe mes droits, et replace-moi sur un trône qui m'appartient.

LA FAYETTE OU CADET CAPET. — Peux-tu, chère amie, douter un instant de mon zèle ? Ne sais-tu pas que depuis deux ans j'ai employé, *pour ton service*, tous les moyens que la politique m'a suggérés, et que si la fortune eût secondé mes efforts, tu régnerais maintenant sur tous les Français, comme tu règnes sur mon cœur ? Mais crois-moi, cette anarchie ne sera que passagère, tes amis m'attendent, et je vais dans peu les guider au chemin de la victoire, sous les drapeaux de l'amour.

ANTOINETTE. — Quel heureux augure ! D'après des sentiments si beaux, je ne doute plus de ton succès. D'ailleurs, La Fayette, tu sais prendre d'assaut, car je t'ai vu plus d'une fois sur la brèche... Fais passer dans le cœur de tes compagnons, le zèle qui t'anime ; tâche de grossir ta valeureuse armée de tous les officiers qui te doivent leur avancement, et profite des dispositions de tes soldats. Refuseraient-ils de suivre un héros conduit par...

LA FAYETTE OU CADET CAPET. — Il n'y faut plus penser, le venin les a gagnés comme les autres. Ils tournent leurs armes contre moi... Mais je vais trouver d'autres soldats qui me seront plus fidèles que les Français.

ANTOINETTE. — Toute mon inquiétude est que mon gros benêt, dont la tête est aussi versatile qu'une girouette, ne tienne pas bon jusqu'à la fin, et que par une faiblesse indigne d'un monarque, il n'aille vouloir obéir à des lois qu'il n'a pas faites, et être de bonne foi, roi constitutionnel. Moi, j'aimerais mieux mourir, que d'être reine *constitutionnelle*, fi !

LA FAYETTE OU CADET CAPET. — Rassure-toi, ma chère amie, tu as encore tous les moyens possibles pour empêcher un événement aussi fâcheux. Caresse, dorlote, le bonhomme qui t'aime, prodigue-lui ces noms si doux et si passionnés qui, je le sais, ont tant de force dans ta bouche. Fais lui croire enfin que tu ne soupires, que tu ne brûles que pour lui. Avec tout cela, force bouteilles de cette liqueur qui jadis t'a si bien servie, et je te réponds que tu en feras tout ce que tu voudras.

ANTOINETTE. — Cher ami ! En vérité, j'admire tes conseils. Va, ton écolière saura en profiter, et...

LA FAYETTE OU CADET CAPET. — Avant de partir, j'ai appris encore une nouvelle, qui ne peut que contribuer à notre bonheur, et que je te jure de venger.

ANTOINETTE. — Tant mieux. Je veux, lorsque tu seras de retour, me procurer le plaisir que Caligula se donnait autrefois, et dire en voyant cinq ou six enragés démocrates enchaînés à mes pieds, ce qu'il disait à sa femme : « Ah ! les jolies petites têtes que je ferai couper lorsque je voudrai ! » Avec quelle sensualité je savourerai alors le plaisir de la vengeance !

LA FAYETTE OU CADET CAPET. — Tu peux compter sur moi ma chère. Oui, moi-même je les abattrai.

ANTOINETTE. — Que j'aime à voir ses nobles transports ! Mes espérances redoublent, ou plutôt je me tiens assurée du succès quand on me le prouve ainsi. Va, pars, sois le libérateur de ton Antoinette, ne reviens dans ses bras que chargés de lauriers. Elle t'attend pour y mêler une couronne de myrte[1].

Où diable pourra-t-il trouver,
Un lieu qui le puisse sauver ?

Il va au soldat étranger,
Offrir la France à saccager.

Français, il est le plus grand traître
De ceux qui se mêlent de l'être.

Sentence de l'imprimeur

L'encre barbouillera les rois
Qui ne veulent pas de nos lois.

Invitation au bon ami d'Antoinette

Reviens cadet Capet,
Présenter ton toupet,
À la belle machine,
Qu'on nomme guillotine !

À Antoinette

Et toi en place de collier,
Comme voleuse et libertine,
Avec ton gros banqueroutier,
Vous irez à la guillotine.

Tout le monde sait que le plat courtisan de La Fayette allait tous les jours chez Antoinette, mais tout le monde ne sait pas que lorsqu'il s'y présentait, tout le monde se retirait jusqu'au mari qui, s'il ne s'en allait pas, Madame lui disait, et prenait pour prétexte de l'envoyer à son Conseil. Ah, pauvre Louis XVI ! Si tu n'es plus roi de France, tu es bien le roi des cocus.

De l'Imprimerie d'un citoyen qui a juré de vivre libre ou de mourir.

1. Dans l'Antiquité grecque, le myrte était consacré à Vénus et figurait dans les fêtes de la déesse. Devenu l'emblème des amants heureux, il couronnait le front de la muse Érato qui présidait aux chants amoureux.

Les adieux de la reine à ses mignons et mignonnes

Il est donc des forfaits
Que le courroux des dieux ne pardonne jamais

1792

Grand Dieu ! qui du haut de ton trône céleste regarde avec un œil indulgent les crimes de tes enfants rebelles ; toi dont le fils mourut pour nos péchés, et qui ne pouvant revenir sur la terre, me sacrifie à sa place pour racheter une troisième fois les fautes de mon peuple ingrat et coupable envers lui. Toi dont l'esprit saint et juste ne gouverne pas l'Assemblée dite nationale, qui exerce avec celui de ses démons opiniâtres, les ravages des lois par leurs profanes décrets, qui renversent ta religion, tes temples et tes autels ; non contents, envahissent encore mes propriétés par des avantages qu'ils s'imposent.

C'est avec une soumission juste et une confiance salutaire que j'adresse mes vœux vers toi, pour être vengée après ma mort. Je te laisse ce soin précieux, et sans aucune superstition frivole, je quitte la terre avec douleur pour mes enfants, c'est-à-dire pour ceux qui me chérissent, mais sans aucun regret pour mes sujets.

Dieu ! avant que mon âme ne soit enveloppée dans les ténèbres profondes de la mort, permets que pour la dernière fois je retrace à ma faible pensée les souvenirs de mes délicieuses années.

Ô Trianon ! Séjour autrefois si cher à mon cœur, qu'ai-je fait pour qu'on m'arrache à tes appas séduisants ? Luxe enchanteur, jardin délicieux ! qu'es-tu devenu depuis ma cruelle captivité ? mes yeux tout prêts à se fermer ne seront plus ravis par la fraîcheur de ta verdure, enrichis des dons de Flore ; tes bosquets fleuris et couverts de feuillage épais ne retentiront plus de mes tendres soupirs, et mon cœur n'y goûtera plus ces instants heureux, enveloppés sous le voile du mystère ; les jeux et les ris, enfants des plaisirs, ne présideront plus à tes enchantements en ma présence, tes échos ne mêleront plus à ma voix les gazouillements des oiseaux, et les variations dont les nymphes séduisantes charmaient mon âme enivrée par leurs concerts délicieux.

Hélas ! J'étais heureuse, et je goûtais dans ton enceinte des douceurs divines, capables de ravir les cœurs les plus indifférents. Tantôt seule et me promenant sur tes gazons toujours verts, émaillés de fleurs, arrosés par un ruisseau sillonnant, dont l'eau plus pure que le cristal rafraîchissait les zéphyrs, et répandait dans toute la nature qui l'environne une saveur enchanteresse qui faisait sortir du sein de la terre des fleurs dont l'odeur embaumait l'air que j'y respirais.

Tantôt, portant mes pas dans ces profondes retraites, où le murmure d'une cascade invitait au doux repos dont l'aimable volupté me faisait à chaque instant l'hommage. Là, je m'étendais sur ces sophas de mousse dont les apprêts heureux et les contours arrondis invitent à partager avec une aimable compagne les attouchements chatouilleux qui égarent l'âme, et plongent les sens dans un délire divin.

C'est toi qui fus tant de fois aussi le témoin de ces repas brillants, ces soupers enchanteurs, où tout se réunissait pour satisfaire mon cœur, et ne lui rien laisser désirer.

C'est toi qui retentis si souvent des doux accords d'une harmonie joyeuse, ou des âmes jalouses de prévenir mes plaisirs dansaient à leurs sons mélodieux.

C'est toi qui vis tout à tour les deux astres brillants fixer sur l'horizon de tes plaines ondoyantes l'ombre qui marche sur mes pas. Le soleil ne pouvant arrêter sa course rapide, jaloux et honteux de son déclin précipité, se retirait confus dans le fond de la mer, et laissait à la lune le soin d'éclairer tes charmes naissants.

Ô nuits de douceurs ! vous qui faites tant d'heureux, vous les beaux jours des amants, vous qui avez si souvent enveloppé mon âme dans vos mystérieux plaisirs, hélas ! vous n'êtes plus, votre règne est à mon cœur ce qu'est celui de mon trône. Ils sont tous deux plongés dans l'oubli, d'où ils ne sortiront que pour être en horreur aux humains.

Polignac, La Motte, d'Oliva, Sophrosie, d'Harcourt, Fromenville, Julie, Bonnemont, etc., où êtes-vous ? Qu'êtes-vous devenues depuis ma cruelle chute ? Quelle est cette ingratitude qui vous a forcées de m'abandonner dans mes malheurs ? Pourquoi fuyez-vous loin de moi ? Ignorez-vous que votre sincère amie Antoinette va terminer sa carrière, jadis si brillante et si heureuse ? Hélas ! vous ne reverrez plus celle que vos doigts légers ont mille fois fait expirer dans une léthargie bienheureuse, et que vos tendres soins rappelaient à la vie par des flots de délices.

Reviens, charmant d'Artois, prince vraiment aimable et délicieux, même jusque dans tes incapacités viriles. Toi qui après avoir si souvent plongé dans mon cœur amoureux par cent vigoureuses secousses, ta flèche enflammée, dont les doux frottemens confondaient nos tendres soupirs, et enivrait nos âmes dans un délire divin.

Ô délicieux Coigny, toi qui as si bien satisfait mes désirs brûlants par tes manières raffinées dans une ivresse infatigable, tu n'es pas sûrement insensible à ma cruelle destinée.

Ô Rohan, cardinal vigoureux, Hercule de ma passion brûlante et féroce, tu n'épuiseras plus ton existence pour satisfaire mon cœur. Je me meurs en te regrettant.

Et toi, pauvre Calonne, toi dont les plaisirs sont émoussés par le temps, ton amie ne te donnera plus désormais les marques de sa reconnaissance en échange de tes intrigues financières, qui m'évitaient d'agir de ruse pour étancher dans mon cœur la soif de l'or.

Adieu pauvre La Fayette, tu n'auras plus l'espoir d'un bonheur si grand ; il faut te contenter d'avoir pressé cette main blanche et potelée à la place où devrait être ton cœur.

Ô charmes de ma vie ! vous posséder était un crime aux yeux d'un peuple qui loin d'être soumis, semble vouloir encore augmenter mes peines, d'un peuple que j'abhorre, qui s'est justement attiré mon implacable haine, et que tôt ou tard je punirai de sa témérité. Adieu tous mes plaisirs. Adieu chasse. Adieu forêts immenses que j'ai tant parcourues, que les échos de vos collines répètent mes malheurs à toute la France, qu'ils vous apprennent que c'est ce peuple farouche qui m'a lui-même arrachée de votre enceinte agréable, pour me conduire en captive dans un palais lugubre, entouré par le crime.

Enfin toi, époux chéri, tu n'auras plus le bonheur de verser à ton épouse adorable le nectar divin de Bacchus. Elle ne te forcera plus à laisser ta raison au fond de la bienheureuse bouteille, elle ne prendra plus des forces avec toi pour aller les perdre ailleurs, elle ne surprendra plus ta franchise. Enfin, ton front endurera désormais les lauriers qui lui sont destinés.

Ce manuscrit fut réellement trouvé dans la galerie de Saint-Cloud, et j'ai cru prouver mon civisme en le faisant imprimer.

BERNELOT, garde national.

De l'Imprimerie des Patriotes

Les nouvelles du ménage royal sens dessus dessous,

ou

la fluxion de Marie-Toinon et Louis son mari, garçon serrurier au Temple, avec un détail de leur grande dispute et les nouvelles de leur ménage envoyées à Coblence, par M. Sans-culotte

1792

MONSIEUR VETO, *s'amusant à limer un verrou.* — Sacré mille dieux ! cette bougresse de Toinon ! Je lui ai foutu un soufflet qui pouvait compter… J'en suis fâché… Dame, c'est de sa faute… elle m'obstine quand j'ai bu… je me mets en colère… je cogne à tour de bras… Et tant pis pour elle ! Avec tout ça, mon verrou n'avance guère ; on ne se presse point de me remettre sur le trône… Qu'est-ce que ça me fait ! Mais ce qui me refait, c'est qu'on ne m'a pas apporté mes quatorze bouteilles de vin pour passer ma journée… et j'ai bougrement soif…

MARIE-ANTOINETTE, *une serviette nouée sur la tête et un emplâtre sur la joue droite.* — Oh ! le cochon n'est pas encore soûl ! Tant pis… cela contrarie mes projets.

MONSIEUR VETO. — Bonjour, ma petite reine.

MARIE-ANTOINETTE. — Bonjour, monsieur, bonjour…

MONSIEUR VETO. — Mais tu as l'air toute fâchée !

MARIE-ANTOINETTE. — Fort bien ! N'en ai-je pas le sujet ? Battre sa femme comme un crocheteur, lui casser les dents… la réduire à s'empaqueter la tête et à ressembler à une marchande de harengs ! En vérité, voilà des procédés dignes d'un roi !

MONSIEUR VETO, *en riant bêtement.* — Est-ce que je suis roi, moi ?

MARIE-ANTOINETTE. — Qui êtes-vous donc ?

MONSIEUR VETO, *limant son verrou.* — Est-ce que je sais, moi ? Est-ce qu'un homme comme moi est obligé de savoir ce qu'il fait ?

MARIE-ANTOINETTE. — C'est peut-être moi qui dois connaître vos obligations ?

MONSIEUR VETO. — Je ne dis pas, ma petite, tu entends toujours mal ! Mais il me semble que c'est pas à moi à faire tout ce qu'on voulait que je fasse ! D'ailleurs, je leur en ai donné pour leurs vingt-cinq millions. À présent, il nous faut boire et manger leurs cinq cent mille livres, et foutons-nous du reste.

MARIE-ANTOINETTE. — Est-ce que vous vous ennuyez pas du genre de vie que l'on vous fait mener ici ?

MONSIEUR VETO. — Eh ! pourquoi m'ennuyer, s'il vous plaît, ma bonne amie ?

MARIE-ANTOINETTE. — J'aimerais mieux être à Trianon ou me promener dans le Parc-aux-Cerfs…

MONSIEUR VETO, *se frottant le front*. — Est-ce que mon mal de tête me reprendrait donc ?

MARIE-ANTOINETTE. — C'est le mal des beaux esprits… Et vous n'êtes qu'un…

MONSIEUR VETO. — Ma petite madame Veto ma mie, tu vois bien que tu commences toujours à taquiner.

MARIE-ANTOINETTE. — C'est au contraire vous qui êtes l'agresseur…

MONSIEUR VETO.. — Ce n'est pas vrai…

MARIE-ANTOINETTE. — J'en ai menti sans doute !

MONSIEUR VETO. — Non, mais tu ne t'en ressouviens pas…

MARIE-ANTOINETTE. — Me croyez-vous un imbécile comme vous, une bête brute de votre espèce ?

MONSIEUR VETO. — Sacré mille dieux, madame Veto, vous commencez à m'échauffer les oreilles… Vous avez déjà un côté de la gueule en pantoufle, je vous y fouterai l'autre…

MARIE-ANTOINETTE. — Foutu butor, n'es-tu pas honteux de battre ta femme ?

MONSIEUR VETO. — Sacrée garce, n'es-tu pas honteuse de m'avoir fait foutre au Temple ?

MARIE-ANTOINETTE. — Oh ! je vois bien ton retour ; tu veux sacrifier ta femme à ton existence ; tu voudrais persuader aux Français que tu ne leur as fait du mal qu'à ma sollicitation, que tu ne les as trahis que parce que je t'engageais à tramer leur perte. Va… je sais bien que tu ne cherches qu'à solder des écrivains faméliques, afin qu'ils publient dans leurs imprimés, payés d'avance, que tu as tout fait sous mes ordres, et que je suis seule coupable. Mais, traître, la France ne sera pas ta dupe ; elle a déjà découvert tes infâmes complots ; elle sait bien que j'y ai trempé, pour quelque chose, pour beaucoup… mais…

MONSIEUR VETO, *prenant son enclume*. — Morbleu, madame, voulez-vous me foutre la paix !… ou… sacré mille dieux… je te fous mon enclume sur ton bougre de mufle autrichien…

LE CI-DEVANT PRINCE ROYAL. — Papa, papa, tu t'emportes toujours comme ça ; tu ressembles à mon lapin… tu es un aristocrate…

MARIE-ANTOINETTE. — Va, mon enfant, dis plutôt que ton père a l'âme d'un lièvre…

LE PRINCE ROYAL, *un peu étonné*. — Mon père !… eh mais… Je croyais qu'il était à Coblence… ton mari est bien mon papa… mon papa roi ci-devant… mais mon père… dis-moi donc, ma petite maman, comment s'appelle-t-il[1] ?

MARIE-ANTOINETTE, *bas au prince ci-devant royal.* — Tais-toi, mon enfant…

Ta naissance est un mystère…
C'est le secret de l'amour…

LE CI-DEVANT PRINCE ROYAL. — Eh ! mais… c'est dans le *Figaro* ce que tu dis là, ma petite maman.

(Il chante.)

Ce secret met en lumière
Comment le fils d'un butor
Vaut souvent son pesant d'or,
Vaut souvent son pesant d'or[2].

MONSIEUR VETO. — Fort bien, prince, fort bien !… vous l'entendez, madame ? La vérité sort de la bouche d'un enfant.

MARIE-ANTOINETTE. — Va ! je voudrais qu'il eût dit vrai.

MONSIEUR VETO, *prenant son gourdin de cornouiller.* — Tiens, bougresse, tiens, chienne d'Autriche ; tiens rentriplée tigresse !

MADAME VETO, *prenant le manche de sa seringue de toilette.* — Tiens, malotru, tiens, gros cochon, pare celle-là !

MONSIEUR VETO, *criant de toutes ses forces et se débattant.* — Holà, mes gens ! Dangremont ! Laporte !

MADAME VETO. — Oui, oui, ils ont le temps de venir, il faut attendre qu'ils ressuscitent… Ils ont eu la tête tranchée[3].

---

1. Il s'agit naturellement du comte d'Artois, réfugié à Coblence depuis le 7 juillet 1791, auquel les libellistes attribuaient généralement la paternité du dauphin.

2. Beaumarchais, *Le Mariage de Figaro*, acte V, scène XIX.

3. Louis-David Collenot d'Angremont fut non seulement la première victime du tribunal criminel extraordinaire institué le 17 août 1792, mais aussi le premier condamné politique invité à présenter sa tête au couperet du bon docteur Guillotin. Cet ancien avocat au Parlement était chargé des questions de police et de sûreté publique sous l'ancienne administration. Il est l'auteur de plusieurs mémoires qui furent retrouvés dans ses papiers au moment de son arrestation, notamment un *Projet sur la manière d'exécuter le recensement dans la ville de Paris*, et un *Plan pour parvenir à expulser tous les brigands, gens sans aveu ni domicile, et repris de justice dont Paris est inondé*. Dans presque tous ces manuscrits, Collenot d'Angremont vante sa compétence particulière en matière de surveillance des gens dangereux, et offre sa collaboration à la Municipalité (*Actes de la Commune de Paris pendant la Révolution*, 2e série, du 9 octobre 1790 au 10 août 1792, t. V, p. 486-491).

— Le 3 janvier 1791, Louis XVI avait fait d'Arnaud de Laporte son intendant de la liste civile, avec le titre de secrétaire d'État et de ministre de la Maison du roi. Au lendemain de la fuite du roi, c'est lui qui fut chargé d'apporter à la Constituante la lettre du souverain par laquelle il justifiait sa conduite et défendait aux ministres de contresigner les décrets de l'Assemblée. Laporte fut arrêté après le 10 août 1792 pour avoir fait brûler deux charrettes pleines de papiers, qu'il prétendit en vain contenir des libelles hostiles à la reine. Traduit devant le tribunal criminel du 17 août, il périt sur l'échafaud le 23. Il existe un pamphlet intitulé *Confession et dernières paroles de M. Laporte, intendant de la liste civile*, signé

MONSIEUR VETO, *jetant avec surprise son gourdin.* — Bah !… oh ! mais… diable… ça approche bien près de ma personne… et je… oh ! mais… mais est-ce bien vrai ? Allons, ma petite femme, je suis bien fâché de tout ce petit différend entre nous…

MADAME VETO. — Oh ! après les coups que tu m'as donnés !

MONSIEUR VETO. — Eh bien ! tu me les as rendus… En veux-tu quittance ?

MADAME VETO. — Il faut bien en passer par là puisque mes fenêtres sont grillées !

MONSIEUR VETO. — Ça ne durera pas toujours…

« Non, je ne le crois pas ! s'écria un terrassier qui travaillait sous les fenêtres de leurs ci-devant majestés ; il pourrait fort bien arriver que cette cour de convention nationale n'entendît pas raison, et que vos sacrées têtes payassent les pots cassés de tout ça. Au reste, quand on a affaire à des traîtres, il faut s'en débarrasser. Le soleil luit pour tout le monde ; la justice nous rend égaux en droits. Tant pis pour les coupables ! »

MADAME VETO. — Ah ! mon Dieu ! la guillotine !

MONSIEUR VETO. — Bah !… Tu crois ?

MADAME VETO. — Mais… cela pourrait fort bien arriver.

MONSIEUR VETO, *en tremblant.* — Oh ! que non !

MADAME VETO. — Dieu nous en préserve, mais ma foi nous ne l'aurions pas volé !

MONSIEUR VETO, *inquiet.* — Diable… ça me fait du chagrin dans l'âme ! Qu'on m'apporte du vin !

MADAME VETO, *à part.* — Tâchons de profiter de son ivresse qui ne va pas tarder, pour lui faire faire encore quelques bévues, et il ne nous reste que quelques jours à nous moquer de la nation. Tâchons de bien couronner la fête.

N. PRÉVOST[1].

De l'imprimerie de Féret, rue du Marché Palu

---

d'un certain L. Boussemart, dit *Moustache*, patriote, lequel prête au malheureux Laporte ces paroles de repentance avant de mourir : « Si l'ambition ne m'avait pas dominé, je pouvais vivre tranquille, sans me mêler de la liste civile, sans soudoyer des satellites contre vous, sans répandre l'or et l'argent pour gagner des créatures à un traître. Si je l'ai fait, c'est par son ordre. Je suis coupable d'avoir secondé ses desseins, mais il est le premier criminel, le premier traître et le plus fourbe scélérat. Il a tenté d'armer Paris contre Paris, le fils contre le père. J'étais instruit de ces desseins, mais il vit et je vais mourir. Dans quelle alternative cruelle n'étais-je pas réduit si je refusais de lui obéir ? J'étais sacrifié ; il ne m'aurait pas renvoyé comme un ministre patriote, ou plutôt j'eusse été remercié comme tel, parce qu'il fallait que je sois traître à la patrie ou que je soutienne son parti. L'ambition l'a emporté dans mon âme et l'ambition m'a perdu. Je vais à la mort avec la sécurité d'une âme qui a cru bien faire en faisant le mal. Rien, je l'annonce, ne peut me laver du crime de lèse-nation. Mais ce crime prend sa source dans Louis. Je n'ai rien fait que par ses ordres : il fut le premier voleur et je fus son receleur ; il fut le premier traître et je l'ai secondé. »

1. Ce nom figure au bas d'un nombre considérable de petits écrits facétieux, politiques et galants de ce temps.

La journée amoureuse
ou
Les derniers plaisirs de M...- A...

Comédie en trois actes, en prose, représentée pour la première fois au Temple, le 20 août 1792

Dans l'Olympe, aux Enfers, je veux foutre partout.

Au Temple, chez Louis Capet. L'an Premier de la République

Discours préliminaire à Antoinette

Eh quoi ! ma souveraine, auriez-vous l'ingratitude de ne point accorder votre estime à l'auteur de cet ouvrage ? Auriez-vous la sotte faiblesse de désavouer cette précieuse partie de l'histoire de votre vie ? Ah ! gardez-vous-en bien ! J'ai eu tant de peine à recueillir les faits de cette journée, qu'il y aurait conscience à vous de m'enlever le fruit de mon travail par un démenti formel. Vainement on cherche à m'alarmer. J'ai trop bonne opinion de mon héroïne pour craindre d'elle un si mauvais tour.

Mille auteurs ont essayé de peindre les hauts faits d'Antoinette. Plusieurs se sont emparés, déjà, de sa vie publique, quelques-uns ont cru ajouter à sa gloire en lui donnant pour aïeux une longue suite de têtes couronnées. Les imbéciles ! Ils ignorent que l'épouse de Louis XVI, grande par elle-même, sera toujours la première femme de son siècle, fût-elle issue du sang d'un muletier.

Pour moi, je ne veux rendre publique qu'une seule journée de votre intéressante vie. Et j'aime à croire qu'en me lisant vous vous reconnaîtrez telle que vous êtes. Je n'ai omis, à la vérité, aucun acte libidineux. J'ai de plus, autant que ma mémoire m'a fourni, conservé vos propres expressions, sans oublier du raffinement de votre libertinage et de votre prostitution.

Je sais bien que j'aurais pu choisir une journée plus célèbre encore par vos exploits amoureux. Je pouvais raconter vos prouesses avec plusieurs des ci-devant gardes du roi ; je pouvais, à volonté, mettre en scène vos aventures galantes avec le beau Dillon[1], les Calonne, les d'Artois, les Vaudreuil, etc., qui tous parcoururent successivement le sanctuaire de vos appas.

Vous me demanderez, madame, pourquoi j'ai choisi, de préférence à tant d'autres, une journée au Temple. Ma réponse sera courte. J'ai cru que, voulant ajouter un fleuron à votre couronne, il était au moins inutile de buriner vos actions à la cour, que chacun sait par cœur; j'ai cru qu'il convenait mieux de vous suivre sous les verrous du Temple pour y recueillir quelques faits précieux. Blâmez ma conduite, si vous vous en sentez la force. Je vais apprendre à toutes les générations du monde qu'Antoinette soutint, jusque dans sa tour, le grand caractère qu'elle montra toujours.

Puissent mes bonnes intentions obtenir votre suffrage, ô reine vraiment célèbre.

1. Colonel du régiment portant son nom en 1772, Arthur, comte de Dillon (1750-1794), participe à la guerre d'Amérique, aux Antilles et sur le continent, prenant notamment les îles de Tabago et de Saint-Eustache. Gouverneur de Tabago en 1786, il est élu aux états généraux par la noblesse de la Martinique. Siégeant parmi les nobles libéraux, il s'y occupe surtout des questions coloniales. Nommé général après la séparation de l'Assemblée, proche de La Fayette, il est à Valmy, puis commande l'armée des Ardennes. Ayant fait prêter serment au roi déchu par ses troupes après le 10 août 1792, il est suspendu. Son ami Camille Desmoulins le fait réintégrer. On le suspend à nouveau en septembre 1792 pour avoir correspondu avec le landgrave de Hesse, puis on le réintègre. Une troisième fois, le 1er juin 1793, il est suspendu, puis arrêté le 13 juillet. Après neuf mois de prison, on l'accuse d'avoir tenté de délivrer Louis XVII pour le faire proclamer roi, et l'on y ajoute un projet de délivrance de Danton : tout cela ourdi de sa prison du Luxembourg pendant sa détention ! Il est guillotiné le même jour que Lucile Desmoulins et crie « Vive le roi ! » en montant sur l'échafaud.

LA JOURNÉE AMOUREUSE
OU LES DERNIERS PLAISIRS DE M...-A...

PERSONNAGES

ANTOINETTE
LOUIS XVI
LE DAUPHIN
LA DAME DE TOURZEL
LA PRINCESSE DE LAMBALLE
LA DEMOISELLE DUMONT, suivante de la reine
LE SIEUR DUBOIS, valet de chambre du roi

La scène se passe au Temple dans les appartements d'Antoinette.

ACTE PREMIER

SCÈNE PREMIÈRE

ANTOINETTE *seule, prenant du thé.* — J'ai été bien foutue et refoutue dans le cours de ma vie. Mais, je n'ai jamais eu autant de plaisir que cette nuit. Je l'ai passée tout entière entre les bras de La Fayette. Que le bougre est vigoureux ! Hercule même ne m'aurait point procuré de plus vives sensations. Qu'il était doux aussi pour mon oreille, tandis que ce guerrier entretenait dans mes veines le feu violent des passions, de l'entendre jurer la mort prochaine des factieux ! Oui, ce rêve agréable à mon cœur se réalisera bientôt. Je le vois arriver, cet instant fortuné où vous paierez, chers infâmes parisiens, de m'avoir conduite en cette lugubre tour où parfois j'éprouve de l'ennui. Vous avez été assez éhontés pour traiter ainsi la famille entière du plus grand roi du monde. Mais, ô Louis XVI, prenez courage dans les revers ! Puisque vous n'avez point à craindre d'être pris par famine, laissez faire au temps, qui vient à bout de tout. Bientôt, vous remonterez sur le trône d'où vous êtes descendu par des insurrections fausses bourgeoises. Fiez-vous à moi ! En tout j'ai voulu soutenir l'honneur de votre nom, je viendrai à mes fins. Tremblez, vils agitateurs, que nous soyons aussi barbares que vous l'avez été.

SCÈNE II

LE DAUPHIN, LA DAME DE TOURZEL, ANTOINETTE

ANTOINETTE, *à la dame de Tourzel.* — Vous m'amenez mon fils de bon matin. Son sommeil a-t-il été paisible ?

LA DAME DE TOURZEL. — Votre Majesté saura que Monseigneur dormait encore à huit heures. Mais en s'éveillant, il a demandé à vous voir tout de suite. Je n'ai pu qu'obéir.

LE DAUPHIN. — Oui, ma belle maman, j'ai voulu te voir et t'embrasser.

ANTOINETTE, *serrant son fils entre ses bras.* — Douce consolation d'une mère malheureuse !... Tes caresses, mon fils, sont précieuses à mon cœur ; elles pénètrent mon âme de la plus vive émotion.

LE DAUPHIN. — Dis-moi donc quand nous sortirons de ce vilain fort. Tu t'y ennuies beaucoup, ainsi que mon papa. Nous sommes meublés à la diable, au lieu qu'à Versailles rien ne nous manquait.

ANTOINETTE. — Je t'ai dit, mon petit ami, que la présence du roi était nécessaire à Paris, afin qu'il puisse sanctionner les décrets qui, sans son acceptation, n'auraient aucun effet.

LE DAUPHIN. — Eh bien ! retournons aux Tuileries ; la vue y est plus belle qu'ici et les appartements plus commodes.

ANTOINETTE. — Tu te rappelles bien le bruit du canon qui s'est fait entendre au château ? Nous n'étions pas en sûreté. Il faut attendre ici que le calme renaisse.

LE DAUPHIN. — Je voudrais bien que le calme vienne demain, car je m'impatiente de voir le roi, mon papa, toi, moi, ma sœur aussi, dans cette tour.

ANTOINETTE. — Prends un peu patience. Il y aura bientôt de grands changements. Tes oncles avancent sur Paris à la tête d'armées formidables. Encore quelques jours et les infâmes brigands apprendront ce qu'il en coûte de vouloir lutter contre son roi.

LE DAUPHIN. — Mon papa n'est plus maître absolu de ses volontés. Si j'étais déjà sur le trône, je ferais, comme tu m'as déjà répété souvent, périr dans des cachots les insolents qui diraient à contretemps la vérité ; je déploierais sur eux ma toute-puissance... C'est ainsi que mon papa ne sait pas assez être roi.

ANTOINETTE, *à part.* — Ses réflexions jettent l'effroi dans mon âme. *(À madame de Tourzel)* Je voudrais avoir un entretien sur-le-champ avec la princesse de Lamballe. Dites-lui, s'il vous plaît, que je désire lui parler.

LA DAME DE TOURZEL. — J'obéis à vos ordres.

ANTOINETTE. — Mon fils, tu vas aller avec ta gouvernante qui t'instruira précisément des horreurs commises à notre égard. Les circonstances changeront.

LA DAME DE TOURZEL. — Nous nous retirons.

LE DAUPHIN. — Que je t'embrasse encore avant que de passer dans l'appartement de mon papa.

SCÈNE III

ANTOINETTE, *seule.* — Les propos de ce petit jean-foutre-là n'étaient nullement lubriques ! Aussi, m'ont-ils fait débander promptement. Cependant, je ne veux point que le dépit prenne sur moi trop d'empire. Des scélérats ont bien pu méconnaître Antoinette, l'emprisonner même ; mais ils ne doivent point mettre d'obstacle à ses vraies jouissances. Privée de tout par ses sujets ingrats et rebelles, je saurai me suffire à moi-même. Le bonheur d'une femme telle que moi ne peut dépendre de la fureur d'un vain peuple. Je saurai être heureuse quoique vous entrepreniez, infâmes Parisiens. J'entends marcher… C'est sans doute la princesse de Lamballe. Il faut que je décharge avec elle.

SCÈNE IV

LA PRINCESSE DE LAMBALLE, ANTOINETTE

LA PRINCESSE DE LAMBALLE. — Puis-je entrer ?

ANTOINETTE. — Oui sans doute. Entre donc, ma fidèle compagne, ma chère bonne amie. Peux-tu bien penser que je sois insensible au zèle et à l'intérêt que tu m'as sans cesse témoignés dans mes malheurs ? Tu ne me connaîtrais guère.

LA PRINCESSE DE LAMBALLE, *conservant son ton de cour.* — Je suis infiniment flattée que mes services soient agréables à Votre Majesté.

ANTOINETTE. — Écoute ma belle, n'emploie plus, je t'en conjure, ce ton respectueux dans nos tête-à-tête. Tu as déclaré ne point vouloir me quitter. Eh bien ! il est inutile de faire les bégueules, les hypocrites ! Parlons le langage de la nature. Donne-moi un baiser…

LA PRINCESSE DE LAMBALLE. — Je ne sais quel sentiment me retient à l'approche de vos caresses.

ANTOINETTE. — Tu crains peut-être de prendre des libertés avec moi. Tu dois cependant penser que les scrupules ne doivent plus être de saison. Imite-moi ! Découvre-moi cette gorge que tu prends trop de soins à cacher. *(Antoinette ôte elle-même le fichu de madame de Lamballe.)* Reçois ce baiser sur tes lèvres vermeilles… Ah ! ma divine amie, tu as de si jolis tétons, et tu les couvres de la sorte ! Viens un peu sur ce canapé, je veux les examiner.

LA PRINCESSE DE LAMBALLE. — Les vôtres sont au moins aussi beaux. *(Elles tombent ensemble sur le sopha.)*

ANTOINETTE, *ivre d'amour*. — Déshabille-toi, ma belle compagne, afin que j'admire en détail toutes les parties de ton superbe corps ; que tu es aimable et jolie ! que tes fesses sont amoureuses ! elles tremblent de volupté. Enfonce ton doigt plus avant dans ma matrice. Je n'en puis plus…, mon amie, je me meurs…

LA PRINCESSE DE LAMBALLE. — Aimable coquine, tu prends bien du plaisir quand on te brandouille la motte. Que tu remues agréablement la charnière ! Va toujours ! Le foutre coule de tes belles cuisses, et ton con est brûlant d'amour.

ANTOINETTE. — Continue, je t'en prie. Gamahuche-moi le bout du téton, je veux absolument mourir entre tes bras. Je sens dans tout mon corps un chatouillement… Ah, ah, ah !

LA PRINCESSE DE LAMBALLE. — Je pars aussi, les forces me quittent, je n'en puis plus, je décha…a…arge !

ANTOINETTE, *au sortir de sa pâmoison*. — Ah bougresse ! que tu es savante dans l'art d'amuser ton sexe ! quelle extrême mobilité dans tes doigts ! quelle élasticité dans la langue ! Les Arnould, les Polignac ne sont rien près de toi ; tu réunis en toi seule les talents divers des tribades passées et présentes.

LA PRINCESSE DE LAMBALLE. — Vous me flattez assurément. La gloire est à vous seule, qui m'avez fait brûler du même feu qui vous consumait.

ANTOINETTE. — Quitte sur-le-champ, Lamballe, ce ton respectueux, si tu veux ne me point déplaire ! Tu connais maintenant mes penchants et mes goûts. Je veux, à l'avenir, te les faire partager.

J'ai tâté, il est vrai, de tous les vits fameux de la cour, mais je suis insatiable sur l'article du combat amoureux. Fille de la plus célèbre garce qui ait jamais existé, je l'emporte encore sur ma mère par mon tempérament vigoureux. Je t'offre en maniement un con foutu et refoutu, mais qui veut l'être davantage. Je veux que tes goûts soient les miens. Ainsi, dispose en souveraine de mon cul, de mon con, de toute ma personne. Pourvu que je décharge, tous les genres de foutre me conviennent.

LA PRINCESSE DE LAMBALLE. — Puisque vous voulez décharger, cette affreuse tour sera témoin de mes élans amoureux avec Antoinette. Eh quoi ! vous chiffonnez encore avec votre langue.

ANTOINETTE. — Tu ne veux donc point abandonner ce *vous* qui me déplaît ? Est-ce ainsi que s'expriment de braves fouteuses ?

LA PRINCESSE DE LAMBALLE. — En effet, ce langage respectueux ne convient guère en amour. Je vais me retirer pour me mettre en état de paraître devant le roi.

ANTOINETTE. — Tu as raison. Oblige-moi de dire à ma femme de chambre de venir m'aider à ma toilette, et de m'apporter en même temps les papiers-nouvelles.

LA PRINCESSE DE LAMBALLE. — Cela suffit.

SCÈNE V

ANTOINETTE, *seule*. — Je vais donc commencer un nouveau cours de fouterie. Cette petite Lamballe est, ma foi, merveilleuse. Elle en pince d'une bonne force. Je lui crois même plus de talents qu'aucune autre. Longtemps, elle a préféré foutre avec le cardinal Collier, à qui elle doit toute son instruction. Mais, quel que soit le maître qui l'a formée, je vais éprouver toute sa vigueur. Dumont vient.

SCÈNE VI

LA DEMOISELLE DUMONT, ANTOINETTE

LA DEMOISELLE DUMONT, *tenant des journaux à la main*. — J'apporte à Votre Majesté les feuilles qu'elle m'a fait demander.

ANTOINETTE. — Y a-t-il quelques bonnes nouvelles des armées ?

LA DEMOISELLE DUMONT. — Je ne veux plus croire à ces vilains folliculaires. Ils se contredisent tous, ou au moins ne rapportent jamais la même chose avec les mêmes circonstances. Je crois que les nouvelles se font à la main pour abuser le peuple.

ANTOINETTE. — Les imbéciles ! Ils devraient s'entendre entre eux, afin de faire illusion quelque temps en rapportant leurs mensonges.

LA DEMOISELLE DUMONT. — Ils n'ont pas même cet esprit.

ANTOINETTE. — Parmi ces feuilles, il en est qui disent parfois la vérité.

LA DEMOISELLE DUMONT. — C'est absolument possible, mais je n'en connais aucun à qui je voulusse donner ma croyance.

ANTOINETTE. — Je crois, comme toi, que parmi les journalistes français, aucun ne dit la vérité. La faction dirige leur plume. Mais, j'ajoute volontiers foi aux gazettes étrangères.

LA DEMOISELLE DUMONT. — Elles sont consolantes.

ANTOINETTE. — Que dites-vous ? Elles annoncent toutes les plus heureuses nouvelles. Si j'en crois *La Gazette de Cologne*, les armées monarchiennes gagnent du terrain, et s'avancent, avec neuf cents pièces de canon, sur le territoire français.

LA DEMOISELLE DUMONT. — Tant mieux ! Je voudrais apprendre qu'elles sont aux portes de Paris, et que le sang des rebelles ruisselle dans les rues.

ANTOINETTE. — Tu n'attendras pas longtemps sans qu'il arrive quelques bons coups.

LA DEMOISELLE DUMONT. — J'accepte cet heureux présage.

ANTOINETTE. — Le temps nous presse. Passons dans mon cabinet de toilette. Tu relèveras mes cheveux simplement : le roi aime à me voir en négligé.

LA DEMOISELLE DUMONT. — Je crois lui avoir entendu demander si l'on dînerait bientôt.

ANTOINETTE. — Allons vite ! Ne faisons point souffrir l'estomac de mon époux.

(Elles partent.)

ACTE II

SCÈNE PREMIÈRE

ANTOINETTE ET LA DEMOISELLE DUMONT

ANTOINETTE. — Je me suis terriblement ennuyée avec mon gros cochon. Il a mangé comme un ogre. Tout le temps du dîner s'est écoulé sans lui entendre prononcer un mot. Qu'est-ce que son silence signifie ?

LA DEMOISELLE DUMONT. — Je l'ignore. Peut-être sait-il l'événement fâcheux de Durosoi, de son intendant[1] ?

ANTOINETTE. — Il n'y a point là de quoi affecter un roi.

LA DEMOISELLE DUMONT. — Vous avez raison. Tout bon Français s'honore en mourant pour la cause de son roi. Il a vraiment tort de se chagriner ainsi.

ANTOINETTE. — Il me semble que tu as du caractère.

1. Plumitif prolifique et polygraphe, assez peu prisé de ses confrères (La Harpe l'appelait l'« imbécile barbouilleur »), Barnabé Farmian de Rosoi, dit Durosoi, avait fondé en octobre 1789 la *Gazette de Paris*, qui vécut jusqu'au 10 août 1792 et refléta la politique de résistance à la Révolution. Lors de l'arrestation de Louis XVI, il proposa que les fidèles royalistes s'offrent en otage pour le libérer. Stupidement, il publia le nom des volontaires dans son journal, ce qui permit de les arrêter. Lui-même monta sur l'échafaud le 25 août 1792, avec un courage exemplaire. Au moment du supplice, il griffonna ces mots : « Il est beau pour un royaliste comme moi de mourir le jour de saint Louis. »

LA DEMOISELLE DUMONT. — J'ose me flatter de n'être point un esprit faible.

ANTOINETTE. — Tu ne te repens donc point de m'être restée fidèle, de m'avoir accompagnée dans cette tour ?

LA DEMOISELLE DUMONT. — Moi, me repentir… Eh ! de quoi ?

ANTOINETTE. — Tu ne peux ici te procurer les agréments, les jouissances que tu aurais ailleurs.

LA DEMOISELLE DUMONT. — À la guerre comme à la guerre. Je sais me plier aux circonstances, et Dieu merci, rien ne me manque auprès de vous…

ANTOINETTE, *continue.* — Qu'un tendre amant pour charmer les ennuis de cette triste demeure !

LA DEMOISELLE DUMONT. — Votre Majesté croit-elle que je sois encore à m'humaniser dans ce lugubre séjour ? Je me suis accommodée de Dubois, valet de chambre du roi.

ANTOINETTE, *d'un ton plaisant.* — C'est juste. Je ne songeais point à lui. Je le crois un champion valeureux. *(La demoiselle Dumont rougit.)* T'a-t-il insinuée souvent la denrée ? *(La reine s'apercevant de la rougeur qui monte à la figure de la demoiselle Dumont :)* Ah ! défais-toi de cette parade de décence, accoutume-toi à appeler un vit un vit, et un con un con. C'est la bonne méthode… Tu aimerais mieux peut-être faire ça que d'en parler.

LA DEMOISELLE DUMONT, *honteuse.* — Cela vaut mieux, en effet.

ANTOINETTE. — Allons, allons ! quitte ces petites grimaces, et sois à l'avenir à notre unisson ; je n'aime point les bégueules. À propos, j'oubliais de faire apporter ici les bouteilles de liqueurs qui sont dans la salle à côté. Le roi m'a promis de me rendre une visite particulière. Mon dessein est de le soûler, si je puis, afin qu'il prenne le temps en patience.

LA DEMOISELLE DUMONT. — Je cours chercher promptement ces flacons de liqueurs.

SCÈNE II

ANTOINETTE, *seule.* — Je l'avais déjà toisé de l'œil ce monsieur Dubois, amant de ma femme de chambre. C'est un gaillard bien découplé. Je lui crois un beau vit, capable de pousser un argument solide. Il faut que j'en tâte… Cependant, les laquais ont bien méchante langue : ils sont tous bavards, présomptueux. Eh, qu'est-ce que cela me fait ? Il y a longtemps que je suis tranquille sur le chapitre des indiscrétions. Allons, allons ! le bougre m'exploitera, et son nerf érecteur me donnera du plaisir. Mais chut… Mlle Dumont vient… Il faut qu'elle ignore que je veux lui souffler son amant.

SCÈNE III

ANTOINETTE ET LA DEMOISELLE DUMONT

LA DEMOISELLE DUMONT, *apportant les flacons.* — J'apporte indistinctement toutes les bouteilles que j'ai trouvées.

ANTOINETTE. — Mets-les sur cette table ronde. Mon gros baril peut venir quand il voudra : voilà de quoi m'aider à le tirer de sa mélancolie.

LA DEMOISELLE DUMONT. — Je le tiens empafé[1] dans une heure, si vous voulez en prendre la peine.

ANTOINETTE. — Je ne lui ferai point de grâce. Il boira tant, tant, qu'il ne pourra plus se soutenir. Tu peux t'en rapporter à moi : il est entre bonnes mains.

LA DEMOISELLE DUMONT. — Je le crois. Mais *(après avoir regardé par la fenêtre)* le roi n'est plus au jardin. Sans doute il est en marche pour rendre visite à sa chère épouse. La promenade doit l'avoir fatigué. Il boira bien un coup, même deux si vous lui offrez. Je vais vous laisser seule avec lui... C'est lui que nous entendons cracher, c'est lui-même. Je vous recommande sa pituite.

SCÈNE IV

ANTOINETTE ET LE ROI

ANTOINETTE. — Tu as fait, mon bon ami, une longue promenade. Tu en dois être las.

LE ROI, *brusquement.* — Oui, je suis las, et bien las de tout ceci. Je n'avais même pas envie de venir.

ANTOINETTE. — Pourquoi donc m'aurais-tu privé du plaisir de te voir ? Cher époux, tu me fais une sensible peine. Ne te chagrine point, mon homme : tu as épuisé la coupe du malheur. L'avenir, maintenant, ne peut être qu'heureux.

LE ROI, *en colère.* — Vous ne me séduirez plus par vos belles paroles, femme dangereuse et perfide. Ce sont vos infâmes conseils qui m'ont perdu.

ANTOINETTE. — Peux-tu bien m'accabler de la sorte ? Tu sais cependant quelle part je prends à ton infortune ; et tu ne crains pas de me déclarer hautement la cause et l'auteur de tous tes maux.

LE ROI, *toujours courroucé.* — J'ai peut-être tort de vous accuser ! Ce n'est point vous qui m'avez conseillé de fournir de l'argent à d'Artois, à

1. *Empafer* : enivrer, rendre *paf.*

Condé ? Ce n'est point vous qui m'avez fait entrer dans toutes les machinations des princes fugitifs ? Ce n'est point vous qui m'avez bercé de l'espoir d'une contre-révolution prochaine ? Ce n'est point vous qui m'avez fait armer le frère contre le frère ? Ce n'est point vous qui avez nécessité l'affreuse journée du 10 août ? Ce n'est point vous qui avez ourdi toutes les trames ?

ANTOINETTE. — Tes reproches me font mourir de douleur. Épargne un peu ton épouse chérie, conserve une mère à ton fils, à ta fille. Songe, encore une fois, que rien n'est désespéré.

LE ROI. — Que diable espérer maintenant ? Les feuilles de Paris annoncent les plus fâcheuses nouvelles : les armées prussiennes et autrichiennes font chaque jour des pertes considérables tandis que la faction coalisée n'en fait aucune. À ce train-là, les puissances étrangères se lasseront bientôt de guerroyer pour notre parti, surtout ne recevant plus des millions pour les frais d'armes.

ANTOINETTE. — Tu ajoutes donc foi aux papiers parisiens, à la chronique, à Gorsas[1], aux *Annales patriotiques*[2], etc. ? Si cela est, je ne m'étonne plus que tu aies tant d'humeur. Mais en vérité, j'ai lieu d'être surprise que tu prennes ainsi le change. Messieurs les journalistes, enragés jacobins, afin de parvenir à la Convention, écrivent précisément ce qu'il faut pour abuser le peuple et l'engager à combattre sur les frontières ; leur plume, dirigée par l'intérêt, fait la guerre sur le papier, tue dix mille hommes, vingt mille hommes, selon les vues profondes et savantes de la faction jacobite. Mais il n'en est rien. Je crois précisément tout le contraire, moi.

LE ROI. — Quelles raisons, je vous prie, pourriez-vous donner en preuve que ces journaux mentent, et qu'en conséquence, je ne dois point y ajouter foi ?

ANTOINETTE. — Il y en aurait mille à produire. Mais, je ne veux point faire injure à un homme d'esprit tel que vous, en les détaillant toutes. Il suffit d'observer que ces auteurs, malgré qu'ils ont intérêt de raconter de hauts faits pour soutenir un parti désespéré, se contredisent l'un l'autre, ou du moins ne sont point d'accord sur les circonstances essentielles. Ils mentent avec bien peu d'art !

---

1. Voir *supra*, *Grande fête donnée par les maquerelles de Paris*..., p. 1109, n. 2.
2. Fondées en octobre 1789, les *Annales patriotiques et littéraires ou la Tribune des hommes libres* continuèrent de paraître jusqu'en juin 1796. Ce journal très populaire fut l'oracle des sociétés jacobines de province, mais évolua selon la conjoncture politique. Son directeur et principal rédacteur, le journaliste Jean-Louis Carra, fut menacé d'arrestation en mai 1792, à la suite d'une violente campagne de presse contre deux ministres de Louis XVI, Bertrand de Molleville et Montmorin-Saint-Hérem, accusés de faire partie d'un « comité autrichien » travaillant secrètement à la victoire de l'ennemi. Le même Carra fut un des instigateurs de l'émeute du 20 juin 1792, où le peuple en armes des faubourgs envahit les Tuileries. On le retrouve fin juillet membre du comité central des fédérés, puis du « directoire insurrectionnel » qui prépare secrètement la journée du 10 août. Il en sera d'ailleurs l'un des principaux acteurs avec Danton, Santerre et Westermann.

LE ROI. — Il est vrai qu'ils peuvent être payés pour accréditer ces nouvelles. À qui donc puis-je me fier pour être bien instruit ?

ANTOINETTE. — D'abord, tous les papiers français me paraissent suspects ; en conséquence, je ne voudrais point les consulter sur rien. Je lirais plutôt, pour avoir des nouvelles sûres, les feuilles étrangères, attendu qu'elles n'ont point d'intérêt de mentir ou de déguiser la vérité.

LE ROI, *d'un ton radouci*. — Vous avez lu sans doute ces feuilles, puisque vous m'en parlez. Dites-moi les nouvelles qu'elles rapportent.

ANTOINETTE. — J'ai été ravie ce matin, en lisant *La Gazette de Cologne*. Ce journal annonce que le roi de Prusse est sur le territoire français, que l'empereur va bientôt attaquer Lille ; il dit même qu'avant quinze jours, Louis XVI sera replacé sur son trône, et tous les jacobins détruits.

LE ROI, *riant*. — Tu crois que sous si peu de temps les affaires seront finies ?

ANTOINETTE. — La chose est claire. Comment peux-tu en douter un instant ? Tu sais bien, mon bon ami, que ta cause est celle de tous les rois de la terre. Tous doivent, en conséquence, s'opposer aux rebelles, et te faire rendre la couronne. Alors dis-moi comment une vile faction de sans-culottes pourrait résister à vingt têtes couronnées qui, toutes, vont lever des armées pour défendre tes droits.

LE ROI. — Tu as raison, je me chagrinais à tort et bien mal à propos. Je ne perdrai point ma couronne.

ANTOINETTE. — Viens t'asseoir près de cette table afin de noyer, en buvant, tes fausses alarmes, et qu'elles ne reparaissent plus.

LE ROI. — Je me suis en effet échauffé en te parlant ; je boirais bien un coup. Verse-moi une bonne rasade. Foutre, c'est du rhum. *(En buvant :)* Tant mieux ! Cette liqueur est chaude à la poitrine.

ANTOINETTE. — Viens au moins t'asseoir sur ce canapé. Nous serons à notre aise.

LE ROI. — J'accepte volontiers ton offre. *(Ils vont sur le canapé.)*

ANTOINETTE, *ôtant son fichu*. — N'es-tu point fâché, mon ami, d'avoir fait de la peine à une si belle femme que moi ? Tiens, vois ma gorge, elle est grosse et ferme. *(Levant ses jupons :)* Vois mes cuisses comme elles sont blanches ! *(Le roi prend le cul de la reine.)* Comme tu me palpes les fesses ! Est-ce que tu es amoureux aujourd'hui ?

LE ROI. — Ah ! si tu voulais…

ANTOINETTE. — Quoi ?

LE ROI. — Foutre…

ANTOINETTE. — Eh ! puis-je te rien refuser ? Voyons. Ta lame est-elle en arrêt ?

LE ROI. — Juges-en par toi-même. *(Antoinette déboutonne le magasin aux iniquités du monarque, et trouve un vit flasque.)* Branle-moi, ma chère belle amie.

ANTOINETTE. — Ah ! gros coquin, voilà ce que tu demandes. Tu veux que je te branle, tu veux que je chatouille tes couilles royales ?

LE ROI. — *(Tandis que sa chaste moitié travaille son membre, fatigue son poignet afin de le faire dresser :)* Va, Antoinette, va toujours ! Toi seule me restes maintenant. Je t'aime plus que ma vie. Encore une secousse, et il pourra faire envie.

ANTOINETTE. — Infâme polisson, tu prends bien du plaisir ! Suis-je, dis-le-moi, ignorante dans l'art de traire un homme ? Tu décharges, jean-foutre, comme un dieu. Sens-tu que le foutre coule en abondance ?

LE ROI, *se pâmant*. — Ah, ah, ah ! fou…ou…outre.

ANTOINETTE. — Décharge, mon homme, décharge. *(De temps à autre elle glisse sa langue dans la bouche du roi.)* Point de faiblesse, du courage.

LE ROI. — Ah ! ma bonne amie, tu as un poignet merveilleux. Dans cinq minutes au plus tu m'as rendu le plus heureux des rois.

ANTOINETTE. — Tu vois que j'ai toutes les complaisances possibles. Ne me dis plus à l'avenir des choses désagréables, ne montre jamais d'humeur à ton Antoinette, à ta femme. Tes sujets veulent ma perte, je le sais. Mais sois-moi fidèle, cher époux, ne crois point à leurs propos infâmes. Vainement ils entreprennent de me prêter les horreurs qu'enfante leur imagination : j'ai ton cœur pour garant de ma conduite.

LE ROI. — Laisse parler le peuple ! Je t'estime trop, ma belle Antoinette pour jamais croire à leurs suggestions infernales.

ANTOINETTE. — C'est ce qui s'appelle être un galant homme.

LE ROI. — Je suis fatigué, abattu. Je ne ferais point mal d'aller roupiller un couple d'heures.

ANTOINETTE. — Je suis de ton avis. Les grandes jouissances tuent l'homme quand il néglige les moyens qu'offre la nature pour réparer ses forces.

LE ROI. — Je vais donc dormir quelques instants. Mais songe à me faire réveiller au moment du souper, car je sens que j'aurai appétit.

ANTOINETTE. — Cela va sans dire.

LE ROI. — Adieu, ma douce amie, jusqu'au réveil.

SCÈNE V

ANTOINETTE, *seule*. — Il est enfin parti… J'ai besoin, moi, non pas de dormir, mais de descendre me promener. Au ton haut qu'avait pris ce gros cochon, je craignais d'être témoin de quelque scène désagréable. Heureusement, j'ai su parer le coup qui devait éclater…. Je vais joindre Lamballe, lui conter mon entrevue, et me distraire avec elle.

SCÈNE VI

ANTOINETTE ET LA PRINCESSE DE LAMBALLE

ANTOINETTE. — J'allais te chercher pour faire un tour de jardin.

LA PRINCESSE DE LAMBALLE. — J'attendais, moi, avec grande impatience, que ton époux fût sorti pour te venir voir.

ANTOINETTE. — Tu savais donc que le cochon était chez moi ? Je n'ai, ma chère amie, jamais eu tant de peine à l'amener à mon but, même quand je voulais qu'il signât à mon profit des bons de trente mille francs... J'avais projeté de l'expédier avec force liqueurs spiritueuses, mais le bougre était trop en colère ; il ne buvait pas à ma fantaisie. J'ai recouru, en conséquence, aux singeries de l'amour ; je lui ai prodigué des caresses. J'ai, à la fin, vaincu sa vilaine humeur. Il a désiré me foutre, il a fallu encore y consentir malgré moi, puisque je voulais m'en débarrasser. Tandis qu'il farfouille mes appas, me prend le cul, je vais droit à son docteur afin d'avancer la besogne. Mais grand Dieu ! vous m'êtes témoin que le viédase[1] ne bandait point, et que je fis tout au monde pour le mettre en état de grâce. Le bougre déchargea, mais ce fut à vit mollet et à force d'être patiné. Il n'y a point de ma faute ; j'ai mis toute ma science en usage.

LA PRINCESSE DE LAMBALLE. — Ne me parle point du roi comme d'un homme. C'est une grosse masse de chair, et rien de plus. Il est possible qu'il ait quelquefois bonne intention de baiser, mais son pouvoir se borne là. Ne me parle jamais de cette vilaine fouterie. Instruis-moi plutôt des motifs de sa colère.

ANTOINETTE. — Il s'est emporté au sujet de la contre-révolution, qu'il estime maintenant impossible.

LA PRINCESSE DE LAMBALLE. — Qu'elle soit possible ou non, selon lui, peu importe. Mais certes, il ne faut point abandonner ce projet ; ce n'est plus précisément pour les seuls intérêts de Louis XVI que d'Artois et les autres émigrés combattent. Après avoir montré si peu d'énergie dans certains moments, et avoir laissé échapper les meilleures occasions de servir la cause de la noblesse, il ne mérite plus qu'on entreprenne rien pour lui.

ANTOINETTE. — Tu es au pas, Lamballe, et tu sais le fin mot. Ce n'est point du tout pour conserver à ce soûlard une couronne, qu'il est indigne de porter, que d'Artois a pris les armes : c'est par honneur, et pour que mon fils et le sien possèdent un trône brillant et solide. *(À demi-voix :)* D'Artois est le père du dauphin.

LA PRINCESSE DE LAMBALLE. — Crois-tu m'apprendre quelque chose

1. Voir *supra*, *Le godemiché royal*, p. 1062, n. 1.

de nouveau ? Toute la cour connaît cette aventure galante qui eut lieu à Trianon. Sois sûre que personne n'a pris le change.

ANTOINETTE. — Comme les choses se savent en France ! Puisque tu connais mon secret, tu penses bien que d'Artois n'ait garde d'abandonner la cause du roi, puisqu'il travaille en même temps pour lui et pour son fils.

LA PRINCESSE DE LAMBALLE. — Je compte beaucoup sur lui. Il ne quittera la patrie qu'après l'avoir entièrement perdue : les difficultés ne l'arrêteront pas, je puis vous l'assurer.

ANTOINETTE. — Il y va de sa gloire et de son intérêt. Si la victoire ne se décide pas de son côté, il ne peut plus rentrer en France ; et adieu les plaisirs bruyants auxquels il était accoutumé.

LA PRINCESSE DE LAMBALLE. — Si nous voulons faire un tour de promenade avant la nuit, comme tu en avais envie, il est temps de descendre. Nous pourrons continuer notre entretien politique au grand air.

ANTOINETTE. — Allons au jardin, j'y consens. Aussi bien j'ai les jambes engourdies.

(Elles partent à la promenade.)

ACTE III

SCÈNE PREMIÈRE

ANTOINETTE ET LA PRINCESSE DE LAMBALLE

ANTOINETTE. — Tous ces entretiens politiques ne sont point gais : ils noircissent l'imagination et finissent par changer le caractère. Veux-tu que nous les laissions de côté pour un instant ?

LA PRINCESSE DE LAMBALLE. — Je veux, belle Antoinette, tout ce qui peut te faire plaisir. De quoi parlerons-nous ?

ANTOINETTE. — Méditons ensemble sur les charmes de la jouissance, et parlons un peu de polissonneries pour nous égayer.

LA PRINCESSE DE LAMBALLE. — Tu as, ma foi, une bonne idée ; je l'adopte volontiers.

ANTOINETTE. — J'avoue que tu es une charmante coquine. Tu ne refuses jamais la partie. En vérité je suis fière de ta conquête.

LA PRINCESSE DE LAMBALLE. — Tu aimes à flatter. N'importe, je te le pardonne aisément.

ANTOINETTE. — Je te jure que mon intention n'est pas telle. Ton intéressante physionomie avait depuis longtemps attiré mes regards et excité mes désirs, qui toujours fermentèrent dans mon sein, sans jamais être satisfaits. J'avais entendu parler de tes brûlantes caresses, sans avoir pu me les procurer. Tu dois te rappeler les avances que je fis pour t'obtenir, et les refus obstinés dont tu me gratifias. Tandis que je désirais connaître les secrets de ton tempérament, et que je convoitais goûter le plaisir avec toi, tu te livrais sans cesse aux amoureux transports avec le cardinal. Maintenant, tu es à moi.

LA PRINCESSE DE LAMBALLE. — Le jean-foutre était bien aimable : il m'a bougrement fait voir de pays.

ANTOINETTE. — Raconte-moi donc quelques-unes de tes roueries avec ce gueux-là.

LA PRINCESSE DE LAMBALLE. — Prête bien les oreilles à cette aventure. Une nuit que j'étais couchée avec mon prélat, après avoir été bien baisée, bien branlée, l'infâme me propose la fouterie *à l'italienne*, en mémoire, disait-il, du chapeau qu'il recevait du pape.

ANTOINETTE. — Quoi ! tu t'es laissée foutrailler le derrière !

LA PRINCESSE DE LAMBALLE. — Eh ! sans doute : plaisirs d'un côté ou plaisirs de l'autre, tout cela ne revient-il pas au même ? Je voulais jouir, et mon fouteur me promettait beaucoup si je consentais à le laisser faire.

ANTOINETTE. — Tu te gardas bien, je le vois, de lui refuser ce qu'il désirait.

LA PRINCESSE DE LAMBALLE. — Ma foi, oui.

ANTOINETTE. — Achève ton histoire. Que fit donc ce coquin de cardinal ?

LA PRINCESSE DE LAMBALLE. — Le bougre insinua dans ma croupière son jean-chouart, tandis que, à l'aide d'un excellent godemiché, je me frottais le clitoris. Pour le coup, j'éprouvai les plus vives sensations, en recevant une éjaculation abondante d'un et d'autre côté.

ANTOINETTE. — Quel raffinement de volupté !

LA PRINCESSE DE LAMBALLE. — Je te veux initier un jour dans la pratique de ce doux exercice.

ANTOINETTE. — Ton récit a échauffé mon imagination. Il faudrait bien nous amuser ensemble quelques minutes.

LA PRINCESSE DE LAMBALLE. — Ça va, ma belle. Pose tes mains sur ce fauteuil, lève ton gros cul en l'air, tiens-toi sur la pointe du pied ; je vais fourrager tes fesses un instant, et t'apprendre ce que tu ne connais pas.

ANTOINETTE, *obéissant*. — Tu as affaire à une bonne bougresse. Je ne veux point faire l'étroite. Suis-je bien placée ?

LA PRINCESSE DE LAMBALLE. — Écarte un peu les cuisses… à merveille, maintenant… garde cette position avantageuse. *(Elle tire de sa poche un long étui d'ivoire, l'enfonce d'une main dans le fessier de notre héroïne, et la branle de l'autre.)*

ANTOINETTE. — Ah bougresse ! que tu es libertine et aimable ! je sens dans tout mon corps un feu… Ah, ah ! ne l'enfonce pas tant, ma belle, tu pourras me blesser.

LA PRINCESSE DE LAMBALLE. — Ne crains rien, remue doucement les fesses afin qu'il entre plus avant.

ANTOINETTE. — Ah ! ma bonne amie, ah, ah ! je n'en puis plus ; je me pâ…â…me.

LA PRINCESSE DE LAMBALLE. — Dis donc à présent que c'est une horreur que de se laisser enculer.

ANTOINETTE. — Tu es bien la femme la plus experte du royaume. Je ne me sens point d'aise de t'avoir attachée à mon char, j'en suis vraiment glorieuse. Je savais parfaitement que tu étais une excellente monture d'hommes, une garçonnière avérée, une pineuse infatigable. Mais aujourd'hui, je te reconnais pour la meilleure manieuse qui existe. Reçois ce baiser pour prix de tes vertus.

LA PRINCESSE DE LAMBALLE. — La nuit vient. Si j'allais me mettre à mon aise ? Mes mouvements ne sont pas libres dans cette robe, je suis réellement trop gênée.

ANTOINETTE, *sonne*. — Je vais sonner mademoiselle Dumont pour m'aider à en faire autant. Nous pourrons ensuite nous livrer à de nouvelles jouissances ; je roule quelque chose dans ma tête, dont je te ferai part à ton retour.

LA PRINCESSE DE LAMBALLE. — Je ne serai pas longtemps absente. Adieu.

SCÈNE II

ANTOINETTE, *seule*. — Croyez aux femmes, si vous voulez. Cette garce de Lamballe refuse toujours de m'écouter. À l'entendre, c'était une horreur que de s'amuser avec une femme ; elle se serait jadis abandonnée aux incursions d'un régiment entier plutôt que de branler une personne de son sexe. Quelle métamorphose ! Ou bien, quel miracle de la trouver si instruite à son début. Il faut que la nature l'ait douée de bien grands talents pour exceller de la sorte dans cet art difficile.

SCÈNE III

ANTOINETTE ET LA DEMOISELLE DUMONT

LA DEMOISELLE DUMONT. — Madame a sonné ?

ANTOINETTE. — C'est, Dumont, pour m'aider à me déshabiller. Apportez-moi le peignoir que j'avais ce matin. Cette toilette suffira pour passer la soirée.

LA DEMOISELLE DUMONT. — Vous serez plus à votre aise, d'autant plus que le temps est lourd.

ANTOINETTE. — C'est bien là le motif qui m'engage à changer d'habillement.

LA DEMOISELLE DUMONT. — *(Après avoir passé le peignoir à Antoinette et avoir mis de côté les effets qui viennent d'être quittés, ajoute :)* Madame a-t-elle dessein de garder son pouf[1], ou bien veut-elle être en cheveux flottants ?

ANTOINETTE. — Baisse un peu la première boucle, et fais descendre mon chignon. Je ne veux point de pouf sur la tête.

LA DEMOISELLE DUMONT. — *(Après avoir exécuté tout, s'exprime ainsi :)* Madame a-t-elle quelque autre chose à me commander ?

ANTOINETTE. — Non, pas pour le moment, si ce n'est de dire à Dubois que je veux lui parler, et qu'il passe sur-le-champ.

LA DEMOISELLE DUMONT. — Je cours avertir Dubois des intentions de Votre Majesté.

SCÈNE IV

ANTOINETTE, *seule*. — Je vais donc recevoir dans mon vagin le foutre de M. Dubois. C'est un peu déroger, mais j'ai bonne opinion de son savoir-faire. J'ai foutu avec les courtisans les mieux famés sur l'article, je me suis fait manier par les célèbres tribades ; j'ai fait, en un mot, un fréquent exercice de la fouterie, j'en conviens. Mais il manquait à mon histoire galante d'avoir éprouvé la valeur des couilles roturières. Grâce à M. Dubois, que j'attends, ce trait ne manquera plus à ma vie. J'ai honte vraiment, d'avoir songé si tard à me procurer cette jouissance. Je ne puis, en conscience, cacher mon projet à Lamballe : elle aime trop les aventures extraordinaires pour y trouver à redire. Quelqu'un vient. Point de mauvaise honte. Si c'est Dubois, je vais aller droit au but ; si c'est Lamballe, je veux qu'elle me fournisse elle-même les moyens d'attaque.

SCÈNE V

ANTOINETTE ET DUBOIS

DUBOIS. — Peut-on entrer chez Votre Majesté ?

ANTOINETTE. — Oui, mon ami, tu peux entrer.

DUBOIS. — Mademoiselle Dumont vient de me dire à l'instant que vous aviez quelque ordre à me donner.

1. *Pouf* : sorte de coussin posé sur le sommet de la tête par-dessus lequel on dressait et coiffait les cheveux.

ANTOINETTE. — Dumont ignore absolument pourquoi je te fais venir, et doit même l'ignorer toujours.

DUBOIS. — Cela suffit. Je ne lui soufflerai pas le mot.

ANTOINETTE. — Elle m'a fait confidence que vous étiez bien ensemble, surtout depuis notre séjour ici.

DUBOIS. — Il est vrai, madame, que le défaut d'autres sociétés nous a mis dans la nécessité de nous parler souvent, mais…

ANTOINETTE. — Elle m'a tout dit. Par conséquent, ne dissimule rien. Si vous vous aimez l'un l'autre, qui pourrait trouver mauvais que vous vous donniez quelquefois des preuves certaines de votre amour ? J'aime trop le plaisir pour nuire jamais aux jouissances de deux vrais amants.

DUBOIS. — Mais nous ne sommes point ensemble comme amant et maîtresse, il s'en faut beaucoup.

ANTOINETTE. — Tu ne l'aimes donc point autant qu'elle voudrait s'en flatter… Tu n'en ferais donc point ta femme ?

DUBOIS. — Il s'en faut bien. Si j'ai eu quelques particularités avec elle, je puis assurer qu'elle a fait plus de la moitié du chemin, et qu'il est probable que je n'aurais jamais pensé à elle si elle-même n'avait point songé à moi. Au surplus, je veux bien que nous soyons quittes ensemble. Elle ne me doit rien, et je ne lui dois rien. Sa mauvaise langue nous brouille à jamais.

ANTOINETTE. — J'avais dessein de vous marier l'un avec l'autre, si toutefois vous eussiez été d'accord.

DUBOIS. — Je ne suis point encore las d'être heureux, et je mourrai garçon si c'est la seule femme qui veuille unir sa destinée à la mienne.

ANTOINETTE. — Ta franchise, Dubois, me plaît infiniment, et tes aveux sur le compte de Mlle Dumont ne peuvent que me flatter beaucoup, puisque je prétends à toi, à la possession entière de ton cœur.

DUBOIS, *tout interdit*. — Votre Majesté trouve mauvais… je vais me retirer. Quelqu'un vient. Ma présence pourrait incommoder… J'ai l'honneur de saluer madame.

ANTOINETTE. — Reste Dubois ! C'est la princesse de Lamballe. Son arrivée, loin de nuire à notre entretien, doit en avancer le terme. Nous concluons devant elle, si cela te convient.

SCÈNE VI

ANTOINETTE, DUBOIS, LA PRINCESSE DE LAMBALLE

LA PRINCESSE DE LAMBALLE. — Salut à l'ami Dubois. Il ne laisse pas que d'être aimable, de venir se distraire un instant avec nous. Dites-moi, je vous prie, le sujet de votre entretien, et le but de votre tête-à-tête.

ANTOINETTE. — J'avais dessein de faire entrer dans nos plaisirs

M. Dubois, je me suis pleinement expliquée. J'ai voulu savoir, avant tout, si mademoiselle Dumont n'était point maîtresse de son cœur. Après avoir appris qu'ils jouissaient ensemble, sans autre motif que le plaisir de foutre, j'ai pensé n'avoir rien plus à ménager. J'ai dit à Dubois que depuis mon séjour dans cette tour, je convoitais son cœur et désirais en faire mon amant. Mais je le vois maintenant, ma possession n'est point digne de Dubois, mademoiselle Dumont l'emporte sur moi, à ce qu'il paraît.

LA PRINCESSE DE LAMBALLE. — Quoi ! Dubois, tu dédaignes Antoinette ? Toi seul, dans la France, tu voudrais résister à ses charmes ? Tu n'as donc point examiné la blancheur et la beauté de sa peau ? Ne vois-tu pas la volupté régner dans ses yeux et sur ses lèvres ? Pourquoi t'obstineras-tu à ne point voir dans la personne d'Antoinette ce que tout le monde y voit ? Comment peux-tu ne point vouloir partager un amour si violent ? Imite-moi ! Prends-lui la gorge, le cul même : tu peux tout entreprendre.

DUBOIS, *confus*. — Je ne puis croire à ce que j'entends. L'idée de me trouver dans les bras de la reine, loin de m'animer davantage, me glace tout à fait.

ANTOINETTE. — Suis-je autrement faite que mademoiselle Dumont, que tu as si souvent foutue, sans aucune réflexion ? Est-ce le titre de reine qui mettrait obstacle à notre bonheur ? Je le dépose à tes pieds pour ne jamais le reprendre avec toi.

LA PRINCESSE DE LAMBALLE. — Allons donc, lâche couillardin, ta grande renommée est venue jusqu'à nous : il faut l'augmenter encore, s'il est possible. *(La princesse de Lamballe visite les iniquités de Dubois, lui travaille l'engin puis, le voyant se raidir, s'écrie :)* Bravo ! bravo ! cher fouteur, tu as un braquemart solide ; encore une secousse de poignet, et tu dois aller ton train.

ANTOINETTE, *s'étendant sur un grand canapé*. — Foutre, qu'il est gros et long ! Viens, mon ami Dubois, viens dans mes bras.

LA PRINCESSE DE LAMBALLE. — Ma belle, tu es mal placée. Il faut te coucher sur le dos, avoir les genoux en l'air, les talons contre les fesses, écarter les cuisses.

ANTOINETTE. — Est-ce bien la posture que tu m'as dite ? Courage, mon ami. Vas bien, crois que je me souviendrai de toi toute la vie... Avec ton index, desserre les lèvres de mon bijou. Tu y es ! Pousse, pousse fort.

DUBOIS. — Nom de Dieu ! j'ai bien de la peine. Cependant, je sens qu'il est entré, mais il n'y est pas comme il faut.

ANTOINETTE. — Tu ne pourrais pas aider un peu, ma bonne Lamballe ? Je sens déjà que le bougre va bien aller. *(À son fouteur :)* Enfonce-le, Dubois, jusqu'aux gardes. Compte sur moi, j'irai en mesure, et je rendrai exactement coups de cul pour coups de cul.

DUBOIS. — Je m'en rapporte à vous. Vous remuez la charnière avec une vigueur inconcevable.

ANTOINETTE. — Ah Dieu, ah Dieu ! tu me tues, Dubois. Ah, ah, ah ! Va toujours, cher ami, je t'aime de toute mon âme… Sois vigoureux, fous-moi bien, je t'en prie. Va ! va !

LA PRINCESSE DE LAMBALLE. — J'ai envie de chatouiller les couilles de Dubois et de lui claquer les fesses légèrement.

ANTOINETTE. — Fais, chère amie, tout ce qui peut contribuer à ma jouissance. Dubois m'ouvre les portes du ciel. Ah Dieu ! quel feu me dévore, je suis dans un brasier d'amour. Ah, ah ! je me meurs.

LA PRINCESSE DE LAMBALLE. — Voulez-vous prendre quelque chose pour réparer vos forces ?

DUBOIS. — Je n'ai besoin de rien. Je crains seulement que mon maître ait appelé.

ANTOINETTE. — Quelle heure est-il donc ?

LA PRINCESSE DE LAMBALLE. — Mais, il est neuf heures.

ANTOINETTE. — Il faut, mon ami, aller réveiller le roi, dire qu'on serve le souper. Si tu désires quelque chose, adresse-moi tes demandes ; je ferai mon possible pour t'être utile.

DUBOIS. — Vous êtes trop bonne. En vérité, je n'ambitionne rien autre chose que l'honneur de votre protection. Je vais exécuter vos ordres pour le souper et pour le réveil du roi.

SCÈNE VII

ANTOINETTE ET LA PRINCESSE DE LAMBALLE

ANTOINETTE. — Je n'ai jamais été mieux foutue… À l'aspect de son monstrueux jean-chouart, j'ai vraiment été saisie de frayeur, et je ne comptais point qu'il pût jamais entrer.

LA PRINCESSE DE LAMBALLE. — Voilà comme je voudrais que tous les hommes fussent montés. Mais la plupart n'en ont que six ou sept pouces.

ANTOINETTE. — Tu as raison : le plaisir serait bien plus grand si chacun avait un vit de cette taille. Mais il ne faut point demander ce qui n'existe pas. Vivons contentes de ceux que nous avons à mettre en œuvre. Puissions-nous tous les instants en avoir à notre service !

LA PRINCESSE DE LAMBALLE. — La philosophie est bonne à connaître. Je veux la mettre en pratique le reste de ma vie : tous les vits me plairont, quelle que soit leur taille, trop heureuse si j'en ai à mes ordres.

ANTOINETTE. — Si les hommes, un jour, nous abandonnaient, nous ne pourrons être à plaindre puisque nous savons les remplacer.

FIN

Nota. — Pour prouver l'authenticité des faits que je viens d'exposer au public, je prie le lecteur de jeter un coup d'œil sur *La Vie privée, libertine et scandaleuse de Marie-Antoinette*, 3 vols in-18 avec 32 figures ; ouvrage recherché, très véridique, et dont les principales anecdotes qu'il renferme ne sont connues que de très peu de personnes, notamment le troisième volume qui vient de paraître [1].

1. *Vie privée, libertine et scandaleuse de Marie-Antoinette d'Autriche, ci-devant reine des Français, depuis son arrivée en France jusqu'à sa détention au Temple*, ornée de vingt-six gravures, Aux Tuileries et au Temple. Et se trouve au Palais de l'Égalité, ci-devant Palais-Royal, chez les marchands de nouveautés. L'an premier de la République [1792], 4 parties en 3 tomes et 1 vol. in-18 (BNF. Enfer 790, 791, 792). La page de titre du t. III, publié un an après les deux premiers, est légèrement différente. Rééd. en 1793 (BNF. 8° Lb39 6208 A).

La *Feuille de correspondance du libraire*, dans laquelle Dubroca annonçait et commentait les ouvrages récemment parus, disait, en 1792, à propos des deux premiers tomes de cette *Vie* de Marie-Antoinette : « Nous avertissons par avance les pères de famille de ne pas laisser tomber cet ouvrage dans les mains de leurs enfants. Les gravures libres dont il est accompagné, le style non moins libre dont il est écrit, pourraient bien produire en eux des ravages dont ils se repentiraient, et nous sommes au moment où des mœurs sévères doivent présider à l'éducation de notre jeunesse. Il ne faut donc mettre cet ouvrage que dans les mains des hommes faits. Encore doit-on les prévenir que ce n'est pas la vérité tout entière qu'ils liront, mais bien de fortes présomptions sur les faits racontés. Au surplus, le mal que la calomnie pourrait répandre sur une famille aussi perverse est si peu de chose en comparaison de celui qu'elle a voulu nous faire que, quand il arriverait que les traits les plus faux de cette histoire seraient crus à la lettre, ce ne serait encore qu'une juste peine que subiraient des êtres malveillants auxquels une nation généreuse avait voulu assurer le plus beau sort de l'univers et qui, pour prix d'un semblable bienfait, tramèrent le complot le plus affreux dont jamais l'histoire nous a transmis le détail » (cité dans Pascal Pia, *Les Livres de l'Enfer*, Paris, Fayard, 1998, p. 789).

GLOSSARIUM EROTICUM

A

ABBESSE : maîtresse de bordel.

AIGUILLETTE : cordon ou tresse ferrée par les deux bouts qui sert à attacher. Dans certaines villes du royaume, comme Toulouse, les prostituées étaient obligées de porter une aiguillette sur l'épaule, comme marque d'infamie. *Courir l'aiguillette* se disait des femmes de mauvaise vie qui racolaient dans la rue : « Si la nature n'eût arrosé le front des femmes d'un peu de pudeur, vous les verriez bientôt *courir l'aiguillette* » (Rabelais).

> … Je recherche une jeune fillette
> Experte dès longtemps à *courir l'aiguillette*,
> Qui soit ardente et vive au combat amoureux.
>
> RÉGNIER

ANCHOIS : verge de dimension trop grêle. Le mot peut également signifier le sexe masculin, sans nuance dépréciative :

> De près il l'examine et dit : Par saint François !
> Voilà, je crois, de l'ordre un des plus beaux anchois.
>
> PIRON, cité par PIERRE GUIRAUD, *Dictionnaire érotique*

Selon J.-P. Leroux, le terme s'appliquerait au pénis des petits garçons : « C'est un mot dont se servent fort ordinairement les Parisiens pour exprimer la nature d'un petit garçon, voire même souvent celle d'un homme fait, lorsqu'on se moque de la petitesse de son membre, en le comparant à un anchois, qui est un poisson très petit[1]. »

APPAREILLEUSE : « terme injurieux, qui se dit d'une femme qui fait métier de débaucher les filles et de les produire » (*Dict. Acad.*, 1762).

B-C

BAGNOS : « ce qu'on appelle *bagnos* en Angleterre, sont des endroits où l'on arrange des parties de débauche, soit avec les femmes publiques, soit avec celles qui en ont les mœurs sans en avoir tout à fait la réputation. Ces lieux sont aussi d'un grand secours pour les amants gênés et contraints. La maîtresse s'y rend avec mystère, à l'insu de ses parents ou de son mari ; et là, dans le plus grand secret, elle peut se livrer à toute sa tendresse, sans craindre ni curiosité, ni indiscrétion. Les chambres occupées

1. J.-P. Leroux, *Dictionnaire comique, satirique, critique, burlesque, libre et proverbial*, Pampelune, 1786, 2 vol., t. I, p. 39.

sont également respectées et par les gens de la maison, et par ceux du dehors. On y mange, on y boit, on y couche même, et jamais le maître du *bagnos* ne se plaint d'un trop long séjour, pourvu qu'on paie bien tout ce qu'il fournit. Le prix de la chambre, du lit et du bain est fixé, mais celui de la bonne chère et du vin est arbitraire : il faut donner tout ce qu'on demande. Chaque *bagnos* a un certain nombre de filles dont on peut disposer. Des valets vont les chercher, et les prennent de l'âge, de la taille, de la couleur, de la figure et de la nation qu'on veut les avoir, car il en est de tous les pays dont ils savent le nom et la demeure. Si celles qu'on amène ne conviennent pas, on paie les chaises à porteur et on les renvoie. D'autres leur succèdent, et peuvent être renvoyées de même, sans que ces petites humiliations occasionnent le moindre murmure. On sait ce qu'on donne à celles qu'on retient ; le messager est convenu du prix avec elles ; le maître de maison n'a rien à y voir, et ne se mêle point de ces sortes de marchés. Si la proposition ne plaît pas à la demoiselle, ou même si quelque chose la rebute dans celui pour lequel on l'a fait venir, elle a également la liberté de se retirer sans qu'on puisse user de violence à son égard. On s'exposerait à de mauvaises affaires si on se permettait la moindre insulte[1]. »

BANDE-À-L'AISE : contrairement à ce que l'on pourrait croire, le *bande-à-l'aise* est un homme de peu de tempérament, médiocrement porté à la lubricité, qui manque d'énergie dans l'acte amoureux.

Monsieur dit de bons mots souvent,
Mais Monsieur bande rarement.
Monsieur a de l'esprit ; j'en suis bien aise,
Mais comme la peste je fuis
Un bande-à-l'aise !

CHARLES COLLÉ

Leroux le définit ainsi : « Mot libre qu'on donne par ironie à un homme délicat, indifférent, froid, endormi, et qui est nonchalant, c'est-à-dire insensible pour les femmes[2]. » On lit, dans un récit érotique anonyme à la première personne cette confession du héros : « M'accablant des injures dont on flétrit les *bandalaises*, elle m'avilit sous les plus honteux reproches[3] » Pudiquement, Restif de La Bretonne n'emploie le mot qu'en abrégé : « J'avais alors le cœur et l'imagination absolument occupés ; mes sens étaient désintéressés par mon aventure du matin avec Christine. Elles s'aperçurent bien des causes de ma froideur momentanée ; aussi la vieille m'en fit-elle assez grossièrement la guerre : elle me traita de *B-nd-l-s*[4]. » Sade l'écrit en toutes lettres : « Pour moi, je l'avoue, si j'étais de votre sexe, j'aimerais mieux être molestée et bien foutue, que de m'entendre dire tous les jours des choses délicieuses par un *bande-à-l'aise* » et « On a beau s'épuiser de toutes parts [...], étaler sous ses yeux les plus mignons attraits, le *bande-à-l'aise* est nul[5] ».

BARDACHE : homosexuel passif, « jeune homme ou garçon qui sert de succube à un autre, et qui souffre qu'on commette la sodomie sur lui. Ces abominations sont si communes en France, que les femmes s'en sont plaintes ouvertement, et je pourrais même nommer plusieurs personnes qui entretiennent des *bardaches*, qui sont ordinairement de beaux garçons,

1. Abbé Delaporte, *Le Voyageur français ou La connaissance de l'Ancien et du Nouveau Monde* (1765-1795), t. XVIII, p. 285-286.
2. J.-P. Leroux, *Dictionnaire comique...*, *op. cit.*, t. I, p. 84.
3. *Le Petit-Fils d'Hercule*, s.l., 1701 [1784 ?], p. 107.
4. *Monsieur Nicolas*, éd. P. Testud, Paris, Gallimard, « Bibliothèque de la Pléiade », 1989, 2 vol., t. II, p. 52.
5. *La Nouvelle Justine*, in *Œuvres*, éd. M. Delon, Paris, Gallimard, « Bibliothèque de la Pléiade », 3 vol., t. II, 1995, p. 587 et 612.

comme on fait des filles de joie[1]. » Le terme, emprunté à l'italien, est courant depuis le milieu du XVIe siècle ; on le trouve chez Rabelais sous la forme *bredache*, chez Henri Estienne, puis chez Brantôme, chez Tallemant des Réaux, etc. Dans la langue classique, le *bougre* (voir ce mot) désigne le sodomite actif, le *bardache* le sodomite passif[2]. « Antinoüs, ainsi nommé parce qu'à l'exemple du bardache d'Hadrien, il joignait au plus beau vit du monde le cul le plus voluptueux, ce qui est très rare, était porteur d'un outil de huit pouces de tour sur douze de long[3]. »

BATAILLE DE JÉSUITES (faire la) : se masturber, « se corrompre, prendre le plaisir de la chair sur soi-même, se polluer. Vice ordinaire aux jeunes gens, surtout aux écoliers, qui entre eux se divertissent de la sorte[4]. »

BICÊTRE : situé entre Villejuif et Gentilly, l'enclos de Bicêtre était rattaché à l'Hôpital général depuis 1656. À la fois hospice, asile de fous et maison d'arrêt, il concentrait dans ses bâtiments toutes les déjections du genre humain. Louis-Sébastien Mercier lui consacre plusieurs pages, parmi les plus saisissantes, de son *Tableau de Paris* : « Ulcère terrible sur le corps politique, écrit-il, ulcère large, profond, sanieux, qu'on ne saurait envisager qu'en détournant les regards. Jusqu'à l'air du lieu, que l'on sent à quatre cents toises, tout vous dit que vous approchez d'un lieu de force, d'un asile de misère, de dégradation, d'infortune[5]. »

BIJOU : vagin de femme jeune, au tissu élastique et ferme.

BONNEAU : entremetteur, maquereau. Le mot plaisait tant à Voltaire qu'il en fit un personnage :

Pour colorer comme on put cette affaire,
Le roi fit choix du conseiller *Bonneau*,
Confident sûr et très bon Tourangeau.
Il eut l'emploi, qui certes n'est pas mince,
Et qu'à la cour où tout se peint en beau,
Nous appelons être l'ami du prince,
Mais qu'à la ville, et surtout en province,
Des gens grossiers ont nommé *maquereau*.

BOUGRE, BOUGRERIE : sodomite, sodomie. « Je suis de l'avis de ceux qui le dérivent de *Bulgarus*, soit à cause que les peuples de Bulgarie, que Villehardouin et autres vieux auteurs appellent *Bougres*, étaient également adonnés à ce vice, ou parce qu'on brûlait ceux qui en étaient convaincus, comme on faisait les hérétiques qu'on appelait aussi *Bougres*[6]. » Au XVIIe siècle, bougre ne signifie plus que sodomite :

Sergent à verge de Sodome,
Exploitant partout le royaume,
Bougre bougrant, bougre bougré,
Et bougre au suprême degré,
Bougre au poil, et bougre à la plume,
Bougre en grand et petit volume,
Bougre sodomisant l'État
Et bougre du plus haut carat,
Bougre à chèvres, bougre à garçons,
Bougre de toutes les façons…

Mazarinade de SCARRON, 1651

Au XVIIIe siècle, le mot prend le sens d'homosexuel actif, par opposition à *bardache* (voir ce mot). L'injure passe pour si grossière qu'elle ne figure généralement que par sa lettre initiale suivie de points. Au XIXe siècle, *bougre* a perdu toute connotation homosexuelle. Au Moyen Âge, le mot désignait aussi l'usurier (*usurarii quos Franci Bugeros vulgariter appellant*[7]).

« Le mot de *bougrerie* est appliqué par les uns aux Albigeois qui avaient suivi la même hérésie que les Bulgares ; et ils se fondent sur ce par l'in-

1. J.-P. Leroux, *Dictionnaire comique…*, *op. cit.*
2. Voir Claude Courouve, *Vocabulaire de l'homosexualité masculine*, Paris, Payot, 1985.
3. Sade, *Les Cent Vingt Journées de Sodome*, in *Œuvres*, éd. cit., t. I, 1990, p. 50-51.
4. J.-P. Leroux, *Dictionnaire comique…*, *op. cit.*
5. Éd. J.-C. Bonnet, Paris, Mercure de France, 1994, 2 vol., t. II, p. 243 *sq*.
6. Ménage, *Les Origines de la langue française*, 1650.
7. Paul Viollet, *Les Établissements de Saint Louis*, Paris, Renouard, 4 vol., t. IV, 1986, p. 36.

titulé du chapitre des *Établissements de Saint Louis* où il paraît que l'on n'a eu en vue que les mécréants et les hérites, c'est-à-dire hérétiques. Les autres appliquent la première partie de ce chapitre au crime contre nature, parce qu'on a donné le même nom à ceux qui s'en rendent coupables…[1]. » Au XVIe siècle, ce mot s'applique parfois à la bestialité : « *Bougrerie* étant non accomplie est digne du feu avec l'animal[2]. »

BOUZIN ou **BOUSIN** : mauvais lieu, cabaret borgne, bouge, bordel. Connu plus tard sous la forme *bousingot* (petit bordel).

BROUETTE (la) : « il faut que la fille se couche sur un lit et sur le ventre, qu'elle place le bout de ses pieds sur chaque épaule de son fouteur, qui prend un des genoux de la fille dans chacune de ses mains, et les porte sur ses hanches. Il pousse et repousse vivement, toujours debout, va et vient comme s'il brouettait. Cet équipage est très solide, quand la cheville ouvrière est de taille, et qu'elle est entrée avec quelque difficulté ; les roues étant d'un long service, on peut ainsi brouetter longtemps[3]. »

CHARNIÈRE : périnée ; espace compris entre l'anus et le vagin.

CONNASSE : sexe de vieille femme, trop large et avachi. « Un connichon aussi jeune ne pouvait admettre un vit qui ne décalottait pas encore : il me fallait une *conasse* » (Restif de La Bretonne, *Anti-Justine*).

CONNIN : « pour le temple de Cypris, connichon, connin étroit, qui donne de la peine à enfiler, connin de pucelle.

Ne sèche pas comme l'andouille
Qui courtise un connin.

Parnasse des Muses[4]. »

CRISTALLINE : abcès de l'anus d'origine traumatique et d'aspect opalisé, dont l'évolution pouvait être mortelle. Les satiriques latins l'appelaient *crista* ou *marisca*. Cette affection était particulièrement redoutée des homosexuels.

D-E-F

DÉCONNER : « sortir du con de la femme, soit parce qu'on a fini, soit parce qu'elle remue trop les fesses. Il y a des gens qui peuvent, comme l'Ascylte de Pétrone, rester deux jours sur une femme. Heureux Ascylte ! Plus heureuse femme[5] ! »

Avec cet outil-là, je puis, sans me gêner,
Fournir mes douze coups, dont six sans déconner.

PIRON

DEMI-CASTOR : à l'origine, le *demi-castor* était un chapeau d'homme où le poil de castor était mélangé à de la fourrure moins coûteuse ; l'expression s'est appliquée ensuite à toute personne suspecte, équivoque, puis aux femmes de mœurs légères. *Demi-castor* équivaut à demi-vertu ou à demi-mondaine. L'inspecteur Marais écrit : « M. le marquis de Saint-Jacques, espagnol, va presque tous les soirs souper rue du Croissant, chez les demoiselles Duplessis sœurs. Ces demoiselles ne figurent point avec nos autres demoiselles entretenues. Leur frère était dans les affaires et leur a laissé à sa mort quelque bien. Elles soutiennent un ton de

1. L'Averdy, *Code pénal ou recueil des principales ordonnances, édits et déclarations sur les crimes et délits*, 1752.
2. Jean Papon, *Arrêts notables des cours souveraines de France*, 1565.
3. *Les Quarante Manières de foutre, dédiées au clergé de France*, À Cythère, Au Temple de la volupté, 1790.
4. Cité par J.-P. Leroux, *Dictionnaire comique…*, *op. cit.*
5. Alfred Delvau, *Dictionnaire érotique moderne, par un professeur de langue verte*, Bruxelles, Freetown, 1864.

décence, et c'est ce qu'on appelle des *demi-castors*[1]. »

DOCTEUR : membre viril.

ENFANTS : nom donné aux pensionnaires de Mme Gourdan, la célèbre maquerelle.

FARFADET : Petit ami sans conséquence qu'on prend par caprice, par jeu ; sorte de sigisbée décoratif, qui paie quelques chiffons.

FEMME DU MONDE : femme galante. On dira plus tard : demi-mondaine. Au contraire, la *dame du monde* désigne une femme de condition.

FOUTIMASSER : « baiser dans un grand con, avec un vit trop petit, ou ne pas assez bander ; en somme, ne faire rien qui vaille[2]. »

Ton vit plus froid que glace
Reste mollasse,
Il *foutimasse* :
Quel bougre d'engin !

PIRON

Le verbe peut être pris aussi comme un fréquentatif de foutre : « Faisons quelques nouvelles folies, mon ange [...] passe dans la chambre de ton mari, je l'entends *foutimacer* encore[3]. »

Accable-moi donc d'infortunes,
Foutu Dieu qui me fais horreur.
Ce n'est qu'à des âmes communes
À qui tu peux foutre malheur.
Pour moi, je nargue ton audace ;
Quand dans un cul je foutimasse,
Je me ris de ton vain effort.
J'en fais autant des lois de l'homme :
Le vrai sectateur de Sodome
Se fout et des dieux, et du sort.

Paraphrase de l'*Ode à Priape* de PIRON[4]

Un ribaud, quelquefois, trop plein de son objet,
Fatigue, échauffe en vain un aimable sujet.
Sans cesse auprès de lui, le paillard foutimasse
Et sur ses nudités sa main passe et repasse.

L'Art priapique

Loin ces foutimasseurs qui gâtent le métier...
Ne foutimassez plus les oreilles des dames.

Paroles grasses de Carême-prenant

FOUTRAILLER : foutre avec vigueur. Peut prendre aussi le sens de cingler, frapper : « Quand les mâtins de vents foutraillaient les bougres de chênes, de sapins et de hêtres aristocrates[5]. » On rencontre également l'adjectif *foutrailleur* : « Bossu, curé foutrailleur à Saint-Paul[6]. »

G

GALANTERIE : maladie vénérienne. Donner, attraper une *galanterie*. *Galant* avait aussi le sens de « galeux », « qui a la gale ».

GAMAHUCHER : exciter les parties génitales masculines ou féminines par des caresses linguales. Le duc de Richelieu passait pour un des plus grands gamahucheurs du royaume. Restif de La Bretonne consacre au gamahuchage un chapitre entier de *Dom Bougre aux états généraux* :

« DU GAMAHUCHAGE. — Si tout ce qui tend à la dépopulation est un crime de l'érection, et s'il est de l'essence d'une bonne constitution de ne pas le laisser impuni et même de le prévenir, il faut que notre code national pourvoie aux *gamahuchés*, mode de fouterie qui fait répandre tous les jours une

1. Camille Piton, *Paris sous Louis XV*, Paris, Mercure de France, 1910, 5 vol., t. III, p. 48-49.
2. Alfred Delvau, *Dictionnaire érotique moderne*, *op. cit.*
3. Sade, *La Nouvelle Justine*, in *Œuvres*, éd. cit., t. II, p. 951.
4. Sade l'attribue au cardinal de Bernis dans *Histoire de Juliette*, in *Œuvres*, éd. cit., t. III, 1998, p. 804.
5. *Le Véritable P. Duchesne*, 1791, cité dans P. Enckell, *Matériaux pour l'histoire du vocabulaire français*, nº 32, Paris, CNRS / Klincksieck, 1989, p. 106.
6. *Calendrier du père Duchesne*, 19, Paris, 1791, voir P. Enckell, *Matérieux...*, *op. cit.*, deuxième série, nº 19, 1981, p. 121.

immense quantité de foutre en pure perte.

« Si Messieurs les députés étaient à portée de leurs femmes, ils pourraient se faire expliquer cela, et pour peu qu'ils fussent complaisants, elles les feraient passer bien vite de la théorie à la pratique.

« Gamahucher, c'est faire avec la langue et la bouche l'office du membre viril ou du vagin.

« L'homme place sa langue sur le clitoris de la femme, il lui donne de légères titillations, il aspire à lui l'intérieur des lèvres de la motte, puis il lèche de haut en bas le clitoris et ses ramifications. Enfin, quand la femme lui presse fortement la tête sur ses cuisses, il tourne la langue avec force autour du clitoris, en redoublant toujours le mouvement jusqu'à ce qu'elle décharge.

« La femme, pour payer de retour, prend entre ses lèvres le gland du vit en le faisant doucement entrer et sortir dans sa bouche ; sa langue est placée sur l'orifice du canal de l'urètre, elle le lèche ou le pointe pendant que, d'une main, elle chatouille le pubis.

« Une femme honnête, quelque amoureuse qu'elle soit, ne reçoit pas la gorgée, mais une putain la reçoit. Cela dépend souvent du prix.

« Ce plaisir étant très vif, les femmes y sont portées aujourd'hui avec fureur. Les hommes s'y adonnent aussi, parce qu'ils sont usés, que les cons, même de quinze ans, sont d'une largeur effroyable, et que les chaudepisses sont très communes.

« Un très habile calculateur a démontré qu'à Paris seulement il se versait, par les gamahucheurs, trois muids et demi de foutre, ce qui aurait donné la vie à trente mille enfants, en supposant que, sur tous les coups, il n'y eût qu'un neuvième qui portât.

« Ô mauvais citoyens ! cessez, cessez ce jeu exécrable. Foutez, mes amis, foutez et peuplez : c'est le grand objet de la nature[1]. »

GODEMICHÉ ou **GODEMICHI** : du latin *gaude mihi* (fais-moi jouir). Phallus artificiel de cuir ou de velours que les Italiens nomment *fregona*, dont l'invention remonte à la nuit des temps, et dont se servaient déjà les dames romaines, comme l'atteste le *Satyricon*. Ronsard peste dans un sonnet contre cet instrument coupable, selon lui, de la froideur de sa maîtresse, Lucrèce de Bacqueville.

Amour, je ne me plains de l'orgueil endurci,
Ni de la cruauté de ma jeune Lucrèce,
Ni comme sans secours languir elle me laisse.
Je me plains de sa main et de son godmici.

C'est un gros instrument qui se fait près d'ici.
Dont, chaste, elle corrompt toute nuit sa jeunesse :
Voilà contre l'Amour sa prudente finesse !
Voilà comme elle trompe un amoureux souci !

Aussi, pour récompense, une haleine puante,
Une glaire épaissie, entre ses draps gluante,
Un œil have et battu, un teint pâle et défait,

Montrent qu'un faux plaisir toute nuit la possède.
Il vaut mieux estre Phryné et Laïs tout à fait,
Que se feindre Portie avec un tel remède[2] !

Le poète Sigogne maudit lui aussi l'injuste concurrence que lui fait cet engin :

GODEMICHY

L'on m'a dit que le plus souvent,
L'amour vous contraint en dormant
De faire à l'envers la grenouille ;
La nuit sait vos ardents regrets,
Et les doux mystères secrets
De votre doigt qui vous chatouille.

Mais je me plains que tout le jour,
Fuyant même le nom d'Amour,
Vous contrefaites la doucette,

1. *Dom Bougre aux états généraux*, Paris, 1868, chap. V.
2. *Les Amours diverses*, éd. Laumonier, Paris, Lemerre, 1919, t. VI, p. 389.

Cependant que toute la nuit,
Vous prenez un nouveau déduit
Avec un manche d'époussette.

Mais un clou qui se détacha,
Ces jours passés vous écorcha,
Dont vous faites si triste mine
Que vous allez tout dédaignant,
Et ne pouvez plus maintenant,
Tenir le cours de votre urine.

Une autre fois, il faut choisir
Le temps, le lieu, et le plaisir
De vous caresser à votre aise,
Usant de ces bâtons polis
Dont l'on rehausse les gros plis
Et les bouillons de votre fraise.

Ceux de velours ne coulent pas,
Ceux de satin deviennent gras
Et sont rudes à la couture,
Ceux de verre, par un malheur,
S'ils se cassaient, en la chaleur,
Vous pourraient gâter la nature.

Si vous en prenez un de fer,
Avant qu'il se puisse échauffer
Il ne fera rien qui vous plaise ;
Mais je me trompe en cet endroit,
Car aussitôt il se fondrait
Comme dedans une fournaise.

Il vaudrait bien mieux pratiquer
L'amour même, sans se moquer,
Sans aimer l'ombre de son ombre,
Et sans, par un ébat nouveau,
Vous jouer de quelque naveau
Ou d'un avorton de concombre.

Ce n'est pas ainsi qu'il vous faut
Contenter cet endroit si chaud
Qui d'une feinte ne s'abuse,
Et qui pourrait, en un moment
Allumer dans un régiment
Toutes les mèches d'arquebuse ;

Ni se tromper de la façon
De celle qui, pour un garçon,
Embrassait souvent une femme,
Et qui, mourant de trop aimer,
Ne trouva qu'au fond de la mer
Un remède à sa chaude flamme.

Vous n'attendez qu'un mari neuf,
Quelque veau pour devenir bœuf,
Qui vous ôte ce nom de fille,
Et tenant clos votre vallon,
Craignant l'enflure du ballon,
Vous vous ébatez d'une quille.

Mais qui que ce soit, le sot né,
Votre mari prédestiné,
Bien qu'il n'épouse qu'une bête,
Heureux il sera, le cocu,
Oui bien, si vous avez le cul
Aussi léger comme la tête[1].

Brantôme, de son côté, montre à travers une anecdote que l'usage du godemiché était fort répandu chez les dames de la reine, à l'époque des guerres de Religion : « J'ai ouï faire un conte, moi étant lors à la cour, que la reine mère ayant fait commandement de visiter un jour les chambres et coffres de tous ceux qui étaient logés dans le Louvre, sans épargner dames et filles, pour voir s'il n'y avait point d'armes cachées et même des pistolets, durant nos troubles, il y en eut une qui fut trouvée saisie dans son coffre… non point de pistolets, mais de quatre gros godemichis gentiment façonnés, qui donnèrent bien de la risée au monde[2]… »

Dans *Thérèse philosophe*, le père Dirrag plonge sa « pénitente », la naïve Mlle Éradice, dans une extase divine, en la sodomisant avec son cordon de saint-François, ou du moins ce qu'elle prend pour tel : « Il lui montra enfin ce prétendu cordon, qui n'était autre chose qu'un assez gros morceau de corde de huit pouces de longueur enduit d'un mastic qui le rendait dur et uni. Il était recouvert proprement d'un étui de velours cramoisi qui lui servait de fourreau. En un mot, c'était un de ces meubles de religieuses que l'on nomme *godemichis*. Sans doute Dirrag tenait-il ce présent de quelque vieille abbesse de qui il l'avait exigé[3]. »

1. *Les Œuvres satyriques complètes du sieur de Sigogne…*, éd. Fleuret et Perceau, Paris, Bibliothèque des curieux, 1920, p. 56-60.

2. Brantôme, *Recueil des Dames*, 2e partie, Paris, Plon, « Bibliothèque elzévirienne », t. XI, 1891, p. 225. Cf. aussi t. XII, 1894, p. 145.

3. Marquis d'Argens, *Thérèse philosophe, ou Mémoires pour servir à l'histoire du P. Dirrag et de Mlle Eradice*, Paris, Plon, lecture de Guillaume Pigeard de Gurbert, Arles, Actes Sud, coll. « Babel », 1992, p. 41.

GRISETTE : vêtement de méchante étoffe grise que portaient les hommes et les femmes du commun. Par métonymie, jeune fille ou jeune femme de médiocre condition, ouvrière ou employée. « On appelle grisette la jeune fille qui, n'ayant ni naissance, ni bien, est obligée de travailler pour vivre, et n'a d'autre soutien que l'ouvrage de ses mains. Ce sont les monteuses de bonnets, les couturières, les ouvrières en linge, etc., qui forment la partie la plus nombreuse de cette classe[1]. »

GUERLUCHON ou **GRELUCHON** : amant secret d'une courtisane, généralement entretenu par elle. « Entre les femmes d'une conduite libre, qu'on appelle dans ce siècle maîtresses entretenues, il entre dans l'idée de *greluchon*, d'être favorisé gratis, tandis qu'elles se font payer par un autre. C'est un diminutif du vieux mot *grelu*, qui a signifié *gueux*. Ainsi, *greluchon* est un petit gueux[2]. »

H-I-J

HERCULE (l') : « la femme se met à califourchon sur son fouteur, assis sur une chaise ; elle prend son vit à pleine main, le branle jusqu'à ce que, gonflé par les esprits vitaux, il lève une tête altière ; ensuite elle le place dans son con, et passe ses bras autour du col de son amant, qui lui passe les siens sous les cuisses, et prend le haut de ses fesses ; puis se lève tout debout, et la fout ainsi en se promenant. Pour essayer de cette manière, il faut être fort de reins c'est la plus fatigante. Petits-maîtres, Hercule ainsi foutait ; c'est assez vous dire que c'est au-dessus de vos forces[3]. »

HÔPITAL GÉNÉRAL : fondé sous Louis XIV, l'Hôpital général comprenait notamment la Salpêtrière, Bicêtre et la Pitié ; c'était à la fois une maison de force pour les prostituées, un asile pour les folles et un hospice pour les indigents des deux sexes. C'est en 1684 qu'un décret royal fit ajouter à la Salpêtrière un quartier spécial destiné à recevoir les femmes « d'une débauche et d'une prostitution publique et scandaleuse qui se trouvaient dans la bonne ville de Paris », et toutes celles qui étaient impliquées dans un procès criminel ou condamnées à la réclusion, la peine des galères ne leur étant pas applicable. Toutes ces femmes étaient enfermées, soit par décision administrative, soit par mesure de police, soit en vertu d'un jugement. Ce que l'on appela dès lors la *Maison de force* comportait quatre divisions où les détenues se répartissaient selon la gravité de leur crime : la *Correction*, le *Commun*, la *Prison* et la *Grande-Force*, celle-ci étant réservée aux peines à perpétuité. Le « Commun », la « Prison » et la « Grande-Force » étaient équipées en dortoirs qui servaient d'ouvroirs dans la journée. Les travaux des détenues étaient assez rudes et leur tâche très chargée. Chaque dortoir contenait soixante-douze lits avec paillasse, drap et couverture, attribués à raison d'un lit pour six détenues. Comme il n'y avait de place que pour quatre, deux couchaient par terre, jusqu'à ce que des mutations aient créé des vacances dans le lit. À leur arrivée, les malheureuses avaient le crâne tondu, puis on les revêtait de « l'habit de la maison », à savoir une chemise de grosse toile, un vieux jupon, une robe de bure grise, des bas gris, des sabots et un bonnet rond. Leur nourriture se composait d'une soupe, de pain noir et d'eau, avec une once de viande le dimanche, un morceau de fromage le jeudi, et des fèves, pois, lentilles, les autres jours. À la moindre faute, on

1. J.-S. Mercier, *Tableau de Paris*, éd. cit.
2. Abbé Prévost, *Manuel lexique, ou Dictionnaire portatif des mots français dont la signification n'est pas familière à tout le monde*, Paris, Didot, 1750, 2 vol.
3. *Les Quarante Manières de foutre*, *op. cit.*

les mettait au pain sec et à l'eau. En fait, les prisonnières adoucissaient ce régime grâce au produit de leur travail ou à leur part des aumônes toujours largement dispensées par des âmes charitables.

Souvent, des mutineries éclataient à l'intérieur des bâtiments. Mercier nous en livre un impressionnant témoignage : « Quand ces filles ont à se plaindre de la nourriture ou de quelques mauvais traitements, écrit-il, alors elles forment entre elles une révolte : la conspiration vole de bouche en bouche. Or, savez-vous en quoi consiste cette révolte ? À pousser toutes, en même temps et au même signal, des cris et des hurlements épouvantables. Ces explosions de poitrine qui se manifestent par des accents aigus et prolongés, se répètent à différents intervalles dans le jour, dans la nuit, et d'une manière inattendue. Quand on entend cette clameur pour la première fois, on est véritablement saisi : ces cris se propagent à près d'une lieue. Les menaces, les châtiments n'y font rien ; cette révolte de gosier se soutient, jusqu'à que le tort réel ou apparent soit réparé[1]. »

Les prostituées ramassées sur la voie publique étaient envoyées d'abord au dépôt Saint-Martin (voir ce mot) d'où, après comparution devant un magistrat du Châtelet, elles étaient soit relâchées, soit dirigées sur la Salpêtrière, où elles prenaient place au « Commun ». Beaucoup d'entre elles firent partie du contingent de femmes déportées aux îles, en vertu d'une sorte de traite des Blanches officielle initiée par Colbert en 1669, par l'expédition au Canada d'une centaine d'orphelines tirées de l'Hôpital général. En août 1680, on envoya des prostituées à Madagascar ; en octobre suivant, plus de cent furent embarquées pour l'Amérique, en novembre une centaine pour Saint-Domingue, et une centaine encore en 1682 pour le Québec. Combien de filles de joie, déplacées malgré elles aux Antilles françaises, furent épousées par des flibustiers !

Adieu, Pont-Neuf, Samaritaine,
Butte Saint-Roch, Petits-Carreaux,
Où nous passions des jours si beaux ;
Nous allons en passer aux îles,
Puisqu'on ne nous veut plus aux villes.

La Desroute et l'adieu des filles de joye de la ville et des faubourgs de Paris, 1681

En 1719, sur la requête de la Compagnie des Indes, des convois massifs de filles allèrent peupler la Louisiane, la Martinique, la Guadeloupe, Saint-Domingue, la Tortue… On en expédia près de mille cent dans le dernier trimestre de cette année-là, choisies à la Salpêtrière parmi celles « n'ayant pas eu la maladie que produit la débauche ». Des criminelles marquées de la fleur de lys furent jointes aux prostituées. Ces déportations prirent fin en 1750, après l'émeute des 22 et 23 mai, causée par l'enlèvement d'un enfant dans la rue Nonnain-d'Hyères.

Rappelons que c'est à l'Hôpital général que Manon Lescaut fut incarcérée, avant d'être envoyée en Amérique, que la comtesse de La Motte fut enfermée après le jugement du Parlement mettant fin à la célèbre affaire du Collier, et qu'elle s'en évada quelques mois plus tard dans des conditions qui n'ont jamais été bien éclaircies. Théroigne de Méricourt, l'*Amazone de la Liberté*, y mourut folle en 1817, à l'âge de cinquante-cinq ans.

INFANTE : maîtresse, femme aimée.

JEAN-CHOUART : membre viril.

L-M-O

LEVRETTE : « cette manière de foutre est très jolie et très agréable, et

1. *Tableau de Paris*, éd. cit., t. II, p. 94.

nous ajouterons très utile et d'une grande ressource. Vous enfilez le con, et vous voyez les fesses et le cul, vous pouvez donner le postillon (voir ce mot).

« La femme peut tourner la tête, vous regarder, et en vous baissant faire langue fourrée.

« Si vous n'avez pas de lit, vous vous appuyez sur une table ou sur une chaise.

« Craignez-vous le retour d'un mari, d'un entreteneur, ou de parents toujours importuns ? Vous faites placer la femme les coudes sur la croisée de la rue ou de la cour, le rideau lui tombe sur les reins, alors vous la foutez paisiblement et sans frayeur aucune ; elle vous rend vos coups de cul, vous pouvez encore la branler et la faire jouir doublement.

« Quand vous sentirez que vous allez décharger, serrez-lui les fesses avec les deux mains, le con paraîtra plus étroit, votre vit sera pressuré de manière que le con recevra jusqu'à la dernière goutte de votre foutre, et la femme y trouvera un avantage inappréciable. Le vit est plus long, il n'est point gêné par le ventre, ni par la motte : il y a au moins un bon pouce de gain pour la femme, ce qui vaut son prix. Elle vous saura gré de cette attention[1]. »

MAMAN : nom que donnent les filles de maisons closes à la tenancière (V. ABBESSE). Dans son *Pornographe*, Restif de La Bretonne distingue les prostituées qui vivent « chez des mamans ». Dans la *Correspondance de Mme Gourdan*, les filles écrivent en tête de leurs lettres à la célèbre matrone : « Ma chère maman. »

MARCHEUSE : rabatteuse. Généralement, ancienne fille publique, chargée de recruter des clients pour les bordels. Les maisons de première ligne ont ordinairement à leur service plusieurs *marcheuses*, dont l'emploi consiste à promener les filles d'amour sur les boulevards et les lieux fréquentés pour appâter le chaland.

MICHÉ, MICHETON : client d'une fille publique, et plus généralement « sot qui s'est laissé prendre ». Forme populaire de *Michel* avec amuïssement de la consonne finale. On rencontre aussi les formes *michaut* (« nigaud », attesté vers 1510 dans *Les Secretz et loix de mariage des Anciennes poésies françaises*, III, 169) et *michon* (« sot », 1611).

MOUCHOIR (jeter le) : « *honneur du mouchoir*. Manière de parler qui tire son origine des empereurs turcs qui, lorsqu'ils vont à leur sérail voir leurs femmes, ont coutume de jeter un mouchoir à celle qui leur revient le plus, et avec laquelle ils ont envie de se divertir[2]. »

OIE (la petite) : « ce sont des petites faveurs qu'accordent les femmes à leurs amants, comme petits baisers tendres, attouchements, et autres badineries, qui conduisent insensiblement plus loin. La *petite oie*, c'est proprement les préludes d'amour[3]. »

P-Q

PARESSEUSE (à la) : « cette manière est très agréable. Elle multiplie les jouissances et rend le plaisir de foutre plus vif et plus piquant.

« Lorsque deux amants sont couchés, ils se placent sur le côté face à face ; la femme lève la cuisse et passe la jambe sur la hanche de son fouteur, le con se trouve un peu entrouvert. Alors, la femme qui peut préluder en patinant le vit et les couilles de son

1. *Art de foutre en quarante manières, ou la science pratique des filles du monde*. Amsterdam, 1789.
2. J.-P. Leroux, *Dictionnaire comique...*, *op. cit.*
3. *Ibid.*

ami, place la pine entre les lèvres du con, et l'homme l'introduit par légères secousses, afin de ne pas décharger trop vite, car en fouterie comme dans ce qui tient aux plaisirs, il faut le faire durer longtemps.

« Les bouches doivent en outre jouer leurs rôles, les langues se sucer amoureusement. Il ne faut pas que les mains restent dans l'inaction.

« Les deux fouteurs peuvent se donner le postillon (voir ce mot), se chatouiller le bout du sein.

« Une femme peut encore être branlée en foutant : chatouillez-lui le clitoris, elle jouira avec beaucoup plus de volupté. Vous vous en apercevrez à ses soupirs, ses mouvements, au frissonnement de ses fesses. C'est alors qu'il faut que le fouteur redouble de lubricité en ondulant ses coups de cul.

« Lorsqu'il sent qu'il va décharger, il poussera son vit jusqu'au fond du vagin, et son amante lui ripostant, lâchera son foutre en même temps, et ils mourront de bonheur et de plaisir. Et comme le dit la chanson :

Air de *La bonne aventure, ô gué*

Mes chers amis, Dieu merci,
Je sais fuir la gêne
Et j'aborde sans souci
Où le sort me mène.
Si je suis trop fatigué,
Ma belle arrive, et morgué
Quand j'enconne Hélène
Ô gué
J'encule la peine.

De peur de m'user trop tôt,
Quand je baise Hélène,
Je ne vais pas comme un sot,
Foutre à perdre haleine.
Moi, sans être fatigué,
Je veux jouir morgué.
Quand j'enconne Hélène
Ô gué
J'encule la peine[1]. »

PASTILLES « À LA RICHELIEU » : bonbons à base de cantharide, encore appelés « diavolini » en Italie, « pilules galantes » ou « à la Richelieu » en France, dont les vertus aphrodisiaques étaient connues depuis l'Antiquité. D'après l'*Encyclopédie*, l'absorption de cantharide pouvait se révéler dangereuse, voire mortelle dans certains cas : « Les cantharides en poudre, appliquées sur l'épiderme, y causent des ulcérations, excitent même des ardeurs d'urine, la strangurie, la soif, la fièvre, le pissement de sang, etc., et rendent l'odeur puante et cadavéreuse. Elles causent les mêmes symptômes prises intérieurement. On a observé qu'elles nuisaient beaucoup à la vessie. [...] Boyle va plus loin : il affirme que des personnes ont senti des douleurs au cou de la vessie, et ont eu quelques-unes des parties qui servent à la sécrétion des urines offensées, pour avoir seulement manié des cantharides sèches. D'où il s'ensuit qu'on peut compter les cantharides au nombre des poisons. Boerhave ordonne, contre ce poison, les vomitifs, les liqueurs aqueuses, délayantes, les substances huileuses, émollientes, et les acides qui résistent à la putréfaction[2]. »

PATINER : « toucher, manier, tâter, farfouiller. Elle entretient sa peau dans une fraîcheur qui donnerait envie de patiner à un homme de quatre-vingt-dix ans. (Théâtre-Italien, *La Cause des femmes*[3]). Dans le sens libre, signifie aussi manier la nature d'une femme, la lui chatouiller des doigts, lui donner du plaisir. C'est ordinairement le prélude pour passer plus outre[4]. »

1. *Art de foutre en quarante manières*, *op. cit.*
2. On trouvera la formule chimique de la cantharide ainsi que ses effets pathologiques dans Maurice Lever, *Donatien, Alphonse, François marquis de Sade*, Paris, Fayard, 1991, p. 796-797.
3. Évariste Gherardi, *Le Théâtre italien ou le Recueil général de toutes les comédies et scènes françoises jouées par les comédiens italiens du Roy, pendant tout le temps qu'ils ont été au service de Sa Majesté*, Paris, 1700-1701, t. II, p. 26.
4. J.-P. Leroux, *Dictionnaire comique*, *op. cit.*

PETITE MAISON : ce fut la mode chez les grands seigneurs et les financiers du règne de Louis XV de posséder, non loin de la capitale, une demeure aux dimensions plus modestes que leurs hôtels parisiens, mais décorée avec le même luxe, et conçue dans un esprit de galanterie conforme à leur destination. Ces messieurs y recevaient en effet leurs amours secrètes dans un cadre exclusivement consacré au plaisir des sens. Sophas moelleux, peintures licencieuses, mets délicats, tout incitait à la volupté. Si l'on veut se faire une idée de ces temples de Cythère, il faut se reporter au délicieux petit récit de Jean-François de Bastide, intitulé précisément *La Petite maison*[1]. La Morlière en donne une peinture assez suggestive dans *Les Lauriers ecclésiastiques* : « Toutes les pièces étaient petites, mais entendues et distribuées avec la dernière intelligence : meubles charmants, moins somptueux que commodes, glaces, peintures admirables, jardin peigné avec un soin extrême, et pas une seule vue sur la maison ni sur le jardin. Nous entrâmes dans une pièce où tout invitait à la volupté et à la mollesse. La saison n'était point encore assez belle pour profiter des beautés du dehors, mais je ne pouvais me lasser d'admirer celle du dedans. Je ne voyais que sophas, que duchesses, que bergères, que chaises longues, avec un nombre infini de coussins ; les peintures les plus sensuelles ornaient ce réduit charmant. Enfin, tout ne respirait que l'amour et le plaisir dans ce lieu dangereux. »

Une petite comédie attribuée au président Hénault, imprimée en 1749, mais représentée dès octobre 1740 par un théâtre de société, dans une salle louée aux Porcherons, s'intitule déjà *La Petite Maison*. Elle nous fournit de précieux renseignements sur notre objet. Ainsi, au premier acte, ce dialogue s'engage entre Frozine, camériste de Cidalise, et La Montagne, intendant de Valère :

« FROZINE. — Il est vrai que ton métier exige une grande discrétion, que tu as beaucoup à t'observer, et que cela ne laisse pas de gêner. Par exemple, quand tu viens dans cette petite maison, il faut prendre garde qu'on ne t'y voie entrer, pour qu'on ne sache pas dans le quartier qu'elle appartient à ton maître.

LA MONTAGNE. — Que veux-tu donc dire avec ta discrétion ? Je crois que tu te moques de nous. Ah ! ma pauvre Frozine, tu t'es bien rouillée pendant deux ans de province, et pourquoi du mystère ?

FROZINE. — Apparemment que ton maître en met à ses bonnes fortunes.

LA MONTAGNE. — Lui ? Point du tout.

FROZINE. — Et à quoi lui sert-il donc d'avoir une petite maison ? Il me semble qu'elles n'ont été inventées que pour venir à la dérobée, et y attendre les personnes que l'on ne pourrait voir chez elles sans conséquence.

LA MONTAGNE. — Cela était bon du temps du roi Guillemot. Aujourd'hui, une petite maison n'est qu'une indiscrétion de plus : on sait à qui elle appartient, ce qui s'y passe, les personnes qui y viennent comme dans une maison de ville. Et excepté qu'il n'y a pas sur la porte en lettres d'or « Hôtel de Valère », c'est toute la même chose. Encore je ne désespère point que la mode n'en vienne… »

L'acte IV ajoute quelques précisions :

« ARAMINTE. — N'est-ce pas ici ce que l'on appelle une petite maison ?

MATHURIN. — C'est une maison qui n'est pas bien grande.

ARAMINTE. — Oh ! non, j'entends bien… Je me sens dans une joie d'être dans une petite maison… Et puis en même temps j'ai une frayeur… On dit…

MATHURIN. — Et de quoi diantre avez-vous peur ?

[…]

ARAMINTE. — Je ne sais, mais je me figurais que ce devait être toutes choses singulières, de ces inventions galantes ; là des devises, des emblèmes, des nains

1. Ce texte publié pour la première fois en 1763 a fait l'objet d'une réédition en 1993, aux éditions du Promeneur.

comme dans l'ancienne chevalerie, des fausses portes, des trappes et des guirlandes.

MATHURIN. — Eh ! mon Dieu, miséricorde, et où est-ce que tout cela tiendrait ?

ARAMINTE. — Enfin, tout ce qui annonce la galanterie amoureuse. »

Sans parler des habitations secrètes du maréchal de Richelieu — la plus célèbre était située au nº 5 de la rue de Clichy et avait quatre sorties sur la rue Blanche —, le nombre des petites maisons est incalculable, grands seigneurs et fermiers généraux rivalisant à l'envi. Dans le canton du Roule, à la Petite-Pologne, le comte de Clermont se rencontre avec la demoiselle Leduc, le marquis de Jonzac et le duc de Lauraguais donnent à souper. À Passy, maisons du duc de Valentinois, du duc d'Albermale, du marquis de Courtenvaux ; à Clichy, maisons du marquis de Ximenès, du fermier général de la Bouëxière, du comte de Montboissier, du duc de Gramont, qui en a une autre à Puteaux. Aux Porcherons de la rue Blanche, c'est M. de Laboissière, fermier général, et le marquis de Gouffier ; rue Cadet, c'est le marquis de Paulmy, succédant au comte de Frise et au duc de Chartres ; rue du Bâton, c'est le maréchal de Saxe. À la barrière de Sèvres, rue des Brodeurs, le marquis de Stainville reçoit la princesse de Robecq ; à la barrière Blanche, M. Séguier, avocat général au Grand Conseil, donne l'hospitalité à des danseuses et un marquis de Terrein « tient un sérail, dont le chevalier de Salbezonce fait le concierge [1] ». L'idée d'un sérail à l'orientale était dans l'air, le *Sopha* de Crébillon et de petits romans de l'époque ayant aidé à la répandre. L'*Observateur français*, t. X, parle d'un membre du parlement anglais qui envoie tous les ans un vaisseau en Georgie « pour acheter les beautés qui meublent son sérail ». À Moscou, si l'on en croit Mme Vigée-Lebrun, le prince Kourakin et d'autres seigneurs tenaient un état de souverain et avaient un sérail dans leur palais. Avant de clore sur ce sujet, rappelons que le comte de Sade louait pour son fils, âgé seulement de quatorze ans, une petite maison où logeait la célèbre danseuse Camargo. « Il y fait son petit ordinaire, se réjouit le bon papa, et ces dames ont la complaisance de venir en essayer [2]. » Quelques années plus tard, le jeune et divin marquis s'offrira sa propre petite maison dans le village d'Arcueil. Moins richement meublée que les nids d'amour dont nous avons parlé plus haut, celui-ci fut cependant le théâtre d'un des plus retentissants scandales de mœurs de l'Ancien Régime. Mais c'est une autre histoire !

PIERREUSE : nom donné aux prostituées de bas étage, exerçant leur industrie dans les chantiers en construction, au milieu des tas de pierres. Dans *Le Pornographe*, Restif de La Bretonne les qualifie de *barboteuses* : « Ce sont des malheureuses qui se trouvent le long des maisons et dans les rues peu fréquentées, qui n'ont pour tout logement que des galetas dans les faubourgs, où elles ne conduisent personne ordinairement. Elles sont très dangereuses pour les hommes de peine qui s'y arrêtent et qu'elles infectent du poison vénérien » (Note A. « État actuel de la prostitution »). Leur sobriquet vient de ce qu'elles vivent dans la boue et la fange.

POSTILLON (faire le) : introduire l'index dans l'anus de l'homme ou de la femme pendant l'acte sexuel, afin de décupler la jouissance.

POULAIN : sorte de tumeur vénérienne ou bubon qui survient dans l'aine et sous les aisselles. Ceux qui en sont atteints marchent les jambes écartées comme un jeune poulain qui vient de naître.

1. *État des petites maisons de 1752 à 1755* remis à l'inspecteur de police Marais. (Bibliothèque de l'Arsenal, Archives de la Bastille, Ms. 10252.)
2. Maurice Lever, *Donatien, Alphonse, François, marquis de Sade*, *op. cit.*, p. 80.

PRATIQUE : les « demoiselles en chambre » appellent ainsi leurs clients réguliers qui viennent chez elles une ou deux fois par semaine.

QU'IMPORTE : « ce sont de vieux richards à qui on accorde de temps en temps quelques faveurs. On les fait financer au besoin, et ils font aller la maison quand on est sans entreteneur » (*Correspondance de Madame Gourdan*).

R-S

RACCROCHER : faire le trottoir. *Raccrocheuse* : fille de rues ; on l'appelle encore *ambulante*. Une des plus basses catégories de prostituées : « Elles sont assez mal logées en chambres garnies, et sujettes à bien des inconvénients du côté de la police » (Restif de La Bretonne, *Le Pornographe*).

REDINGOTE D'ANGLETERRE : ce préservatif fort bien nommé *redingote d'Angleterre*, le mot *redingote* venant lui-même de l'anglais *riding-coat* (capote de cavalier), était fabriqué avec du cæcum de bœuf ou de mouton (baudruche). On les appelle aujourd'hui encore capotes anglaises, mais Sade parle déjà d'« un petit sac de peau de Venise, vulgairement appelé *condom*, dans lequel la semence coule sans risquer d'atteindre le but[1] ».

ROSETTE : « petite rose de chair qui se trouve à l'entrée de l'anus, et qui en est pour ainsi dire le pucelage, car les pédérastes passifs ne l'ont plus (d'où les pédérastes actifs sont nommés *chevaliers de la rosette*)[2] ».

RUBAN : pourboire laissé par un client de bordel. La fille n'est pas tenue de reverser le *ruban* à la matrone.

SAINT-MARTIN : la prison Saint-Martin, à l'emplacement de l'actuel Conservatoire national des arts et métiers, servait de dépôt aux filles publiques arrêtées dans Paris. On les y maintenait un temps parfois assez long, pouvant atteindre une trentaine de jours, avant de les conduire au Châtelet pour y être entendues par le lieutenant général de police. Elles comparaissaient devant celui-ci à genoux, sans avocat, ni défenseur. Jusque vers le milieu du XVIIIe siècle, les transports de Saint-Martin au Châtelet, puis à la Salpêtrière, se faisaient en plein jour, dans un long chariot découvert, appelé le « char à Pataclin », où s'entassaient les filles, debout, le crâne souvent rasé, entourées d'une escorte de gens d'armes. Elles traversaient ainsi tout Paris, répondant par des quolibets, des cris, des menaces, des obscénités, aux lazzi de la foule amusée. Afin d'éviter ces scènes jugées indécentes, on décida d'effectuer ces transferts de nuit. L'interrogatoire achevé, on les libérait ou on les envoyait aux « Communs » de la Salpêtrière. « Je ne vous peindrai point en détail cette prison consacrée aux femmes de mauvaise vie, séjour aussi horrible que dégoûtant, note l'*Espion anglais* à propos de Saint-Martin. Il vous suffira de vous la représenter comme la sentine de tous les vices, le théâtre de toutes les impudicités, où se débitent toutes les ordures, toutes les grossièretés, tous les jurements, tous les blasphèmes de la débauche la plus crapuleuse, et parfois la plus énergique. Heureusement, ce n'est qu'un dépôt, un lieu de passage pour aller à ce que nous appelons *la grande maison*, c'est-à-dire l'Hôpital général[3]. » Dans les années 1780, la prison Saint-Martin était bien délabrée ; elle n'avait plus que quelques chambres, d'ailleurs fort étroites et dépourvues de mobilier, où les filles couchaient sur le carreau, parfois garni

1. *La Philosophie dans le boudoir*, troisième dialogue, dans : Sade, *Œuvres*, éd. cit., t. III, p. 47.
2. Alfred Delvau, *Dictionnaire érotique moderne*, *op. cit.*
3. *L'Espion anglais. Recueil de chroniques indiscrètes sur les affaires du temps*, Londres, John Adamson, 1784-1785, 10 vol.

de quelques bottes de paille. Elles étaient soumises au régime sec et à l'eau. Cette prison fut supprimée en 1785 et remplacée par la « Petite-Force ». *Voir aussi* HÔPITAL GÉNÉRAL.

SAINTE-PÉLAGIE : fondée par Mme de Miramion, la communauté de Sainte-Pélagie (à l'emplacement du 56, rue de la Clef), du nom de la comédienne d'Antioche qui avait renoncé à la débauche pour se consacrer à la vie religieuse, accueillait à la fois des recluses volontaires et des jeunes filles de condition, coupables d'avoir déshonoré leur famille par des scandales publics et sanctionnées par une lettre de cachet. Les détenues les plus rebelles étaient ensuite dirigées vers la Salpêtrière. Inversement, ce dernier établissement envoyait à Sainte-Pélagie les pensionnaires dont on avait particulièrement à se louer.

SALPÊTRIÈRE, voir HÔPITAL GÉNÉRAL.

T-V

TÊTE DANS L'ÉTAU (mettre la) : position qu'affectionnent les tribades (voir ce mot) et qui consiste à écarter les jambes pour y placer la tête de leur chien ; celui-ci, dressé à cet exercice, leur donne de la volupté à coups de langue.

TOUPIE : fille de mauvaise vie, ainsi appelée parce qu'on la fait tourner comme on veut.

TRANCHER DU CARDINAL : faire le cardinal ; sodomiser.

TRAVAILLER LE JOYEUX : masturber.

TRIBADE : lesbienne. « Mot grec dérivé, ainsi que j'ay appris des Grecs, de *tribo*, *tribein*, qui est autant à dire que *fricare*, freyer, ou friquer, ou s'entrefrotter ; et les tribades se disent *fricatrices*, ou qui font la fricarelle en mestier de *donna con donna*, comme l'a trouvé ainsi aujourd'huy[1] ». « Toutes les tribades ont un petit chien qu'elles ont grand soin d'élever à leur affreux manège. Elles appellent cet exercice *mettre la tête dans l'étau* » (*Correspondance d'Eulalie*). Le tribadisme ou saphisme est très répandu dans le milieu des filles galantes. Pour Leroux, « c'est une espèce d'hermaphrodite, ou une femme qui hait le commerce des hommes, mais qui met son unique plaisir à caresser les femmes. Voyez le *Traité d'anatomie* de M. Dionis, où il assure qu'il y a des femmes qui ont les deux sexes, c'est-à-dire que leur clitoris leur sortant de la nature de la grosseur presque d'un membre viril, lorsqu'elles sont enflammées du feu d'amour, elles peuvent se donner du plaisir, et en procurer aussi à d'autres femmes[2]. »

VULGIVAGUE : emprunté au latin *vulgivagus* (de *vulgus* « le commun des hommes, la foule » et de *vagari* « aller çà et là, errer »), *vulgivague* signifie : qui erre partout, vagabond (adjectif déjà donné à Vénus par Lucrèce, 4, 1071) ; d'où : fille publique. Voltaire parle d'« impudicité *vulgivague* » dans l'*Examen important de Milord Bolingbroke, ou Le Tombeau du fanatisme*, chap. XXXVIII. On trouve également l'expression chez Caylus : « L'existence des femmes *vulgivagues*[3] » et chez Louis-Sébastien Mercier : « On compte à Paris trente mille filles publiques, c'est-à-dire *vulgivagues* ; et dix mille environ, moins indécentes, qui sont entretenues, et qui d'année en année passent entre différentes mains » (*Tableau de Paris*). « Je voudrais qu'on ne nommât pas autrement les filles publiques que *vulgivagues* ; cette expression pourrait les faire rougir, et même les corriger[4]. »

1. Brantôme, *Recueil des Dames*, éd. cit.
2. J.-P. Leroux, *Dictionnaire comique…*, *op. cit.*
3. Dans *Œuvres badines complètes*, Amsterdam/Paris, Visse, 1787, t. XII, p. 111.
4. L.-S. Mercier, *Néologie ou Dictionnaire des mots nouveaux*, 1801, p. 326.

TABLE DES MATIÈRES

SEXE ET POLITIQUE :
UNE REINE DE PAPIER

ACHEVÉ D'IMPRIMER POUR
LES ÉDITIONS ROBERT LAFFONT
SUR BOOKOMATIC
PAR MAURY EUROLIVRES
45300 MANCHECOURT

Imprimé en France